ADOLFO BIOY CASARES

Copyright desta edição © 2012. Herdeiros de Adolfo Bioy Casares
© 2012. Daniel Martino, pela organização
Copyright da tradução © 2022, by Editora Globo S.A.
Imagens: Fotografias do acervo de Adolfo Bioy Casares © Daniel Martino e
Herdeiros de Adolfo Bioy Casares, exceto imagens das páginas 776-777 (Fiora
Benporad) e 804-805 (Pepe Fernández).

Todos os direitos reservados. Nenhuma parte desta edição pode ser utilizada ou
reproduzida – em qualquer meio ou forma, seja mecânico ou eletrônico, fotocópia,
gravação etc. – nem apropriada ou estocada em sistema de banco de dados sem a
expressa autorização da editora.

Texto fixado conforme as regras do Acordo Ortográfico da Língua Portuguesa
(Decreto Legislativo nº 54, de 1995).

Editor responsável: Lucas de Sena
Assistente editorial: Jaciara Lima
Preparação: Silvia Massimini Felix
Revisão: Ellen Vasconcellos, José Ignacio Coelho, Raquel Toledo e Vanessa Sawada
Diagramação: Jussara Fino
Capa e projeto gráfico: Mariana Bernd
Desenhos da capa: Projeto Iconografia das Carrocerias de Caminhão

CIP-BRASIL. CATALOGAÇÃO NA PUBLICAÇÃO
SINDICATO NACIONAL DOS EDITORES DE LIVROS, RJ

C330
    Casares, Adolfo Bioy, 1914-1999
    Obras completas de Adolfo Bioy Casares, volume C: 1973-1999 / Adolfo Bioy
Casares; [organização Daniel Martino]; [tradução Rubia Prates, Sérgio Molina].
– 1. ed. – Rio de Janeiro: Biblioteca Azul, 2022.
    952 p.: il.; 23 cm.

    Tradução de: Adolfo Bioy Casares obra completa, volumen III
    Inclui bibliografia e notas aos textos
    ISBN 978-65-5830-138-7

    1. Ficção argentina. 2. Contos argentinos. 3. Crônicas argentinas. 4. Literatura
argentina. I. Martino, Daniel. II. Prates, Rubia. III. Molina, Sérgio. IV. Título.

| 21-73107 | CDD: 868.9932 |
| | CDU: 821.134.2(82) |

Camila Donis Hartmann - Bibliotecária - CRB-7/6472

1ª edição | 2022

Direitos exclusivos de edição em língua portuguesa para o Brasil adquiridos por
Editora Globo S.A.
Rua Marquês de Pombal, 25 – 20230-240
Rio de Janeiro – RJ
www.globolivros.com.br

vol.

ADOLFO BIOY CASARES

obras completas
1972 ✤ 1999

BIBLIOTECA AZUL

SUMÁRIO

DORMIR AO SOL (1973) | **9**

O HERÓI DAS MULHERES (1978) | **155**
Da forma do mundo | 157
Outra esperança | 181
Uma guerra perdida | 191
O desconhecido atrai a juventude | 195
A passageira da primeira classe | 215
O jardim dos sonhos | 217
Uma porta se abre | 229
O herói das mulheres | 239

A AVENTURA DE UM FOTÓGRAFO EM LA PLATA (1985) | **265**

HISTÓRIAS DESMESURADAS (1986) | **381**
Planos para uma fuga ao Carmelo | 383
Máscaras venezianas | 391
História desmesurada | 407
O relojoeiro de Fausto | 417
O noúmeno | 433
Trio | 447
    I Johanna, 447 • II Dorotea, 452 • III Clementina, 461
Uma viagem inesperada | 463
O caminho das Índias | 469
O quarto sem janelas | 485
O rato ou Uma chave para a conduta | 491

UMA BONECA RUSSA (1991) | **505**
Uma boneca russa | 507
Encontro em Rauch | 531
Catão | 539
O navegante volta à sua pátria | 551
Nossa viagem (Diário) | 553
Embaixo d'água | 563
Três fantasias menores | 583
    Margarita ou O poder da farmacopeia, 583 • A propósito de um cheiro, 584 • Amor vencido, 593

UNS DIAS NO BRASIL (DIÁRIO DE VIAGEM) (1991) | **597**

UM CAMPEÃO DESIGUAL (1993) | **619**

UMA MAGIA MODESTA (1997) | **671**
Primeiro livro | 673
    Ovídio, 673 • Ir embora, 689
Segundo livro | 697
    Resgate, 697 • Um amigo de Morfeu, 697 • Outro sonhador, 699 • O homem artificial, 699 • Explicações de um secretário particular, 700 • O último andar, 701 • Uma porta se entreabre, 703 • O dono da biblioteca, 704 • O bruxo dos trilhos, 705 • Oswalt Henry, viajante, 706 • A colisão, 707 • Uma invasão, 708 • Investigações policiais, 708 • O rosto de uma mulher, 711 • O hospital do reino, 712 • A sociedade do Gabão, 713 • Vaivém frenético, 713 • Um tigre e seu domador, 714 • Meu sócio, 715 • A república dos macacos, 715 • Escravo do amor, 716 • Um apartamento

como qualquer outro, 718 • Um bom partido, 719 • O novo Houdini, 720 • A estadia, 721 • Uma magia modesta, 722 • Tripulantes, 723 • Uma competição, 724 • A estima dos outros, 726 • Outro ponto de vista, 727 • Amor e ódio, 727 • Um amigo insólito, 728 • Modos de ser, 729 • O bom em demasia é ruim, 730 • O caso dos velhinhos voadores, 730 • Estados de espírito, 733 • Um sonho em cinco etapas, 734 • Culpa, 736 • O amigo da água, 737

DE UM MUNDO A OUTRO (1998) | **743**

DAS COISAS MARAVILHOSAS (1999) | **779**

Das coisas maravilhosas | 781

Repercussões do amor | 785

As mulheres nos meus livros e na minha vida | 789

As cartas | 791

Minha amizade com as letras italianas | 795

O humor na literatura e na vida | 799

OBRA DO PERÍODO INÉDITA EM LIVRO | **805**

O Buenos Aires Lawn Tennis Club | 807

Prefácio a *Fotos poco conocidas de gente muy conocida*, de Eduardo Comesaña | 811

Eu e meu rosto | 813

Homenagem a Borges | 815

Lugares-comuns | 817

Prefácio a *70 pasos y un latido*, de Américo Héctor Cattaruzza | 819

Carta a Manuel J. Gurmendi, autor de *Lucha, Azar Y Fe (Narraciones de Aitona)* | 821

Apresentação de *Jorge Luis Borges: sur le cinéma*, de Edgardo Cozarinsky | 823

O fotógrafo de praças e jardins públicos | 825

Diário e fantasia | 827

Prefácio a *La octava maravilla*, de Vlady Kociancich | 829

A propósito da coleção "El Libro de Bolsillo Alianza" e seus primeiros mil volumes | 831

Por que escrevo | 833

Borges e o tango | 835

Prefácio a *Daireaux, sus creadores*, de Luis R. Benussi, Jorge A. S. Fernández e G. Cioffi | 839

Prefácio a *Borges: Fotografías y manuscritos*, de Miguel de Torre Borges | 841

O sonho dos heróis. Carta aberta aos leitores | 843

Prefácio a *El camino de la aventura*, de Oscar Peyrou | 845

Prefácio a *Der rote Mond: Phantastische erzählungen vom Río de la Plata*, de Michi Strausfeld | 847

Quarta capa de *Más amalias de las que se puede tolerar*, de Francis Korn | 851

Inéditos recolhidos em Daniel Martino, *ABC de Adolfo Bioy Casares* | 853

Carta a Adriana Micale | 861

Anotações inéditas | 863

Inéditos recolhidos em Daniel Martino, *ABC de Adolfo Bioy Casares*, 2ª ed. | 865

Discurso de recepção do prêmio Cervantes | 869

Apresentação de *Patagonia: Un lugar en el viento*, de Marcos Zimmermann | 873

Um amante do tênis | 875

Entendendo um amor | 877

O diário de viagem de Bioy | 879

Os tangos | 881

NOTAS AOS TEXTOS | **885**

BIBLIOGRAFIA | **945**

DORMIR AO SOL (1973)

tradução de
SÉRGIO MOLINA

PRIMEIRA PARTE
por Lucio Bordenave

I

Com esta aqui já são três vezes que lhe escrevo. Por via das dúvidas, caso não me permitam terminar, deixei a primeira cartinha bem guardada. Amanhã ou depois, se quiser, posso pegá-la. É tão curta e a escrevi com tanta pressa que nem eu mesmo a entendo. A segunda, que não é muito melhor, a enviei através de uma portadora, de nome Paula. Como o senhor não deu sinal de vida, resolvi não insistir com mais recados inúteis, que ainda era capaz de se irritar. Vou lhe contar minha história desde o princípio e tentarei ser claro, pois preciso que o senhor me entenda e acredite em mim. A falta de tranquilidade é a causa das rasuras. De quando em quando me levanto e encosto a orelha na porta.

É capaz que o senhor esteja se perguntando: "Por que Bordenave não mandou essa papelada a um advogado?". Com o doutor Rivaroli só falei uma vez, mas o Gordo Picardo (nem preciso lhe dizer!) eu conheço de toda a vida. E acho que um advogado que usa o Gordo como apontador de *quinielas* e *redoblonas** não é digno de confiança. Ou então estará se perguntando: "Por

---

* *Quiniela*: loteria de números, então clandestina, semelhante ao jogo do bicho; a palavra também designa as próprias apostas. *Redoblona*: modalidade de aposta na qual o valor ganho num acerto é automaticamente reaplicado numa segunda aposta — neste caso, em corridas de cavalos, num sistema ilegal paralelo ao do jóquei, que não raro era mantido pelos mesmos banqueiros e apontadores das *quinielas*. (N. T.)

que ele mandou a papelada justo para mim?". Se o senhor alegar que não somos amigos, eu lhe darei razão, mas também lhe pedirei, por favor, que se ponha no meu lugar e me diga a quem mais eu poderia mandar meu escrito. Depois de passar meus amigos em revista mental — descartando Aldini, quase entrevado por causa do reumatismo —, escolhi aquele que nunca foi. A velha Ceferina pontifica: "Nós, que moramos numa viela, temos nossa casa dentro de uma casa maior". Com isso ela quer dizer que todos aqui nos conhecemos.

Talvez o senhor nem se lembre de como nossa briga começou.

O calçamento, que chegou em 51 ou 52, como que derrubou uma cerca e abriu nossa viela às pessoas de fora. É notável nossa demora em aceitar essa mudança. O senhor mesmo, um domingo na hora do ângelus, estava festejando no maior sossego as graças que a filha do dono da venda fazia com sua bicicleta, como se estivesse no quintal de casa, e achou ruim porque gritei com ela. Não o culpo por ter sido mais rápido em se irritar e me insultar do que em ver o automóvel que por pouco não atropelou a menina. Mas fiquei olhando para o senhor feito um paspalho, à espera de uma explicação. Vai ver que não teve coragem de me chamar e se explicar, ou então achou que era mais razoável nos resignarmos a uma desavença renovada tantas vezes que já se confundia com o destino. Porque na verdade o desentendimento por causa da filha do dono da venda não foi o primeiro. Choveu no molhado.

Desde nosso tempo de criança, sempre que lhes dava na veneta, o senhor e a turma toda tripudiavam de mim. O Gordo Picardo, que era o mais velho do grupo (sem contar o Manco Aldini, que na época era nosso cabeça e mais de um domingo nos levou ao estádio do Atlanta), uma tarde, quando eu voltava do casamento do meu tio Miguel, ao ver que eu estava de gravata correu para me ajeitar o nó e quase me enforca. Certa vez o senhor me chamou de metido a besta. Eu o perdoei porque compreendi que só me ofendia para agradar aos outros, sabedor de que estava me caluniando. Anos mais tarde, um doutor que tratava da minha esposa me explicou que o senhor e a turma não me perdoavam o chalé com jardim de cascalho vermelho nem a velha Ceferina, que cuidava de mim como uma babá e me defendia do Picardo. Explicações tão rebuscadas não convencem.

Talvez a consequência mais estranha da nossa rusga por causa da filha do dono da venda tenha sido a ideia que me ocorreu na época, logo tornada certeza, de que o senhor e eu tínhamos selado um acordo tácito para manter o que eu chamei de distanciamento entre nós.

Agora chego às vésperas do meu casamento com Diana. Eu me pergunto o que o senhor pensou ao receber o convite. Talvez tenha achado que era uma manobra minha para romper aquele acordo de cavalheiros. Minha intenção, pelo contrário, era manifestar o maior respeito e consideração pelo nosso mal--entendido.

Faz tempo, uma tarde, eu me encontrava na porta de casa conversando com Ceferina, que estava lavando a calçada. Recordo perfeitamente que o senhor passou pelo meio da viela sem sequer olhar para nós.

— Vocês vão continuar com essa briguinha até o dia do Juízo? — perguntou Ceferina, com aquela voz que lhe retumba no céu da boca.

— É o destino.

— É a viela — ela respondeu, e suas palavras nunca me saíram da mente. — Uma viela é um bairro dentro do bairro. Na nossa solidão, o bairro nos faz companhia, mas também dá lugar a encontrões que provocam, ou reanimam, ódios.

Ousei fazer um reparo.

— Não chegam a ser ódios — disse. — Desavenças.

Doña Ceferina é uma parente, pelo lado dos Orellana, que veio do interior no tempo dos meus pais; quando minha mãe me faltou, ela não se separou mais de nós, foi governanta, babá, o verdadeiro esteio da nossa casa. No bairro a apelidaram de Cacique. O que ninguém sabe é que essa senhora, para não ser menos do que muitos que a desprezam, leu todos os livros da banca do parque Saavedra e quase todos os da escolinha Basilio do parque Chas, que fica mais perto.

II

Sei que disseram por aí que não tive sorte no casamento. O melhor é que as pessoas de fora não opinem sobre questões íntimas, porque costumam se enganar. Mas de nada adianta explicar essas coisas para o bairro e a família, que são de fora.

Minha esposa tem um gênio um tanto difícil. Diana não perdoa nenhum esquecimento, nem sequer o entende, e quando apareço em casa com um presente extraordinário, logo me pergunta: "Isso é para eu perdoar o quê?". É completamente cismada e desconfiada. Qualquer notícia boa a entristece, pois acha que, para compensá-la, logo chegará uma ruim.

Tampouco vou negar que em mais de uma ocasião minha esposa e eu nos desentendemos e que uma noite — receio que a viela inteira ouviu a gritaria —, seriamente decidido a ir embora, caminhei até a avenida de Los Incas para esperar o ônibus, que felizmente demorou a passar e me deu tempo de voltar atrás. Provavelmente muitos casais conhecem aflições parecidas. É a vida moderna, a velocidade. Mas posso lhe dizer que nenhuma mágoa ou diferença conseguiu nos separar.

Muito me admira ver o quanto as pessoas abominam a compaixão. Pelo jeito como falam, até parece que são de ferro. Quando vejo minha esposa cabisbaixa por algo que ela fez quando estava fora de si, sinto verdadeira compaixão, e minha esposa, por seu turno, tem pena de mim quando me magoo por culpa dela. Acredite, as pessoas podem pensar que são de ferro, mas quando a dor aperta, baixam a guarda. Nesse ponto Ceferina é igual aos outros. Para ela, a compaixão é pura fraqueza e depreciação.

Ceferina, que me ama como a um filho, nunca aceitou minha mulher por completo. No esforço de entender esse rancor, cheguei a suspeitar que Ceferina demonstraria a mesma aversão por qualquer mulher que se relacionasse comigo. Quando comentei essa reflexão com Diana, ela respondeu:

— Eu pago com a mesma moeda.

As pessoas têm mais amor pelos seus ódios do que por qualquer pessoa. Confesso que em mais de uma ocasião, entre essas duas mulheres que no fundo são boas, eu me senti abandonado e solitário. Ainda bem que sempre me restava o refúgio da oficina de relojoaria.

Vou lhe dar uma prova de que a antipatia de Ceferina pela minha esposa era, dentro do quadro familiar, um fato público e notório. Um dia Ceferina apareceu com o jornal e nos mostrou uma notícia que dizia mais ou menos: "Trágico baile à fantasia em Paso del Molino. Não desconfiou do arlequim que tinha a seu lado porque pensava que era sua mulher. Era a assassina". Estávamos com o pavio tão curto que bastou essa leitura para a briga explodir. Diana, por incrível que pareça, pensou que era uma indireta de Ceferina, eu tomei sua defesa, e a velha, coisa de loucos, assumiu o ar de quem diz "viu só?", como se tivesse lido algo comprometedor para minha mulher ou para a categoria das esposas em geral. Demorei mais de catorze horas para entender que o homem do baile não tinha sido morto pela cônjuge. Não tentei esclarecer, por medo de reavivar a discussão.

Uma coisa eu aprendi: é mentira que conversando a gente se entenda. Dou-lhe como exemplo uma situação que se repetiu uma infinidade de vezes.

Eu vejo que minha esposa está de lua, deprimida ou amuada e, naturalmente, me entristeço. Dali a pouco ela me pergunta:

— Por que você está triste?

— Porque achei que você não estava contente.

— Já passou.

A vontade que me dá é responder que não no meu caso, que não sou tão ágil assim, que não passo tão rápido da tristeza à alegria. Talvez tentando ser carinhoso, acrescento:

— Se você não quer me entristecer, nunca fique triste.

Nem queira saber a patada que recebo de volta.

— Então não me venha com essa conversa de que está preocupado comigo — grita como se eu fosse surdo. — Tanto faz o que eu sinto. O senhor só quer que sua mulherzinha esteja bem e o deixe em paz. Só quer saber das suas coisas e que ninguém o incomode. Além de tudo, é vaidoso.

— Fica calma, que senão sai um herpes no teu lábio — eu lhe digo, porque ela sempre foi propensa a essas chaguinhas que a incomodam e irritam.

Sua resposta:

— Está com medo de pegar, é?

Não é para falar mal da minha esposa que narro essa cena. Talvez a conte contra mim mesmo. Enquanto escuto Diana falar, eu lhe dou razão, ainda que por momentos hesite. Se por acaso ela assume, então, a mais característica das suas posturas — encolhida em uma poltrona, abraçando uma perna, com o queixo apoiado no joelho, o olhar perdido no vazio —, já não hesito; fico embevecido e lhe peço perdão. Morro pelas suas formas e proporções, pela sua pele rosada, seu cabelo loiro, suas mãos finas, seu cheiro e, acima de tudo, pelos seus olhos incomparáveis. É capaz que o senhor me tache de escravo; cada um é como é.

No bairro todo mundo se apressa em comentar que certa esposa é preguiçosa, ou geniosa, ou rueira, mas ninguém se pergunta o que se passa com ela. No caso da Diana, está provado que ela sofre por não ter filhos. Um doutor me explicou isso, que depois foi confirmado por uma doutora muito sabida. Quando Martincito, o filho da minha cunhada, um moleque insuportável, vem passar uns dias conosco, minha esposa se desvela por ele, fica irreconhecível, é uma esposa feliz.

Como acontece com muitas mulheres sem filhos, ela tem viva atração pelos bichos. A ocasião de confirmar esse fato surgiu há algum tempo.

III

Desde que perdi o emprego no banco, eu me defendo com a oficina de relojoaria. Aprendi o ofício por puro gosto, como alguns aprendem rádio, fotografia ou outro hobby. Não posso me queixar de falta de trabalho. Como *don* Martín costuma dizer, para não se abalar até o centro, as pessoas se arriscam com o relojoeiro do bairro.

Vou lhe contar como tudo aconteceu. Durante a greve dos bancários, Diana se deixou tomar pelo nervosismo e pela sua tendência ao descontentamento geral. Nos primeiros dias, na frente da família, e também de vizinhos e estranhos, ela recriminou minha suposta falta de coragem e solidariedade, mas quando me levaram para a 1ª delegacia, onde fiquei preso por um dia e uma noite que me pareceram um ano, e principalmente quando me mandaram embora do banco, começou a dizer que os líderes sempre usam os bobos. A coitada passou um mau bocado; acho que nada a sossegaria naquele momento. Quando anunciei que me defenderia com os relógios, ela encasquetou que eu devia trabalhar em uma grande revendedora de automóveis usados, em plena avenida Lacarra. Fez questão de me acompanhar para que eu falasse com o gerente, um senhor que parecia cansado, e com uns rapazotes, que a olhos vistos eram quem mandava por lá. Diana se zangou a valer porque me neguei a trabalhar com essas pessoas. Em casa a discussão se estendeu por uma semana, até que a polícia deu busca na loja da Lacarra e os jornais publicaram as fotos do gerente e dos rapazes, que na verdade eram uma famosa quadrilha.

Mesmo assim minha esposa não arredou pé da sua oposição à relojoaria. Tomo cuidado para não encaixar a lupa no olho quando ela está por perto, porque esse gesto inexplicavelmente a irrita. Lembro que uma tarde ela me disse:

— Não consigo evitar. Tenho birra de relógio!

— Posso saber por quê?

— Porque são pequenos e cheios de rodas e buracos. Um dia ainda vou ter o gostinho de fazer o esparramo do século, mesmo que depois a gente tenha que se mudar para a outra ponta da cidade.

Eu lhe disse, buscando um ponto de simpatia:

— Confesse que você gosta dos relógios de cuco.

Sorriu, decerto imaginando a casinha e o passarinho, e respondeu menos encrespada:

— Raramente alguém traz um relógio de cuco para você consertar. Em compensação, sempre vêm com esses mastodontes de pêndulo. Se tem uma coisa que me dá nos nervos é o carrilhão.

Como Ceferina costuma pontificar, cada um tem seu critério e seu gosto. Embora nem sempre o entendamos, devemos aceitá-lo.

— É que correu a voz de que tenho boa mão para o relógio de pêndulo. E agora os trazem até do Barrio Norte.

— Então vamos mudar para o Barrio Norte.

Tentei desanimá-la.

— Você não sabe que lá é o foco dos pêndulos? — perguntei.

— Claro que sei, mas é o Barrio Norte! — respondeu pensativa.

Não se pode negar que ela tem o sangue dos Irala. Todos na "família real", como Ceferina os chama, se desvelam pela ostentação e pela futilidade.

Quanto a mim, a ideia de mudar sempre me desagradou. Sou muito apegado à casa, à viela, ao bairro. A vida agora me ensinou que o amor pelas coisas, como todo amor não correspondido, acaba cobrando seu preço. Por que não escutei o apelo da minha esposa? Se eu tivesse me afastado a tempo, agora estaríamos livres. Com ressentimento e desconfiança, imagino o bairro como se essas fileiras de casas que conheço de cor tivessem se transformado nos muros de uma prisão onde minha esposa e eu estamos condenados a um destino pior que a morte. Até há bem pouco vivíamos felizes; eu teimei em ficar e, como vê, agora é tarde para fugir.

IV

Em agosto passado conhecemos um tal senhor Standle, que dá aula na escola de cães da rua Estomba. Aposto que o senhor já o viu algumas vezes caminhando pelo bairro, sempre com um cachorro diferente, que vai ao lado dele como se esperasse suas ordens e que não dá nem um pio por medo de que se zangue. Puxe pela memória: é um gigantão sempre de capa, loiro, reto feito um cabo de vassoura, meio quadrado devido às costas largas, de rosto bem barbeado, olhos pequenos, cinza, que não piscam, eu lhe garanto, mesmo que o próximo se contorça e implore. Na viela circulam os mais variados boatos sobre esse indivíduo: que veio com o Sarrasani como domador, que foi herói na última guerra, fabricante de sabões com gordura de não sei que carcaças e notório ás da espionagem que, de uma chácara em Ramos, transmitiu pelo rádio instruções para uma frota de submarinos que preparava a invasão do país. A tudo isso acrescente, por favor, a tarde em que Aldini se levantou como pôde do banquinho onde tomava a fresca ao lado do seu cachorro, que aparenta ser tão reumático e velho quanto ele, me pegou de um braço, me puxou à parte como se houvesse gente por perto, quando na calçada só estávamos nós e o cachorro, e cochichou ao meu ouvido:

— É cavaleiro teutônico.

V

Outra tarde, enquanto tomávamos mate, Diana comentou com Ceferina:

— Aposto que ele nem se lembra.

Virou o rosto na minha direção. Fiquei olhando para ela boquiaberto, porque de início não me lembrava mesmo de que no domingo era meu aniversário.

Diana observa pontualmente todo tipo de aniversários, bodas, dias da mãe, do avô e do que mais possa inventar o calendário ou quem manda na matéria, portanto ela não tolera esses esquecimentos. Se a data esquecida fosse seu próprio aniversário ou de *don* Martín Irala, meu sogro, ou do nosso casamento, melhor teria sido eu me desterrar da viela, porque não haveria perdão para mim.

— Convida só a família — implorei.

Em casa, a família é a da minha esposa.

Como se tratava do meu aniversário, ela acabou cedendo aos meus apelos e a comemoração foi mesmo íntima. Não foi fácil convencê-la, acredite. É muito amiga das festas.

Na noite do meu aniversário, portanto, vieram *don* Martín, Adriana María, minha cunhada, seu filho Martincito e — a título de quê, eu me pergunto — o alemão Standle.

O senhor já deve ter visto *don* Martín no jardim, de enxada e regador. Ele é muito amigo das flores e de todo tipo de legumes. Talvez o tenha tomado por um jardineiro de porta em porta. Se assim for, é melhor meu sogro não saber disso. Todos na família padecem da soberba do sangue, desde que um especialista que tinha uma banquinha na Feira Rural lhes contou que descendem em linha direta de um Irala que teve problemas com os índios.

Don Martín é homem parrudo, tirante a baixinho, calvo, de olhos azuis, conhecido pelas explosões do seu gênio ruim. Assim que ele chegou, foi logo exigindo minhas pantufas de lã. Não posso me recusar a emprestá-las, acredite, porque se tornaram uma segunda natureza para ele; mas quando o vejo com as pantufas nos pés me dá muita raiva. O senhor talvez pense que um indivíduo que se apropria das nossas pantufas, mesmo que seja por um momento, faz isso movido por algum sentimento de amizade. *Don* Martín não é da mesma opinião, só fala comigo latindo. Devo reconhecer que na noite do meu aniversário (assim como todos, menos eu) ele se mostrou alegre. Era a sidra. Além, é claro, dos ingredientes do cardápio: abundantes, frescos, da melhor qualidade, preparados como Deus manda. Em casa pode haver muitas falhas, mas nunca na comida.

Permita-me que deixe este ponto bem claro: Diana sempre se orgulhou de ter boa mão na cozinha. Uma prenda de reconhecido valor no lar. Seus pasteizinhos de milho são merecidamente famosos entre os íntimos e até mesmo entre a parentela.

Quando o noticiário esportivo terminou, *don* Martín desligou a televisão. Martincito, que berra como se imitasse uma criança berrando, exigiu que a ligasse de novo. *Don* Martín, com uma calma que me impressionou, descalçou a pantufa direita e lhe aplicou um pontapé. Martincito destampou a chorar. Diana o protegeu e o mimou: ela se desvela pelo menino. *Don* Martín bradou:

— Vamos comer!

— Adivinhem a surpresa — provocou Diana.

Todos manifestaram de imediato um alvoroço inconfundível. Até Ceferina, que é tão briguenta e intransigente, participou dessa pequena representação, de resto nada fingida. Diana deposita no seu trabalho não menos amor-próprio que boa vontade, portanto nunca admitirá que seus pasteizinhos possam sair ruins ou cair mal.

Em casa com frequência se escuta alguma badalada dos relógios de parede que estão em observação. Ninguém, que eu saiba, se irrita com a alternância dos carrilhões, frequentes mas harmoniosos; ninguém exceto Diana e *don* Martín. Quando um relógio de cuco tocou, *don* Martín me encarou e gritou:

— Ou esse pássaro fecha o bico, ou eu lhe torço o pescoço.

Diana protestou:

— Ah, papai. Eu também não suporto os relógios, mas o de cuco é tão simpático. Você não gostaria de morar lá na casinha dele? Eu adoraria.

— Pois a mim os relógios que mais me enervam são os de cuco — disse *don* Martín, já amansado pela intervenção da Diana.

Assim como eu, é louco por ela.

Martincito comeu do modo mais repugnante. Deixou rastros das suas mãos pegajosas por toda a casa.

— As crianças do próximo são anjos disfarçados de demônios — comentou Ceferina, com aquela sua voz retumbante. — Deus as manda para pôr nossa paciência à prova.

Confesso que em nenhum momento da noite senti alegria. Quero dizer, verdadeira alegria. Talvez eu estivesse mal predisposto por uma intuição, porque, até onde minha memória alcança, sempre olhei com desconfiança os aniversários e as festas de Natal e Ano-Novo. Procuro disfarçar para não estragar as celebrações que minha esposa tanto aprecia, mas me preocupo e certamente demonstro indisposição. Justificativas não me faltam: as piores coisas me aconteceram nessas datas.

Esclareço que, até recentemente, as piores coisas eram brigas com Diana e crises de ciúmes por deslizes que só existiam na minha imaginação.

O senhor dará razão à minha esposa, pensará que tenho demasiado interesse em tudo o que é meu, pois não me canso de explicar o que sinto.

Na carta que a senhorita Paula lhe entregou, eu não detalhava nada disso. Quando a li, não convenceu nem a mim mesmo. Por isso achei natural o senhor não me responder. Neste relato, ao contrário, eu lhe explico tudo, até minhas loucuras, para que possa ver como sou e me conheça. Quero acreditar que o senhor por fim pensará que pode confiar em mim.

VI

Naquela noite do meu aniversário, o professor Standle monopolizou a atenção dos presentes falando de cachorros. Era evidente o interesse de todos, não apenas na aprendizagem dos cães, mas também na organização da escola. Eu sou o primeiro — se o professor não mente — a reconhecer os resultados do ensino, e não vou negar que aquelas histórias de animais me embasbacaram por um ou dois minutos. Enquanto os outros falavam das vantagens e desvantagens da coleira de adestramento, eu me deixei embalar pela pura fantasia e no meu foro íntimo me perguntei se tem alguma razão quem nega que os cachorros possuem alma. Como diz o professor, entre nossa inteligência e a deles há apenas uma diferença de grau; mas eu não tenho muita certeza de que essa diferença sempre exista. Alguns alunos da escola têm um desempenho — sempre acreditando nas histórias do alemão — de autênticos seres humanos.

A voz do senhor Standle, um zumbido uniforme e sério a mais não poder, me despertou do devaneio. Não sei por quê, mas sua voz me desagrada. O indivíduo anunciava:

— Educamos, vendemos, lavamos, tosamos o pelo e até montamos o mais bonito instituto de beleza para totós de luxo.

Minha esposa perguntou:

— Algumas pessoas levam seus cachorros lá como quem manda os filhos na escola? Os coitadinhos choram no primeiro dia?

— Minha escola forma guardiães — respondeu Standle muito sério.

— Vamos por partes — disse *don* Martín. — Para isso não precisa muita ciência. Com uma coleira e uma corrente, faço até do senhor um cão de guarda.

— A escola vai além — replicou Standle.

Meu sogro, sempre tão casmurro, retrucava para manter o princípio de autoridade, não por convicção. Na verdade, escutava deslumbrado e, quando o relógio de cuco tocava, aparentemente não o ouvia. Para que negar? Todos ali estavam suspensos na palavra do professor, menos a velha Ceferina, que, por surdo rancor em relação à minha esposa e sua família, permanecia à parte e disfarçava seu vivo interesse com um risinho de menosprezo. Não sei por que me senti abandonado e triste. Ainda bem que Adriana María, minha cunhada — muito parecida com minha esposa, só que morena —, teve pena de mim e de quando em quando me perguntava se eu não queria mais um pouco de sidra.

O professor continuava:

— Não devolvemos ao dono um simples bichinho amestrado. Devolvemos um companheiro de alta fidelidade.

Ao ouvir aquela parolagem, eu nem remotamente podia imaginar suas terríveis consequências. O fato é que ela afetou o juízo da minha esposa. Não digo isso por alarmista: como o senhor deve saber, porque todos na viela sabem disso, Diana foi internada pelo menos duas vezes quando era solteira. Reconheço que no início da conversa ela abordou o assunto dos cachorros com aparente calma, falando em voz baixa, pausada, como quem se contém.

— Numa casa com jardim — opinou, pensativa —, um cachorro é bem conveniente.

— Em sumo grau — sentenciou o alemão.

Não concordei, mas também não discordei. Receio que essa moderação da minha parte tenha alentado minha esposa. A seguir pelo mau caminho, claro.

Diversos aspectos do mesmo assunto (os cachorros, a escola) alimentaram a conversa até altíssimas horas.

Intempestivamente, meu sogro declarou:

— Se eu voltar para casa tarde, perco o sono. Para vocês, tanto faz. Mas não para mim.

Claro que para mim não fazia a menor diferença que meu sogro dormisse ou deixasse de dormir, mas com inacreditável ardor me defendi da acusação de indiferença, que repetidamente qualifiquei de gratuita. A interpretação dos meus protestos, inventada por Adriana María, me obrigou a sorrir.

— Coitadinho do aniversariante! — disse carinhosamente. — Está caindo de sono e quer que o deixemos em paz.

Eu não estava com sono (só queria que eles fossem embora), mas achei melhor não entrar em explicações.

Embora a conversa continuasse, considerei a partida iminente, pois já estávamos todos de pé. Houve protelações de última hora. *Don* Martín teve que ir ao banheiro e depois revirou a casa em busca da sua manta de ombros. Adriana María, que pouco antes parecia tão apressada e que agora apontava para mim morrendo de rir e repetindo "O coitado não aguenta mais", se pegou em não sei que longa explicação para Ceferina, que a olhava de cima. *Don* Martín, se eu não percebesse a tempo, já ia saindo com minhas pantufas nos pés. Ocioso esclarecer que o moleque não se sujeitou a ir pegar as botinas do avô. Depois que a família foi embora, o professor ainda me reservava uma surpresa desagradável. Entrou de volta conosco.

VII

Posso afirmar com certeza que nessa noite começou o pesadelo que ainda estamos vivendo. O professor Standle, despreocupado do que eu pensasse a respeito, afundava minha esposa na ideia fixa dos cachorros. Eu não podia protestar, por medo de que ela tomasse a defesa do alemão e passasse a desconfiar de mim.

Tornava a situação mais intolerável o fato de o professor recorrer a explicações desabridas, que não podiam interessar a mulher alguma:

— Para a guarda, a última palavra é a cadela — declarou, como se revelasse uma verdade profunda. — Para tirar de combate seu melhor cachorro, os meliantes soltam uma cadela no cio, e pronto. Já a cadela é sempre fiel.

Não sei por que essas palavras provocaram na minha esposa uma espécie de riso descontrolado, que era penoso ouvir e não acabava.

Continuamos conversando sobre cachorros até que o indivíduo — a horas da noite em que qualquer pessoa sente culpa por estar acordada — disse que ia embora. Se eu não me recusasse firmemente, teríamos ido com ele até a escola. Mesmo assim tive que acompanhá-lo até a porta da rua.

Quando entramos de volta, achei a casa descomposta, impregnada de cheiro de cigarro e triste. Diana se abandonou em uma poltrona, se encolheu, abraçou uma perna, apoiou o queixo em um joelho, ficou com o olhar perdido no vazio. Ao vê-la assim, pensei, juro, que não poderia viver sem ela. Também, estimulado pelo entusiasmo, concebi pensamentos realmente extraordinários e acabei por me perguntar: o que é Diana para mim? Sua alma, seu corpo? Eu amo seus olhos, seu rosto, suas mãos, o cheiro das suas mãos e do seu cabelo. Esses pensamentos, segundo Ceferina, atraem o castigo de Deus. Eu duvido que haja no mundo outra mulher com essa beleza nos olhos. Não me canso de admirá-los. Imagino amanheceres como grutas de água e sonho que nas suas profundezas vou descobrir a verdadeira alma de Diana. Uma alma maravilhosa como seus olhos.

A própria Diana me arrancou dessas reflexões com suas fantasias, dizendo que íamos ter um cachorro que nos acompanharia e nos entenderia como um semelhante. Era como ouvir uma criança. Para piorar, Diana falava tão rápido que, se eu não me apressava a protestar, suas afirmações se perdiam ao longe e eu devia importuná-la pedindo que repetisse algo para poder discutir o que tinha dito. Além disso, ela estava tão nervosa (e eu gostava tanto dela) que muitas vezes, para não contrariá-la, não a desenganei. E ai de mim se a contrariasse. Ela é muito severa quando se zanga, e eu lhe garanto que não faz as pazes até que a gente praticamente se arraste como um verme pedindo perdão até o cansaço. Mal tive coragem de observar:

— A Ceferina diz que há algo de monstruoso e muito triste nos animais.

— Quando eu era menina, queria ter um zoológico — respondeu Diana.

— A Ceferina diz que é bem capaz de os animais serem pessoas castigadas com a maldição de não poderem fazer uso da palavra.

Veja o senhor como é minha esposa. Até na sua loucura ela se mostra sabida e tem resposta para tudo. Ela me perguntou:

— Você não ouviu o que o professor Standle disse?

— Ouvi até demais.

Insistiu, imperturbável:

— Sobre os cachorros que falam.

— Francamente, esse disparate me passou por alto.

— Você estava abrindo uma garrafa de sidra. Ele contou que outro professor, um patrício dele, ensinou um cachorro a pronunciar três palavras em alemão perfeito.

— Um cachorro de que raça? — perguntei como um idiota.

— Lembro da palavra *Eberfeld*. Não sei se era a raça, ou a cidade onde eles moravam, ou o nome do professor.

Tive muitas fraquezas nessa noite e ainda pago por elas.

VIII

A aflição me acompanhou a noite inteira. Pensando tristezas, perdi o sono e, quando ouvi o galo que Aldini tem no quintal, pensei que passaria o dia cansado e com as mãos tremendo nos relógios. Acabei pegando no sono para sonhar que perdia Diana, acho que na avenida de Mayo, onde tínhamos nos encontrado com Aldini, que anunciou: "Vou afastar vocês dois só por um instante, para lhe contar um segredo sem a menor importância". Muito sorridente, fazia menção de nos afastar e em seguida apontava um dedo para mim. O Carnaval então desembocou na avenida e arrastou Diana. Eu a vi perder-se entre foliões fantasiados de animais que passavam sem parar, com o corpo coberto de listras coloridas como de zebras ou cobras e com a cabeça de cachorro de papel machê pintado, impávida que só ela. O senhor não vai acreditar: ainda dormido, eu me perguntei se meu sonho era efeito do que tinha acontecido ou um prenúncio do que iria acontecer. Também não vai acreditar se eu lhe disser que, acordado, continuava no pesadelo.

Nessa temporada, minha esposa já não parou mais em casa: passava o dia inteirinho na escola, sem se decidir por nenhum bichinho. Uma irresolução que, como o próprio Standle comentaria uma tarde, dá o que pensar. Eu a esperava com impaciência, desfiando despropósitos: que tinha acontecido alguma coisa com ela, que não ia voltar. Houve noites em que jantamos tarde, esperando minha esposa voltar, e outras em que Ceferina e eu, depois de jantar, para matar o tempo, jogávamos escopa, quando não bisca. Os ruídos da noite eram motivo bastante para que eu saísse a cada três por dois para espiar no jardim. Ceferina então acrescentava à sua altiva cara de fúria e menosprezo, já bem comum, palavras resmungadas entre dentes, mas perfeitamente audíveis:

— Como o menino está preocupado. Sua mulherzinha não volta. Ainda vai perdê-la.

A intenção geral e o tom eram sempre os mesmos. Às vezes eu não aguentava e com uma voz de aparente indiferença lhe dizia:

— Vou dar uma volta.

Se o senhor acha que já não tenho idade para pedir licença, está no seu direito. É muito fácil emendar a conduta alheia com palavras, mas cada um leva a própria como pode. Qual o seu conselho? Expulsar Ceferina? Guardadas as distâncias, seria como expulsar minha falecida mãe. Gritar com ela? Não gosto de passar a vida gritando. Ceferina, com sua cara de raiva e seus olhos cintilantes, dá mostras bem claras da sua desaprovação. Para mim essa desaprovação, não sei como explicar, é uma coisa real, que está no meu caminho como a quina de uma mesa. Não me peça que tope com ela toda vez que passo, porque prefiro viver tranquilo e contorná-la. Isso de viver tranquilo é um modo de falar.

Como eu ia dizendo: quando sentia desespero, saía para a rua com o pretexto de arejar, escolhia o canto menos iluminado, encostava na cerca e me punha a esperar. Esperava com inquietação na alma, porque Diana demorava mais que o previsto, mas também porque sempre apareciam os vizinhos, que vivem para surpreender a gente e espalhar comentários na viela.

Uma noite Picardo veio direto para onde eu estava, como se já soubesse que me encontraria ali, e, sem se demorar em preâmbulos nem atenuantes, disparou:

— Desconfio que ele deu alguma coisa para ela tomar. O doutor Rivaroli, um amigo que vou te apresentar, disse que bastam duas ou três gotas no café com leite. Quando ele enjoar da escrava, vende para os traficantes da América Central.

Outra noite o próprio Aldini, que segundo Ceferina está enxergando cada vez menos, com o pretexto de passear o cachorro (ou melhor, arrastá-lo, porque o pobre Malandrín a cada dois passos estrebucha e se estatela no chão), como eu ia dizendo, com o pretexto de passear o cachorro, caminhou até onde eu estava — o lugar mais escuro, garanto — e me pediu:

— Faz favor de não dar ouvidos ao Picardo. Agora explicam tudo com drogas. Vai por mim, tem muito exagero.

Nem o senhor nem eu acreditamos nessa lenda das gotinhas no café com leite. Mas reconheço que, quando finalmente voltava para casa, Diana vinha com o vestido cheio de pelos de cachorro. E mais: com cheiro de cachorro. Só falava de cachorros e do alemão — eu não sabia quando se referia a uns ou ao outro —, falava a toda a velocidade, como enlouquecida por uma febre, e como a noite não lhe bastava para discutir as vantagens e desvantagens de sabujos, pastores e mastins, o debate se estendia pela manhã afora, até que ela saía para bater perna e eu caía de sono sobre os relógios.

IX

Esse professor, que não fica nada a dever a Judas, uma tarde me telefonou para propor que nos encontrássemos no Bichito, um bar que fica encostado na rua Carbajal.

— Posso saber o motivo? — perguntei.

Ele respondeu imediatamente:

— Falar da esposa.

Apesar de entender, pedi explicação:

— De que esposa?

— Da sua.

Como o senhor há de entender, eu não podia acreditar no que estava ouvindo, mas me controlei e respondi com ódio:

— Quem o senhor pensa que é para se meter?

Ainda pronunciava essas palavras quando o medo me gelou o sangue. Será que tinha acontecido alguma coisa com Diana? Era melhor não perder tempo. O professor Standle começava a dizer com a voz estranhamente esganiçada:

— Bom, o senhor sabe...

Cortei sua palavra sem contemplações:

— Estou indo.

Corri pela rua, no Bichito escolhi uma mesa que permitia a contínua vigilância da entrada, pedi algo para beber e, antes que me servissem, já estava me perguntando se não devia ir para a escola de cães. Que me deu para dizer "Estou indo" e desligar? O professor podia ter entendido que eu iria para a escola, mas, ao perceber que eu demorava, talvez se perguntasse se eu não estaria indo para o Bichito, e então poderíamos nos encontrar, ou nos desencontrar, no caminho.

O senhor, por sua vez, deve estar se perguntando por que eu lhe conto essas palhaçadas. Desde a noite do meu aniversário até agora, tirando curtos intervalos de tranquilidade, vivi em estado de permanente atribulação. Visto pelos outros, o homem atribulado se comporta como um palhaço.

Depois de meia hora interminável — porque acabei ficando no bar —, o professor apareceu. Veio até a mesa, pediu uma bock, tirou a capa, dobrou-a com cuidado, pendurou-a no encosto de uma cadeira, sentou e lhe garanto que até beber a cerveja e limpar a espuma dos lábios não deu um pio. Quando falou, os traços do seu rosto se apagaram por um instante, como se eu fosse desmaiar. A primeira frase que ouvi dele foi:

— O senhor sabe que sua esposa está muito doente.

— A Diana? — murmurei.

— A senhora Diana — corrigiu.

— O que houve com ela? Passou mal?

Respondeu com o maior desprezo:

— Não se faça de desentendido. Ela está muito doente. Se não agirmos rápido, pode chegar àquele ponto do qual ninguém volta.

— Eu quero que ela volte.

— O senhor tenta fechar os olhos para a realidade — respondeu —, mas capta muito bem.

— Não sei se entendo por completo — devolvi, tentando me abrir. — Percebo algo, e minha cabeça começa a girar.

— Ou agimos agora, ou o senhor praticamente perderá sua esposa.

— Ajamos — concordei e lhe pedi que me explicasse como.

Então me falou com sua voz mais grave:

— A resposta — disse — é a internação. A internação.

Atinei a protestar:

— Isso não…

Recaiu na voz esganiçada e comentou, como se estivesse satisfeito:

— A incapacidade para tomar decisões demonstrada pela senhora Diana, que não se resolve por nenhum totó, não é própria de pessoas no seu perfeito juízo.

Desconfio que o professor usou de propósito a palavra *internação*. Em todo caso, fiquei como se tivesse recebido um golpe. Não era para menos. A pobre Diana, quando se lembrava das suas internações, tremia como um bicho assustado, aferrava minhas mãos e, como se exigisse toda a minha atenção, toda a verdade, e perguntava: "Agora que sou casada, não podem me internar, não é?". Eu respondia que não, que não podiam, e acreditava no que lhe dizia.

Standle continuou:

— O senhor acha correto sua esposa passar o dia inteiro longe do lar?

— Se fosse apenas o dia… — suspirei.

— E boa parte da noite. O senhor a espera bem tranquilo?

— Não, não a espero tranquilo.

— Durante a internação, acabarão suas dores de cabeça.

Deus que me perdoe, eu disse:

— O senhor acha mesmo?

— Tenho absoluta certeza — respondeu. — Se o senhor me autorizar, agora mesmo entro em contato com o doutor Reger Samaniego.

— A coitadinha está muito nervosa, sabe? — murmurei, e me senti mal, como se tivesse dito uma hipocrisia.

— Se sei! — respondeu. — Em breve prazo o doutor Samaniego a deixará como nova. Às vezes o chamam até do centro para consultá-lo! Mas é melhor o senhor não se iludir. Pode haver uma dificuldade.

— Uma dificuldade? — perguntei ansiosamente.

— Pode ser que não a aceitem. Não é qualquer um que consegue entrar no Instituto Frenopático do doutor Reger Samaniego.

— Deve haver um jeito…

— Ele tem muitos pedidos. Também não sei quanto ele cobra.

— Isso não é problema — aleguei.

Não que eu seja rico, mas não vou pensar em dinheiro quando é da Diana que se trata.

— Não se preocupe — disse o professor.

— Fácil falar! — protestei com raiva.

— O Instituto fica na rua Baigorria. Aqui perto. O senhor poderá visitá-la sempre que quiser. Amanhã bem cedo, passo para pegá-la.

Olhei-o surpreso, mesmo sabendo perfeitamente que ele era cupincha do doutor, porque nas noites de sexta-feira os dois jogam xadrez, à vista e paciência do público, no bar La Curva, na esquina da Álvarez Thomas com a

Donado. É verdade que eu sabia tudo isso de ouvir falar: por um desses grandes caprichos do destino, até então nunca tinha cruzado com o doutor Reger Samaniego, nunca tinha visto sua cara de múmia.

X

O professor Standle se levantou, e eu me apressei a pagar para não ficar sentado feito um grosseirão. Acho até que o ajudei a vestir a gabardina, tarefa que se revelou bem trabalhosa, pois o bicho mede, por baixo, dois metros. Por incrível que pareça, repeti várias vezes "obrigado", porque ainda via nele um amigo e protetor. Só porque custei a encontrar as palavras não lhe disse: "O senhor não sabe o peso que me tirou das costas".

Até que ele se retirou, permaneci nesse estado de espírito. Depois me senti, não sei se me explico, sem chão, nada contente com a decisão que acabava de tomar. Quem sabe se Standle não me parecera um protetor apenas porque não me deixava abrir a boca para expor minhas dúvidas. Acho que senti medo, como se tivesse dado início a uma calamidade imprevisível. Fiquei dando voltas pelo bairro para me distrair, para não chegar em casa tão rápido e, acima de tudo, para não aparecer lá com cara de enterro e com aquela rigidez nas mandíbulas que não me permitia aparentar boa disposição ou pelo menos indiferença. Também queria refletir, porque não sabia o que dizer a Diana.

De repente gritei: "Não posso fazer isso com ela!". Não podia, pelas costas, maquinar sua internação com um estranho. Eu nunca me perdoaria por isso; ela também não, acredite. Imaginei planos delirantes. Propor a ela que nessa mesma noite fôssemos ao Tigre para passar uma semana em uma pousada das ilhas (o tempo não era propício) ou que déssemos uma escapada a Mar del Plata ou Montevidéu para tentar a sorte no cassino.

Claro que, se Diana me perguntasse "Por que não esperamos até amanhã de manhã? Por que sair assim, no meio da noite, como se estivéssemos fugindo?", eu não saberia o que responder.

Não me lembro se já comentei aqui que minha esposa é muito valente. Claro que ela tinha más recordações do sanatório onde a internaram quando era solteira e que a coitada contava comigo para que a defendesse de qualquer médico ou enfermeiro que aparecesse em casa, mas, se ela suspeitasse que o que propunha era mesmo uma fuga, além de se desapontar comigo e me desprezar de forma irremediável, nada neste mundo a convenceria a me seguir, nem mesmo a certeza de que na manhã seguinte viriam pegá-la. Impressionante como o ponto de vista varia de pessoa para pessoa: até aquele momento, eu não tinha parado para pensar na possibilidade de que alguém interpretasse meus planos como uma tentativa de fuga. Minha única preocupação era salvar minha esposa.

É verdade que, se o senhor me apertar, acabarei reconhecendo que concordei em entregar minha esposa para não ficar mal na conversa. Se quiser, posso acrescentar uma agravante. Quando o professor se afastou da minha vista, deixou de me importar se eu ficaria bem ou mal e me admirei do absurdo com que havia consentido. Coitada da Diana, tão confiante no seu Lucho, e na primeira oportunidade, olhe como ele a defendeu. Mesmo que ela não me ame tanto quanto a amo, tenho certeza de que jamais, por imposição de quem quer que fosse, Diana seria capaz de me abandonar desse jeito… A integridade e a coragem da minha esposa me admiram e, em momentos difíceis como os que estou vivendo, são um exemplo para mim.

O senhor poderá agora avaliar quanto se engana quem diz que não tive sorte no casamento.

Em casa me aguardava uma surpresa. Quando acendi a luz do quarto, Diana, que já estava deitada, fingiu que dormia. Digo isso com fundamento, porque a surpreendi olhando para mim com um olho totalmente aberto. Tomado dessa perplexidade, fui até a cozinha para refletir e topei com Ceferina, que estava acabando de lavar a louça. Quando minha esposa e eu andamos estremecidos, prefiro nem ver a velha, por causa da birra que tem dela.

— O que deu nessa aí? — disparou, e me preparou um mate.

Fazendo-me de desentendido, perguntei:

— Nessa aí quem?

— Como assim quem? Na sua esposa. Está muito esquisita. Ela não me engana: está aprontando alguma.

XI

De manhã, quando o professor chegou, Diana ainda estava dormindo, ou fingindo dormir. Confesso que até eu mesmo — embora não tivesse pregado o olho a noite inteira — me surpreendi com a aparição do indivíduo. Para o senhor ver como era cedo, o galo do Aldini ainda não tinha cantado.

Meu desempenho na ocasião deixou muito a desejar, porque perdi a cabeça. Acho que os homens de antigamente eram mais homens. Veja que vergonha o que perguntei para aquele enxerido:

— Que é que eu faço agora?

Com sua invariável placidez, ele respondeu:

— Diga que vim buscá-la.

Foi o que fiz, e aí o senhor precisava ver: sem pedir explicações, minha esposa correu para se lavar e vestir. Pensei que teríamos de esperar um bom tempo, porque nessas lides as mulheres costumam demorar mais que o previsto. Estava enganado: poucos minutos depois, Diana apareceu, radiante na sua beleza e com sua malinha na mão. Acho até que ela já tinha preparado suas coisas antes de se deitar.

Agora peguei a desconfiar que talvez o professor já tivesse apalavrado tudo com ela na véspera, na escola. Sabe-se lá que embustes lhe contou. Ao vê-la tão iludida, tive pena dela e senti ódio do professor. Nesse último ponto fui injusto, porque o maior culpado era eu, que tinha jurado proteger minha esposa e me envolvi na perfídia. Diana me deu um beijo e, como uma criança, ou melhor, como um cachorrinho, seguiu atrás de Standle.

Ceferina disse:

— A casa ficou vazia como se tivessem levado os móveis.

Sua voz, que sempre lhe retumba no céu da boca, dessa vez retumbou também no quarto. A velha deve ter falado com má intenção, mas expressou o que eu sentia.

Logo ela começou a me incomodar. Mostrou-se por demais gentil e afetuosa, levou seu bom humor a notáveis extremos de vulgaridade e chegou até a cantarolar o tango "Victoria". Pensei com estranheza no fato de que uma pessoa que nos ama seja capaz de aumentar assim nosso desconsolo. Fui à oficina, trabalhar nos relógios.

XII

Acabávamos de nos sentar à mesa, a velha Ceferina muito animada e com o melhor apetite, eu com um nó na garganta, sem poder engolir nem água, quando o telefone tocou. Atendi como um raio, certo de que era Diana me ligando para que eu fosse buscá-la. Era *don* Martín, meu sogro.

Como o coitado não escuta direito, de início entendeu que sua filha simplesmente não estava em casa. Quando se deu conta de que ela tinha sido internada, juro que tive medo dele pelo telefone. Além de meu sogro se enfurecer com facilidade e exibir um gênio terrível, àquela altura a internação de Diana tinha assumido, também para mim, o caráter de um despropósito. Disse a mim mesmo que, antes que *don* Martín aparecesse em casa, eu traria Diana pelo braço.

— Vou sair — anunciei.

— Sem almoçar? — perguntou Ceferina alarmada.

— Vou agora mesmo.

— Se você não comer, vai ficar fraco — protestou. — Por que deixa esse velho encher sua cabeça?

Senti raiva e repliquei:

— E você, por que fica escutando a conversa alheia?

— O velho encheu mesmo sua cabeça. Mandou você procurar a filhinha dele, é? Ainda bem que na volta você vai comer à vontade, porque é ela quem vai cozinhar.

Essas brigas com a velha me desagradam. Sem responder uma palavra, saí.

Não tinha nem chegado à esquina quando cruzei com o Gordo Picardo. Já pude comprovar: quando estamos mais aflitos topamos com patetas como Picardo, e tudo o que nos acontece já não parece real, mas um sonho. Nem por isso as coisas melhoram. Continuamos igualmente aflitos, mas com os pés menos firmes no chão.

— Aonde você vai? — perguntou.

É notável como o pomo de adão do Picardo se mexe quando ele fala.

— Tenho muito o que fazer — respondi.

Ele me observava com insistência, mal disfarçando a curiosidade. Admira pensar que no passado o consideramos uma espécie de valentão, porque agora ele não só é o mais infeliz do bairro, como também o mais magro.

— Vimos sua esposa hoje de manhã — disse. — Saiu bem cedinho.

— E daí? — perguntei.

Não sei por que guardo bem um detalhe daquele momento: sem querer eu reparava, no seu pomo de adão, nos pelos da barba mal raspados.

— Você está indo atrás dela? — perguntou.

— De onde você tirou essa ideia? — respondi sem pensar.

Ele disse:

— Você tem que tentar a sorte no jogo.

— Me deixa em paz.

— Estou apontando *quinielas* e *redoblonas*. Ao saber que temos telefone, um doutor que às vezes para no La Curva me nomeou seu representante. Começo a trabalhar na semana que vem. — Fez uma pausa e acrescentou com insólita empáfia — Gostaria de contar com você no meu plantel de clientes.

Estive a um triz de lhe dizer que esse trabalho não era para infelizes, mas queria me livrar dele, portanto prometi:

— Certo, vou ser teu cliente, mas só se se você não vier atrás de mim agora.

Eu me lembro do encontro com Picardo nos mínimos detalhes. Na realidade, eu me lembro de tudo o que aconteceu depois da horrível noite do meu aniversário como se estivesse se passando diante dos meus olhos. Um sonho se esquece; um pesadelo como esse, não.

XIII

A escola de cães funciona naquele terreno amplo mas irregular onde, nos nossos tempos de criança, ficavam a granja e o pomar do Galache. O edifício, como o chama o alemão, é o velho casebre, agora mais velho ainda, com a madeira ressecada — desde o tempo do Galache que não deve receber uma mísera mão de pintura —, com algumas tábuas podres e soltas. Sempre me admirou que o pomar produzisse aqueles pêssegos tão perfumados, porque tudo lá estava impregnado de cheiro de frango. Agora o cheiro é de cachorro.

Não sei por que me aproximei do lugar tão ressabiado. O senhor pensará: "Medo de cachorro". Posso lhe garantir que não era isso. Estava tomado por uma fantasia, pela imaginação de que, ao entrar lá, de repente eu poderia descobrir um segredo que me causaria grandes pesares. Pensei: "Devo jogar limpo". Se eu lhe conto esse detalhe é para que o senhor faça uma ideia de como minha mente funcionava; antes de saber de nada, como se já pressentisse as provas a que seria submetido, desvairava um pouco. Pensei: "Devo jogar limpo" e me pus a bater palmas. Dali a pouco saiu o professor. Não pareceu contente com minha visita.

Quando entrei no escritório, logo me perguntou:

— Aceita um café?

Já ia recusando, para apresentar minha demanda logo de uma vez; mas eu me conheço, sei que não valho nada quando estou nervoso, portanto aceitei o café, para ganhar tempo e tentar me acalmar. O alemão se retirou.

Não sou dos que se gabam de pressentir acontecimentos, mas me pergunto por quê, desde o início, eu estava tão alterado. É verdade que o fato de mandar a própria mulher ao manicômio, mais ou menos à traição, basta para perturbar qualquer um. Eu pensava: "Estou assustado com o que fiz", mas lhe garanto que suspeitava que por trás daquilo devia haver algo pior ainda.

No cubículo faltava o ar. Havia retratos de cachorros pendurados nas paredes, emoldurados como se fossem de gente, e uma aquarela representando um navio de guerra, em cuja proa decifrei a palavra *Tirpitz*. A escrivaninha do professor, um daqueles móveis de tampa ondulada e corrediça, parecendo uma persiana, estava abarrotada de papéis amarelados. Ele os afastou um pouco para apoiar sua caneca de café, uma colher de sopa e um açucareiro de ágata. No chão, ao lado da cadeira giratória, havia uma caixa aberta de Bay Biscuits, azul, vermelha e branca. Era uma caixa grande, daquelas que a gente vê nas mercearias.

Agora tenho a impressão de que eu olhava essas coisas como se estivessem vivas. Ele trouxe meu café em uma xicrinha de porcelana.

— Desculpe — disse —, mas aqui não tenho duas xícaras iguais nem outra colher. Além disso, pode ser que não goste do café.

Olhei para ele surpreso.

— Porque não é café — explicou. — O café faz mal, é excitante. A cevada faz bem. Quer açúcar?

XIV

Veja como são as coisas: a cevada foi o ponto de apoio para eu me reerguer.

— É ruim, mas não tem importância. — Pus a xicrinha de lado. — Nenhuma importância.

— Não entendi — ele disse com gravidade.

— Estou pensando em algo muito diferente.

— Está pensando na sua esposa.

Aí a surpresa foi minha. Perguntei:

— Como o senhor sabe?

Ele tinha adivinhado por pura astúcia ou era eu que, de tão perturbado, sem querer delatava meus pensamentos? Sua resposta não esclareceu nada:

— Porque está arrependido.

— Não há motivo para estar satisfeito — avisei. — O senhor fez um mal. E quem faz um mal tem que desfazer.

Ele se estendeu em um discurso de tom razoável, mas que soava insolente e até ridículo quando sua voz, em geral grossa e grave, se esganiçava. Repisou, em resumo, os riscos da doença e as comodidades do Instituto.

— Ouvindo o senhor falar assim, parece até que mandou minha mulher a um hotel de luxo. Um *palace*.

— Não fica nada a dever a um *palace*.

Acrescentou uma palavra que soou como *eslós* ou algo parecido. Não entender o que ele disse contribuiu para minha explosão de raiva.

— O senhor vai tirar minha mulher de lá — gritei. — Vai tirar, mesmo.

Houve um silêncio muito longo.

— Tirar, tirar — replicou por fim, dando umas pancadinhas com a ponta do indicador, duro como um ferro, na minha testa. — O que eu vou tirar é essa ideia da sua cabeça.

Olhei para ele. É enorme, um verdadeiro armário vestido de gente.

— Se ao voltar minha mulher tiver alguma queixa, farei com que o senhor seja responsabilizado.

Tentei parecer ameaçador, mas a frase saiu conciliadora. Além disso, quando disse "ao voltar", tive medo de estar me iludindo e fiquei bastante desesperado.

— Se o senhor a tirar — respondeu —, a responsabilidade será toda sua. Eu não farei essa maldade com a senhora Diana. Não me presto.

Não sei por que senti até mais raiva pelo modo como ele disse *presto*. Discutimos um bocado. Por último, como uma criança a ponto de chorar, me abri:

— Desta vez tenho a impressão de que a perdi para sempre.

Em seguida me odiei por demonstrar tanta fraqueza. Standle me aconselhou:

— Se faz tanta questão, por que não fala diretamente com o doutor Reger Samaniego?

— Não, não — respondi me defendendo.

— O mais sensato é o senhor voltar para sua casinha. Agora.

Saí feito um sonâmbulo. Não tinha nem chegado à cancela de arame quando um pensamento me alarmou. "E se o sujeito estiver confundindo as coisas?", pensei e raciocinei a toda a velocidade. "Ele não sabe que leva a melhor nas conversas porque é mais rápido. É capaz de achar que tenho medo dele. Nesse caso, minha esposa fica sem a menor proteção." Dei meia-volta, fui de novo até o casebre, entreabri a porta, espiei. O professor parecia de novo contrariado.

— É bom mesmo que minha esposa não tenha queixas, porque senão o senhor e esse tal doutor vão se arrepender. — Como ele abriu a boca e não respondeu, gritei: — Se tem algo a dizer, fale.

— Não, não — balbuciou. — Não haverá queixas.

Bebeu de um gole aquele café que era cevada e que já devia estar morno. Fechei a porta. Avancei triunfante, mas a satisfação não durou muito. Pensei: "A pobre Diana tem razão. Vivo miseravelmente preocupado com meu amor-próprio. Quem sabe se com essas bravatas não acabo retardando sua soltura".

XV

Quando cheguei de volta em casa, Adriana María já estava lá. Quero dizer que estava lá para ficar, com moleque e tudo. Ao contrário do meu sogro, mostrou-se afetuosa e me parabenizou pela atitude "valente e oportuna". Explicou:

— Meu pai sempre foi inimigo do manicômio. Quando mamãe faleceu, ele jurou que não haveria poder no mundo capaz de internar Diana. Meu pai não suspeitava que o maridinho era esse poder.

Acho que eu sorri satisfeito, pois qualquer aprovação é um alento para quem não costuma ouvi-las, mas meu humor virou quando percebi que estavam me parabenizando nada mais, nada menos que pela internação da pobre Diana. Protestei como pude.

— Você só fala assim — disse Adriana María, no tonzinho de quem dá uma explicação completa — porque não sabe quantas lágrimas derramei por causa desse capricho do meu pai.

— Um capricho do seu pai?

— Isso mesmo. O amor cego que ele tem pela Diana.

Repliquei:

— A Diana não tem culpa de ser amada.

— Concordo. É muito justo. Mas você também há de concordar que eu conheço minha família. Estou, como dizer?, familiarizada com ela.

Olhei para ela surpreso e pensei: "Não consigo entender. Quando estou mais preocupado com minha esposa, descubro as graças da minha cunhada". Fui tirado dessas divagações por uma frasezinha de Adriana María que ouvi com notável nitidez:

— Eu pareço com mamãe, e a Diana é o retrato escarrado do velho.

Com uma fúria que nem um psicanalista conseguirá me explicar, respondi de pronto:

— Todos na família se parecem, mas eu gosto é da Diana.

— Desde bem pequena — devolveu —, minha vida foi uma luta. Enquanto minhas companheiras brincavam de boneca, eu derramava lágrimas e lutava. Sempre lutei.

— Que coisa triste.

—Acha mesmo triste? — perguntou ansiosa. — Viúva, jovem, livre, posso fazer coisas que muitas casadas adorariam. Você nunca parou para pensar no que tem sido minha vida?

Respondi sinceramente:

— Nunca.

— Minha vida é o enorme vazio que o Rodolfo, meu marido, me deixou ao falecer. Juro pela minha mãe que ninguém o preencheu até agora.

Senti um desconforto. Devo ter percebido, sem necessidade de pensar muito, que Adriana María era uma pessoa de fora disposta a se intrometer onde não era chamada e que exigiria todo tipo de atenção, quando a única coisa que eu pedia era compreensão e calma. Dissimulei como pude a contrariedade e em busca de um peito fraterno, como diz o tango, escapuli para o quarto de Ceferina, nos fundos. Já na porta se deu o encontrão, que não foi duro, pois Ceferina vinha carregada de travesseiros e cobertas, mas que me desconcertou.

As pessoas que nos amam têm o direito de nos odiar de vez em quando. Como se trombar comigo a alegrasse, comentou:

— Não ganhamos grande coisa, hein?

Mesmo sabendo que o mais prudente era calar, perguntei:

— Por que diz isso?

— Nesta casa, eu só sirvo para fazer a cama de desavergonhadas.

Sua voz silvava de raiva.

Anunciei:

— Vou aos meus relógios.

Ao passar na frente do banheiro, acho que vi pelo espelho Adriana María com os peitos meio de fora. Ainda bem que Ceferina não a surpreendeu assim, porque a cena daria pano para manga.

XVI

Debrucei nos relógios impelido por uma febre misteriosa, talvez na esperança de que o trabalho abafasse meus pensamentos. Pouco antes do jantar, calculei que, mantendo aquele ritmo, até o fim da semana terminaria os consertos prometidos para o fim do mês.

Chegou a vez do Système Roskopf do boticário. Seja qual for o assunto da nossa conversa, *don* Francisco sempre solta, como se respondesse a um mecanismo de relojoaria, sentenças do tipo: "É minha garantia", ou "Já não se fabricam máquinas como essa", ou então aquela que para ele resume todos os elogios: "Herdei esse relógio do meu finado pai". Enquanto eu desmontava a máquina, pensava: "Só para não contrariar o Standle consenti em mandar a Diana para o Frenopático. Não à toa ela diz que os maridos, no empenho de ficarem bem com o primeiro que aparece, sacrificam a própria mulher". Não me pergunte qual era o problema com o Système Roskopf: trabalhei nele com a mente muito longe.

Depois de algum tempo, meus pensamentos e os próprios relógios se tornaram insofríveis. Acho que eu voltava a dar razão a Diana e cheguei a sentir repulsa pelo ofício de relojoeiro. Para que olhar de perto detalhes tão pequenos? Abandonei a bancada, caminhei pelo quarto como um animal enjaulado, até que os carrilhões começaram a tocar. Então apaguei a luz e saí.

Entrei na sala de jantar, que estava na penumbra, com o televisor ligado. Acredite, por um instante quase morro de felicidade: quem eu vejo de costas, diante da tela? Acertou: Diana. Já corria para abraçá-la quando ela deve ter me ouvido, ou percebido minha presença, e se virou. Era Adriana María. Devo reconhecer que ela se parece demais com minha esposa, só que morena, como já comentei, e com notáveis diferenças de caráter. Ao ver que não era Diana, senti tanto rancor pela mulher que sem querer comentei a meia-voz: "Não é qualquer uma que toma seu lugar". Muito tranquila, Adriana María virou as costas e continuou assistindo à televisão. Aí aconteceu algo muito estranho.

O rancor desapareceu e fui de novo tomado pelo bem-estar. Nem eu mesmo me entendo. Sabia que aquela mulher não era minha esposa, mas bastava não ver seu rosto para me deixar enganar pelas aparências. O senhor provavelmente tirará de tudo isso conclusões bastante amargas sobre o que Diana é para mim. É apenas seu cabelo ou, menos ainda, a onda do seu cabelo sobre os ombros, e a forma do corpo, e o jeito de se sentar? Gostaria de provar que está enganado, mas dá trabalho pôr em palavras um pensamento confuso.

O senhor decerto pensará que Diana tem razão, que a relojoaria é minha segunda natureza, que eu tendo a olhar os pormenores de perto. Acredito, no entanto, que a cena anterior, insignificante quando a recordo por separado, adquire sentido junto ao resto dos acontecimentos que estou narrando aqui e ajuda a entendê-los.

XVII

Por mais de uma hora me refugiei de novo nos relógios. Quando voltei a entrar em casa, Adriana María estava mostrando a Ceferina a árvore genealógica dos Irala. Tinha sido confeccionada, a preço de ouro, pelo mesmo charlatão da Rural que lhes contou que descendiam de um Irala do tempo da Colônia. Conforme Aldini costuma dizer, só eu mesmo para achar uma família tão diferente de tudo o que se vê nesta época. Espiei por cima do ombro da minha cunhada e, ao descobrir em um dos últimos ramos o nome Diana — e eu ao lado dela, ligado por um traço —, me comovi. Que bela figura, coitada, junto a um frouxo da minha laia. De repente ergui os olhos e vi que Ceferina estava rindo. Talvez risse da vaidade da minha cunhada, ou tivesse me surpreendido quando eu passava a mão pelos olhos. Para surpreender as ridicularias alheias, a velha é um azougue.

Um fato parecia evidente: nas minhas aflições, era inútil esperar compreensão das mulheres que tinha por perto. Ceferina tomou ares de suficiência, como quem pergunta "Eu não disse?". Gostaria de saber o que a velha me jogava na cara. Não foi com minha cunhada que me casei, e sim com minha esposa. O senhor dirá: "Todo mundo sabe disso: imaginamos nos casar com uma mulher, e nos casamos com uma família". Pois eu lhe digo que voltaria a me casar com Diana mesmo que para isso tivesse que carregar nas costas Adriana María, *don* Martín e Martincito. E acrescente-se que nesses dias lamentei profundamente a tremenda semelhança da minha cunhada com minha esposa. A cada três por dois confundia uma com a outra e me alvoroçava com a ilusão de ter Diana de volta. Repetia a mim mesmo: "Vou tomar cuidado para não me enganar outra vez". Acredite, na minha situação, não convém ter em casa uma pessoa tão parecida, porque ela lembra o tempo todo a ausência da verdadeira.

Não sei se já lhe contei que tenho algumas manias; por exemplo, não suporto o cheiro de comida na roupa nem no cabelo. Diana sempre caçoa de mim, dizendo que posso não dar importância aos antepassados, mas tenho melindres de filhinho de papai. Sabe-se lá o que Ceferina estava cozinhando naquela tarde; o que eu sei é que era como tomar uma sauna de alho. Devo ter reclamado, porque Adriana María me perguntou:

— O cheirinho te incomoda? Comigo é o contrário: me dá uma fome! Pode vir no meu quarto, se quiser.

Antes de me retirar olhei para trás. Ceferina estava piscando um olho, sabendo muito bem que não gosto que as pessoas pensem disparates. Minha contrariedade deve ter saltado aos olhos, porque Adriana María me perguntou com a maior preocupação:

— Coitadinho, o que você tem? — Apoiou as mãos nos meus ombros, me olhou muito fixo, sem titubear fechou a porta de um pontapé e insistiu com uma voz muito carinhosa: — O que você tem?

Eu queria me safar dos seus braços e sair do quarto, pois não sabia o que dizer. Não podia mencionar a piscadinha de Ceferina sem reavivar o rancor entre as duas mulheres e talvez sem deixar claro que desaprovava, como uma falta de tino, o gesto inocente de fechar a porta. Por isso não aleguei o motivo do momento, e sim o de toda hora. Agi assim no intuito de assegurar a simpatia da minha cunhada.

— Me pergunto se não é uma barbaridade — murmurei.

Eu devia estar pálido, porque ela começou a esfregar meu corpo todo como se tentasse estimular a circulação do sangue.

— Onde está a barbaridade? — exclamou, toda contente.

— Você acha que foi indispensável?

— Que foi indispensável o quê?

Pronunciou cada palavra por separado. Parecia uma boba.

— Mandar a Diana para o Frenopático — esclareci.

Não entendo as mulheres. Sem motivo aparente, Adriana María passou da animação ao cansaço. Um doutor que tratava da minha esposa me disse que isso acontece quando a pessoa tem uma queda na pressão do sangue. Agora minha cunhada parecia prostrada, aborrecida, sem ânimo para falar nem para viver. Eu já ia lhe aconselhar que controlasse a pressão, quando murmurou, com visível esforço:

— É pelo bem dela.

— Não tenho tanta certeza — respondi. — Quem sabe o que a coitadinha está sofrendo, enquanto a gente aqui faz o que bem entende.

Ela riu de um jeito estranho e perguntou:

— Faz o que bem entende, é?

— Uma internação não é brincadeira, caramba.

— Vai passar.

— Melhor a gente não se enganar — insisti. — A coitadinha está num manicômio.

Em um tom que não me agradou nem um pouco, ela replicou:

— Coitadinha nada. Outras não têm a sorte de que alguém lhes pague um manicômio de luxo.

— Um manicômio é um manicômio — protestei.

Ela replicou:

— E luxo é luxo.

Eu tinha esperanças de me entender com minha cunhada, de que ela fosse uma verdadeira irmã na minha desolação, mas veja as enormidades que ela me dizia. E ainda me reservava uma surpresa. Quando um relógio de cuco começou a dar as oito, ela se contorceu como se algo a enervasse e gritou fora de si:

— Não volte a me encher a paciência falando dessa mulher!

Isso mesmo que o senhor ouviu: ela chamou a própria irmã de "essa mulher".

Sem responder uma palavra, saí do quarto. Adriana María devia estar furiosa, porque ergueu a voz e praguejou entre dentes "desgraçada", "até quando?", "o que ele viu nessa aí?". Não me dei por achado e me afastei.

No corredor esbarrei com Ceferina, que imediatamente me perguntou:

— Quer dizer que você não lhe fez o gosto?

Em um rompante de raiva, respondi:

— Hoje não janto em casa.

XVIII

Não é para fazer drama, mas eu lhe garanto que em uma situação como a minha, sem um confidente para me escutar e aconselhar, a solidão se torna muito ingrata. Agora me diga a quem eu podia recorrer para desabafar. Por motivos incompreensíveis, minha cunhada tinha tomado birra da Diana. Ceferina — para que se enganar? — nunca gostou dela. O moleque era um moleque. Meu sogro — o coitado não estava menos contrariado que eu — me culpava pela internação e me odiava. Lembro que pensei: "Se pelo menos eu tivesse um cachorro, como o Manco Aldini, poderia falar das minhas mágoas e me consolar. Quem sabe se eu tivesse feito o gosto da Diana, quando ela implorava para comprar um, teria evitado desgraças".

Assim que saí na noite lamentei meu rompante de raiva e me perguntei o que faria com minha pessoa. Ainda bem que em meio a tanta desventura eu não tinha perdido toda a vontade de comer, porque à beira de uma mesa, em um boteco qualquer, a gente se distrai e passa o tempo melhor do que zanzando na rua.

Talvez por ter pensado no Aldini o encontrei no La Curva. Eu não achava outra explicação. Uma vez Diana me mostrou que isso é bem comum.

— Você por aqui? — perguntei.

Aldini estava sozinho diante de um copo de vinho.

— Minha esposa está doente — respondeu.

— A minha também.

— E ainda dizem que não existem coincidências. Se eu fico em casa, a Elvira não sossega enquanto não me prepara o jantar. Como não quero que faça mais estragos, inventei uma mentira.

— Não diga.

— Falei que os amigos me convidaram para jantar. Mas não gosto de mentir para ela.

Respondi:

— Então aceite meu convite, que assim não tem mais mentira.

— Jantamos juntos. Não tem por que você me convidar.

Tentei explicar que, se ele não jantasse como meu convidado, continuaria sendo uma mentira o que dissera à mulher, mas me atrapalhei na argumentação. Pedimos ensopado.

— Nunca pensei que te encontraria no La Curva — afirmei com sinceridade.

— E ainda dizem que não existem coincidências — respondeu.

— Coincidências? — perguntei. — Que coincidências?

— Nós dois no La Curva. Os dois com a mulher doente.

Reconheci:

— Tem razão.

Aldini é inteligente. Repetiu várias vezes:

— Os dois com a mulher doente.

— A gente até perde o rumo — observei.

Como o ensopado estava demorando, acabei com o pão da cesta. Atrás da minha nuca, alguém falou:

— Não deem bola para esse hipocritão. — Eu me virei; era o Gordo Picardo, que me apontava com um dedo e dizia: — De contrabando, ele já enfiou em casa a cunhada, que é o retrato escarrado da esposa.

Piscou um olho (assim como Ceferina pouco antes), sentou sem esperar que o convidássemos, pediu uma porção de ensopado e com ares de grande senhor deu duas ou três tragadas no cigarro meio amassado que Aldini tinha deixado no cinzeiro.

Das mesas de bilhar veio até a nossa um senhor loiro, cabeçudo, de estatura abaixo do normal, fornido no seu terno justo. Se bem me lembro, estava penteado com brilhantina e parecia muito limpo, até lustroso. Via-se de longe que era dos que fazem as unhas nos grandes salões do centro. O Gordo Picardo se apressou a apresentá-lo:

— O doutor.

— Doutor Jorge Rivaroli — esclareceu o indivíduo. — Se não for inoportuno, uno-me aos senhores.

Picardo puxou uma cadeira. Como se nos faltasse assunto, houve um longo silêncio. Eu continuava comendo pão.

— O tempo parece instável — opinou o doutor.

— O pior é a umidade — respondeu Aldini.

Picardo se virou para mim e disse:

— Você prometeu apostar, quem sabe, nas *redoblonas*.

— Eu não jogo — respondi.

— Faz muito bem — aprovou o doutor. — Há demasiada insegurança neste mundo para ainda acrescentarmos um jogo de azar.

Picardo me olhou com ansiedade.

— Você prometeu — insistiu.

O doutor o dissuadiu:

— Não se deve incomodar as pessoas, Picardito.

— E para beber, senhores? — perguntou o dono, *don* Pepino em pessoa, que se abalou até nossa mesa assim que avistou Rivaroli.

— Semillon para todos — pediu o doutor. — Do tinto, entenda-se.

Eu prefiro o vinho branco, mas não falei nada.

— Meio sifão de soda — acrescentou Aldini.

Apesar de infeliz a mais não poder, Picardo não deixa de ser maldoso.

— O senhor aqui está com a esposa doente — explicou, apontando para mim —, mas não tem do que reclamar, porque já enfiou em casa a cunhada, que é igualzinha.

— Não é a mesma coisa — protestei.

Todos riram. Com essa resposta eu dava a deixa para que passassem a discutir minha intimidade, o que me desagradava profundamente. Picardo comentou:

— Aposto que no escuro você a confunde com sua esposa.

Não por acaso dizem que pela boca dos loucos se escuta a verdade.

— Pois comigo acontece uma coisa muito estranha — observou Aldini pensativo, e eu agradeci que ele desviasse a atenção dos outros —, e sempre na luz da tarde. Se eu contar, vocês vão rir de mim.

Por lealdade, aconselhei:

— Então não conta.

— Por que não? — perguntou o doutor e serviu uma rodada de Semillon. — Quero crer que estamos entre amigos.

Aldini confessou:

— Não sei se é porque minha vista falha nessas horas, mas, quando tem pouca luz, eu vejo minha esposa mais bonita, não sei como explicar, como se fosse mais nova. Uma coisa muito estranha: aí eu acredito que a Elvira é do jeito que a vejo, aquela moça que era na juventude, e gosto mais dela.

— E se você coloca os óculos? — perguntou Picardo.

— Bom, aí aparecem detalhes que é melhor nem comentar.

— Não estou reconhecendo o velho Aldini — eu disse. — Você não costuma descambar nessas indiscrições.

— Puxa vida — protestou. — Um dia posso estar meio alegre, não?

Falando empoladamente, o doutor apontou:

— É um apaixonado pela beleza.

Picardo apontou para mim:

— Este aqui também. Para o senhor ver que não minto, doutor, pergunte por aí como são a esposa e a cunhada dele. Pedaços de mau caminho.

— Pare de perturbar as pessoas, Picardito — repreendeu o doutor.

— Não é para encher que eu falo — protestou Picardo. — Pelo jeito, o senhor não sabe o que esse coitado está passando, doutor. Primeiro se mancomunou com um alemão professor de cachorros para botar a mulher no hospital de doidos e agora está arrependido.

O doutor me pediu com sinceridade:

— Releve o que ele diz. O senhor sabe que o Picardito não faz por mal.

— Olhe — respondi —, não ligo a mínima importância, porque conheço bem o Picardo; mas o senhor não tenha dúvida de que maldade é o que não lhe falta.

— A ruindade brota da sua alma — me apoiou o garçom, enquanto servia outra rodada de ensopado.

Picardo voltou à carga:

— Agora anda feito alma penada, porque se arrependeu e quer tirar a mulherzinha do hospício.

Como ele sabia disso? É o que eu sempre digo: na viela, toda notícia acaba vazando.

— Perdoe que me imiscua — disse Rivaroli. — Posso fazer-lhe uma pergunta?

Francamente, eu não queria que o indivíduo se intrometesse nos meus assuntos. Mas, como não me ocorreu um modo de dizer que não, disse que sim.

— Ninguém melhor para te dar uma mão, se você quer mesmo tirar sua esposa de lá — observou Picardo.

Eu devia estar bem nervoso, porque foi uma enormidade o que comi de pão e de ensopado nessa noite, sem falar que exagerei no Semillon.

— Motivos de ética profissional me induzem a submeter-lhe uma pergunta — esclareceu o doutor. — O senhor está lembrado se lavrou a autorização pertinente?

— Pertinente?

— Para a internação da sua consorte.

— Eu não assinei nada — respondi.

— Fez muito bem — disse. — Nunca se deve assinar nada. Sabe se sua esposa deu ela mesma sua autorização por escrito?

— Não, isso eu não sei.

— Caso não a tenha dado, temos um ponto de apoio para entrarmos em ação. Trouxeram a conta.

— Eu pago — disse o doutor.

— Não, eu pago — repliquei. — A parte do Aldini e a minha.

Picardo comentou com entusiasmo:

— Você vai ver como o doutor vai fazer todo mundo dançar na corda bamba.

Só não esclareceu quem era todo mundo.

— Fico ao seu inteiro dispor — assegurou o doutor quando íamos saindo. — No momento oportuno, avise-me através do Picardito. Garanto que sairei mais barato que a internação, com a vantagem de que terá sua esposa de volta em casa.

Como estava garoando, o doutor se ofereceu para nos levar de carro. Aldini e eu não quisemos que se incomodasse, porque depois de tanta sociabilidade estar a sós entre amigos é um verdadeiro descanso. Tomamos o rumo da viela. A garoa foi virando um aguaceiro, a coxeadura do Aldini retardava a caminhada, a roupa se ensopava e cheguei a me perguntar se não teria sido melhor aceitarmos a carona do Rivaroli. Paramos embaixo de uma marquise para esperar que o pé-d'água amainasse. Aldini de repente me disse:

— Fica longe dos advogados, que senão te depenam sem dó.

— Justiça seja feita — devolvi —, num ponto o Picardo tem razão. Se eu quero ter a Diana de volta, não posso criar problemas.

— Eu me pergunto se você não vai se complicar com a conversa de agora há pouco. É só uma pergunta.

— Não concordei com o Rivaroli.

— Mas também não discordou. É bom mesmo não ter um tubarão desses como inimigo. Nem o pessoal do hospício.

— Mas não tem jeito, vou ter que escolher. Se eu quiser mesmo tirar a Diana de lá, vou ficar mal com uns ou com outros.

— Você acha que sua esposa deu a autorização para o alemão?

— Por que daria?

— Sei lá. Perguntei por perguntar.

— Se perguntou, foi por algum motivo.

A chuva diminuiu um pouco, e retomamos a caminhada, Aldini decidido a caminhar devagar, eu puxando-o de um braço, o que era tremendamente cansativo. Ao atravessar a rua, o Manco não quis ou não conseguiu saltar a poça da sarjeta e molhou até a panturrilha. Observou reflexivo:

— Se depois descobrirem que ela assinou o documento, imagina as complicações que o advogado vai ter arrumado para você.

— Você acha mesmo?

— Calúnia e outras coisas parecidas. — Depois de uma pausa, acrescentou: — Eu não gostaria de ter o pessoal do hospício contra mim.

Acabávamos de chegar à viela. Eu estava cansado de escutar as elucubrações do Aldini.

— Bom, com alguém eu vou ter que ficar mal — comentei. — Mas agora eu vou é para a cama, que estou caindo de sono.

— Sorte sua. Eu ainda preciso levar o Malandrín para passear, sem falar no chazinho que depois tenho que preparar para a Elvira.

Em casa, todo mundo estava com a luz apagada. Por culpa do ensopado, passei a noite inteira sonhando pesadelos e disparates.

XIX

Se eu lhe disser que no dia seguinte Ceferina me tratou com notável consideração, é capaz que o senhor não acredite. Mas é a pura verdade. Não à toa *don* Martín vive dizendo que o humor da mulher é tão instável quanto o clima de Buenos Aires.

Estávamos tomando mate quando eu disse a Ceferina:

— Se aparecer algum cliente, só vou estar de volta na oficina de tarde.

Ceferina comentou com minha cunhada:

— Ouviu? Agora ele passa a manhã fora.

Falava como se eu não estivesse lá, mas nem por isso imagine que ela falou com desprezo. Notava-se de longe seu tonzinho de admiração e desconcerto. Poderia jurar também que elas não estavam tão brigadas como de costume. Quem é que entende as mulheres?

— Aonde você vai? — perguntou Adriana María.

— Volto para almoçar — respondi.

As duas se entreolharam. Quase tive pena delas.

Como o tempo tinha virado, caminhei à marcha batida, e assim logo cheguei às imediações do Instituto Frenopático. Confesso que me encostei na grade da Clínica de Pequenos Animais, porque ao avistar o Instituto minha coragem começou a fraquejar. Não temia por mim; desconfiava era da minha habilidade para argumentar e convencer e me perguntava se visitando o diretor eu não complicaria a situação da Diana; se a coitada ainda não pagaria por minha inabilidade e meus desplantes.

É claro que, ao temer por Diana, eu temia por mim, porque não posso viver sem ela. Acho que a própria Diana me disse uma vez que todo amor, e principalmente o meu, é egoísta. Por outro lado, se eu não falasse com Samaniego, correria o risco de que Diana no futuro me recriminasse: "Você não mexeu um dedo por mim".

Tratei de me encorajar como pude, atravessei até a rua Baigorria e bati na porta do Instituto. Um enfermeiro me conduziu até o gabinete do doutor Reger Samaniego, onde, depois de esperar um bocado, fui recebido pessoalmente pelo seu ajudante, o doutor Campolongo. Trata-se de um indivíduo de rosto bem barbeado, muito pálido e redondo, penteado como se tivesse usado régua e compasso para repartir os fios de cabelo.

Primeiro detalhe que me desagradou: assim que ele me viu dentro da sala, trancou a porta à chave. Havia outra porta que dava para o interior.

Eu poderia inventariar aquele gabinete, que enquanto eu for vivo nunca esquecerei. À direita reparei em um daqueles relógios de pé, de madeira escura, marca T. Derême, que, recebendo o cuidado que toda máquina merece, em geral são pontuais. O do Instituto estava parado à uma hora e treze minutos, sabe-se lá desde quando. À esquerda havia um fichário de metal e uma pia com sua prateleira, onde notei várias seringas de injeção. No centro estava a mesa, com um receituário, alguns livros, um telefone, uma campainha em forma de tartaruga com casco de bronze. A mesa era um móvel de madeira preta, muito trabalhada, orlada de cabecinhas com expressão e tudo, um trabalho admirável, mas que me causava certa repulsa, porque devia dar azar. Havia também poltronas, com o encosto e o assento em couro lavrado, muito escuro e com as mesmas cabecinhas agourentas. Na parede do fundo, entre diplomas, havia um quadro com personagens trajando túnica e capacete.

Campolongo me disse:

— O senhor vai ter que desculpar o doutor Reger Samaniego, mas ele não pode recebê-lo. Está no quinto.

— No quinto?

— Sim, no quinto andar. Em cirurgia.

— Eu não sabia — respondi, para ocultar minha contrariedade — que faziam operações aqui.

— A cirurgia — explicou satisfeito — hoje enriquece o arsenal da terapêutica psiquiátrica de vanguarda. Em que posso ser útil, senhor Bordenave?

— Vim ter notícias da minha esposa.

Campolongo abriu uma gaveta e se pôs a consultar fichas, o que levou um tempo que me pareceu interminável. Por fim, disse:

— As notícias, *grosso modo*, são boas. Eu diria que sua esposa responde bem ao tratamento.

Tentando não me precipitar, porque o próximo passo era decisivo, fiz uma pergunta para ganhar tempo:

— O que significa esse quadro?

— É um motivo romano. O doutor Reger Samaniego poderá lhe explicar melhor. Acho que é um rei com sua mulher.

Armando-me de coragem, aproveitei a coincidência e perguntei:

— O senhor acha, doutor, que eu poderia ver a minha?

Sem pressa, Campolongo guardou as fichas, fechou a gaveta e me disse:

— Neste caso em particular, a visita de qualquer pessoa próxima da doente parece pouco recomendável. Por certo, não excluo a possibilidade de que o doutor Reger Samaniego tenha outra opinião e atenda, caro senhor Bordenave, ao seu amável pedido.

— Assim sendo, vou esperar o doutor.

— Receio que não possa vê-lo.

Em suma, com seu ar amistoso, primeiro ele disse que não e logo em seguida, para me enganar, que talvez, e por último que não de novo. Quando a gente se agarra à ilusão de rever uma pessoa de quem sente falta, se lhe dizem que não a verá, a angústia é grande demais. Tentando superar o baque, perguntei:

— O senhor se encontra em condições de indicar uma data aproximada do regresso da minha esposa à nossa casa?

Campolongo assegurou:

— Não posso responder a esse respeito, pois tudo dependerá, como o senhor há de entender, da resposta da doente ao tratamento.

— Então devo me conformar — perguntei — a voltar para casa de mãos vazias?

Com um ar de extrema cortesia, Campolongo sorriu e se inclinou.

— Exato — disse.

Talvez pensasse que eu estava totalmente resignado.

— Acontece — avisei — que não me vou me conformar.

Encarou-me surpreso.

— Terá que falar com o doutor Reger Samaniego.

— Quando? — perguntei.

— Quando o doutor o receber.

— Enquanto isso, minha esposa fica aqui trancada, e eu não a vejo.

— Não fique nervoso.

— Como não vou ficar nervoso? Eu não pensei que minha esposa estivesse presa.

— Ela está doente.

— Eu não sabia que o sanatório era uma prisão.

— Não fique nervoso.

— Se eu ficar nervoso, também vai me prender?

Pensei: "Pelo menos vou ter a Diana por perto".

Campolongo se levantou, contornou a mesa lentamente, como se eu estivesse dormindo e não quisesse me acordar, e se dirigiu à pia. Enquanto isso ia repetindo de maneira mecânica:

— Não fique nervoso.

Falava como quem tenta acalmar e distrair uma criança doente ou um cachorro.

— Se eu ficar nervoso, vai me aplicar uma injeção? Um calmante? Ai do senhor, porque faço interditar este local.

Campolongo se deteve e me encarou. Suspeito que minhas palavras o aborreceram, pelo modo como disse:

— Não faça ameaças.

— Quem o senhor pensa que é? Agora vai me dizer o que devo fazer ou deixar de fazer? Fique sabendo que meu advogado está perfeitamente a par desta visita. Se eu não lhe telefonar até o meio-dia, vai entrar em ação.

— Um advogado? Quem é ele?

— O senhor saberá no devido tempo.

— Não fique assim.

— Como quer que eu fique?

— Sugiro que marque uma entrevista, para hoje ou amanhã, com o doutor Reger Samaniego. Talvez ele lhe permita ver a doente.

Como eu já não esperava mais nada, tomei essas palavras conciliadoras como uma rendição incondicional. Para me certificar, perguntei:

— O senhor fala sinceramente?

— Como não falaria sinceramente?

— Será que Samaniego vai me dar sua permissão?

Eu mesmo achei essa pergunta muito servil. Campolongo recuperou o tom de superioridade.

— Veremos, meu bom senhor — disse. — Expus minha opinião de profissional cônscio. Se o doutor Reger Samaniego decidir de outra forma, não serei eu a contrariá-lo. O doutor sabe o que faz!

— Da minha parte, aconselho que consertem esse relógio — apontei para o T. Derême. — Um relógio que não funciona dá uma péssima impressão. Quem o vê logo pensa: tudo aqui deve funcionar assim.

Que é que eu ganho dizendo impertinências que as pessoas não entendem? Campolongo me escutou impávido, talvez furioso, mas já satisfeito por ter me impedido de ver minha mulher e, de quebra, me chamar de seu bom senhor. Fiz o caminho de volta para casa me sentindo um verme.

XX

Quando cheguei, Adriana María estava fazendo a faxina, Martincito não tinha voltado da escola nem Ceferina do mercado. Fui direto para o quarto, me enrolei no poncho azul e preto que ganhei da Ceferina de presente de casamento e me joguei na cama. A temperatura estava despencando, ou era o desgosto no Frenopático que me gelava.

Pouco depois, sem bater na porta, Adriana María entrou. Levei um susto, porque agora, com a roupa de casa, ela estava em trajes realmente menores, o que em uma manhã como aquela era incompreensível.

— Você não vai se resfriar desse jeito? — perguntei.

— A casa ainda está quente e, além do mais, que é que você quer?, meu sangue ainda é jovem.

— Quente, nada — repliquei. — Não faz sentido andar por aí arejando o corpo.

Adriana María bufou e se largou em uma cadeira, entre a cama e a janela, olhando para mim com expressão de curiosidade.

— Que é que você tem? — perguntou.

— Nada — respondi.

— Está doente?

— Imagina! Estou ótimo.

— Cansado?

— Um pouco. Mas quem está com ar abatido, ou até triste, é você — devolvi. — Aconteceu alguma coisa?

— Estou preocupada porque o menino ainda não voltou da escola — disse. Sorriu e me perguntou em um tom diferente: — Estou sendo chata? Atrapalho?

— De jeito nenhum.

Encarei-a para ser mais convincente e me deparei com um quadro perturbador: escarrapachada na cadeira, de pernas abertas, descomposta, com os seios meio à mostra. Fechei os olhos. Ela estava tão estranha que me espantou sua voz, perfeitamente normal, quando me perguntou:

— A última coisa que você deseja agora é uma mulher, não é?

— Por que diz isso?

— Olha, eu entendo. E sabe de uma coisa? Eu também tenho sangue toureiro.

Eu me sentia mal, estava muito triste, só pensava na minha esposa, que não veria até não sei quando, e aquela mulher ali, com aquela cara, me dizendo disparates sem o menor nexo.

Assegurei:

— Pois eu não tenho sangue toureiro.

Era inútil protestar. Adriana María me perguntou:

— Será que não é melhor o que você tem em casa?

Ia lhe dizer que francamente não estava entendendo, quando abri os olhos, por curiosidade ou medo. O espetáculo não era tranquilizador. Com a respiração entrecortada, agitando-se de um lado ao outro, minha cunhada me lembrou o lutador Gaucho Asadurián, nas cordas do Luna Park, segundos antes de partir para o ataque. Ao revirar a cabeça, como se tentasse recuperar o fôlego, deve ter avistado algo através da janela, porque se levantou a toda a velocidade. Eu me encolhi instintivamente, mas Adriana María já estava fora do quarto e gritando para mim, abafado:

— É o Martincito! É o Martincito!

O senhor vai rir se eu lhe disser que no silêncio do quarto ouvi as batidas do meu coração em disparada. Por fim, atinei em consultar o cronômetro Escasany. O menino tinha voltado da escola com uma pontualidade elogiável. Toda aquela cena da preocupação com sua demora, portanto, era injustificada.

Não tive tempo de reorganizar meus pensamentos, porque outra visita irrompeu no meu quarto, apenas para me mortificar. Era o moleque. Assim como a mãe, não pediu licença antes de entrar. Todos os Irala se parecem, mas Diana é a rainha da família.

O moleque se plantou no meio do quarto, de braços cruzados, tenso, furibundo extraordinariamente imóvel. Assim postado, de avental grande demais para seu tamanho, porque a mãe prevê uma esticada que nunca acontece, me lembrava não sei de que gravura de um general no desterro, fitando o mar. Martincito me olhava com gesto severo, quase ameaçador, e de cima, o que lhe exigia certo esforço porque, se não me engano, ele em pé e eu na cama ficamos na mesma altura. Como se não conseguisse se conter, de quando e quando dava um passo e cambaleava na pressa de retomar a rigidez. Acho que ele produzia uma espécie de zumbido. Comecei a me cansar de tê-lo ali testando minha paciência, portanto falei:

— Ei, você parece uma estátua.

Na verdade, parecia um macaquinho raivoso quando se aproximou da cama, como se quisesse me atacar, e com um bote rápido me arrancou o poncho, que revoou pelo ar como um passarão azul e ao cair me envolveu na escuridão. O senhor não imagina que luta para me desvencilhar. Quando finalmente consegui descobrir a cabeça, deparei com Martincito completamente mudado, nada ameaçador, com os ombros meio encolhidos. Abria a boca e me olhava desconcertado.

— Chega, cansei desse número ridículo — ralhei.

Saltei da cama, peguei-o de um braço e o puxei para fora. Assim que o soltei, virou-se para me olhar de boca aberta.

Por via das dúvidas eu também me olhei, recordando pesadelos em que pensava estar vestido e de repente me via nu. Estava acordado, com o terno amarrotado mas decente.

XXI

Como estava com fome, fui até a cozinha à procura de um pedaço de pão.

Saí para a calçada tentando ficar sozinho, mas encontrei o Manco Aldini, estacionado com seu cachorro. Não pense que o encontro me desagradou; quem me cansava eram as duas mulheres. O sol reconfortava.

— Me dá um pedaço de pão — disse Aldini.

Mastigamos em perfeito silêncio. Depois de um tempo, não consegui me conter e narrei com riqueza de detalhes minha conversa com o doutor Campolongo.

— O médico disse que minha visita podia fazer mal à Diana. Você acredita nesse disparate?

— Ouvi dizer que a visita dos chegados faz mesmo mal a esses doentes.

— Só que eu não sou um chegado, não acha? — respondi com legítima suficiência.

— Se eu fosse você, não daria chance para o Rivaroli se meter.

— E o Reger, você acha que devo ligar para ele?

— Mais pão — disse Aldini estendendo a mão.

Comeu pensativamente. Insisti:

— Ligo ou não ligo?

— Não — respondeu. — Eu me seguraria.

— Fácil falar. Não é a Elvira que está lá presa.

— Tem razão — concedeu —, mas não convém você ligar para o Reger.

— Por quê?

— Porque, ao ligar, você vai pôr as cartas na mesa, e aí talvez seja obrigado a entrar em ação.

— Como?

— Isso é o que não sabemos. Portanto é melhor você não ligar.

— Tenho vontade de ligar.

— Se não conseguir que ele te receba ou o sujeito diretamente se negar a devolver sua esposa, você vai se ver na triste necessidade de recorrer ao advogado para enfrentar os médicos.

— E você acha que não fazendo nada vou proteger a Diana?

— Claro. Se você não ligar, eles ficam sem saber o que você está preparando e aí vão se apressar a devolvê-la, para se proteger.

Aldini sempre se destacou pela inteligência.

Aos gritos, as mulheres me avisaram que o almoço estava esfriando.

XXII

De tarde me refugiei na oficina, onde tinha trabalho de sobra, porque naqueles dias me trouxeram uma enormidade de relógios. Com o que estava ganhando poderia oferecer a Diana a vida de luxo que ela sempre quis, mas o maldito dinheiro entrava justo agora que minha esposa não podia aproveitá-lo.

Aconteceu o de sempre: bastou eu começar a esquentar a água para o mate, alguém bateu na porta. Apareceu um senhor de idade seguido por dois operários que carregavam, em uma espécie de maca feita de varas, o relógio da fábrica Lorenzutti. O tal senhor me explicou que ele era o capataz, que o relógio estava parado fazia muitos anos e que agora precisava dele, funcionando perfeitamente, para uma festa que dariam no domingo. Respondi que era melhor levarem o aparelho a outro relojoeiro, que sinceramente eu já tinha trabalho de sobra (o que, quando o escutei da minha própria boca, me pareceu uma declaração de soberba que podia me dar azar). O capataz não arredou pé e me perguntou de um modo que me pareceu bem desagradável:

— Quanto o senhor quer para aprontar o relógio até sábado?

— Não faço nem por cinquenta mil pesos — disse, para dar a entender que recusava o serviço por completo.

— Fechado — respondeu.

Antes que eu pudesse protestar, ele se retirou com os operários.

Não tive outro remédio senão passar para a mesa ao lado o trabalho que tinha sobre a bancada e desmontar o relógio da fábrica. Em um amargo palpite me perguntei se todo o dinheiro que teimava em entrar com tanta abundância não acabaria sendo inútil. A ansiedade prolongada contamina o homem com superstições e maus presságios.

Quando tinha acabado de pôr a água para esquentar, voltaram a bater na porta. Lembro que me perguntei se agora seria alguém trazendo o relógio da Torre dos Ingleses. Era Martincito carregando um livro.

— É um presente do vovô, porque tirei boas notas. Quero que você leia para mim.

— Preciso desmontar este relógio.

— Que relojão!

— É o da Torre dos Ingleses.

Martincito o olhava deslumbrado, enquanto passeava as mãos distraidamente perto dos relógios na outra mesa. Pensei que não demoraria a mexer neles.

— Cuidado com os relógios dos meus clientes — avisei.

Se eu lhe desse um corretivo, por mais merecido que fosse, Diana, ao voltar, nunca me perdoaria, porque ela ama o moleque como se fosse seu filho. Mas Diana voltaria mesmo? Quando me distraía, eu tinha sua volta como certa, mas, se parava para pensar, a certeza fraquejava.

— Acho que não é um livro para meninos. O vovô é muito pão duro, acho que é um presente que ele deu para a mamãe e a tia Diana quando elas eram pequenas.

— Por que você acha que não é um livro para meninos?

— É que tem um príncipe que vira bicho. Se ele conseguir que uma moça goste dele, ele volta a ser príncipe.

— Não diga — respondi.

Se eu não acreditava, que lesse o livro para ele, disse Martincito. Prometi que o leria. Ele insistiu:

— Agora.

Tive que obedecer. Confesso que achei o livro bem interessante, porque no final o bicho consegue que uma senhorita goste dele, e com isso volta a ser príncipe.

— Gostei.

— Por que você fala mentira? — perguntou.

— Não é mentira. Juro que eu também era uma besta até conhecer sua tia Diana.

Ele já estava me irritando, porque voltava a passear os dedos entre os relógios. Eu sabia que tinha o pensamento em outra coisa, mas levei uma surpresa ao saber o que era. Ele me disse:

— A mamãe é do mal. Ela não gosta da tia Diana. Eu gosto.

Por pouco não derrubei meio relógio da Lorenzutti.

— Você gosta da Diana? — perguntei.

— É a pessoa que eu mais gosto. Quem não vai gostar?

— Eu também gosto muito dela.

— Eu sei. Por isso você e eu temos que ser amigos.

Martincito tinha razão. Naquele momento eu teria entregado o Système Roskopf do boticário para ele brincar.

— Temos que ser amigos — repeti.

Olhou para todos os lados e me perguntou:

— Você tem coragem de fazer um pacto de sangue?

— Claro que tenho.

— Preciso te dizer uma coisa.

— Pode dizer.

— Você não vai contar para ninguém no mundo o que eu vou te dizer?

— Para ninguém no mundo.

— Nem para a mamãe?

— Nem para ela.

— Não dá bola para a mamãe, porque ela só quer separar você da tia Diana.

— Ninguém vai me separar da sua tia Diana.

— Jura que não vai dar bola para a mamãe.

Jurei.

XXIII

À noite, Adriana María passou várias vezes diante da minha porta em trajes menores. Até que de repente não me contive. Levantei e a chamei, com um dedo sobre os lábios, para indicar que não fizesse barulho. Veio imediatamente. Vendo-a de tão perto, podia imaginar que era minha esposa. Falei:

— Posso te fazer uma pergunta?

Ela disse que sim. Quando eu ia falar, pôs um dedo sobre os lábios, para indicar que eu não fizesse barulho, me pegou pelo braço, me levou até o meio do quarto, foi nas pontas dos pés fechar a porta, voltou e me olhou de um modo que, sinceramente, me transmitiu a certeza de que nos entendíamos.

— A velha — explicou — tem ouvido de tuberculoso. Pode dizer o que você quiser. Coragem.

Criei coragem e falei:

— Você acha que posso fazer mal à Diana se a visitar?

Como se tivesse ficado surda, perguntou:

— A quem?

— À Diana. Foi isso que um médico do Frenopático me falou.

Falou com um fio de voz despreocupada:

— De manhã você foi ao Frenopático? — Antes que eu abrisse a boca, ela estava gritando sem o menor receio de que Ceferina a ouvisse: — Pouco me importa se isso pode lhe fazer bem ou mal. Eu sempre achei que você era mais homem, mas juro que agora entendo minha irmã e tenho até pena dela e lhe dou os parabéns de todo coração por ir atrás do professor de cachorros.

— Que é que você disse? — perguntei. — Você vai se explicar agora mesmo.

Respondeu:

— Você é turrão, mas de homem não tem nada.

A fúria por momentos fazia com que se mostrasse descomposta e até indecente, o que me desagradava, por ser tão igual a Diana. Ela então disse que não ia me dizer mais nada, para que eu não passasse a noite choramingando nas saias da velha.

Claro que passei a noite cismando, rolando na cama. De repente gritei: "Que importância tem essa explosão de fúria contra mim, quando a Diana está presa no Frenopático?". Não tinha terminado a frase, quando me assaltou uma dúvida. "Ou será que ela não está lá? O que a Adriana María quis insinuar?" Essa nova suspeita talvez esclarecesse aquela conversa que eu tivera de manhã com o doutor Campolongo. "Ele não quis que eu visse a Diana", pensei, "pela simples razão de que ela não estava na clínica. Para me afastar definitivamente, inventou o disparate de que minhas visitas lhe fariam mal."

De noite o homem pensa de um modo estranho. Considera crível tudo o que é ameaça e horror, mas descarta sem dificuldade os pensamentos que podem tranquilizá-lo. Assim, durante horas, achei a coisa mais natural do mundo os médicos dizerem que Diana estava internada no Instituto, sem que ela tivesse posto os pés lá. Para quê? Para acobertar um professor de cachorros. O juramento hipocrático exige outra responsabilidade.

Sou tão louco e miserável que depois, ao chegar à conclusão de que Diana estava mesmo no Instituto, por um instante me alegrei.

Quando já estava pegando no sono, ouvi passos no cascalho do jardim. Fiquei imóvel, para ouvir melhor. Como quem estava lá fora também não se moveu, houve um silêncio perfeito. "Quem se cansar primeiro, vai se mexer", pensei. Quem estava lá fora deve ter se cansado, porque voltei a ouvir passos. Corri até a cômoda, abri uma gaveta e, na pressa, não encontrei o Eibar. É um revólver de empunhadura de nácar, herança do meu finado pai. Em compensação, encontrei a lanterna. Corri até a janela, abri e mal tive tempo de iluminar um homem que passou por cima da cerca e desapareceu. Eu poderia jurar que era o empregado da escola de cães, mas considerei que um trabalhador não vira assaltante de noite.

XXIV

De manhã, enquanto me levantava e me vestia, continuei nas minhas cismas e, sem pensar no que estava fazendo — sem nem sequer me pentear e barbear —, fui até a cozinha para tomar meu mate. Assim que me viu, Ceferina veio ao meu encontro e, procurando meus olhos, me perguntou:

— Que é que você tem?

Na cadeira de balanço, minha cunhada tomava o mate disfarçando a risada, como se estivesse achando muita graça em tudo. Eu não deveria dizer isso, mas às vezes ela me parece uma raposa enorme que saboreia de antemão as picardias que maquina. Seus olhos brilham, tem um físico avantajado, como o da Diana, com a mesma pele rosada. Praticamente a única diferença, como já disse, está na cor do cabelo. Lembro que refleti: "É inacreditável que ela seja tão má parecendo-se tanto com minha esposa".

— Você está com umas olheiras horríveis — disse Ceferina. — Abatido.

— Abatidinho — corrigiu Adriana María.

— Não está se sentindo doente?

Adriana María disse:

— Deve ter passado a noite suspirando pela sua mulherzinha. Vai saber que artimanhas a Diana inventa. Ele não quer nem ouvir falar em outra.

Eu não podia acreditar no que estava ouvindo. Juro que às vezes me espanta a liberdade das mulheres. Gostaria de saber o que elas falam quando não há homens por perto. Mesmo que não se deem bem, sempre formam uma espécie de confraria.

— Para de rir — disse a velha.

— Você acha que ainda tenho alguma vontade de rir?

— Mas precisava gritar com ele daquele jeito?

Protestei na hora:

— Ela não gritou comigo.

— Você acha que eu sou surda? — devolveu Ceferina, passando-me a cuia.

— Tinha um sujeito no jardim de noite.

— Eu também ouvi passos — disse a velha. — Você precisa arrumar a janela da cozinha.

— Que é que tem a janela? — perguntou Adriana María.

— Não fecha direito. Qualquer noite vamos topar com um sujeito aqui dentro.

— Deus te ouça — disse Adriana María.

Perguntei:

— O Martincito já foi?

— Se não fosse, chegaria atrasado — explicou a velha.

— Não ia esperar você acordar, não é? — disse Adriana María.

Já constatei mil vezes: noite em que não prego o olho, dia em que caio de sono. Adriana María anunciou:

— Vou sair.

— Aonde você vai? — perguntou a velha.

— Eu também tenho minhas coisas. Ou aqui é só o homem que pode sair sem dar satisfações?

Pareceu que ela falava para mim. Que me importa se ela sai ou deixa de sair?

Quando nos deixou a sós, a velha apoiou as mãos nos meus ombros e me perguntou:

— O que está havendo, Lucho?

— Nada — respondi.

— Nem em mim você confia?

Veja como ela sabe ser carinhosa quando quer.

— Já que você apela, vou falar. Não sei o que está havendo comigo, mas tenho me perguntado se a Diana ainda vai voltar.

— Você está parecendo o Picardo. Quando a molambenta da Mari o largou, passava o dia inteiro no La Curva, gritando para o dono lá do fundo: "Pepino, você acha que ela volta?".

Respondi: "Muito engraçado". Ela então me perguntou por que a Diana não voltaria.

— As pessoas me mandam indiretas.

— Não ligue para o que sua cunhada diz.

— Tem outro motivo. Talvez sejam loucuras da minha cabeça. Estou ganhando tanto que começo a desconfiar. O que me espanta é a quantidade. Eu me pergunto se esse dinheiro todo não entra de propósito só porque não tenho como gastar.

— Se é por isso, não se preocupe — ela disse. — Se segurarem a Diana para sempre no manicômio, tudo o que você ganhar não vai cobrir a conta.

Talvez ela estivesse certa, mas o fato não importava, ela não entendia e eu não conseguia explicar.

— Ontem vieram me trazer um relógio tão grande que acho que dá azar. Me pagaram uma enormidade. Ninguém me tira da cabeça que tem algo de muito ruim em tudo isso. Você pode achar graça, mas é como se me desse medo de pegar uma doença. Estou trabalhando nesse relógio na maior pressa e muito preocupado.

— Preocupado com quê?

— Com que a Diana não volte.

Ficou me olhando como se estivesse atordoada; depois de um tempo, me perguntou muito suavemente:

— Sabe por que este mundo não tem conserto?

Assegurei que não sabia. Ela me disse:

— Porque os sonhos de uns são os pesadelos de outros.

— Não entendi — admiti.

— Basta pensar na política.

— Que é que a política tem a ver com isso?

Tentei explicar a diferença entre a política e meu apego pela Diana. Ceferina me interrompeu:

— É só pensar nas eleições e nas revoluções. Metade da população está satisfeita, e a outra, desesperada.

— E daí? — disse.

De uns tempos para cá, ela se irrita com facilidade.

— E daí, e daí — repetiu com aquela maldita soberba que a inteligência lhe dá. — Sob um mesmo teto você está rezando para a Diana voltar e a Adriana María, para que ela não volte.

— Acha mesmo? — perguntei.

— Claro! E se você me apertar um pouco, confesso que eu também não vou achar ruim se a Diana apodrecer lá dentro.

"Ainda bem", pensei, "que tenho a amizade do Martincito."

XXV

Passei o resto da manhã com o Ausonia da fábrica. Trabalhei com verdadeira pressa de terminar logo, como se estivesse convencido de que, enquanto me dedicasse àquele trambolho, poderia acontecer algo de ruim com minha esposa no Instituto Frenopático. Às onze e meia, com bastante alívio, recoloquei a máquina na caixa. Claro que ainda ficaria com o relógio em observação, no mínimo por vinte e quatro horas, antes de entregá-lo.

Aldini me explicou uma infinidade de vezes que não devo permitir que a superstição me domine, porque ela entristece a alma.

Em busca de informações diretas acerca do almoço, fui até a cozinha, para ver as mulheres. Lembro que eu disse a mim mesmo, como se falasse com minha cunhada: "Você voltou cedo" e que não pude deixar de me perguntar onde ela teria ido. De costas para a porta, as duas lidavam com o fogão e as panelas e de quando em quando juntavam a cabeça para cochichar. O fato de se mostrarem tão companheiras me deixou indiferente, porque bastava refletir um minuto para entender que a única razão de toda aquela camaradagem era a antipatia comum pela Diana. Cochichavam por hábito, mas não dissimulavam o ódio.

Eu tinha vontade de conversar com Martincito (talvez estivesse me sentindo um tanto sozinho), mas por fim resolvi escapar para o La Curva, porque não estava disposto a suportar as caras e indiretas das mulheres durante todo o almoço. Passei pelo quarto para me arrumar um pouco, peguei o terno, gritei na porta da cozinha:

— Vou almoçar fora.

Assim que apareci na viela, Picardo me abordou. Até a casa do Aldini, falou sem parar tentando me convencer de que seu maior desejo era que eu apostasse forte, de coração, em uma égua que no sábado daria o batacaço do século em Palermo. Enquanto eu dizia "não jogo, estou sem dinheiro", ele insistia "você não pode dar para trás", se estendia em pormenores e pronunciava com dificuldade de língua (e até de próteses) o nome, que era estrangeiro, da égua.

— Não jogo — repeti.

— Compra oitenta boletos.

— Estou sem dinheiro.

— Eu faço fiado. Se o doutor ficar sabendo, perco o emprego, porque é fanático pelo dinheiro vivo e quente. Você vai deixar na mão um companheiro de infância? Eu só pergunto para o caso de a égua acabar perdendo. Mas está no papo, você vai ganhar uma bolada.

Voltei a dizer categoricamente que não jogava, mas quem consegue fazer um fraco como Picardo aceitar uma negativa? Ele repetiu "uma bolada" até o limite do inacreditável e declarou:

— Depois desconto do prêmio. O doutor e eu queremos que você fique satisfeito.

Devolvi:

— Não vou pagar coisa nenhuma.

Ele prometeu que ia comprar os boletos. Entrei na casa do Aldini e sem dificuldade o recrutei para o almoço no La Curva. *Doña* Elvira, que estava melhorzinha, comentou:

— Só espero que vocês não estejam aprontando alguma. Assim que eu ficar boa, vou dar um pulo no La Curva, para ver se o Pepino não contratou um esquadrão de raparigas.

Esclareço que ela estava brincando.

Durante o almoço, Aldini não se manifestou como nos seus melhores dias. Ele e a esposa acompanham religiosamente a telenovela *Borrasca ao amanhecer*, de uns médicos vestidos de casaca e cartola que, para fazer transplantes, ou autópsias e vivissecções, roubam cadáveres do cemitério local. Uma história de medo sobre os primórdios da ciência, que se não me engano se passa na cidade de Edimburgo, no tempo da rainha da Inglaterra, com atores de rosto coberto de emplastros brancos para representar o papel de mortos-vivos. Por mais que eu lhe dissesse que estava estragando meu apetite com aqueles detalhes, não consegui que ele mudasse de assunto.

Depois voltei para casa, com a melhor intenção de trabalhar na oficina. Como não tinha dormido a noite inteira, meus olhos se fechavam e me deitei na cama por uns minutos. Fiquei até as quatro sonhando disparates com minha esposa, que sofria no Frenopático por culpa do alemão. O sonho foi tão claro que, ao acordar, não consegui me livrar da preocupação, a tal ponto que continuava vendo o alemão, de cartola e casaca, e minha esposa com emplastros brancos no rosto. Revirei-me no poncho, levantei-me de um salto e disse em voz alta: "Preciso ver a Diana. Não tem Reger nem Campolongo no mundo que me impeça". Fiquei um pouco atarantado, temeroso de que as mulheres me ouvissem. "Vão dizer que estou louco", pensei. "Pois que digam."

XXVI

Para acabar de acordar, fui tomar uns mates porque, se me descuidava, voltava a me passar na cabeça, como um filme, aquele pesadelo dos médicos, que ficava particularmente desagradável quando aparecia minha esposa com a cara emplastrada.

Depois, na avenida de Los Incas, tomei o 133. Desci na ponte, virei à direita, me encaminhei para a esquina da San Martín com a Baigorria. Lá fiquei rondando o Instituto, escondido atrás das árvores. No anseio de avistar Diana, não me preocupei com os transeuntes que, imagino, deviam me observar com desconfiança. Não nego que levei um susto quando o doutor Campolongo em pessoa saiu do edifício, atravessou a rua e veio na minha direção. Precipitadamente me atrincheirei atrás de um velho caminhão abandonado, para ver o doutor ir até o quiosque e comprar um maço de cigarros.

Outro momento culminante se deu quando avistei uma mulher em uma janela do quinto andar do Instituto. Pensei sem a menor hesitação: "É a Diana". Sempre achei que, se um dia eu estiver embaixo da terra e Diana pisar sobre meu túmulo, vou reconhecê-la sem erro. A janela se abriu: quem eu tinha confundido com Diana era, por que negar, uma enfermeira bastante gorda.

Antes de ir para casa, segui no 113 até a Pampa com a Estomba, porque resolvi passar pela escola de cães. No casebre refulgia apenas uma luz amarelada, muito fraca. Fiquei meia hora de plantão, indo e vindo pela calçada; de vez em quando dava uma olhada de soslaio para a luzinha. Se aparecesse uma viatura da polícia, na certa me pediria os documentos, e se algum amigo me visse, pensaria que a internação da minha esposa tinha me enlouquecido; não cheguei a tanto, mas, se continuasse nessa levada, não me faltaria muito.

Em casa encontrei Martincito escondido atrás do carrinho de mão que meu sogro, com sua mania de grandeza, tinha comprado para trabalhar no jardim. Estranhado, perguntei:

— Que é que você está fazendo?

Pareceu contrariado e fez sinais para que eu me afastasse. Como vacilei, explicou:

— Se você ficar, o inimigo vai me descobrir.

Quando vi o filho da vizinha, um gordo pálido, se arrastando pelo chão como uma minhoca, deduzi que estavam brincando de guerra. Eu ia sorrir para Martincito, mas o notei tão irritado que me retirei em boa ordem.

XXVII

De noite voltei a perder o sono, de madrugada ouvi o galo do Aldini e de manhã, quando fui tomar meu mate, o menino tinha partido para a escola e tive que suportar as ironias da Adriana María.

— Ainda bem — disse — que sua mulherzinha não te tira o sono.

O que sabemos do próximo? Nada.

À tarde veio o capataz da fábrica, pagou o combinado e levou o relógio.

Parece inacreditável: chegada certa hora, não consegui me conter e parti para o meu costumeiro percurso pelo Frenopático e pela escola. Porque a gente sempre esbarra com os mesmos vadios, na rua Estomba topei com o Gordo Picardo.

— Que é que você está fazendo por aqui? — me perguntou.

Para desconversar, devolvi:

— Mudou de ponto?

— Se eu fosse você — aconselhou Picardo —, não procuraria encrenca com o alemão. É um mau sujeito.

— Como assim? Que encrencas?

Respondeu com a maior displicência:

— Você sabe do que estou falando.

Inventei a toda pressa uma história para justificar minha aparição na rua Estomba.

— Você não vai acreditar — eu disse, pelo costume de delatar os próprios pensamentos —, mas resolvi esperar minha esposa com uma surpresa.

— Não diga — comentou, como se não acreditasse. — Que surpresa?

— Um cachorro, claro — respondi. — Minha mulher sempre quis ter um cachorro. É uma coisa bem sabida. Pode perguntar para qualquer pessoa que a conheça. Agora vou lhe fazer o gosto.

Picardo sorria e me olhava. Falando em tom solene, que certamente o intimidou, acrescentei:

— Quero que ela volte para casa em grande estilo.

Resmungou:

— Você não deve botar muita fé no seu taco, para se agarrar a um cachorro.

Fingi que não ouvi:

— Que foi que você disse?

— De onde você tirou o dinheiro?

— Daqui. — Apalpei a carteira. Depois acrescentei, como quem se dá importância. — Recebi a encomenda de consertar o relógio da fábrica Lorenzutti.

Por um momento o atordoei, mas logo reagiu.

— Em vez de investir em cachorros — disse —, você devia pagar o que me deve.

— Não te devo nada.

— Os oitenta boletos que joguei por você.

— Cansei de falar que eu não jogo.

— Não faz isso comigo e para de gritar. O doutor está muito bem impressionado porque vendi essa boletada para você. Por que tanta história, se vai descontar do prêmio?

Nos últimos tempos Picardo se tornara muito insistente.

XXVIII

Quando tinha andado meia quadra, olhei para atrás e vi Picardo me vigiando da esquina, descaradamente. "Por culpa desse chato", pensei, "mesmo não querendo entrar, vou ter que entrar."

O cheiro de cachorro era tão forte no escritório que cheguei a sentir pena da Diana, como se tivesse certeza de que ela estava morando lá.

A bondade dura pouco no homem ciumento. Quando entendi o alcance do que acabava de pensar, me pus a procurar rastros da minha mulher com um rancor espantoso. Claro que não encontrei nada. O senhor dirá que, se eu desconfio tanto assim da minha esposa, não devo amá-la muito. Está enganado nesse ponto, embora eu talvez não consiga apresentar argumentos convincentes.

Apareceu o dentuço que trabalha como ajudante na escola.

— O que quer aqui? — perguntou.

Pelo modo de falar, o senhor o situaria a meio caminho entre as pessoas e os animais.

— Falar com o Standle — respondi.

O rapaz entreabriu uma porta e avisou:

— Tem gente procurando pelo senhor.

Não afastou os olhos de mim, nem se retirou, até que Standle apareceu. O alemão demonstrou uma contrariedade que logo tratou de dissimular com sua cara de sonso. Lembro como se fosse hoje que naquele momento não pude deixar de me perguntar se o homem estava escondendo algo ou se tinha aprontado alguma contra mim.

— O que procura? — perguntou.

Talvez para estudar suas reações, soltei a frase:

— Procuro um cachorro para dar de presente à Diana, quando ela voltar para casa.

— Para a senhora Diana?

Juro que surpreendi nos seus olhos e na boca uma expressão sarcástica. Perguntei com raiva:

— Quem mais poderia ser?

Passou a tratar do negócio com vivo interesse comercial.

— Neste momento há uma forte retração da oferta — disse. — A primeira consequência no mercado é a alta dos preços.

— Não poderia ser diferente — respondi.

— O senhor precisa de uma cadela.

— Ou um cachorro.

— O cachorro qualquer um distrai com uma cadela. A cadela não se distrai do dever.

Avisei:

— Já conheço essa historinha.

— Venha, vou lhe mostrar o que o senhor precisa.

Abriu uma porta e avançamos por entre duas fileiras de canis. Não que eu seja pretensioso, mas lhe garanto que o lugar não era nada hospitaleiro. Tanto latido, tanto cheiro de cachorro misturado com desinfetante me deprimiu e entristeceu. Senti vontade de desistir da operação.

— Olhe que bela jovem — disse o alemão.

Era uma linda cadela policial. Quando nos aproximamos dela, estava deitada com a cabeça apertada contra o chão e lá de baixo nos olhou com olhos atentos, dourados. Pareceu se animar, como se compartilhasse conosco uma brincadeira, e em um instante passou da imobilidade aos pulos e às festas. Juro que pensei: "Vou levá-la". Como Ceferina sempre diz, custa muito resistir à beleza. É uma péssima comparação, claro, porque Ceferina se refere à minha esposa.

— Quanto quer por ela?

— Cinquenta mil pesos — respondeu.

— Que absurdo.

Era um absurdo, mas também era (e isso me pareceu mais importante) a mesma quantia que eu tinha recebido pelo Ausonia da Lorenzutti. Entendi que, se gastasse aquele dinheiro em uma cadela para minha esposa, talvez convertesse o azar em boa sorte. Desnecessário dizer que, enquanto eu pensava nisso tudo, o alemão falava sem parar. Acho que estava exaltando a inteligência do animal e sua personalidade caprichosa. Com voz esganiçada, exclamou:

— Mulher, enfim! Mas dócil, boa e, um ponto capital, muito adiantada na aprendizagem.

— Como ela se chama? — perguntei.

De novo pareceu constrangido. Assegurou com veemência:

— Suspeito que o nome agradará.

— Por quê?

— Porque é xará da sua esposa.

Quando entendi, fiquei contrariado. Não era prudente aparecer em casa com uma cadela chamada Diana, porque não haveria como pô-la a salvo da antipatia e do mau trato das mulheres.

Nesse primeiro momento raciocinei com serenidade.

— Não me serve. Que mais me oferece?

Mostrou-me meia dúzia de cachorros. A comparação era impossível.

— Totós bonitos, mas tempo perdido — declarou. — O senhor escolheu de saída. Amor à primeira vista.

Olhei-o com respeito, pois o que ele dizia era verdade. Desde que a vi, Diana me atraiu.

— Vou levá-la — eu disse.

— Parabéns — disse Standle.

Apertou-me a mão até doer.

Tenho perfeita consciência de que me comportei como uma criança. Desde que internaram minha esposa ando um pouco alterado.

XXIX

Assim que desembocamos na viela, avistei o Manco Aldini estacionado com Malandrín. Por incrível que pareça, Diana demonstrou vivo interesse por aquele caco de animal e praticamente me arrastou ao seu encontro. Enquanto os cachorros se estudavam e conheciam, conversei com Aldini.

— O que é isso? — perguntou.

— Uma cadela — respondi.

— De onde você a tirou?

— Acabei de comprar.

O Manco teve uma daquelas finezas que ainda hoje o distinguem como o cavalheiro que ele é, embora já não use a impecável gravatinha branca da sua mocidade, quando convidava a turminha de moleques (entre eles o senhor e eu) para assistir às partidas de futebol. Com duas palavras mágicas me levantou o ânimo:

— Meus parabéns.

Fiquei olhando para ele com gratidão e demorei a decifrar o que ele disse em seguida. Aldini repetiu:

— Qual o nome dela?

Pouco antes o alemão pareceu desconfortável ao ouvir essa pergunta; agora era minha vez.

— Fatalismo puro — afirmei.

— Como? — perguntou arregalando os olhos.

— É como se pensassem que me esqueço da minha esposa.

Recuperando o aplomb, sorriu.

— Não me diga que é Diana.

— Você é rápido — elogiei-o sinceramente.

— De onde você a tirou? — voltou a perguntar.

— Comprei do Standle.

Aldini iniciou então um interrogatório sobre as origens do animal, que não respondi por falta de preparo. Confesso que por um momento me senti desiludido; enquanto eu pensava "a mania dos antepassados aplicada aos cães", o Manco concluía suas perguntas com a frase alarmante:

— Espero que não te cause desgostos.

Reagi na hora:

— Por que causaria?

— Para não ficar sem unidades para vender, o pessoal da escola recolhe cachorros abandonados, isso quando não os rouba nas próprias casas.

— Não pode ser — eu disse.

— Não pode ser? — repetiu exaltado. — Um belo dia você está passeando todo contente com sua nova Diana, e o primeiro transeunte sai ao teu encontro reclamando que a cadela é propriedade dele e que você a roubou.

— Mas eu a comprei de boa-fé.

— Vai ter que provar.

— Eu não a devolvo nem que me levem à delegacia.

— Está no seu direito. Acrescento uma possibilidade alentadora: segundo o dono de um galgo, que é meu amigo, não roubam os cachorros que vendem aos particulares.

— Eu sou um particular.

— Sorte sua — disse, e baixou a voz para acrescentar: — Roubam os cachorros que nenhum ser humano volta a ver.

— Que cachorros são esses?

— Os que entregam para os laboratórios.

— Para quê?

— Como para quê? Você não sabe? Para a vivissecção!

De novo apareceu a palavra *vivissecção*, que eu não lembrava, até que a ouvi em sonhos, noites atrás.

— Com que propósito? — perguntei.

— O de sempre. A ânsia de riqueza. O dinheiro é horrível.

— Eu sempre suspeitei que o dinheiro dá azar — disse, para ver se extraía dele uma opinião esclarecedora.

Acho que não me ouviu, porque estava pensando em algo que o preocupava. Segurando nos meus ombros, murmurou:

— Aqui entre nós, o Standle não tem amor sincero pelos cachorros.

XXX

A recepção em casa foi melhor do que eu temia. Martincito dava pulos, fazia festas à cadela, francamente feliz. Lembro que pensei: "É um menino extraordinário". Quanto às mulheres, as duas se opuseram desde o primeiro momento. Ceferina fingia não entender para que eu tinha trazido a cadela.

— Eu não disse que o gavião andava caçando uma substituta para minha irmã? — perguntou Adriana María. — Claro que, por respeito, arranjou uma xará.

Às vezes me pergunto se ela na verdade gosta da minha esposa.

Ceferina avisou que ela não ia limpar a sujeira do animal.

— Para isso procure alguma coitada do interior — disse, como se ela fosse inglesa.

Passavam os dias, a cadela não sujava dentro de casa e a irritação de Ceferina aumentava. Eu me pergunto se algumas mulheres não precisam de desgostos e brigas para viver em paz. Ainda bem que ela não teve a ideia de me jogar na cara (coisa que podia muito bem fazer) que eu estava roubando tempo dos relógios para adestrar a cadela. Quando nos olhava durante as aulas, acredite, seu rosto era o retrato vivo do menosprezo. Se a cadela me desobedecia, inventava qualquer pretexto para afagá-la e até lhe dava um torrão de açúcar. O fato de eu levar Diana para passear várias vezes por dia desatava nela, sabe-se lá por quê, a maior indignação.

— Você arranjou uma amiguinha no bairro, ou gosta mesmo de passear com a cadela? — minha cunhada me perguntou.

Respondi:

— Claro que eu gosto. Que é que tem?

— Será que você não é meio pervertido?

— Você, minha filha — atalhou a velha Ceferina, que quando a cutucam me defende —, de vez em quando podia desinfetar essa mente, hein?

Uma simpatia muito forte me une à cadela. Quando vejo seu focinho tão preto e fino, os olhos dourados, tão expressivos de inteligência e devoção, só posso gostar dela. Talvez Ceferina tivesse razão quando me dizia que sou um apaixonado pela beleza. E aí há um ponto que me preocupa: a beleza de que eu gosto é a beleza física. Se penso na atração que sinto por essa cadela, concluo: "Com a Diana, minha esposa, é a mesma coisa. Será que o que eu adoro nela, acima de tudo, não é aquele rosto único, aqueles olhos tão profundos e maravilhosos, a cor da pele e do cabelo, a forma do corpo, das mãos e aquele cheiro em que eu me perderia para sempre, de olhos fechados?".

A presença de um animal nos transforma a vida. Como se eu tivesse padecido fome e sede de um amor total — assim era, eu lhe garanto, o amor que essa cadela me dedicava —, a partir do momento em que a tive em casa me senti por vezes tão acompanhado que cheguei a me perguntar se não tinha menos saudade da minha esposa. Suspeito que essas dúvidas eram mais uma prova da tendência à cisma que eu vinha desenvolvendo… A saudade da minha esposa continuava intensa como sempre, mas a cadela, com sua devoção, não sei como dizer, devolvia estabilidade ao meu espírito.

Enquanto os fatos ocorrem, não costumamos dar a todos eles a devida importância. Desde que tenho cadela, passei a reparar nos cachorros pela rua e, pode rir, se os vejo duas vezes, já os reconheço. As pessoas que levam o cachorro para passear fazem amizade facilmente. Somos como uma família numerosa. Minha cunhada assegura que, se uma mulher está esperando, ou com medo de estar, só encontra barrigudas. Da minha parte, desde que tenho Diana, só encontro gente com cachorros. Ou cachorros que se aproximam. Outra tarde, por exemplo, no parque Chas, uma cadela de caça, com grandes orelhas e olhar triste — atormentado, poderia dizer —, avançou para mim como se me conhecesse. Com uma coragem que me encheu de orgulho, Diana a pôs para correr. Logo em seguida topamos com o dentuço da escola; eu me pergunto quem esse pobre-diabo pensa que é: fingiu que não nos viu.

Se Martincito não fosse tão amigo da cadela, não me arriscaria a sair e deixá-la sozinha com as mulheres da casa. Podia contar com o menino; gostava de brincar com ela e de cuidá-la, a tal ponto que cheguei a me perguntar se ele não me roubava seu afeto. Diana preferia as brincadeiras de Martincito a passar as horas deitada aos meus pés na oficina. Provavelmente o cheiro de querosene do aquecedor a incomodava. Devemos sempre lembrar que o cão, como Ceferina me explicou, em matéria de olfato supera o ser humano.

Na realidade, era bem ridículo meu temor de que o menino pudesse me roubar um carinho tão certo. Pelo jeito de me olhar, entendi que aquela cachorra me amava. Duvido que alguém tenha olhos assim.

XXXI

Com tanto passeio e adestramento, meu serviço na oficina atrasou. Para não falhar com os clientes, não tive outro remédio senão voltar a trabalhar nos relógios à noite. Em vez da televisão, uma corda ou um eixo quebrado, uma engrenagem com algum dente gasto passaram a ser meu entretenimento até de madrugada.

Uma noite eu estava com o Longines do senhor Pedroso espalhado na minha frente. Pedroso, como o senhor deve se lembrar, é o aposentado da funerária da rua Mariano Acha. Para começar a montá-lo, peguei a primeira peça com a pinça, e aí tive a impressão — o senhor vai achar que são imaginações de um homem alterado, porque não ouvi o mais mínimo ruído, e Diana, que late por qualquer coisa, na verdade nem acordou — que alguém estava me espiando. Sem largar a pinça, muito lentamente girei a cabeça e, emoldurado na janelinha que dá para o jardim, durante um ou dois segundos, vi um rosto barbeado e branquíssimo. Aposto que o senhor não sabe o que pensei a toda a velocidade. Que nesta época, para trabalhar à noite, um relojoeiro como eu, rodeado de coisas de valor que não lhe pertencem, devia sempre ter uma arma na oficina e que o revólver marca Eibar, de empunhadura de nácar, herança do meu pai, estava na cômoda do quarto, longe da minha mão. Em seguida começou o alvoroço. A cadela latiu, eu larguei a pinça e, quando me encaminhava a abrir, bateram na porta. Na penumbra havia um homem, que a cadela tentou contornar. Era o dentuço: ele a abraçava e retinha, dizendo:

— Cómo vai, Diana? — Enquanto isso ele me estendia uma coleira de adestramento e explicava: — Foi o Standle que mandou.

Depois dei para pensar que talvez o comparsa de rosto pálido estivesse lá fora e que o dentuço tinha segurado Diana de propósito para que não o perseguisse.

Vou lhe confessar uma coisa que me envergonha: desde que minha esposa foi embora, estou mal dos nervos. A aparição do rosto na janela e a conversa com o dentuço, que foi banal, me deixaram sem vontade de trabalhar. Quando ia me deitar, pensei que não conciliaria o sonho com facilidade. Passei a noite em constante agitação, sonhando que o homem pálido tinha me roubado a cadela. No pesadelo, com as pernas cansadas de tanto caminhar e com ansiedade na alma, procurava a cadela por todo o bairro e pelo parque Chas. Eu chamava por ela mentalmente e, Deus que me perdoe, acho que na minha angústia confundia e até identificava uma Diana com a outra. Juro que acordei um trapo. Ao ver a cadela deitada no tapetinho, afaguei sua cabeça.

Tomei um banho, me vesti e, quando ia chegando na cozinha para tomar o mate, ouvi a velha dizer à minha cunhada:

— O Lucho é o filho das circunstâncias.

Que me diz dessas frases que ela inventa? Adriana María, pelo jeito, entendeu o que Ceferina queria dizer e concordou. Eu deixei os mates para mais tarde e levei a cadela para dar uma volta.

Na viela, encontrei Aldini. O fato de termos cada qual um cachorro reforçou nossa velha amizade. Ele me disse:

— Vi o Picardo hoje de manhã. Estava tão empetecado e orgulhoso que não me cumprimentou. Acredita?

Pensei: meu cavalo ganhou e ele ficou com o dinheiro. Para mudar de assunto, não me ocorreu nada melhor do que dizer:

— Você não vai acreditar no que eu vi de noite na janelinha da oficina.

Contei-lhe a aparição do rosto pálido e do dentuço.

— O Standle te vendeu a cadela — disse — e agora está tentando roubar de volta para o laboratório. Você vai ter que andar de olhos bem abertos.

Arrebatado por uma autêntica indignação, exclamei:

— Deixei que levassem uma Diana, mas não vou deixar que levem a outra.

Percebi na hora que, se eu tivesse formulado essa frase na presença da Adriana María ou da Ceferina, teria sido alvo de todo tipo de zombaria. Sem ser menos inteligente que as mulheres, Aldini a deixou passar.

Em seguida adentramos em temas mais elevados. Na esperança de entender meu afeto por Diana através do afeto dele por Elvira, falei:

— Vou te fazer uma pergunta idiota. Você poderia dizer qual é a pessoa que mais ama?

Respondeu:

— A Elvira, claro. Disparado.

Ao ouvir sua resposta, tive certeza de que poderíamos nos entender. Ansioso por atingir esse objetivo, descuidei da compostura e fiz uma segunda pergunta:

— E o que você mais gosta nela?

Até sua papada ficou vermelha como um pimentão. Depois de uma longa pausa, ele disse algo que me encheu de assombro:

— Talvez o que a gente ama seja a ideia que faz da pessoa.

— Não entendi — confessei.

— Minha sorte é que a Elvira nunca desmente essa ideia.

Depois de pensar um pouco, eu disse como se falasse sozinho:

— Bom. Se eu gosto do corpo da Diana, talvez não esteja tão enganado assim. Talvez a Diana não seja menos seu corpo do que a Elvira é a ideia que você faz dela. Não é preciso ir tão fundo.

Aldini respondeu com naturalidade:

— Você é inteligente demais para mim.

Não acho que eu seja mais inteligente que ninguém, mas tenho pensado muito sobre alguns temas.

XXXII

Outro dia, ao tirar meu cochilo da tarde, voltei a sonhar disparates. O senhor vai rir de mim: sonhei que estava na minha cama, no meu quarto, e que Diana dormia ao lado, embaixo, deitada no tapetinho. Exatamente o que estava acontecendo na realidade, só que no sonho eu falava com ela. Lembro que lhe perguntei como era sua alma e acrescentei: "Deve ser mais generosa que a de muitas mulheres". Claro que, sem citar nomes, eu me referia à minha cunhada e a Ceferina. Pedi à cadela que falasse, porque do contrário, eu dizia, nunca conheceria a alma por trás daqueles olhos profundos com que ela me fitava. Fui acordado por uns gritos. Por motivos que eu sabia no sonho mas que logo sumiram da minha mente, acordei aflito, com verdadeira necessidade de estar com minha esposa. Ouvi a voz de Adriana María, bem clara, calculei que estava na cozinha e me perguntei se também tinha ouvido a voz da velha. Quando fui lá, impelido pelo desejo de tomar meu mate, tive o desgosto de me deparar com as duas mulheres atracadas em uma discussão. Pensei que tinha sido injusto com minha cunhada, e acima de tudo insensível. Quando a olhava de supetão, podia confundi-la com minha esposa, não fosse a cor do cabelo.

Depois ainda dizem que existe transmissão do pensamento. Enquanto eu me entregava a considerações tão benévolas sobre ela, Adriana María incubava uma irritação contra mim que não tardou a rebentar. Não me preocupei com as mulheres até que elas levantaram a voz e praticamente gritaram. Isso não me surpreendeu, porque é raro que passe um dia sem que elas gritem ou insultem. Se eu raciocinasse mais rápido, teria me retirado, mas, como sou lento, antes de entender o que se passava, me senti na estúpida obrigação de reconciliá-las.

Tive então a prova de que devo ficar de boca fechada e não falar de assuntos que acho importantes na presença de pessoas dispostas a distorcer tudo o que eu digo. Em diversas ocasiões comentei em casa os últimos episódios e as reflexões que eles me provocaram. Vagamente devo ter pensado que essas mulheres, afinal de contas, eram minha família e que, se não posso comentar minhas preocupações íntimas com ninguém, estou sozinho demais.

Quando me disseram o motivo da briga, apertaram o laço que me retinha. Ceferina explicou:

— Os médicos apresentaram ao coitado do Manco, pelo atendimento da Elvira, uma conta de matar qualquer um do coração.

— O Manco não ganha um centavo — interrompeu Adriana María. — Eu aqui, e qualquer pessoa com o mínimo de juízo, não seria doida de encomendar o conserto de um móvel para um velho caquético desses. Sabe para que ele serve? Para passear o cachorro.

Eu diria que olhou para mim sugestivamente.

— Ele nem é tão velho assim. Só uns dez ou doze anos mais que eu — protestei.

Ceferina disse:

— A doença da Elvira comeu todas as suas economias.

— Bem feito, por ser reacionário e avarento — disse Adriana María.

— Que é que isso tem a ver? — perguntei.

— Como assim, o que tem a ver? Ele não contribui com as caixas de pensão!

A própria Ceferina reconheceu:

— Não tem crime pior.

— Se eu falar meia palavra sobre isso na Defesa Social, ele vai direto para o xadrez. Além de não contribuir com as caixas de pensão e aposentadoria, nunca teve a precaução elementar de se associar ao Centro Galego.

Argumentei:

— Ele é filho de italianos.

— Pois então que não reclame — sentenciou minha cunhada.

As mulheres voltaram a vociferar, e eu pensei na lição que o Manco tinha me dado. Sem a menor cerimônia, chorei no seu ombro amigo, mas ele teve a delicadeza de nunca me amolar com queixas sobre seus problemas. Infelizmente, agora era tarde para eu imitar esse grande exemplo de conduta, porque restava pouca gente no bairro que não tivesse ouvido minhas confidências.

Adriana María comentou:

— O Aldini pode até ter se endividado para pagar o tratamento da mulher, mas ele gosta mesmo é do cachorro.

Acho que ela disse "do cachorro imundo". Protestei com uma elegância que fui o primeiro a apreciar:

— Nesse aspecto, você não me parece nem justa nem razoável.

Maldita hora em que eu disse isso. A toda a velocidade ela girou como uma mola, cravou seus olhos fulminantes em mim e me perguntou:

— Como você ousa pronunciar a palavra "razoável"? — E passou a praguejar furiosa: — É muita audácia. Não sei o que o pessoal do Instituto está fazendo que ainda não recolheu esse doido. Juro que vou apresentar a denúncia.

Sem me intimidar, repliquei:

— Não confunda tristeza com loucura.

— Você está triste porque está louco.

Sinceramente, confessei:

— Não entendi.

Como se soubesse a lição de cor, talvez para recitá-la perante uma junta médica, passou a enumerar as acusações:

— Se acreditarem nas suas maluquices, vão achar que quem lhe vendeu a cadela vai roubar de volta.

Como um idiota, esclareci:

— Nem de longe pensei nessa possibilidade! O Aldini me pôs de sobreaviso.

— Quem é ele para palpitar? Deus os cria, e eles se juntam. Agora este aqui deu para imitar o velho e, para não ficar atrás, trouxe para casa uma cadela com o mesmo nome da própria mulherzinha.

Quando ouvi esse "da própria mulherzinha", me pareceu impossível que pouco antes eu tivesse olhado para ela com afeto. É de certo modo perturbadora e desagradável a ideia de que um corpo humano atraente e familiar em grau extremo, por ser idêntico ao da minha esposa, possa esconder uma alma tão diferente. Adriana María continuou:

— Ele escolheu a cadela por causa do nome. Ou então ele mesmo a batizou assim. Às vezes eu me pergunto se o que ele gosta na minha irmã é o nome.

No empenho por me manter dentro da mais rigorosa verdade, reconheci:

— Não tem nada de feio.

Pela primeira vez, Adriana María sorriu.

— Se você sentir prazer em me chamar de Diana — disse como se algum pensamento a divertisse —, fique à vontade.

Julguei necessário esclarecer bem esse ponto:

— Você se chama Adriana María.

— Já a cadela se chama Diana, e isso basta para ele se derreter. Não venham me dizer que não é esquisito um marido para quem não existe outra mulher além da legítima. E quando a legítima é minha irmã, é meu pleno direito achar que esse homem não é normal.

— Não te permito — protestei.

Precisava ver como ela reagiu.

— Olhem só a pretensão do senhorzinho, querendo me negar a permissão. E desde quando eu peço permissão a um louco que de noite vê caras pálidas nas janelas?

— Mas juro que eu vi.

— Quem se importa com o que um ignorante viu ou deixou de ver? Eu vou contar tudo para os médicos, para eles saberem o tamanho da sua ignorância e sua loucura. Só um louco para imaginar que os médicos do Frenopático, vai saber com que finalidade horrorosa, trancafiam pessoas que estão boas da cabeça. Não vou te denunciar por despeito, mas para me defender.

Desconcertado, perguntei:

— Para se defender?

— Isso mesmo, para me defender — respondeu. — Você é um louco malvado, que está tentando roubar o carinho do meu próprio filho.

— Não distorça as coisas.

— Quem é você para falar comigo desse jeito?

— O Martincito e eu somos grandes amigos, mas nunca tentei roubar seu afeto.

— Você acha que eu sou idiota, é? Fique sabendo que o menino me conta tudo. Pelas costas, você me ataca e elogia minha irmã. Tenta nos afastar.

— Isso é calúnia.

— E um aviso: vou contar tudo para o meu pai, nos mínimos detalhes, e ele vai quebrar a sua cara.

— Ele que tente — respondi, afagando Diana.

Desatou a chorar.

— E ainda me ameaça — disse aos soluços. — Vou embora com o Martincito. Pensei que eu fosse ficar nesta casa para sempre.

XXXIII

Talvez eu não saiba lidar com as mulheres. Se eu olhava para minha cunhada em silêncio, ela dizia que estava zombando da sua dor, se eu lhe pedia que se acalmasse, ela dizia que não suportava os hipócritas.

Fui ao meu quarto, enfiei no bolso todo o dinheiro que tinha recebido nos últimos tempos — por puro desleixo não o depositei — e saí com a cadela. Para minha sorte, Aldini estava na calçada. Perguntei:

— Você acha certo ter segredos com os amigos?

— Segredos não, mas também não é o caso de andar contando tudo, como as mulheres e os maricas modernos.

— Mas acha certo pagar a conta dos médicos sem me dizer uma palavra?

— Por que eu deveria divulgá-la?

— Porque neste momento, por acaso, eu posso te ajudar.

Quando enfiei a mão no bolso, ele me reteve:

— Não se mostra o dinheiro na rua.

Entramos. Mancando penosamente, ele me levou até o quarto. Elvira estava na cozinha.

Repeti:

— Neste momento, por acaso, eu posso te ajudar. Tenho até medo de dizer isso, mas está chovendo dinheiro.

Tive a impressão de falar como um pretensioso.

— Você pode precisar dele amanhã — Aldini disse singelamente.

— Aí eu peço para você.

— E como é que eu vou devolver? Hoje o homem que não trabalha é um poço sem fundo.

Pus o maço na mão dele.

— Será que você não está cometendo um erro? — perguntou. — Por causa da sua situação, não sei se você me entende.

Contou o dinheiro e fez questão de me dar um recibo. Depois tive que aceitar os mates da Elvira e conversar como manda a sociabilidade.

Saí de lá satisfeito. Pouco depois me perguntei se eu não tinha emprestado o dinheiro para o Manco pelo simples empenho de posar de homem generoso e grande amigo. Ou pior ainda: se não tinha feito aquilo por achar que o dinheiro me dava azar. Como o senhor vê, minha esposa tem razão: interessado por mim mesmo, sempre estou me interrogando e me examinando e até me esquecendo dos outros. Posso lhe dizer a verdade? Tive medo de que tudo aquilo me desse azar.

Como não sei prestar atenção em duas coisas a um tempo, demorei para me dar conta de que havia um automóvel parado na frente da minha casa. Era um táxi que Adriana María estava enchendo de malas e cabides com vestidos. Minha cunhada me repeliu quando fiz menção de ajudá-la e, sem se preocupar com que o motorista a ouvisse, disparou com ódio:

— Desalmado.

Ainda assim eu teria arrumado suas coisas no carro, não fosse por Martincito, que abria e fechava os olhos, mexia as mãos como se fossem orelhas de cachorro, fazia caretas e me mostrava a língua. Mesmo que o senhor me considere um homem fraco, confesso que a atitude do Martincito me abalou profundamente. Quando partiram, Ceferina me disse:

— Não se amargure.

— Muito fácil falar.

— Deve ter encontrado um macho. Tem mulheres que são assim. Antes de fazer o que lhes dá na veneta, tratam de culpar o próximo.

Para mim era um desgosto aquele escândalo e a partida da minha cunhada, principalmente a zombaria do moleque. Com pesar, pensei que devia perder as esperanças de que Ceferina, ou qualquer outra pessoa, conseguisse me entender. A velha me deu um longo abraço e ao se separar olhou para mim com alegria, com ternura e (acrescento, porque sou um ingrato) com ferocidade. Acho que ela disse:

— Enfim sós!

XXXIV

Embora a saída da minha cunhada, no fim das contas, tenha representado um alívio, minha vida seguiu seu rumo de angústia e contrariedades. Estas consistiam principalmente em telefonemas da casa de *don* Martín; pai e filha se revezavam ao telefone para gritar ameaças e palavrões.

Finalmente, no dia 5 de dezembro, à tarde, Reger Samaniego me ligou e deixou avisado que, por favor, eu comparecesse ao Frenopático. Ceferina, que anotou o recado, achou desnecessário pedir explicações.

Imaginei as piores calamidades, portanto saí em disparada e cheguei logo em seguida, mais morto que vivo. Suava tanto que dava vergonha. Como se voltasse a sonhar um pesadelo, de início tudo se passou como da outra vez. No gabinete de Reger Samaniego, fui recebido pessoalmente pelo doutor Campolongo, que fechou a porta à chave e me estendeu, com a maior deferência, uma mão pálida, tão molhada quanto a minha, mas que registrava uma temperatura notavelmente inferior.

— O senhor tem asas? — perguntou.

Olhei para ele sem entender. Na minha confusão mental, desconfiei de que me tomasse por louco.

— Não entendi — disse.

— Mal desliguei, e já se encontra aqui.

Notei que seu rosto — barbeado, tirante a redondo — era extraordinariamente pálido.

— O doutor Reger Samaniego quer falar com o senhor — disse. — Espera um minutinho?

Respondi afirmativamente, mas tive que me conter para não acrescentar que, por favor, o minutinho não se estendesse demais, porque eu estava muito nervoso. Para me distrair, comparei o rosto do Campolongo com aquele que surpreendi outra noite na janelinha da oficina. O do Campolongo era igualmente pálido, porém mais redondo.

O médico saiu pela porta que dava para o interior do edifício. Recordei algumas ameaças da Adriana María e me perguntei se eu não teria caído em uma armadilha.

Passado algum tempo, a mesma porta se abriu, entrou uma enfermeira, eu me levantei, ela me disse que podia me sentar.

— O doutor não vai demorar — assegurou.

Era morena, de queixo muito pontudo e olhos brilhantes, como se estivesse com febre. Apoiou-se no braço da minha cadeira e, olhando-me de perto, perguntou:

— Aceita um café? Uma revista para folhear enquanto está sozinho?

Respondi que não. Sorriu como se desse a entender que minha negativa a desapontava e se retirou. De súbito imaginei que o doutor tinha me chamado com o propósito de me afastar de casa. "Enquanto me deixam aqui plantado, o alemão e o sobrancelhudo vão lá e me roubam a cadela."

Eu já estava uma pilha de nervos quando Reger Samaniego apareceu. Era alto, magro, de nariz afilado. Talvez por causa do seu rosto, escurecido por uma barba de três ou quatro dias, de imediato o comparei com um lobo. Perguntei-me se pensar nesses disparates e não na Diana me daria azar. Reger Samaniego começou a falar antes que eu fixasse a atenção. Quando finalmente o escutei, ia dizendo:

— Ela está mudada. Não espere que seja a mesma. Está mudada para melhor.

Fiquei calado, porque não sabia o que dizer; por fim respondi:

— Eu quase prefiro que seja a mesma.

— É a mesma, mas melhor.

Na realidade, minha resposta não expressava incredulidade, mas esperança. Reger Samaniego prosseguiu:

— Se o nível máximo de doença fosse cem, em que percentual o senhor computaria o mal da sua esposa?

— Não entendi uma palavra — disse.

— O senhor diria que o nível de doença da sua esposa era de vinte, trinta ou quarenta por cento?

— Digamos vinte.

— Certo, digamos vinte, mas na verdade era o dobro. Agora o reduzimos a zero. Ou, invertendo o raciocínio, elevamos a saúde psíquica da sua esposa a cem por cento.

— Ela está curada?

Eu já ia lhe perguntando também se a devolveria logo, mas antes que pudesse falar ele respondeu à minha primeira pergunta:

— Completamente. Agora, por favor, tente acompanhar meu raciocínio. Ela era – sem querer ofender, que fique claro – a maçã podre do seu casamento. Está me acompanhando?

— Sim, estou acompanhando.

— Quando sua esposa não estava bem, fez o senhor adoecer.

Em situações estranhas, para não ser covarde, às vezes é preciso ser muito valente. Tive vontade de fugir. Adotando um tom despreocupado, falei:

— Tenho a impressão, doutor, de que alguém andou lhe contando inverdades e tirou partido da sua boa-fé. Eu estou ótimo.

— Eu lhe pedi, senhor Bordenave, que tentasse acompanhar meu raciocínio. Não replique quando não me entender.

Repliquei:

— Entendo. Mas estou ótimo. Pode ter certeza. Ótimo, mesmo.

Eu sentia como se tivesse formigas nas veias. Com a mais imperturbável lentidão, Reger Samaniego retomou a explicação:

— A maçã podre faz o resto da fruteira adoecer. O senhor, em certo grau, adoeceu por causa da sua esposa.

A explicação, como eu temia, ia tomando um rumo perigoso. Para demonstrar juízo e agudeza, perguntei:

— Em que porcentagem?

— Não entendi — devolveu.

— Digamos, cinco por cento?

— Não entremos em porcentagens — respondeu com visível irritação —, que em todo caso são meramente fantasiosas. Digamos, ao contrário, que com o regresso da sua esposa curada, o papel da maçã podre recairá no senhor.

— O que devo fazer? — perguntei com um fio de voz.

Fechei os olhos, certo de que ouviria a temida palavra "internar-se". Ouvi:

— Vigiar-se.

— Vigiar-me? — perguntei desnorteado, mas com alívio.

— É claro. Reprimir sua propensão a fazê-la adoecer de novo.

Talvez pensando que já estava a salvo ou por me sentir realmente ofendido, protestei:

— Como pode pensar nesse absurdo de que vou ter propensão a fazer minha esposa adoecer?

— Lembre-se do que lhe digo. O senhor pode, decerto sem intenção, desencadear a doença novamente. Quer que sua esposa sofra uma recaída?

Atinei a repetir:

— Como pode pensar nesse absurdo?

— Então prometa que não alimentará a saudade dos hábitos, ou dos jeitos de ser, que sua esposa possa ter esquecido?

Assegurei:

— Não entendi.

Escondeu o rosto entre as mãos. Quando as afastou, parecia muito cansado.

— Vou fazer uma comparação ruim, para tentar ajudá-lo. Um homem comprou o cavalo do leiteiro e vivia reclamando de que o animal parava em todas as portas. Ele então o levou a outro homem para que lhe tirasse o cacoete e, quando lhe devolveram o cavalo, passou a reclamar de que agora não parava em lugar nenhum.

Indignado por via das dúvidas, respondi:

— Não entendo essa comparação.

— Tenho o maior respeito pela senhora Diana — assegurou. — Recorri a essa comparação na esperança, ou na ilusão talvez absurda, de que o senhor me entendesse. Repito: sua esposa está mudada, e espero que o senhor não reclame disso.

— Por que reclamaria?

— As pessoas têm saudade do que é bom e do que é ruim.

— Que é que eu posso fazer?

Ele disse então uma frasezinha que nunca esquecerei:

— Não retrotraia sua esposa às formas de vida de quando ela estava doente. — Voltou a cobrir o rosto com as mãos e depois olhou para o alto, com a expressão de quem está contemplando algo maravilhoso. — Seria bom fazerem uma viagem, ou mudarem de casa, mas não pretendo induzi-lo a novas despesas. A solução ideal... quer saber qual teria sido a solução ideal?

Juro que respondi:

— Não.

Falei em voz tão baixa que ele não deve ter me escutado. Continuou:

— Termos internado também o senhor!

Nesse momento seu rosto me pareceu mais estreito e mais pontudo. Uma verdadeira cara de lobo. Pálida, mas escurecida pela barba por fazer.

— Seria um desperdício de dinheiro — protestei, como se não desse maior importância às coisas que estava dizendo.

— Volto às maçãs — respondeu. — Se um cônjuge adoece, adoece o casal. O senhor só provará sua saúde mental se não empurrar a senhora Diana às suas velhas manias.

— Eu prometo — disse.

Voltou a cobrir o rosto e, de repente, deu uma tapa na tartaruga de bronze que havia sobre sua mesa. Tomei um susto, porque era uma campainha estridente demais.

Apareceu Campolongo. O diretor lhe perguntou:

— A senhora Bordenave está pronta?

O outro levou um tempo para responder:

— Está pronta.

Por fim o diretor ordenou:

— Pode trazê-la. — Apesar do meu estado de confusão, entendi que o esclarecimento de Reger era inútil. — Vieram procurá-la.

Eu não podia acreditar no que estava ouvindo, mas minha alegria acabou de repente, quando vi que Reger tirava do bolso do jaleco uma papeleta inconfundível. "Porque não tenho o dinheiro, não vão me devolver a Diana", pensei. Quem sabe se eu telefonasse para o Manco Aldini, ou se voasse até a casa dele, conseguiria recuperar aquele que lhe emprestei.

— Esqueci de trazer dinheiro… — murmurei.

Eu mesmo achei a desculpa nada convincente, mas as palavras que Reger Samaniego disse em resposta foram mais inacreditáveis ainda:

— Pague quando puder.

Entregou-me o papel, esfregou as mãos e acrescentou, com ar de comerciante hipócrita: "Minha continha". Quando a olhei, novamente não pude acreditar e virei a folha para ver se continuava no verso. Não continuava.

— Só isso? — perguntei.

— Só isso — respondeu.

— Mas, doutor, esse valor não cobre nem a alimentação.

Eu pensava lá comigo: "Com o que tenho no banco, dá e sobra".

— Não se preocupe — respondeu Reger Samaniego.

— Também não é o caso de fazer caridade.

— Também não é o caso de se preocupar demais — respondeu; demorei a perceber que ele já não estava falando da conta. — Se o senhor, decerto involuntariamente, propender a reproduzir as situações anteriores, pode ficar tranquilo que não faltará quem me avise — nesse ponto, bateu no peito, talvez para indicar que eu podia confiar nele —, e eu o internarei imediatamente, sem que isso implique para o senhor uma exorbitância em matéria de gasto.

Eu estava mergulhado na mais deprimente das cismas quando ouvi o grito:

— Lucho!

De braços abertos, dourada, rosada, lindíssima, Diana correu até mim. Tive presença de espírito para pensar: "Está feliz por me ver. Nunca vou me esquecer dessa prova de amor".

XXXV

Com a mão direita eu empunhava o braço da Diana, com a esquerda, sua mala, estávamos saindo do Instituto, voltando para casa, eu me achando o homem mais feliz do mundo. Nesse momento extraordinário, falamos de coisas banais, até que a certa altura Diana me perguntou como estava seu pai e se ele havia ficado com muita raiva de mim por interná-la.

— Bastante — respondi.

— Vamos dar um jeito de esfriar sua cabeça. — Começou a rir e me perguntou: — E a Adriana María andou te procurando?

— Não entendi.

— Ela te cobiça tanto!

Não resta dúvida: as mulheres são mais espertas do que nós.

Enquanto caminhava levando-a pelo braço, confesso que tive um forte impulso de abraçá-la. O senhor se perguntará se perdi o senso da decência. Tenha certeza de que não estou lhe contando essas intimidades pelo gosto de divulgá-las, mas por acreditar que podem ser significativas para a compreensão dos fatos, tão misteriosos e extraordinários, que ocorreram depois. Para que o senhor não venha a supor que eu estava meio louco ou um pouco alterado, como Adriana María deu a entender em conversas com vizinhos da viela e até do bairro, vale explicar em que estado de espírito voltei para casa. Eu o descreveria como a simples felicidade de um homem que volta a estar com a mulher depois de uma longa separação.

Seguimos por essas ruas de Deus tão distraídos com nossa conversa e com o prazer de estarmos juntos que nem percebemos quando chegamos em casa.

— Preparei uma grande surpresa — anunciei.

— O que é? — respondeu.

— Pensa um pouco. É algo que você sempre quis.

— Não me faz pensar — disse —, estou muito abobada. Não faço a menor ideia.

— Comprei uma cachorra para você.

Respondeu com um abraço. Peguei na sua mão e a conduzi através do portãozinho do jardim. Diana saiu para nos receber. Embora a cadela fosse arisca com estranhos, o senhor precisava ver como as duas logo se entrosaram.

— Qual o nome dela? — perguntou.

—Adivinha — respondi. — É bem familiar para você.

— Não faço ideia.

— O mais familiar de todos.

Depois de algum tempo, perguntou:

— Não vai me dizer que é Diana.

— Será que é por isso que eu gosto tanto dela?

— Então você também se chama Diana? — perguntou para a cadela, enquanto a acariciava. — Coitadinha, coitadinha.

Entrou em casa olhando para tudo e, quando Ceferina apareceu, ela a abraçou, o que me comoveu bastante.

— O almoço sai daqui a meia hora — disse Ceferina. — Por que você não aproveita para tirar suas coisas da mala?

Diana me disse:

— Não se afaste de mim.

Peguei na sua mão e a levei até o quarto. Ela se maravilhava com tudo, parava a cada passo, parecia hesitar, acho até que tremia um pouco. Sem querer, lhe perguntei:

— Foi muito ruim lá?

— Não quero lembrar. Quero estar contente.

Abracei-a e comecei a beijá-la. Seu coração batia com força contra meu peito.

Sentou na beira da cama, como uma menina, e começou a tirar a roupa.

— Estou na minha casa, com meu marido — disse. — Quero me esquecer de todo o resto e ser feliz com você.

É uma vergonha o que vou dizer: chorei de gratidão. De certo modo, estava vivendo o momento que eu sempre tinha esperado. Estivera com Diana outras vezes e até havia sido bem feliz com ela, mas nunca ouvira dos seus lábios uma expressão tão clara de amor. Abracei-a, apertei seu corpo contra o meu, beijei-a e, acredite, até a mordi. Na minha cegueira, não percebi que Diana estava chorando. Perguntei:

— Que foi? Eu te machuquei?

— Não, não — disse. — Sou eu quem deve pedir perdão, porque você sofreu por culpa minha. Agora vou ser boa. Só quero ser feliz com você.

Como ela insistiu nas suas culpas, acabei lhe dizendo que eu sempre a amara. "Ela vai me responder", pensei, "que já venho com minhas recriminações." Olhou para mim com aqueles olhos incomparáveis e me perguntou:

— Tem certeza que você não vai ter saudade dos meus defeitos?

Não pude evitar a suspeita de que Reger Samaniego a prevenira sobre a tendência que ele me atribuía a empurrá-la de volta à loucura.

— Vou te amar mais — respondi.

— Vai me amar se eu for toda para você?

Beijei suas mãos, agradeci. Não me ajoelhei a seus pés porque Ceferina abriu a porta e disse com sua voz desafinada:

— Se não vierem logo, o suflê vai murchar.

Comentei com Diana:

— Que mulher desagradável.

— É puro ciúme — explicou Diana, rindo. — Não ligue.

Sabe-se lá por que nesse momento pensei: "Que estranho. Hoje, enquanto eu falava com Reger Samaniego, nem me passou pela cabeça que a Diana talvez estivesse furiosa comigo por eu não ter impedido sua internação. Se a tivessem devolvido como ela era antes, agora estaria me atormentando com acusações e recriminações. O Reger tem razão. Está mudada. Está curada".

XXXVI

Poucos dias depois, topei, na esquina da Carbajal e a Tronador, com o doutor Reger Samaniego. Eu caminhava tão distraído que levei um susto quando o vi. É verdade que, sem a sombra preta da barba malfeita, sua cara parecia a de um morto, de tão pálida.

— Quanta pressa em pagar — ele me disse.

— Não gosto de ter dívidas — respondi.

Acho que na mesma tarde em que me devolveram Diana eu tinha corrido até o Frenopático para pagar a conta.

— E a filha pródiga? — perguntou.

— Não entendi — respondi.

— O senhor não muda, hein? — disse com um tonzinho desagradável.

— Continuo sem entender — assegurei.

— Como está sua esposa?

— Não tenho do que me queixar.

Essas palavras me envergonharam, porque me senti mesquinho. Pensei que devia muito ao doutor e que só por causa de um receio e um orgulho francamente gratuitos eu lhe respondia daquele jeito. Diana não me dava mesmo nenhum motivo de queixa. Estava tão bem com ela que às vezes eu me perguntava se tudo não terminaria em alguma desgraça. A vida me ensinou que as coisas boas demais em geral não prenunciam nada bom; além disso, sou um pouco supersticioso. Na realidade, ninguém qualificaria o comportamento da Diana como estranho; no meu caso, claro que era surpreendente, porque não estava acostumado a que ela se mostrasse tão dócil e razoável. Sem exagero: Diana deixava todas as decisões nas minhas mãos, de modo que, com o tempo, fui obrigado a me convencer de que eu era o amo e senhor da nossa casa. Como há de recordar, o doutor disse que temos saudade de tudo, do que é bom e do que é ruim; tomo a liberdade de acrescentar que nos acostumamos muito rápido ao que é bom. Eu me acostumei a tal ponto que um dia, só porque Diana me pediu que a levasse à praça Irlanda, olhei para ela sem conseguir dissimular minha surpresa. Quando estava a ponto de repreendê-la, reconsiderei pensando que minha esposa sempre fora dada aos caprichos e que aquele de ir à praça Irlanda era dos mais inocentes. Acabei concordando. Era um sábado, lembro muito bem.

Enquanto percorríamos a praça, não pude deixar de me perguntar: "Por que será que ela insistiu em vir?". Diana quase não falava, parecia preocupada. Na esperança de diverti-la, propus irmos até o teatrinho de bonecos. Lá me esperava um tremendo desgosto. A comédia ser passava em um manicômio, e o médico espancava um louco. Temi que Diana recordasse suas internações e que afundasse ainda mais na melancolia. Estava redondamente enganado. Ela riu, bateu palmas, como uma menina encantada. Quando nos retirávamos, balançando a cabeça, comentou:

— Que engraçado.

Talvez porque nunca me faltou algum motivo de ansiedade, agora todas as manhãs eu acordava apreensivo do que o dia poderia me trazer; o que me trazia era a confirmação de que tudo seguia bem. Diana raramente saía para a rua; quando ia ao mercado ou levava a cadela para passear, sempre me pedia que a acompanhasse.

Uma tarde veio o professor Standle. Minha mulher o tratou com uma indiferença que me deixou pasmo e lhe cortou a palavra quando começava a nos submeter a um exame completo sobre as técnicas de adestramento de cachorros. O impertinente, sempre tão dado a estender as visitas, se despediu pouco depois com a desorientação estampada no rosto e saiu a passo acelerado.

Era notável como as duas Dianas se entendiam. Não precisavam de palavras; quando elas se olhavam, quem as via podia apostar que uma sabia o que a outra estava pensando. Por momentos cheguei a me perguntar se o fato de terem o mesmo nome não as predispunha favoravelmente. Eu me congratulava de ter comprado a cadela, porque até os vizinhos mais ignorantes repetiam que sua presença havia contribuído na readaptação da minha mulher à vida do lar.

XXXVII

Um dia eu estava tomando mate com Ceferina, quando Diana apareceu e, com a maior naturalidade, soltou estas palavras:

— Não sei o que houve com meu relógio. A cada tanto ele para. Você vai ter que levar a um relojoeiro.

Ceferina, em vez de despejar a água na cuia, derramou-a na minha mão. Por causa do amor-próprio ferido ou da queimadura na mão, respondi zangado:

— A um relojoeiro? Essa é boa. Eu por acaso não sirvo?

Desde que Diana tinha voltado, era a primeira vez que eu falava com ela de mau jeito.

Fui à oficina com o reloginho, uma máquina muito sólida, um Cóncer que eu lhe comprara no Natal passado, na rua José Evaristo Uriburu.

Pouco depois, entrou Ceferina e me disse:

— Você sempre foi trabalhador.

— O que está insinuando? — perguntei.

— Que você me lembra esses rapazinhos que são um modelo de comportamento até que topam com o primeiro rabo de saia. Aposto que você está com o serviço atrasado. O que os clientes vão pensar?

— Todo mundo tira uma folga.

— Uma pergunta: se você gostava tanto assim da Diana, por que gosta dela agora, que está tão mudada? Você viu que, desde que ela voltou, não apareceu nem um herpes na sua boca?

Não pense que ela estava brincando.

Refleti que o doutor Reger Samaniego tinha razão em me prevenir contra a tentação de empurrar Diana de volta às suas velhas manias. Mesmo que a tentação não partisse de mim, eu devia ficar alerta para não dar ouvidos aos comentários maliciosos das pessoas ao meu redor. A recomendação do médico, que gravei na memória, foi um verdadeiro apoio para mim naquele momento.

— Francamente — perguntei a Ceferina —, você não acha que é muito dura com minha esposa? Vive implicando com ela.

— Eu não implico com tua esposa.

Cada coisa que a gente tem que ouvir. A partir daí Ceferina se fechou em uma daquelas birras tão próprias dela.

Diana, por sua vez, iniciou um verdadeiro trabalho de paciência para que a família voltasse a nos visitar. O senhor não vai acreditar: Adriana María respondeu que ela não tinha nenhuma obrigação de me suportar, porque eu não era seu marido, e que, se Diana queria vê-la, ninguém lhe fecharia a porta na casa do pai.

Don Martín se deixou convencer, decerto atraído pela promessa de um almoço preparado por Diana. Como o coitado poderia imaginar que agora, em casa, era Ceferina quem cozinhava? Ele veio no dia seguinte. Segundo Diana, o velho e eu nos olhamos com tanta desconfiança e má vontade que ela se perguntou se com sua pressa não tinha posto a perder toda possibilidade de reconciliação. Aqui devo reconhecer que minha esposa, no Frenopático, deve ter aprendido a dissimular seu estado de espírito — o que pode ser bem útil —, porque, longe de manifestar ansiedade, desatou a rir e disse em um tom irresistivelmente carinhoso:

— Vocês parecem dois cachorros que não resolvem se querem brincar ou brigar. Papai, você tem que perdoar o Lucho, porque tudo o que ele fez foi pelo meu bem.

Don Martín não dava o braço a torcer, mas finalmente disse:

— Eu o perdoo, mas só se ele prometer nunca mais fazer isso.

— Não vai ser necessário — afirmou Diana com a maior convicção.

Abracei efusivamente *don* Martín, repeti:

— Eu prometo, eu prometo.

Apesar do seu caráter desconfiado e frio, *don* Martín não pôde deixar de reconhecer minha sinceridade. Fomos à sala de jantar. A comida o desapontou consideravelmente, mas quando temíamos o pior, ele exigiu minhas pantufas e respiramos aliviados. Terminamos a noite brindando com sidra. A velha Ceferina, que espiava de vez em quando e nos olhava com desprezo, estragou um pouco, pelo menos para mim, aqueles momentos de descontração familiar.

XXXVIII

Estávamos tão ocupados com as coisas simples da vida cotidiana — ou melhor dizendo, com a felicidade de estarmos juntos — que juro que me esqueci do dia 17, que é o do nosso aniversário de casamento. Uma noite, depois do jantar, não sei como me lembrei da data e na mesma hora criei coragem para confessar o esquecimento. A coragem, de vez em quando, é recompensada. Sabe o que Diana me respondeu?

— Eu também esqueci. Quando a gente se ama, todos os dias são iguais.

— Igualmente importantes — completei, pronunciando com lentidão e prazer.

Olhei para Ceferina: estava de boca aberta. Pouco depois, Diana foi se deitar. Eu perguntei para a velha:

— O que você acha?

— Que ela fala como uma professorinha.

— Deixa de ser ruim. Eu acho que antes ela teria feito uma cena.

— É bem provável — respondeu, cerrando os lábios.

— Você não me vai negar que ela voltou mudada do Frenopático.

A velha deu seu sorriso mais desagradável e se retirou.

Sempre me restará o consolo de pensar que, em meio às vicissitudes dos últimos tempos, eu me senti invariavelmente ligado a Diana.

XXXIX

No sábado me perguntei com certo ressentimento se Diana de repente me pediria que a levasse à praça Irlanda. Na hora da sesta, quando eu menos esperava, ela fez o pedido, que ouvi com um sentimento bem semelhante à tristeza. Claro que fiz sua vontade e no fim da tarde chegamos à praça, que percorremos durante uns quarenta minutos, em silêncio.

Sem dúvida Reger sabia do que estava falando quando me apontou a necessidade de resistir à tentação de empurrar Diana ao seu antigo jeito de ser. Como que sugerindo algo terrível e com qualquer pretexto, Ceferina costumava me dizer: "Você acha que fizeram um bom trabalho no Frenopático? Não sei se a prefiro mudada". Antigamente, quando minha esposa era geniosa e um tanto rueira, a sanha da velha me incomodava; agora me parecia por demais injusta. Nesse mesmo sábado falei com ela de frente e lhe disse o que eu pensava a respeito.

— Vamos fazer uma experiência — respondeu.

Empunhou o telefone e discou um número. Eu a olhava sem entender, até que a indignação me levou a protestar furiosamente. Não era para menos. A velha estava ligando para Adriana María, para convidá-la, da minha parte, a almoçar em casa no domingo, com Martincito e o gordinho dos vizinhos.

— Como é que eu vou convidar uma mulher que me insultou e caluniou sem nenhum motivo?

Ela fez que não ouviu. Como se quem protestava fosse uma criança ou um louco, acrescentou uma recomendação em tom severo:

— Nem por distração comente com sua mulherzinha do almoço de amanhã.

Sem me deixar intimidar, repliquei:

— E você ligue para a família agora mesmo e diga que o convite foi cancelado.

Fui terminante porque estava certo dos meus argumentos. Ela perguntou:

— Pode-se saber por quê?

— Como assim, por quê? Você já não lembra nem da data em que vive.

— Tem razão — respondeu. — Amanhã é 23 e depois, véspera de Natal.

— Portanto, tua teima vai nos obrigar a suportar a família dois dias seguidos.

— Só nos resta aguentar o tranco — disse. — Agora não podemos voltar atrás.

Também Ceferina foi terminante. No meu íntimo, concordei que não podíamos voltar atrás, mas o programa de passar o domingo e a noite de segunda-feira com a família me pareceu igualmente impossível.

De noite, enquanto tentava conciliar o sono, fiz uma descoberta que me sobressaltou. Estava pensando que minha desconfiança dos médicos era injusta, que as recomendações de Reger se revelavam sensatas e que eu não voltaria a pôr em dúvida sua boa intenção. Não tinha concluído o pensamento quando me contorci como quem sente uma pontada.

Entre sonhos, Diana me perguntou:

— Aconteceu alguma coisa?

— Não, nada — respondi.

Eu não podia lhe explicar que nesse momento tinha descoberto que o rosto pálido que noites atrás me espiara pela janelinha da oficina era o de Reger Samaniego.

XL

No dia seguinte, de manhã, Diana me perguntou se eu tinha dormido bem. Respondi que passara a noite em claro.

— Hoje à noite você vai dormir — afirmou.

Olhei para ela, pensei que era mais bonita e agora mais bondosa que ninguém e decidi não dar ouvidos às pessoas de fora. "A Ceferina sempre inventa algum motivo de inquietação", disse comigo mesmo. "Se a Diana e eu morássemos sozinhos, seríamos felizes." Pouco depois nos levantamos e fomos tomar o mate. Com uma vozinha melosa que me pôs de sobreaviso, Ceferina comunicou à minha esposa:

— Como hoje é domingo, convidei teu pai e tua irmã para almoçar. Vão trazer o menino. Por que você não faz bonito e prepara seus famosos pasteizinhos de milho?

Visivelmente abatida, Diana protestou:

— Hoje não estou com vontade de cozinhar.

Lembro que pensei: uma prova irrefutável de como Ceferina a deprime. A velha insistiu:

— Precisamos comemorar a reconciliação.

— Melhor não dar tanta importância a isso.

Continuaram o debate em tom amistoso, até que a velha inclinou a cabeça e disse com malícia:

— Lembre que para você todo dia é dia de bodas.

Acredite, Diana parecia uma pobre colegial que a professora chama à lousa para tomar uma lição que ela não sabia. Na sua confusão, soltou uma tirada que nos fez rir.

— Vem comigo, Lucho? — perguntou. — Vamos comprar a massa e uma lata de milho.

O senhor há de concordar que a tirada tinha graça, especialmente na boca de uma cozinheira que se gabava de preparar seus pratos com o maior esmero. O que estava acontecendo? A dona de casa que sempre exigia do quitandeiro os milhos mais frescos agora resolvia comprá-los em lata? E mais inacreditável ainda: uma cozinheira que tanto se orgulhava da leveza e do toque inconfundível que, segundo é fama, ela dava a bolos, empanadas e demais quitutes ia comprar a massa no pastifício?

XLI

Muito segura de si, a velha ordenou à minha esposa:

— Pegue papel e lápis.

Diana acatou a ordem e, com uma docilidade de pasmar, escreveu sob ditado a lista do que devíamos trazer. Pensei lá comigo que, no seu devido tempo, quando a lembrança da internação não a abalasse, eu perguntaria a Diana que mágicas haviam feito no Frenopático para amansar seu gênio.

Antes de sair, recomendei à velha:

— Olho na cadela. Só falta alguém resolver roubá-la.

— Enquanto ela estiver comigo, ninguém rouba — respondeu. — Que é que você acha? Cada qual defende aquilo que ama — acrescentou me olhando nos olhos, como se eu tivesse que entender o que ela queria dizer. Não entendi nada.

Comentei com minha esposa que a cadela tinha conquistado o carinho de todos. Quando chegamos à mercearia da esquina da rua Acha, Picardo apareceu. O pobre coitado, todo janota, passou reto sem cumprimentar.

— Que é que deu nesse esse aí? — perguntei.

— Em quem?

— No Picardo. Nem me cumprimentou.

Depois passamos no mercadinho. Ao ver como Diana ia ticando escrupulosamente a lista que Ceferina lhe ditara, não pude deixar de me perguntar se a velha não teria posto mau-olhado nela. Lembrei então as recomendações do médico e novamente reconheci quão previdente ele tinha sido.

Desembocamos na viela e na outra ponta, no jardim, avistei a velha em frente à porta. Quando nos aproximamos, levantou os braços e anunciou:

— O Aldini veio te procurar para dizer que internaram a Elvira no Frenopático.

Só atinei em exclamar:

— Não é possível.

Entrecerrando os olhos, Ceferina os cravou em Diana e comentou:

— Vamos ver como a devolvem.

Eu continuava tão perplexo que não pronunciava uma palavra. Por fim, falei:

— Vou no Aldini.

Diana se abraçou a mim e sussurrou ao meu ouvido:

— Não vai. Não quero ficar sozinha com essa bruxa.

— Vou e volto — expliquei.

— Me leva com você.

— Não posso.

Verdadeiramente triste, ou assustada, me pediu:

— Não demora.

XLII

Aldini estava no quintal, sentado na ponta de um longo banco de pinho, com a cuia na mão, a chaleira ao lado e Malandrín aos pés. Quando me viu, ergueu um braço a muito custo, moveu-o lentamente ao redor e disse:

— Desculpa a bagunça. Este quintal virou uma pantomima aquática. Sem mulher, o homem vive como um verdadeiro porco. Basta dizer que o Malandrín, que nunca foi disso, agora faz suas coisas dentro de casa.

Perguntei:

— O que aconteceu?

— Que é que você queria? — respondeu. — A bagunça e a sujeira se acumulam. Senta aí.

Sentei na outra ponta do banquinho. O Manco, que em geral demonstra uma inteligência muito superior à minha, nessa manhã estava notavelmente lento. Deve ser como diz *don* Martín, que a tristeza afeta o cérebro. Falei mais alto para que me entendesse:

— Perguntei o que aconteceu com a Elvira.

— Que é que você queria? — respondeu. — Tive que internar.

Estendeu-me a cuia trabalhosamente. Refleti enquanto sugava da bomba e em seguida ousei perguntar:

— Será que eles pegaram gosto pela coisa?

— Se pegaram gosto...? — repetiu, fitando a espuma sobre a erva.

Esclareci com uma vozinha entre irônica e satisfeita, que eu mesmo julguei desagradável:

— Pois é, pelo jeito nos querem como clientes prendendo nossas esposas.

Talvez injustamente, eu me esquecia da grata surpresa que na ocasião me proporcionara a conta do Frenopático e recaía na minha velha birra contra o doutor.

— Não, não — protestou Aldini, para acrescentar com tristeza: — Ultimamente a coitada da Elvira estava muito mudada.

Agora era minha vez de me esforçar para entender.

— Muito mudada? — repeti.

— Não sei o que deu nela. Não era a mesma — explicou.

Enquanto isso, eu tomava o mate e refletia.

— Por que você não me procurou? — perguntei.

— Não te vi mais. Desde que a Diana voltou, você sai pouco, e sempre com ela. Se você afinal encontrou a tal da felicidade, eu é que não ia estragar a festa chorando minhas mágoas.

— Logo te devolvem a Elvira — eu disse.

— Isso vai longe.

— Eu também tive que aturar uma espera interminável, mas um dia me devolveram a Diana.

— Mudada? — perguntou com um fio de voz. — Mudada para melhor?

Em tom firme, respondi:

— Mudada.

— Tomara que eu tenha a mesma sorte.

— Vai ter, sim.

Via-se que o pobre Aldini estava triste demais para se animar com palavras, por mais sensatas que fossem. Mateamos em silêncio, e como eu não sabia o que dizer, estendi a visita além do razoável. Por fim me levantei:

— Quando precisar — falei —, me chama. É sério.

Aldini me olhou com ansiedade, como se minha partida o surpreendesse. Embora roído de remorso, porque era inegável que nas últimas semanas eu tinha me esquecido por completo dele, fui para casa.

Como os tempos mudaram. Antigamente, na viela, era como morar no campo; não se ouviam nem os pássaros. Naquele domingo, por ser véspera de

Natal, quando a pessoa não tinha que esquivar de um busca-pé, ficava surda com um rojão. Não sei o que deu nos meninos do bairro, mas lhe garanto que, mais do que uma festividade, isso parece a guerra mundial. A primeira vítima é a cadela, que de tão apavorada não quer sair de baixo da cama.

Minha mulher não estava na cozinha. Antes que eu perguntasse por ela, Ceferina me disse:

— Não acertava uma, por isso falei para ela ir se trocar.

Voltei a pensar no Aldini. Comentei com a velha:

— Você não vai acreditar. Se na semana passada eu pensei uma vez no Manco, foi muito.

— O amor e a amizade não combinam — sentenciou. — Quando um está em alta, a outra declina.

E ela ainda tem coragem de dizer que Diana fala como uma professorinha. Para não começar uma nova briga, tomei o rumo da porta.

— Vai sair? — perguntou.

— Vou me trocar — respondi.

Certas pessoas têm sempre à mão sua reserva de veneno. Sabe qual foi o comentário dela?

— O senhorzinho se zangou porque convidei a cunhada, mas quando ela vem, corre para se arrumar.

Pela segunda vez, me contive. Às minhas costas, a velha murmurou bem alto:

— Homem é que nem cachorro.

Desorientado, me perguntei se bastava meu amor por Diana para Ceferina me detestar.

XLIII

É com verdadeira apreensão que rememoro esses últimos dias. Ressurgem na mente envoltos em uma luz estranha, como se fossem cenas ou quadros de um pesadelo em curso, em que todo mundo, as crianças e as pessoas que moram bem no fundo do meu coração, de repente perseguem um absurdo propósito de maldade. Não exijo que dê crédito às minhas apreciações, que poderiam ser a divagação de um cérebro confuso, mas lhe garanto que, ao narrar os fatos, sou escrupuloso ao máximo na busca da precisão. Por favor, tenha em mente que quem lhe escreve é um relojoeiro.

O primeiro confronto aconteceu — e nele os anfitriões nos mantivemos como simples espectadores — quando Adriana María proibiu os dois moleques de saírem para a rua.

— Você está esquecendo que são garotos, e não senhoritas — protestou *don* Martín. — É próprio de um garoto normal explodir bombinhas, destripar gatos e brigar aos murros.

Discutiram longamente. No meu foro íntimo, eu dava razão a Adriana María, mas desejava que *don* Martín vencesse a discussão, para que pudéssemos nos livrar, pelo menos por alguns momentos, de Martincito e seu amigo.

O clima de sobressalto geral era agravado pelos constantes e sempre inoportunos fogos que explodiam na viela e em toda a redondeza.

Como sói acontecer, na hora do lanche, a tensão diminuiu e houve até risadas. A causa dessa algazarra era por demais desagradável. Mas vamos por partes, como pontifica meu sogro. O almoço e a hora da sesta não apenas se estenderam consideravelmente, como foram bem agitados.

— Só alguém muito rancoroso para não desculpar uma criança — alfinetou minha cunhada, já nem sei quando.

No fundo talvez ela tivesse razão, mas eu lhe garanto que Martincito e seu amigo, um gordinho pálido, enlouqueceram a todos nós, especialmente Diana, o que me contrariou, e a xará dela, a pobre cachorra, que passou o dia inteiro com o rabo entre as pernas. Lembro que a certa altura Diana se aproximou para me dizer em voz baixa:

— Vou tomar uma aspirina, porque não aguento mais.

Devo reconhecer que *don* Martín permaneceu imperturbável. Era o grande capitão na ponte de comando, surdo às penúrias da tripulação. Como estava acompanhando uma série que lhe interessava notavelmente, não tirou os olhos da tela nem para descalçar uma das minhas pantufas, agarrar o gordinho pelo cangote e açoitá-lo com mais fúria do que se fosse um tapete.

— Ave Maria, isso é jeito de tratar um convidado? — protestou a cunhada. — Se amanhã a vizinha vier reclamar comigo, vou dizer que é para ela falar com você.

Eu fiquei do lado do meu sogro, porque os moleques estavam brincando de esconde-esconde atrás da cortina ou embaixo da mesa, e volta e meia surpreendiam a gente, sem dar tempo de saber quem era quem.

Fui ao quarto para ver o que estava havendo com minha esposa, que não voltava. Encontrei-a estirada na cama, com um lenço molhado na testa.

— Pobre Lucho — disse. — Quanto deve me amar, para aguentar essa família.

Eu lhe agradeci por ser tão bondosa, olhei longamente nos seus olhos e a beijei. Estreitamente unidos, voltamos para a reunião, como dois cristãos à arena dos leões. A confusão atingiu seu ponto máximo quando Adriana María pediu à irmã para buscar Martincito e levá-lo até a cozinha, para tomar o lanche da tarde. Para espanto universal, Diana apareceu com o gordo. Todos, acredite, demos risada, inclusive *don* Martín. A pobre Diana ficou roxa de vergonha e cobriu o rosto com as mãos; tive medo de que caísse no choro ali mesmo. Para piorar, a velha ainda comentou:

— Agora nem reconhece o sobrinho querido.

Por sorte, meu sogro não gostou da farpa e bufando de raiva perguntou:

— Vamos por partes. Primeiro a senhora me diga o que pretende falando assim com minha Diana, que mal saiu do manicômio.

Essas palavras talvez não fossem as mais ponderadas, mas me levaram às lágrimas, porque revelavam em *don* Martín um defensor acérrimo da minha esposa.

Sei que não fica bem eu dizer isso, mas lhe garanto que, se não fosse por ela, pela sua bondade e simpatia, teríamos passado a típica tarde de família; o senhor sabe, de cortiço e farsada. A certa altura, Adriana María, toda melosa, me pediu a árvore genealógica, que em um lapso mais que compreensível ela chamou de *ginecológica*. Diana a escutou de olhos arregalados, Ceferina disparou sarcasmos e *don* Martín, que atuou como supremo pacificador, nos obrigou a aturar mais uma série na televisão. O comportamento da minha esposa foi tão exemplar que a própria Adriana María, fez questão de elogiá-la em particular (claro que com certo tonzinho de superioridade, insinuando que ela e eu nos entendíamos como cúmplices, o que sempre me irrita). Quando finalmente a família ia se retirando, Diana anunciou:

— Vou com vocês até o ponto de ônibus.

— Que ponto coisa nenhuma — protestou *don* Martín, com aquela sua grosseria tão natural. — Depois de passar a tarde aqui enfurnados, os pulmões pedem ar puro. Vamos para a praça Zapiola.

— Melhor ainda — exclamou Diana. — Um bom passeio para a cachorra.

— Coitada — eu disse. — Com o medo que ela tem dos fogos, mais que um passeio, vai ser uma tortura.

— Ela precisa sair — disse a velha com impaciência. — Você sabem muito bem que ela não faz nada dentro de casa.

— Podemos levá-la para o jardim — repliquei.

— No jardim ela também não faz nada, porque fica com medo e quer logo entrar — respondeu minha mulher.

Como pode ver, nem sempre as duas discordam.

— Vê se encontra aquela árvore para a próxima vez — me pediu Adriana María. — Deixei não sei onde, no quarto de vocês. Ando com uma cabeça!

Abstraído que estava em questões que me tocavam de perto, demorei a entender que ela se referia à árvore genealógica; eu recordava um tempo, agora inimaginável, em que minha esposa não saía sem que eu afundasse na angústia e no temor. Pensei, juro, que não devia me queixar da sorte.

XLIV

Enquanto a família se afastava, recapitulei a tarde mentalmente, qualifiquei-a de verdadeiro pesadelo e em seguida, lembrando uma expressão bem própria do Aldini, de pantomima aquática. Desculpe se a impropriedade da expressão o incomoda. Eu a emprego porque indica sem atenuantes o aspecto confuso e até cômico dos fatos acontecidos; aspecto esse que, para mim, os torna mais tristes.

Livre das visitas, entrei em casa com um sentimento de alívio. Ceferina então declarou:

— Esse passeio vai me dar um tempo precioso para revistar os pertences dela.

De início não entendi, ou não pude acreditar; depois me opus frontalmente.

— Você acha mesmo que eu vou permitir essa barbaridade?

Perguntou:

— O que tem de errado?

— Como assim, o que tem que errado? — repeti.

Para conseguir o que pretende, ela é muito ladina.

— Se eu não achar nada, vou ser a primeira a reconhecer.

Tirei forças da minha lealdade e não cedi um milímetro. Fui claro com ela:

— Eu sou leal à minha esposa, não entende?

Ela se zangou, como se visse nas minhas palavras algo de censurável e até ridículo. Às vezes parece que uma mulher não suporta um homem declarar lealdade a outra. Ceferina procurou dissimular a fúria como pôde, para perguntar no tonzinho mais meloso:

— O que você ganha me deixando na dúvida?

"Nada", pensei. "Só que você continue me azucrinando e atordoando com indiretas. Ou pensa que esqueci como pode ser turrona?" Enquanto nos demorávamos no debate, íamos avançando em direção ao quarto, e antes que eu pudesse entender o significado dos seus atos, ela começou a vasculhar o guarda-roupa. Quando me recuperei do pasmo, gritei:

— Isso é um abuso! Não vou permitir! É só a Diana virar as costas, que já ninguém a respeita!

— Você confia muito nela, não é? — perguntou, quase afetuosa.

— Totalmente — respondi.

— Então por que não me deixa continuar? Quem vai ficar mal sou eu.

— Não vou permitir — repeti, sem achar outra coisa que dizer.

Podem não acreditar, mas às vezes a velha me confunde. Por exemplo, o que ela disse a seguir me pareceu, durante um minuto — o minuto decisivo, infelizmente —, irrefutável.

— Se eu fracassar — declarou com a maior solenidade —, nunca mais digo uma palavra contra a Diana. Por que você não dá um pulinho no portão? Seria bem chato se ela de repente aparecesse.

Corri até o portão, espiei na viela, voltei em disparada. Estava tão perturbado que por pouco não exclamei: "Barra limpa!". Gritei:

— Para já com isso.

— Falta pouco — afirmou, sem se afobar nem interromper a busca.

— Não está vendo que não tem nada? — perguntei. — Acaba logo com isso.

— Se eu não achar nada, quem vai te aguentar?

A resposta me causou graça; até me lisonjeou. Depois me perguntei o que a velha estaria procurando com tanto afinco. Sem denunciar minha inquietação, repeti:

— Acaba logo.

— Quero deixar tudo em ordem — disse, como uma pessoa ajuizada. — Por que você não dá outra corridinha para ver se ela vem?

Eu me zanguei, porque Ceferina dizia que ia arrumar as coisas, mas continuava revirando tudo. Confesso que pensei lá comigo: "Seria desagradável se a Diana aparecesse de repente". Corri de novo até o portão. Quando voltei ao quarto, Ceferina agitava no alto, com ar triunfal, uma fotografia. Não senti curiosidade, mas um misto de cansaço e medo. Medo talvez de que alguma revelação inconcebível destruísse tudo para sempre.

A velha segurava a foto por um canto; não a soltava nem me deixava vê-la. Finalmente a mostrou. Era uma moça, em um parque; uma moça de uns vinte anos, bem bonita, mas magra e, eu diria, triste. Fiquei olhando para ela com uma espécie de fascínio, que eu mesmo não conseguia entender. Por fim reagi e perguntei:

— O que há de errado nisso?

— Como assim, o que há de errado?

— Claro — devolvi. — Se fosse um homem, você estaria feliz.

Acho que a atingi em um ponto muito sensível, porque ela abriu a boca e voltou a fechá-la sem articular uma palavra. Logo se recuperou.

— Ela falou dessa moça com você? — perguntou. — Comigo, não.

— E por acaso ela precisa falar de todo mundo que conhece? Pode ser uma companheira do Frenopático que ela não menciona por uma delicadeza e um respeito que você é incapaz de entender. Ou porque simplesmente não quer se lembrar desse tempo.

Acho que marquei um ponto. Ceferina baixou a guarda, e eu consegui apanhar a fotografia. Notei que o papel estava meio descolado e enrolado bem no ângulo que a velha apertara entre os dedos. Com muito cuidado, desenrolei-o e estendi sobre o cartão da base; no canto da fotografia apareceu então a legenda impressa: "Lembrança da praça Irlanda". A descoberta me desconcertou um pouco.

Ouvimos os latidos da cadela e — o senhor não vai acreditar — nos entreolhamos como dois cúmplices. Ceferina apanhou a fotografia.

— Vou pôr de volta onde estava — declarou.

Enfiou-a entre as peças de vestir e começou a arrumar o guarda-roupa com a maior calma. Eu fui ao encontro da Diana — me envergonha dizê-lo — para dar tempo à velha. Diana me entregou um pacotinho.

— É para você — disse.

Foi dar água para a cachorra. A caminho da cozinha, a velha surgiu com ar satisfeito, ofensivo ao extremo. Mostrei o pacotinho a ela, dizendo:

— Enquanto eu consentia com teus desmandos, a Diana me comprava um presente.

Ceferina respondeu em um sussurro:

— Não sabemos quem é ela.

XLV

Quando desembrulhei o pacotinho, descobri desapontado que o presente da Diana era um sedativo. Perguntei-lhe alterado:

— Você acha que eu vou tomar isso?

O fato é que nunca precisei de sedativos, com muito orgulho.

Ela insistiu:

— Ontem você não pregou o olho. Precisa descansar.

Acho que então acabei de me zangar. Repeti a pergunta:

— Você acha que eu vou tomar isso? Garanto que na minha autópsia não vão achar nem um rastro de droga.

Eu devia dar muita importância ao assunto, porque continuei a perorar em um tom que, se não era deliberadamente hostil, soava violento de tão exaltado. De repente notei que Diana estava tristíssima. Senti vergonha e também me entristeci; teria feito o impossível para alegrá-la. Seu presentinho talvez fosse mesmo desatinado e sua insistência inoportuna, mas minha culpa era maior: cego de amor-próprio, apesar de amá-la mais que tudo neste mundo, eu a atormentava. Desde que Diana voltara do Instituto, eu nunca tinha falado com ela assim e, antes de ela ir, jamais teria ousado. Pedi perdão, reconheci minha grosseria, comecei a acarinhá-la, mas nada disso aliviou sua tristeza. Lembro que, enquanto olhava aquele rosto tão aflito e tão lindo, me perguntei, como quem concebe uma suspeita absurda, o que mais a entristecia: a rispidez das minhas palavras ou minha negativa em tomar as gotas. Envergonhei-me desse pensamento, que reputei mesquinho, disse a mim mesmo que recebia constantes provas de amor da Diana e que ela, pelo menos nos últimos tempos, nunca se mostrava teimosa nem voluntariosa.

Ceferina abriu a porta bruscamente e anunciou:

— O jantar está pronto.

Deu meia-volta e resmungou uma frase que interpretei como: "A outra pelo menos cozinhava". Acho que Diana tem medo dela, porque o senhor precisava ver como logo se esqueceu da tristeza. Toda prestativa, ajudou a pôr a mesa e tentou com insistência reanimar a conversa. Esforço inútil: terminamos a refeição em silêncio.

Enquanto as mulheres lavavam a louça, eu fazia a paródia de ler o jornal e pelejava contra a modorra que, sem necessidade de sedativo algum, me derruba quando perco uma noite de sono. A velha não deixa escapar uma, portanto não é de espantar que dissesse:

— Você também anda bem preguiçoso. Antes de a Diana voltar, era um modelo: quando eu ia me deitar, você ainda estava trabalhando nos relógios; agora nem se lembra que eles existem, nem de dia nem de noite. Vai viver do amor da sua mulher?

— Eu acho — respondi — que até o último dos escravos tem direito a alguma folga.

Assim que voltamos ao quarto, Diana recaiu na tristeza. Por não saber como reanimá-la, acabei dizendo:

— Não se preocupe. Vou tomar as gotas.

Pensei que, para manter as aparências, ela responderia que, se eu não quisesse, não precisava tomá-las. Como temendo que eu me arrependesse, respondeu de pronto:

— Vou pegar um copo d'água.

XLVI

Lembrei-me então das histórias que Picardo costumava contar, de indivíduos que pingavam duas ou três gotas de alguma droga no café com leite das senhoritas para exportá-las dopadas para a América Central. Apesar da minha profunda preocupação, me perguntei brincando para onde me exportariam.

O senhor não imagina como é difícil convencer alguém de que vamos tomar um remédio e não tomá-lo, ainda mais quando essa pessoa, embora disfarçando, nos vigia. Certamente não me destaco pelos dons de mágico ou farsista. A situação, que agora descrevo por alto, se demorava além da conta, portanto rumei para o banheiro com o copo — a passo rápido, porque Diana me seguia —, despejei o líquido na pia, molhei a boca e comentei:

— Até que não é ruim.

Acho que minha esposa me observava com desconfiança. O que acabou me ajudando a tranquilizá-la foi o sono que de fato me tomava. Para convencê-la melhor, eu esfregava os olhos e bocejava, em um simulacro que aumentava meu estado de sonolência, tanto que logo peguei no sono, para acordar pouco depois, com um sobressalto que tentei disfarçar. Esse joguinho se repetiu, e ao entreabrir os olhos invariavelmente me deparava com os da Diana, fitando-me com atenção, quase diria com severidade. Sei que a altas horas da noite, talvez porque o pensamento se confunde com os sonhos, parecem possíveis coisas totalmente extravagantes; o fato é que naquele momento eu tinha como certo que Diana queria que eu dormisse, com um intuito que procurava esconder de mim. Muitos acham que é uma vergonha a gente se assustar com uma mulher; eu lhe confesso que tive medo. O primeiro sintoma foi um desvelo, muito breve, isso sim, porque o sono logo voltou a me dominar. Sonhava disparates, que Diana ia tirar vantagem do meu sono, que ela era não apenas maligna, mas também falsária. Por momentos o medo foi tão vivo que me acordou. Em um desses despertares — não me pergunte se foi o terceiro ou o quarto, porque perdi a conta — não me deparei com os maravilhosos olhos da minha mulher. Girei a cabeça com o maior cuidado e até me ergui um pouco, no esforço de descobrir onde ela estava; lembro que pensei estar sozinho — não com alívio, mas com angústia, com outra angústia, que me recordava outros tempos —, até que um barulhinho, como de um camundongo fuçando papéis, me fez olhar para a cômoda. Lá estava ela, escarafunchando minhas gavetas, como horas antes Ceferina havia escarafunchado seu guarda-roupa. Juro que de início pensei assistir a um arremedo daquela cena que visava apenas me envergonhar. Quase gritei que a velha havia feito aquilo contra minha vontade e que ela não encontrara nada. Reprimi o impulso, porque bastava olhar para Diana para perceber que estava mesmo procurando alguma coisa. Por mais que eu refletisse e passasse em revista meus objetos pessoais, não me lembrava de nenhum que justificasse tanto empenho. "A não ser o Eibar", pensei. Agora me diga para que minha esposa podia querer um revólver? "Para matar a Ceferina", pensei, porque estava disposto a abrir terreno para qualquer disparate. Em seguida considerei que ela não devia dar maior importância à velha e que sem dúvida estava procurando o revólver para me matar e ficar com minhas coisas. O medo leva o homem a conceber pensamentos que são uma vergonha. O que me salvou de afundar por completo nesse vexame foi Diana interromper sua lide, como quem encontra o que estava procurando. Estiquei-me mais um pouco e vi que ela estudava uma folha de papel. Demorou-se um tempo extraordinário nesse estudo; depois guardou o papel na segunda gaveta da minha cômoda. Foi menos cuidadosa que Ceferina em arrumar as coisas: uma comparação ruim, porque minha cômoda sempre foi uma bagunça e Diana mantém seu guarda-roupa em ordem.

De repente tive a impressão de que Diana se virava e me estendi na cama. As batidas do meu coração foram abafadas pelos passos dela se aproximando. Diana se inclinou sobre mim e, juro, me deu um beijo na testa pronunciando duas vezes a palavra "coitadinho". Essa palavra operou como um bálsamo, porque me lembrou minha mãe. Com as pálpebras semicerradas, olhei nos olhos dela e pensei que Diana me protegia de todos os perigos do mundo. Desse sentimento de segurança passei a suspeitas e medos inacreditáveis. Não sei como nem por que dei para me perguntar quem estava me olhando através dos olhos da Diana.

XLVII

Depois minha mulher contornou a cama, afastou as cobertas e com movimentos muito dela, que eu conheço de cor, se deitou; como sempre, primeiro tentou de um lado e depois do outro (uma vez ela me disse que somos todos cachorrinhos que não conseguem escolher a posição para se deitar) e finalmente adormeceu. Pouco depois, mais por vontade de matar o tempo que por curiosidade, tomando todo tipo de precauções para não acordá-la, me levantei e fui até a cômoda. Com a surpresa que é de imaginar, assim que abri a segunda gaveta descobri que o papel que Diana tanto procurava era a árvore genealógica. "Afinal", pensei, "é uma Irala, e por algum lugar tinha que aparecer sua afinidade com o resto da família." Não foi um pensamento contra Diana, porém. Minha reação, assim que encontrei o papel, foi de ternura. Senti o impulso de abraçá-la, acordá-la, contar-lhe meus maus pensamentos e pedir perdão. Com esse propósito tomei o rumo da cama, quando sem querer concebi outra interpretação do seu empenho em encontrar a árvore genealógica. "Queria estudá-la", pensei, "porque é outra pessoa. Precisa conhecer os antepassados da família, saber, por exemplo, qual era o nome da sua mãe. Está tudo aí." Logo em seguida, como se eu já desse como fato que essa era a interpretação correta, acrescentei: "Para piorar, coube à coitada uma família que sempre acha um pretexto para exibir os tataratataravós".

Já na cama, continuei a cismar, até que em algum momento me perguntei se não estava desvairando. "Não seria muito mais natural da minha parte pensar que ela simplesmente se lembrou da árvore genealógica, que teve vontade de me perguntar onde devia procurá-la e que só ficou me olhando daquele jeito para ver se eu estava dormindo, porque não queria me acordar?" Já me entregava a uma sensação de alívio quando refleti que, muito antes de empreender a busca, ela me instara a tomar as gotas. Talvez tivesse insistido com as gotas por entender que essa noite eu tinha que dormir bem. Nas clínicas e em outros pontos onde se convive com o corpo médico, as pessoas pegam o mau hábito de consumir remédios por qualquer motivo. Talvez minha aversão às gotas fosse exagerada. Ao longo daquele dia interminável, meu único refúgio havia sido a companhia da minha esposa, e depois, só porque me comprou um sedativo, comecei a imaginar coisas e a desconfiar dela. Repensando as mesmas questões, acabei pegando no sono. Por volta das oito, não sei que sobressalto de um sonho me acordou. Assim que abri os olhos me deparei com os da minha esposa, fitando-me como se quisesse desentranhar um segredo oculto em mim. Achei a ideia engraçada, quando já ia lhe dizer que eu não tinha segredos, de repente pensei que o segredo estava nela e me assustei.

XLVIII

Não me aguentando de tão nervoso, me levantei e fui até o banheiro. Mergulhei os pulsos na água fria da pia até cansar; depois molhei a testa e a nuca. Estava desnorteado, convencido de que não podia continuar assim, e cheguei a me perguntar se de repente não sairia correndo até o Instituto para que me dessem uma injeção ou quem sabe até me internassem. Do jeito que estava, não podia continuar.

O mate, que, segundo li no *Mundo Argentino*, agita os nervos, me acalmou. Por menos atenção que lhe dediquemos, distrai bastante tomá-lo e depois devolvê-lo para quem o ceva e esperar a vez para tomar mais um. Eu diria que a redondez da cabaça transmite um bem-estar à mão: não me pergunte o porquê. Decerto eu divagava sobre tudo isso para não pensar naquilo que me atormentava. Em parte conseguia meu intento.

Diana e Ceferina comentaram a preguiça de, à noite, aguentar os Irala mais uma vez. Dava gosto ver as duas tão de acordo. Ouvindo Diana falar, parecia que ela não tinha nada a ver com Adriana María e *don* Martín. A cordialidade se estendeu até que a velha não pôde mais com seu gênio e começou a mortificar minha esposa com sugestões para o cardápio. Na realidade, Ceferina a provocava. Diana foi diplomática ao extremo. Olhou para o relógio, pediu licença alegando que estava tarde, trancou-se no banheiro e abriu o chuveiro. Eu, por meu lado, fui aos relógios: com a mente em liberdade não me aguentava. Já na oficina, diante da pilha de relógios por consertar, no meu foro íntimo reconheci que ultimamente meu senso de responsabilidade se tornara menos rigoroso. Em alguma ocasião Ceferina me disse que o amor e o senso de responsabilidade com o trabalho não combinam; naquele momento não lhe dei ouvidos, porque era uma maledicência contra Diana.

Trabalhei o melhor que pude, na esperança de ser o relojoeiro de sempre, de recuperar a vocação. De repente me peguei pensando no longo dia que tinha pela frente. Agora mesmo, depois do que aconteceu, não é fácil dizer isto: tive medo de todas aquelas horas que passaria ao lado da Diana, a ponto de desejar que a noite chegasse logo, para estar com Adriana María. "Essa, pelo menos", pensei, "sei que é a irmã." Como quem sonha, eu me vi abraçando-a com ternura; digo como quem sonha porque a imaginação trabalhou sozinha e me mostrou Adriana María me apertando de um modo francamente desavergonhado, enquanto eu sentia tristeza porque todos me interpretavam mal. Então passei a sentir saudade da minha mulher. Uma saudade estranhíssima, alimentada pela curiosidade, por um empenho em observá-la melhor, pela enorme esperança de estar enganado, de chorar nos seus braços, de pedir-lhe perdão, de esquecer tudo.

Nem eu mesmo me entendo. Diana chegou pouco depois, e me deu vontade de fugir. Vejamos se consigo me explicar: longe dela, supunha que me bastaria vê-la para me livrar da aflição e que minhas cismas eram pura má-criação de um homem mimado pela sorte; mas ao tê-la perto de mim tinha a impressão de ver, para além da sua expressão e da sua pele, uma forasteira.

Vinha me pedir que a acompanhasse à mercearia e à feira, que naquela manhã estava na rua Ballivián, para fazer as compras, conforme uma lista preparada por Ceferina. Eu disse que só ia passar um pente no cabelo; fui até o quarto e enfiei no bolso o vidrinho de gotas.

Saímos. Juro que eu olhava para as coisas como quem as recorda. Ou talvez como um homem que vai se despedindo.

Na mercearia, o dono não estava. Quem nos atendeu foi a filha dele, a causa do nosso famoso distanciamento. Precisa ver como ela está. Crescida, lindíssima, mas atende a freguesia como quem faz um favor. Fomos à feira e por último passamos pela farmácia. Com o pretexto de perguntar a *don* Francisco se o Système Roskopf estava funcionando direito, chamei-o à parte, mostrei-lhe o vidrinho e lhe perguntei se aquelas gotas eram muito fortes.

Respondeu:

— Um bebê as ingere sem problemas.

Tomei Diana pelo braço e voltamos para casa; quando guardava as compras na cozinha, levei a outra Diana para passear. Se alguém me viu, deve ter achado que eu estava louco, pois juro que eu falava sozinho e, quando caía em mim, me dirigia à cadela, para disfarçar. Não só para disfarçar, mas também porque a sinto muito próxima. No fundo, há de ser a única pessoa em quem confio plenamente.

Ceferina saiu para o jardim e me chamou aos gritos.

Comi sem fome. Depois do almoço, estiquei a conversa o quanto pude, mas pisando em ovos, como sempre que Ceferina e Diana estão juntas. Por fim Ceferina começou a lavar o chão, e entendi que tinha chegado a hora da sesta.

De uns tempos para cá, meu estado de espírito muda sem parar. Disse a mim mesmo que não tinha o direito de ficar descontente, porque o homem que ama uma mulher por completo deve se considerar um felizardo. Disse isso a ela, meio brincando, meio por falar.

— Claro que há outras mulheres que não são nada feias — esclareci —, como a própria Adriana María, que é igualzinha a você, mas não tem tua alma.

Desatou a chorar. Ela então me pareceu mais linda que nunca e se mostrou notavelmente carinhosa, a tal ponto que acabei esquecendo minhas apreensões. Depois eu quis dormir, mas Diana retomou o diálogo. Não me pergunte o que ela disse, porque não a escutei. A olhos vistos me entristeci. Por mais fora de lugar que isso possa parecer, eu sentia o peso de quem traiu a própria mulher. Não consegui me aguentar, pulei da cama, passei um bom tempo me lavando e me vesti com grande pressa.

— Aonde você vai? — ela me perguntou.

— Não sei — respondi.

Eu sabia; ou melhor, nós dois sabíamos.

XLIX

Na esquina da rua Acha encontrei o Picardo, de terno novo. Nos piores momentos, a vida parece uma representação, com umas poucas figuretas repetindo sempre o mesmo número. O do Picardo consiste em cortar nosso caminho e nos reter quando temos mais pressa. Dessa vez ele me reservava uma surpresa.

— O doutor — disse severamente — está aborrecido com você.

— Que doutor?

— Como assim, que doutor? O doutor Rivaroli.

— Pode-se saber por que o doutor Rivaroli está aborrecido comigo?

— Não se faz de inocente. Você tirou a esposa do hospital de doidos sem pedir ajuda para ele. Ficou muito sentido.

— E você, por que está de terno novo? Pode me explicar?

Ele agitou os braços no alto, como que se defendendo de um castigo, recuou alguns metros e saiu correndo.

Eu também caminhei rápido, porque achava que era imprescindível chegar ao Frenopático o quanto antes. Lá fui recebido por Campolongo. Diante da minha insistência, me acompanhou até o gabinete de Reger Samaniego e foi chamá-lo. Eu pensava que, se Reger viesse logo, eu saberia como falar com ele de modo que não pudesse sonegar uma explicação franca e completa. Claro que ele se fez esperar. Quando o doutor chegou, eu já estava nervoso e tinha esquecido meu discursinho decorado.

Para que o senhor possa me entender, tratarei de contar de forma ordenada aquela entrevista, que foi bastante agitada e confusa.

— O que o traz aqui?

— O desejo, a necessidade — tentei me acalmar — de lhe perguntar algo da maior importância para mim.

Respondeu no seu tom monótono:

— Pergunte. Sempre estou à inteira disposição dos meus doentes.

— Vim lhe perguntar pela minha Diana, doutor. Eu falo com ela e a vejo trabalhar, não tenho queixas, mas francamente não a encontro.

Respondeu:

— Não sei se o entendo bem.

— Essa mulher que o senhor me devolveu pode ser muito boa — esclareci —, mas, não sei como explicar, para mim é outra. O que fez com ela, doutor?

O doutor Samaniego escondeu sua cara de lobo com as mãos, que são enormes e pálidas. Quando ergueu o rosto, parecia não apenas cansado, mas farto da minha presença.

— Puxe pela memória — ele disse. — Eu o alertei contra dois perigos, está lembrado? Na realidade, esses dois perigos estão ligados.

Confessei que não estava entendendo.

— Eu lhe avisei que sentiria saudade da mulher neurótica que viveu ao seu lado durante anos. Dei-lhe meu clássico exemplo do cavalo do leiteiro.

— Disso eu lembro perfeitamente — respondi; tentei manter a calma e argumentar. — Mas a Diana e o cavalo do leiteiro não são a mesma coisa.

Acho que marquei um ponto.

Depois me enredei em explicações, e Samaniego me atalhou:

— Também lhe avisei que muito dificilmente o senhor teria a saúde necessária para lidar cotidianamente com uma pessoa normal. Então citei o exemplo da fruta podre.

— Olhe, doutor, o senhor só sabe falar comigo usando historinhas e figuras, mas eu vou lhe dizer o que sinto. Quando a Diana me olha nos olhos, me vem um pensamento estranhíssimo.

— Não vai me pedir que adoeça a mulher porque o marido está doente.

Como sou teimoso, insisti:

— Não, doutor, não vou lhe pedir isso. Mas escute: há algo de estranho na Diana. Ela é outra.

O doutor tornou a ocultar o rosto entre as mãos. De repente se levantou, ergueu os braços e gritou:

— Para acabar de uma vez com suas dúvidas, sugiro um expediente muito simples. Tome todas as impressões digitais que quiser. Depois me dirá se ela é ou não é a mesma.

— O senhor não me entende. Como pode imaginar que vou fazer a coitadinha sujar os dedos desse jeito?

— Então está convencido?

— Vou lhe dizer a verdade: estou quase convencido de que é inútil falar com o senhor. Não me resta outro remédio além de falar com ela. Vou dar um jeito de lhe arrancar a verdade.

Reger mergulhou em um silêncio tão longo que me perguntei se não era o claro indício de que dava a entrevista por encerrada. Caminhando como um sonâmbulo, contornou a mesa e se aproximou da pia. Acho que imaginei que de repente me daria o gosto de despertá-lo desse estado de entressonho com alguma ironia sobre o tratamento que lá aplicavam. Deve ter sido nesse instante que ele me fincou a agulha e adormeci.

L

Acordei em um quarto branco, deitado em uma cama de metal branca, ao lado de uma mesinha branca, com um abajur aceso em cima. De saída me surpreendeu ver que estava com um pijama liso, azul, porque os meus são todos listrados. Com a maior calma, como quem explica um fato conhecido, eu disse as palavras reveladoras do meu infortúnio: "Não estou em casa". Em frente havia uma porta e à minha direita, uma janela. Levantei e tentei abrir primeiro uma, depois a outra; não consegui.

Ouviam-se explosões na rua, e pensei na Diana, a cadela, em como a coitada devia estar assustada. Quando começaram as badaladas, os apitos, as sirenes, vi que o relógio marcava meia-noite em ponto. Muito aflito, recordei que era noite de Natal. "Ainda bem que não me tiraram o relógio. Só faltava, afinal não estou preso", refleti. Abri a gaveta da mesa de cabeceira; lá encontrei a carteira com todo o meu dinheiro dentro, o lápis e o pente. Faltava, como era de se esperar, a carteira de identidade. Pensei: "Tenho que pedir que a devolvam".

Eu tinha dormido o dia inteiro. De repente me perguntei o que estaria acontecendo em casa. Comecei a me preocupar com que Diana e Ceferina estivessem preocupadas comigo. Apertei uma campainha. Queria saber se tinham telefonado para elas avisando que eu estava ali e de antemão me indignei, supondo que não as avisaram. "Pobres mulheres, a essa altura devem estar a ponto de enlouquecer por culpa desse médico."

Já ia apertar a campainha de novo, quando apareceu um enfermeiro, seguido pela enfermeira que me ofereceu o cafezinho no dia em que fui buscar Diana.

— Vou-me embora agora mesmo — anunciei —, mas antes façam-me o favor de me emprestar o telefone. Vou ligar para minha casa e para meu advogado, o doutor Rivaroli, para pô-lo a par deste abuso.

Vi que, por trás do enfermeiro, a enfermeira me olhava com cara de súplica e movia a cabeça negativamente.

— Como primeira providência — explicou o enfermeiro —, o senhor vai me tomar esse comprimido aqui.

Pela maneira como ele me segurou, percebi que por enquanto era melhor eu desistir das minhas pretensões. Como o homem estava manipulando um tubo, afetei melhor ânimo e disse:

— Não preciso disso. Sinto-me perfeitamente bem.

Pensei: "Com outro sossega-leão como o que me deram hoje, amanhã vou estar imprestável".

— Então vai comer algo — disse o homem em tom amistoso. — Tem vontade de quê?

Eu não tinha vontade de nada, só de sair dali e voltar para casa.

— Que tal uma sopinha de cabelo de anjo e um bife na chapa? — perguntou a enfermeira.

Foram buscar a comida. Tentei aproveitar aqueles minutos para avaliar minha situação e planejar uma estratégia. Não é fácil pensar quando a gente se encontra em uma situação alarmante, em que nunca se viu. Talvez a injeção que Samaniego me aplicara ainda me embotasse o cérebro. Por um lado, eu me sentia sinceramente indignado; por outro, consegui entender que, estando nas mãos de enfermeiros acostumados a lidar com loucos, de nada adiantaria eu me rebelar. Creio que já então concebi meu plano de escrever, só que de início o destinatário seria Aldini. Tive o palpite de que a enfermeira me ajudaria e que a melhor coisa a fazer era conquistar seu apoio.

Trouxeram a bandeja, com uma sopa que tinha mais olhos de gordura que macarrão, um bife e batatas cozidas. Para ganhar tempo, comi uns pedaços de pão.

— Muita fome eu não tenho — confessei.

— Não deve se debilitar — respondeu o enfermeiro.

Atrás, a enfermeira me fitava ansiosa e disse:

— Faça uma forcinha e coma um pouco.

Obedeci.

— Agora vai tomar suas vitaminas — declarou o homem.

Já sentia que a indignação me subia à cabeça e que não conseguiria reprimir um desplante. A mulher movia a cabeça afirmativamente. Enfim me dei por vencido. Os comprimidos eram grandes e malcheirosos. Como entalaram na minha garganta, tive que engolir mais um copo de água e acabei derramando um pouco.

— Ainda está nervoso — observou o enfermeiro.

— Não — respondi com firmeza. — É a falta de prática em tomar remédios. — O orgulho tomou conta de mim e expliquei: — Não vão acreditar, mas garanto que até hoje nunca tinha entrado neste corpo uma injeção sequer.

O enfermeiro me olhou friamente e disse, em um tom que me desagradou:

— Já vamos mudar tudo isso. Venha, vou acompanhá-lo ao banheiro.

Tive que ir, fazer e voltar na companhia dele. Para essas coisas, acredite, sou muito delicado e prefiro a solidão. Pensei: "Ao menos por isso, preciso que confiem em mim, para que não fiquem me observando noite e dia".

— Vamos lhe deixar um pouco de água, caso sinta sede — avisou a mulher.

— Obrigado — disse. — Quero lhes pedir um favor. Qualquer um de vocês, quando se lembrar, dê uma olhada no meu paletó, para ver se minha identidade está lá. Não gosto de perder meus documentos.

— Agora não deve pensar nisso — ordenou severamente o homem.

— Durma. Durma bem — aconselhou-me a mulher docemente. — Se não conseguir, chame, que lhe damos um remedinho.

Essa gente não toma jeito, vive em outro mundo, como um bando de marcianos. Não nos entendem, porque têm outros hábitos. Como o senhor há de imaginar, eu custava a aceitar a ideia de que estava nesse outro mundo. Senti que era essencial voltar ao meu, mas não me enganei com a ilusão de que seria fácil sair do Frenopático. Certamente, se eu tivesse então uma medida exata das minhas dificuldades, teria dado rédea larga ao nervosismo, com certas consequências que prefiro não imaginar.

Quando voltarei? Não faço a menor ideia. Se o senhor quiser me ajudar, talvez já esteja em casa dentro de alguns dias.

LI

Eu estava totalmente acordado quando, na manhã seguinte, a enfermeira entrou trazendo o café com leite, mas fingi dormir. Acredito que agi desse modo com o vago propósito de espiá-la, sem me lembrar que os olhos fechados não enxergam. Então aconteceu um fato inexplicável. Se o senhor achar que é mentira, é porque não leu com atenção tudo o que escrevi até agora; meu relato prova, creio eu, que digo a verdade sem me preocupar em ficar bem. A circunstância, de resto, mais que lisonjeira, foi surpreendente e constrangedora.

Já é hora que eu lhe diga que a enfermeira depositou a bandeja na mesinha, inclinou-se sobre mim, para me observar de perto, e me deu um beijo.

Com mais razão persisti no meu simulacro, que se desdobrou nos movimentos próprios de quem desperta de um sono profundo. Ela me perguntou:

— Como está? Dormiu bem?

A mulher escutava minhas respostas com sincero interesse. Pensei que tanto zelo profissional não condizia com o beijinho anterior. No meu foro íntimo, peco por malicioso.

Essa enfermeira não me deixará mentir. Despachei o café da manhã com uma fome que dava gosto. Acho que ela me disse:

— Não sabe como fico feliz em vê-lo comer.

De repente, refleti: "Com sua aparência afável, ela dá a entender que estive, ou estou, doente e assim justifica o doutor".

Como se lesse meus pensamentos, a enfermeira disse:

— Estou do seu lado. Quero ajudá-lo. Confie em mim.

Eu não podia acreditar no que ouvia.

— Se eu bem a entendo — observei —, devo concluir que minha situação aqui é delicada?

— Todos tentam fugir — respondeu —, mas ninguém consegue. O senhor deve fugir, deve fugir.

Nesse momento me convenci da urgência de lhe escrever. Depois de me acalmar um pouco, eu disse a ela:

— Vou lhe pedir um favor: papel de carta.

— Mais tarde dou um pulo no quiosque e trago um pouco.

— Vai guardar meu segredo, não é?

— Já falei: confie em mim.

Insisti:

— Só se guardar meu segredo.

— Seu malvado. Desconfiado — disse fazendo um muxoxo.

Olhou-me bem de perto.

— É uma carta para um amigo — expliquei. — Vai poder levá-la até a casa dele? Não mora longe daqui.

— Mesmo que morasse no fim do mundo.

— Não sabe o imenso favor que me faz. É muito urgente.

Respondeu:

— Mais urgente seria que fugisse, mas não vejo como.

O enfermeiro entrou e disse:

— Hora de ir ao banheiro.

LII

Quando voltei ao quarto, a cama estava arrumada. Não pude menos que pensar: "Do tratamento não me queixo. Contanto que continuem assim". Como vê, com as comodidades que me ofereciam, eu já ia me esquecendo da minha esposa e de que estava preso. Perguntei ao homem se eu devia ir para a cama. Respondeu:

— Faça o que seu corpo pedir. Apenas não se canse.

Não lhe perguntei como poderia me cansar.

Ele se retirou. Fui até a janela e mais uma vez constatei que era impossível abri-la. "É para os loucos não se jogarem", expliquei a mim mesmo. Vi que dava para um pátio interno, triangular, com um canteiro no centro, tomado de mato, que formava um triângulo menor, bem estreito, escuro e triste. Eu estava no quinto andar. Acima havia outra fileira de janelas.

A enfermeira apareceu com o papel de carta.

— Não sei como agradecer — falei.

— Se quiser, eu lhe digo.

— Quanto lhe devo? — perguntei.

Bateram à porta (o que me espantou, pois todos, até então, entravam sem bater). Era o doutor Campolongo. Assegurei que eu tinha dormido de um sono só, que estava perfeitamente bem, que acabava de tomar um suculento desjejum, mas falei o mínimo possível. Eu me conheço. Por qualquer besteira minha pressão dispara e já explodo em um desses desplantes que depois me causam desgostos. Pediu que lhe contasse quais as doenças que tive. Respondi:

— Sarampo, em criança, e varíola boba. Depois sempre fui o que se pode chamar de homem saudável.

Quando ele se retirou, entrou a enfermeira e me advertiu:

— Escreva enquanto eu estiver na ronda, para que ninguém o surpreenda. Se eu der o sinal – duas batidinhas na porta –, esconda o papel embaixo do colchão.

Embora eu pudesse jurar que aquela mulher estava tentando me convencer de que eu estava preso, agradeci.

Entreguei-me à tarefa com afinco, mas logo suspeitei que o caso era complicado demais para ser exposto em quatro ou cinco páginas. Por força de vontade, persisti.

Levei um susto, porque a enfermeira voltou a entrar e apareceu ao meu lado sem fazer ruído algum. Perguntou:

— A carta está pronta?

— Está, sim — respondi —, mas saiu tão atrapalhada que estou escrevendo outra. Em meia hora, termino.

— É melhor deixar para depois. Já vou trazer o almoço.

Almocei com apetite: fato bastante inexplicável na minha situação, porque não gosto de comer com gente me olhando, e a enfermeira, encostada na porta, não tirava os olhos de mim. Depois não recolheu a bandeja e continuou a me olhar. Para pôr fim a esse quadro, falei a primeira coisa que me veio à mente:

— Promete que os médicos não vão ler minha carta?

— Prometo.

— É para que esse amigo me tire daqui — acrescentei antes de pensar que talvez fosse uma imprudência.

Observei que seu queixo era pontudo, com uma pinta do lado esquerdo, e me pareceu que seus olhos brilhavam muito.

— Eu não envolveria gente de fora — disse —, mas vou fazer o que mandar. Estou aqui para servi-lo, em tudo, entende? Meu nome é Paula.

Entre uma frase e outra, fazia uma pausa, talvez para que eu entendesse melhor. O senhor vai achar graça. Respondi:

— Eu tenho uma tia que se chama Paula.

— Seu apelido é Lucho, não? Quando não tiver ninguém por perto, pode me chamar de Negra.

Depois de certa vacilação, articulei a palavra:

— Certo.

Recolheu as coisas e disse, como que pensando em voz alta:

— Se você não confiar em mim, está perdido.

LIII

Depois de meia hora de trabalho, terminei a carta, dando-me por satisfeito. Como Paula não vinha, para matar o tempo, cometi a imprudência de relê-la. Era mais clara que a primeira, porém não mais convincente. "Se alguém me pedisse socorro com uma carta dessas, o que eu faria?", me perguntei. "Jogava fora e ia pensar em outra coisa."

Perdido nas minhas cismas, encostei na janela. Logo descobri um fato que julguei estranho. Olhando com atenção, via gente nas janelas do primeiro, do segundo, do terceiro, do quarto e até do sexto andar; ninguém nas do quinto.

Quando o enfermeiro me perguntou se eu queria ir ao banheiro, respondi que sim. Como nas ocasiões anteriores, no percurso não vi uma alma viva. Como nesse dia minha inteligência estava funcionando com uma velocidade prodigiosa, liguei uma observação com a outra e, fazendo voz de quem fala por falar, perguntei:

— Não tem ninguém no quinto andar?

Como o apanhei de surpresa, balbuciou:

— Não... não. — Acrescentou em seguida: — Só o senhor.

Depois de me devolver ao quarto, ele se afastou como se tivesse pressa. Dali a pouco apareceu Paula.

— A carta está pronta? — perguntou.

— Está — respondi. — Peço que a leve a este meu amigo.

Mexendo os lábios como se mastigasse uma bala pegajosa, Paula leu o destinatário e o endereço.

— Onde fica isso? — perguntou.

— Entrando na rua Acha, a segunda casa à esquerda.

— Se eu for hoje à noite, será que ele vai estar lá?

— Sempre está — respondi, e lhe pedi mais um favor: — Aceite o dinheiro, porque amanhã vou querer mais papel, muito mais. Não estou contente com esta carta e amanhã vou começar outra.

— Também não é o caso de bombardear as pessoas. Se acharem que você está louco, não vão prestar atenção no que diz.

Vendo que me falava de coração, expliquei:

— É uma história tão estranha que, se eu a escrever em quatro ou cinco páginas, vai parecer inacreditável. Francamente inacreditável. É tão estranha que vou contar para outra pessoa tentando eu mesmo entender.

— Vão interpretá-lo mal — disse com tristeza. — Por aqui passam muitos loucos, e não é a primeira vez que alguém me garante que sua história é muito estranha.

Protestei:

— Se você acha que eu sou louco...

Devo tê-la chamado de você de puro medo. Ela gostou.

— Alminha — disse —, estou com você para tudo. Para tudo entendeu? Amanhã te trago as folhas.

— Muitas, hein?

— Certo, muitas; mas em vez de escrever, que não é bom para a saúde, eu no seu lugar quebrava a cabeça procurando um jeito de fugir.

LIV

Com o trabalho de escrever, mais as visitas da enfermeira, do enfermeiro, do doutor Campolongo e as refeições a cada três por dois, a tarde passou voando. De noite, na cama, comecei a refletir.

Tomei a firme decisão de pedir a Paula que me explicasse por que era indispensável que eu fugisse, se não estava louco. Vejamos: o que os médicos ganhavam me mantendo enclausurado no Frenopático? Antes de mais nada, eu não sou rico; além disso, até onde sei, não vivemos na época dos médicos de casaca e cartola, que no filme do Aldini pilham os pobres coitados para fazer experiências. Quem pode acreditar numa fábula dessas hoje em dia? Se eu conversasse com calma com Samaniego, ou com o próprio Campolongo, argumentando como se deve, eles me abririam de par em par as portas para que eu voltasse para casa.

Era estranho, no entanto, que a enfermeira, que afinal de contas trabalhava no Instituto e devia estar familiarizada com o que ocorria ali dentro, insistisse tanto na necessidade de facilitar minha fuga. Bastava pensar mais um pouquinho nessa direção para desconfiar da enfermeira e me perguntar se ela não seria um instrumento dos médicos. Estaria me incentivando a fugir para que me apanhassem em flagrante? Com certo esforço raciocinei que eu não estava detido nem preso, que não pendia sobre mim nenhuma condenação e que uma tentativa de fuga não seria um crime. Claro que poderiam me castigar, me aplicar injeções e até eletrochoques. Eu estava na qualidade de doente mas sem estar doente, e os médicos me liberariam assim que constatassem o erro. Ou será que o negócio consistia em prender gente saudável? Seria menos perigoso internarem pessoas doentes, que infelizmente nunca faltam.

Pensei que sem demora devia pedir a Paula que desse um jeito de recuperar minha identidade. Sou totalmente contrário a deixar um documento pessoal em mãos alheias. Se o perdem, de nada adianta reclamar, porque ninguém nos livra da temida via-crúcis na sede da Polícia Federal.

O problema com a identidade me deixou tão nervoso que não consegui conciliar o sono. Pensei que no dia seguinte estaria exausto, que os médicos perceberiam, me dariam calmantes, me sedariam e eu não conseguiria continuar com o trabalho. No fundo, estava convencido de que ao me prender não pensavam em me deixar sair assim, só porque eu queria.

De repente me dei conta de que devia fazer no mínimo vinte e quatro horas que não me lembrava da Diana com firmeza. Coitadinha, que belo defensor lhe tocara, que bastou se encontrar preso no manicômio para só pensar em si mesmo.

LV

Quanto estava pegando no sono, fui acordado por uns latidos. Olhei pela janela, porque tinha clareado, e avistei no pátio um cachorrão com listras como de tigre. Acho que é um mastim.

Esses médicos não me enganam. Para ganhar minha confiança, no primeiro dia não me incomodaram, mas na manhã seguinte deram início ao grande ataque. Antes do café com leite já me tiraram sangue até de trás da orelha, e com o desjejum, que não foi nada mirrado em matéria de pão e geleia, me fizeram engolir uma infinidade de comprimidos. Campolongo me explicou:

— São vitaminas.

— Não sabia que existiam tantas — respondi.

— Tome todas elas a cada manhã, e verá como o deixamos.

— Como a Diana, minha esposa?

— Exatamente. Para que não se encontre em inferioridade de condições. Diga-me, senhor Bordenave, de vez em quando o senhor não sente, como direi, certa dificuldade de raciocínio?

Fiquei pasmo. Esse doutor Campolongo, depois de me ver quatro ou cinco vezes, descobria um sintoma que eu julgava oculto nas mais profundas dobras do meu cérebro. Estava diante de um verdadeiro olho clínico.

— Às vezes gostaria de me explicar com mais facilidade — respondi. — Nos meus encontros com o doutor Samaniego, por exemplo, queria ter argumentado…

Interrompeu-me sem contemplações:

— Para a preguiça mental — explicou — também temos remedinhos.

Avisei:

— Ontem, o dia inteiro, pensei com uma velocidade que me deixou boquiaberto.

— Quer se dar por curado antes da hora? Está com medo do tratamento?

— Muito pelo contrário, doutor — disse como um hipócrita. — Sou lerdo, reconheço, e não acredito que vocês possam mudar a índole de uma pessoa.

Inferi que minha resposta o ofendeu, porque replicou friamente:

— Faremos com o senhor o que fizemos com sua esposa.

Mediu minha pressão, auscultou meu peito e disse que eu tinha um coração de primeira. Com legítimo orgulho o obriguei a repetir a frase. Finalmente se retirou.

Eu estava contrariado, decerto por causa das picadas e dos comprimidos, mas principalmente por causa da conversa. Para que Campolongo não desconfiasse, deixei, por tática, que ele me tratasse como um doente. Essa conformidade me infundiu tristeza e raiva, como se eu fizesse questão de me submeter. Tive a sensação de que estava mais preso que antes.

Paula me trouxe uma resma de papel.

— Que foi, alminha? — me perguntou. — Que cara é essa? Em vez de escrever tanto, hoje você vai me tomar umas gotinhas e dormir como um anjo.

Respondi simplesmente:

— Que mania com as gotas.

— Você precisa descansar — insistiu. — Sempre aí escrevendo e escrevendo, isso não pode ser bom para a saúde.

— Muito interessante — devolvi.

— Não fique bravo. Já entreguei a carta para aquele teu amigo, em mãos.

— Vamos ver o que ele faz — comentei. — Provavelmente nada, porque a carta que lhe mandei é tão confusa que nem eu mesmo a entendo. Agora vou escrever de novo.

— É perigoso — ela disse.

— O que me sugere, então? Que eu tome seus comprimidos, durma e deixe que façam comigo o que bem entenderem?

— Não seja mau — disse.

— Não sou mau — expliquei. — Foi a senhorita mesma quem disse que eu preciso fugir. Vamos ver se encontramos um jeito… Enquanto isso, estou escrevendo um relatório para o senhor Ramos. Quem sabe assim o convenço a me ajudar.

Paula pensou por mim:

— Para escrever, pegue uma folha de cada vez e deixe as outras sempre guardadas embaixo do colchão. De noite eu recolho as folhas escritas, e assim, se te descobrirem, pelo menos salvamos as que estiverem comigo. E não cite meu nome, para que depois não tentem nos separar.

É notável: quando ela disse isso, acreditei na sinceridade do seu afeto. Em todo caso, pedi:

— Jure que depois vai me devolver as folhas.

— Juro.

— Aconteça o que acontecer?

— Aconteça o que acontecer. Juro. Se eu não conseguir entregar a papelada para esse teu amigo, devolvo para você.

— Jura por quem?

— Por você. Por quem mais amo.

LVI

Antes de voltar a escrever, repassei mentalmente minha última conversa com o médico. Uma frase me inquietava: "Faremos com o senhor o que fizemos com sua esposa". Pensei que, antes que começassem com o tratamento propriamente dito — por ora apenas estavam colhendo meu sangue para exames e me fortificando com minerais e vitaminas —, eu devia fugir do Frenopático. Antes de mais nada, para evitar que me enchessem de remédios. Esse ponto me preocupava mais até que a possibilidade de que me mudassem, como haviam feito com Diana. "Será que a mudança é tão grande assim?", me perguntei. "Aparentemente, ela mesma não notou nada. Será que a velha me encheu a cabeça? Não existe pessoa mais cismada que a Ceferina. Mas reconheçamos que a mudança, se é que houve uma, foi toda para melhor, exceto no quesito cozinha, que afinal não é o mais importante em um grande amor. Estou quase acrescentando que fui o principal beneficiado, porque, desde que minha mulher voltou para casa, não houve uma noite sequer em que ela me deixasse esperando ansioso até sabe-se lá que horas, pesadelo que tanto me atormentou antes da sua internação." Mais um pouquinho, e já me perguntava se eu não teria enlouquecido por causa da Adriana María e da velha. Sabia que não, mas queria pensar que Diana era a mesma de sempre e que ao voltar para os seus braços encontraria a felicidade.

De repente eu disse sem pensar, como se fosse outro que falava: "Não é o caso de ser tão rígido. Quem sabe agora eles me consertam e quando voltar para casa já não vejo a Diana mudada".

Dizem que sou teimoso, mas de tão razoável estava começando a ceder.

LVII

Eu não entendo nada. Por momentos parece que nunca vou sair daqui; por momentos, que vou sair de uma hora para outra. Quando acredito que não vou sair, escrevo febrilmente, para que o senhor me tire daqui. Quando acredito que estou prestes a ir embora, continuo a escrever, por hábito. São tantas as lembranças que revivo ao correr da pena; algumas angustiantes, não nego, mas muitas gratas. Entendo que o balanço final é favorável, de modo que vejo confirmada minha invariável convicção de que sou um homem de sorte.

Também não vou negar que no dia seguinte acordei com a esperança de que o senhor viesse me tirar. Sabia que minha carta era confusa demais para convencê-lo; mas quem está enclausurado tem tempo de sobra para pensar em tudo, até nas esperanças mais desatinadas. Quando a enfermeira entrou com o café da manhã, por um instante tive a certeza de que ela me diria: "Vieram buscá-lo". Como não disse nada, acabei lhe perguntando se não havia novidades. Ela não entendeu, e esclareci a pergunta.

Por seu turno, a enfermeira me disse:

— Eu no teu lugar não teria muitas ilusões. Você não sabe quanta gente que esteve aqui já passou por isso. Todos pedem, para nós, enfermeiros, que levemos uma carta para um conhecido que vai tirá-los daqui, porque não estão loucos. Nunca vem ninguém.

Perguntei:

— Eles prendem aqui pessoas que não estão loucas?

— Vai saber. Tem loucuras que a gente vê de longe; outras, não. Para esses médicos, todo mundo está louco. Sabe como é o especialista, um teimoso que se pega nos detalhes.

Olhei-a bem nos olhos para lhe fazer uma pergunta que eu vinha ruminando fazia tempo:

— Agora me diga por que devo fugir.

— Porque você não está louco — respondeu.

Para mim, esse ponto ficava perfeitamente esclarecido. Acho que meu erro foi acrescentar:

— Então não entendo a atitude dos médicos.

Paula juntou as mãos e me suplicou:

— Não me pergunte mais nada. — Fez uma pausa, em seguida se animou, falou rapidamente, quase com alegria: — Fuja. Você vai achar um jeito: é mais inteligente do que eu. Depois que estiver fora, eu te conto tudo. Quando estivermos juntinhos.

Repliquei no ato:

— Eu não posso me juntar com você.

— Pode-se saber por quê?

— Sou um homem casado.

— Hoje em dia isso não é problema.

Achei que ela me agradeceria se eu falasse com absoluta honestidade, portanto expliquei:

— Eu amo minha esposa.

O que aconteceu a seguir foi um espanto. Talvez eu faça mal em contar, porque Paula é uma senhorita e porque ela sempre me ajudou. O fato é que o episódio me afetou de um modo tão profundo que se misturou com os pesadelos que eu ainda ia viver. Agora mesmo a vejo, como em um delírio de febre, quando arrancou o avental, se atirou no chão, rolou em vaivém, de braços abertos, muito congestionada, gemendo baixinho, murmurando as mais notáveis obscenidades e repetindo, como se me chamasse:

— Não tem ninguém no andar.

— O enfermeiro já me falou — respondi por fim.

Levantou-se com extraordinária prontidão, abotoou o avental e passou as mãos pelas madeixas.

— Me empresta o pente? — disse.

De toda a congestão e desmando anteriores não restava nenhum rastro além de uma ou outra lágrima, que ela enxugou nervosamente com o dorso da mão.

Paula se retirou. De repente pensei: "Se não havia ninguém no andar, eu devia ter fugido". Pouco depois entrou o enfermeiro, desculpando-se pelo atraso, porque o ocuparam em uma cirurgia. Ele me levou ao banheiro e à sala de raios x, onde me tiraram radiografias da cabeça, do peito e das costas. Nem para me trazer o almoço a enfermeira voltou. Perguntei-me se eu não tinha sido muito rude com ela; claro que também não ia deixar que a coitada pensasse disparates.

LVIII

Minha situação era delicada. Não podia induzir a enfermeira a erro e precisava reconquistar sua boa vontade (o que obviamente não me parecia nada fácil).

Enquanto refletia sobre tudo isso, olhava o pátio, abaixo, com o cachorro, as janelas vazias do quinto andar e, nas dos outros andares, vários personagens que eram para mim habituais. É curioso ver que, depois de algum tempo, qualquer lugar vira nossa casa. Perguntei-me se isso aconteceria nas prisões, esquecendo talvez de que eu agora o constatava em um manicômio, o que é pior. Na realidade, os rostos que eu costumava ver nas janelas, embora fossem de loucos, não eram repulsivos. Havia um senhor de sorriso irônico e boas cores, em uma janela do terceiro andar, que sempre me cumprimentava e encolhia os ombros, como quem diz "Fazer o quê?". Havia uma mulher nariguda — a única um pouco desagradável — que parecia desconsolada; uma moça magra, pálida, de cabelo castanho, curto e frisado, na janela bem em frente, do sexto, que era bastante bonita mas devia estar muito doente, porque perseguia alguma coisa no ar, decerto uma mosca da sua imaginação, que esmagava entre as mãos com verdadeira fúria, para depois procurá-la desorientada, primeiro nas palmas e depois em volta; no quarto andar havia um velho de cabelo comprido, sempre imóvel, que talvez meditasse, mas que acima de tudo parecia emanar uma calma extraordinária.

O senhor não vai acreditar: logo me acostumei aos meus vizinhos e, de quando em quando, ia até a janela para ver se estava cada um no seu posto. Geralmente estavam.

Disse a mim mesmo que a tarefa era longa, que não devia perder mais tempo espiando os vizinhos, e voltei ao relatório. Ao redigi-lo me esquecia da situação atual e punha as coisas no seu devido lugar: quero dizer que no centro da minha preocupação estava Diana. Por isso peguei gosto pelo trabalho e avancei à razão de trinta a quarenta páginas por dia. O problema é que, engolfado na minha história, não penso na fuga.

Eu acreditava que tudo aconteceria no seu devido tempo e, para dizer a verdade, não sabia como pensar na fuga, porque não tinha reunido os elementos necessários para planejá-la.

Passado algum tempo, a enfermeira apareceu toda sorridente. "Sua exibição", pensei, "funcionou como remédio heroico; se ela não for rancorosa, poderemos ser bons amigos." Meu palpite logo se confirmou. Paula me disse:

— Me dê sua mão.

Depois me pediu para eu fechar os olhos, e então pensei as coisas mais descabeladas, que ela talvez fosse me entregar um papelzinho com o nome Félix Ramos, ou quem sabe até seu cartão de visita, e que a ouviria dizer: "Ele está lá embaixo, esperando". A fantasia da gente não tem limites. Vou lhe contar o acontecido pela ordem: primeiro senti a maciez e o calor, e só depois entendi que Paula tinha enfiado minha mão por dentro do seu sutiã. Ela me fitava com um olhar como que esperançoso.

— Não me rejeite — disse muito séria. — Não me faça sofrer.

Respondi:

— Não te rejeito...

Se a tratei com intimidade, foi por descuido. Não cheguei a completar a frase, que deveria enumerar as razões de praxe (sou casado, amo minha esposa), porque me lembrei da conversa anterior e julguei conveniente encontrar um modo menos terminante de dizer as coisas. Não queria magoá-la, mas acima de tudo não queria perder seu apoio, pois o que realmente me importava era sair e recuperar Diana. Pobre Paula: conseguiu interpretar meu balbucio de um modo que não a magoou. Ela disse:

— Entendo, você acha que devemos nos cuidar. Se alguém nos descobrir, vai nos separar, e aí é melhor a morte.

Para mudar de assunto, comentei:

— Que me diz do cachorro que está no pátio?

— É para você — respondeu.

— Não devo ser o único nesta casa que quer sair — repliquei, sem deixá-la falar. — Ao notar qualquer movimento, o cachorro late ou avança.

Paula guardou silêncio, como se pensasse "conto ou não conto?". Por fim, disse:

— Você já preparou o plano de fuga?

— Quando eu for ao banheiro, dou um empurrão no enfermeiro e o tranco lá dentro.

— Ele é que vai trancar você. Não: pensei em um plano mais difícil, mas menos perigoso. Uma noite dessas, trago uma ferramenta para você abrir a janela.

Acho que eu ainda não estava entendendo.

— Com o barulho, o cachorro vai latir.

— É só você não fazer barulho. Seguindo pela cornija, siga até a sala de operações.

— E você acha isso pouco perigoso?

— Sim, porque não te pegam.

— Eu tenho vertigem de altura, e lá embaixo o cachorro me espera de boca aberta.

— Isso não importa. O essencial é você fugir.

— E qual é a janela por onde eu devo entrar?

— Aquela ali.

Apontou-a. Contei, da esquerda para a direita, seis janelas. Pedi:

— Lembre-se de deixar aberta.

— Vou deixar encostada, sem o trinco. Temos só uma noite.

— A de hoje?

— Não, não... Vou avisar quando for a hora. Não pode ser desperdiçada. Quando você entrar pela janela, vai ver dois quartinhos feitos de biombos de metal, um à direita, outro à esquerda. Preste bem atenção: nem chegue perto do da esquerda. É onde os médicos se trocam, e, se por desgraça um deles esquecer alguma coisa, vai entrar lá para pegar. No da direita guardam aparelhos de cirurgia fora de uso. Lá você vai encontrar uma calça, um paletó e um par de sapatos do meu irmão.

— Se for possível — pedi —, ponha minha carteira de identidade em um dos bolsos.

— Nem pensar. Sua identidade está no cofre do Samaniego, fora do nosso alcance. Depois, quando você estiver livre, pode exigir que a devolvam, se achar que vale a pena.

A notícia de que eu devia me resignar a deixar minha identidade sabe-se lá onde caiu como uma bomba. O senhor pode achar estranho, mas àquela altura dos acontecimentos, a possível perda do meu documento me preocupava tanto quanto minha privação de liberdade. No entanto, eu já contava dois ou três dias de manicômio, e bastara uma tarde na 1ª Delegacia para me sentir o mais infeliz dos homens. Claro que o primeiro dia é sempre o mais duro. Nem por isso vou minimizar a agrura de ter que renovar um documento na Polícia Federal. Perguntei:

— Quando vai ser a intentona?

— Na noite do 31 de dezembro, às onze e meia, você vai viajar pela cornija. Nessa hora, com a barulheira, ou o cachorro não vai latir porque está assustado, ou, se ele latir, vão pensar que é por causa dos fogos e dos apitos. Não se esqueça de levar o relógio. Lá chegando, você rapidamente troca de roupa. À meia-noite em ponto, saia para o corredor, vá até a porta da direita e desça pela escada de caracol. Se der sorte, não vai encontrar ninguém, porque todo mundo vai estar brindando com sidra na sala do Samaniego.

— Obrigado — eu lhe disse.

— Sou gorda e maçuda — respondeu —, mas também sou querendona.

LIX

Alguém disse que não existe nada pior que a esperança. Não me pergunte se foi Ceferina, Aldini ou *don* Martín. Tirando esses três, quem mais poderia ser? O fato é que essa pessoa estava certa. Desde que Paula me explicara o plano de fuga, eu mesmo não me aguentava. O bastião, o que me permitia aguentar um pouco e resistir na espera, era a redação deste relatório. Fora das horas dedicadas ao trabalho, eu vivia na ansiedade. Isso sem falar em Paula e suas investidas. O risco mais grave era não conseguir dormir à noite, ficar nervoso, o enfermeiro ou o médico notarem e me darem umas gotas que me adormecessem ou no mínimo debilitassem minha vontade. Eu tinha que chegar à noite de Ano-Novo em bom estado físico e ignorava por completo qual o tratamento que os médicos tinham me reservado. Já ouvi falar de muita gente que foi submetida a curas de sono. E se eles resolvessem aplicar esse método em mim? Acredite: eu contava os dias com pressa para que passassem mais rápido.

Na tarde do dia 31 minha agitação aumentou, e fiz o possível para reprimi-la quando Campolongo e o enfermeiro vieram me examinar. Até na presença da própria Paula me esforcei em aparentar calma, para que ela não se preocupasse e decidisse deixar tudo para uma melhor oportunidade.

Também ia aumentando no bairro, nas redondezas e, pelos meus cálculos, até além do horizonte urbano o estrondo de foguetes e demais pirotecnias utilizadas para festejar o término e o início dos anos. Aumentaram também os latidos. Lembro que formulei uma observação que me satisfez pela sua perspicácia. "Que estranho", pensei, "esse cachorro late em dois registros." Espiei pela janela. Dois registros coisa nenhuma: dois cachorros. Isso mesmo. A novidade era um segundo cão, que, a julgar pelas grandes orelhas, devia ser de caça. Pensei: "Que abuso. Vou dar queixa. Mais que Instituto Frenopático, isto aqui é um canil".

Aqui retomo o relatório para Félix Ramos

Às oito da noite, Paula entrou no quarto com uma toalha. Embaixo da toalha, trouxe um alicate e uma pinça. Eu lhe entreguei as páginas que acabara de escrever. Escondeu os papéis e os levou com ela.

Depois de pelejar por algum tempo, despreguei a janela. À medida que ia chegando a hora, o temor de sair para a cornija e caminhar por ali até a janela em frente atingia níveis portentosos.

Também aumentou o foguetório. Em compensação, os latidos diminuíram até se tornarem ganidos lamurientos. Espiei no pátio, com aflição, porque agora bastava eu chegar perto da janela para sentir vertigem. Quem gania era o mastim, porque seu novo companheiro, o orelhudo, brilhava pela ausência. Por mais que eu olhasse, não achava o outro cachorro. É verdade que lá embaixo havia pouca luz.

Parecia que todos os fogos explodiam ao mesmo tempo. Imaginei como nossa pobre cadela devia estar assustada, mas pensei que ela tinha mais sorte do que eu, porque estava em casa, com minha esposa.

Às quinze para a meia-noite, fechei os olhos e montei no batente da janela. Juro que não menos de quatro vezes a vertigem e o medo me devolveram ao meu quartinho. Dava uns poucos passos apalpando com desespero os frisos da parede, que são de pouco relevo. Eu os arranhava inutilmente, tentando agarrá-los, e o tempo todo me escapavam das mãos. Uma coisa é certa, para não cair para trás é preciso ter a maior força de vontade. Quando voltava ao quarto, estava com as palmas encharcadas de suor e com grãozinhos de reboco embaixo das unhas. Tentei as duas maneiras de avançar pela cornija: de costas para o vazio, que parece diminuir a vertigem, porque não se vê nada, mas que, por motivos que não me detive a entender, impede o equilíbrio, ou ao menos o torna mais instável; e de frente para o vazio, o que é bem assustador, porque descortina aos olhos o quadro completo, com as lajotas e o canteiro abaixo, mas que acaba sendo o modo mais aceitável, porque permite firmar-se, manter-se apertado contra a parede, desde que não se enrijeça o corpo, porque senão, ao topar com uma saliência, ele cambaleia.

Na quinta e última tentativa, já na metade do percurso, fui tomado por um tremor difícil de conter, de consequências perigosas. Sabe como o dominei? Com um esforço da imaginação: bastou pintar a fuga como uma rua, com o manicômio em uma ponta e minha mulher na outra. Retomei a travessia, que era extenuante, porque aí qualquer movimento expõe à queda, e de quando em quando parava para descansar. Em uma dessas pausas, percebi que o senhor de cabelo comprido e aparência pensativa não deixava de me observar um só instante. "Só espero", pensei, "que não se assuste, grite e dê o alarme." Felizmente ele se manteve dentro da sua imperturbável serenidade e, em certa medida, acabou por transmiti-la a mim. O momento mais ingrato aconteceu quando tive que contornar um cano de chuva. Para descansar e sossegar um pouco, fiz uma longa parada. Nem sei lhe dizer quanto suei, até me voltou a tremedeira, e tive que pensar nas duas pontas do meu caminho, o manicômio e a mulher. Em seguida pude ver que, além do senhor de cabelo comprido, eu contava com outro espectador: o mastim. O cão me observava lá de baixo com a maior atenção. Quando tive a impressão de que as lajotas do pátio e o canteiro começavam a se mexer, como ondas na praia, ergui os olhos e voltei a suar em quantidade notável; lembrei — porque nessas horas a gente pensa nas coisas mais inesperadas — que uma vez um médico me disse que nas fundições russas os estrangeiros transpiravam até oito litros por dia; mas isso era no tempo dos czares. O suor que me escorria pela testa me incomodava e me impedia de enxergar. Extraordinário foi o susto que levei ao passar a mão pelo rosto; por um triz não caí. Depois, com o maior cuidado, comecei a tatear o cano. Eu devia ultrapassá-lo da esquerda para a direita. Primeiro tentei empunhar o cano com a mão direita, por cima da cabeça; felizmente percebi que, ao me esgueirar para o outro lado, a mão ficaria para trás em uma posição forçada, torta e certamente perigosa para o equilíbrio, já por si bem inseguro; portanto apanhei o cano com a mão esquerda, em uma manobra que, se no início não era de todo confortável, melhorava à medida que eu ia passando — o que também não era nada fácil — para o lado direito. Juro que tive então a maior surpresa da minha vida: quando consegui ultrapassar o cano, vi, apenas por um instante, no rosto do senhor impassível, um sorriso de aprovação. Por mais estranho que pareça, essa aprovação me reconfortou e daí em diante continuei a travessia mais animado. Quando finalmente me aproximava da sexta janela, um pensamento me fez tremer de novo: tinha me esquecido de lembrar a Paula que a deixasse aberta. "Se estiver fechada com o trinco", pensei, "me atiro lá embaixo para acabar logo com tudo." Cheguei, empurrei e a abri. Senti a alegria de quem vive um milagre e juro que perdi o equilíbrio, tanto que, se não jogasse o corpo para trás, não sei o que teria acontecido. Caí de costas, com um estrondo considerável, no chão da sala, que é muito duro. Fiquei tonto.

LX

O senhor vai achar graça. Sentei no chão e fiquei não sei quanto tempo com o rosto entre as mãos, nem tanto pela dor do tombo, que foi mediano, como pelo susto que passei na cornija. Queria ficar perto do chão; mesmo longe da janela, em pé sentia vertigem.

Olhei para o relógio: era meia-noite e três minutos. Calculo que perdi uns cinco minutos nas saídas inúteis, portanto a interminável viagem entre janela e janela não deve ter durado mais que dez. Embora o atraso fosse mínimo, não podia me demorar. Examinei a sala com toda a atenção: na penumbra distingui os dois quartinhos laterais, que na verdade não passavam de cantoneiras formadas por biombos niquelados. Com o firme propósito de não me enganar, relembrei as instruções da Paula e entrei no quartinho da direita. Mal tive tempo de estender a mão para a roupa antes que abrissem a porta. Fiquei imóvel, com a mão esticada, e ouvi ruído de rodas de borracha e passos. Acenderam a luz. Notei que eu era mais alto que o biombo, portanto me abaixei um pouco, para que não me vissem. Estava torto, desconfortável, mas o que francamente me contrariava era ter saído do horário. Quando os passos se afastaram, como nada interrompia o silêncio, me estiquei na ponta dos pés e por cima do biombo vi uma maca, com um corpo, que pelo tamanho me pareceu ser de uma criança, totalmente coberto por um lençol. Pensei: "Logo a mim me trazem um cadáver como companhia. Mesmo que me peguem, aqui eu não fico". Quando me preparava para sair, tive que me agachar porque ouvi de novo as rodas de borracha e os passos. "Mais um morto. Autópsias em série", lembro que pensei. "Estou no necrotério."

Ouvi as vozes dos homens. Um, o que dava ordens, era Samaniego. O outro, Campolongo, quase não falava.

Não conseguindo mais me manter naquela postura contraída, com toda a cautela, como se de novo estivesse me equilibrando na cornija, endireitei o corpo, meio escudado por um armarinho de metal. Aconteça o que acontecer, nunca vou me esquecer desse momento. Primeiro vi manchas vermelhas no branco das vestes dos doutores, que ao se afastarem revelaram um quadro de pesadelo: a pobre moça, bastante bonita, que na janela do andar de cima perseguia moscas imaginárias, jazia em uma maca, de bruços, pálida como uma morta, sem nenhum lençol que a cobrisse, com um buraco redondo na nuca — se não me engano, na altura do cerebelo — escorrendo sangue. O senhor pode me achar um frouxo: fechei os olhos, porque temi passar mal, e me apoiei no armarinho. Por pouco não o derrubo.

Ao ouvir aqueles dois, parecia que estavam falando de coisas, não de pessoas. Recordei histórias que circulavam nos meus tempos do colégio, de profanações cometidas por residentes nos hospitais.

Tentei entender a situação. O sangue que escorria da nuca significava que a moça estava viva. Para que tinham trazido a primeira maca? Iam transplantar algum órgão do morto para a moça?

Não pude acreditar no que ouvi. Com a maior naturalidade, Samaniego disse a Campolongo:

— Não mexe no rabo dela.

Só me contive porque percebi a tempo que, se eu os interpelasse em plena operação, a única vítima do meu desplante seria aquela pobrezinha. Atinei a pensar: "Minha esposa esteve nas mãos dessa gente".

Mergulhei em uma perturbação tão profunda que o ruído das rodas e dos passos se afastando me assustou. Demorei um tanto para sair de trás do biombo. "Deixaram a maca com a criança morta", pensei. "Ainda devem voltar para pegá-la."

Precisava tomar uma decisão: ou tentava a fuga, mesmo as coisas não tendo saído como Paula havia previsto, ou empreendia o caminho de volta pela cornija. Bastou-me lembrar daquela travessia para optar pela fuga. Vesti a calça e o paletó do irmão da Paula; para não fazer barulho, levaria os sapatos na mão até alcançar a rua. Passavam-se os minutos, e os médicos não voltavam. "Como está morta, largam em qualquer lugar", pensei. Minha confusão era grande. Eu continuava aferrado à ideia de aproveitar a hora dos brindes para escapar, embora os médicos praticamente tivessem passado a meia-noite operando diante dos meus próprios olhos. Leve em conta, se isso não bastar, que já passava muito da uma.

Apostei no tudo ou nada, tentei a saída. Dava um passo e parava para escutar: não fosse que os fogos, agora mais espaçados, encobrissem algum ruído perigoso. Quando passei junto à maca, levantei o lençol por pura curiosidade. Na mesma hora recebi a dentada. Com o desconcerto que é de se imaginar, vi na maca um cão de caça, debatendo-se para se livrar das suas amarras. Quando latiu, saí precipitadamente, temendo que alguém viesse.

LXI

Depois de um cativeiro como o que passei, o senhor não imagina o que é andar solto, à noite, pelas ruas do bairro. Parei para olhar o céu, procurei as estrelas que minha mãe e Ceferina me mostravam quando era criança, as Sete Cabrinhas, as Três Marias, o Cruzeiro do Sul, e pensei que, se não fosse por Paula e minha boa sorte, a liberdade não estaria menos longe que aquelas estelas. Virei para olhar para trás. Não me seguiam. Na esquina da Lugones com a viela, virei pela última vez e alguém me segurou. Quando vi que era o Picardo, tentei abraçá-lo e por pouco não o derrubo.

— Meu velho! — exclamei.

Ele não retribuiu minha cordialidade. Perguntou:

— Te soltaram ou você que escapuliu? Se te prenderem de volta, não espera que o doutor mexa um dedo por você. Ficou muito magoado e disse que não se importa se você apodrecer lá dentro.

Eu devia estar meio derrubado, porque em vez de lhe dar uma resposta à altura, reclamei:

— Belo cumprimento de Ano-Novo.

Segui meu caminho.

— Na tua casa você também não vai receber nenhum.

Estaquei, porque a frase me alarmou.

— Pode-se saber por quê?

— Porque não tem ninguém lá. Todo mundo saiu. De farra. Entendeu ou precisa mais?

Entendi. Eu ia topar com a porta de casa trancada e estava sem minha chave, porque a confiscaram no Frenopático, junto com a identidade. Era muito tarde. Não sabia se devia bater na casa do Aldini e nem me passava pela cabeça incomodar o senhor. Não seria certo amolar os amigos, a uma hora dessas, para perguntar pelo paradeiro da minha mulher. Uma inquietação legítima da qual mais vale não fazer alarde. Pouco depois me lembrei da janela da cozinha, que não fecha direito.

Entrei por ali sem dificuldade. A cadela e eu nos abraçamos como dois cristãos. Não sei como me explicar: faltava pouco para eu me sentir feliz, mas esse pouco encerrava a enorme angústia de não saber onde minha esposa estava. Perguntei-me seriamente se ela não teria retomado seu velho hábito de sair à noite e comentei com amargura: "Aí você não vai poder reclamar. Vai ter sua mulher de novo como ela sempre foi".

Fiquei olhando para a cama, à qual eu tanto queria voltar, e me assustei com as cismas que disparariam assim que eu me deitasse. Cheguei a me perguntar se a melhor coisa a fazer não seria me embebedar. Claro que não: eu precisava manter a mente clara, caso alguém do Frenopático viesse me buscar.

Assim que me deitei e fechei os olhos, vislumbrei o pensamento salvador. Se não fosse pela confusão em que Picardo me deixou — acho que a palavra "farra" me caiu mal —, logo teria pensado nisso, porque era evidente. Pensei:

"Deve estar na casa de *don* Martín". Então me levantei, corri para o telefone e tremendo de esperanças disquei o número. Não atendiam. Quando estava a ponto de desistir, ouvi a voz da Diana. Juro que ela não conseguia acreditar que era eu.

— Onde você está? — perguntou.

— Em casa — respondi.

Como se a emoção a atrapalhasse, demorou a falar.

— Você fugiu?

— Fugi.

Houve um silêncio. Depois ela disse:

— Que bom.

Perguntei:

— Quer que eu vá para aí?

— Está todo mundo dormindo — respondeu. — Você sabe como eles são: por qualquer coisa, armam um escarcéu. Já me troco e vou para aí.

— Sozinha? Nem louca. Cadê a Ceferina?

— No quarto do Martincito. Antes da meia-noite já estava dormindo. Não quis que ela ficasse sozinha em casa. E sabe o que mais? Desde que você foi embora, ficamos muito próximas.

— Você está bem?

— Estou. Só um pouco cansada, porque tive um dia puxado.

Não tive coragem de lhe dizer que ia lá buscá-la. Se ela estava cansada, não ia obrigá-la a me esperar para depois trazê-la de volta.

— Não falta muito para amanhã — respondi. — Logo estaremos juntos.

Achei que estava agindo como um menino mimado e que nada justificava meu desencanto.

O dia seguinte chegou logo, com repetidos toques de campainha que me acordaram. Sem lembrar que Diana e Ceferina têm a chave, pensei: "São elas". Era Samaniego.

LXII

Na afobação, fui correndo abrir a porta e me deparei com o doutor no jardim. Por um tempo que me pareceu longo, ficamos frente a frente, Samaniego muito tranquilo, eu decidido a fazer qualquer coisa, a lhe dar um empurrão ou pedir socorro. A cadela lhe arreganhava os dentes. Para que negá-lo? A viela não é o Frenopático e lá eu me sinto seguro. Como se falasse com um terceiro, o doutor disse:

— Recuperei sua Diana.

— Não entendi — respondi.

— Mas, meu amigo, o senhor nunca entende — respondeu de bom humor. — Sua esposa o espera no Instituto, e já não terá queixas. Me acompanha?

— Pretende me levar para o matadouro com essa conversinha? Fique sabendo que sou menos idiota do que o senhor imagina.

— Está me interpretando mal — disse. — Por que não liga para ela?

— Está na casa do meu sogro.

— Estava. Agora está no Instituto. Ligue.

Entrei; de fora ele ditou um número, mas eu o ignorei e procurei na lista. Liguei, pedi para falar com Diana. Quando ouvi sua voz, senti a cabeça rodar.

— Que bem que você ligou — disse. — Vem me buscar.

Juro que era ela. Sua voz expressava ansiedade e, ao mesmo tempo, alegria. Eu me defendi:

— Por que você não vem para casa?

Senti o impulso de acrescentar: Não sou tão covarde quanto pareço. Diana respondeu:

— O doutor quer falar conosco. Quer esclarecer a situação, para acabar com os mal-entendidos que nos afastam.

— Casualmente o doutor está aqui.

— Fala com ele. Ele já me convenceu, mas eu faço o que vocês resolverem.

Quando me virei, quase tropeço com Samaniego. Estava fumando, de pernas cruzadas, muito à vontade na poltrona.

— Sinta-se em casa — soltei com ironia. — Só uma pergunta: por que faz tanta questão de me levar ao Frenopático?

— Para lhe mostrar uma documentação completa, e assim o senhor possa tomar sua decisão.

— Como fez para envolver a coitada da Diana na conspiração?

— Senhor Bordenave, por favor, me diga com franqueza: o senhor tem medo de ir ao Instituto? Tão mal o tratamos?

Um pouco por sinceridade e outro pouco porque não gosto de reclamar, respondi:

— Não, não me trataram mal.

— Nós o submetemos a uma cura de repouso e fortalecimento. Então por que esse medo?

Não sabia se me enfurecia. Convencido do peso do meu argumento, tratei de me conter e disse:

— Ninguém gosta de ser trancafiado.

— Quem lhe disse que estava trancafiado?

— Isso não importa. O fato é que estava.

— Não, senhor, não estava trancafiado. De resto, que eu saiba, nem a mim nem ao doutor Campolongo o senhor comunicou o menor desejo de se retirar. Vai me levar a mal se eu lhe fizer uma pergunta?

— Depende.

— Por acaso andou vendo essa série de televisão sobre médicos de cartola que roubam cadáveres?

— *Borrasca ao amanhecer*. Meu amigo, o senhor Aldini, a acompanha.

— Eu também, e descobri um fato interessante: o temor aos médicos anda sempre de mãos dadas com a incompreensão.

— Não entendi — respondi.

— Os diabólicos encasacados do filme na verdade eram profissionais honestos, que roubavam cadáveres para conhecer melhor o corpo humano e salvar doentes. Está me acompanhando?

— Sim, mas o que isso tem a ver?

Samaniego explicou:

— Para as pessoas comuns, naquela época de obscurantismo, o médico, e principalmente o pesquisador, era um personagem sinistro... Bom, para as crianças ainda somos torturadores. Mas no seu caso, senhor Bordenave, por que imagina que tentamos lhe fazer mal? Diga-me o que eu ganho com prendê-lo? Se algo não der certo, por favor, não pense que sou um malvado, mas apenas bronco, como todo mundo.

Com essas palavras modestas, Samaniego me desarmou.

LXIII

Assim que ele me viu dentro do seu gabinete, mudou de atitude.

— Quero lhe dar uma última chance — disse.

Já não era mais o amigo ansioso por ajudar, e sim o médico falando com o doente. Comecei a desconfiar de que tinha caído em uma armadilha.

Samaniego ficou falando com um enfermeiro, a quem dava ordens. Eu fitava a orla de cabecinhas da mesa, mas não me aguentava de impaciência. Quando o enfermeiro se retirou, Samaniego fechou a porta e girou a chave. Sem me intimidar, falei:

— Está vendo? Não gosto disso.

Girou a chave para o outro lado.

— Se não gosta, não tranco — disse. — É apenas um hábito.

— Eu vim na inteligência de encontrar minha esposa.

— E a encontrará — assegurou —, mas antes vamos esclarecer tudo, para que o senhor, sua esposa e eu possamos nos entender.

— Faça-me o favor. O que o senhor tem a ver conosco? — repliquei. — Nada.

Samaniego ocultou o rosto pálido atrás das suas mãos também pálidas e grandes. Quando afinal as retirou, soltou esta observação:

— O senhor sempre se zanga, senhor Bordenave. Receio que esses seus desplantes impeçam a compreensão. Para prejuízo de todo mundo, pode ter certeza, de todo mundo.

— Não será caso para tanto. Posso lhe dizer bem francamente o que penso?

— Por favor.

— Apostaria qualquer coisa que minha esposa não está aqui.

— Mas o senhor mesmo falou com ela.

— Se preparam uma armadilha, não me peça que eu a explique — respondi. — Apostaria qualquer coisa que o senhor usou a Diana como chamariz.

— Pode me acompanhar, por favor? — disse secamente.

Para não parecer teimoso, eu o acompanhei, mas a contragosto. No final do corredor havia uma porta. Samaniego a abriu e entramos em uma saleta redonda, onde — me pareceu inacreditável — Diana se encontrava. Estava falando ao telefone; assim que me viu, desligou e se atirou nos meus braços. Eu ia lhe perguntar com quem estava falando, quando ela me disse:

— Te amo. Nunca duvide disso. Te amo.

Eu lhe disse que também a amava. Ela se apertou contra meu corpo e começou a chorar. Então me convenci de que as cismas dos últimos tempos não passavam de loucuras minhas — dei toda a razão ao doutor, eu era a maçã podre do nosso casamento — e tomei a decisão de me emendar. Sem desconfiança, de agora em diante, aceitaria a felicidade que Diana me oferecia às mãos-cheias.

— Parece mentira — disse. — Precisei passar por isso para entender que não existe homem mais afortunado que eu.

— Obrigada — respondeu.

— Vamos para casa. Prometo que não vou te perturbar mais. Vamos agora mesmo.

Diana replicou:

— Agora mesmo, não.

— Por quê? — atinei em perguntar.

— Porque eu sei muito bem que há coisas em mim que te agradam e coisas que não te agradam. Cheguei a achar que às vezes você me olha com receio. Juro que é horrível. Eu te amo tanto!

Insisti de boa-fé:

— Prometo que não vou recair nas minhas loucuras.

Sua resposta francamente me espantou:

— Talvez não sejam loucuras. Peço que você converse com o doutor Samaniego. Você não sabe como dói sentir que há algo em mim que te causa repulsa.

Concordei:

— Conversemos com o doutor.

— Os dois a sós vão conversar com mais liberdade. Depois de esclarecer tudo, se você ainda me amar, me chama. Vou estar esperando.

O doutor me perguntou:

— Voltamos à minha sala?

Peguei nas mãos da Diana, olhei nos seus olhos e disse:

— Eu sempre vou te amar.

Ela balançou a cabeça, como se duvidasse. Saí com Samaniego.

LXIV

— Recapitulemos — murmurou o doutor, abrindo os braços como se rezasse uma missa. — A alma da sua esposa estava muito doente.

— Eu tinha para mim que a ciência negava a existência da alma.

—A ciência progride dando um passo à frente e um passo atrás. Existe a alma e existe o corpo, exatamente como os velhos livros afirmavam. Hoje é fato comprovado. A medicina encontrou remédio para algumas doenças do corpo (pouquíssimas, eu sei); quanto às doenças da alma…

— Aonde o senhor quer chegar com tudo isso?

— A sua esposa. Ao estado atual da sua esposa. Permita-me retomar o fio da minha explicação: os pobres doentes, que o vulgo chama de loucos, são tratados praticamente a pauladas. Se não acredita, vá até o Vieytes e dê uma olhada.

Respondi:

— Vou agora mesmo, se quiser.

Ele sorriu amigavelmente, não sei por quê, e disse:

— Eu tenho buscado novos caminhos para o tratamento.

— Dos loucos? O senhor entende que minha mulher está louca?

— De modo algum. Trata-se de uma simples perturbação, difícil de tratar, isso sim.

— Não entendi.

— Procure entender, porque da sua resposta depende minha decisão. Não se esqueça, senhor Bordenave, que um médico da minha especialidade tem um pouco de policial e até de juiz.

Pareceu-me uma ameaça. Respondi:

— Se quer mesmo que o entenda, fale às claras.

— Certo. Como eu ia dizendo, busquei novos métodos de tratamento. Pensei: quem dorme, se acalma, e recordei procedimentos para conciliar o sono.

— Eles existem?

— Sem dúvida. Veja como são as coisas, eu mesmo tinha dificuldade para dormir. Um conhecido me aconselhou: "Na cama, fique na postura que for mais confortável, feche os olhos e imagine que avança por uma alameda. Quanto mais rápido avançar, mais rápido as árvores passarão em sentido contrário. Com o movimento, elas se borrarão, e o senhor pegará no sono". A receita funcionou, até que uma noite os álamos viraram ciprestes e eu desemboquei em um cemitério.

— O cemitério lhe tirou o sono?

— Claro. Outro conhecido, pai de um amigo, me aconselhou: "Imagine que você entra em uma cidade. Passa por tantas ruas e casas que acaba se cansando e dorme. Para não fixar a atenção, o que seria contraproducente, convém que a cidade não tenha muitos detalhes e esteja deserta". Pois bem, uma cidade deserta traz lembranças de filmes de guerra, de cidades tomadas, de franco-atiradores à espreita nas janelas. E então a pessoa perde o sono, por medo de um ataque.

— E por fim encontrou o procedimento adequado? — perguntei.

— Decerto. Sem a ajuda de ninguém, quase diria que por instinto. Imagino um cachorro, dormindo ao sol, em uma jangada que navega lentamente água abaixo, por um rio largo e calmo.

— E então?

— Então — respondeu — imagino que sou esse cachorro e adormeço.

— Que o senhor é o cachorro?

— Exato. Mas fique sabendo que um cachorrinho histérico não serve. Tem que ser um dos grandes, de preferência de cabeça larga.

Acho que o assunto dessa conversa me acalmou. Era notável: se o senhor nos visse, diria que éramos grandes amigos. Tentando reagir, pensei: "Não posso deixar que ele me envolva e me adormeça". Disse:

— O senhor ia me falar dos seus métodos para tratar de certos doentes.

— Vou chegar lá — disse. — Enquanto à noite eu investigava procedimentos para conciliar o sono, de dia investigava procedimentos para curar a alma.

Eu me senti muito inteligente ao observar:

— Até que teve a ideia de ligar uma coisa com a outra.

— Exato — respondeu. — Na minha busca por uma cura de repouso, cheguei à intuição de que para o homem não existe melhor cura de repouso que uma imersão na animalidade.

— Agora que eu não entendi, mesmo — atalhei.

Não se zangou. Eu estava me saindo tão bem que temi que aquela conversa desembocasse em algo horrível.

LXV

Quem sabe o medo tenha me levado a me mostrar tão sensato e amigável. Na minha aflição imaginei que, se eu não lhe desse pretextos, o doutor não me enclausuraria. De repente percebi que, se ele tinha um plano, não o mudaria por mais que eu me fingisse de bonzinho. Comecei a me inquietar e, quando já me preparava para interpelá-lo, bateram na porta. Entrou um enfermeiro, ou funcionário, que falou longamente ao seu ouvido, até que Samaniego respondeu:

— Passe-me com ela no telefone interno.

O enfermeiro se retirou. Eu hesitava entre falar ou esperar. O telefone tocou e tive que me conter. Enquanto o doutor falava, tentei organizar meus pensamentos para, assim que desligasse, interrogá-lo sobre minha esposa. Tive um notável sobressalto quando o ouvi dizer: "Não tema. De modo algum a prejudicarei". Em seguida repetiu: "Irreversível, senhora, não tema. Irreversível". Tive um palpite por demais ingrato: que a senhora ao telefone era minha esposa. O doutor estava lhe dizendo que, para me favorecer, não a prejudicaria. Como em um pesadelo, Diana estava contra mim. Samaniego desligou, afundou o rosto entre as mãos, para finalmente afastá-las e me perguntar com um sorriso:

— Diga-me francamente, senhor Bordenave: o que o senhor mais ama na sua esposa?

Ao ouvi-lo, lembrei que às vezes eu me fizera a mesma pergunta. A coincidência, ou lá o que fosse, reanimou minha boa vontade; dominei um pouco meus temores e disse com sinceridade:

— A resposta não é fácil, doutor. Já me perguntei algumas vezes se o que eu mais amava nela não era seu corpo... mas isso foi antes de ela ser internada. Agora que o senhor a devolveu tão mudada, para que mentir?, sinto falta da alma de antigamente.

Sem impaciência, mas com firmeza, replicou:

— Vai ter que escolher.

— Não entendi — assegurei.

— Desta vez é compreensível — respondeu com amabilidade.

De novo cobriu o rosto com as mãos e guardou um silêncio tão longo que me impacientei. Perguntei:

— Por quê, doutor?

— O senhor se lembra do que dizia Descartes? Não? Como vai se lembrar, se nunca leu nada dele. Descartes pensava que a alma se encontra em uma glândula do cérebro.

Disse um nome parecido com *pineral* ou *mineral*. Perguntei:

— A alma da minha esposa?

Respondeu com tamanha irritação, que me desorientou.

— A alma de qualquer pessoa, meu bom senhor. A sua, a minha.

— Como é mesmo o nome dessa glândula?

— Esqueça, porque não importa, e ela nem sequer tem a função que lhe atribuíam.

— Então por que a mencionou?

— Descartes acertou no principal: a alma se encontra no cérebro e pode ser isolada.

— Como sabe?

Respondeu simplesmente:

— Porque nós a isolamos.

— Nós quem?

— Isso também não importa. O essencial é que conseguimos isolar a alma, tirá-la do corpo quando está doente, curá-la fora dele.

Como se estivesse muito interessado na explicação, perguntei:

— E o que acontece com o corpo enquanto isso?

— Desprovido de alma, não sofre desgaste, se recupera. Aposto que sua esposa não voltou a ter aquele herpes labial que tanto a incomodava.

"Não", pensei. "Não pode ser." Perguntei:

— Não me diga que tiraram a alma da minha mulher.

— O que nos levou a tentar o experimento foi a absoluta falta de esperanças de curá-la por meio da terapêutica habitual.

Olhei para ele atentamente, porque achei que estava zombando de mim. Longe disso. Articulei a pergunta:

— O que fizeram com sua alma?

— Creio que o senhor já adivinhou, senhor Bordenave. Nós a transferimos para uma cachorra de caça, de pelagem pedrês azulada, que escolhemos por ser de índole tranquila, e mantivemos o corpo a baixa temperatura.

Embora ainda não estivesse imbuído do terrível sentido da sua revelação, apressei-me a dizer, como se quisesse provar que estava entendendo perfeitamente:

— O senhor não me fará acreditar que me devolveram minha Diana.

Afundou o rosto entre as mãos e o deixou ali pelos instantes mais longos da minha vida. Por fim as afastou; sua cara parecia a de um morto.

— No tocante ao corpo, sim.

— E no tocante à alma?

Voltou a se reanimar.

— No tocante à alma, senhor Bordenave, ocorreu um fato totalmente imprevisível. Como o senhor há de compreender, no Instituto procedemos em conformidade com as mais estritas normas de prudência.

Ele se estendeu tanto no elogio das tais normas de prudência que perdi a paciência. Perguntei:

— Por que não me diz de uma vez por todas o que aconteceu com a alma da minha esposa?

— A alma da sua esposa — respondeu —, alojada em uma cadela de raça pointer e temperamento tranquilo, não corria, dentro das previsões lógicas, o menor risco.

Pensei que a notícia que ele me dava era boa, até que algo me pareceu suspeito. Perguntei:

— Não corria o menor risco, mas o que aconteceu?

— Não previmos, não pudemos prever, que o caráter da sua esposa fosse tão inquieto.

— Certo, não podiam prever, mas o que aconteceu?

— A cadela, que era muito tranquila, manifestou certo nervosismo.

Para extrair a verdade, acredite, eu tive que conter os nervos e insistir muito. Insisti:

— Bom, e depois?

— O nervosismo aumentou. Calcule qual não foi minha surpresa quando um rapaz que trabalhava na escola de cães e que nos dá uma mão no cuidado e alimentação dos que temos aqui (um rapaz de sobrancelhas cerradas, que o senhor já deve ter visto no bairro) trouxe a notícia de que a cadela em questão havia fugido.

— A cadela em questão é minha esposa — eu disse despeitado.

— Carregava a alma da sua esposa — corrigiu. — Eu lhe garanto que não poupamos esforços para recuperá-la. É claro que, quando soubemos que se internara no parque Chas, que é um verdadeiro labirinto, nossa esperança fraquejou... mas não nosso empenho, eu lhe garanto, não nosso empenho.

Comentei como um autômato:

— Parece inacreditável. Uma cadela pointer, meio azulada, no parque Chas. Juro que a vi. Não tinha se passado um minuto quando apareceu o sobrancelhudo. Inacreditável.

— Por que não a segurou?

— Por que deveria? Que é que eu sabia disso tudo? É uma calamidade, uma verdadeira calamidade.

— Não fique assim, Bordenave — ele disse. — Procure se acalmar e escutar tudo o que tenho a lhe dizer. As notícias são boas. Muito boas.

— Difícil acreditar — disse. — É uma calamidade. Estou desesperado.

— Não interprete mal minhas palavras, mas não acredito que o senhor tenha motivo para estar desesperado. Eu o tive, sim, quando a cadela desapareceu. E tão desesperado me viu um dia o doutor Campolongo, que mencionou, talvez para sugerir a ideia salvadora, um caso do hospital Tornú, onde ele também trabalha... Uma jovem doente que não se resignava a morrer e suplicava a todos os médicos que a salvassem... "É nossa chance", eu disse a Campolongo. "Por que não fala com ela?" Falou. Em menos de cinco minutos, a pobre moça tinha aceitado. Duvido que descubra qual foi a maior dificuldade. A resistência do hospital para que a tirássemos de lá. Mas esse capítulo não deve lhe interessar. Então a passamos para o corpo da sua esposa e deixamos o outro corpo, condenado pela doença, morrer.

Quando estamos desesperados, saímos com as perguntas mais esquisitas. Perguntei:

— Como é que essa pessoa que está dentro da minha esposa sabe tantos detalhes da nossa vida?

— Nós a instruímos com os elementos que conseguimos reunir. É uma moça inteligente, esperta, muito boa, eu lhe garanto.

— Que morava perto da praça Irlanda — eu disse sem pensar.

— Como sabe disso? — perguntou.

— Isso também não importa — assegurei. — O que importa é que vocês trocaram minha Diana.

— E o senhor sai ganhando em tudo. Reconheço que a beleza física da sua esposa é incomparável. Agora o senhor a tem de volta na sua casa. Reconheça que a alma dela estava doente e que a doença não costuma ser bonita. Do que o senhor sente falta, amigo Bordenave? Das recriminações, dos caprichos, dos enganos?

Minhas mãos arderam de vontade de esbofeteá-lo. Mas me contive, não sei por quê, e disse:

— Não sinto falta de recriminações nem de enganos. E também não gosto da doença. Simplesmente a amo. Vou publicar um anúncio no jornal oferecendo gratificação a quem devolver a pointer.

— Não é necessário — respondeu. — Já a recuperamos.

LXVI

— Sua ideia de publicar um anúncio não era má — declarou o doutor. — Há mesmo uma infinidade de pessoas disposta a mover céus e terra para ajudar quem sofre pela perda de um cachorrinho. O sobrancelhudo, que tem boa mão, confeccionou o cartaz, e poucos dias depois trouxeram a cadela.

Quase me levanto para abraçá-lo. Murmurei:

— Por que não disse logo?

Minha voz se embargou.

— Porque, se lhe explicasse o processo precipitadamente, o senhor, que nunca ouviu falar dessas coisas, não entenderia nada.

Calou-se, como se não tivesse mais nada a dizer. Como não encontrei um modo melhor de lhe perguntar por que não a devolvia logo, exclamei:

— Que bom! Quer dizer que recuperamos minha Diana!

— Sua alma. Como o senhor não há de ignorar, no ínterim, a situação se complicou.

— Não entendo — disse. — Agora que a temos, vai me impedir que a leve, doutor?

— Não. Mas o senhor deve entender as dificuldades que enfrentamos.

— Fico grato por tudo o que fez, mas por que não a traz? Estou morrendo de vontade de vê-la.

— Da forma como ela está agora?

Juro que essa pergunta teve em mim o efeito de uma bordoada. Mal consegui balbuciar:

— Não me diga que vai me trazer a cadela.

— Não, não — respondeu com um sorriso tranquilizador —, mas vejo que começa a entender.

Muito assustado, respondi:

— Pode ter certeza que não.

— Mas sabe que o corpo da sua esposa está ocupado pela moça da praça Irlanda.

Eu não podia acreditar no que estava ouvindo.

— Se está, é por culpa sua — gritei. — Tire-a. Tire-a imediatamente.

Ele respondeu:

— Não me peça que faça mal a quem quer que seja. Minha obra perde todo o sentido se eu aumentar o sofrimento de um único ser humano.

— Ou muito me engano, ou o senhor se considera um grande benfeitor. Já veremos o que as pessoas aí fora vão pensar quando souberem de tudo.

— Pelo menos escute antes de julgar. Eu disse que não quero aumentar o sofrimento de ninguém. O senhor incluído.

— Então basta que me devolva minha Diana.

— Estamos trabalhando nisso — respondeu. — O senhor me permite uma explicação?

— Considero que é inútil.

— Eu não. Ainda lhe devo uma explicação, embora o senhor provavelmente não a mereça. Aqui mesmo, no Instituto, tínhamos uma doente incurável, mas muito bonita, uma garota maravilhosa. Pensei...

— Pensou o quê?

— Olhe, já lhe aviso que ela é tão bonita quanto a senhora Diana. Mais jovem ainda e de uma delicadeza de traços!

A essa altura da discussão, adivinhei a quem ele se referia. Bastante indignado, devolvi:

— Existem poucas mulheres tão bonitas quanto a Diana.

— É verdade. Também é verdade que essa moça é muito bonita.

— Não tem comparação.

— Primeiro veja a moça, e depois falamos.

— Eu já vi. O senhor acha que sou um idiota, mas sei de quem está falando: da caçadora de moscas.

Abriu a boca e foi sua vez de parecer um idiota, mas logo se recompôs.

— O senhor a viu quando a pobrezinha estava muito mal. Agora, com a alma da sua esposa, é outra coisa. Outra coisa.

— O senhor ainda não me entendeu, doutor. Eu não quero outra coisa. Eu quero minha Diana.

Ele disse:

— A graça está na variedade.

— O senhor perdeu o senso de decência. Alguém já lhe disse que não se deve manipular as pessoas? Pois eu lhe digo. O senhor se julga um grande homem, mas não passa de um reles traficante de almas e de corpos. Um esquartejador.

— Não fique assim — disse.

— Como quer que eu fique? O senhor disse que me devolvia minha Diana e tentou me passar uma máscara. Não pensou como é horrível olhar para a própria mulher e suspeitar que de dentro dela o espia uma estranha?

— Isso era quando não estava informado. Agora sabe de tudo.

— O senhor, ao contrário, não sabe o que é uma pessoa. Nem sequer sabe que, se a quebra em pedaços, a põe a perder.

Eu discutia com aquele médico como se quisesse convencê-lo. Na verdade eu só queria que me devolvessem minha esposa e estava desesperado. Ele me disse:

— Seguindo esse critério, não curaríamos as doenças nem corrigiríamos os defeitos.

— Nunca lhe passou pela cabeça que alguém possa amar uma pessoa pelos seus defeitos? — gritei como um desaforado. — O senhor que é doente! O senhor que é doente!

Acho que foi nesse momento que ele me deu a picada.

LXVII

Quando acordei, me vi de novo no quartinho branco.

Paula pediu que eu me apressasse com o relatório, porque amanhã vão transferi-la para outro andar. Quando lhe perguntei se podia contar com ela para uma nova tentativa de fuga, respondeu com evasivas. Não a culpo. A coitada sabe o que espera a quem se opõe a esses médicos.

Como Ceferina me disse mais de uma vez, os desplantes são minha perdição.

Tenho certeza de que a pessoa que falou com Samaniego pelo telefone interno, quando eu estava no seu gabinete, era a moça da praça Irlanda. Quando Samaniego repetiu "Não tema. É irreversível", evidentemente estava prometendo que não a tiraria do corpo da Diana. Seja como for, se eu não tivesse me exaltado, talvez ainda conseguisse convencê-lo a passar a tal moça para o corpo da outra e minha esposa para o que lhe corresponde. Talvez ainda não seja tarde.

SEGUNDA PARTE
por Félix Ramos

Muitas vezes ao longo da vida sonhei com a ideia de receber uma notícia que alterasse meu destino. Essa imaginação provém talvez da história, sem dúvida falsa, que li em algum almanaque popular, daquele jovem inglês, famélico e desesperado, que ao chegar à praia para se suicidar encontrou uma garrafa com o testamento do norte-americano Singer, legando seus milhões a quem o recolhesse. Um dia, bem na porta de casa, o sonho inacreditavelmente se tornou realidade; mas na versão que a sorte me proporcionou desaparecem os elementos românticos: não há garrafa, nem mar, nem testamento, e sim um maço de papéis na boca de um cão. Nossos desejos acabam cumprindo-se de modo a nos persuadir de que mais vale não desejar nada.

O cão, segundo me pareceu, um mastim atigrado, diferentemente dos habituais carteiros que, mês após mês, abandonam na entrada as revistas que espero com ansiedade, sabia o que estava fazendo. Depois de entregar o envelope, olhou-me com determinação e, agora acredito, com esperança. Correu até a porta, ergueu-se nas patas traseiras, apoiou as mãos na maçaneta, tentou abrir. Não conseguiu. Suponho que então se produziu um conflito entre sua inteligência, extraordinária para um animal, e os reflexos próprios da espécie. Venceram os reflexos, o cachorro ganiu. Os ganidos atraíram os precipitados passos de um sujeitinho de sobrancelhas muito cerradas que trabalha na escola de cães da rua Estomba. Quando o cachorro o viu, tentou velozmente o contra-ataque e a fuga. Foi dominado sem dificuldade.

— Ele fugiu — esclareceu o sujeito com um sorriso que o tornava humano.

O sujeitinho não reclamou os papéis.

Nada mais desolado que os olhos de um cão triste. Nos do pobre animal que se debatia, quase sufocado, havia desolação mas também despeito. O despeito, espero estar enganado, era para comigo.

Entrei em casa e examinei a papelada. Traz a assinatura do mesmo Lucio Bordenave que me enviara, dias atrás, por intermédio de uma senhorita, uma carta enorme e confusa. Depois de recorrer a um cachorro, do que se valerá meu correspondente para chamar a atenção?

Por motivos aparentemente contraditórios, desconfio da autenticidade do documento. Acima de tudo, parece-me estranho que Bordenave se dirija a mim; afinal, estamos afastados. Também me parece estranho que Bordenave me trate de "o senhor"; afinal, nos conhecemos desde a infância. O fato é que depois da leitura senti a contrariedade de quem recebe um anônimo. Ou pior ainda: de quem recebe a carta de um impostor.

Procurei na lista o número do Instituto Frenopático da rua Baigorria, telefonei, pedi para falar com a senhorita Paula.

Quando eu lhe disse meu nome, perguntou:

— O senhor recebeu os papéis?

— Recebi, sim. Trazidos por um cão.

A mulher exclamou "Pobre cachorrinho! Meu cachorrinho querido", prorrompeu em soluços lânguidos e desconsolados e desligou.

Vinte dias depois, presenciei um desagradável episódio ocorrido na rua. Eu me balançava na minha cadeirinha de vime, à porta de casa, quando pelo meio da viela surgiu Ceferina, uma parenta dos Bordenave — acaboclada, idosa, ossuda, alta —, com as madeixas desgrenhadas e os olhos que brilhavam como se uma febre a consumisse. Correu até ficar defronte a mim, agitando os braços e gritando com voz alterada:

— Quem voltou não é o Lucho! Quem voltou não é o Lucho!

Subitamente se desmanchou como um trapo. Aproximei-me para olhar. Estava morta. Em poucos instantes se aglomeraram os curiosos.

Entrei em casa, deitei-me na cama, procurei esquecer o ocorrido e, como era impossível, refleti. Não encontrava mais que duas alternativas: acreditar no que o relatório narrava, intervir no caso e passar por bobo, ou não acreditar, não intervir e passar por egoísta.

Para visitar Bordenave naquela mesma noite, aproveitei, o que não parece muito delicado, o velório de Ceferina. Mais linda que nunca, Diana me ofereceu um cafezinho e me cumprimentou como se não me conhecesse. Lucho me olhou com uma indiferença tão imperturbável que fui buscar refúgio em uma roda de amigos, entre os quais estavam o Gordo Picardo, o Palhaço Aldini e outros que mal reconheci, porque se mudaram e fazia longos anos não moravam na viela.

Quase de madrugada, na cozinha, rebentou uma gritaria. Sugeri a Picardo, que é um curioso: "Por que não vamos ver o que está acontecendo?". Uma moça magra, pálida, de cabelo muito curto, vociferava para Diana:

— Eu vim esta noite para o bairro inteiro me escutar! Suma da minha casa! Você é uma intrusa e sabe muito bem disso!

Lucho Bordenave e o senhor Standle, um alemão, a apanharam pelos braços e jogaram na rua. Quando a arrastavam, me aproximei e tive a impressão de ver uma cicatriz na nuca da moça. Acho que Bordenave tinha uma igual. Alguém comentou que o alemão tratou de levar a arruaceira ao Instituto Frenopático. O sogro de Bordenave, *don* Martín Irala — um velho em mangas de camisa e pantufas —, consolava a filha, que parecia muito abalada pela acusação.

No dia seguinte, telefonei para o Instituto e pedi para falar com a senhorita Paula. Perguntaram-me:

— Da parte de quem?

— Um amigo.

— Ela não trabalha mais conosco.

— Poderia me dar seu endereço?

— Não o temos. No quarto que era ocupado pelo senhor Bordenave, encontramos uma carta endereçada ao senhor. Quer que a enviemos para sua casa, senhor Ramos?

Isso me contrariou, porque já estava cansado das cartas de Bordenave e porque me reconheceram. Todo o caso me pareceu, além de confuso, ameaçador. Resolvi, portanto, esquecê-lo por um tempo.

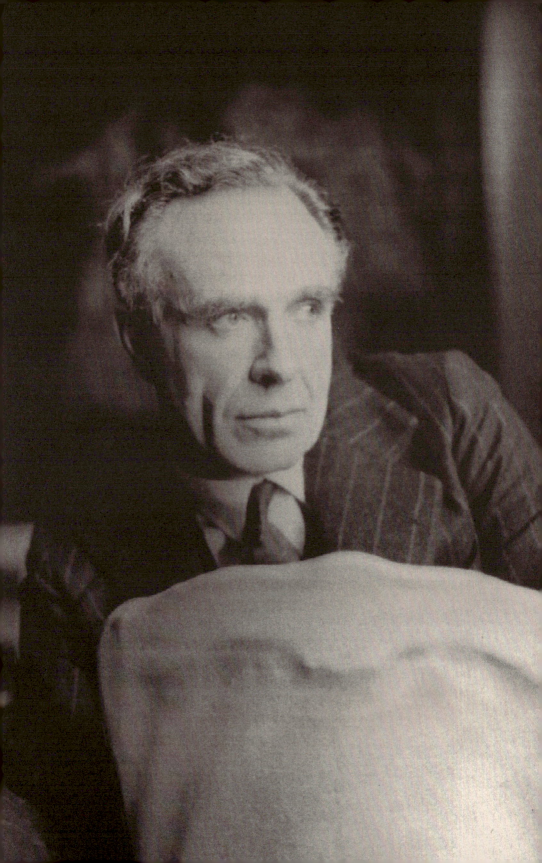

O HERÓI DAS MULHERES (1978)

tradução de
RUBIA GOLDONI e SÉRGIO MOLINA

DA FORMA DO MUNDO

Uma segunda-feira à noite, no início do outono de 1951, aquele moço, o Correa, que muitos chamavam O Geógrafo, estava em um cais do Tigre esperando a lancha que devia levá-lo até a ilha do seu amigo Mercader, aonde se retirara para estudar as matérias que devia do primeiro ano de direito. A ilha em questão, por certo, não passava de um matagal alagadiço, com uma cabana de madeira sobre estacas; lugar indecifrável no labirinto de riachos e salgueiros do enorme delta. Mercader o aconselhara: "Lá perdido, tendo os mosquitos por única companhia, que remédio você vai ter senão ferrar no estudo com unhas e dentes? Quando chegar a hora, vai estar feito um craque". O próprio doutor Guzmán, velho amigo da família, que a pedido desta vigiava benevolamente os passos de Correa na capital, deu sua aprovação àquele breve desterro, que reputou muito oportuno e até indispensável. Contudo, em três dias como ilhéu, Correa não conseguiu ler o número de páginas previsto. Passou o sábado fazendo churrasco e mateando, e no domingo foi assistir ao confronto entre Excursionistas e Huracán, porque francamente não tinha a menor vontade de abrir os livros. Começara suas duas primeiras noites com a firme intenção de trabalhar, mas logo foi dominado pelo sono. Lembrava-se delas como se fossem muitas, com a amargura do esforço inútil e do arrependimento posterior. Na segunda-feira teve que viajar a Buenos Aires, para almoçar com o doutor Guzmán e à vesperal do Teatro Maipo, porque se comprometera a comparecer, com um grupo de conterrâneos. Já de volta, no Tigre, enquanto esperava a lancha, singularmente atrasada, pensou que a culpa dessa última demora não era sua, mas que daí em diante devia aproveitar cada minuto, porque a data do primeiro exame se aproximava.

Passou inquieto de um problema a outro. "Que é que eu vou fazer", perguntou-se, "se o lancheiro não souber onde fica a ilha do Mercader?" (O que o levara no domingo sabia.) "Não sei se agora a reconheceria."

As pessoas começaram a conversar. Afastado do grupo, com os cotovelos apoiados na balaustrada, Correa olhava os arvoredos da margem oposta, esfumados na noite. É verdade que, para ele, a pleno sol não seriam menos confusos, já que era um recém-chegado à região que não se parecia com nada do que vira antes, e sim com uma paisagem muitas vezes imaginada e sonhada: o arquipélago malaio, tal como lhe revelara nas classes do colégio da província natal mais de um volume de Salgari, encapado com papel pardo, a fim de que os padres o tomassem por um livro didático.

Quando começou a chover, teve que se refugiar sob o abrigo, junto com os conversadores. Logo descobriu que não havia apenas um grupo, como lhe parecera, mas três; pelo menos três. Uma moça, agarrada aos braços de um homem, se queixava: "Então você não sabe o que eu sinto". A resposta do homem se perdeu encoberta por uma voz trêmula, que dizia: "O projeto, que hoje parece tão simples, enfrentou grandes resistências, devido às noções equivocadas que então se tinha sobre os continentes". Depois de uma pausa, a mesma voz (talvez chilena) continuou, no tom de quem dá uma boa notícia: "Felizmente, Carlos concedeu seu mais decidido apoio a Magalhães". Correa queria acompanhar o diálogo do casal, mas uma terceira conversa, cujo tema eram os contrabandistas, se sobrepôs às outras e lhe trouxe à memória um livro sobre contrabandistas ou piratas que ele nunca leu, porque tinha gravuras com personagens de uma época remota, trajados com bombachas, fraldões e camisas muito largas, que o entediavam de antemão.

Disse a si mesmo que tão logo chegasse à ilha começaria a estudar. Em seguida considerou que estava muito cansado, que não conseguiria se concentrar, que dormiria sobre os livros. O mais sensato seria pôr o despertador para as três e tirar uma soneca — isso sim, bem confortável no catre —, para depois, com a cabeça fresca, empreender a leitura. Imaginou com melancolia a campainha estridente, a hora desolada. "Também não é o caso de desanimar", pensou, "já que na ilha não vou ter outro remédio senão estudar. Na hora de prestar os exames, vou estar feito um craque".

Escutou que lhe perguntavam:

— Qual a sua opinião?

— Sobre o quê?

— Sobre o contrabando.

Agora nos parece (mas agora sabemos o que aconteceu) que o mais sensato teria sido ele se safar com uma resposta que não o comprometesse. Foi arrastado pela discussão, e antes de pensar já estava dizendo:

— Para mim o contrabando não é crime.

— Ah, não? — comentou o outro. — E pode-se saber o que é?

— Para mim — insistiu Correa —, é uma simples contravenção.

— O que o senhor diz me interessa — declarou um velho alto, de bigodes brancos e óculos.

— É bom lembrar — gritou alguém — que por causa dessa contravenção corre muito sangue.

— O futebol também tem seus mártires — protestou um grandalhão que parecia usar uma boina encasquetada, mas que tinha apenas o cabelo crespo.

— E, que eu saiba, não é crime — disse o de bigodes brancos e óculos. — Em matéria de futebol, devemos separar amadores de profissionais. Em matéria de contrabando, o senhor se declara profissional, amador ou o quê? Esse ponto me interessa.

— Eu iria mais longe — insistiu Correa. — Para mim o contrabando é a inevitável contravenção a uma norma arbitrária. Arbitrária como tudo o que o Estado faz.

— Com opiniões tão pessoais — observou alguém —, o senhor parece um verdadeiro ácrata.

Essas opiniões tão pessoais na realidade eram do doutor Guzmán. Para formulá-las agora, Correa repetira fielmente as frases de Guzmán e até imitara sua voz.

No outro extremo do grupo, um gordinho elegante — "um profissional", pensou Correa, "dentista, sem dúvida" — sorria em sua direção, como se o congratulasse. Quanto aos demais, não voltaram a falar com ele; mas falaram dele, talvez com desdém.

A lancha chegou pouco depois. Correa não se lembrava ao certo como se chamava. "*La Victoria* não sei das quantas", disse. Em todo caso, era uma espécie de ônibus fluvial, de longo percurso pelo delta.

Quando subiram a bordo, Correa acabou se sentando, levado pelo acaso dos empurrões, ao lado do gordinho, que lhe perguntou sorrindo:

— O senhor já viu um contrabandista?

— Que eu saiba, nunca.

O outro levou as mãos à lapela, estufou o peito e disse:

— Pois está vendo um.

— Não diga.

— Digo, sim. Pode me chamar de doutor Marcelo.

— Dentista?

— Adivinhou: odontólogo.

— E contrabandista nas horas vagas.

— Tenho certeza (remeto-me aos argumentos que o senhor expôs de forma tão admirável) de que nessa condição não prejudico ninguém. Ninguém, exceto os comerciantes e o fisco, o que, acredite, não me tira o sono. Ganho alguns trocados, quase tantos quanto no consultório, mas de um modo que por ora me diverte mais, porque beira a aventura, coisa inédita para um homem como eu. Ou como o senhor, posso apostar.

— O doutor me conhece?

— Julgo pela sua aparência. Parece um bom rapaz, um pouco tímido, mas de bom estofo. Vocês do interior são melhores, quando não são piores... Se bem que hoje em dia, com a juventude, *chi lo sa*?

— Não confia nos jovens? Não é o caso de achar que, só porque a pessoa é jovem, vai se meter em todas as barbaridades e besteiras que andam por aí.

— Não acho que seja assim. Senão não teria lhe falado como falei.

— Agora talvez já esteja arrependido. Talvez pense que vou delatá-lo aos milicos.

— Nem me passa pela cabeça. Acontece que lhe falei como se o conhecesse e, na verdade, não o conheço.

Para tranquilizá-lo, Correa disse quem era. Cursava direito; estava estudando algumas matérias do segundo ano; ia ficar uns quinze dias na ilha do seu amigo Mercader; era novo na região.

— Só sei que devo descer depois de uma pousada chamada La Encarnación. Tenho medo de não reconhecer o lugar e passar da parada. Se conseguir chegar ao destino, lá me aguarda meu dilema de ferro: estudar ou dormir?

— Isso é muito bom — exclamou o dentista com satisfação. — Você acaba de me dar espontaneamente, escute bem, a maior prova de sinceridade.

— E por que não daria, se tenho vontade de dormir? Olhe: eu quero estudar, mas morro de sono.

— Você quer mesmo estudar? Tem certeza?

— Claro que tenho, como não?

— Veja bem: não estou perguntando se quer estudar de modo geral. Pergunto se quer estudar esta noite.

Correa pensou que o dentista era inteligente. Respondeu:

— Para dizer a verdade, esta noite não tenho lá muita vontade, não.

— Então durma. Dormir é o melhor que tem a fazer. A não ser que...

— A não ser quê?

— Nada, nada, é só uma ideia ainda verde.

Como se falasse sozinho, Correa murmurou:

— Essa mania de começar uma frase...

— Muito cuidado com o que diz. Lembre-se de que está diante de um profissional diplomado.

— Não quis ofendê-lo.

— Às vezes me pergunto se as pessoas não devem ser educadas à base de pancada.

— Não fique assim.

— Eu fico como bem entender. Você me irritou, justo quando ia lhe fazer uma proposta com a melhor das intenções...

Na pousada La Encarnación desceram tumultuosamente quase todos os que, pouco antes, discutiam sobre contrabando. Correa perguntou:

— Que proposta seria?

— Uma terceira alternativa para esse dilema de ferro.

— Desculpe, senhor, não entendi. Que dilema?

— Dormir ou estudar. E você, rapazinho, até em sonhos trate de me chamar de doutor.

Correa pensou, ou simplesmente sentiu, que uma proposta que lhe permitisse escapar da alternativa entre dormir ou estudar era tentadora. Já ia dizer que sim, quando se lembrou das atividades do doutor.

— Antes de ouvir sua proposta, gostaria de lhe pedir um esclarecimento. Mas, por favor, responda francamente.

— Está insinuando que não sou franco?

— De modo algum.

— Peça, peça.

— Não que eu esteja com medo, mas vai que me acontece alguma coisa e não consigo estudar, ou não consigo ir prestar os exames. Seria um verdadeiro desastre! Vou me expor? Correr algum perigo?

— Todos estamos sempre expostos ao inesperado, portanto, para o covarde só resta um conselho: a cama. Não sair da cama. Mas agora você está viajando como uma cabeça coroada, incógnito, por isso não corre o menor perigo.

Antes que Correa dissesse que sim, o doutor já o aceitara como parceiro e começava a lhe dar toda espécie de explicações que, segundo o rapaz, não vinham ao caso. Disse o doutor que morava com a esposa em uma ilha; que um corretor de muita lábia lhe propusera um negócio, outra ilha, não longe da sua; que ele o deixou falar, mesmo não tendo a intenção de comprá-la, porque nada o contrariava mais que se separar do seu dinheiro, mesmo que fosse em um investimento vantajoso. O dia em que a esposa soube da oferta, acabou sua paz.

— Minha esposa fervilha de vida interior — explicou. — Você não vai acreditar: tem um motor dentro dela, e desde o início foi partidária fanática da compra da ilha. Começou a me dizer: "Temos que pensar grande. A ilha é um degrau". A meu modo, eu também sou teimoso, portanto deixei a mulher falar, mas não arredei um passo, pelo menos até o último domingo do mês passado, quando umas amigas dela apareceram de visita, e eu pensei: "Por que não aproveito e vou dar uma olhada nessa tal ilha?". E zarpei na minha lancha particular. Quando cheguei, o zelador, que estava escutando um jogo no rádio, me pediu que por favor a percorresse sozinho, até porque não havia muito o que ver.

A essa altura da narração, o doutor fez uma pausa, para em seguida acrescentar com ares de mistério:

— O zelador estava enganado.

Se havia algum mistério, Correa não lhe deu crédito. Mas suspeitou que o doutor falava para distraí-lo, para evitar que olhasse a margem e depois pudesse recordar ou reconhecer os pontos do trajeto.

Na verdade, por mais que as olhasse, aquelas paragens desconhecidas, sucessivas, parecidas entre si, o confundiam irremediavelmente como partes de um sonho.

— Por que o zelador estava enganado?

— Já vai ver. Meu avô, que acumulou uma considerável fortuna na Polônia, mas depois teve que emigrar, costumava dizer: "Quem procura acha. Até onde não há nada, procurando bem, a gente acha o que quer". Ele também dizia: "Os melhores lugares onde procurar são os sótãos e o fundo dos jardins". Essa ilha pode não ser um jardim, mas...

— Mas o quê?

— Agora vamos descer — disse o doutor e em seguida gritou: — Lancheiro, atraque, por favor.

O atracadouro, de madeira podre, era pequeno e evidentemente frágil. Correa olhou-o apreensivo.

— Não posso — gemeu. — Eu devia estar estudando, senhor.

— Senhor, não, doutor! Você sabe melhor do que eu que não ia estudar esta noite. Deixe de bobagem e tenha a bondade de me seguir. Só pise onde eu pisar. Está vendo aquele casebre entre os salgueiros? O zelador mora lá. Não tenha medo. Não tem cachorro.

— Palavra?

— Palavra. O único amigo desse homem é o rádio. Aqui na ilha sempre pise onde eu pisar. Temos que seguir pelo terreno firme, para não deixar pegadas. Aposto que, se eu não avisasse, você ia direto para a lama, como os porcos.

O doutor, com as mãos erguidas, afastava os galhos, abrindo caminho. Correa teve a impressão de que desciam por um declive na penumbra; em uma penumbra que gradualmente se transformou em escuridão, como se estivessem embaixo da terra, em um túnel. Percebeu que era mesmo em um túnel que eles se encontravam: um estreito e longo túnel vegetal, com o chão de folhas e as paredes e o teto de folhas e galhos, exceto na parte mais profunda, que estava realmente embaixo da terra e onde a escuridão era total. O lugar lhe pareceu desagradável, por estranho e inesperado. Perguntou-se por que havia permitido que o afastassem do seu dever. Quem era aquele sujeito que o conduzia? Um contrabandista, um delinquente no qual ninguém em sã consciência poderia confiar. O pior era que agora dependia dele; ao menos achava que, se o outro o deixasse sozinho, não seria capaz de encontrar a saída. Ocorreu-lhe uma ideia irracional, que lhe pareceu evidente: o túnel era infinito para os dois lados. Começava a sentir muita ansiedade, quando se viu de novo fora. A travessia não tinha durado mais que três ou quatro minutos; a céu aberto, teria sido questão de segundos. Estavam em um lugar completamente diferente do que haviam deixado na outra boca do túnel. Correa o descreveu como "cidade jardim", expressão que ele ouvira mais de uma vez, mas cujo significado exato ignorava. Caminharam por uma rua sinuosa, entre jardins e chácaras, com casas brancas de telhado vermelho. O doutor perguntou em tom de recriminação:

— Você me veio sem pesos ouro? Já desconfiava, já desconfiava. Em qualquer lugar vai encontrar quem troque as moedas, mas não se deixe enganar. Eu sei onde o câmbio é bom e onde comprar mercadorias que podem ser colocadas vantajosamente em Buenos Aires. Informações como essas, você há de entender, têm seu preço e não vou entregá-las assim de graça, logo de saída. Um dia, quem sabe, podemos ser sócios. Por enquanto, cada um se vira por seu lado. Está vendo aquela placa?

— Onde está escrito Parada 14?

— Essa mesma. É lá que vamos nos encontrar amanhã, às cinco da manhã, em ponto.

Correa protestou. Não era esse o combinado. Ele se resignara a perder uma noite e agora perderia duas noites e um dia.

O doutor recuou um passo, como se quisesse examiná-lo bem.

— Olhe o que está propondo. Que voltemos em plena luz do dia, para rifar nosso segredo a quem estiver passando. Vejo que, se eu não tomar cuidado, você vai me sair bem caro. Agora me diga, o que vai fazer, no estrangeiro, sem minha proteção? Começar a chorar? Pedir ao cônsul que o repatrie em um malote?

Correa percebeu que estava à mercê do doutor e que era melhor não irritá-lo.

— Até amanhã — disse.

— Até amanhã — disse o doutor e olhou o relógio. — Às cinco em ponto, assim teremos tempo de sobra, porque amanhece às seis. Não gosto de fazer nada às pressas. Eu vou por aqui e você por ali. E nem pense em me seguir, porque eu quebro sua cara.

Depois de caminhar um pouco, Correa pensou que, se o doutor faltasse ao encontro, ele se veria em uma situação difícil. Levava pouco dinheiro com ele e, claro, não confiava muito em si mesmo para encontrar a boca do túnel. O mais prudente seria procurá-la antes que as lembranças se embaralhassem. Tentou refazer o caminho, mas logo as ruas sinuosas o desorientaram. Havia um detalhe sobre o qual não pedira esclarecimentos, para não passar por idiota: onde eles estavam? Sentiu que começava a ficar tonto e pensou que, cansado como estava, era melhor não continuar andando em círculos por ruas que ignoravam os rudimentos do traçado em tabuleiro de xadrez. Percebeu também que o mais urgente era dormir um pouco. Depois enfrentaria a situação. "Agora vou me deitar em qualquer lugar", disse em voz alta, e acrescentou: "Em qualquer lugar onde não haja cachorros". Logo surgiram as dificuldades, porque naquela comarca havia um cachorro por jardim, quando não dois. Talvez para aliviar a consciência pesada, pensou que, se em vez de cair na besteira de escutar o doutor, tivesse voltado, como qualquer indivíduo razoável, para a ilha de Mercader, com aquele cansaço não conseguiria estudar. Se não encontrasse logo um jardim sem cachorro, dormiria na rua mesmo. Bastante assustado, entrou em uma chácara e avançou por um caramanchão de louros, fantasmagórico à luz da alvorada. Como nenhum cachorro latiu, deitou-se para dormir.

Acordou com o sol nos olhos. Notou sobressaltado que alguém o fitava de perto. Era uma mulher jovem, que não parecia feia e tinha, talvez, o rosto congestionado. Como estava nervoso, pensou confusamente que devia tranquilizá-la.

— Desculpe ter entrado — disse. — Estava com tanto sono que me deitei para dormir. Não tenha medo, não sou um ladrão.

— Não me interessa o que o senhor é — respondeu a mulher. — Quer comer alguma coisa? Deve estar com fome a esta hora, mas terá que se contentar com um café da manhã. Hoje não cozinhei.

Caminharam pelo gramado, entre plantas, até que surgiu a casa, branca, de telhado vermelho, rodeada por uma varanda de lajotas da mesma cor. No interior era escura e fresca.

— Meu nome é Correa — ele disse.

A mulher respondeu que se chamava Cecilia e acrescentou um sobrenome que soou talvez como Viñas, mas em outro idioma. Aparentemente estavam sozinhos na casa.

— Sente-se — disse a mulher. — Vou preparar o café.

Correa pensou naquele estranho túnel, muito curto enfim, que segundo todas as aparências o levara muito longe, e se perguntou onde estava. Levantou-se, caminhou por um corredor, chegou à cozinha. Cecilia, de costas, ocupada em esquentar a água e torrar o pão, não se virou de imediato. Com um movimento rápido passou a mão pelo rosto.

— Vou lhe fazer uma pergunta — anunciou Correa; mas logo se calou, para dizer: — O que houve?

— Meu marido me deixou — explicou Cecilia, chorando. — Como vê, nada de extraordinário.

Tornou a adiar a pergunta para consolar a mulher, mas encontrou dificuldades, que cresceram à medida que tomava pé da situação. Cecilia amava o marido, que a trocara por outra mais bonita e mais jovem.

— Agora parece que ele sempre me enganou e assim, do meu grande amor, não me restam nem sequer as boas lembranças.

Como Cecilia não parava de chorar, Correa pensou que talvez não fosse oportuno avisar que a água já estava fervendo. Quando sentiram o cheiro de pão queimado, ela sorriu entre lágrimas. Correa gostou do sorriso, em parte porque interrompia o choro. Este, por desgraça, não demorou a recomeçar, e Correa a acariciou, porque não encontrava argumentos para consolá-la, e descobriu que as lágrimas serviam de estímulo para as carícias, que Cecilia retribuiu, sem deixar de chorar. Conseguiu animá-la um pouco, até que alguma imprevisível palavra deve ter evocado lembranças que ameaçaram com uma recaída. Quando ele se preparava para o pior, Cecilia observou:

— Agora eu também estou com fome. Vou cozinhar alguma coisa.

"Muito choro, mas boa disposição", pensou Correa. Comeram, fizeram a sesta e pareceu haver tempo para tudo. A primeira vez que se lembrou do doutor Marcelo, pensou: "É só não faltar ao encontro". Depois teve medo de que a hora de partir chegasse rápido demais e achou que sua reflexão sobre o fato de Cecilia aceitar as carícias era não apenas cínica, mas também grosseira e tola. "Justamente por sentir dor ela precisa que a consolem", pensou. "As carícias, como provam as crianças que choram, são o consolo universal." Esqueceu o doutor, esqueceu os exames. Descobriu que gostava muito de Cecilia.

Esse longo dia, que ofereceu tantas coisas, também lhe ofereceu a ocasião de formular a pergunta:

— Onde estamos?

Cecilia respondeu:

— Não entendi.

— Em que parte do mundo estamos?

— No Uruguai, naturalmente. Em Punta del Este.

Correa precisou de um tempo para assimilar o que acabara de ouvir. Depois perguntou:

— Qual a distância entre Punta del Este e Buenos Aires?

— A mesma que entre Buenos Aires e Mar del Plata. De avião leva mais ou menos o mesmo tempo.

— Quantos quilômetros seriam?

— Por volta de quatrocentos.

Correa disse que ela era muito sabida, mas que talvez não soubesse de algo que ele sabia. Continuou:

— Aposto que você não sabe que existe um túnel, por onde a gente vem a pé, andando tranquilamente, sem nenhuma pressa, em cinco minutos.

— De onde?

— Do Tigre, ora. Do próprio delta. Não acredita? Ontem à noite, eu e um doutor chamado Marcelo saímos do Tigre, navegamos só um trechinho e chegamos a uma ilha coberta de álamos e mato, como tantas outras. Lá, bem escondida, está a boca do túnel. Entramos por ali e não levamos nem cinco minutos (se bem que debaixo da terra foi uma eternidade) para sair em meio a jardins e parques, um bairro parque, uma cidade jardim.

— Punta del Este?

— Isso mesmo. Devo acrescentar que o túnel é um segredo para todo o mundo, salvo o doutor, você e eu. Peço que não conte para ninguém.

Interessado nas suas próprias explicações, não percebeu que Cecilia estava triste de novo.

— Não vou contar para ninguém — assegurou Cecilia; mudando de tom, observou: — Por mais que te acompanhe, um mentiroso te deixa sozinha.

Correa exclamou com sinceridade:

— Não entendo como alguém foi capaz de mentir para você.

De repente e como do nada, foi tomado por um insuportável temor de que Cecilia pensasse que o túnel era uma mentira. Tornou a relatar, com mais detalhes, por via das dúvidas, a viagem daquela noite, desde o encontro com o doutor Marcelo até a despedida na Parada 14. Adicionou com ênfase:

— Justamente nessa parada, amanhã às cinco em ponto, o doutor vai esperar por mim para me levar de volta.

— Pelo túnel? — perguntou Cecilia, a ponto de chorar.

— Tenho que ir estudar. Faltam poucos dias para os exames. Direito, segundo ano.

— Para que essa história toda? Já estou me acostumando a ser abandonada.

— Não é história. Ao contrário: acabo de te dar espontaneamente a maior prova de sinceridade. Se o doutor Marcelo ficar sabendo, me mata.

— Ora, por favor, é como se eu dissesse que vim da Europa por um túnel em cinco minutos.

— Não é a mesma coisa. Veja bem: da Europa até aqui são muitos quilômetros, com muita água. Se você ainda não acredita em mim, vou pedir ao doutor Marcelo me esclarecer alguns pontos, assim, na semana que vem, quando eu voltar, explico tudo para você.

Cecilia disse como se falasse sozinha:

— Quando você voltar.

Para ganhar tempo enquanto procurava uma resposta decisiva, estreitou-a nos braços. A melhor parte daquele dia foi muito feliz e durou muito; mais que o próprio dia, segundo o que lhe pareceu. Embora um despertador acelerasse o passo na mesa de cabeceira, puderam acreditar que o tempo não se esgotaria, mas de repente a casa escureceu, e Correa foi até a janela, e sem saber por que se entristeceu ao ver o crepúsculo.

A noite ainda lhes reservava alegrias. Comeram alguma coisa (ele recordava aquilo como um festim), voltaram para a cama e de novo pareceu que o tempo se alargava. Sentiram fome, e quando Cecilia foi à cozinha, Correa pôs o despertador para tocar às quatro e meia. Comeram fruta, conversaram, se abraçaram, tornaram a conversar e devem ter adormecido, porque o despertador os assustou.

— O que é isso? — ela perguntou. — Por quê?

— Eu que pus o despertador. Estão me esperando. Não lembra?

Cecilia demorou a responder:

— É verdade. Às cinco em ponto.

Correa se vestiu. Abraçou-a e, para olhar nos seus olhos, afastou-a um pouco. Prometeu:

— Volto na semana que vem. — Embora tivesse certeza de que voltaria, as dúvidas de Cecilia o incomodavam, porque ela parecia não acreditar nem no túnel nem nas suas promessas. — Queria que você me acompanhasse até a Parada 14, para ver com seus próprios olhos que o doutor Marcelo não é uma invenção minha. Mas, já que você não pode ir, por favor, me indique o caminho.

Cecilia se empenhou menos em lhe dar indicações que em abraçá-lo.

Por fim, Correa partiu. Mais de uma vez achou que se perdia, mas conseguiu chegar ao ponto de encontro. Não havia ninguém esperando por ele. "Que desastre se o doutor já tiver partido", pensou. "Que desastre se eu não prestar os exames."

Sentiria um pouco de vergonha em reaparecer na casa de Cecilia, tendo que explicar que estava com pouco dinheiro e que, até arranjar um emprego, não poderia arcar com sua parte nas despesas. Talvez essa revelação fosse uma mera formalidade, porque os dois se amavam, mas uma formalidade incômoda para quem lutava contra a pecha de farsante. Admitiu, no entanto, que a situação não era tão grave assim; que Cecilia ficaria contente e que, se eles vivessem juntos, os mal-entendidos logo se dissipariam. Absorto nessas fantasias viu, sem prestar muita atenção, um homem que avançava na direção dele. Já fazia algum tempo que se aproximava, arrastando trabalhosamente dois grandes volumes.

— Por que diabos não me ajuda? — gritou o homem.

Surpreso, Correa se desculpou:

— Não o vi.

O doutor passou um lenço pela testa e bufou. Depois disse:

— Não comprou nada? Eu já desconfiava, acredite. Você não trouxe dinheiro, o que acho ruim, e não me pediu nenhum emprestado, o que acho bom, realmente bom. Na nossa próxima viagem, começará a ter lucro. Agora me ajude a carregar isso.

Do jeito que pôde, Correa suspendeu os dois sacos, que eram bastante pesados. Para não tropeçar, concentrou-se no caminho, mais exatamente onde ia pondo os pés.

— Temia que não viesse — disse.

Mal conseguia falar. Estava ofegante. O doutor respondeu:

— Eu temia que você não viesse. Sabe lá o que é carregar esses sacos? Agora parece que tenho asas, acredite. Dá gosto caminhar assim. Vamos em frente.

Em pleno túnel, Correa teve que parar novamente para descansar, e comentou:

— O que eu não entendo é como por aqui, por este simples túnel, Punta del Este e o Tigre ficam tão perto.

— O Tigre, não — precisou o doutor. — A ilha que eu vou comprar com minhas economias.

— É praticamente a mesma coisa. Se de Punta del Este a Buenos Aires dá uma hora de avião…

— Quer saber? Falo claro: o avião não me convence. Pelo túnel eu chego em um instante, e sem gastar um centavo, note bem.

— É isso o que eu não entendo. Se partirmos da premissa de que a Terra é redonda…

— Que premissa coisa nenhuma. Você só diz que a Terra é redonda porque alguém falou, mas na verdade não sabe se é redonda, quadrada ou da forma da sua cara. Vou avisando: se é o detalhe geográfico o que chama sua atenção, não conte comigo. Na minha idade não tenho mais paciência para baboseiras. Começo a me perguntar se convidá-lo para ser meu sócio não foi um erro fatal. Um homem como você, completamente fora da realidade, é capaz de sair por aí comentando do meu túnel com mulheres e estranhos.

Correa protestou:

— Como pode achar que vou comentar essas coisas? Muito menos com estranhos.

— Com ninguém — frisou o doutor com olhar escrutador.

— Com ninguém.

— Se é assim, levante os sacos e chega de perder tempo.

Saíram à ilha: viu o céu, sentiu que pisava na lama, caminharam entre salgueiros, depois entre uma filharada de álamos. Mal conseguia avançar.

— É de propósito que está me levando por onde o mato é mais cerrado?

— Ainda não entendeu que estamos procurando um lugar onde esconder os sacos? Ou acha que vou embarcar com minha carga na lancha coletiva, nas barbas de todo o mundo?

Finalmente chegaram a um caniçal que o doutor julgou adequado.

— Aqui nem Deus encontra — afirmou Correa.

— Não pedi sua opinião.

Deixou passar a impertinência e perguntou:

— Até quando vai deixar os sacos aqui?

— Venho pegar hoje à noite, na minha lancha particular. Mas vejo que ficou muito curioso. Não andará com vontade de se apropriar do alheio?

Correa perguntou com fúria:

— Por quem me toma?

O outro perdeu o aprumo e se desculpou:

— Foi uma brincadeira. Só uma brincadeira. Tomara que a lancha chegue logo. Confesso que não me sinto muito à vontade nesses pântanos. Além disso, não gostaria que nos vissem aqui. Logo amanhece e ficamos expostos ao primeiro abelhudo que aparecer. Que saber? Já estou a ponto de dar toda a razão à minha esposa: devo comprar a ilha. E o quanto antes, porque um belo dia um desses desocupados que não têm mais o que fazer é capaz de se perguntar o que andará fazendo aquele cavalheiro, que duas vezes por semana viaja a uma ilha que não lhe pertence. Não sou partidário de jogar dinheiro fora, mas desta vez vou fechar os olhos e comprar mesmo.

— Tem razão — observou Correa. — É bom que não nos aconteça nada de desagradável.

Quando a lancha apareceu, fizeram sinal. O doutor pagou as passagens; mal tinham se sentado, quando já reclamava:

— Não vai saldar sua dívida? É só a gente se distrair um pouco que o esperto já quer tirar vantagem.

Correa lhe entregou uma nota de dez pesos. Era bastante dinheiro na época. Disse:

— Pode tirar daqui.

— Quer levar todo o meu troco?

— É só isso que eu tenho.

O doutor não disfarçou sua irritação. Em seguida, apalpou um bolso e disse com repentina alegria:

— Está mais seguro aqui. Receberá seu troco da próxima vez.

— Quando vamos voltar?

Não teve resposta e não ousou repetir a pergunta. Guardaram silêncio por um bom trecho.

— Se vai descer na casa do Mercader — disse enfim o doutor —, é bom já ir para a amurada, que os lancheiros não estão para perder tempo.

Correa obedeceu e perguntou:

— Então não vamos voltar lá?

O doutor lhe deu um grosseiro empurrão.

—Você não se emenda, mesmo — protestou. — Fale baixo, se não quiser que meio mundo fique sabendo. Nos encontramos na quinta, na mesma hora, no mesmo lugar. Combinado?

Correa mal conseguiu segurar o contentamento. Considerou que as perspectivas melhoravam. Cecilia o esperava na semana seguinte, mas ele chegaria na sexta-feira de madrugada e lhe faria uma surpresa que não hesitou em qualificar de extraordinária. Já estava para saltar em terra, quando se perguntou se não faltava esclarecer algum ponto. A possibilidade de um desencontro o assustava. Murmurou:

— Às onze e meia?

— Exato.

— No Tigre?

— Se você e eu já sabemos tudo — interrompeu-o o doutor, tremendo de raiva —, para que informar os outros? Desça, por favor, desça.

Da margem, viu a lancha se afastar. Depois caminhou até a casa, subiu os degraus de dois em dois, abriu a porta e se deteve, para se armar de coragem, pois sabia que ao entrar naquele quarto começaria a espera. A impaciente e longa espera de uma segunda viagem ao Uruguai. Comentou em voz alta: "Não sei o que eu tenho. Estou nervoso". O que ele decididamente não tinha era vontade de estudar. Para não perder tempo — até o dia do exame, cada minuto era precioso —, a melhor coisa a fazer era dormir um pouco. Mergulharia de cabeça no estudo quando a tivesse mais tranquila e desanuviada.

Assim que se deitou no catre, descobriu que tampouco tinha vontade de dormir. Pensou que ainda faltava muito para a quinta-feira, e séculos para a sexta-feira, quando veria Cecilia: até lá poderiam acontecer coisas que era melhor não prever. Pensou no encontro do Tigre; na possibilidade de o doutor, por algum inconveniente, faltar. Com os dados de que dispunha, não seria fácil localizá-lo. Não sabia nem sequer seu sobrenome. Se o doutor não viesse na quinta, não teria outro remédio senão ficar de plantão no cais quantos dias fosse preciso, até que ele resolvesse aparecer. E se o doutor não voltasse ao porto do Tigre? Se daí em diante passasse a viajar direto da sua casa até a ilha do túnel? Correa pensou que o mais prudente era ir esperá-lo junto aos sacos naquela mesma tarde. Assim, pelo menos, era certo que o veria, já que o homem iria recolhê-los ao cair a noite. Perguntou-se se seria capaz de reconhecer a ilha naquela costa desconhecida, onde uma casa, um embarcadouro, o que quer que fosse se confundia, se perdia na invariável sucessão de árvores. Claro que, se não demorasse a tentar, a probabilidade de identificá-la seria um pouco maior.

Achou um dinheiro que tinha guardado entre as páginas da *Economia política* de Gide. O doutor, ao ficar com o troco, não só o privara de alguns pesos, que são sempre úteis, mas também da possibilidade de saber o preço da viagem até a ilha, o que lhe serviria como ponto de referência para encontrá-la. Agora não saberia o que dizer ao comprar a passagem. Não podia pedir uma passagem de tantos pesos nem uma passagem para este ou aquele lugar. Eram poucos os locais que ele conhecia pelo nome.

Ruminou a viagem planejada. Tinha que escolher o momento certo, pois, se chegasse ainda com luz, podiam vê-lo na ilha, e se chegasse ao anoitecer, podia não reconhecê-la. Com o passar das horas imaginava mais vividamente as ansiedades a que se exporia. Quem sabe quanto tempo teria que esperar encolhido junto aos sacos, em meio a nuvens de mosquitos, naquele pântano cheio de mato. Para quê? Nem sequer para se livrar do temor de um desencontro. Ao contrário: via motivos para o temor aumentar depois do encontro. Até então, não dera nenhum motivo de queixa ao doutor; tinha sido útil, ajudando-o a trazer a carga; mas se o doutor de repente o encontrasse na ilha, quem lhe tiraria da cabeça que estava lá de tocaia para roubá-lo ou aproveitar seu conhecimento do túnel para trabalhar por conta própria?

Por outro lado, se não o incomodasse com aparições inoportunas, por que o doutor faltaria ao encontro? Para ficar com os pesos da passagem? Não parecia crível.

A única decisão inteligente era cumprir com o combinado. Ficaria, portanto, até quinta-feira, bem sossegado, estudando como Deus manda.

Nem bem tomou essa decisão, caiu no pior desassossego. Estava desistindo da ação imediata, pensou, porque era frouxo, preguiçoso e covarde. Passou a quarta-feira entre elucubrações e resoluções contraditórias. Como não conseguia estudar, tentava dormir; como não conseguia dormir, tentava estudar. No amanhecer da quinta-feira, adormeceu. Quando acordou, faltava pouco para o encontro com o doutor. Tomou banho e se barbeou com água fria, pôs uma camisa limpa, vestiu-se rapidamente e correu para esperar a lancha que o levaria até o Tigre. Tudo correu bem. Às onze e meia em ponto, conforme o combinado, estava esperando no cais. Logo depois pensou que, para maior segurança, devia ter chegado às onze, no máximo às onze e quinze. Claro que, se o doutor quisesse evitá-lo, de nada adiantaria se antecipar e, se não quisesse evitá-lo, não partiria antes da hora. "Vai ver que meu relógio está atrasado", pensou Correa e conferiu a hora com um homem que também esperava a lancha. Não estava atrasado.

A lancha chegou. Perguntou se era a última. Havia mais uma.

Se o doutor não aparecesse, tomaria a última lancha e não tiraria os olhos da costa, prestando muita atenção, para identificar a ilha. Chegando lá, encontraria facilmente a boca do túnel. Com o doutor, tudo seria muito simples, mas sozinho ele também se arranjaria para ir sem demora até onde Cecilia o esperava.

O doutor não chegava. Caiu em superstições: em pensar que, enquanto não passassem três embarcações rio acima, antes que uma rio abaixo, ele não apareceria... As três embarcações passaram. A lancha chegou. Estava decidido a embarcar, mas quanto ansiava que o doutor aparecesse! Já estava prestes a entrar na lancha quando avistou um homem atravessando a rua em direção ao cais. Agitou uma mão, talvez tenha gritado algo. Só quando o homem entrou no cais e no círculo de luz do poste, Correa viu que não era o doutor, que nem sequer se parecia com o doutor, embora os dois fossem baixos e gorduchos. Inacreditavelmente, o desconhecido se dirigiu a Correa.

— Está esperando alguém, não é? — perguntou.

— Estou, sim.

— Um doutor?

— O doutor Marcelo.

— Ele não pôde vir. Siga-me.

Depois de certa hesitação, seguiu o estranho. Margearam o rio, viraram à esquerda. Correa conseguiu ler na placa da rua o nome Tedín. Ainda havia gente nas portas.

— É muito longe? — perguntou.

— Não me diga que já está cansado — respondeu o indivíduo; parecia menos elegante que o doutor e mais robusto. — Atravessamos a ponte sobre o Reconquista, e é logo ali.

Contornaram o muro do Club Gás del Estado. Encostado no muro, mais adiante, havia um homem enorme. Correa diminuiu o passo e disse:

— Aquele ali não é o doutor.

— Não mesmo. Não me diga que está desconfiado.

— Não estou desconfiado, mas...

— Não tem mas nem meio mas. Se está desconfiado, deve ter seus motivos; vai me seguir ou vou ter que empurrar?

Antes de segui-lo, Correa deu uma rápida olhada para um lado e para outro.

— Não adianta olhar: não tem ninguém por perto.

— Não estou entendendo.

— Está, sim. E tem mais: essa sua desconfiança nos dá o que pensar, a mim e a este senhor, que é um amigo.

O grandalhão olhava para ele impávido. Sua cabeça, notavelmente redonda, era coberta de cabelo preto e curto. Correa pensou que não era a primeira vez que o via.

— Vão me assaltar?

— Por quem nos toma? Acha que vamos nos sujar com as duas ou três porcarias que leva nos bolsos? Não me faça rir. Tanto queremos seu bem que fizemos questão de nos abalar até aqui só para lhe dar um conselho. Preste atenção: esqueça esse sócio que arrumou. Esqueça completamente. É pelo seu bem, entende? Aquele sujeito o com-pro-me-te. Ficou claro?

Para ganhar tempo e pensar, porque sentia a mente confusa, Correa perguntou:

— O doutor?

— Sim, o doutor, ou seja lá como o chama. Não se faça de desentendido, porque é capaz de o meu amigo aqui ficar nervoso, e aí não me responsabilizo. Sabe muito bem de quem estamos falando: de um gordinho atarracado.

O grandalhão, que tinha uma voz inesperadamente suave, disse:

— Faça o favor de esquecer tudo o que sabe, todas as pessoas que viu, incluindo nós dois aqui, e ficar longe de todos os lugares onde foi visto com o doutor em questão. Combinado?

— Claro, por que não? Combinado — disse Correa.

Quando percebeu que o perigo se tornava menos premente, lembrou-se de Cecilia e pensou que não a deixaria por mera covardia. Não devia ter medo de falar, porque sua situação era bastante comum e compreensível. Perguntou:

— Posso me abrir com vocês?

— Pode, pode — respondeu o mais alto. — Desde que não demore muito.

— O que eu vou dizer é muito simples. Eu não procuro o doutor por questões de dinheiro. Sabem por que o procuro? Para ele me levar até a outra banda, para que possa ver uma pessoa que deixei por lá.

Apontando para ele, o grandalhão comentou com o parceiro:

— Que cavalheiro mais desinteressado.

— E sortudo. Tem uma pessoa no Uruguai.

— E vai sofrer se não a encontrar. O cavalheiro acha que você e eu somos idiotas.

— O mesmo que achava o doutor, que Deus o tenha.

— É que o doutor quis bancar o esperto. Tentou nos ludibriar com falsidades.

— Invencionices, como essa pessoa que o cavalheiro diz ter no Uruguai.

Correa protestou com fúria, primeiro por causa das coisas que estavam dizendo, depois por tocarem nele, mas se calou e só atinou em levar as mãos à cabeça quando começou o castigo. Em algum momento — bem mais tarde, como veio a constatar — foi acordado por um homem, que lhe perguntava com insistência e amabilidade:

— O que houve? Não está bem?

Ajudado pelo estranho, um velho alto, de bigodes brancos e óculos, Correa se levantou com a maior dificuldade. Seu corpo inteiro doía. Observou tristemente:

— Acho que levei uma surra.

— Quer prestar queixa? Se quiser, posso acompanhá-lo até a delegacia. O delegado é meu amigo.

— Acho que não tenho vontade de entrar em uma delegacia. Para esta noite já me basta com a surra que levei.

— Está no seu direito. Venha até minha casa um momentinho, que eu limpo seus ferimentos.

Caminhando penosamente, Correa se deixou levar. A casa lhe pareceu muito apresentável, com grades e lustres de ferro forjado e cadeiras fradescas.

— Desculpe o incômodo — disse Correa.

— Aqui vou ter luz para cuidar do senhor. Está confortável? Isso é o mais importante.

Sentaram-no junto a uma luminária de pé, de ferro forjado, no canto de uma sala. Correa pensou com gratidão e respeito: "Estou na sala de jantar, reservada para as grandes ocasiões". No centro havia uma longa mesa de madeira envernizada, preta.

O homem desinfetou suas feridas com água oxigenada e soprou no seu rosto cuidadosamente.

— Como arde — disse Correa.

— Não é nada — afirmou o homem.

— Porque não é no senhor que está ardendo.

— Concordo. Mas o senhor há de convir que lhe saiu barato, levando em conta como o outro terminou, não é? E não pense que são maus rapazes.

— O senhor conhece aqueles dois? — perguntou Correa, surpreso.

O homem sorriu afavelmente.

— Aqui todo mundo se conhece — explicou. — Como eu ia dizendo, não são maus rapazes; só um pouco nervosos, porque são jovens. Seu erro foi mentir para eles.

— Eu não menti.

— Essa história de viajar ao Uruguai para ver uma mulher é velha.

— Mas não é mentira.

— Veja bem, meu bom senhor, se estiver em uma discussão com gente séria, é melhor não sair com essa patacoada. É natural, é humano que nossos amigos tenham se alterado. Além disso, para visitar uma mulher, por que precisava do doutor a tiracolo?

— O doutor conhece uma ilha, onde tem um túnel.

A partir desse ponto, a cena se acelerou.

— O senhor quer dizer uma gruta, uma gruta para guardar mercadoria? Espera um instante?

— Eu vou embora.

— Espere um instante.

Ao sair moveu pausadamente uma das mãos, insistindo em que o esperasse, e fechou a porta à chave. O simples fato de o trancarem o assustou mais que a discussão de pouco antes com os capangas (explicou: "Então os golpes começaram sem me dar tempo para nada"). Chegou a entender, embora não distinguisse as palavras, que o velho falava ao telefone no cômodo ao lado. "Não vão me tapear", pensou. "Vou sair pela janela." A janela dava para um jardim escuro e tinha grades de barras muito próximas. Restava-lhe a possibilidade de pedir socorro, com o conseguinte risco de que o homem o ouvisse antes que qualquer outro, e… melhor nem pensar.

O "instante" do bigodudo durou mais de meia hora. Depois ouviu a chave girar na fechadura, viu a porta se abrir e o sujeito entrar seguido pelos dois matadores. Os sustos dessa noite não tinham fim.

— Aqui estamos nós, juntos outra vez — disse o mais baixo. — Para o bem de todos, espero.

— Nessa sua gruta tem bastante mercadoria? — perguntou o grandalhão com sincero interesse.

— Não é uma gruta e não tem absolutamente nada.

O homem o aconselhou:

— Meça suas palavras.

— O que o senhor quer? Que eu invente?

O velho disse:

— Não custa nada irmos lá olhar.

— Mas tem uma coisa — preveniu o mais baixo. — Para a sua integridade pessoal, é bom encontrarmos a gruta bem cheia.

— Quem vai encontrar? — perguntou Correa, sem se assustar.

— Você. Vai entrar no iatezinho como nosso capitão — disse o grandalhão alegremente.

— Não sei se vou conseguir encontrar.

—Agora me vem com essa?

— O doutor me levou lá só uma vez. Sou novo na região. Para mim, todos os lugares da costa são iguais.

— Não custa nada tentar — disse o velho. — Mas vocês dois não me apavorem o rapaz. Com essas provocações não vamos a lugar nenhum. Se eu não tomasse uma atitude, o que saberíamos da gruta?

Em seguida o enfiaram em um automóvel, no banco de trás. De um lado se sentou o grandalhão, do outro o gordo. O velho, ao volante. Quando chegaram à costa, estava clareando. Correa se angustiou, não se conteve e disse:

— Tenho certeza de que não vou reconhecer a ilha e que vocês vão me matar. Prefiro que já me matem logo.

Os capangas receberam essas palavras risonhamente. O velho lhes disse:

— Para ele não há motivo de riso. Vem de terra adentro e não gosta que o joguem na água.

Embarcaram. O gordo ia ao leme, conversando com o grandalhão; o velho e Correa se sentaram mais atrás. Correa estava muito assustado, muito triste e tiritando de frio. Os cortes no rosto ardiam e seu corpo inteiro doía. Sem saber por quê, fixou a atenção em um botezinho que levavam a reboque e em dois remos que havia na parte descoberta do barco. Quando chegaram à pousada La Encarnación, o velho disse:

— Descemos aqui.

Correa se levantou com uma agilidade surpreendente. Os outros deram risada. O gordo lhe disse:

— Não vá se animando, que ainda tem muito rio pela frente. Ele só estava lembrando que descemos aqui na noite em que o senhor viajou com seu comparsa, o doutor.

O velho se dirigiu ao grandalhão:

— Você pegou no sono logo depois?

— Não fiz por querer.

— Não é disso se trata. Responda à minha pergunta.

— Até a metade desse trecho, eu fiquei acordado, mas já começava a lutar contra o sono, o que é bem complicado.

— Meus parabéns. — Olhou fixo para Correa e lhe perguntou: — Em algum momento vocês trocaram de lancha?

— Não, por quê?

— Quanto tempo navegaram antes de descer na ilha?

— Pelo menos uns vinte minutos. Meia hora, sei lá. A ilha fica à direita.

— Olhe com atenção e fé, que vai achar.

Correa afirmou:

— Eu sempre achei que, procurando bem, a gente acha o que quer.

Em seguida se perguntou se o que acabava de dizer não seria perigoso.

— Assim que eu gosto — exclamou o velho dando uns tapinhas nas suas costas.

Correa pensou que o destino talvez estivesse lhe oferecendo sua melhor oportunidade. Parecia pouco provável que ele sozinho encontrasse a ilha, e, pelo jeito, era bom não contar com o doutor. Agora aqueles homens o forçavam a encontrá-la. O túnel o levaria a Punta del Este em um piscar de olhos, e ele aproveitaria o pasmo geral para escapar. Não haveria força no mundo capaz de impedir seu reencontro com Cecilia.

Considerou que, a rigor, podia não estar guardando o segredo do túnel tal como prometera; mas agia assim sob ameaça de morte e porque, agora, não podia mais prejudicar o doutor.

Na calmaria daquela navegação uniforme e sem novidades, Correa cochilou um pouco, até que o rio entrou em um trecho mais aberto, mais largo e de águas mais claras, onde apareceu na margem esquerda uma serraria e na direita uma plantação de álamos em fileiras intermináveis. Então (mas não imediatamente) Correa teve um sobressalto. Embora não pudesse identificar nenhuma paragem da costa, sabia que nunca tinha visto aquelas. Assustado, murmurou:

— Acho que já passamos.

O grandalhão se levantou, concluiu sem pressa sua conversa com o gordo, caminhou até Correa e o esbofeteou duas vezes.

— Já chega — ordenou o velho. — Faz a volta. — Dirigiu-se a Correa e lhe disse: — E você continue olhando.

Correa sentiu o rosto arder e se perguntou se diria àqueles facínoras o que estava pensando, sem medir as consequências. Quando finalmente falou, ele mesmo achou que se queixava como um garotinho. Disse:

— Navegando em sentido contrário, aí que vou me desnortear de vez.

— Haja paciência para aguentar suas histórias! — comentou o velho.

Depois (passada cerca de meia hora) conseguiu se acalmar e respondeu:

— Queria ver o senhor, sentindo-se como eu me sinto e com a ameaça de apanhar mais. Acho que estou completamente atordoado, senão já teria encontrado a ilha. Veja: no sentido em que estávamos navegando, ela ficava na margem direita; tem um embarcadouro de madeira podre, com restos antigos de pintura verde...

— Estou aqui pensando no que lhe aconteceu conosco. Como neste mundo todos mentem, nunca acreditamos em nada e, quando aparece alguém que diz a verdade, o castigamos. Agora acredito no senhor.

Correa continuou a explicação:

— Olhando em linha reta do embarcadouro para o fundo da ilha, o senhor vai ver, quase coberto pelas árvores, um casebre de madeira. Se caminhar uns cinquenta metros para a esquerda e entrar na parte mais cheia de árvores e vegetação, vai encontrar a boca do túnel. Lembre-se do que lhe digo: não é uma gruta, é um túnel.

O velho disse aos capangas:

— Agora deixemos este moço em casa, que ele já deve estar cansado.

— Só depois que nos levar até a gruta — disse o gordo.

O velho o atalhou:

— Não pedi tua opinião. — Dirigiu-se a Correa: — Vamos deixá-lo em paz, mas podemos contar com sua discrição, ou vai sair tagarelando por aí?

— Não vou falar.

Sabiam onde ele pousava: rumaram direto para a ilha de Mercader. Para atracar, o grandalhão manobrou tocando o fundo do rio com um remo. Sem acreditar por completo que aquela gente o deixaria em liberdade, Correa saltou no embarcadouro. Nesse instante, com súbita vergonha de si mesmo, lembrou-se de Cecilia e quis dizer ao velho que seguiria com eles, que os ajudaria a encontrar o túnel. Quando se virou para falar, chegou a ver um sorriso no rosto do homem, e já muito perto, molhado, reluzente e enorme, o remo. A dureza do golpe se confundiu com a queda no capim lamacento. A pancada foi muito forte, mas não terrível, porque ao ver o remo chegando ele jogou o corpo para trás. Não perdeu a consciência; por via das dúvidas, ficou imóvel. Quando deixou de ouvir o motor do barco, abriu um olho. Levantou-se, entrou na cabana, recolheu suas coisas, pegou a primeira lancha para o Tigre e o primeiro trem para Buenos Aires. Queria seguir viagem até sua província, para se sentir protegido e em casa, mas ficou em Buenos Aires, com a intenção de voltar ao Uruguai quando juntasse o dinheiro da passagem, porque acreditava mesmo que sem Cecilia não podia viver. Quando foi pedir um empréstimo a Mercader, este o alertou:

— Esqueceu que o governo proibiu as viagens ao Uruguai? Podemos talvez ir ao Tigre e falar com um lancheiro, desses que atravessam imigrantes, ou com algum contrabandista.

Correa respondeu: "Melhor não". Também não foi procurar o túnel. Para saber que existia, não precisava vê-lo. Quanto a comunicar seu conhecimento aos demais, parecia-lhe um esforço inútil. No seu devido tempo formou-se advogado, doutorou-se e, como tudo chega, aposentou-se como funcionário público. Homem pouco dado à aventura, de caráter tranquilo ainda que melancólico, só perdia o controle, segundo os amigos, em conversas que versavam sobre assuntos de geografia. Então Correa teria se mostrado, mais de uma vez, irascível e soberbo.

OUTRA ESPERANÇA

Comigo acontece tudo ao contrário. Enquanto as pessoas vão procurar trabalho em Buenos Aires, eu me abalei para este Hospital da Dor, uma chácara perdida no meio do campo. É verdade que daqui a Puente Ezcurra, de automóvel, são poucos minutos; mas não no meu caso, porque não tenho automóvel e os ônibus não chegam até aqui. Para tomar uns tragos na venda, tenho que castigar as solas em três quilômetros de terra ou de lama, com o sol rachando ou debaixo do aguaceiro, segundo os caprichos do nosso clima.

Isso era antes. Agora nem ponho os pés no pátio.

O emprego me atraiu pelo caráter humanitário. Mas desde já esclareço que não tenho particular admiração pelo gênero humano. Prefiro os animais, as vacas e os cavalos que pastam à beira do caminho, por exemplo. Se eles levantam a cabeça quando eu passo, devolvo o cumprimento. O que eu respeito, sim, é a caridade, porque sei que nunca consultam a pessoa na hora em que é trazida para uma vida onde a única coisa certa é a dor; mas nem sempre é fácil dar socorro a quem sofre.

Alguém me contou que isto aqui já foi sede de uma estância do tempo da colônia. O hospital fica em um casarão, com seu pátio interno de lajotas de barro, para onde dão três pavilhões. Neles distribuímos os doentes conforme a intensidade da dor. Os que sofrem menos ficam no pavilhão 1; os que sofrem intensamente ficam no 2 e os que só fazem gritar, no 3. Também há uns barracões onde ainda funcionam algumas dependências. Até algum tempo atrás, nossa principal fonte de energia era o vento; quer dizer, um velho moinho Hércules, que geme como se sentisse dor ao girar e que foi ultrapassado em altura pelos eucaliptos e pelas casuarinas. Um alambrado rodeia o bosque, salvo na banda do sul, onde o rio Matanza corre apertado entre barrancos a pique.

— Matanza. Que nome maldito — lembro que comentei com a enfermeira-chefe, a senhorita Noemí, no dia em que cheguei.

— O rio é que é maldito — ela respondeu. — Um enfermeiro, que entrou nele para nadar, foi tragado por um remanso.

Embora ninguém nos impeça de sair nas horas vagas, o pessoal se queixa de que vive aqui como em uma prisão. Eu acho que a culpa do nosso mal-estar é dos cachorrões pretos que o subdiretor solta na mata, assim que a tarde cai. Outra noite um colega, um humilde enfermeiro como eu, o Magro Santulli, afirmou que todo cachorro — e todo ser — é no fundo covarde, mas que o homem tenta esconder isso por vergonha. Logo me deu vontade de entreabrir o portão e, sem me arriscar muito, pôr à prova a coragem dos cachorros. Estava nessa conjuntura quando apareceu a enfermeira-chefe, que me alertou:

— São perigosos.

A senhorita Noemí, em uma louvável deferência, me convidou então para ir tomar um café na cozinha. Sem dar ouvidos à dolorosa ululação dos doentes — algo tão normal, nesta casa, como na praia o rumor do mar —, saboreamos a bebida refestelados em simples banquetas de pinho. Voltando ao assunto dos cachorros, a senhorita admitiu que o mastim constitui, atualmente, a única paixão conhecida do subdiretor. Até esse ponto, ela falou com moderação, mas ao se referir ao diretor tive a impressão de que a eloquência a transfigurava. Ergueu levemente a voz, para afirmar em um sussurro:

— É um gênio universal. Gênio da medicina, da compaixão e das invenções inauditas.

— Acima de tudo, um gênio da economia doméstica — respondi.

Sem dúvida eu falei assim recordando a penúria que sofríamos no tempo em que o moinho carregava os acumuladores. Não só meus olhos se irritavam ao ler o jornal à luz, ou penumbra, de uma lâmpada, como arriscava a vida ao comer algum alimento conservado na geladeira, que não gelava.

— Claro. Uma vez que não comprou o gerador, como vocês queriam. Evitou assim um aumento nos gastos, que teria pesado na conta dos doentes. Acima de tudo, evitou aquilo que o enfurece: a meia solução.

Procurei manter minha atitude.

— Enquanto isso — eu disse —, apertamos o cinto.

— Enquanto isso — ela replicou —, o diretor encontrou uma forma de produzir energia barata. Hoje falta eletricidade?

— Não.

— Ainda assim, a maledicência continua.

Falou com uma amargura tão profunda que lhe prometi:

— Da minha boca não a ouvirá.

— Obrigada — respondeu.

O eco da conversa com a enfermeira-chefe fervilhava no meu cérebro como um espumante que, se não for aberto, explode. Para me acalmar e tentar enfim conciliar o sono, comentei o assunto, de beliche a beliche, com Pablo De Martino, que cuida da limpeza. O senhor precisava ver como ele se zangou. Esclareço que De Martino é um rapaz de grande trato, oriundo de González Catán, zona Ranchos, onde não lhe faltou ocasião de frequentar personagens que logo fariam carreira na política; como, para ficar apenas em um exemplo, o doutor Solimano, atual prefeito de Puente Ezcurra.

— A enfermeira-chefe está coberta de razão — afirmou De Martino. — Trabalhar sob as ordens de semelhante sábio é uma honra que nem todos merecem. Quem é você para lhe negar a devida reverência?

Desconsiderou minhas desculpas e exaltou o significado social do nosso hospital, obra sublime de um homem que eu menosprezava gratuitamente. Não existe nada tão terrível, afirmou, quanto a dor física. Até ontem mesmo, a medicina, para aliviar as dores de uma doença, lançava mão de drogas que, sem aplacá-la por completo, provocavam males colaterais. Então chegou nosso sábio e fundou este Hospital da Dor. O estabelecimento não se impôs da noite para o dia. De início, mesmo que a pessoa padecesse de uma dor de pouca monta, entrava sem maiores dificuldades e ao cabo de uma semana voltava, feliz da vida, para sua casinha. Hoje a multidão se amontoa às nossas portas, por assim dizer, e o diretor se vê obrigado a triar os doentes. Claro que franqueia a entrada apenas àqueles que recebem a qualificação de Grandes Dores. A estadia habitual no nosso hospital passou de uma semana a quatro e, às vezes, a cinco. Se o diretor pensasse no lucro, passados poucos dias esvaziaria os leitos, *manu militari*, para receber novas levas.

Quando Pablo De Martino concluiu sua tirada, mal contive o arrebatamento. Pedi desculpas, pedi que ele me desse uma oportunidade de provar a devota gratidão que daí em diante eu professava pelo diretor. No auge da exaltação devo ter batido palmas, porque De Martino me lançou um olhar de censura e o Magro Santulli desceu do seu beliche para vir, arrastando-se como um verme, até nós.

— Qual é a jogada? — perguntou.

Informei-o detalhadamente sobre o que eu conversara com De Martino e, antes, com a enfermeira-chefe. De Martino me lançou um segundo olhar de recriminação, enquanto o Magro despertava nossa curiosidade com as palavras:

— Tem muito mais.

— O quê? — perguntamos.

— O subdiretor finalmente percebeu que isso aqui é uma mina de ouro e está preparando um golpe de Estado. Será a típica revolta palaciana.

Exclamamos "Não pode ser!", para em seguida admitirmos a verossimilhança da notícia. Na verdade, todo mundo no hospital assaca as deficiências ao subdiretor, que é quem aparece e dá a cara, e exime de responsabilidades o diretor, que vive recluso no laboratório.

— A eterna inveja do subordinado — sentenciou De Martino.

— A incompreensão do inferior — apoiou o Magro.

Acrescentei como quem contribui com uma prova irrefutável:

— Não à toa ele trouxe os cachorrões.

Como sempre, a manhã começou com a estridente campainha e o precipitado esparramo do pessoal, que passa sem um respiro do sono à frieza do jato d'água, à tepidez da roupa, ao calor do chá-mate e ao suor do trabalho.

No refeitório, durante o almoço, De Martino, o Magro e eu aproximamos nossas cabeças de modo significativo e falamos sem parar. Parecíamos três conspiradores. De Martino afirmou que a informação transmitida pelo Magro o inquietara a tal extremo que, naquele mesmo dia, ao cair da tarde, quando o subdiretor soltasse os cachorros e empreendesse sua indefectível ronda pelos pavilhões, ele compareceria à direção.

— Para quê? — perguntei, desorientado.

— Para apostar no tudo ou nada — afirmou. — Vou pôr o diretor a par da situação.

Obviamente, fiquei muito animado com a revelação do plano. Quando a enfermeira-chefe, em visita de inspeção, me soltou um "Tudo bem?" displicente, respondi de pronto:

— Tudo ótimo. Melhor impossível!

— Que bom — devolveu.

Como sei que mulher é um bicho movido a curiosidade, provoquei:

— Não pergunta o porquê? Logo vai saber, logo vai saber! Esta noite choverão as boas-novas!

Olhei para ela com ares de mistério e mergulhei no trabalho.

Na hora do jantar, um fato inexplicável me alarmou, qual seja a ausência de Pablo De Martino. O Magro também dava mostras de estar abalado; ou, mais exatamente, abstraído e esquivo.

— Onde será que ele está? — perguntei-lhe.

Ele respondeu no mesmo instante:

— Peço por favor que não falemos nisso.

Pelo tom que ele usou, pelo modo como me deu as costas, interpretei seu pedido como um terminante "Não falemos", sem mais. É evidente que não entendi, nem perdoei, tão inopinada mudança de atitude em um companheiro que até pouco antes eu considerava, de certo modo, meu cúmplice.

Cabisbaixo, recolhi-me ao dormitório. Agitava-me um temor vago porém crescente. Por que De Martino não voltava? Teria caído em uma cilada? Falaria sob tortura? O resto dos conjurados corríamos perigo? Mesmo recordando que estávamos em um hospital, e não na seção especial da polícia, rolei longamente na cama, até que, quando meus olhos já iam se fechando de cansaço, De Martino chegou.

— Estou moído — anunciou. — Tanto que não tenho a menor vontade de falar no assunto.

Ouvi essas palavras com secreta satisfação, porque o sono era mais forte que a própria curiosidade. Com uma vozinha que me pareceu hipócrita, respondi:

— Promete que amanhã você me conta tudo.

— De jeito nenhum. Não vou faltar com meu dever de te manter informado.

Eu não podia acreditar no que ouvia. Protestei:

— Mas você disse que não tinha vontade de falar.

— O que eu disse não interessa. Nesta empreitada estamos juntos, do princípio ao fim. Aconteça o que acontecer.

Acho que ele disse "Aconteça o que nos acontecer". Respondi:

— Está bem.

Não sei por que perdi um pouco o sono. O fato é que sua explicação virou do avesso o juízo que eu tinha das coisas. Virou-o do avesso como se fosse uma luva. Ele disse:

— Nem cheguei à diretoria, porque o subdiretor me apanhou no caminho. Imagina a minha cara.

Perguntei:

— Ele suspeitou de alguma coisa?

— Como não suspeitaria?

— E você, o que fez?

— Sou um impulsivo. Não me contive. Falei tudo.

Senti um frio na espinha, como se o lençol tivesse virado mortalha.

— Tudo? — repeti.

— Praticamente. Inventei que tivemos um pressentimento.

— Um pressentimento?

— Isso mesmo. De uma coisa horrível.

— E ele acreditou?

— Disse que acertamos. Pasme: ele se abriu comigo. Contou que o diretor é um personagem diabólico.

— E você acreditou?

— Alguns detalhes, dos quais vou te poupar, acabaram me convencendo. Os cachorros, por exemplo.

— Eu achava que os cachorros…

— É ele que os ceva e os solta, mas forçado pelo diretor, que manipula todo mundo como seu fantoche. É um monstro: quando não te engana, te põe de joelhos.

— Por mais monstro que seja, não sei por que ele me poria de joelhos.

— Para sugar até teus últimos trocados. Juram que é um monstro dos mais gananciosos. Com a dor dos doentes está construindo um belo chalé em Pocitos, para se aposentar com sua amásia.

— Com sua o quê?

— Com sua amásia. A enfermeira-chefe.

Observei sinceramente:

— Não estou gostando dessa história.

— E era para gostar?

— Vamos fugir? — perguntei, descendo do beliche.

— Os cachorros estão soltos.

Insisti:

— Não estou gostando nem um pouco dessa história.

Minha voz saiu como um gemido.

— Não podemos perder as esperanças — ele disse. — Quando contei para o subdiretor que tenho amizade com o prefeito, ele segurou nas minhas mãos e me pediu que o procurasse imediatamente, para pedir, por favor, que nos prestasse apoio. Com os cachorros soltos, eu não saio, falei. Ele então me acompanhou pessoalmente até o portão e me prometeu que, para eu poder entrar de volta, à uma em ponto ia prender os bichos por um tempinho.

Perguntei:

— E no fim você falou com o senhor prefeito?

— Falei, sim. E mais: sua cordialidade contagiosa me reanimou. Conversamos de igual para igual, acomodados em grandes poltronas, fumando. Ele me escutou com atenção e me deu sua palavra de honra de que amanhã o veremos comparecer ao hospital.

Notícias tão boas devem ter relaxado meu sistema nervoso, porque adormeci. Em sonhos eu continuei ouvindo De Martino, que falava sem parar.

Começamos o dia seguinte com um sentimento de ansiedade.

— Você acha que ele vem mesmo? — eu lhe perguntava quando nos encontrávamos.

No início De Martino respondia "Como você pode imaginar que não?". Depois, "Ele deu sua palavra". Por fim, "Se vier, será a vitória".

— E se não vier?

Ele ficou pálido e disse:

— Não quero nem pensar.

Estávamos à mesa quando ouvimos as motocicletas da escolta. Na mesma hora nos precipitarmos até a lucarna, mas mal chegamos a discernir a diminuta figura do gordo Solimano no exato instante em que entrava no hospital.

De Martino comentou:

— Não perde tempo.

— Hurra — gritei. — Cantineiro, três garrafas de vinho! Eu pago!

Era inacreditável: De Martino e o Magro se mostravam indecisos. Por fim consegui convencê-los, e já estávamos no melhor das nossas libações quando o alto-falante nos aturdiu com o pedido de que a enfermeira-chefe comparecesse à diretoria. Depois de piscar um olho, abordei a senhorita para lhe dizer:

— Não fará uma desfeita a três humildes companheiros.

— Só faltava — respondeu.

— Nos acompanha em um brinde?

Ergueu um copo e perguntou:

— A quem?

— A senhorita, ao senhor De Martino, ao senhor Santulli e a este seu criado — apontei para cada um dos citados. — Nós, à senhorita.

Ela bebeu e saiu. Acho que então De Martino disse a Santulli:

— Ainda bem que ele não botou o subdiretor na dança.

Eu não entendia. Acho que bebemos além da conta, porque não me lembro de ter realizado nenhuma tarefa entre o almoço e as dez horas da noite, quando acordei no beliche. Instintivamente olhei para onde De Martino devia estar. Não estava. Pensei que devia ter ido até Puente Ezcurra, para ultimar algum detalhe. Ou naquele mesmo instante estava sendo nomeado interventor do hospital. As horas passavam, comecei a me inquietar e, de tão preocupado, tive um pesadelo. Agora que penso nisso, o que me aconteceu então é bem estranho. No sonho me lembrei de tudo o que De Martino me disse na noite anterior, enquanto eu dormia. Em resumo, ouvi: chegou um dia em que o diretor duvidou da sua obra, da qual ele tanto esperava. No fim das contas, os meios para aplacar a dor fracassavam, e ele se perguntou se o hospital não se revelava um monumento à sua inépcia. Uma tarde, quando estava mais desesperado, calhou de passar junto à cama de um doente que lhe disse:

— Parece inacreditável que um corpo tão fraco como o meu possa produzir uma dor tão forte.

Daí a enxergar a dor como uma energia desperdiçada era um passo — o passo de um gênio, sem dúvida — que se complementaria com outro, mais difícil ainda: o de encontrar o modo de captar e aproveitar essa energia. Atualmente, para a iluminação e para o maquinário do hospital — desde um simples aspirador de pó até os grandes aparelhos de eletroterapia —, usa-se unicamente a energia produzida, sob a forma de dor, pelo corpo dos doentes. Para essa obra de utilidade pública, foi preciso estender moderadamente os tratamentos, mas não trocar as drogas prescritas nem alterar as doses.

Permita-me assinalar o valor humano dessa grande conquista do progresso, que dá um sentido, uma utilidade, à dor. Com efeito, para os doentes, e até para os médicos, até agora havia muitas dores inúteis, meros alertas para males que a ciência contemporânea é incapaz de curar. Por outro lado, saber que nossa dor tem alguma serventia não é o mais belo dos consolos?

De manhã, a campainha truncou meu sonho, que, como já disse, era apenas a reprodução, por algum misterioso mecanismo da memória, de tudo o que De Martino me explicara. Embora eu soubesse perfeitamente que depois de ouvir a campainha não podemos nos distrair, quis contar àquele meu companheiro o estranho fenômeno que acabava de acontecer comigo. Seu beliche estava vazio; as cobertas, em ordem. Com redobrada apreensão, pensei: aí não dormiu ninguém.

Depois, no trabalho, olhei furtivamente para todos os lados, na esperança de encontrá-lo. Tampouco achei Santulli.

Ao meio-dia apareceu uma turma de operários da prefeitura que, segundo meus informantes, abrirá valas e estenderá cabos entre o hospital e Puente Ezcurra. As mesmas fontes declaram que, na reunião da véspera, Solimano e nosso diretor chegaram a um perfeito acordo sobre a conveniência de trazer energia elétrica da cidade. Eu me permiti duvidar dessa notícia, porque é pública e notória a falta de energia que aflige Puente Ezcurra e toda a Zona Oeste.

Trabalhei muito bem durante essa tarde, sem o menor sintoma de comprometimento da saúde, ainda que preocupado com a ausência dos amigos De Martino e Santulli. Por fim me encontrei a sós com a enfermeira-chefe. Não me contive e lhe disse:

— Ouvi dizer que vão trazer a eletricidade de Puente Ezcurra.

— É o que parece — respondeu.

— Sabe de uma coisa? — continuei. — Eu acho que vamos é levar a eletricidade do hospital para lá.

— Muito interessante — respondeu. — Agora eu também vou lhe contar uma coisa.

— Conte — eu disse.

— Ontem à noite, seus amigos De Martino e Santulli caíram doentes. O mesmo aconteceu com o subdiretor.

Reagi atemorizado:

— Não pode ser!

— Como não pode ser? — perguntou como que ofendida por eu duvidar da sua palavra. — Quer vê-los?

— Não, não — respondi.

— Se quiser, eu o levo lá — insistiu. — Estão no salão das Grandes Dores.

No refeitório, naquela noite, o cantineiro me confirmou, tim-tim por tim-tim, a informação que a enfermeira-chefe me dera. Eu quase não o ouvia, embotado que estava por uma incompreensível sonolência. Na manhã seguinte, fui acordado pela dor. A senhorita Noemí, que se achava junto à minha cama, teve palavras de consolo das quais nunca me esquecerei. Explicou que por ora eu seria atendido no salão 1, reservado àqueles que como eu sofrem dores relativamente suportáveis, e me garantiu que, se eu me comportasse como devia, não corria o menor risco de ser transferido para o salão 3, onde os amigos reclamavam minha presença. Pediu-me que, de boa-fé, eu lhe dissesse se minha dor era suportável ou não. Quando respondi que era, sim, ela me prometeu que em quatro semanas, no máximo, eu retomaria minhas tarefas e me aconselhou a não falar, porque nem todo mundo hoje em dia está preparado para entender a medicina social.

Por via das dúvidas, envio-lhe esta verídica narração dos fatos.

UMA GUERRA PERDIDA

Para Juan Osvaldo Viviano

Minha mulher e eu falávamos de tudo. Embora fosse bastante feliz ao seu lado, deixei-a para ficar com Diana, em cujo caráter adivinhei uma combinação de instabilidade e firmeza que me atraiu.

Durante anos vivi com Diana, falando de tudo (porque a intimidade não consiste apenas em se despir e se abraçar, como as pessoas ingênuas imaginam, mas em comentar o mundo). Uma tarde, em um cinematógrafo, Diana mencionou as dunas. Mencionou-as tão de passagem que agora inevitavelmente me pergunto por que recordo aquele momento. Nada esclarecerei reconhecendo que o assunto era insólito, porque o insólito e o inopinado se associavam com facilidade a Diana. Ela via a si mesma como uma pecadora decente, propensa aos tropeços, e noite após noite chorava no meu peito as culpas de ter um amante e de enganá-lo. Começava a me cansar esse ciclo de lágrimas e tropeços, quando nossa situação se agravou por causa de um técnico em fixação de dunas. Diana, que o conhecera não sei onde, logo se tornou sua discípula fervorosa e, com essa boa-fé das mulheres que sempre nos desconcerta um pouco, empenhou-se em nos reunir. Naquela época a resignação era para mim uma segunda natureza, de modo que concordei com tudo o que me pediram, inclusive me deixar envolver em um projeto de viagem à costa atlântica, para procedermos a um exame crítico, sobre o terreno, dos trabalhos de fixação de dunas empreendidos, com seriedade muito relativa, pelo governo da província. Eu conversava sobre essas coisas como se me interessassem.

Faltava uma semana para a viagem quando conheci Magdalena. Certo de que ela me tiraria do lodaçal em que estava afundando, considerei-a minha predestinada salvadora. Para essa missão, dois atributos a tornavam particularmente apta: a beleza (dourada, rosada) e a juventude. A seu lado, falando de tudo, vivi despreocupado, até a noite em que ela me disse que se matriculara em um curso. Procurei, por um tempo, não entender.

Por ocasião do seu aniversário, chorou de gratidão ao receber meu presente e ressaltou a impossibilidade de agradecer devidamente meu amor, já que só por amor eu adivinhava seus mais íntimos desejos. Acrescentou que, se eu quisesse lhe dar o presente que ela desejava mais intimamente, também me matriculasse no referido curso. Confesso com melancolia: não conseguiu o que queria. Em compensação, concordei em debater as vantagens e desvantagens da fixação mediante tamarindos ou sina-sinas; da plantação de coníferas e até de árvores de outras espécies; a necessidade de paliçadas; o método e posicionamento da paliçada móvel… Também discutimos, com reverência, a personalidade de Brémontier e analisamos brevemente o mérito de alguns dos seus discípulos, como Billandel, sem poupar elogios aos fiéis nem reprovação aos heréticos e renegados.

Quando Mercedes apareceu, logo a comparei com uma camponesa e uma odalisca. Tomei-a por inocente (assim como a primeira) de certos recôncavos da alma e me pareceu tentadora (assim como a segunda) pela brancura da pele e pelo fulgor escuro do cabelo e dos olhos. Se mal não recordo, aventurando uma metáfora que então me pareceu atraente, pensei: "A singeleza da sua índole me protegerá, como uma paliçada, dos maus ventos que já se levantam"… Não indaguei a firmeza de tal proteção, pois me lembrei de Dom Quixote e do seu elmo e disse a mim mesmo que as aparências enganam, que até mesmo as cordilheiras, no compasso das eras, se movem como simples dunas. Pensei também que a mudança — pelo simples fato de ser isso, uma mudança — constituía uma vantagem suficiente.

No início vivi agradavelmente com Mercedes, porque toda pessoa é um mundo e porque sempre me interessei pela gradual exploração dessa particular espécie de mundos que são as moças. Um aspecto do caráter de Mercedes me surpreendeu, e até me pareceu divertido: o culto dos antepassados, cujas deprimentes fotografias, testemunhos de mortalidade, pululavam no nosso dormitório. Presidindo a cama, de cima do alto espaldar, contemplava-nos, emoldurado em ovalado mogno, um senhor de ar respeitável e antigo.

Obviamente chegou o dia em que eu soube que a moça se matriculara em um curso de fixação de dunas. Como a coitadinha não se destacava pela curiosidade intelectual, demorou a assimilar a sutil complexidade do sistema e com frequência cometia erros, que eu me apressava a corrigir. "Não", eu a atalhava, tentando ocultar a soberba. "Por favor, não confunda paliçada móvel com dunas de proteção, também chamadas litorais. Não esqueça o princípio fundamental: a plantação, por motivo algum, ficará exposta a ventos que sopram através de um setor de areias ainda não fixadas."

Enquanto mantive meu papel de professor, essas longas considerações me entretiveram; no de aluno (Mercedes, com suas três aulas por semana, finalmente progrediu), não as suportei. Para piorar, descobri que o personagem do retrato ovalado, sobre a cabeceira da cama, não era um parente dela. Sem dúvida, eu mesmo me enganara, mas me senti vítima de uma impostura. "Então não é teu avô?", perguntei, magoado. "É muito mais que um avô", ela replicou. "É o pai da fixação de dunas." "Brémontier?", indaguei em um murmúrio. "Brémontier", ela respondeu. Virei-lhe as costas.

Na solidão do meu escritório, eu pensava: "Evidentemente, o acaso me lançou nessa maré ruim... Só me resta esperar até que ela que passe". Ou quem sabe, mudando tanto de mulher, como diz o tango, envelheci. Envelhecer e distrair-se (como se sabe) é a mesma coisa. Enquanto eu me distraía, o mundo mudou, encheu-se de fixadoras de dunas e, por mais que eu fizesse cara de interesse para agradar Mercedes, o assunto me entedia. Não apenas me entedia; me irrita. Se toda mulher se dedicar a fixar dunas, diminuirá a variedade de mulheres. (Mas já não existem precedentes? Os filósofos, ao classificar a realidade, não a empobreceram?) Em todo caso, a história conheceu muitas obsessões não menos universais.

Eu não queria me entregar à impaciência, mas desembocava sempre na conclusão de que não se ganha nada fingindo ser outro... Não são patéticos e ridículos os velhos que se fantasiam de jovens? A conclusão da minha conclusão era evidente: se o tema da fixação de dunas me contrariava, restava-me a alternativa de romper com Mercedes e reatar com minha mulher.

Pensei, para me animar: "Eu a abandonei por umas doidas. Ela tão distinta!". Minha mulher me recebeu muito bem, com o chá servido, na confeitaria onde marquei nosso encontro, mas não demorou a me prevenir: "Não poderemos morar na nossa antiga casa, porque a vendi. Além disso quem, em sã consciência, mora hoje em Buenos Aires?". Acrescentou que havia comprado uma casa defronte ao mar, em meio às dunas, que nos dedicaríamos a fixar assim que chegássemos. Para se distrair da solidão em que eu a deixara, estava fazendo, à tarde, um curso coordenado por um técnico amigo da Diana. Perguntei alarmado desde quando as duas se frequentavam. Diana e ela haviam se sentido ligadas como se tivessem algo em comum. "Aviso que ela te conhece perfeitamente", declarou. "Ela te ama, mas te chama de neurótico. Pior ainda: de psicopata. Te acusa de ser incapaz de amar. Disse também uma frase muito estranha, muito engraçada e, tenho certeza, muito injusta. Disse que é só você ver um técnico em fixação de dunas que já põe sebo nas canelas." Como não queria desiludi-la tão rápido, reprimi qualquer objeção e aceitei seus planos.

Ostende, 15 de agosto de 1971.

O DESCONHECIDO ATRAI A JUVENTUDE

Luisito Coria, que trabalhava com os irmãos no sítio materno, sempre teve atração pelo Rosário; mas como a capital da província parecia fora do seu alcance por causa da distância e do tamanho, Luisito sonhava com uma cidadezinha próxima, que era suficientemente grande, pois superava La California em importância (sem alcançar Casilda), e suficientemente desconhecida e prestigiosa, pois a vigilância protetora exercida pela mãe fazia das quatro léguas de estrada um obstáculo difícil de superar.

Quando o rapaz completou vinte e um anos, em fevereiro de 1930, a mãe lhe disse com a solenidade que a ocasião exigia:

— De hoje em diante, você é um homem. Se é tua vontade ir para a cidade, não vou fazer nada para impedir. Mas isso sim: tudo o que eu posso te dar é minha bênção, um conselho e uma carta para *don* Leopoldo.

Redigida pela irmã mais velha, que estudou na escola normal, a carta ia dirigida ao arrendador *don* Leopoldo Medina, que ela chamava "Meu compadre", e continha o pedido de "ver de conchavar meu filho Luis, portador da presente, na sua prestigiosa casa de leilões e feiras".

Luisito perguntou:

— E o conselho?

— Prudência, meu filho. A cidade está cheia de malandros.

Ele partiu no dia seguinte, de madrugada, com um dos irmãos na garupa, para levar o malhado de volta. Chegaram cedo. Como a casa ainda estava fechada, esperaram um bom tempo encostados no alambrado. Luisito confirmou o que já sabia: as instalações ficavam nas bordas da cidade. Preferia que não fosse assim.

Finalmente chegou um homem, que abriu a porta; poucos minutos depois entrou uma senhorita gorda e, por último, em um automóvel fáeton duplo, *don* Leopoldo, o patrão. Era um velho de baixa estatura, gestos ligeiros, rubicundo, de paletó de lustrina, calças de montar, polainas de couro amarelo.

Don Leopoldo recebeu Luisito no seu escritório e lhe perguntou pela mãe, a quem se referia ora como "a senhora sua mãe", ora como "minha comadre Filomena". Sentado na poltrona principal, abaixo do retrato de um senhor de outros tempos, barbudo e parecido com ele, leu a carta. Armou um cigarro, acendeu-o, deu uma ou duas lentas tragadas e declarou:

— Um pedido da minha comadre é uma ordem. Você começa como peão, a vinte e cinco pesos por mês. Vai ficar no barracão atrás dos últimos currais. Lá estão teus companheiros de preguiça, Rafael e um cordovês chamado Flores. Domingo que não tiver feira, você folga.

Luisito se despediu do irmão e disse:

— Conta lá em casa que estou praticamente morando na cidade.

Ótimos rapazes, Rafael e o cordovês Flores logo se tornaram seus velhos amigos. Rafael lhe disse:

— Pena que você não chegou na semana passada. Teve uma pantomima no salão da Patria degli Italiani. Foi de morrer de rir.

O cordovês completou:

— Botaram umas tábuas por cima do tanque de água da pantomima para cruzar de parte a parte. Depois veio um mágico e pediu um voluntário. Um homem da plateia foi lá; aí vendaram seus olhos e fizeram que ele rodasse feito pião, até ficar tontinho de tudo. Depois o mágico, sem dizer nada e só com a força do pensamento, como explicou, mandou o voluntário atravessar por cima daquelas tábuas. Quando o homem estava para cair e o povo já gritava festejando a molhadeira, o mágico o segurava e aprumava, como se o levasse pelas rédeas, só que não tinha rédea nenhuma, era só a força do pensamento, e mais nada.

Com Rafael, aprendeu a montar de um salto, sem tomar impulso nem dobrar as pernas. De Flores, que tinha estudo, imitou o costume de ler o jornal. De início se concentrou especialmente nas notícias policiais e na página de esportes.

Trabalhava a cavalo, apartava o gado e o distribuía nos currais. Quando tinha folga, passeava pela vila, quando não sozinho, com um dos companheiros. Tudo o deslumbrava, tanto a gravidade arquitetônica da igreja e do Banco de la

Nación como a profusa animação da rua San Martín, da praça e do café. Nos bilhares deste, que ele espiava da calçada, circulava pisando forte um homem digno de admiração: o grande Bilardo, célebre pela janotice, pela fama de pagar bebida para meio mundo e por certa prosápia, própria de um homem seguro do seu poder. Com Flores, Luisito mais de uma vez tresnoitou na praça só para assistir à saída do personagem. Os dois rapazes o viram então empunhar o volante de um infindável automóvel, que se afastava como se flutuasse sobre o luxuoso arabesco das suas rodas com raios de arame, cor de laranja. E imitaram espontaneamente os rugidos e estouros do escapamento aberto.

— De onde será que ele tira tanto dinheiro? — perguntou um irreverente com uma gargalhada.

Com sincero interesse, Coria repetiu a pergunta para o amigo. Este, que como portador da bandejinha do mate circulava pelo escritório da firma, ouvira dos próprios lábios de María Carmen, a senhorita gorda que trabalhava lá, o rumor de que Bilardo capitaneava a sede regional de uma sólida sociedade, ou comandita, de socorros mútuos, com tentáculos na província e em toda a República. Sobre os tais tentáculos, o próprio cordovês ouvira uma conversa bastante animada entre o patrão e um tal Galiffi, ou Galtieri, grande atravessador de cereais para uma casa do Rosário.

Mais tarde, quando se estirou sobre as mantas de uma sela, enfim a sós consigo mesmo, Luisito passou em revista as novidades da semana, a mais agitada de que tinha memória, e logo chegou a uma conclusão: com dinheiro aos montes, qualquer um leva uma vida de luxo e regalo; e a uma decisão: na primeira oportunidade, falaria com Bilardo. Esses pensamentos lhe proporcionaram uma alegria inusitada, e adormeceu satisfeito.

Muito confiante, esperou a oportunidade, que surgiu no domingo, pouco antes de o leilão começar, quando Bilardo (de roupa preta tão impecável que em um primeiro momento Luisito se perguntou se não devia lhe dar os pêsames, para ficar bem) examinava um lote de mestiços de corrida, que tinham trazido de uma estância. A ocasião era propícia: o público se amontoava junto aos currais, de modo que Bilardo e ele estavam sozinhos naquela parte das instalações. Como não queria que ninguém o visse conversando com ele e pudesse pensar que estava acertando uma propina, falou sem rodeios:

— Com licença, senhor Bilardo.

— Diga.

— Queria lhe pedir que me dê uma mão nessa comandita que o senhor tem.

Bilardo endureceu o olhar e comentou com ar de indiferença:

— Não sei do que você está falando.

— Ora, senhor, da sociedade de socorros mútuos.

— Você pelo menos parece discreto.

Luisito o olhou sem entender, mas logo recuperou o prumo e disse:

— Estou às suas ordens.

— Como é que diz? Advirto que não perdoamos quem falha conosco.

— E por que eu falharia? — perguntou muito sério.

O outro sorriu, ou simplesmente moveu os lábios, para dizer:

— Bom, se aparecer alguma coisa, eu te aviso.

Os dias se passavam sem novidades, mas Luisito não perdia a calma. Finalmente, em uma grande venda de gado de marca única, Bilardo apareceu e mandou o rapaz lhe trazer uma garrafa de Bilz. Era um pretexto para falar com ele.

— Vamos fazer uma experiência — disse.

— Às suas ordens.

— Você dispõe de espingarda?

Luisito conseguiu balbuciar um não.

— Então compra uma.

Talvez não tivesse dinheiro suficiente, mas, para não criar problemas, respondeu:

— Está bem.

— Como é que diz? Você vai dar um jeito no velho. Claro que é preciso andar com pés de lã. Me acompanha?

— Acompanho.

— O velho dispõe de espingarda?

— Que velho?

— Aprovo a discrição, mas te aviso: uma hora eu canso. O Medina dispõe ou não dispõe de espingarda?

— Acho que sim. Diz que na mocidade foi amigo da caça.

— Então é melhor você acabar com ele usando sua própria espingarda. Você se dá bem com o velho?

— Perfeitamente. Por quê?

— Melhor assim, melhor assim. Como é que diz? Você o despacha como bem entender. Está me acompanhando? De espingarda, para ficarem sabendo que foi a sociedade: é bom terem medo de nós; mas com a espingarda de *don*

Leopoldo, não com a tua, para ninguém saber que foi você e não te pegarem logo. Entendeu?

Ia fazer umas perguntas para ver se tinha entendido mesmo, mas achou melhor não dizer nada. Quando estivesse sozinho avaliaria toda a situação.

— Perfeitamente.

— Se por azar te pegarem, confia na nossa ajuda, mas sem mencionar a gente, porque senão você sabe o que te acontece. Claro que não vão te pegar e, mesmo sendo só um primeiro biscate, vamos te dar uma recompensa. E das que tiram da pobreza, ouve bem! Agora raspa ligeiro, que só falta me verem falando com você.

Nessa noite Luisito não encontrou ocasião para refletir. O dia fora tão cansativo que, na escuridão em volta do fogo, na hora de jantar, seus olhos se fechavam e chegou a sonhar com Bilardo e *don* Leopoldo. Como sabia o que devia fazer, não se preocupou: era só encontrar a melhor maneira e, para isso, na noite seguinte, repassaria o assunto a fundo. Tomada a decisão, adormeceu tranquilo sobre um pelego.

Também o dia seguinte foi de muita lida, e à noite, quando estava junto à bacia lavando mãos, pés e nuca (a mãe lhe ensinara que sempre devia fazer isso antes de comer), *don* Leopoldo o chamou.

— Vou dar um pulo em La Edina, do Miles — explicou enquanto armava o cigarro com uma habilidade que Luisito achou admirável. — Preciso de um voluntário para abrir as catorze porteiras, ida e volta. Você vem comigo.

— O senhor que manda.

— Vamos de carro. Sabe que aquele malandro que se apresenta como atravessador outro dia me apareceu montado em um Rugby igualzinho a este aqui? Estranhei e achei até que ele tinha roubado o meu. Vai no banco de trás, porque essa porta aí da boleia, depois que abre, não fecha mais, e com tanta porteira no caminho você vai ficar pulando feito raineta.

Apesar de não entender todas as palavras, pensou: "Comparação ruim".

— Posso tirar essas coisas?

O banco estava coberto de chaves inglesas e outras ferramentas.

— Faz o que quiser.

Primeiro só as afastou um pouco, mas como pulavam com o sacolejo do carro, pôs as ferramentas no chão.

Era noite de lua cheia. Luisito observava *don* Leopoldo: seu cabelo raleava na nuca e o cachaço era todo atravessado de linhas que realmente pareciam mais apropriadas para a palma de uma mão. *Don* Leopoldo pagava bem, não mesquinhava a comida e o trabalho não era esfalfante. Claro que, se *don* Leopoldo abria a boca, insultava; mas e daí? Os velhos, quando tinham autoridade, eram todos assim.

Chegando a La Edina, Luisito esperou no carro, dormindo. Teve um sonho muito agitado, que não recordava. Disparates, sem dúvida.

Quando tomaram o rumo de volta, o patrão lhe contou:

— Fui lá avisar o Miles, que é uma ótima pessoa, sobre nosso amigo o atravessador, que é gente do Bilardo. Com isso já digo tudo. Um canalha.

Por lealdade à sociedade de socorros mútuos, Luisito se ofendeu. "Ele não devia me provocar. Ainda mais me oferecendo a nuca, e eu com a chave inglesa na mão."

A chance parecia de encomenda. Ninguém sabia que ele acompanhava o patrão. Ninguém o vira sair. Não cruzaram vivalma em todo o caminho. Bastava um golpe na nuca e escapar a pé. Rafael e o cordovês, famosos pelo sono pesado, não acordariam por mais barulho que ele fizesse. Não deixaria rastros comprometedores nem daria lugar a suspeitas. Bilardo ficaria contente.

Fantasiava desse modo porque não tinha a menor intenção de atacar *don* Leopoldo. Sua mãe o respeitava extraordinariamente, e Luisito sentia muito orgulho quando os ouvia se chamarem de "meu compadre" e "minha comadre". "Se por desgraça eu matasse o velho", pensou, "ia ficar com um remorso horrível. Bastaria um homem armar um cigarro perto de mim para me aparecer a imagem do falecido."

Nesse momento, o "falecido" comentou:

— Se as pessoas de bem não nos unirmos, a canalhada toma conta. Que o tal Bilardo não me apareça no próximo leilão, porque senão, a meu pedido, você vai ter que escorraçar o tipo com o cavalo.

Chegaram. Luisito desceu nas instalações de leilões e feiras e o patrão seguiu para sua casa.

Na noite seguinte, Luisito foi à cidade, sem acompanhantes. Através da vidraça do café avistou Bilardo no salão e ousou entrar. Encostou-se no balcão e pediu uma cana, que bebeu lentamente. Pouco depois, como não tinha certeza se Bilardo o vira, começava a se perguntar se não seria melhor ir até sua mesa. Enquanto refletia, ouviu bem perto a voz de Bilardo, que lhe ordenava em um sussurro, mal reprimindo a irritação:

— Fora, no meio da praça, em um banco. Vou daqui a pouco.

Em um primeiro momento, Luisito pensou que Bilardo tinha gritado "Fora!", como quem enxota um cachorro. Em seguida se deu conta de que não era isso, que dissera apenas — mas com raiva — que fosse esperá-lo fora, na praça.

Pagou e saiu. Felizmente já não havia mais ninguém na praça. Escolheu um banco em frente ao busto do prócer. Para se distrair observou os canteiros bem cuidados, as trilhas de cascalho que levavam ao busto, as arvorezinhas novas. Encolheu-se, tentando talvez se agasalhar com a jaqueta campeira, curta e leve, e pensou que é curioso como o frio é mais forte no descampado. Tinha cabeceado mais de uma vez, quando chegou Bilardo.

— Como é que diz? Você estava me procurando? Quero acreditar que ainda não liquidou o velho.

— Sabia que o senhor ia levar a bem. Que íamos nos entender sem dificuldade.

— Que eu ia levar a bem o quê?

— Que não o liquidei.

Bilardo falou com extrema lentidão:

— Porque, depois de liquidar o velho, já ficou bem claro, você nem vai chegar perto de mim. — Rapidamente acrescentou — Quando vai ser?

— Não posso matar o velho — respondeu Luisito. — Não posso matar o *don* Leopoldo nem ninguém.

— Acho que isso não era o combinado. Eu avisei.

— Olhe, senhor, fazer ou deixar de fazer certas coisas não depende da nossa vontade.

— Quem você pensa que é para falar nesse tom comigo?

— Se eu cumprisse com o que me pedem, e já lhe digo que não tem como, seria obra grossa. O senhor mesmo ia bronquear comigo: "Melhor não tivesse feito".

— Como é que diz?...

— Fora isso, deve ter uma infinidade de biscates que eu possa fazer.

— Como é que diz? — insistiu Bilardo. — Você comentou com alguém de mim, da sociedade ou do serviço encomendado?

— Não, senhor. Já disse para que tipo de encomenda eu não sirvo. Para tudo o mais, pode confiar.

— Ainda não sei se vamos te perdoar. Vou pensar.

— Mas se aparecer alguma coisa, senhor, vai se lembrar de mim?

— Veremos.

Para Luisito a vida continuou como antes: pouco trabalho, exceto nos domingos de feira. Tinha certeza de que Bilardo finalmente o chamaria. E assim foi.

Uma tarde, para matar o tempo, Luisito subiu para engraxar o moinho. Do alto da torre, avistou o Hudson de Bilardo (já conhecia as marcas de automóveis), que vinha chegando com o escapamento fechado, bem devagar. Bilardo apeou, olhou em volta e com um aceno o chamou para junto da cerca.

— Vamos te dar mais uma chance — disse.

— O que o senhor mandar.

— Mas vê se enfia nessa cabeça dura: nessa chance você vai ser posto à prova. Quem falha duas vezes com a sociedade não tem perdão.

— Não vou falhar.

— Como é que diz? Não queriam me escutar quando eu disse que valia a pena te dar uma segunda chance. Espero que você não me faça ficar mal com os outros. A missão é muito delicada.

— Mas não vou ter que matar, senhor Bilardo?

— Matar, matar. Que é que você está pensando? Que uma sociedade como a nossa não tem outros horizontes? Vê se entende: aquilo já acabou. É coisa do passado. O serviço agora é você levar uma carta para o Rosário.

— Para o Rosário? — perguntou em um sussurro. — Quando o senhor mandar.

— Presta atenção: é uma carta tão importante que não queremos despachar pelo correio. Você não pode perder esse envelope nem deixar ninguém pegar. Para entregar, vai ter que seguir minhas instruções ao pé da letra. Certo?

— Certo.

— Na sexta-feira, 27 de março, ao meio-dia e meia, você vai comparecer à rua Jujuy, número 2.797, na cidade do Rosário, e entregar a carta. Você não pode bater lá um minuto antes nem um minuto depois, porque te baleiam.

— Me baleiam?

— Já não gostou do assunto.

— Mas, senhor… é justo o contrário! É só questão de chegar na hora certa.

— Isso mesmo: como um trem. Nosso correspondente, em outras palavras o Puzo…

— Não entendi, senhor.

— Por acaso estou falando grego? O Puzo é a pessoa para quem você vai levar minha cartinha, ele está passando por uma situação bastante brava e resiste escondido, por isso, se alguém bate na porta, é certeza que o baleia, porque um homem prefere toda a vida matar que ser morto, não é verdade?

— Toda a vida.

— Eu mesmo liguei para ele, avisando que você vai chegar na sexta, ao meio-dia e meia em ponto.

— Obrigado.

— Você tem que agradecer é à nossa sociedade, que está te dando mais uma prova de confiança. Na primeira, você não fez o que devia, por isso agora não vamos cobrir as despesas. Na volta, se fizer tudo direito e voltar, acertamos.

— Por mim, está certo.

— Só faltava não estar — respondeu Bilardo, para acrescentar com muita formalidade: — Nas suas mãos fica a carta.

Luisito a meteu em um bolso da bombacha e disse:

— Fique tranquilo.

Quando Bilardo se retirou, o rapaz examinou o envelope. Pela apresentação, ninguém diria que era enviado por uma sociedade importante. Tinham esquecido de escrever o nome do destinatário e do remetente. Não constava nem sequer a palavra Rosário. Rua e número, e só. Para piorar, puseram tanta cola ao fechar o envelope que ficou todo lambuzado. A irmã dele, aquela que estudou para professora, teria mandado fazerem tudo de novo.

"Hoje é terça", pensou. "Tenho tempo de sobra, mas melhor avisar logo o patrão que preciso viajar." Voltou para a sede e falou com *don* Leopoldo. Este respondeu:

— Pode ir quando quiser. Depois de avisar *doña* Filomena, claro.

Disse a última frase com lentidão, como quem pensa em voz alta.

— Está bem, senhor.

— Não é preciso ser bruxo para saber o que te leva ao Rosário.

Luisito fechou a boca e por fim perguntou:

— O senhor sabe?

— O sonho de enricar sem trabalhar e arrumar mulher. Para saber isso não é preciso ser bruxo. Precisava ser é para te livrar dos perigos que te esperam por lá.

— Vou estar de volta no sábado, quando entrarem os animais para a feira.

O patrão se zangou:

— O mocinho de uma hora para outra resolve ir embora, mas eu que fique sossegado, porque vai voltar no sábado. Não, meu filho. Engano seu. Não é o senhor quem manda: sou eu aqui, entendeu? Hoje você dorme como sempre no galpãozinho, mas amanhã me procure assim que o escritório abrir. Lembre-se que você vai e não volta a pôr os pés na minha casa.

Luisito não imaginava que *don* Leopoldo fosse ficar tão zangado. Comeu sem fome e depois achou que nunca mais conseguiria dormir. Em um arranco de amargura, pensou: "Logo comigo, que o salvei sem me importar com o que podia me acontecer".

Quando passou pelo escritório (preferia ter partido sem se despedir), *don* Leopoldo pagou todo o seu salário, como se tivesse trabalhado o mês inteiro, e lhe perguntou:

— Onde você vai pousar no Rosário?

— Devo ficar na casa da minha tia Regina.

— Bem pensado. Mas antes passa pelo sítio e avisa minha comadre. Não esquece, hein?

Com um gesto, indicou-lhe a porta. Luisito pensou: "Quem é que entende as pessoas que mandam?". Fora, a senhorita gorda, María Carmen, se aproximou dele, olhou bem nos seus olhos e murmurou:

— Espero que volte.

Estava a meio caminho do sítio quando o dono de uma fazenda vizinha passou de carro e lhe deu uma carona. Com esse golpe de sorte, chegou ainda a tempo de almoçar.

Disse à mãe:

— *Don* Leopoldo pediu para avisar que amanhã estou indo para o Rosário levar uma encomenda.

— Você conseguiu o que queria. Meus parabéns, mas escute bem a sua mãe: se cuida. Você vai entrar na própria boca do lobo.

— Não se preocupe.

— Assim que chegar, vai direto na casa da Regina. Lá não vai te faltar nada. Tua tia está bem de vida, tem um coração de ouro. É uma mulher-feita e encaminhada na vida. Só não deixa ela jogar as cartas para você.

— Que a tia Regina leia meu futuro? — perguntou estranhado.

— Ela sempre gostou dessas coisas, mas eu não quero ninguém remexendo no destino dos meus filhos.

Luisito passou uma tarde extraordinária. Nunca se divertiu tanto nem se deu tão bem com os irmãos e as irmãs.

Na quinta-feira, quando acordou e se lembrou de que tinha chegado o grande dia do Rosário, sentiu uma alegria imensa e, coisa inacreditável, um pouco de dó daquilo que ia deixar, das pessoas e do pago. "Não é para sempre", pensou para se consolar. Da outra vez, quando partiu para trabalhar com *don* Leopoldo, nem lhe passara pela cabeça ficar triste.

À tarde, a mãe lhe explicou:

— Você vai levar umas coisas para a Regina. Muito cuidado principalmente com este pacote aqui: são ovos.

Também lhe entregou uma galinha e um frango, além de um peru vivo.

— O que a senhora mandar, mãe. Mas como é que eu vou viajar com isso tudo?

— Não se preocupe. O turco Saladino passou aqui e disse que está indo para o Rosário comprar mercadoria. Pedi para ele te levar.

Conhecido como "turco ladrão", Saladino começara como mascate, atravessando os campos a pé com sua mala de aviamentos, bijuterias, pentes e sabonetes nas costas. Agora, com a compra de um caminhãozinho Ford, tinha ampliado o percurso e a oferta.

A viagem até o Rosário durou até quase de noitinha.

Para puxar conversa, Luisito comentou:

— Me falaram que o senhor vai ao Rosário para repor mercadoria.

— Senhor Coria, este negócio aqui — o turco palmeou carinhosamente o caminhão — não para nunca. É como o progresso que avança o tempo todo. Eu não canso fácil, como o filho da terra. E tenho meu lema: "Sempre pronto para qualquer mandado". Faço até de mensageiro.

— De mensageiro?

— Sou o grande amigo das moças, porque levo e trago as cartinhas que elas trocam com seus galãs. Ou então suponha que o senhor, o senhor mesmo, precisa despachar uma carta da maior importância. Em vez de jogar em uma caixa do correio ou de se abalar pessoalmente, entrega o envelope para o pobre turco aqui e lava as mãos.

Luisito apalpou o bolso para se certificar de que a carta continuava no lugar.

Foram entrando na cidade, que Luisito olhava com reprimido estupor. Pouco depois, o caminhãozinho parou em frente a uma casa.

— É aqui? — perguntou.

Teve a impressão de que estava um pouco enjoado.

— Aqui mesmo — disse Saladino.

Deu-lhe o endereço da pensão onde costumava pousar.

— Obrigado por tudo.

— Estou lá para o que precisar, moço, senhor Coria.

Como se não tivesse paciência para mais recomendações, Luisito replicou:

— Não preciso que ninguém tome conta de mim.

— Acredito, mas agora está esquecendo os ovos e as aves.

Com toda essa carga apareceu diante da tia, que lhe disse:

— Você é o Luisito. A última vez que te vi, você tinha um metro de altura.

Luisito pensou que nunca tinha estado em uma casa tão bonita. A tia o levou a uma sala coberta de tapetes, onde havia uma mesa de três pernas; bibelôs de mulheres, peixes, carneiros, leões; uma tela pintada imitando o céu estrelado; uma bola de cristal; uma pintura com senhoritas meio sem roupa, que levavam lenha acesa nas mãos e dançavam em volta de um bode sentado no ar, pairando, que mais parecia o diabo; e outra pintura de uma senhorita dormindo no meio do mato e outra de um cachorro preto, de que ele gostou muito.

A tia lhe perguntou:

— O que você tem vontade de comer esta noite? Porque vai ficar para jantar.

— Minha mãe disse...

— Depois você me conta o que ela disse. O que você prefere? Frango ou galinha?

— O que a senhora quiser.

— Para comemorar a ocasião, a galinha parece mais apropriada. No sábado de manhã, embebedo o peru, à noite eu mato e no domingo ao meio-dia a gente come. Você gosta do Rosário?

Luisito ia dizendo que no domingo já teria ido embora, mas a última pergunta tomou toda a sua atenção.

— Gostei dos bondes — respondeu.

A tia então lhe disse, como que pensando em outra coisa:

— De bonde você vai viajar esta noite.

— Por quê? — ele perguntou.

— Já, já te conto. Me ajuda a pôr essa panela no fogo. Agora puxa o banquinho, que vou jogar as cartas para você. — Espalhou o baralho sobre a mesa da cozinha e começou a explicar — Aqui tem gente que gosta de você e gente zangada.

Luis confirmou:

— *Don* Leopoldo.

— Estou vendo muitas armas e um mensageiro.

— O turco Saladino — esclareceu Luisito.

— Pode ser, mas as cartas dizem outra coisa. O mensageiro é você e está levando uma correspondência.

— Como é que a senhora sabe? — em seguida perguntou astutamente: — Foi o senhor Bilardo que contou?

— Esse aí eu conheço só de ouvir falar: sorte minha, não acha? Não: quem me contou foi este cavalo aqui, o de espadas, para piorar. Também estou vendo uma moça gorda, loira. Você vai se casar com ela. Aqui você está na chefia de uma sociedade na qual entrou sem saber nada.

— Na chefia, não, mas que não sei nada da sociedade, não sei mesmo. Agora, essa moça gorda eu não conheço.

— Não digo mais nada, porque estou vendo tanta coisa que, se eu quiser te ajudar, preciso pensar no que vou dizer.

— E quando a senhora vai pensar?

— Assim que puder. Temos uma longa noite pela frente, portanto não se preocupe.

No devido tempo, comeram a galinha. Depois tia Regina pediu para ele esperar um momentinho, porque precisava dar um telefonema; ao voltar, explicou:

— Você vai dormir na botica de uma senhora amiga minha. Não vai te faltar nada.

— Minha mãe disse que era para eu ficar com a senhora.

— Lá você vai ficar como se fosse na minha casa, mas com outra segurança, entende? O delegado é meu amigo (quem sabe até eu dê para ele o frango que você trouxe), mas não se pode contar com essa gente: talvez para deixar claro quem é que manda, quando eu estou mais sossegada eles aparecem aqui de visita e tocam todo mundo para a delegacia. Depois me levam para a sala do delegado, que me apresenta suas desculpas pelo abuso e diz que foi um engano. Nunca vou me perdoar se por minha culpa um filho da Filomena conhecer o xadrez. Eu te acompanho até a parada do bonde. A viagem é longa, e a senhora que te espera já não deve ver a hora de voltar para casa.

— Ela não mora lá?

— Não. Você não gosta de ficar sozinho?

— O que eu não gostaria é de perder a hora amanhã de manhã.

A tia foi até o quarto ao lado e voltou com um despertador.

— Toma, te empresto o meu.

— Não precisava se incomodar.

— Melhor você colocar sobre sua mesa de cabeceira, caso queira olhar a hora. Funciona direitinho, só que às vezes não toca. Mas amanhã vai tocar, sim, você vai ver.

Essa afirmação da tia o tranquilizou. Respondeu:

— Vou pôr para tocar às sete, mas a essa hora já vou estar de pé. Sempre acordo cedo.

Saíram da casa e caminharam até a esquina.

— A senhora minha amiga disse que vai te dar pouso na sobreloja da farmácia. Você vai ficar lá feito um príncipe, com entrada independente e tudo. Agora você vai pegar o bonde número 5. Olha bem o número que está pintado. E presta atenção: pede para o cobrador te avisar quando chegar na Mitre com a San Lorenzo. Aí você desce e pega o bonde número 8. Fala para ele te avisar na avenida Lucero, a uma quadra do frigorífico Swift. Aí você desce e já dá de cara com a botica. Vai estar em pleno Saladillo.

Ele nunca se esqueceria daquela travessia interminável pelo Rosário. Talvez por viajar sozinho sem necessidade de aparentar indiferença (como na chegada, com o turco), deu-se ao gosto de olhar todas as coisas novas e extraordinárias que chamavam sua atenção. Em muitas oportunidades, nessa primeira viagem nos bondes 5 e 8, pensou: "Vou contar tudinho para os meus irmãos, e para o Rafael e o Flores". Passou em frente a prédios altos e escuros, com torres pontudas, com para-raios (prédios que não voltaria a ver, como se os tivesse sonhado). De certo modo teve a impressão de que era nesses dois bondes, e não no caminhãozinho do turco, que ele fazia sua entrada na cidade. Ia lá sentado, como qualquer passageiro, com o despertador no regaço e a deslumbrada convicção de participar de fatos culminantes. Quando chegasse a hora de contá-los, se não tomasse muito cuidado, passaria por mentiroso.

Na botica o esperavam a dona e sua filha, ambas já de casaco. Ajudou-as a baixar a porta de ferro e as seguiu por uma entrada lateral e por uma escada empinada, até um depósito de mercadorias na sobreloja, que cheirava a sabonetes perfumados.

A mulher se desculpou:

— Espero que você não fique muito desconfortável aqui. Pusemos a cama perto da porta, assim você não precisa se levantar para acender a luz. Meia-volta, acende; meia-volta, apaga. Lá no fundo tem um banheirinho.

A boticária era madura porém robusta, loira, rosada e muito esperta. A filha, pálida e espichada, de cabelo bonito, isso sim, parecido com o da mãe, lembrava uma senhorita que ele tinha visto não sabia onde, talvez em alguma gravura.

A moça disse:

— Abrimos às oito, mas não se preocupe: se estiver com sono, pode continuar dormindo.

A mãe explicou:

— Se amanhã você acordar com fome, faz assim: saindo, você vira à direita; na esquina, volta a virar à direita e logo ali você já vê uma leiteria onde servem um café da manhã decente. O pessoal do frigorífico vai sempre lá, portanto pode ir sossegado.

Acompanhou-as até a porta da rua. A boticária lhe entregou a chave.

Correu escada acima. Nunca tivera um quarto só para ele nem lhe ofereceram tanto luxo e conforto. Duas ou três vezes apagou e acendeu a luz, para ensaiar e ter o gostinho. Ficou olhando os produtos nas prateleiras e até leu, com dificuldade, claro, as etiquetas de Fibrol, de tônicos e depurativos do sangue, de Seneguina para a tosse, Sargol para engordar, Girolamo Pagliano, Crema Lechuga, de pós e de perfumes Chela, Ojos Negros, Dime que Sí, Muñequita, Primer Beso, que lhe deram o que pensar; mas como temia perder a hora no dia seguinte e se atrasar na entrega da carta, não perdeu mais tempo. Preparou o despertador para tocar às sete; colocou-o em cima de um caixote com o letreiro "Tome Sedobrol e durma bem", que puxou para junto da cama. Teve a impressão de que o caixote exalava um cheiro estranho, que não era ruim: talvez de sopa, mas uma sopa feita de ervas para curar doentes. Atraído pelos ruídos que vinham da rua, foi até a janelinha. "Quanta animação", murmurou. "Pelo jeito, o povo da cidade não dorme de noite". Antes de apagar a luz deu uma olhada no relógio: marcava as dez e trinta e sete. Deitou-se com resignação; não tinha vontade de pôr fim àquele dia maravilhoso, mas considerou que o seguinte também teria muitos atrativos.

Acordou certo de que tinha dormido a noite inteira de um sono só. Acendeu a luz e, mais que nada para aproveitar bem o relógio, olhou as horas. Eram onze e cinco. Tinha dormido pouco menos de trinta minutos. Não estava cansado, e sim perfeitamente disposto para se levantar e começar o dia, mas, como não tinha nada para fazer além de esperar até as sete, não gostou de se sentir tão desperto. Temeu que a noite fosse muito longa.

Passado algum tempo, voltou a adormecer e acordou logo em seguida. Pelo menos foi o que ele pensou: como se o sono tivesse durado o tempo de cabecear. "O que está acontecendo esta noite?", perguntou-se. "Toda hora eu acordo." Achou que o ponteiro dos segundos se escutava muito forte. Acendeu a luz. Eram cinco e vinte da manhã: o cabeceio tinha durado mais de seis horas. Voltou a apagar a luz, e deve ter pegado no sono, porque viu sua tia Regina, com uma tiara enfeitada com um brilhante ou vidro em forma de estrela e um vestido escuro com manchas vermelhas. A tia o fitava muito séria, com seus enormes olhos negros, os mesmos que apareciam pintados no rótulo de uma caixa de maquiagem. Inclinou-se sobre ele e, como quem se desculpa, explicou:

— Achei que você já podia se levantar, mas vai ter que continuar dormindo.

Ao acordar (muito tempo depois, a julgar pelo que estava sentindo), virou-se em busca da janela, certo de que veria o dia clareando através das frestas. Viu apenas escuridão e pensou: "Ainda não conheço bem o quarto. Estou desorientado". Mas no primeiro apalpão deu com o interruptor e, assim que acendeu a luz, encontrou a janela exatamente onde a procurara. Olhou o relógio. Eram duas horas e trinta e quatro minutos. "Então da última vez não olhei direito", concluiu. Para acordar por completo e evitar novos erros, foi até o banheiro. Voltou para a cama às duas e trinta e sete. Comentou: "Pelo menos agora sei que não me engano". Não se preocupou com as extravagâncias da noite — era pouco dado às cismas — e logo conciliou o sono. Perdeu a conta das vezes que acordou e foi ao banheiro; sabia que eram muitas e que a moleza e a sede aumentavam. Na última dessas viagens, ou melhor dizendo na penúltima, ao voltar ficou tonto e caiu no chão. Quando conseguiu se arrastar até a cama e acender a luz, viu, como se estivesse sonhando, que as agulhas do relógio marcavam duas e trinta e quatro. Perguntou-se se o relógio não teria parado em algum momento. Na realidade, tinha certeza de que aquele ponteiro dos segundos tinha martelado a noite inteira. Provavelmente adormeceu, porque de novo apareceu tia Regina e lhe deu uma explicação, que ele mal lembrava, sobre a pedra que brilhava na sua testa: era uma estrela. A tia sorriu e disse:

— Agora você já pode se levantar.

No sonho ele estava ótimo, mas assim que acordou sentiu dores no corpo inteiro, em especial no estômago, e um cansaço imenso, como se estivesse doente, além de muita sede. Levantar-se da cama exigiu dele um esforço inacreditável. A caminho do banheiro, suou frio e teve uma forte vertigem. Apoiado na pia, passou uma água no rosto, bebeu sofregamente. Estava tão confuso e tão exausto que, como ele mesmo contaria depois, a barba, notavelmente crescida, pareceu-lhe a coisa mais natural do mundo. Molhou as mãos, a nuca e, na primeira tentativa de lavar os pés, perdeu o equilíbrio e levou um tombo tão grande que acabou dando risada. Finalmente conseguiu se vestir e, já depois das oito e meia, afoito, porque começou a entender que a dor de estômago era fome, mas tomando muito cuidado para não rolar escada abaixo, desceu para a rua. A botica estava fechada. Comentou ironicamente: "Ainda bem que abriam às oito". Recordou as instruções da boticária e virou à direita. Quase todos os comércios estavam fechados. Pensou: "Bem que minha mãe me disse que o povo da cidade é muito dorminhoco". Na esquina virou à direita, comprou um jornal (depois recordaria que, ao tê-lo nas mãos, pensou "Aqui ele vem com mais páginas") e perguntou:

— A leiteria é por aqui, jornaleiro?

Reparou nela antes que o homem a apontasse: estavam bem em frente à porta. Percorreu a muito custo os últimos quatro ou cinco metros, entrou, desabou em uma cadeira, apoiou os cotovelos na mesa de mármore. Quando o garçom veio atendê-lo, pediu um café com leite completo. Chegou tão quente que teve de esperar (até o mate ele preferia morno, para não queimar a língua). Premido pela assustadora fraqueza, comeu os pãezinhos e os croissants; depois teve que tomar o café com leite sem acompanhamento. Pediu, com mais firmeza na voz:

— Outro completo, por favor.

Pensou que se daria um vidão, agora que finalmente estava na cidade, e esperaria seu completo bem sossegado, folheando o jornal como um senhor. Fixou a atenção na página de esportes e em seguida pensou admirado: "Quem se dá um vidão é o povo da cidade. Até no meio da semana tem corridas e futebol".

Trouxeram o segundo café com leite. Pensou: "Para que dure mais, vou ter que segurar a esganação". Despachou-o logo. Como pedir um terceiro talvez fosse uma enormidade, retomou a leitura, para dar um tempo e ver se realmente continuava com fome. Terminada a seção de esportes, passou à página policial, e quando estava prestes a largar o jornal, umas linhas chamaram sua atenção.

Teve de fazer um esforço para entendê-las: "Na sexta-feira 27, sendo as 12h30, uma patrulha policial, sob as ordens do inspetor Tempone, compareceu à residência que leva o número 2.797 da rua Jujuy. Como se fosse esperada tal visita, a porta entreabriu-se imediatamente, dando passagem a uma arma longa que deflagrou seus dois cartuchos contra as forças da ordem, que desviaram o cano com um rápido golpe de mão. Os disparos foram respondidos, abatendo o agressor, que veio a ser o conhecido mafioso M. Puzo, possuidor de vasto prontuário e fortes conexões em localidades do interior da província, próximas a Córdoba".

Sem pensar, levou os olhos até o topo da página e leu como quem fala em sonhos: "Rosário, domingo, 29 de março de 1930". Não entendeu nada. Voltou à notícia abaixo e, ao reler as palavras "sexta-feira 27, 12h30", "Jujuy 2.797", mais o nome do morto, sentiu o chão sumir sob seus pés. De repente tudo se esclarecia, e compreendeu o inacreditável: lá, naquele jornal que ele tinha diante dos olhos, estavam escritos em letra de forma o dia, a hora e o lugar em que ele devia entregar a carta do senhor Bilardo, além do nome do homem que devia recebê-la, agora falecido. Luisito pensou em voz alta: "Morreu por minha culpa. Desta vez ninguém me salva". Sentiu um frio na espinha, mas como era valente pensou: "Quem sabe a tia". Pagou e saiu.

Perguntou ao jornaleiro:

— Que bonde (disse *pondi*) me deixa na esquina da Buchanan com a avenida Alberdi?

— O 8. Tome aí mesmo, na avenida Lucero, e só desça na esquina da Mitre com a San Lorenzo, e então tome o 5.

Finda a explicação, Luisito, por via das dúvidas, aventurou uma segunda pergunta:

— Por favor, que dia é hoje?

O homem entrecerrou os olhos e o observou de perto.

— Exatamente o mesmo que aparece impresso em cada uma das páginas desse jornal. Que coincidência, não?

Luisito se dirigiu à avenida Lucero, para tomar o 8. Sacudindo a cabeça, comentou: "Coisa de loucos. Dormi três noites e dois dias a fio, sem pôr nada na boca. Não era para menos essa fome toda".

O bonde não demorou a vir. Luisito se sentou em um banco, pagou a passagem e leu um letreiro pintado no teto: "Capacidade: 38 passageiros sentados". Pensou que ele era um daqueles passageiros e que, por mais complicada que fosse a situação, devia aproveitar devidamente a viagem, pois "quem sabe quando vou poder fazer outra". Pensou também: "Preciso voltar ao pago, para acalmar os ânimos. Acho que o *don* Leopoldo, porque vim embora, e o senhor Bilardo, porque não fiz o que ele mandou, vão estar muito bravos comigo. Que judiação ter que deixar o Rosário".

Absorto nessas reflexões, chegou à casa da tia.

— Estava te esperando com o peru.

— Como a senhora adivinhou que eu vinha?

A tia encolheu os ombros.

— Vamos nos dar um banquete — disse.

Foi para a cozinha. Luisito, que não a seguiu, respondeu gravemente:

— Por favor, me desculpe. Estou sem fome.

Da cozinha, a tia perguntou:

— Que foi que aconteceu?

— Eu devia ter entregado uma carta.

— O cavalo de espadas.

— Não, não: uma carta de punho e letra de um homem, que mandou eu entregar. Mas não entreguei: uma vergonha. Fiquei dormindo.

— Se ficou dormindo, é porque precisava.

— A senhora não está entendendo, tia. Um homem abriu a porta, porque achou que era eu quem chamava, e aí o mataram.

— E você está se culpando por isso? Talvez tenha razão, porque se fosse você quem batesse na sua porta, o morto não seria ele.

— Como assim, tia?

— O que diz a carta?

— Como é que eu vou saber?

— Abrindo o envelope e lendo. Ou não está com você?

— Está, mas não é pára mim. É para o homem que morreu.

— Me diga uma coisa: que diferença faz para um morto que a gente leia a carta que era para ele?

— Mas não é errado fazer isso, tia?

— Abre logo esse envelope e mostra que sabe ler.

Luisito abriu o envelope, desdobrou o papel e ficou em silêncio. Por fim, disse:

— Não posso.

— Como não pode? Vai me dizer que não sabe ler?

— Não é isso. — Entrou na cozinha e mostrou o papel. — Não tem nada escrito.

— Gostaria que você me explicasse por que se deram ao trabalho de te mandar especialmente até o Rosário para entregar um papel em branco.

— É o que eu gostaria de saber.

— O tal Bilardo é um piadista?

— O Bilardo me recomendou que eu entregasse sua carta na sexta-feira ao meio-dia e meia em ponto. Acho que não era piada. Não sei se a senhora leu hoje, nas notícias de polícia que tem no jornal, uma coisa que aconteceu na sexta-feira exatamente naquela hora. Ainda bem que eu fiquei dormindo.

— Foi tua boa estrela que te salvou.

Pela primeira vez na manhã, Luisito sorriu.

— Estou começando a acreditar. Posso lhe contar uma coisa? Toda vez eu tentava acordar, a senhora me aparecia no sonho e falava: "Você tem que continuar dormindo". E se ainda acha pouco, tem mais: a senhora tinha na testa uma pedra que era uma estrela. Acho que quem me salvou foi a senhora.

— O que importa é que você está aqui, são e salvo. Vamos comemorar com o peru.

— Sinto muito, tia, mas preciso ir.

— Você diz que eu te salvei e agora vai me deixar com esse monte de comida? Que ingratidão.

— Mas tia, a senhora não está entendendo. Se eu não voltar, quem vai convencer o Bilardo que não estou fugindo dele?

— Quem não está entendendo é você. Não adianta voltar, porque você não vai ver esse Bilardo. Ele foi preso. A não ser que você queira ser preso também, procurando por ele na delegacia. Porque, se fizer isso, vão desconfiar que você tinha parte com esses patifes de marca.

— Então, que é que eu devo fazer?

— Ficar no Rosário.

Luis pensou um pouco e respondeu:

— Sendo assim, faço gosto em acompanhar a senhora almoçando o peru.

Doña Regina costumava me explicar que as cartas não mentiram: as muitas armas foram o serviço militar, que Luis logo teve de prestar; a sociedade para a qual ele não estava preparado, a botica, onde trabalhou um tanto confuso de início, entre remédios, receitas, recibos e trocos, e a moça gorda, como vocês já devem ter adivinhado, a filha da boticária, que pouco depois de se casar com ele se transformou em uma jovem matrona, graciosa e robusta.

A PASSAGEIRA DA PRIMEIRA CLASSE

Naquela cidade tropical, modesto entreposto aonde chegavam ocasionais compradores enviados por companhias de tabaco, a vida corria monotonamente. Quando algum navio atracava no porto, nosso cônsul festejava o acontecimento com um banquete no salão mourisco do Hotel Palmas. O convidado de honra era sempre o capitão, a quem o negrinho do consulado levava o convite a bordo, com o pedido de que o estendesse a um grupo, eleito por ele, de oficiais e passageiros. Apesar da rara suntuosidade da mesa, o calor úmido tornava insossos, e até duvidosos, os produtos mais elaborados da arte culinária, de modo que só a fruta mantinha ali seu atrativo; melhor dizendo, a fruta e o álcool, como provam os testemunhos de viajantes que não esquecem um prestigioso vinho branco nem as efusões supostamente divertidas que provocava. No decorrer de um desses almoços, nosso cônsul ouviu, dos próprios lábios da turista — uma abonada senhora, entrada em anos, de caráter firme, aparência desenvolta e folgada roupa inglesa — a seguinte explicação ou história:

— Eu viajo na primeira classe, mas reconheço sem discussão que hoje todas as vantagens favorecem o passageiro da segunda. A começar pelo preço da passagem, que é um capítulo importante. As refeições, como se sabe, saem da mesma cozinha, preparadas pelos mesmos cozinheiros, para a primeira e para a segunda, mas sem dúvida a preferência da tripulação pelas classes populares faz com que as iguarias mais deliciosas e mais frescas invariavelmente se encaminhem para o refeitório da segunda. Quanto à referida preferência pelas classes populares, não se engane, não tem nada de natural; foi inculcada por escritores e jornalistas, indivíduos que todo o mundo escuta com incredulidade e desconfiança, mas que à força de perseverança acabam convencendo. Como a segunda classe está sempre lotada e a primeira vai praticamente vazia, quase não se encontram garçons e, por esse mesmo motivo, o serviço é muito melhor na segunda.

"Há de acreditar em mim se eu lhe disser que já não espero nada da vida; ainda assim, gosto de animação, de gente bonita e jovem. E agora lhe confiarei um segredo: por mais que insistamos no contrário, a beleza e a juventude são uma coisa só; não à toa as velhas como eu perdem a cabeça se um moço entra em cena. As pessoas jovens — voltando àquela questão das classes — viajam todas na segunda. Na primeira, os bailes, quando há algum, parecem de cadáveres ressuscitados, que se cobriram com sua melhor roupa e todo o porta-joias para celebrar devidamente a noite. O mais lógico seria que meia-noite em ponto cada qual voltasse para seu túmulo, já meio pulverizado. Claro que podemos ir às festas da segunda, mas para isso seria preciso prescindir de toda sensibilidade, pois os que vivem lá embaixo nos olham como se nos achássemos cabeças coroadas, de visita aos bairros pobres. Os de segunda aparecem na primeira quando bem entendem, e ninguém, autoridade alguma, opõe a eles uma barreira odiosa, que a sociedade unanimemente descartou, faz algum tempo. Essas visitas das pessoas de segunda são bem recebidas por nós, os da primeira, que moderamos a efusividade da nossa acolhida para que os ocasionais hóspedes não descubram que os identificamos, de pronto, como sendo da outra classe — uma classe que, enquanto a viagem durar, constituirá seu mais autêntico orgulho — e tomem ofensa. Sua visita nos alegra menos quando se trata das incursões ou irrupções que em geral ocorrem antes do amanhecer, verdadeiras razias indígenas em que os invasores se dedicam empedernidamente a procurar algum passageiro — qualquer um de nós! — que não fechou direito a porta do seu camarote, ou que se demorou fora, no bar, na biblioteca ou no salão de música; juro, senhor, que esses rapazes apanham a pessoa sem a menor consideração, levam-na à ponte ou *promenade* e a atiram pela amurada na negra imensidão do mar, iluminada pela impassível lua, como disse um grande poeta, e povoada pelos aterradores monstros da nossa imaginação. Todas as manhãs, os passageiros da primeira nos entreolhamos com olhos que comentam às claras: 'Então, ainda não chegou sua vez'. Por decoro, ninguém menciona os desaparecidos; por prudência também, já que, segundo versões, talvez infundadas — há um prazer truculento em nos assustarmos, em supor que a organização do adversário é perfeita —, os da segunda manteriam uma rede de espiões entre nós. Como disse há pouco, nossa classe perdeu todas as vantagens, inclusive as do esnobismo (que, à semelhança do ouro, conserva seu valor), mas eu, por algum defeito, talvez incurável em pessoas da minha idade, não consinto em me tornar uma passageira de segunda.

O JARDIM DOS SONHOS

Talvez levado pela suavidade da voz e pelos diminutivos que infundiam às palavras um tom de melosa brandura, eu me dispus a escutar uma dessas benévolas trivialidades que costuma ditar a cortesia. Meu companheiro de mesa — um colega bastante obscuro, que redigia notícias policiais (ou seriam políticas?) em um dos dois vespertinos locais — me alertava para um perigo realmente pavoroso que ao cabo de poucas horas se abateria sobre mim. Suspeito que por um instante perdi a consciência e tive a ilusão de pairar no ar. Talvez fosse o susto.

Não era para menos. Na condição de *nosso enviado especial* (um prestigioso talismã que, segundo acreditava, me protegeria de todo risco), eu havia chegado na semana anterior com a corriqueira missão de escrever uma série de artigos informando diariamente o público portenho sobre aquelas festas do centenário da independência, filhas inequívocas da grosseira vontade de maravilhar o mundo. O país havia despejado na capital, juntamente com os desfiles e demais pompas oficiais, suas conjeturais e sem dúvida estupendas reservas de *folklore*, superstição e taumaturgia: o sono pitoresco, o pesadelo vivo, que a selvática montanha dorme desde sempre, enquanto na quase urbana periferia um mandachuva vigia com olhos bem despertos.

Quando serviram o café, as pessoas abandonaram a mesa; meu colega e eu nos aproximamos, minha xicrinha dançando no pires, de uma das vidraças. O restaurante, o famoso Panorámico, fica na cobertura do hotel e, para repetir uma frase que na ocasião ouvi no mínimo quatro vezes, domina a cidade. Apontando com um dedo que parecia um gancho, Orduño — assim se chamava meu colega — explicou:

— Lá ficam o Palácio, o hipódromo, o estádio de futebol (segundo a antiga fórmula de circo sem pão). Aqui pertinho o senhor tem a cadeia e o Departamento de Polícia. Abaixo, a praça Libertadores e logo ali a praia da moda, exuberante e colorida.

Daquele almoço, verdadeiro banquete que encerrava o copioso programa de atos oficiais, as autoridades tinham oferecido duas versões: a seleta, no Jockey Club, para embaixadores e convidados de honra, e outra no Panorámico, mais democrática e também mais interessante, como assinalou Orduño, pois reunia a inteligência, que logo identifiquei conosco, e a beleza, representada por algumas aeromoças de várias linhas aéreas.

— Mas que foi que eu fiz para que me persigam? — perguntei com a voz embargada.

— Os jornais de Buenos Aires chegaram aqui ontem à noite.

— Eles leram minhas crônicas? Não vai me dizer que duas ou três brincadeiras inocentes...

— Pois é, se ofenderam. Nosso governo, acredite, não aprecia o humorismo dos críticos.

— E quem sou eu para criticar? Juro que nem sequer encaixei nenhuma ironia de duplo sentido... No máximo alguma brincadeira que, como o senhor sabe, a própria construção das frases às vezes exige.

— Espera que essa gente entenda? Eles não são como nós; aquilo que nos diverte os irrita. De madrugada, vêm à sua procura.

— Não é possível.

— Que despertar, hein, coleguinha? Da literatura para a realidade. Não: da literatura para o xadrez.

Comecei a suspeitar que meu protetor era um tanto sádico, mas pensei que, na minha situação, era melhor não me indispor com ele.

— E se eu me refugiar na embaixada argentina? Ou na uruguaia, que fica mais perto?

— Aí vai viver como um rei, sem dúvida, mas não conte com sair antes de uns bons aninhos.

— Impossível. Imagine o desgosto da minha família, em Beccar. Vamos ver, outra ideia, por favor, me dê outra ideia. Me ajude.

Impostando confortavelmente a voz, perguntou, ao mesmo tempo que apontava com o dedo que parecia um gancho:

— Já admirou o panorama daqui? — empurrou-me para a vidraça no extremo oposto. — Diga-me o que vê.

Reprimi a contrariedade e descrevi o que via: o jardim do hotel, um muro e do outro lado um vasto parque circular, com um casarão branco, com telhado de ardósia, que me lembrava alguma velha chácara de San Isidro ou do Tigre; olhando bem, o parque aparecia dividido em triângulos verdes, uma espécie de estrela em cujo centro brilhava a brancura do casarão, que à distância parecia minúsculo.

— Depois — continuei — vejo um espaço aberto.

— O aeroporto. Que mais?

— À direita, um punhado de casas.

— Parabéns. É o motel para as tripulações.

Eu esperava a conclusão, a explicação; como não vieram, declarei:

— Não entendi.

— Ora, meu amigo! — protestou.

Agitou ambas as mãos em um aceno e recuou. Atinei a gemer:

— Não vai me deixar agora!

Sumiu. Tentei controlar os nervos, pois não me restava outra alternativa senão enfrentar a situação; quer dizer, enfrentá-la sozinho. Comparei meu estado de espírito ao de um suicida que tivesse tomado um veneno letal cujo efeito demoraria algumas horas para aparecer. Dei razão a Orduño: aquela penosa prisão que me ameaçava talvez equivalesse ao tardio despertar de uma vida dedicada a bancar o engraçado em letras de forma. Exaltado pelo arrependimento e pelo medo, me enfureci contra mim mesmo. Não deixei, porém, que o reconhecimento da minha culpa me distraísse. Se alguns minutos de espera em qualquer delegacia bastam para nos mergulhar no desamparo, quantas amarguras não me reservaria o amanhã, em um país distante, à mercê de policiais recém-chegados da selva, onde o nativo é iniciado na indiferente crueldade através de degolas rituais de bodes, de galos e de pessoas!

Não podia ceder ao desalento; eu ainda dispunha de uma tarde e uma noite: com muita sorte, diligência, vontade e lucidez, talvez conseguisse me salvar. Por enquanto devia controlar aquele tremor que voltava a se apoderar de mim.

Orduño expusera claramente o problema e fornecera indícios para sua solução (nenhuma outra interpretação do seu proceder parecia verossímil). Não foi mais explícito para que eu mesmo concebesse o plano, de tal maneira que, se me apanhassem e obrigassem a contar a verdade, eu não o delatasse; não confessasse: ele me disse para fazer isso ou aquilo. Inacreditavelmente, eu estava tão perturbado que ainda ignorava o plano... Aproximei-me das aeromoças. Algum pedante dirá que o homem é uma criança que, na desolação, procura a mãe em toda mulher. Por que não aceitar a modesta explicação de que somente o encanto de uma mulher podia aplacar minha aflição?

Olhei em redor. Primeiro pensei que as risadas certamente festejavam idiotices e depois que as rodinhas de conversadores pareciam impenetráveis. Cheguei à conclusão de que a melhor coisa a fazer era ir para meu quarto e desistir de qualquer esperança. Então me lembrei da polícia, que na manhã seguinte viria me buscar, e criei coragem para abordar uma das aeromoças presentes, apelar a seus sentimentos democráticos, ao ódio do despotismo, à compaixão ou simpatia pelo próximo, e buscar sua cumplicidade para que me embarcasse furtivamente no primeiro avião que saísse do país.

Estaquei atarantado: percebi que não podia me permitir um passo em falso. Meu destino dependia da circunstância, talvez fortuita, de que eu me dirigisse à pessoa certa. Se não escolhesse uma garota valente e generosa, estava perdido. Não muito longe dali rondava um uniforme das nossas Aerolíneas. Olhei atentamente: tratava-se de uma moça alta, muito aprumadinha, loira, sardenta, de olhos redondos, sérios, um tanto assombrados. Como algo inevitável, imaginei aqueles olhos fixos nos meus e me pareceu ouvir a pergunta: "Com que direito me pede que eu me arrisque pelo senhor?". Eu devia controlar os nervos, para que não me pusessem à mercê da primeira molecota que me aparecesse. A poucos metros, no extremo da mesa, descobri outra, de cabelo castanho, baixa estatura, que lembrava vagamente uma atriz francesa do velho cinematógrafo americano... Pelo uniforme, deduzi que trabalhava em uma companhia europeia e, pela expressão e maneiras, a imaginei muito esperta. "Entenderá facilmente meus temores. Para uma europeia não pode haver pesadelo mais horrível que a prisão nestes países, verdadeiros grotões perdidos da mão da civilização. A paisana, por outro lado, podia muito bem me sair com que eu não fizesse tempestade em copo d'água, que ela viu muita gente entrar na delegacia da esquina da sua casa e mentiria se dissesse que viu sair algum morto." Pensei então que todos os europeus tendem ao respeito literal de regulamentos e leis; a possibilidade de topar com uma inflexibilidade estúpida me fez decidir. "A paisana! A paisana!", exclamei patrioticamente e me dirigi à moça da Aerolíneas. Disse a ela:

— É um alívio, não? Estar de repente entre argentinos.

— Depende — ela respondeu. — Eu comecei a voar porque não os suporto.

— Não vai me dizer que não prefere nossa pronúncia.

Encolhendo os ombros, precisou:

— Questão de gosto.

— Pois é isso mesmo. O fato de compartilhar os mesmos gostos não cria uma espécie de fraternidade entre os homens? Gardel não conta?

Olhei os olhos da moça: só em estátuas vi um olhar tão perdido. Não havia dúvida: aqueles olhos languidesciam de indiferença e de tédio; era inútil insistir; o argumento em favor da solidariedade entre compatriotas não me levava por um bom caminho. Restava talvez o recurso de cortejá-la. O que me detinha? Um escrúpulo de homem honrado, mas sobretudo a previsível dificuldade de passar dignamente do pedido de amor ao pedido de socorro. Ou eu a embriagava com palavras apaixonadas, ou em um momento fatal a garota descobriria que eu não estava interessado nela, e sim na segurança da minha pessoa.

Como o tempo urgia e eu não tinha alternativa, arremeti; cortejei descaradamente. Essa repentina mudança de atitude, que sugeria menos uma inclinação da alma que o mecanismo de um autômato, obteve a franca aprovação da minha interlocutora.

Tenho a impressão de recair no humor satírico, ao qual devo tanta desventura… Sim, é uma calúnia: a moça pertence ao tipo das grandes heroínas de Stendhal: mulheres belas, audazes e valentes, de imaginação generosa. Da minha parte, tentei embriagá-la não apenas com eloquência. Consegui que me acompanhasse ao bar. Perguntei:

— O que vamos tomar?

— O que quiser — respondeu.

— O rum daqui é famoso.

— Conhece o dito? Nas garrafas de rum há sonhos de piratas.

Pedi essa bebida porque me lembrei de uns versinhos insistentes que na época ouvia a toda hora. Para criar coragem, eu os murmurei como quem entoa um hino:

Quinze homens na arca do morto,
quinze homens e uma cuba de rum.
Que o demônio os leve a bom porto
e nós bebamos o rum.

— Está falando sozinho? — perguntou.

De pronto, confessei:

— Estou desesperado.

— Porque me ama e me adora não pretenderá que eu me atire nos seus braços?

Gemi inarticuladamente:

— É o previsto — eu disse —, pior que o previsto.

Como despertá-la da embriaguez de lisonjas sem ferir seu amor-próprio? Eu devia conduzir aquele estado de espírito em uma manobra bastante difícil: não bastava que a garota me perdoasse; ela devia me ajudar e me salvar. Perdi a cabeça. Certamente confundi a pressão nervosa com um saudável afã de sinceridade e sem mais delongas expus a situação.

Quando ela falou, cada sílaba estalou sequinha, como a batida de uma máquina de escrever.

— E por que vou me meter nisso? Faça-me o favor! Deixe que o peguem e o maltratem; e verá o escândalo que os jornais vão armar; já se eu apodrecer na cadeia, ninguém vai se lembrar de mim. Além disso, o senhor está se esquecendo de um pequeno detalhe: a responsabilidade não é minha, mas sua.

— Que horror! — exclamei e fechei os olhos, zonzo com as voltas de uma roleta em que as vertiginosas ideias de polícia, interrogatório, tortura, deslocavam e ocultavam os argumentos que eu poderia talvez alegar. Nessa aflição articulei precipitadamente as primeiras palavras que me vieram à mente: — Não continue. Sua implacável sensatez me confunde. Desisto da fuga! Ela me fascinava por ser romântica e perigosa... Agora vejo que não tenho o direito.

As cores voltaram ao seu rosto e ela sorriu como se algum pensamento a divertisse.

— Às sete da noite. No motel. Chalé 11.

Não pude acreditar no que estava ouvindo. De repente vi que ela estava calçando suas luvas. Alarmado, perguntei:

— Não vai me deixar agora!

Tive a impressão de que eu só fazia repetir essa frase.

— Preciso fazer compras. Com um homem, como sabe, são um martírio.

— Não vá sem me dizer o seu nome.

— Luz — respondeu. — Mas não precisará perguntar por mim. Quando chegar ao chalé, já vou estar lá.

Assim que me vi sozinho, ergui os braços e girei sobre mim mesmo, mas interrompi essa dança quando notei que tinha um espectador no barman. "Deve achar que estou bêbado", pensei. "E daí?" Paguei as bebidas, fui até a vidraça da frente e, de olhos fechados, apoiei a testa no vidro; não encontrei o esperado frescor. Quando abrir os olhos, algo despertou minha curiosidade: um formigar lá embaixo, na praça Libertadores; uns homenzinhos que não acabavam de sair de um furgão da polícia. Comparei-os com insetos: a cena me pareceu engraçada. Rumaram em grupo para o hotel.

— Vieram me buscar! — gritei, em uma atabalhoada tentativa de justificar minha agitação. — Chegaram antes de hora!

O homem do bar me observava fleumaticamente, como um especialista em bêbados, enquanto eu, para não correr, caminhava com dignidade excessiva. Pensei: "É melhor que ninguém me veja" e descartei o elevador, porque às vezes era manejado por um ascensorista; empurrei a porta de vaivém, lancei-me escada abaixo; sob meus pés, os degraus cresceram e se multiplicaram; nos patamares, olhava ansiosamente o número do andar, porque no nono eu correria até meu quarto para pegar uma pasta e dois ou três objetos, dos quais não me separo por nada deste mundo (pelo seu valor sentimental), mas depois considerei que meu quarto era o lugar mais indicado para a polícia me esperar e continuei descendo.

Se estivesse de olhos vendados quando saí para o terraço, teria achado que entrava em uma estufa. Felizmente o calor espantava os turistas. No terraço não havia ninguém. Desci a escadaria de mármore, me aventurei pelo jardim e, depois de percorrer uma centena de metros — tive que me esquivar de um jardineiro, que não me viu —, cheguei ao muro dos fundos. Escalei-o afanosamente, caí do outro lado, fiquei imóvel, de bruços, prostrado pelo cansaço, pela dor de cabeça, pelo rum, pela ansiedade da fuga e principalmente pelo choque da queda. "Estou a salvo", murmurei. Conseguira chegar ao longínquo parque dos triângulos verdes que avistei da janela. Reconsiderei: "Ainda não estou a salvo. Aqui vai me ver o primeiro guarda que espiar por cima do muro". Levantei-me como pude e corri para me escudar atrás de uns loureiros. Mal contive um grito. Para fugir de um perseguidor imaginário, por pouco não atropelei um gigantão de uniforme verde, com um fuzil ao ombro. "O soldado", pensei com estupor, "me viu." Ele não apenas me vira, como me surpreendera em plena fuga; mas não me deteve: deu-me as costas com a maior tranquilidade — como se minha presença não lhe dissesse respeito nem o surpreendesse — e entrou em uma casa; melhor dizendo, na fachada de uma casa, lá erguida, conjeturei, para alguma função de teatro ou filmagem. Aquilo representava uma estalagem de vago estilo alemão, provida da sua correspondente tabuleta, mascarrada com ingenuidade, onde se lia (em espanhol, vai saber por quê): *El cazador verde*. Considerei que o suposto soldado mais parecia um caçador, sem dúvida o da tabuleta, mas não busquei explicações para os fatos. Não tinha tempo para resolver charadas nem vontade de me assombrar com o que quer que fosse: pressentia a iminência dos meus perseguidores. Antes de retomar a corrida, para não me precipitar sobre algum outro caçador emboscado, examinei o parque; seu ornato principal era um lago, ladeado à esquerda por um montículo de rochas artificiais. Olhei em redor com atenção, começando pela direita; vi apenas vegetais e objetos inanimados: uma rede, pendurada entre duas palmeiras; um jogo de croqué; um dogue de bronze; um grupo de pequenas árvores floridas; um enorme vaso de porcelana azul; um embarcadouro; o lago, com botes em forma de cisne, e as rochas. Enquanto corria, me perguntei: "Do outro lado, o que me espera?". Abracei-me às rochas, ouvi o sussurro de uma queda-d'água, comecei a rodear, com cuidado e lentidão, o montículo, até que surgiram aos meus olhos, primeiro, a pequena cascata e, no alto, na entrada de uma gruta, como em um pedestal na pedra, a mulher. Era esguia, muito branca. Não sei por que a recordo de perfil, com o rosto voltado para cima e a negra cabeleira pendente... Suspeito que essa descrição sugere um desenho ridículo, uma vinheta de mau gosto. Para refutá-la, não encontro mais que argumentos subjetivos: parecia que me faltava o ar, senti o desassossego que a beleza provoca, intuí em uma brusca revelação que todo o meu passado se justificava por ter me conduzido até aquela mulher, pensei que se chegasse a perdê-la jamais me consolaria. Também tive um instante de felicidade, como se não entendesse a ironia do destino, que me revelava a mulher da minha vida quando os sabujos já me pisavam os calcanhares. "Devo estar medonho", pensei, e instintivamente passei a mão pelo cabelo, ajustei a gravata. Acho que a mulher sorriu; seja como for, me olhava sem desconfiança ou até como se me esperasse.

Ouvi então uma trompa de caça e os latidos intimidadores da matilha. Havia naquele clamor algo de tão compulsivo e terrificante que comecei a correr. "Era só o que faltava", pensei. "Ser perseguido por cachorros." Quando dei por mim, tinha transposto a cerca divisória e caía de joelhos nas pedrinhas da trilha, no segundo triângulo do parque. Já não ouvia os latidos, como se eu tivesse chegado muito longe ou como se os cachorros não existissem. Ao erguer os olhos me vi diante de um velho: estava sentado em uma poltrona de vime, à sombra de um baldaquino de franjas amarelas, vermelhas e azuis; vestia um terno de gabardine, de vez em quando se abanava com um chapéu panamá, parecia doente e cansado, me observava. O jardim, ao seu redor, era uma paragem de sonho, melhor dizendo, o simulacro de um sonho, construído sobre ideias muito convencionais, com objetos vagamente significativos e simbólicos: uma gaiola em forma de quiosque chinês, onde revoavam dois ou três pássaros de cor azul esverdeada, uma locomotiva incompleta, quase enterrada na areia, e, espalhados pelo gramado, o cilindro, em espirais brancas e escarlate, de uma barbearia; um medalhão dourado, com uma cabeça de cavalo, um escudo, uma tocha. A descoberta casual de que as pedrinhas do chão eram, na realidade, livros minúsculos (de vidro maciço, pintado) me causou indignação. Esqueci os cachorros, esqueci a polícia, apanhei um daqueles livrinhos, aproximei-o dos olhos do velho, como se exibisse um elemento de prova verdadeiramente irrefutável, e lhe perguntei:

— O que significa tudo isso? E essa porta?

Era de madeira escura, com uma infinidade de cabecinhas entalhadas; tinha uma aldrava com mão de bronze e estava emoldurada na frondosa hera de um caramanchão.

— Dizem que ela só se abre para os sonhos reparadores — respondeu.

Pareceu-me lúgubre, tristíssima, e suspeitei que traria desgraça; para me livrar dessa ideia imaginei a moça do lago, mas em seguida tentei pensar em outra coisa, como se o que então ocupasse minha atenção estivesse exposto a eflúvios de má sorte. Perguntei:

— O que vocês pretendem com tudo isso? Me enlouquecer? Não se iludam.

— Boa observação — respondeu o velho, rindo como se fosse sufocar. — A melhor crítica. Mas então confesse, amigo: o senhor é algum novo figurante do doutor Veblen?

— Figurante do doutor quem?

— Não me diga que entrou aqui por engano. Ou é o de sempre? Um fugitivo! Aviso que aqui está a salvo da polícia. Mas claro que, se o Veblen o apanhar… Por nada deste mundo ele se indispõe com o governo.

— Eu vou embora.

— Faz bem. É melhor fugir dos neuróticos. — Olhou o relógio. — Cinco e meia passada. Ainda demora um pouco para virem nos pegar.

Pensei que ainda tinha tempo de sobra para atravessar todo o parque e chegar pontualmente ao hotel (ou motel) onde Luz me esperava. Podia ter tanta certeza disso? No seu conjunto, o parque era enorme; eu podia me perder; não seria estranho se topasse com alguém disposto a me barrar a passagem ou chamar a polícia. Queria voltar ao lago das rochas, mesmo que fosse por poucos minutos, para falar com a moça. Mas nessa pressa eu a convenceria a fazer algo? O quê? No melhor dos casos, a que ela me desse seu nome e endereço, para nos correspondermos quando eu chegasse a Buenos Aires. Valia a pena (Deus que me perdoe), só para brincarmos de namorados por correspondência, correr o risco de ser preso? Antes de responder à pergunta, já havia ultrapassado a cerca de volta e me encontrava de novo no jardim do lago. "Por causa de uma estranha", cismei, "estou perdendo tempo e me expondo. Vão me prender. Vão me jogar em uma cela a pontapés. Então não acharei justificativa para essa conduta." Quando me defrontei com o montículo e não encontrei a moça, me angustiei; pela segunda vez em minutos, entendi que, se a perdesse, jamais me consolaria. Esqueci todas as precauções, me precipitei agitado à sua procura. De repente a descobri sob um arbusto de flores vermelhas, com as mãos estendidas na minha direção; a moça estava cortando flores, mas por um instante achei que me chamava; esse engano me confundiu, me desalentou, e quando o gigante vestido de caçador verde reapareceu, voltei a empreender a fuga, transpus a cerca, uma sucessão de cercas, e nos diversos jardins vi (já sem curiosidade) cozinheiros disputando uma partida de tênis, gente fantasiada de animais, a torre de uma fortaleza, com uma âncora pendurada das ameias, um coche, uma chaminé, uma harpa, um berço dourado. Considerei que estava desistindo da mulher da minha vida porque estava triste demais para lutar (na verdade era o contrário: estava triste por desistir da mulher) e atribuí a culpa de tudo à funesta fantasia daqueles jardins. No último, um indivíduo de avental quase me pega. Escalei o muro, me encontrei em plena rua; adentrei (vencendo o cansaço e o medo) na cidade; me perdi duas vezes; por fim cheguei ao motel.

Luz cumpriu sua palavra: esperava por mim. Rindo, como se me fantasiassem para um baile de máscaras, me disfarçaram de capitão ou de comissário de bordo. Bebemos, o ônibus chegou, o motorista comentou: "Hoje temos mais um", atravessamos o aeroporto e embarcamos. Até o avião decolar, a tripulação parecia nervosa; eu pensava na moça do lago.

Já no ar, troquei de roupa e, para ficar sozinho, busquei refúgio na última poltrona. Acho que depois de servir o jantar, Luz desejou boa-noite a todos e veio se sentar ao meu lado. Eu me lembrei de histórias, que todos conhecem, do que aconteceu em certo voo, nessas últimas poltronas, enquanto os passageiros dormiam. Para distraí-la, desatei a falar.

— Você acredita em amor à primeira vista?

— É maravilhoso — respondeu — e muito comum. Pode perguntar para qualquer pessoa.

Ela se encantou de tal maneira com a argumentação que esteve a ponto de me abraçar. Perguntei:

— Quem é o doutor Veblen?

— Você não sabe? Que susto deve ter levado.

— Pelo menos vi coisas estranhas.

— Extras de aluguel e objetos que ele consegue não sei onde. Põe tudo lá para que os internos sonhem à noite. O charlatão cura com sonhos os milionários que se curam pelo prazer de pagar uma fortuna.

Como se não mudasse de assunto, rapidamente me perguntou com quem eu morava. Quando entendi, respondi:

— Com minha mãe e minhas irmãs, em Beccar.

— Então você não é casado! — gritou sem esconder a alegria.

Pensei como se falasse com ela: "Se você me deixar por um tempinho, depois nos casamos". A garota tinha me salvado, parecia-se talvez com as grandes heroínas de Stendhal, e não me interessava meu destino. Fitou-me com aqueles seus olhos sérios, que agora conheço tão bem, disse que ia servir não sei o quê aos passageiros, mas que logo voltaria.

UMA PORTA SE ABRE

Almeyda vestira seu terno azul, como se fosse sair. Diante do espelho, deu um impecável nó na gravata reservada para as grandes ocasiões e ainda acrescentou o luxo de um alfinete em forma de ferradura da sorte, com pedrinhas verdes, de valor puramente sentimental. À luz daquele dia de inverno, as envolventes folhas de hera da moldura dourada conferiam uma profundidade misteriosa e triste ao vidro oval que o refletia. "É assim que eu vou ficar", murmurou, "em uma fotografia, no quarto da Carmen. Na prateleira, entre seu retrato, com xale de Tonquim, e a foto do sobrinho caçula, nu sobre uma almofada."

Ouviu o roçar de um papel e viu surgir, por baixo da porta, uma carta que alguém empurrava de fora. "Ainda sinto curiosidade?", perguntou-se, enquanto rasgava o envelope. Era a conta do alfaiate. "Ninguém adiaria o suicídio", comentou, "só para pagá-la."

Como se quisesse dar uma última chance a si mesmo, novamente defronte ao espelho, perguntou-se quais eram as coisas que não haviam perdido o encanto para ele. De um rápido inventário, resgatou apenas o cheiro de pão torrado e o tango "Una noche de garufa". Duas coisas não bastavam; por superstição, pensou que era necessário chegar a três. Vasculhou a memória, primeiro ao acaso, depois com método; pessoas ("Melhor passar por alto"); hábitos antigos ("Com essas manias, quem não se cansa de si mesmo?"); o teatro na avenida de Mayo; o bilhar no centro; jantares de homens sozinhos, até altíssimas horas, com discursos e histórias picantes, em geral em um restaurante da Recova del Once; no verão, sestas em um bosque, na estrada para La Plata; leituras, que em outra época o distraíram, como a história da máquina do tempo e outras fantasias em que um viajante se aventurava ao futuro, que era um mundo bastante aterrador e melancólico. Onde estavam esses livros? Na casa da Carmen, provavelmente, ou de algum sobrinho da Carmen, para quem ela logo os passava, como se lhe queimassem as mãos.

Quando já estava cansado desse inútil levantamento de objetos mais ou menos encantadores, lembrou-se de um caminhão em forma de urso polar de uma loja de peles, que o deslumbrara quando era criança. "Cheguei a três", exclamou vitorioso, para acrescentar sem tempo para mais nada: "E agora?". Ainda fitando o espelho, estendeu a mão, às apalpadelas, em busca do revólver. Segundos depois, ao seguir esse movimento com os olhos, reparou no jornal sobre a mesa. Melhor dizendo, reparou no seguinte anúncio (enquadrado em preto, como apareciam nos jornais de província, em outra época, as notas de falecimento): *O senhor está convencido de que a vida o encurralou sem saída, de que tudo lhe cai sobre a cabeça e que não lhe resta outro remédio senão o suicídio? Já que não tem nada a perder, por que não nos procura?* "Como se estivessem pensando em mim", disse a si mesmo. "É exatamente o meu caso."

Felizes os que podem pôr a culpa no próximo; mais cedo ou mais tarde, acabam se consolando. Por que não falava francamente com Carmen para esclarecer a situação, como lhe aconselhava Joaquín, o Canhoto de Los 36 Billares? Esclarecer a situação! Um alívio, um oásis, uma meta inatingível, um sonho que era melhor não sonhar. Nossa liberdade é limitada pelo que o próximo espera de nós. Carmen, de caráter rápido, de vontade firme, de ímpetos generosos, lhe assegurara: "Podes contar comigo", para em seguida entrar em uma daquelas convincentes e minuciosas explicações que pareciam incompatíveis com sua personalidade vivaz, mas que na verdade a complementavam e reforçavam. Carmen, Carmen, sempre Carmen, lindíssima, de feições delicadas, nitidamente delineadas, de tez clara, rosada, de olhar cintilante, de sorriso triunfal, de proporções tão harmoniosas que ninguém, jamais, sonharia em chamá-la de anã. Se ele abria uma porta, sempre surgia do outro lado, barrando-lhe a passagem, rápida como o movimento de um leque, graciosa como a bailarina de uma caixinha de música, Carmen, de olhos que adormeciam a vontade, de risada que infundia alegria, de dentes perfeitos, brancos e afiados, de mãos minúsculas, com dedos pálidos e finos, que terminavam em unhas como ganchos. Involuntariamente ele a evocava arrebatada em frenéticas espirais de sapateados e taconeios que finalizava, as mãos para o alto, com um impetuoso *Voilà!* "O tempo tudo resolve", lhe dissera, em Los 36 Billares, Joaquín, o melhor canhoto do pano verde, seu amigo de sempre, para quem a vida corria feliz por carambola. "Eu não tenho essa sorte, ou essa mestria, mas tenho a Carmen", concluiu estendendo a mão resolutamente. Nesse instante uma detonação o estremeceu. Lembrou-se depois que na Recoleta rendiam homenagem a um militar morto. Como se o inesperado canhonaço o precavesse contra qualquer sobressalto, postergou o revólver até a releitura do anúncio. Percorreu-o sem maiores ilusões, mas, quando chegou ao número de telefone e à exortação "Ligue já", disse para si: "Por que não? Sou cético demais para me opor ao que quer que seja", e por simples curiosidade, para ver se nesse transe a vida lhe reservava uma aventura, ligou. Atenderam em seguida.

— É para marcar uma entrevista? — perguntou uma voz masculina cansada, porém serena. — Esta semana estou com todos os dias tomados… a menos que o senhor possa vir agora mesmo…

Talvez por estar perturbado, entendeu que era uma oportunidade.

— Poder… posso… — balbuciou.

— Então anote.

— Um momento…

— Avenida de Mayo — ditou a voz cansada.

Almeyda escreveu com cuidado o número, o andar.

— Pronto.

— Se não quiser esperar, não se atrase, por favor.

Apanhou o relógio, recolheu as moedas do cinzeiro, o chaveiro que ganhara de Carmen, molhou o lenço em água-de-colônia e, ao arrumar a mesa, viu o talão de cheques. "Vou levar", pensou. "Afinal, não vou morrer sem pagar o alfaiate." Como iria até a avenida Callao para tomar um táxi, passaria pela alfaiataria.

O porteiro o interceptou com grave deferência.

— A senhorita Carmen — anunciou — deixou um envelope para o senhor. Vou pegar.

— Mais tarde o senhor me entrega, quando eu voltar.

Antes que o porteiro pudesse protestar, afastou-se pela rua. Entrou na alfaiataria. O alfaiate lhe perguntou:

— O senhor quer ver um corte de fazenda?

— Acho que não vou precisar de ternos novos — respondeu. — Só vim lhe pagar o que devo, e mais nada. Surpreso?

— Não, senhor, a gente só se surpreende quando quer.

Nem bem pôs os pés na rua, um táxi ficou livre. Entrou, deu o endereço e comentou consigo: "Estou com sorte. A que ponto cheguei, que só penso que estou com sorte quando consigo um táxi".

Com o motorista, manteve um diálogo sobre os anúncios que lemos nos jornais.

— Qual a sua opinião? — perguntou Almeyda. — Acha que podemos confiar neles?

— Minha esposa lê todos, e precisa ver as galinhas-mortas que consegue. Quando eu reclamo que em casa já não cabe nem meio cacareco, ela me dá uma invertida falando coisas como "quem guarda tem", e me lembra que foi graças a um anúncio desses que ela comprou a cinta elétrica que eu uso até hoje.

O motorista parecia muito atento ao que dizia, porque ao chegar à avenida de Mayo demonstrou surpresa de que houvesse automóveis na rua e por pouco evitou uma trombada; um colega de volante, ao desviar dele, se espatifou contra um ônibus. Encerraram essa parte do episódio ferro e vidros em sucessivo estrépito.

Quando desceu do automóvel, Almeyda sentiu as pernas bambas; não era para menos: primeiro, a salva em honra ao militar morto; depois, a batida. Pensou que, pela impressão do estrondo e do solavanco, nessa tarde não teria forças para engatilhar o revólver, mas que, se chegasse à noite com vida, voltaria a se deparar com Carmen. Pela avenida de Mayo, na altura do 1.200, procurando a porta correspondente ao número que tinha anotado em um papel, viu-se a poucos metros do Teatro Avenida. "Que destino. Os mesmos lugares de sempre", exclamou. "Melhor voltar para casa." Mas considerou que, já que estava lá, valia a pena conhecer a proposta do vigarista do anúncio. No hall de entrada, sentiu um vago mau cheiro, como se o porteiro cozinhasse com formol; subiu até o quinto andar; leu: "Doutor Edmundo Scotto", em uma placa de bronze que lhe pareceu fúnebre; seguiu uma moça vestida de enfermeira até um consultório ou escritório, com as paredes forradas de livros, onde um velhinho de avental, atrás de uma mesa coberta de uma infinidade de papéis e uma bandeja em que havia um café com leite completo, anunciou de boca cheia:

— Estava esperando pelo senhor. Sou o doutor Scotto.

Era sobretudo minúsculo ("Como que sob medida para a Carmen", pensou Almeyda), mas também frágil e pálido como um cadáver.

— Vim por causa do anúncio.

— Desculpe se não lhe ofereço — disse Scotto. — Mas o senhor teria que pedir o seu completo na leiteria da esquina, e iam demorar muito para entregar.

Acima do médico, na parede atrás dele, havia um quadro muito escuro que representava Caronte, levando um passageiro na sua barca, ou um gondoleiro que, por um canal de Veneza, levava um doente ou quem sabe um morto.

— Vim por causa do anúncio — repetiu Almeyda.

— Importa-se que eu coma? — inquiriu o doutor enquanto cortava o pão e o molhava na xícara. — Se há uma coisa que eu não recomendo é café com leite frio! Fale, por favor. Me diga tudo o que está acontecendo com o senhor.

— Era só o que faltava — respondeu Almeyda, com uma irritação incompreensível, alentada, talvez, pela fragilidade do médico. — O senhor publica um anúncio bastante sibilino, cá entre nós, eu me abalo até seu consultório, mesmo sem a mínima ilusão, e agora o senhor me vem com essa de que sou eu quem deve dar explicações.

O doutor Scotto passou o lenço, primeiro pelo bigode molhado de café com leite, depois pela testa, suspirou e, quando se dispunha a falar, avistou um croissant, mergulhou-o no café com leite, abocanhou-o e mastigou. Por fim, observou:

— Eu sou o médico, e o senhor é meu doente.

— Eu não estou doente nem sou seu.

— Antes de prescrever o tratamento, o médico escuta o doente.

— No anúncio, o senhor mesmo descreveu minha situação, com muito acerto, reconheço. Que mais quer que eu lhe diga?

O doutor perguntou, subitamente alarmado:

— O senhor não estará com problemas de dinheiro, não é?

— Não, não é isso. É uma mulher.

— Uma mulher? — Scotto recuperou a atitude. — Uma mulher que não o ama? *La donna è mobile!* Por favor, senhor, não tome meu tempo com essas ninharias.

— Uma mulher que me ama.

— Permita-me que lhe indique um psicanalista — escreveu um nome e um endereço no receituário —, para que não perca a única chance de ser feliz que resta a nós, homens, neste mundo que se acaba: a formação, a consolidação do casal.

— Eu entendi bem o que está me insinuando? — perguntou, levantando-se lentamente.

— Não me leve a mal — encolhido, Scotto o olhava de baixo. — É tão grave assim?

— Irrespirável. Só estou vivo, e provisoriamente, porque li seu anúncio no jornal.

— Não pode se esconder, por um mês, na casa de um amigo? O tempo tudo resolve.

— Tenho, justamente, um amigo que sempre me repete essa frasezinha; mas nem ele nem o senhor conhecem a Carmen.

— Quem? — perguntou Scotto, pondo uma mão em concha no ouvido.

— Não vem ao caso, doutor; se não pode me oferecer nada, volto para casa.

— Meu sistema se baseia no princípio irrefutável de que o tempo tudo resolve. Em síntese, meu bom senhor, eu o adormeço e o congelo. Quando acordar (depois de um soninho de cinquenta ou cem anos), a situação evoluiu, a barra está limpa. Faço questão de frisar, isso sim, que o senhor perderá o que chamo de a grande opção da vida: a formação do casal. A última reunião do casal será sempre meu propósito irrenunciável.

— Está bem. Volto para casa.

— Não se zangue, não insistirei mais. Como sinal de cooperação apontarei, no meu sistema de sono congelado, uma vantagem que seu espírito curioso sem dúvida estimará: a oportunidade de fazer turismo no tempo, de conhecer o futuro.

— Certo. Se me congelar agora mesmo, aceito o sono de cem anos.

— Não se apresse. Iremos, primeiro, proceder a uma checagem exaustiva. Recomendo-lhe um laboratório de confiança onde lhe farão radiografias e exames a preços bem razoáveis. Devo me certificar de que seu organismo resistirá.

— Meu organismo resistirá melhor a uma bala?

— Não diga isso nem de brincadeira. Ponha-se no meu lugar. Como ficará a reputação do doutor Scotto se o senhor empacotar? Além disso, caro senhor, desconheço seus meios, mas suponho que deverá tomar algumas providências para fazer frente às despesas. Calcule por alto: cem anos de aluguel, mais o atendimento e a manutenção.

— Posso lhe dar um cheque com tudo o que tenho no banco.

O doutor examinou, sem pressa, o talão. Por fim declarou:

— O senhor cobrirá um ano ou, se o custo da vida não aumentar, dois. Depois já começará a me dar prejuízo.

— Não se preocupe. Vou para casa. Eu vim aqui por simples curiosidade, mas tenho meu plano perfeitamente traçado.

— Da minha parte, tenho um grande defeito. Sou o que se chama um homem fraco, que se deixa convencer pela última pessoa que lhe fala. Mas veja bem, se amanhã meus recursos acabarem, o prejudicado será o senhor. Não o deixarei morrer, mas o acordarei, talvez prematuramente.

— Não se preocupe. Vou para casa.

— Essa casa, da qual está sempre falando, é de sua propriedade? O senhor dispõe de outros bens? Quanto mais quantiosos, melhor. Consultamos o tabelião aqui do prédio, e o senhor me passa uma procuração.

Concluiu enfim os trâmites legais. Pensou que, se a intenção do doutor Scotto era irritar seus nervos e esgotá-lo, antes do congelamento, não poderia ter escolhido um procedimento mais eficaz. Nem sequer à tarde, ao empunhar o revólver, ficara tão nervoso.

Um auxiliar do médico levou-o a uma saleta e começou a auscultá-lo. Almeyda assumiu um ar de grande calma, quase de prosternação; mas seu coração batia forte no peito. "Se eu não me controlar", pensou, "quem sabe que doenças vai descobrir em mim." Para se acalmar, usou seu habitual método de imaginar pradarias verdes e árvores. O auxiliar media sua pressão e conversava.

— Ao que o senhor se dedica?

— Leciono história no Instituto Libre — respondeu Almeyda. — Antiga, moderna e contemporânea.

— E agora poderá acrescentar a futura — disse o homem, talvez sem observar o necessário rigor lógico. — Porque, pelo que entendi, o senhor está prestes a partir em voo direto para o século que vem. Que me diz, hein?

— Como será o futuro? — Almeyda perguntou em um tom que simulava indiferença.

— Não haverá trabalhadores. Não haverá escravos. O trabalho ficará a cargo das máquinas.

— Atrás da máquina sempre haverá um homem que a controla.

— Por essas e outras é que eu desconfio do maquinário. Animais vão fazer o trabalho. Ou seres de outro planeta, seres inferiores, trazidos especialmente para isso.

— Por traficantes de escravos...

— Então melhor, proponho algo melhor: nos homens acanhados, que não queiram fazer frente às contingências da vida, será infundida, através de algum método científico, a felicidade, a pura felicidade, com a condição de que trabalhem. E assim escravos felizes vão trabalhar para o resto dos homens.

— Quer saber de uma coisa? — comentou Almeyda, como se falasse sozinho. — Acho que o futuro não me agrada nem um pouco.

— Mas é para lá que o senhor vai em voo direto.

— Não é para ir ao futuro que estou fazendo isso, mas para fugir do presente.

Foi levado para outra sala. Deitaram-no. Scotto, o auxiliar e três enfermeiras o rodearam. Antes de adormecer olhou o calendário, na parede à esquerda, e pensou que em 13 de setembro de 1970 estava empreendendo a aventura mais estranha da sua vida.

Sonhou que escorregava por um barranco nevado e que depois seguia por um estreito atalho até a boca de uma caverna; escutou um rumor de risadas vindo da escuridão.

— Estou acordado — afirmou, como quem se defende — e não sei nada da bela do bosque.

Estava rodeado por dois homens e uma moça. Em seguida se perguntou se essas pessoas tinham falado da bela adormecida ou se ele tinha sonhado.

— Formigamento nos pés? — perguntou um dos homens.

— Dormência nos dedos das mãos? — perguntou o outro.

— Quer uma manta? — perguntou a moça.

Curvaram-se para examiná-lo de perto. Temeu, por um instante, que os desconhecidos ocultassem com seu corpo algum estranho servidor, um animal ou um mecanismo. Quando tentou se levantar, divisou, por entre duas cabeças, o calendário. Com desalento deixou-se cair no travesseiro.

— Calma, calma — disse a moça.

— Fraqueza? — perguntou um dos homens.

— Enjoo? Vertigem? — perguntou o outro.

Por despeito, não respondeu. Tinha sido submetido a um mero teste ou, pior ainda, o experimento fracassara; o calendário continuava no dia 13 de setembro.

— Quero falar com o Scotto — disse sem dissimular seu abatimento.

— Sou eu — respondeu um dos desconhecidos.

— Não… — Almeyda esboçou um protesto, que se transformou em confusa explicação, porque de repente lhe surgiu uma dúvida. Quando adormeceu, o calendário estava à direita ou à esquerda? Agora estava à esquerda. Disse: Quero me levantar.

Ergueu-se, afastou os desconhecidos, não sem vacilar deu uns passos em direção à parede. No calendário, abaixo do número 13, leu uma data inacreditável. Tinha dormido cem anos. Pediu um espelho: achou-se pálido, com a barba um tanto crescida, porém mais ou menos como sempre. Restava ainda a possibilidade de que tudo fosse uma farsa.

—Agora vai me beber a poção — disse a moça e pôs entre suas mãos um enorme copo de leite.

— Tome de um gole só — disse um dos homens.

Aquilo parecia leite, mas não era; tinha um gosto como de petróleo.

— Já bebeu o primeiro copo — disse o outro.

— Antes de beber o segundo, vai descansar um pouco, na saleta de espera — disse a moça.

— Depois teremos uma conversa amigável — disse um dos homens.

— Temos que prepará-lo — disse o outro.

— Temos que preveni-lo — disse a moça — sobre a severa redução dos seus meios econômicos e sobre o que encontrará na rua.

— Não está preparado. Antes deverá descansar um pouco e fortalecer-se com a segunda poção — disse um dos homens.

— Vamos levá-lo para a saleta de espera — disse o outro.

A moça abriu a porta e informou:

— Está ocupada.

— Eu sei — replicou um dos homens. — Eles são contemporâneos. Mesmo que se falem, não há perigo.

— Entre — disse o outro.

Ia entrar, mas se deteve: ainda não tinha acordado? Se não estava sonhando, como podia sorrir para ele, plantada no meio da saleta?… Um instante depois, sem dúvida para disfarçar a careta em que se transformava o sorriso, Carmen arrebatou-se valorosamente em espirais e taconeios, ergueu, estática, os braços e por fim os abriu, para se oferecer inteira a ele, ao grito de:

— *Voilá!*

Depois de um silêncio, Almeyda balbuciou:

— Eu não esperava…

— Por que dissimulas tua generosidade e teu amor? — perguntou Carmen, já segura. — Escrevi aquela carta horrível em um impulso, em um mau momento. Não sei como dizer, achei que estava sufocando, que não aguentava mais. Pensei, que horror!, no suicídio; perdoa!, e então vi o anúncio do doutor Scotto, vim visitá-lo e o convenci a me adormecer, e te deixei aquela carta horrível, e a leste, mas não me guardaste rancor, me perdoaste, quiseste dormir enquanto eu dormia, pensemos que dormimos juntos, meu amor, e agora, de verdade e para sempre, podes contar comigo.

O HERÓI DAS MULHERES

Alas! The love of women! it is known...
Byron, *Don Juan*, II, CXCIX

Os fatos ocorreram no ano de 42 ou 43. O que eu lembro ao certo é que o engenheiro Lartigue chegou em fins de maio e, também, que o ano foi chuvoso. O campo — eu não diria que é baixo na região, mas espraiado — configurava um grande pântano, que se estendia até o horizonte: um mar de lama ou, para ser mais exato, uma ilha de lama. Nosso isolamento era tamanho que nem os caixeiros-viajantes chegavam lá.

Podíamos percorrer as terras, mas não trabalhar (exceto no barracão); portanto nos sobrava tempo para pensar no longo inverno que tínhamos pela frente. Com perspectivas tão ruins, as ruminações de cada um eram tristes e, no anseio de interrompê-las, quase todo dia nos abalávamos até a venda, apesar do frio e da chuva. Não sei por que o encontro com amigos, ou conhecidos, que passavam pelo mesmo transe nos reanimava. Ou talvez o que nos reanimasse fosse a genebra, como insidiosamente insistiam as mulheres. Quem as supera em espalhar suposições caluniosas e arbitrárias? Quando um de nós levava um tombo, não punham o acidente na conta da lama, e sim dos tragos.

Parece que foi ontem, mas já se passaram mais de vinte anos, o que talvez prove o acerto de uma — ou mais uma? — das afirmações do engenheiro Lartigue. O engenheiro, *El Ingenierito*, como o titulávamos pelas costas, apareceu entre nós naqueles momentos em que, sem contar os pássaros do banhado, não chegava ninguém. Vinha de Buenos Aires com malas cheias de livros e teorias mal assimiladas que, expostas na venda do Constancio, um barracão de chapas perdido no meio do descampado, perante uma roda de homens do campo preocupados com a chuva, com a situação do gado e com o inverno iminente, ou amodorrados pela genebra, pareciam extravagantes e até descabidas. Em uma daquelas tardes o engenheiro afirmou:

— O tempo não tem sempre a mesma duração. Uma noite pode ser mais curta ou mais longa que outra noite com igual número de horas. Quem não acreditar que pergunte a um farmacêutico de sobrenome Coria, que mora no Rosário. E mais: na primeira distração, o presente pode se enlaçar com o passado e até com o futuro. Os relatos de muitos visionários de boa-fé não me deixam mentir.

Declarações como essa provocam mal-estar entre os presentes, que não sabem seu porquê nem como encará-las. Uma testemunha qualificada, o velho Panizza, teria confidencialmente formulado a sentença que refletia o sentimento geral:

— Presunçoso o mocinho.

Passado um tempo, porém, outro dos presentes, homem de merecido respeito, hoje quase um ancião, ao comentar aquele encontro confessou:

—A experiência tem provado que, se eu tento me lembrar do rosto da Laura, às vezes surge apagado e distante, mas quando menos espero me aparece em sonhos, nítido como se tivesse acabado de olhar para ele, e muito real. Ou será que isso não tem nada a ver? Talvez eu não tenha entendido o que Lartigue disse.

É inegável que o engenheiro chegou à região com o pé esquerdo. Daquela primeira vez que o vimos na venda do Constancio (ou foi na do Basano?), destampou a perorar sobre as mulheres. Na nossa roda de conversa, esse assunto tendia ao tom festivo e se manifestava em piadas ou em certas brincadeiras e gracejos. Por tudo isso, uma dissertação longa e, pior ainda, séria, só podia mesmo provocar, primeiro, desconcerto e, por último, desagrado. Creio que represento os amigos presentes naquela oportunidade se eu disser que o escutavam esperando uma palavra, um sinal, que puxasse as risadas. Nada disso aconteceu.

O engenheiro assegurou que um homem e uma mulher que seguem juntos por este mundo de Deus são separados por um abismo e que, se em certas ocasiões estão de acordo, é apenas por algum mal-entendido, sem dúvida voluntário. Para completar, afirmou:

— Quanto mais orgulhoso do seu desempenho está o homem, não raro, para a mulher, não há motivo de alegria.

Esclarecendo que os circunstantes não eram delicados, ouso dizer que estavam constrangidos. Acho que foi nesse momento que deram a Lartigue o apelido de Beija-Flor.

Eu sempre soube que um dia iria contar a história que vocês estão lendo. Até os narradores fantásticos uma hora entendem que a primeira obrigação do escritor consiste em rememorar uns poucos acontecimentos, uns poucos lugares e, acima de tudo, as poucas pessoas que o destino mesclou definitivamente à sua vida ou ao menos às suas lembranças. Ao diabo as Ilhas do Diabo, a alquimia sensorial, a máquina do tempo e os mágicos prodigiosos!, dizemos a nós mesmos, para mergulharmos impacientes em uma região, um pago, uma íntima comarca do sul de Buenos Aires.

Quando se trata de uma história verdadeira, que transparece mistérios não vislumbrados pelas criações da fantasia, nosso impulso de registrá-la torna-se mais premente. Por outro lado, a descoberta de uma fresta na imperturbável realidade é algo que atrai a todos nós.

Para contar de forma ordenada o que aconteceu devo começar por Laura, por Verona, pelo engenheiro e pelo tigre.* De Laura, direi apenas o indispensável. Se me deixasse levar, escreveria um livro sobre ela e me esqueceria do resto. *Don* Nicolás Verona — cinquenta anos, rosto bem escanhoado, andar pausado, bombachas muito brancas, mãos invariavelmente limpas — era à época um líder opositor de reconhecida autoridade, além de morador respeitado no sétimo distrito de uma comarca que mencionei em um parágrafo anterior. Embora soubéssemos que ele arrendava La Pacífica de um fantasmático senhor que morava em Paris, para todos nós *don* Nicolás era o dono daquela modesta e digna estância (modesta pelas casas, próprias do que se chamava uma estância de trabalho) e dos seus consideráveis três mil hectares de campo espraiado, mas bem povoado. Observadores devidamente situados para obter informação fidedigna atribuíam a sua pena as peças oratórias de mais de um prestigioso correligionário. Seja como for, consta-nos que Verona, homem de ilustração mais que mediana, sem se afastar das convicções inculcadas por *Civilização e barbárie*, reunira uma modesta biblioteca sobre Facundo Quiroga e suas batalhas contra o general Paz. Para completar a imagem desse homem feliz, falta acrescentar uma circunstância íntima, a mais importante: a seu lado estava Laura. Quem a conheceu e, entre as novas gerações, quem teve o privilégio de passar pelo arquivo do Estúdio de Filippis, na avenida San Martín, em Las Flores, para contemplar sua fotografia retocada espontaneamente, manterá viva a lenda dessa jovem extraordinária, de reputada

---

* Na Argentina e no Paraguai, assim como no Sul do Brasil, costuma-se chamar a onça (*jaguar*) de *tigre*. (N. T.)

beleza, culta e refinada, que parecia destinada a se destacar não apenas na cidade cabeça de distrito, mas também em La Plata e em Buenos Aires, mas que se conformou, sem as amarguras a que são propensas as moças de hoje em dia, em se recolher à solidão de uma estância, junto ao homem formal que o destino lhe proporcionou. Obviamente, ele morria de amor pela mulher.

Como o próprio Verona observou, Laura não era uma "flor de estufa". Pouco tempo depois de casados, em uma festa em prol da Sociedade de Fomento, ele ganhou uma competição de tiro ao alvo. Depois do triunfo, ele a convidou a testar sua pontaria. Laura superou todas as marcas.

Quanto ao engenheiro, inútil negar que nossos sentimentos eram conflitantes. Embora pertencesse a uma antiga família local, formou-se na capital, e a verdade é que todos nós desejamos de todo coração o fracasso a quem vem de lá. Além disso, para que mentir, estávamos cansados de agrônomos, engenheiros de segunda, como os chamamos, que olham para o homem do campo do alto de uma arrogância cevada pelos livros, pura teoria que no fim das contas só serve para viverem à custa de viúvas e outros desvalidos ou, quando são proprietários, para esbanjarem a herança que receberam dos pais. Agravava o quadro, tão deplorável quanto notório, o fato de Lartigue ser um mocinho muito nervoso, que sempre alardeava de leituras extravagantes e cansava as pessoas com explicações, que nem ele mesmo entendia, sobre a relatividade das coisas deste mundo, sobre um livrinho onde se dizia que os sonhos são em parte proféticos e logo são esquecidos (grande novidade), e que por isso é bom anotá-los ao acordar, recomendação que ele cumpria ao pé da letra, em um caderno marca Bachiller, que vizinhos respeitáveis chegaram a ver com seus próprios olhos. Perorava também acerca de uma dimensão paralela, na qual alguém, provavelmente um fugitivo, certa vez se refugiou, para voltar quando o perigo passou, igualzinho porém canhoto, e outros despropósitos de igual calibre. Entre Verona e Lartigue, a rixa tinha estímulos particulares: o engenheiro era conservador; Verona, radical. Naquele tempo, entre uns e outros havia muito ressentimento, muito rancor. Por outro lado, *don* Nicolás não podia deixar de reconhecer que os Lartigue — frequentara o pai e antes o avô — foram sempre ótimas pessoas, a fina flor, como se dizia, e que o moço em questão chegara com a melhor vontade e as melhores intenções, o que afinal tem seu peso. Acrescente o leitor uma futilidade que, ao longo das conversas desses dois homens tão díspares, chegou a ser um laço de amizade. Com efeito, não demoraram a descobrir um gosto comum pelas fitas de *convoys*, ou de caubóis, como alguns deram para chamar. *Don* Nicolás as vira em La Plata, com propensão pelo cinematógrafo das diagonais, lá por 1929; Lartigue, onze anos depois, em várias salas de Buenos Aires, entre as quais recordava o Cine Hindú. *Don* Nicolás considerava insuperáveis os filmes de Tom Mix e de William Hart; Lartigue mostrava-se francamente partidário de um mais moderno, chamado *No tempo das diligências*. Depois de longo debate chegaram a um acordo de cavalheiros na preferência de ambos pelos de William Hart sobre os de Tom Mix, que Lartigue, sinceramente, não lembrava ou não tinha visto, e no crédito que *No tempo das diligências* merecia de Verona, quem se comprometia formalmente a vê-lo assim que a passassem em Las Flores ou em Azul.

Não creio que a secreta inclinação — se é que é possível dissimular tais sentimentos — de Lartigue pela senhora Laura contrariasse *don* Nicolás. Com efeito, esse homem maduro e seguro de si sabia que muitos haviam cobiçado ou ainda cobiçavam sua mulher; nem por isso perdia o aplomb.

Quanto à aparência física, Lartigue não era um homem do seu tempo; parecia antes um inexplicável sobrevivente de 1840, ou até de 1800. Como disse uma amiga comum, que levava sua efígie em um relicário: "Em meio àqueles rapazes com cabelo à americana, era o único perfil romântico".

Foi portanto no armazém de secos e molhados de Basano, ou quem sabe na venda de Constancio, que *don* Nicolás e o engenheiro se encontraram pela primeira vez. *Don* Nicolás levava pendurada no pescoço, porque era mais fácil que carregá-la no braço, uma das peiteiras da sua junta de tordilhos. Era de um modelo que não se fabricava mais, e ele a levava para que o comerciante tentasse conseguir uma igual na selaria de Arias ou de Casimiro Gómez. Junto ao balcão, de costas para a porta de entrada, rodeado em ferradura por um grupo de fregueses, Lartigue perorava, quase ao mesmo tempo que pedia informação, sobre o tigre que, segundo é fama ou lenda, rondava então pelos campos que lindam ao leste com o riacho de El Gualicho e as comarcas de Pila e Rauch. Que vontade de falar de tigres podia ter aquela gente que só pensava em comprar fardos, ou em pôr o gado a pastoreio, ou em deixá-lo morrer? Contudo, não deixaram de lhe dar conversa, porque prevaleceu a boa educação, como é habitual no homem do campo. Basilio Jara afirmou que Chorén tinha visto o tigre perto da sede, hoje tapera, da antiga estância do Bruno, e também à beira da Laguna Grande; e que Bathis, uma tarde em que voltava de charrete para suas terras em Martillo, chegou a entrevistar (quis dizer entrever) a fera em algum ponto daqueles capinzais, abundantes de preás e perdizes, que se estendem por mais de três léguas até o riacho, que lá corre encaixotado entre barrancos a pique. O engenheiro insistia:

— Não quero contradizer ninguém. Muito menos um amigo de casa como Basilio, de quem sempre ouvi falar com afeto e apreço. Mas não negarei minhas dúvidas sobre a existência do tigre.

Don Nicolás, olhando de cima (por ser baixa a porta, teve que se inclinar levemente para entrar), perguntou:

— Já que o cavalheiro, sem o intuito de refutar as testemunhas que a viram, não acredita no tigre, deveria favorecer-nos com sua opinião.

— Sinceramente, não sei o que pensar — respondeu o engenheiro com a maior naturalidade.

À contraluz, com a peiteira como colar, *don* Nicolás devia configurar uma aparição incompreensível e ameaçadora. Sua voz serena, indicada para aplacar qualquer sobressalto, insistiu nas perguntas:

— O senhor suspeita que se trata de um produto da imaginação dos pioneiros? Não se pode negar que a história de outras regiões fala de mitos semelhantes. Entendi bem?

— Ouvi dizer que qualquer cachorro bravo que ataque os currais logo é morto.

O oficial Baroffio, que reunia na sua pessoa a chefia e a tropa do nosso destacamento policial, explicou:

— O cachorro que pega a carnear faz muito estrago.

Era comprido e loiro. Sua enorme boca sorria com a satisfação de esclarecer tudo admiravelmente.

— E o tigre? — perguntou Lartigue.

— Um tigre há de ser uma barbaridade — concedeu Baroffio.

Don Nicolás sorriu com bonomia.

— Tenho para mim que o engenheiro não quer ofender ninguém — assegurou —, mas no fundo deve pensar que, nesse assunto, ou mentimos, ou nos fizeram de bobos.

Lartigue negou com a cabeça. Depois falou lentamente e como quem se desculpa:

— Acontece que eu sempre acreditei que o último tigre de que se teve notícia no sul da província foi morto em 1882, não longe da divisa das comarcas de Olavarría, Bolívar e Tapalqué. Quando eu era pequeno vi a pele, pendurada na parede, na sede da antiga provedoria de El Sauce. Os senhores se lembram dessa provedoria? Como hão de compreender, o fato de que um novo tigre apareça sessenta anos mais tarde é quase inacreditável para um homem que sempre acreditou no progresso. Claro que o romântico que há em mim exige que acredite.

— Não há melhor expediente para desfazer a dúvida que a expedição pessoal. Se acampar por alguns dias, a própria pessoa, no caso o senhor...

Aqui o engenheiro disse seu nome, Verona o dele, e as apresentações se estenderam em calorosas palavras de elogio ao profundo vínculo de amizade e mútua estima entre *don* Nicolás Verona e os ascendentes de Lartigue.

Por um instante pareceu que essa afloração de sentimentos generosos alteraria o curso dos fatos; mas o próprio Lartigue, com sua extravagante obsessão pelo tigre, induziu Verona a retomar sua travessa tática de instigação.

— É muito simples — disse. — Basta o senhor acampar na velha sede do Bruno. Uma vez lá, percorrer lentamente os capinzais, a pé, e à tarde, pouco antes do pôr do sol, se debruçar na terra perto da lagoa, na esperança de que o tigre compareça urgido pela sede. A função completa lhe tomará alguns dias.

O conselho era mal-intencionado. Evidentemente, *don* Nicolás, o homem ponderoso que todos conhecemos, naquele momento estava se deixando levar pela tentação de caçoar do jovem engenheiro. A quem não atrai a ideia de caçoar de que vem da capital? Verona sabia perfeitamente que o engenheiro aspirava a ser aceito como um de nós — estava no seu direito, como descendente de uma família estabelecida há tempos na região — e por pura malevolência plantava entraves para impedi-lo de alcançar a meta com facilidade. Se, em vez de se concentrar no trabalho, o engenheiro se distraísse espiando tigres mais ou menos fabulosos, que se preparasse para ser motivo de riso da vizinhança. Nunca esqueceremos o descrédito em que caiu o administrador da estância El Quemado, um certo barão Englehart, quando correu a voz de que passava os fins de semana caçando patos metido na lagoa, vestido com um traje impermeável importado especialmente da Alemanha, com a água pela boca e na cabeça um ramo de espichadeira para camuflar.

Às vezes penso que o engenheiro não estava tão errado assim na sua crença no progresso. Troças bobas, como o de incitá-lo a passar uns dias papando moscas na tapera, que naquela época recebiam a aprovação geral, hoje seriam descartadas por mesquinhas. A cumplicidade de *don* Nicolás, homem generoso e bom, em pregar uma peça tão miserável me consterna um pouco e me parece, sem dúvida, destoante do seu caráter. Mas é como já disse: essas troças não correspondiam ao caráter do indivíduo, e sim ao da época. Para desaprová-la então, só uma pessoa verdadeiramente superior, como Laura. Quanto a mim, confesso que me incluía entre os regozijados espectadores.

A verdade é que a troça, a peça ou lá o que fosse se voltou contra o próprio *don* Nicolás. De início, de modo jocoso; depois, não.

Devo admitir que na mencionada aprovação geral houve outra exceção. De fato, o oficial Baroffio disse:

— Como agora não temos apenas água, mas também quatreiros, eu tenho campeado por aí para tocar fora essa escória. — Fez uma pausa e, em seguida, em tom mais animado, dirigiu-se a Lartigue — Se um dia desses eu passar pela tapera do Bruno e avistar o tigre, dou-lhe o aviso para que venha testar sua pontaria. O que acha?

Evidentemente, era uma tentativa de salvá-lo da cilada que lhe preparavam. Não faltou, porém, quem atribuísse a intervenção de Baroffio a uma suposta má vontade deste em relação a Verona. É verdade que até em lugares como o nosso, onde todo mundo é amigo, são inevitáveis os atritos, para não dizer os encontrões, entre a polícia e a oposição.

As vítimas não se deixam salvar. Lartigue perguntou a Verona:

— Para acampar nessa estância, será que é preciso pedir permissão ao senhor Bruno?

Alguém comentou com malícia:

— Se fosse vivo, ele teria quantos anos?

— Cem, por baixo — respondeu Jara.

— Aquele lá sabia todas, como se costuma dizer — observou *don* Nicolás. — Era trapaceiro e intrujão. Sem deixar rastros, desapareceu lá pelo ano 8.

Baroffio apontou:

— Em compensação, deixou uma fieira de pleitos nos fóruns de Azul. Até hoje ninguém sabe a quem pertence a fazenda.

— Bruno era um homem localmente famoso — explicou *don* Nicolás.

— Tenho certeza — disse Basilio — que, na sua casa, o senhor Lartigue ouviu falar dele.

— Tinha os melhores parelheiros de Pardo. E todos sempre bem tosadinhos — disse Osán.

— Parece que o vejo — disse *don* Nicolás. — Elegante, com seu colete de fantasia e jogueteando com o chicote de montar. De vez em quando se permitia o que se chama um gesto, porque gostava que falassem dele. Jogador e pleiteador, encrenqueiro e mulherengo, na realidade era um vizinho bem incômodo.

Poucos dias depois dessa conversa, uma tarde em que *don* Nicolás estava trabalhando no escritório da sua estância, Laura entreabriu a porta para murmurar, um tanto ruborizada e risonha:

— Adivinha quem está de visita?

Don Nicolás não adivinhou. A visita era o engenheiro, que muito antes de se sentar para degustar o licor e os biscoitinhos que Laura serviu na sua bandeja de prata, pôs-se a falar do modo mais desordenado. Repisava, como já se sabe, sua ideia fixa:

— O que me traz aqui é a dúvida sobre o tigre. O senhor pode achar que é mania minha, mas não vou sossegar enquanto não souber ao certo se o tigre existe ou não. Seria bonito se existisse. Mas claro que um homem de formação moderna, como eu, tende ao ceticismo.

Se havia uma coisa que incomodava profundamente *don* Nicolás era aquele mau costume, tão comum entre os jovens vindos da cidade, que por isso mesmo deveriam ter melhor educação, de pegar a falar sem preâmbulos. Sua resposta foi instrutiva:

— Antes de entrarmos em cheio na discussão do nosso assunto, por que não honramos esta bandejinha?

Considerava impróprio aceitar as finezas da sua mulher sem elogiá-las e agradecê-las devidamente.

O jovem Lartigue reprimia a impaciência a olhos vistos, enquanto o empanturravam de bolachinhas, xaropes e doces. Por fim conseguiu articular uma frase breve, que desconcertou o dono de casa. Pediu-lhe que o acompanhasse na sua excursão à tapera do Bruno!

Se não se segurasse, *don* Nicolás teria lhe perguntado de pronto como podia imaginar que um homem de respeito se prestaria à palhaçada de campear tigres na região; mas percebeu a tempo que essa pergunta implicava admitir que ele, por seu lado, lhe propusera uma palhaçada, portanto engoliu as palavras engasgadas e, sem maior ilação, considerou que para os jovens pode ser correto o que é errado para os mais velhos, e que a juventude é temerária.

— Mas o senhor, *don* Nicolás, não acredita que existe um perigo real?

— Sejam reais ou não os perigos, quem pernoitar por lá deve se armar de coragem.

— Por causa do tigre?

— Primeiro, por causa do tigre. A mata tem trechos bem fechados e se emenda com um brejo que termina na lagoa. São tantos os esconderijos para o tigre, que é melhor não topar com ele. É um bicho matreiro, que a qualquer momento pode apanhar a pessoa de surpresa. Em segundo lugar, é preciso se armar de coragem...

— Sua senhora me dizia há pouco que a casa está abandonada e que à noite se ouvem barulhos.

Verona olhou-o inquisitivamente. Depois disse:

— Minha senhora não mentiu.

— Fantasmas?

— Talvez não passe de um simples vagabundo, que só quer que o deixem em paz. Um pobre vadio que para defender seu refúgio não vai pensar duas vezes antes de lhe acertar uma pazada na cabeça e despachá-lo para o outro mundo, se o senhor se descuidar.

Aparentemente as explicações atiçaram a curiosidade do engenheiro e o animaram a ir o quanto antes às terras do Bruno para lá passar um fim de semana. *Don* Nicolás, por seu lado, no começo da palestra se divertia como o gato com o rato; mas ele também não saiu ileso, acreditem. Cada uma das suas negativas em participar da empreitada esbarrava na insistência do engenheiro, que repetia, com variações de pouca importância, a frase: "Mas o senhor, *don* Nicolás, vai me acompanhar". Para piorar, Laura, em geral tão discreta, sobressaltou o marido com as palavras:

— Você e eu o acompanhamos.

Isso mesmo que vocês ouviram: "o acompanhamos".

Chegada a hora da despedida, foram com Lartigue até o poste onde amarrara seu cavalo.

Assim que o casal ficou a sós, *don* Nicolás olhou para o sul e comentou:

— Ainda bem que vai continuar chovendo.

— Como você é maldoso — disse Laura. — Só para não ir com ele, quer que continue chovendo. Se não queria acompanhá-lo, por que você o encorajou a ir?

— O que pode acontecer com esse jovem? Passar dois ou três dias atocaiado à espera de um tigre que não existe.

— Com suas noites correspondentes. Você não pensou que algum gaiato, que nunca falta, pode lhe dar um susto? Sorte se não acontecer uma desgraça.

— Acho que você está carregando nas tintas, Laura.

Era o que ele achava, mas estava enganado.

— Toda essa história é uma grande molecagem, Nicolás — repreendeu-o sua mulher. — Uma molecagem um tanto indigna.

Já no trajeto de volta entre o poste e a casa, ele prometeu que, no próximo encontro com o jovem, poria o máximo empenho em dissuadi-lo da excursão. Deve ter pensado que a promessa merecia um prêmio, pois disse:

— E nós dois, no sábado à tarde, vamos ao cinema? Em Las Flores estão passando *O retorno de Frank James*.

Com boa disposição, Laura aceitou a proposta, embora na realidade não tivesse grande predileção pelos filmes de caubóis.

Na quarta-feira, apesar da chuva, Lartigue voltou a aparecer em La Pacífica. De nada valeram os argumentos de *don* Nicolás. Suas tentativas de dissuasão só serviam de estímulo. É isso que Laura deve ter entendido, pois declarou ("para encerrar logo o assunto", como explicaria mais tarde):

— Vamos os três.

— Quando? — perguntou Lartigue.

Não chegavam a um acordo quanto ao dia. Desta vez quem resolveu encerrar logo o assunto foi *don* Nicolás, que disse:

— Amanhã.

— Trago a espingarda?

— Como preferir. Bem pensado, bem pensado: vou levar a winchester e uma espingarda, para Laura. Esperamos o senhor logo depois da sesta.

O engenheiro partiu imediatamente, talvez para não dar tempo a que os Verona se arrependessem.

Novamente a sós com Laura, *don* Nicolás comentou:

— Você vai ver como no sábado ainda estaremos lá.

— Sem dúvida.

— Mas você e eu tínhamos algo a fazer.

— Ir ao cinema? Você é uma criança — ela devolveu, com ternura.

Conste que no dia seguinte o engenheiro os deixou esperando, o que motivou uma diatribe de *don* Nicolás contra "essa juventude criada na moleza".

Para matar o tempo foram até o barracão para ver se o peão tinha arreado a carroça. Fazia frio; por momentos garoava. Depois de olhar para o céu, *don* Nicolás disse com irritação:

— O pior é que vai estiar.

Afirmou a seguir que a verdadeira molecagem era a excursão que empreenderiam naquela tarde.

A carroça, com as tordilhas, esperava junto ao poste de amarrar.

— Se nos metemos em uma molecagem — disse Laura, como se refletisse em voz alta —, a melhor coisa a fazer é encará-la como uma brincadeira e não nos amargurarmos.

— Vou me comportar bem — prometeu Verona, sorrindo. — Não mereço tamanha sorte.

— Que sorte?

Disse então uma frase que nunca esqueceria:

— Com você ao meu lado, que me importa o que um mocinho como Lartigue possa fazer ou deixar de fazer?

Quando o mocinho finalmente chegou, *don* Nicolás o ajudou a carregar a carroça com cadeiras, mesas, catres, cobertas e muitos sacos, alguns cheios de alimentos, outros de utensílios de cozinha e louça, mais as duas espingardas e a winchester.

A partir do momento em que *don* Nicolás depôs sua natural irritação contra o jovem engenheiro, divertiu-se como ninguém e contribuiu para que os outros se divertissem. Acomodaram-se os três na boleia, estalou no ar o chicote e por trilhas através do campo espraiado se encaminharam, naquela fria tarde de outono, para a velha tapera do tigre, onde os aguardava a aventura e o infortúnio.

Acabavam de atravessar uma porteira de El Perdido, uma fazenda dos Constancio, quando uma raposa fugiu do capinzal.

— Era raposa ou cachorro? — perguntou Lartigue.

— Raposa — respondeu *don* Nicolás.

— Pensava que já não restassem por aqui.

— Não restavam, mesmo; mas os jovens foram embora para a capital, o campo se despovoou e os bichos voltaram.

— Que bichos?

— Não se assuste se encontrar raposas, gatos-do-mato e até alguma viscacha de vez em quando.

— Não posso deixar de reparar que o senhor não mencionou o tigre.

O engenheiro acrescentou, meio de brincadeira, que pelo jeito estavam vivendo em paragens tão bravias e perigosas como "estas mesmas no passado, quando eram conhecidas como *o deserto*".

A viagem foi longa e houve tempo para explorar os mais diversos assuntos. Falaram então de Bruno, dos seus parelheiros, dos seus pleitos, dos seus coletes de fantasia e da sua fama de trapaceiro e brigão.

Quando já iam chegando, Verona e Lartigue recordaram um filme de caubóis que tinham visto nos cinemas de La Plata e Buenos Aires, respectivamente. Ambos haviam esquecido o nome, mas não uma cena em um bar com portas de vaivém. Lembravam também que a heroína fugia com alguém, a cavalo, depois de um famoso entrevero entre o encarregado do bar, que usava um colete muito chique, com desenhos bordados, e um freguês que escondia na bota, embaixo da calça, um pequeno punhal.

— Com quem a estrela foi embora? — perguntou Laura.

— Com quem poderia ser? — replicou *don* Nicolás. — Com o herói.

— O herói das mulheres — observou Laura — nem sempre é o herói dos homens.

Lartigue respondeu:

— Uma grande verdade; mas não se esqueça, senhora, de que os filmes têm apenas um herói.

Lartigue divisou uma mata alongada. Uma intuição o levou a perguntar:

— É lá?

— É lá — respondeu Verona.

De perto, a mata revelou, além dos eucaliptos de praxe, casuarinas, álamos, salgueiros e uma profusa variedade de árvores frutíferas, plantas de cheiro, taquarais e cercas de sina-sina. A casa era grande, quadrada; no extenso telhado, de uma água e queda pouco pronunciada, viam-se telhas quebradas.

Assim que pararam, Lartigue começou a descarregar a carroça. Verona o conteve:

— Não se apresse, jovem. Primeiro temos que verificar muito bem se podemos dormir aí dentro ou se é melhor já darmos meia-volta.

Percorreram a casa. Repetidamente, Laura e Lartigue encontravam motivos para prorromper em exclamações de admiração. Verona sacudiu a cabeça e comentou:

— O estado é ruim. Praticamente não resta porta nem janela.

— Em compensação — Lartigue apressou-se a replicar —, contamos com as paredes e o teto.

— Felizmente trouxemos uma porção de ponchos — disse Laura.

Ouviu-se ao longe a roda do moinho.

— Será que esse moinho puxa água? — perguntou Lartigue.

— Os vizinhos o consertam quando é necessário. A água é muito boa.

Com Lartigue como ajudante, Laura dedicou-se a limpar os quartos. Embora não fizesse nada, Verona foi tomado de um inopinado cansaço e saiu, como se quisesse se afastar. Recordou que por esses dias (a propósito do que mesmo?) Laura lhe dissera: "Você é uma criança", e pensou: "Uns mais, outros menos, todos nos comportamos como crianças. Nem a minha própria Laura se salva: agora brinca de montar a casa, com o moço Lartigue, sem parar para pensar que é uma tapera miserável".

Perdido nessas ruminações percorreu a mata, até que de repente chegou a campo aberto e em seguida à beira da lagoa. Percebeu contrariado que estava sem a winchester. "Se o tigre aparecer, não vou ter outro remédio senão cruzar os braços e esperar que vá embora." Refletiu: "Pelo jeito chegou minha vez de brincar de que o tigre existe". A lagoa era grande, com muito junco e muito pássaro. Olhou a água por um bom tempo, ou ficou lá como se a olhasse, abstraído, descontente e melancólico.

Na volta o esperava uma surpresa. Por dentro a casa não parecia a mesma. Tinham limpado o chão e as paredes; tinham arrancado o mato; tinham pendurado ponchos para fechar as aberturas.

— Esta é a sala de jantar — disse Laura. — Vou te mostrar os quartos.

— Este é o nosso — disse Verona.

— Gostou?

— Dá vontade de ficar morando aqui.

— Venha que lhe mostro o meu — disse Lartigue.

Sobre uma mesa, ao lado do catre, Verona viu o famoso caderno Bachiller, onde o jovem anotava seus sonhos. Foi a primeira coisa que viu.

Laura os mandou recolher lenha. Quando a trouxeram, pediu que fossem dar outra voltinha.

— Não me levem a mal, mas quando a mulher está atarefada na cozinha, o homem só atrapalha — explicou.

Pensando menos no rumo que tomavam do que em evitar os charcos, internaram-se no caniçal, no terreno mais baixo.

— Diga-me a verdade — pediu o engenheiro. — Para o senhor há tigre ou não?

— Estamos aqui para descobrir, portanto vamos dar tempo ao tempo. Enquanto isso, façamos de conta que o tigre existe. Por prudência, entenda, para evitarmos sustos e desgraças.

Abrindo caminho com as mãos, avançavam entre os caniços. O engenheiro comentou:

— Em um mato como este, qualquer lugar poderia esconder um tigre. Um tigre à espreita.

— Pois é. E para piorar não trouxemos cachorro.

— Quando tem tigre por perto, o cachorro descobre...

Don Nicolás falou com lentidão:

— Muito antes que nós.

O engenheiro riu nervosamente e o interrompeu:

— Nós vamos descobrir o bicho quando nos abocanhar a garganta.

Don Nicolás observou:

— Pois então. Além disso, um cachorro ajuda na luta. Mas que fique bem claro que esta excursão tem outros perigos além do tigre.

— O senhor já me falou que na tapera talvez more um vagabundo.

— Mas ainda não lhe falei do perigo de nos pegarmos aos tiros.

— Por que nos pegaríamos aos tiros?

— Não seríamos os primeiros. Imagine que o senhor vai pela direita, eu pela esquerda. De repente eu vejo algo se mexendo no brejo. Faço mira e atiro. Não é o tigre: é o senhor. Desgraças como essa já aconteceram e voltarão a acontecer. Para evitá-las, permita-me lembrar uma regra muito importante: não levar arma quando não sairmos juntos. Concorda?

— Como o senhor quiser.

— Não está convencido. Ninguém acredita nas desgraças até que elas acontecem.

— Não vão acontecer, *don* Nicolás.

— Mas estamos ou não estamos perfeitamente de acordo em que ninguém levará arma se não sair com o outro?

— Estamos, *don* Nicolás. Mas agora saímos os dois juntos e não trouxemos arma nenhuma.

— O que também é uma imprudência, acredite.

Caminharam pela mata até cansar, aguentaram a fome e esperaram. Depois Laura os recompensou com a comida: começaram com a reconfortante sopa, continuaram com uma galinha, que deu o que falar, e o fecho de ouro foi o doce de leite. A boa mesa, reforçada por vinhos abundantes, longe de adormecê-los, reavivou a cordialidade e a conversa.

O engenheiro e Laura coincidiram em pedir mais informações a respeito de Bruno. Verona insistiu em que era violento e egoísta.

— Até os próprios irmãos ele tratava com dureza — explicou. — Nunca deu mostras desse afeto pelas pessoas do mesmo sangue que é natural e espontâneo no comum dos mortais. Eu o pintaria como um indivíduo à moda antiga, marcadamente avesso às mudanças e ao progresso. Lembro dele tal e qual: penteava-se com uma brilhantina perfumada de violeta, que mantinha o cabelo brilhante e até gorduroso, detalhe que se notava à simples vista, especialmente no topete ondulado que lhe caía sobre a testa. Usava bigodes compridos, que segundo o "diz-que" cultivava à base de pomada húngara e bigodeiras. O homem fazia alarde de certa elegância esdrúxula e foi o primeiro no pago, para não dizer o único, a usar colete de fantasia.

Laura perguntou:

— Mas covarde ele não era?

— Aí que eu ia chegar: houve quem, levado por uma justa indignação, tentasse pôr o homem no seu lugar, para então descobrir alarmado que ele não só era trapaceiro e mesquinho, mas também valente e talvez mais disposto que eles mesmos a chegar às vias de fato.

Desse curioso espécime de fazendeiro à moda antiga, passaram a discutir sobre o progresso, no nosso país e em geral, e sobre os méritos relativos do progresso e da tradição. Os dois se revelaram conversadores eloquentes, conhecedores do assunto e até engenhosos. Talvez os animasse um oculto desejo de se exibir para a dama. Lartigue falou do "moderno conservadorismo" e Verona declarou que naquela noite, naquela tapera, estava perfeitamente representado, na sua totalidade, "o espectro político do país".

Já de madrugada, cederam enfim às instâncias de Laura e foram se deitar. Estavam cansados, mas satisfeitos de si mesmos, da polêmica e até do rival que a sorte lhes deparara.

No sábado, enquanto Laura preparava o almoço, os homens chegaram até a beira da lagoa. Cada um com sua arma.

— Ouviu? — perguntou Lartigue.

— O quê?

— Como o quê? Um rugido, não acha?

Bandos de pássaros tinham levantado voo.

— Devo estar ficando velho — comentou Verona, com displicência. — O doutor diz que alguns velhos não ouvem bem.

Com o passar do dia, repetiram-se as incursões na mata à procura do tigre, as comilanças e os debates.

Essa noite Laura estava mais linda que nunca. Mudou o penteado, pôs um vestido que seu marido não conhecia, um colar e uma pulseirinha de coral. Quanto aos homens, foram arrebatados pela eloquência. Talvez no anseio de mostrar aos olhos de Laura uma impecável imparcialidade, ou simplesmente no anseio de ser generosos, chegaram a uma situação estranha: depois de algum tempo argumentando, cada um tinha mudado para a posição do outro, de modo que o conservador depositava suas esperanças na transformação da sociedade e o radical, no escrupuloso respeito da tradição. Vistos da hora presente, esses dois inspirados conversadores de uma noite perdida no passado, e na imensidão do nosso campo, me parecem figuras românticas. Já foi dito, figuras de outro tempo.

Disfarçando um bocejo, Laura perguntou:

— Por que vocês não continuam amanhã? Precisamos dormir.

Deram-se o boa-noite. Lartigue entrou no seu quarto; Laura e *don* Nicolás, no deles.

Lartigue ainda se demorou em esmiuçar os argumentos apresentados por um e por outro ao longo da conversa. Finalmente se deitou e apagou a vela. Poucos minutos depois, procurou os fósforos às apalpadelas, acendeu a vela, levantou-se, pôs a espingarda mais à mão e tornou a se atirar no catre. O tigre em si não o preocupava, mas, somada à ausência de portas e janelas, a situação era menos tranquilizadora. "Pelo menos o fantasma dos barulhos não veio perturbar." Considerou que o tal fantasma não o preocupava em absoluto; no que realmente não achava a menor graça era na possibilidade de o tigre o acordar com uma patada. Teve um sobressalto e, passada a perplexidade, pensou: "Não foi imaginação. Não acho que seja imaginação. Foi um rugido". Onde situá-lo? "Quem sabe? Mas foi bem perto." Como primeira medida, apalpou a espingarda. Depois não se moveu, para ouvir melhor, e por último se levantou, muito afoito. Saiu para a varanda. À luz do luar, as árvores pareciam maiores. Quando a lua se ocultou atrás das nuvens, Lartigue escrutou o breu nervosamente. Esgueirou-se até o poncho pendurado, que tapava a entrada do quarto vizinho, e sussurrou:

— Não ouviram? — Tornou a perguntar: — Não ouviram?

Don Nicolás respondeu:

— Não ouvi nada.

— A senhora também não?

Don Nicolás replicou, com voz reprimidamente baixa e em tom de irritação:

— Se sua impertinência ainda não a acordou, a senhora está dormindo.

Lartigue desistiu das averiguações e, de costas para a parede, voltou para seu quarto. Pensou então que Verona estava com a razão quando chegaram: não era para ficarem lá. "Já na quinta devíamos ter pegado o rumo de volta: a falta de portas e janelas não oferece a menor vantagem. Pelo menos vou me curar da vontade de ver o tigre."

Não sabendo o que fazer consigo mesmo, logo depois se atirou no catre. Previu uma longa noite em claro; quando mais não fosse, a possibilidade de se deparar com a fera ao abrir os olhos o impedia de fechá-los. Queria a todo custo evitar a surpresa. Atento aos ruídos noturnos, empenhava-se em não deixar que se confundissem uns com os outros, para distinguir o do tigre, quando se aproximasse. Imaginou o conjunto de ruídos como a folhagem de um salgueiro, e cada um como um galho com suas folhas. Era difícil seguir com a vista cada galho separadamente, por causa da brisa que os balançava e entrecruzava. O engenheiro estava adormecendo.

Sonhava com o tigre. Claro que o tigre, como acontece nos sonhos, não era exatamente um tigre, nem a casa era exatamente aquela casa: no sonho podia ver, da sua cama, a espetacular irrupção do tigre no quarto de Verona e sua esposa. Por alguns detalhes, a cena parecia de um filme de caubóis.

De repente recordou como a casa era na realidade. Deduziu trabalhosamente que aquela visão, da sua cama, era impossível. Concluiu que estava sonhando e acordou. Depois explicaria que o sonho lhe pareceu muito importante e, como anotar os sonhos ao despertar já era seu hábito, acendeu a luz, apanhou o caderno e se pôs a escrever.

Pensou que o vento tinha amainado, porque agora só ouvia, de vez em quando, um suave rumor de folhagens; e quando não ouvia isso, não ouvia nada, ou talvez devesse dizer: ouvia um profundo silêncio. De diversas maneiras o silêncio lhe chamou a atenção: como algo estranho; como um indício de que algo estranho estava acontecendo; como a manifestação, nas coisas exteriores, de um sentimento subjetivo: um presságio, quem sabe. Tudo isso lhe provocou certo sobressalto, que serviu de pretexto para se levantar: era o que seus nervos lhe pediam. Vestiu a capa de oleado, saiu para a varanda, esgueirou-se até a entrada do outro quarto, tentando descobrir o que se passava.

Formulou então um comentário um tanto absurdo; disse, ou pensou: "O silêncio está aí dentro". Realmente não se ouvia nem sequer o sussurro das respirações. Teve uma intuição horrível: "O tigre matou os dois". Em seguida se envergonhou. "O Verona vai matar é a mim, se eu o acordar por causa dessas loucuras." Voltou ao seu quarto.

Deitou-se, mas não apagou a vela. Pensou que faltava pouco para amanhecer e que a luz do dia dissiparia todas as loucuras que o mantinham com os nervos à flor da pele. O pior era o silêncio da casa. Na noite anterior ouvira tão claramente os roncos de Verona que temeu não conseguir conciliar o sono. "Se os ouvisse agora", pensou, "como dormiria sossegado." Eu acho que esse nosso anseio por dormir é para escapar da noite. Nunca perdemos o medo dela.

Quando se ouviu um tiro (não muito longe, na mata), Lartigue entendeu que não se aguentaria mais naquele quarto. Pegou a capa, saiu para a varanda e mais uma vez se aproximou da entrada do quarto vizinho. Apurou o ouvido: encontrou o mesmo silêncio. Com muito cuidado afastou um pouco o poncho; criou coragem e entrou; bastou-lhe acender um fósforo para saber que não havia ninguém ali. Acendeu uma vela e examinou o quarto rapidamente. Murmurou: "Manchas de sangue não deixaram. Nem a winchester".

Ouviu-se outro tiro. Lartigue então se lembrou da espingarda e foi pegá-la. Recordou o compromisso de não levar armas quando saíssem sozinhos. Considerou que o próprio Verona não o respeitara e que andar sem armas, em uma noite assim, provavelmente seria uma imprudência imperdoável.

Seguiria na direção de onde se ouvira o último tiro. "Não tenho certeza onde foi", pensou e, depois de hesitar por um instante, exclamou: "Foi para os lados do caniçal". Primeiro correu; depois seguiu mais devagar, porque pensou: "Só falta que me receba à bala". De repente se viu no meio de um matagal de espinhos, que o arranhavam. Com o rosto pegando fogo, desandou o caminho, sem encontrar a casa que procurava, e sim o caniçal. Concluiu que sua desorientação não tinha remédio. Ouviu um tiro. Com a alegria de enfim seguir um rumo certo, correu, escorregou, caiu em um charco. Levantou-se, ensopado e sujo de lama, atravessou o alambrado, por entre pés de sina-sina, para se encontrar fora da mata, na vala junto a um caminho. Embora já estivesse amanhecendo, demorou a divisar Verona, que estava ali perto, sentado na beira da vala, com o rosto entre as mãos.

— Que houve, *don* Nicolás?

— Isso que está vendo.

— E a senhora?

— Foi levada, amigo, foi levada. Quando acordei, não estavam mais lá.

— Foi levada por quem?

— É de morrer: demorei a reagir porque pensei que fosse um sonho. Ainda não me convenço de que não estou sonhando.

— Por que não me chamou? Os dois juntos podíamos ter encurralado o bicho.

— Tomaram muita vantagem, por isso não podia me demorar; mas eu o chamei, sim. Chamei como pude. Não ouviu os tiros? Com os dois juntos teria sido outra coisa.

— Vamos bater a mata?

— É inútil. A esta altura, pode ter certeza, vão atravessando o campo. Para saber por onde pegaram, teríamos que rastrear as pegadas; mas não dá tempo. Já devem estar do outro lado do riacho, em Rauch, em Real Audiencia, sabe lá Deus onde.

— Se o senhor me esperar, vou subir no moinho.

— Eu também vou.

O campo, do alto, parecia um desenho, com grandes retângulos marcados pelo alambrado, com lagoas como espelhos, com as matas das estâncias, ou dos abrigos, esverdeadas, azuis as mais distantes, como ilhas espalhadas na imensidão da planície. Por mais que olhassem, não viram os fugitivos. Passado algum tempo descobriram, no horizonte, um ponto que se movia.

— São eles — gritou Lartigue animado.

— Duvido. Seja quem for, vem vindo.

Lartigue perguntou:

— Como sabe?

— À simples vista, o ponto já aumentou.

Em seguida, Verona afirmou que se tratava de um homem a cavalo, a trote ou a galope curto. Vinha pelo mesmo caminho onde eles dois se encontraram havia pouco. Primeiro divisaram o uniforme pardo e não demoraram a adivinhar quem era.

— Baroffio — disse Verona. — Na sua ronda.

— Conforme prometeu — disse Lartigue.

Desceram para falar com ele.

Verona devia estar bastante alterado, porque Baroffio foi logo lhe perguntando:

— Que houve, *don* Nicolás?

Exatamente a mesma pergunta que Lartigue lhe fizera.

— Levaram minha senhora, Baroffio. Isso mesmo que ouviu.

— Quem foi?

— Parece que estou sonhando. Mas é isso.

— Ninguém está a salvo dessas coisas. Quem foi?

— O tigre, Baroffio.

— Não é possível.

— Eu vi com meus próprios olhos.

— Diga como os fatos ocorreram.

— Estávamos dormindo. Eu pelo menos posso garantir que estava dormindo. Fui acordado por um rugido inconfundível e vi o tigre entrando pela janela. Antes que eu atinasse em pegar a winchester, já arrastava minha esposa.

— Mas eu ouvi tiros — apontou Baroffio. — Ouvi bem claro.

Lartigue respondeu:

— Tiros para o alto.

— Corri para a mata no encalço deles. Cheguei a vê-los mais uma vez, em uma clareira. Bruno a arrastava por uma mão — explicou *don* Nicolás.

— O senhor disse Bruno?

— Sim, eu disse Bruno. À luz do luar pude ver perfeitamente seu colete de fantasia.

— E não atirou nele? — perguntou Baroffio.

— Atirei e errei.

— Difícil de acreditar.

— E mais: quando cheguei à clareira, tinham desaparecido.

— O senhor ia sozinho, não é?

Lartigue respondeu:

— Íamos os dois juntos.

Verona o olhou, para perguntar algo. O oficial perguntou:

— Devo entender que os senhores, ao longo da perseguição, não se separaram em nenhum momento?

— Estas armas são a prova — respondeu Lartigue. — Tínhamos combinado não levar arma quando andássemos separados.

— Por que atiraram para o alto?

De novo Lartigue encontrou a resposta:

— Para animar a senhora — disse. — Para que ela soubesse que estávamos à sua procura. Para que soubesse que não a abandonávamos.

— Uma última pergunta, esta sem maior importância: por que o engenheiro está, como se diz, em petição de miséria, e *don* Nicolás não levou nem um respingo?

— Isso mostra a diferença entre o homem que tem traquejo e o que não tem — respondeu Lartigue.

— Enquanto vocês conversam — queixou-se Verona —, o tigre está levando Laura. A esta altura podem estar no fim do mundo.

— Vocês trouxeram cavalos?

— Só de tiro, entende? Os da carroça.

O oficial anunciou:

— Vou ver se reúno alguns vizinhos para que me deem uma mão. Com essa ajuda, quem sabe.

Dos fugitivos nada se soube. Um destacamento policial, trazido de Las Flores, ou de Azul, ou até, segundo outros, de La Plata, revistou a tapera e vasculhou a mata sem nenhum resultado a não ser o achado, nas proximidades de uma clareira, de uma pulseira de coral. Como as declarações de Verona foram confirmadas por Lartigue, o caso logo foi arquivado.

Muito antes disso, Verona foi visitar o engenheiro; já no escritório da estância, a portas fechadas, anunciou:

— Com sua licença, vou lhe fazer uma pergunta que desde nossa conversa com Baroffio, na mata da tapera, não me sai da cabeça. Não me leve a mal, mas por que mentiu para ele?

Lartigue respondeu de pronto:

— Porque o senhor estava dizendo a verdade e porque percebi que o oficial não ia acreditar.

— Por que o oficial não ia acreditar?

— Porque o que o senhor estava dizendo era bastante estranho.

— Eu mesmo achei estranho, mas não no primeiro momento, e sim depois, quando voltei a pensar em tudo aquilo. O que não entendo é por que o senhor achou que o que eu dizia era verdade.

— Porque disse que viu o tigre entrar pela janela. E que carregou sua esposa.

— E foi assim mesmo.

— E que era Bruno. E que estava com aquele colete.

— Enquanto eu contava, não me pareceu estranho que o tigre fosse o velho Bruno.

— O senhor só estava dizendo o que tinha visto.

— Como sabe?

— Lembra que lhe falei de um caderno?

— De marca Bachiller? Não sei por que reparei nesse caderno, quando o senhor me mostrou seu quarto, na tarde em que chegamos à tapera. É de admirar como Laura arrumou tudo em um instante. Que arte para pôr ordem em uma casa.

— Agora poderia fazer o obséquio de ler um parágrafo do caderno? Espere só um minuto, está no meu quarto.

Por fim, Verona leu:

"Pela janela entrou, esgueirando-se, o tigre. Quando me recuperei da minha confusão, vi que saía com Laura. Ele a levava abraçada pela cintura. Sua aparência coincidia com as descrições que *don* Nicolás nos oferecera. Bruno era um homem alto, de traços regulares, com um olhar repulsivo, porque exprimia maldade, que me trouxe à memória vilões de filmes de caubóis. Notei que usava um daqueles famosos coletes de fantasia, com ramos de louro bordados."

Depois de uma pausa, *don* Nicolás perguntou:

— Agora me explique como o senhor pôde presenciar o ocorrido, não estando no quarto. Porque me consta que não estava no nosso quarto.

— Porque era um sonho, *don* Nicolás.

— Aí o senhor se engana. Eu vi tudo com meus próprios olhos, tão acordado como neste exato momento.

— Em um sonho, sem assombro do sonhador, um tigre em seguida é um ser humano.

— Um sonho, engenheiro, é uma das pouquíssimas coisas que podemos chamar de nossas. Até hoje nunca ouvi falar de sonhos compartilhados. Não os tive nem sequer com Laura, que é parte da minha vida; portanto, faça-me o favor. Esclarecido esse ponto, vou lhe fazer uma última pergunta, já que o senhor presenciou os fatos. O tigre, ou Bruno, como a levava? Era arrastada?

— Realmente, não, *don* Nicolás.

— Fale com franqueza.

— O senhor acabou de ler no caderno: ele a levava abraçada pela cintura. Não quero ofender.

— Por que me ofenderia?

— Não sei… Além do mais, o senhor disse que ele a arrastou.

— Em um primeiro momento, por amor-próprio, porque ainda não tinha toda a medida da minha dor.

— Não quero reavivá-la.

— Ao contrário: suas palavras me dão uma esperança. Quando mentiu para Baroffio, eu já desconfiava que o senhor sabia disso. Agora tenho certeza: o senhor sabe que eu disse a verdade. Isso prova que não sonhei. Prova também que não houve crime nem mortes. Laura foi embora.

— É o que parece.

— Se ela foi, pode voltar.

A AVENTURA DE UM FOTÓGRAFO EM LA PLATA (1985)

tradução de
RUBIA GOLDONI e **SÉRGIO MOLINA**

|

Por volta das cinco, depois de uma viagem de ônibus tão longa como a noite, Nicolasito Almanza chegou a La Plata. Mal havia desbravado um quarteirão da cidade, desconhecida para ele, quando o cumprimentaram com um aceno. Não respondeu, por ter a mão direita ocupada com a bolsa da câmera, das lentes e demais acessórios, e a esquerda, com a mala de roupa. Lembrou-se então de uma situação parecida. Refletiu: "Tudo se repete", mas da outra vez tinha as mãos livres e respondeu a um aceno que era para alguém às suas costas. Olhou para trás: não havia ninguém. As pessoas que o cumprimentaram repetiam o aceno e sorriam, o que chamou sua atenção, porque nunca tinha visto aqueles rostos. Pela forma como estavam agrupadas, achou que podiam ter descoberto que ele era fotógrafo e queriam que as retratasse. "Um grupo de família", pensou. Era composto de um senhor de idade, alto, reto, aprumado, respeitável, de cabelo e bigode brancos, pele rosada, olhos azuis, que o olhava bondosamente e quem sabe com certa picardia; duas mulheres jovens, de boa aparência, uma loira, alta, com um bebê no colo, e outra de cabelo preto; uma menininha, de três ou quatro anos. Ao lado deles se amontoavam malas, sacolas, pacotes. Atravessou a rua, perguntou no que podia ser útil. A loira disse:

— Achamos que o senhor também é forasteiro.

— Mas não tão forasteiro quanto nós — acrescentou a morena, rindo —, e queríamos lhe perguntar…

— Porque a gente deve desconfiar do povo da cidade, ainda mais quando dá na vista que é do campo — explicou o senhor com gravidade, atenuada na última hora por um sorriso.

Almanza julgou entender que por alguma misteriosa razão o velho achava graça em tudo, sem excetuar o fotógrafo provinciano, que não tinha dito mais que três ou quatro palavras. Não se ofendeu.

A morena concluiu sua pergunta:

— Se não conhece algum café por aqui, que esteja aberto.

— Um local de confiança, onde sirvam um café da manhã de verdade — disse o velho, para acrescentar sorrindo, com uma alegria que convidava a ser compartilhada. — Sem que por isso depenem a gente.

— Lamento não poder ajudar. Não conheço a cidade. — Depois de um silêncio, anunciou: — Bom, agora tenho que ir.

— Pensei que o senhor nos acompanharia — afirmou a morena.

— Eu queria saber por que trouxemos esse monte de coisas — protestou a loira.

As duas sozinhas não conseguiam carregar a bagagem.

— Se me permitem — disse Almanza.

— Ficarei muito agradecido se nos acompanhar — disse o velho, enquanto lhe entregava os volumes, um após outro. — O povo da cidade, ainda mais quando se dedica ao comércio, é muito trapaceiro. É bom chegarmos em fileira cerrada. A propósito: Juan Lombardo, seu criado.

— Nicolás Almanza.

— Uma feliz coincidência. Somos xarás! Meu nome completo é Juan Nicolás Lombardo, seu criado.

Almanza viu expressões de assombro na loira, de regozijo na morena, de amistosa esperança em *don* Juan. Este lhe estendia uma mão espalmada. Para apertá-la, Nicolasito já se preparava para deixar no chão a bagagem que acabara de apanhar, quando a moça de cabelo preto lhe disse:

— Pobre Papai Noel! Vejam a situação em que o deixam. Logo mais vai ter tempo de apertar a mão do meu pai.

O grupo adentrou na cidade. *Don* Juan, com passo firme, marchava à frente. Almanza se demorava na retaguarda, atrapalhado pela carga, mas alentado pelas moças. A menininha, durante os primeiros quarteirões, pediu alguma coisa e não foi atendida, então acabou juntando seu choro ao do irmão. Como quem acorda, Almanza ouviu a enérgica voz de *don* Juan, anunciando:

— Aqui temos um local que parece bom, salvo melhor opinião do nosso jovem amigo.

Apressou-se a concordar. Estavam diante de um café ou bar cujo pessoal, com roupa de faxina, lavava e esfregava o chão, em meio às mesas com as cadeiras empilhadas. A contragosto, lhes arranjaram um lugar e por fim serviram cinco cafés com leite, com croissants e pão com manteiga. Comeram e conversaram. Almanza soube então que *don* Juan era, ou tinha sido, administrador de uma estância de propriedade de Etchebarne, na comarca de Magdalena, e que tinha uma fazendola em Coronel Brandsen. Soube também que a loira, mãe das duas crianças, se chamava Griselda. A morena, chamada Julia, disse que os esperavam em uma pensão que oferecia todas as comodidades a preços razoáveis, muito recomendada por viajantes acostumados ao que há de melhor. Por seu turno, *don* Juan opinou:

— Fique sabendo, meu filho, que, se vier conosco, será bom para todos. Vou me empenhar para que lá lhe ofereçam, como se o senhor fosse da família, uma boa acomodação para sair do apuro.

Essas palavras receberam o apoio das duas mulheres.

— Agradeço de coração, mas agora é impossível — afirmou. — Tenho um quarto reservado na pensão onde pousa um amigo.

O descanso, a comida, a conversa proporcionaram um bem-estar geral, logo perturbado pelo choro do bebê, tão persistente que beirava o insuportável. Era o que Griselda devia ter pensado, porque de repente disse:

— Vocês me dão licença?

Descobriu um seio notavelmente redondo e rosado e se pôs a alimentar o filho.

II

Acompanhou os novos amigos até a pensão, que, como soube depois, ficava na esquina das ruas 2 e 54, e levou a numerosa bagagem até o quarto deles, no andar de cima, o que o obrigou a subir e descer as escadas várias vezes. Nesse ir e vir não se cansou de admirar uns vitrais, com imagens de cores vivas. Pressentiu que a outra pensão, onde seu amigo Mascardi lhe reservara um quarto, não o agradaria tanto. nesta, o que não lhe agradava era certo cheiro, vindo talvez da cozinha ou da despensa, não sabia precisar de quê, um cheiro que não era nem forte nem muito repulsivo, mas que parecia estar na casa inteira.

Apesar da insistência dos Lombardo em retê-lo, despediu-se porque estava ficando tarde. Enquanto o acompanhavam até a porta, as mulheres lhe disseram que não fosse ingrato, que as visitasse sem demora. Retumbou então um grito lancinante. Depois de um breve silêncio, ouviram a voz de *don* Juan chamando as filhas entre gemidos. Griselda correu escadas acima. Antes de segui-la, Julia disse:

— Não vá embora ainda. Não nos deixe neste momento.

Almanza conversou com a dona da pensão e com uns pensionistas. Todos se perguntavam o que teria acontecido. Logo em seguida, Griselda voltou, muito nervosa.

— Precisamos chamar um médico — disse. — Meu pai está mal.

A dona da pensão perguntou:

— Médico? Eu costumo me virar com o posto de saúde. Se quiser, ligo para lá. Logo mandam alguém.

— Ligue, ligue.

A conversa da mulher ao telefone foi constantemente interrompida por Griselda, que orientava:

— Repita que ele está muito mal. Que vomitou sangue. Que vai precisar de uma transfusão.

Griselda se retirou, chegou Julia e perguntou:

— O posto de saúde fica muito longe?

A dona da pensão disse:

— Bem pertinho, a poucas quadras daqui. Não devem demorar.

— Eu vou até lá.

— Deixe que eu vou — disse Almanza.

— Não vai se perder?

— Não, se me indicarem bem o caminho.

— É fácil — assegurou a mulher. — Seis quarteirões à direita, um à esquerda, outro à direita. Não tem como se perder.

Sem pensar duas vezes, Almanza correu para a rua. Foi contando os quarteirões em voz alta. Ao chegar ao oitavo, deparou-se com uma ambulância que saía de um casarão. Acenou para que parasse e perguntou se estavam indo para a 54 com a 2. Disseram que sim.

— Eu estava procurando por vocês — disse. — Podem me levar?

Na ambulância havia dois homens: o que dirigia, vestido de enfermeiro, e o acompanhante, de roupa quase igual, que devia ser o médico. Quando estavam para chegar, o médico perguntou:

— Hepatite? Alguma doença infecciosa, que esteja lembrado? Secretas?

— Não sou eu o doente. É um senhor idoso, *don* Juan Lombardo. Um amigo.

— O que eu lhe perguntei é se teve hepatite, doenças infecciosas ou secretas.

— Eu? Imagine.

Já na escada da pensão, o médico lhe disse:

— Não saia daqui.

Almanza lhe indicou o quarto dos Lombardo. Dizendo "com licença, com licença" para abrir caminho entre os pensionistas, o médico entrou e fechou a porta. Como a espera se estendia, Almanza começou a desejar que voltasse a se abrir e que Julia aparecesse para dizer que seu pai estava perfeitamente bem. Desejou com tanta vontade que, quando a porta se abriu, pensou que tinha sido por obra sua. Quem apareceu não foi Julia, mas o médico, dizendo como que para si mesmo:

— Perfeito, perfeito. — De repente fixou os olhos em Almanza e lhe disse: — Estava mesmo pensando em você.

Com satisfação, notou que lhe davam importância. Perguntou:

— Posso ajudar?

— Pode, sim.

— Que é que eu devo fazer?

— Arregace um bracinho.

Obedeceu.

— E agora?

— Vou lhe dar uma picadinha.

O médico pôs em uma placa de vidro um pouco do sangue que tirara dele.

— Só isso? — perguntou Almanza.

— Hoje é meu dia de sorte. É o mesmo tipo! Entende?

— Para falar a verdade, não, doutor.

— Os dois têm o tipo A, positivo. O sangue mais comum e vulgar que se pode pedir. Por favor, venha cá, rapidinho.

— Aonde?

Não podia acreditar que o levavam ao quarto do doente. O médico lhe dizia em um sussurro:

— Tem mesmo certeza de que nunca pegou umas belas purgações? Veja bem: não é hora de esconder essas coisas. Por orgulho ou simples vergonha, não vá dar um presentinho desses ao pobre velho.

A essa altura da conversa já havia compreendido do que se tratava. Nunca doara sangue, mas tinha conhecidos que o fizeram, sem que depois se notasse o menor problema neles; por isso não se preocupou. A pior parte daquela transfusão foi o fedor do quarto, bastante estranho, e a aparência do velho, com olheiras francamente marrons, pálido como um defunto. O velho achou forças para sorrir e comentar:

— Eu sabia que o Almanza não ia nos deixar na mão.

III

Parecia a essa altura que o fecho do episódio tinha sido a reação favorável de *don* Juan e o suculento lanche que serviram a Almanza no café ao lado. As irmãs Lombardo fizeram questão de acompanhá-lo, porque não queriam que deixasse de tomar esse segundo desjejum. Explicaram:

— Precisa repor suas forças.

Tão agradecidas se mostravam que, para tratá-lo com a devida atenção, deixaram o doente sozinho. Já iam se despedindo quando entrou a dona da pensão.

— É o senhor Almanza? — perguntou. — O senhor Lombardo pede que antes de ir embora tenha a bondade de subir um minuto ao quarto dele.

Almanza voltou lá. O mau cheiro praticamente tinha desaparecido; no seu lugar voltara, isso sim, o vago odor próprio da casa. Pelo visto, o senhor Lombardo estava mais animado. Quanto a ele, sentiu um rápido mal-estar, como se lhe faltasse o ar. Atribuiu o fato à sua própria contrariedade, porque era tarde e continuava a se demorar. Pensou: "É uma vergonha… Se eu pelo menos abrir a janela, para deixar entrar a luz e o ar". *Don* Juan o chamou:

— Achegue-se à minha cama. O senhor me salvou a vida, portanto lhe devo uma explicação. Quando eu lhe disse que o cumprimentamos porque achávamos que era forasteiro, faltamos com a verdade. Não se zangue, que agora vou lhe dar a devida explicação. Desconfiamos mesmo que o senhor era forasteiro, mas, para que mentir?, se o chamei foi porque o achei completamente parecido com meu filho. As meninas não me desmentiram.

— Esse seu filho está vivo?

— O Ventura? Não tive notícias do contrário.

— Onde ele se encontra?

— Para o coração deste doente, aqui mesmo, junto à minha cama. Não me leve a mal, nem pense que sou um velho caduco. Se me confundo é de propósito, e o senhor há de permitir que na minha aflição o trate de filho. O outro, nem sei por onde anda. Faz coisa de sete anos, da noite para o dia, sumiu da casa dos pais.

— Sem motivo bastante?

— Com motivo, pobre rapaz. Isso é o que mais dói. Eu posso ser um velho cheio de manias, mas sofro como qualquer um. Houve uma desavença, ergui a mão contra ele, tudo por uma coisa à toa que não merecia todo esse desgosto. Quero dizer que na hora não conseguia ver por que o rapaz levou aquilo tão a mal.

— Que foi que ele levou a mal?

— Se eu não me explicar direito, o senhor não vai entender.

Disse *don* Juan que ele sempre havia sido franco e aberto com as pessoas que gostavam dele, mas duro com as que o contrariava. Confessou que naquela época andava de caso com uma viúva. O filho da viúva se meteu a corretor de seguros, e ela lhe pediu encarecidamente que comprasse do moço um seguro de vida, para lhe dar um empurrão no emprego.

— Pôr minha própria vida no seguro, nem pensar, porque sou supersticioso — continuou. — Minha pobre esposa já estava nas últimas, por isso ficava descartada, pois o prêmio, ou lá como isso se chame, ia ficar pela hora da morte. Pensei: "Quem melhor que o Ventura? Um rapaz na flor da idade". No começo o arranjo correu às maravilhas. Mas só em dinheiro, porque em aflições, nem me fale! Vai saber o que o Ventura deu para imaginar sobre aquele seguro. Que eu sabia de alguma misteriosa doença dele, que logo o mataria. Ou pior ainda: que eu estava maquinando malfeitos que nem quero pensar. Até altas horas durou a desavença com meu pobre filho. No dia seguinte, ele não estava em lugar algum. Nunca mais o vi.

Almanza temeu que *don* Juan tivesse uma recaída, porque parecia cansado, a ponto de sufocar. A lembrança da discussão daquela noite terrível talvez fosse dolorosa demais para esse velho que acabara de passar mal. *Don* Juan continuou:

— Não quero mais falar daquele filho. Ele me atribuiu intenções por demais infames. Felizmente agora tenho outro, que me salvou a vida.

A mão que apertou o braço de Almanza não parecia a de um homem doente e fraco. Era uma garra.

Como que pensando em voz alta, *don* Juan disse:

— Nem sei se ele está vivo ou morto. O mais provável é que esteja morto, mas isso não basta para eu receber o seguro.

IV

Quando passou em frente ao Hotel La Pérgola, pensou: "Antes de ir embora, vou fotografar esse prédio. Queria é pousar aí". Ao virar na 43 avistou seu amigo Lucio Mascardi, no meio do quarteirão, encostado no batente de uma porta. Até Almanza chegar bem perto dele, Mascardi não deu sinais de vê-lo. Disse então:

— Pensei que você não vinha mais.

— Vou te explicar.

— Que é isso?

— É que eu parei para conversar com uma família, gente de Brandsen. Tomamos o café da manhã juntos, e quando os acompanhei até a pensão queriam me arranjar um quarto, para que eu ficasse lá com eles.

— Só faltava, depois de eu usar toda a minha influência para te encaixar aqui dentro.

— Você não imagina tudo o que me aconteceu.

— Não precisa se desculpar... Encontrar hospedagem em La Plata não é nada fácil. As pensões estão botando gente pelo ladrão, como se diz. O único jeito foi pôr mais uma cama no meu quarto, que é bem grande.

— Não quero atrapalhar.

— Que é isso? Não somos amigos de toda a vida?

Atravessaram o portal e entraram em um pátio que havia sido coberto com uma claraboia, para servir de sala. Para esse pátio, ou sala, dava meia dúzia de portas de duas folhas, todas altas e estreitas, com um pequeno número no alto, em uma chapinha oval, branca, e com persianas de madeira pintadas de cinza. O chão era de lajotas de barro. Havia dois ou três tapetinhos velhos, aqui e ali, e uma mesa de vime, poltronas desconjuntadas, planta em vasos de barro, um relógio de pêndulo. Comparada com essa, a pensão da família Lombardo parecia imponente e refinada, com aqueles vistosos vidros coloridos. Felicitou-se por não ter se deixado convencer pelos Lombardo, porque em uma pensão tão luxuosa quem sabe os extras que iam cobrar dele. Mas isso sim, quando recebesse o último pagamento, ele se mudaria para lá, para passar uns dias como um rei.

O rangido de uma dobradiça os deteve. Da primeira porta, contando da esquerda, saiu uma mulher robusta, nem velha nem jovem, de cabelo preto, pele branca, lábios vermelhos, úmidos, que parecia "uma freira à paisana" e que, como disse Mascardi, "antes de aparecer os espiou por uma janelinha na parede". Mascardi falou com solenidade:

— *Doña* Carmen, eis aqui seu novo pensionista, o senhor Almanza.

Depois de examinar o citado em silêncio, a dona da pensão disse:

— Muito bem. Vou ser clara com o senhor. Primeiro ponto: não me apareça com mulheres nesta casa. Se um dia receber a visita da senhora sua mãe, vá lá; mas não me venha com a irmãzinha, nem com a prima, nem com a tia, sob nenhum pretexto. Fique sabendo que eu vejo tudo pela janelinha do meu quarto. Está bem entendido, então, que esta é uma casa decente?

— Sem dúvida, senhora.

Repicando os saltos nas lajotas, *doña* Carmen se dirigiu à única porta entreaberta (tinha o número 4 na chapinha acima) e, com um amplo movimento dos braços, abriu-a de par em par. Virou-se, anunciou:

— O quarto! — Depois de um silêncio, acrescentou em voz mais baixa: — Com nossa *mataca** dentro.

— Aimará, senhora — protestou a moça.

— Tanto faz. Entregue, como deve ser, à sua obrigação: limpar, varrer. Na minha casa, tudo está sempre brilhando. Como nos grandes hotéis internacionais, assim que o pensionista sai, a *mataca* entra para limpar e arrumar.

— Já terminei, senhora — disse a moça.

Recolheu agilmente o balde e os demais apetrechos de trabalho, mostrou um largo sorriso que não alegrava seus olhos, cumprimentou e entrou em outro dormitório.

— Essa aí já está na mira — afirmou Mascardi, em um sussurro.

A dona da pensão exigiu a atenção de Almanza:

— Em matéria de eletricidade, o senhor não me troque nenhuma lâmpada por outra mais forte nem me ligue nenhum aparelho nas tomadas. Se incomoda de vir comigo olhar o banheiro?

---

* Designação pejorativa dos wichi, grupo indígena que habita o norte da Argentina e partes do sul da Bolívia e do Paraguai. (N. T.)

— Às ordens, senhora.

— Entre e veja com seus próprios olhos. Está vendo que limpeza? Faço questão de que os pensionistas a conservem. Portanto, nem um pingo fora. Entendido?

— Entendido.

— Vou mandar o chaveiro fazer sua cópia da chave da rua. Ouça bem: o pensionista que chega depois das onze da noite, fecha a porta à chave.

— Não se preocupe, senhora.

Doña Carmen respondeu:

— Uma dona de pensão nunca deixa de se preocupar.

V

Já no quarto, largou a bagagem no chão e desabou na cama. Mascardi, sentado na outra, disse:

— Se eu fosse você, arrumava as coisas agora mesmo e colocava suas malas junto com as minhas atrás do biombo.

O biombo, que parecia de papel, era esbranquiçado ou cinzento, com pescadores em botes, em um lago, rodeado de serras e com cegonhas sobrevoando.

— Brava a senhoria, hein?

Mascardi respondeu:

— Comigo, ela é mansinha, mansinha. Claro que, como eu sou da polícia, é capaz que a velha tenha medo de mim. Mas fica sossegado: ela logo vai ter medo de você também.

— Pensei que você estudasse para advogado.

— Cansei. Mas é capaz que um dia ainda volte. Agora estou cobrindo folgas no corpo de escoltas. Um trabalho que não é para mim, mas logo vou dar o pulo do gato. Não passo os plantões dormindo nem grudado no rádio, como os colegas. Eu estudo, está entendendo?, estudo para investigador, detetive ou tira, ou como preferir chamar. Vai ver que, no fundo, abrigo o sonho de ser um personagem legendário, um Sherlock Holmes, um Viancarlos, um Meneses, sei lá. Estudo interrogatórios, seguimentos, um pouco de tudo. Porque tudo tem sua técnica. Não se esqueça de que nesta profissão a teimosia, a curiosidade, o brio, coisas que nunca me faltaram, rendem polpudos dividendos.

Talvez por causa da transfusão, da agitação daquela manhã e da viagem, Almanza entendia tudo pela metade e deixava transparecer certo cansaço. Mascardi lhe perguntou:

— Que foi? Estou achando você, não sei, meio apagado, triste. Não vai me dizer que a falação da senhoria te desanimou.

— Por que me desanimaria?

— Por causa da entrada proibida às mulheres. Quer saber o que eu acho? Para gente como você e eu, é uma vantagem. A mulher grudenta, que é o que mais tem no mundo, não vem aqui nos encher a paciência. É só a gente entrar na pensão, que está a salvo. E lá fora dispomos da Organização Mascardi.

Almanza não teve outro remédio senão perguntar o que era isso. Mascardi lhe explicou que conhecia uns estudantes que tinham um apartamentinho. Em La Plata, nas repúblicas, moravam até cinco ou seis estudantes. Como regra geral, uma vez por semana recebiam uma mulher.

— Tem outra regra importante que você precisa gravar bem na memória: em toda república, quem empresta a cama pega a mulher primeiro.

Mascardi acrescentou que, além disso, não faltavam mulheres que à noite se ofereciam na calçada mesmo, *a grito pelado*, como diziam os estudantes chilenos.

Olhando-o inexpressivamente, Almanza comentou:

— Estou vendo que você virou um mulherengo.

— Chega de conversa! — disse Mascardi. — Quando eu falo muito, como hoje, a esta hora me dá uma fome! Proponho que a gente comemore tua chegada com o famoso *puchero* de um restaurantinho aqui da esquina.

Ao sair, cruzaram com a faxineira, que lhes disse:

— Se vão almoçar, bom apetite.

— Agradecido, senhorita — respondeu Almanza.

Mascardi o olhou com expressão vaga, como se estivesse pensando em outra coisa, e perguntou:

— Você me chamou de mulherengo por causa dessa aí? Esclareço que não sou melindroso na matéria.

Encostada na porta da rua, do lado de fora, viram uma senhora de cabelo castanho, rosto juvenil, branca e rosada, de corpo quase robusto. Almanza murmurou:

— Com licença.

A mulher se afastou. Eles passaram e cumprimentaram.

— É a senhora Elvira, esposa do inspetor de postos de gasolina da YPF — explicou Mascardi. — *Doña* Carmen já cansou de falar que uma senhora assim plantada na porta faz a pensão parecer um cortiço. Semana sim e outra também, o marido está fora, nas suas viagens. A coitada é louca por ele e passa horas e horas na porta, na esperança de ver o homem chegar. Acho que pensa que, se descuidar um minuto, o marido não volta mais.

VI

Pouco depois do meio-dia, almoçaram em um restaurante que ficava na esquina da 44 com a 117, onde a dona cozinhava e o dono servia. A entrada era um tanto escura; o salão ficava abaixo do nível da rua, era preciso descer um ou dois degraus. Comeram *puchero* de músculo.

— Aqui não carregam nos preços e a comida é caseira. Quase toda a clientela é de estudantes — assegurou Mascardi. — Se alguém vier conversar com a gente, esquece que sou da polícia. Esse elemento vê o cana com maus olhos.

— Mas quem te conhece, por que vai desconfiar?

— É gente muito queimada. E digo mais: o setor estudantil está infiltrado por espiões de toda laia. — De repente perguntou: — Mas e você, o que te traz a La Plata? Não vai me dizer que veio estudar.

— Vim fotografar a cidade. Sou fotógrafo.

Mascardi voltou ao que estava dizendo:

— O setor está todo infiltrado de espiões e, como se não bastasse, de ativistas fanáticos. Para meu trabalho, é melhor ninguém saber que sou da corporação. Devemos considerar que um dia desses podem me mandar vigiar algum deles.

— Você escolheu um trabalho bem duro.

— Não é para covardes.

— Acho que é até perigoso.

Bruscamente ríspido, Mascardi replicou:

— Não só para mim. Se um dia me liquidarem, é capaz que resolvam te liquidar também, só porque alguém nos viu juntos agora, nesta mesa. Mas não se assuste: antes eles têm que descobrir qual é meu verdadeiro trabalho. — Retomando o tom amistoso, disse: — Não sabia que você tinha virado concorrente do velho Gentile.

— Imagina! É com ele que eu trabalho. Justamente, no mês passado, *don* Luciano Gabarret apareceu lá no estúdio para tirar um retrato. Você sabe como é o Gentile, quando está no laboratório, nada o apressa. E o outro se enchendo de raiva. Acho que não está acostumado a esperar.

— Claro que não. É um ricaço que só sabe mandar.

— Eu quase ia lhe avisando que o patrão põe mesmo o trabalho acima de tudo, mas de repente *don* Luciano me perguntou se eu estava lá de enfeite ou se tinham me ensinado a tirar fotografias. Aí tirei uma dúzia de retratos dele, de uma tacada. Coloridos.

— Se não me falha a memória, ele tem o rosto bem vermelho.

— É, sim, tem o rosto muito vermelho e cara de louco. Os olhos passam rápido, não sei como dizer, de uma expressão de astúcia a uma expressão de fúria, como se soltassem faíscas.

— É baixinho.

— E redondo. Parece um pião. A única pessoa que vi com calça de montar e polainas de couro, em toda a comarca de Las Flores.

Almanza contou que Gabarret voltou no dia seguinte e, quando viu o trabalho, mudou da água para o vinho. A cara dele até se amansou. Comentou:

— Você não vai acreditar, mas já vi uma infinidade de mocinhas fazendo como esse homem. Quando veem suas fotos, ficam todas contentes.

Continuou narrando o encontro. Gabarret lhe perguntou se só tirava retratos. Ele mostrou suas fotografias de estâncias e Gabarret voltou a perguntar: "Quem tirou essas? Você ou seu patrão?". Então apareceu o velho Gentile, que respondeu: "Foi o senhor Almanza. Eu não estou com ânimo para sair pelo campo". Ao que Gabarret respondeu: "Nesse caso, proponho ao senhor Almanza que vá a La Plata por uma semana, com tudo pago, e me fotografe a cidade". Ele respondeu que não estava pensando em trocar de patrão. "Ninguém pediu isso", afirmou Gabarret. "Minha intenção é solicitar ao Estúdio Gentile uma série de fotografias dos principais edifícios e monumentos de La Plata, para o primeiro livro da coleção Ciudades de la Provincia de Buenos Aires. Com o prévio consentimento do patrão, encomendaria o serviço ao senhor Almanza." Gentile entrou na conversa: "Com sua vênia, *don* Luciano, vou ter uma palavrinha com este moço que titubeia". Chamou-o à parte e lhe disse: "É a oportunidade da tua vida. Se a cidade não te destruir, você vai crescer como homem e, o que é mais importante, como fotógrafo. Deixa tudo nas minhas mãos". Gentile voltou ao salão e anunciou: "O rapaz não quer. Vou fazer o possível para convencê-lo, mas desde que o pagamento esteja à altura dos dons de um profissional de sua categoria". *Don* Luciano expôs suas condições: a passagem e uns "trocados", para começar, com a promessa de transferir a La Plata, no devido tempo, uma quantia a combinar. Gentile recusou de imediato. Houve mais um aparte, e em voz bem alta, talvez para que o outro o ouvisse, Gentile comentou: "Como tem gente abusada". Disse a Almanza: "responda que não, e pronto", mas ao mesmo tempo lhe deu a entender que valia a pena ele passar uma semana em uma cidade grande e populosa e que, quanto às condições, nada estava definido ainda. Os velhos discutiram mais um bom tempo, sem chegarem a um acordo. "Esta noite consultamos o travesseiro e amanhã retomamos a conversa", declarou Gentile. "Como quiser", respondeu *don* Luciano, "mas em princípio fica combinado que o Almanza viaja para La Plata". "Isso se não me fizer o moço amargar uma greve de fome", replicou Gentile. "Também não é para tanto", disse o outro. "Que mal pode fazer a um moço apertar o cinto por alguns dias?" E nas pontas dos pés, como se quisesse parecer mais alto, apoiando as mãos na mesa e marcando as palavras com um vaivém de seu corpo redondo e de seu rosto vermelho, afirmou: "Meu critério é muito claro: pagar o mínimo possível até que me tragam o trabalho. Quando o mostrarem, se me encher os olhos, podem ter certeza de que não vão se queixar de *don* Luciano Gabarret".

Mascardi perguntou:

— E aquele velho sovina não podia te ajudar?

— Que velho?

— O Gentile, quem mais?

— Imagina. A situação está muito ruim e, quando o pessoal anda sem dinheiro, a primeira despesa que corta é com as fotos.

— Em todos estes anos teu único trabalho foi atender o balcão e fotografar? Uma vida tranquila, tranquila demais para meu gosto.

— Também andei pelo campo. Antes de me conchavar com o Gentile, trabalhei em uma estância, vacinei gado. Mas sempre gostei de fotografia. Um dia mostrei para ele umas fotos que tirei com uma máquina de caixote (rodeios de gado, corridas quadreiras, até uma tosquia), e aí ele me propôs entrar no estúdio como seu assistente.

— Teu trabalho, aqui em La Plata, começa quando?

— Hoje mesmo, à tarde.

— Hoje tenho plantão, mas amanhã de manhã estou livre. Se quiser, damos uma voltinha para eu te mostrar uns lugares interessantes. Comparado com mais de um, sou um platense da gema.

VII

Quando iam entrando na pensão, ouviram o telefone tocar. *Doña* Carmen atendeu e, franzindo a boca, anunciou:

— É para o jovem.

Almanza se lembrou do que Gentile lhe dissera na hora da despedida: "Na cidade te esperam surpresas, o que é bom, porque o homem acorda e vive". É verdade que também acrescentou: "Não deixe que nada te afaste da trilha".

Pegou o telefone e perguntou:

— Quem fala?

Realmente teve uma surpresa. A conversa durou pouco, mas depois, no quarto, precisou fazer um esforço para escutar o que Mascardi lhe dizia. Este o recebeu com um comentário irônico:

— Que sujeito importante! Mal chegou a La Plata, e já tem gente telefonando para ele. Pode-se saber quem te ligou?

— Uma moça. Eu a conheci agora de manhã. Hoje ela vem fotografar comigo.

— Uma senhorita séria, mas bem-disposta.

— Uma moça de família. Estava com o pai e a irmã, que tem um bebê e uma menininha.

Mascardi o ouvia com preocupação evidente. Depois falou sem pressa, pronunciando cada palavra em separado:

— Quem vem de fora tem que abrir o olho. O malandro fareja de longe quem não é da cidade. Presta atenção: de um tempo para cá, apareceu uma nova figura delitiva, como dizemos na corporação. Uma família, que na realidade não passa de um bando de indivíduos de vasto prontuário. Travam relação com o candidato, neste caso meu condiscípulo e amigo Nicolasito Almanza, e tudo termina em estelionato ou coisa pior. Não sei se estou sendo claro.

— Que é que eles podem tirar de mim? O equipamento?

— Você acha pouco?

— Não largo dele tão fácil. E eu te garanto que é uma família de verdade. Gente de fora. Como você e eu. Com uma diferença: eles vêm de Coronel Brandsen.

VIII

Apesar de chegar na hora marcada, Julia já estava na porta, esperando por ele. "Começamos bem", pensou. *Don* Juan merecia seu respeito e tinha a melhor opinião de Griselda, mas naquela tarde não estava para conversa. Não via a hora de começar a fotografar.

Caminharam até a estação, que ele fotografou de longe e de perto, em conjunto e por partes. Julia se revelou uma senhorita diligente, de notável paciência. Serviu-lhe de assistente e logo começou a sugerir fotografias, sempre com muito tino e fundamento. Depois da estação, Almanza fotografou o Rocha, um cinematógrafo que havia ali perto, e, indo na direção do lago e do bosque, fotografou o prédio da Faculdade de Ciências Exatas, de que gostou muito, e o monumento ao almirante Brown, "de altura imponente", segundo o comentário de Julia. Mais adiante viram o lago, com patos e cisnes, e pessoas remando em barquinhos. Uma insinuante voz italiana perguntou:

— Querem uma bela fotografia? Precisa guardar uma lembrança do momento feliz.

A voz era de um daqueles velhos lambe-lambes de praça, com seu guarda-pó e sua grande câmera de tripé, munida de um pano preto. Julia disse:

— Por mim, não precisa gastar.

Almanza respondeu com uma frase dirigida ao fotógrafo:

— Não se preocupe, Julia. Para um colega, o senhor aqui vai fazer um preço especial.

— Maldito ofício — respondeu o fotógrafo (disse *maledetto*). — Agora todo mundo é colega, mas a gente precisa viver. Perto do lago, perto do lago: será uma bela fotografia. Tem que aproveitar agora, que está com água de novo.

— Estava seco?

— Mas como? O senhor não sabe? Houve um crime, mas não encontravam a arma. Se não tem arma, não tem condenação. A polícia enfiou na cabeça que a arma estava no fundo do lago. Aí o secaram. Este lago, orgulho de La Plata, virou um lamaçal infame, com bolhas de água podre e charcos onde boquejavam lambaris, uma carpa que era um verdadeiro monstro e bagres bigodudos, mais feios do que eu. Não imagina a quantidade de porcarias que este belo lago ocultava. Francamente, senhor, tinha de tudo, menos a faca do crime.

Enquanto falava, os fotografou. Depois entregou uma cópia a cada um.

— Não está mal — comentou Julia —, se bem que eu saí como na página policial.

— É um bom trabalho — disse Almanza.

Julia perguntou se podia ficar com a foto e agradeceu o presente. Almanza pagou.

— Eu vou tirar uma melhor — sussurrou para ela, quando se afastavam por uma trilha no bosque, entre o Jardim Zoológico e o Museu de Ciências Naturais.

Almanza fotografou o edifício do museu e depois retratou Julia sentada na escadaria, rindo muito, porque dizia:

— Esta é a escadaria dos namorados. Na pensão me contaram que à noite é usada pelos casais.

— Agora vou tirar uma de perto. Só do rosto.

Ao olhá-la através da objetiva, pensou: "Que rosto mais lindo. Só agora que reparei nele. Como se eu só enxergasse através da lente da câmera. Uns olhos extraordinários e um nariz perfeito: não é coisa que se encontre todo dia". Em voz alta, comentou:

— Acho que vai gostar da foto.

— Se eu sair bonita, a Griselda vai morrer de ciúme.

Ficaram mais um pouco no bosque. Fotografaram o planetário e finalmente se afastaram por uma rua de tílias. Julia perguntou:

— Você está sentindo o perfume?

Almanza reparou que o chamara de "você". Distraiu-se por um momento e perdeu algumas palavras do que Julia dizia.

— A Griselda e eu gostamos muito uma da outra, mas vivemos brigando, porque ela é muito ciumenta. Já do meu irmão Ventura eu era inseparável.

— *Don* Juan me contou que ele sumiu de casa.

— Deve ter dito que morreu.

— Não foi isso que ele disse. Pelo menos, não tem certeza.

— De um tempo para cá, o deu por morto. Meu pai não é má pessoa, mas às vezes parece que não tem alma. Não digo que seja desalmado, mas que não tem alma, entende? Alguém me falou que os artistas são assim.

— Não sabia.

— Hoje representam um papel, amanhã outro.

— Para mim, *don* Juan deu a entender que sente muita falta do filho.

— Não é pelo filho, eu acho, mas pelas consequências. Sem os conselhos do Ventura, ele se meteu em uns negócios estranhos. Agora está cheio de processos e talvez nos penhorem Brandsen.

Pela maneira como Julia falou dessa fazenda, Almanza percebeu que era um lugar muito querido por ela, ligado às suas melhores lembranças.

— Teu pai vai dar um jeito de salvar a terra — disse.

— Talvez. Ele não desiste fácil. É muito matreiro, mas não trabalhador.

— Ele me contou que a desavença com teu irmão foi por causa de uma apólice de seguro.

— Olha como as coisas são estranhas. Ele comprou essa apólice para favorecer uma senhora amiga, ou melhor, o filho dessa senhora, um rapaz que era corretor de seguros. Pouco depois, o rapaz largou o trabalho e abandonou a casa da mãe.

— Mais ou menos como o Ventura?

— Com a diferença de que ele se meteu a frade, em um convento na saída de Azul. Dizem que é o chamado da vocação. Você largaria tudo para entrar em um convento?

— Eu não, mas vai ver que ele tem com a religião o mesmo que eu tenho com a fotografia.

IX

Estavam se despedindo, em frente à pensão dos Lombardo, quando Griselda apareceu na porta e o convidou a entrar. Ele pediu desculpas e recusou o convite, mas ficou conversando com as duas irmãs como se não tivesse a menor pressa. Contudo, não demorou a se retirar, porque calculava que o laboratório ficava longe e queria chegar antes que fechassem.

Teve que caminhar um bom tempo e de vez em quando olhar o papelzinho no qual Gentile anotara o endereço. Como algumas ruas não tinham placa nas esquinas, temia ter passado da indicada… A um senhor que acomodava a família nos bancos de um automóvel, perguntou se faltava muito para chegar a seu destino.

— Três quarteirões — respondeu o homem, e acrescentou que o laboratório devia ficar na esquina da 24 com a diagonal 75. Disse "o diagonal".

Finalmente chegou. Quem abriu a porta foi o próprio senhor Gruter, um velho de cabeleira revolta e expressão ansiosa.

— Estava esperando por você — disse. — Achei que não viesse mais.

— É tarde?

— Muito, receio.

— Está na hora de fechar? Então vou embora.

— Fechamos para os clientes, não para os amigos. Entre, entre. Esta é Gladys, minha assistente.

Gladys era uma moça loira, com ar de inglesa ou talvez de alemãzinha, alta, ossuda, provavelmente maternal e de boa índole.

Entraram em uma sala pouco iluminada por um lustre com quebra-luz de seda verde, em forma de cúpula, com fieiras de contas coloridas, a modo de franja. Sobre uma mesa havia uma infinidade de fotografias e, na parede, uma imagem de Cristo, com manto roxo. Em uma prateleira, alguns livros se alinhavam entre as estatuetas de um chinês ou japonês com os olhos vazios e de uma mulher nua com muitos braços.

— Aceita um mate? — perguntou Gladys.

— Obrigado, não se incomode.

— Como está o Gentile?

— Bem. Posso ir ao laboratório?

— Assim que eu gosto. Digno assistente do meu velho amigo Gentile. Venha comigo.

Conduziu-o ao laboratório. Almanza observou com admiração e uma ponta de inveja o ampliador fotográfico, muito mais moderno que o deles. Ficou trabalhando por algum tempo. As fotografias ficaram boas, e então pensou que a névoa de La Plata não era desfavorável.

Quando ia se retirando, pediu desculpas por retê-los até tão tarde.

— Ao contrário — assegurou Gruter —, gostaria que um dia desses você ficasse para conversar.

— Amanhã eu volto.

— Você não conhece ninguém em La Plata?

— Só um ex-colega do colégio. Veio aqui estudar e agora trabalha. Seu sobrenome é Mascardi.

— Isso é bom — comentou Gruter.

— Conheço também uma moça, que foi comigo fotografar.

— Essa que você retratou na escadaria do museu?

— Essa mesma.

— Como você a conheceu?

— Por acaso.

Contou-lhe como tinha sido o encontro com a família Lombardo. Gruter comentou:

— Um grande acaso. Mas claro que, quando se chega de fora, é preciso tomar muito cuidado.

— O Mascardi andou falando com o senhor?

— Seu amigo? Não tenho o prazer de conhecê-lo.

X

Na manhã seguinte, havia a mesma luz levemente atenuada pela névoa. Alguém lhe disse que era típica de La Plata. Ainda bem que essa luz favorecia o trabalho, porque eram muitas as dificuldades. Para começar, o tamanho dos edifícios. Gentile já o prevenira de que ele se depararia com prédios tão grandes que se veria em apuros para enquadrá-los sem deformá-los. Ele tratara de se exercitar em Las Flores, ainda que não o suficiente, com a Prefeitura, a igreja e a fábrica de calças e camisas. Ainda bem que a avenida 7 de La Plata era larga. Ficou por ali até depois da uma: fotografou o Banco da Província, a Universidade, o cinema Gran Rocha, que fica perto, na 49. Foi até o correio e despachou para Gentile o material do dia anterior. "Tomara que o entregue logo para Gabarret e que ele goste", pensou. Trabalhou mais um pouco na praça San Martín. Quando chegou ao restaurante, Mascardi lhe disse:

— Achei que você não viesse mais.

— É tarde?

— Bastante.

— Desde que cheguei aqui, só escuto isso. E não é para me gabar, mas eu sempre fui pontual.

— Mesmo chegando tarde, como todo mundo. Hoje de manhã não te acompanhei porque me convocaram no Departamento. Meu trabalho é sério, tenho que cumprir horários. Posso te acompanhar depois do almoço.

— Depois do almoço me acompanha a senhorita de ontem.

— Acredite ou não, já estou pegando birra dessa gente... E digo mais: não sei o que pretendem.

— São duas irmãs. A outra também é muito bonita. Eu podia apresentar para você, mas ela é casada.

Veio se sentar com eles um rapaz baixo, magro, de testa larga, que devia ser jovem, quase um menino. Um menino envelhecido, com óculos de lentes grossas. Mascardi falou em um tom de burlesca solenidade:

— O amigo Almanza, um colega de escola, que veio fotografar La Plata, e o amigo Lemonier, dito o Velhinho, estudante de engenharia, futuro medalha de ouro.

— Você veio especialmente para fotografar minha cidade? — perguntou o Velhinho. — Por encomenda, quero crer.

— Para uma coleção de livros.

— E começa por La Plata, como se deve? Uma cidade nova, com um grande passado. Seu passado é de quando o país tinha futuro.

— Não entendi — disse Almanza.

— Incomodo? — perguntou um rapaz de casaco, aproximando-se da mesa.

Mascardi completou as apresentações:

— Pedro, vulgo Pedrito. Lemonier, vulgo o Velhinho, e Almanza, que é do meu pago.

O recém-chegado puxou uma cadeira. Tinha pele avermelhada, nariz curvo, olhos pequenos, braços curtos. Lemonier retomou o diálogo interrompido:

— Ele vai gostar daqui quando tomar querença. Por mais estranho que pareça, as pessoas tomam mesmo querença de La Plata.

Pedrito olhou sucessiva e atentamente para Lemonier e Almanza. Sem piscar.

— O que falta aqui é tradição — afirmou Mascardi com pesar.

Almanza ouviu o amigo com surpresa. Não sabia que ele era capaz de uma reflexão como aquela.

— La Plata — disse Lemonier — tem a melhor de todas as tradições: a do país grande e próspero que já fomos. Eu diria que a cidade é um vivo monumento àquela esperança. Além disso, temos tradições pequenas, de bairros e de amigos. Mais autênticas, em muitos casos, que as de sapateadores e grupos folclóricos. Claro que entre nossas mais autênticas tradições há uma que eu dispenso: a dos maus governos.

— Acha que todos são maus? — perguntou Mascardi. — Você não será meio anarquista?

— E por que não? Como disse alguém em um artigo do *El Día*: "Sou um soldado desconhecido da guerra do indivíduo contra a sociedade". Não apenas contra o Estado, mas também contra o consórcio dos proprietários e contra o clube, embora eu seja Estudiantes de La Plata, para desgosto aqui do Mascardi.

O tal Pedrito esquadrinhava Lemonier com atenção e desconfiança. Depois de um bocejo, Mascardi falou precipitadamente:

— Quer saber, Almanza, o que teu amigo Mascardi está pensando enquanto vocês debatem os mais profundos tópicos? Está pensando que não vê o menor inconveniente de que você lhe apresente a irmã da sua amiga. O fato de ela ser casada é um detalhe sem importância.

— Menos compromisso — observou Lemonier.

Mascardi comentou:

— O Velhinho é mesmo um crânio e um amigo. Como quem não quer nada, resume toda a verdade. Vai aprendendo.

XI

Julia esteve com ele das três da tarde até o pôr do sol. Ajudou-o com diligência e pareceu compartilhar seu anseio por fotografar.

Depois, no laboratório, Gruter examinou as ampliações e o parabenizou pela qualidade do trabalho. Ampliando e conversando, passou momentos agradáveis. Quando já ia se retirar, Gruter lhe perguntou se tinha voltado a ver "aquela tal família".

— Só a filha solteira. Ela foi fotografar comigo.

— Cuide-se.

— Acredite, senhor Gruter, é uma senhorita o mais formal e comedida que se possa imaginar. Quando eu vinha para cá pela diagonal 75, minto, pela 76, até me perguntei se alguma vez fiz por merecer tanta atenção.

— Você acha que não merece?

— Por que mereceria?

— E não desconfia?

— Desculpe, senhor, mas seria bem feio da minha parte.

— Muito justo. Sem dúvida, o assistente do meu amigo Gentile é uma boa pessoa. — Calou-se, fitou-o com olhos ansiosos, por último declarou: — Quem não é boa pessoa é o diabo. Seduz para conseguir o que quer.

— Mas, senhor Gruter, por trás da moça há uma família, com crianças e tudo.

— Eu não tenho nada com isso, mas, por favor, só me explique no que essas crianças atrapalhariam o diabo.

Percebeu que não conseguiria convencer Gruter. Despediu-se. No percurso, recordando a conversa que acabara de ter, perguntou-se se a vida na cidade não seria mais complicada e misteriosa do que tinha pensado. Na pensão, a dona o recebeu anunciando:

— As Lombardo ligaram. Não lhe dão sossego. Com santa paciência respondo que não está, e dali a pouco voltam a ligar. Eu morreria de vergonha.

— Deixaram algum recado?

— Que esperam o senhor Almanza às oito e meia.

XII

Acompanhou Mascardi até o restaurante. Na porta se encontraram com o Velhinho Lemonier, que perguntou:

— Vamos ficar nesta mesa aqui? Está desocupada.

Por sua vez, o dono perguntou:

— Três pratos?

— Dois — respondeu Almanza. — Eu já vou indo.

— Você pensou que ele ia ficar com a gente? — Mascardi perguntou a Lemonier. — Bem se vê que não está familiarizado com o tipo. Na mesma manhã em que chegou, já arrumou novos amigos, e agora o convidaram para jantar com eles. Ou melhor, com elas.

— Sorte dele.

Mascardi explicou:

— O problema é que os supostos amigos formam uma família. Uma família de aranhas, e o Almanza já foi apanhado na teia.

— Até amanhã — disse Almanza.

— Não fica bravo — disse Mascardi.

— Não estou bravo. Só quero chegar na hora. Mesmo que você não acredite, sou pontual.

— Quando se trata dessa família.

Pensou que Mascardi, Gruter e até *doña* Carmen queriam protegê-lo. Talvez soubessem do quê e falassem pelo seu bem. Todos estavam contra a família Lombardo. Talvez um dia conseguisse que todos se tornassem amigos e vivessem em paz.

Na pensão dos Lombardo, Griselda o recebeu com grandes demonstrações de afeto e resplandecente de beleza. Almanza pensou que nunca tinha visto uma pessoa tão impecável. Gostou também da roupa: uma espécie de túnica preta, muito justa e curta, com uma infinidade de rodelinhas de vidro ou espelho, que produziam reflexos quando ela se movia.

— Pensei que fosse me dar o bolo. Não ligue, é maldade minha. A pressa é porque vamos ao teatro. Começa às nove.

Ia dizer obrigado, mas a curiosidade pôde mais e perguntou:

— A que teatro?

— Uma ópera, *Demônio*, do famoso músico Rubinstein. Conhece?

— Não — respondeu Almanza.

— A dona da pensão, aqui, diz que ele é famoso. O papai e a Julia já foram, porque são uns impacientes e dizem que, se a gente perde o início, não entende nada. Eu fiquei para esperá-lo.

— Obrigado.

— Não tem pelo que me agradecer, porque vou lhe pedir um grande favor. Só tomo essa liberdade porque o considero um grande amigo.

— É o que eu sou, mesmo — disse com orgulho.

— Vem comigo?

Em um primeiro momento, não entendeu; talvez por achar que ela falava em ir ao teatro. Foi tudo tão inesperado que se sentiu um pouco aturdido. Com a melhor disposição, seguiu Griselda escada acima. Evidentemente, a senhoria tratava as irmãs Lombardo com respeito. Não pôde deixar de notar a diferença entre uma pensão e outra.

O quarto não parecia o mesmo do dia anterior. Tudo estava na mais perfeita ordem, com as três camas grandes, a caminha onde dormia Rosalía e o berço com o bebê. Os Lombardo lhe escancararam as portas da sua vida familiar. Quem pensava mal deles estava redondamente enganado. Ali só havia limpeza e decência.

Griselda lhe disse:

— Queria pedir que olhasse as crianças até voltarmos da função. É rápido. Elas não vão dar trabalho, por isso deixo aqui a revista que estou lendo, para passar seu tempo.

Também deixou instruções precisas:

— Não balance o berço, por mais que o bebê chore. Se não, vai passar a noite balançando. As crianças, desculpe a comparação, são como animais. Se a gente afrouxa as rédeas, ficam manhosas. Só não deixe de lhe dar a mamadeira às onze em ponto.

Avisou que, em um primeiro momento, o sujeito (assim chamava carinhosamente o bebê) ofereceria resistência.

— Escute bem meu conselho: imponha sua autoridade. O sujeito está acostumado ao meu peito e, claro, se lhe dão outra coisa, abre o berreiro. O senhor não faria o mesmo? Aqui, na garrafa térmica, está o leite, bem quentinho. É só passar para a mamadeira e dar para ele. Aqui tem uma fralda limpa, por via das dúvidas, se é que me entende.

Almanza perguntou alarmado:

— Será que vou saber trocar as fraldas?

— Faça de conta que é um chiripá.

— Eu nunca vesti um chiripá.

— Se tiver alguma dúvida, acorde a menina. É uma mocinha e sabe tudo melhor que eu. Posso lhe dar um beijo?

Beijou-o na testa.

XIII

Como Rosalía e o bebê dormiam, Almanza pôs a cadeira embaixo do lustre, se acomodou, cruzou as pernas, pensou que em um momento como aquele seria agradável fumar um cigarro de palha e com toda a calma se pôs a folhear a revista de Griselda. As moças que ele conhecera até então liam revistas que tratavam de moda ou da vida de galãs e estrelinhas da televisão e do rádio. Griselda, ao contrário, se interessava por assuntos que não estavam ao alcance de qualquer um. Chegou a essa conclusão depois de uma rápida olhada e quase desejou que sua amiga não voltasse tão cedo, para que ele tivesse tempo de ler um artigo intitulado "Bastidores da luta pela dominação do mundo". Nele explicavam como as grandes potências e também nosso país não passavam de um mero cenário e como tudo o que acontece neste mundo de Deus — até o que acontece com você e comigo — depende das decisões de um grupinho de senhores de terno preto, sentados em volta de uma mesa redonda. A parte escrita era bem clara, e os desenhos das tiras, perfeitos. Pensou que ele gostaria de entrar na sala onde se encontravam os tais senhores, levantar a mesa no ar e com toda as suas forças atirá-la em cima do presidente daquela junta de desalmados. Sem perceber, passou da imaginação a um sonho, em que o presidente, um senhor furioso, de grandes bigodes retintos, com as pontas viradas para cima, desabava sob o peso da mesa e começava a chorar. Nesse instante Almanza se deu conta de que pegara no sono e que não era o senhor quem estava chorando, mas o bebê. Teve tempo de pensar que para sua sorte o choro o acordara, porque do contrário a família Lombardo, ao voltar do teatro, talvez o surpreendesse dormindo. Ia repetindo "ainda bem", enquanto acabava de acordar e entendia a situação. De pé junto ao berço, Rosalía passava a mamadeira pelo rosto do irmão e, talvez com a melhor das intenções, o borrifava de leite e o enfurecia.

— Me dá aqui, que eu dou a mamadeira para ele — disse Almanza.

— Acho que está vazando — comentou Rosalía. — Você vai ter que preparar outra e trocar as fraldas.

— Volte já para a cama e trate de dormir — ordenou zangado.

A menina obedeceu. Pouco durou a satisfação dessa vitória, porque o choro do bebê se tornou premente e ele se perguntou se seria capaz de enfrentar a situação. A tarefa que o aguardava consistia talvez em cumprir ao mesmo tempo, a toda a velocidade e sem erro, três ou quatro operações complicadas. "Não vamos perder a cabeça", murmurou, e não pôde evitar um pensamento que era uma amarga recriminação contra Griselda, mas também um ansioso chamado. Nesse instante, a porta se abriu e Griselda apareceu, lindíssima entre as cintilações dos espelhinhos de seu vestido, sorrindo de um modo irresistível. Com a maior calma encaixou a mamadeira na boca do bebê. O quarto, que pouco antes estava a um triz de se tornar um pandemônio, recobrou o silêncio. Tudo estava de novo em ordem. As crianças dormiam placidamente.

— O papai e a Julia ficaram em um restaurante. Eu vim porque pensei: "vai que a situação de repente fica feia para meu delegado". Sim, porque esta noite o senhor é meu delegado. Cheguei na hora certa, não é?

— Mais certa impossível.

— O papai e a Julia não voltam tão cedo. Aqueles dois, quando começam a comer, vão longe. Muito longe, entende?

Ele fez que sim com a cabeça. Griselda explicou:

— As crianças estão dormindo como anjinhos, portanto, se quiser, eu lhe dou seu prêmio.

Como essas palavras, ditas com um sorriso e em um murmúrio, o confundiram, ele continuou calado.

Puxando-o para junto de si, Griselda perguntou:

— Você não quer seu prêmio?

— Quando?

— Agora.

Enquanto ela o abraçava, ele ainda atinou em agitar um braço na direção das crianças, sem com isso interromper a suave mas vertiginosa queda conjunta. Já na cama, uma explicação, pouco menos que soprada, o aliviou:

— Eles têm um sono pesadíssimo, pesadíssimo.

Sentiu essas palavras como carícias.

XIV

Griselda ficou estendida na cama, com a cabeça levemente inclinada, os loiros cabelos revoltos, expondo a intimidade de uma nuca de extrema brancura, de olhos fechados. Ele a observava.

— Por favor, abra os olhos.

— Você não gosta deles?

— É porque gosto que quero ver.

Pensou que devia fotografá-la. Pensou também: "Ontem de manhã, quando vi esse peito, não pensei que logo o veria de novo".

Depois da despedida, Griselda o preveniu:

— Minha irmã e meu pai estão sempre aqui, por isso, da próxima vez tem que ser na tua casa.

Embora a proposta o alarmasse, notou acima de tudo o prazer que sua voz lhe proporcionava. Não perdeu o prumo e respondeu:

— Na pensão não deixam os hóspedes levarem mulheres.

Griselda riu como se o que acabava de ouvir a divertisse.

— E você acha que aqui nos deixam trazer homens? Por ter te recebido no meu quarto corro o risco de que me tratem como uma vadia. Não vai me dizer que você é mais covarde do que eu. Ou será que não valho a pena?

— Imagina! Mas é que o plano tem outras complicações. A começar porque divido o quarto com um amigo.

— E você teria vergonha de mim? Eu, de você, não. Por isso não me importa que você lhe diga que vou te visitar. É só pedir para ele ir dar uma volta ou olhar para outro lado, e pronto.

— Não precisa. No quarto tem um biombo.

Griselda deve ter percebido que ele ainda estava indeciso, porque lhe perguntou:

— Ou você está propondo que a gente vá a um hotel?

O tom da pergunta não dava lugar a dúvidas. Respondeu de pronto:

— Nem pensar. Claro que não vai ser fácil entrar, porque a senhoria fica sempre atocaiada ao lado da porta, com seu ouvido de tuberculosa.

— Então não voltamos a nos ver?

— Por quê?

— Não sei. Pelo jeito você não gostou.

— Claro que gostei.

Parecia inacreditável que ela não soubesse.

— Eu também — assegurou Griselda, já sem irritação. — Amanhã à meia-noite em ponto estarei lá. Ou melhor, hoje, porque já passa da uma. Você vai ver como tudo dá certo. Me passa a chave da tua casa.

Não pensou mais e obedeceu.

XV

Disse para si que nunca tinha gostado tanto de nada. Se a promessa era outro momento como aquele, não se preocuparia com as consequências nem com os desgostos que pudesse causar. Quem diria que no mesmo dia da sua chegada a La Plata ele passearia pela cidade inteira com uma moça belíssima e que à noite teria amores com outra, não menos bonita, casada e, como se não bastasse, mãe de dois filhos, instruída e jovem? Não trocaria de lugar com ninguém.

No melhor estado de espírito tomou o rumo de casa. Logo daria um jeito de entrar na pensão, portanto não tinha por que se preocupar. Quanto à anunciada visita de Griselda, por maiores que fossem as complicações, ele tinha o dia inteiro pela frente para descobrir como contorná-las, e o mais importante, em todo caso, era que Griselda queria visitá-lo. Um presente da sorte.

Confiante na sua boa estrela, pensou que algum outro pensionista chegaria ao mesmo tempo que ele. Como isso não aconteceu, bateu bem de leve na porta. Quase imediatamente apareceu a dona da pensão, de camisola, com um xale avermelhado sobre os ombros, branquíssimos e nus.

— Que hora de chegar! Já perdeu a chave?

— Não, senhora, por favor, nem pense nisso. É que esqueci no quarto, quando saí.

— Mas que hora de chegar!

— Desculpe o atrevimento, senhora, mas que hora de estar acordada!

Sem dúvida, nessa noite ele esbanjava ousadia. A mulher hesitou e disse:

— Desculpo, claro que desculpo. É que eu estava preocupada.

Ao pronunciar essa última palavra sua boca se franziu em um muxoxo. O rapaz se perguntou se estava comovida e por quê. Nesse momento o relógio deu duas horas.

— É muito tarde, mesmo. Até amanhã, senhora.

—Até amanhã, meu filho. Já é hora de estarmos os dois na cama.

Ele nunca tinha imaginado que as pessoas da cidade fossem assim. Todos pareciam gostar dele e querer protegê-lo. Como dizia o velho Gentile, é vivendo e aprendendo.

Para não acordar Mascardi, abriu a porta com o maior cuidado, mas de nada adiantou, porque as dobradiças rangeram. Levando as coisas na brincadeira, pensou que para a noite seguinte seria bom comprar uma lata de óleo e pingar umas gotas em várias portas da casa.

— Que hora de chegar! — resmungou Mascardi.

— E não me arrependo — respondeu.

“Nem me reconheço”, pensou. “Estou pisando firme. Não sei o que me deu.” Claro que nem tudo o que acontecera nessa noite facilitava as coisas para a seguinte. O fato de a senhoria ter se mostrado tão compreensiva, quando ele estava planejando algo que iria aborrecê-la, era um tanto desagradável. Tão desagradável quanto ela logo ter ouvido, às duas da manhã, as batidinhas que ele deu na porta. Disse:

— Amanhã vou precisar da tua ajuda.

Mascardi suspirou ou ressonou. Almanza também logo pegou no sono.

XVI

Às oito da manhã, em um café da 43 com a 7, em frente a uma casa onde alugavam fantasias e trajes a rigor, os dois amigos tomavam café com leite e comiam pãezinhos e croissants. Divertindo-se com a própria história, Almanza falou de sua decepção por não ir ao teatro, na noite anterior, e da surpresa, até a irritação, quando soube que o convite era para ele tomar conta das crianças. De repente disse:

— Esta noite vou precisar que você me dê uma mão.

— Se é para você continuar bancando a babá, pode esquecer.

— O que vou te pedir é que você dê uma saidinha, porque uma das Lombardo vem me ver.

Mascardi estava tão surpreso que perguntou:

— Agora?

— À noite.

— Olha só. O velho te laçou para genro. Está certo ele: que a filha case com qualquer um, contanto que não fique para titia.

Tinha recuperado a pose. Almanza lhe explicou:

— Quem vem é a casada.

— Olha só. Primeiro deixam as crianças para você cuidar. E agora vão te arrumar confusão com o marido.

— Ele está em Coronel Brandsen.

— E o que a gente faz com a senhoria, a nossa senhoria? Sedamos com clorofórmio?

— Isso já é com a moça.

— Tudo bem. Eu coloco o biombo de jeito que esconda minha cama, e pronto.

— Está bom, se bem que eu ficaria mais tranquilo se você fosse dar uma volta.

— Sei, para eu não ver sua cara de tacho se a fulana não aparecer. Mas presta atenção: o que nos ensina o cálculo de probabilidades? Quanto menos passarmos na frente do quarto da senhoria, menor o risco de ela acordar.

— Tem razão.

— Claro que tenho razão, então boto o biombo, e um abraço. Quanto à família, não mudo de opinião. O que eles pretendem? Vamos ver, primeiro chupam teu sangue para o velho sacana.

— É um senhor à moda antiga, muito simples, bem simpático.

— Todo trambiqueiro é simpático: é condição *sine qua non* para engambelar.

— Você está falando sem conhecer a pessoa.

— Depois te pegam para babá e, por último, como se eles é que tivessem feito um grande favor, vem a senhora mamãe cobrar a conta. Olha, acho que você está indo por mau caminho.

— Você é que está carregando nas tintas, Mascardi.

— Não estou carregando coisa alguma. E vou te dizer, para mim o mais triste é você ter ficado com as crianças. Francamente, quem muito se mete com saias, não digo que se afrescalhe, mas quando vai ver já virou um tremendo de um capacho de mulher. Eu falo pelo teu bem, por mais que você ache ruim. Como dizia meu finado pai, todo bicho que caminha deve ter uma profissão que o proteja.

— Que o proteja do quê?

— Como do quê? Das mulheres! Eu te pergunto com o coração na mão: quem é que leva a sério um fotógrafo? Isso não é profissão nem nada parecido. Agora, se quiser, você poderia me acompanhar em algumas escoltas para ver se gosta do trabalho. Quem não experimenta, não sabe.

— Vamos mudar de assunto.

— Eu te ofendi?

— O Velhinho vem vindo.

— Pelo jeito, vou fazer de você um bom polícia.

—Acho que não.

XVII

Mascardi comentou em voz baixa:

— Está acompanhado. Olha que pedaço de mulher. Não é à toa que pintam a sorte de olhos vendados.

Seguida por Lemonier, entrou uma moça morena, magrinha, de olhos grandes, um pouco ansiosos e graves.

— Laura. Os amigos Mascardi e Almanza — Lemonier apresentou e perguntou: — Podemos nos sentar com vocês?

— Claro — disse Almanza e ofereceu uma cadeira para Laura.

Esta fez o pedido:

— Dois cafés com leite completos.

— Não. Para mim, um chá-mate — disse Lemonier.

— Que bela maneira de se alimentar. Ou de não se alimentar — protestou Laura.

Contendo um risinho, Mascardi comentou:

— Precisa repor as energias.

A AVENTURA DE UM FOTÓGRAFO EM LA PLATA   297

— O café com leite me cai muito pesado, mas se isso te faz feliz, que seja.

Laura correu atrás do dono do restaurante, para mudar o pedido.

Lemonier perguntou:

— Nosso fotógrafo ainda não enjoou de La Plata?

— Ao contrário — respondeu Almanza.

Quando trouxeram o café, Laura serviu e disse:

— Toma logo, antes que esfrie.

— É muito estranho — disse Lemonier —, mas as pessoas gostam desta cidade. Vai saber por quê. Uma cidade de estudantes, de funcionários públicos, de empregados do governo.

— Todo mundo gosta dos estudantes — disse Laura.

— Da boca para fora — replicou Lemonier. — Quanto aos funcionários públicos e aos empregados do governo...

— Para quê que eu pedi um completo, se você não vai nem tocar nos pães? — perguntou Laura.

— O Velhinho não come porque só pensa em descer o sarrafo no governo — observou Mascardi.

— Não neste governo em particular. Em todos eles — Laura se apressou a esclarecer.

— Neste também — disse Lemonier.

— É um perfeito anarquista, um ácrata, um rebelde — disse Mascardi. — Justo o contrário do Almanza.

— Nosso fotógrafo é governista? — perguntou Lemonier.

— Exato, fanático partidário de uma senhora, de uma senhorita e da parentalha que as acompanha. Para essa gente, ele está sempre a postos, pronto para fazer o que mandarem.

— Não me parece tão ruim assim — comentou Lemonier.

— Porque você não está a par do caso. Estão usando nosso amigo, pode ter certeza.

— Pois eu te digo que, se a mulher que eu amo quiser me usar, fico até orgulhoso — comentou Lemonier.

— Cada um faz da sua vida o que bem entende, mas não acho a menor graça em ver um amigo ser feito de bobo. Você ouviu, Laura? O Velhinho se declarou teu escravo.

Laura respondeu:

— Resta saber quem é escravo de quem.

— Posso dizer o que eu acho? — perguntou Mascardi. — Que os encontros do nosso fotógrafo com uma famosa família não serão mais os mesmos. Quando a solteira o encontrar, vai querer arrancar seus olhos. Aposto que só por orgulho ela ainda não ligou para pedir explicações. Pois eu aqui lhe dou meu parecer desinteressado: se quiser se safar dessa, que me apresente a senhorita em questão.

A mulher do caixa se aproximou da mesa e perguntou:

— É o senhor Almanza? Estão ligando da sua casa.

Almanza foi até o telefone, falou menos de um minuto, voltou para a mesa, apanhou a bolsa da câmera e das lentes e anunciou:

— Vou indo.

— Aonde? — perguntou Mascardi. — À pensão dos Lombardo?

— Adivinhou.

— Sou bruxo.

— O senhor Lombardo quer falar comigo.

— Não é melhor eu te acompanhar?

— Seria bem engraçado eu aparecer lá com escolta.

Mascardi pareceu incomodado. O Velhinho comentou:

— É um homem valente. Vai ao fosso dos leões e não quer que o acompanhem.

Não foi ao fosso dos leões, pelo menos não diretamente. No meio do caminho se lembrou de que não tinha despachado a segunda remessa de fotografias. Passou pelo correio e postou o envelope como encomenda expressa (era grande e pesado). Pensou: "Por sorte o dinheiro ainda dá para o correio".

XVIII

Don Juan não se levantou da cadeira para recebê-lo. De pijama, com um poncho sobre as pernas, parecia mesmo estar doente aos olhos de quem não visse seu rosto. Tinha boas cores.

— Aqui estou eu, no banco da paciência. Até amanhã ou depois, repouso obrigatório. Já estou cansando disso, acredite.

— Acredito.

— Isso não é tudo. Um doente depende da boa vontade dos outros. É muito embaraçoso para mim ter que abusar da sua paciência.

Em um primeiro momento, não entendeu. Em seguida respondeu:

— Às ordens.

— Uma pessoa da minha relação, importante comerciante desta praça, reuniu algumas informações para um projeto que acalento. Estou à espera delas, mas não chegam. Não posso ligar para esse amigo, porque seu telefone está com defeito. O senhor me dirá que, se tenho duas filhas, que mande uma delas. Não é tão fácil assim. Minha Griselda viajou a Brandsen, para cobrar o sustento do marido.

— Quando ela volta?

— Ninguém sabe. Talvez hoje à noite. Aproveitando a oportunidade, a Julia levou as crianças para passear. Quando ela volta? Ninguém sabe. É provável que eu passe o dia inteiro aqui prostrado, roendo as unhas de ansiedade. Por isso me atrevo a amolar o senhor para lhe pedir que dê um pulinho na 19 com a 64.

— Na casa do comerciante?

— Sua residência e sua empresa.

Bateram à porta. Com voz apagada, *don* Juan ordenou:

— Entre.

Não devem ter ouvido. Com mal reprimida impaciência, o doente se levantou, correu até a porta e a entreabriu. Almanza ouviu a voz da dona da pensão, que dizia:

— A senhora Griselda telefonou de Brandsen para avisar que volta a tempo de jantar.

— Pouca gente, nos dias que correm, há de ter filhas como as minhas. Com tanta consideração pelo pai. A Griselda não tem igual. Quer que lhe dê o endereço por escrito, Almanza? Meu amigo se chama Lo Pietro, e sua empresa fica na esquina da 19 com a 64, em frente a um armarinho.

XIX

Quando chegou ao lugar indicado, perguntou-se por que não aceitara que *don* Juan anotasse o endereço. Ali não podia ser, se bem que estava justo em frente a um armarinho, como ele lhe dissera. Atravessou a rua, entrou no armarinho e perguntou:

— Conhecem o senhor Lo Pietro?

Sem olhar para ele, um homem respondeu:

— Conhecemos nada.

Uma mulher suspirou e disse:

— É o dono de La Moderna. Aí em frente.

Não que estivesse contrariado, apenas precisava se acostumar à ideia. *Don* Juan devia ter avisado. Talvez o pobre velho tenha pensado que, se lhe contasse, o assustaria. Lembrou-se de que seu padrinho apertava o passo ao passar em frente à casa de pompas fúnebres. Fazia aquilo de brincadeira, sem dúvida, porque à noite, no Club Social, jogava baralho com o dono, que ele chamava, como todo mundo no lugar, de *don* Pomponio.

Ao empurrar a porta da funerária, ouviu-se uma musiquinha. Atrás de uma mesa havia um homem moreno, de cabelo com brilhantina, penteado para trás, testa estreita, pômulos saltados, lábios grossos e dentes proeminentes, de traje a rigor, que parecia pequeno para ele, e gravata-borboleta preta. O homem se levantou (era muito alto, de braços muito longos) e, sem dizer palavra, ficou olhando para Almanza. Este lhe perguntou:

— O senhor Lo Pietro?

— Quem pergunta por ele?

— Eu mesmo. — Depois de um silêncio, acrescentou: — Da parte de Juan Lombardo.

O gigante o conduziu a um salão onde se amontoavam, por toda parte, ataúdes. Disse:

— Espere.

Na parede da esquerda havia uma porta; na mesma altura, na parede da direita, um enorme biombo de espelhos, que refletia e multiplicava os caixões. No fundo havia uma escrivaninha bastante imponente. Passado algum tempo, um homenzinho irrequieto e gordo apareceu pela porta da esquerda.

— Eu sou Lo Pietro — disse. — Não repare na desordem. Sua grata visita me surpreende em meio a uma mudança de mobiliário. Vaidade à parte, garanto-lhe que terei aqui um salão atraente, onde minha clientela se sentirá bem. O senhor, que é artista, sem dúvida há de me entender. Além da mercadoria, que por força deve permanecer em exposição, haverá objetos como este biombo antigo, de espelhos azougados, que realça o ambiente e ainda oculta a porta que leva ao nosso pequeno ateliê e laboratório. Aqui — disse apontando para um espaço livre no centro da sala — porei uma coluna de porcelana azul, de um metro e vinte de altura, com uma planta, um agave. Nas paredes haverá fotografias. O salão ficará mais alegre, muito mais alegre. Quem sabe até o senhor me visite de novo para ver. Desculpe se falo demais. O senhor me traz um recado do senhor Lombardo. Ou estou enganado?

— Não, senhor — respondeu Almanza. — É só uma carta de *don* Juan Lombardo. *Don* Juan me disse que…

Lo Pietro, que o escutava com vivo interesse, interrompeu-o para perguntar:

— Não quer se sentar?

Indicou-lhe um caixão que estava perto da escrivaninha.

Ia responder "estou bem assim", mas obedeceu, para evitar uma interpretação indevida. Lo Pietro disse:

— Eu o invejo. Um fotógrafo, um artista.

— Um fotógrafo, só isso.

— Se não é um artista, o que é um fotógrafo?

Depois de refletir, Almanza confessou:

— Tenho anos de ofício, pelo menos um ou dois, e nunca parei para me perguntar isso.

— Com sua licença, vou apresentar-lhe uma jovem colega. — Lo Pietro abriu uma porta que dava para o interior da casa e gritou: — Carlota! Carlota! Está me ouvindo, querida? Poderia vir aqui no salão de vendas, com sua máquina fotográfica? — Virou-se e explicou: — Ela é bem jovem. Ainda está dando seus primeiros passos nesta difícil arte, mas com tanto entusiasmo que não duvido: há nela a mais pura vocação.

Apareceu uma menina de uns dez anos, baixa, rechonchuda, morena, trajando um vestido de veludo vermelho, com uma larga faixa do mesmo tom na cintura, meias brancas, sapatinhos pretos, com presilha e botão. Tinha nas mãos uma dessas câmeras que vendem nas farmácias.

— Este senhor é fotógrafo. Ele pode te dar uns conselhos.

A menina o olhava inexpressivamente.

— Ela é muito… — disse Lo Pietro, quando foi interrompido pelo primeiro clarão. Em seguida explicou sorrindo: — Eu ia dizer que era tímida.

Reagindo à saraivada de flashes, Almanza disse:

— Mas sua paixão pela coisa é mais forte. Assim que eu gosto.

— Bom, bom — exclamou Lo Pietro. — Você já fotografou bastante o senhor. E sem pedir permissão. Que coisa feia, Carlota, que coisa feia. Enquanto vocês conversam sobre fotografia, vou dar um pulinho no meu quarto, para pegar o relatório que o senhor Lombardo me pediu.

Almanza procurou uma frase para quebrar o silêncio constrangedor. Como não lhe vinha nada, ergueu os olhos para Carlota. Piscou em seguida, ofuscado por outro clarão. Desnecessariamente perguntou:

— Você gosta de fotografar?

Lo Pietro voltou com um grande envelope branco na mão. Almanza quase não notou sua chegada, porque estava concentrado em um processo que ocorria na sua mente. Para expressá-lo, retomou a conversa anterior:

— Estive pensando — disse com certa exaltação — que um fotógrafo é um homem que olha as coisas para fotografar. Ou então um homem que, olhando as coisas, vê onde há uma boa fotografia.

— É o que eu chamo de olho profissional — exclamou Lo Pietro. — Cada um cria o seu. Eu, quando vejo uma pessoa pela primeira vez, já calculo o tamanho do seu caixão.

Algo, não sabia o quê, fez Almanza desviar os olhos para o biombo de espelhos. Entreviu então a cabeça, com o cabelo emplastrado jogado para trás, do gigante que parecia um macaco. Assim que cruzaram o olhar, a cabeça sumiu precipitadamente atrás do biombo.

XX

Ao sair, viu Gladys, a assistente do velho Gruter, na calçada em frente. A moça correu ao seu encontro e lhe perguntou o que estava fazendo naquele lugar. Acrescentou:

— Espero que nada de mau te traga aqui.

Ele demorou a entender. Por fim, disse apressado:

— Vim a pedido de outros.

— Outros? Os de sempre, aposto. A bendita família, ou estou enganada?

— Como você adivinhou?

— Deixa para lá. Alguém morreu? Claro que não, esses nunca morrem. O mais urgente, agora, é a purificação. Poderíamos ir a um templo, mas eu prefiro outro recurso. O verdadeiro. O infalível. Trabalhar um pouco.

Olhou para ela perplexo. A moça explicou:

— O trabalho purifica tudo.

— Pode ser.

— Vou te acompanhar, enquanto você tira algumas fotos para o livro.

— *Don* Juan Lombardo está me esperando. Preciso levar este envelope para ele.

— De novo essa bendita família. Por causa desse senhor, você deixou para mais tarde as fotografias que ia tirar de manhã. Parece justo que agora ele espere um pouco. Nada pode ser mais importante que teu trabalho.

— Muito justo.

Primeiro foram até a casa do poeta Almafuerte, na rua 66. Ele pediu para Gladys segurar o envelope, que o atrapalhava, e se entregou ao trabalho, de ótimo ânimo. Quando terminou, se dirigiram à praça Moreno, de onde fotografou a catedral. Ao entrar, admirou-se com a altura. "Nunca pensei que existisse um lugar tão alto", comentou. Gostou muito dos vitrais. Tão encantado estava na sua contemplação que mal ouviu o murmúrio de uma vozinha, que lhe lembrava o zumbido de uma mosca. Distraidamente avistou ali perto uma mulher em um genuflexório e, sem pensar, deduziu: "É ela. Está rezando". Seguido por Gladys, foi até a balaustrada que rodeia o altar. Momentos depois, descobriu algo estranho. Aonde quer que ele fosse, surgia aquela vozinha. Quando ouviu a pergunta "Quem é o diabo aí dentro?", estavam atrás do coro, em um corredor em forma de ferradura: ali não havia genuflexórios nem mulheres rezando. Saíram de novo à nave principal da igreja e pararam embaixo de uma janela com vitrais. Assim que ele ergueu os olhos para contemplá-los, ouviu a vozinha. Parecia de alguém que estava falando com fúria, mas sem abrir a boca. Embora a pronúncia não fosse clara, ouviu perfeitamente algumas palavras que o espantaram: "A Satanás ordeno que saia agora mesmo do corpo de Nicolasito Almanza". Pensou que era melhor voltarem à praça o quanto antes, porque talvez Gladys estivesse adoentada e o ar livre pudesse lhe fazer bem. Ao passar junto à pia da água benta, Gladys molhou os dedos, fez uma cruz na testa dele e, retomando sua própria voz, lhe disse:

— Eu te ofereço meu corpo. Quero te salvar dessa mulher. — Quando enfrentaram a luz do exterior, que os obrigou a fechar os olhos, Gladys continuou, com evidente animação. — Que dia lindo. Você vai tirar umas fotos ótimas.

Almanza pensou: "Não estava errado. Sair da igreja lhe fez bem".

— Preferia a névoa de ontem — respondeu. — Já é um pouco tarde, e o sol está muito alto.

Ainda assim, não suspendeu a tarefa. Atravessaram a praça, branquíssima, e ele fotografou o Palácio Municipal, o Palácio do Governo e, desandando o caminho, na rua 50, a casa de Dardo Rocha e depois o largo Benito Lynch, onde havia uma árvore em um vaso de barro azulejado, com nomes como La Florida, que o deixaram pensando. Gladys explicou:

— Benito Lynch é uma figura que eu amo, não sei por quê.

— Está ficando tarde.

— Você não perdeu seu tempo.

— É verdade, mas preciso levar esse envelope para *don* Juan.

Era impressionante como Gladys o amarrotara e até o sujara. Almanza deu mostras, talvez, do seu desconcerto, porque a moça disse:

— Não se preocupe. Deixe eu levar para casa, que lá o limpo com uma borracha, passo a ferro e fica como novo.

— Não dá tempo — disse, preocupado. — Vou levar assim mesmo.

— Não fique com raiva de mim nem se aborreça por isso. Quer saber o que o senhor Gruter diz de toda essa família?

— Já sei: que não é uma família. Que são uma quadrilha de malfeitores.

— Não, não é o senhor Gruter que diz isso. Quem dizia ou pensava assim era…

— O Mascardi.

— Não sabia do senhor Mascardi. Quem pensava assim era esta humilde pessoinha aqui, até que o senhor Gruter me abriu os olhos.

— Que bom.

— Ao contrário, que péssimo! Segundo o senhor Gruter, a família em questão é o diabo em pessoa: Satanás.

XXI

A caminho da pensão dos Lombardo, pensou muito e rapidamente, com ideias não controladas pela sua vontade. Primeiro decidiu que voltaria à catedral para fotografar os vitrais por dentro, tentando evitar, tanto quanto possível, a deformação, e que poria a velocidade em 30 e faria uma série de tentativas com aberturas que iriam de 2.8 a 8. Depois se perguntou (o que era raro nele, pois não costumava procurar nas palavras de ninguém outra interpretação que não fosse a evidente) o que será que Gruter quis dizer ao mencionar o diabo. Que os Lombardo eram gente de maus bofes? Talvez, mas não só isso, a julgar pelas perguntas e pelas ordens que ouviu daquela vozinha, enquanto visitavam a catedral. Em seguida se perguntou o que faria quando *don* Juan protestasse pelo estado do envelope. Aguentar firme a borrasca, porque o envelope estava mesmo em um estado lastimável e porque ele não se rebaixaria a pôr a culpa em Gladys, mesmo ela sendo uma completa desconhecida que nunca, em toda a sua santa vida, *don* Juan teria a oportunidade de repreender. Em seguida se admirou de como seus amigos de La Plata o preveniam contra os Lombardo, sem nem ao menos conhecê-los. Se no fim das contas aquela família se revelasse mesmo uma quadrilha de malandros que lhe causasse algum prejuízo (mas, façam-me o favor, que prejuízo podia ser?), ouviria um rosário de recriminações por ser teimoso e não dar ouvidos àqueles que, por querer seu bem, cansaram de alertá-lo. Mas, se deixasse de ver os Lombardo por causa da ingerência de gente que não os conhecia, ele se comportaria absolutamente mal com uma família respeitável, da qual recebera repetidas provas de afeto.

Entrou na pensão da 2 com a 54 ainda assoberbado por aquelas elucubrações. Ao fazer um movimento com o braço, voltou a reparar no castigado envelope e se lembrou do trago amargo que o aguardava. Nesse instante ouviu uma gritaria e um baque, como se algo pesado tivesse caído, no andar de cima, para os lados do quarto dos Lombardo. Correu escadas acima. Deparou-se com a porta entreaberta e com um quadro inesperado e desagradável: *don* Juan, arrebatado pela fúria, com uma mão erguida, e Julia gemendo no chão. Segundos depois (segundos que lhe pareceram longuíssimos), *don* Juan deixou-se cair na sua cadeira. Pensou então que o pior tinha passado e que era melhor ele se retirar. Com um pouco de sorte, podia ser que nem o pai nem a filha chegassem a saber que um estranho os tinha visto em tão mau momento.

XXII

Almanza era um rapaz tranquilo, forte quando necessário, incapaz de se impressionar com o simples fato de assistir a uma discussão violenta ou a uma briga. Contudo, não se lembrou de procurar a dona da pensão para deixar o envelope com ela.

Talvez tenha achado penoso demais aquilo que viu, por envolver pai e filha. Pior ainda: um pai idoso e uma filha que não era uma criança, mas uma mulher. Uma mulher jovem, de quem, durante o dia, em mais de uma ocasião ele se lembrara como com saudade. Provavelmente também o contrariava o fato de a situação entrevista corresponder, ao menos na aparência, à ideia que os outros tinham da família Lombardo.

Mascardi estava esperando por ele na porta da outra pensão. Como era de prever, disse:

— Que hora, hein?

— Você não imagina a manhã que eu tive.

— Daqui a pouco você me conta. Vamos chegar tarde no nosso restaurantezinho.

— Acho que hoje é melhor cada um almoçar para o seu lado.

— Como assim?

— É que eu preciso maneirar os gastos. Aqui é tudo caríssimo, e não sei quando a ordem de pagamento do Gabarret vai chegar.

— Ninguém tem mulher de graça.

— Elas não me dão despesas.

— Quer dizer que o cavalheiro aqui não tem despesas com mulheres. Não será, então, que você virou meio mão de vaca? Vai ter que escolher: ou mão de vaca, ou loroteiro.

— Você que sabe. O que eu sei é que vou almoçar no café.

— Vou com você.

— Me espera. Vou deixar a câmera e este envelope no quarto.

— Vou com você — repetiu Mascardi quando voltaram à rua, e acrescentou: — Sob protesto.

Entraram no primeiro café que encontraram, na própria rua 43, em frente ao Sindicato de Trabalhadores da Carne.

— Preciso fotografar o sindicato.

— É uma tapera.

— É só bater o olho no prédio para saber que dá uma boa fotografia — disse Almanza.

Pediram dois cafés com leite completos.

— Para mim, também um sanduíche especial de filé — ordenou Mascardi, para em seguida baixar a voz e apontar: — Lembre-se: hoje saio daqui com fome.

Depois de lamentar o *puchero* perdido (prato do dia no restaurantezinho.), perguntou a Almanza o que o ocupara até tão tarde.

— Foi uma manhã agitada. *Don* Juan, que continua mal de saúde, pediu para eu lhe fazer um favor.

— Pode-se saber que favor foi esse?

Não estava com a menor vontade de entrar em detalhes e o desagradava ter que responder a tantas perguntas. Mascardi, por seu turno, não se contentava com pouco. Tinha levado muito a sério seus estudos de como extrair a verdade em um interrogatório.

Almanza tomou a firme resolução de não dizer uma só palavra sobre a cena que vira na pensão, mas, em compensação, relatou sua visita à funerária de Lo Pietro.

— Você não vai acreditar, mas lá conheci uma colega de uns dez anos, que me tirou uma porção de fotos. A filhinha de Lo Pietro. Se eu te contar o que esse senhor formal e amável me disse, vai morrer de rir. Ele falou que, assim que conhece uma pessoa, já calcula as medidas do caixão.

Ao sair do café, Almanza disse:

— Preciso passar na pensão.

— Vou com você. Estou com tempo.

— É só para pegar a bolsa com a câmera e a carta que Lo Pietro me entregou para levar a *don* Juan Lombardo.

— Então vamos logo — disse Mascardi, segurando o amigo pelos braços, para exclamar com veemência burlesca: — Não podemos deixar tão respeitável cavalheiro esperando!

— Você pode achar graça, mas o coitado esperou a manhã inteira e agora vai receber um envelope todo amarrotado e sujo.

— Eu, no teu lugar, morreria de vergonha.

— E me dá vergonha, mesmo. Você não viu o estado do envelope. Vou limpar com uma borracha e passar um pouco a ferro.

— Disso aí eu manjo. Deixa comigo, que vai ficar como novo. Estudei bem esse tópico.

— Que tópico?

— Não espalha, mas o curso completo tem mais de vinte pontos.

— Que é que isso tem a ver?

— Tem muito. Justamente o ponto catorze — precisou — trata daquilo que o vulgo conhece como violação de correspondência.

— Nem pense em abrir o envelope.

— Não vai dar para notar nada.

— Não é por isso.

— Então por quê? De marra? Sob minha responsabilidade, o homem nunca vai descobrir nada. Por outro lado, se a gente descobrir algo suspeito, você vai me dar razão. Se não aparecer nada suspeito (uma chance em mil, pode ter certeza), nunca mais digo uma palavra contra eles. Enquanto estiver vivo.

— Seria bom, mas não.

— Você não aceita em hipótese alguma?

— Já disse que não.

— A gente ainda vai se arrepender disso, pode escrever. Bom, vou indo, para pelo menos uma vez chegar pontualmente no trabalho.

XXIII

Ia saindo da pensão com o envelope para *don* Juan. A mulher do inspetor de postos de gasolina, que estava na porta, perguntou-lhe com um sorriso:

— Aonde vai com tanta pressa? Será que nunca vai ter tempo para conversarmos um pouco? Eu gostaria muito.

— A senhora é que manda.

— Pode ser agora?

— Se quiser.

— Tomamos um cafezinho?

Não foram ao bar em frente ao sindicato, porque ficava muito perto da pensão.

— Podem nos ver — disse a mulher. — As pessoas são muito maliciosas.

Entraram no café na esquina da 7 com a 43. Já à mesa, a mulher explicou, rindo e olhando-o nos olhos:

— As mulheres são como as crianças, curiosas que só. Quando vemos um homem que tem sorte com as mulheres, logo nos perguntamos por que será.

Almanza gostou de que ela fosse despachada e falante, pois tinha notado que nas conversas com mulheres ele tendia a ficar calado, por não saber o que dizer. Ela esclareceu:

— Eu digo o que me passa pela cabeça porque sei que não vai pensar mal de mim. Os homens que agradam às mulheres nunca fazem isso. Além disso, eu poderia ser sua mãe.

— A senhora ainda é jovem.

A mulher passou a explicar que, justamente, por amar muito o marido tinha uma liberdade que outras mulheres, menos seguras do que sentem, não têm. Continuou:

— Eu sei que não tem problema algum se meu marido, durante uma das suas tantas viagens, gostar de alguma mulher que conhecer. Concorda?

— Claro, sim, mas não sei se entendi direito.

— O máximo que pode acontecer é uma aventura, mas depois ele volta para mim, como sempre. E se por acaso eu fizer o mesmo, o resultado não varia. Claro que para ele é tudo mais fácil, porque as mulheres são mais naturais. E mais espertas. Não se deixam enganar com palavras, não sei se me entende. Quer uma prova de que são mais espertas? As mulheres governam o mundo. Os homens se limitam a repetir o que elas enfiaram na cabeça deles. Veja, os homens sempre foram errantes e mulherengos, inimigos dos compromissos. Até onde a memória alcança, as mulheres procuravam o casamento e os homens o evitavam como podiam. Agora tudo isso mudou. Nem fale a um homem em ter um caso passageiro. Todos querem formar um casal e construir algo, não sabem o quê. Repetem o que as mulheres disseram a eles. O resultado está aí, à vista de todos. Hoje em dia, a mulher que pretende ter um caso passageiro é sobrevivente de outra época. Não restam homens para ela. Entre os que querem construir algo e os maricas, não restam homens. O que você acha?

— Francamente, não sei.

— O que sabemos é que estava com pressa. Não quero que se atrase por minha causa.

Almanza agradeceu, pagou e se retirou.

Como nunca uma mulher tinha falado com ele daquele jeito, lamentou que a conversa tivesse ficado truncada.

XXIV

Quando chegou à pensão dos Lombardo, a senhoria lhe disse:

— Virgem Maria. Ainda bem que o senhor chegou. *Don* Juan estava inquieto.

— Bravo?

— Nem um pouco. Eu diria que justo o contrário. Inquieto por medo de que tivesse lhe acontecido algo de ruim. Coitado, como vai ficar contente quando o senhor aparecer!

— Vou subir no quarto dele. Será que está dormindo a sesta?

— Vá, vá lá o quanto antes. É impressionante a afeição que *don* Juan tomou pelo senhor em tão pouco tempo.

— Vou agora mesmo.

— As filhas que não me ouçam, mas, ou muito me engano, ou ele gosta mais do senhor que delas. Virgem Maria. Para mim, ele viu alguma semelhança da sua pessoa com o filho que perdeu.

Mais uma vez, ao subir as escadas, admirou o vitral das figuras. Bateu à porta. Teve que repetir as batidas. Por fim, com voz de sono, Lombardo perguntou azedo:

— Quem é? Que foi?

— É o Almanza.

— Já? Não acredito. Entre, entre.

Almanza entrou e disse:

— Vim trazer o envelope.

Em tom calmo, como quem se dispõe a contar algo sem maior interesse, *don* Juan prosseguiu:

— Demorou um tempinho, hein, meu filho? E sabendo muito bem que eu esperava essa carta com a maior ansiedade, não me venha dizer que não. Claro que o mocinho pouco se importa com minha ansiedade. O velho caturra que se fomente.

— Sinto muito, senhor.

— É um pouco tarde para sentir muito. Pode-se saber o que fez esse tempo todo, ou é pedir demais? Tonteando por aí com alguma vadia? Uma vadia que eu conheço perfeitamente?

— Não sei do que o senhor está falando.

— Tome tento, rapaz. Eu tenho boa fibra, sou bonachão e tenho boa fibra, principalmente para lascar no lombo dos espertalhões. Nunca perdoo quem me toma por idiota.

— Vim lhe trazer isto aqui, senhor.

Don Juan recebeu o envelope. Olhou-o de um lado e do outro, sem ocultar a estranheza.

— Pelo visto, além de demorar um bocado, você me trouxe coisa que não se apresenta. Já sei: tudo tem sua explicação. Primeiro, pouco te importa o que eu pense. Depois... depois, uma pergunta: não te ensinaram a dominar a curiosidade?

— Não entendi.

— Ah, não? Vou te dizer por quê. É mais claro que a água. Abrir o que está colado é muito fácil, mas colar de volta sem dar na vista exige muita paciência. O pior é que, por mais que a pessoa capriche, não adianta nada. Ficam marcas.

— Não sei se estou entendendo.

— Quem falta com a verdade me dá nos nervos.

— O senhor não me conhece. Por isso fala assim.

— Se você quer que eu te respeite, deixe de bancar o melindroso — disse *don* Juan, com um sorriso benévolo. — Conheci muita gente melindrosa, com o orgulho à flor de pele, mas que, na hora de engambelar e depenar os outros, se igualava a qualquer pilantra.

Parecia se divertir muito com suas explicações e talvez também com as de Almanza. Este replicou:

— Não gosto que me chamem do que não sou.

— Que você demorou além da conta, não se discute. Que o envelope está todo amarrotado, também não.

— Concordo que está amarrotado, senhor. Sou o primeiro a reconhecer. Mas que o abri, isso nunca.

Enquanto dizia essas palavras, abriu a bolsa, escarafunchou lá dentro, tirou a câmera.

— Não posso acreditar no que estou vendo — exclamou *don* Juan. — Isso é jeito de demonstrar respeito? Enquanto se defende, ou finge se defender, de acusações bem fundamentadas, começa a brincar com suas maquininhas?

— Estava pensando em tirar umas fotos do senhor.

Almanza tivera o impulso de fotografar: conhecia-o perfeitamente. *Don* Juan, por seu lado, deixou transparecer no semblante o movimento das suas emoções, do furor inicial, passando por uma inesperada reconsideração, até o assentimento e a complacência. Perguntou:

— É sério que vai me fotografar?

— Se o senhor me permitir.

— Por que não? — nesse instante *don* Juan teve talvez uma dúvida, porque perguntou rapidamente: — Quanto vai me custar?

— Nada, senhor.

— Vai me fotografar já? Como devo ficar?

Sem esperar a resposta, ergueu a cabeça, adotou uma expressão tensa, grave e enérgica, estufou o peito. Parecia desafiar o fotógrafo e o mundo.

Almanza o fotografou não menos de vinte vezes. Depois *don* Juan retomou a conversa:

— Para não envenenar o sangue, nem o teu, nem o meu, vou aceitar tuas explicações. Você deve lembrar que as pessoas na minha idade são um pouco chatas e até rabugentas. Além disso, como você sabe, não estou muito bem.

— Logo vai se recuperar.

— Quando o outro aí melhorar — disse *don* Juan, apontando para a janela com um dedo que parecia uma garra e piscando um olho.

— Quando quem melhorar?

— Quem é que vai ser? O tempo. Está esquisito.

XXV

Voltou à pensão, para deixar a câmera e, aproveitando a viagem, perguntar se tinha chegado a carta de Gabarret. Por incrível que pareça, *doña* Carmen não o ouviu. Almanza teve que bater repetidas vezes na porta e na janelinha. Finalmente, a senhoria apareceu, com o cabelo revolto, o penhoar torto e esfregando os olhos com uma mão carnuda. Almanza disse:

— Desculpe incomodar.

Reparou na boca pintada. Talvez fosse o aspecto da mulher, bastante desalinhado, que destacasse tanto o batom.

— Não incomoda, absolutamente. É muito estranho. Devo ter pegado no sono, eu que durmo tão mal.

— Que maldade ter acordado a senhora — lamentou Almanza.

— Nunca faço a sesta — assegurou *doña* Carmen.

— Desculpe, mas é que eu queria saber se chegou algo para mim.

Os lábios vermelhos se franziram em um gesto de contrariedade.

— Quando chega correspondência, eu sempre a entrego sem demora.

— Estou esperando uma carta do homem que me contratou.

Os lábios vermelhos voltaram a se franzir.

— Não gosto que me tomem por tonta.

Com seu rompante, *doña* Carmen atalhou o comentário que ele ia fazendo sobre a demora do pagamento. "Antes assim", considerou Almanza. "Talvez seja melhor não alertar uma possível vítima do atraso."

XXVI

Do quarto número 5 saiu um casal que ele já vira várias vezes. Nunca o cumprimentavam. Olhavam para ele entrecerrando um pouco os olhos, com mal disfarçada estranheza ou desconfiança. Eram pessoas de idade. O senhor, com cabeça em forma de ovo, de rosto pálido, esverdeado, opaco, desbarbado e de terno preto; a senhora, parecida com o marido no tocante à cabeça ovoide e à roupa escura, tinha o rosto tão pálido quanto ele, mas sombreado por basta pilosidade. *Doña* Carmen lhes disse algumas palavras amáveis e, quando se afastaram, comentou:

— É o casal Kramer. Que pessoas encantadoras! Um verdadeiro pilar desta pensão. Vivem conosco desde o dia em que inauguramos a casa, e espero que nos acompanhem por longos anos.

No fim da tarde, Almanza trabalhou no laboratório. As revelações e as ampliações provaram que, apesar da luz chapada do meio-dia, tinha fotografado bem. Como sempre, ficou para conversar, e Gruter comentou:

— Ano após ano eu gosto mais do meu trabalho, apesar de ter passado a vida ampliando fotografias comuns.

O velho explicou que só no laboratório é que se podia fazer jus à incomparável luz de La Plata, àquela névoa sutil que em algumas tardes envolve os edifícios e lhes dá um encanto singular, como a auréola dos santos. Concluiu:

— Às vezes eu me pergunto se o verdadeiro ofício do fotógrafo não começa no quarto escuro, com as cubas e o ampliador.

— Aí eu já não concordo. Quem sou eu para discutir com o senhor, mas estou convencido de que toda fotografia depende do momento em que apertamos o disparador.

— E a máquina faz clique?

— E a máquina faz clique.

— O disparo é sempre igual, esteja a câmera na mão de um lambe-lambe, ou do pai que a comprou na farmácia para retratar a família, ou de um profissional como Gentile, como você ou como eu.

— É igual, sim, mas com sua diferença, como se diz no truco.

— Olhem como ele fica convencido quando fala do seu ofício — comentou Gruter, com aprovação.

— Está certo ele — observou Gladys. — O verdadeiro artista não se engana sobre sua capacidade, nem para mais, nem para menos.

Mais seguro de si, Almanza declarou:

— Eu acredito que é fotógrafo quem sabe quando deve apertar o disparador.

— Está certo — concedeu Gruter. — É fotógrafo quem sabe qual a parte deste mundo que dá uma boa fotografia.

— Às vezes eu me pergunto se não virei fotógrafo porque gostava de apertar o disparador.

— As câmeras não te atraem? Eu sinto uma atração quase erótica pelas câmeras — disse Gladys.

Reflexivamente, o velho comentou:

— Na boca de uma menina, certas liberdades espantam a gente.

— Eu acredito no poder da mente — disse Gladys — e concentro o meu em salvá-lo daquela família.

Como se Almanza já não estivesse lá, Gruter comentou:

— Vai nos dar trabalho. Acredita neles, gosta deles. É um homem que não concebe a mentira.

XXVII

Voltou à pensão, para ver se, por acaso, a ordem de pagamento tinha chegado. Não tinha chegado.

— Que aconteceu? — perguntou Mascardi, que ia saindo do quarto.

— Nada. Quase nada. Meu dinheiro está acabando.

— Hoje comemos no restaurantezinho. Uma boa alimentação reanima. É um santo remédio.

— Não posso esbanjar.

— Vai por mim. Eu pago.

Conversando, saíram para a rua.

— Não posso comer em restaurantes, mesmo que outra pessoa pague a conta, se eu não tiver o que fico devendo.

— Vai por mim. O pagamento vai chegar.

— E se não chegar? Ou se chegar e for uma mixaria?

— Aí entra em ação o plano Mascardi. No meio da noite, quando todo mundo está no sétimo sono, dois amigos, munidos dos seus pertences, abandonam a pensão pé ante pé e na maior tranquilidade se mudam para outra, em outro bairro.

— Todo mundo pode estar no sétimo sono, menos a senhoria, que nunca prega o olho.

— Sério que Nicolás Almanza acreditou nisso? Uma lorota que ela mesma põe em circulação para que os pensionistas não pensem em escapulir no meio da noite.

Em tom grave, Almanza replicou:

— Não é bom você se arriscar por mim. Ainda mais sendo da polícia.

— Ainda mais sendo da polícia? Aí é que você se engana. Eu te garanto que *doña* Carmen vai pensar duas vezes antes de dar uma queixa envolvendo um membro da corporação.

No restaurante lhes deram a mesa de sempre. O Velhinho e Laura, que chegaram pouco depois, se sentaram com eles. Laura comentou:

— Hoje vocês não apareceram na hora do almoço.

— Almoçamos em um café — disse Almanza.

— Que é que se há de fazer? — disse Mascardi. — O cavalheiro aqui está querendo economizar. Não lhe mandam a paga.

O Velhinho comentou:

— Pensei que só funcionário público passasse por isso. A verdade é que ninguém tem pressa na hora de pagar, mas, na hora de cobrar, ninguém dá um respiro.

— Desculpem a demora — disse o dono do restaurante. — O que vão querer?

— Para nós, *puchero* — disse Laura.

— Como veem, ela não perde a mania de me alimentar — disse o Velhinho.

— Para o cavalheiro, um bife com pimenta, bem picante — disse Mascardi, apontando para Almanza. — Esta noite ele tem que estar bem calibrado.

— Por quê? — perguntou Almanza.

— Você não esperava uma visita? — perguntou Mascardi.

— Já não tenho muita certeza.

— Por via das dúvidas, é melhor pedir comida picante. Não queremos que você faça um papelão.

— Como assim, papelão? — perguntou Almanza.

Os outros deram risada.

— Não liga para eles — disse Laura. — São uns grosseiros e invejosos.

XXVIII

Já se acostumara à ideia de que talvez não visse Griselda naquela noite, mas depois das brincadeiras de Mascardi, que dava a visita como certa, em duas ou três ocasiões perguntou as horas, como se estivesse impaciente. Quando chegaram ao quarto, Mascardi o lembrou:

— Você disse que ia pôr o biombo entre as camas.

— Para quê? Ela não vai vir.

Sem dúvida não queria ter uma desilusão.

— Ela te disse que vinha. Se eu fosse você, deixava tudo preparado.

— Tenho certeza de que não vem.

— E se você se enganar, ela que se vire... Já posso até imaginar: uma pobre ceguinha, batendo nas portas com sua bengala, acordando a casa inteira.

— Ela não tem nada de cega.

— Mas vai chegar num lugar que não conhece, e no escuro.

Almanza balançou a cabeça incrédulo. Mascardi o preveniu:

— Nunca se sabe. Pensemos no pior. Se a senhoria flagrar tua convidada, ela a escorraça no ato, e você vai de embrulho. Nessa hora tão propícia, você anuncia que não vai pagar a conta por falta de fundos. Aí ela te come vivo.

— Eu que aguente.

— Pelo jeito, você pouco se importa com essa garota, ou senhora, ou seja lá o que for.

— Por quê?

— Porque não pensa no vexame que ela pode passar. Parece estar conformado com que sua Griselda, mesmo sem saber o que é o orgulho, queira te ver pelas costas. Pior que periga você ainda sair ganhando.

Minutos antes de o relógio de pêndulo dar doze badaladas, Almanza, não de todo convencido, pôs o biombo entre as camas, entreabriu a porta, avançou às apalpadelas pela penumbra do salão, até que suas mãos estendidas tocaram a porta. Se Griselda chegasse, era bom que ele estivesse ali para recebê-la. É verdade que aquela chegada lhe parecia improvável; mesmo assim passou um bom tempo atento unicamente ao esperado barulho da chave na fechadura, que não se produzia. Não pensou que Mascardi podia tê-lo mandado ficar lá de plantão para caçoar dele.

XXIX

Quando o relógio de pêndulo deu meia-noite e quinze, Almanza pensou que já podia voltar tranquilamente para o quarto. Era melhor não continuar lá plantado. Com a viagem, Griselda devia ter perdido a hora para visitá-lo naquela noite. Ele, por seu lado, se recolheria com alívio, como quem se salva de uma embrulhada, mas poucos minutos depois começaria a se perguntar se não teria se precipitado. Para que se enganar? Ele tinha vontade de ver Griselda. Nunca estivera com uma mulher assim, tão asseada, tão linda. Tão sincera também. E além de tudo, por gostar tanto de estar com ela, já sentia sua falta. Pensou então que valia a pena ficar lá até o pêndulo do relógio dar o próximo quarto de hora. Quem sabe Griselda ainda viesse. Ouvira dizer, de gente entendida, que as mulheres, principalmente as elegantes e bonitas, não se preocupam com o horário. Claro que, de quarto de hora em quarto de hora, ele poderia passar a noite inteira lá. O que realmente o surpreendeu foi o barulho inconfundível, tão esperado pouco antes, da chave na fechadura. Olhou com a maior atenção para a porta que se abria e a viu ou, melhor dizendo, quase não a viu. Estava no escuro, com a cabeça envolta em um lenço e a gola da capa levantada. Perplexo e confuso, recordou comentários dos rapazes de Las Flores sobre senhoras que entravam em hotéis com aparatosa dissimulação e o incomodou que sua amiga se comportasse como elas. Com um gesto, por não saber o que dizer, indicou-lhe a porta do quarto. A moça se esgueirou para dentro. "Para que essa pantomima toda?", ele se perguntou, mas considerou que talvez a culpa fosse sua, por ter insistido tanto no perigo de serem descobertos pela senhoria. "Mas que perigo é esse, façam-me o favor? É muita criancice minha." Justo no instante em que se preparava para entrar no quarto, ouviu às suas costas a voz da dona da pensão, perguntando:

— Pode-se saber o que está acontecendo, senhor Almanza?

Ele caminhou até a janelinha, olhou muito sério para *doña* Carmen e disse:

— Nada, mas, se a senhora quiser, deixo a pensão agora mesmo.

— Que maldade, Almanza! Imagine se eu vou querer que nos deixe.

Por que ela falava desse jeito? Ele não tivera a intenção de ameaçar nem de mostrar irritação, apenas de se dobrar à vontade daquela senhora, que afinal de contas era a proprietária da casa. Deu boa-noite, entrou no quarto, acendeu a luz. "Não está aqui", pensou, de novo perplexo. Em seguida viu a roupa jogada no chão, olhou para a cama, descobriu que a moça estava embaixo das cobertas. Ia estendendo a mão para afastá-las, quando ouviu o grito abafado: "Sou eu!", as cobertas voaram pelo ar e apareceu nua, cobrindo o rosto, risonha mas encabulada, Julia.

Ele não podia acreditar no que via.

— Eu gostei de você antes dela — a moça protestou, olhando-o ansiosamente. — Quem foi fotografar com você? Achei que combinamos um com o outro, foi por isso que eu vim. Nunca imaginei que você pudesse se zangar.

Ele observou que Julia não fazia caretas ao chorar e pensou que gostaria de fotografar aquele rosto tão lindo, coberto de lágrimas. Disse a ela que era muito bonita. Julia respondeu:

— Então me beija.

XXX

Descansaram um bom tempo, em silêncio; depois conversaram. Julia confessou que à tarde, quando ele apareceu na sua pensão, *don* Juan estava batendo nela.

— Ele me viu mexendo na mesa de cabeceira quando fui pegar a chave que você deu para minha irmã.

— Ele não queria que você viesse?

— Queria que a Griselda viesse. Não pense que ele acha muita graça em saber que sua filhinha preferida anda com homens, mas não perde a esperança de que, por tua causa, ela esqueça o Raúl. Você ainda não descobriu qual é o jogo que meu pai mais gosta de jogar?

— Nunca pensei nisso.

— Você é uma boa pessoa. Ele gosta é de manipular os outros, sem que eles saibam que os manipula, nem para quê.

— Quem é Raúl?

— O marido, ou ex, da Griselda. Ela viajou a Brandsen para se encontrar com ele, com o pretexto de que não lhe paga a pensão. O que é verdade, diga-se de passagem.

— Ela gosta dele?

— Não sei se gosta ou só quer impedir que eu volte para ele. Mas só se eu fosse louca.

— Como assim, que você volte para ele?

— Ele era meu namorado, ou como você preferir chamar. A Griselda tomou de mim. Sorte a minha. Esse sujeito não vale nada. O mais engraçado é que meu pai diz que sou eu quem rouba os homens da minha irmã. Agora eu vou, porque cansei de falar cochichando.

— Fica mais um pouco.

— Preciso ir. Brincadeira que seja porque estou cansada de cochichar, se bem que cansa mesmo. Preciso ir porque não posso chegar em casa tão tarde.

— Eu vou com você.

Ela lhe deu um beijo e disse:

— Não se levanta. Fica aí bem agasalhado, que está frio. Eu vou sozinha. Pode ter certeza de que não precisa me acompanhar até em casa.

Foi com ela e, quando chegaram à outra pensão, quis entrar, para levá-la até o quarto. Julia disse:

— Agora é melhor você ir.

Meio brincando, meio a sério, acrescentou que ele era muito corajoso.

— Por quê?

— Como por quê? Você estava disposto a me acompanhar até a própria boca do lobo.

Só não esclareceu se o lobo era Griselda ou *don* Juan.

No caminho de volta, teve a impressão de ver Mascardi, ao longe, em uma esquina. Acenou para ele. O sujeito, fosse quem fosse, desapareceu nas sombras.

Ao entrar na pensão, ouviu uma voz severa e inconfundível:

— Jovem Almanza.

— *Doña* Carmen?

Da sua janelinha (um retângulo iluminado na parede escura), a senhoria, toda maquiada e com a cabeça envolta em um xale preto, com flores vermelhas, fez uma carantonha que pretendia ser maliciosa, mas que transparecia irritação. Exclamou:

— Quantas idas e vindas. Quantas voltas e revoltas. E a essa hora da noite!

— Tem razão, *doña* Carmen. Deve ser tarde.

Esgueirou-se até o quarto e não se lembrou de retirar o biombo para ver se Mascardi estava lá. Tinha muito sono. Desabotoou o colarinho, despencou na cama.

XXXI

Levantou-se na hora de sempre. Quando se lembrou, afastou o biombo. Mascardi não estava. A desordem de lençóis e cobertas parecia indicar que tinha dormido lá. Ao entrar no salão, ouviu:

— Aceita um mate?

Quem lhe perguntava era a esposa do inspetor de postos de gasolina. Com ela estava uma moça, de grandes olhos e longas tranças, reluzentemente escuras. Demorou um pouco para responder, porque se encantou com a desconhecida. Assim emoldurada pelo alto espaldar da poltrona de vime, ele a via como se já a tivesse enquadrado em uma foto. Um postal, quem sabe.

— Não precisa se incomodar, senhora — respondeu.

— Não é incômodo algum — disse a senhora Elvira, passando-lhe a cuia. Depois de sorver da bomba, ele comentou:

— Está muito bom, senhora.

— Dizem que tenho boa mão para cevar.

Almanza recordou que o velho Gentile sempre comentava que seria uma ótima ideia preparar uma coleção de cartões-postais para as festas de fim de ano. Medindo as palavras, disse:

— Agradecido. Também vou lhe agradecer se a senhora pedir à menina que pose para um retrato.

— Fique sabendo, Almanza, que a menina aqui é licenciada em ciência política.

— Em sociologia, mas tudo bem — interveio a desconhecida.

— Viu, Zulema? — observou a mulher. — São todos iguais. Até os artistas. É só verem a beleza da juventude, que se esquecem das outras.

— Pois eu juro que queria ser tão bonita como você — respondeu Zulema.

— E eu, tão boa como você — replicou Elvira, rindo.

— As duas são lindas — Almanza se apressou a dizer.

— Já eu prefiro quando você é sincero — disse Elvira. — Acho que para enxergar a beleza da mulher madura ainda lhe falta um pouco de imaginação e refinamento.

— Não sei se entendi direito — respondeu Almanza. — Posso fotografar as duas?

— Não lhe faltará ocasião para fotografias e o que mais quiser. A licenciada acabou de chegar e ficará um bom tempo conosco.

Caminhou até o bar da outra quadra, sentou-se à mesa em que Mascardi lia o jornal e pediu chá-mate e pão.

— Com manteiga e geleia? — perguntou o garçom.

— Só pão, mas bastante, por favor.

— Controlando as despesas? — perguntou Mascardi.

— Não é para menos.

— E você acha que, se pedisse um café com leite completo, como se deve, seria uma tremenda gastança?

— Não, é que eu gosto de chá-mate com pão. Quando trabalhava no campo, de manhã tomávamos chá-mate com bolacha seca. Também gosto.

— Sofrido, o jovem.

Pouco depois, Almanza comentou:

— Eu te vi ontem à noite na rua.

— Eu também te vi — respondeu Mascardi.

— Por que você estava me espiando?

— Eu não estava te espiando. Estava só passeando um pouco entre as duas pensões, para o caso de alguém te preparar uma armadilha.

— Brincando de detetive. Você ficou louco?

— Sabia que você ia levar a mal. Sei também que teu sogro não é flor que se cheire. Para seus antigos patrões, os proprietários de uma fazenda na comarca de Magdalena, é um patife de marca maior.

— Isso não prova nada. Os fazendeiros nunca falam bem do administrador que foi embora.

— Em Brandsen, ele tem vários processos na cabeça. Por exemplo, de um vizinho, que só para ajudar deixou que ele abrisse um caminho através da sua propriedade. E *don* Juan o acusou de ter puxado a cerca para ficar com alguns hectares da terra dele, entre outras falsidades.

— Vou te pedir para não continuar com essas averiguações. Sério.

— É meu trabalho.

— Eu sei, mas estou te pedindo para deixar os Lombardo em paz. Não quero que por minha causa você comece a espalhar os segredos da família.

— Está certo. Prometo não falar mais no assunto, mas posso só te fazer uma última pergunta?

— Claro.

— Você sabe por que o filho dele foi embora?

— O Ventura? *Don* Juan me contou.

— Também te contou que o filho tinha medo de que ele o matasse, para receber o seguro? Brandsen inteira sabe disso.

— Se ele me matar, não vai conseguir receber o seguro.

— Que suspeita interessante. Francamente, não tinha pensado nisso.

Pagaram e saíram. Antes de seguirem cada um para seu lado, Almanza disse:

— Você leva tudo na brincadeira, mas estou falando sério. Por favor, deixa os Lombardo em paz e para de me seguir.

— Tudo bem.

— Não sei o que tem acontecido ultimamente. É muito cansativo. Todos querem me proteger. Antes não era assim.

—Antes não tinham aparecido esses… Já ia me esquecendo da promessa. Até mais. Se eu não correr, vou chegar atrasado no trabalho.

XXXII

Caminharia até a praça Moreno, fotografando ao léu, na esperança de captar, de reproduzir, a luz e o clima da cidade. Foi tirando instantâneos de transeuntes e de cenas de rua. Demorou-se em uma antiga estação de bondes, na Faculdade de Ciências Econômicas, na de Direito, na Universidade, que fotografou pela segunda vez, no Jockey Club. De repente percebeu que de novo estava se esquecendo de enviar o material para Las Flores. Enquanto corria para a praça Rocha, pensava: "Não tomo jeito. Parece até que quero dar motivo para aquele velho pão-duro não me mandar a ordem de pagamento". Já despachado o envelope, fotografou a passagem Rocha e, depois, na diagonal 73, uma escola. Na altura da 9, alguém o segurou pelo braço. Era Laura.

— Eu estava te procurando.

— Me procurando? — perguntou estranhado.

— Se importa de vir um instante na minha casa? Fica aqui pertinho. Preciso conversar com você.

Não ficava ali pertinho. Caminharam quadras e mais quadras. Laura ia na frente, com passo firme, que ele custava a acompanhar. Finalmente entraram em um prédio de apartamentos, que Almanza achou altíssimo e que não devia ficar longe do bar onde haviam tomado o café da manhã no dia anterior.

O fato de tomarem o elevador foi para ele uma satisfação. Bem que Gentile tinha dito que na capital da província ele conheceria coisas novas. Enquanto subiam, observava com interesse os números dos andares. De repente se deu conta de que tinha se esquecido da moça. Viu então que ela também estava atenta à passagem dos números. "Estranho ela olhar do mesmo jeito que eu, se para ela isso não é nenhuma novidade." Depois de observá-la, refletiu: "Está fazendo isso para segurar o choro. Seus olhos estão úmidos".

O apartamento era de um cômodo só, com uma grande cama de vime, muitos livros, uma máquina de escrever, duas cadeiras. Não se sentaram. Laura falou como se estivesse rindo:

— Levaram ele.

O riso era apenas uma careta para reprimir e, em seguida, soltar o choro.

— Quem o levou?

— Teu amigo não te contou que é da polícia? E lembra de um fulano que outro dia se sentou com a gente no restaurante? Um xereta de olhos bem pequenos.

— O Pedro?

— Esse mesmo. Ele também é detetive.

Já não parecia triste, mas zangada.

— O tal Pedrito eu não conheço. Mas o Mascardi, de toda a vida. Por ele, ponho minha mão no fogo.

— Então me diz o que teu amigo faz da vida. Ele vive de brisa?

— Não sei do que ele vive, nem me interessa, mas quero que você me conte o que aconteceu com o Lemonier.

Laura cobriu o rosto com as mãos e desatou a chorar.

XXXIII

Foi direto para o restaurante. Assim que cruzou a porta, soube que Mascardi não se encontrava lá. Estava faminto demais para esperar lá dentro sem comer nada. Saiu e se postou na calçada em frente. Pensava: "Tomara que ele apareça. Aposto que em cinco minutos de conversa franca ele me esclarece que não tem nada a ver com o sumiço do Velhinho. Ou será que estou enganado?". Não estava nas melhores condições para prolongar a espera. "Que vergonha", murmurou. "Estou com as pernas bambas. Deve ser a fome." Quando viu passar uma grávida em frente ao restaurante, pensou: "Se passar outra grávida antes de o Mascardi aparecer, desisto e vou embora". A espera foi curta. Poucos minutos depois, Mascardi apareceu.

— Cevando a fome? — perguntou. — Pelo jeito, o pagamento não chegou. Não por acaso os ricos são ricos.

— Preciso falar com você.

— Vamos falar no restaurante.

— Não ponho os pés lá enquanto o dinheiro não chegar.

— Se é por isso, pode vir.

— Não entendi.

— Hoje à noite, Mascardi e Almanza saem de fininho e mudam de pensão. Resultado: amanhã, ao acordar, você está livre de todas as duas dívidas.

— E amanhã mesmo, suponhamos, chega a tão esperada carta de *don* Luciano Gabarret. Aí nunca mais eu recebo meu pagamento. Ou você acha que, depois de a gente fugir, eu volto lá para perguntar à *doña* Carmen se tem carta para mim?

— No restaurante, enquanto almoçamos, você pede uma ligação para o escritório de Gabarret em Las Flores. Ainda vai ficar bem. Não é para reclamar que você está ligando, e sim para avisar que vai mudar de pensão. Se já mandaram a ordem de pagamento, não tem mudança, mas tem almoço. Se não mandaram, também tem almoço, porque a conta da pensão vai desaparecer em um passe de mágica, ou de Mascardi.

— Você falando, parece tudo fácil.

— Porque é fácil mesmo. Vamos almoçar.

— Para você se sair com a sua.

— E você não passar fome. Amigo é para essas coisas.

— É justamente de um amigo que eu queria falar com você. Do Lemonier.

— O que aconteceu com o Lemonier?

— É o que eu te pergunto.

— Que eu saiba, nada, mas, se continuarmos com essa conversa aqui, quando entrarmos no restaurante vamos ter que esperar até a hora do jantar. — Fez uma pausa e perguntou: — Ou você esqueceu o telefone do Gabarret?

— Sei de cabeça.

Mascardi o pegou pelo braço, atravessaram a rua e entraram.

— Vamos pedir para a dona ligar.

Primeiro, pediram *puchero*. Como sempre, ou quase, era o prato do dia. Não demoraram em trazer o prato, mas a essa altura os dois tinham comido uma cesta de pãezinhos, pálidos e lustrosos.

— O senhor aqui precisa falar com um telefone de Las Flores. Sua senhora poderia providenciar a ligação?

Almanza ditou o número. Quando o dono se retirou, perguntou a Mascardi se ele não sabia mesmo o que tinha acontecido com o Velhinho.

— Mas o que foi que aconteceu?

— Levaram ele.

— Foi pego, é? Só falta você achar que eu tenho alguma coisa a ver com isso.

— Tem quem ache.

— Pois estão redondamente enganados. Que espécie de policial pensam que eu sou? Não tenho tempo a perder com um charlatão de café, como se fosse um perigoso militante. E digo mais: hoje mesmo vou averiguar na Chefatura se alguém tem notícias dele. Desde já me comprometo a mexer os pauzinhos para que soltem esse pobre bravateiro. Se me derem condição, entendido?

Almoçaram, tomaram várias xícaras de café e por último conseguiram a ligação para Las Flores. Quando Almanza voltou à mesa, Mascardi perguntou:

— E aí? O que os tratantes disseram?

— Que já mandaram a ordem de pagamento. Tirei um peso das costas.

— Tirou um peso e agora fica com a ansiedade.

— Por quê?

— Porque não vai chegar tão cedo. Se não, me explica por que *don* Luciano é tão rico. Aplicando o método dedutivo, descobrimos que o dinheiro dos outros trabalha para ele. Agora é a vez do teu.

— Em todo caso, vou passar na pensão para ver se a carta chegou — disse Almanza.

— Aposto que não chegou.

— Vamos indo?

— Sinto muito. Para mim, já ficou tarde. Não esquece que eu tenho um trabalho sério, com horário para cumprir.

XXXIV

Na pensão, claro, encontrou *doña* Carmen na sua janelinha. A mulher o cumprimentou. "Se tivesse chegado alguma coisa, ela me diria", pensou. "Aí, na janelinha, parece um retrato emoldurado." Sentiu, então, o impulso de fotografá-la. Esse impulso de fotografar de pronto o que tinha à sua frente às vezes chegava a incomodá-lo. Quando comentou isso com Gentile, este lhe disse: "É teu fogo sagrado. Esperemos que nunca se apague".

Quando perguntou à *doña* Carmen se podia fotografá-la, ela respondeu com uma tirada ("A máquina está no seguro? Não tem medo que quebre?") que o fez rir.

— Quando quer me fotografar?

— Agora.

— Só um minutinho, para eu me arrumar. Não vai me retratar com esta pinta. Pareço uma cigana.

— A senhora está muito bem assim, não precisa se arrumar. Hoje só vou fotografar seu rosto.

— Que sorte! Eu sempre quis ter um quadro do meu rosto.

Enquanto ela pintava a boca, sombreava os cílios, penteava o cabelo, Almanza olhava através da objetiva e pensava: "Que cara enorme. Quando ela se olhar na foto, é capaz de se zangar comigo". Lembrou-se de um dito do Gentile: "A salvação da nossa categoria é o carinho das pessoas pelo próprio rosto". *Doña* Carmen perguntou:

— Para onde eu olho? Quer que eu sorria? Diga se estou bonita assim.

Almanza pediu que virasse a cabeça lentamente, da esquerda para a direita, erguendo um pouco o queixo. Quando a papada desapareceu e não se notaram as bolsas embaixo dos olhos, apertou o disparador. Depois de tirar umas tantas fotos, pediu para ela cobrir a cabeça com o xale florido e olhar pela janelinha.

— Como ontem à noite, quando o vi chegar?

Tinha certeza de que a imagem seria chamativa e estranha. A mulher perguntou:

— Quando vou ver as fotos?

— Amanhã.

Parecia contente.

— Obrigada — exclamou. — Deixe eu lhe dar um beijo.

Almanza pensou: "Coitada, vai ficar menos contente quando eu disser que ainda não recebi o dinheiro para pagar a pensão".

Antes que chegasse à porta, ela o chamou.

— Não sabia que era tímido. Comigo, não precisa ser. Prometa que vai sempre me dizer o que pensa.

Assentiu, embora não entendesse por completo o que ela queria dizer com isso; o bastante, porém, para saber que faltaria com a promessa se não lhe perguntasse:

— Chegou alguma coisa para mim?

— Com a animação da foto, ia me esquecendo! — Engoliu saliva e continuou: — Sua Griseldita telefonou. Neste exato momento, ela o espera na confeitaria da rua 53, entre a 5 e 6.

XXXV

Ao entrar na confeitaria, avistou Griselda em uma mesa do fundo e pensou que de longe ela também era bonita. "Melhor assim", pensou, mesmo sabendo que isso não ajudaria muito na conversa que o aguardava: umas tantas perguntas e queixas sobre a noite anterior. Devia aguentar firme o que viesse, porque Griselda se comportara bem, e ele (sem querer, é verdade) tinha sido desleal com ela.

Não por acaso Gentile costumava dizer que as mulheres nos dão um baile. Depois de cumprimentá-lo, sem mostra alguma de contrariedade, Griselda ficou calada olhando para ele. O silêncio durou o necessário para que Almanza de novo se perguntasse se não devia se preparar para um interrogatório. Então ouviu uma pergunta inacreditável:

— Você está bravo comigo?

Ele respondeu que não. Griselda começou a explicar por que se demorara em Brandsen mais que o previsto. De início parecia não saber da visita de Julia; depois, sim. Almanza não sabia o que pensar.

— Fique sabendo que eu não sinto nada pelo meu marido. Tive que viajar a Brandsen para falar com ele porque não tinha outro remédio. Preciso apertá-lo de vez em quando, senão o desgraçado não se lembra da pensão das crianças.

Almanza corroborou:

— Se a gente não fica em cima, as pessoas não pagam mesmo.

— Eu não fico em cima de ninguém — replicou Griselda, ríspida.

— Tenho certeza de que não.

— Você gosta de conversar em uma confeitaria?

Demorou a responder porque a pergunta o pegou de surpresa.

— Não entendi — disse.

— Eu não gosto. Tem gente ouvindo e olhando. Gente demais, se quer saber. Queria estar a sós com você.

— Vamos ao parque. Claro que não estou com tempo de sobra…

— Se você tem outro compromisso, deixamos para outra hora.

— Preciso passar no laboratório, para revelar e ampliar as fotos que tirei hoje.

— Deve haver coisas mais importantes que a fotografia.

Sem saber por quê, a afirmação o irritou. Respondeu com despeito:

— É meu trabalho.

— Existem coisas mais importantes que o trabalho. Ou não? Em todo caso, eu queria conversar com você sobre algo importante para mim.

— Vamos ao parque.

— Para ficar lá dando voltas e nos cansando? Não tem coisa mais chata. Deve haver outros lugares, imagino.

— Não sei.

— Hotéis, por exemplo.

Ele pensou: "Sinceramente, não tenho a menor vontade de ir a um hotel com ela". Como se tivesse adivinhado seu pensamento, Griselda esclareceu:

— Não pense que eu quero ir para a cama com você.

— Vou perguntar ao garçom se tem algum aqui perto.

Enquanto o procurava, Almanza se perguntou se o dinheiro que tinha no bolso bastaria. Achava um desperdício ir a um hotel para conversar. Ainda mais na penúria em que ele estava.

XXXVI

A casa, que ficava em uma esquina, tinha a porta no chanfro da fachada; uma porta muito alta, muito estreita, de vidro e ferros pretos. Uma senhora de luto os conduziu até o salão, para onde davam os quartos. Almanza viu uma cadeira de balanço de madeira escura, um cesto de costura com agulhas compridas e novelos de lã preta, uma mesa coberta com uma toalha de crochê, com um gato de porcelana, de cor lilás e tamanho natural. Esse enfeite lhe trouxe uma lembrança que se esfumou antes de se esclarecer e que o deixou nostálgico por um instante. Perguntou à mulher:

— A senhora aluga quartos por hora?

Ela deu o preço e explicou:

— Duas horas. Pagamento na saída.

Entraram no quarto. Antes de fechar a porta, Almanza se virou e pediu:

— Por favor, avise quando der duas horas.

Griselda estava debruçada na cama, com o rosto afundado no travesseiro, como se quisesse cavar um buraco por onde escapar. De vez em quando estremecia. Almanza se sentou na beira da cama e ficou olhando para ela. Depois de algum tempo, pousou uma mão no seu ombro. Griselda soluçou. A postura era insustentável, se não incômoda, portanto se ajoelhou junto à cabeceira. De repente Griselda se virou para ele, com o rosto molhado, o primeiro botão do vestido aberto. Abraçou-o com força e disse:

— Eu menti para você. Fui a Brandsen para que meu marido não viesse atrás de mim. Se ele vier e ficar sabendo da nossa história…

— Da nossa história?

— Meu pai é bem capaz de contar tudo para ele, só para provocá-lo. Diz que é um tremendo valentão, que está sempre procurando briga.

— E teu pai — disse Almanza, sorrindo —, querendo ver o circo pegar fogo.

— O Raúl é um homem violento. Eu tenho medo dele.

Voltou a apertá-lo em seus braços. "Que estranho", pensou. "Tão fina, e tão forte." Continuava a achá-la lindíssima, mas agora o atraía menos que antes e por momentos o irritava um pouco. Talvez por ter mentido para ele (sem má intenção, devia reconhecer) e também, por incrível que pareça, por ter confessado a mentira. Acabava de descobrir que não se sentia à vontade com gente complicada e nervosa. Enquanto fazia essa reflexão, um braço duríssimo o segurava pelo pescoço; ele sentia certa dor e não conseguia se mexer. Griselda, por seu lado, se esfregava nele. De repente, com notável ímpeto, ela o empurrou, o afastou. Almanza quis passar um lenço pela testa. Ainda o procurava nos bolsos da calça e do casaco, quando a viu, como que caída em um desmaio, com a cabeça abandonada na beira da cama, o olhar perdido no alto, a boca entreaberta, o peito nu. "Sempre manipulando", pensou e voltou a se irritar. Reconsiderou: "Também não é para tanto".

— Você vai se atrasar — ela disse em um tom tão calmo que o espantou.

A moça se levantou e se arrumou diante do espelho. Almanza a olhava distraidamente, mas de repente sentiu um impulso bem conhecido. Abriu a bolsa, tirou a câmera e a fotografou, não menos de vinte vezes. Ela entrecerrou os olhos e sacudiu a cabeça. Voltou a fotografá-la.

Saíram. A mulher da cadeira de balanço, atenta às suas agulhas e à sua lã preta, avisou:

— Ainda não deu duas horas.

— Eu sei — ele respondeu um tanto exasperado.

Na hora de pagar, teve a impressão de ver Mascardi fechando a porta de um dos quartos, como quem se esconde.

— Não precisa me acompanhar — disse Griselda.

— Eu te acompanho.

Não disseram nada em todo o trajeto. Estavam um pouco tristes.

XXXVII

Os momentos que passaram no hotel não foram nada agradáveis ("Ainda bem que tirei as fotos", ele pensou), e a suspeita de que Mascardi o seguia para protegê-lo o incomodava bastante. Chegaram à porta da pensão. Griselda perguntou:

— Entendeu por que viajei a Brandsen, ou não? Queria evitar que te envolvessem em uma história que não tem nada a ver com você.

Atrás da filha apareceu o pai, que perguntou com veemência:

— Passeando? Não vai entrar?

— Agradeço. Preciso ir ao laboratório.

Don Juan disse à Griselda:

— Você e sua irmã devem ter muito o que conversar. Vão dar uma voltinha e deixem o quarto livre. Tenho um assunto de grande importância a tratar com este senhor.

Entraram na casa. Julia desceu com as crianças, todos falaram por um momento, e *don* Juan disse:

— Almanza, vem comigo?

Já no quarto, *don* Juan fechou a porta e se largou em uma cadeira. Apontando para outra, ordenou:

— Pega aquela cadeira e senta aqui, perto da mesa.

Houve um silêncio. Por fim, Almanza perguntou:

— O senhor queria falar comigo?

— Parece que, de um jeito ou de outro, você entrou para a família.

— O senhor é que está dizendo.

— Tudo me leva a crer que um sentimento, decerto amistoso, une você às minhas filhas. Se eu estiver enganado, peço que trate de me corrigir sem rodeios. De acordo?

— Sou todo ouvidos.

— Da minha parte, e não cabe a mim dizer isso, tenho dispensado a você um tratamento bem especial.

— Reconheço.

— Além de te noticiar sobre assuntos pessoais e histórias de família muito dolorosas, fui ainda mais longe: pus você no lugar do meu próprio filho.

Com gravidade, Almanza respondeu:

— Talvez antes de saber se eu merecia.

— Não me diga que você se esqueceu, meu filho, do seu sangue. Você me deu seu sangue. Eu não me esqueço. O sangue une, liga — nesse ponto *don* Juan fez uma pausa, para ressaltar as palavras. — E pessoas do mesmo sangue devem falar às claras.

— O senhor é que está dizendo.

— Como assim, eu que estou dizendo? Devo entender que, na tua opinião de moço sabido, os parentes devem andar com meias palavras?

— Não, senhor. Eu me expressei mal.

— Vou te pedir, então, que ao falar comigo você nunca faça isso. Me incomoda.

— Desculpe.

— Está desculpado. De uma vez por todas, posso dizer o que penso?

— Pode falar, senhor.

— Um dinheiro que vão me mandar de Brandsen não chegou.

Almanza pensou rapidamente: "Já reparei nisso. Quando acontece alguma coisa com a gente, logo encontra outro com quem está acontecendo a mesma coisa".

— Preciso de cinquenta pesos.

Almanza se levantou, enfiou a mão no bolso e tirou um maço de notas e algumas moedas. Abrindo a mão disse:

— Tudo o que me resta são vinte e dois pesos e trinta centavos.

Pensou: "Tanto faz ficar ou não com esses trocados". *Don* Juan disse:

— Ainda assim, agradeço.

Apanhou o dinheiro e o abraçou com força.

XXXVIII

Caminhou com rapidez. "Tomara que eu encontre o Mascardi", pensou. Queria lhe pedir o quanto antes que fizesse o favor de parar de segui-lo. Estava realmente aborrecido. Logo considerou, porém, que, se o aborrecimento começara com a suspeita de que Mascardi continuava a segui-lo, se reforçara quando o velho tomou dele até as moedas. "Ainda serei obrigado", pensou, reprimindo um sorriso, "a reconhecer que quem me alerta contra a família Lombardo não está tão errado assim; mas nessa história toda, vejamos que culpa pode ter a Griselda? Nenhuma. E a Julia? Menos que nenhuma". O espontâneo impulso de proteger as duas mulheres dos caluniadores melhorou seu ânimo. Notou que ninguém caminhava tão rápido quanto ele. "Ainda vou ser obrigado", pensou, "a reconhecer que não é só por causa do aborrecimento que estou apertando o passo. Está um friozinho…". Para confirmar esse pensamento, um calafrio, como um fio de água gelada, percorreu suas costas.

Entrou na pensão, certo de que encontraria Mascardi e decidido a interpelá-lo. Deparou-se com Laura. Sentada em uma poltrona, no meio da sala, olhando para a porta com seus grandes olhos tristes, pareceu-lhe mais magrinha, ansiosa e séria. Almanza avançava com a mão estendida para o cumprimento, quando ouviu às suas costas:

— Que é que você me diz, irmão? A senhora aqui não acredita em mim.

Talvez a surpresa de ver Laura, num primeiro momento, o impedira de reparar em Mascardi, sentado à direita da porta de entrada. Laura disse:

— Quem acredita em um policial?

Almanza notou que alguma coisa se mexia na parede à sua esquerda. Não deu atenção.

— Por uma enorme coincidência, o policial em questão é um amigo — Mascardi replicou pausadamente.

— Tão amigo assim não deve ser, para esconder que é policial.

Almanza tornou a entrever o movimento na parede. *Doña* Carmen (olhos com rímel, lábios como um coração), da sua janelinha, acenava e gesticulava com grande insistência. Ele voltou a atenção para Laura e Mascardi. Este alegou:

— Não vamos misturar alhos com bugalhos. Uma coisa é a discrição que o trabalho exige. Outra, a amizade. Eu sou daqueles que nunca deixam um amigo na mão.

— Isso é o que veremos — disse Laura.

— Não é o que veremos, não. Eu já me mexi. Arrisquei meu pescoço pelo Velhinho. Ele vai ser solto.

Com gestos furiosos, que por momentos pareciam obscenos, *doña* Carmen apontava com um dedo arrematado por uma unha rubra, primeiro para Laura, depois para a porta do quarto, e por último o sacudia de um lado para o outro, em reiterada negativa. Almanza pensou: "Quanta confiança que ela tem em mim!".

Laura respondeu a Mascardi:

— Só fez o que te convinha. Tem mais de um querendo meter bala em você.

— Agradece teus amigos por mim. Não faz mal. O principal é que hoje, ou amanhã, o Velhinho está livre.

— Melhor que seja hoje.

— Aí eu concordo. Melhor que seja hoje.

XXXIX

Quando Laura se retirou, Almanza disse:

— Desculpa a pergunta, mas por que você continua me seguindo?

— Não estou te seguindo, mas posso te explicar por que deveria.

— Por favor, não me explica nada. Eu me expressei mal. Só queria pedir que você pare de me seguir.

— Não estou te seguindo.

— Então foi pura coincidência você ir ao mesmo hotel que eu?

— Pura coincidência, e porque não tem outro aqui por perto.

— Parece estranho.

— Mais estranho seria que, só para te seguir, eu tivesse que ganhar a mulher de um inspetor de postos de gasolina. Não vai me dizer que você anda tão convencido.

— Talvez você tenha razão, mas é difícil acreditar em tamanha coincidência.

— Silêncio, *per amore*.

— Não entendi.

Mascardi piscou um olho e deu um leve cabeceio indicando uma das portas. A licenciada estava saindo do seu quarto. Quando a viu de frente, Almanza pensou que já sabia o que ela lhe lembrava. Passou entre os dois, mal murmurando um cumprimento. Almanza lhe disse:

— Gostaria de fotografá-la; seria possível em algum momento?

— Não, obrigada — foi a resposta, breve e clara.

— Que é que deu nas mulheres hoje? — comentou Mascardi. — Você não imagina o que eu ouvi da *mataca*. Que por favor não a perturbe. Queria lhe perguntar quem ela pensa que é.

Almanza pensou: "Já sei o que a licenciada me lembra, com esses olhos grandes, a pele branca, as duas tranças simétricas. Aquela camponesinha, emoldurada em um óvalo de um anúncio de erva-mate. Um ótimo motivo para um postal de fim de ano. Se eu der sorte, na minha fotografia ela vai sair melhor que no desenho". Acrescentou: "Eu sei de mim".

— Do quê que a gente estava falando mesmo? — perguntou Mascardi.

— Não sei… Eu disse que era difícil acreditar em tamanha coincidência.

— Ah, lembrei. Por mais difícil que seja acreditar, como você explica que eu estava lá no mesmo hotel? Acha que fiquei no teu encalço levando a mulher do inspetor a tiracolo? Senão, como é que eu ia saber aonde você iria?

— Sei lá, você mesmo me contou que no curso para investigador te ensinaram um método infalível.

— É verdade, mas nem por isso tirei diploma de bruxo.

— Você deve ter razão.

— Claro que eu tenho razão, mas não adianta nada. Ninguém acredita em mim. Primeiro, a Laura. Depois, você. É demais. Cansa um pouco.

— Você deve ter razão. E talvez agora você entenda que me cansa um pouco a guerra de todos os meus amigos contra a família Lombardo.

— Todos os teus amigos, você quer dizer eu.

— Tem também o velho Gruter e a Gladys, a assistente dele.

— E essa Gladys, que tal?

— É uma loira, alemã ou inglesa, boa moça. Mas se escuta o velho Gruter dizer que a família Lombardo é o diabo, não fica atrás e dana a repetir o patrão.

— No que ela acerta.

— É cansativo. — Talvez também estivesse cansado da discussão, porque mudou de assunto: — Você arriscou o pescoço pelo Lemonier.

— Exagerei, para impressionar a Laura. O Velhinho caiu em uma batida em um café, com muitos outros, e ia ser solto de qualquer maneira, por falta de méritos.

— Será que é verdade que querem te balear?

— Sempre tem alguém querendo te balear. Se você está na polícia, claro. E o pagamento, nada de chegar?

— Nada.

— Então, é hoje que zarpamos. Amanhã, vida nova.

— Vou esperar até amanhã.

— Tem uma coisa que eu não deixaria para amanhã. Procurar outra pensão.

— Agora estou indo no laboratório.

— Vou sair com você. Preciso comprar cigarro.

XL

Na porta, encontrou a senhora Elvira. "Sempre que eu passo, ela está aí fora", pensou Almanza. "Se eu não soubesse da história dela com o Mascardi, podia achar que é por minha causa." A mulher sorriu para ele. Mascardi e ela nem se olharam. Almanza levantou a gola do paletó, porque estava com um pouco de frio, e comentou:

— Como vocês dois disfarçam bem.

— Ninguém está disfarçando coisa nenhuma. Essa mulher eu não quero ver nem pintada.

— Que foi, brigaram?

Mascardi disse que não e, quando Almanza lhe perguntou o que tinha acontecido, respondeu:

— Absolutamente nada.

— Como assim, nada, se vocês foram ao hotelzinho? Não me diga que ela se atirou de bruços na cama e desatou a chorar?

Mascardi o olhou espantado.

— Incrível. — Bruscamente, sua expressão passou da exasperação à desconfiança. — Você nos espiou? Ou foi ela que te contou?

— Que é isso?

— Então?

— Foi só uma ideia que eu tive.

— Que ideia?

— Quando você disse que não aconteceu nada, eu pensei "vai ver que aconteceu com ele a mesma coisa que comigo".

— O que aconteceu com você?

— Fechei a porta e, quando me virei, dei com ela estirada na cama, de bruços, chorando. Não podia acreditar.

— Sério? Está falando a verdade? — perguntou Mascardi.

— Por que mentiria?

— Incrível.

— O quê?

— Você adivinhou, irmão. Juro pela santa cruz que eu não conto para ninguém, nem sequer para meu amigo Nicolasito Almanza, qualquer tropeço que me deixa malparado. Mas vendo que aconteceu a mesmíssima coisa com os dois, me dá até vontade de levar na brincadeira. Eu fui com a mulher lá porque ela encasquetou, mas aí ela pega e chora, não acontece nada e depois me toca pagar pelo quarto, feito um otário. Quer saber o que me dá mais raiva? Não ter obrigado a tipa a pagar. Você obrigou a tua?

— Não.

— Cortados no mesmo molde, irmão. Um belo par de trouxas. Que isso fique muito aqui entre nós, hein? Só falta o pessoal de Las Flores saber que representamos tão mal o pago na cidade-capital. Mas você acha que somos dois infelizes? Eu acho que não. Para mim, somos dois sujeitos à moda antiga. Olha, estou me sentindo mais teu amigo do que nunca. Vem comigo comprar cigarro, que eu vou você com até o laboratório.

XLI

Por um bom trecho, quase não falaram, e ele pensou: "A Griselda é uma boa moça. Eu esperava uma cena de ciúme. Ela chorou porque está apavorada com o marido". Daí passou a outras reflexões. Constatou com certo orgulho que já conhecia o trajeto entre a pensão e o laboratório. Entretinha-se em anunciar mentalmente as casas, os detalhes de casas, antes que aparecessem à vista. "Agora vem a esquina da cúpula", pensava, "agora, a biboca do barbeiro; agora, a fachada com varandas que parecem cubas quadradas". Saindo desse trajeto, conhecia também o bairro das pensões. Tinha certeza de que poucos amigos em Las Flores podiam se gabar de ter visitado a cidade-capital, e muito menos de conhecê-la como ele a conhecia. "Hoje, se não me tirarem de um ou dois bairros e deste trajeto, já sou, ou começo a ser, um perfeito platense. Que maldade", pensou, como se adivinhasse o futuro, "se um dia eu esquecer esses conhecimentos que me dão tanta satisfação".

Voltaram a comentar suas experiências da tarde no hotel e a compará-las. Nunca teriam acreditado naquela cena: zombando de si mesmos, os dois confraternizavam e se divertiam. Começou a chover. Como já estavam perto do laboratório, não se abrigaram embaixo de uma marquise nem caminharam rente às casas. Correndo às gargalhadas, o trajeto pareceu mais curto. Quando chegaram, Mascardi se despediu e seguiu seu caminho. De repente, Almanza se perguntou: "Será que ele veio até aqui para me acompanhar, ou foi para me seguir? Pena eu ter essa dúvida".

Ao vê-lo, Gruter exclamou:

— Pobre rapaz. Molhado até os ossos. Gladys, vá pegar uma muda de roupa no meu armário, para o rapaz tirar a dele, toda molhada.

Almanza não aceitou o oferecimento. Disse que não estava com frio e que sua roupa logo ia secar.

— No corpo? — perguntou Gladys.

— É, no corpo — respondeu.

Trabalharam no laboratório. De início se sentiu reconfortado pelo calor do quarto fechado. Gruter lhe perguntou:

— Você permitiria uma pequena indiscrição de um velho?

— De que velho?

— Deste que está falando com você.

— Como quiser, senhor.

— É apenas uma pergunta. Depois do trabalho, aonde você vai?

— Vou para casa. Dormir.

— Ainda bem.

— Por que ainda bem, senhor?

— Pensei que, saindo daqui, você fosse ver uma das suas amigas. Dessa família que não lhe dá sossego.

— Com o devido respeito, as irmãs Lombardo são boa gente.

— Pode ser. Em todo caso, não se esqueça de que, além das Lombardo, há uma infinidade de coisas no mundo, e que para conhecê-las temos apenas uma vida. Sei que a outra, a que vem depois, vale mais, muito mais; só que não é deste mundo.

— Não sei se estou entendendo.

— O que eu lhe digo é bem claro. Se a principal ocupação da sua vida for ir para a cama com mulheres, você vai perder uma porção de coisas.

— Acima de tudo está o trabalho, senhor, e eu cumpro com o meu, como pode apreciar nas minhas fotos. Podem não ser boas, mas eu me esmero, e são muitas.

— Muitas e boas. Você tem talento.

— Melhor assim, não é?

— Claro, mas você não deve desperdiçar seu dom. Fique sabendo que a vida passa rápido, e você está em uma idade perigosa. Até os trinta, a gente só faz fornicar.

— E depois?

— Continua a mesma coisa. Eu li não sei onde que a vida se resume a nascer, fornicar e morrer. O resto não passaria de canga, para ganhar o sustento, e representação (a chamada cultura), um teatro para fazer boa figura aos olhos dos outros e também aos nossos próprios.

— Eu fotografo, senhor.

— Aí que eu ia chegar. Quando alguém fotografa assim — exclamou Gruter, mostrando uma ampliação em que a praça Moreno, sob o sol a pino, parecia nevada e fantasmagórica —, tem algo importante para cuidar.

— Não vai me acontecer nada de ruim.

— Certo, mas não seja tão confiante. Nunca lhe aconteceu de caminhar no escuro por um lugar que você conhece perfeitamente e de repente se perder?

— Já me aconteceu, sim; mas o que isso tem a ver?

— Tem tudo a ver. Talvez seja difícil para você acreditar em mim, mas essas Lombardo me preocupam. Eu apostaria que você não pensa muito no mal.

— Acho que não. Dizem que não sou rancoroso.

— Você já está me confundindo, mas vamos lá. Quando você morrer, vai se encontrar em um sonho como o de qualquer outra noite.

— Vou lhe dizer a verdade: não gosto disso. Mas como o senhor sabe?

— Você já deve ter ouvido, quero crer, que a alma é imortal. Podem enterrar seu corpo, mas a alma continua vivendo. É para nos prepararmos para essa outra vida que sonhamos. Não precisa procurar outra explicação. Os sonhos são antecipações. Com uma diferença, claro: eles acabam quando acordamos.

— Bela diferença, não? Mas juro: não gosto nem um pouco desse quadro que o senhor está pintando.

— Não tenha medo. Tudo depende da sua vontade. O sonho da morte não precisa ser um pesadelo.

— Mas pode ser um pesadelo?

— O inferno, o que é?

XLII

Quando terminou o trabalho, Almanza perguntou se Gruter queria que o ajudasse com as revelações e ampliações prometidas para o dia seguinte aos clientes do laboratório. O velho agradeceu e disse que era melhor ele ir para a cama, porque parecia cansado. E estava mesmo, mas o que ele mais sentia era calor, principalmente na testa e na nuca, cortado de quando em quando por um gelo que lhe percorria o corpo inteiro. Entre o laboratório e a porta da rua, Gladys lhe barrou a passagem. Apoiou as mãos nos seus ombros e, olhando-o muito séria, disse:

— Ele te deixou preocupado.

Conseguiu responder:

— Não.

— É compreensível. Mais do que preocupado, perturbado. O senhor Gruter abriu a cortina, tirou o véu, como dizem, e te mostrou o além, onde pululam demônios, alguns de cara conhecida, outros não. Que tal? Uma comoção. Parece que a cabeça vai explodir. Muito compreensível.

— É, sim, como se minha cabeça estivesse a ponto de explodir, mas não por causa do que o senhor Gruter me falou.

— Uma coincidência, então. Lamento que por orgulho você não admita a verdade dos fatos. O pecado da soberba, Nicolasito, não tem perdão.

— Não sei do que você está falando.

— Você sabe muito bem. Estou falando dessa família. Por que você não pode se afastar a tempo e se salvar? Por causa das mulheres? Não deve amá-las tanto assim, se é capaz de enganar uma com a outra.

— Eu não engano ninguém.

Gladys retirou as mãos dos seus ombros. Caminharam até a porta. Ele abriu, saiu e se deteve. Ficaram os dois frente a frente. Onde estavam apoiadas as mãos da moça, agora ele sentia frio.

— Você ama as duas? Não entendo.

— Talvez eu goste das duas, mas amar, mesmo, acho que só uma. Não sei.

— E elas concordam com isso. Que mais você precisa para entender que Gruter diz a verdade? Não apenas Gruter: todas as pessoas que te amam. Ou será que estamos todos enganados? O que essas duas te dão? O mesmo que te daria, com um pouco mais de decência, qualquer mulher. Ouviu? Qualquer mulher.

— Ouvi, Gladys, mas agora não estou bem. Preciso ir.

— Não sabia que você era tão malvado.

Lágrimas corriam pelo rosto da moça.

— O que você tem? — perguntou Almanza, inutilmente, porque a porta já estava fechada.

XLIII

Aflito, perguntou-se o que teria aborrecido Gladys. Com a mesma aflição, passou a se perguntar por que não tinha pedido emprestado a Gruter algum trocado para a viagem. O trajeto a pé, com aquele mal-estar que lhe embotava a cabeça e esfriava suas costas, parecia longo demais. O envelope com as fotografias pesava mais que nunca. Pensou em voltar e tocar a campainha do laboratório, mas previu mal-entendidos e explicações a Gladys, que o cansaram de antemão. Partiu, portanto, não de todo certo de que teria forças para chegar ao seu destino. A primeira dificuldade que encontrou foi inesperada. Naquele caminho, que ele conhecia melhor que muitos platenses, de saída foi surpreendido pelo medo de se perder e, pouco depois, pela suspeita de já estar perdido. Em seguida reagiu. Diante dos seus olhos se estendeu a habitual perspectiva da avenida 51, até onde a iluminação deixava ver. Com alívio reconheceu no caminho uma casa com a porta no centro ladeada de duas sacadas; a mercearia El Emporio, com a porta de ferro baixada; a imobiliária Barrenechea, com sua lista de apartamentos e terrenos, na qual se podia ler: "Jovem licenciada prepara admissão qualquer faculdade". Almanza pensou que cada um daqueles locais era um marco: provavam que ele avançava por terra conhecida. Com autêntica satisfação avistou o obelisco da avenida San Martín, atravessou depois os trilhos da passagem de nível e chegou, sem sentir a distância percorrida, à rodovia 3, onde virou à direita, seguiu pela curva à esquerda, viu o campo e por fim, desconsolado e com certa agonia, o cemitério. Encontrá-lo ali o desconcertou, porque aquele era o cemitério de Las Flores. Embora estivesse muito atordoado, conseguiu recapitular e, em uma sucessão de revelações, lembrou-se de que também eram de Las Flores a avenida San Martín, o obelisco, a passagem de nível, a rodovia 3 e a curva que o levara até o cemitério. Percebeu que estava sonhando, mas de um modo novo e desagradável. Em geral, quando sonhava, não sabia que estava sonhando ou, se sabia, podia acordar. Agora sabia que estava sonhando, mas não podia controlar as peripécias do sonho.

Ouviu alguém dizer seu nome. Reconheceu a voz e se virou aliviado. Era Gruter. O velho percebera que ele não estava em condições de atravessar a cidade a pé, muito menos de encontrar a pensão. "Está aqui para me ajudar", pensou. "Vai me levar." O velho disse:

— Eu lhe avisei.

Puxou pela memória e concluiu que, naquela tarde, em nenhum momento o velho o alertara de que, naquele estado, ele não poderia caminhar até sua casa.

— O senhor me avisou do quê? — perguntou temeroso.

Sorrindo, o velho respondeu:

— Eu disse que era preciso se preparar.

— Para quê? — perguntou, embora soubesse a resposta.

— Para o sonho da morte. E agora, que você está no sonho, vai ter que se preparar de novo. Será apresentado ao chefe. Adivinhou quem é?

— Não.

— A família Lombardo.

Ao ouvir essas últimas palavras, desconfiou. "Chega de sonhos e de farsas", disse em voz alta, ou quase. Um homem e uma mulher, pessoas de idade, olharam para ele com reprovação e apertaram o passo. Pensou: "Acham que estou bêbado", e despertou por completo. Estava na diagonal 73, quase esquina com a 48. O principal era seguir seu caminho sem parar; embora ainda faltassem alguns quarteirões (muitos para o tamanho do seu cansaço), percorrer cada um não levaria muito tempo.

Como agora, felizmente, estava totalmente desperto, tiraria forças de onde quer que fosse. O problema era o mal-estar, a moleza, os sonhos. Pensava poder controlar os sonhos, mas bastava o menor descuido para que voltassem a aluciná-lo. Em plena 73, encontrou *don* Juan, que abriu os braços e com espontânea alegria murmurou repetidas vezes "meu filho". Se, como dizia Gruter, ele era o diabo, parecia um diabo bem amistoso. Descobriu então, atrás de *don* Juan, uns vitrais muito atraentes, que ele já vira em outro lugar. De repente se lembrou: na pensão dos Lombardo. Como podia esquecer? Eram a decoração mais vistosa da casa. Mas como podia vê-los agora, na rua 73? Era porque estava sonhando enquanto caminhava acordado? Os sonhos dessa noite tinham um extraordinário poder de convencimento. Devia reconhecer também que eram bastante desagradáveis.

XLIV

Don Juan disse como se recitasse um verso:

— Celebro, rapaz, este encontro casual.

Almanza o viu como um gigantesco protetor, de braços abertos. Esses mesmos braços descarregaram sobre ele efusivas palmadas que retumbaram dolorosamente dentro da sua cabeça. Imaginou a cabeça como um tanque cheio de um líquido muito pesado. Explicou:

— Estava voltando para as casas.

— Quero crer que você não fará a um velho a desfeita de recusar seu convite para tomar uns tragos.

Pensou: "Falando desse jeito, me dá tontura". Disse:

— Queria chegar nas casas. Estou passando mal.

— Não há de ser para tanto, meu filho.

Notou que os vitrais já não estavam lá. A muito custo raciocinou que, se *don* Juan também fosse um sonho, deveria ser menos difícil livrar-se dele para chegar à pensão. Disse:

— Não sei o que eu tenho, *don* Juan. Estou sonhando acordado.

— Você bebeu?

— Não, mesmo. Ando bem mal. Tanto que nem sei se consigo achar o caminho certo.

— Sorte que eu apareci para te ajudar — disse *don* Juan, segurando-o por um braço. — Vou te levar direto a um café aqui na esquina, para você beber alguma coisa e ficar novo em folha.

Percorreram cem, duzentos metros, Almanza apoiado no velho, que não parava de falar.

O que de início lhe pareceu um zumbido irritante, logo se transformou em explicações que o sobressaltaram, porque estava dormindo. Ele as ouvia de maneira confusa, mas tudo ficou gravado na sua memória: o que ouviu no caminho e o que ouviria no café.

— Estou feliz demais por ter te encontrado — disse *don* Juan. — Preciso falar com alguém para saber o que penso. Com os outros, não adianta, porque são parte interessada. Com a Griselda ou a Julia também não, porque são muito sensíveis, como elas mesmas dizem. Se eu falar dessas coisas com elas, vão se impressionar e complicar um assunto que por si só já é delicado. Eu te trato, mocinho, como se você fosse um homem. Mas

A AVENTURA DE UM FOTÓGRAFO EM LA PLATA 343

fique claro que, em hipótese alguma, você pode comentar essas coisas com as meninas.

Quando entraram no café, teve a impressão de sentir mais frio que na rua. Havia fregueses em algumas mesas; nas do fundo, ninguém. Almanza foi se sentar na primeira mesa que achou livre. *Don* Juan protestou:

— Se não quero que minhas filhas me ouçam, muito menos vou querer que me ouça um estranho, um desconhecido. Preciso explicar por quê?

— O senhor que sabe.

— Um desconhecido é uma pessoa que não se conhece. Pode até ser um policial à paisana. Já te disse: trata-se de um assunto delicado, que pode se prestar a todo tipo de interpretação enviesada.

— O senhor que sabe.

— Você está com pressa?

— Não, senhor.

— Ainda bem. Caso contrário, arquivamos o caso, e não se fala mais nisso.

— Não quis ofender.

— Está desculpado.

Com alívio, Almanza deixou na mesa o envelope das fotografias.

— Não posso esquecer isso aqui — explicou.

— O que vão querer? — perguntou o garçom.

— Para mim, uma genebra, para o jovem, um pingadinho.

— Bem quente, por favor — pediu Almanza.

— Está desculpado — repetiu *don* Juan. — É que estou com os nervos à flor da pele. Não é fácil falar de coisas que mexem tão fundo com a gente. Mas devo fazer isso, porque te considero um homem criterioso e porque é o futuro das minhas filhas que está em jogo. Das filhas do meu sangue, Almanza! E também o meu, não vou negar. Talvez minhas filhas não exagerem quando dizem que são sensíveis. Talvez todos na família sejamos sensíveis. Caso contrário, eu não estaria nesse estado de nervos. Você está me ouvindo ou pegou no sono?

— Estou ouvindo perfeitamente, mas certeza de entender o que o senhor está dizendo, eu não tenho.

— Seria mais fácil eu dizer estas coisas não sendo o pai. Um pai, meu filho, pronuncia certas palavras com total repugnância. Por que você fechou os olhos?

— Porque não estou bem.

— Mas está acordado? Tem certeza de que está acordado?

— Tenho, sim.

— Posso falar?

— Fale, se quiser.

— Não vai me desprezar?

— Por que o desprezaria?

— Porque tenho que matar meu filho.

O espanto o despertou. Trouxeram o pedido. Depois de tomar um gole de genebra, *don* Juan estalou a língua.

— Estava com a boca seca — explicou.

— Eu ouvi bem, *don* Juan? Seu filho Ventura?

— Isso mesmo, meu filho Ventura. Claro que não falo em matar mesmo, de tirar a vida. Onde já se viu, pensar semelhante absurdo?

Almanza provou seu café pingado com leite. Estava morno. Como o repugnava, tratou de bebê-lo bem rápido.

— Pensei ter ouvido o senhor dizer…

— Posso ter dito o que ouviu, mas supondo que falava com um ser pensante.

— Mas então?

— Então devo dar o Ventura por morto.

— Posso imaginar sua dor. Em todo caso, o senhor me tirou um peso de cima. Não podia acreditar no que estava ouvindo.

Na verdade, sentia um peso no estômago. O pingado morno tinha caído muito mal.

— Mas por quem me toma, rapaz?

— Não podia acreditar no que ouvia. Claro que é muito triste.

— O que é muito triste?

— Essa notícia. Quando o senhor a recebeu?

— Que notícia?

— Da morte do Ventura.

— Cruz-credo! Cada coisa que passa pela cabeça de um rapaz do interior! Só ele para achar que eu estaria aqui, perdendo meu tempo, neste sossego apesar dos nervos, se tivesse recebido uma notícia dessas. Do Ventura, continuo sem saber nada. Nem se está vivo, nem se não está. Mas, se eu o declarar morto, recebo o seguro e salvo minhas filhas da miséria. O problema é que me parte o coração declarar isso.

XLV

"A vantagem de chegar a esta hora", pensou, "é que não tem ninguém na porta da rua". Quando estava a um passo do seu quarto, *doña* Carmen o pegou pelo ombro e perguntou:

— Que aconteceu com meu menino, coitadinho?

Estava envolta em um xale de seda, vermelho e preto. Como uma mãe zelosa, com solução para tudo, cuidou dele.

— Você está ardendo de febre.

Ele viu dedos carnudos, com vincos escuros, de unhas rubras, serpenteando delicadamente muito perto dos seus olhos. Sentiu uma mão na testa.

— Está pegando fogo. O que você fez para ficar assim?

— Peguei uma friagem.

— Desculpe se meu quarto está um pouco revirado.

Segurou Almanza pelo braço e entraram. Ele murmurou:

— Sou eu que estou um pouco revirado. Que vergonha.

— Eu vou te curar. Você confia em mim, mesmo eu não tendo diploma? Uma mãe sabe mais que um médico. Os remédios que vou te dar já eram usados pela minha falecida mãe. Leucotropina para o resfriado. Poção de Todd para a indisposição.

Doña Carmen abriu seu guarda-roupa. As mãos de unhas rubras cavoucaram entre peças de seda rendada, sabonetes, um grande frasco de perfume, e apanharam um tubinho e uma garrafa.

— A Leu-co-tro-pi-na. A poção.

Com um grande sorriso, *doña* Carmen as exibia alternadamente.

— Com licença — disse Almanza, deixando sobre a mesa o envelope com as fotografias.

Começou a tremer. Teve medo de perder o equilíbrio e cair. A senhora lhe disse:

— Agora mesmo você vai tirar essas calças e entrar na cama. Precisa se agasalhar, bem agasalhado.

Obedeceu. Tomou os remédios, não se lembrava em que ordem. A beberagem era muito doce. Quando a engoliu, sentiu a garganta queimar.

XLVI

Talvez porque ainda estivesse sonhando, pensou ver a licenciada. Sua confusão aumentou ao descobrir que a mulher sentada ao lado da cama era Griselda. Envolta no xale preto e vermelho da senhoria, tomava mate e o olhava atentamente.

— Parece inacreditável. Como é que você está aqui?

Griselda começou a explicar que tinha vindo porque à tarde se comportara como uma histérica.

— A dona da pensão me avisou que você estava mal.

— *Doña* Carmen te deixou entrar aqui no quarto dela?

— Ela me pediu.

— Sério?

— Não queria que uns pensionistas fossem embora sem pagar — disse — e não queria te deixar sozinho. Justo aí eu cheguei.

— E ela pediu para você ficar comigo?

— Exato. Até ela voltar. Nada de dormir.

— Não, nada de dormir.

Ele a olhava com assombro, talvez sem entender.

— A qualquer momento, ela volta — afirmou Griselda.

Muito lentamente foi colocando a cuia na mesinha e se levantou, deixando cair primeiro o xale e, depois de desabotoar uma longa fileira de botões, a saia e a blusa. Estava nua. Mal lhe deu tempo de confirmar que era muito bonita e apagou a luz, entrou na cama, o abraçou. Levado por um impulso incontrolável, ele a apertou contra seu corpo.

Depois pensou em Julia e puxado por uma lembrança retomou o fio da consciência. Lembrou-se da noite anterior, quando esperava por Griselda e foi Julia quem apareceu. "Aquilo foi diferente", raciocinou e fechou os olhos. O tempo que permaneceu assim lhe pareceu breve, mas não deve ter sido. De repente pensou: "Por alguma razão devo ter me recordado do que aconteceu ontem à noite". Ligou o abajur. Teve então uma segunda surpresa. Junto à cama, envolta no xale, estava *doña* Carmen, com bobes nos cabelos. Quem sabe por que reparou nesse detalhe, pois não conseguia pensar em nada além do sumiço de Griselda.

— Desculpe os bobes — explicou a senhora, com insólita timidez. — Meu cabelo estava tão emaranhado!

— Entendo — respondeu Almanza.

Na realidade, estava se esforçando para entender. Em tom de aprovação, a mulher disse:

— Você está com outra cara.

Era evidente que ela tinha recuperado a pose. Almanza olhou para a cuia na mesinha, como quem encontra um rastro revelador. "Do quê?", perguntou-se. *Doña* Carmen comentou:

— Tem gente que não suporta os bobes. — Fez um dengo, suspirou e exclamou: — Mas eu preciso cuidar da minha beleza! Não sou mais uma mocinha!

Em algum lugar da casa deve ter caído um objeto pesado. Ouviram-se exclamações, cicios, passos. Afoita e resoluta, *doña* Carmen sussurrou:

— São os patifes dos Kramer, tenho certeza, querendo escapar. Daqui ninguém sai sem pagar, meu filho. — Já na porta, virou-se para acrescentar com voz melosa: — Até *doña* Carmen voltar, quietinho e bem agasalhado. Nada de tomar vento.

Lá ficou, conforme lhe ordenaram, tentando inutilmente entender o ocorrido. Em meio às suas ruminações, percebeu que não sentia mais "a lomba da gripe, ou seja lá o que fosse". Reconheceu: "*Doña* Carmen não mentiu quando disse que ia passar". Lembrar-se da senhoria o levou a notar que ela estava demorando e a valer-se da oportunidade para sair daquela cama alheia, vestir as calças, apanhar o envelope das fotografias e, o que seu corpo mais lhe pedia, voltar ao seu quarto.

XLVII

De manhã, ao acordar, viu Mascardi quase pronto para sair. Perguntou:

— Madrugando?

— Já você, mal dormiu. Andou de folia com as diabinhas?

— Que diabinhas?

— Calma. Você não disse que, segundo o velho Gruter, essa família é o diabo?

— Maldita a hora que fui comentar. E você concorda plenamente com ele, não é?

De uma gaveta da cômoda, Mascardi tirou, primeiro, uma pistola, que encaixou no coldre do cinto; depois um revólver, que deslizou na sovaqueira, por baixo do paletó.

— Quantas armas.

— *Mambrú se va a la guerra.** A Ballester Molina, porque é a de serviço. O revólver, porque o tamborzinho nunca falha e porque tem a numeração apagada.

— Por que apagada?

— Você acordou muito perguntador, mas, como somos amigos, vou te contar um segredo profissional, que todo mundo sabe. Suponhamos que, por desgraça, eu liquide um. Evidentemente, não quero que por causa disso me compliquem a vida. Se a arma usada for o revólver sem número, é só eu perder por aí, e um abraço.

— Vocês têm alguma operação programada para hoje?

— Absolutamente.

— Você falou em guerra.

— Estava brincando. Um policial não pode entrar no mato sem cachorro. Ou melhor, sem armas. Você também, quando entrar na corporação, vai poder levar sua Ballester Molina.

Bateram à porta, que se entreabriu e deixou ver a cabeça cacheada da dona da pensão.

— Desculpe, senhor Mascardi. É para seu amigo. Pensei que ele não estivesse e que eu já devia pôr seu nome na lista dos fugitivos. O respeitável pai está ao telefone.

— Quem? — perguntou Almanza.

— Quem poderia ser? O velho Lombardo.

— Vou vestir uma roupa e já vou.

A cabeça cacheada se retirou.

— Por que ela disse que pensava em pôr teu nome na lista dos fugitivos?

— E eu sei?

— Haja vista e considerando sua cabecinha, uma verdadeira teteia, começo a entender teu engraçamento com as irmãzinhas Lombardo, por mais perigosas que elas sejam.

— Ainda bem.

— Ainda bem, mesmo. Se você estivesse andado com a senhoria, seria um perfeito depravado.

---

* *Mambrú se fue a la guerra* é o título e o primeiro verso da versão em castelhano da cantiga francesa *Malbrough s'en va-t-en guerre* — ou *Mort et convoi de l'invencible Malbrough* —, muito popular como canção infantil, na Argentina e no resto da América Hispânica. (N. T.)

Almanza pegou algumas fotografias do envelope e foi atender o telefone.

XLVIII

Entregou as fotos para *doña* Carmen, que murmurou encantada, ao ver seu rosto:

— Que beleza.

Ele apanhou o fone. *Don* Juan lhe disse que precisavam conversar o quanto antes.

— Por causa daquilo de ontem à noite — explicou. — Ou você já esqueceu?

— Não, senhor.

— Tenho novidades que vão te interessar.

— Vou à tarde.

— Francamente, prefiro que venha de manhã. É melhor para você. Vai ganhar dinheiro, e muito, sem arriscar um centavo.

Com certa aspereza, respondeu:

— Vou quando puder.

Em uma bandeja orlada de flores azuis, *doña* Carmen lhe ofereceu mate e biscoitinhos com açúcar queimado.

— Agradecido — murmurou.

Enquanto os dois mateavam, sentados nas poltronas de vime do salão, ele se lembrou de Griselda, observou que o rosto de *doña* Carmen era extraordinariamente grande, considerou que, se a remessa de Gabarret não chegasse, era bom ele forrar o estômago com uma boa porção de biscoitos e, quando pudesse, ir ouvir a proposta de *don* Juan. A senhoria disse:

— Você fugiu de mim, seu danado. Estava com saudade da sua caminha? Eu te entendo, eu te entendo.

— Não queria incomodar mais.

Ele a observava como se procurasse algum indício revelador do ocorrido à noite. Viu apenas a cabeça frisada, os retintos arcos das sobrancelhas, as faces onde se adivinhavam grossas camadas de cremes e pós, o queixo com uma pinta protuberante, as majestosas curvas cobertas pelo leve vestido verde e preto, as unhas vermelhas. Refletiu: "Não parece mais uma freira à paisana".

— Mas, com toda a franqueza — perguntou *doña* Carmen —, o que achou do meu tratamento? Não foi nada desagradável nem doloroso, e basta te olhar para ver que hoje temos um novo homem.

— Ontem eu delirava, senhora. Agora estou bem. Suas beberagens me curaram.

— É o que eu sempre digo. Quando a questão é sarar, o que seria dos doentes se não aparecesse uma senhora aqui, outra ali, às vezes por indicação de um estranho? Iriam parar todos nas mãos dos médicos.

Almanza se levantou e disse:

— Sou muito grato, senhora. Não chegou nada para mim?

— Não chegou nada. Eu me iludi pensando que você tivesse esquecido a zinha do seu pago... mas não ligue. Nunca deixe de me perguntar o que for, sempre que quiser. Assim, pelo menos, eu te vejo.

Teve vontade de aceitar a liberdade que *doña* Carmen lhe dava para perguntar por Griselda. Preferiu não fazer isso; dias antes teria feito. Em pouco menos de uma semana na cidade, aprendera a conhecer as pessoas.

Fotografou a manhã inteira. Como lembrança da viagem a La Plata, a pensão de *doña* Carmen, o sindicato, o café que ficava em frente, o hotelzinho, a pensão dos Lombardo e, por não estar de todo satisfeito com as fotos anteriores, a casa de Almafuerte e o Palácio do Governo. Quando já ia voltando, encontrou Laura e Lemonier, que fizeram questão de que almoçasse com eles.

— Temos que comemorar a liberdade do Velhinho — disse Laura. — Uma liberdade, uma alegria que devemos a você.

— A mim, não. Ao Mascardi.

— Se não fosse por você, o Mascardi não mexia um dedo — disse Lemonier.

— Resta saber se não foi por causa dele que o pegaram — disse Laura.

— Tenho certeza de que não.

Almoçaram no restaurante. Laura insistiu para ele experimentar a mostarda ("só um tiquinho, na carne"). De início resistiu, ressabiado, mas dali a pouco pegou gosto. Lemonier lhe perguntou se estava com saudade do pago.

— Não sei o que dizer — respondeu.

— Por quê?

— Durante o dia, nem me lembro. Talvez porque não tenho tempo. De noite, em compensação, dou para sonhar.

— Com o pago?

— É, com o pago. No sonho, tenho certeza que nunca vou voltar. A tristeza me acorda. Aí digo a mim mesmo que de manhã, assim que eu levantar, vou comprar a passagem.

Embora fossem novos amigos, não teve a menor vergonha de lhes contar essas coisas. Não teria falado assim com ninguém. Laura e Lemonier eram pessoas que diziam o que pensavam e que pensavam livremente. Podia não concordar com eles em tudo, mas os considerava gente aberta a qualquer posição, que não teimava em uma opinião sobre cada assunto. Até lhe perguntaram como iam as coisas com as irmãs e qual das duas era mais bonita. Sentia-se à vontade com eles.

— Quando você vai embora?

— Assim que eu receber o pagamento pelo trabalho.

— Então vamos ter você para sempre em La Plata — brincou Lemonier, e acrescentou afetuosamente: — Melhor para nós.

— Eu gostaria que a gente voltasse a se ver antes de você ir — disse Laura.

— Eu também — disse Almanza.

— Vamos nos ver, sim — afirmou Lemonier.

Laura acrescentou:

— Sem o Mascardi.

XLIX

Quando entrou na pensão, topou com a senhoria, que lhe disse:

— Sou adivinha. Vai me perguntar se chegou alguma coisa para você.

— Não, senhora. Queria o telefone.

Doña Carmen lhe estendeu o aparelho e como que estremeceu, ou encolheu os ombros. O certo é que deu meia-volta, empinou o queixo e ficou com a cabeça erguida, olhando para o outro lado.

Pela primeira vez desde que estava em La Plata, Almanza telefonou para alguém na cidade. Pediu para falar com Julia e lhe perguntou se queria sair.

— Está um dia lindo. Vamos passear no parque — ela disse.

Minutos depois, passou para buscá-la. Enquanto caminhavam entre o parque e o lago, ele comentou:

— Ainda preciso fotografar um vitral da catedral e os animais antediluvianos do museu.

Olhando-o com certa tristeza, Julia disse:

— O museu fica logo ali.

— Eu sei. No dia que eu cheguei, fotografamos o prédio. Amanhã ou depois, voltamos lá para fotografar por dentro.

Deitaram-se, à sombra, na grama. Julia tinha razão: era um belíssimo dia de outono. Não fosse porque nada lhe agradava mais do que ficar assim à toa ao lado da moça, ele iria fotografar o parque. A variedade de cores das árvores era extraordinária. Mas não se arrependia. Julia lhe bastava, falando ou em silêncio. Em algum momento, a conversa voltou ao museu e ao vitral da catedral. Almanza disse:

— Nunca vi nada parecido com o efeito da luz através daqueles vidros coloridos.

— Então vamos lá fotografar — propôs Julia. — A catedral não fica longe.

— Vamos amanhã.

— Como saíram as fotografias do primeiro dia?

— Eu trouxe as tuas. — Entregou-lhe mais de vinte fotografias. — Tomara que goste.

— Não pensei que você tivesse tirado tantas. Como não vou gostar? Você sabe olhar. Sabe mostrar o que um rosto tem de melhor. Ela que vai ficar uma fera, já posso até ver.

— Ela quem?

— A Griselda. É capaz que um dia me perdoe por ter ido para a cama com você, mas essas fotos, ela nunca vai perdoar. No que não deixa de ter certa razão. São belíssimas. E as do museu, ficaram boas?

— Acho que razoáveis.

— O museu tem que aparecer no livro. É um símbolo de La Plata. Quando eu não sabia nada sobre cidade, sabia que tinha o museu.

— Eu também. Sempre quis conhecer. Na escola ganhei um dez, o único da minha vida, quando falei dos animais antediluvianos. Não podia acreditar que já não existissem. Depois chegou uma boa notícia: diziam que ainda restava um na Patagônia, ou no Brasil. Uma esperança que logo perdi.

— Vamos entrar.

— É melhor deixar para amanhã.

— Quando teu pagamento chegar? O ingresso custa só umas moedas. Ou você acha que, se eu pagar, vou estar te sustentando?

— Não é isso. Só não quero ficar com mais dívidas.

— Mas é menos de um peso.

Julia comprou os ingressos, puxou Almanza por um braço, levou-o para dentro.

L

Ele caminhou embaixo do esqueleto de uma baleia pendurado no teto. Contou os passos: mais de trinta. Julia perguntou se ia fotografar "essa beleza".

— Não — respondeu, depois de ler a placa explicativa. — Essa baleia foi pescada no mar do sul. Só vou fotografar os animais antediluvianos.

— Você acha que são mais bonitos?

— Não, mas dão o que pensar. A gente se pergunta como eram e como seria o mundo naquele tempo.

Fotografou o esqueleto de um plesiossauro. Julia disse:

— Nisso que você disse entra muita imaginação. Não acho que a máquina fotográfica sirva para isso.

— Por quê? — perguntou Almanza.

— Um esqueleto é parecido com o outro. Todos lembram a morte.

— Pode ser.

— Poxa, estraguei tudo.

— Você nunca estraga nada — respondeu.

Saíram pelo mesmo caminho por onde tinham vindo. Almanza pensava: "Gostaria de continuar com ela. Que pena o pagamento não ter chegado. Para ir a qualquer lugar, preciso de dinheiro".

— Queria falar com você sobre meu pai.

— Se você não o mencionasse, nem me lembrava. Ele está esperando por mim.

— Meu pai?

— É, ele me ligou de manhã. Queria me ver. O quanto antes.

— Não vá.

— Não posso fazer isso com ele, depois de deixá-lo esperando o dia inteiro.

— Ele quer te usar.

— Seja o que for, eu me comprometi.

— Não deixa ele te pegar. Sou filha dele e o amo. Mas sei muito bem o que estou dizendo: se cuida.

— Não precisa ter medo. Não vai acontecer nada comigo. Acho que sou um homem de sorte.

— Não tem medo de dizer isso?

— Não, por quê? Vamos indo?

— Preciso só fazer umas compras, e depois vou para lá. Você chega antes.

LI

Quando Almanza entrou na pensão dos Lombardo, a dona o recebeu exclamando:

— Ainda bem que chegou! Eu já estava pensando: se o moço não vier, quem aguenta o velho?

— Ele está no quarto?

— Como um leão enjaulado.

Subiu a escada, não sem se deter para olhar os vitrais. Eram tão bonitos como no sonho, mas talvez menos que aqueles outros, que ele vira com Gladys. Engraçado: ele sempre foi partidário das figuras, e agora preferia aqueles quadradinhos e losangos. Talvez porque lhe lembravam o arlequim de uma gravura de que gostava muito, que viu em um livro de Gentile. Bateu à porta.

— Entre — disse *don* Juan, lá de dentro.

Sentado em uma cadeira de balanço, estendia uma mão que afastou depois de mal roçar a de Almanza. Este lhe deu boa-tarde.

— Pode-se saber o que ficou fazendo até agora?

O tom dessas palavras era de irritação e cansaço.

— Primeiro, fotografando.

— Ora, vejam só.

Don Juan olhava para ele bondosamente, e na sua boca se entrevia um sorriso malicioso.

— Trabalhei bastante bem.

— Que grande notícia!

— Não tenho do que me queixar.

— Mas eu tenho. Ontem te fiz partícipe de um plano que me afeta profundamente. Hoje pedi para você vir, e olhe a hora em que me aparece!

Uma confusa, rápida situação aconteceu naquele instante. A porta se abriu, e Julia entrou. *Don* Juan se levantou, apanhou um envelope que estava sobre a mesa e o guardou no bolso. Julia puxou Almanza pelo braço, lhe deu um beijo e disse:

— Aguenta firme — e, em voz mais alta: — Seu ingrato, quando é que eu te vejo de novo?

Don Juan o puxou pelo outro braço e o levou até a porta.

— Bom — exclamou. — Não vou te prender mais aqui.

Almanza balbuciou:

— Mas o senhor disse…

Don Juan o interrompeu:

— Não é incômodo algum. Vamos sair juntos, e caminho com você alguns quarteirões. Quem não areja, entreva.

— Eu pensei que… — insistiu Almanza.

Julia sorria para ele. *Don* Juan o atalhou:

— Quem se importa com o que você pensa? Que rapaz mais pretensioso. — Voltou a apanhá-lo de um braço e o empurrou para a escada. — Por favor, vamos sair.

Almanza conseguiu dizer:

— Sinceramente, *don* Juan, não entendo do que o senhor está falando.

— Nunca te disseram que você não é muito esperto?

— Que eu me lembre, não.

— Assim como não deve se lembrar do que eu te disse ontem. Não quero falar na frente das meninas. Disse e repito: a Julia e a Griselda não devem saber do nosso plano; elas são muito sensíveis. Podem se impressionar e trazer dificuldades. Foi por isso que tirei você de lá, para falarmos a sós, de homem para homem.

— Pode falar, *don* Juan.

— Vamos a um café, para conversar como gente que se preze.

LII

De novo Almanza ia se sentando na primeira mesa livre, quando *don* Juan lhe perguntou:

— Nunca ninguém te comparou com um cavalo manhoso?

— Eu não permitiria, senhor.

— Boa resposta. Mas a verdade é que você sempre toma o rumo que não deve. Sei que vai me dizer que não faz por mal. Que seja, mas com isso já mostra sua desatenção. E o que foi que eu te pedi, mais de uma vez, ao contar meus problemas? Tua atenção por um mísero minuto! Já sei: prestar atenção é o pior sacrifício que se pode pedir aos homens e às bestas. Mas agora, como queremos falar sem que ninguém nos ouça, vamos escolher uma mesa afastada. Certo?

— Certo.

Um garçom perguntou:

— O que vão tomar?

— Um vermute com bitter e um pingado — respondeu *don* Juan. — Traga também algum tira-gosto: azeitonas, queijo, amendoim, o que tiver.

"Mais um pingado morno, e nem *doña* Carmen me salva", pensou Almanza. *Don* Juan comentou:

— A coisa se complicou. Tudo sempre se complica.

— Lamento.

— Não precisa lamentar. Justamente porque se complicou, pode ser um bom negócio. Mas já ia me esquecendo. Eu trouxe algo para te mostrar.

De um bolso interior do paletó, tirou um envelope e, de dentro dele, meia dúzia de fotografias que espalhou sobre a mesa: um bebê sobre uma almofada, provavelmente de veludo, com borlas e debrum de galão; um estudante, de avental e mochila nas costas; um garoto segurando um cavalo pelo cabresto, rodeado de três ou quatro cães pastores; o mesmo garoto montado a cavalo; um adolescente de bombachas, empunhando uma longa forqueta à beira de um tanque para banho de ovelhas; um jovem de terno e gravata.

— O Ventura?

— O Ventura — respondeu *don* Juan —, da primeira infância até pouco antes da sua partida. Se eu não o amava, por que guardei esse monte de fotos?

— Para quem é o pingado? — perguntou o garçom.

— Para o senhor aí — Almanza respondeu sem pressa, apontando para *don* Juan.

O velho pestanejou, arregalou os olhos, cravou-os em Almanza, depois no pingado que lhe estendiam e, quando parecia à beira de um ataque de apoplexia, abriu um sorriso afável, recolheu as fotos e disse:

— O jovem aqui presente — apontou para Almanza — cometeu um equívoco. O senhor e eu vamos perdoá-lo desta vez. Só na cabeça dele eu seria capaz de pedir um pingado. O que eu pedi foi um vermute com bitter. Leve embora essa beberagem e tenha a bondade de me trazer o vermute de sempre.

Desnecessariamente, Almanza esclareceu:

— Eu não gosto de pingado.

— Agora vem a cereja do bolo — disse o velho. — Uma última foto, que é a mais, como direi?, significativa. E ainda por cima, colorida.

Trouxeram o vermute com bitter, *don* Juan deu um gole, enquanto Almanza aguardava a foto anunciada. "Até parece que me importo", pensou, como quem dá de ombros. Justo nesse instante *don* Juan a pôs sobre a mesa, com o gesto do jogador que saca um trunfo.

— Sou eu — disse Almanza. — Está desfocada, me pegou de olhos fechados, mas dá para ver, de longe, que sou eu.

— Acertou. Eu pensei, confesso, que você fosse achar que era mais uma do Ventura. Claro que teu caso é muito especial. Um fotógrafo não olha para as fotos como qualquer um.

— Ainda mais quando o próprio retratado é ele mesmo. Quem tirou essa foto foi a filha do seu amigo, o defunteiro.

— Meu amigo defunteiro, justamente, é quem trouxe a inquietação que veio complicar as coisas; mas como meu jovem amigo Almanza sairá ganhando, não vamos nos queixar. Agora, francamente, você há de reconhecer que, para um terceiro, esta foto completa com perfeição a série que acabei de mostrar.

— É o senhor que está dizendo.

— Há de concordar, pelo menos, que você pode muito bem ser confundido com meu filho Ventura. Uma pessoa de fora, imparcial, compartilha da mesma opinião.

— Seu amigo, o defunteiro.

— Somos dois contra um.

— Que seja. Mas isso não muda nada.

Don Juan falou com tristeza e lentidão:

— Você está redondamente enganado. Deixemos de lado o fato de que tuas palavras me magoam. Eu perdi um filho e, quando você apareceu, pensei que talvez o estivesse recuperando; mas quem manda eu compartilhar minhas esperanças com quem não me entende? Como se não bastasse, tuas palavras comprometem um plano cuidadosamente preparado.

— Não foi minha intenção.

— Mas foi o que você fez. Seja como for, agora só nos resta seguir em frente. Quando é que você volta para Las Flores?

— Calculo que dentro de dois ou três dias.

— É o tempo justo para agirmos. Mas não podemos dormir no ponto. Antes de explicar do que se trata, aconselho que você não se deixe levar por um primeiro impulso de recusa. Peço que seja forte e faça caso de um velho que já viu muita coisa.

— Esse velho seria o senhor?

— Exatamente.

— E o que vai me pedir?

— Que me escute com atenção e acredite em mim: a vida é uma grande brincadeira, sem o menor sentido. Claro que, se a gente adoece ou cai na pobreza, a brincadeira vira aflição. Quero crer que nem para Griselda nem para Julia você deseja semelhante calamidade.

— Nem por sonho.

— Pois saiba que a família Lombardo está a um passo da miséria. Tentando me esquivar dela, pelejei por anos a fio, sempre dentro da lei. Agora cheguei à conclusão de que por esse lado não há esperança.

— E o que vai fazer?

— Seguir pelejando, claro.

— Dentro ou fora da lei, senhor?

— Não importa se fora ou dentro. Meu dever de pai exige que eu salve a Griselda e a Julia. Posso contar com tua ajuda, ou não?

Depois de um breve silêncio, Almanza disse:

— O que o senhor está preparando é mesmo uma brincadeira?

Os olhos do velho faiscaram de fúria. "Quero ver o que ele me diz agora", pensou Almanza. *Don* Juan não disse nada. Com notável rapidez recuperou seu ar de compostura e dignidade. Almanza pensou: "Como é difícil desconfiar de um senhor com essa cara". Quando voltou a olhar para ele, teve a impressão "de que tinha se retirado, mas continuava lá". De repente, como quem desperta, *don* Juan chamou o garçom.

— Como é mesmo que vocês chamam isto aqui? — perguntou, apontando para os tira-gostos.

— Tira-gosto, senhor.

— Não chamam também de tranqueirinha?

— Sim, tem gente que chama assim.

— Pois vocês deviam chamar essa tranqueira de lixo, mesmo. Isso que o senhor me serviu é um verdadeiro lixo. Quanto eu devo?

Pagou. Para falar com Almanza, passou ao tom paternal:

— Eu vou com você. Vai me fazer bem esticar um pouco as pernas.

Assim que saíram do café, agarrou o rapaz pela gola do paletó e, levantando-o um pouco na sua direção, falou tão de perto que Almanza sentiu sua respiração no rosto.

— Confesso que, no estado de espírito em que me encontro, não vou suportar um não. Da tua parte, quando você me ouvir, é capaz que nem saiba o que pensar e muito menos o que dizer. Portanto faça o favor de me ouvir sem abrir a boca. Desta vez estou pedindo a sério. Amanhã de manhã, com toda a calma, você me dá o retorno.

— Sou todo ouvidos.

— Vou espalhar a notícia de que meu filho, meu filho do coração, o pobre Ventura, cruz-credo, faleceu.

— Sendo bem franco, *don* Juan, o senhor vai se meter em complicações.

— Não discuto e assumo o risco. Vou mais longe: não pretendo te envolver nessa história. A vítima da minha brincadeira, ou como você preferir chamar, é a companhia de seguros. Nunca vou poder recuperar todo o dinheiro que entreguei a eles. Só falei no assunto porque é para o bem das meninas, que são tuas amigas.

— Um passo em falso, e o senhor também vai arrastar as moças que pretende salvar.

— Pois fique sabendo que você começa a cansar minha paciência. Pensei que você se importasse com suas amigas Griselda e Julia. Tem ideia do golpe que será para elas a venda de Brandsen? Com um pouco de boa vontade, podemos evitar tudo isso. Basta que a companhia pague o que me deve pela morte do pobre Ventura.

— Falando francamente, senhor…

— Desculpe, mas já estou um pouco farto. Quem o mocinho pensa que é, para falar francamente com *don* Juan Lombardo? Cada uma que a gente tem que ouvir!

Antes que Almanza atinasse em responder algo, *don* Juan se afastou rapidamente e com ostensiva arrogância.

Almanza seguiu seu caminho. "Nunca vou me arrepender da minha franqueza", pensou com certo orgulho e logo se lembrou de Julia. "Coitadinha", disse para si, "eu todo satisfeito por cumprir minha promessa de aguentar firme, sem arredar o pé, e talvez com isso a deixe na rua da amargura. Que absurdo".

LIII

Na porta da pensão, não estava, como de costume, a mulher do inspetor, e sim a licenciada. Antes que Almanza tivesse tempo de elaborar mentalmente a pergunta, recebeu a resposta:

— Vai me perturbar de novo com a história das fotos? Faça o favor de não insistir. Sei perfeitamente o que quer.

— Sinto muito — respondeu.

Passou reto pela janelinha da senhoria, sem perguntar se tinha chegado carta para ele, e entrou direto no quarto. Mascardi, que já estava de saída, disse:

— Que foi? Preocupado, triste? A senhoria te disse que o pagamento não chegou?

— Nem perguntei.

— Não precisa. Não chegou mesmo.

— Tem certeza?

—Absoluta. Eu mesmo perguntei. Mas levanta esse moral! Vamos jantar. Eu te convido.

— Já falei, Mascardi: não vou a um restaurante enquanto a remessa não chegar.

— Então vai morrer de fome.

— Estou devendo para todo mundo.

— Para a senhoria e para mim, só.

— Para a Laura e o Lemonier também. Hoje me pagaram o almoço. Eu queria receber uma bolada e convidar todo mundo para um grande jantar.

— Então vou te mostrar o lugar ideal. Vem comigo. Larga mão de ser teimoso. Entre amigos não há dívidas.

Caminharam até a avenida 1, cruzaram a passagem de nível e, em frente à estação, entraram na churrascaria El Estribo: uma espécie de rancho muito grande, com telhado de duas águas. Mesmo depois de perceber que estava mesmo com fome, Almanza comeu com moderação: costela assada, previsivelmente dura, e pão. Mascardi comeu churrasco até cansar, uma enormidade de miúdos, bebeu vinho tinto e terminou com marmelada e queijo.

A refeição deixou os dois de excelente humor. Choraram de rir quando Almanza perguntou:

— *Vigilante** de sobremesa? Não era você que queria passar despercebido?

Na hora de pagar, Mascardi leu a conta em voz alta e comentou:

---

* *Postre de vigilante*, ou simplesmente *vigilante*, é o nome que se dá a uma sobremesa composta de queijo e doce de batata. Tem esse nome devido ao seu rápido preparo, o que permite ao vigilante estar a postos em caso de emergência. (N. T.)

— Metade do que a gente paga no restaurante. Se você tivesse vindo sempre aqui, ainda teria dinheiro.

Esteve a ponto de responder: "Foi você que me levou àquele restaurante", mas pensou: "O jantar foi bom, seria uma ingratidão, e o Mascardi é um amigo, por mais que cada hora fale uma coisa, sem perder a pose". Disse:

— Vamos indo.

Quando chegaram à diagonal, Mascardi anunciou:

— Eu vou por aqui. Já estou em cima da hora de pegar no serviço. Quem trabalha a sério tem horário para cumprir.

Almanza voltou para a pensão, um pouco cansado e com vontade de dormir. Tinha já passado em frente à janelinha, quando *doña* Carmen o chamou com um psiu. Com um lenço colorido na cabeça, olhos que refulgiam contornados por linhas de rímel, lábios de um vermelho-escuro, não parecia uma freira, e sim uma cigana. Ou a adivinha de uma foto que Gentile tinha lhe mostrado.

— Ligou o defunteiro Lo Pietro. Pediu para eu te dizer que, chegasse a hora que chegasse, era para você procurar por ele na funerária. Diz que é um assunto muito importante. Está lá te esperando.

— Com o sono que eu tenho…

— Então não vai. Tua saúde em primeiro lugar.

Almanza pensou: "*Don* Juan já lhe contou que não conseguiu me convencer. Agora é sua vez de tentar". Disse:

— Se ele está me esperando, eu vou.

Pensou: "E lhe digo logo que não". *Doña* Carmen se lamentou:

— Você vai voltar tardíssimo.

— Vou num pé e volto no outro — afirmou Almanza.

LIV

Empurrou decidido a porta de La Moderna, que não cedeu. Teve vontade de adiar a visita para outra ocasião, mas pensou que não demorariam em telefonar outra vez, e então ele seria obrigado a se abalar de novo até lá. Tocou a campainha. Pouco depois, uma voz de criança, que ele reconheceu ser de Carlota, a filha de Lo Pietro, perguntou de dentro:

— O que deseja?

— Seu pai me chamou. Lembra de mim? Sou o fotógrafo, seu colega.

A menina abriu e o fez entrar.

— O papai saiu. Ligaram da casa de um cliente.

— Volto amanhã, então.

— Não, por favor, espere no salão. O papai não deve demorar. Vou perguntar para o Macaco se ele deixou algum recado.

Assim que entrou no salão, ouviu uma musiquinha, por momentos animada, por momentos sentimental. Achou o lugar muito mudado. "Aqui está a coluna, com a famosa planta, anunciada por Lo Pietro", pensou. "Aqui, as fotografias." Penduradas na parede do fundo havia duas fotografias em sépia; uma à esquerda da escrivaninha, outra à direita; as duas alongadas. A primeira mostrava um cortejo de cupês, encabeçado por um enorme carro fúnebre, puxado por quatro cavalos pretos; à frente dos cavalos havia um grupo de senhores, de bigode e casaca; a foto da direita, sem dúvida mais recente, mostrava um cortejo de grandes automóveis, encabeçado por um furgão; diante do furgão havia um grupo de senhores vestidos com correção, entre os quais descobriu um moço bem parecido com Lo Pietro. "É o senhor Lo Pietro quando jovem", pensou. Também pensou que felizmente o sono tinha passado, porque quem sabe até quando o deixariam lá olhando aquelas fotos e ouvindo aquela musiquinha. Observou a coluna de porcelana, de um azul--escuro que ele achou muito bonito, e depois o biombo de espelhos. Embora não fossem poucos os ataúdes no salão, pareciam ser mais refletidos nos espelhos do biombo. Isso sim, meio desfocados. Mexeu o rosto diante de um dos espelhos e notou deformações momentâneas, como se a superfície do vidro fosse ondulada. "Dá para ver que são antigos. Não se comparam com os de hoje em dia", pensou. Estava distraído nessas considerações quando teve a impressão de ver outro rosto. Por um instante, achou que fosse o seu próprio, multiplicado como os ataúdes. Logo notou que o outro estava um pouco atrás e que era o do empregado da funerária, de traje a rigor e pinta de macaco. Parecia imóvel, emboscado, mas avançava aos poucos. O indivíduo se aproximava muito lentamente, com uma mão erguida, empunhando uma seringa de agulha comprida, como se fosse lhe dar uma vacina. Almanza golpeou aquela mão, de baixo para cima. O outro arremeteu. Ele se esquivou, jogando o corpo para um lado, e o empurrou. Em cima do homem caiu o biombo, que se estilhaçou, com grande estrondo e muitos reflexos. Na pressa de sair, antes que o caído se levantasse ou Lo Pietro aparecesse e descobrisse o biombo destruído, bateu a testa na quina de um caixão. "Sorte que não foi nada", pensou. Cruzou duas portas e saiu para a rua. Não ouvir mais a musiquinha, estar lá fora, encontrar-se com Julia foram alegrias quase simultâneas.

LV

— O que aconteceu com você?

Almanza relatou os fatos.

— Eu disse para você não se deixar apanhar.

— Pelo teu pai.

— Lo Pietro é seu cupincha do mal.

— Como você soube que eu vinha para cá?

— Tentei falar com você, para saber como tinha sido a conversa com meu pai, e a dona da pensão me disse que Lo Pietro tinha te ligado. Notei na voz dela que estava preocupada. Nós mulheres somos loucas.

Antes que ele pudesse protestar, Julia parou um táxi.

— Eu bati a cabeça, não as pernas.

— Está doendo muito?

— Nada.

Na verdade, estava um pouco fraco; tonto talvez. Julia pediu ao taxista que os levasse a uma farmácia. Perguntou:

— Tem alguma de plantão aqui no bairro?

Almanza pensou: "Tudo me aparece duplicado".

— O que você tem? — Julia perguntou. — Parece preocupado.

Desceram em frente à farmácia, na esquina das ruas 22 e 63. Julia pagou sem hesitar. Almanza disse:

— Não está certo você pagar tudo.

— A outra possibilidade é a gente ir preso.

— O que houve com seu marido, senhora? — perguntou o farmacêutico, um velho de óculos, que os tratou paternalmente. — Deu uma cabeçada na parede? Vamos ver, traga aqui esse machucado. Mais perto da luz, que minha vista já está fraca…

Julia perguntou se o ferimento era profundo.

— É uma ferida superficial e um bom hematoma — respondeu o farmacêutico, fazendo o curativo e explicando cada passo. — Limpamos, desinfetamos. Como parou de sangrar, vamos deixá-la descoberta, para que areje. É melhor assim. Amanhã, quando acordarem, a senhora volta a desinfetá-la. Repita o que me viu fazer.

Entregou-lhe um vidrinho, com um líquido vermelho, e cobrou uns poucos pesos. Ao sair, Julia sussurrou para Almanza:

— Depois a gente acerta.

— Justamente, queria te pedir para voltarmos a pé. Ainda não recebi o pagamento.

— Coitadinho. Você está sem um peso, e eu te obrigo a passear comigo por aí de táxi.

— A remessa deve chegar a qualquer momento. Amanhã acertamos.

— Entre marido e mulher não tem dessas coisas. Ou você não ouviu que o farmacêutico nos casou? Sei que me coube um marido pobre, mas não me queixo. Você tem forças para caminhar até a pensão?

Ele disse que sim pensando em outra coisa. Pensando em como não lhe desagradara que o farmacêutico os tivesse tomado por marido e mulher. Pelo jeito, a Julia também não. Pegou na mão dela e disse para si: "É a Julia", o que significava: "É a Julia que eu sempre amei". Finalmente sabia. Ou talvez já soubesse desde o primeiro momento.

Apesar do cansaço, teria aceitado de bom grado que aquela caminhada nunca mais acabasse. De repente, com sobressalto, ouviu Julia lhe dizer:

— Olha lá quem está nos esperando. Acabou-se nosso casamento.

LVI

Na porta da pensão, *doña* Carmen levantava os braços e exclamava:

— Ai, Jesus, Maria e José! O que fizeram com meu menino? Vou cuidar dele.

Rapidamente, ele esclareceu que já haviam tratado do seu ferimento, despediu-se de Julia, entrou na casa e, já no quarto, ficou imóvel, ouvindo o escarcéu das mulheres. Fechou a porta à chave. O sono vinha com força. Mascardi perguntou:

— O que aconteceu, irmão? Uma das tuas amiguinhas te botou chifre?

— É para morrer de rir. Dei uma cabeçada em um caixão de defunto. Antes que você me pergunte onde foi, já te digo: na funerária.

— Me explica melhor essa história. Que é que você foi fazer lá?

— O senhor Lo Pietro me telefonou pedindo para eu ir.

— Era uma armadilha?

— Tudo indica.

— Não é para morrer de rir.

— Vai escutando. Na funerária, me recebe a filha dele, chamada Carlota. Diz que seu pai saiu, mas volta logo. Fico lá esperando sossegado, no meio dos caixões, quando de repente vejo, por um espelho, que um sujeito que eles têm lá, apelidado de Macaco, vem vindo para cima de mim com uma agulha de vacinar na mão. Quando me ataca, eu me esquivo, o empurro, e ele se estatela no chão, derrubando por cima um biombo de espelhos.

— De espelhos?

— Isso mesmo.

— Que coisa mais absurda.

— Como meu rival levou a pior, bato em retirada e dou o azar de meter a cabeça em um caixão.

— Cruz-credo. Eu te avisei para não se misturar com essa corja.

— Agora vou dormir. Não sei por quê, mas estou bem cansado.

— Será que eu te deixo dormir? E se amanhã você não acordar? Promete que não vai morrer.

LVII

Estava sonhando muito à vontade. *Don* Juan lhe dizia: "Não pense que eu recebi teus miseráveis vinte e dois pesos e trinta centavos como um presente. Foi um adiantamento, que agora vamos multiplicar". Jogaram truco, *don* Juan e ele contra dois fregueses do café. Ganharam cento e setenta e seis pesos. *Don* Juan lhe deu a metade, dizendo: "As contas claras conservam a amizade". Ele pensava: "Claras, mas não justas", quando ouviu as palavras:

— Pode entrar, senhor.

Reconheceu a voz.

— Pode entrar — repetia Mascardi. — Veja com seus próprios olhos como dorme um grandessíssimo dorminhoco.

Um tanto contrariado, entendeu que Mascardi, sem lhe dar tempo de acordar, introduzia um estranho no quarto. Quando descobriu que esse estranho era *don* Juan, pensou: "Não estou entendendo nada". Mascardi lhe disse:

— *Don* Juan se abalou pessoalmente até aqui para te dar uma explicação. Uma delicadeza fora do normal. E sabe como você o recebeu? Roncando.

Don Juan e Mascardi riram.

— Queria deixar registrado — explicou *don* Juan —, perfeitamente registrado, que não tive participação alguma na tropelia de Lo Pietro e seu Macaco. Hoje mesmo tratarei de comparecer ao local da rua 19, esquina com 64, para exprobar àqueles senhores seu inqualificável proceder.

Mascardi observou:

— Se eu fosse o senhor, não me meteria na boca do lobo.

— Lo Pietro não me assusta — disse *don* Juan. — Já veremos quem é mais homem.

— É um contra dois — Mascardi observou reflexivamente.

Almanza pensou que já ouvira, não se lembrava quando, algo parecido em relação ao defunteiro.

— Pode-se saber por que um contra dois? — perguntou *don* Juan.

— Porque, além de Lo Pietro, está o Macaco. Um verdadeiro gorila.

— Eu que o diga — comentou Almanza.

— Posso ir com o senhor, quando mandar — disse Mascardi.

— Aprecio e agradeço seu oferecimento, mas é um assunto que diz respeito a mim, e a mais ninguém. E pensar que cheguei a considerar seriamente a possibilidade de me associar com Lo Pietro.

"E não faz muito tempo", pensou Almanza.

— Um pulha da pior espécie — disse *don* Juan.

— Da minha parte, proponho um plano mais simples — disse Mascardi. — Primeiro ponto: convencer o amigo Almanza, aqui presente.

— Me convencer a fazer o quê?

— A dar a queixa correspondente. O resto fica nas minhas mãos.

Almanza disse:

— Não me pergunte por quê, mas não gosto de dar queixa.

— Acha melhor não se complicar, não é? Olha só, na Escola de Polícia nos ensinam que essa é a atitude típica do pior egoísmo individualista.

— O plano Mascardi parece-nos acertado — sentenciou *don* Juan. — Com isso daremos o merecido castigo àquele patife.

— Para que não levante a cabeça. Senão, depois, quem o segura?

— Estou plenamente de acordo — afirmou *don* Juan. — Do ataque ao nosso amigo na funerária, tirei uma valiosa lição: em hipótese alguma um homem deve se misturar com vermes.

— Evidente — disse Mascardi.

— Tão evidente que, de certo modo, compreendo a reação do nosso jovem fotógrafo. Ele não quer nada com Lo Pietro.

— É só dar queixa, e acabou.

— Não vou fazer isso.

— Você já disse.

— Peço-lhes encarecidamente, porque sou um velho, que façam o obséquio de não discutir. Os dois têm toda a razão, apresso-me a reconhecer. Mascardi, em querer deter os patifes. Almanza, em não querer envolvimento algum com eles, nem sequer por meio de uma queixa.

— É só dar queixa, e acabou.

Don Juan sacudiu gravemente a cabeça e disse:

— Permita-me discordar, amigo Mascardi. Ambos sabemos muito bem que, uma vez dada a queixa, nada acaba. Pelo contrário, tudo começa. Sem contar que o bicho ruim, para se defender, vai salpicar meio mundo com suas calúnias. Só por concordarmos nesse ponto, já me sinto fortalecido. Sei que encontrarei um modo de salvar as terras em Brandsen, dentro do estritamente legal e correto. Tomo vocês dois por minhas testemunhas.

— Do quê? — perguntou Mascardi.

— De que *don* Juan Lombardo se propõe a legar às filhas não apenas parte das terras, mas também um nome sem mácula. Repito em alto e bom som: sem mácula. Mas vocês são pessoas ocupadas. Não vou tomar mais do seu tempo.

Inclinou-se e saiu.

Almanza disse a Mascardi:

— Por favor, dá uma corridinha e entrega para ele esse envelope grande que está aí na mesa.

Voltando ao quarto, Mascardi lhe disse:

— O velho não veio te agradecer para não incomodar mais. Disse que depois vai querer que você amplie uma daquelas fotos. Quer emoldurar e pendurar na parede, atrás da sua própria cadeira, no escritório.

— Será que ele tem mesmo um escritório?

— Por que não? Na casa dele, na fazenda. — Depois de uma pausa, acrescentou: — Não acho que *don* Juan seja homem de bravatear.

LVIII

Minutos depois, bateram à porta.

— Com licença — disse *doña* Carmen. — Queria saber como está.

— Ótimo, senhora.

— É uma boa-nova. E eu lhe trago outra. Nosso amigo está em um dia sorte. Hoje chegou a tão esperada carta de Las Flores. Parece incrível.

Retirou-se depois de entregar o envelope. Almanza o abriu, tirou duas ordens de pagamento e uma carta, que leu. Gabarret elogiava seu trabalho e lhe pedia que, nas mesmas condições, viajasse a Tandil, onde deveria passar uma semana fotografando a cidade e seus habitantes, para o segundo livro da coleção Ciudades de la Provincia de Buenos Aires.

— Que estranho. Ele mandou duas ordens. Uma, pelo primeiro pagamento da semana em Tandil. Outra, pelo dobro do que me devia pelas fotos de La Plata.

— Está te premiando. Ou melhor, te obrigando, ou querendo te obrigar, a aceitar sua proposta. Esses ricaços sabem forçar a mão para conseguir o que querem.

Almanza respondeu que não se importava com isso. O importante era que o pagamento chegara, que tinham aprovado seu trabalho e lhe pediam uma nova série de fotos. Acrescentou:

— Para dizer a verdade, acho muito bom ele ter mandado mais dinheiro… Assim quem sabe conseguimos realizar aquele projeto do jantar de amigos e conhecidos. Para que todos possam se ver cara a cara e fazer amizade. Como aconteceu com você e *don* Juan.

— Não seria melhor entregar o restante a *don* Juan, como um empréstimo?

— Duvido que, no caso dele, faça alguma diferença.

— Tem razão. Seria uma gorjeta ridícula. Melhor o grande jantar.

— Acho que sim.

— Sem dúvida. Naquela churrascaria que te mostrei.

— Fechado. Agora, por favor, me explica um pouco o que aconteceu para você ficar tão amigo de *don* Juan.

— Conversamos um bocado, enquanto você dormia a sono solto. É um senhor à moda antiga, desses que já não se fazem mais. Cem por cento direito.

— Uma vez você me disse que teu ofício é desconfiar.

— Exatamente, só que, quando eu tenho um palpite, não me engano. Muita gente nem sabe o que é um palpite. Eu sei. É um toque no peito que não te deixa comprar gato por lebre. Quando é que você viaja para Tandil?

— Vou saber daqui a pouco. Agora mesmo vou dar um pulo na rodoviária.

— Em todo caso, não vai ser antes do jantar que planejamos, não?

— Assim espero.

LIX

Na bilheteria, o funcionário lhe disse:

— É teu dia de sorte, garoto.

Refletiu: "Parece que sim", e não levou a mal que o sujeito o tratasse com tanta intimidade. Ultimamente, muitos estranhos vinham fazendo o mesmo.

— Por quê?

— Ainda tem uma poltrona no carro que sai para Tandil às oito e vinte e cinco.

— Hoje à noite? Prefiro viajar amanhã ou depois.

O funcionário disse:

— O próximo! — como se falasse, por cima da sua cabeça, com as pessoas que faziam fila atrás dele; só que não havia fila nem pessoa alguma.

— Que foi, bilheteiro? Que eu saiba, não lhe faltei com o respeito.

— Para que falar mais? O carro de hoje às oito e vinte e cinco não te interessa. Tudo bem. É o último do dia, e tem uma greve marcada para a zero hora.

Pensou um pouco e disse:

— Pode me dar a passagem, por favor.

A caminho da pensão, refletiu: "Que estranho. Agora que eu sei que vou embora, tudo me parece meio diferente. As casas, a luz". Quando ia passando em frente ao Hotel La Pérgola, disse para si: "Tudo parece mais triste. Talvez por achar que estou vendo cada coisa pela última vez. Mas que vergonha, quem ouve pensa que tento me enganar de propósito. Não é por causa dos lugares essa grande tristeza de ir embora. É por causa da Julia". Entrou na pensão, pegou a câmera e, ao sair, disse para *doña* Carmen:

— Se o senhor Mascardi ligar, por favor, pergunte onde posso encontrá-lo, porque às oito e vinte e cinco viajo para Tandil.

A mulher ficou olhando para ele, com expressão vazia. Depois perguntou:

— Isso é jeito de me avisar que você vai embora?

— Acabei de saber. Eu queria viajar amanhã ou depois, mas à meia-noite, pelo jeito, começa uma greve.

— O mocinho tinha planos que não contava para ninguém.

— Não fiz de propósito.

— Dá na mesma.

— Se a senhorita Julia telefonar…

— A senhorita Julia, ou a senhorita Elsa, ou a senhora Butterfly.

— Agora que não entendi, mesmo.

— Isso é o mais triste. O que você ia me pedindo?

— Que, se a senhorita Julia telefonar, diga a ela o que acabei de lhe explicar. E a senhora, por favor, prepare a conta do que eu lhe devo. Vou passar aqui por volta da uma, para ver se alguém ligou.

— É o que eu sempre digo, homem é um bicho que não percebe o que a mulher sente.

LX

Pela rua 4 chegou à 73 e, por esta, seguiu até a praça Moreno. Na catedral, procurou um vitral de pequenos losangos coloridos, seu preferido; ajustou a câmera em 1/30 de velocidade e 2.8 de abertura e tirou cinco ou seis fotografias. "Ainda bem", pensou, "que hoje não sou seguido por aquela vozinha de preá. Trabalhar com calma é outra coisa." Incrível: aquele fio de voz saía da boca fechada ou do estômago de Gladys. "Como será que ela faz para falar assim?" Vagamente, atribuiu aquilo à ignorância, embora tivesse certeza de que em tudo, exceto em fotografia, Gladys era mais sabida que ele. Voltou a fotografar o vitral, com o foco em cada uma das três aberturas seguintes.

Na rua 52, teve a impressão de ver Julia, ao longe, de costas, entre as pessoas que esperavam para atravessar a avenida 7. Correu até ela, para descobrir, quando chegou ao seu lado, que era uma desconhecida. "Só espero que não seja um mau sinal", disse para si, e em seguida: "Mas por que me veio esse pensamento, se eu nunca acreditei em superstições? Só espero conseguir ver a Julia antes de ir embora".

No restaurante, perguntou por Mascardi. O dono respondeu:

— Faz algum tempo que ele não aparece por aqui.

Pensou: "Só falta a gente se desencontrar". Caminhou rapidamente, rumo à estação. Cruzou a passagem de nível, entrou na churrascaria. Já da porta, avistou Mascardi em uma mesa ao fundo.

— Te procurei no restaurante.

— Francamente, cansa ver sempre as mesmas caras. Além disso, por que sustentar aqueles ladrões, se esses daqui te dão a comida pela metade do preço? Hoje não te faço companhia, irmão, porque já ficou tarde.

— Eu nem vou almoçar. Estou com pouco tempo.

— Vamos indo, então?

— Vamos. Ainda preciso passar na pensão.

— Vou com você. Também está com pressa?

— É que às oito e meia eu parto para Tandil.

— É mesmo, você ia na rodoviária. Mas é às oito e meia de hoje que você vai? É um absurdo, o maior absurdo, você deixar La Plata sem dar queixa. Vai te tomar só meia hora.

— Não dá, mesmo.

— Por favor, vê se me escuta: esses caras tentaram te dopar, não sabemos com que propósito, ou te matar. Será que você não percebe?

— Já te falei que não vou dar queixa.

— Também acho um absurdo você ir embora nessa pressa. Parece que está fugindo. Ouviu? Parece que está morrendo de medo.

— Não estou morrendo de medo. E pouco me importa o que Lo Pietro vai pensar.

— E o que as garotas vão pensar? Elas não vão achar a menor graça.

LXI

Chegaram à pensão. Almanza pediu para Mascardi esperar um pouco.

— Vou pagar à senhoria, e depois vemos quanto eu deixo com você para o jantar.

— Vê se não demora. Estou com pressa.

— Eu também.

Não via a hora de procurar por Julia.

Bateu na janelinha. *Doña* Carmen espiou, sorriu, entrecerrou os olhos.

— Entre — disse, abrindo a porta. Suas fotos, na mesa, na prateleira, no espelho, decoravam o quarto.

— Alguém me ligou?

— Ninguém.

Agora a mulher parecia cansada. Almanza perguntou:

— Pode me dizer quanto lhe devo?

— Que maldade. Eu é que pergunto quanto te devo por essas maravilhas — com um gesto amplo, indicou as fotografias. — Nunca pensei que eu fosse tão bonita! Sinceramente, Almanza, o senhor é um artista.

Houve um silêncio. "Agora é capaz de não querer cobrar pela hospedagem. E aí, que é que eu faço?", ele pensava, quando, em meio a dengos e lamentos, a senhoria lhe estendeu um papel em que estava devidamente registrada sua dívida, dia após dia, com o total sublinhado embaixo. Depois de pagar, perguntou se podia deixar a mala no quarto de Mascardi e pegá-la por volta das oito.

— Não seja tão malvado. Você sabe muito bem que a casa é sua e que, se agora me disser "fico", não vou cobrar nada.

Ele disse que era muito grato, que ficaria com prazer, mas que acabavam de lhe encomendar um trabalho em Tandil. Voltou ao quarto. Pegou a mala, abriu-a sobre a cama e perguntou a Mascardi:

— Quanto te devo?

— Mas que mania com as contas. Isso já é doença. Para mim, você a pegou do Gentile, no balcão do estúdio.

— Você gosta que não te paguem?

— Ninguém gosta, mas entre nós é diferente. Somos amigos, eu acho.

O estica e puxa continuou ainda mais um pouco. Terminou quando Mascardi tirou do bolso um papel em que tinha anotado, dia após dia, a dívida de Almanza. "Até que enfim", pensou. Começava a sentir que o tempo lhe fugia sem que ele se mexesse para ver Julia. Sobre a mesa, dividiu o dinheiro em dois montinhos.

— Isto é o que eu te devo. Isto é para pagar o jantar.

— Dá e sobra. É um absurdo você não ir e sentar na cabeceira. Que é que eu digo para os convidados?

— Que em cima da hora eu precisei ir.

— E se eu marcar para as oito? Pelo menos daria tempo de você dar uma passadinha, para se despedir. Quem que eu convido?

— Todo mundo. Os Lombardo, o Gruter, a Gladys, a própria *doña* Carmen, o Lemonier e a Laura.

— Esses dois também?

— Também.

— Duvido que eles aceitem, se eu convidar. Não me perdoam. Aposto que eles sabem muito bem que eu não dedurei o Lemonier. Me odeiam só porque pertenço à corporação. Mas, se eu não fosse da polícia, não teria falado um "a", e quem sabe aquele charlatão ainda estaria preso.

— Seja como for, eles têm que ser convidados.

— Certo, mas se não forem, azar deles. Em compensação, se tem uma coisa que me pesa na consciência é não ter te obrigado a denunciar Lo Pietro e o Macaco. Ainda é capaz de esses dois darem queixa contra você. É o que eu sempre digo: a gente tem que antecipar a jogada. Mas fica sossegado. Ai deles se fizerem isso.

LXII

Enquanto caminhava rapidamente e em alguns trechos corria, lembrava-se de uma situação de sonho: estar com pressa e caminhar devagar, com as pernas cansadas, pesadíssimas. A verdade é que nesse dia tudo lhe tomava muito tempo; principalmente as conversas e discussões. Lembrou-se de um dito do seu padrinho: "A gente nunca deve se apressar. A vida, por mais curta que seja, dá tempo para tudo", e também se lembrou do vaticínio de Gentile: "Na capital da província, você vai encontrar novidades". Uma das novidades talvez fosse essa pressa extraordinária, que não se limitava às corridas, já que também a sentia na cabeça, como uma febre. Perguntou-se: "Será que é isso a famosa vida acelerada da cidade grande?". Mais que a cidade, reconsiderou, o que era novo para ele, o que fazia a diferença, era Julia. Sem aumentar nada, dizendo as coisas como elas realmente são, admitia que nunca tinha conhecido nada igual. Ela preenchia sua vida. Acostumar-se a viver sem vê-la não ia ser nada fácil.

Na pensão dos Lombardo, a dona disse que a senhorita tinha saído, mas que a senhora Griselda e *don* Juan estavam no quarto.

— Pode subir, se quiser falar com eles.

— Não, obrigado. Estou com pouco tempo. A senhora não sabe onde eu poderia encontrar a senhorita?

— Sinceramente, não — respondeu a mulher e, depois de uma pausa, acrescentou, como se falasse consigo mesma: — Mas eu daria um pulo no parque. A senhorita disse que gosta de ir lá.

Saiu com a esperança renovada. "Eu também gosto, desde que estive lá com ela." Tinham conversado muito, mas ainda havia tanta coisa a dizer. Era um dia cálido, de luz brilhante. "Melhor para passarmos juntos do que para fotografar", observou. Imaginou-a sentada em um banco verde, com um fundo de árvores.

Confiante na sua sorte, adentrou no bosque, decidido a encontrá-la. Era tão grande seu anseio em procurá-la que não tirou uma única fotografia. O bosque era grande. Caminhou e caminhou, até perder a noção do tempo (coisa que nunca lhe acontecera). No final dessa longuíssima excursão, encontrou-se no ponto de partida, na trilha entre o museu e o jardim zoológico. Largou-se em um banco, à sombra. Sentiu frio. Ou tristeza mesmo. Considerou: "Se ela vier, eu a vejo daqui. Mas ela não vem mais". Restava procurá-la pela cidade. Mas por onde começar? O tempo que lhes faltou para criarem hábitos (como o de ir a um café, onde agora poderia esperá-la) foi suficiente para que se gostassem. Aquela semana foi curta, encontraram-se poucas vezes, e as horas desse dia, que ele tinha reservado para Julia, fugiam velozmente. Recordou, um por um, os momentos que passaram juntos. De amá-la e do amor de Julia, ele tinha certeza, mas não de que ela soubesse que era correspondida. "A culpa é minha", disse para si e argumentou que, se Julia o tivesse seguido de longe (precisou: "com uma teleobjetiva") ao longo de boa parte da sua última tarde em La Plata, pensaria ele que não se importava com ela. Por que não a procurou assim que comprou a passagem para Tandil? A primeira coisa que fez foi acertar as contas com a dona da pensão e com Mascardi. Como se achasse que aquilo era a parte séria da vida e que as mulheres, qualquer mulher, até a própria Julia, estavam em segundo plano. Agiu como se estivesse adormecido. Do tempo que dedicara a fotografar os vitrais, não devia se arrepender. Ali estava fazendo seu trabalho. Agora precisava provar a Julia que, apesar do que seu comportamento pudesse dar a entender, ele a amava de verdade. Entendeu que só havia duas possibilidades. Ou ficar em La Plata, ou pedir que ela fosse com ele.

LXIII

Eram quase sete e vinte. Correu até a pensão dos Lombardo. Assim que o viu, a dona lhe perguntou se tinham se encontrado. Respondeu que não. Ela disse:

— Faz uns minutinhos que eles saíram para o jantar. Pensei que o senhor estaria lá. Dava gosto de ver os dois: a senhora Griselda, toda elegante; *don* Juan, num chiquê só.

— E a Julia?

— A senhorita Julia ficou fora o dia inteiro. Achei que vocês tinham se encontrado.

Ele pensou que nunca se esqueceria dessa frase.

A mulher abandonou por um instante seu tom indiferente, para assegurar:

— Se caminhar rápido, os alcança.

Caminhou rápido, não para alcançá-los: para passar pela outra pensão, na esperança de que Julia tivesse deixado um recado ou, melhor ainda, estivesse esperando por ele.

Não havia ninguém na porta nem no salão. Foi até o quarto. Logo notou que sua mala não estava lá. Pensou: "Ainda bem que não deixei a câmera". Trancou a porta e bateu na janelinha. Do quarto de *doña* Carmen saiu a licenciada.

— O que quer agora? — perguntou.

— Queria saber se *doña* Carmen estava.

— Não se lembra que a convidou para jantar?

— Lembro. Mas ela podia não ter ido.

— Já a mim, nem me convidou.

— E teria aceitado?

— Imagine.

— Então?

— É tudo?

— Alguém ligou para mim?

— Por quem me toma? Não sou sua empregada.

Admirava-lhe que aquela mulher, com seu ar de camponesinha doce, fosse tão brava. Esteve a ponto de perguntar se ela tinha certeza de que a senhorita Julia não tinha telefonado, mas se conteve, pois percebeu que era inútil.

Saiu, apertou o passo, logo chegou à churrascaria El Estribo. Entrou no salão, parou perto da porta, atrás das pessoas que esperavam uma mesa livre. Conseguiu ver, ao fundo, seus convidados: animados, contentes uns com os outros e com a acolhida. *Don* Juan contava sabe-se lá o que à *doña* Carmen e a Gruter, enquanto Mascardi ria com Griselda e Gladys. Quanto ao Velhinho e à Laura, Mascardi acertara: não estavam lá. Ao notar que Julia também não estava, sentiu o coração disparar. "E agora, o que é que eu vou fazer no meio dessa gente."

Recuou, saiu para a rua. Por um instante, pensou que Julia podia estar zangada com ele. "Isso explica tudo: por que não a encontrei hoje, por que ela não veio ao jantar." Reconsiderou e murmurou, como se discutisse com alguém: "Parece até que não a conheço". Falava sozinho enquanto caminhava. "Nunca vou me conformar se não a vir." Tinha demorado a entender como Julia era importante para ele e, mais ainda, quanta falta lhe faria e quão rápido. Estava dizendo para si: "Tenho até medo de pensar que amanhã não vou poder vê-la e que todos os dias seguintes vão ser iguais", quando entrou na rodoviária e a viu.

LXIV

Abrindo caminho entre grupos de pessoas, chegou ao lado dela. Viu a surpresa e a alegria no rosto de Julia.

— Achei que não ia te encontrar — disse Almanza.

— Até que enfim você chegou — ela disse.

Demoraram-se em recíprocas e apressadas explicações.

— Eu liguei na pensão. Aí que eu recebi a notícia e fiquei sabendo que estava convidada para o jantar na churrascaria.

— Eu te procurei por toda parte.

— E eu, por toda parte procurei isto aqui. — Entregou-lhe um pacote comprido e fino. — É uma coisa à toa. Queria te dar de presente. Quem dera fosse algo melhor.

Ele rasgou o papel, abriu a caixa e tirou um tubo de papelão, com linhas coloridas, em espiral.

— Parece uma luneta.

— É um caleidoscópio. Talvez te lembre os vitrais.

Ele olhou e disse:

— A gente não cansa de olhar.

— Trouxe tua mala.

Mascardi a levara até El Estribo, pensando que com isso o obrigaria a passar por lá. Como Almanza não chegava, já se preparava para levá-la ao ônibus, quando soube que Julia estava indo à rodoviária e lhe disse: "Não é muito pesada. Ele vai gostar mais se você levar".

Anunciaram a partida para Balcarce, Tandil e Azul.

— É melhor você subir.

Obedeceu. Batendo no vidro, porque não conseguia abrir a janela, começou a gritar para ela:

— Eu queria te dizer…

Julia cobria o rosto, para que não a visse chorar, e lhe dizia algo, que ele não ouviu.

HISTÓRIAS DESMESURADAS (1986)

tradução de
RUBIA GOLDONI e SÉRGIO MOLINA

PLANOS PARA UMA FUGA AO CARMELO

Se havia uma coisa que irritava o professor eram as pessoas que se levantavam tarde, mas não queria acordar Valeria, porque a moça gostava de dormir. "Ela é muito aplicada nessa matéria", pensou, enquanto contemplava seu perfil delicado e a efusão ruiva do seu cabelo sobre o travesseiro branco.

O professor se chamava Félix Hernández. Parecia jovem, como tantos na sua idade naquela época (vinte anos antes, seriam velhos). Era famoso, até fora do ambiente universitário, e muito querido pelos alunos. Considerava-se afortunado porque vivia com Valeria, uma estudante.

Entrou na cozinha para preparar o café da manhã. Cuidou para que as torradas ficassem crocantes sem queimar, e lembrou: "Hoje é a defesa de tese da Valeria. Ela não pode esquecer os três períodos da história". Depois de uma pausa, disse: "Ultimamente dei para falar sozinho".

Levou a bandeja até o quarto no momento em que a moça saía do banho, ainda molhada e envolta em uma toalha. Quando lhe estendeu uma xícara, viu seu próprio rosto no espelho, com a barba em parte branquíssima, em parte preta, que recém--escanhoada parecia de três dias. Olhou para a moça, tornou a se olhar no espelho e pensou: "Que contraste. Realmente, sou um homem de sorte". A moça exclamou:

— Se eu perder a hora, me mato.

— Por não se doutorar? Não perderia grande coisa.

— Inacreditável ouvir isso da boca de um professor.

— Hoje ninguém sabe que pode estudar por conta própria. Só por ficarem em uma sala de aula com um professor, as pessoas acham que estão estudando. As universidades, que já foram cidadelas do saber, se transformaram em agências de emissão de patentes. Nada vale menos do que um título universitário.

A moça disse, como para si mesma:

— Não faz mal. Eu quero o meu.

— Então talvez seja bom mencionar os três períodos da história. Quando o homem acreditava que a felicidade dependia de Deus, matou por motivos religiosos. Quando acreditava que a felicidade dependia da forma de governo, matou por motivos políticos.

— Eu li um poema. *Todo homem mata aquilo que ama…*

Olhou para ela, sorriu, sacudiu a cabeça.

— Depois de sonhos muito longos, verdadeiros pesadelos — explicou Hernández —, chegamos ao período atual. O homem desperta, descobre o que sempre soube, que a felicidade depende da saúde, e começa a matar por motivos terapêuticos.

— Assim vou provocar uma discussão com a banca.

— Não vejo por quê. Alguém duvida que, chegando a certa idade, receberá a visita do médico? Não é um modo de matar? Por motivos terapêuticos, claro. Um modo de matar a população inteira.

— Inteira, não. Há os que fogem para a outra Banda.

— Aí surge a ameaça de um segundo monte de mortos. Imenso. Também por motivos terapêuticos.

— Mas para isso — disse a moça aparentemente distraída, enquanto se vestia — teríamos que declarar guerra aos uruguaios.

— Não vai ser fácil. Entre os velhos decrépitos da Banda Oriental há negociadores astutos, que sempre acham um jeito de ceder algo sem importância.

— Eles me dão nojo — disse Valeria, já pronta para sair —, mas acho bom adiarmos a guerra.

— Mais dia, menos dia, será preciso tomar uma decisão. Não podemos deixar que surja um foco infeccioso na outra Banda, um caldo de cultura de todas as pestes que eliminamos. A não ser que alguém descubra a cura da velhice… Mas o que você vai responder se te perguntarem como o terceiro período começou?

— Quando ninguém mais acreditava nos políticos, a medicina atraiu, apaixonou o gênero humano com suas grandes descobertas. É a religião e a política da nossa época. Os médicos argentinos, da legendária Equipe de Calostro, um dia conseguiram criar uma barreira de anticorpos durável e polivalente. Isso significou a erradicação das doenças infecciosas, logo seguida pela de todas as outras e por um extraordinário prolongamento da juventude.

Pensamos que era impossível ir além. Pouco depois os uruguaios descobriram o modo de suprimir a morte.

— Um duro golpe para o nosso patriotismo.

— Mas nem mesmo os uruguaios conseguiram deter o envelhecimento.

— Ainda bem…

— Tuas interrupções me fazem perder o fio da meada — disse Valeria, e retomou o tom recitativo. — Em torno dos dois países do Prata formaram-se os blocos aparentemente irreconciliáveis em que hoje o mundo se divide. Os inimigos nos chamam de jovens fascistas e, para nós, eles são moribundos que nunca acabam de morrer. No Uruguai, a proporção de velhos aumenta — sem pausa, acrescentou: — São quase dez horas. Tenho que ir.

Foi com ela até a porta, deu-lhe um beijo, pediu que não voltasse tarde e só entrou em casa quando a perdeu de vista.

Pouco depois, quando estava prestes a sair, ouviu a campainha. Pegou um caderno de anotações, que Valeria provavelmente esquecera, começou a murmurar: "De tudo te esqueces, cabeça de noiva!", abriu a porta e se deparou com seus discípulos Gerardi e Lohner.

— Viemos falar com o senhor — anunciou Lohner.

— Não estou com muito tempo. Tenho que estar na faculdade às onze.

— Sabemos disso — disse Gerardi.

— Mas precisamos conversar — disse Lohner.

Pareciam nervosos. Levou-os ao escritório.

— O Lohner — disse Gerardi apontando para o colega — vai lhe explicar tudo.

Houve um silêncio. Hernández disse:

— Estou esperando a explicação.

— Não sei por onde começar. Ontem, um amigo da Saúde Pública nos avisou que o senhor vai receber uma visita.

Hernández entreabriu a boca, sem dúvida para falar, mas não disse nada. Por fim, Gerardi esclareceu:

— Uma visita do médico.

Houve outro silêncio, mais longo. Hernández perguntou:

— Quando?

— Hoje — disse Lohner.

— Entre a noite de ontem e a manhã de hoje, já acertamos tudo.

— Tudo o quê?

— A passagem para o Carmelo.

— No Uruguai? — perguntou Hernández, para ganhar tempo.

— Evidentemente — respondeu Lohner.

Gerardi relatou:

— Esse amigo da Saúde Pública fez a ponte entre nós e um sujeito, chamado Contato, que cuida do setor lancheiros. Marcou conosco às dez da noite, na Confitería del Molino, na mesa pegada à segunda coluna da esquerda de quem entra pela Callao. Lá tomamos três capuccinos, e, quando eu ia dizer quem o senhor era, o Contato me cortou. "Se eu conseguir a lancha, não posso saber para quem é", disse, e pediu para esperarmos um minutinho, que ele ia telefonar para Tigre. Não foi só um minutinho. A confeitaria já estava fechando, e nada de o senhor Contato conseguir a ligação. No nosso país, essas coisas, por mais simples que pareçam, são complicadas. Finalmente ele voltou e nos deu um nome, uma hora, um lugar: Moureira, às oito da manhã, no armazém na esquina da Liniers com a Pirovano, em frente à pontezinha sobre o rio Reconquista.

— No Tigre? — perguntou Hernández.

— Em Tigre.

— E vocês já encontraram o sujeito agora de manhã?

— Foi tranquilo. Tenho a impressão de que podemos confiar nele.

— Principalmente se não lhe dermos tempo — observou Lohner.

— Tempo para quê? — perguntou Hernández.

— Acho que ele não tem interesse algum em fazer algo errado… — opinou Gerardi. — Seu trabalho é passar fugitivos para a outra Banda. Se ficarem sabendo que ele traiu alguém, vai viver do quê?

— É gente antiga do Delta. No tempo das alfândegas, seu avô e seu pai foram contrabandistas. Moureira disse que ele mesmo é uma espécie de instituição.

— Quando eu tenho que ir?

— Já, venha conosco.

— Não posso ir já.

— Moureira está nos esperando — disse Gerardi.

— Não podemos demorar — disse Lohner.

— Preciso falar com uma amiga — disse Hernández.

Houve um silêncio. Gerardi perguntou:

— É quem estamos pensando, professor?

Sorrindo pela primeira vez, Hernández confirmou:

— É quem estamos pensando.

— Não se atrase. Nós vamos indo. Temos que segurar o tal Moureira — disse Lohner.

Gerardi insistiu:

— Não se atrase. Procure por nós no armazém da Liniers com a Pirovano, em frente à pontezinha. É uma pontezinha caindo aos pedaços, desde épocas imemoriais.

Com impaciência, Lohner disse:

— Não vai ser fácil segurar o tal Moureira.

Quando ficou sozinho, Hernández se perguntou se estava assustado. Sabia que devia cruzar para a outra Banda sem demora e que não deixaria Valeria. Depois da conversa com os rapazes, sentiu que avançava inevitavelmente por um caminho perigoso e que, à beira dele, as coisas, até as mais familiares, o observavam como testemunhas impassíveis.

Sem perder um minuto, partiu para a faculdade. No primeiro andar, ao sair da escada, encontrou-se com ela.

— Você se lembrou de trazer minhas anotações! — exclamou Valeria.

A verdade é que nem se lembrava da defesa de tese. Saíra com o caderno embaixo do braço porque estava confuso, sem saber direito o que fazia. Perguntou:

— Cheguei a tempo?

— Felizmente. Enquanto eu não olhar dois nomes e uma data, não vou me sentir segura.

— Pensei que só nós, os velhos, esquecêssemos os nomes.

— Ninguém te acha velho.

— Engano seu. Dois alunos foram me procurar em casa.

— Para quê?

— Para me avisar que hoje à tarde recebo a visita do médico. Ficaram sabendo por um amigo deles, que trabalha no Ministério de Saúde Pública.

— Não posso acreditar. Seja como for, o médico vai ter de reconhecer que você está bem.

— Não há precedentes.

— Não faz mal. Eu sei, por experiência, como você está. Vou falar com ele. Essa visita é prematura. Ele vai ter que admitir.

— Não vai fazer isso.

— Qual é o teu plano?

— Um lancheiro está nos esperando no Tigre, para nos levar à outra Banda. — O professor deve ter notado algo diferente na expressão de Valeria, porque perguntou: — Que foi? Não está disposta a ir?

— Claro. Por que pergunta? Em um primeiro momento, é meio repulsiva a ideia de viver entre velhos que não morrem nunca. Mas não se preocupe. Vou superar. São preconceitos que me inculcaram quando eu era pequena.

— Vamos ou ficamos?

— Ficar esperando a visita do médico? Só se eu fosse louca. Por acaso um dos que te levaram a notícia é o Lohner?

— Sim, e o outro é o Gerardi.

— Um estabanado. Capaz de acreditar na primeira besteira que ouve.

— O Lohner, não.

— Mas há tantos boatos... por que você não vai dar sua aula, como sempre? Assim que a defesa terminar, tento averiguar alguma coisa.

As palavras "dar sua aula, como sempre" quase o convenceram, porque lhe trouxeram à memória as tão conhecidas "como íamos dizendo ontem" de outro professor. Reconsiderou e disse:

— Acho que não dá tempo.

— E é muito provável que seja mesmo uma imprudência. Pensando bem, é melhor ninguém te ver por aqui.

Em certas ocasiões, o homem é uma criança diante da mulher. Hernández perguntou:

— Então, que é que eu faço?

— Vai para casa, agora mesmo. Se em uma hora eu não aparecer nem telefonar, vai para o Tigre. Onde nos esperam?

— Na esquina da Liniers com a Pirovano. Embaixo de uma ponte muito velha, que atravessa o rio Reconquista.

Valeria repetiu:

— Liniers com Pirovano. — De repente acrescentou: — Se eu não for para casa, vou direto para lá.

Concordou com a proposta, embora não o convencesse por completo. No meio do caminho, percebeu o erro que ia cometer. Se a moça não queria ver o perigo, devia ter aberto seus olhos. Sua casa era uma armadilha onde passaria uma longa hora de ansiedade. Quem sabe se depois já não seria tarde demais para sair.

Quando ia abrindo a porta, um homem atravessou da calçada em frente e lhe disse:

— Esperava pelo senhor.

Entraram juntos e, já no escritório, Hernández perguntou:

— O médico?

Tristemente, o médico assentiu com a cabeça.

— Embora eu devesse me calar, direi que me expressei mal. Não esperava pelo senhor. Na verdade, esperava que não viesse, que mostrasse um pouco de bom senso, puxa vida. Me diga, era tão difícil assim se resguardar? Está tão desamparado que não conta com ninguém para lhe dar o aviso e providenciar a passagem? Ou por um momento imaginou que, se eu o examinar, vou pôr minha assinatura em um atestado de saúde para que o deixem vivo?

— Parece justo.

— São todos iguais. Acham justo que corramos o risco de que um segundo médico faça o exame, opine de outro modo e dê a entender que nos subornaram. Por incrível que possa parecer, muitos cobiçam o cargo.

— Então não há escapatória.

— Deixo isso ao seu critério. Ainda tenho que ver mais um paciente. Só vou passar o relatório depois que chegar ao ministério.

O médico deu a visita por terminada. Hernández o acompanhou até a porta.

— Em todo caso, muito obrigado.

— Me diga uma coisa, algo ou alguém o prende em Buenos Aires? Permita-me lembrar que, se não fugir, também não vai continuar junto da pessoinha que tanto lhe interessa. Vão pegar o senhor, entendeu? E liquidar.

— É verdade — admitiu Hernández. — *Como os mortos ficam sós…*

Fechou a porta. Por um instante permaneceu imóvel, mas depois foi rápido e eficaz. Em menos de meia hora preparou a mala e saiu da casa. Mesmo sem contratempos, a viagem ao Tigre lhe pareceu longuíssima. Finalmente encontrou seus discípulos, no local indicado. Com eles havia um homem robusto, de jaqueta azul e cachimbo, que parecia fantasiado de lobo do mar.

— Pensávamos que não viesse mais — disse Gerardi. — O senhor Moureira já queria ir embora.

— Não perca tempo — disse Lohner.

— Entre na lancha — disse Moureira.

— Um momento — disse o professor. — Estou esperando uma amiga.

— A mulher sempre chega tarde — sentenciou Moureira.

Discutiram (esperar uns minutos, partir de imediato) até que ouviram uma sirene.

— Ainda bem que na polícia não descobriram que a sirene alerta o fugitivo — observou Lohner, enquanto ajudava o professor a entrar na lancha.

Gerardi lhe perguntou:

— Algum recado?

— Diga que para mim ela era o melhor da vida.

— Mas que a vida a inclui e que o todo é maior que a parte? — perguntou Lohner.

Voltaram a ouvir a sirene, já próxima. Os rapazes se esconderam no armazém. Moureira ordenou:

— Deite-se no fundo da lancha, que eu o cubro com a lona.

Hernández obedeceu e pensou, com um sorriso melancólico: "A conclusão do Lohner é justa, mas neste momento não me consola".

Lentamente, resolutamente, afastaram-se rumo ao rio Luján e águas afora.

MÁSCARAS VENEZIANAS

Quando ouço as pessoas falarem em somatização como um mecanismo real e inevitável, penso com amargura que a vida é bem mais complexa do que elas imaginam. Não tento convencê-las do contrário, mas também não me esqueço da minha experiência. Durante longos anos, andei sem rumo entre um amor e outro: poucos para tanto tempo, e desarmoniosos e tristes. Até que encontrei Daniela, e entendi que não precisava procurar mais, que tudo me fora dado. Justamente aí começaram meus ataques de febre.

Lembro bem da minha primeira consulta com o médico.

— Essa febre não é de todo estranha aos seus gânglios — anunciou. — Vou lhe receitar um remédio para ela baixar.

Interpretei a frase como uma boa notícia, mas, enquanto o médico escrevia a receita, me perguntei se o fato de ele me dar um remédio contra o sintoma não queria dizer que sequer tentava enfrentar a causa porque minha doença era incurável. Pensei que se eu ficasse com essa dúvida me aguardava um futuro de angústia, mas que se o questionasse correria o risco de receber como resposta uma certeza capaz de tornar a continuação da vida impossível. Em todo caso, a perspectiva de uma longa dúvida me pareceu por demais penosa e juntei coragem para fazer a pergunta. Ele respondeu:

— Incurável? Não necessariamente. Há casos, posso afirmar que há registro de alguns casos, de remissão total.

— De cura total?

— Como preferir chamar. As cartas estão na mesa. Em situações como esta, cabe ao médico usar toda a sua energia para transmitir confiança ao doente. Presta muita atenção no que eu vou te dizer, porque é importante:

dos casos de cura, não tenho dúvidas. As dúvidas surgem na análise do como e do porquê de cada cura.

— Então, não existe tratamento?

— Claro que existe. Tratamento paliativo.

— Que de vez em quando se revela curativo?

Não me disse que não, e nessa esperança imperfeita depositei a vontade de me curar.

Parecia indiscutível que meu exame clínico não era nada alentador, mas quando saí do consultório não sabia o que pensar, ainda não estava em condição de arriscar um balanço, como se acabasse de receber notícias que, por falta de tempo, não tivesse lido com a devida atenção. Estava menos triste que abismado.

Em dois ou três dias, o remédio me livrou da febre. Fiquei um pouco fraco, ou cansado, e talvez por isso tenha aceitado o diagnóstico do médico ao pé da letra. Depois comecei a me sentir bem, melhor do que antes de adoecer, e passei a me dizer que nem sempre os médicos acertam o diagnóstico; que talvez eu não tivesse uma segunda crise. Pensava: "Se eu fosse sofrer outra crise, algum mal-estar a anunciaria, mas a verdade é que me sinto melhor que nunca".

Não vou negar que havia em mim uma forte propensão a descrer da doença. Talvez fosse um modo de me defender das cismas que me assolavam quanto a seus possíveis efeitos sobre meu futuro com Daniela. Eu me acostumara a ser feliz e não podia imaginar a vida sem ela. Dizia que um século era pouco para olhar para ela, para estarmos juntos. O exagero expressava o que eu sentia.

Eu gostava de ouvi-la falar dos seus experimentos. Espontaneamente imaginava a biologia, sua área, como um enorme rio que avançava entre prodigiosas revelações. Daniela estudara na França, como bolsista, com Jean Rostand e com Leclerc, seu não menos famoso colaborador. Ao descrever o projeto em que Leclerc trabalhava naquela época, Daniela empregou a palavra *carbônico*; Rostand, por sua vez, investigava as possibilidades da aceleração do anabolismo. Lembro que eu lhe disse:

— Não sei nem sequer o que é anabolismo.

— Todos os seres passam por três fases — explicou Daniela. — A anabólica, de crescimento; depois o planalto, mais ou menos longo, da nossa fase adulta; e finalmente a catabólica, ou decadência. Rostand pensou que, se perdêssemos menos tempo em crescer, ganharíamos anos muito úteis para a vida.

— Quantos anos ele tem?

— Quase oitenta. Mas não pense que é velho. Todas as suas discípulas se apaixonam por ele.

Daniela sorriu. Sem olhar para ela, respondi:

— Se eu fosse Rostand, concentraria todos os meus esforços em adiar, ou até suprimir, o catabolismo. Que fique claro que não digo isso porque o considere velho.

— Rostand é da mesma opinião, mas ele sustenta que, para entender o mecanismo da senescência, é indispensável conhecer o do crescimento.

Poucas semanas depois do meu primeiro ataque de febre, Daniela recebeu uma carta do seu professor. Quando a leu para mim, senti uma grande satisfação. Foi extremamente agradável saber que um homem famoso por sua inteligência tinha tanto apreço e estima por Daniela. O motivo da carta era pedir-lhe que assistisse às próximas Jornadas de Biologia de Montevidéu, em que estaria presente um dos pesquisadores do seu grupo, o doutor Proux, ou Prioux, que poderia pô-la a par do estado atual dos trabalhos.

Daniela me perguntou:

— Como é que eu digo para ele que não quero ir?

Daniela sempre considerou inúteis esses congressos e jornadas internacionais. Não conheço pessoa mais avessa à representação.

— Você acha que seria ingratidão recusar o convite de Rostand?

— Tudo o que sei, eu devo a ele.

— Então não recusa. Eu vou com você.

Lembro-me dessa cena como se fosse hoje. Daniela se atirou nos meus braços, murmurou um apelido íntimo (que agora calo, pois essas intimidades alheias sempre parecem ridículas) e exclamou alvoroçada:

— Uma semana no Uruguai com você. Que divertido! — Fez uma pausa e acrescentou: — Se eu não tivesse que ir às jornadas.

Por fim se deixou convencer. No dia da partida, amanheci com febre e, no meio da manhã, já me sentia péssimo. Se não quisesse ser um peso para Daniela, devia desistir da viagem. Confesso que ainda esperei por um milagre e que só na última hora anunciei que não a acompanharia. Ela aceitou minha decisão, mas se queixou:

— Uma semana longe de você para eu não perder essa chatice! Maldita a hora em que aceitei o convite do Rostand!

De repente já era tarde. A despedida, muito apressada, me deixou um sentimento de incompreensão misturado à tristeza. De incompreensão e desamparo. Para me consolar, pensei que era bom eu não ter tido tempo de explicar à Daniela o alcance dos meus ataques de febre. Imaginava talvez que, não falando deles, diminuiria sua intensidade. Essa ilusão durou pouco. O ataque me fez tão mal que senti um profundo desânimo e entendi que a doença era grave, incurável. Desta vez a febre demorou muito mais para baixar do que na ocasião anterior, deixando-me nervoso e esgotado. Quando Daniela voltou, eu me senti feliz, mas minha aparência não devia ser das melhores, porque ela me perguntou com certa insistência como eu estava me sentindo.

Tinha me proposto a não falar da doença, mas ao ouvir não sei que frase na qual notei, ou julguei notar, uma velada recriminação por eu não ter ido com ela a Montevidéu, lembrei-a do diagnóstico. Repeti o essencial, omitindo os casos de cura, que talvez não passassem de um expediente do médico para atenuar a terrível verdade que me comunicava. Daniela me perguntou:

— O que você está propondo? Que não nos vejamos mais?

Assegurei:

— Não tenho forças para dizer isso, mas há uma coisa que não consigo esquecer: quando você me conheceu, eu era um homem saudável, e agora sou outro.

— Não entendi — respondeu.

Tentei lhe explicar que eu não tinha o direito de sobrecarregá-la para sempre com minha invalidez. Ela interpretou como uma decisão o que, a bem da verdade, eram reflexões e escrúpulos. Murmurou:

— Está certo.

Não discutimos, porque Daniela era muito respeitadora da vontade alheia, e mais do que isso, porque estava magoada. A partir desse dia, não a vi mais. Eu ponderava tristemente: "É a melhor solução. Por mais horrível que me pareça a ausência de Daniela, pior seria fechar os olhos para os fatos, cansá-la, notar seu cansaço e seu desejo de se afastar". Além disso, a doença poderia me obrigar a abandonar meu emprego no jornal; então Daniela não só teria que me suportar, mas também me sustentar.

Recordava um comentário dela, que certa vez achei engraçado. Daniela tinha dito: "Como são chatas essas pessoas que passam a vida brigando e se reconciliando". Não me atrevi, portanto, a tentar uma reconciliação. Não a procurei nem telefonei para ela. Tentei, isso sim, provocar um encontro casual. Nunca caminhei tanto por Buenos Aires. Quando saía do jornal, não me conformava a voltar para casa e adiar até o dia seguinte a possibilidade de encontrá-la. Dormia mal e acordava como se não tivesse dormido, mas certo de que naquele dia a encontraria em algum lugar, pela simples razão de não ter forças para continuar a viver sem ela. Em meio a essa ansiosa expectativa, soube que Daniela se mudara para a França.

Contei a Héctor Massey, um amigo de infância, tudo o que me acontecera. Ele pensou em voz alta:

— Olha, as pessoas somem mesmo. Você rompe com uma mulher e nunca mais a vê. É sempre assim.

— Sem Daniela, Buenos Aires não é a mesma.

— Sendo assim, quem sabe te sirva de consolo saber de uma coisa que li em uma revista: em outras cidades costuma haver duplos das pessoas que conhecemos.

Talvez ele tenha dito isso para me distrair. Acho que percebeu minha irritação, porque se desculpou:

— Entendo como será difícil desistir de Daniela. Você nunca vai ter uma mulher igual.

Não gosto de falar da minha vida pessoal. No entanto, descobri que, mais cedo ou mais tarde, sempre acabo procurando Massey para me aconselhar com ele sobre todas as minhas dificuldades e dúvidas. Talvez busque sua aprovação porque o considero honesto e justo e porque ele nunca deixa que os sentimentos distorçam seu critério. Quando relatei minha última conversa com Daniela, ele quis se certificar de que minha doença era mesmo como a descrevera e depois me deu a razão. Acrescentou:

— Você nunca vai encontrar outra Daniela.

— Sei muito bem disso — respondi.

Pensei muitas vezes que a ingênua insensibilidade do meu amigo era uma virtude, pois lhe permitia opinar com absoluta franqueza. Pessoas que o consultam profissionalmente (é advogado) o elogiam por sempre dizer o que pensa e por ter uma visão clara e simples dos fatos.

Passei anos isolado no meu pesadelo. Escondia minha doença como se fosse algo vergonhoso e acreditava, talvez com razão, que, se não visse Daniela, não valia a pena ver ninguém. Evitei até o próprio Massey; um dia fiquei sabendo que andava pelos Estados Unidos ou pela Europa. Durante meu expediente no jornal, procurava me isolar dos colegas que me rodeavam. Mantive contudo uma esperança que não formulei de modo explícito, mas que me ajudou a superar o desconsolo e ajustar meus atos à invariável meta de reconstruir o destruído castelinho de areia da minha saúde: a desesperada esperança de me curar (não me perguntem quando) e de voltar com Daniela. Esperar não me bastou; imaginei. Sonhava com nossa volta. Como um exigente diretor de cinema, repetia a cena até a exaustão, para que fosse mais triunfal e comovente. Muitos opinam que a inteligência é um empecilho para a felicidade. O verdadeiro empecilho é a imaginação.

Chegaram de Paris notícias de que Daniela se devotara inteiramente a suas pesquisas e experimentos biológicos. Considerei que eram boas. Nunca tive ciúme de Rostand nem de Leclerc.

Acho que comecei a melhorar (o doente vive em um constante vaivém de ilusões e desilusões). Durante o dia, já não ruminava tanto sobre o próximo ataque; as noites eram menos angustiantes. Um dia, de manhã bem cedo, tocaram a campainha de casa. Ao abrir a porta, me deparei com Massey, que, pelo que entendi, acabava de chegar da França e viera falar comigo antes mesmo de passar pela sua casa. Perguntei-lhe se tinha visto Daniela. Respondeu que sim. Houve um silêncio tão longo que me perguntei se a presença de Massey teria alguma relação com Daniela. Ele então me disse que viajara com o único propósito de me avisar que tinham se casado.

A surpresa, a confusão, não me deixavam falar. Por fim, aleguei que tinha hora marcada no médico. Eu estava tão mal que ele deve ter acreditado.

Nunca duvidei de que Massey tivesse agido de boa-fé. Ele devia considerar que não me tirava nada, já que eu me afastara de Daniela. Quando me disse que seu casamento não seria obstáculo para que os três nos víssemos como antes, tive de explicar que era melhor passarmos um tempo sem nos ver.

Não disse a ele que seu casamento não ia durar. Essa minha certeza não nasceu do despeito, e sim por conhecer as pessoas. Mas claro que o despeito me consumia.

Poucos meses depois, recebi a notícia de que tinham se separado. Nenhum dos dois voltou a Buenos Aires. Quanto àquele meu restabelecimento (um dentre muitos), acabou se revelando ilusório, portanto continuei arrastando uma vidinha em que os ataques de febre se alternavam com os períodos de esperançada recuperação.

Os anos passaram rapidamente. Talvez devesse dizer *insensivelmente*: nada menos que dez, arrastados pela vertiginosa repetição de semanas quase idênticas. Dois fatos provavam, no entanto, a realidade do tempo. Uma nova melhora da minha saúde — entendi que era *a* melhora — e uma nova tentativa de Massey e Daniela de viver juntos. Eu passara tantos meses sem febre que me perguntei se não estaria curado; Massey e Daniela viveram tantos anos separados que a notícia de que tinham voltado me surpreendeu.

Para reforçar meu restabelecimento, pensei que devia sair da rotina, romper com o passado. Quem sabe uma viagem à Europa fosse a melhor solução.

Visitei o médico. Refleti longamente sobre a frase que usaria para lhe comunicar meus planos. Não queria deixar espaço para uma possível objeção. Na realidade, eu temia que, por boas ou más razões, ele tentasse me dissuadir.

Sem erguer os olhos do meu prontuário clínico, murmurou:

— Acho uma ótima ideia.

Então me olhou como se quisesse dizer alguma coisa, mas o toque do telefone o distraiu. Demorou-se em uma longa conversa. Enquanto isso, eu me lembrei, com certo assombro, de que na minha primeira consulta vira aquele consultório como parte de um sonho ruim e o médico (o que agora parecia inacreditável), como um inimigo. Ao recordar tudo isso, eu me sentia muito seguro, mas de repente me surgiram perguntas alarmantes: "Que será que ele queria me dizer? Eu podia mesmo jurar que suas palavras foram 'uma ótima ideia'? Mas, nesse caso, será que ele não tinha sido irônico?". A ansiedade só deu uma trégua quando ele desligou e explicou:

— O aspecto anímico tem sua importância. Neste momento, uma viagem pela Europa vai te fazer mais bem do que todos os medicamentos que eu possa receitar.

Diversas circunstâncias, a principal delas um temporário fortalecimento da nossa moeda, me permitiram concretizar a viagem. O destino parecia ajudar.

Pensei que o prazer que eu sentia em me demorar indefinidamente em quase qualquer lugar do mundo me impediria de cair no clássico turismo das agências de viagem: dois dias em Paris, uma noite em Nice, almoço em Gênova etc.; mas uma impaciência, como de quem se precipita em busca de algo ou fugindo de algo (da doença?), me impelia a retomar a viagem um dia depois de chegar aos locais mais agradáveis. Segui naquela pressa absurda até uma tarde, no final de dezembro, em que por um canal, em uma gôndola (agora me pergunto se não teria sido em uma lancha abarrotada de turistas e bagagem: que diferença faz?), entrei em Veneza e me encontrei em um estado de espírito no qual se combinavam, em perfeita harmonia, a exaltação e a paz. Exclamei:

— É aqui que eu fico. Era isso o que estava procurando.

Desembarquei no Hotel Mocenigo, onde tinha reservado um quarto. Lembro que dormi bem, ansioso de que o dia chegasse, para me levantar e percorrer Veneza. De repente me pareceu que uma luz tênue emoldurava a janela. Corri, olhei para fora. "O amanhecer refulgia no Grande Canal e tirava das sombras a ponte do Rialto." Um frio úmido me obrigou a fechar os vidros e a me abrigar embaixo das cobertas.

Quando achei que me aquecera o suficiente, saltei da cama. Depois de um café da manhã frugal, tomei um banho bem quente e, sem mais demora, saí para percorrer a cidade. Por um instante acreditei estar em um sonho. Não, foi mais estranho ainda. Sabia que não estava sonhando, mas não achava explicação para o que via. "No seu devido tempo, tudo isso vai se esclarecer", pensei sem muita convicção, porque continuava perplexo. Enquanto dois ou três gondoleiros reclamavam minha atenção com gritos e acenos, em uma lancha se afastava um arlequim. Decidido, não sei muito bem por quê, a não deixar transparecer meu assombro, com indiferença perguntei a um dos homens quanto cobrava por uma viagem até Rialto e entrei com passo vacilante em sua gôndola. Partimos na direção oposta à da máscara. Olhando os palácios de ambos os lados do canal, refleti: "Parece que Veneza foi edificada como uma interminável série de cenários, mas por que a primeira coisa que vi, ao sair do meu hotel, foi um arlequim? Talvez para me convencer de que estou em um teatro e me subjugar ainda mais. Claro que, se de repente eu esbarrasse lá com Massey, ele me diria que tudo neste mundo é cinzento e medíocre e que Veneza só me deslumbra porque vim disposto a me deslumbrar".

Tive que cruzar com mais de um dominó e um segundo arlequim para lembrar que era Carnaval. Comentei com o gondoleiro que estranhava a quantidade de pessoas fantasiadas a essa hora.

Se entendi bem (o dialeto do homem era bastante fechado), ele me respondeu que todos se dirigiam à praça São Marcos, onde ao meio-dia haveria um concurso de fantasias, ao qual eu não devia faltar, porque lá se reuniriam as mais lindas venezianas, famosas em todo o mundo por sua beleza. Talvez achasse que eu era um ignorantão, porque nomeava, escandindo as sílabas para ser mais claro, as máscaras que via:

— *Pul-ci-nel-la. Co-lom-bi-na. Do-mi-no.*

É verdade que passaram algumas que eu não teria reconhecido: *Il Dottore*, com pincenê e nariz comprido; *Meneghino*, com uma gravata de fitas brancas; outra francamente desagradável: *La Peste* ou *La Malattia*; e uma que não recordo bem, chamada *Brighella* ou algo assim.

Desci perto da ponte do Rialto. No correio postei um cartão para o médico (*Querido* Dottore: *Viagem esplêndida. Eu muito bem. Lembranças.*) e na rua Merceria me encaminhei para a praça São Marcos, olhando as ocasionais máscaras, como se procurasse alguma em particular. Não à toa se diz que, se nos lembrarmos de uma pessoa, logo a encontramos. Em uma ponte, perto de uma igreja, San Giuliano ou Salvatore, quase trombo com Massey. Com espontânea efusividade, gritei:

— Você aqui!

— Faz tempo que moramos em Veneza. Quando você chegou?

Não respondi de imediato, porque aquele verbo no plural me caiu desagradavelmente. Bastou a alusão à Daniela para me fazer mergulhar na tristeza. Eu acreditava que as velhas feridas tivessem cicatrizado. Por fim murmurei:

— Ontem à noite.

— Por que não vem ficar conosco? Temos quartos de sobra.

— Bem que eu gostaria, mas amanhã sigo para Paris — menti para não me expor a um encontro que eu não sabia quanto me abalaria.

— Se minha mulher ficar sabendo que você esteve em Veneza e foi embora sem vê-la, nunca vai me perdoar. Hoje à noite apresentam *Loreley*, de Catalani, no La Fenice.

— Não gosto de ópera.

— Quem se importa com a ópera? O importante é passarmos um tempo juntos. Vem ao nosso camarote. Vai ser divertido. É uma função de gala, por causa do Carnaval, e as pessoas vão fantasiadas.

— Não gosto de me fantasiar.

— Pouquíssimos homens fazem isso. São as mulheres que vão fantasiadas.

Devo ter pensado que eu já tinha feito o possível e que, se Massey insistisse, não poderia me recusar por muito mais tempo. Acho que naquele momento descobri que o secreto estímulo da minha viagem tinha sido a esperança de encontrar Daniela e que, sabendo que ela estava em Veneza, a ideia de partir sem vê-la me parecia uma renúncia muito superior às minhas forças.

— Passamos para te pegar no hotel — ele propôs.

— Não, eu vou por minha conta. Deixa o ingresso na bilheteria.

Insistiu em que eu fosse pontual, porque, se chegasse depois do primeiro acorde, não poderia entrar antes que terminasse o primeiro ato. Senti um impulso de perguntar por Daniela, mas também apreensão e certa repulsa de que Massey falasse nela. Por fim, nos despedimos.

Claro que não me lembrei mais do concurso de fantasias. Pensar em Daniela e na emoção de vê-la foram minhas únicas preocupações. De vez em quando aflorava, em dolorosos pontos, a consciência do que estava em jogo naquele encontro. Depois de tudo o que sofri, reavivaria uma mágoa que, se não havia desaparecido, sossegara. Acalentava a ilusão de achar o modo, em pouco tempo, em um camarote, em uma apresentação de ópera, de recuperar Daniela? Eu faria isso com Massey? Para que imaginar uma possibilidade que não existia... Claro que bastava a expectativa de ver Daniela para que a sorte estivesse lançada.

Quando cheguei, o primeiro ato já havia começado. Um lanterninha me conduziu até o camarote, que era dos chamados balcões. Ao entreabrir a porta, minha primeira visão foi a de Daniela, vestida de dominó, comendo chocolates. Ao lado dela estava Massey. Daniela sorria para mim e, por trás da máscara — que não tirou, como eu desejava —, brilhavam seus olhos. Sussurrou:

— Puxa uma cadeira.

— Estou bem aqui — respondi.

Para não fazer barulho, sentei-me na primeira cadeira que encontrei.

— Daí você não vai ver nada — disse Massey.

Eu estava perturbado. Passava da alegria a uma gana surda pela presença de Massey no camarote. Uma soprano começou a cantar:

Vieni, deh, vieni

e Daniela, como que fascinada, virou-se para o palco, dando as costas para mim. Injustamente, sem dúvida, pensei que a mulher da minha vida, depois de uma separação interminável, acabava de me conceder (acho que a palavra certa é *emprestar*) sua atenção por menos de um minuto. O mais extraordinário, talvez o mais triste, é que minha reação era de indiferença. Eu me sentia tão distante que pude me inteirar dos infaustos amores de Ana, Walter e Loreley, que por despeito e para obter poderes mágicos se casa com um rio (se bem me lembro, o Reno). Em um primeiro momento, a única semelhança que notei entre a história que transcorria no palco e a minha foi o fato de envolver três pessoas; foi o bastante para que eu a acompanhasse com evidente interesse. Por momentos, é verdade, eu me abstraía no meu desconcerto... Encontrava-me em uma situação insólita, que me causava assombro: Daniela e eu nos olhávamos como estranhos. E o pior, eu queria sumir dali. Quando chegou o intervalo, Daniela perguntou:

— Quem é o anjo que vai me trazer mais destes chocolates? Vendem aqui em frente, no bar da praça.

— Eu vou — apressei-me a responder.

Com desgosto, ouvi a voz de Massey anunciar:

— Vou com você.

Rodeados de máscaras e de senhores em traje de gala, descemos lentamente pela escadaria de mármore. Ao sair do teatro, demos uma corrida, porque fazia muito frio na pracinha. No bar, Massey escolheu uma mesa ao lado da porta. Entraram uma moça vestida de dama antiga, com anquinhas, um "nobre" e um "turco"; entretidos na sua conversa, se demoraram com a porta entreaberta.

— Essa corrente de ar não me agrada nem um pouco — reclamei. — Vamos mudar de mesa.

Mudamos para uma nos fundos. Logo anotaram nosso pedido: para mim, um *strega*; para Massey, um café e os chocolates. Quase não falamos, como se houvesse um único tema e ele fosse proibido. Na hora de pagar, todas as mesas estavam ocupadas; por mais que chamássemos os garçons, todos passavam ao largo. O frio atraíra as pessoas. De repente, no rumor das conversas, ouviu-se com nitidez uma voz inconfundível, e nós dois olhamos para a porta de entrada. Não sei por que me pareceu que ambos tivemos uma brevíssima hesitação, como se cada um sentisse que o outro o descobrira. Na primeira mesa que tínhamos ocupado (agora encostada a outras) vi arlequins, colombinas e dois ou três dominós. De pronto eu soube qual era Daniela. O brilho dos seus olhos, que espiavam por trás da máscara, não deixava lugar a dúvidas.

Com visível nervosismo, Massey consultou o relógio e anunciou:

— Já vai começar. — Pedi mentalmente que não insistisse com aquela conversa de que, se chegássemos tarde, não entraríamos. O que disse me contrariou ainda mais: — Me espera no camarote.

"Quem ele pensa que é, para me tirar do caminho e me manter longe de Daniela", pensei, indignado. Depois de um instante reconsiderei: cada um vê as coisas a seu modo, e quem sabe Massey se achasse com todos os direitos, porque se casou com ela quando a deixei partir. Eu disse:

— Eu levo os chocolates para ela.

Ele os entregou, vacilante, como se meu pedido o desconcertasse.

Quando cheguei à sua mesa, Daniela me olhou bem nos olhos e murmurou:

— Amanhã, a esta mesma hora, neste mesmo lugar.

Disse também outra palavra: um apelido que só ela conhecia. Envolto em um halo de felicidade, saí do bar. Como se um véu se abrisse, me perguntei por que eu demorara tanto em perceber que no camarote Daniela se mostrara distante por dissimulação. De repente descobri que não tinha entregado os chocolates, e já ia voltando quando refleti que, se reaparecesse com eles, provavelmente acrescentaria um toque ridículo a um momento maravilhoso. De uma coisa tenho certeza: não me demorei na praça, porque fazia muito frio, e no La Fenice me encaminhei diretamente para o nosso camarote. Por isso me espantou ver Daniela ali, sentada como a deixara antes de ir ao bar, debruçada no veludo vermelho do peitoril. Era como se em todo esse tempo não tivesse mudado de posição. Atinei a lhe entregar os chocolates, mas na verdade estava totalmente aturdido. Uma suspeita, uma estúpida intuição — recordava que Massey de manhã não tinha dito "Daniela", e sim "minha mulher" — de repente me impeliu a lhe pedir que tirasse a máscara. Para me acalmar, fixei a atenção nas evoluções das suas mãos, que primeiro puxaram para trás o capuz do dominó e em seguida arrumaram o cabelo ligeiramente desordenado. Quanta saudade senti de outro tempo. Não era necessário, pensei, que ela tirasse a máscara, porque só ela tinha aquela graça nos movimentos; dispunha-me a dissuadi-la, mas Daniela já estava com o rosto descoberto. Embora sempre a recordasse como incomparável, como única, a perfeição da sua beleza me deslumbrou. Murmurei seu nome.

Imediatamente me arrependi. Tinha acontecido algo estranho: aquela palavra tão querida, ali, naquele momento, me entristeceu. O mundo se tornou incompreensível. Em meio à perplexidade, tive uma segunda intuição, que me provocou um vivo desagrado: "Gêmeas?". Então, como se vislumbrasse uma suspeita e quisesse esclarecê-la o quanto antes, me levantei cautelosamente, para não ser ouvido, me esgueirei até o corredor, mas ao transpor a porta me perguntei se aquilo não seria um erro, se não estava agindo mal com Daniela. Virei-me e sussurrei:

— Volto já.

Corri pela galeria em ferradura, que rodeia os camarotes. No exato instante em que me precipitava degraus abaixo, vi Massey, subindo lentamente, e me escondi atrás de um grupo de máscaras. Se me perguntassem "O que está fazendo aí?" não teria encontrado uma resposta razoável. Provavelmente nem notaram minha presença. Antes que Massey chegasse à porta do camarote, abri caminho entre as máscaras e desci correndo. Como quem se joga de cabeça na água gelada, saí para a pracinha. Assim que cheguei ao bar, notei que havia menos gente e que a cadeira de Daniela estava vazia. Falei com uma moça fantasiada de dominó.

— Ela acabou de sair, com Massey — disse, e deve ter percebido minha confusão, porque acrescentou solicitamente: — Muito longe não deve estar... Quem sabe a alcança pelos lados da rua Delle Veste.

Empreendi a busca firmemente decidido a superar todas as dificuldades e encontrá-la. Como estava saudável, podia concentrar minha vontade nesse único propósito. O que devia me dar mais forças era o anseio inadiável de recuperar Daniela, a verdádeira Daniela, e também um impulso de provar que a amava e que, se alguma vez a deixara, não tinha sido por desamor. De provar isso para Daniela e para o mundo. Na segunda rua, virei à direita; tive a impressão de que todos viravam ali. Senti uma dor, um golpe, que me cortava a respiração: era o frio. Já notei que, se eu me lembro da doença, adoeço; portanto, para pensar em outra coisa, refleti que não somos tão valentes como os venezianos; em uma noite como aquela, os portenhos não andam pelas ruas. Tentava conciliar a necessidade de apertar o passo com a de olhar com atenção, na medida do possível, as mulheres de preto e, mais exatamente, as vestidas de dominó. Em frente a uma igreja, tive certeza de reconhecê-la. Ao me aproximar, descobri que era outra. O desengano me causou um mal-estar físico. "Não posso perder a cabeça", disse a mim mesmo. Decerto para não me acovardar, pensei que era engraçado como, sem querer, eu expressava literalmente o que estava sentindo: de fato, tinha dificuldade em manter o equilíbrio.

Não queria chamar a atenção nem me apoiar no braço de ninguém, temendo topar com algum prestativo que me retardasse a marcha. Assim que pude, retomei a caminhada. Procurava me adiantar à interminável corrente dos que seguiam na mesma direção e me esquivar dos que vinham em sentido contrário. Empenhava-me ao máximo em procurar o olhar e observar as feições visíveis de toda mulher fantasiada de dominó. Apesar do esforço, eram tantas que deve ter me escapado mais de uma. A impossibilidade de olhar todas implicava um risco ao qual não me resignava. Abri passagem entre a multidão. Um arlequim se desviou de mim, riu e gritou algo, parodiando talvez os gondoleiros. A verdade é que eu me via mesmo como um barco que abria caminho com a proa. Nessa imagem de sonho, minha cabeça e a proa se confundiam. Levei uma mão à testa: estava pelando de febre. Comecei a me explicar que, por mais estranho que parecesse, o choque das ondas originava o calor, e perdi os sentidos.

Seguiram-se dias confusos, de sonhar dormindo e acordado. Com frequência me julgava realmente acordado e acreditava que aqueles sonhos, tão incômodos por persistentes, logo se dissipariam por completo. A desilusão não se fazia esperar, talvez porque fatos reais, difíceis de admitir e que me preocupavam, provocavam — com a febre, que também era real — novos delírios.

Para tornar tudo angustiosamente incerto, não reconheci o quarto em que me encontrava. Uma mulher, que cuidava de mim com maternal eficácia e que eu nunca vira, disse que estávamos no Hotel La Fenice. A mulher se chamava Eufemia; eu a chamava de Santa Eufemia.

Acho que em duas ocasiões recebi a visita de um doutor Kurtz. Na primeira, ele me explicou que morava "aqui ao lado, no coração de Veneza", em não sei que número da rua Fiubera, e que, se precisasse, podia chamá-lo a qualquer hora da noite. Na segunda visita, me deu alta. Quando saiu, percebi que eu não tinha pedido a conta, o que me causou uma nova inquietação, porque temia não lembrar bem seu endereço, esquecer de pagar ou não encontrá-lo, como se fosse um personagem de sonho. Na realidade, era o típico médico de família, desses de antigamente. Talvez parecesse um pouco irreal na nossa época, mas há algo em Veneza que não seja assim?

Uma tarde perguntei à Eufemia como eu tinha chegado ao Hotel La Fenice. Ela respondeu com evasivas e insistiu enfaticamente em que, durante a febre, o senhor e a senhora Massey tinham me visitado até duas vezes por dia. Imediatamente recordei as visitas ou, melhor dizendo, vi Massey e Daniela em um sonho muito nítido. O pior da febre — e nesse aspecto, tudo continuava igual — era a autonomia das imagens mentais. O fato de a vontade não ter nenhum poder sobre elas me angustiava, como um princípio de loucura. Essa tarde comecei recordando alguma das visitas dos Massey e passei a vê-los como se estivessem sentados ao lado da minha cama de doente, e a ver Daniela comendo chocolates no camarote, e depois uma máscara, de rosto coberto, reclinada sobre mim, que falava comigo e que identifiquei facilmente. Reviver ou sonhar a cena me perturbou tanto que, de início, não ouvi as palavras da máscara. No exato instante em que eu estava lhe pedindo que, por favor, as repetisse, ela desapareceu. Massey ia entrando no quarto. A desaparição me desconsolou, pois preferia ter Daniela em sonhos a me descobrir sem ela; mas a presença de Massey acabou por me despertar: um alívio talvez, porque comecei a me sentir um pouco menos alucinado. Meu amigo me falou com sua franqueza habitual, como se eu estivesse de todo são e em condições de encarar os fatos. Tentei corresponder a essa prova de confiança. Ele então me disse algo que eu, por certo, já sabia: que depois do meu afastamento, Daniela nunca mais foi a mesma. Esclareci:

— Eu nunca a enganei.

— É verdade. E ela mesma reconhece que nunca acreditou por completo na tua doença, até que te encontrou caído na rua, aqui perto.

Com súbita raiva, devolvi:

— E agora ela pretende me compensar pagando uma boa enfermeira e um bom médico.

— Não peça o que ela não pode te dar.

— Sabe qual é o problema? Ela não entende que a amo.

Massey respondeu que deixasse de ser presunçoso, que ela também me amava quando a deixei. Protestei:

— Eu estava doente.

Ele disse que o amor pedia o impossível. Acrescentou:

— Como você mesmo está provando agora, ao exigir que ela volte. Daniela não vai voltar para você.

Perguntei como ele tinha tanta certeza disso, e Massey disse que por experiência própria. Exclamei com mal contida irritação:

— Não é a mesma coisa.

Respondeu:

— Claro que não. Eu não a abandonei.

Olhei para ele surpreso, porque por um instante achei que sua voz se embargava. Afirmou que Daniela tinha sofrido muito, que depois do que aconteceu comigo, nunca mais pôde se apaixonar, pelo menos não como antes.

— Para o resto da vida, entende?

Não me contive. Soltei:

— Quem sabe ela ainda gosta de mim.

— Claro que gosta. Como de um amigo, como do seu melhor amigo. Tanto que poderia pedir para ela fazer por você o mesmo que fez por mim.

Massey tinha recuperado o prumo. Com toda a calma, pôs-se a dar explicações horríveis, que eu não queria ouvir e que na debilidade da minha convalescença mal cheguei a entender. Falou dos chamados filhos carbônicos, ou clones, ou duplos. Disse que Daniela, em colaboração com Leclerc, tinha desenvolvido, a partir de uma célula do seu corpo — acho que ele empregou a palavra *célula*, mas não posso afirmar com certeza —, filhas idênticas a ela.

Agora penso que talvez fosse uma só — bastava uma, para o pesadelo que Massey me relatava —, e que conseguira acelerar o crescimento a tal ponto que, em menos de dez anos, a transformou em uma esplêndida mulher de dezessete ou dezoito.

— A tua Daniela? — perguntei com inesperado alívio.

— Pode ser difícil de acreditar, mas é realmente uma mulher feita sob medida para mim. Idêntica à mãe, mas, como dizer?, muito mais adequada para um homem como eu. Vou te confessar algo que você pode achar um sacrilégio: por nada deste mundo eu a trocaria pela original. É idêntica, mas ao seu lado eu vivo em paz, na mais pura tranquilidade. Se você soubesse como são as coisas, realmente me invejaria.

Para que ele não insistisse no que eu devia pedir a Daniela, declarei:

— Não me interessa uma mulher idêntica. A pessoa que eu amo é ela mesma.

Replicou tristemente, mas com firmeza:

— Então não vai conseguir nada. Daniela me disse que, ao ver tua cara no bar, percebeu que você ainda a ama. Ela acha que não tem sentido reatar um velho amor. Para evitar uma discussão inútil, quando soube que você estava fora de perigo, partiu no primeiro avião.

HISTÓRIA DESMESURADA

Enquanto preparam meu chá (espero que venha bem quente) vou testar o gravador; seria lamentável que por negligência minha ou por alguma falha técnica se perdessem as declarações do professor Haeckel. Como o chazinho está demorando, direi algumas palavras que talvez sirvam de introdução.

Haeckel é um personagem estranho, que o público ignora e que alguns poucos biólogos, os mais famosos, respeitam. Posso assegurar que ele evita os jornalistas. Quando o secretário de redação, em Buenos Aires, me encomendou uma entrevista com ele, iniciei uma perseguição por toda a Europa, que durou um ano.

Hoje à tarde deixei Genebra, certo de que o professor não estava lá, mas não tão certo de seguir uma boa pista. Passei por Brig, peguei uma estrada de montanha e, ao cair da noite, me vi quase perdido em uma nevasca. À minha esquerda, subitamente, apareceram umas luzes. Quando li em uma placa "Vendem-se correntes", parei o automóvel.

Quem me vendeu um par delas foi um indivíduo que estava na porta de um bar. Pedi que as instalasse e entrei para tomar um copo de aguardente, com uma aspirina, porque estava com febre. E também com dor de cabeça e de garganta, estava gripado. No balcão me vi rodeado de fregueses, sem dúvida camponeses, que me olhavam de soslaio, falavam entre si e não ocultavam ocasionais gargalhadas. "Esses são os homens sábios do tango", pensei. Pedi a eles alguns conselhos para dirigir através da nevasca, na montanha. Acho que ninguém me respondeu. Lembrei das histórias que meu pai contava, de como nossos *gauchos* escarneciam dos estrangeiros e, quando podiam, os induziam a erro. Embora já não esperasse nenhum socorro, expliquei:

— Vou seguir pelo caminho do Simplon, até Domodossola e Lucarno.

Um dos presentes perguntou em voz alta:

— Falamos para ele que, se começar a se sentir muito sozinho na montanha, pode parar no Gabi?

— Na casa do professor — respondeu outro. — Lá vai achar boa companhia.

A piada os alegrou sobremaneira. Todos falaram entre si; ninguém se lembrou mais de mim. Saí do bar, apalpei as correntes para verificar se estavam bem ajustadas e segui viagem, por estreitos caminhos rodeados de precipícios, em meio a uma nevasca que não me permitia ver por onde avançava.

Depois de uma hora interminável de marcha muito lenta, em que atravessei túneis, ouvi o ruído de cascatas e me pareceu ver edifícios iluminados que em seguida se dissolviam na noite, aconteceu algo que não entendo bem. Um enorme vulto branco investiu contra o lado direito do carro, provocando uma forte sacudida e projetando-o contra a parede da montanha. Se a investida tivesse vindo do lado esquerdo, não me salvaria do precipício. Acelerei. Graças às correntes, o carro retomou o caminho com firmeza. Não tive coragem de parar e averiguar o que era aquilo. Foi como se então me tomasse todo o medo de estar sozinho, em paragens desconhecidas, naquela noite horrível. Minha febre estava tão alta que sonhava acordado e talvez confundisse sonhos com realidade. E pensar que eu me gabava de nunca perder a cabeça.

Em um vale, que de repente se abriu na montanha abrupta, avistei uma casa mal-iluminada. Pensei: "Não aguento mais", peguei um atalho lateral e parei o carro em frente à casa. Era um chalé, um sobrado suíço, com telhado de duas águas. Na fachada, em letras coloridas que se entrelaçavam com os anjos de um afresco, li a palavra *Gabi*.

Sacudi a aldrava. Por fim abriram o crivo da porta e, de dentro, me examinaram com uma lanterna. Ouvi um sucessivo abrir de ferrolhos. Instantes depois, tive uma gratíssima surpresa: tinha diante de mim o professor Haeckel.

O professor, homem baixo, magro, irrequieto, de cabeça grande para o corpo, gentilmente me pediu que entrasse e, assim que obedeci, fechou a porta com vários ferrolhos, "para que não entre também o frio". Logo me encontrei em um espaçoso hall, sem móveis, que apesar de eu vir de fora me pareceu desolador. Uma escada, provavelmente de carvalho, levava ao andar superior. Haeckel disse:

— Que noite. Pela sua cara, vejo que está cansado e com frio. Venha ao meu escritório.

Abriu uma porta, nós entramos, e ele a fechou. Talvez porque o cômodo seja pequeno, ou porque não tenha mais aberturas além dessa porta, da janela e da lareira, onde ardem toras de pinho, pela primeira vez na noite me senti reconfortado e seguro. Aproximei-me da janela, entreabri a cortina, vi o breu da noite, umas grades brancas e, de viés, leves rastros de neve.

— Feche essa cortina. Dá frio olhar a noite — disse, sorrindo. — Por favor, sente-se perto do fogo, enquanto vou preparar um chá.

Quando fiquei sozinho, pensei: "A noite, que começou ameaçadora, termina bem". Não quero exagerar, mas aparentemente me esqueci (meu organismo se esqueceu) da gripe.

Agora o professor me traz o chá. Vamos começar a entrevista.

— Posso lhe perguntar o que quiser?

— O que quiser.

— O senhor se considera um homem contraditório?

— Eu diria, mais que isso, volúvel. Impulsivo.

— Durante um ano fugiu de mim e agora, quando o encontro, parece contente em me ver.

— Já disse: sou impulsivo. O senhor me apanhou e, pelo trabalho que dei, sinto que lhe devo algo. Em vez de me abater, celebro a nova situação.

— É otimista?

— Instável e, também, bastante indiscreto. Como acredito que tudo é precário, não dou muita importância a nada, o que costuma me custar caro. Ver o lado cômico das situações me reconcilia com o mundo e com meu destino.

— Queixa-se do seu destino?

— Não, ainda que o destino de um aprendiz de feiticeiro reserve muitos altos e baixos.

— Considera-se um aprendiz de feiticeiro?

— Como qualquer pesquisador que realmente contribui para o progresso da ciência.

— Por que evita dar entrevistas? É tímido? Ou não quer roubar tempo do seu trabalho?

— Não vejo por que haveria de ser por uma dessas razões.

— Não as chame de razões. São pretextos. Tanta gente hoje em dia evita as entrevistas, que me pergunto se não cabe pensar em uma epidemia ou em uma moda.

— No meu caso, não.

— Não é fácil para ninguém admitir que somos guiados pelo impulso da imitação. Para o sociólogo Tarde, é o motor da sociedade.

— Talvez esse Tarde tenha razão, mas tenho um motivo sério para evitar os jornalistas. Ao menos para mim.

— Que motivo?

— Não posso dizer.

— Parece que, ao se tachar de indiscreto, o senhor faltou com a verdade.

— Bem. Sejamos coerentes: nada tem a menor importância. Vou lhe dizer o motivo: alguém quer me matar.

— Quer dizer que, enquanto eu o procurava para entrevistá-lo, o senhor fugia de outra pessoa.

— Exatamente.

— Como vou acreditar nisso?

— Evito os jornalistas porque são tão indiscretos quanto eu. Mesmo involuntariamente, dão indícios e orientam o homem que me persegue.

— Um personagem bem pouco crível.

— Ele pode ser pouco crível, mas o senhor é um presunçoso. Diz que me alegrei em vê-lo. Por que me alegraria em ver uma pessoa que não conheço?

— Pois pareceu se alegrar.

— Pode ser, mas não de ver o senhor. De não ver o outro.

— E por que esse outro quer matá-lo?

— Como alguém já disse, nossas culpas nos perseguem. Antes de me dedicar à pesquisa, fui médico. Entre meus pacientes havia um que eu chamava de Boi. Era um homem velho, alto, forte, sério, de pouca inteligência e nenhum senso de humor. Acreditava firmemente em si mesmo e em algumas poucas pessoas, dentre as quais me incluía. Como era perseverante, com tempo e trabalho alcançou uma situação que chegou a ser sólida, quando já não lhe restavam muitos anos para desfrutar dela. Um dia o Boi me lembrou uma frase que, segundo ele, eu tinha dito em sua primeira consulta: "Em qualquer situação, até nas que não têm saída, a inteligência encontra o buraquinho por onde podemos escapar". O Boi acrescentou que, por causa dessa frase, viveu com esperança.

— Não temeu desapontar um homem tão crédulo?

— Parece que também naquela primeira consulta o Boi me disse que uma situação sem saída era a velhice, e que eu respondi: "O que não impede que um dia venha a ter". Como se não bastasse, prometi procurar essa saída.

— Não se queixe. Prometeu demais.

— E fui além. Um dia anunciei àquele meu paciente que tinha encontrado o tratamento… Acredite, até hoje, depois de tanta coisa ruim que nos afastou, lembrar da cara do pobre homem naquela hora de esperança me comove um pouco. Para chamá-lo à realidade, avisei que não tinha feito testes. Nem sequer com animais. Ele então me disse que não tinha tempo para esperar, que testasse diretamente com ele. Quando lhe falei das possíveis reações adversas, respondeu com uma pergunta que eu já esperava. Disse: "Piores que a morte?". Pude assegurar que não.

— E transformou o Boi em cobaia. Mas o tratamento existe ou não?

— O senhor também quer virar cobaia?

— Por ora me contentaria em saber em que consiste o tratamento e como o descobriu.

— Parti de uma reflexão. Para devolver a juventude, devia saber onde encontrá-la. A juventude viçosa, sem deterioração, só existe em organismos que estão crescendo. Ao cessar o crescimento, começa o declive para a velhice. Ainda que não seja notado, nem por nós nem pelos outros.

— O senhor detectou hormônios que não se encontram fora da fase de crescimento?

— Digamos que isolei elementos que, completado o crescimento, deixam de atuar.

— E injetou esses elementos isolados no seu paciente?

— Calculei que um organismo velho, mesmo sólido, exigia uma dose alta.

— O que chama uma dose alta?

— A que age em qualquer criança de dois anos. Entenda: eu podia apostar na expansão ou na juventude. Apostei na juventude e ganhamos.

— Se ganhasse a expansão, o que aconteceria?

— O Boi teria explodido como o sapo de La Fontaine.

— Não explodiu?

— Prevaleceu a juventude. O organismo tolerou esse embate generalizado. É verdade que tomei a precaução de fortalecer as cartilagens.

— Devo entender que seu paciente recuperou a juventude e está feliz?

— Feliz, não. Houve uma considerável expansão que o Boi, como disse, tolerou bem. Fisicamente, bem entendido, porque o ânimo dele nunca se recuperou.

— O senhor acha que ainda vai se recuperar?

— Duvido.

— Seu paciente não leva as coisas demasiadamente a sério?

— Eu diria que a mudança o surpreendeu.

— Uma mudança para bem?

— Em um aspecto, o da juventude, sem dúvida; mas há o outro. Ponha-se no lugar dele. Considere que uma criança de dois anos triplica seu tamanho.

— Não me diga que o pobre homem o triplicou?

— Claro que não. Para isso teriam que se passar dezoito ou vinte anos; só se passaram cinco. Já está enorme.

— Mais de dois metros?

— Muito mais. Pense que o Boi cresceu como uma criança de dois anos que medisse um metro e oitenta...

— Pobre homem. Está descontente?

— Está verdadeiramente triste. Deve ter imaginado que os efeitos colaterais que comentei seriam enjoos ou alguma erupção cutânea. Como todo mundo, acha que o mal que o aflige é o pior. Chegou a me pedir que lhe desse algo para deter o crescimento.

— E o senhor não deu?

— Só placebos, remédios inócuos. O senhor sabe: *aqua fontis, panis naturalis*. Já havia experimentado demais com as glândulas do seu organismo. Procurei, isso sim, apoiá-lo, confortá-lo.

— Uma atitude louvável.

— Mas imagine: certo gigantismo equivale ao desterro. Para meu paciente, não há mulheres, nem jantares, nem camas, nem automóveis, nem casas. Os apartamentos modernos têm o pé-direito tão baixo! Além disso, o pobre Boi é um homem tímido. Só dé ser visto, já sente vergonha.

— Teve sorte de contar com um médico tão compassivo.

— Até certo ponto, só até certo ponto. Nesta vida precária nada dura, nem sequer nossos bons sentimentos. Chegou o dia em que me cansei da compaixão e comecei a fazer piada.

— Com sua própria vítima?

— Pois é, um absurdo. O Boi, em uma das minhas visitas, porque eu é que passei a visitá-lo, comentou que, enquanto o dinheiro não acabasse, ficaria trancado em casa, mas que provavelmente em um futuro não muito distante teria que sair para trabalhar.

— Do quê?

— Foi isso mesmo que eu lhe perguntei. Ele disse: "De monstro de circo". Sua resposta me pareceu tão apropriada e tão absurda que me deu vontade de rir. Devolvi: "Às vezes acho que o senhor reclama de barriga cheia. Muitos sofrem por ser anões. Por ser alto, ninguém". Ele já ia respondendo, porque achou que eu falava a sério, mas ao ver minha cara hesitou, como se não pudesse acreditar que eu estava fazendo troça da sua desgraça. Depois de me olhar desconcertado, me agarrou pelo pescoço e me sacudiu como um passarinho.

— Sacudido por esse gigante, quem não pareceria um passarinho?

— Eu mais do que muitos. Por pouco não me matou. Quando me soltou, eu estava todo desconjuntado e dolorido.

— Depois disso o viu outras vezes?

— Claro. Talvez o senhor tenha razão quando diz que sou um homem contraditório. Primeiro faço crescer o Boi e depois me sinto culpado. Conheço meus defeitos, mas nem sempre os corrijo.

— Como todo mundo. Me conte como foram esses encontros.

— O Boi, que é um homem obstinado, aferrou-se ao seu ressentimento. Os encontros foram penosos para ambos. Sem chegar a suprimi-los de todo, fui diminuindo sua frequência. Então notei em mim uma reação pouco digna.

— O que foi?

— Quando estava com ele, eu me sentia compungido, quase envergonhado de ter provocado sua desgraça. Mas bastava que não o visse por dois ou três dias para esquecer toda culpa e pesar. Até me senti inclinado a festejar o lado cômico da história.

— Mesmo que essa história tivesse um lado cômico, não me parece que o senhor seja a pessoa mais indicada para festejá-lo.

— Se pelo menos eu tivesse feito isso em segredo…

— O senhor o ofendeu?

— Recebi um jornalista. Quando são inteligentes, fico muito à vontade e me parece uma mesquinharia não falar com eles abertamente. Minha convicção de que tudo é precário me leva a pensar que o futuro também será e que nada tem importância. Acredito, isso sim, em cada momento como se fosse um mundo, o último mundo definitivo, e digo toda a minha verdade.

— Gostaria de saber como essas reflexões gerais repercutiram em sua conversa com meu colega.

— Irreparavelmente. Fiz piadas e confidências. Fui indiscreto. Aposto que nem imagina o que eu disse.

— Não, mesmo.

— Disse que desde o começo previ o crescimento do meu paciente e que, dominado pela curiosidade, e porque achava a situação divertida, levei o experimento até as últimas consequências.

— O Boi abriu um processo?

— Não.

— Sorte sua.

— Muito pior. Telefonou para me dizer que tinha lido minha entrevista no jornal e que ia me matar. Disse: "Como durante boa parte da minha vida o respeitei, não quero pegar o senhor de surpresa. Está avisado".

— O que o senhor fez?

— As malas. Parti no primeiro avião. O Boi me seguiu, como depois explicaram, em um avião de carga. Percorremos a Europa inteira. Até agora, eu sempre um passo à frente, mas seguido de perto, pode ter certeza. Não imagina a precipitação com que abandonei cidades onde permaneceria com prazer.

— Será que alguma dessas vezes o senhor não fugiu porque eu cheguei e pensou que eu era seu paciente?

— Impossível confundir. Por mais cuidado que ele tome, o pobre-diabo chama a atenção. É graças a isso que estou vivo. Escute o que aconteceu no Grand Hotel de Estocolmo. Lá insistiam em me entregar um jornal, escrito em sueco!, que enfiavam por baixo da porta do meu quarto. Uma manhã, quando me preparava para tomar um agradável desjejum, recolhi o jornal e, ao ver uma fotografia, disse em voz alta: "Não sabia que nestas latitudes festejavam o Carnaval". Pus os óculos, porque sem eles vejo tudo embaçado, e não pude reprimir um gemido. A fotografia não mostrava, como eu pensava, um bonecão de cortejo carnavalesco. Mostrava meu gigante, o Boi, rodeado de habitantes de Estocolmo, que o olhavam fascinados.

— O senhor voltou a fazer as malas?

— E a pegar o primeiro avião, agora para as Baleares. Desde então não passo um dia, onde quer que seja, sem perguntar em restaurantes, hotéis, cafés, bancas de jornais e revistas, onde mais puder imaginar, se por acaso não viram um gigante.

— Será que ele não vai aparecer aqui?

— Hoje, pelo menos, não. Sempre viaja a pé ou, no máximo, quando algum caminhoneiro tem pena dele, na carroceria do caminhão. Alguém me disse que ontem o viram na região de Dolder, perto de Zurique. Nesta casa eu não corro perigo (a porta é muito sólida e instalei grades nas janelas), mas para maior segurança amanhã levanto acampamento e vou para a Itália.

— É melhor antecipar a viagem.

— Por que diz isso?

— Acho que talvez o tenha visto no caminho.

— Esse monstro não se cansa de me perseguir. Onde o viu?

— Perto daqui. Eu vinha de Genebra, por Brig. De repente o carro levou uma pancada do lado direito e tive uma visão muito estranha.

— Como era?

— Não durou mais que um segundo. Achei que estava sonhando. Do meio da nevasca surgiu uma aparição gigantesca e caiu sobre o carro, de braços abertos.

— Será que morreu atropelado?

— Acho que não.

— Então é melhor irmos agora mesmo.

— Ele ainda deve demorar um pouco para chegar. O encontrão sem dúvida o deixou bem machucado.

— Seja como for, o senhor e eu vamos embora já. Assim que eu achar o livro que estou lendo.

— Para onde vamos?

— O senhor me segue, em seu carro, até Crevola, e dali pega a estrada direta para Lucarno. Eu vou para Milão. Não quero que por minha culpa lhe aconteça alguma coisa.

— E depois, o que o senhor faria no meu lugar? Acha que seria uma imprudência mandar nossa conversa para publicação?

— Faça como quiser. O que foi isso?

— O quê?

— Não ouviu? Estão batendo.

— Acho que tem razão.

— Estão batendo à porta.

— Não abra.

— Claro que não.

— Se não abrirmos, será que ele acaba desistindo?

— É melhor nos acostumarmos à ideia de que vamos ficar sitiados. Temos mantimentos para alguns dias.

— Ouviu? Parece barulho de madeira rachando. Teria derrubado uma árvore?

— Derrubou foi a porta. Vou recebê-lo. É melhor assim: não posso passar a vida fugindo. O senhor fique aqui, tranquilo. Sou médico. Sei acalmar os furiosos.

Que é que eu faço agora? Minha ajuda não faria diferença alguma contra alguém capaz de derrubar uma porta como aquela. Fugir pela janela é impossível. As barras da grade são muito próximas. Os gemidos do professor estão me deixando nervoso. Não consigo pensar. Não faz mal: vou manter a calma. Esse baque seco deve ser um móvel que o gigante atirou contra a parede. Não: no hall não há móveis. Se não foi um móvel, foi o corpo do pobre Haeckel. Agora não se ouve nada. Esse silêncio é horrível. Parece que posso ver o que há atrás da porta. O cadáver de Haeckel no chão, o gigante olhando em volta e se perguntando o que fazer. Apesar da sua dificuldade para pensar, de repente lembra que um criminoso não deve deixar testemunhas. Vai vasculhar a casa. Só espero que não comece por aqui. Ouço os degraus rangendo. Passos muito pesados e lentos vão subindo. Quem sabe eu me salvo. Assim que calcular que o gigante chegou ao topo da escada, corro para fora e vou direto para o meu carro. Lucarno fica perto demais. Não vou parar até a Itália. Até a Sicília. Sempre quis conhecer a Sicília. A última coisa que vou fazer, se me salvar, é publicar a entrevista. O gigante não vai ter nada contra mim. Os passos continuam. Essa escada não acaba nunca. Não acredito, ele está descendo. Mudou de ideia e vai começar a revista pelo térreo. Escondo o gravador atrás de uns livros, para que não o destrua, se entrar aqui. Os passos, que não quero ouvir, se aproximam. A porta se abre. Desligo o gravador.

O RELOJOEIRO DE FAUSTO

UM ACORDO

A música de *Os bandidos* o entristecia. Não estava apenas triste, mas também com raiva, o que naquelas circunstâncias era um tanto ridículo. Odiava as máscaras e odiava os bailes, e lá estava ele em um baile de máscaras, fantasiado de diabo. Deixou-se arrastar por uma mulher tola, que não lhe parecia bonita. Ou, melhor dizendo, pelo medo de que a mulher, se ele não a acompanhasse, encontrasse outro e o abandonasse.

Quando começaram a dançar, sentiu uma revulsão interna, um estalo de amor-próprio. "Isso é demais. Não vai dar", protestou, quase audivelmente. Alegou cansaço, certa dor no velho esqueleto, e propôs:

— Por favor, Mariana, vamos nos sentar.

Um sujeito — o que estava fazendo na pista sem parceira nem fantasia? — convidou-a para dançar, como se ele não existisse.

— Concede-me esta valsa? — disse untuoso.

Mariana lhe concedeu uma série interminável, porque as mulheres são incansáveis. Acotovelado em uma mesinha, junto ao seu vermute, podia acompanhar as evoluções do par, que aparecia e desaparecia entre os outros. "O pior é que não cheguei a isso por amor", refletiu, "mas por necessidade. Se eu a perder, talvez não arranje uma substituta. Vou sentir falta da Mariana por ser a última mulher da minha vida. Só por isso". Alguém se aproximou e falou com ele. Era outro diabo, mais gordo e, aparentemente, não mais jovem. Disse:

— Você é o Olinden? Temos amigos em comum. *Permesso*.

Bufando, deixou-se cair na cadeira desocupada. Olinden pensou: "A presença desse sujeito vai dar a ela um pretexto para não voltar. Tanto melhor. É uma idiota. É só ver como sacoleja o corpo". Sem dúvida estava triste, mas não por Mariana. Por ele mesmo. Porque sua vida se acabava.

— O senhor parece desanimado — disse o outro diabo.

Olinden olhou para ele. O traje, provavelmente de veludo, era cor de ameixa roxa. Pensou: "Uma ameixa gorda. Se não suar, é um diabo de verdade". Olhou-o mais detidamente. O rosto, esverdeado, estava coberto de suor. Tinha as olheiras e as grandes costeletas dos canalhas latino-americanos dos filmes antigos.

— Penso que minha vida está se acabando. Estou melancólico. Acha isso ridículo?

— Não é ridículo, mas precisa reagir. Ânimo. Eu não poderia viver um só minuto sem otimismo.

— Sempre fui otimista.

— Não parece.

A ideia, talvez, de que a comédia, a sua comédia, havia terminado, induziu-o à franqueza.

— Alimentei um otimismo tolo, baseado em uma loucura. Sempre acreditei que um dia encontraria um médico capaz de atrasar meu relógio biológico e prolongar minha vida em cinquenta ou cem anos. Talvez esteja triste porque descobri que não me resta muito mais tempo para esse encontro.

— Com um médico?

— Com quem mais seria? Com um curandeiro?

— Comigo, ora.

— Com o senhor? Fique sabendo que não acredito em curandeiros.

— Não me julgue pela aparência. Estou fantasiado.

— Todo mundo aqui está fantasiado.

— Eu um pouquinho mais. Escolhi esta fantasia para não ser reconhecido.

— Até as crianças se fantasiam para não serem reconhecidas.

— Muito engraçado — disse o outro diabo, com irritação —, mas acontece que eu não sou uma criança. Sabe quem eu sou?

— Quem?

— Prometa que não vai rir na minha cara. Aproxime-se. Vou lhe falar em voz baixa. Está preparado?

— Para quê?

— Como assim para quê? Para ouvir uma resposta surpreendente.

— Estou preparado.

— Eu sou o Diabo.

— Sei, sei.

— Não acredita em mim. Nada me ofende mais.

— Eu lhe digo que estou triste, e me vem com uma bobagem dessas.

— Meça suas palavras. O senhor sabe que sou vingativo. Quer que prove quem eu sou?

— À vontade.

Mal agitou um braço, a orquestra parou.

— Faça com que volte a tocar — pediu encarecidamente.

— Impressionado, não?

O diabo agitou o braço, e a orquestra rompeu a tocar. Olinden explicou:

— Uma pessoa vai voltar à mesa. Não tenho vontade de vê-la.

— Vamos por partes, como dizia Basile. Surpreso pela minha menção a Basile? Nunca me faltaram amigos neste mundo.

"Quem será esse Basile?", perguntou-se Olinden. Para responder alguma coisa, disse:

— O senhor não pode fazer nada. Não é médico.

— Homem de pouca fé. Só de teimoso, é capaz de deixar passar a chance da sua vida. Se quiser, eu lhe dou o suplemento de anos que tanto deseja.

— Se eu lhe vender minha alma.

— Se me vender sua alma.

— Não quer que eu ria, e me diz uma bobagem atrás da outra. Do que lhe serviria uma alma como a minha? De lenha do inferno? Porque, se pensa que vai me transformar em um homem muito mau, está muito enganado. As pessoas más me parecem idiotas. Além do mais, quem pode mudar um homem da minha idade?

— Tem razão. Ninguém.

— Então?

— Certas coisas são difíceis de explicar. No Inferno, assim como no Céu, acredite, somos antiquados. Lá valem leis que em qualquer outro lugar seriam absurdas.

— E o senhor, de vez em quando, vem dar uma voltinha neste mundo para comprar almas.

— Pois é… — disse o diabo, um pouco encabulado.

— Nesse caso, não vejo inconveniente.

— Negócio fechado?

— Fechado. Preciso assinar algum papel?

— Já disse, somos gente à moda antiga. Sua palavra me basta.

— Quando começa o rejuvenescimento?

— Não vai demorar, acredite. Pode ir sossegado.

MESES DEPOIS

Naquela noite rompeu com Mariana. Depois não a substituiu. Como o rejuvenescimento não começava (apesar dos sinais animadores), optou por se recolher, à espera do final. Inacreditavelmente, a situação não lhe pareceu penosa. Estava nisso na manhã em que, por faltar água em casa, foi tomar banho no clube e lá encontrou um amigo que lhe falou do doutor Sepúlveda.

— Um sujeito extraordinário. Peça rara, de uma inteligência...! Basta dizer que ele descobriu o método para atrasar nosso relógio biológico.

— Se é uma brincadeira, não tem graça alguma.

— Não é brincadeira. Falo por experiência própria. Sou amigo e paciente do doutor Sepúlveda. Guarda bem o endereço: Paraguay, 1.957, térreo. O telefone você acha na lista.

Olinden observou o consócio, balançou a cabeça, pensou: "Para ficar assim, nem vale a pena marcar uma consulta".

— Ele não muda ninguém de um dia para o outro — avisou o consócio. — O rejuvenescimento é gradual.

Ao longo da conversa, lembrou-se de quem era seu amigo, de como se chamava, de por que, trinta ou quarenta anos atrás, tinham deixado de se ver. Colega na faculdade de Letras, dos melhorzinhos, Paco Anselmi se juntou a uma turma de farristas insuportáveis, que viviam fazendo brincadeiras de mau gosto e pregando peças idiotas.

UMA SEMANA DEPOIS

Ligou para marcar uma consulta.

— Pode ser na próxima sexta? — perguntou a secretária.

— Pode, sim — disse Olinden.

Achou estranho que o único médico no mundo capaz de rejuvenescer alguém tivesse um horário livre tão cedo. Um ilustre desconhecido.

— Venha às nove, em jejum.

— Só quero falar com o doutor.

— Certo, mas venha em jejum. E com seu talão de cheques.

Não querendo que a secretária ficasse com a última palavra, perguntou:

— Vocês aceitam cheques de pessoas que não conhecem?

— O senhor Anselmi o recomendou.

NAQUELA SEXTA-FEIRA

O dia amanheceu frio e muito cinza. Por entre o maciço esbranquiçado da faculdade de Odontologia e uma série de vitrines que lhe deixaram a lembrança, sem dúvida falsa, de bandejas onde se empilhavam dentaduras postiças, caminhou até o consultório. Sentia uma fraqueza nas pernas, que atribuiu ao fato de sair sem café da manhã, e uma inexplicável mescla de apreensão e angústia. Embora levasse com ele o talão de cheques, estava decidido a não começar o tratamento naquela manhã. Aferrava-se a essa decisão como a uma boia.

Uma enfermeira abriu a porta. Na sala havia uma mesa com telefone, cadeiras alinhadas contra as paredes, um quadro, assinado Carrière, de uma mulher que parecia uma múmia desfiada, uma reprodução de Laocoonte.

— Pode sentar — disse a enfermeira.

— Não preciso preencher uma ficha?

— Depois vemos isso.

Não sabia se ficava contente por não ter de esperar que outros fossem atendidos antes dele ou preocupado por ser o único paciente. Lá sentado, recordou o medo que sentira, cinquenta e tantos anos atrás, ao ouvir que o chamavam para prestar seu primeiro exame em Letras. Com um sorriso forçado, pensou que estava, pela segunda vez, na hora da decisão, quando ouviu:

— Senhor Olinden?

Levantou-se rapidamente e sentiu uma leve tontura. Entrou no consultório.

O doutor, atento a um livro que ia recolocando na sua modesta biblioteca, estendeu-lhe a mão. Era um homem magro, de testa larga, rosto estreito e pálido, olhos grandes, febris, escuros. Nada nele parecia muito limpo.

— Detesto trabalhar em equipe — declarou com fúria. Suspirou e disse:
— Quem tem apenas dois braços não pode salvar muita gente! Vou ser muito claro com o senhor: sou eu que escolho meus pacientes.

— Entendo — respondeu Olinden.

Por causa do nervosismo, não entendia direito. Lembrou-se de um recurso para recuperar o prumo, que às vezes dava certo: formular mentalmente uma frase. A que pensou não o tranquilizou: "Me coube um médico anterior à assepsia". O médico estava dizendo:

— Muito bem. Primeiro, a questão inevitável: que motivo o senhor me dá para prolongar sua vida?

Sentiu-se um idiota por não ter previsto a pergunta. Devia dizer algo, improvisar, lançar à sorte o tão ansiado suplemento de cinquenta anos. Agora desejava que o aceitassem, que o tratamento começasse naquela manhã.

O telefone tocou. O médico atendeu, girou na cadeira, deu-lhe as costas e, encurvado sobre o aparelho, manteve uma longa conversa. Olinden ouvia apenas sussurros.

Pensou: "Um telefonema providencial, desde que eu saiba tirar proveito da pausa". Tentou pensar rapidamente. Era arrimo de uma família que ia ficar desamparada? Ou era um escritor e não queria deixar um livro inacabado? Ou era um homem de ciência e não se resignava a interromper a pesquisa que, mais dia, menos dia, desembocaria em uma descoberta benéfica para a humanidade? Percebeu que não tinha coragem de formular semelhantes mentiras. Sua cara o delataria. Ouviu então palavras prementes:

— Estou esperando a resposta.

Por não encontrar nada melhor para dizer, disse o que sentia:

— Talvez eu não tenha um motivo especial. Acho chato que se interrompa...

— Que se interrompa o quê? Sua vida, sua consciência?

— Minha consciência, claro.

— Uma resposta adequada. Não me venham com grandes obras nem com descobertas salvadoras, para um mundo que, mais dia, menos dia, vai desaparecer. Um desejo espontâneo, direto, como o seu, é outra coisa. Merece atenção.

Não pôde evitar uma objeção:

— E no entanto, doutor, o senhor sabe melhor que ninguém que as grandes descobertas acontecem.

— Diz isso por causa do relógio biológico? Foi apenas um golpe de sorte, além da astúcia necessária para não desperdiçá-lo. Escute, Olinden: cada um tem o direito de fazer o que quiser. Se pretende descobrir alguma coisa, ou deixar uma obra, vá em frente. Mas se, ainda por cima, quiser apoio, não conte comigo. Eu lhe diria "cada qual é dono do seu nariz", como no provérbio. Está no Eclesiastes: todo trabalho é ilusório. Um jogo para nos entretermos. Ao contrário, quando desejamos vivamente, entra o sentimento. Algo próximo do que poderíamos chamar de real. Acha que sou um sentimental asqueroso?

"Não entendi nada", pensou Olinden, e não abriu a boca.

OUTRO ACORDO

Nos dias de cama pensou, repensou, sonhou. Na sexta-feira em que chegou ali, devia estar perturbado pelo medo, pois agora não se lembrava do momento em que viu pela primeira vez boa parte do que havia registrado na memória. Por exemplo, a clínica onde se encontrava, uma espécie de hospital de campanha, com a sala de cirurgia e uma fileira de cubículos que davam para um corredor, com um banheiro em um extremo e, no outro, a porta que comunicava com o consultório. Cada cubículo era constituído de quatro cortinas de pano grosso, cor de ameixa vermelha ou roxa, penduradas em anéis de metal, que eram abertas ou fechadas deslizando por uma armação de canos niquelados. Em um desses quartinhos ficava sua cama.

Também com a secretária — e única enfermeira da clínica — lhe aconteceu uma coisa estranha. Ao telefone, tomou-a por uma mulher segura de si, o que para ele não era necessariamente uma qualidade admirável, e quando o recebeu na sexta-feira, confirmou a primeira impressão. Achava que mal tinha olhado para ele. A primeira vez que a viu detidamente foi em sonhos, quando o sedaram. Sentiu tamanha atração por ela que disse a si mesmo (com uma palavra que não costumava usar quando estava acordado): "Aqui começa o romance da minha vida". Passado o efeito da anestesia, constatou que ela era idêntica à sonhada (o que leva a crer que já a observara, conscientemente ou não). Chamava-se Viviana, era natural de Tucumán, até que bonita, cabelo castanho-claro, traços regulares, olhos pardos, que sabiam expressar compreensão e alegria, pele branca, estatura mediana. Olinden não sabia explicar por que ela o atraía tanto, mas não lhe faltavam motivos: tratou dele com devoção, com eficiência, com graça natural, até com ternura. Assim que precisava dela, Viviana aparecia (tinha sete pacientes sob seus cuidados; é verdade que os pacientes de Sepúlveda, em geral, não sofriam "complicações"). A limpeza e a comida estavam a cargo de outra funcionária, talvez displicente, mas boa pessoa.

A frase sonhada se realizou. À noite, antes de apagar a luz, a enfermeira o visitava. Perguntava se precisava de alguma coisa, tratava de que não faltasse água fresca na garrafa térmica, arrumava um pouco sua cama. Nessa arrumação, na terceira noite, Viviana demorou as mãos embaixo das cobertas, e ele chegou a pensar "Será que ela vai…?". Um instante depois, estava em cima dele, beijando-o tão continuamente que mal o deixava respirar. Esses afãs levaram mais de uma hora, e depois custou a aceitar que Viviana partisse. Ficou apaixonado: uma situação em que não se via há muito tempo.

Adormeceu. No dia seguinte, acordou com ânimo excelente e, quase de imediato, começou a relembrar. Seus primeiros pensamentos foram um cômputo assombroso. "Claro", pensou, "nunca tinha estado com uma mulher que me atraísse tanto". Mas, sem tirar os méritos da tucumana, com uma ponta de incredulidade e muita esperança, considerou que não era desatinado supor que o tratamento estivesse funcionando. Mal se entregara à alegria, que expressou com a palavra "Consegui!", já se perguntou se seu rejuvenescimento não teria sido apenas para o sexo. Talvez não se tratasse de outra coisa. "Dão tanta importância à vida sexual que a confundem com a própria vida", pensou. "Mas o que queria?", Sepúlveda lhe perguntaria, "Que lhe devolvesse a juventude completa?". Saltou da cama, correu até o espelho. Estava com a mesma cara de sempre, com aqueles tufos de cabelo morto, os olhos tristes, a palidez, a expressão estúpida e ansiosa.

AUGE TEMPORÁRIO

Viviana, que se mudou para o apartamento de Olinden, continuava trabalhando como secretária do médico, mas não ia mais à clínica. Foi substituída por duas enfermeiras, uma no turno do dia, outra no turno da noite. Mesmo assim, como Sepúlveda a considerava insubstituível, não deixou de assisti-lo na operação de todos os pacientes que entravam nem no exame final dos que saíam.

Foram felizes por longos anos. O ciúme de Olinden nasceu provavelmente na noite em que Viviana, falando sabe-se lá do quê, disse que ele era inteligente, "mas, claro, não tanto quanto o Sepúlveda": palavras que gelaram sua alma. Com o tempo superou o golpe e, levando tudo na brincadeira, comentou com um amigo: "Tive um surto de soberba diabólica. Senti que não suportava a ideia de que minha inteligência fosse inferior a outra".

Recaiu no ciúme. Sem dúvida, nunca uma mulher tinha sido tão importante para ele quanto Viviana. O ciúme se mostrou um bichinho astuto, rastreador de revelações ingratas. Logo o levou à certeza de que Viviana e Sepúlveda eram amantes e, pouco depois, a uma suspeita ainda mais dolorosa: o exame final dos pacientes internados não consistiria em algo bem parecido à sua inesquecível terceira noite? Era por isso que Viviana voltava sempre tarde, cansada, apressada para comer qualquer coisa, beber água e ir dormir. Olinden se perguntava como Sepúlveda, se a amava, tolerava aquilo... "É que ele não tolera. Exige. Afinal, para ele, nada é mais importante que o tratamento, e precisa verificar sua eficácia."

Naquela noite a esperou sem intenção de pedir explicações, mas logo se viu escolhendo palavras recriminatórias. Reagiu, entendeu (ele a amava tanto) que devia haver um jeito de convencê-la, pois era respaldado por bons sentimentos e pela busca da verdade. Ouviu o duplo giro da chave na fechadura, viu a porta se abrir e Viviana aparecer, pálida e com fundas olheiras. "Veio diretamente da cama!", pensou. Se ele ficasse calado naquele momento, agiria como um hipócrita. Com gritos roucos e destemperados, começou um interrogatório. A moça não negou nada.

No dia seguinte, quando ele ia saindo, Viviana lhe perguntou se não a amava mais. Como ela havia sido muito franca, Olinden escrupulosamente disse o que sentia:

— Continuo te amando.

— Um dia vai me perdoar?

— Acho que sim, mas...

— Mas o quê?

— Nunca vai ser como antes. Agora te vejo de outro modo.

NO CLUBE

Na boca da noite, quando voltou ao apartamento, notou algo diferente. Sem dar maior importância, dispôs-se a esperar por ela. Era tarde, ela não chegava. De repente descobriu. A ordem o surpreendera: era talvez excessiva. Abriu o armário do quarto. A roupa de Viviana não estava lá.

Sentia saudade da moça. Como que agarrado a algo alheio à sua vontade, não a procurou nem ligou para ela. Ao longo de dias, meses, anos, que passaram, segundo ele, "em um descuido", aprendeu idiomas; foi sucessivamente jornalista, professor em colégios particulares, tradutor; praticou vários esportes, em vários clubes; conheceu muitas mulheres, que não o agradaram muito. Pensava: "Quem mandou", sem entender que era guiado pelo impulso de uma imaturidade sem dúvida anacrônica.

Em seu já longo caminho, Olinden acabou chegando a uma região pela qual andara tempos atrás e que tinha esquecido: o estreito mundo dos velhos. Voltaram os achaques, as cismas, os temores, mas reagiu: "Por que tanta agonia? É só eu ver o Sepúlveda, e pronto". Com persistência de velho maníaco, recaía na ansiedade. "Eu perguntei para o doutor se poderíamos repetir o tratamento, quando chegasse a hora? Tive algum gesto de gratidão com ele? Alguma vez o procurei para saber como estava? Mandei algum presente, um mísero cartão de boas festas? Nada. Sou um idiota. Por causa do maldito ciúme, me comportei como um mau sujeito." Preparado para escutar recriminações justificadas, finalmente se abalou até a rua Paraguay. Como em um pesadelo, olhava os números 1.955 e 1.959 e procurava em vão o 1.957; os outros dois correspondiam a diferentes entradas de um mesmo edifício, que não era o do consultório.

Pelo jeito, ninguém ali nem no bairro conhecia o doutor Sepúlveda. Correu até um clube que frequentava na época e lá consultou diversas listas telefônicas, inclusive uma só de médicos. Em nenhuma delas constava Sepúlveda. Por fim, quando ia perdendo as esperanças, um indivíduo que parecia mais velho que ele lembrou:

— Sepúlveda? Não era um charlatão, como aquele que fazia chover em Villa Luro?

— Era médico.

— Isso mesmo, o médico das curas milagrosas. Morreu faz tempo.

Não conseguiu mais qualquer informação, nem daquele velho nem das demais pessoas interrogadas. Tudo parecia indicar que Sepúlveda tinha mesmo morrido e que ninguém se lembrava dele. A investigação que empreendeu para encontrar Viviana foi mais curta e talvez mais desalentadora.

"Desta vez vou ter que me conformar", pensou. Como quem se despede, visitou lugares da cidade dos quais guardava boas lembranças. Uma tarde entrou no Jardim Zoológico. Desde a infância que não o percorria. Passou pelo pavilhão dos ursos, pelo dos felinos e se viu diante de uma jaulinha, com um bicho horrível, mais feio e ordinário que um porco, provavelmente mais feroz que o javali.

— Sabia que o encontraria aqui! — Não era o animal que falava com ele, como pensou em um primeiro momento, mas o diabo do baile de máscaras. Reconheceu-o de imediato, embora vestisse um terno marrom, puído, em vez da fantasia de diabo. "Está idêntico", pensou. "Para ele, não se passou um dia." O diabo continuava falando: — Ou não se lembra do nosso combinado? Não me venha com a história de que não assinou nada. O senhor não me escapa. Espero que tenha passado bem esse tempo todo, porque chegou a hora da sua viagenzinha para meus pagos. Pois é, meu bom senhor: digam o que disserem, o inferno existe. Logo verá.

Por mais estranho que pareça, Olinden não tinha voltado a pensar no diabo e no seu pacto. Para se defender, disse:

— Para o senhor, não devo nada.

— Suas palavras provam o contrário.

— Pode-se saber por quê?

— Eu me lembro muito bem do que o senhor me disse naquele magnífico salão de baile: que se eu pensava que ia transformá-lo em um homem mau, estava muito enganado. Suas palavras provam que, pelo menos, o transformei em um ingrato. É hora de pagar a dívida.

— Não tenho dívida nenhuma com o senhor. Quem me rejuvenesceu foi o doutor Sepúlveda.

— O famoso farsante? Me explique uma coisa: se não era um pobre charlatão, por que morreu? Por que não usou nele mesmo aquele tratamento que deu tão certo?

— Vai ver que morreu em um acidente.

— Pois fique sabendo que morreu de velho. Mesmo Diabo, sou mais honesto que muita gente por aí. Reconheço minha dívida com o senhor.

— Não diga — respondeu Olinden, fingindo indiferença.

— Digo sim. E digo mais: vou pagá-la. O senhor lembra que me perguntou para que eu queria sua alma? Tinha razão. Não me serve para nada. Pode ficar com ela. Isso sim: firmamos um novo contrato.

— Não o considere aceito.

— Considero, sim. Primeiro: quem manda sou eu. Segundo: quem ganha é o senhor.

— Eu ganho o quê?

— Mais cinquenta anos de vida, que lhe dou agora mesmo, em troca de um testamento, assinado perante um tabelião, legando a mim seus dois apartamentos, o que ocupa e o alugado.

— E eu passo a viver das minhas traduções? Quer que eu morra de fome? Pode ficar com seus cinquenta anos.

— Realmente, eu o transformei em um de nós. O senhor é um miserável. Não tem senso de equidade. Estou lhe propondo uma troca mais que generosa. Eu lhe pago o que me cabe agora mesmo, e o senhor só daqui a cinquenta anos. Só exijo o testamento porque não acredito na sua palavra. Daqui a cinquenta anos, esses bens que tanto o preocupam não lhe servirão para nada, pois já vou avisando que não vou renovar sua vida mais uma vez. Sou o Diabo e posso ser mau.

— E para que o senhor quer meus apartamentos?

— Assim como os deuses de outras igrejas, eu também quero ter minhas propriedades aqui na Terra. Como seu pagamento não é à vista, exijo testamento assinado perante um tabelião, que vou escolher entre as muitas pessoas da minha confiança. Terei que contornar certas dificuldades. Por mais que me conheçam, quando eu me apresentar para receber a herança, é bem capaz de não quererem me dar o que me cabe. Mas sou astuto, eles vão se dar mal. Até o fim desta semana, o senhor será informado, em um único telefonema, do nome e endereço do tabelião e do pseudobeneficiário, que será — acrescentou com um risinho seco — beneficiária.

Uma coincidência do acaso, coisa que nos empenhamos em excluir da história do mundo e que está, como Deus, em toda parte, quis que seu périplo de visitas incluísse o clube Regatas de Avellaneda, uma ilha do Riachuelo onde, na segunda juventude, ele havia jogado tênis. Lá encontrou Anselmi, que estava jogando um single representando o Regatas na Liga Interclubes, pela 4ª B, contra o Deportes Racionales. Do outro lado do alambrado que rodeava a quadra, Anselmi gritou:

— É o último set. Me espera, não vai embora.

Para que Olinden pudesse participar do chá das equipes, fingiram que ele era o capitão da 4ª B do Regatas. Anselmi o fez sentar na cadeira ao seu lado e lhe perguntou o que estava fazendo no velho clube.

— Resolvi dar adeus a alguns lugares. Só por via das dúvidas.

— Que coisa mais lúgubre! Já não te dei o endereço de um médico? E você comprovou que não era brincadeira.

— É verdade, só que ele morreu.

— Eu sei, lamentável. Mas estava pensando em outra pessoa que pode te ajudar. Um novo prazo não seria nada mau, concorda?

— Sem dúvida.

— Você conheceu a Viviana, a enfermeira dele?

— Claro.

— Já começou a desconfiar — comentou Anselmi, talvez por causa do jeito como Olinden ficou olhando para ele.

— Não é desconfiança. É que fazia muito tempo que não ouvia falar dela.

— É uma pessoa incrível.

Pensou que antigamente era tão ciumento que uma frase como essa o deixaria furioso. Agora era só gratidão.

— Você se encontra com ela?

— No jantar anual em que reunimos alguns pacientes do Sepúlveda, os autointitulados "Sobreviventes". Vivemos como agentes secretos, que devem esconder sua identidade. Nosso grande alívio é falarmos com toda a liberdade uma vez por ano.

— Não sei se vou poder esperar até esse jantar.

— Quem disse que precisa esperar? É só a gente marcar, que eu te passo o contato da Viviana. Acabo de ser nomeado secretário e tenho em casa a lista dos sócios, com todos os dados. Em troca desse segundo favor, você se associa ao Clube dos Sobreviventes. A anuidade é tua parte no jantar. No próximo, você vai ser o mais jovem.

— Quando conheci a Viviana, ela não estudava medicina.

— Agora está estudando, mas tem algo mais importante que pesa a favor dela: o Sepúlveda fez questão de que estivesse ao seu lado em todas as operações e, chegada a hora, que ela o operasse. É verdade que, enquanto o operava, ele ia dando as instruções. Depois que o Sepúlveda morreu, ela operou muitos de nós, sozinha. Falo da segunda operação, claro.

O HERÓI E A HEROÍNA

Eles se encontraram no morrinho da praça Roma, lugar que já teve seu encanto, apesar da proximidade agitada e barulhenta da avenida Leandro Alem. Conversaram. Viviana, linda e jovem como sempre, comentou que trabalhava ali perto, no escritório de uma empresa. Olinden relatou seus dois encontros com o diabo.

— Você nunca me falou dessa história do salão de baile.

— É que eu não acreditava que ele fosse o diabo.

— E você tinha razão, Eu, da minha parte, tenho um palpite. Apostaria que teu diabo é o Poldnay.

— Nunca ouvi esse nome.

Viviana esboçou uma descrição do sujeito, seguida destas palavras, que a resumiam:

— Parece um vilão de filme antigo. O delegado de algum vilarejo latino-americano.

— Começo a achar que é ele mesmo.

— Tinha um salão de baile na avenida Rivadavia, na altura do 7.000.

— É ele mesmo. A primeira vez que falou comigo foi nesse salão. Quase me convenceu quando levantou um braço e fez a orquestra parar de tocar.

— Sempre gostou de pregar peças. O Anselmi o conhece. Foi colega dele no colégio e depois o via bastante seguido. Disse que tinha ótimo faro para negócios sujos, que sempre davam errado.

— Você se lembra do nome do colégio?

— Não. O Anselmi sempre fala dele como "o instituto do professor Basile".

— Vocês se encontram muito?

— Somos amigos, mas só nos encontramos no nosso jantar anual. O Anselmi é que levou o Poldnay ao consultório, e o Sepúlveda lhe aplicou o tratamento. — Depois de uma pausa, acrescentou: — Ainda bem que ele devolveu tua alma. Está aí uma coisa que é melhor não vender, mesmo que o diabo não exista.

Olinden pensou: "Já que eu estava me acostumando à ideia de fazer um testamento, vou deixar tudo para a Viviana".

— O tal Poldnay é daquela turma de amigos piadistas do Anselmi?

— Era o chefe, o líder — respondeu Viviana. — O que eu não entendo é como você acreditou que um traste daqueles pudesse ser um ser sobrenatural.

— O Sepúlveda tinha morrido, você estava sumida, eu tinha que me agarrar a alguma esperança. Um desesperado acredita em qualquer coisa.

— É verdade, em qualquer coisa.

Olinden argumentou:

— Para acreditar no Sepúlveda, também era preciso um bocado de fé.

— De novo não entendo — disse Viviana, muito séria.

— Difícil acreditar que hoje em dia um médico capaz de devolver a juventude às pessoas não fique famoso.

— Ele sempre disse que era uma peça rara. Explicava: "Somos peças raras, porque nos basta o conhecimento e a eficácia. Em todas as profissões há alguns como nós". Em relação a essa questão, costumava citar um célebre doutor Abreu, para quem havia dois tipos de médicos: os que sabiam das coisas e os que ganhavam prêmios.

— Alguém substituiu o Sepúlveda? Pergunto para o caso de eu querer me operar.

— Uma simples enfermeira, que está estudando medicina. Ou então o doutor Ribero, um doutorzinho recém-formado. Com uma ou com outro, você vai ter que se armar de coragem.

— Qual dos dois você recomendaria?

— A enfermeira. Eu ajudei o Sepúlveda em todas as operações. Fui eu que ensinei tudo para o Ribero. Operei muita gente, e ninguém morreu.

— Você disse que operou o Sepúlveda.

— Foi minha primeira vez. Ainda não tinha pegado o jeito.

— E ele morreu na operação?

— Não, trinta anos depois. Eu posso não te dar os cinquenta anos que o Sepúlveda te daria, mas uns trinta, ou um pouco mais. Depois você pode repetir a operação. E até lá, quem sabe já estou operando como uma maga.

— Para tomar essa decisão, vou ter que te pedir uma coisa. Que você venha viver comigo.

— Agora mesmo.

Pouco depois, quando a ajudava na mudança, perguntou:

— Por que o Sepúlveda não quis ser operado de novo?

— Era mais inteligente que nós. Disse que não valia a pena.

Olinden inclinou-se para a frente, preparando-se para rebater o que acabava de ouvir. Engoliu a réplica e disse, por fim:

— Não vale a pena.

— O quê? Continuar vivendo?

— Imagina! Eu, por mim, não saio do cinema enquanto o filme não terminar.

O NOÚMENO

Provavelmente foi Carlota quem teve a ideia. O fato é que todos a aceitaram, ainda que a contragosto. Era o início da tarde de um dia muito quente, 8 ou 9 de janeiro. Quanto ao ano, não há dúvidas: 1919. Os rapazes não sabiam o que fazer e diziam que não havia uma alma viva na cidade, porque parte dos amigos já estava veraneando. Salcedo confirmou que o parque Japonês ficava perto. Acrescentou:

— É bom encasquetarmos o palhinha e irmos pela sombra, em fila indiana.

— Vocês têm mesmo certeza de que é no parque Japonês que funciona o Noúmeno? — perguntou Arribillaga.

Carlota disse que sim. "O Noúmeno" era um cinematógrafo unipessoal, que na época estava dando o que falar, até nas páginas policiais.

Arturo olhou para Carlota. No seu vestido branco, tinha ares de grega ou romana. "Uma grega ou romana muito bonita", pensou.

— Então vale a pena nos abalarmos até lá — disse Arribillaga. — Para formarmos uma opinião sobre o assunto.

— Totalmente imprescindível — disse Amenábar com ironia.

— Eu também não vejo vantagem nenhuma em ir — disse Narciso Dillon.

— Para mim vai ficar meio apertado — avisou Arturo. — O trem sai às cinco.

— O que acontece se você não for? Tua fazenda vai desaparecer? — perguntou Carlota.

— Não acontece nada, mas estão me esperando.

Embora a fila indiana não fosse indispensável, também não era o caso de pegar uma insolação e derreter, portanto avançaram em duplas pela estreita e descontínua faixa de sombra. Carlota e Amenábar caminhavam à frente; depois, Arribillaga e Salcedo; por último, Arturo e Dillon. Este comentou:

— Como somos valentes.

— Por sairmos com esse sol de rachar? — perguntou Arturo.

— Por irmos enfrentar a verdade nesta calma.

— Ninguém acredita no Noúmeno.

— Claro que não.

— É da mesma família do periquito do realejo.

— Então, das duas uma. Ou não acreditamos, e aí não temos por que ir lá, ou acreditamos e… Já parou para pensar, Arturo, nesse grupo de voluntários? As pessoas mais contraditórias da República. A começar por este seu criado. Nasci cansado, não sei o que é trabalhar, se um dia ficar sem dinheiro, dou um tiro na cabeça, e não tem domingo em que eu não aposte até o último centavo nos cavalos.

— Quem é que não tem contradições?

— Uns menos que outros. Você e eu não vamos ao Noúmeno pulando de alegria.

Arturo disse:

— Talvez por suspeitar que, para continuar vivendo, é melhor fechar os olhos para certas coisas. Já pensou no que vai acontecer quando o Arribillaga entrar lá e vir como o aparelho combina seu orgulho de perfeito cavalheiro com sua ambição política?

— Vai sair em disparada, enquanto o Noúmeno voa pelos ares — disse Dillon. — Será que o Amenábar também tem contradições?

— Duvido.

Quando conheceu Amenábar, Arturo estudava trigonometria, sua última matéria no colégio, para o exame final de segunda época. Um parente, professor no colégio Mariano Moreno, o recomendou. "Se você estudar com um moço chamado Amenábar", disse, "não só vai passar em trigonometria, como vai saber matemática". Assim foi, e os dois logo travaram uma amizade que continuou depois do exame, com aquelas longas conversas filosóficas que em certa época eram tão típicas da juventude. Por meio de Arturo, Amenábar conheceu Carlota e depois os outros. Todos o tratavam como se fosse um deles, com a mesma despreocupada camaradagem, mas todos viam nele uma espécie de professor, que podiam consultar sobre qualquer coisa. Por isso o chamavam "El Profe".

Dillon comentou:

— Sua ideia fixa é a coerência.

— Quem dera muitos tivessem essa ideia fixa — respondeu Arturo. — Ele mesmo diz que a coerência e a lealdade são as virtudes mais raras.

— Ainda bem, porque senão, levando essa vida… O que seria de mim sem o domingo no jóquei? Dava um tiro na cabeça!

— Se as pessoas dessem um tiro na cabeça porque a vida não faz sentido, não sobrava ninguém.

— Será que a Carlota também é contraditória? Ela que inventou o programa.

— A Carlota é um caso à parte — explicou Arturo, com aparente objetividade. — Esbanja coragem.

— As mulheres costumam ser mais corajosas que os homens.

— Eu diria que ela é mais homem que muitos homens.

Talvez Arturo não estivesse tão contente quanto parecia. Quando falava de Carlota, se reanimava.

— Não conheço moça mais independente — assegurou Dillon, e acrescentou: — Claro que o dinheiro ajuda.

— Ajuda. Mas a Carlota era muito nova quando ficou órfã. Tinha acabado de fazer dezoito. Podia ter se acovardado e buscado apoio em alguém da família. Mas se arranjou sozinha.

"E felizmente lá vai ela, caminhando com o Amenábar", pensou Arturo. "Seria desagradável que estivesse com o outro a seu lado."

Entraram no parque Japonês. Arturo percebeu com certo alívio que ninguém tinha pressa de chegar ao Noúmeno. O problema é que esse não era o único perigo. Também havia a Montanha-Russa. Para evitá-la, propôs o *Water Shoot*, aonde subiram de elevador. Do alto da torre, desceram em um bote, a grande velocidade, por um tobogã, até o lago. Passaram pelo Disco da Risada, tiraram fotografia em motocicletas Harley Davidson e em aeroplanos pintados em painéis e, atrás do teatro de marionetes, onde três músicos tocavam "Cara sucia", viram um quiosque de blocos de pedra cinza, em *papier-mâché*, que, pela forma e pelas duas esfinges ladeando a porta, lembrava uma tumba egípcia.

— É aqui — disse Salcedo apontando para o quiosque.

No letreiro estava escrito: "O Noúmeno" e, à direita, em letras menores: "de M. Cánter". Um instante depois, um velho de cor macilenta se aproximou deles para perguntar se queriam ingressos. Arribillaga pediu seis.

— Quanto tempo cada um vai ficar aí dentro? — perguntou Arturo.

— Menos de quinze minutos. Mais de dez — respondeu o velho.

— Bastam cinco ingressos. Se der tempo, depois eu compro o meu.

— O senhor é o Cánter? — perguntou Amenábar.

— Sim — disse o velho. — Infelizmente, não dos Cánter da fábrica La Sin Bombo, mas de outros bem mais pobres, vindos da Alemanha. Preciso ganhar a vida vendendo ingressos para este quiosque. Seis, ou melhor, cinco miseráveis ingressos, a cinquenta centavos cada um!

— Tem alguém aí dentro agora? — perguntou Dillon.

— Não.

— E além de nós, ninguém esperando. Ficaram com medo do seu Noúmeno.

— Não vejo por quê — replicou o velho.

— Por causa do que saiu nos jornais.

— Pelo visto, o senhor acredita na letra de imprensa. Se lhe disserem que alguém entrou neste quiosque todo feliz e saiu transtornado da cabeça, acredita? Não considera que por trás de cada pessoa há uma vida que ninguém conhece e talvez motivos mais prementes do que meu Noúmeno para tomar uma decisão drástica?

Arturo perguntou:

— Como o senhor teve a ideia do nome?

— Não foi ideia minha. Foi um jornalista que deu esse nome, por engano. Na verdade, o noúmeno é aquilo que cada pessoa descobre aí dentro. A propósito: venham, senhores, entrem! Por cinquenta centavos conhecerão o último grito do progresso. Esta pode ser sua última chance.

— Desejem-me boa sorte — disse Carlota.

Acenou e entrou no Noúmeno. Arturo a recordaria naquela porta, como em uma imagem emoldurada: o cabelo castanho, os olhos azuis, a boca imperiosa, o vestido branquíssimo. Salcedo perguntou a Cánter:

— Por que o senhor disse que esta pode ser nossa última chance?

— Porque é preciso dizer alguma coisa assim para animar o público — explicou o velho, com um sorriso e uma momentânea efusão de boa cor que lhe deu aparência de ressuscitado. — Mas também porque a interdição municipal está sempre pairando sobre nossas cabeças.

— Cabeças? — perguntou Arturo. — As suas ou as de todos?

— As de todos os que recebemos a visita de senhores que vivem de nos ameaçar com a interdição. Os senhores inspetores municipais.

— Uma vergonha — disse Salcedo, gravemente.

— As pessoas precisam comer — disse o velho.

Depois de "Cara sucia", o trio vizinho tocou "Mi noche triste". Arturo pensou que por causa daquele tango, que sempre o angustiava um pouco, estava nervoso porque a moça demorava a sair do Noúmeno. Por fim saiu e, como todos a olhavam inquisitivamente, disse com um sorriso:

— Ótimo. Impressionante.

Arturo pensou: "Seus olhos brilham".

— Lá vou eu — exclamou Salcedo e, antes de entrar, virou-se e murmurou: — Não vão embora.

Talvez tenha finalizado com um "hein?" muito fraco.

— *Felice morte* — gritou Arribillaga.

Carlota passou ao lado de Arturo e disse em voz baixa:

— Você não entre.

Antes que ele pudesse perguntar por quê, Carlota já se pegara em uma conversa com Amenábar. O tom em que ela disse aquelas três palavras lembrou-lhe tempos melhores.

No teatro de marionetes, estavam tocando outro tango. Quando Salcedo saiu do Noúmeno, entrou Amenábar. Arribillaga perguntou:

— E então?

— Nada de extraordinário — respondeu Salcedo.

— Só me diz uma coisa — interveio Dillon. — Será que aí dentro eu consigo alguma dica para o domingo?

— Acho que não.

— Então não me interessa. E acho até bom.

— Eu, ao contrário, acho bom ter entrado. Lá dentro tem uma espécie de máquina registradora, mas de pé, e uma sala, ou cabine, de cinetoscópio, com uma cadeira e um pano que serve de tela.

— Esqueceu o projetor — disse Carlota.

— Isso eu não vi.

— Nem eu, mas o buraco fica atrás da tua cabeça, como em qualquer sala de projeção, e ao erguer os olhos você vê o feixe de luz no escuro.

— Achei o filme ótimo. Eu sentia que o herói passava por situações idênticas às minhas.

— E acabou bem? — perguntou Carlota.

— Felizmente, sim — disse Salcedo. — E o teu?

— Depende. Conforme a interpretação.

Salcedo ia perguntar mais alguma coisa, mas Carlota se aproximou de Amenábar, que ia saindo do quiosque, e perguntou qual era seu veredicto.

— Eu nem para o Noúmeno tenho veredictos. É um jogo, um simulacro engenhoso. Uma novidade bastante velha: a máquina de pensar de Raimundo Lúlio atualizada. Poderia até afirmar que, enquanto o espectador se limitar às teclas que correspondem ao seu caráter, a resposta será favorável; mas se resolver apertar todas as teclas correspondentes às virtudes, a resposta imediata será *Hipócrita*, *Ególatra*, *Mentiroso*, em três círculos de luz vermelha.

— Você fez o teste? — perguntou Carlota.

Rindo, Amenábar respondeu que sim e acrescentou:

— Acha pouco sério? Pois o que eu achei pouco sério foi esse cinetoscópio. Que fita! Como se nos tomassem por bobos.

Depois de olhar o relógio, Arturo disse:

— Preciso ir.

— Não vai me dizer que está com medo do Noúmeno? — perguntou Dillon.

— Para ser sincero, essa porta alta e estreita parece a entrada de um túmulo — disse Salcedo.

Carlota explicou:

— Ele tem que tomar o trem das cinco.

— E antes passar em casa, para pegar a mala — acrescentou Arturo.

— Tem tempo de sobra — disse Salcedo.

— Quem garante? — disse Amenábar. — Com a greve, os bondes não estão circulando, e quase não vi carros nem charretes de praça.

O que Arturo viu ao sair do parque Japonês lhe lembrou um álbum de fotografias de Buenos Aires, com as ruas desertas. Para que essas provas documentais não contrariassem sua convicção patriótica de que as ruas da nossa capital eram muito movimentadas, pensou que as fotografias deviam ter sido tiradas de manhã bem cedo. O problema é que agora não eram as primeiras horas da manhã, e sim do meio da tarde.

Amenábar não exagerava. Não se viam nem sequer carros particulares. Iria até Constitución a pé? Uma caminhada para ele heroica, que implicava o risco de chegar à estação quando o trem já tivesse partido. "Mas que desânimo é esse? Por que pensar no pior?", disse a si mesmo. "Com um pouco de sorte, talvez consiga uma condução que me leve para Constitución." Até a Cerrito, bordeou o paredão do Central Argentino, olhando o tempo todo para trás, para ver se aparecia um carro ou uma charrete de praça. "Se eu continuar assim, antes de cansar as pernas, vou cansar o pescoço." Virou à direita na Cerrito, subiu a ladeira, seguiu rumo ao Barrio Sur. "Da esquina do Bajo com a Callao até Constitución devem ser umas quarenta quadras", calculou. "Melhor deixar a mala." O problema era que junto deixaria também o livro que estava lendo, *A cidade e as serras*. Mas para ir pegar a mala teria que caminhar seis quadras até sua casa, na rua Rodríguez Peña e, já com a carga, as seis quadras de volta à Cerrito e todas as que ainda faltavam até Constitución. "Uma alternativa", pensou, "seria ir direto para casa, deitar para ler *A cidade e as serras* na frente do ventilador e adiar a viagem para amanhã; mas, com a greve, quem me garante que amanhã os trens vão circular? Nada de entregar os pontos, nem que venham degolando." Ninguém vinha degolando, mas a cidade estava estranha, de tão vazia, e até lhe pareceu ameaçadora, como se a visse em um sonho ruim. "A gente acaba imaginando disparates, de tantos rumores que escuta sobre os excessos dos grevistas." Na altura da avenida Rivadavia, passou um táxi Hispano-Suiza. Embora estivesse livre, ignorou seu chamado e seguiu em frente. "Vai ver que o chofer está tão orgulhoso do seu carro que nem pega passageiros."

Pouco depois, ao atravessar a avenida Alsina, viu avançar em sua direção uma charrete de praça puxada por um zaino e um tordilho branco. Arturo se postou no meio da rua, de braços abertos, diante da charrete. Pensou ver que o cocheiro agitava as rédeas, como se pretendesse atropelá-lo, mas no último momento as puxou com toda a força e conseguiu frear os cavalos. Com voz muito tranquila, o homem perguntou:

— Por acaso está querendo que o matem?

— Só que me levem.

— Pois eu não levo, não. Estou voltando para casa. E rapidinho.

— Onde o senhor mora?

— Para lá de Constitución.

— Então não o tiro do seu caminho. Eu vou para Constitución.

— Para Constitución? Só se eu fosse louco! Estão atacando a estação.

— Então me deixe onde puder.

Resignado, o cocheiro pediu:

— Suba aqui na boleia. Se eu topar com os grevistas levando um passageiro, viram meu carro. Se eu levar um amigo na boleia, ninguém tem nada com isso. Todo cuidado é pouco, porque a União Choferes apoia a greve.

— Que eu saiba, o senhor não é chofer.

— Tanto faz. Me derrubam do mesmo jeito.

Pela rua Lima, seguiram mais algumas quadras. Arturo comentou:

— Tem um ventinho aqui. Até reanima a gente. Sabe, cocheiro, o que acabo de descobrir?

— Diga.

— Que é melhor viajar de charrete do que a pé.

O cocheiro respondeu que achava uma ótima notícia e que logo mais iria contar para a patroa. Observou amigavelmente:

— A cidade está vazia, mas tranquila.

— Uma tranquilidade que mete medo — afirmou Arturo.

Quase imediatamente ouviram explosões e o silvo de balas.

— Armas longas — opinou o chofer.

— Onde? — perguntou Arturo.

— Pelo jeito, na praça Lorea. Vamos nos afastar, por via das dúvidas.

Na Independência viraram à esquerda e depois, na Tacuarí, à direita. Chegando à Garay, Arturo disse:

— Quanto lhe devo? Vou descer aqui.

— Vamos ver: viajou ou não viajou no banco dos amigos? — Sem esperar a resposta, o cocheiro concluiu: — Então, nada.

Porque não se via a desordenada animação que habitualmente rodeava a estação, o maciço cinza-amarelado do edifício parecia nu.

Quando Arturo ia entrar, um guarda lhe perguntou:

— Aonde vai?

— Pegar o trem — respondeu.

— Que trem?

— O das cinco, para Bahía Blanca.

— Duvido que saia — disse o guarda.

"Espero que pelo menos a bilheteria esteja funcionando", pensou Arturo. Estava, venderam-lhe a passagem, avisaram:

— É o último trem que circula.

Na hora de embarcar, perguntou-se o que estava sentindo. Nada de extraordinário, um leve atordoamento e a suspeita de não ter plena consciência dos seus atos e muito menos de como repercutiriam no seu ânimo. Era a primeira vez, desde que ela o deixara, que Arturo saía de Buenos Aires. Pensava que a ausência de Carlota seria mais suportável se estivessem longe.

No trem, encontrou-se com o basco Arruti, da padaria La Fama, famosa pela bolacha folhada, a melhor de todo o sétimo distrito da comarca de Las Flores. Arturo perguntou:

— Será que chegamos lá pelas oito e meia?

— Só se não pararem o trem em Talleres e nos obrigarem a descer.

— Acha que vão fazer isso?

— A coisa é séria, Arturito, e em Talleres há muitos trabalhadores. Se quiserem, nos desviam para um ramal morto.

— Tomara que não queiram.

— Não sei, não. Os trabalhadores estão cansados.

Passaram Talleres sem problemas, e Arruti disse:

— Estou com sede.

— Vamos ao vagão-restaurante.

— Deve estar fechado.

Estava aberto. Arturo pediu uma Bilz, e Arruti, um Pernod, explicando:

— Era o vinho que eu tomava com teu avô, quando ia à estância jogar baralho.

— Isso foi nos últimos anos do meu avô. Antes você o acompanhava nas caçadas.

Voltaram a falar da greve. Com certo assombro, Arturo pensou descobrir que Arruti não a condenava e perguntou:

— Você não é contra a greve porque acha que de uma revolução vai sair um governo melhor que este?

— Que é isso, rapaz? Não sou louco — replicou Arruti. — Todos os governos são maus, mas prefiro um mau governo de amigos que um de inimigos.

— Esse que temos agora é de inimigos?

— Digamos que é da tua gente, não da minha.

— Não sabia que você e eu éramos inimigos.

— E não somos, Arturo, nem nunca seremos. Nem tu nem eu estamos na política. O que é uma grande coisa.

— Mas apostaria que levamos as ideias mais a sério que os políticos.

— Essa gente não acredita em nada. Só pensa em abrir caminho e mandar nos outros.

Imaginou como ia relatar essa conversa para Carlota. Só então se lembrou do que tinha acontecido. Pensou: "Preciso superar isso", mas o que sentiu talvez correspondesse mais a uma frase como: "Para que continuar vivendo se depois não posso comentar as coisas com a Carlota?".

Arruti, que era um basco loquaz, falou da sua infância nos Pirineus, da sua chegada ao país, das suas primeiras noites em Pardo, quando se perguntava se o barulho que ouvia era do vento ou de um ataque de índios.

Por momentos, Arturo se esqueceu da sua dor. O fato é que a viagem pareceu curta. Às oito e meia desceram na estação Pardo.

— O Basilio deve ter vindo com o *break* — disse. — Quer que eu te leve?

— Não precisa, homem — respondeu Arruti. — Moro aqui ao lado. Isso sim: uma tarde dessas apareço de visita na estância. Desta vez vais ficar mais que o previsto.

Basilio, o capataz, recebeu-os na plataforma. Perguntou:

— Fizeram boa viagem? — e acrescentou, depois de se agachar um pouco e olhar alternadamente uma e outra mão de Arturo: — Não esqueceu nada, Arturito?

— Não.

— Era para vir com alguma coisa? — Arruti perguntou.

— Ele sempre chega com malas cheias de livros. Precisa ver como pesam.

Arruti se despediu e seguiu seu rumo. Arturo perguntou:

— Como andam as coisas por aqui?

— Bem. Esperando a água.

— Muita seca?

— Se não chover, acabou-se o campo.

Empreenderam o longo trajeto no *break*. Houve conversa, por momentos, e também silêncios prolongados. Ainda não era noite. Distraidamente, Arturo olhava o pelo lustroso do zaino, a redondez das ancas, o tranquilo vaivém das patas, e pensava: "Para a vida agitada, nada como o campo. Você só se preocupa se vai ou não chover, ou com a mortandade dos bezerros... Quanto a mim, não vou me deixar contagiar pela angústia". Ia acrescentar "pelo menos até amanhã de manhã", quando se lembrou da outra angústia e disse para si: "Que idiota. Ainda me meto a bancar o engraçado".

Chegaram à estância pela alameda de eucaliptos. Era noite cerrada. A caseira lhe estendeu uma mão mole e disse:

— Bem, e o senhor? Passeando?

No pátio havia cheiro de jasmim; na cozinha e no quartinho da caldeira, cheiro de lenha queimada; na sala de jantar, cheiro da madeira do assoalho, do rodapé, dos móveis.

Pouco depois do jantar, Arturo se deitou. Pensava que a melhor coisa a fazer era aproveitar o cansaço para dormir o quanto antes. Um silêncio, interrompido apenas por algum mugido distante, logo o mergulhou no sono.

Viu no escuro uma tela branca. De repente, a tela se rompeu com ruído de papel rasgado, e no buraco apareceram, primeiro, os braços estendidos e depois o amado rosto de Carlota, aterrorizada e muito triste, que gritava seu nome no diminutivo. Repetiu a si mesmo: "É apenas um sonho. A Carlota não está me pedindo socorro. É uma presunção absurda da minha parte pensar que ela está triste... Deve estar é muito feliz com o outro. Afinal, esse sonho é apenas uma invenção minha". Passou o resto da noite em ruminações acerca do grito e da aparição de Carlota. De manhã, foi acordado pela campainha do telefone.

Correu para o escritório, tirou o fone do gancho e ouviu a voz de Mariana, a senhorita da central telefônica, que lhe dizia:

— Senhor Arturo, a agência da Unión Telefónica de Las Flores me informa que há uma chamada de Buenos Aires para o senhor. Mal se ouve, e a ligação cai a toda hora. Quer que o ponha na linha mesmo assim?

— Sim, por favor.

Só conseguiu ouvir:

— Pouco depois que saímos do parque Japonês... Imagino como vai ser duro para você... Acharam o corpo na gruta das barrancas da Recoleta.

— O corpo de quem? — gritou Arturo. — Quem fala?

Não era fácil ouvir e muito menos reconhecer a voz entrecortada por interrupções, que vinha de muito longe, através de fios que pareciam vibrar em um vendaval. Ouviu novamente:

— Depois que saímos do parque Japonês.

Quem falava não era Dillon, nem Amenábar, nem Arribillaga. Salcedo? Por eliminação, parecia ser o mais provável, mas não reconhecia sua voz. Antes que a ligação caísse, ouviu com relativa clareza:

— Deu um tiro na cabeça.

A senhorita Mariana, da rede local, surgiu depois de um longo silêncio, para dizer que a ligação tinha caído porque os operários da Unión Telefónica aderiram à greve. Arturo perguntou:

— Sabe até quando?

— Por tempo indeterminado.

— Sabe de que número ligaram?

— Não, senhor. Às vezes a ligação chega para nós melhor que para os assinantes. Hoje, não.

Depois de um longo momento de perplexidade, quase de prostração, por causa da notícia e da impossibilidade de obter esclarecimentos, Arturo exclamou em um murmúrio: "Não pode ser a Carlota". A exclamação velava uma pergunta, que ele formulou com medo. O resultado foi favorável, porque a frase no fundo expressava uma conclusão lógica. Carlota não podia se suicidar porque era uma moça forte, consciente de ter a vida pela frente e decidida a não desperdiçá-la. Se ainda restava algum temor no espírito de Arturo, era fruto do sonho em que tinha visto o rosto de Carlota e ouvido aquele grito pedindo socorro. "Os sonhos são convincentes", disse para si, "mas não vou permitir que a superstição prevaleça sobre o juízo. Mas claro que não é fácil manter o juízo quando acontece uma desgraça e você está sozinho e mal informado". De repente, vieram à sua memória certas palavras ditas por Dillon, a caminho do parque Japonês. Talvez devesse ter replicado que o suicida é um sujeito mais impaciente que filosófico: a morte chega rápido demais para todos. Reconsiderou: "Mas acho que fiz bem em não insistir, e assim não dar chance para que Dillon voltasse a dizer que a melhor solução era dar um tiro na cabeça. Duvido que ele tenha feito isso... Mesmo que eu acreditasse no que ele disse brincando, ou a sério, poderia até dar um tiro na cabeça, mas depois de perder no jóquei. E ontem ele não foi ao jóquei, porque não era domingo". Em tom de intencional despreocupação, acrescentou: "Que apostador vai se matar na véspera das corridas?".

Quem restava? "O Amenábar? Não vejo por que ele faria isso. Para se suicidar é preciso estar na roda viva, como dizem no Oriente. Na corrida dos anseios. Ou já ter estado e sentir desilusão e amargura. Se ele nunca se deixou apanhar pelo jogo das ilusões, por que teria esse rompante agora?" Quanto a Carlota, a única falta de coerência que enxergava nela era Salcedo. Algo que lhe concernia tão intimamente talvez o desqualificasse para julgar. Se a imaginasse triste e arrependida a ponto de se suicidar, cairia na clássica, e sem dúvida errônea, hipótese de todo amante abandonado. Pensou depois em Arribillaga e nas suas ambições, talvez incompatíveis: um perfeito cavalheiro e um popular caudilho político. Aliás, o modelo de perfeito cavalheiro geralmente é um aspirante a valentão sempre pronto a dar estocadas no primeiro que ponha em dúvida seu bom nome e também disposto a defender seus interesses, sem o menor escrúpulo. É claro que o pobre Arribillaga queria ser um cavalheiro autêntico e um político merecidamente venerado pelo povo e talvez agora mesmo flertasse com a ideia de empunhar o volante do seu Pierce Arrow e dar um pulo na fábrica de Vasena para arengar os operários em greve. E Perucho Salcedo? "Suponhamos que não foi ele quem me telefonou: teria alguma razão para se suicidar? Um ponto fraco? A deslealdade com um amigo? Surrupiar a mulher do amigo é algo tão sério assim? Além disso, como julgar sem saber qual foi a participação da mulher no episódio?" Disse para si: "Melhor não saber".

Ao longo do dia, da noite e dos outros três dias que ficou na fazenda, Arturo refletiu muitas vezes sobre as razões que cada um dos amigos podia ter para se matar. A certa altura, entregou-se a esperanças não muito justificadas. Pensou que talvez fosse mais fácil encontrar um mal-entendido no telefonema de sexta-feira que um motivo para se matar em qualquer um deles. Sem dúvida a ligação foi confusa, mas o sentido de algumas frases era evidente e não deixava brecha para muitas esperanças: "Imagino como vai ser duro para você", "acharam o corpo na gruta da Recoleta", "deu um tiro na cabeça". Também pensou que empreendera aquela investigação levado por uma impaciência estúpida e que era melhor não continuar. Talvez sua aflição fosse menor enquanto não identificasse o morto.

Na última noite, em um sonho, viu um salão oval com cinco portas, cada uma delas com uma inscrição em letras góticas. As portas eram de madeira clara, entalhada, e tudo brilhava à luz de muitos lustres. Como era míope teve de se aproximar para ler, sobre cada porta, o nome de um dos seus amigos. A porta que se abrisse corresponderia àquele que se matou. Com muito temor virou a maçaneta da primeira, que não cedeu, e depois repetiu a tentativa nas outras. Pensou: "Com todas as outras", mas estava confuso demais para saber com certeza. Na verdade, não queria encontrar a porta que cedesse.

De manhã lhe avisaram que a greve tinha acabado e que os trens voltavam a circular. Viajou no do meio-dia e dez.

Pouco depois das cinco, desembarcou do trem, saiu de Constitución, tomou um carro de praça. Embora o que mais desejasse era chegar em casa, disse ao chofer:

— Para Soler com Aráoz, por favor.

Nesse instante acabava de saber qual dos amigos era o morto. A brusca revelação o atordoou. O homem tentou puxar conversa: perguntou desde quando estava fora da capital e comentou que, segundo alguns jornais, a greve tinha acabado, mas ainda precisavam ver se era verdade. Talvez pensando alto no suicida, Arturo murmurou:

— Que tristeza.

Não guardou nenhuma lembrança do momento em que desceu do carro e caminhou até a casa. Lembraria, é certo, que abriu o portão do jardim e que a porta de dentro estava aberta e que de repente se viu na penumbra da sala, onde Carlota e os pais de Amenábar estavam sentados, imóveis, em volta da mesinha do chá. Ao ver a amiga, Arturo sentiu emoção e alívio, como se ainda temesse por ela. A mãe e o pai do seu amigo se levantaram penosamente. Trocaram cumprimentos; não houve tapinhas nem abraços. Já começava a se perguntar se o que imaginara seria falso, quando Carlota murmurou:

— Tentei te avisar, mas os telefones estavam mudos.

— Acho que quem me telefonou foi o Salcedo. Não tenho certeza. A ligação estava péssima.

A mãe de Amenábar lhe serviu uma xícara de chá e lhe ofereceu torradas e biscoitinhos. Depois de algum tempo, Carlota anunciou:

— É tarde. Preciso ir.

— Eu também vou — disse Arturo.

— Já vão? — perguntou a mulher. — Meu filho não deve demorar.

Quando saíram, a moça explicou:

— A mãe se nega a acreditar que o filho morreu. Acho natural. É o que todos sentimos. Por que ele não quis mais viver?

— O Amenábar era o único de nós que não se permitia incoerências.

TRIO

I
JOHANNA

Talvez por gostar de livros de memórias, eu quero escrever um, mas quando me ponho a recordar, logo me pergunto quem vai achar graça nisso. Nunca fui à guerra, não me dediquei à espionagem, não cometi nenhum assassinato, nem mesmo participei da política. Parece inevitável que meu livro se resuma a descrições de estados de espírito, como os contos que escritores novatos e vaidosos vêm me mostrar. Um colega me disse: "Quem demora muito examinando seus projetos, não os realiza. A melhor receita para escrever é escrever". Não sei por que essas palavras me transmitiram confiança. Aproveitarei o impulso para lhes contar um episódio acontecido ao longo de três noites de 1929.

Na primeira, uma noite de luar, cruzei na rua Montevideo, entre a Quintana e a Uruguay, com um grupo de pessoas que riam e cantavam. Uma moça me chamou a atenção, por sua beleza, pela nitidez das feições, pela brancura do rosto. Devo ter olhado para ela com certa insistência, porque me fez uma reverência, mais alegre que burlesca. Nos dias seguintes voltei, sob diversos pretextos, àquele trecho da rua Montevideo.

Por fim a encontrei. Chamava-se Johanna Gluck, era descendente do músico, tinha nascido na Áustria, educara-se em Buenos Aires, ou melhor, em Belgrano, era casada com um velho senhor muito sério, um juiz da vara penal, o doutor Ricaldoni. Naquela noite, a segunda da série, em um hotel nas barrancas de Vicente López (o casarão de uma antiga chácara, com um vasto jardim do qual recordo um eucalipto e a vista para o rio), Johanna me contou que, na noite em que nos vimos na rua Montevideo, ela sonhou que eu a raptava em um Packard. Eu me senti lisonjeado, acima de tudo por meu papel no sonho, mas também pelo automóvel. A vaidade é bastante grosseira.

Voltamos a Buenos Aires de trem. Acompanhei-a até sua casa, na rua Tucumán. Eram quase duas horas da manhã.

— É tarde. Espero que você não tenha problemas com seu marido.

— Não se preocupe — respondeu. — Eu dou um jeito.

Tentei acreditar nela, embora minha experiência de rapaz supersticioso me ensinasse que basta ceder um instante aos afagos da vaidade para receber castigo.

No dia seguinte, fui acordado pelo telefone. Reconheci sua voz, apesar de falar em um murmúrio. Dizia:

— Adeus. Estamos indo para a chácara em Pilar. Contei tudo ao meu marido. Me perdoe.

"Eu avisei", pensei com certa irritação. "A coitada estava tão segura. Que é que eu posso fazer? Por enquanto, nada. Esperar uma oportunidade."

Como faltava pouco para os exames finais, decidi estudar. Não consegui me concentrar. Na verdade, não sabia o que fazer comigo. Por que ela me pediu que a perdoasse? Ao dizer "adeus", queria dizer "até a volta" ou "adeus para sempre"? Eu não sabia que gostava tanto dela.

Sem dúvida o telefonema foi rápido demais e deixou muito por esclarecer. Como eu não sabia o que fazer, percorri em um jornal a coluna de anúncios de automóveis de segunda mão. Li: "Packard 1924, 12 cilindros, excelente estado, $ 600, casa Landívar" e um número da rua Florida. Depois olhei a programação dos cinemas. Nada em cartaz me atraía. No Petit Splendid passava *O sheik*, filme que eu tinha visto anos atrás e do qual só me lembrava, ou pensava me lembrar, de Rodolfo Valentino, vestido de árabe, a cavalo, com a heroína na garupa.

O telefone tocou. Atendi precipitadamente e tive uma decepção: não ouvi a voz que esperava, mas a de um amigo, que me propunha um trabalho. A tradução do francês, para um escritório de advocacia, de alguns documentos de um processo pelo uso indevido do nome de uma famosa água de colônia.

— Pagam bem — disse o amigo. — Cem pesos a página.

"Podem ficar com o dinheiro", ia replicar, mas considerei que, ao menos por um tempo, esse trabalho me obrigaria a pensar em outra coisa, e aceitei. Depois de avisar minha mãe que não almoçaria em casa, corri para o escritório.

Folheei os documentos e perguntei:

— Quando tenho que entregar a tradução?

— Hoje.

Fui levado a uma saleta, onde havia uma máquina de escrever e tudo o que precisava, inclusive um dicionário francês-espanhol e outro francês, de direito e jurisprudência. Fiquei atarefado até o meio da tarde, com uma única interrupção para um cafezinho. Traduzi, revisei, passei à máquina. Entreguei seis páginas. Com seiscentos pesos no bolso, fui o mais rápido que pude até a casa Landívar.

O Packard era um carroção cinza, de capô longuíssimo, orlado de duas fileiras de rebites que lhe davam um aspecto de tanque de guerra. A capota parecia nova, com suas guarnições laterais, ou palas, e as janelinhas de mica. Saí para fazer experimentar o carro, acompanhado do vendedor, o senhor Vilela: um argentino legítimo, baixo, magro, ossudo, penteado com brilhantina, de terno cruzado. Quando voltamos à agência, perguntou:

— Então, garoto, que nota você dá?

— Para o Packard? Nota dez! Mas queria fazer uma pergunta idiota. Será que ele não tem algum defeito secreto?

— Olha, garoto, não vou mentir para você. O Packard 12 é um grande carro, com um defeito secreto que todo mundo conhece. É beberrão. Vinte litros a cada cinquenta quilômetros. Se eu fosse você, comprava um Packard menos possante. É mais caro, mas acaba saindo mais barato. Não sei se me entende.

— Então não compro nada.

— Tem desejo pelo doze cilindros?

— Não é isso. É que eu tenho só seiscentos pesos e uns trocados. Para o carro e a gasolina.

— O desejo é mau conselheiro, garoto. Vai pagar em dinheiro vivo?

— Em dinheiro vivo, sim, se eu puder levar o carro agora.

— Com uma licença de três dias. Amanhã ou depois, você me liga, que damos um pulo na Secretaria de Trânsito e acertamos tudo. Mas só uma coisa, garoto, vê se não deixa o Packard subir à cabeça para se esborrachar por aí.

— Acha que posso viajar com ele até Pilar?

— Por que não?

— Por causa das chuvas de ontem.

— Ponho minha mão no fogo. O Packard 12 é um trator no barro.

(A história aconteceu antes de 1930. As estradas ainda eram de terra.)

Se bem me lembro, saí de Buenos Aires pela avenida San Martín. Não demorei a pegar o jeito do carro. No início, até que dirigi com cuidado, mas na altura de San Miguel percebi que deixava todos para trás e entrei em Pilar acelerando com insolência, como se gritasse: "Abram alas, que eu cheguei".

É verdade que não havia ninguém para me escutar. Todo mundo devia estar fechado em casa: era a hora do jantar. A um transeunte solitário perguntei onde ficava a chácara de Ricaldoni. As indicações foram longas demais para minha capacidade de atenção. Consultei um segundo transeunte e ainda fiquei um bom tempo dando voltas, até que encontrei a chácara.

Ia dizer a quem me abrisse o portão: "Quero falar com a dona da casa". Abriu o marido. "Antes assim", pensei. "Menos protelações." Disse:

— Quero falar com a Johanna.

— Entre, por favor — respondeu.

Era um homem alto, pálido, sem dúvida mais jovem do que eu imaginava. Embora essa circunstância, uma mudança na situação prevista, me desconcertasse um pouco, refleti: "Antes assim. Brigar com um velho deve ser desagradável".

Entrei em um salão, acho que bem-mobiliado. Havia uma lareira acesa e flores nos vasos. Uma escada levava ao andar de cima.

— Vim buscar a Johanna — disse.

— É bom que tenha vindo. Às vezes, conversando a gente se entende.

— Quero falar com ela.

— Quando ouvi a campainha, fiz questão de eu mesmo abrir, porque sabia que era o senhor.

— Como sabia?

— Já conhece minha mulher. Ela tem o dom de nos fazer ver as pessoas que descreve.

A conversa me impacientava e eu não queria ouvir o que Ricaldoni ia me dizer. Também me incomodava (sem saber por quê) aquele cômodo com poltronas que convidavam a ficar, com a lareira e as flores, com fotografias de Johanna sorrindo como na primeira noite, na rua Montevideo, ao luar. Tentei argumentar, mas a dificuldade de ordenar os pensamentos me desanimou. Para terminar logo com aquilo, eu disse, erguendo a voz:

— Se o senhor não a chamar, eu mesmo vou procurar por ela.

— Não faça isso — disse Ricaldoni.

— Por quê? — perguntei aos brados. — Vai me impedir? Experimente.

— O que está acontecendo? — perguntou Johanna do alto.

Estava apoiada no corrimão da escada. Eu a vi mais bela que nunca, mais pálida e muito séria. O cabelo lhe caía pelos ombros.

— Vim buscar você — eu gritei.

Ela disse:

— Me buscar? Alguém me consultou?

Houve um silêncio. Por fim, Ricaldoni disse:

— Deixe que eu falo com o jovem.

— Eu agradeço — disse Johanna.

E se retirou. Ouvi que fechava uma porta.

— Não entendo — eu disse como um autômato.

— Porque a ama? Nós também nos amamos.

Murmurei:

— Eu pensei que ela…

Ao notar que eu não concluía a frase, ele disse:

— Eu sei, e compreendo: deve ser doloroso. Permita-me agora que lhe explique como vejo a questão. Sua história com ela foi um impulso de momento. Não é nada, não houve nada. A nossa é a própria vida.

Será que Johanna tinha mentido para ele? Eu não sabia o que pensar, mas entendi que não devia pedir esclarecimentos sobre esse ponto… Então argumentei:

— E por que nossa história não pode um dia ser a própria vida?

— De fato. Porém, o mais provável é que para o senhor tudo não passe de um episódio, ao qual se sucederão outros. A vida é longa, e a sua mal começou. Johanna e eu já a percorremos juntos.

"Uma ladainha que devo ouvir por ser jovem", disse a mim mesmo, mas também pensei que, se Johanna não me amava de verdade, o homem tinha razão. Sentindo-me vencido, murmurei:

— Vou embora.

Estava tão perturbado que ao sair da chácara me perguntei se, para voltar a Buenos Aires, devia pegar à direita ou à esquerda. Peguei à esquerda. Primeiro pensei que era triste ter terminado assim com Johanna e pouco depois me perguntei se não me faltara coragem. Pode ser, mas a outra possibilidade era brigar, de má-fé e como um insensato. Aliás, depois daquela minha chegada no Packard (já me vendo como o xeique a cavalo, seguro de raptar a heroína), agora me retirava expulso por ela e pelo marido (pior ainda: expulso paternalmente pelo marido). O desenlace era um duro golpe na vaidade, mas eu não via como encontrar uma solução melhor.

II
DOROTEA

A estrada, de início larga e firme, logo se afunilou entre fileiras de árvores muito altas e se tornou lamacenta. Pensei: "Assim que eu puder, manobro e volto por onde vim. Este não pode ser o caminho para Buenos Aires". De repente vi um homem que se escondia ou, mais provavelmente, se escudava atrás de uma árvore, para evitar que o ofuscasse com os faróis. Talvez eu ainda estivesse ruminando sobre minha falta de coragem para enfrentar Ricaldoni, porque pensei: "De novo, não", e parei o carro.

— Estou no rumo certo para Buenos Aires? — perguntei.

— Está no rumo certo para o Open Door.

O homem saiu de trás da árvore, sorriu e me olhou com olhos que não piscavam. Era baixo, robusto, de cabelo revolto e barba crescida, de pele branca, embora todo ele parecesse escuro e avermelhado, como um carvão em brasa. Pensei: "Parece fugido do Open Door". Não nego que os loucos me assustam. Perguntei:

— Posso manobrar aqui?

— Só se quiser atolar — respondeu. — Uns quinhentos metros à frente, vai achar uma lombada de chão firme.

— Quer uma carona até essa lombada?

— Se não for incômodo. — Entrou, acomodou-se e comentou: — Bem melhor aqui dentro.

Engatei a primeira, acelerei, o motor rugiu, as rodas giraram velozmente. O carro não saiu do lugar.

— Assim vai atolar mais — avisou o homem. Desceu, recolheu gravetos, colocou-os embaixo das rodas de trás e disse: — Quando eu avisar, arranque. Eu empurro.

De novo as rodas giraram sem que o carro saísse do lugar. O homem se aproximou da minha porta. O rosto, salpicado de lama, parecia mais pálido e quase patético. Disse:

— Vou juntar mais gravetos.

Desabou um aguaceiro. Através da mica das palas pude ver como a água limpava o rosto do homem e o ensopava. Entreabrindo a porta, disse:

— Entre.

— Um grande carro — comentou. — Quando parar de chover, coloco mais gravetos e vai sair. Andar em um carro assim é um luxo.

Em um impulso de generosidade, disse que o levaria até sua casa. Depois de uma pausa, perguntei:

— Onde o senhor mora?

— Em Open Door. Mais exatamente, no Open Door. O manicômio, sabe? Mas não se preocupe: entrei lá como louco, mas não sou louco. Um médico, que ficou meu amigo, conseguiu que continuassem me dando cama e comida, em troca de trabalhinhos na instalação elétrica, que lá é um desastre. Sou eletricista autodidata, amador. É isso que eu sou. Não o que eu era.

— E era o quê?

— Faz coisa de vinte anos, parece que em outra vida, fui professor de literatura.

— Na faculdade?

— Em um colégio. Eu gostava muito de lecionar, mas um dia tive que pedir demissão porque não me dava com a diretora.

— E com as alunas?

— Muito bem.

— O Open Door fica longe?

Sacudiu a cabeça e disse:

— Não, e já estou acostumado com essas caminhadas. Para que vai sair do seu caminho? Como se perdeu?

— Nunca estive na região.

— Não me diga que veio atrás de uma mulher.

— De onde tirou essa ideia?

— Esqueça. É loucura minha.

Parecia um homem sensato, mas o fato de morar em um manicômio me assustava e comecei a me perguntar se teria que ficar muito tempo com um louco, fechado no carro, um cubículo mais escuro que a noite, açoitado pela chuva e por rajadas de vento que o estremeciam como se fossem tombá-lo e arrastá-lo.

— Seu amigo médico é o mesmo que cuida do senhor?

— Nenhum médico cuida de mim. Meu amigo, o doutor Lucio Herrera, é o médico que me examinou quando cheguei. Tivemos uma longa conversa.

— É sempre assim.

— Eu lhe contei minha história, e ele me contou a sua.

— O médico contou a história dele para o senhor?

— A história da sua vida. E bastante dolorosa, garanto. Quer que eu conte?

Respondi que sim. Naquelas circunstâncias, não ia desprezar nada que pudesse me distrair. Contou:

— O médico e sua mulher, Dorotea Lartigue, tiveram uma filha, também chamada Dorotea. Os dois se amavam, foram felizes durante anos, mas levado por sua vocação, o médico se entregou por completo ao trabalho, que era excessivo, e costumava voltar para casa com os nervos alterados. Acabaram se desentendendo. À força de conversas francas, chegaram à ruptura e à separação. Depois de algum tempo, a mulher partiu para a França, com a filha, para visitar uns parentes.

— Ele não se opôs?

— Não tinha por quê. Nunca deixou de amar a mulher. Ele a respeitava e a considerava uma pessoa de critério.

Retomou o relato: o doutor Herrera se entregou ao trabalho, porque era sua paixão, mas também, confessou, porque assim mantinha a mente ocupada. À medida que passavam os anos, a ausência da mulher se tornava mais dolorosa. Considerou que, por mais que a tivesse amado enquanto foram felizes, na época não percebia o quanto precisava dela. Sem a mulher, ele estava sozinho. No hospital onde trabalhava (se não me falha a memória, o Hospício das Mercês), conheceu a representante de uma sociedade beneficente, uma senhorita jovem, alta, loira, sardenta, muito direita, que lhe lembrou sua Dorotea. "Em um rápido golpe de vista, podia confundi-las", disse o doutor. A semelhança resultava menos das feições do que da maneira de se mover e da cor da pele e do cabelo. Assim que viu a jovem, sentiu atração por ela e começou a amá-la. Mal conseguia conter a vontade de lhe dizer que a amava porque lembrava sua mulher. Talvez o anseio de falar de Dorotea o levou a considerar que, se a semelhança consistia em certo encanto, devia provir de afinidades que eliminavam o risco da rejeição. Ao ouvir o nome, a delegada perguntou: "Dorotea do quê?". "Lartigue", Herrera respondeu, e perguntou se ninguém nunca tinha dito que elas se pareciam. "Eu jamais toleraria uma afronta dessas." Em sua confusão, ele perdeu algumas palavras, mas ouviu claramente: "Uma doida, o desfrute dos homens". Dominando-se a muito custo, perguntou se ela a conhecia pessoalmente. Não, embora tivessem morado no mesmo prédio, da avenida de Mayo, ela no terceiro andar, com a mãe e a irmã, Dorotea no quinto. (Herrera confirmou: pouco depois da separação, Dorotea se mudou para um apartamento na avenida de Mayo.) A representante explicou que o elevador era preto, de ferro forjado, com volutas e rosetas. "Uma gaiola rococó." "Não precisa descrever o elevador", ele disse. "Preciso, sim. Meu irmão me contou que, certa vez em que voltou tarde da noite, essa doida lhe pediu que fizesse amor com ela antes de chegar ao terceiro andar. Se o elevador não fosse do tipo gaiola, todo vazado, o porteiro não teria visto nada." Com um fio de voz, o pobre Herrera perguntou: "O que ele viu?". "Com seus próprios olhos, o quadro vivo que a tipa representou. O galego era bom de prosa e, com duas ou três pinceladas bem-escolhidas, pintou uma cena que não vou esquecer nunca."

Como o homem tinha parado de falar, eu disse:

— Que desilusão para o seu médico.

— Mais que isso, horror e, em seguida, fúria contra a representante, por dizer o que tinha dito, e também por um impulso de proteger Dorotea, seu único amor.

— E não sentiu nenhum rancor por ela?

— Pode ser, mas quando me contou a história não se lembrou de mencionar isso. Em todo caso, passado o primeiro choque, o doutor compreendeu que o episódio demonstrava a solidão em que nos encontramos ao nos separarmos da pessoa amada. "Eu também estava desesperado", me explicou. "Não fosse por isso, não teria enxergado na representante uma semelhança inexistente." Compreendeu que Dorotea e ele, por impaciência, por orgulho, tinham cometido um erro imperdoável. Quis correr para seus braços e dizer que não podia viver sem ela.

— Onde a mulher estava? — perguntei.

— Tinha ficado na França. Em uma cidade do sul. Pau, se não me engano.

— Seu amigo Herrera tomou o primeiro navio?

— Escreveu para anunciar a viagem. Não podia aparecer de repente, como um louco, e dizer: "Vim te buscar". Fazia tempo que não recebia cartas de Dorotea. Nenhum dos dois gostava de escrever, mas ela, de quando em quando, lhe mandava algumas linhas para informá-lo sobre a saúde e os estudos da filha.

— E o que aconteceu?

— Finalmente recebeu uma resposta. Abriu o envelope com mão ansiosa e tirou uma folha escrita à máquina, assinada "Dorotea". Antes de ler detidamente, percorreu as linhas por alto. Parou nas palavras "Mamãe esteve doente e morreu em 17 de abril". Ele se perguntou: "Como assim? A senhora (*era como ele chamava a sogra*) morreu há muitos anos". Leu a última linha: "Sua filha Dorotea". Releu a frase porque custava a entender. "Mamãe esteve doente e morreu em 17 de abril". Tentava encontrar nessas poucas palavras algo que não tivesse entendido, uma explicação, talvez mágica, ainda provável para ele, de que a notícia não era a que tinha diante dos olhos. Releu a carta inteira. Por algumas referências e, acima de tudo, pelo tom, percebeu que sua filha tinha superado a dor. Agora vivia com uma tia, Evangelina Bellocq, em Bordeaux, e acabava de tirar as notas mais altas nos exames do primeiro ano de arquitetura.

"O pobre Herrera estava tão mal que reagiu com despeito a essas informações de triunfos universitários. Adiou a resposta, porque não tinha ânimo para escrever, e a viagem à França, porque não queria aparecer diante da filha enquanto não se sentisse capaz de dominar o desespero.

"Agora via a solidão anterior como uma armadilha preparada por seu orgulho e da qual teria saído com um pouco de boa vontade. Agora sabia o que era estar irremediavelmente só. A menos, pensou…"

— A menos quê?

— A menos que esquecesse seu ressentimento com essa filha que o magoara em sua carta, talvez por falta de jeito, não de sensibilidade. Ele havia de encontrar na moça um pouco da mãe, pois afinal era sua filha e viveram muito tempo juntas. Quantos anos? Muitos mais do que ele tinha vivido com Dorotea. Escreveu de novo, agora para anunciar sua chegada, e partiu sem esperar a resposta.

"A viagem por mar lhe pareceu interminável. No final da última noite, no golfo da Biscaia, o navio de repente passou do rangente balanço a uma navegação suave, de extraordinária serenidade. Herrera se levantou e subiu ao convés. Era uma manhã luminosa. Por um rio verde-claro, atravessando uma campina verde, chegou a Bordeaux. Ele sempre me descrevia tudo isso como se voltasse a vê-lo. Pensou que uma chegada tão esplêndida devia ser um bom sinal.

"A lenta navegação pelo rio, as manobras junto ao cais, o desembarque, levaram a manhã inteira. Tomou um táxi para ir ao hotel: o Pyrénée, se bem me lembro. Deixou a bagagem no quarto, desceu para o restaurante, almoçou depressa. Depois perguntou ao recepcionista se a rua onde vivia a senhora

Bellocq ficava longe. 'A dez minutos de caminhada daqui', disse o homem. Eram três horas da tarde. Já ia saindo, mas reconsiderou: 'Com este calor, devem fazer a sesta'. Para não chegar intempestivamente, passeou um pouco pelos arredores do hotel e, sem perceber, se afastou. Por volta das quatro estava diante da casa da senhora Bellocq. Uma criada lhe disse que todo mundo tinha saído de férias. 'A senhorita Herrera, também?', perguntou. 'Senhorita Herrera? Não conheço', respondeu a mulher, e acrescentou que a senhora Bellocq tinha partido com o senhor e a senhora Poyaré. Repetia, com um vaivém da cabeça: 'Todo mundo em Pau, todo mundo em Pau'.

"Voltou ao hotel e perguntou ao recepcionista onde as pessoas estudavam arquitetura em Bordeaux. O homem disse que na Escola de Belas-Artes. Perguntou se ficava longe. Não, mas a encontraria fechada. 'Está tudo fechado', assegurou o recepcionista. 'Estamos em agosto, as férias são longas, é tempo de colher uvas.' Herrera disse que em todo caso daria um pulo na escola e perguntou como ir. 'É como ir à igreja Sainte-Croix.' 'E como vou à igreja?'

"A explicação foi clara e a caminhada, longa. A escola estava mesmo fechada. Não havia campainha. Chamou com um pesado anel de ferro. Um bedel, que por fim entreabriu a porta, disse: 'Uma estudante de nome Herrera? Não conheço. E olhe que não é fácil eu deixar passar uma mulher'.

"Nessa mesma tarde tomou um trem para Pau. Quando chegou ao hotel, logo o avisaram: 'Já servimos o jantar, mas se descer ao nosso restaurante, daremos um jeito para que não morra de fome'. O restaurante, que estava na penumbra, tinha uma única mesa, muito comprida (como a de uma casa onde mora uma família numerosa). Iluminaram a sala parcialmente e lhe disseram: 'Bom apetite'. Porque gostou da comida, mas principalmente porque estava nervoso, comeu demais.

"Apesar do cansaço, dormiu bastante mal. Teve sonhos desagradáveis. Em um deles, os brilhantes exames da filha eram mentira; em outro, ele a procurava por toda a Europa e pelo norte da África. Estava a ponto de encontrá-la na cidade de Marrocos, em uma casa de banhos turcos de má fama, quando acordou.

"Às sete horas, desceu ao restaurante, para tomar o café da manhã. Já havia gente em volta da mesa. Uma espécie de Hércules, de traje impecável e justo, se levantou e apertou sua mão. 'Meu nome é Casau', disse. 'Soube, pelo senhor Casterá, o hoteleiro, que o senhor é argentino. Vou todos os anos a Buenos Aires e devo muitas atenções aos argentinos. Ponho-me ao seu dispor.'

Herrera lhe perguntou se ia a Buenos Aires a negócios. O Hércules respondeu: 'De certo modo. Luta greco-romana no cassino. Com toda a trupe, Constant le Marin, o basco Ochoa etc. E o senhor, o que o traz aqui?'. 'Vim visitar minha filha', disse Herrera. 'Em Pau tivemos uma senhora, que faleceu, e uma senhorita com seu sobrenome.' 'Minha mulher e minha filha.' Casau explicou: 'Não é mais a senhorita Herrera. É a senhora Poyaré. Como o senhor deve saber, o casamento foi em julho'. Um dos que tomavam o café da manhã interveio na conversa: 'Poyaré, com um tal Lacoste, se meteu em um negócio de chás medicinais. Lacoste traz as ervas das altas montanhas (disse *hautes montagnes*, aspirando o agá), e Poyaré as distribui nas drogarias. Duvido que façam dinheiro com isso'. Herrera disse: 'Vou passar pela Villa Xilá, dos Lartigue, para ver se estão lá'. 'Para que se abalar?', perguntou Casau. 'Eu ligo lá e pergunto.'

"Logo em seguida voltou e disse: 'Estão em Salies-de-Béarn. Uma cidade pitoresca, por causa do rio e por suas árvores, que vive das termas, ou melhor, de quem acredita em suas termas'. Herrera perguntou: 'É possível ir lá em um dia?'. 'Ainda não são oito horas', respondeu o hoteleiro. 'Se tomar o trem que sai daqui ao lado às nove e quinze, vai chegar a Salies antes do meio-dia.'

"Foi buscar as malas, pagou. Casau lhe disse que o levaria de carro até a estação. Ao dar a partida, perguntou: 'Antes quer dar uma volta para que eu lhe mostre a cidade?'. 'Gostaria de ver a Villa Xilá', disse. 'Sem problemas. Só terá que desculpar se eu pisar um pouco no acelerador. O tempo é curto e a *villá* fica um tanto afastada, na estrada para Bordeaux.'

"Era uma casa cinza, de reboco desbotado, estreita e alta, com telhado de ardósia, rodeada de árvores. Herrera desceu do carro e a contemplou por alguns uns instantes.

"Voltaram para o centro da cidade, entraram correndo na estação e ele alcançou o trem já em movimento.

"A beleza de um rio, que deslizava paralelo à estrada de ferro, transmitiu calma ao doutor. Apesar da breve e melancólica visita à casa onde sua mulher tinha morrido, não se deixaria abater. Finalmente se reencontraria com Dorotea. Fazia muito tempo que não chamava a filha pelo nome.

"Trocou de trem em Puyóo, ou algo parecido, e já em Salies pediu quarto em um hotel. Acho que no Park. O recepcionista garantiu que nenhum Poyaré constava em seus registros, mas que não havia melhor lugar que as termas para encontrar as pessoas. Disse que era só seguir pela rua do hotel e, passando o cassino, encontraria o Estabelecimento.

"A decoração era de estilo mourisco. Herrera teve um sobressalto desagradável sem saber por quê, mas suas emoções variaram rapidamente quando a filha entrou no salão, correu para seus braços e exclamou: 'Não posso acreditar'. 'Eu também não', ele disse. 'Achei que você estivesse zangado comigo. Como não recebi resposta à minha carta, achei que, sem querer, eu podia ter causado algum aborrecimento. Não me atrevi a escrever de novo.' 'Eu também não tive resposta à carta em que anunciei minha vinda.' 'Essa eu não recebi. Provavelmente vou encontrá-la em Pau ou em Bordeaux.' Herrera lhe perguntou: 'Está contente de ter se casado?'. Ela disse que não o avisou porque não se atrevia a lhe escrever e não podia lhe mandar um simples convite impresso. Exclamou: 'Pensei tanto! Depois que mamãe morreu, imaginei que eu te traria lembranças tristes. Ou que você não me perdoava por ter o nome dela, mas ser outra'. Ele perguntou por Poyaré. Estava com anemia. Era por sua causa que tinham viajado a Salies, mas parecia que as águas tinham provocado efeitos estranhos nele e não se atrevia a sair do hotel. Dorotea esclareceu: 'Todo mundo aqui diz que esses efeitos são comuns no início do tratamento'. Herrera perguntou se ela também estava doente. 'Estou ótima', disse Dorotea, 'mas me inscrevi no programa de cura para acompanhar meu marido e, já que paguei, aproveito'.

"Enquanto caminhavam por uma rua arborizada, ele pensou que gostaria de viver ali, em Salies. Lembrou-se da frase: 'Uma cidade pitoresca por suas árvores'. As folhagens eram tão verdes que, ao olhar para a sombra, teve a impressão de que estava tingida pela tonalidade das folhas. Em frente ao Hotel Park, Herrera disse: 'Estou hospedado aqui'. 'Nós não podemos nos dar esse luxo', comentou a filha. Pouco depois chegaram ao Hotel de Paris. 'Nem se compara com o Park', disse Dorotea. No salão, se encontraram com Poyaré, que se levantou da poltrona com forro de cretone em que estava afundado e avançou com uma longa mão aberta, fria e úmida. Tinha o rosto rosado, o cabelo loiro repartido ao meio. 'Senhor', disse, 'sou seu genro' (em francês, *beaufils*).

"Herrera comentou que o Hotel de Paris lhe parecia agradável e pouco depois convidou o casal para almoçar com ele no Park. Com inesperada firmeza, quase com irritação, Poyaré replicou que na França eles eram os anfitriões e que, 'se a categoria inferior do hotel não implicasse um sacrifício muito grande', almoçariam no de Paris, e o senhor Herrera seria o convidado de honra.

"Durante o almoço, Poyaré explicou as virtudes das águas de não menos que seis ou sete estações termais dos Pireneus, para concluir que a de Salies, como disse o doutor Reclus, era a rainha das águas salgadas. 'Mas hoje não compareceu aos banhos', observou Herrera. 'Por força maior', alegou Poyaré e admitiu que a cura, nesses primeiros dias, tinha provocado efeitos curiosos. Esclareceu: 'E pode ter certeza de que eu não bebi um único gole da água termal'.

"Depois do almoço, o genro se recolheu ao seu quarto, para seguir religiosamente o programa de cura, que exigia fazer a sesta todas as tardes, e Herrera empreendeu na companhia da filha um longo passeio em carro de praça pelos vales da região, pelas aldeias e cidades vizinhas. O doutor se maravilhou com as casas que via. Tinham em geral telhado de ardósia e eram dignas e grandes. Enquanto isso Dorotea falava com eloquência do marido, que reunia méritos extraordinários, e do estudo da arquitetura, cujo objetivo irrenunciável era criar moradias 'menos espaçosas, porém mais lógicas, mais práticas, e por isso mais dignas que as desta região'. 'O que há de errado com elas?', ele se atreveu a perguntar. 'Desperdício de materiais e de espaço. Eu adoraria que você conversasse com minha professora, a senhorita Vaillant, discípula de Le Corbusier, que assina seus projetos.' Esteve a ponto de perguntar: 'Qual dos dois é o prejudicado?', mas achou que essas palavras podiam parecer desrespeitosas e as trocou por estas: 'Quem é Le Corbusier?'. A filha respondeu: 'O nome mais importante da nossa profissão. O gênio da revolução do moderno'.

"Naquela noite, quando ele enfim chegou ao seu quarto do Hotel Park, estava cansado e triste. As causas do cansaço eram evidentes: as viagens e as emoções dos últimos dias. E as da tristeza? Poyaré? Não parecia um canalha, e que mais se pode pedir do cônjuge de outra pessoa? Ou o que o incomodava era o projeto da filha de substituir as casas da região por casinhas modernas? Um erro, talvez, mas o que ele sabia sobre o assunto? De resto, não passava de um projeto que provavelmente nunca se realizaria. Como quem busca argumentos para tranquilizar outra pessoa, disse para si: 'Além do mais, nada disso me diz respeito'. Não se tranquilizou. Sentiu mais tristeza ainda.

"Achou que tinha passado a noite inteira acordado: no entanto, tinha certeza de que em algum momento acordou assustado, porque voltava a entrar no banho turco de seu pesadelo em Pau ou nas termas mouriscas de Salies e ouvia as palavras: 'Nada disso me diz respeito'. Por que, de todas as ruminações da noite, só guardava essa frase? De repente pensou: 'Eu nunca a diria se se tratasse da minha mulher'. Procurar Dorotea na filha foi uma ilusão desesperada. Toda pessoa é insubstituível."

III
CLEMENTINA

— Toda pessoa é única — eu disse. — Grande novidade.

— É por isso que eu procuro a Clementina, minha mulher. Mesmo que me levem preso.

— Por que o levariam preso?

A chuva e o vento se enfureceram a tal ponto que de repente me perguntei se não se levantaria um furacão. Meu companheiro assobiou; depois começou a cantar:

> *Yo busco a mi Titina,*
> *la busco por Corrientes...*

Naquele momento, ele me pareceu louco. Para que parasse de cantar, repeti a pergunta:

— Por que o levariam preso?

— Da outra vez, eu me livrei da cadeia porque passei por um médico que me mandou para o manicômio.

— O que o senhor tinha feito?

— Nada. Me acusaram de tentativa de estupro e agressão de menor.

— Quase nada. Gosta de meninas?

— Não particularmente.

— Então?

— Quando um homem da minha idade fala com uma molecota, as pessoas já levam na maldade.

— E é tão necessário assim falar com molecotas?

— Quer que eu me ponha a falar com velhas? O senhor não entende nada.

— Pode ser.

— A Clementina morreu em 1914. Por favor, calcule mentalmente, se puder. Quinze anos. Faz sentido eu procurar minha mulher em alguém que já vivia quando ela morreu?

— O senhor acredita em reencarnação?

— Mais inacreditável é que a alma desapareça. Todo mundo percebe as diferenças que existem entre alma e corpo. O corpo envelhece. Pior ainda: morre.

— E o senhor quer encontrar sua mulher em outra?

— Em uma moça de quinze anos exatos. Nem um a mais, nem um a menos. Pense: são tantas! Só uma delas é minha mulher, e ainda por cima disfarçada. Calcule como é complicado reconhecê-la, e também que ela me reconheça, já que, no melhor dos casos, começará a se lembrar de mim como de quem foi seu marido em um sonho esquecido… Não estou em condições de perder um minuto, como estou fazendo agora, conversando dentro de um carro que não anda com um moço que não me entende. Minha busca é quase impossível, mas quero acreditar que, na hora em que a encontrar, vamos nos reconhecer em uma revelação mútua, porque o entendimento entre homem e mulher às vezes é tão único quanto as pessoas.

— O senhor disse que o acusaram de abuso.

— Puro despeito, além de uma irritação difícil de conter quando a gente descobre que a pessoa é outra, e não aquela que está procurando. O doutor Herrera logo me entendeu.

UMA VIAGEM INESPERADA

Na desventura, resta-nos o consolo de falar de tempos melhores. Com a presente crônica, participo do esforço de grata recordação em que estão empenhadas penas de voo mais alto que a minha. Para tal empresa, contudo, não me faltam títulos. No ano oitenta, eu era um jovem homem-feito. Ademais, conversava quase diariamente com um dos protagonistas envolvidos no terrível episódio. Refiro-me ao tenente-coronel (S. R.) Rossi.

À primeira vista, dar-lhe-ia o leitor cinquenta e poucos anos; não falta quem afirme que andava beirando os noventa. Era um homem corpulento, de rosto escanhoado, pele muito seca, acobreada, escura, como que curtida por muitas intempéries. Alguém comparou seu vozeirão, próprio de um sargento acostumado a mandar, a um clarim que desconhecia o medo.

Inútil negá-lo, na presença do coronel Rossi sempre me encontrei em uma situação de falsidade. Professava por ele um vívido afeto. Tinha-o por um velho pitoresco, valente, uma relíquia dos tempos em que não havia argentinos covardes. (Note bem: eu o via assim no ano oitenta e em anos anteriores.) Por outro lado, não ignorava que seus discursos pelo rádio, às sete da manhã, alentavam torpes preconceitos, alardeavam uma suficiência de todo injustificada e socavavam nossas convicções mais generosas. Talvez devido à mania de repetir sua máxima favorita ("Medirás teu amor ao país por teu ódio aos outros"), deram em apelidá-lo "o Caim da alvorada". Evitei ao máximo expor qualquer queixa contra tais zombarias. O fato é que, quando eu estava com ele, trabalhávamos e não havia terceiros; quando estava com terceiros, não estava com ele para perceber sua ansiedade pelo apoio dos partidários mais leais (tenho observado que tal ansiedade é bem comum entre pessoas briguentas). Eu costumava dizer, de mim para mim, que meu dever para com o velho amigo e para com a verdade mesma exigia uma repreensão de vez em quando, ou pelo menos um chamado de atenção. Nunca fui além de pôr nos ii uns pingos tão fracos que nem o coronel nem ninguém notou; e, se em alguma ocasião ele chegou a notá-los, mostrou tanta surpresa e desalento que me apressei a repetir que suas exortações eram justas. Algumas vezes me perguntei se quem pecava por soberba não seria eu; se não estava tratando um velho coronel da pátria como uma criança que não deve ser levada a sério. Posso estar caluniando a mim mesmo. Pode ser que na época tenha considerado um pedantismo causar aflição a um ser humano em nome da verdade, que não passava de uma abstração.

O coronel vivia em uma casa modesta, de portas e janelas altas, muito estreitas, na rua Lugones. Para ir ao banheiro ou à pequena cozinha, era preciso atravessar um quintal com plantas em potes de barro e latas de querosene, se bem me lembro. Quando penso em Rossi, sempre o represento mentalmente com o terno de lustrina para o trabalho do escritório, sempre asseado, ativo, frugal. Todos os dias compartilhávamos o mate e a bolacha; aos domingos, o mate e as tortinhas de Tarragona. Pontualmente, à mesma hora, creio que seriam sete da noite, gadunhava a pitança que me correspondia por minhas lides de escriba e revisor. Devo admitir que a soma, nas passadas épocas de grandeza e moeda forte em que mentalmente ele vivia, significava uma remuneração magnífica. Em resumo, e sobretudo comparando-o com outros personagens de nosso grande picadeiro político, tão diligentes em encher suas burras, tão pródigos com o ganho escuso, não posso menos que me felicitar por ter feito minhas primeiras armas de trabalho ao lado daquele velho senhor despótico, porém reto.

Agora falarei do mês de março de oitenta e de seu terrível calor. Este pareceu-nos tão extraordinário que em todo o país foi popular o dístico de mão anônima:

Uma coisa é certa, todo mundo comenta:
foi de matar o calor no ano oitenta.

"A onda", como dizíamos à época, surpreendeu o coronel em meio a uma daquelas campanhas radiofônicas em que investia contra os países irmãos, seu alvo predileto, e contra os estrangeiros em geral, que sem empacho algum nos confundem com outros países, como no exemplo clássico de cartas, verdadeiras ou imaginárias, dirigidas a "Buenos Aires, Brasil", e como no caso do francês que se mostrava cético quanto à existência de nossa primavera e de nosso outono e que por fim declarou: "Vocês certamente devem ter duas estações, a das chuvas e o verão, mas calor o ano inteiro". Da boca para fora e diante dos amigos, eu desaprovava Rossi; mas em meu foro íntimo costumava acompanhá-lo de coração, porque suas arengas davam rédea larga a sentimentos que a muito custo e contragosto reprimíamos. Rossi refutava a ideia de que algum país do hemisfério nos pudesse avantajar. Um dia criei coragem e observei:

— Contudo, os números falam alto. A ciência estatística não deixa lugar a fantasias.

Recordo-o como se fosse hoje. Em dias de grande calor, ajustava sob a papada um lenço de imaculada brancura, à guisa de babador, para proteger a gravata. Exagerada precaução: eu mentiria se dissesse que alguma vez o vi suar. Estendendo-me a cuia, perguntou:

— Desde quando, recruta, as estatísticas merecem tanta confiança da sua parte?

Amistosamente, chamava-me "recruta". Insisti:

— Não é de estranhar que todas coincidam?

— Umas copiam às outras. Não me diga que não sabe como são confeccionadas. O funcionário público as leva para casa, onde as preenche *a piacere*, carregando tal item, raleando aquele, de modo a satisfazer os palpites e as expectativas do chefe.

— Não nego — concedi — que as repartições públicas trabalhem sem o devido rigor; mas há que se render às evidências.

— Render-se? Da minha parte, nunca.

— E o petróleo venezuelano, o ouro negro não lhe diz nada?

— Deixe disso. Não vai compará-lo com nossa riqueza nacional.

— E o volume da produção brasileira?

— Patranhas dos norte-americanos, que não gostam de nós. Ou vai negar, recruta, que existe uma conspiração estrangeira, perfeitamente orquestrada, contra os argentinos?

— Por que não dá uma volta e confirma com seus próprios olhos? Hoje, com nosso custo de vida, gasta-se menos tomando um avião e indo ao Rio de

Janeiro do que permanecendo nestas quatro paredes. Dizem que nas praias de Copacabana há coisinhas bem interessantes para ver.

— Não me venha com essas bobagens. Quem, em sã consciência, vai pagar uma passagem para ir suar em bicas? Ficando aqui, sei pelo menos que mais dia, menos dia, cai um aguaceiro e em seguida sopra a fresca aragem.

"Em bicas" e "a fresca aragem" eram duas expressões típicas do coronel. Quando ele dizia a primeira, sabia-se que pouco depois viria a segunda. Bons tempos!

Apesar de sua brava resistência, naquele março inesquecível até o próprio Rossi por momentos fraquejou. Sentia o calor como uma afronta. Incomodava-o patrioticamente o fato de que, por aqueles dias, Buenos Aires logo haveria de receber a visita de não recordo qual político inglês e qual trupe francesa de comediantes itinerantes. Justificou-se comigo:

— Se até lá não refrescar, quem tira da cabeça dessa pobre gente que somos um país tropical? Basta ir ao cinema para comprovar a facilidade com que o estrangeiro nos estampa com uma cor local rigorosamente latino-americana.

Como todos nós, Rossi vivia então com o pensamento posto na situação meteorológica. Mesmo tendo que madrugar, por nada deste mundo se deitava no catre sem ouvir o último boletim da meia-noite. Naqueles dias, os boletins falavam muito de uma batalha celestial entre duas massas de ar, uma quente e outra polar. Notei que para descrever o fenômeno, à diferença dos civis, em particular dos jornalistas, Rossi evitava os termos militares. Assim, em uma de suas palestras das sete da manhã assegurou: "Do resultado dessa titânica queda de braço depende nosso destino".

Queda de braço, nada de batalha. Por certo, se a afirmação concernia a fenômenos do céu, era, como logo se comprovaria, errônea. O leitor sabe que, entre aquele 9 de março e o seguinte 4 de abril, uma famosa série de tremores de terra sacudiu, noite após noite, os argentinos. Tais "golpes de translação", como foram chamados, alarmaram o país inteiro, exceto o coronel, distraído como estava com a invariável temperatura sufocante, a quem acalentavam docemente até adormecê-lo. Embalado pelo sismo, sonhou com as longas viagens de trem de sua infância. Claro que não tão longas como as que estava realizando agora.

Como o calor não cessava, o despertar foi sempre cruel; mas o pior de todos ocorreu naquela terrível manhã em que os jornais trouxeram uma notícia até então oculta pelo governo, em salvaguarda de legítimas suscetibilidades da população. Segundo comentários ulteriores, alguém no Serviço de Informações teve a ideia, para preparar-nos um pouco, de chamar "golpes de translação" os fenômenos da crosta terrestre que todas as noites nos afligiam; para preparar-nos e porque eram isto mesmo, rigorosamente: sucessivas translações da massa continental, de Sul a Norte, que finalmente deixaram Ushuaia acima do paralelo 25, ao norte de onde antes ficava o Chaco, e Caracas acima do paralelo 50, à altura de Quebec.

Sem negar que a dor moral nos atingia a todos, calculei o que significava aquilo para um homem com os princípios de Rossi. Por um sentimento de respeito, evitei comparecer à rua Lugones. Pouco depois, com doída surpresa, ouvi da boca de um dos tiranetes do rádio:

— O que mais amargura o Rossi é que alguns, que se dizem seus amigos, ao imaginá-lo em situação comprometida, não querem mais vê-lo.

Não me ofendi. Como se nada houvesse, à noite pus o despertador para tocar às sete, e de manhã, quando me acordou, liguei o rádio. A inconfundível voz do coronel, com sua têmpera e seu brio inabaláveis, provou-me que o programa continuava. Embargou-me a emoção. Quando consegui recompor-me, o vozeirão tão querido estava dizendo que a Argentina, "depois de muitos anos de provocações gratuitas, em um simples movimento de mau humor, manifesto em uma peitada titânica, empurrou seus irmãos vizinhos para o outro hemisfério". Referiu-se também aos maremotos, ligados ao nosso sismo, que causaram desastres e ceifaram vidas nos litorais da Europa, dos Estados Unidos e do Canadá. Por último, condoeu-se da duríssima prova que suportavam os antigos habitantes do trópico, por seu repentino traslado ao clima frio. Morreriam como moscas. No fundo do coração, eu sabia que meu velho amigo, dissesse o que dissesse, estava golpeado demais para encontrar consolo. Por desgraça, não me enganava. De boa fonte soube que, pouco depois, ao ver em uma revista uma fotografia de brasileiros agasalhados com lãs vistosas e jubilosamente entregues à prática do esqui nas ladeiras do Pão de Açúcar, não pôde ocultar seu desalento. O tiro de misericórdia chegou por meio de um misterioso despacho telegráfico, datado em Havana, onde o intenso frio teria produzido espontaneamente renas, de menor tamanho que as canadenses. Nosso campeão compreendeu então que toda luta era inglória e afastou-se do rádio. Alguém, que sempre o seguira no anonimato de sua multitudinária audiência, ao saber que Rossi queria recolher-se para suportar a dor a sós, ofereceu-lhe asilo em seus cafezais na Terra do Fogo. Sobre minha mesa tenho a última fotografia que tiraram dele. Aparece com uma ampla casaca, talvez de linho, coberto com um chapéu de palha, de enorme aba circular. Sabe Deus por quê, embora a expressão de seu rosto não pareça muito triste, essa fotografia me deprime.

O CAMINHO DAS ÍNDIAS

Eu realmente estava longe de imaginar que minhas anotações para o discurso em elogio ao doutor Francisco Abreu e o diário que mantive durante minha última viagem mais tarde me serviriam para redigir um artigo em defesa de minha própria pessoa. A título de introdução e escusa, direi apenas que uma longa amizade me une ao doutor Abreu e que me parece normal que um amigo defenda o outro. Sem mais delongas, passo logo ao meu arrazoado, que será de passagem a terna biografia de um verdadeiro médico e a discreta, porém veraz, memória das aventuras que balizaram uma das descobertas mais importantes para a felicidade do homem. Neste ponto concordo com Abreu, que costuma dizer: "Quanta razão tinha Freud sobre o sexo!". E, como se sabe, ele não é adepto da psicanálise.

No que tange aos médicos, Abreu classifica-os em dois grupos: os estudiosos e os que têm, assim como os charlatães, o dom de curar. Ele se inclui no primeiro. Em certa medida, eu lhe dou a razão. Consta-me que é um estudioso e que, ao tratar de questões médicas, desfralda um deslumbrante lastro de conhecimentos. Não posso, contudo, negar a evidência: na história da medicina, o lugar de Francisco Abreu é o de um eminente terapeuta.

Lá nos primórdios de sua carreira, abriu um consultório na rua Fitz Roy. Em mais de uma ocasião, ouvi-o relatar: "Depois que eu atendia um paciente e o acompanhava até a sala de espera, sempre pensava: tomara que tenha uma pessoa esperando! Quase nunca tinha". Às vezes me pergunto se a expressão do rosto não era parte importante da autêntica graça de Abreu.

À luta desigual contra as doenças, meu amigo entregava-se então com dedicação laboriosa e trato cordial. O bairro não tardou a responder, e a situação mudou radicalmente. A pequena sala de espera mal comportava os pacientes, que por vezes (eu mesmo os vi) chegavam a amontoar-se junto à porta da rua, no frio, sob a chuva ou o sol inclemente.

Uma sexta-feira, depois do almoço, Abreu recebeu um senhor de aspecto saudável, que se queixava de vagos mal-estares. Devia ser um homem apreensivo, porque suas mãos tremiam um pouco e suavam. Quando o doutor (um largo sorriso animava aquele rosto tão peculiar, gracioso para quem o conhece e aprecia) aproximou-se no intuito de examinar o fundo do olho, o paciente sofreu um profundo desmaio. Abreu recorda claramente ter dito a si mesmo: "Não vamos perder a calma". Com a maior serenidade aplicou o ouvido no peito do desmaiado e pôde constatar que o coração não funcionava. Pensou: "Isso não pode estar acontecendo comigo", e tornou a aplicar o ouvido. Deve ter admitido que às vezes o inaudito acontece: o coração não batia. Tão perturbado estava que, sem avaliar a consequência de seus atos, discou um número ao telefone e pediu que lhe mandassem uma ambulância imediatamente. Só então percebeu o erro, mas se consolou pensando que, pelo menos, conseguira reprimir seu primeiro impulso de correr até a sala de espera gritando: "Um médico! Um médico! Tem algum médico aí?!". Aqueles minutos em que permaneceu fechado com seu morto, que ele não mais podia reanimar, pareceram-lhe intermináveis. Pensava na sorte adversa, desejava que a ambulância não chegasse ou que não houvesse ninguém na sala de espera. Consternado ouviu, ainda distante, a clamorosa sirene, e segundos depois irromperam com estrondo os padioleiros. Estenderam o morto na maca e o conduziram por entre duas fileiras de pacientes, que a tudo assistiam com excessiva curiosidade e temor. Abreu, cabisbaixo, fechava o breve cortejo. Dominou-se no momento de sair, para anunciar:

— Daqui a pouquinho, estou de volta. Não aconteceu nada. Absolutamente nada.

Meia hora mais tarde, quando voltou, havia apenas uma senhorita, que certamente não se retirara por acanhamento ou falta de coragem. Atendeu-a sem pressa, como se tivesse todo o tempo do mundo. A certa altura notou que a senhorita o olhava de um modo estranho. Homem casto, avesso a complicar-se com qualquer pessoa, deu o exame clínico por encerrado, rabiscou uma receita e, ao entregá-la, ordenou em tom impessoal:

— Tome um comprimidinho no café da manhã.

Já sozinho no consultório, não sabia como passar o tempo sem pensar no ocorrido. Embora não quisesse deixar-se dominar pela preocupação, perguntou-se se seus fiéis pacientes o teriam abandonado para sempre.

Não, não o abandonaram. Na segunda-feira, a partir das duas horas da tarde, foram chegando os que estavam no dia do morto, mais alguns outros. Durante uma semana e meia, Abreu trabalhou bem, com o consultório lotado, ou quase. Na quarta-feira da segunda semana, porém, um paciente, muito magro, inexplicavelmente morreu. Desta vez as pessoas se retiraram para não mais voltar.

Após uma rápida reflexão, Abreu disse a si mesmo que a melhor coisa a fazer era acabar logo com tudo e fechar o consultório. Mas de modo algum infira daí o leitor que os golpes da adversidade esmoreceram ou desencaminharam meu amigo. Ajudaram-no, sim, a deixar para trás uma etapa intermediária e a encontrar sua verdadeira vocação.

Abreu afirmou muitas vezes que certas aflições do homem, conhecidas desde sempre, nunca solucionadas, proclamavam a impotência da medicina. O que não daríamos para não apanhar resfriados, para evitar a dor de dente, a dor nas costas, para não perder gradativamente a visão ou o cabelo, para não o ver branquear! Em relação a esses males, circunscritos e concretos para o vulgo, o fracasso da medicina é flagrante. Eu lhe dizia:

— Teu otimismo, em compensação, é incurável.

Ignoro se nossas conversas o alentaram no novo capítulo de sua vida, o triunfal e consagrador. Uma coisa é certa: sem poupar esforços, Abreu devotou sua vontade férrea e sua inteligência à solução de uma das tribulações que desde tempos imemoriais tem derrotado a medicina e torturado os homens. Descobriu assim, em um tempo relativamente breve, sua renomada Fórmula Abreu contra a Calvície. Nos Laboratórios Hermes, onde a apresentou, recebeu a melhor acolhida dos especialistas, que lhe ofereceram um generoso adiantamento. Resolveu gastá-lo muito bem, em uma viagem pela Europa com *doña* Salomé, sua esposa. Abreu arrematou a frase que enumerava essas boas notícias com um afetuoso pedido. Disse-me:

— Faz um esforço e vem com a gente.

Fiz o tal esforço. Para os argentinos de minha geração, uma viagem à Europa era algo comparável a um verdadeiro prêmio, como o Nobel para os escritores ou o Céu para os justos. De resto, que gratíssimos companheiros! Abreu, um amigo de toda a vida, com quem sempre me senti à vontade e que me ensinou tantas coisas; *doña* Salomé, uma verdadeira senhora e, como se tal não bastasse, uma formosura de mulher.

Começamos a excursão por Amsterdã. No hotel, alguém nos informou que um sismo estremecera nosso país. À tarde corremos até a embaixada, para pedir notícias. Fomos recebidos pelo embaixador em pessoa, um senhor ou doutor Braulio Bermúdez, o qual, como logo se esclareceu em meio a tapinhas e gargalhadas, fora condiscípulo de Abreu na Escola Argentina Modelo. Era um paisano à antiga, afável a mais não poder. O tremor de terra não causara danos nem vítimas, portanto não o preocupava; o que realmente o inquietava era uma cerimônia, de data iminente, em que ele se apresentaria à rainha, em Haia. Intuímos que aquele diplomata, tão bonachão e dado conosco, era talvez acanhado com os estrangeiros.

Enquanto conversávamos, achegou-se a um grande espelho. Mirou-se detidamente e de súbito comentou:

— Não tem jeito. A aparência física é importante.

— Pois eu invejo a tua — disse Abreu.

— Deixa disso — respondeu o embaixador, sacudindo a cabeça. — Pelo menos se eu fosse um pouco menos careca!

Entendi que era chegado o momento de dar uma mãozinha a meu companheiro de viagem. Observei:

— Caro embaixador, o senhor não sabe que nosso amigo aqui, o doutor Abreu, encontrou a solução para esse problema?

Bastou o embaixador manifestar interesse para que Abreu encetasse um desmedido elogio de seu elixir, ao qual atribuiu eficácia fulminante. Senti vergonha. "Daqui a pouco", pensei, "é capaz de dizer que, de um dia para o outro, vai cobrir essa careca com uma juba de leão". Confesso que a atitude de meu amigo me surpreendeu e me entristeceu. Rapidamente se bandeara para o grupo dos médicos charlatães.

Don Braulio devia mesmo estar seriamente preocupado com a calvície, pois perguntou:

— E agora, na Holanda, o que pode fazer um homem como eu para se armar de um vidrinho do seu maravilhoso elixir?

Ficamos de enviar-lhe um frasco naquela mesma tarde. Quando saímos, lamentei não ter pedido em troca convites para assistir à cerimônia. Abreu tornou a me surpreender, ao declarar:

— Nem louco eu iria.

— Como assim? É uma cerimônia em palácio! Já parou para pensar que uma oportunidade dessas não se repete duas vezes na vida?

Foi tudo em vão. Meus esforços para ganhar *doña* Salomé à minha causa fracassaram. Para ela, assim como para Abreu, as cerimônias oficiais eram frívolas e enfadonhas. Reconheço que os dois tinham personalidade, mas eu tinha a minha; sem entrar em explicações, pedi a Abreu um vidrinho de seu tônico.

— Agora mesmo vou lá levar pessoalmente — eu disse.

Assim fiz, e naquela noite regressei ao hotel com o precioso convite em meu poder.

Os dias seguintes foram agradáveis, embora em repetidas ocasiões me sobressaltasse a ideia de que a tão aguardada cerimônia pudesse se revelar uma fatal prova de fogo para o bom nome de Abreu. Parecia impossível que seu tônico desse resultado apreciável em um prazo tão curto. A preocupação, à medida que nos aproximávamos da data, aumentava. Estive a um triz de chamar à parte a belíssima Salomé e abrir meu coração para ela. Em horas de angústia e desconcerto, sempre buscamos refúgio no peito de uma mulher. Considerei, contudo, que o mais leal seria submeter minhas dúvidas diretamente ao amigo. Comprovei, então, que sua fé no tônico era inabalável.

Quando afinal chega o que desejamos, percebemos que também isso, como tudo na vida, está abrolhado de incômodos. A cerimônia começaria às onze da manhã, mas não se realizaria em Amsterdã, como eu me obstinava em crer, esquecendo o que me haviam dito, mas em Haia. O recepcionista do hotel, homem muito seguro de suas informações, aconselhou-me a estar no palácio às dez e meia. Para tomar o trem a tempo, não havia outro remédio senão abreviar os prazeres do desjejum e do banho de imersão.

De resto, o convite que tinham me dado não era tão precioso assim. Os que realmente valiam a pena eram os brancos, dos convidados especiais. Os verdes, como o meu, permitiam ao portador se misturar à turba que se amontoava nos fundos do salão. Claro que me esticando na ponta dos pés conseguia ver a rainha e os dignitários que recebiam os cumprimentos dos corpos diplomáticos; mas cansa ficar na ponta dos pés, portanto eu me esticava de vez em quando, para dar uma olhada e, ao constatar que ainda não chegara a vez de Bermúdez, voltava a meu nível, inferior ao das pessoas que me rodeavam: holandeses de considerável estatura, em geral. Devido a tais manobras, quase perco a cena, depois tão comentada. Quando calculei que a saudação do afegão havia terminado, tentei espiar por entre os ombros de dois holandeses, para descobrir que chegara a vez do representante da Albânia; embora eu não tivesse demorado a encarapitar-me outra vez, já então nosso Braulio Bermúdez avançava em direção à rainha. Desejoso de que um milagre provasse que meu amigo Abreu não exagerara, como um vulgar charlatão, os poderes de seu tônico, fixei o olhar no cocuruto de Bermúdez. Em um primeiro momento, confesso, desapontei-me. Se a imagem esperada havia sido uma cabeça coberta de basta cabeleira, só cabia mesmo a desilusão. Contudo, se bem observado, aquele crânio inspirava esperanças, pois parecia coberto pela sombra de uma penugem; algo, porém, devo ter vislumbrado no semblante de Bermúdez que me distraiu de tais considerações. Uma extraordinária ansiedade e fixidez de expressão havia naquele rosto que lenta, contidamente, avançava em direção à rainha. Murmurei: "É um tímido, um verdadeiro tímido". Não ignorei a espetacular disparidade entre os dois personagens que atraíam minha atenção: Bermúdez, como que tolhido por câimbras, e a rainha, ampla, dourada, plácida. Segundo quem viu a cena (porque eu mesmo não a vi; para dar-me um respiro, descera por alguns segundos das pontas às plantas dos pés), como se fosse uma mola, aquela terrível câimbra de repente projetou o embaixador em um salto felino. A seguir assistimos a uma cena desordenada e penosa. De um lado, o pateticismo das solícitas atenções para socorrer a soberana, para consolá-la e recuperar, não só para ela, mas também para o grande ato solene que lá nos reunira, a compostura que por um instante pareceu arruinada. De outro lado, o opróbrio: nosso embaixador expulso aos empurrões. As consequências do estranho incidente foram as previsíveis. Um setor da imprensa deu azo a imputações escandalosas, que ambos os governos procuraram aplacar mediante comunicados tão circunspetos e vagos que reavivaram as suspeitas. O saldo foi muito triste: um de nossos melhores diplomatas exonerado.

Nós não o acompanhamos na dura prova que lhe coube em sorte. Deixamo-nos arrastar pelas peremptórias exigências de uma viagem programada de antemão, com escalas onde assessores científicos e diretores de companhias parceiras dos Laboratórios Hermes aguardavam Abreu em datas e horas pré-agendadas. A escala seguinte foi nada menos que em Paris. Abreu ficara satisfeito com seus interlocutores de não me lembro que empresa local, mas no dia em que visitamos a torre Eiffel, *doña* Salomé nos deu uma má surpresa: pretextando vertigem, privou-nos de sua companhia. Enquanto contemplávamos Paris do alto, Abreu descarregou a pergunta:

— Você notou que, de um tempo para cá, ela me trata com certa impaciência?

Tentei pensar em um modo de ajudá-los e armei-me de coragem para dizer:

— Sempre tão concentrado no trabalho, talvez você tenha descuidado um pouco da aparência física. Uma esplêndida senhora como *doña* Salomé não se apresenta com um velho do lado. A verdade é que o inventor da grande fórmula contra a calvície está perdendo o cabelo. Que paradoxo, que loucura!

Na escala seguinte, comprovei que minha sugestão não caíra no vazio. Aquele fim de semana às margens do lago Léman foi paradisíaco. A que misterioso fato novo devíamos atribuir o bom ânimo da senhora? Não, por certo, a uma mudança no aspecto do couro cabeludo do marido. Ninguém qualificaria de mudança para melhor a penugem que agora sombreava aquela calva. Era uma esperança, isso sim, e era também uma prova de que Abreu estava cuidando de sua aparência física. *Doña* Salomé deve ter se sentido lisonjeada e agradecida de que seu marido se desse a tais cuidados.

Não sei quando reconheceremos como se deve a ascendência da mulher sobre nosso caráter. Nem sequer o fato de os genebrinos se mostrarem menos dispostos que os holandeses e os franceses a crer nas virtudes de seu tônico irritou o amigo Abreu. O bem-estar é contagioso. Eu próprio, apesar de meu solteirismo, sentia-me contente. *Doña* Salomé, resplandecente como se uma primavera interior a preenchesse, encarava com divertida indulgência os contratempos e incômodos que nunca faltam em uma viagem. Minha admiração por ela crescia. Pela primeira vez me encontrava diante de uma mulher autenticamente alegre e despreocupada.

Os três viajantes abordamos o Expresso do Oriente em idêntico estado de espírito. Se essa afirmação não correspondia igualmente aos sentimentos de cada um de nós, então não percebi a diferença. É possível que, no decorrer da longa viagem de trem, o casal tenha deixado entrever algum atrito, mas nada que eu francamente levasse a sério. Por isso o que ocorreu depois me deixou abismado. Toda a noite eu me revirara no beliche, como que atormentado por um mau pressentimento. A cada três por dois acendia a luz e olhava o relógio. Chegou uma hora em que não aguentei mais: levantei-me, vesti-me e rumei para o vagão-restaurante, na esperança de encontrá-lo aberto. Estava fechado. Eram seis e quarenta e cinco.

Lembro-me como se fosse hoje. Quando eu voltava acabrunhado pelo corredor, o trem se deteve em uma estação. Abri uma janela, olhei para fora, li um letreiro: "Zagreb". Perambulavam pela plataforma pitorescos camponeses e vendedores de bugigangas. Entre eles vislumbrei uma presença insólita: *doña* Salomé em pessoa, maleta na mão e com a aparência de quem se vestiu às pressas. Se não a chamasse de pronto, sem dúvida a perderia de vista, porque se encaminhava para a saída da estação. Na esperança de que não fosse ela, pus-me a gritar:

— *Doña* Salomé! *Doña* Salomé!

Ela girou sobre si mesma, levou um dedo aos lábios e como única explicação lançou um grito sufocado e pungente:

— Não aguento mais!

Como se o cansaço a vergasse, retomou seu caminho. Em seguida desapareceu.

Meu primeiro impulso foi descer e de um modo ou outro trazê-la de volta, mas hesitei. O trem entrou em movimento. Senti culpa, perguntei-me o que diria a Abreu e como ele reagiria à notícia.

Mostrou-se mais triste que surpreso. Repetidamente murmurava:

— Que é que eu vou fazer sem ela?

Os seres humanos são inescrutáveis, ou pelo menos Abreu então se revelou inescrutável para mim. Parecia ansioso, é verdade, mas por demais disposto a olhar para outras mulheres. Poucas horas depois da partida de *doña* Salomé, bastava que uma passasse a seu lado para que os olhos do doutor brilhassem e de sua boca saíssem comentários luxuriosos. Lembro que eu disse lá comigo: "Se não o segurarem, não vai perdoar uma saia".

Depois de uma breve escala em Istambul, voamos para Bagdá, cidade aonde cheguei com favorável expectativa, pois seu nome sempre exercera um poderoso encanto sobre minha imaginação. Hospedamo-nos no Hotel Khayam. O recepcionista me entregou um mapa da cidade e alguns folhetos turísticos, além da recomendação de abrigar-me do sol. Em nossa primeira saída, comentei com Abreu:

— Com esse calor, não devíamos nem sair do hotel até o fim da tarde. Antes de mais nada, é bom comprarmos chapéus.

Depois de consultar o relógio, respondeu:

— Se eu não tomar um táxi agora mesmo, vou chegar atrasado à reunião na filial da Hermes.

Partiu sozinho. Segui o táxi com os olhos, até que se perdeu com Abreu no buliçoso e colorido mundo muçulmano. Essa lembrança agora me parece patética. Caminhando pela estreita faixa de sombra rente às casas, como se fosse uma cornija à beira do abismo, cheguei a uma loja que exibia na vitrine um ou outro fez, alguns bonés e um capacete colonial. Comprei o capacete colonial. Era de cortiça, levíssimo, mas tão duro que incomodava como se fosse de chumbo.

Percorri o bazar. Cansei-me. Por um dos folhetos que eu recebera do recepcionista, soube que o bazar era conhecido como "rua carruagem" e que foi construído por um famoso paxá. Reflexão feita, descobri que essas informações correspondiam ao bazar de Damasco, cidade que não visitei.

Quando cheguei ao hotel, exausto e faminto, aguardava-me uma novidade que de início não me alarmou: Abreu ainda não voltara. Sentado no saguão, com o olhar fixo na porta giratória, adiei o almoço até quando minha fraqueza permitiu.

Almocei, fiz a sesta. Para matar o tempo, resolvi dar uma volta pela cidade. Antes de sair, corri os olhos pelo salão, caso o amigo tivesse chegado. Um velho que servia café avisou-me em um sussurro:

— O recepcionista quer falar com o senhor.

O recepcionista pediu que o seguisse até um salãozinho, onde o gerente logo me atenderia. Enquanto esperava, comecei a especular. Ocorreram-me hipóteses que tive por descabeladas; em seguida descobriria, porém, que a imaginação não pode competir com a realidade. O que o gerente do hotel, falando em terceira pessoa, em um tom cortês e muito triste, comunicou-me era inacreditável. Depois de envolver-se em um incidente, sem dúvida grave, na rua, Abreu se encontrava detido em uma dependência policial, cujo endereço meu interlocutor ignorava. Exclamei:

— O senhor sabe quem é o doutor Abreu? Uma personalidade internacional, um pesquisador renomado!

O gerente balançava a cabeça e se desculpava como podia.

— Sinceramente, lamento — ele disse.

Ríspido, perguntei:

— O senhor sabe, pelo menos, onde fica a embaixada argentina?

Depois de interrogar seu pessoal subalterno e de consultar guias de vários formatos, escreveu um endereço em um pedaço de papel. Explicou:

— Para mostrar ao chofer de táxi.

A viagem foi tão curta que me perguntei se não teriam sugerido que eu tomasse um táxi movidos pelo mero afã de escorchar o forasteiro. Paramos em frente a uma casa que ostentava um mastro e uma placa de bronze. Para meu desgosto, li a inscrição… Tinham-me enviado ao consulado, não à embaixada. Aquele gerente estouvado já ia ouvir poucas e boas. Minha intenção era que a mais alta investidura de nossa representação interviesse no caso, para que as autoridades locais logo tomassem pé do despautério cometido. A intervenção do cônsul privaria meu protesto de toda espetacularidade. Contudo, para não perder um só minuto, dada a urgência de salvar o amigo do pesadelo que estava vivendo, resolvi encetar as tratativas ali mesmo.

O cônsul, um certo doutor Laborde, recebeu-me em seu gabinete. Não direi que me olhou com hostilidade, mas sim com resignada contrariedade.

— O que o traz aqui? — perguntou, como se para falar tivesse que vencer o cansaço.

Quanta distância de um homem a outro! Que diferença de Bermúdez, nosso ex-embaixador na Holanda! Depois não sabemos por que as coisas vão tão mal em nosso país. Quem recebe o compatriota de má vontade segue na ativa, enquanto um diplomata da estatura de Bermúdez é exonerado. A única coisa que esses dois funcionários tinham em comum era a nacionalidade e a calvície.

Reconsiderei: "Agora não é o momento de expressar o desagrado que esse indivíduo me provoca". Pelo contrário, devia ganhá-lo para a causa, comprometê-lo na defesa de Abreu.

— Meu companheiro de viagem, nosso famoso pesquisador Abreu, foi vítima de um inqualificável abuso por parte das autoridades locais.

Depois de olhar-me fixamente, Laborde falou no tom de quem tenta justificar-se comunicando uma verdade profunda:

— A pessoa está aqui, onde o diabo perdeu o poncho, esperando o paisano trazer, digamos, um pedacinho da pátria, um pouco de ar revigorante, e aí, quando aparece um, vem com assuntos desagradáveis, pedindo para este seu criado resolver tudo. É de matar!

Trêmulo de raiva, repliquei:

— Agradeço sua franqueza, que tentarei retribuir. Esse mesmo homem que o senhor se nega a socorrer possui algo que poderia ser sua verdadeira salvação.

— Olhe — respondeu —, não acha que faz calor demais para andar com charadas?

— Muito bem, vou falar às claras: o senhor está ficando calvo.

Olhou-me sem pestanejar.

— E sua mãe, como vai? — perguntou. — Certo, reconheço, sou careca, e ainda por cima ingênuo. Ou será que o ingênuo aqui é o senhor? Porque, se eu bem entendo, está pedindo que me indisponha com as autoridades locais, com quem trato noite e dia, para sair em defesa de um charlatão que lançou o último remédio contra a calvície.

Não me dei por vencido. Expliquei:

— O senhor disse bem. É mesmo o último remédio, porque é o único eficaz. Cá entre nós, confesso que muito me espanta ver um representante do nosso país confundir o doutor Abreu com um charlatão.

A polêmica prosseguiu até que Laborde concordou em telefonar para um conhecido que era, nas palavras dele mesmo, seu ponta de lança na chefatura de polícia. A conversa com o tal conhecido levou um bom tempo. Enquanto eu esperava o resultado, não pude deixar de notar que o rosto de Laborde paulatinamente se ensombrecia. Desligou, virou-se para mim e sacudindo lentamente a cabeça declarou:

— Eu lavo minhas mãos.

— Pode-se saber por quê?

— Estão furiosos. Ele atacou em plena rua e, escute bem, pelas costas, um dervixe.

— Um dervixe?

— E ainda por cima dos escandalosos. Aqui não ficam com rodeios: ou lhe cortam a cabeça, ou lhe amputam um membro.

— Quero falar com o embaixador em pessoa.

Laborde me deu explicações vagas, mas alarmantes, e concluiu:

— Se eu fosse o senhor, quero dizer, se eu fosse o companheiro de viagem do senhor Abreu, tomaria o primeiro avião, antes que viessem me buscar. Não sei se o senhor me entende.

Respondi que, se estava tão certo da iminência do perigo, tratasse por favor de reservar uma passagem para mim no primeiro voo. Ele se fez de rogado, mas acabou telefonando para uma agência de viagens. Tocando-me para a porta com tapinhas nas costas, advertiu-me:

— É melhor não perdermos tempo. O senhor vai hoje mesmo, no voo das oito e quarenta e cinco da Austrian Lines. Tem cinquenta minutos para passar no hotel, pegar sua bagagem e pôr-se a salvo.

Quando eu já ia saindo de seu gabinete, perguntou-me se o remédio de Abreu era realmente bom e se eu poderia lhe mandar um vidrinho. Recuperei parte de meu aplomb.

— Se ainda me restar algum, deixo para o senhor no Hotel Khayam. Peça ao recepcionista — respondi friamente.

Saí para a rua e me precipitei em um táxi, do que logo me arrependi, pois, em meio àquela multidão, a pé teria avançado com maior rapidez. Certamente me perderia.

Na recepção do Khayam, mandei fechar minha conta. Sem esperar o elevador, corri escadas acima. Em disparada, joguei dentro de minha mala a roupa e os dois últimos frascos do elixir. Um funcionário do hotel, decerto em busca de gorjeta, tratou de carregar minha bagagem sem demora.

Na recepção, perguntaram-me:

— O doutor Abreu também vai?

— Sim... talvez — hesitei.

— O que fazemos com a bagagem dele? Guardamos na *reserve*?

Eu não sabia o que era isso. Respondi:

— Sim, por favor, guardem na *reserve*.

O recepcionista aproximou-se para se despedir e, com seu ato de presença, lembrar que eu lhe devia uma gorjeta. Enquanto entregava o dinheiro, pensei que eu podia mesmo deixar para o cônsul aquele vidrinho que ele me pedira. Nem sequer me perguntei o porquê: estava apressado demais, nervoso demais para pensar com clareza. Recordo que abri uma mala, cavouquei na desordem, surpreendendo um fugaz esgar de reprovação no rosto de algum dos presentes, e encontrei o frasco. Depositei-o nas mãos do recepcionista, com a recomendação:

— Quando o cônsul argentino, um tal senhor Laborde, vier buscar isto aqui, por favor, entregue para ele.

Cheguei ao aeroporto quase na hora da partida. Apanhei as malas e, ensopado de suor, corri cambaleando com o peso. Passei muita aflição. Havia tantos fiscais e tantos guardas que me perguntei se estariam lá para me prender. Quando desabei na poltrona do avião, pensei com alívio: "É um milagre!". Devo ter perdido a consciência, porque acordei em pleno voo, no momento em que a aeromoça distribuía as bandejas de comida.

Durante os trechos até Viena e Frankfurt, acompanhou-me um grato sentimento de estar a salvo; mas, entre Frankfurt e Buenos Aires, pela primeira vez me perguntei se antes de abandonar o hotel em Bagdá eu havia feito o humanamente possível em favor de Abreu. Comecei por não ter certeza, para em seguida resvalar no remorso, talvez infundado, porém bastante vívido. Perguntei-me como seria recebido em Buenos Aires. Imaginei caluniosas campanhas jornalísticas me acusando de traidor e de covarde.

Não lembro que viajante disse que a chegada a nosso país sempre opera em nós uma espécie de despertar. Havia jornalistas em Ezeiza, mas não desconfiados nem hostis; gente para a qual eu era o último amigo que tinha visto nosso grande homem de ciência antes de ser preso em uma cidade remota. Assediavam-me com perguntas, para aproximar-se de mim e, desse modo indireto, aproximar-se um pouco do já famoso Abreu, que estava fora de alcance. Acreditavam em tudo o que eu lhes dizia e, insaciavelmente, pediam mais informação. Eu devia tomar o máximo cuidado. Aquilo era um convite para distorcer ou florear a verdade, o que em minha situação era perigoso; também me era dada a oportunidade de destruir para sempre, com umas poucas palavras certeiras, a carreira do cônsul Laborde. A tentação era grande, mas instintivamente entendi que, naquelas conversas entre argentinos unidos em uma generosa dor, eu não devia trazer à luz maus sentimentos nem rixas.

Devido a meu estado de espírito, aqueles primeiros dias em Buenos Aires depois da viagem me lembraram de passadas épocas de exames. Que mais eram as conversas com jornalistas, diariamente repetidas, de manhã, de tarde ou de noite, com a constante possibilidade de enfrentar perguntas difíceis? Felizmente, ao cabo de algum tempo, ainda que a preocupação nacional pela sorte de Abreu não arrefecesse, as entrevistas rarearam. Eu retomei meu antigo ritmo de vida, com a satisfação de não ter dado nem um passo em falso. Ainda me congratulava de minha boa estrela, quando me encontrei com o doutor Gaviatti, que está na Academia Argentina de Medicina. Este me explicou:

— O pessoal das Relações Exteriores nos mandou um recado dizendo que seria bom a Academia fazer um ato em homenagem ao teu parceiro Francisco Abreu. Depois de longas trocas de ideias, arrancamos do doutor Osán a promessa de falar e achamos que seria simpático você pronunciar umas palavras em nome dos amigos.

A proposta me enchia de satisfação, contudo argumentei:

— Mas eu sou um joão-ninguém, não pertenço à Academia, nem sequer sou médico!

— Eu não me preocuparia com isso — assegurou Gaviatti. Olhou-me um pouco, deu-me um tapinha no ombro e formulou, não creio que brincando, um comentário do qual não me repus imediatamente: — Com essa tua careca em pleno avanço, não vai destoar de nós.

Ouvi também que me dizia: "É sexta-feira que vem, às dezenove horas… Já convidamos a mulher do Abreu… Se quiser chamar algum conhecido, liga para o secretário, que ele te manda uns convites".

Vi-o partir enquanto já contava os dias que faltavam para a sexta-feira. Não mais que cinco. Tempo de sobra, talvez, para esses cavalheiros que sem dificuldade preparam um discurso da noite para o dia. Não para mim. "O melhor", pensei, "para evitar sobressaltos" (que ingenuidade a minha, não é?), "é eu ir logo para casa e começar a trabalhar". Embora conhecesse Abreu desde sempre, ou talvez por isso mesmo, eu ignorava se teria assunto para muitas horas ou para alguns minutos.

Assim que cheguei, corri até o espelho do banheiro para me examinar com atenção, lembrando-me do que uma amiga me dissera: "Depois de certa idade, a cada manhã a gente se olha no espelho temendo a novidade que o novo dia nos reserva". No meu caso, a novidade assumiu o caráter de uma amarga revelação. Por duas entradas laterais, a testa avançava profundamente no couro cabeludo. Em alguns pontos, o cabelo raleava.

Supus que, procedendo com lógica, eu provaria a mim mesmo que havia superado a amargura. Sem demora começaria não apenas a trabalhar, mas também a tomar o tônico do doutor Abreu. Menos mal que ainda me restava um frasco.

Entendo que meu discursinho ficou bom. Se agora o relesse à cata de defeitos, poderia talvez descobrir que não me demorei o quanto devia nas situações destinadas a comover o leitor; mas quero crer que a falha é compensada pela virulência dos parágrafos em que denunciei a bárbara incompreensão daqueles que encarceraram um sábio. Quanto a mim, em um rompante de soberba (o que parece quase incompatível com minha índole), cheguei a pensar que ninguém devia julgar minha lealdade a Francisco Abreu pelo que fiz, ou deixei de fazer, em Bagdá, e sim pela peça de oratória que escrevera em sua defesa. Não resta dúvida de que trabalhei expedita e vigorosamente. Talvez eu devesse parte desse meu impulso ao famoso tônico ou elixir, que tomava com regularidade no café da manhã, no almoço e no chá da tarde.

No dia do ato, acordei transbordante de coragem e muito seguro de mim. Não me passou pela mente a possibilidade de que meus nervos pudessem me trair. Se eu me distraía um pouco, via a mim mesmo como um pugilista que se prepara para a luta, não como um pacato cidadão que vai proferir um discurso.

Quando entrei no anfiteatro, o público o lotava, ou quase. No palco, somei-me a uma roda em que um senhor perguntava se a impontualidade não seria um grave defeito dos argentinos. Outro me disse:

— Olhe que coisa mais desagradável, já estamos em cima da hora, e nada de o doutor Osán chegar.

Pareceu-me que a frase continuava, ou se apagava, em um murmúrio. Esqueci meu interlocutor, os outros acadêmicos, a assistência. Uma visão maravilhosa me subjugava. *Doña* Salomé, com um sorriso triste e abrindo os braços, vinha a meu encontro. Posso assegurar que, em um primeiro instante, a aparição trouxe à minha memória uma emotiva sucessão de imagens daquele casal tão querido. Uma alteração física se operou então em mim, uma verdadeira revulsão, em que todo o meu ser voltava-se para *doña* Salomé com irresistível urgência.

Não é necessário que eu me espraie no que ocorreu depois. A esse respeito, a opinião pública não carece de informações. Intuo, porém, que a narração do acontecido oferecida pelos jornais menos inclinados à cautelosa reserva refletiu palidamente a realidade. Com pesar, com vergonha, reconheço os fatos. Em troca, refuto com veemência a responsabilidade total que alguns insistem em endossar-me. Creio que minha culpa consiste apenas em ter demorado tanto tempo para compreender algo que hoje parece evidente. A exemplo de Colombo, Abreu fez uma descoberta extraordinária, mas não aquela que procurava. Estas minhas páginas relatam dois ou três episódios que respaldam a assertiva. Se alguém ainda quiser maior confirmação, poderá encontrá-la em uma notícia recentemente divulgada pela imprensa. O cônsul argentino em Bagdá, o mesmo que lavou as mãos no caso Abreu, foi detido por atentar em plena rua contra uma mulher não muito jovem, vestida com as roupas tradicionais, com véu e tudo.

O QUARTO SEM JANELAS

Depois de cinco ou seis dias em Berlim Ocidental, eu me perguntei se Berlim Oriental não estava perto demais para viajar de volta sem conhecê-la. Uma discreta indagação, através de conversas aparentemente casuais, logo me persuadiu de que ninguém considerava a visita ao setor Oriental um ato ousado.

A uns duzentos metros do hotel, tomei o ônibus, que já estava lotado de turistas. Lembro-me de ter pensado: "É só eu não me afastar deste rebanho, que não vai acontecer nada comigo". Consegui a última poltrona livre. Ao meu lado ia um homem de olhos vivos, de olhar forte, parecido com uma famosa estátua de Voltaire velho, que vi não sei onde. Era de meia-idade e tinha cor de azeitona.

No posto de fronteira trocamos de chofer e de guia. Do outro lado da linha divisória, ficamos estacionados não menos de vinte minutos, debaixo do sol, diante da alfândega e do destacamento policial. Era um dia de verão muito quente. Uma senhora protestou em voz alta. Quando um policial, apontando-lhe uma metralhadora, ordenou que ela se calasse, a mulher pareceu à beira de um ataque de nervos. Os policiais procederam então a uma aparatosa revista do veículo. Olharam tudo, até embaixo das poltronas, onde não cabia ninguém. Examinaram passaportes, cotejaram rostos e fotografias. Como invejei meus companheiros de excursão, quase todos turistas norte-americanos, ingleses e franceses, que mostravam passaportes com fotografias grandes e nítidas! Por culpa da minha, pouco maior que um selo e um tanto desfocada, vivi momentos de ansiedade. Os policiais não se convenciam de que eu era o fotografado. Meu companheiro de assento me disse:

— Acalme esses nervos, meu bom senhor. O péssimo tratamento que os policiais nos dão é apenas um estilo. A polícia daqui é famosa por impor medo, e sabe como é, quando alguém conquista a fama, faz de tudo para mantê-la.

Falei como um pedante:

— Maltratar as visitas sempre foi falta de urbanidade. O turista é uma visita.

— Quando não é um agente secreto. Ou o senhor acha que todos esses americanos, com seu ar de granjeiros, são tão inocentes quanto parecem?

— Eu me atenho aos fatos. Os policiais ficaram muito tempo examinando meu passaporte. O seu, eles mal olharam.

— Não se preocupe. O senhor é argentino. Um ente irreal para eles. Algo que está fora da consciência do policial *tedesco*. Já eu sou um italiano de Berlim Oriental, que mora em Berlim Ocidental. Qualquer tropeço da sorte, e uma dessas excursões pode me custar caro. E, no entanto, aqui estou eu.

O italiano se apresentou. Chamava-se Ricardo Brescia. Tinha cabelo preto, jogado para trás, testa alta, olhar firme, nariz e pômulos proeminentes, mãos inquietas, terno amarrotado, de tecido ordinário, marrom. Perguntou-me a que eu me dedicava.

— Sou escritor — respondi.

— Eu, cosmógrafo.

— Sua resposta me traz à memória minha primeira preocupação intelectual. É estranho: não tinha relação com a literatura, mas com a cosmografia.

— Qual era essa primeira preocupação?

— Talvez seja impróprio chamar assim a perplexidade de um menino. Eu me perguntava como seria o limite do universo. Alguma forma, algum aspecto devia ter. Porque o limite do universo, por mais longe que esteja, existe.

— Certamente. E chegou a imaginá-lo?

— Vai saber por quê, eu imaginava um quarto nu, sem janelas, com as paredes descascadas e emboloradas, com o chão cinza, de cimento.

— Não estava muito enganado.

— O que mais me preocupava era que do outro lado das paredes não houvesse nada, nem sequer o vácuo.

Sem pedir autorização, alguns turistas começaram a fotografar, do ônibus, edifícios, monumentos e até as pessoas que andavam pela rua. Temi que surgissem atritos com o guia. Nada aconteceu, mas meus nervos, que tinham sossegado um pouco, voltaram a se eriçar.

Paramos em uma avenida, entre uma fileira de quiosques para a venda de souvenirs e o grande portão de um parque. Enquanto o guia explicava que percorrer esse parque tomaria pouco mais de meia hora, Brescia me disse em voz baixa:

— Venha comigo. Quero lhe mostrar algo do seu interesse.

— Não quero problemas — repliquei. — Se a ordem é percorrer o parque, vou percorrer o parque. Não me afastando do grupo, eu me sinto protegido.

— Não vai acontecer nada. O passeio dura exatamente quarenta e cinco minutos. Tempo de sobra para que eu lhe mostre algo do seu interesse.

O italiano tinha tanta certeza de que sua proposta era razoável que não tive forças para me opor. Sem dúvida, há circunstâncias em que a mente funciona de modo insólito. O que pouco antes me parecia uma loucura, agora me atraía como um bom pretexto para evitar uma longa caminhada. Recordo que pensei: "Não vim a Berlim para visitar árvores".

Se não me falha a memória, estávamos no alto de uma mínima elevação na planície berlinense. Enquanto os turistas, em grupo, se dirigiam para o portão, Brescia e eu descemos por uma ladeira, longa e sinuosa, que havia atrás dos quiosques. Finalmente adentramos por uma rua de casas térreas, que me lembrou, talvez pelos moleques jogando bola, bairros periféricos de Buenos Aires. "Quem me dera estar lá", disse a mim mesmo. Esse pensamento nostálgico, vai saber por quê, reavivou meus receios. Devo reconhecer que a voz de Brescia me transmitiu tranquilidade. Dizia:

— Minha casa.

Era uma casa térrea, com varandas laterais, porta no meio e acima um terraço. A fechadura devia estar quebrada, porque uma corrente com cadeado segurava as duas folhas da porta. O italiano tirou do bolso uma grande chave e abriu. Por um corredor escuro, com piso de mosaico, chegamos a um aposento interior. Eu não podia acreditar no que estava vendo. O quarto era idêntico àquele que imaginei em criança. Perto de um dos cantos, havia uma escada de caracol, de ferro, pintada de marrom e descolorida, com sua barra de buraquinhos, como uma renda, abaixo do corrimão. Por ali subia-se ao terraço. O italiano perguntou:

— Que me diz? O limite do universo, tal e qual o senhor sonhou.

— Com a diferença...

Interrompeu-me para explicar:

— Dos quatro cantos deste quarto, o que está perto da escada dá para o Sul.

— Um detalhe que não prova nada.

— Talvez. Mas faça o favor de olhar bem para ele.

— Certo — respondi, e me postei em frente àquele canto. — E agora, que é que eu faço?

— Saiba, apenas, que está vivendo um momento solene.

Quase falei: "E vendo uma teia de aranha". Espessa, poeirenta, cobria o canto, a um palmo do chão. Percebi que Brescia teria interpretado minha observação como uma zombaria e procurei discutir a sério:

— Que o quarto se parece com aquele que imaginei, é a mais pura verdade, mas que eu esteja vendo o limite do mundo...

— Do mundo não, meu caro amigo.

— Bem que eu desconfiava — devolvi.

Brescia continuou:

— Do universo, do universo. A caixa grande, com o jogo completo. A totalidade de sistemas solares, de astros e de estrelas.

— Com a diferença — insisti — que do outro lado continuam os quartos e as casas.

— Faça o favor de subir comigo ao terraço.

Enquanto, a contragosto, segui atrás dele escada acima, olhei o relógio. Tinha passado pouco menos de meia hora. "Não podemos nos descuidar", pensei. A escada levava a uma guarita muito pequena de madeira ressecada, pintada de cinza. Abrimos a porta, saímos no terraço. Era de lajotas de barro, contornado pelo que parecia uma faixa branca: o topo das paredes-meias, que sobressaía das lajotas cerca de vinte ou trinta centímetros. Havia mais três terraços. Dois em frente, um à direita. Todos eram idênticos, contornados por idênticas faixas brancas. Para deixar claro que mantinha minha liberdade de critério, disse:

— Parecem quadras de tênis.

— Com a diferença — respondeu, com um sorriso — que têm guaritas.

Em cada terraço havia uma, de modo que as quatro rodeavam o canto que dava para o sul e que, segundo Brescia, era o vértice do universo. Como quem faz uma concessão, comentei:

— Sem dúvida, esse canto é o vértice comum dos quatro terraços.

— Está querendo dizer que é só isso? — perguntou, e em seguida pediu: — Faça o favor de descer por qualquer uma das outras escadas.

— O que está propondo? Uma invasão de domicílio? Não estou louco.

— Não haverá invasão de domicílio.

— O senhor é o dono das quatro casas? — perguntei com uma ponta de respeito.

— Já que não entende — respondeu —, acredite em mim e faça como lhe digo. Desça por qualquer uma das outras escadas. Por favor.

— Tem certeza de que não vou me complicar?

— Absoluta.

Muito nervoso, na ponta dos pés, tentando não fazer barulho e ver se havia alguém na penumbra, desci pela escada que ficava justo em frente ao canto que olhava para o Sul. Entrei em um quarto idêntico ao de pouco antes, com uma particularidade que me intrigou: como se o quarto tivesse girado enquanto eu descia, o canto, que agora estava vendo do lado oposto, dava para o Sul, assim como o do outro quarto. Havia um detalhe mais inacreditável ainda: perto do chão, uma teia de aranha igual. Aquela teia de aranha foi demais para mim. Acho que por alguns minutos perdi a cabeça e corri escada acima, talvez com o propósito de surpreender a fraude. Penetrei em outra guarita, desci estrondosamente por outra escada e de novo entrei no mesmo quarto, com o mesmo canto olhando ao Sul, com a mesma teia de aranha perto do chão. De novo corri para cima e desci pela escada que faltava. Encontrei tudo igual, inclusive a teia de aranha. Estava tão perplexo que, ao ouvir uma voz às minhas costas, levei um susto. Brescia me perguntava:

— Satisfeito?

— Não — disse sinceramente. — Tonto. Nos quatro aposentos em volta, o canto dá para o Sul.

— E tem a teia de aranha — completou Brescia.

— Por mais que eu fique aqui, não vou entender. Voltemos para sua casa.

Eu ainda temia que alguém nos surpreendesse e nos tomasse por ladrões ou por espiões. Além disso, apesar da minha confusão, lembrava-me perfeitamente do risco de chegarmos tarde ao encontro com os turistas, em frente ao parque. Aproximei-me da escada.

— Não é necessário subir — disse Brescia. — Venha por aqui.

Segui atrás dele como um sonâmbulo. Saímos do quarto, percorremos o corredor escuro, com piso de mosaico e, pela mesma porta, com a fechadura quebrada, saímos na rua. Havia crianças jogando bola. Perguntei:

— Por todas as escadas eu desci ao seu quarto?

— Claro.

— Não consigo entender.

Enquanto fechava a porta com a corrente e o cadeado, ele observou com pachorra:

— Ainda bem que o senhor se dedicou à literatura. Quem se perde nas circunstâncias não encontra a verdade.

— A verdade — respondi, porque seus comentários me pareceram fora de lugar — é que, se nos descuidarmos, não chegamos ao ônibus a tempo.

Caminhei com pressa e apreensão. O erro de me afastar do grupo não apenas me pareceu imperdoável: não entendia por que o cometera. Evidentemente, jogava a culpa em Brescia, mas me alegrava de tê-lo ao meu lado, caso algum policial me interrogasse.

Subimos a ladeira. Por uma viela, chegamos à avenida em frente ao parque. O ônibus estava onde o deixamos e o chofer conversava animadamente com um guarda de farda verde. Mal tive tempo de recuar e me esconder atrás de um quiosque. Pelo portão do parque, ia saindo o grupo de turistas, com o guia à frente, parolando aos brados e por momentos caminhando de costas. Quando passou o último turista, juntei-me ao grupo. Sem me virar, disse a Brescia:

— Vamos.

Já no ônibus, deixei-me cair na minha poltrona. Meu coração batia audivelmente. Se o guia me interrogasse (olhava para mim como se estivesse a ponto de falar comigo), eu não saberia o que dizer. Não tinha preparado uma explicação e estava nervoso demais para improvisar. A senhora que reclamara quando nos deixaram sob o sol, no início da excursão, voltou a reclamar, e para minha sorte atraiu a atenção do guia, que deu uma resposta cortês, que transparecia irritação:

— Não, senhora — disse. — O lugar pode não ser tão bonito como os que costuma frequentar, mas pode ter certeza de que não será retida aqui para sempre.

Com o maior cuidado, para passar inadvertido, levantei-me e corri os olhos pelo ônibus. Brescia não estava lá.

O chofer entrou, deu a partida. Comecei a me perguntar: "Se partirmos e eu não disser nada, será que o abandono? Mas se disser, será que não o delataria? E, pior ainda, não me exporia ao risco de que algum turista comentasse que Brescia e eu não participamos do passeio no parque?". Enquanto nas minhas ruminações eu alternava escrúpulos e temores contraditórios, empreendemos o regresso. Antes de chegarmos ao limite dos dois setores, pensei: "Decerto nos contaram na entrada e agora vão descobrir que falta um". Sem contratempos, atravessamos para Berlim Ocidental. A verdade é que senti alívio. Depois, ao analisar minha conduta, cheguei sempre à mesma conclusão: não tinha nada do que me recriminar, pois não podia agir de outro modo. No entanto, a recordação daquela tarde traz junto um mal-estar bem parecido com o remorso.

O RATO OU UMA CHAVE PARA A CONDUTA

1.
SEGUNDA-FEIRA

— Por mim, eu nunca sairia de casa — disse o professor.

Chamava-se Melville, e alguns o conheciam como o Capitão, não porque fosse capitão, mas porque costumava mancar pela varanda do seu chalé no litoral como um pirata na ponte de comando. Era um homem velho, ágil apesar da perna ortopédica, magro, de cabelo branco e frondoso, testa ampla, rosto escanhoado. Usava gravata *lavallière*. Talvez por causa gravata e do cabelo, tinha certo ar de artista do século XIX.

— Desculpe se insisto, senhor, mas uma saidinha de vez em quando não faz mal a ninguém — disse o aluno.

Chamava-se Rugeroni. Era jovem, atlético, ruivo, sardento, de boca protuberante e dentes mal cobertos pelos lábios. Tinha aulas com Melville para reforçar as matérias em dependência. Embora não fosse bom estudante, o professor sentia afeto por ele. Talvez sem se darem conta, tinham passado de uma relação de professor e aluno para a de mestre e discípulo.

— Sair para quê? — perguntou o mestre. — Os dias são tão curtos que mal dão tempo para pensar, para ler, para tocar o harmônio.

— E se começarem a dizer por aí que o senhor anda com manias, que está velho?

— Não me importo com o que digam.

— Vai abalar seu amor-próprio.

— Eu não tenho amor-próprio.

— Pois eu tenho, sim. E muito. O que seria de um jovem que pretende vencer na vida sem amor-próprio e ambição?

— Então por que não põe um pingo disso nos estudos, senhor Rugeroni? — observou o mestre com um sorriso benevolente. — Não pense que falta muito para os exames.

— Certa vez o senhor me disse que nem os exames nem a instrução têm grande importância. O que eu realmente quero é aprender a pensar.

— Nesse ponto, talvez você esteja certo. A vida é tão curta que não devemos desperdiçar o tempo. Entende agora por que não saio? Aqui dentro não me falta nada. O chalezinho é bonito. Tem excelente orientação. Quando quero descansar, eu me debruço em uma das suas janelas. Por esta, da frente, vejo o mar e penso em navios e viagens. As viagens imaginárias são atraentes e livres de incomodidades. Pela janela dos fundos, sinto o aroma dos pinheiros.

— Que é isso? Não ouviu? — perguntou Rugeroni.

Houve um silêncio, apenas perturbado pelo ruído de dentes roendo madeira.

— Nada é perfeito — explicou o mestre. — O defeito deste chalé é o rato.

Olhando para o teto, Rugeroni perguntou:

— Está no andar de cima?

— Provavelmente.

— Por que não coloca uma armadilha?

— Não adiantaria.

— Não sei por que esse barulho me incomoda tanto.

— A mim também — disse Melville. — Mas pelo menos temos a sorte de ouvir o bicho, e não sentir seu cheiro.

Depois de olhar o relógio, Rugeroni anunciou:

— Vou indo. A Marisa está me esperando.

2.
TERÇA-FEIRA

Pouco depois de a aula começar, ouviram o inconfundível ruído de dentes roendo. Era o mesmo da véspera, só que mais intenso. Agora vinha do quarto ao lado. Rugeroni comentou:

— É difícil acreditar que isso seja um rato. Deve ser grande.

— Muito grande.

— O senhor já o viu?

— Não, nunca vi.

— Então, como sabe?

— Outros o viram.

— E disseram que era enorme. Podem ter mentido.

— Não mentiram.

— Como é que o senhor sabe?

Rugeroni se levantou e foi até a porta que dava para o outro quarto.

— O que vai fazer? — perguntou Melville.

— Com sua licença, abrir a porta. Tirar a dúvida. Nada mais fácil.

— Não mentiram porque não falaram.

— Por que não falaram? É isso que eu queria saber — disse Rugeroni, empunhando a maçaneta com decisão.

— Nunca mais foram vistos. Desapareceram. Deixaram de existir. Entendeu?

— Acho que sim.

Rugeroni largou a maçaneta e ficou imóvel, olhando com estupor e muita atenção para o mestre. Este refletiu, sem maldade: "Que cara de rato ele tem. Como é que eu nunca reparei nisso antes? A cara de um rato limpinho, sardento e ruivo. E que dentuço!". Em voz alta, perguntou:

— Está vendo aquela chaminé no horizonte? — Pegou Rugeroni pelo braço, levou-o até a janela, apontou para o mar. — Está vendo o navio? Ele nos permite sonhar com fugas. Um sonho indispensável para todo mundo.

3.
QUARTA-FEIRA

Naquela manhã, Melville tinha saído mais uma vez à varanda, não sem olhar para um lado e para o outro antes de entrar de volta. Pouco depois, quando abriu a porta para seu discípulo, exclamou:

— Até que enfim!

— Estou atrasado para a aula?

— Hoje não tem aula. Quero lhe contar uma coisa. Não sabe com que impaciência o esperava. É uma coisa extraordinária.

Rugeroni relatou minuciosamente que sua namorada, Marisa, o levara para ver uma casa à venda, perto do posto de gasolina, e que passaram mais de uma hora medindo os cômodos e planejando a distribuição de cama, cadeiras, mesa e outros móveis, enquanto ele repetia que não tinham dinheiro e que se um dia o posto de gasolina pegasse fogo toda aquela vizinhança voaria pelos ares.

— Coitada. Não vê a hora de morar com você — comentou o mestre. — Mas meu conselho é não se precipitarem. Enquanto não tiverem absoluta certeza de que encontraram a casa que atenda às suas expectativas, não aluguem. Nem comprem, claro.

— Ora, senhor, por favor. Com o que a Marisa e eu temos, não dá para alugar nem uma casinha de cachorro.

— E isso é motivo para desânimo? Todo homem deve sempre contar com a loteria ou com uma herança.

— Nunca compramos bilhetes de loteria e, francamente, não sei de quem poderíamos herdar.

— Melhor ainda. Do contrário, não teria graça receber o prêmio. Façam o favor de não se meterem na primeira casa que acharem. Não tenham pressa. Acreditem: é importante a gente gostar da casa onde mora.

— Com rato e tudo, o senhor gosta da sua?

— Com rato e tudo. E agora me lembrei, vai saber por quê, da grande notícia que lhe prometi. Ontem à noite tive uma revelação. Fiz uma descoberta.

— O que descobriu?

— Uma chave. A chave da conduta. Não se esqueça do dia de hoje.

— Que dia é hoje?

— Não faço ideia. Consulte sua agenda e escreva na página correspondente: "Nesta data memorável, fui o primeiro a tomar conhecimento, antes de qualquer pessoa, da pedra de toque, descoberta por Melville, para saber que impulsos, que atos, que sentimentos são bons e quais são maus". O princípio de uma ética foi um dos projetos ou dos sonhos que meus amigos e eu, nas grandes conversas da juventude, nos propusemos um dia perseguir.

— O que o senhor descobriu é muito importante. Meus parabéns, mestre.

— Talvez devamos celebrar a descoberta.

O discípulo repetiu a frase, e o mestre abriu um pequeno armário, tirou um garrafão que continha um líquido escarlate e encheu dois copinhos. Brindaram.

— Quer saber?

— Quero, sim.

— Antes, um pouco de história. Embora eu tenha me acostumado a dividir este chalé com o rato, percebo que o bicho, ano após ano, ocupa mais espaço nos meus pensamentos. Para que ele não me domine, procuro entreter a mente e me pergunto, como em um jogo, que razão de ser, que utilidade pode ter um animal tão horrível. A mera tentativa de encontrar uma aparente justificativa para sua existência me enerva.

Bruscamente se levantou da cadeira e pôs-se a caminhar (e a mancar) pelo cômodo, de um lado para o outro. "Agora ele parece mesmo um capitão", pensou Rugeroni. "Ou talvez um arpoador perscrutando o mar em busca de uma baleia."

Melville observou que justificação e ordem são anseios da nossa mente, ignorados pelo mundo físico. Caberia também afirmar que a mente tem certa vocação para a imortalidade e que o corpo é notoriamente precário. Dessas incompatibilidades surge toda a tristeza da vida. Continuou:

— Mas, como eu tenho a mente para pensar e acredito ser o centro do mundo, continuo procurando. Quem procura acha. Ontem à noite, eureca!, tive minha revelação e agora posso oferecer ao próximo uma espécie de varinha de rabdomante, para aplicar a qualquer sentimento, atividade, impulso, estado de espírito e descobrir sua índole.

Recomendou ao discípulo que ele mesmo fizesse a experiência.

— Escolha um sentimento e confronte-o.

— Com o rato?

— Com o rato.

— Que é que eu escolho? — perguntou Rugeroni.

— O que você quiser: amor, amor físico, amizade, egoísmo, compaixão, inveja, crueldade, ou a sede de poder, ou os prazeres e as coisas boas, ou a ostentação, ou a acumulação de riqueza. O que quiser.

— Será que entendi bem? — perguntou Rugeroni. — O rato é a morte?

— Sim, nossa morte, nosso desaparecimento, e também o desaparecimento de todas as coisas, pessoas, história: do mundo inteiro.

— Aquilo que, depois da confrontação, fica malparado é ruim?

— Exato, ainda que seu tão querido amor-próprio e sua prestigiosa ambição também não façam lá muito boa figura, digamos.

— E a covardia? — perguntou Rugeroni, que só dispunha de uma inteligência rápida quando tocavam seu amor-próprio. — Talvez tenha a vantagem de adiar a morte.

— Um adiamento que não vale grande coisa — disse Melville —, porque o rato chegará inevitavelmente. A morte, pelos séculos dos séculos. Que valor podemos atribuir a alguns dias, a alguns anos, diante dessa eternidade? Para levá-los em conta, é preciso valorizar demais, diria até que com excesso romântico, a existência.

O discípulo não se rendeu. Com verdadeira sanha (pelo menos, foi o que pareceu a Melville), replicou:

— Certo. Mas então o senhor há de concordar que, se os possíveis ganhos do covarde são pífios, com igual lógica chegaremos à conclusão de que a culpa do homicida não é muito grave. Confrontada, é claro, com sua preciosa pedra de toque.

Se não estivesse ofuscado pelo orgulho da sua ginástica intelectual, provavelmente Rugeroni teria notado as mudanças na coloração do rosto do professor. De um carmim intenso passou primeiro ao violáceo e depois ao branco. O mau momento durou pouco. Quase refeito, o mestre sorriu e disse:

— Meus parabéns, Rugeroni. Estou orgulhoso. Sua crítica detectou uma limitação, inútil negar, na minha grande chave mestra da conduta humana. Eu pensava, evidentemente, em uma humanidade composta de pessoas como você e eu. Por acaso imagina um de nós perguntando-se com a maior seriedade se é certo ou errado assassinar um semelhante? Eu me apresso a confessar que nunca levei em conta os assassinos, seres misteriosos e estranhos…

— Mas o senhor há de reconhecer, em todo caso, que com isso se perde um pouco de confiança na sua chave, ou pedra de toque, ou varinha de rabdomante… Nem sempre funciona como um instrumento preciso.

— Quero crer, Rugeroni, que você não procura a precisão científica nas mal chamadas ciências sociais. Quem pretende elevar essas disciplinas à categoria de ciências exatas as desmerece.

Rugeroni observou de repente:

— Hoje não ouvimos o rato. Quem sabe foi embora.

Com uma ponta de ferocidade, Melville replicou:

— Mesmo que não o escutemos, pode muito bem estar por perto.

4.
QUINTA-FEIRA

Tinha a respiração entrecortada por causa da corrida. De novo chegava atrasado. Mais atrasado que nunca. Encontrou a porta aberta, uma luminária no chão, um guarda sentado na poltrona de Melville. Perguntou:

— O que houve?

— O senhor é o jovem Rugeroni.

Quem falou não foi o guarda, e sim o delegado Baldasarre, que acabara de entrar no escritório pela porta que dava no quarto vizinho. Rugeroni repetiu sua pergunta.

O delegado Baldasarre era um homem corpulento, amarelado e, a julgar pela sua aparência, abúlico, negligente, pouco dado à higiene. Aparentava cansaço, preocupado apenas em achar uma poltrona onde se deixar cair. Encontrou-a, suspirou, fechou os olhos e tornou a abri-los. Agora parecia fitar o vazio, com olhos inexpressivos, mas benévolos. Respondeu:

— Estava justamente esperando pelo senhor para lhe fazer essa pergunta.

Rugeroni pensou: "Ainda é capaz de suspeitar de mim". Respondeu com outra pergunta:

— Pode-se saber por que me esperava?

O delegado suspirou de novo, se espreguiçou, respondeu sem pressa. Sabia que todas as manhãs Rugeroni comparecia ao chalé para ter aulas e pensara que, por ter esse trato cotidiano e familiar com o professor, talvez pudesse lhe contar alguma coisa que ajudasse nas investigações.

Mais tranquilo sobre sua situação pessoal, Rugeroni preocupou-se com o professor. Não pôde apurar nada, porque o delegado o interrompeu:

— Se entendi bem — disse —, o senhor veio aqui hoje para sua aula, como sempre.

Os olhos do delegado se entrecerraram.

— Como sempre — Rugeroni repetiu, enquanto se perguntava se o delegado tinha pegado no sono —, embora hoje meu estado de espírito seja especial.

— Por quê? Algum pressentimento?

— Não. É que estou um pouco arrependido. Quero pedir desculpas. O senhor Melville me fez uma grande honra. Ontem me comunicou uma teoria que tinha acabado de inventar ou esboçar, e eu a refutei com petulância. Isso mesmo: com petulância.

Os olhos do delegado despertaram, moveram-se em uma rápida fulguração e se fixaram, como sobre uma presa, em Rugeroni.

— Não aconteceu mais nada? A disputa subiu de tom? Chegaram às vias de fato?

— Que é isso? O professor me explicou uma teoria que permitiria apurar a verdadeira índole dos nossos sentimentos mediante sua confrontação com um rato que há na casa.

O delegado abriu a boca. Pouco depois, falou:

— Acredite, jovem Rugeroni, não entendi uma palavra do que disse. Ou melhor: entendi só uma palavra. Rato. Interessante que tenha sido o senhor quem a empregou, e em relação ao fato ocorrido.

— Que fato?

— Fique sabendo que, se o senhor pretende desviar as investigações para um rato, nem eu, nem o promotor, nem o juiz, levaremos isso em conta. Primeiro: está provado que não há ratos na casa. Segundo: não existe rato no mundo capaz de dar semelhantes dentadas.

— De que dentadas está falando?

— Das que provocaram a morte da vítima.

— Da vítima? Quem é a vítima? Não me diga que aconteceu alguma coisa com o professor.

— E o senhor não me diga que está surpreso. Nossa presença aqui não lhe sugere nada? O entregador do mercadinho se deparou logo cedo, quando chegou ao chalé, com um espetáculo verdadeiramente dantesco e correu para nos chamar. Informo, para seu governo, que as dentadas em questão correspondem a um animal muito maior que um rato. Tão grande, pelo menos, como o senhor.

Os olhos do delegado se detiveram na protuberante dentadura de Rugeroni. Este, para ocultá-la, apertou os lábios, em uma reação instintiva.

— Está me acusando? Por que eu faria uma monstruosidade dessas?

— Não há nenhuma prova de que a tenha feito. Sabemos talvez qual foi a fagulha que provocou o incêndio: uma disputa sobre bobagens. Vejamos agora o móvel; o senhor sabia que o professor estava deixando a casa para o senhor, para que a habitasse com sua noiva?

— De onde o senhor tirou isso?

— Do próprio testamento do professor. Encontramos o documento na sua mesa de cabeceira. — O delegado continuou em tom de conversa amistosa: — Vão se instalar aqui?

— Por nada deste mundo, depois do que aconteceu…

— Como assim, depois do que aconteceu? — O delegado Baldasarre retomou o tom de interrogatório: — Não é que não sabia o que aconteceu?

— O senhor acabou de me dizer.

— Que motivos o senhor tem para não se mudar?

— Pelo menos um: o rato. Não quero viver com o rato. Antes duvidava da sua existência. Agora, não.

— Na casa não há ratos nem pragas de espécie alguma. O cabo, um reputado especialista que trabalhou em grandes firmas de desratização, vasculhou a casa, cômodo por cômodo, centímetro por centímetro. Não achou nada.

— Nada?

— Nada. Em compensação, se eu descobrisse o porquê e o como (uma hipótese), deveria perguntar ao meu suspeito se ele tem um álibi.

— Agora sou eu que não estou entendendo.

— Perguntei com quem o senhor estava ontem à noite.

— Com quem seria? Com minha namorada.

5.
UMA MANHÃ, ALGUM TEMPO DEPOIS

Estavam ocupados em distribuir seus poucos pertences nos cômodos e armários, quando alguém bateu à porta. Era Baldasarre. Com mal disfarçado sobressalto, Rugeroni perguntou:

— Delegado, o que o traz aqui?

Baldasarre fixou os olhos, primeiro na moça, depois no seu interlocutor. Eram olhos agudos, mas afáveis.

— O desejo, apenas, de retomar o convívio de bons vizinhos que um dia, por razões profissionais, me vi penosamente obrigado a interromper.

Afetando o brio, Rugeroni observou:

— A ponto de suspeitar de um dos seus bons vizinhos…

— Mas quando soube que seu álibi era respaldado por uma pessoa de tão alto conceito como a senhorita, hoje senhora, Marisa, eu disse a mim mesmo que não valia a pena insistir. Sem perder um minuto, dirigi a mira para o entregador do mercadinho, suspeito mais indefeso e, por isso mesmo, mais maleável, muito mais maleável. Tudo inútil. Passei horas amargas. Sou um homem à moda antiga. Aqui entre nós, eu lhe confesso que se me impedem de usar o choque elétrico e o pau de arara, é como se tivesse as mãos atadas. Entendi que naquelas condições não me restava outra opção. A única saída ética era a demissão.

— O senhor se demitiu?

— Isso mesmo, me demiti. Portanto não deve mais me chamar de delegado, mas de Baldasarre, sem mais. Aproveito a oportunidade para avisar que adquiri o mercadinho, portanto espero tê-los não apenas como amigos, mas também como clientes. Claro que nem vão notar nada, porque o entregador é o mesmo. Como disse, eu me considero um homem à moda antiga, que se apega às pessoas e à rotina. Não quero mudanças.

Rugeroni perguntou:

— Aceita um cafezinho?

— Vão ter que me desculpar. Estou visitando a freguesia. O tempo é curto. Fica para outro dia. Estão gostando do chalé?

— Muito.

— Depois vocês me dizem se o delegado não tinha razão.

— Razão de quê? — perguntou Marisa.

— Do que seria? De que não há ratos. Ainda bem que lhe bastou uma semana para se convencer.

— Não tenho tanta certeza assim — disse Rugeroni, brincando.

— Homem de pouca fé — disse Marisa.

— Morto o cão, acabou-se a raiva — disse o delegado.

Caminhando com desenvoltura, apesar de abraçado, o casal o acompanhou até a varanda. Viram como se afastava, de bicicleta. Quando entraram no chalé e fecharam a porta, ouviram um ruído inconfundível.

UMA BONECA RUSSA (1991)

tradução de
RUBIA GOLDONI e SÉRGIO MOLINA

UMA BONECA RUSSA

Minhas dores na coluna me obrigaram a um longo confinamento, interrompido apenas por visitas a consultórios médicos, clínicas radiológicas e laboratórios de análises. Passado um ano, recorri às termas, porque me lembrei de Aix-les--Bains. Quer dizer, me lembrei da fama das suas glamorosas temporadas que reuniam as pessoas mais frívolas e elegantes da Europa; e das suas águas cujas virtudes curativas são reconhecidas desde épocas anteriores a Júlio César. Para meu estado de espírito mudar e meu organismo reagir, acho que, mais que das águas, eu necessitava da frivolidade.

Voei a Paris, onde passei pouco menos de uma semana; depois tomei um trem para Aix-les-Bains. Desembarquei em uma estação pequena e modesta, que me levou a refletir: "Em matéria de bom gosto, nada como os países do velho continente. Na nossa América, somos muito faroleiros. Cabem quatro estações de Aix na nova de Mar del Plata". Confesso que, ao formular a última parte dessa reflexão, fui tomado por um grato orgulho patriótico.

Ao sair, vi duas avenidas: uma paralela à linha do trem, outra perpendicular. Pela primeira caminhava um pescador, levando uma vara ao ombro e uma cesta. Ignorei as ofertas de um taxista e abordei o pescador.

— Por favor — pedi. — Poderia me indicar onde fica o Palace Hotel?

— Siga-me. Estou indo para lá.

— Não me aconselha tomar um táxi?

— Não vale a pena. Siga-me.

Mesmo temendo que minhas costas sofressem com o peso das duas malas, obedeci. Viramos na outra avenida, que no seu primeiro trecho tinha uma ladeira empinada. Para não pensar nas costas, perguntei:

— Como foi a pescaria?

— Boa. Se bem que pescar em um lago doente não é lá muito satisfatório, digamos. Falta a segunda parte do programa, quando o pescador faz valer o troféu: come o que pescou ou oferece os peixes aos amigos.

— E o senhor não pode fazer isso?

— Nesta cesta há uma boa porção de *ombles chevaliers*. Se puser os olhos neles, vai ficar com água na boca. Se os comer, pode acontecer algo desagradável. Ficar doente, por exemplo. Talvez eu esteja exagerando, mas não muito.

— Será possível?

— Mais que possível: provável. É a poluição, meu caro senhor, é a poluição. Chegamos.

Ia lhe perguntar a quê, mas entendi que ele não estava falando mais da poluição nem da pesca.

— Não me diga que este é o hotel — exclamei com sincera perplexidade.

— É, sim. Por que pergunta?

— Por nada.

Retrocedi alguns passos e olhei o edifício: não era pequeno, mas também não era um palácio, ainda que, à altura do quarto andar, ostentasse em grandes letras: Palace Hotel.

No hall de entrada, espaçoso e com poltronas que pareciam desconjuntadas, procurei a recepção. Ali, em vez do previsível senhor de terno preto, quem me atendeu foi uma moça, bonitinha, com roupa de casa, cinza.

— Seu quarto é o 24 — disse. — Siga-me, por favor.

Era manca. No elevador, minúsculo, com portas de mola que pareciam dispostas a nos golpear ou nos espremer, mal cabíamos a mulher, eu e minhas malas. Durante a lenta subida, pude ler as instruções de operação e uma normativa municipal proibindo a viagem de menores desacompanhados. Descemos no segundo andar.

Meu quarto era amplo, com cortinas de cretone puídas e amareladas. No banheiro, a privada, junto a uma barra de bronze para a pessoa se segurar, tinha a caixa de descarga no alto, com sua corrente. Ao lado do bidê, outra barra de bronze. Os pés da banheira terminavam em garras sobre esferas de ferro pintado de branco.

À uma, desci para almoçar. Veio ao meu encontro o *maître d'hôtel*: era o pescador que eu tinha encontrado ao sair da estação. Perguntei o que ele me sugeria. Já no seu papel profissional, ele assegurou:

— Os patês de ave da casa são célebres, e com razão, mas também posso lhe oferecer uns *ombles chevaliers* do lago.

Respondi que preferia carne vermelha. Uma omelete de batatas e depois carne vermelha, bem passada. A comida estava deliciosa, embora as porções deixassem a desejar. Quem serviu minha mesa foi uma moça ágil e afável, chamada Julie.

Com certa inveja, vi que em outra mesa um senhor era solicitamente atendido por uma moça de melhor aparência que Julie, além do *maître d'hôtel* e o *sommelier*. Todos pareciam festejar suas tiradas e se apressar em cumprir seus desejos. Pensei: "Deve ser rico". Confirmando essa hipótese, havia ao lado de sua mesa um balde prateado, com uma garrafa de champanhe. Pensei: "Sem dúvida, é um senhor muito importante. Talvez o industrial mais poderoso da região". As porções que lhe serviam eram consideravelmente maiores que as minhas. Essa constatação me irritou, e estive a ponto de interpelar Julie. Teria dito a ela: "Parece que aqui há filhos e enteados", mas, como não me lembrava como se dizia "enteado" em francês, não disse nada. Quando o homem se levantou e deu meia-volta para sair do restaurante, não pude acreditar no que meus olhos viam. Não era para menos. O homem importante, com seu cabelo escuro, frisado, os grandes olhos de galã de cinema, o paletó cruzado e justo, o sapato de verniz e bico fino, que parecia vindo diretamente dos anos 20, era o Frango Maceira, meu colega de banco no Instituto Libre. Acho que, ao me ver, teve uma surpresa não menor que a minha. Abriu os braços e, sem se importar em chamar a atenção dos comensais franceses, que conversavam aos sussurros, exclamou aos brados:

— Meu irmão! Você por aqui! Não acredito!

Veio e me abraçou. Para Julie, que me trouxe a conta, disse que depois ele mesmo a assinaria. Fomos nos sentar nas poltronas do hall. Como não gosto de falar das minhas doenças, disse que o lumbago era um pretexto para passar uma temporadinha em meio ao grande mundo… Maceira me interrompeu, para dizer:

— E topou com os velhinhos da Previdência Social. É de matar. Comigo aconteceu exatamente a mesma coisa… Você me conhece. Pensei: hoje em dia, uma sólida fortuna francesa é o melhor respaldo para um paisano. Vim com o sonho louco de frequentar a nata da sociedade, botando fé na minha sorte com as mulheres…

Não demorou a descobrir que a Aix mundana era anterior à Segunda Guerra Mundial, ou talvez à Primeira.

— Agora tem outros encantos — eu disse.

— Pois é. Mas não os esperados.

— Desiludido?

— Tanto quanto você — confirmou, e voltou a me abraçar.

— Brincadeiras à parte, pelo visto, você está bem de vida.

— Parece mentira — respondeu, sem conseguir conter o riso —, mas encontrei o que procurava.

— Uma mulher rica, para se casar?

— Isso mesmo. É uma história bem extraordinária. Claro que eu não devia contar, mas para você, meu irmão, não tenho segredos.

Eis aqui a história que Maceira me contou:

Ele chegou a Aix-les-Bains com o dinheiro que tinha ganhado em um dia de sorte no cassino de Deauville. Vinha com o firme propósito de encontrar uma mulher rica. Sentenciou:

— O grande respaldo.

Depois de três dias zanzando em hotéis, comendo em restaurantes e ouvindo, à tarde, os concertos da banda no parque, pensou: "Desse mato não sai coelho", e comunicou à dona do hotel sua intenção de partir no dia seguinte.

— Que pena! — exclamou a hoteleira, sinceramente consternada. — Vai embora bem na véspera do grande baile.

— Que baile?

Quem dava a festa era um tal senhor Cazalis, "poderoso industrial da região", para sua filha Chantal.

— Será no Hotel dos Duques de Saboia, um verdadeiro *palace* de Chambéry.

A mulher pronunciou a palavra *palace* com satisfação.

— Chambéry fica longe?

— A uns quilômetros. Bem poucos.

— Não sei para que estou perguntando. Não fui convidado e nem sequer tenho smoking.

A hoteleira concordou em que não valia a pena gastar com um smoking para sair uma noite e depois deixá-lo no guarda-roupa. Explicou:

— Além disso, nas lojas de Aix o senhor não vai conseguir um smoking de confecção e, hoje em dia, também não vai encontrar na França inteira um alfaiate disposto a fazer o traje de um dia para o outro. Quer saber por quê? Ninguém mais tem amor pelo trabalho.

— Lamentável — Maceira murmurou, para dizer alguma coisa.

— Se eu fosse o senhor, não descartaria a possibilidade de provar o smoking do meu falecido marido — observou a hoteleira. — Ou lhe daria aflição? Ele era mais ou menos do seu tamanho.

A mulher o levou até seu apartamento, uma verdadeira casa dentro do hotel. Uma casa muito bem arrumada, surpreendente para Maceira, cuja imagem do Palace de Aix eram as cortinas puídas do seu quarto e as poltronas desconjuntadas do hall. "Essa manca sabe se cuidar", pensou. Os móveis do apartamento eram antigos e, sem dúvida, bonitos, mas o que chamou a atenção do meu amigo foi uma boneca russa.

— Um presente do meu pai — explicou a mulher. — Eu devia ser muito pequena ou muito boba quando ganhei, porque meu pai achou necessário esclarecer: "Dentro dessa, há outras bonecas iguais, mas menores. Se uma quebrar, restam as outras".

Depois a hoteleira trouxe o smoking e disse:

— Pode ir vestindo, enquanto procuro uma gravata-borboleta que deve estar por aí.

Ele vestiu o traje com resignação, mas, quando se olhou no espelho, exclamou:

— Nada mau.

— Nem que fosse feito sob medida — confirmou, da porta, a mulher.

No sábado, foi ao baile. Na entrada, pediram o convite. Alegou que o esquecera. Segundo ele, só entrou porque o smoking impunha respeito.

Para não chamar a atenção (porque estava sozinho e porque talvez fosse o único estranho em meio a toda aquela gente), entabulou conversa com uma velha senhora. Depois de dançar com ela duas ou três peças, levou-a ao bufê. Iam erguendo um brinde com champanhe, quando uma moça loira, muito bonita ("talvez", pensou, "uma dessas belgas, douradas e fortes, de que eu gosto tanto"), se interpôs entre ele e a velha senhora, dizendo:

— Já que não me tira para dançar, eu o tiro.

Ria com uma alegria irresistível. Enquanto dançavam, ela lhe pediu que não se zangasse ("imagina se eu ia me zangar!") e explicou que, ao ver que "aquela senhora" não largava dele, achou que era sua obrigação resgatá-lo. Depois o levou até uma mesa onde estavam alguns amigos e o apresentou. Maceira pensou rápido: "Quando eu tiver que falar meu nome, vão me descobrir". Queria dizer: "Vão descobrir que sou um intruso". Não teve que falar seu nome e suspeitou que a moça queria que ele acreditasse que o conhecia; ou, quem sabe, que seus amigos acreditassem ... Explicou:

— Quando uma mulher está de olho em você, prefere não descobrir motivos para te largar.

— Você é um homem de sorte — eu disse.

— Mais do que imagina.

— Não vai me dizer que ela era a filha do industrial.

— Acertou.

Naquele instante percebeu que, no seu esforço para agradá-la, por pouco não cometeu um deslize. Disse algo como:

— Tiro o chapéu para o seu pai. Este baile é coisa de um grande senhor.

Chantal ficou olhando para ele muito séria, como se quisesse adivinhar seu pensamento, até que deu aquela risada tão alegre e tão dela.

— Seu tratante! — exclamou. — Me pegou! Pensei que estivesse falando sério! Pode ficar tranquilo que, por mais bailes que meu pai me ofereça, nunca vai me comprar.

No mesmo instante passou a lhe explicar, como tomada de uma obsessão, que o partido ecologista em que ela e Benjamin Languellerie militavam, estava liderando uma campanha contra a empresa do seu pai, cuja usina poluía o lago Le Bourget.

Maceira não deixou escapar o nome de Benjamin Languellerie. De saída, supôs que se tratasse de um rival. A explicação tranquilizadora veio logo em seguida: Languellerie, amigo e contemporâneo do pai, era uma espécie de tio velho de Chantal. Ele a conhecia desde que era menina e, apesar da diferença de idade, a amizade entre os dois sempre se manteve firme. Houve, é verdade, uma mudança: com o passar dos anos (os primeiros quinze ou dezesseis da garota), Languellerie passou de protetor a seguidor. Primeiro a protegeu da severidade paterna e depois a seguiu em uma série de obsessões passageiras, como a psicanálise, a confeitaria e o balé, até a última, a ecologia. Sua filiação ao partido ecologista provava que, se tivesse que escolher entre o pai e a filha, Languellerie escolheria a filha. Cazalis não podia perdoar a adesão do amigo a essa causa, porque o partido ecologista e a guerra contra sua fábrica eram então uma coisa só. Os operários da fábrica, em panfletos e em toscas pichações, chamavam Languellerie de Judas; o senhor Cazalis, em certas conversas com a filha, também a tratara nesses termos.

Maceira ia pedir a Chantal que lhe mostrasse quem era seu pai, se ele estivesse por ali, "para conhecer meu sogro", mas percebeu a tempo que devia reprimir sua curiosidade: ao saber que ele não conhecia o senhor Cazalis, a moça podia muito bem deduzir que não fora convidado pelo seu pai e que, portanto, era um intruso. "Vai saber", pensou, "se, com isso, de repente não perco tudo o que já vou ganhando."

À noite do baile seguiram-se encontros diários entre Chantal e Maceira, encontros que logo se tornaram apaixonados. O amor que ela demonstrava em palavras e ações aos poucos foi convencendo Maceira, "uma velha raposa incrédula", de que se encaminhavam para o casamento. "Que mais posso querer?", pensou. "É uma garota nota dez, e gosto de ficar com ela." Assegurou:

— Nunca a ouvi dizer uma só besteira. Talvez a única besteira que eu podia lhe achacar fosse a ecologia. Se bem que, ouve bem o que eu digo: não tenho nem certeza de que seja mesmo uma besteira. Só sei que, para proteger nosso pobre planeta, eu não moveria um dedo. Por outro lado, via a atitude de Chantal como uma prova da sua decência. Parecia mentira: ela estava empenhada em lutar contra seus próprios interesses. Contra nossos interesses. Claro que, se fosse por mim, não abriria mão de um único franco dos milhões do senhor Cazalis, mas eram tantos que, mesmo que fechassem a fábrica, Chantal e eu poderíamos viver no maior luxo e sem a menor preocupação pelo resto da vida. Não sei se fui claro: se ela não se importava em diminuir a herança, eu a apoiava nisso, dentro dos limites razoáveis, claro.

Começou, então, uma temporada que Maceira não esqueceria facilmente. Embora ele dormisse todas as noites no seu hotel em Aix, passava a maior parte do tempo com Chantal, em Chambéry ou em passeios por Saboia, uma das mais belas regiões da França. Foram a Annecy, a Charmette, a Belley, a Collonges, onde há um castelo, a Chamonix, a Megève. Depois de assinalar em um mapa as cidades e aldeias onde tinham estado, Chantal afirmou:

— Para conhecer a própria província, nada melhor que ter amores com um forasteiro.

Costumava acrescentar observações como: "Ainda nos falta fazer amor em Évian".

No círculo de Chantal, a situação de Maceira era reconhecida e respeitada. Ele costumava pensar: "Ando com sorte". Uma única preocupação o assaltava vez por outra: até quando seu bolso aguentaria? Chantal, de fato, não tinha o hábito de pagar (típico de algumas mulheres ricas e sempre ofensivo ao orgulho masculino). Entre a invejável agitação das tardes e o merecido sono das noites, Maceira tinha pouco tempo para se preocupar. De resto, as contas de pousadas e restaurantes, que somadas podiam ser motivo de pânico, por separado o orgulhavam.

Claro que os dois não passavam juntos as horas que Chantal dedicava ao partido ecologista; mas depois a moça lhe contava com toda a franqueza as vicissitudes da campanha contra a fábrica do pai. Em certa ocasião, ela comentou com Maceira que os ativistas do sindicato costumavam mandar cartas de ameaça.

— Para quem? — ele perguntou.

— Para mim, claro. E para o pobre tio Benjamin, que é como eu chamo Languellerie.

Apesar dos justificados sobressaltos, tanto pelas ameaças como pela acumulação dos gastos, foi uma época feliz. Maceira chegou a sentir certo assombro com o desenrolar triunfal da sua vida.

— Mas não podia reconhecer, sabe como é.

— Não, não sei.

— Por superstição, ora. Sou mais supersticioso que um artista e achava que reconhecer minha boa estrela me daria azar. Mas que eu tive sorte, tive mesmo — sentenciou, aparentemente esquecido do seu código supersticioso. — Ou você acha que estou exagerando? Eu tinha o amor de uma mulher tão linda quanto rica, sempre disposta a me dar provas da sua preferência e contar, para quem quisesse ouvir, seus planos para quando nos casássemos… Meu único medo, claro, era que o casamento não acontecesse a tempo. Quer dizer, antes de os meus francos acabarem. O fato é que o acaso tinha me oferecido aquela mulher esplêndida em todos os sentidos. Se alguém um dia me mostrar o que eu gastei só para abastecer o Delahaye da Chantal, caio duro na hora.

Mas ele tinha suas compensações. A moça lhe emprestava o carro para voltar ao hotel à noite. Por mais tarde que fosse, ao volante daquele Delahaye doze cilindros, nunca se apressava, porque se achava "o grande eleito do destino" e queria saborear bem sua situação.

Quando parava para pensar, entendia que os momentos agradáveis que estavam vivendo o levariam fatalmente ao triunfo ou à derrota; ao matrimônio ou à falta de recursos e à retirada: o que acontecesse primeiro. Um fato inesperado mudou o rumo das coisas.

Os dois tinham passado a tarde em uma pousada em Saint-Albin (ou talvez outro vilarejo de nome parecido). Ao cair da tarde, foram até a janela para olhar o lago antes de partir.

— Não é tão grande como o de Aix ou o de Annecy, mas eu gosto mais desse — disse Chantal. — Talvez por ser mais selvagem.

Maceira concordou, embora não tivesse opinião a respeito. "Deve ser muito bonito", pensou, "mas parece menos alegre que os outros." Estava encravado entre montanhas a pique, e o crepúsculo o mergulhava rapidamente na penumbra.

— Quando estamos juntos, acabo me esquecendo de tudo. Não te contei que estamos ganhando a partida.

Maceira perguntou:

— Que partida?

Chantal explicou que não apenas colheriam novas amostras de água em vários pontos do lago Le Bourget, mas no dia seguinte um zoólogo e um botânico, indicados pelo partido ecologista, mergulhariam com o próprio senhor Cazalis até o leito do lago para coletar espécimes da sua fauna e flora. Chantal comentou:

— O problema é que meu pai tem muito dinheiro.

— O que há de errado nisso?

— Por dinheiro, as pessoas são capazes de renegar suas convicções — afirmou a moça, no tom solene que usava para falar de ecologia. — Por mais honestos que nosso zoólogo e nosso botânico sejam...

— Seu pai pode comprar os dois?

— Por que não? Só poderíamos confiar cegamente se eu mesma, ou o Benjamin, mergulhássemos juntos. Meu pai não quer que eu mergulhe. Não por estar preocupado comigo, mas por achar que ele e eu não devemos correr o mesmo risco ao mesmo tempo. Se nós dois morrermos, a fábrica passa a mãos alheias, e isso não entra na sua cabeça.

— E não aceita Benjamin porque está com raiva dele?

— Aí quem se opõe sou eu. Benjamin é muito velho. Bastam uns grãozinhos de sal para a sua pressão disparar. Se acontecer alguma coisa lá embaixo e ele tiver que subir rapidamente, o pobre velho explode.

Certo de que Chantal não o deixaria mergulhar, Maceira se ofereceu para ir. Sua namorada aceitou, agradecida.

— Mas, olha, não quero te forçar — ele disse. — Talvez você não confie em mim.

— Como assim? Claro que confio.

— Se todo homem tem seu preço...

— Disso não tenho a menor dúvida, mas sei que há exceções e eu te amo.

Restou-lhe a satisfação de ver que Chantal confiava nele. Em todo caso, ela o abraçou e o beijou mais carinhosamente que nunca. Pediram champanhe.

— Pela sua coragem — brindou a moça.

— Pelo nosso amor.

— Pelo nosso amor e pela ecologia.

Foi tão mimado nessa noite que, depois de deixar Chantal em Chambéry, voltou para Aix tomado de uma espécie de êxtase, sem se lembrar do ingrato programa do dia seguinte. Já no hotel, no exato instante que entrara no quarto, o êxtase se dissipou. Como se o medo estivesse lá, esperando por ele.

Durante a noite, a vontade de fugir o assaltou em acessos ou rompantes. Pouco antes das três da manhã, teve um rompante mais convincente que os anteriores; levantou-se da cama e começou a fazer as malas. Era curioso: enquanto as fazia, a angústia se dissipava. Sua calma só não foi completa por causa da excitação de se saber quase a salvo. Quando já apanhava seu par de malas, estacou e se perguntou: "Mas eu quero desistir do meu casamento com Chantal Cazalis?". Não, não queria. Argumentou a seguir que, com seu mergulho no lago, prova irrefutável de lealdade e coragem, ganharia autoridade para marcar a data do casamento e evitar assim o risco de ficar sem recursos e se ver obrigado a empreender uma retirada pouco honrosa.

Refletiu: "Na relação com uma mulher rica, se o homem se descuida, a mulher vira o homem. Uma prova de coragem viril talvez possa pôr as coisas no seu devido lugar".

Durante sua noite de insônia, o medo ressurgiu muitas vezes, e muitas vezes ele o reprimiu. Já de madrugada, pensou que, se o senhor Cazalis, um botânico e um zoólogo estavam dispostos a mergulhar no lago, o risco não devia ser tão grande assim. Com esses pensamentos tranquilizadores, conseguiu conciliar o sono. Voltou a acordar e pensou: "Só que a Chantal não quer que o Languellerie mergulhe, nem o Cazalis quer que a filha mergulhe, e ela é mais forte que um cavalo". A comparação não significava que, no seu foro íntimo, ele não amasse Chantal. Provava o que todos sabemos: quem se assusta, se zanga.

O despertador tocou às seis. Maceira olhou pela janela: ainda era noite; chovia; rajadas de vento sacudiam as copas das árvores. "Com um tempo desses, devem suspender o experimento. Tomara."

Tomou um banho, penteou-se com brilhantina, vestiu-se. Demoraram um pouco para servir o café da manhã. Quem o levou até seu quarto não foi a camareira de sempre, mas um sujeito que geralmente trabalhava como carregador do hotel.

— Tenho mais uma coisa para o senhor — anunciou o homem; saiu do quarto rapidamente e voltou com um grande pacote. — Deixaram na portaria, com seu nome.

Assim que o carregador se retirou, Maceira abriu o pacote e se deparou com uma roupa de mergulho, com seu escafandro. "Isso confirma que vão levar o plano adiante", disse para si com um fio de voz. "Claro que, se o mau tempo continuar... não, não quero alimentar ilusões." Como que para confirmar a assertiva, vestiu a roupa de mergulho. Olhou-se no espelho. "Prefiro o smoking", murmurou e começou a tomar seu desjejum. O café estava morno. "Tudo bem. Não será por minha culpa, mas vou chegar depois das sete, e talvez o Cazalis não goste de esperar. Mas não, melhor não me iludir." Quando molhou o croissant no café com leite, teve um pensamento que lhe pareceu ridículo, mas que marejou seus olhos. "Talvez seja meu último croissant", pensou. Olhou-o enternecido.

Ao entregar a chave na recepção, Felicitas — era esse o nome da hoteleira — comentou em tom de brincadeira:

— Que hora para ir a um baile à fantasia!

— Não conte para ninguém — respondeu Maceira —, mas daqui a pouco vou descer até o fundo do lago para colher provas da poluição.

A pobre manca se assustou.

— Por que vai fazer isso? Vão lhe pagar tanto assim?

— Não vão me pagar nada.

— Quer saber o que eu acho? Eu não desceria. O senhor não faz ideia da profundidade do nosso querido lago. Centenas e centenas de metros. Não desça; mas, se resolver mesmo insistir com esse projeto estúpido, lembre-se bem do que vou lhe dizer: desça e suba devagar. Não se esqueça: se o senhor se apressar, sua cabeça explode.

O ponto de encontro era o restaurante que fica no chamado Grande Porto. Quando Maceira chegou, a única pessoa à vista era um marinheiro, de cachimbo, jaqueta azul e boina com borla vermelha. "Típico demais para ser um marinheiro de lago", pensou. Pelo jeito de fumar, não parecia nada contente. Aproximou-se de Maceira e disse:

— O senhor é da excursão? Não espere que o felicite. Quem sai para navegar num dia desses é ruim daqui — tocou a testa e, ao ver que Maceira demorava para responder, avisou: — Se naufragarmos, vai ter que pagar pelo bote.

— Essa é boa. Venho aqui por obrigação, e o senhor quer que eu assuma responsabilidades.

— Claro que sim. O senhor mesmo vai ver como o lago está agitado. Não tem visibilidade.

— Diga tudo isso ao Cazalis. Foi ele que organizou o passeio.

— Não será um passeio. Quando o lago se encrespa, é pior que o mar. Se não acredita, lembre-se da amiguinha do poeta. Naufragou em pleno lago, num dia como hoje.

— Fale com Cazalis.

— Claro que vou falar. Para sair com um tempo assim, vão ter que me pagar o dobro.

— O que eu não entendo é por que vamos embarcar em Aix, se a fábrica fica lá do outro lado. Eu até prefiro, porque moro aqui.

— Mora em Aix? Ponto para o senhor. Mas por mais que prefira sair daqui, faz ideia do que seja ir de uma ponta a outra do lago, com um tempo desses? Se não afundarmos na ida, afundamos na volta.

Maceira repetiu que não entendia por que Cazalis tinha decidido partir de Aix, e acrescentou:

— Duvido que tenha pensado no que era melhor para mim.

— Pensou nos operários. Não quer que eles fiquem sabendo.

O marinheiro explicou que, se o porto de partida ficasse perto de Chambéry, alguma informação "podia vazar", e aí os operários não os deixariam sair tranquilamente para investigar se existem ou não razões para fechar a fábrica onde ganham seu sustento.

Maceira pensou que, se Cazalis e os técnicos demorassem mais dez minutos, voltaria para o hotel com a consciência tranquila, por ter cumprido sua palavra. "Quando eles se atrasam, é porque tiveram um contratempo; quando eu me atraso, é porque sou sul-americano. Aposto que, ao ver como está o tempo, Cazalis deixou a excursão para outro dia."

Apareceram três cavalheiros com roupa de mergulho, caminhando de modo ridículo. Um deles era corpulento, de grandes bigodes loiros, com ar de conquistador viking ou, no mínimo, normando; o outro, um homenzinho, que avançava com tamanha lentidão que Maceira se perguntou se estaria doente ou resolvendo mentalmente um problema ou drogado; o terceiro, de pele bem escura, parecia zangado e nervoso. Maceira apressou-se a cumprimentar o que tinha aparência de conquistador. Disse:

— Muito prazer, senhor Cazalis.

— O senhor Cazalis é ele — respondeu o normando, apontando para o homenzinho.

— Já eu não tenho como me enganar; o senhor é Maceira.

Ao dizer isso, o homenzinho o fitou sem pestanejar; depois balançou a cabeça, resignado. Não apertou sua mão.

— Eu sou Le Boeuf — disse o que parecia normando.

— Seu nome não me é estranho — comentou Maceira.

— Deve ter visto nos frascos de Coaltar. É o orgulho da minha família. Permita que lhe apresente o zoólogo Koren.

Depois de criar coragem, Maceira alertou Cazalis:

— O marinheiro estava me dizendo que não é prudente navegar no lago nesse mau tempo.

— Se o senhor está com medo, não vá.

O marinheiro chamou Cazalis à parte e, depois de alguns cochichos, ergueu a voz para dizer:

— Todos a bordo.

— O mau tempo é um excelente pretexto para aumentar o preço — observou Cazalis, com surpreendente bom humor; em seguida, olhando para Maceira, completou: — Pode ter certeza de que esse experimento não me atrai nem um pouco, mas me comprometi a realizá-lo hoje, e sou um homem de palavra.

— Falta mais alguém? — perguntou o marinheiro.

— Ninguém — respondeu Cazalis. — Já tem gente demais.

— A primeira verdade que o senhor diz — declarou o marinheiro. — O lago está picado, e é muita carga.

Maceira sussurrou para Cazalis:

— Se quiser, eu fico.

— Como o senhor representa a outra parte, depois vão dizer que eu fiz algum arranjo para que não viesse — respondeu Cazalis e, com um sorriso, acrescentou irônico: — Não, pensando bem, não permitirei que, para nos preservar, o senhor se prive dessa viagem de lazer.

Quando todos embarcaram, as bordas do bote estavam quase no nível da água.

— Senhores — disse o marinheiro. — Podem ver que há uma latinha à disposição de cada um dos distintos passageiros. Por favor, comecem a usá-la. Devem tirar a água que entra, se não quiserem naufragar. Até o outro extremo do lago, a viagem não é curta.

"Com um tempo desses", pensou Maceira, "como o marinheiro pode saber que estamos indo para o ponto escolhido? O mais provável é que já não saiba nem onde estamos."

O vento não amainava; ao contrário, aumentava e, consequentemente, a navegação, já desde o início incerta, tornava-se pouco menos que impossível. Apesar de tudo, o marinheiro não parava de remar. A certa altura, Maceira, descrendo da utilidade de qualquer esforço, pretendeu descansar por um instante da sua lide com a lata. O marinheiro logo o repreendeu:

— Ei, senhor! Não se faça de bobo! Pode ir tirando água, se não quiser que todo mundo se afogue!

Maceira refletiu: "Esse homem tenta nos convencer de que é o mago da orientação. Na verdade, é um sem-vergonha. Não sabe onde estamos nem para onde estamos indo. Quando cansar, vai dizer: 'É aqui', e nós, como uns idiotas, vamos acreditar nele". Para acabar logo com aquela interminável primeira parte da excursão, de bom grado teria dito o que, sem dúvida, todos estavam pensando: "Por que não paramos de uma vez?… Tanto faz um ponto do lago como outro". Só se conteve por temer que Cazalis depois repetisse suas palavras para Chantal.

— Chegamos — anunciou o marinheiro.

— Viva! — exclamou o botânico.

— Pena que agora temos que mergulhar — disse o zoólogo.

— É verdade. Tinha me esquecido… — respondeu o botânico, sem alegria.

— Senhores, acabemos logo com isso. Eu vou primeiro — anunciou Cazalis.

— Eu, por último — apressou-se a dizer Maceira.

Quando se preparava para mergulhar, o botânico disse:

— Marinheiro: não se distraia. Se quisermos subir, daremos um puxão na corda; dois puxões, se quisermos subir rápido.

— Melhor ninguém subir rápido — o marinheiro comentou com displicência.

A descida foi longa, segundo Maceira, e muito inquietante, ao menos para ele. De repente chegavam aos seus ouvidos, sem que ele soubesse de onde, sons que lembravam o da água escoando pelo ralo. Duas ou três vezes, "só do nervoso", quase puxou a corda. Perguntou-se quando chegaria ao fundo, se é que aquele lago tinha fundo.

Enfim, sentiu sob os pés um leito de barro e folhas. Olhou à frente e pôde ver os outros três dirigindo-se para a boca de um túnel vegetal, em forma de arco, escuro no meio e formado por enormes plantas azuis, de folhas carnosas, que se entrelaçavam no alto. "Têm que ser muito valentes para entrar aí", pensou Maceira. Aquilo era uma verdadeira boca de lobo: uma superfície escura, a boca do lobo propriamente dita, rodeada de plantas que pareciam cobras. Cobras não, jiboias. Para não ser menos que os outros, decidiu avançar, mas a desconfiança decerto o paralisou, porque não conseguiu dar um passo. No seu relato, Maceira me disse: "Podem falar tudo do Frango Maceira, menos que seja um covarde. Agora, é bom que fique claro: uma coisa é a vida normal, outra bem diferente é estar no fundo do lago Le Bourget".

No momento em que, afinal, ia dar o primeiro passo, surgiram duas luzes de um azul amarelado, na metade superior da boca do túnel. Pensou que fossem faróis de neblina. Faróis de forma oval, como os olhos de um gato enorme. De repente notou, não sem preocupação, que os tais faróis se moviam, avançavam com extrema lentidão. Teve tempo de imaginar algo inverossímil: um caminhão "lá no fundo do lago!", que de repente ia acelerar para atropelá-lo. Ele ficaria alerta e, quando as luzes chegassem perto, jogaria o corpo para o lado e puxaria a corda duas vezes. Teve tempo, também, de ver deslizar para fora do túnel um animal muito comprido, uma enorme lagarta azul, com olhos de gato; uma lagarta enorme que, diligentemente mas sem pressa, devorou um por um o senhor Cazalis, o zoólogo, o botânico. Talvez por terem ocorrido em silêncio, os fatos lhe deixaram uma lembrança que não parecia de todo real. Isso não impediu que se assustasse, como ficou evidente na cerrada série de puxões que deu na corda. Foram tão frenéticos que o marinheiro se assustou. Pelo menos reagiu como se estivesse assustado ou irritado: esquecendo-se de toda precaução, içou Maceira com a máxima rapidez possível. Para isentá-lo de culpa, pode-se alegar que, se o marinheiro tivesse sido menos ligeiro, Maceira não teria escapado da lagarta. Chegou à superfície passando mal, com o rosto todo machucado pelas batidas contra o casco do bote. Não falava, não respondia às perguntas. Gemia, com as mãos na cabeça.

Recebeu os primeiros cuidados no pronto-socorro de Chambéry, mas foi logo transferido para o hospital de Aix, onde havia uma câmara de descompressão.

Passados alguns dias, melhorou.

— O tempo todo que estive aqui neste hospital, ninguém veio me ver? — perguntou à enfermeira.

Era loira, jovem, com fundas olheiras. Seu olhar expressava cansaço ou preocupação.

— Não sei. Preciso perguntar na portaria.

— Nenhum telefonema?

— Está esperando algum ansiosamente? Não sei para que pergunto, se não vai me dizer... Na verdade, não há razão para o senhor ocultar qualquer coisa da sua enfermeira. Enquanto estiver aqui, será carinhoso, mas assim que puser os pés na rua, vai me esquecer. É muito triste.

Para a enfermeira da noite — volumosa e maternal —, repetiu as perguntas.

— Teria que falar com Larquier.

— Quem é Larquier?

— Minha colega que acabou de sair, a do turno do dia. De noite não se aceitam visitas, e as ligações em geral são para urgências. Mas, se não me engano, nas primeiras noites, uma dama telefonou perguntando pelo senhor, sim.

— Chantal Cazalis?

— Isso mesmo. Depois eu confirmo no registro das ligações.

— Agora posso receber visitas?

— Pode, sim, de quem quiser.

Na manhã seguinte, disse à enfermeira Larquier:

— Se vier uma senhorita loira, diga para ela entrar.

À tarde, Maceira recebeu sua primeira visita. Um jornalista, que lhe perguntou:

— Está melhor? Acha que poderia responder umas poucas perguntas? Não quero cansar o senhor.

— Pode perguntar — respondeu Maceira.

Considerou: "Devo pensar a toda a velocidade. Conto ou não conto o que aconteceu no fundo do lago? Se eu disser que não vi nada e que puxei a corda porque me senti mal, o que aconteceu lá embaixo vai ficar como um mistério, mas eu não terei dado um só argumento a favor do fechamento da fábrica e, quando nos casarmos e recebermos toda a fortuna do senhor Cazalis, descontados os impostos, vou ter motivos de sobra para me felicitar. Mas que diabos! Mesmo que seja uma vez na vida, quero ser leal à mulher que o destino pôs no meu caminho. Se o que eu disser agora provocar o fechamento da fábrica e um dia me arrepender de não ter mentido, não importa; uma vez que seja quero ser leal, cegamente leal".

— A primeira pergunta — disse o jornalista — é: o que o senhor viu no fundo do lago? O que aconteceu lá embaixo, exatamente?

Maceira tentou ser fiel à verdade, sem ocultar nada, exceto suas reações pessoais. Queria ser objetivo.

O jornalista escutou seu relato em silêncio. Depois pediu que voltasse a falar da lagarta.

— Era muito grande? Grande para uma lagarta?

— Um bicho gigantesco.

— De que diâmetro?

— Uns quatro metros, no mínimo. A última vez que vi Le Boeuf, um homem de um metro e oitenta, mais ou menos, ele estava em pé na boca aberta da lagarta.

Depois de fazer outras perguntas de menor importância, o jornalista, quando já se retirava, entrou em questões pessoais, do tipo: "Houve algum caso de loucura na sua família?"; "O senhor já foi internado para tratamento psiquiátrico?".

E, por fim, o jornalista se retirou. Maceira perguntou à enfermeira se a senhorita Chantal Cazalis tinha estado lá ou ligado perguntando por ele. A resposta foi não.

— Estranho ela não ter vindo.

— É ela a loira que o senhor tanto espera? Vou avisar para que a deixem entrar.

No dia seguinte, Larquier anunciou que a jovem loira tinha chegado. Maceira pediu para a enfermeira pôr o quarto em ordem e foi se lavar um pouco, pentear o cabelo e verificar no espelho se o pijama estava apresentável. Admirou a rapidez e precisão de malabarista com que a mulher arrumava a cama; depois de brevíssimas manobras, os lençóis e cobertores pareciam novos.

Entrou uma moça loira que ele não conhecia.

— Sou a representante dos trabalhadores da fábrica — disse. — Grata por me receber. Agora não poderá mais alegar que não foi avisado.

Era uma daquelas loiras, geralmente belgas, de que ele tanto gostava.

— Não entendi — assegurou.

— Não importa. Creio que há outras questões mais graves que o senhor também não entende.

— Que questões?

— Sabe muito bem do que estou falando. O senhor desceu ou não desceu ao fundo do lago, como representante do grupo ecologista que pretende fechar a fábrica?...

— Se não tivesse descido, não estaria aqui. E o próprio dono da fábrica também desceu.

— Para dizer a verdade, pensei que o encontraria recuperado e com saúde. Se pudesse se levantar um momento e ir até a janela, veria algo interessante.

O tom da moça era hostil. Maceira pensou: "Eu devia lhe dizer que posso muito bem me levantar, mas não tenho a menor curiosidade em olhar pela janela"... Como sua curiosidade era maior que seu bom senso, Maceira se levantou, foi até a janela e ficou olhando a rua e as casas em frente.

— Não vejo nada de extraordinário — disse.

— Está vendo um homem lá, à esquerda? Agora, por favor, olhe à direita. Está vendo o outro?

— Que é que tem?

— Os dois estão de vigia. Quando o senhor sair, vão recebê-lo. São do sindicato.

— Estão aí para me atacar? Vocês ficaram loucos?

— O senhor não tem nada a temer, desde que abandone sua campanha e não faça declarações comprometedoras.

— O que a senhorita quer dizer com declarações comprometedoras?

— Logo vai saber, quando deixar o hospital.

— Vocês ficaram loucos.

— Está com medo de que lhe façam mal — replicou a moça e continuou aos gritos —, mas por acaso se importa em fazer mal às quinhentas pessoas que da noite para o dia podem ficar sem emprego por culpa sua? Responda!

Enfermeiras e enfermeiros entraram no quarto, muito alarmados.

— O que está acontecendo aqui?

— Nada — assegurou Maceira.

— Briga de namorados? — perguntou Larquier em tom irônico.

Outra enfermeira interpelou a moça:

— Nunca lhe disseram que é falta de educação gritar em um hospital? Então, estou dizendo agora.

— A senhora tem razão, sinto muito.

— Pouco me importa o que a senhorita sente, pode ter certeza. A visita acabou.

Minutos depois, quando Larquier voltou ao quarto para lhe trazer uns comprimidos, Maceira disse:

— Sabe o que aquela loira veio fazer aqui? Me ameaçar.

— Que absurdo! — exclamou a enfermeira, consternada. — A moça parecia tão séria que não desconfiei das suas intenções. Confesso que sabia perfeitamente que ela não era a senhorita Cazalis, mas a deixei entrar para que o senhor tivesse uma desilusão. Sou uma idiota, não mereço seu perdão. Devíamos chamar a polícia.

— Tem razão — respondeu Maceira. — Mas não do telefone do andar. Deve haver uma cabine pública no hospital.

— Sim, mais de uma, no térreo.

Larquier concordou com ele: se ligasse do telefone do andar, qualquer pessoa poderia ouvi-lo. Acrescentou que era muito importante ele telefonar e prometeu falar com o médico de plantão e pedir permissão para descerem.

O médico disse que monsieur Maceira parecia em franca recuperação e que já era hora de que começasse a caminhar pelos corredores. Não se opunha a que o paciente fosse até as cabines no andar térreo, desde que devidamente acompanhado pela enfermeira.

Em nenhum momento Maceira teve a intenção de ligar para a polícia. Ligou para a casa de Chantal. A pessoa que atendeu lhe disse:

— A senhorita foi a Paris resolver uns assuntos legais; estava contrariada por não visitá-lo, mas a polícia a aconselhou a não ir ao hospital, porque havia piquetes de militantes na redondeza; já havia recebido das enfermeiras boas-novas da saúde do senhor Maceira.

Depois procurou na lista o telefone do jornal e falou com o jornalista. Este, desculpando-se, avisou que a entrevista só sairia no dia seguinte. Quando Maceira lhe perguntou se ele não poderia dar uma olhada nas suas declarações antes de serem publicadas, o jornalista prometeu:

— Se confirmarem que sai mesmo amanhã, hoje à tarde levo para o senhor revisar. Certo?

— Perfeito!

Ao sair da cabine, notou certa animação nos olhos da enfermeira, que disse:

— Quero que me conte tudo. Estou morrendo de curiosidade.

— Por enquanto, não devemos falar no assunto. Podemos pagar muito caro por isso. Prometo, de coração, que a senhorita será a primeira a saber de tudo.

Pensou que estava vivendo horas intensas. Os momentos de satisfação e de inquietação se alternavam vertiginosamente. Querendo ou não, a reportagem e as ameaças da loira fizeram dele um dos doentes mais importantes do hospital.

Naquela tarde, o jornalista não levou a reportagem para ele revisar. Na manhã seguinte, a enfermeira Larquier entrou no seu quarto agitando o jornal na mão.

— Olhe o que eu trouxe. Ocupa uma página inteira. Tem que comemorar com champanhe; mas não com aquela loira. Com as enfermeiras.

Nervoso, Maceira correu os olhos pelas suas declarações. Enquanto uma sensação gélida ia penetrando nas suas veias, pensou: "Agora sim que estou correndo perigo". Lamentou ter agido contra seus interesses e chegou a se perguntar se não poderia confessar aos sindicalistas que lhes dava razão, que tinha agido como um imbecil, em seu próprio prejuízo, porque iria se casar com Chantal. Prometeria de agora em diante lutar ao lado dos trabalhadores contra o fechamento da fábrica, demonstrando que seus interesses coincidiam em tudo com os deles. Em seguida reconsiderou: "É inútil. Essa gente é inflexível. Não perdoa".

Na verdade, a entrevista ocupava menos de meia página; com destaque, isso sim. Leu: "Uma lagarta azul com olhos de gato. Sobrevivente acusa". Continuou lendo:

"*Jornalista*: A que profundidade chegaram?

"*Monsieur Maceira*: Pelo menos uma centena de metros… Calculo pelo tempo que levamos para chegar ao fundo.

"*Comentário do jornalista*: 'Fontes abalizadas asseguram que a profundidade alcançada não pode ter passado dos vinte e cinco ou trinta metros'.

"*Jornalista*: De que cor era a lagarta?

"*M. Maceira*: Azul. Lá embaixo tudo é azul.

"*Jornalista*: Na sua opinião, do que a lagarta se alimenta?

"*M. Maceira*: Dos dejetos da fábrica. Parece óbvio.

"*Jornalista*: Por quê?

"*M. Maceira*: Mergulhamos para verificar se havia provas da poluição. Encontramos a prova mais extraordinária: uma lagarta de três ou quatro metros de diâmetro. Em lagos livres de poluição, ninguém nunca encontrou um monstro como esse.

"*Jornalista*: Antes de que se falasse em poluição, apareceu um monstro em um lago da Escócia; mas não vamos entrar nesse mérito. O que houve com aqueles que o acompanharam no mergulho?

"*M. Maceira*: Foram devorados pela lagarta.

"*Jornalista*: O senhor não disse que o monstro se alimentava apenas dos rejeitos da fábrica?

"*M. Maceira*: Não acredito que, antes de Cazalis e dos dois peritos, outros cavalheiros tenham lhe servido de alimento.

"*Comentário do jornalista*: 'Ao ouvir essa amostra do estranho humor de M. Maceira, dei a entrevista por encerrada'."

A contrariedade que a leitura do jornal lhe causou aumentou quando o médico lhe deu a notícia:

— Antes do que imagina, deixará nosso hospital. Parabéns.

Maceira pensou que devia superar o medo e se alegrar porque muito em breve se reencontraria com Chantal. Telefonou para lhe dar a notícia. A secretária disse que a senhorita Chantal continuava em Paris. Maceira pensou: "Meu lugar é em Paris, perto da mulher amada e longe dos ativistas da fábrica".

Naquela que seria sua última noite no hospital, a enfermeira Larquier o convidou a descer à portaria, para jogar baralho com "o senhor do *standard*" (o telefonista) e o porteiro. Depois de três ou quatro partidas de um jogo parecido com a bisca, Larquier disse que iria até a cozinha preparar um café para todos e, em especial, para seu doentinho, que não podia se resfriar naquela noite gelada. Embora pretendesse expressar alegria, pelo jeito como olhou para ele, Larquier expressou ansiedade, talvez desespero. Maceira refletiu que alguns homens, entre os quais obviamente se incluía, faziam as mulheres se apaixonarem, mesmo sem querer. O senhor do *standard* falou dos ativistas de vigia. Acompanhado do porteiro, Maceira foi até a porta da rua. O porteiro a entreabriu e espiou. Maceira perguntou:

— Como sempre?

— Não estou vendo ninguém — respondeu o porteiro. — Dê uma olhada o senhor mesmo.

Assim que pôs a cabeça para fora, alguém o agarrou, suspendeu-o, envolveu-o em algo espesso e felpudo, que logo se viu ser um cobertor, e o enfiou em um veículo.

— Não se mexa, não se levante, não fale — ordenou em um sussurro uma voz de mulher que não reconheceu de imediato, pois estava confuso e até um pouco assustado.

No seu desconcerto, deduziu que a enfermeira Larquier o traíra miseravelmente... "Sou um idiota", pensou. "Com as mulheres, a gente não pode baixar a guarda."

De início seguiram em alta velocidade, dando freadas bruscas e cantando pneus nas curvas. Depois o ritmo da marcha foi mais tranquilo. Uma voz, que ele reconheceu ser a do maître do restaurante do Palace, perguntou:

— Tem certeza de que não estão nos seguindo?

— Absoluta — respondeu a voz feminina, que Maceira então reconheceu ser a de Felicitas, a dona do hotel. — Vamos para casa, Julio.

— Posso sentar? — perguntou Maceira.

— Só quando entrarmos na garagem do hotel. Espere que eu o aviso.

Tiraram o cobertor. Felicitas pediu desculpas pelo modo como o trataram, mas disse que, depois das suas declarações para o jornal, os operários da fábrica estavam furiosos.

— Vai passar alguns dias escondido aqui no hotel. O importante é que eles não saibam onde está. Quando se cansarem de ficar de plantão em Aix-les-Bains, vão voltar para Chambéry, e o senhor poderá fazer o que quiser.

Maceira não sabia se se alegrava por estar escondido e a salvo ou se lamentava o adiamento de seu encontro com Chantal.

Durante os dois primeiros dias, a ansiedade o dominou. Ora resolvia ligar para Chantal; ora achava que não devia cometer tamanha imprudência. Finalmente ligou. Disseram que Chantal não tinha voltado de Paris. No dia seguinte, voltou a ligar. Quando perguntou por Chantal, passaram o telefone para Languellerie. Este lhe disse:

— Quero vê-lo.

— Não sabe como é bom poder falar com o senhor. Já perdi a conta das vezes que liguei para Chantal.

— Eu sei, eu sei. Tenho um recado dela. Mas devo dá-lo pessoalmente.

"Que é que eu faço?", pensou Maceira. "O amigo e protetor da Chantal não pode me trair." Perguntou:

— Tem certeza de que o telefone não está grampeado?

— Absoluta.

— Estou no Palace Hotel de Aix.

— Hoje mesmo o visitarei.

— Não diga a ninguém que vem me ver e tome cuidado para não ser seguido.

Viveu momentos de agitação. Quando avisou Felicitas de que Languellerie o visitaria, a mulher se zangou. Disse:

— O senhor não merece todo o esforço que fizemos para salvá-lo.

Maceira tentou dar explicações ("Languellerie é um amigo fiel, podemos confiar plenamente nele" etc.), mas a manca perdeu a paciência e saiu batendo a porta.

Maceira recebeu Languellerie com demonstrações de afeto. Explicou: "Eu via nele um aliado". O velho, por sua vez, cumprimentou-o friamente e disse:

— Não ocultarei que suas declarações aos jornais causaram uma impressão deplorável.

— Sei muito bem disso. Os ativistas…

— Não falo dos ativistas — precisou Languellerie. — Estou falando de nós. Da Chantal e de mim. Por herança do pai, Chantal recebeu a direção da fábrica, e o senhor, um íntimo na opinião das pessoas, sem consultar ninguém, ventilou declarações extemporâneas. Mais ainda: inoportunas.

— Fiz isso por lealdade a Chantal. Eu achava…

— O que o senhor achava não interessa. Antes de falar assim, não parou para pensar que a situação da Chantal sofreu uma reviravolta? De uma moça sem responsabilidade alguma, que a título pessoal podia permitir-se opiniões menos convencionais, passou a ser a cabeça de um império e a única proprietária de uma fábrica onde trabalham quinhentos operários. Não sei se me explico: pensa que, nessa nova situação, Chantal pode ver com bons olhos quem luta pelo fechamento de sua fábrica?

— Entendo — disse Maceira, com raiva.

— Se entende — replicou Languellerie —, não sei por que assume esse tom. O fechamento significa o desemprego de quinhentas pessoas e a miséria de duas ou três vezes esse número. Aceite o conselho de um velho amigo: fique quieto, não abra a boca, espere que as pessoas o esqueçam e que Chantal o perdoe. Prometo-lhe meus bons ofícios.

Seguiu-se um silêncio, como se Maceira desse por terminada a história que me contava. Perguntei:

— Languellerie cumpriu sua promessa?

— Casou com Chantal.

— Não acredito!

— Pois acredite. Passei um tempo muito amargurado, e você não imagina como demorei a descobrir que Felicitas tinha uma viva inclinação por mim. Mesmo manca, é razoavelmente bonita e talvez com o tempo seja mais suportável que a outra. Com as mulheres, nunca se sabe. Quem pode prever como vão evoluir? Reconheço que as duas fortunas não têm comparação, mas o mais respeitado hotel de uma cidade francesa, famosa pelas águas, no fim das contas é um grande respaldo. Por outro lado, como a gente sabe muito bem, toda indústria pode ser riqueza hoje e fome amanhã.

— Você vai se casar com Felicitas?

— Já nos casamos, meu velho. Missão cumprida. Você está falando com o próprio dono do Palace Hotel.

ENCONTRO EM RAUCH

Na quinta-feira de manhã, às oito em ponto, eu devia me apresentar na estância de *don* Juan Pees, perto de Pardo, para concluir uma venda de gado, a primeira transação importante que fecharia para a casa de leilões da cidade de Rauch para a qual trabalhava. Tinha arranjado o emprego em dezembro de 1929 e, se eu continuava lá, passado um ano, talvez devesse atribuir o fato à estima que os membros da firma professavam pela minha família.

Durante o café da manhã, na quarta-feira, falamos da viagem que eu faria no dia seguinte. Minha mãe insistiu em que eu não podia faltar ao encontro, embora quinta-feira fosse Natal. Para evitar qualquer pretexto de adiamento, meu pai me emprestou o carro: um Nash phaeton duplo, "seu filho preferido", como dizíamos em casa. Sem dúvida, não queriam que eu perdesse o negócio, por causa da comissão, uma soma considerável, e também porque, caso o perdesse, poderia muito bem ficar sem emprego. A crise apertava; já se falava em desemprego. Além disso tudo, talvez meus pais pensassem que, a golpes de sorte, com aquela venda de bois para Pees e com as constantes idas para o campo que quebravam a rotina do escritório, eu acabasse tomando gosto pelo trabalho. Achavam perigoso um jovem dispor de tempo livre; não viam com bons olhos minhas leituras excessivas e as consequentes ideias estranhas.

Assim que cheguei ao escritório, puxei o assunto. Os membros da firma e o contador opinaram que *don* Juan, ao agendar o encontro, provavelmente não se lembrara de que quinta-feira era 25 de dezembro, mas também disseram que, se eu não quisesse perder a venda, deveria comparecer no dia marcado. Homem de uma só palavra, *don* Juan era bem capaz de desistir de um negócio, por mais vantajoso que fosse, se a outra parte não cumprisse com o combinado em todos os detalhes. Um dos membros da firma comentou:

— Vamos supor que a transação se perca por culpa sua. Manter você no cargo seria um mau precedente.

— No que depender de mim, não vai se perder — repliquei.

Uma vez que dispunha do Nash, por nada deste mundo eu desistiria da viagem. Para começar em grande estilo, almocei no hotel. A dona agrupou os comensais no extremo de uma mesa comprida. Ao todo, devíamos ser umas seis pessoas: um senhor maduro, três ou quatro caixeiros-viajantes e eu. Os outros chamavam o senhor maduro de "o senhor passageiro". Desde o início, peguei birra dele. Tinha uma mansidão exagerada, que lembrava a de certas imagens de santos. Considerei que se tratava de um hipócrita e, para que ele não ocupasse o centro das atenções, comecei a bravatear sobre meu negócio com *don* Juan. Disse:

— Amanhã fechamos o trato.

— Amanhã é Natal — observou o senhor passageiro.

— E daí? — respondi.

— A fazenda de *don* Juan fica em Pardo — disse ou perguntou um dos caixeiros-viajantes.

— Em Pardo.

— Se você for de carro, por Cacharí, deveria sair agora — disse o viajante, apontando para a janela com um gesto vago.

Só então ouvi a chuva, e a vi. Chovia a cântaros.

— Daqui a pouco ninguém mais passa nessa estrada. Pode escrever: nem uma alma.

Ainda fiz hora, porque não gosto de receber ordens. Sempre levei fé na minha direção na lama, mas soprava um vento leste, talvez a chuva apertasse e, se eu não quisesse que a noite me pegasse no caminho, era melhor sair o quanto antes.

— Vou indo — disse.

Enquanto eu vestia o impermeável, a dona do hotel veio falar comigo:

— Um senhor me pediu para perguntar se não seria muito incômodo você dar uma carona para ele.

— Ele quem? — perguntei.

Previsivelmente, respondeu:

— O senhor passageiro.

— Tudo bem — concordei.

— Fico feliz. É um homem estranho, mas de muito trato, e numa viagem como a que você tem pela frente, é melhor não estar sozinho.

— Por quê?

— É uma estrada miserável. Nunca se sabe o que pode acontecer.

Antes mesmo de ser chamado, meu companheiro de viagem apareceu. Disse com sua voz inconfundível:

— Meu nome é Swerberg. Se quiser, posso ajudá-lo a pôr as correntes.

"Quem disse que eu ia pôr as correntes?", murmurei aborrecido. Sacudindo a cabeça, peguei as correntes e o macaco na caixa de ferramentas e me entreguei à tarefa.

— Eu me arranjo sozinho — respondi.

Minutos depois, iniciamos a viagem. A estrada estava ruim, cheia de atoleiros, e a falação de meu companheiro me irritou. De quando em quando, eu me via na obrigação de responder, mas tentava me concentrar na pista, para não sair dela. Uma série de atoleiros, como a que tínhamos pela frente, cansa, chega a enjoar, e na primeira distração faz o motorista cometer erros. Obviamente, o senhor passageiro falava do Natal e do fato, para ele pouco menos que impensável, de que *don* Juan e eu nos reuníssemos no dia 25 para concluir uma transação de gado.

— O que está insinuando? — perguntei. — Que meu negócio com *don* Juan não passa de uma mentira? Uma invenção para eu me exibir ou pegar um carro emprestado e dar um passeio? Que belo passeio.

— Não pensei que estivesse mentindo. Em todo caso, esclareço que não é tão fácil assim distinguir a verdade da mentira. Com o tempo, muitas mentiras se tornam verdades.

— Não gostei do que disse — repliquei.

— Sinto muito — respondeu.

— Sente muito, mas deu a entender que estou mentindo. Uma mentira é sempre uma mentira.

Acho que o senhor passageiro disse baixinho: "Aí é que se engana". Não prestei atenção. Concentrei-me no volante, em seguir na pista, com a terceira engatada, mas em marcha lenta. Não tão lenta que corresse o risco de o motor morrer ao topar com alguma resistência da estrada. Uma marcha lenta, mas constante, para manter as rodas na pista, sem nunca ultrapassar as beiradas. "Dirigindo na lama, sou um ás", pensei. Se me irritei com aquele homem, não foi porque me distraísse do que eu estava fazendo, mas porque me obrigava a escutá-lo e porque falava em um tom paternal e untuoso. Declarou:

— Na minha Europa, ninguém fecha um negócio no dia 25 de dezembro.

— Sei disso. Em nome de *don* Juan e no meu, peço desculpas.

— Só mencionei esse fato como uma prova da diferença de costumes. Na América do Sul, não conhecem o espírito do Natal. A data passa quase despercebida, exceto para as crianças, por causa dos presentes. Na Alemanha e no norte da Europa, Santa Claus, que alguns chamam Papai Noel, traz brinquedos, vestido de vermelho, num trenó puxado por renas. Para a imaginação das crianças, pode haver melhor presente que uma lenda como essa?

Procurei rapidamente uma resposta que de algum modo exprimisse minha hostilidade. Acabei dizendo:

— Como se já não lhes contassem mentiras suficientes, ainda acrescentam mais uma. O que pretendem? Que não acreditem em nada?

— Não se preocupe — respondeu. — As pessoas não renunciam às suas crenças tão facilmente.

— Mesmo sabendo que são mentiras?

Do outro lado do córrego Los Huesos, a estrada estava péssima e logo virou um atoleiro interminável. O senhor passageiro disse:

— Acha que vamos sair deste atoleiro? Parece muito traiçoeiro. E mais adiante vamos enfrentar outros piores.

— O senhor sabe animar.

— Os atoleiros velhos são traiçoeiros. E calcule como serão velhos os desta estrada, que constam, com nome e tudo, num mapa da região.

— O senhor viu esse mapa?

— Quem viu, com seus próprios olhos, foi o representante dos moinhos Guanaco. Um homem que não fala por falar.

Chegamos a um trecho em que o chão, embora lamacento, estava mais firme. Eu disse:

— Saímos ou não saímos?

— O senhor levou fé e venceu. E ainda nega a fé.

— Pelo jeito, o que menos conta é dirigir bem.

Detesto que não reconheçam minha habilidade ao volante.

Sem que a chuva amainasse, houve uma sucessão de relâmpagos. Os mais fortes iluminavam, por segundos, grandes grutas que se abriam entre as nuvens. O senhor passageiro afirmou:

— Quando relampeja assim, como hoje, as pessoas olham para o céu achando que por acaso podem surpreender Deus ou um anjo num desses vãos. Há quem diga que já os viu.

— E o senhor acredita. Assim como acredita no representante dos moinhos Guanaco.

— Eu viro o provérbio do avesso. É crer para ver.

— E viu muito?

— Mais que o senhor, meu jovem amigo, um pouco mais. Pelo que já vivi. Também pelo que viajei.

— Argumentos de autoridade.

— E de peso.

— E nas suas viagens o senhor viu algo que valesse a pena? Viu Deus entre as nuvens?

— Se está me perguntando pelo criador do céu e da terra, não hesito em responder que esse eu não vi.

— Menos mal.

— Ele se retirou, depois da criação, para deixar que nós, homens, possamos fazer com nossa terra o que nos der na veneta.

— Aposto que sabe disso de boa fonte. O céu está vazio?

— Imagine! Desde que o mundo é mundo, sempre o povoamos com nossos deuses. Diga a verdade: agora começa a entender a importância das crenças?

Respondi, talvez de maus modos:

— Para mim, agora, a única coisa importante é o atoleiro que estamos atravessando.

Era espesso, profundo e, como alguns dos anteriores, parecia não ter fim.

— Está mesmo péssimo — disse o senhor passageiro. — Eu, no seu lugar, engataria a segunda.

— Não pedi seu conselho.

— Sei disso, mas suspeito que vamos atolar. Não digo isso para desanimá-lo. Siga enquanto puder.

— Claro que vou seguir.

Foi uma longa travessia, cheia de vicissitudes que, naquele momento, tinham a máxima importância e pouco depois esqueci.

— Está aborrecido? — perguntou.

— Sua falação atordoa qualquer um. Será que não percebe?

— Percebo que o senhor dirige bem. Por isso, em vez de me preocupar com os atoleiros, prefiro falar de coisas mais elevadas. Começo repetindo uma boa notícia que já lhe dei. O céu não está vazio. Nunca esteve.

— Que bom.

Não me perguntem o que aconteceu. Devo ter me cansado de dirigir com cuidado, ou da interminável sucessão de atoleiros, ou das inopinadas informações do senhor passageiro. Muito seguro, comecei a dirigir de forma despreocupada, que respondia a impulsos ocasionais e me serviu para descontar a irritação. O senhor passageiro não parava de falar. Explicava:

— O céu, escute bem, é uma projeção da mente. Os homens põem lá os deuses de sua fé. Houve um tempo em que reinavam os deuses egípcios. Depois foram desalojados pelos gregos e pelos romanos. Agora são os nossos que governam.

— Maldição — soltei e, ao ver a cara de espanto do senhor passageiro, completei: — Olhe aí o que acontece por matraquear no ouvido do pobre coitado ao volante.

Tínhamos atolado. Tentei sair, primeiro para a frente, depois dando marcha à ré, mas de nada adiantou. Vi que era melhor não insistir.

— Não se impaciente — ele disse.

Repliquei:

— Não é o senhor que deve estar em Pardo amanhã.

— Talvez apareça alguém para nos ajudar.

— Viu algum carro no caminho? Eu não vi. Por aqui não passam nem os pássaros.

— Então permita que o ajude.

— Vai empurrar?

— De nada adiantaria.

— Entendo. Está chovendo, e há muita lama.

— Receio que minha proposta não lhe agrade. Mas o senhor fez o possível para desatolar o carro e não conseguiu, concorda? Deixe-me tentar.

— O senhor pensa que dirige melhor que eu?

— Não é disso que se trata.

— Do que se trata, então?

— De deixar outra pessoa tentar a sorte. Afinal, o que estamos fazendo aqui? Esperar e, na sua opinião, inutilmente, pois por aqui não passa ninguém. Mas, claro, talvez o senhor tenha desistido de estar em Pardo amanhã.

— Não estar em Pardo amanhã seria uma desgraça para mim.

— Então me deixe tentar.

Talvez por atordoamento, perguntei:

— E para lhe dar meu lugar, abro a porta e me atiro na lama? Porque já ficou claro que o senhor não quer se sujar com um pingo de lama ou de chuva.

— Não é necessário — disse, passando para trás por cima do encosto. — Afaste-se para o banco do carona, por favor.

Ocupou meu lugar, deu a partida e antes que eu pudesse formular um conselho avançamos com lentidão, mas sem parar, e logo chegamos a um inesperado trecho de chão firme, onde sem dúvida tinha chovido pouco. O senhor passageiro acelerou. Olhei alarmado para o velocímetro e ouvi o golpe repetido de uma corrente contra o para-lama.

— Não está ouvindo? — perguntei secamente. — Pare, homem, pare. Vou tirar as correntes.

— Eu posso fazer isso, se quiser.

— Não — respondi.

Desci do carro. Brilhava aquela luz do entardecer depois da tempestade que acende as cores. Vi ao meu redor o campo espraiado, marrom nas partes aradas, muito verde no resto; o arame, cinza-azulado; umas poucas vacas vermelhas e rosilhas. Quando soltei as correntes, ordenei:

— Avance.

Avançou um ou dois metros. Recolhi as correntes, guardei-as na caixa de ferramentas e ergui os olhos. O senhor passageiro não estava no carro. Como naquele campo nu não havia onde se esconder, fiquei desorientado e com exasperação me perguntei se ele tinha desaparecido.

CATÃO

Por muitos anos repeti que Jorge Davel era um galã de segunda, imitador de John Gilbert, outro galã de segunda. No meu entender, o fato de ele ter tantos admiradores era uma prova da arbitrariedade da fama; que o chamassem "O Rosto", uma ironia do destino. Eu costumava acrescentar, como quem aponta uma consequência: "Ao aplicar esse epíteto, nosso público limita-se a copiar um público mais vasto, que chama não sei que ator de Hollywood de 'O Perfil'".

Esqueci para sempre esse repertório de sarcasmos na noite em que o vi no Teatro Smart, ao lado de Paulina Singerman, representando *O grande desfile*, uma adaptação para o palco do velho filme de King Vidor. Durante o espetáculo, esqueci também o artigo que devia escrever para o jornal e até de minha presença na sala. Melhor dizendo, eu acreditava estar, com os heróis de *O grande desfile*, na lama das trincheiras em algum lugar da França, ouvindo zunir as balas da Primeira Guerra Mundial.

Algum tempo depois, abandonei o jornalismo e consegui um emprego no campo, para o qual me julgaram apto pelos meus antecedentes familiares. Àquela altura eu não tinha maiores ilusões, mas pensei que, na solidão, poderia escrever um romance que várias vezes começara com fé e abandonara com desalento.

Na estância onde trabalhava, La Cubana, lia o jornal na hora da sesta. Com frequência procurava alguma notícia sobre Davel; nos três anos que passei lá, encontrei poucas. Davel participara de um espetáculo beneficente em prol de uma velha atriz; fora visto no enterro de um ator e, se não me engano, na estreia de uma comédia de García Velloso. Lembro dessas notícias porque as li com a atenção que dedicamos às coisas que nos concernem. Agora me pergunto se eu não tentava reparar, pelo menos aos meus próprios olhos, a injustiça que cometera com nosso grande ator.

De volta a Buenos Aires, publiquei o romance. Talvez porque ele obteve certo sucesso e fui um escritor conhecido (enquanto saíram críticas e o livro permaneceu nas livrarias), ou porque ainda se lembravam de que eu tinha trabalhado na seção de espetáculos do jornal, me convidaram para o júri de um prêmio aos melhores atores do ano. Nas reuniões do júri, travei amizade com Grinberg, autor do sainete *La última percanta*. Na noite da votação, esticamos a conversa no café da rua Alsina esquina com a Bernardo de Irigoyen. Recordo um comentário de Grinberg:

— Premiamos os melhores. Mas, ainda assim, não chegam nem aos pés de um ator como Davel! E veja que coisa: hoje em dia, Davel não trabalha. Ninguém o chama.

Perguntei por quê. Respondeu:

— Dizem que está velho. Que seu único capital era seu rosto, que ele só fazia mostrar, e mais nada. Que já não serve para galã.

— Este país não tem jeito.

— Temos um grande ator, e ninguém percebe.

— O senhor e eu percebemos.

— E mais um ou outro. Para Quartucci, Davel é um milagre do teatro, um desses grandes atores que surgem muito raramente. Outro dia, ele me disse: "Sempre que posso, vou vê-lo atuar, porque ele faz isso com tanta naturalidade que você se convence de que ser ator é a coisa mais fácil do mundo".

— Então, já somos três partidários de Davel.

— Inclua aí também Caviglia. Uma tarde, ele esteve com Davel, conversando num café. Dali a pouco o viu em cena, em *Locos de verano*. Acho que recordo exatamente as palavras do Caviglia: "Eu me peguei pensando que Enrique ia enganar a prima". Percebe? Ele pensou que o homem que tinha diante dos olhos era Enrique, um dos personagens da comédia, e não Davel. Disse que nunca lhe aconteceu nada parecido. Que ele era um profissional, que quando ia ao teatro ficava atento ao seu trabalho e que, além disso, sabia de cor a peça de Laferrère. Mas naquele instante, a ilusão dramática o dominou por completo. Pensava que só Davel era capaz de criá-la de forma tão eficaz.

Depois dessa conversa com Grinberg, aconteceram coisas que ocuparam minha atenção por muito tempo. Apesar das mágicas palavras repetidas pelos amigos livreiros, "Seu livrinho vende bem", o que eu ganhava com o romance não dava para nada. Fui procurar emprego e, quando as economias que juntei no campo estavam quase acabando, finalmente encontrei um. Foram anos duros, ou, no mínimo, ingratos. Quando chegava em casa, depois de um dia inteiro no escritório, não tinha vontade de escrever. Vez por outra eu vencia o desânimo e, ao cabo de um ano de esporádicos esforços que repetia todas as semanas, consegui terminar um segundo romance, mais curto que o anterior. Então conheci uma face amarga do nosso ofício: a peregrinação para oferecer o manuscrito. Alguns editores pareciam não se lembrar de meu primeiro romance e ouviam incrédulos o que eu dizia sobre seu sucesso. Aqueles que se lembravam dele argumentavam que este era inferior e, para dar a entrevista por encerrada, declaravam, balançando a cabeça: "É uma pena. O segundo livro não funciona".

Um dia, encontrei Grinberg no bar-café La Academia. Logo me lembrei de Davel e pedi notícias dele. Disse:

— É uma história triste. Primeiro ele vendeu o carro; depois, o apartamento. Vive na miséria. Outro ator, que está numa situação parecida, me contou que fizeram uma turnê pelo interior do país. Pousavam praticamente na sala de espera das estações e se alimentavam de café com leite e pãezinhos. Mas esse ator frisou que as privações não abalavam o ânimo de Davel. Só por trabalhar, já ficava feliz.

No tempo da ditadura, as turnês foram rareando, até acabarem. O país inteiro parou, pois quem podia se recolhia, para ser esquecido. O esquecimento parecia então o melhor refúgio. Davel, por seu turno, encontrou o esquecimento sem procurar a segurança. Não tinha por que procurá-la, já que ele nunca tivera uma participação política, nem sequer na política interna da Associação de Atores. Ajudá-lo não servia para retribuir o apoio de um correligionário nem para ganhar a gratidão de um opositor, portanto, ninguém lhe estendeu a mão. Davel passou boa parte desse período sem trabalho.

Depois chegou o dia em que, com agradável surpresa, li, não me lembro onde, que Davel teria o papel principal de *Catão*, famosa tragédia que o Teatro Politeama iria reencenar na próxima temporada. Uma noite daquela mesma semana comentei a notícia com Grinberg.

— Às vezes o inesperado acontece — sentenciou.

— Aí que eu ia chegar — devolvi. — É estranho que na nossa época um empresário se lembre dessa joia do repertório clássico, e é realmente inacreditável que tenha o tino de chamar Davel para o papel de Catão.

— Nem todo o mérito cabe a ele.

Passou a me explicar que o empresário, um tal Romano, escolhera a tragédia de Catão porque o autor, morto duzentos anos atrás, não reclamaria o pagamento de direitos autorais.

— Sempre resta o mérito de ter escolhido Davel — comentei.

— Foi a mulher do empresário, que antes foi amiga do ator, quem o recomendou.

Minha expressão deve ter revelado alguma contrariedade, porque Grinberg perguntou o que é que eu tinha.

— Nada... Sinto admiração, quase afeto por Davel e preferiria que a história desse golpe de sorte fosse totalmente limpa.

Apesar da sua baixa estatura, da profusão de tiques nervosos e da aparência de negligência geral e fraqueza, Grinberg infunde respeito pelo poder da mente.

— Sua preferência pouco importa — afirmou. — Uma mulher que intercede junto ao marido, em favor de um antigo amor em desgraça, é nobre e generosa.

— Reconheço que ela...

— Reconheça todos... Davel, por não pedir nada e merecer que uma ex-namorada saia em sua defesa depois que a paixão acabou. O empresário, por agir como um profissional sério. Quando lhe indicam um bom ator, logo o contrata sem se preocupar com circunstâncias da vida privada.

Na noite da estreia, o Politeama estava quase lotado. Lembro claramente que, ao começar a peça, vivi alguns minutos de expectativa, em que pensei: "Isso ainda pode ser o triunfo ou o fracasso. Logo saberei". A verdade é que não tive que esperar muito. Não digo que a peça fosse ruim. Sem negar que tenha muitos momentos de elevação épica, julguei que era menos uma tragédia que um poema dramático, muito literário, sem dúvida, e bastante enfadonho. Claro que a situação do herói provocava ansiedade, mas o nó dramático perdia força quando o autor, inopinadamente, intercalava uma história de amor, tão inverossímil quanto boba. É curioso, enquanto refletia: "Já que Davel teve a sorte de conseguir trabalho, merecia ter mais sorte com a peça", olhava para Catão, quer dizer, para Davel no papel de Catão, e teria dado qualquer coisa para que ele vencesse César e salvasse Útica. Sim, até pela sorte da cidade de Útica eu estava ansioso e, naqueles momentos, cheguei a desejar o poder, que os deuses não tiveram, de alterar o passado. No rosto de Davel (que um dia tachei de banal), um desses rostos que melhoram com a velhice, vi claramente expressa a nobreza do herói disposto a morrer pela liberdade republicana. Quando um dos filhos de Catão — um ator nada convincente — disse: "Nosso pai luta pela honra, pela virtude, pela liberdade e por Roma", mal pude conter as lágrimas.

A esta altura, é provável que o leitor considere descabidos meus reparos críticos. O sucesso, a repercussão da peça, aparentemente lhe dão razão. Desde a terceira ou quarta noite o teatro esteve cheio. Era preciso reservar os ingressos com quinze ou vinte dias de antecedência, coisa insólita na Buenos Aires da época. Outro fato insólito: os espectadores unanimemente interpretaram as invectivas contra César como invectivas contra nosso ditador e o clamor pela liberdade de Roma como clamor pela nossa liberdade perdida. Tenho certeza de que chegaram a essa interpretação pelo simples fato de desejá-la. Se, como alguém já sustentou, em qualquer livro, o leitor lê o livro que quer ler, aquelas apresentações no Politeama provam que podemos dizer o mesmo do público e das peças de teatro. E não pensem que ao falar do público eu me excluo... De novo senti os olhos marejarem quando Catão disse: "Roma não há mais. Oh, liberdade! Oh, virtude! Oh, meu país!".

O sucesso foi a cada noite mais estrondoso e agitado. A certa altura me perguntei, por que negá-lo, se os tumultos no Politeama, ainda que inspirados nas melhores intenções, não prejudicariam nossa causa. O governo poderia muito bem interditar o teatro e, de quebra, tirar proveito político dessa ação. Com efeito, não parecia improvável que setores moderados, tão contrários à ditadura como nós, apoiassem tacitamente a medida, por um ancestral temor à baderna.

Para muitos, a identificação de Davel com Catão foi absoluta. Na rua, as pessoas costumavam lhe dizer: "Ave, Catão" e, às vezes, "Viva Catão!".

Todos os que de um jeito ou de outro temos uma ligação com o teatro, provavelmente exageramos a influência que as representações do Politeama tiveram nos acontecimentos posteriores; mas a verdade é que também os conspiradores acreditaram nessa influência. Sei disso porque fui incumbido de falar com Davel e conseguir sua adesão à nossa causa. Queríamos dizer, na hora da vitória, que nosso grande ator estivera do lado da revolução. Queríamos dizer isso sem faltar com a verdade nem correr o risco de que ele nos desmentisse.

Marquei com ele no café da Alsina com a Bernardo de Irigoyen. Pensei que o tango tinha razão, que eram estranhas as mudanças que os anos traziam e que o rosto de Davel agora quase não lembrava o de John Gilbert, e sim o de Charles Laughton. Sua expressão era de tristeza, de cansaço e também de resolução paciente e sem limites. De todo modo, quando eu lhe disse que minha admiração por ele começara na noite de estreia de *O grande desfile*, no Smart, poderia jurar que ele rejuvenesceu e voltou a se parecer um pouco com John Gilbert. Perguntou com insistência:

— Achou mesmo que estive à altura do meu papel?

— Competir com o filme, de antemão, parecia difícil. Sem a ajuda das cenas que o cinema mostrava, o público do Smart acreditava que o senhor estava no front de batalha. Digo mais: o senhor nos levou ao front.

Pouco depois me atrevi a perguntar se nos dava sua adesão.

— Mas claro — respondeu. — Sou contra a tirania. Não se lembra do que eu digo no segundo ato?

— No segundo ato de *Catão*?

— Onde mais seria? Escute bem. Eu digo assim: "Enquanto não vêm tempos melhores, há que ter a espada desembainhada e bem afiada, para receber César".

Primeiro gostei da resposta. Interpretei seu quê de fanfarronada como uma promessa de fidelidade e coragem. Depois, por alguma razão que não entendo, não me senti tão satisfeito assim. "Em todo caso, a resposta é afirmativa", disse a mim mesmo. "Já é alguma coisa."

O governo deve ter levado a sério as tumultuadas apresentações no Politeama, porque, uma noite, a polícia levou presos o empresário, o diretor, os atores e fechou o teatro. Na manhã seguinte, todos foram liberados, exceto o empresário e Davel. Por último, soltaram o empresário. O ator, alguns dias depois. Suspeito que não lhe perdoavam o papel de inimigo da ditadura e que somente o soltaram porque eles mesmos perceberam que não passava de um ator.

Contrariando minhas previsões, a interdição do Politeama prejudicou o governo. Talvez as pessoas tenham pensado que, se o governo dava tanta importância a uma peça de teatro, devia estar muito assustado e fraco.

Interpretamos essa suposição como realidade e, a partir daí, conspiramos abertamente. Primeiro em casas particulares, depois em restaurantes, amiudaram banquetes concorridíssimos, nos quais nunca faltaram os líderes do movimento e oradores que exigiam e prometiam a revolução. Nessas longas mesas, Davel sempre teve um lugar de destaque; não na cabeceira, claro, mas sempre na cadeira à direita de alguma figura de prestígio.

Um dia recebi o telefonema de uma senhora, que me disse:

— O senhor não me conhece. Eu sou a senhora De Romano. Luz Romano. Preciso falar com o senhor pessoalmente.

Por falta de imaginação, ou levado pelo hábito, marquei com ela no café da Alsina com a Bernardo de Irigoyen.

Era uma mulher muito atraente, não muito jovem, alta, serena, de cabelo preto, tez branca e lindos olhos, que olhavam de frente. Disse-me:

— Vocês estão usando o Davel. Que os políticos façam isso, não estranha. São naturalmente inescrupulosos. Mas o senhor é um escritor.

— O que isso tem a ver?

— Não só o estão usando: estão expondo esse homem.

— Davel se expôs a partir do momento em que *Catão* estreou — repliquei, sem faltar com a verdade.

— Concordo. Por culpa minha.

— Eu não disse isso.

— Não disse, mas é verdade. Só que há uma diferença. Eu o mandei chamar para trabalhar no teatro. O senhor o procurou para usá-lo na política. Um destino que Davel não escolheu.

— Mas que ele não considera impróprio. Davel se identificou com seu personagem. Quer combater a ditadura.

— Essa convicção, nele, não é igual à sua, nem à de um político, nem se formou do mesmo modo. Davel continua atuando.

Em minha defesa, aleguei:

— Todo mundo atua.

— Sim, mas agora o senhor falou de má-fé. Sabe o que estão fazendo?

— Convidamos um cidadão a participar da nossa luta.

— Mais correto seria dizer que estão mandando um inocente para a morte.

— A senhora exagera e é muito dura comigo.

— O senhor que é duro com Davel.

Antes que Luz me procurasse, essas verdades, que eu sempre soube, não me preocupavam. Depois, a consciência de ter agido indevidamente me mergulhou no desalento. Felizmente, não houve motivos para maiores remorsos, porque a revolução triunfou sem que nada de mau acontecesse com Davel.

Não o esquecemos. Em todos os atos celebrativos, ele teve um lugar de honra. Cheguei a lhe oferecer, por indicação das novas autoridades, cargos na Secretaria da Cultura e em outras repartições. Não aceitou nenhum. Disse que só queria trabalhar no teatro. Diretores de teatros oficiais me prometeram a melhor boa vontade para satisfazer esse desejo.

Uma noite, encontrei Davel no jantar do Círculo de Imprensa. Como dois veteranos de uma mesma campanha, recordamos feitos da época da ditadura. A certa altura, eu disse:

— Parece inacreditável que tudo isso tenha acontecido. Também parece inacreditável que tenha acabado. Foi um pesadelo. — Depois de uma pausa, completei: — O país tem uma dívida com o senhor pelo que fez.

— Cada um fez sua parte.

— Pode ser, mas não houve nenhum foco de agitação que se comparasse ao Teatro Politeama. Sei muito bem quanto lhe devemos.

— Que mais pode querer um ator além da aprovação do público? O teatro vinha abaixo com os aplausos. Nunca vou me esquecer disso.

A conversa seguiu por trilhos paralelos. Davel me falava do seu trabalho como ator; eu, do seu trabalho pela causa. Finalmente, confessou:

— Quando concordamos em que aquela época foi horrível, sinto a tentação de acrescentar: "Não para mim". Veja: eu tinha um papel que me dava todo tipo de satisfação, numa peça que eu gostava e que fez muito sucesso. Não espalhe: para mim, essa época terrível foi maravilhosa.

— Claro — eu disse pausadamente, para que minhas palavras alcançassem sua consciência —, que mais alguém pode pedir? Trabalhar com sucesso por uma causa nobre.

Em tom de assentimento, ele respondeu:

— Sim. Tive sucesso no meu trabalho, que é o principal.

Eu já estava a ponto de abandonar a partida, quando, em uma onda de irritação, me perguntei: "Por que não consigo fazer esse cabeça-dura me entender?".

— Certo — respondi. — Entreter o público é bom, mas… O senhor por acaso acredita que nada pode ser mais importante que o teatro?

— Se eu não acreditasse nisso, não seria um bom ator.

— Então acredita porque lhe convém?

— Por convicção, digamos.

— Quanta soberba.

— O mundo não funcionaria direito se cada um não acreditasse na importância daquilo que faz.

— Por aí podemos nos entender.

— Não quero que se engane. O teatro, para mim, é o mais importante. O senhor se lembra daquela fala de Hamlet? Eu sim me lembro, porque fiz um *Hamlet*. — Ficou por um instante em silêncio e, quando voltou a falar, disse sem erguer a voz: — "Meu bom amigo, cuidai bem dos atores, pois eles são a crônica viva e resumida da época".

Seu talento dramático era tão extraordinário que nesse momento tive a impressão de que Davel falava do palco e que eu estava na plateia.

Nunca fui a tantos jantares como naquele tempo. Em um deles, organizado em prol da Casa do Teatro, tocaram-me como companheiros de mesa o gordo Barilari, tesoureiro do partido, "um eleitoreiro incorrigível", segundo sua própria confissão, e um rapazinho magro e nervoso, que vinha a ser Walter Pérez. Nos anos da conspiração, o nome deste último aparecia com frequência, em geral precedido ou seguido da palavra "ativista". Também associo a ele, não sei por quê, a expressão "Força de choque". Barilari descreveu Walter como "o mais intolerante dos partidários da liberdade". Confesso que ele nos fez rir, ao gordo e a mim, ao longo de todo o jantar contando os arranca-rabos da sua turma com rapazes de outros partidos. Agora não acho tanta graça nessas histórias.

No extremo oposto da mesa, conversavam Luz Romano e Davel. Teria me unido a eles de bom grado. Naquela noite, Luz estava especialmente atraente. Quando nos levantamos, ela se aproximou e murmurou:

— Parabéns pelo amiguinho.

— De quem está falando?

— De quem seria? De Walter.

— Um elemento útil — argumentei, repetindo a expressão dos correligionários —, que sente a causa da liberdade.

— Sente demais. Acredita nas ideias e não se importa com as pessoas.

— Um filósofo, então.

— Um fanático.

— O partido luta por ideias sensatas. Lucraríamos mais apelando à inveja e ao rancor.

— Reconhece que Walter está deslocado entre vocês?

— Só estou tentando lhe dizer que todo partido exige, às vezes, um pouco de dogmatismo e até de extremismo. Jovens como Pérez, em mais de uma circunstância, são úteis.

Quando Romano se aproximou, Luz o puxou pelo braço e, como quem arremete, retirou-se com ele. Essa atitude me deixou um tanto confuso.

Quanto a Davel, tornou a amargar vários anos sem trabalho, na miséria. Como já disse, nos teatros oficiais receberam minhas recomendações com a melhor boa vontade, mas, por uma razão ou por outra, não o contratavam. Tampouco os empresários de outros teatros se lembraram dele. Nós, felizmente, não deixamos de lhe dar provas de gratidão. Ele foi nosso convidado de honra em uma infinidade de cerimônias oficiais e, em não poucos, banquetes. Claro que, ao vê-lo sempre com o mesmo terno velhíssimo e no limite do decoro, sentíamos um misto de exasperação e culpa.

Como tudo na vida se repete, um dia recebi a boa notícia de que Romano havia contratado Davel para reencenar *Catão*. Desta vez, o teatro seria o Apolo.

Pouco tempo depois, certa tarde, quando eu ia saindo do escritório, o telefone tocou. Reconheci a voz de Luz Romano, ainda que aos sussurros. Entendi: tínhamos que nos encontrar porque ela queria me pedir alguma coisa. A ligação caiu. Minha reação foi contraditória: tinha vontade de encontrá-la, também curiosidade, mas temia pedidos inconvenientes. Voltou a ligar, em várias ocasiões. Minha secretária invariavelmente alegou que eu estava ausente ou em reunião. Essas breves, porém numerosas, conversas criaram uma espécie de amizade entre as duas, e Luz acabou lhe explicando por que queria falar comigo.

Quando a secretária me deu o recado, cheguei a murmurar: "Cada coisa que as mulheres inventam!". De fato, o que Luz Romano queria me pedir é que nosso governo proibisse a reestreia de *Catão*. Nem mais, nem menos.

Imaginei que, por distração e ingenuidade, Davel tivesse ferido suscetibilidades e transformado em ódio o afeto que Luz sempre teve por ele.

Depois da reestreia de *Catão*, os fatos provaram que o pedido da mulher não era desprovido de fundamento. Noite após noite, o público se mostrava mais entusiasta e ameaçador. Confesso que, de início, custamos a entender que aplaudiam contra nós. Parecia impossível que se valessem daquela tragédia para atacar um governo cujo principal mérito era a restauração das liberdades.

Em uma reunião na casa de amigos comuns, Luz me deu a explicação. As pessoas que aplaudiam no Apolo eram funcionários e partidários da ditadura. Reclamavam sua liberdade perdida.

— Eles também vão ter seu Walter Pérez — disse.

— Como assim, seu Walter Pérez? — perguntei.

— Não se faça de desentendido.

— Não entendo mesmo.

— É claro como a água. Se vocês mandaram Walter como atiçador dos revoltosos da primeira *Catão*…

— O que aconteceu no Politeama foi espontâneo — protestei.

— Com Walter à frente. Pode ter certeza de que os novos agitadores contarão com um energúmeno como ele.

— Não me parece justo pôr no mesmo plano um jovem defensor da liberdade e um sequaz da ditadura.

— O senhor fala como um perfeito político; mas convenhamos, de que adianta uma causa nobre a Walter Pérez, se ele é um encrenqueiro?

Sem dizer que ela estava falando como uma professorinha, respondi, dirigindo-me também aos outros:

— É doloroso saber que um ator que tratamos com tanto respeito agora se preste a ser usado contra nós.

— Uma traição — exclamou alguém.

— Eu não iria tão longe — precisei. — Digo, simplesmente, que vejo sua atitude com certa amargura.

Passada uma semana, ou pouco mais, no meio da noite, fui acordado pelo telefone. Uma voz de mulher perguntou:

— Está contente agora?

Eu estava era tonto de sono, por isso não entendia direito. Repeti a pergunta feito um idiota:

— Quem fala?

Uma pergunta ociosa, porque deduzi quem estava do outro lado da linha.

— Diga se está contente — insistiu, para acrescentar depois de um silêncio: — Ou ainda não ficou sabendo?

— Não faço ideia do que está falando.

Luz disse:

— Então é bom esperar.

— Esperar o quê?

— Amanhã vai saber.

Desligou. Tive o impulso de telefonar de volta, mas desisti. Eu sabia o que tinha acontecido, mas murmurei várias vezes: "Não pode ser".

No dia seguinte, tomei conhecimento de tudo. É curioso: estava preparado para a notícia, mas me senti desorientado. Tão desorientado quanto de noite, quando a adivinhei, e muito triste. Como se eu tivesse perdido um velho amigo e me preparando para um possível obituário ou discurso, disse a mim mesmo que essa morte marcava o fim da época mais brilhante do teatro argentino.

O relato dos jornais, bastante amplo, foi completado pelos meus amigos no Ministério do Interior. O fato ocorreu no final do último ato da apresentação da noite. Depois de cravar a espada em si mesmo, Catão, moribundo, preocupa-se com a sorte daqueles que o acompanharam na resistência contra César, escuta seus planos de fuga, aprova-os, despede-se e morre. Nesse instante, ouviu-se um disparo. Houve um grande tumulto na sala. Alguns apontaram para um camarote. De outro camarote, alguém saiu precipitadamente. Em um primeiro momento, ninguém sabia o que acabava de acontecer. Logo todos souberam que Davel morrera de um tiro, provavelmente disparado do balcão de um camarote. Ali a polícia encontrou Walter Pérez, com dois dos seus homens. Nenhum deles portava armas. Quem fugira do outro camarote, por seu lado, conseguiu desaparecer.

Pediram que eu falasse no cemitério. Não aceitei, porque estava comovido e porque considerei que isso cabia a alguém mais conhecedor do teatro e da alma dos atores. Romano, em seu discurso, disse que o melhor final para um ator era morrer em cena, no momento da morte do seu personagem. Falou também um representante do governo. Grinberg, que apareceu de não sei onde e me deu um susto ao me pegar de um braço, comentou em um murmúrio:

— É tarde para mostrar respeito.

O NAVEGANTE VOLTA À SUA PÁTRIA

Acho que assisti a *Passagem para a Índia* porque no título do filme aparecia meu país. Ao sair do cinema, tomei o metrô, como o chamam aqui, para ir até a embaixada, onde trabalho todos os dias por algumas horas. O que eu ganho desse modo me permite certas extravagâncias que animam um pouco minha vida de estudante pobre. Suspeito que, por causa dessas extravagâncias, eu tenha ultimamente recaído em uma espécie de sonambulismo que costuma provocar situações embaraçosas. Um exemplo: ao recordar a viagem de metrô, eu me vejo sentado confortavelmente, embora tenha provas de ter permanecido em pé, perto das portas, segurando no balaústre de ferro e quase caindo quando o trem se detém ou entra em movimento. Dali observo, com um misto de comiseração e censura, um estudante cambojano, muito malvestido, que, em um banco, no meio do vagão, cochila com a cabeça reclinada contra o vidro da janela. Sua cabeleira, tão vasta quanto suja, deixa ver uma rodela calva e enrugada; a barba é rala e de três ou quatro dias. Adormecido, sorri, move os lábios rápida e suavemente, como se mantivesse uma amena conversa consigo mesmo em voz baixa. Penso: "Parece contente, mesmo sem razão. Ele vive, assim como eu, entre europeus hostis, por mais que tentem disfarçar. Hostis a quem julgam diferente. Nesse sentido, nós, indianos, levamos certa vantagem, por sermos menos diferentes; mas, sobre esse rapaz, com sua aparência tão peculiar, quem não levaria vantagem? Mesmo que ele fosse ocidental e do Norte, seria visto como um representante da escória do mundo. Nem mesmo eu, que me considero livre de preconceitos, ousaria confiar nele de saída".

Desembarco na estação La Muette e logo me encontro na rua Alfred Dehodencq, onde fica a embaixada. Por incrível que pareça, o porteiro não me reconhece e se nega a me deixar entrar. Enquanto pelejamos à viva força, o homem grita "Fora! Fora!" várias vezes. Um dos últimos gritos se transforma em um amistoso *sour-sday*, que em cambojano significa "bom dia". Abro os olhos e, ainda perplexo, vejo meu amigo taxista, um compatriota, que, enquanto me sacode para me acordar, repete a saudação e acrescenta: "Temos que descer. Chegamos ao bairro". Eu me levanto, quase tropeço ao sair do vagão; sigo meu compatriota pela plataforma, sem perguntar nada, por receio de me enganar e de que ele pense que estou louco ou drogado. Antes de subir as escadas, quando passamos em frente ao espelho, tenho uma revelação, não por prevista menos dolorosa. Quero dizer, o espelho reflete minha cabeleira suja e minha barba rala, de três ou quatro dias; mas o que francamente me incomoda é comprovar que, também nesse momento, movo os lábios e, pior ainda, sorrio falando sozinho, como um imbecil.

NOSSA VIAGEM (DIÁRIO)
Seleção, prefácio e epílogo de F. B.

PREFÁCIO

O gerente da casa Jackson disse estar preparando uma coleção de diários de viagem e pediu-me que, se eu tivesse algum, o enviasse a ele. Quando reli meus próprios diários de 1960 e 1964, por motivos que não saberia explicar, faltou-me ânimo para publicá-los. Propus então *Nossa viagem*, de Lucio Herrera. Para dizer a verdade, temi que fosse recusado, talvez por não corresponder às expectativas dos leitores de obras desse gênero. Foi aceito e integrou um dos belos volumes, com encadernação em falso couro vermelho e letras douradas, de uma das muitas coleções que a casa Jackson vendia em sua correspondente estante de madeira lustrada. Como parece provável que o diário de viagem do meu amigo Herrera durma em uma saleta de pessoas que não leem, junto ao *Livro dos oradores* de Timão, aos volumes de Willie Durant, à edição ilustrada do centenário de *Dom Quixote* e a um *Martín Fierro* com encadernação em couro de vaca malhada, decidi publicá-lo neste volume, à venda nas boas livrarias.

F. B.

NOSSA VIAGEM
(DIÁRIO DE LUCIO HERRERA)

Buenos Aires. Porto Novo. 3 de janeiro de 1968. Com agradável surpresa, descubro em meio à multidão o rosto de Paco Barbieri, redondo, cor de tijolo, olhos redondos, escuros. "Você também vai viajar no *Pasteur*?", pergunto. É bom tê-lo como companheiro de viagem. Logo o apresento a Carmen. No instante seguinte, quando subimos a escadinha do navio, Carmen me pergunta: "Ele viaja sozinho?". "Acho que sim." "Esse seu amigo não é meio esquisito?" "Não no sentido que você está pensando." "Em que sentido?" "Para que entrar nesse assunto? Cada um é como é." "Como eu sou boba. Nunca pensei que você tivesse segredos para mim. Pensei que você me amasse como eu te amo." Para não começar a viagem brigando, sacrifico o amigo. "Olhe", respondo. "Não sei como explicar. Barbieri é um sujeito nada convencional. Diz que as mulheres são o imposto que pagamos pelo prazer." "E por que seu amigo diz uma besteira dessas, você acha que ele não é convencional? Eu diria que ele é um autêntico machista, o que neste país não é lá muito original. Para não viajar com uma mulher, o imbecil viaja sozinho?" "Sim, mas ele diria que não." "Ainda por cima, mentiroso? Machista e mentiroso. Fique sabendo que começo a me cansar do seu amigo." "Ele viaja com uma boneca inflável." "Não acredito! Se isso for mesmo verdade, é um homem muito doente. Você tem que falar com ele agora mesmo. Se não falar, eu falo." "Não faça isso. Por favor, não vamos nos envolver." "Certo. É seu amigo. Belo amigo. Pensando bem, talvez você tenha razão. É melhor nem chegar perto de um depravado desses." Respondo assegurando que Paco é boa pessoa. Ela replica em tom irônico, mas furioso: "Fora isso, é boa pessoa? Pare de falar besteira. Já que não devemos nos envolver, faça o favor de manter esse sujeito à distância durante toda a viagem." "Você tem noção do que está me pedindo? Paco é meu melhor amigo." "Então fique com seu melhor amigo. Eu vou morrer de tristeza, mas e daí? Meu consolo é que você não vai ter seu querido Paco por muito tempo. Para mim, alguém com uma neurose dessas logo empacota."

A bordo do Pasteur, *alto-mar. 14 de janeiro*. Paco Barbieri não é o único que desperta sua antipatia… Para qualquer amigo que eu mencione, Carmen, sem pressa, mas sem pausa, trata de desfiar toda espécie de imputações caricatas ou caluniosas. Tento não falar, diante dela, de pessoas pelas quais sinto afeto.

Roma. 8 de fevereiro. Tínhamos combinado jantar cedo, para chegarmos a tempo ao concerto, que começa às nove. Celia me diz que a atrapalho se a olho enquanto se veste e se penteia. Desço para o salão do hotel. Folheio revistas, me aborreço e, depois de um bom tempo, cansando de esperar, chamo o elevador, para ir procurá-la. Quando a porta se abre, Celia aparece, tão deslumbrantemente linda, que esqueço as recriminações preparadas durante a espera, tomo-a nos braços, dou-lhe um beijo na testa e digo: "Obrigado por ser tão bonita". Saímos em direção ao Restaurante Archimede, para jantar, como todas as noites, mas antes de chegar à pracinha dos Caprettari, paramos para ler o menu de um restaurante francês. Ao ver que a sobremesa do dia é *baba au chocolat*, pergunto a Celia: "E se entrarmos neste aqui?". "Não acredito", exclama. "Pensei que você nunca me levaria a outro restaurante, que para você só existisse o Archimede." É isso: Celia reprova uma suposta mania minha de voltar sempre ao mesmo restaurante; mas não é por mania que a levo, duas vezes por dia, ao Archimede. É porque, se em um lugar nos servem boa comida e nos tratam como clientes da casa, não seria absurdo nos arriscarmos em outros e acabarmos intoxicados? Celia olha com desconfiança os restaurantes de minha preferência. Como se eu não notasse a censura implícita na sua resposta, explico: "Acontece que a sobremesa aqui é *baba au chocolat*, e você sabe que sou louco por esse doce". Entramos, pedimos a comida, que felizmente mereceu a aprovação de Celia. Terminado o segundo prato, o garçom pergunta o que queremos de sobremesa. Respondo: "Duas *babas au chocolat*". "Sinto muito. Não dá tempo", declara Celia e pede a conta. Não sei o que deu nela: seu hábito mais inveterado é chegar tarde a todos os lugares, mas hoje resolveu que devemos sair para o concerto com meia hora de antecedência. Como o teatro não fica longe, chegamos logo em seguida. "Teria dado tempo de comermos nossa *baba au chocolat*", observo. Ela concorda, e acrescenta: "Mas também não vamos chorar por causa disso, não é?". Claro que não, mas não escondo minha contrariedade e — por que negar? — certo ressentimento. Reflito: "Não à toa, deixar as crianças sem sobremesa é um castigo". O concerto de Pavarotti é longo. O público aplaude a mais não poder. Reconheço que não entendo muito de música, mas, perto do final, ele canta uma peça que me agrada de verdade e até me dá vontade de acompanhar o ritmo com movimentos da cabeça, das mãos e do corpo todo. Descubro que se chama "Sole mio", ou algo parecido.

Roma. 9 de fevereiro. Hoje vamos ao cinema. Passam um velho filme, *O homem que fazia milagres*. Eu me divirto muito. Celia não. Suspeito que não é só o filme que a irrita; por incrível que pareça, suspeito que eu também a irrito com minhas gargalhadas. Confesso que notar sua insensibilidade às qualidades desse filme me entristece e até me ofende. Chego a pensar que ali, sentados, um ao lado do outro, estamos separados por um abismo. Há uma cena irresistivelmente engraçada, em que o protagonista, no salão de um clube londrino, faz aparecer um leão diante dos outros sócios, que passam do ceticismo quanto aos milagres a um verdadeiro pânico. Qual é o comentário de Celia sobre essa situação? "Não aguento mais isso. Essa cena não está no conto de Wells." Não posso acreditar que ela tenha dito a sério tamanho pedantismo. Continua: "Que falta de respeito com o autor! Que falta de seriedade!". Ouvem-se veementes pedidos de silêncio. "Esse filme é completamente idiota", afirma Celia, sem se intimidar. "Vamos embora." Ingratamente surpreso, quase diria espantado com minha falta de sorte, saio do cinema, atrás dela. Uma hora depois, enquanto nos despimos em nosso quarto de hotel, ela se vira para mim e, como se de repente lhe viesse à mente uma ideia muito estranha, pergunta: "Você ficou chateado por sair do cinema antes de o filme acabar?". "Sim, bastante", digo. Como que falando sozinha, ela reflete: "Não comer a *baba au chocolat* o contrariou. Não ver o final desse filme idiota o contrariou. Todo homem é uma criança".

Verona. 11 *de fevereiro*. Enquanto folheia com displicência o *Guía Azul*, Pilar comenta: "Temos que ver o túmulo dos Scaligero". De repente, seu rosto se ilumina e ela exclama: "Como pude me esquecer deles?". "De quem?", pergunto. "De quem podia ser? Dos amantes!" Ato contínuo, ela me obriga a segui-la até o túmulo de Julieta, que não fica longe, mas também não fica perto. Pede para eu ficar de um lado, ela se posiciona do outro, seguramos as mãos sobre o túmulo e juramos amor eterno. "E verdadeiro", diz Pilar. "E verdadeiro", repito, e, em seguida, acrescento: "Claro que um túmulo falso talvez não seja o melhor lugar para jurar amor verdadeiro". "De onde você tirou que é falso?" "Do seu próprio guia. Se você ler com um pouco mais de atenção, vai ver que diz: 'o *suposto* túmulo de Julieta'. Quanto ao famoso amor da mulher que não está enterrada aqui e do seu Romeu, imagine o que deve ter sido: um amor qualquer, exagerado pelos escritores, que a queda do povo pelos prodígios tornou sublime." Se eu soubesse quanto minhas observações a abalariam, não teria dito nada. Ela declara que nada me dá mais prazer do que destruir ilusões ("a melhor coisa que a gente pode ter"), que sou "desagradavelmente negativo" e que talvez o que eu esteja tentando lhe dizer é que não a amo.

Paris. 15 *de fevereiro*. Uma noite amena para esta época do ano. Pela rua Galilée, voltamos do cinema para o hotel. Mentalmente, digo a mim mesmo: "Calma, paciência. Agora falta pouco para o que você mais gosta". Estou tão abstraído, ou tão silenciosa e deserta está a rua, que a voz de Justina me sobressalta. "No que você está pensando?", pergunta. "Não sei…" "Como assim, não sabe? Pelo seu sorriso, devia ser algo muito bom." "Estava pensando", digo fitando seu rosto expectante, confiado e tão lindo que por alguns segundos me esqueço do que ia dizendo… Logo me recupero e retomo: "Estava pensando que felizmente já falta pouco para fazermos aquilo de que mais gostamos e que, em seguida, virá um bem-estar incomparável, uma verdadeira beatitude da qual, sem notar, vamos deslizar para o sono". Eu me sinto inspirado, poeticamente inspirado, ao soltar esse meu discursinho. Juntos na noite parisiense, tão longe do mundo das nossas rotinas: não será como nos casarmos de novo e atingirmos outra culminação na nossa vida? A voz da minha mulher me sobressalta, desta segunda vez, de modo diferente. "Eu pensei que você se deitasse comigo porque me amava", diz. "Mas não: é para se sentir bem, para dormir melhor. Para isso os homens sempre procuraram as prostitutas." "Que bom seria descobrir que ela está brincando", penso. Está falando sério. "Nada mais cômodo: estar casado com uma prostituta. Mais cômodo ainda se ela não se ofende. Só que eu me ofendo, sim." Minha única esperança é que sua irritação passe logo. Não passa. Em silêncio, chegamos ao hotel, subimos ao quarto, nos enfiamos na cama. Escuto sua respiração. Olho para ela: pegou no sono, com um cenho que expressa fúria. Preciso achar uma saída dessa situação. Tento o recurso infalível. Muito de leve a viro de costas, afasto suas pernas e a abraço. Ela me empurra, sem irritação talvez, mas com tristeza. Diz: "Você não me entendeu. Estou ofendida. As pessoas frívolas esquecem as ofensas. Eu não". Então me vira as costas e volta a dormir placidamente.

Paris. 16 de fevereiro. Enquanto espero por Justina, converso, na recepção do hotel, com uma romena que trabalha ali. Ela me conta que um argentino muito correto e agradável esteve no hotel recentemente: um senhor chamado Paco Barbieri. Quando Justina aparece, a romena está me contando que Paco esteve bem doente, com gripe. Ao ouvir isso, Justina comenta: "Eu não disse? Esse aí logo vai empacotar".

Paris. 17 de fevereiro. Por um *Sport Dimanche* que alguém deixou no saguão do hotel de Roma, fiquei sabendo que Reims e Paris Saint-Germain vão jogar hoje, e por nada deste mundo quero perder essa partida, porque o 9 do Reims — o *center forward*, como dizíamos no meu tempo — é ninguém menos que Carlitos Bianchi. Desde que li essa notícia, aproveito todas as oportunidades para lembrar meu firme propósito de, neste domingo 17, ir ao estádio do Parc aux Princes: tática de abrandamento, para que Justina entenda que, ao longo deste dia, não estarei ao seu dispor para ir ao Museu do Louvre ou a um concerto na Sala Pleyel. Quanto ao propósito, minha tática deu resultado. Justina sabe que vou assistir ao jogo. O que não previ é que, ao lhe dar tempo para pensar na questão, ela poderia ter a insólita ideia de me acompanhar ao estádio. Claro que a teve, e claro que a aceitei de bom grado. Seja onde for, eu me sinto feliz ao lado dela. O fato de ser tão bonita ajuda. Não vou negar que, ao menos mentalmente, eu me pavoneio... Também não devo ocultar que, por regra geral, sou contra ir ao estádio com mulheres. Hoje constato que tenho razão. De início, Justina finge interesse e pede explicações que atrapalham minha concentração no jogo. "O que é um pênalti?", "O que é um escanteio?", "Por que eles pararam?". Depois, no meio de uma jogada extraordinária do Carlitos, que driblou os beques do Paris Saint-Germain e fez um gol histórico, respondo: "Tudo bem, tudo bem, mas você há de concordar comigo que não existe um artilheiro como o Bianchi". É muita ilusão minha achar que posso falar de futebol com a mulher amada. Ela responde com uma pergunta: "Bianchi? Quem é Bianchi? Outro amigo seu?". No segundo tempo, ela perde a paciência, de puro tédio, e antes de a partida terminar, com o pretexto de evitarmos a aglomeração, me puxa pela mão, se levanta, e diz: "Vamos, vamos". Não tenho outro remédio senão segui-la. Sinto indignação ao pensar que ela mesma nunca saberá o sacrifício que me impôs. No meu foro íntimo, sou um mártir, por me retirar do estádio nesse momento, e um faquir, por não pronunciar uma única palavra de queixa.

Paris. 20 *de fevereiro*. Justina caiu de cama com um forte resfriado, que logo virou gripe. "Peguei naquele jogo interminável", lamenta-se. Vou ao cinema, passo algumas horas agradáveis; porém sinto sua falta. Reconsidero: "Não devo sentir falta dela. Uma mulher assim, primeiro estraga o ânimo da gente, depois a saúde. A única solução é o divórcio". Sei disso, mas não me resolvo... Às vezes, para me dar coragem, apelo a reflexões um pouco absurdas. "É questão de vida ou morte", digo, como se acreditasse nisso. Caminho sozinho pelas ruas de Paris. Como uma alma penada, mas tranquilo.

Manresa. Montserrat. 24 de fevereiro. Passamos por Manresa, uma cidade rodeada de vinhedos. Luisita me pede: "Pare nesse café". "Vamos nos atrasar." "Não faz mal. Quero tomar um *carajillo*. Para me animar, sabe? Quem garante que a subida do Montserrat não é dura?" "Vai ser." Entramos no café. Por via das dúvidas, não abro a boca; Luisita pede: "Por favor, dois *carajillos*". O homem pergunta: "De rum ou de conhaque?". "De conhaque." Trazem duas xicrinhas com café pela metade, onde despejam um bom tanto de conhaque. Estamos nisso quando, para minha incredulidade (será que o *carajillo* já me deixou bêbado?), vejo Paco Barbieri dirigindo-se ao balcão. Eu me levanto, nos abraçamos. Parece muito cansado, como envelhecido, com o rosto menos corado que de costume. Ele me acompanha até a mesa. Talvez porque está cansado ou porque Luisita não faz a menor questão de retê-lo, logo vai embora. Pensando em voz alta, murmuro: "Lamento que ele tenha ficado tão pouco". "Eu não", responde Luisita. "Você viu o estado dele?" "Reconheço que parece um pouco cansado." "Um pouco cansado? Está acabado! Um perfeito morto-vivo." "Cruz-credo", digo. Ela replica: "Quer apostar que você não volta a ver esse seu amigo? Vivo, claro". No trajeto até o Montserrat, não abro a boca. Quando preciso responder alguma coisa, limito-me aos monossílabos. Luisita não pergunta o que é que eu tenho. Quando chegamos ao pé do Montserrat, ela diz: "Vamos deixar o carro aqui". "Você quer subir a pé?" "É, a pé." Encaramos a ladeira, mas dali a pouco ela confessa que não pode avançar nem mais um metro. "Nem eu", digo. Pela primeira vez, Luisita e eu concordamos em algo. Paramos um ônibus. Seguimos nele até o topo; pouco depois, descemos de volta. Estamos tão cansados que, chegando ao lugar onde deixamos o carro, quase nos esquecemos de pedir para o chofer parar. Em Manresa, Luisita me diz: "Quero tomar outro *carajillo*". Quando entramos no café, acontece o segundo encontro com um amigo: Mileo, um colega do quinto ano do colégio Mariano Moreno, que antes de chegar à maioridade já havia montado uma oficina para fabricar faróis de automóveis, o que provocava minha admiração. De saída, lhe pergunto: "Você continua copiando os faróis Marshall?". "Você lembra?", diz. "Foi um sonho da juventude que não durou muito. De um dia para o outro, desapareceram os para-lamas, os estribos, os faróis destacados, e eu me vi fabricando acessórios para carros inexistentes." Digo: "Você não sabe quem eu vi agora há pouco. O Paco Barbieri". "Eu também. E sabe qual foi a brilhante ideia que ele teve? Subir o Montserrat a pé. Ficou acabado." "Essa conhecida minha teve a mesma ideia", digo, apontando para Luisita. "Felizmente, não demorou a jogar a toalha e terminamos a subida de ônibus." Assim que Mileo se retira, Luisita observa: "Não sei com qual dos dois eu fico. Se com o depravado ou com o sonhador de acessórios para automóveis em desuso. Belo mostruário de amigos". Acho que em todo o trajeto até Barcelona não voltamos a falar.

Rio de Janeiro. 15 de março. Parece que o navio vai recolher muita carga e só zarparemos amanhã de manhã. Proponho um passeio a Petrópolis. Margarita quer ir à praia de Copacabana. Dou-lhe a razão: o banho de mar é agradável e menos cansativo que uma viagem de carro. Almoçamos em um hotel. Depois acompanho Margarita às compras. Não sei como ela consegue que três ou quatro compras lhe tomem a tarde inteira. Ou melhor, nos tomem. Felizmente, consigo convencê-la a jantar no navio. Ficar plantado em várias lojas me cansou extraordinariamente. O que mais quero é me enfiar na cama. Para minha desgraça, a camareira deu a Margarita um endereço onde, esta noite, poderemos assistir a uma macumba muito interessante. "Artigo autêntico. Não essas macumbas para turistas, que todo mundo viu." Tento argumentar, mas é em vão: digo que toda macumba é uma impostura. Margarita se zanga, me chama de covarde e lamenta minha falta de curiosidade. Encaro o programa desta noite — por que negar? — com a mais absoluta falta de curiosidade e com uma preguiça próxima do medo. Depois de jantar no navio, tomamos um táxi rumo a um bairro chamado Cidade Velha: muito pobre, muito povoado. As casas — a palavra é *casebres* — são de madeira. Paramos em frente a uma de dois andares. Subimos a escada empinada e seguimos por um corredor estreito até uma porta. Margarita abre, sem dizer "com licença", e entramos em um salãozinho redondo. Creio poder afirmar que todos ali nos olham com reprovação. No centro, algumas mulheres dançam, ou melhor, rodopiam, e por fim caem em meio a convulsões epiléticas. Moças de grandes saias rodadas as recolhem. Há um senhor, uma espécie de chefe, mulato, que deve ser o sacerdote. Não sei por quê, talvez por nervosismo, Margarita tem um ataque de riso. Mulheres enfurecidas se apinham a nossa volta e um homem faz menção de puxar uma arma. Se o macumbeiro não sai em nossa defesa, poderia acontecer algo grave. O homem nos diz: "Agora é melhor se retirarem. Se alguém lhes oferecer um charuto ou bebida, não aceitem. Não entrem em nenhum bar. Não peguem o primeiro táxi que aparecer, só entrem no que eu vou chamar". Enquanto descemos os degraus rangentes, Margarita sussurra: "É bom não confiarmos nesse bruxo. Não vamos esperar o táxi que ele chamou. Ele pode querer nos sequestrar". Antes que eu possa impedi-la, Margarita atravessa a rua correndo e entra em um táxi. O taxista fecha a porta e, cantando os pneus, leva Margarita a toda a velocidade, para raptá-la, sequestrá-la, violentá-la ou matá--la, quem sabe. Olho para todos os lados desesperado e vejo chegar outro táxi, certamente o do macumbeiro. Entro, me explico como posso e empreendemos uma corrida tão louca que me pergunto se o chofer não estará tentando me assustar para eu não perceber que a perseguição já é inútil. Assim que formulo esse pensamento, vejo que alcançamos o outro táxi e que seu chofer abre uma porta e empurra Margarita para fora. Por pouco não a atropelamos. Então a recolhemos, trêmula, intumescida e soluçante. A muito custo, convenço o taxista a desistir da perseguição. "Minha senhora está muito assustada", explico. Deve estar mesmo, porque não protesta ao ouvir essa afirmação.

A bordo do Pasteur. 17 *de março*. *Tarde*. De um tempo para cá, o caráter de Emilia piorou. A seu lado, padeço um regime de contrariedades e vexações capaz de acabar com a saúde de qualquer um. Tenho que deixá-la. Vai ficar triste quando eu anunciar minha decisão, disso não tenho dúvidas; nem de que, ao ver sua tristeza, minha determinação vai fraquejar. Para não voltar atrás, ainda no navio, telegrafo para um advogado, o doutor Sívori, e peço para ele dar entrada nos trâmites da separação.

19 *de março, noite. A bordo do* Pasteur. Golfo de Santa Catarina. Mar revolto. De pijama, descalços, preparamos as malas. Na de Emilia não cabe tudo que ela comprou no Rio e na loja a bordo; quando quer enfiar algumas coisas na minha, digo: "Por favor, não ponha nada seu na minha mala. Eu não vou para casa". "Vai para onde?" "Para um hotel." "O que está me dizendo?" "Que não vou para casa." "Por quê?" "Porque vou me separar. Já telegrafei para o doutor Sívori." O anúncio a abala mais do que eu podia prever. Ela empalidece tanto que me assusto. Sem pestanejar, mantém os olhos arregalados, abre a boca. Antes que eu possa evitar, ela se atira aos meus pés e os beija, repetindo sem parar: "Nunca mais vou ser má. Perdão. Nunca mais vou ser má. Perdão…" Para que se acalme, eu a tomo em meus braços e, quando vou ver, já nos deitamos. Depois, ela volta a chorar e a pedir perdão. Acabo concedendo em perdoá--la, em continuar com ela e em telegrafar para Sívori ("Já nos reconciliamos"). Emilia sussurra ao meu ouvido: "Para quem se ama, não há nada que não possa ser resolvido entre os lençóis". Ao vê-la tão contente, acho que sou feliz.

EPÍLOGO

Sem pensar muito, corri direto para o apartamento da rua Chilavert, que meu amigo alugou depois da segunda ruptura. Como na entrada não havia ninguém, e de cima não me abriram, deduzi que não devia ser lá. Tive de procurar por um bom tempo até achar o zelador. "Não", confirmou o homem, "não é aqui", e continuou falando com uns eletricistas. Antes que eu pudesse fazer outra pergunta, desapareceu com os eletricistas por uma escada que desce para o porão.

Eu não sabia o que fazer. De um telefone público, liguei para Mileo. Ele me disse: "Está na casa dela. É por isso que eu não vou". Respondi: "Eu vou, mas te entendo perfeitamente".

A casa da mulher fica em Palermo Chico. Ao entrar, quase digo em voz alta: "Que velório mais triste". Uma reflexão absurda. A mulher conversava animadamente com umas parentes ou amigas. Ao me ver, se calaram; a mulher soluçou. Lembro apenas que atravessei a sala, para me despedir de Lucio. Coitado, achei que ele estava descansando à vontade em seu caixão.

F. B.

EMBAIXO D'ÁGUA

Ich wöllt'ich wär ein Fisch
so hurtig und frisch.
Goethe, Lied 427 de Schubert

Quando, afinal, sarei da hepatite, o médico recomendou que eu passasse alguns dias na serra, na praia ou no campo, em qualquer lugar onde pudesse ficar sossegado respirando ar puro. Peguei o telefone e anunciei à senhora De Pons que só aprontaria sua escritura no dia 20 de maio. Thompson me disse:

— Mas, Martelli, por que você se compromete a estar aqui em uma data determinada? Eu posso cuidar da escritura...

— Sabe o que é? A senhora...

— É do teu ramalhete de velhas exclusivas?

Entre a clientela do cartório Thompson & Martelli, há umas tantas senhoras que só confiam em mim.

— Dia 20 estou de volta. Até lá, vou ver o que faço.

— Se não tiver medo da solidão, você pode ir à minha casa no lago Quillén: é um lugar bem bonito. Não vai passar fome, porque a caseira, a senhora Fredrich, é uma cozinheira de mão cheia. Só lamento não poder te acompanhar.

— Um lago no Sul! — exclamei. — Deve ser maravilhoso! Mas, desculpa, vou fazer minha pergunta de fanático: tem boa pesca?

— Vários tipos de salmões e de trutas, percas, até peixes-rei...

Uma tarde, pouco antes do crepúsculo, cheguei a Quillén. Estava cansado, um tanto fraco e com frio. Os Andes, o lago, o bosque, a vegetação verdíssima, suscitaram em mim um estado de jubiloso recolhimento; mas o ar fresco, apesar de eu estar bem agasalhado, me arrepiava a pele, portanto, não demorei a bater à porta de uma casa (a única à vista) feita de troncos e que parecia entrar no lago. Atendeu uma senhora, penteada com risca ao meio e de seios volumosos, que placidamente disse:

— O tabelião Aldo Martelli? Estava esperando pelo senhor.

Entramos em uma sala ampla, onde havia uma lareira acesa. Com verdadeira ansiedade, me aproximei do fogo e estendi as mãos abertas. De bom grado teria continuado a olhar como os troncos queimavam, mas a senhora perguntou:

— Levo sua mala para o quarto?

Disse a ela que não precisava se incomodar, apanhei a mala e a segui. Ao ver no meu quarto uma pele de puma junto à cama, uma escrivaninha, uma janela que dava para o lago, pensei: "Vou ficar bem". Fui até a janela, dei uma olhada na paisagem e, como sentia um pouco de frio, voltei para a sala. Pouco depois, a senhora me serviu uma refeição excelente, que me reanimou. Ainda me lembro de nossa conversa. Eu lhe disse:

— Da janela do meu quarto se vê, à beira do lago, bem longe, uma casa de troncos, parecida com esta, mas de dois andares. Pelo que vejo, mora gente lá, porque sai fumaça da chaminé. Sabe quem é?

— O doutor Salmão — respondeu. — Um médico.

— Ótima notícia. Ter um médico por perto é sempre um sossego. Um médico rural, melhor ainda, porque em vez de pedir chapas e exames, trata da gente.

— Este é considerado uma sumidade — a senhora fez uma pausa —, mas praticar, não pratica.

— Há pouca gente na redondeza.

— Não é essa a questão. Para esse médico, as pessoas não importam. O que importa são os salmões.

Apressei-me a responder:

— Para mim também. Tem boa pesca?

— Claro, e um bote a motor.

Pouco depois me deitei, porque meus olhos se fechavam de sono. Já na cama, me perguntei se tinha cobertas suficientes. Achei que sim, que não valia a pena chamar a caseira para pedir um reforço. Esperava que meu corpo fosse esquentando aos poucos. Isso de fato ocorria, mas não com a segurança que eu desejava. Perguntei-me se essa leve falta de calor não me causaria um resfriado ou uma gripe. Também me perguntei: "Vir para tão longe da civilização, depois da doença, não terá sido um erro gravíssimo? Lugares como este são para indivíduos jovens, com saúde de ferro". É verdade que a senhora Fredrich não tinha nada de jovem, mas uma coisa era o recém-chegado, e outra, a habitante que sempre viveu no lugar. "Que erro o meu morrer em Quillén."

As ruminações me espantaram o sono; para dizer a verdade, até hoje não sei se perdi o sono porque pensava ou se pensava porque o frio — moderado, é verdade, mas frio enfim — não me deixava conciliar o sono.

No dia seguinte, quando acordei, meu corpo não tinha esquentado: eu continuava cansado, mas, por milagre, não estava doente. Para não adoecer, passei o dia inteiro em frente à lareira.

À noite, na cama, pensei: "Francamente, este lugar maravilhoso não é para mim. Depois da interminável solidão da hepatite, corri para cá para ficar sozinho. Só que eu, sem um semelhante com quem conversar, começo a prestar atenção em mim, descubro sintomas alarmantes, pressagio doenças, adoeço. Devo ser dessas pessoas que, se não vivem rodeadas de gente, definham e morrem".

Pensei também que, para dormir à noite, deveria me cansar durante o dia. Se eu pegasse a trilha que margeia o lago, teria como meta das minhas caminhadas a casa do doutor Salmão. Uma meta inatingível de início, mas que eu poderia atingir assim que recuperasse as forças. A própria trilha, entre a explosão da beleza do lago, à direita, e o resguardo das árvores à esquerda, seria o melhor estímulo para eu continuar andando.

A partir da segunda manhã, cumpri fielmente meu plano de caminhadas diárias. À exceção de algum índio que vinha oferecer abóboras ou ponchos em troca de tabaco, erva-mate ou açúcar, e de algumas crianças de avental, apressadas a caminho da escola, nunca encontrei ninguém, até a tarde em que avistei uma mulher sentada nos degraus que descem até o lago, no píer da casa do médico. Enquanto me aproximava, notei que a mulher era ruiva; vestia roupa esportiva, folgada e branca; tinha as mãos cruzadas sobre um joelho; e era muito bonita.

Sem maior esforço, cheguei à casa do médico. A mulher, que parecia abstraída na contemplação da água, de repente se ergueu, subiu correndo os degraus. Não me atrevi a detê-la com um grito e pude vê-la desaparecer na casa. Por que ela se retirara de maneira tão precipitada? Não sabia ao certo se ela tinha me visto. Em todo caso, em nenhum momento olhou para onde eu estava.

Para tirar a dúvida, principalmente para ver a mulher, eu iria bater à porta. Em seguida, reconsiderei: se ela não queria me ver, fosse pelo motivo que fosse, seria um erro procurá-la. Ninguém gosta de ser pressionado. Era melhor me retirar; com um pouco de sorte, despertaria sua curiosidade.

Passei a tarde inteira pensando na desconhecida. Disse a mim mesmo que estava me comportando como um moleque bobo e que a hepatite talvez tivesse me devolvido à juventude ou, mais provavelmente, à segunda infância. Por que toda essa agitação? Nem que eu tivesse visto uma deusa! "Que eu saiba", disse, falando sozinho, "o único ser fora do comum nesta região é o plesiossauro."

Felizmente, consegui me controlar. Se não me falha a memória, ao anoitecer, fiquei lendo revistas velhas e, depois de um jantar agradável, dormi de um sono só. Não negarei que na manhã seguinte meu primeiro impulso foi correr para a janela e olhar a casa do médico. Lamentei não ter uns binóculos.

Depois do café, empreendi a caminhada com o pensamento posto na mulher. Jogando um jogo em que eu não acreditava, chamei por ela mentalmente. Não tardei a ver, ao longe, algo que me pareceu extraordinário: a desconhecida saía da sua casa e tomava o rumo que a levava ao meu encontro.

Pouco depois, quando nos encontramos, ela sorriu, e algo na sua atitude me fez sentir que havia uma espécie de acordo entre nós. Disse que se chamava Flora Guibert; a modo de explicação, acrescentou que era sobrinha do professor Guibert. Eu disse:

— Sou o tabelião Aldo Martelli. Estou hospedado na casa do meu amigo Thompson.

Enquanto eu pensava que o bom senso me aconselhava a dissimular minha ansiedade por estender o encontro e reter Flora, percebi que ela não dissimulava uma ansiedade parecida. Tive vontade de convidá-la para almoçar em casa, mas me contive, porque o homem que precipita as coisas desagrada as mulheres. Flora me perguntou:

— Amanhã nos vemos?

— Nos vemos, sim — disse.

— Por volta das nove, aqui mesmo?

— Aqui mesmo.

Passei o resto do dia contente, mas ansioso. Na manhã seguinte, lamentei que o encontro não fosse um pouco mais tarde, porque não há nada pior do que tomar banho e o café da manhã com o tempo justo. Quando ia saindo, perguntei à senhora Fredrich se ela se importaria que eu convidasse a sobrinha do doutor Guibert para almoçar.

— Como iria me importar? — perguntou. — Eu praticamente vi essa menina nascer. O nome dela é Flora.

Senti afeto pela senhora Fredrich e até um impulso de agradecer por ter pronunciado o nome da minha nova amiga.

Para continuar falando dela, observei:

— É uma pessoa muito agradável.

Não gostei do que ouvi em seguida.

— Ótima moça, e muito ajuizada! Mas, acredite, sem muita sorte na vida. Por exemplo, agora anda namorando um homem mais de vinte anos mais velho que ela. Um vadio sem título universitário.

Por alguns segundos, enquanto a senhora Fredrich falava, temi que ela, não me perguntem como, pudesse ter tomado conhecimento do nosso encontro e que o vadio em questão fosse eu. A menção ao título universitário me tranquilizou um pouco. Quanto à idade, considerei que, por mais jovem que Flora parecesse, eu devia ter uns dez ou no máximo quinze anos a mais que ela.

Empreendi a caminhada com um temor supersticioso. Por ter tanta certeza de que a encontraria, corria o risco de não vê-la nesse dia, nem nunca mais. Ainda estava tentando tirar da mente o mau presságio, quando tive a impressão de vê-la entre as árvores, que, naquele ponto, formavam uma matinha bem fechada. Não me enganei: lá estava Flora, oculta por galhos entrecruzados, sentada no chão, encostada em uma árvore, mais linda que na minha lembrança. Estendeu a mão para mim e me chamou movendo o indicador. Eu disse:

— Já pensou que desgraça se eu seguisse em frente?

Pensei contrariado que minha pergunta soava a recriminação.

— Eu estava te vendo — ela respondeu.

Nesse momento, tive a convicção de que tudo — a beleza da mulher, o silêncio da paragem, o resguardo do bosque — conspirava para me sugerir a ideia de abraçá-la imediatamente. Claro que não sabia como agir. Enquanto isso, Flora, de início quase imperceptivelmente, se afastou da árvore, deitou-se, estendeu os braços para mim. Em plena vertigem, considerei que eu devia conter um pouco a ansiedade, porque não há nada mais desagradável que o estouvamento de um homem fora de si; mas logo constatei que a ansiedade de Flora por me abraçar era muito maior.

Depois a convidei para almoçar. Disse a ela que podia estar certa de que naquele exato momento a senhora Fredrich estaria se esmerando na cozinha, porque gostava dela e tinha vontade de vê-la.

— Eu também gosto dela — respondeu. — Vamos, sim, mas antes quero passar em casa, para avisar meu tio que não vou almoçar com ele.

— Vamos indo, então — eu disse. — A senhora Fredrich não gosta de atrasos à mesa.

Entramos na casa do doutor Guibert. Flora me levou a um quartinho abarrotado de livros, indicou-me uma cadeira e disse:

— Volto já.

Na parede à minha frente havia um quadro. Olhei-o sem curiosidade. Consistia em uma longa raia vermelha, vertical, que se abria, como um ípsilon, em duas linhas mais finas, oblíquas, com nervuras vermelhas e brancas.

Pensei: "Até eu, se resolver, posso pintar um quadro assim".

Por onde Flora tinha saído, pouco depois entrou um homem de jaleco branco. Era bem velho, de rosto avermelhado, olhos azuis e mãos trêmulas. Perguntou:

— Martelli, suponho?

— Doutor Guibert?

— Florita me falou do senhor. Gosta da região? Não tanto quanto eu!

— Gosto muito.

— Vai ficar por algum tempo?

— Alguns dias. Vim me recuperar…

— Não me diga que está doente.

— Estive.

— E eu que pensei que esbanjasse saúde! O que o senhor teve?

— Hepatite.

— Doencinha complicada. Deixou sequelas? Aposto que já não é o mesmo.

Irritado, respondi:

— Estou ótimo. — Ao notar que suas mãos tremiam, fui à forra, completando: — E livre de Parkinson, coisa que nem todos podem dizer.

— O que o trouxe ao lago Quillén?

— Meu amigo Thompson me ofereceu a casa dele. Eu queria respirar ar puro e não ter preocupações.

— Mais valeria dizer mudar de preocupações… Ou não sabe que, aonde quer que a gente vá, sempre as encontra?

Pensei que, por mais velho e sábio que elé fosse, não tinha o direito de falar comigo naquele tonzinho superior. Para pagar na mesma moeda, apontei para o quadro e perguntei:

— De onde o senhor tirou essa beleza?

Com um sorriso, respondeu:

— Eu também não entendo de pintura. É uma *Ave Fênix* de Randazzo.

— Uma quê?

— Um quadro de Willie Randazzo. Um pintor bastante conhecido e, além disso, amigo da Florita. Aí está ela!

A moça anunciou:

— Vou almoçar com Martelli.

Pondo uma mão sobre meu ombro, Guibert disse:

— Leve minha sobrinha. Cuide bem dela. É uma pessoa maravilhosa.

Disso eu não tinha dúvidas, e o pedido me comoveu. Pensei: "Preciso tomar cuidado. Estou gostando demais dessa moça". Quando deixamos a casa, Flora me pegou pela mão e me obrigou a correr. Disse:

— Vamos por trás das árvores. O caminho é tão bonito quanto pela beira do lago.

"Mas leva mais tempo", pensei.

Não chegamos tarde. A senhora Fredrich recebeu Flora com grandes demonstrações de alegria e afeto, que foram breves, porque sua maior preocupação era que a comida não passasse do ponto. Toda refeição preparada pela senhora Fredrich é única, provoca comentários elogiosos e reanima a gente.

Quando a caseira se retirou, nos beijamos junto à lareira. Peguei minha amiga pela mão e a levei para o quarto. Assim como no bosque, eu a abracei com tanta avidez, que pensei: "Preciso me controlar. Devo parecer um louco", mas não demorei a perceber que a avidez com que Flora me abraçava era tão extrema que me perguntei se não devia me cuidar, porque todo excesso é prejudicial à saúde.

Por volta das quatro, Flora disse que precisava ir embora. Encontramos a senhora Fredrich na sala. Flora se pôs a conversar com ela. Como eu tinha a intenção de acompanhá-la até sua casa, considerei que talvez esfriasse e que era bom levar um lenço para proteger o pescoço. Fui pegá-lo no quarto e ali, pendurado no cabide, vi o sobretudo. Em um segundo arroubo de prudência, vesti o casaco, e então, sem querer, escutei a conversa das mulheres.

— E com Randazzo, continua tudo igual? — perguntou a caseira.

Flora respondeu:

— Igual, não.

— Mas continua?

— Não sei. Não sei de nada. Estou confusa.

— Coitadinha.

Sou muito ciumento. Sem exagero: meu sangue gelou. Ouvia meu próprio coração bater. Temendo que meu sobressalto fosse notado, eu me encostei na porta e, antes voltar à sala, contei até cem.

A senhora Fredrich nos acompanhou pelo jardim, abriu a cancela. Mal tínhamos nos afastado três ou quatro passos, quando Flora exclamou:

— Agora eu sei como te amo — para proclamar em seguida, em tom alto e triunfal: — Me leva pela beira do lago.

— Está bem — respondi, com uma vozinha que, mesmo para mim, soou desagradável.

Resoluta, ela me abraçou pela cintura e me obrigou a correr ao seu lado.

— Não vá pensar que estou com pressa. Corro porque estou feliz.

— Está ficando tarde — apontei.

Flora não escutou, ou não registrou. Disse:

— Que dia maravilhoso. Te amei entre as árvores e te amei mais depois do almoço.

A ideia de que Flora tivesse outro homem me perturbava, e o fato de ela ser tão linda me provocava despeito. Devo ser sensível demais, franco demais. Pensei que, se estava ansioso para tirar tudo a limpo, talvez fosse mais eficaz pedir uma explicação. Mas com isso certamente correria o risco de irritá-la e de que mentisse para mim. Se queria descobrir a verdade, não devia alertá-la.

— Está tudo bem com você? — perguntou.

— Não, não está — respondi.

De novo tinha saído aquela minha vozinha desagradável e hipócrita.

— Se você não está bem, não precisa me acompanhar. Eu sempre caminho sozinha por aqui. Só uma recomendação: não se aproxime muito da beira do lago. É perigoso.

Pensei: "Ela deve achar que estou mal de saúde, que vou perder o equilíbrio e cair na água". Por pouco não abri o jogo. Ofendia-me bastante que Flora não percebesse que a culpa era dela.

Pensei que, assim que a deixasse, me sentiria mais tranquilo. Ledo engano. Foi eu ficar sozinho, e a aflição e a contrariedade tomaram conta de mim.

Por sorte, a senhora Fredrich me serviu um chá com *scones*, torradas e geleia de framboesa. Comi copiosamente e recuperei o bem-estar. Parte dessa sensação devia ser atribuída aos dois amores do dia. Depois de uma longa abstinência, o amor físico reanima. Repetir a dose talvez tenha sido um excesso; da próxima vez, tomaria mais cuidado.

De Flora eu receberia tudo o que ela me desse de bom, sem comprometer a alma. Acho que pensei: "Provas não me faltam de que é uma mulher fácil; de fácil a promíscua é apenas um passo... Preciso me preservar, porque sou muito sensível e não quero sofrer".

Passei as últimas horas da tarde, com um livro, junto à lareira. Depois de um jantar delicioso, que elogiei tanto quanto merecia, dormi até o dia seguinte.

Acordei em um admirável estado de espírito e estado físico melhor ainda. Reprimiria a vontade de ver Flora, bem como a impaciência em apurar a verdade sobre meu rival. Para conseguir ambas as coisas, seguiria a recomendação dela ao pé da letra; nas minhas caminhadas, evitaria a beira do lago; iria me afastar na direção oposta, até chegar ao povoado. À tarde, com o bote, eu me daria ao gosto de pescar. Ainda assim, considerava o dia que tinha por diante como um experimento duro, do qual esperava sair fortalecido. O que eu não daria para ver Flora imediatamente!

O passeio da manhã foi suportável. As pessoas do lugar me pareceram bastante afáveis. Comprei, no povoado, um poncho tecido pelos índios e um Licor das Irmãs, que, como constatei em mais de uma ocasião, alivia o mal--estar estomacal, frequente em todo homem guloso, como eu. Procuro ter sempre uma garrafinha em minha caixa de primeiros-socorros.

Durante o almoço, a senhora Fredrich não falou de Flora e eu, e da minha parte, evitei mencioná-la, para não parecer ansioso. Eu queria muito que a caseira me dissesse que em algum momento da manhã minha nova amiga tinha estado na casa perguntando por mim. A simples ideia de passar a tarde inteira e depois a noite, antes de voltar a vê-la, me provocava uma espécie de vertigem; mas considerei que não devia fraquejar, se eu quisesse que o sacrifício de não vê-la servisse de algo.

Enquanto preparava iscas e plumas, recordei uma frase que costumo repetir a quem quiser me ouvir: para mim, não existe paraíso mais perfeito que uma tarde de pesca. Não faltarei com a verdade, porém, se confessar que ao ligar o motor do bote, senti mais resignação que expectativa; na verdade, qualquer coisa que não fosse ver Flora me irritava como uma imperdoável perda de tempo.

Deixei a linha correr, a fim de arrastar a pluma para bem longe do bote: avancei com extrema lentidão, para não espantar os peixes com o barulho do motor. Assim que cheguei ao meio do lago, o bote começou a balançar como se, por baixo, algum animal monstruoso o sacudisse, empenhado em me jogar na água. Consegui empunhar o acelerador: com uma sacudida, o bote se safou. Olhei para trás, com medo de que me perseguissem. Vi por um instante, ou imaginei ver, entre a espuma da esteira, uma mancha de sangue. Embora avançasse a toda a velocidade, o percurso até o píer me pareceu interminável. Já em terra firme, olhei para o lago, que estava calmo como sempre, e entrei na casa. Confesso que, só depois de fechar a porta, me senti em segurança. A senhora Fredrich exclamou com pachorra:

— Voltou cedo. Pescar logo enjoa.

— Não no meu caso, mas acabo de levar o maior susto da minha vida.

— O bote fazia água?

— Nem um pingo, mas começou a balançar. Não sei que bicho seria: juro que, se eu não acelerasse, virava o barco.

— Não se preocupe. A única vez que eu saí para pescar, me aconteceu a mesma coisa.

— Tentaram virar seu bote?

— No meio do lago, fiquei com medo. Resolvi voltar o quanto antes.

— Mas não sacudiram seu bote?

— Não, mas mesmo assim fiquei com medo.

— Eu vou para o quarto, ler um pouco.

— Leia alguma coisa bonita, que lhe tire da cabeça…

Acho que ela disse: "essas coisas que sonhou". Eu sei quando vou ter um ataque de fúria e sei também que não são bons para a saúde, portanto, fui para o quarto sem responder.

O dia seguinte amanheceu chuvoso e frio. Como o mau tempo durou até a noite, fiquei em casa, para não me expor.

Na outra manhã, saí para caminhar. É curioso: dois dias de inatividade bastaram para eu perder a resistência que ganhara em minhas caminhadas anteriores. Quando mal tinha completado metade do percurso, tive que me sentar em uma pedra para descansar.

Fiquei olhando o lago. De repente tive a impressão de ver, embaixo da água, um corpo comprido, talvez cor-de-rosa, que, sem me dar tempo de fixar a atenção, desapareceu na profundeza, como um reflexo irisado. Podia ser um animal, ou um nadador; mas, como não voltava à tona, concluí que devia ser mesmo um animal… Um monstro do lago, que se movimentava como um homem nadando. Outra hipótese: um cadáver levado por correntes das águas profundas. Pensei: "É possível que este lago tenha correntes, porque ele se comunica, não sei como, com o oceano Pacífico. Talvez seja um pescador que teve menos sorte que eu. Ou, quem sabe, o próprio monstro que, por pouco, não virou meu bote". Lembrei-me então do aviso de Flora para que eu não me aproximasse do lago; imediatamente me levantei, recuei alguns passos enquanto chegava à conclusão de que, se o animal andava rondando, era na esperança de me apanhar.

Retomei a caminhada. Ensaiava a conversa que teria com Flora sobre o animal que acabara de ver, ou imaginara ver, quando achei que algo, de cor branca, se movia na água. A curiosidade pôde mais que a prudência; eu me aproximei da margem. Entrevi — como direi? — um corpo branco, ou talvez um objeto que se afastava, e que me pareceu um fox terrier ou, mais absurdamente ainda, um carneiro. Fiquei esperando que saísse para respirar. Logo o perdi de vista.

Assim que cheguei à casa do doutor Guibert, Flora me convidou para entrar e me levou ao mesmo quartinho abarrotado de livros da outra vez. Lá me indicou a cadeira em frente ao quadro, o que me pareceu um mau sinal.

Estava serena, um pouco distante. A possibilidade de encontrá-la assim, nas quarenta e oito horas precedentes, não me preocupara; nesse momento teria dado qualquer coisa por senti-la carinhosa e alegre. O ciúme e a vergonha de confessá-lo me induziram a estratégias que a magoaram. A coitada, de início, acreditara cegamente no nosso amor, mas não se enganou ao interpretar minha ausência e sofreu uma desilusão bastante amarga. Se eu reconhecesse que agi levado pelo ciúme, talvez ela me perdoasse: o amor-próprio impediu a confissão. Flora disse:

— Antes de te conhecer, eu estava apaixonada por outro homem. Talvez por covardia, não me atrevi a continuar com ele. Quando te vi, tive certeza de ter encontrado o verdadeiro amor, o indiscutível, entende?

— Claro que entendo. Eu senti o mesmo.

— Pensei que ao teu lado conseguiria esquecer o Willie.

— Willie? Quem é Willie?

Quase disse: "Quem diabos é Willie?". Flora respondeu:

— Randazzo. O grande pintor.

As palavras "o grande pintor" me pareceram a primeira tolice que ouvia de sua boca. Esse indício de que ela não era uma pessoa isenta de erros não me levou a amá-la menos. Ao contrário, me provocou ternura e me permitia assumir o papel de homem protetor, sempre agradável.

— Então você não conseguiu esquecer o tal Willie? — perguntei.

— Não, não consegui. Talvez você não tenha ajudado muito… Anteontem, de manhã, não veio me ver e à tarde saiu para pescar.

— Eu gosto de pescar…

— É evidente. No dia seguinte…

— Fazia frio, nevava. Por isso fiquei em casa.

— Tudo bem… Só te peço que você tente entender. Para deixar o Willie, eu precisava que você me amasse muito.

— Eu te amo muito.

— Eu sei, mas não o bastante. Por favor, não tire uma conclusão falsa…

— Por que tiraria?

— Porque eu disse que não tinha coragem de continuar com o Willie. Não pense que ele é má pessoa. É violento, talvez, mas muito leal e, no fundo, compreensivo.

Cada vez que Flora dizia "Willie", eu ficava mais irritado.

— Uma excelente pessoa, mas, só para não continuar com ele, você se agarrou ao primeiro idiota…

— Não fala assim… É claro que, se eu não explicar tudo, você nunca vai entender. Você se lembrou de não se aproximar do lago?

Não sei bem por que eu não quis mencionar o cachorro branco, ou melhor, o carneiro. Respondi:

— Mais ou menos; mas antes de você me dizer qualquer coisa, saiba que tive uma experiência terrível.

Contei-lhe o episódio do bote. Ela se assustou muito; diferentemente da senhora Fredrich: acreditou em mim, não se saiu com interpretações irritantes. Pensei: "Essa mulher me ama". Como não restava muito a dizer e ela pedia detalhes, mencionei o que vi na água quando me sentei para descansar. Preocupada, Flora insistiu:

— Eu disse para você não se aproximar.

Devo ter pensado que, se despertasse sua compaixão, ela chegaria a me amar de novo. Perguntei:

— Se vai me abandonar, para que vou me cuidar?

Falei como um ator, como um farsante que só se importa em conseguir seu propósito. Não pensei que ela fosse se entristecer tanto. Quando me olhou nos olhos, os dela, que são belíssimos, expressavam inquietação e tristeza. Quase senti vergonha. Flora disse que me explicaria tudo, na certeza de que, se ela me pedisse, eu não contaria nada a ninguém. Concordei. Ela então observou:

— Para mim, é uma grande responsabilidade, porque não consultei meu tio.

Estive a um triz de lhe perguntar o que o doutor Guibert tinha que ver com nosso assunto, mas ela não me deu tempo e iniciou a explicação.

Disse que sempre tinha sido auxiliar de laboratório de Guibert, exceto durante um período no final do ano passado. Como se fosse a coisa mais natural do mundo, contou que então foi a Buenos Aires, por uma semana, com Randazzo, e que a semana se estendeu por quatro meses. Quando voltou, temia que Guibert a repreendesse pela demora. Não fez isso, nem tampouco lhe perguntou sobre a viagem. O velho, com expressão radiante e os braços para o alto, exclamou:

— Tenho uma boa notícia. Ou muito me engano, ou encontrei a fonte da eterna juventude.

— Onde?

Sua resposta foi assombrosa:

— No salmão.

Como se eu tivesse levado uma marretada, a partir do instante em que Flora disse ter passado uma temporada com aquele homem, senti minha cabeça rodar e mal a escutei; quando mencionou o salmão, acordei. Sorte minha, porque o que Flora disse a seguir é importante para entender o caso: nos salmões há uma glândula que os rejuvenesce quando estão prestes a empreender sua viagem pelo mar. A glândula funciona uma única vez. Funciona para que possam realizar seu périplo na flor da idade. Esclareceu:

— Se, em vez de ser um salmão, fosse um homem, a glândula lhe devolveria a juventude dos vinte anos.

Ignoro a troco de quê me pus a questionar essa afirmação, sustentando que a melhor época da vida chegava aos homens depois dos trinta e talvez até depois dos quarenta. Como ela não respondeu, arrisquei uma pergunta:

— O salmão já velho volta para morrer no rio ou lago natal?

— Claro, mas isso não vem ao caso — disse, e continuou a explicação.

Enxertar a glândula de um peixe em organismos de outra espécie trouxe dificuldades que foram superadas. Flora disse que escutava com atenção as explicações do seu tio e que depois as comentava com Randazzo. Tempos atrás, Randazzo lhe dissera: "A sorte de te encontrar me chegou junto com a desgraça de completar sessenta anos". Ao saber das pesquisas de Guibert, pediu a Flora que o pusessem na "lista de espera das cobaias". Guibert, por seu turno, de início alegou que a margem de segurança do procedimento ainda não permitia testes com humanos. De todo modo, como a ansiedade de Randazzo para que o rejuvenescessem não era maior que a de Guibert por levar a cabo o experimento, este último se deixou convencer, mas alertando que a glândula não provocaria o rejuvenescimento logo depois de implantada; que isso levaria algum tempo, como no salmão... "Se entendi bem", teria dito Randazzo, "o salmão não rejuvenesce enquanto não vai para o mar." "Não, é o contrário: o salmão não vai para o mar enquanto não rejuvenesce. Empreende a grande aventura quando sente a renovação da sua juventude. Para o seu sossego, lembre-se de que todo salmão vai para o mar. Ou seja, a glândula nunca falha."

Flora contou que no laboratório do seu tio, naquela mesma casa onde estávamos conversando, enxertaram em Randazzo quatro glândulas, porque o corpo humano é maior que o do salmão. Não houve rejeição. O homem se recuperou, e tio e sobrinha o viram tão bem que logo julgaram detectar sintomas de um rejuvenescimento incipiente. Poucos dias depois, no entanto, surgiram uma complicação respiratória e uma espécie de irritação na pele. Randazzo sofreu repetidas sufocações, cada vez mais fortes. Guibert tirou-lhe uma radiografia de tórax que mostrou os pulmões seriamente atrofiados. Apesar dos remédios vasodilatadores, o distúrbio se agravava. Quanto à pele, o que houve foram descamações.

Poucos dias depois, em uma segunda radiografia, os pulmões apareceram murchos. Flora teve a impressão de enxergar o surgimento de pulmões novos. Isso reavivou suas esperanças, mas Randazzo teve um princípio de asfixia. O doutor Guibert tomou uma atitude. Diante dos olhos espantados de Flora e sem dizer uma palavra, levou-o até a beira do lago, deu-lhe um empurrão e, já na água, segurou-o pela cabeça e o manteve submerso. Flora tentou resgatar seu amante, mas viu surpresa que ele nadava embaixo da água. O que ela havia tomado por novos pulmões eram brânquias. De quando em quando, Randazzo emergia, tapando o nariz, e com voz fanhosa gritava: "Nunca vou perdoar o que fez comigo". "Vai me pagar por isso." "Ou me manda a Flora, ou eu o mato." Ela não se resignava a deixá-lo na água e teve com ele uma longa conversa, que o fatigou notavelmente. Quando Flora lhe disse: "Meu tio não podia saber que em lugar de pulmões você teria brânquias", Randazzo veio à tona repetidas vezes, para gritar: "Sabia, sim, sabia. Ele testou em animais". Flora lhe perguntou se sentia frio; parece que em um primeiro momento, sim, mas que logo se acostumou. "Você lembra que minha pele estava descamando? Agora tenho escamas! Juro que, se um dia eu sair do lago, a única esperança do teu tio é desaparecer." "Fisicamente não sofro", dizia Randazzo. "Mas não sei como vou me conformar em não pintar." Essa consequência, que tanto comovia Flora, não sei por que me deu vontade de rir. Parece que um dos motivos mais constantes da fúria de Randazzo foi minha relação com Flora. Disse que com ela não faria nada, mas que mataria a Guibert e a mim. Por que a mim, que nem sequer sabia da sua existência, que nunca tive a intenção de prejudicá-lo e que, se lhe roubei o amor de Flora, foi obedecendo às leis da Natureza, que não dependem da nossa vontade? Flora argumentou que, se ele matasse seu tio, ela nunca mais poderia se unir a ele. "No dia em que você vier ao lago, eu poupo a vida desse aí. Juro." Afundou na água; quando voltou a aparecer, gritou: "Mas o outro não tem perdão". Voltou a mergulhar; ressurgiu trabalhosamente para gritar o que já tinham ouvido: "Não tem perdão". Por que negar? Fiquei feliz de que o mentecapto estivesse onde estava.

Segundo Flora, Randazzo não duvidava de que ela convenceria Guibert a operá-la.

— Ele acredita no meu amor — disse, balançando a cabeça, e cheguei a ter a impressão de que no último momento ela engoliu as palavras: "Não como outros"; continuou dizendo: — E o pior é que de início eu hesitei. Tudo me assustava. A frieza do lago e a mudança de vida. Viver entre animais que detesto. Eu não gosto de peixes.

Quando acontecesse o rejuvenescimento de Randazzo, teria que acompanhá-lo na excursão para o mar? A ideia a assustava. Mesmo assim, falou com seu tio, para convencê-lo a enxertar as glândulas nela. De início, ele não quis ouvi-la. Exclamou: "Como pode passar pela cabeça do Randazzo que vou salmonizar minha sobrinha mais querida? Na tua idade o enxerto não tem o menor sentido, e o experimento ainda não está suficientemente testado. Quando operei o Randazzo, não sabia que a glândula teria esses efeitos sobre o sistema respiratório. Cometer uma vez um erro como esse é imperdoável. Na segunda vez, não seria erro".

Em um rompante de curiosidade, perguntei a Flora do que Randazzo se alimentava. Ela respondeu de pronto:

— Acho que de peixes menores.

Explicou, ruborizada, que de início lhe davam comida habitual, que para ele era trabalhosa, porque se dispersava na água. A ração para peixes foi bem aceita, mas as doses eram insuficientes. Talvez por isso Randazzo, que nunca foi muito paciente, um dia pediu que não se incomodasse mais em levar comida para ele. "Depois disso, o coitado teve que imitar as práticas de outros habitantes do lago."

Flora afirmou que Randazzo era um homem forte, que sempre conseguia o que queria. A seguir confessou que, no dia em que nos conhecemos, ela apostou em mim, como um jogador que põe todas as fichas, toda a sua fortuna, em um número. O número não saiu.

— Não te culpo — disse. — Eu me agarrei a você como a uma tábua de salvação. Acreditei que você tinha sido enviado pelo destino, que entre nós havia uma prodigiosa afinidade.

— E há, mesmo! — protestei.

— Até certo ponto… Minha aspiração era meio absurda. Eu queria encontrar o amor da minha vida, um amor que me permitisse, sem remorso, deixar Randazzo nesse mundo tão diferente, que agora é o dele.

Disse que minha conduta lhe provocara um doloroso, mas no fundo desejável, despertar. Mostrou-lhe claramente que eu não a amava tanto quanto Randazzo.

Perguntei por que Randazzo tinha tentado virar meu bote.

— Porque te viu comigo. Porque é ciumento como você, mas muito violento. Ele também diz que você machucou o braço dele com a hélice.

— Ele tentou virar o bote. Deve ter a ferocidade instintiva dos bichos que vivem embaixo d'água.

— Não. Quando ele entende que alguém agiu por bem, é capaz de deixar de lado qualquer ressentimento. É muito nobre e compreensivo. Garanto que, se meu tio me operar, o Willie o perdoa. Isso mesmo, o perdoa.

Nesse ponto, Flora prescindiu de certa dureza, mínima, mas aparentemente irredutível, que vinha demonstrando ao falar comigo, e, ao prosseguir na sua argumentação, declarou que, se eu a amasse mesmo tanto quanto afirmava, Guibert poderia nos operar. Ouvi as últimas palavras com tremenda surpresa.

— Nos operar? — perguntei.

— Se você acredita um pouco em mim (não fui eu que falhei com você), deve acreditar no que estou dizendo: nós três podemos viver em harmonia, porque Randazzo me ama o suficiente para me compartilhar com outra pessoa.

Não nego que minha primeira reação foi de autêntico pavor. Instintivamente, dissimulei, mas atuei com a íntima convicção de que devia, acima de tudo, me agarrar com unhas e dentes a este nosso mundo, para não me deixar arrastar àquele outro, misterioso e ameaçador, onde o infeliz Randazzo se encontrava. Em segundo lugar, mas com não menos determinação, eu devia reter Flora. Manifestei ceticismo quanto à possibilidade de Randazzo me aceitar. Flora disse que o conhecia melhor que eu. Pedi então para adiarmos um pouco nossa operação, já que no dia 19 eu teria que viajar por dois dias a Buenos Aires, para cuidar de uma escritura de uma velha cliente, a senhora De Pons. Repeti que não ficaria por lá mais que dois dias. A reação de Flora foi curiosa. A desculpa — pois foi assim que ela tomou minhas palavras, como uma desculpa — lhe pareceu engraçada, não entendo bem por quê, e ao mesmo tempo a entristeceu, o que, sim, me pareceu compreensível, porque uma separação é sempre dolorosa. Como nada do que eu disse a convenceu, apelei ao argumento de que, por mais que Randazzo concordasse, eu é que não concordaria em compartilhá-la. Enquanto formulava essa alegação, eu já temia que Flora respondesse: "Então seu carinho por mim é menor que o dele", mas ela não disse isso e, assombrosamente, mostrou-se comovida. A vida é uma partida de xadrez, e você nunca sabe ao certo quando está ganhando ou perdendo. Considerei que acabara de ganhar um ponto; de fato, o ganhei, mas ele me aproximou do perigo. Flora me disse que eu devia me superar, que não devia permitir que o ciúme nos impedisse de vivermos juntos e que a ideia de compartilhá-la, por mais intolerável que me parecesse agora, aos poucos se tornaria suportável, e então nós três realmente alcançaríamos a felicidade.

— Podemos encontrar um obstáculo — apressei-me a dizer. — Duvido que teu tio concorde…

— Imagina! — exclamou, para completar em um tom mais alegre. — O que meu tio mais quer é arranjar outras cobaias.

— Talvez você tenha razão. De início, no dia em que nos conhecemos, ele pareceu muito interessado em mim, mas quando expliquei que tinha estado doente, por pouco não se enfureceu. Deve ter pensado que eu não lhe servia.

— Imagina! Você está com uma saúde de ferro.

— Será? Vai ver que quem teve hepatite não serve para a operação.

— Garanto que ninguém vai criar nenhum inconveniente para que você seja operado. Coitado do meu tio. Eu sou sua única voluntária e, se ele me mandar para o lago, vai ficar sozinho. Mas você vai ver como o convenço. E como ele não gosta do Randazzo, vai ficar muito contente de te mandar para o lago comigo.

Então me puxou pela mão, me levou para o seu quarto, nos deitamos. De início, eu estava um pouco preocupado com a possibilidade de que Guibert aparecesse de repente, mas Flora se mostrou tão aplicada naquilo que fazíamos que segui seu exemplo. A mulher guia, e o homem segue.

Nossa separação foi dilacerante. Ela me amava de novo como antes, mas recebia com reservas minhas promessas de pronto regresso. Diante dessa incredulidade, quase não me atrevi a lembrá-la da segunda promessa, a de permitir que Guibert me operasse. "Em tudo isso", pensei, "devo ver a prova de amor que recebo de Flora. Ela me ama, mesmo não acreditando em minhas palavras. Tão diferente de mim."

Em Buenos Aires, de início tudo correu conforme o previsto. Thompson parecia orgulhoso do meu entusiasmo pela região do Quillén e logo concordou em que eu voltasse para lá o quanto antes, para estender um pouco minha temporada de descanso. A senhora De Pons assinou a escritura. No dia seguinte, quando perguntei por Thompson, informaram: "Avisou que não vem". "Ontem parecia mesmo muito resfriado", comentei. Telefonei para a casa dele. Disse que estava gripado, mas que dentro de vinte e quatro horas voltaria ao escritório. Teve muita febre, demorou mais de uma semana para voltar, e não me restou outro remédio senão adiar a volta à Quillén. Tive que substituir meu sócio em duas escrituras. A secretária, que nunca foi lá muito gentil comigo, me deu a satisfação de comentar: "É como eu sempre digo, o senhor é insubstituível na Thompson & Martelli". Confesso que pensei: "Tem razão". Também pensei: "Esse adiamento da minha volta, que eu não procurei, me angustia um pouco, mas talvez dê tempo para Flora repensar e descartar essa ideia que, por momentos, me parece tão absurda, tão desagradável".

Quando finalmente cheguei ao lago Quillén — uma tarde pouco antes do pôr do sol —, a senhora Fredrich me recebeu como a um velho amigo. Perguntei:

— Novidades?

— Nenhuma. Tudo continua igual.

— Flora não visitou a senhora?

Respondeu que não. Pensei, com amargura, que não devia ter ficado muito aflita com meu atraso, já que não se incomodara em pedir notícias. É curioso: demorei a perceber que era eu quem estava em falta. Quando isso ficou claro, tentei evitar a todo custo que minha demora se prolongasse. Por pouco não disparei para a casa do doutor Guibert; a noite, o frio, a neve me dissuadiram. Olhei pela janela e não vi luzes. Ou a noite estava muito escura, ou o doutor e sua sobrinha tinham se deitado cedo.

Por efeito da copiosa refeição e do cansaço, dormi além da conta. Assim que acordei, corri para a janela. Notei aflito que pela chaminé da casa de Guibert não saía fumaça. Isso, somado à ausência de luzes na noite anterior, me alarmou. "Que desgraça", pensei, "se, depois de voltar para cá, eu descobrir que Flora e o tio foram a Buenos Aires. E, se agora eu for a Buenos Aires, como é que eu vou encontrar os dois?"

Depois de um desjejum frugal, me encaminhei para a casa de Guibert, tratando por certo de manter distância da margem. Quantas lembranças maravilhosas o trajeto evocava! Tão próximas e — ai! — tão distantes. Enfim cheguei e chamei à porta. Ninguém respondeu. Tentei abrir. Não consegui. Fui forçando uma janela após outra e, quando já começava a me desesperar, uma delas cedeu à pressão da minha mão.

Em cima da mesa encontrei um bilhete. Dizia assim:

Querido Aldo: Meu tio me operou. Infelizmente, você não poderá ser operado, porque o Willie, quando eu ainda estava acamada, me recuperando da operação, pensou que ele tinha me mandado para Buenos Aires com você e, uma hora que meu tio estava nos degraus do píer, saiu do lago feito uma tromba-d'água e os dois tiveram uma discussão acalorada. Meu pobre tio perdeu o equilíbrio e se afogou no lago. Não se preocupe comigo. Garanto que, apesar da minha dor, por ele e por você, fico feliz de que tenha me operado antes de se afogar. Agora preciso entrar no lago, porque já começo a sentir a asfixia. Me perdoe por não te esperar. De quem sempre te ama, tua Flora.

Desolado, percebi que minha conduta tinha sido absurda; perder Flora por causa de uma escritura! Eu merecia o pior dos castigos, ainda que, para ser sincero, duvido que alguém aceitasse sem mais nem menos um plano tão estranho como o que Flora me propôs. Claro que, se, em vez de cumprir como um autômato minhas obrigações de tabelião, eu tivesse ficado com a única pessoa que me importava, teria impedido que a operassem ou, em último caso, teria pedido a Guibert que também me operasse e agora estaria com ela, no lago, no mar, no fim do mundo. "Por que fiquei tantos dias em Buenos Aires?", me perguntei, desconsolado. "Se eu tivesse voltado na data prometida, poderia impedir essa loucura, esse verdadeiro suicídio." Como um sonâmbulo, saí da casa, cheguei à beira dos degraus do píer. Demorei um pouco para reparar em Flora e Randazzo que, juntos, embaixo da água, sorriam para mim e agitavam as mãos em um reiterado aceno, aparentemente alegre.

TRÊS FANTASIAS MENORES

MARGARITA OU O PODER DA FARMACOPEIA

Tus triunfos, pobres triunfos pasajeros
"Mano a mano", tango

Não me lembro por que meu filho me censurou em certa ocasião:

— Para você, tudo dá certo.

O rapaz morava em casa, com sua mulher e quatro crianças, a mais velha, de onze anos, a caçula, Margarita, de dois. Porque aquelas palavras transpareciam ressentimento, fiquei preocupado. De vez em quando conversava sobre o assunto com minha nora. Eu lhe dizia:

— Você não vai negar que todo triunfo tem algo de repulsivo.

— O triunfo é o resultado natural de um trabalho bem-feito — respondia.

— Sempre traz misturada certa vaidade, certa vulgaridade.

— Não o triunfo — ela me interrompia —, mas o desejo de triunfar. Condenar o triunfo me parece um excesso de romantismo, sem dúvida conveniente para os canhestros.

Apesar da sua inteligência, minha nora não conseguia me convencer. À procura de culpas, examinei retrospectivamente minha vida, que transcorreu entre livros de química e em um laboratório de produtos farmacêuticos. Meus triunfos, se os tive, são talvez autênticos, mas não espetaculares. Naquilo que se poderia chamar minha carreira de honras, cheguei a chefe de laboratório. Tenho casa própria e bom passado. É verdade que algumas das minhas fórmulas deram origem a bálsamos, pomadas e tinturas exibidas nas prateleiras de todas as farmácias de nosso vasto país e que, segundo afirmam por aí, proporcionam alívio a não poucos doentes. Permiti-me duvidar, porque a relação entre o específico e a doença me parece bastante misteriosa. Contudo, quando vislumbrei a fórmula do meu tônico *Hierro Plus*, tive a ansiedade e a certeza do triunfo e comecei a bravatear jactanciosamente, a dizer, escutem bem, que, em farmacopeia e medicina, as pessoas consumiam uma infinidade de tônicos e reconstituintes, como atestam as páginas de *Caras y Caretas*, até que um dia chegaram as vitaminas e os varreram do mapa, como se fossem engodos. O resultado está aí à vista de todos. Desacreditaram-se as vitaminas, o que era inevitável, e, em vão, o mundo recorre hoje à farmácia para mitigar sua fraqueza e seu cansaço.

Custa acreditar, mas minha nora preocupava-se com a inapetência da sua caçula. De fato, a pobre Margarita, de cabelo dourado e olhos azuis, lânguida, pálida, sisuda, parecia uma imagem do século XIX, a típica menina que, segundo uma tradição ou superstição, está destinada a reunir-se com os anjos muito cedo.

Minha nunca negada habilidade de cozinheiro de remédios, instigada pelo anseio de ver a neta restabelecida, funcionou rapidamente e inventei o supracitado tônico. Sua eficácia é prodigiosa. Quatro colheradas por dia bastaram para, em poucas semanas, transformar Margarita, que, agora, esbanja boa cor, cresceu, encorpou e manifesta uma voracidade satisfatória, quase inquietante, eu diria. Com determinação e firmeza procura a comida e, se alguém a nega, arremete com fúria. Hoje de manhã, à hora do café, na copa, esperava-me um espetáculo que não esquecerei tão cedo. No centro da mesa estava sentada a menina, com um croissant em cada mão. Pensei notar nas suas faces de boneca loira uma coloração por demais vermelha. Estava lambuzada de doce e de sangue. Os restos da família repousavam uns contra os outros com as cabeças juntas, a um canto do recinto. Meu filho, ainda com vida, encontrou forças para pronunciar suas últimas palavras:

— Margarita não tem culpa.

Ele as disse naquele tom de censura que habitualmente empregava comigo.

A PROPÓSITO DE UM CHEIRO

Na noite da quinta-feira, o professor Roberto Ravenna suspirou várias vezes, mas à uma da manhã, soltou um gemido. Depois de corrigir o último trabalho, encontrara, no cipoal da sua mesa, uma pilha com mais dez.

Homem de humor excitável, precisava, para se repor do desgaste cotidiano, de longas noites de sono; e todas as daquela semana, por diversos motivos, foram curtas demais. Estava exausto. A leitura das monografias reavivara, como sempre, seu rancor pelos estudantes. "Não é para menos", dizia. "Há os que não sabem nada, e há aquele que sabe um pouco, mas redige de um modo que dá vontade de corrigi-lo a pontapés."

Terminou às três e meia. Cambaleando chegou à beira da cama, onde desabou, sem tirar a roupa.

Destemperados golpes na porta o acordaram. Depois de um momento de perplexidade, compreendeu que, para sossegá-los, não lhe restava outro remédio senão se levantar e atender.

— Quem é? — perguntou.

— Abra.

— Quem é?

— Abra, abra. É o Venancio. Venancio, o palhaço.

"O 6º B", pensou Ravenna. No edifício, todos se conheciam pelo número do andar e a letra do apartamento. *Doña* Clotilde, a porteira, chamava os moradores desse modo, e eles, sob sua influência, adotaram o método. Sem abrir, perguntou:

— O que aconteceu?

— Como assim, "o que aconteceu?", doutor Ravenna? A mesma coisa que está acontecendo com o senhor e o resto do prédio. Não está sentindo o cheiro?

"Só espero que não seja um incêndio", pensou Ravenna, que vivia no 7º A, o único apartamento do último andar, e já se imaginava correndo escadas abaixo, sufocado pela fumaça. Resignadamente entreabriu e logo teve de apelar a toda a sua força para repelir os embates do 6º B, que, empregando o ombro como alavanca, tentava forçar a entrada. A tempo, apanhou a maçaneta, com a outra mão agarrou o batente da porta e conseguiu recuperar, a golpes de peito, os centímetros de seu apartamento que o palhaço invadira. Ofegante, mas com a satisfação da vitória, exclamou:

— Não lhe permito.

— Juro, não suporto mais o cheiro. Preciso descobrir de onde vem.

— Eu não estou sentindo nada, e, em casa, não há nenhum incêndio, esclareço.

— Quem falou em incêndio?

Ao ouvir isso, Ravenna se tranquilizou. Já não teve outra preocupação senão voltar à cama. Em tom quase amistoso, disse:

— Então se retire e me deixe dormir. Estou caindo de sono.

— Sem querer ofender, doutor, o senhor acha que eu sou idiota?

A pergunta o surpreendeu por vir de um homem tão extremamente cortês que nos encontros no elevador chegava a ser irritante. Ravenna replicou:

— E o senhor, está sugerindo que eu sou o quê?

— Segundo informações de boa fonte, o doutor dá aula na Faculdade de Veterinária. Para ser mais exato, na Clínica de Animais de Pequeno Porte.

— Exato.

— Será que não trouxe para cá algum bichinho, digamos um cachorro ou um gato, em adiantado estado de putrefação?

— Ficou doido?

— Quer que eu acredite que o cheiro não vem de algum lugar?

— Repito: não estou sentindo cheiro nenhum.

— Isso porque já se acostumou. Quando a pessoa tem a carniça em casa, logo se acostuma ao fedor. O senhor trabalha, não discuto, em experimentos úteis para o gênero humano. Permita-me entrar e dar uma olhada. Prometo, doutor Ravenna, se eu estiver enganado, não volto a incomodar o senhor.

— Só faltava eu deixar entrar na minha casa o primeiro maluco que alega um cheiro imaginário.

O 6º B respondeu:

— Não chame de "imaginário" esse fedor imundo que não suporto mais sentir. Se eu não descobrir de onde vem, vou enlouquecer.

— Por que não tenta com a senhora Octavia, do 6º A?

— Será? Uma senhora tão altiva, senhoraça é a palavra, não é?, que impõe respeito. Acredite, doutor: eu não ouso.

— Ouse. Quem sabe dá sorte.

Fechou à chave e passou a tranca. Olhou o relógio. "Que desgraça", pensou. Eram quatro e cinco da manhã. Tinha dormido quinze minutos em toda a noite. Mesmo sentindo dolorosamente o peso do sono, a curiosidade prevaleceu: tentando não fazer barulho, tornou a abrir a porta, saiu para o corredor e, na ponta dos pés, desceu pela escada quase até a curva e, escudado no parapeito, observou o 6º B bater à porta do 6º A, primeiro com timidez, depois freneticamente. Passados alguns instantes, a senhora apontou a cabeça coberta com o que parecia ser uma coroa de espinhos; eram bobes. O 6º B apressou-se a explicar:

— É por causa do cheiro, senhora. O cheiro que vem daqui, do seu apartamento.

A mulher o afastou de um empurrão, ou de um murro, no peito e, antes de fechar, exclamou:

— Como ousa?!

Na ponta dos pés, Ravenna subiu os degraus que acabara de descer, entrou em seu apartamento, fechou a porta e se jogou na cama, com uma sensação de alívio parecida com a felicidade. Em algum momento sonhou com os fatos acontecidos pouco antes. Quando tornou a ouvir as batidas, astutamente pensou que podia ignorá-las, porque eram parte de um sonho; até que a violência das batidas o acordou. Disse para si:

— Preciso fazer essa besta parar antes que derrube a porta.

Saiu da cama, correu e, ao abrir, recebeu um murro no nariz. Enquanto o apalpava, para se certificar de que não estava sangrando, o 6º B se desculpou:

— Não quis acertá-lo, doutor. Estava batendo para o senhor abrir, e aí abriu tão de repente…

— O que o senhor realmente quer é que eu não durma.

— Não, não senhor. Nesse ponto está enganado. Eu só quero entrar para retirar o bicho morto.

— Que bicho morto? — perguntou Ravenna, que, apesar, ou talvez por causa, do murro continuava meio adormecido.

— O que está fedendo. Não posso viver nem mais um minuto com esse cheiro horrível.

— Aqui o senhor não entra. Sob nenhum pretexto.

— Não me force, doutor Ravenna, que já bati no senhor uma vez, sem a menor intenção. Retiremos o bichinho em mau estado, ou não me responsabilizo.

A peleja entre quem pretendia entrar e quem tentava barrá-lo progrediu com violentíssima rapidez. Os contendores tombaram. Cada um teve várias vezes o outro de costas contra o chão. Em uma dessas oportunidades, Ravenna bateu a nuca e ficou atordoado por alguns instantes. Sem demora, o 6º B se levantou. Depois de realizar uma veloz revista do apartamento, reapareceu quando Ravenna voltava a si.

— O senhor tinha razão — disse o 6º B, com grande tristeza. — Não encontrei o cadáver, doutor Ravenna, não encontrei o cadáver.

— Pois eu vou é encontrar meu revólver marca Eibar para lhe acertar um tiro.

— Se o senhor soubesse o que estou passando, não falaria assim. Ninguém pode viver com semelhante fedor nas fossas nasais. Juro: ou eu me livro dele, ou pulo pela janela.

Enquanto Ravenna empurrava o intruso para fora, dizia:

— Agora ainda quer que eu fique com dó. Suma já daqui, antes que eu o moa a pontapés.

Fechou a porta, jogou-se na cama e, quando o telefone o acordou, viu no relógio da mesa de cabeceira que eram oito e meia. Não se zangou, porque quem ligava era o doutor Garay, um amigo de toda a vida. Apesar de seguirem carreiras diferentes (Garay era psiquiatra), nunca deixaram de se ver. Garay propôs:

— Hoje, às sete e meia, passo aí para te buscar. Dormimos no recreio de sempre e amanhã e depois pescamos o dia inteiro. Combinado?

— Combinado. Um pouco de calma vem a calhar, depois do que aconteceu.

Então relatou os incidentes da noite e descreveu comicamente o frenesi do 6º B por causa do suposto cheiro. Garay perguntou:

— Qual o nome do 6º B?

— Venancio. Acho que Venancio Aldano.

— Pelo que você me contou e para evitar maiores problemas, é melhor eu mandar recolher.

— Mandar recolher?

— Sim, de ambulância, e trazerem aqui para o Borda. Fica tranquilo: eu cuido dele.

Em todo homem sobrevive uma criança. Nos anos do Colégio Nacional, Garay e Ravenna, mais de uma vez, pregaram peças que chegaram a ser famosas. Naquela manhã, cada um junto ao seu telefone, desataram a rir, sentindo-se superiores a todo mundo, pelas tiradas que inventavam.

O encontro com os alunos na faculdade foi desagradável. Ao ouvir suas notas, se revoltaram. Ravenna, por seu lado, sentia compaixão e fúria. Pensou: "O pior é que eles não sabem que não sabem".

Almoçou em um restaurantezinho do bairro e voltou para a casa sem demora: seu corpo clamava por uma sesta. Quando ia entrando no elevador, a porteira o interceptou para anunciar:

— Levaram o 6º B para o Borda. Alguém deve ter ligado para o manicômio. O senhor não ouviu a confusão que ele aprontou à noite? Para um homem como ele se comportar assim, só mesmo estando louco.

— Ele me acordou duas vezes. Imagine: no meio da noite, queria entrar na minha casa a todo custo.

— Um desorientado.

— Um demente. E sabe por que teimava tanto em entrar? Segundo ele, eu tinha um bicho morto.

— Que loucura.

— E tem mais: repetia que era por causa de um fedor horroroso. A senhora sentiu?

— Eu não.

— Nem eu.

— Mais que loucura, calúnia. Como poderia haver algum mau cheiro neste prédio onde eu dou o sangue para manter tudo limpo?

Fernanda, a do 5º B, chegou da rua, com os trigêmeos e os gêmeos. Era jovem, loira e divorciada. Deu boa tarde a Clotilde e entrou no elevador. "Que azar", pensou Ravenna. "Eu não existo para a mulher que me atrai."

— As pessoas são muito estranhas — comentou *doña* Clotilde. — O mesmo Venancio, que estragou sua noite, na hora do lanche, divertiu pequenos e grandes no aniversário dos gêmeos.

— Não me diga que ele também se excedeu na casa da senhora Fernanda — perguntou Ravenna, que mal a escutara e estava predisposto à indignação.

— Nem por sonho. Para o seu governo, fique sabendo que Venancio é boa gente. Um amor de pessoa que trabalha como palhaço em festas infantis.

Finalmente, Ravenna conseguiu tomar o elevador. Quando ia chegando ao sexto andar, notou um cheiro nauseabundo. No sétimo, vasculhou o terraço. Não encontrou nada. A toda a velocidade entrou no seu apartamento, correu até o banheiro, encharcou o rosto com loção pós-barba. Refletiu: "Antigamente, eu sempre tinha à mão uma água-de-colônia. Um bom hábito que perdemos". Pensou que o perfume da loção não adiantava nada; mais que isso, parecia impregnado daquele cheiro horrível que tomava o topo do edifício. Enquanto ele tivesse aquele fedor no nariz, não poderia levar uma vida normal. "O 6º B tinha toda a razão em pensar que a origem do cheiro devia estar em um destes apartamentos", considerou. "Meu nariz não me engana: por aqui há mesmo um bicho morto ou o cadáver de um ser humano. Um crime? Talvez por suspeitar disso é que o 6º B teimava tanto. Não; teimava simplesmente porque não suportava o cheiro. Eu também não."

Essas considerações provocaram no professor Ravenna, que no fundo era uma boa pessoa, certa simpatia, não isenta de remorso, pelo 6º B. Telefonou para o Borda e pediu para falar com Garay:

— Por favor, solta meu vizinho. Acabo de descobrir que ele não está louco. Neste prédio há mesmo um cheiro imundo. Eu mesmo estou sentindo.

Garay respondeu:

— Você acaba de me tirar um peso das costas. Aqui, ele nunca se queixou do mau cheiro. Não acho que tenha menos juízo que você e eu.

Arrebatado por um impulso irreprimível, correu para bater na porta do 6º A. A senhora Octavia, deslumbrante no seu escultural vestido de cetim preto, logo apareceu. Sem se abalar, Ravenna disse:

— Posso entrar?

Talvez porque não se passara muito tempo desde o incidente com o 6º B, a senhora replicou:

— Como ousa?

— Mas eu sou o 7º A, seu vizinho.

Falando com marcado movimento dos lábios, a senhora perguntou:

— Poderia me explicar que direito isso lhe confere? — virou-lhe as costas, olhou para o alto, exclamou: — Nem que fosse meu amante.

Como se essas palavras tivessem posto em funcionamento na sua cabeça o mecanismo de uma máquina caça-níqueis prestes a soltar o prêmio, Ravenna refletiu e chegou a uma conclusão. Disse:

— Com todo respeito, é o que mais desejo no mundo.

— Não cala o que sente e é fino — comentou a senhora. — Gosto da atitude.

Ravenna viu que os lábios da senhora Octavia tremiam, úmidos.

— Permita-me — disse.

Beijou-a, abraçou-a, começou a tirar sua roupa. A senhora observou:

— Melhor fechar a porta — e enquanto repetia, gemendo, "devagar, devagar", levou-o para a cama.

Ravenna tardou pouco em se levantar e vasculhar a casa. Como não encontrou nenhum animal morto, jogou um beijo para a senhora e saiu para prosseguir as investigações. Precipitadamente desceu pela escada até o quinto andar e bateu à porta marcada com a letra A. Ali morava o doutor Hipólito Reiner, especialista em nariz, ouvido e garganta. "Muito adequado nessas circunstâncias", pensou Ravenna, meio brincando. A porta se abriu.

— O que o traz por aqui, doutor? — perguntou Reiner. Não era jovem, estava desgrenhado, tinha o olhar vago, parecia debilitado.

Ravenna olhou para ele como se fosse responder, mas se calou, porque, de repente, se viu desprovido da razão que o levara a bater àquela porta. De fato, com incredulidade, com alegria, notou que o cheiro tinha desaparecido. Disse a primeira coisa que lhe passou pela cabeça:

— Queria apenas lhe avisar que não é impossível aparecer aqui algum vizinho pedindo licença para entrar no seu apartamento, por causa de um cheiro nauseabundo.

Reiner declarou que não entendia. Com poucas variações, Ravenna repetiu o que acabara de dizer, tratando de manter a referência ao cheiro nauseabundo.

— O que está insinuando? — perguntou Reiner, sufocado de indignação. — Que meu apartamento está sujo?

A dificuldade de explicar os fatos com verossimilhança cansou Ravenna de antemão e logo o exasperou. Disse:

— Não estou insinuando nada, mas, como estou um pouco farto, vou embora.

Ainda estava subindo de volta ao 7º andar quando viu, através da porta gradeada do elevador, a senhora Octavia, descendo.

Depois de hesitar por um instante, saiu do elevador e tentou seguir a senhora pela escada. Tinha sumido. "Tempo de chegar ao térreo ela não teve", pensou. "Entrou no 5º A ou no 5º B." Preso de curiosidade, esperou em um canto. Assim que escutava o elevador, ou passos em algum lugar, descia ou subia um lance de escadas, para não ser surpreendido espiando. Seus movimentos lhe lembravam as idas e vindas de uma fera enjaulada.

Finalmente, Octavia saiu do 5º A; ao vê-lo, exclamou:

— Se você ainda está com a moléstia nasal, o doutor Reiner é sua salvação. Confesso: quando você apareceu em casa, pensei que tudo aquilo fosse um pretexto. Dali a pouco comecei a sentir o fedor. Que castigo.

— Ainda te incomoda?

— O doutor Reiner me curou. Um bruxo. Você tem que passar com ele.

— Eu estou bom. Sarei ao te contagiar.

— Foi muita maldade, mas agora isso não importa, porque o doutor Reiner me curou. É um bruxo. Não me deu nenhum remédio. Eu pensava o tempo todo que estivesse me auscultando com seus cornetins de metal. Olhou meu nariz por dentro e me examinou a boca nos mínimos detalhes.

— Para quê?

— Ele é que deve saber, porque é um bruxo. Bastou uma visita para me curar.

Ravenna disse:

— Bom, vou indo.

Subiu ao seu apartamento. Pensou que devia arrumar os papéis da faculdade, antes que se perdessem na desordem da mesa. "Mal consigo manter os olhos abertos", murmurou. Desabou na cadeira, olhou a janela, o azul do céu e, quando fez menção de recolher os papéis, ferrou em um sono profundo.

Acordou renovado. Foi até a janela e ao fundo da infinidade de casas desiguais viu um magnífico pôr do sol. Como quem tira uma conclusão, pensou que, se estivesse com Fernanda, a do 5º B, a dos trigêmeos e dos gêmeos, agora a convenceria. Certo de que era chegada a hora de agir, correu escada abaixo. Topou com Fernanda — o que interpretou como um bom presságio — quando ia saindo do 5º A — um presságio menos auspicioso.

Sem lhe dar tempo de reagir, Fernanda disse:

— Que sorte encontrar o senhor.

"É a primeira vez que ela me dirige a palavra", pensou Ravenna. Respondeu:

— Para mim também é uma sorte.

— Pode me dar os parabéns. Vou me casar com Hipólito. O doutor Reiner, sabe? Parece piada. Ele chegou na minha casa fora de si, desesperado com o mau cheiro, e poucos minutos depois nos amávamos loucamente.

Sentiu um cansaço muito grande. Procurou se reanimar, para tentar uma última defesa, e argumentou:

— Esse cheiro é contagioso.

— E eu não sei? Tudo indica que fui eu quem trouxe a praga para o prédio. Agora devo estar imunizada.

O diálogo foi interrompido pela chegada do elevador, com *doña* Clotilde, que anunciou:

— Doutor Ravenna, o doutor Garay está esperando o senhor lá embaixo.

— Tinha me esquecido — exclamou com desconsolo.

Despediu-se, aprumou o corpo e partiu para enfrentar seu longo fim de semana.

AMOR VENCIDO

— Conte — disse.

— Não sei muito bem como começa nem onde estamos. Quando Virginia me pergunta: "Lembra da sua promessa?", não tenho coragem de lembrar, mais uma vez, que podemos almoçar juntos na semana que vem, mas que hoje meus pais esperam por mim. Para vencer uma inopinada angústia, como se quisesse me atordoar com palavras, desato a falar. Talvez por associação de ideias, falo do restaurante que um cozinheiro francês inaugurou no inverno passado em uma velha chácara — em San Isidro? em San Fernando? —, chamado Pierre. Ou será que o Pierre fica no Barrio Sur? Depois de gaguejar um pouco, omito o nome e o endereço do tal restaurante — meus lapsos de memória poderiam sugerir que, para me dar importância, elogio um restaurante que mal conheço — e, para provar que não sou um gastador, passo à detalhada descrição dos manjares que lá são servidos; descrição a que um homem de paladar simples, como eu, talvez não tenha direito. E assim, por covardia ou abulia, não invento uma desculpa e por presunção dou a entender que aceito o compromisso. Estou angustiado, suponho, por agir contra minha vontade.

Como não faço nada para me livrar de Virginia, preciso encontrar um jeito de avisar meus pais que não vou almoçar com eles. Para piorar, minha mãe já me espera no Rosedal. Eu a imagino sentada em um banco, sorridente e animada, como aparece em uma desbotada fotografia que tiraram dela há muito tempo nesses mesmos jardins e que agora me parece patética.

Pelo corredor da casa de campo, chego ao velho escritório, de reboco descascado. Com certa dificuldade acordo meu pai, que está descansando estranhamente encolhido no divã. "Não dormi bem esta noite", diz, para se desculpar. Está muito feliz em me ver. Em seguida digo a ele: "Não vou almoçar com vocês". Meu pai demora a entender, porque não acordou por completo, e eu me apresso a pedir: "Avise a mamãe". Quero me retirar antes que ele acabe de despertar, porque ainda está contente e sei que, logo, ele também vai se entristecer.

Inflijo essa dor a eles e a mim a fim de não desapontar uma mulher para a qual sair comigo vale (como dizer isso sem mesquinharia?) exatamente um almoço.

Deu-me sua interpretação:

— O que acontece é que agora você não quer mais ver seus pais.

— Éramos tão amigos — respondi.

Não tive paciência para explicar.

UNS DIAS NO BRASIL
(DIÁRIO DE VIAGEM) (1991)

tradução de
RUBIA PRATES GOLDONI e **SÉRGIO MOLINA**

Non recito cuiquam, nisi amicis.

Horácio

Talvez completem meu *Diário* da viagem de 1960 algumas cenas de uma viagem que fiz em 1951. Na primeira que me vem à mente, estou no convés de um navio, olhando os passageiros que sobem pela escadinha. Um grupo formado por um senhor indiano e duas moças de sári, que vêm atrás dele carregadas de malas, atrai minha atenção. Saberei depois que a mais jovem e mais bonita se chama Shreela. É delicadamente, luminosamente bela. Desde o instante em que a vi não tive olhos para outras mulheres. Muito menos para Ophelia, que não era uma mulher, e sim uma criança: uma meninota. Quem pode prever o futuro? De um modo talvez singular, Ophelia está ligada à minha viagem de 1960.

Um dia em que eu estava tomando meu café da manhã no restaurante do navio, Ophelinha passou junto à minha mesa e, com assombrosa lentidão, desabou. Explicaram-me que ela havia desmaiado "de amor por mim". Era uma brasileirinha dourada e corada, de olhos azuis.

Desembarquei em Cherbourg e tomei o trem. Shreela já se dispunha a sentar-se ao meu lado, mas Ophelia lhe pediu que deixasse o assento; ocupou--o, envolveu-me com um braço e apoiou a cabeça no meu ombro. A partir daí, me tornei amigo de Shreela; quero dizer, apenas amigo. Shreela era uma moça com senso de humor, fina, inteligente. Lamentei que recebesse semelhante tratamento, mas não intervim, porque me lembrei do conselho do pai de Léautaud: elas, que são mulheres, que se entendam.

Em Paris, Ophelinha me telefonou várias vezes. Até que uma tarde acabei saindo com ela. Então, me entregou um pedaço de papel com anotações.

— Procurei por você para lhe dar este endereço no Rio. É o da minha antiga casa, porque, se eu receber cartas de um homem, minha mãe me põe no colégio interno. O porteiro vai dar um jeito de me avisar, para eu ir buscá-las. Quero que você me escreva.

No Bois, ela me deu um beijo de língua. De repente me afastou para perguntar:

— Você não faria isso com uma *minina*, Bioy?

Deixei-me convencer. Sabia, no entanto, que ela não era tão jovem como me pareceu de início.

— Está bem — respondi com despeito. — Aonde te levo? Está ficando tarde.

Eu sentia que o despeito era uma reação grosseira e ridícula, mas não conseguia evitá-lo. E isso aumentava minha irritação.

— Desculpe — ela me disse. — Sei que você está mal. Eu também não estou bem. Estou pior. Gripada. Com amigdalite. Placas brancas na garganta.

Por pouco não me sufoca com seus beijos de língua. Já era noite quando a deixei, voltei para o hotel e me enfiei em uma cama de onde só sairia quinze ou vinte dias depois. Aquela foi a pior gripe de que tenho memória. Quando me recuperei, Ophelia tinha sumido de Paris.

Em 57 tive que viajar de novo. Embora não fosse passar pelo Rio, lembrei-me da minha brasileirinha e lhe escrevi. Dois ou três meses mais tarde, de volta a Buenos Aires, algo me esperava na mesa de trabalho. Uma carinhosa carta de Ophelinha.

No início de junho de 1960, em uma reunião da diretoria do pen Club Argentino, Antonio Aita, o presidente, anunciou:

— Já está tudo acertado. O senhor e eu vamos ao congresso do pen, no Rio.

— Como assim? — perguntei. — Por que eu iria, se não sei falar? Sou um escritor por escrito.

— Isso não importa.

— Além disso, tenho muito que fazer. Não posso sair de Buenos Aires agora.

Pouco depois, aceitei a proposta. Quando saí para a rua, ia passando um animado grupo de rapazes, e um deles disse:

— Quem diria que você voltaria a ver a Ofelia.

Recordei que, entre os presságios enumerados por De Quincey, consta a frase ouvida casualmente na rua. Nesse caso me pareceu bastante crível, porque Ofelia não é um nome muito comum.

DIÁRIO. *Sábado, 23 de julho.* Acordo às cinco. O voo, com as ameaças de enjoo, parece longo. Conversa com o diretor de uma boa coleção de livros de uma editora portenha. Tem algo de atleta inteligente, de alinhado Absalão; terno claro demais; aprumo, satisfação e eficácia de médico. Chego ao Rio às três e pouco. Cumprimento Sara Bollo, delegada uruguaia. Aita, que me espera impaciente, põe um distintivo na minha lapela, não me permite telegrafar para casa nem ir ao banheiro. A ordem é segui-lo. Cumprimento os delegados. Volto ao hotel. No bar, água mineral, queijo, aspirinas, dor de cabeça; a terra se move sob meus pés. Banho: como a água fria sai quente do chuveiro, penso em reclamar, mas reconsidero e me contenho. Longo almoço no Hotel Miramar. Moravia; madame Moravia: como era mesmo o nome dela?; Graham Greene. Aita anuncia que voltará a Buenos Aires no dia 27 e que eu devo permanecer até o último dia do congresso; manda sem o menor pudor. Em relação a esses convites para congressos internacionais, deve-se distinguir dois momentos: antes do aceite, quando não há obrigação alguma e podemos fazer o que bem quisermos; depois do aceite, quando devemos entender que estamos em dívida e temos que cumprir com nossas obrigações.

Mudando de assunto: percebo em Aita, e em mais alguns compatriotas, uma reação iracunda diante do fato de que os brasileiros falem a língua deles, tenham hábitos diferentes dos nossos, comam pratos que não conhecemos; também uma contradição com que lidam sem nenhum problema: a) a Argentina é uma grande nação, em um continente de povos inferiores e pobres; o único país europeu na América; b) os europeus têm que se curvar e reconhecer a importância da nossa pujante América Latina. Quanto a mim: um pouco atarantado nesta cidade populosa e vertical, sem esperanças de entendê-la topograficamente. Como se no dia da chegada toda uma rede de ruas e prédios tivesse avançado contra nós de modo desordenado. Será que quem vai a Buenos Aires sente algo parecido? Com o amor-próprio ferido, suspeito que não. Outra observação, ainda mais banal: aqui o rosto de Caillois, porque o conheço, desperta em mim ressonâncias afetivas, grito: "Roger!", ou talvez "Caillois!", e se não grito é como se gritasse; e, sem pensar duas vezes, corro a abraçá-lo, ou pelo menos corro interiormente até ele. Bom, faz tempo que não o vejo, e eu conheço esse filho da mãe há mais de vinte anos. O que dizer do famigerado Carneiro, que, para explicar algo a Aita, me encurrala contra a parede? Por cortesia também se dirige a mim, gritando com entusiasmo, a dois dedos do meu rosto. Sinto seu hálito de consumidor de elixires e recebo seus quase voláteis perdigotos. Vejo suas feições borradas e penso que, para olhá-lo tão de perto, eu deveria usar óculos. A esposa de Moravia se zanga quando a chamo de senhora Moravia e não pelo nome, que esqueci; mas pouco depois me convida a escapar do congresso já no dia seguinte, por sentir que tanto ela como eu estamos deslocados nesses encontros do pen Club. Graham Greene, com quem tive um contato bastante amistoso em 1951, ouve o que lhe digo pensando em outra coisa e indo atrás de outras pessoas. Moravia me conta que ontem esteve com Wilcock, que ele é mais amigo da sua mulher e que já é praticamente um romano. *Pas de nouvelle d'Ophelinha*, mas há outras e, em último caso, restam uma mulher não muito limpa e meio acabada, cujo nome não recordo, e uma francesa que vista de trás é irrepreensível, além de uma loira, ou ruiva, que há de corresponder ao meu tipo — não o das que me agradam, mas o das que me cabem por sorte —, já que se parece com Diana e com… Mudando de assunto: os brasileiros me oferecem a prova de que uma associação de ideias praticada por meio mundo não corresponde à realidade. Eu acreditava, muitos acreditam, que existe certa relação entre progresso — ou, para dizê-lo com palavras que me envergonham um pouco, "espírito moderno" — e simplicidade retórica. Pois bem, aqui se exercita uma retórica inflamada e barroca, generosa de epítetos, de superlativos, de expressões extremas, junto a um ímpeto de progresso como não se encontra em lugar nenhum. Para falar do mundo brasileiro há que se empregar essa retórica. Eu diria que neste país há pujança em tudo. As pessoas, os prédios de apartamentos, os túneis crescem e se multiplicam de um modo avassalador para um portenho cansado. Devo também rever minhas ideias sobre o calor. Eu achava que era deprimente. Que nada. Isto aqui é uma fogueira, ou quem sabe uma fornalha, onde o brasileiro cresce, corre, grita, produz, reproduz, com espantosa celeridade e bastante alegria. Outro ponto: os brasileiros resolveram — caberia saber quando, ou se herdaram esse pendor dos seus pais portugueses — apostar nas semelhanças e não nas diferenças. Veem o horizonte repleto de navios transbordando de alemães, libaneses, japoneses espremidos e gritam "Bem-vindos!", abrem os braços, consideram-nos bonitos, parecidos com eles. Com a mesma espontaneidade, nós argentinos apostamos nas diferenças e, cerrando os punhos, grunhimos: "Estrangeiros de merda!". Enquanto avançamos pelas ruas do Rio com prodigiosa rapidez, em um táxi caindo aos pedaços, Moravia observa os arranha-céus, expressa admiração e comenta que parecem úmidos. Suas palavras: *"Des gratte-ciels pourrissant"*.

Domingo, 24 de julho. De manhã, sessão do congresso. Será que esses escritores nunca se perguntam se não estão brincando de deputados? Como gostariam de ser legisladores! O congresso é um pseudoparlamento que *bombina* no vazio. Almoço com Aita e sua suposta irmã na Taberna Azur. Com Aita e companhia, volto ao congresso. À noite, janto no Aristón de Dino, um restaurante italiano de Copacabana, com a delegação italiana inteira: Elsa Morante (agora me lembrei do seu nome), Moravia, Praz, Morra, Bassani, De Santis e sua futura esposa, nada feia, muito jovem. Moravia, impaciente, disposto a abrir guerra contra Aita, me garante que este escreveu um artigo sobre ele que era a tradução da orelha do seu último livro. Eu lhe digo: "Não reclame. Já pensou se ele não tivesse essa orelha à mão, o que teria escrito? Além disso, para ser sincero, não me parece que Aita esteja deslocado na presidência do pen Club Argentino, já o senhor, na presidência do pen Club Internacional... O senhor é um grande escritor e talvez não devesse perder tempo... Esses clubes devem ser dirigidos pelos políticos da literatura e, principalmente, pelos burocratas da literatura". Impaciente e influenciável, Moravia me declara sua intenção de renunciar à presidência.

Segunda-feira, 25 de julho. Rio de Janeiro. Acordo com a mente mais desanuviada, mas perco a oportunidade de aproveitar essa clareza para escrever. Reservo uma passagem para Brasília no dia 27. Sessão do congresso. Não há escapatória: vou ter que falar. Balbucio três ou quatro palavras, em voz muito baixa; termino trêmulo e exausto. Na rua, Aita e eu encontramos Moravia. Este não cumprimenta Aita, que, então, dá início a uma campanha pessoal, íntima, quase subjetiva, de rancor e desprezo. Digo a Moravia: "Por infindáveis pântanos de oratória, o pen Club avança com extrema lentidão, um centímetro por ano, rumo a metas que valem a pena: por isso não seria bom o senhor renunciar". Ele me agradece em tom amigável. Converso com Madariaga. Almoço com Aita no restaurante do décimo primeiro andar das lojas Melblas, com vista para a baía; pela primeira vez esqueço que estou no Rio.

Em algum momento converso com o velho porteiro que deveria se encarregar de que minhas cartas chegassem a Ophelinha. *"No la lembro"*, diz, mas promete fazer de tudo para me ajudar. "É uma que casou?", pergunta. Quando lhe digo que não sei, parece aborrecido ou desconfiado.

No PEN, assisto ao lado de Graham Greene a uma longa conferência de Mario Praz, em prol de uma causa nobre, com palavras inumeráveis e tediosas. Greene me põe de sobreaviso contra o famoso *evil eye* de Praz. A muito custo, me livro de Aita e, para fazer alguma coisa, vou a uma festa, ou melhor, a uma feira do livro brasileiro; é tanto calor e tanta gente, que desisto de entrar.

Para recordar as escalas que fiz no Rio viajando com meus pais, vou jantar no Copacabana Palace, que fica ali perto. Depois vou caminhar um pouco. Já no meu hotel, gostaria de escrever, mas a mente não está desanuviada.

Terça-feira, 26 de julho. Rio de Janeiro. Escrevo algumas linhas, e logo em seguida a vontade de escrever desaparece. Estou folgado, vivendo sem impaciência nem propósito. Recebo uma carinhosa, vivíssima carta de Silvina; depois de lê-la, percebo como são chochas as que eu lhe mando. Combino a viagem a Brasília. Parto amanhã, quase hoje, às seis e meia da manhã. Tenho três horas de voo, um dia curto, até as cinco, em Brasília, que sem dúvida me parecerá longo, e mais três de volta. Chegarei, nem quero pensar como, para jantar, dormir, tomar o ar da manhã de depois de amanhã. Depois, outro avião, para São Paulo, sem ter visto Ophelinha no Rio e com poucas esperanças de revê-la. Compro acessórios para minha máquina fotográfica, brinquedos para Marta. Vou ao congresso. Escuto a réplica de um húngaro a Madariaga; a tréplica de Madariaga; as explicações de um húngaro desterrado etc. Depois, enquanto escrevo este diário, como direi?, acontece, ocorre, ao alcance dos meus ouvidos, uma intervenção literária de Cecília Meireles, doce como calda de caramelo. Almoço sozinho, com vista para a baía, no décimo primeiro andar da Melblas. Constato que começo a me sentir mais confiante: quando me trazem um bife com molho, não o aceito. Saio e começo a percorrer as ruas, agora à procura de um cartão-postal da Biblioteca Nacional daqui, para enviar a Borges.

No congresso, um tal Alonso ou Antonio, funcionário de nossa embaixada e que, ao que parece, estudou comigo no Instituto Libre, foi peronista (segundo Aita), castigado com uma expulsão da universidade e depois premiado com um posto diplomático no Rio, me explica, falando de muito perto, com bafo de mate, seus méritos pessoais, méritos desprezados por Aita, que não lhe permitiu falar em nome do pen Club Argentino, do qual não é sócio, e sim delegado, por decisão dos brasileiros, não de Buenos Aires. "Não vou falar aqui, mas vou ter o gosto de falar, a convite do Instituto de Altos Estudos, nesse lugar. Vou fazer bonito, e consegui tudo isso no peito e na raça." Quanto interesse sincero em si mesmo. E quanto ódio por Aita, porque o deixou com o discurso entalado na garganta. Pouco depois, Aita me diz que esse sujeito foi delator e, como coproprietário do prédio onde morava, onde tinha fama de espião peronista, no dia da vitória da revolução, ofereceu champanhe a todos. De resto, carece daquele mínimo de boa educação que nos impede de dar uma longa e circunstanciada informação dos trunfos do nosso *curriculum vitae*, que podem não interessar ao interlocutor. Desnecessário registrar que a inexplicável fonética do personagem e seu hálito não o ajudam. Tampouco, na minha opinião, seu interesse em pesquisar a influência dos "ismos" — surrealismo, dadaísmo etc. — na literatura siamesa. Aparentemente seu lema é: "Descartemos o que há de distante; valorizemos o que há de Tristan Tzara e Marinetti". Talvez esse estranho empenho seja apenas uma concessão que ele me faz (deve me achar maluco e esquisito, como todo escritor). Acho que sabe latim e grego. Quanto a mim, lamentei que a conferência de um príncipe da Tailândia — muito baixo, atarefado com um gravador e um charuto — fosse um mero catálogo de nomes pouco significativos; como se partilhasse meu desapontamento, aquele palerma repisou seu peregrino desejo de conhecer a fortuna do surrealismo nas letras siamesas. Fui salvo por Moravia e Elsa Morante, que me convidaram para tomar um chá no bar da cobertura. Moravia comenta "o minúsculo realismo" que leva Bassani a falar da sua vida cotidiana em Ferrara, perante o público do congresso do pen no Rio, entre o qual há delegados "como o príncipe Puffione da Tailândia, que não sabe se Ferrara é uma cidade ou uma marca de automóveis". Assegura que Bassani tem horror às ideias gerais, e que só conhece Croce, e que não sabe francês, nem inglês, nem alemão. Moravia atribui grandes méritos a Croce, mas diz que Bassani, assim como meia Itália, só leu Croce, e que uma dieta de Croce, *comme tout potage*, tem efeitos estranhos. Moravia é um homem de impaciência impulsiva, às vezes contraditória, que quer pagar a conta e ir logo embora, mudar de mesa, pedir mais um cafezinho, ir para outro lugar, melhor para outro. Todo mundo aqui está aborrecido com ele, porque não preside as reuniões, porque mal fica nos coquetéis ou nem sequer comparece. O mais indignado é Aita, porque Moravia o ignora. Apesar da sua independência e impaciência, Moravia é bem fraco e influenciável. Só porque uma vez eu lhe disse, falando do pen: "Que se há de fazer? Organizações como essa cedo ou tarde são tomadas pelos burocratas da literatura", ele disse que eu era um cínico, mas dali a pouco anunciou que renunciaria à presidência, pois não devia descuidar do seu trabalho por causa de uma organização de burocratas da literatura. Então voltei a lhe dizer que, por mais lentamente que o pen avançasse, seus objetivos valiam a pena e que eu achava que ele devia continuar por algum tempo… Ele sorriu, apertou meu braço e agradeceu. Em algum momento comentei com Elsa Morante que me espantava ver Moravia no papel de presidente do clube. Ela me respondeu que, talvez por ter suportado na infância o despotismo dos fascistas, ele de certo modo desejasse, de forma um pouco envergonhada, o exercício da autoridade. De Johnny* ressaltou o egoísmo e opinou que seus poemas, e até seus artigos jornalísticos, costumam ser melhores que os contos. A caminho da Academia de Letras, acompanho Elsa Morante e Moravia à agência de uma companhia aérea, aonde vão reservar suas passagens de volta. Quando chegamos à Academia, as pessoas já se encontram no auditório e Aita está falando. Ficamos no saguão. Depois fala Madariaga. Para fugir de uma mulher madura, de cara larga, uma mulata tingida, de olhos aquosos, que deve estar disposta a tudo — não gosto da sua pele e teria medo de ver seus seios —, me afasto com o representante da Austrália, o qual me explica que o discurso do siamês não foi sobre literatura, como eu pensava, e sim sobre os meios práticos para realizar congressos no seu país (ou não sei onde). Esse australiano, que é húngaro e nada antipático, não tem paciência para a oratória (desconfio que tampouco para a literatura); está interessado no lado prático, na discussão não inflamada, na atividade parlamentar do pen e nas viagens. Do hotel vou até a embaixada argentina, no carrinho do embaixador. A embaixada é uma casa realmente esplêndida, grande e de pedra clara; um palácio rodeado de um vastíssimo jardim. Em um salão, que poderia ser de Versalhes, junto a um piano de cauda, enfileirados como espectadores em um teatro, estão Aramburu, Rojas, Espil, Justo,** um padre e mais alguém que já esqueci, em fotografias assinadas e com moldura de prata falsa. No escritório, mais uma foto, maior que as outras, de Frondizi. Jantamos — ai, frango acebolado — e o embaixador Muñiz me conta suas experiências na Bolívia, no Brasil etc. Quando digo que nós, argentinos, temos mais patriotismo negativo — suscetibilidade aos ataques contra o que é argentino — do que positivo — disposição a nos sacrificarmos pelo país —, ele aplaude com demasiado entusiasmo. Então me fala, de maneira um tanto contraditória, da importância que têm aqui os colunistas sociais e da liberdade de costumes, do respeito a cada ser, que permite à senhora de Osvaldo Aranha receber embaixadores e afins em duas casas, a do marido e a do amante. Muñiz me mostra — logo a mim — sua galeria de quadros modernos, e o ouço repetir: "um Presas", "um Victorica", "um Pettoruti", "um Pedone", claro,

---

* Wilcock (N. A.). Refere-se ao escritor argentino Juan Rodolfo Wilcock (1919-1978). (N. T.)
** O presidente da Argentina Pedro Eugenio Aramburu (1955-1958) e seu vice Isaac Rojas; o embaixador da Argentina no Brasil Felipe Aja Espil (1955-1959), antecessor de Carlos Manuel Muñiz, e Justo Policarpo Villar, ministro da Defesa durante a presidência de Arturo Frondizi (1959-1962). (N. T.)

ad nauseam. Há muitos de cada um. Depois, com certo sobressalto, eu o sigo até o próprio dormitório do rei, quer dizer, do embaixador, e em seguida, com alívio, até seu gabinete, com fotografias de todos os embaixadores argentinos no Itamarati, em memória de *don* Ramón Cárcano.* Volto para o hotel.

Quarta-feira, 27 de julho. Sou acordado às cinco. Não sem dificuldade consigo, a tempo, o café da manhã. Às sete em ponto chego ao aeroporto, e às sete e pouco estou voando, rumo a Brasília. Do alto vejo morros e algumas florestas; já sobre Brasília, terra vermelha e prédios, poucos, esparsos. O percurso do aeroporto até o hotel é longo; margeia um lago e, à esquerda, as embaixadas, que por enquanto são uma sucessão de terrenos baldios com placas brancas, cada uma com o nome de um país. Quando passamos em frente à nossa, o chofer grita: "Viva a Argentina!". Fotografo a desolada placa. Brasília fica em um enorme planalto irregular; não se veem montanhas no horizonte; o local é o vale de um rio, com um lago; a terra é vermelha; as árvores (não consigo saber o nome de nenhuma) são raquíticas e têm, no meio do tronco, uma espécie de ninho de joão-de-barro, de terra vermelha (uma bola de terra em volta do tronco): "Aí", me explicam, "mora o tiju, um bicho que fura". Finalmente chegamos ao amplo hotel, onde assino um papel em que me comprometo a sair antes do anoitecer. O hotel não deixa de ser luxuoso, embora a caminho do quarto eu tenha passado por corredores que davam para cubículos abertos, sem porta, onde se amontoava a roupa suja. Também é curioso que em um hotel no meio do deserto não vendam nada, a não ser postais e "bandeirolas-souvenirs". Para comprar qualquer coisa é preciso ir até a Cidade Livre, ou Núcleo Bandeirante, um povoado de quarenta mil pessoas que vivem em casas de madeira, a trinta e um quilômetros do hotel. Brasília propriamente dita consiste em um certo número de edifícios em construção, não tão poucos, percebo, quantos pareciam do alto, muito distantes uns dos outros. Aquilo tem um quê de sonho de arte moderna de um funcionário imaginativo; talvez de um demagogo imaginativo. Ignoro até que ponto a nova capital é necessária e qual o impacto que esse esbanjamento terá na economia do Brasil; tenho constatado que as pessoas obrigadas a se mudar do Rio para Brasília estão ressentidas e tristes. Dizem que destruir os hábitos, alterar a vida cotidiana de tanta gente, é criminoso. Brasília é uma operação

---

* Ramón José Cárcano (1860-1946). Embaixador da Argentina no Brasil de 1933 a 1938, amigo pessoal de Adolfo Bioy, pai. (N. T.)

de sátrapa indiferente aos sentimentos de milhares e milhares de pessoas, que construíram sua vida no Rio e deverão truncá-la para começar de novo em outro lugar; mas também é uma operação demagógica, porque as multidões, por ora não atingidas diretamente, estão orgulhosas, tomadas de ufanismo. Brasília é ambiciosa, futura, pobre em resultados presentes, desconfortável. Para comprar uma escova de dente, o hóspede do hotel deve percorrer sessenta quilômetros, ida e volta, até o Núcleo Bandeirante. No único cinematógrafo, o morador pode ver, de graça pelo menos, filmes de propaganda ou educativos. Fotografei, não sei com que resultado, coisas dignas do pior (ou do melhor, tanto faz) Le Corbusier e uns índios com orelhas de palmo, furadas, que, há três anos, eram os únicos habitantes da região.

Volto ao Rio. Aita me recrimina por ter deixado a Academia ontem, por ter ido jantar com Muñiz, por não estar hoje ao seu lado. É impertinente e tolo — não é segredo para ninguém! —, mas eu, como também não sou muito esperto, o convido para jantar. Quando os deixo (ele está com a irmã), caminho um pouco pela cidade, contemplando as molambentas prostitutas. À meia-noite, cama.

Quinta-feira, 28 *de julho.* Escrevo para o jovem Timossi, do jornal *El Mundo,* de Buenos Aires, um artigo sobre o pen Club e este congresso. Termino dizendo que os escritores do clube deveriam recordar que Wells já foi seu presidente e que Timon, o autor d'*O Livro dos oradores,* nunca. Vou às compras. Gravatas para meu pai, uma pulseira para Silvina. Fotografo a Biblioteca e os bondes cariocas. No hotel me esperam cartas de Silvina e um recado de Aita para que o procure, às onze e meia, no hall; mas preciso almoçar cedo pois vou pegar o avião para São Paulo e, como às onze e meia Aita ainda não chegou, não o espero e vou almoçar na Melblas. Pouco depois, chega Aita, com a irmã. Ele me chama de "volúvel". Com paciência de Jó, procuro lhe explicar as coisas: a pessoa tem vida própria, não é escrava de Aita.

Antes das duas deixo o Rio rumo a São Paulo, não sem pesar. Que desilusão não ter encontrado Ophelinha. Mas não será melhor assim? Um reencontro talvez nos provasse que o passado passou e que agora somos outros. Apesar de certos contratempos, Ophelinha me deixou uma lembrança poética, e é natural que em uma viagem ao Rio eu tentasse vê-la. Ou minha intenção era levá-la para a cama? Isso me parece uma simplificação, isenta de hipocrisia, mas que não condiz com a verdade.

O avião em que viajo a São Paulo balança bastante perto da chegada. Ao desembarcar, percebo que esqueci a bagagem de mão na poltrona. Corro trezentos metros, suo, recupero a bagagem. O Hotel Comodoro — onde agora, insone, às cinco da manhã, escrevo estas páginas — parece bem *"pobrecito, che"*, como costumava dizer um companheiro de viagem. São Paulo é imensa, não bonita. Nessas cidades brasileiras, aparentemente, não há nada parecido com o Barrio Norte nem um Centro limpo; o Centro se mistura com a cidade baixa. Caminho até a exaustão. Tomo um chá meio morno, em uma confeitaria vienense. Vejo ali uma mulher loira, não muito atraente, com um filho. Me vem a ideia de que pode ser Ophelinha. Sinto-me quase um coitado por não conseguir perguntar: "A senhora não é Ophelia?". Quando a mulher se levanta, crio coragem, vou atrás dela e lhe pergunto… "Sinto muito; não sou sua Ophelia", diz. Compro livros (de Eça de Queirós e um dicionário). Continuo caminhando. Ao passar pelo Othon Palace Hotel, peço ao porteiro que chame um táxi — espécie que, pelo visto, está em vias de extinção —, e devo compartilhá-lo com uma mulher e seus dois filhos. É jovem, loira, nada feia; declara-se adepta da vida natural; apaixonada pela Suíça, onde iria viver. Já começo a desejá-la, mas a deixo em sua casa, em um bairro residencial cujo nome não recordo e onde o diabo perdeu o poncho. Despedimo-nos amigavelmente, sem termos nos apresentado… Já é tarde para voltar ao hotel; é melhor ir direto ao coquetel no Jockey, apesar do meu terno leve e do frio que estou sentindo. A sede do Jockey fica no próprio hipódromo. Os delegados são recebidos no restaurante dos sócios: um restaurante a céu aberto, com terraços que dão para a pista (iluminada para nós, embora nesta noite não haja corridas). Os italianos me cumprimentam com um *Salve!* e muitos *Holas!* amistosos; expressões espontâneas de quem reencontra um velho amigo; mas, como não sou um velho amigo, pouco depois já não temos o que dizer uns aos outros, e eles mesmos perdem o interesse. Estou com a doutora Erika Hansl, a delegada austríaca. Comigo, se mostra amistosa; pelas coisas que diz de Kafka, não parece perspicaz. Com Graham Greene converso, mas, como ele é o *literary lion*, os brasileiros não o deixam em paz. "Sabe que seus livros têm muita aceitação, e até difusão, entre nós?" "O que me diz, mestre, da frase do seu colega Dostoiévski?"… Troco umas palavras com uns militares brasileiros — que gravatas! — e lhes explico que pen significa "pena", "caneta", e que não é uma sigla. Antes de eu me afastar, alguém esclarece que pen é a sigla de Poets, Essayists, Novelists. Converso com o cônsul argentino. Suspeito que Alonso tenha deixado transparecer a pouca simpatia que tenho por ele; com o cônsul, me entendo perfeitamente. "O melhor são as mulheres", concordamos. O correspondente da *Paris Match* me recomenda dois restaurantes: o do Hotel Claridge e o do Hotel Excelsior. Com Pryce-Jones, falo de Borges e não encontro mais nenhum assunto. Vou jantar no Excelsior. Hoje, cardápio fixo: porco ou fígado, que abomino. Bom, me preparam um *entrecôte*. Chego ao hotel com frio. Na entrada, encontro o delegado catalão Joan Mateu Ballester, que me convida para jantar. "Já jantei", digo. "Mas eu não", responde. "Por que não me acompanha no meu jantar?" Logo depois afirma: "Isso que disseram, que aqui se mata por amor, por honra ou por política, é mentira. Por honra, pelo menos, nunca. Por política, é proibido. Por dinheiro, às vezes. Por engano, quase sempre. Dois homens discutem em um bar por uma bobagem qualquer, sobre qual a melhor cerveja; um deles sai, o outro fica. Dali a pouco, o que saiu volta; esfaqueia um sujeito, que de costas pode ser o da discussão de pouco antes, mas é outro. Os baianos matam por palavras. E o mais perigoso, acredite, são as festas. Nunca vá a um batizado, *don* Adolfo. Aí corre sangue. Também é mentira que as pessoas aqui não têm preconceitos. Se você pega uma puta negra, paga menos. É melhor estar morto que ser negro. Não vá três dias seguidos à praia de Santos, pois, se pegar um pouco mais de cor, você já não será senhor, nem *don*, nem mesmo Adolfo; será um lixo. Aqui há muito preconceito, mas, como sabem que não fica bem ser preconceituoso, dizem que não têm preconceito algum, que são todos irmãos. Irmãos uma ova. Aqui você não pode levar uma puta ao hotel. Então três ou quatro putas dividem um apartamentinho. Enquanto uma está dentro, as outras esperam a vez do lado de fora, com o cliente. Antigamente havia 'zonas de meretrício'; agora, para acabar com a prostituição, foram proibidas, e a 'zona' é a cidade inteira". O restaurante onde jantamos se chama Papai. Pergunto: "O que quer dizer 'papai'? Vi em anúncios que falta pouco para o dia do 'papai'; mas este restaurante realmente se chama 'papai'?". "Sim; é como chamam os pais, mas também se chamam a si mesmos de 'papai'. 'Você não quer que o *papai* acredite nisso.'" Eu: "É como *menda*, na Espanha, ou *este cura*". Ele: "Isso mesmo. Também falam 'pai'". Sobre Frondizi, comenta: "Que cara! Com essa cara, ele não chega a lugar nenhum". Recomendou-me um amigo, um pintor catalão que se estabeleceu em Córdoba, um tal Blanco Quiñones, filho de um livreiro, "com muita leitura e muita 'mundologia'". À meia-noite nos despedimos. Ele mora em São Paulo; mas confessa que aproveitou o convite do pen Club para se hospedar no Hotel Comodoro. Vou para a cama e logo pego no sono.

Sexta-feira, 29 *de julho. São Paulo.* Acordo às quatro da manhã e acho que já são sete. Quando descubro que ainda são quatro horas, sou tomado de tristeza. Faz frio. Lembro que não é a primeira viagem em que durmo mal. Por ver gente demais? Por não fazer amor? Atualizo o *Diário.* Às seis, volto para a cama. Na Argentina, quando faz frio, dizem que chegou uma massa de ar polar; aqui, uma massa de ar da Argentina. Vocabulário: "mucama": *esclava*; "pois não": *sí*; "pedestre": *peatón*; "cafetão": *caften*; "apurado": *elegante*; "graciosa": em português, *agraciada*; em brasileiro, *cómica.* Observação: ninguém (não só no Brasil, em qualquer lugar) se interessa pelas notícias que o interlocutor dá de si. "O senhor vai para Brasília amanhã?", me perguntam. Respondo: "Não. Amanhã, volto para Buenos Aires". Dali a pouco, se despedem dizendo: "Então nos vemos no avião para Brasília". Depois de contar tudo isso no *Diário,* volto para a cama. Às sete, me acordam para avisar que *"Le car pour la Mercedes Benz part à huit heures".* Respondo furioso: *"Moi je ne pars pas. Je reste".* Às oito e meia, o telefone volta a tocar. *"Le car est tout prêt pour partir."* Respondo: *"Qu'il parte!"* e desligo. Logo depois toca o telefone. É meu amigo Mateu, o delegado catalão, que pergunta: "Como é, *don* Adolfo, não vem conosco à excursão?". "Não", digo, "eu quero é dormir." Como não consigo, peço o café da manhã. Trazem uma chaleira minúscula, pela metade, com chá ralinho, quase morno, e uma jarra de água morna; em vez de geleia de goiaba, como pedi, mandaram de laranja. Bebo o vomitório. Instruo o camareiro para amanhã. Tomo banho, faço a barba, visto-me e desço. Encontro o belga Jacques Bolle, diretor do Centro de Estudos Africanos de Bruxelas, que está pedindo ao porteiro indicações para ir ao Instituto Butantan. Digo que pensava fazer o mesmo passeio e pergunto se posso ir junto. Ele me avisa que iremos com Goffin, outro delegado belga (maçante, corpulento, gotoso, impaciente, mal-humorado, ríspido, talvez estúpido, por momentos engraçado, mau poeta) e com a delegada belga de fala flamenga, uma boa senhora, com jeito de galinha albina, nada tola. No Butantan vemos de perto, e (eu) com horror, cobras-corais, falsas corais, najas, jiboias, escorpiões, aranhas. Tiro algumas fotografias. Faço amizade com Bolle. É um homem culto, extremamente fino e amável, com uma única mancha na alma: apreço pela mais boba arte moderna. Ficamos tão amigos que ele insiste em que, se um dia eu for a Bruxelas, não deixe de ir a sua casa. Almoçamos no Hotel Guanabara, não mal, mas também não muito bem. Às quatro, com meus belgas, vou à Faculdade de Direito, para a sessão de encerramento do congresso do pen. O sentido geral dos discursos dos anfitriões, em especial do presidente do pen Club de São Paulo, consiste em louvar as virtudes da "casa" onde nos receberam: a beleza da baía da Guanabara; a pujança do parque industrial de São Paulo, "o mais importante da América do Sul!"; o mistério da Amazônia, "que é outro mundo, outro mundo". Ninguém percebe que a atitude não é muito cortês, pois indica mais interesse naquilo que eles têm do que naquilo que nós poderíamos transmitir. Se estendessem essa modalidade à vida privada, ao receber seus convidados ressaltariam a beleza da esposa, a excelência dos manjares que oferecem, a qualidade da porcelana e dos cristais. O belga comenta: "Até quando não será evidente que o patriotismo é uma coisa ridícula?". Essa gente fala como políticos e "diplomatas". O belga, Pryce-Jones, Caillois, Moravia falam em outro nível. Depois seguimos em um ônibus, fervilhante de baratas, para o coquetel no Museu de Arte Moderna. O mundo oficial brasileiro está entregue de pés e mãos a qualquer cubista, concreto ou abstrato, que lhe proponha suas garatujas. Faço amizade com a mulher de um delegado francês, loira, boa peitaria, vinte e três anos, com cara de camponesa, olhinhos azuis que se demoram risonhamente nos do interlocutor. Sempre com o marido, velhusco e zeloso guardião. Caillois garante que sou um dos escritores argentinos mais comentados na França. Agora me trata com intimidade. Abraçamos os italianos. Morra me diz: "Se for a Roma, procure o Moravia, que encontrará todos nós". Moravia insiste em que eu vá com eles a Brasília e Ouro Preto. Tomo um gole de um champanhe local, uma espécie de sidra muito doce. Um alemão de Paris pede que eu lhe mande livros, para ver se ele os traduz. Janto bem no Othon Palace, apadrinhado por um maître d'hôtel espanhol, que morou muito tempo em Buenos Aires. Despeço-me do catalão, que me faz assinar um manifesto em defesa da língua catalã, proibida por Franco. Nesse ponto, sinto vontade de fechar os olhos ao que há de abominável em toda coação governamental e comentar que talvez não houvesse mais guerras se um governo universal obrigasse todos os habitantes do planeta a falar a mesma língua. Rostos que poderiam ser dos nossos amigos tornam-se odiosos quando conversam entre si na algaravia esdrúxula que é qualquer língua que não entendemos. Reconsidero que de modo algum se deve ceder ao despotismo e assino. O amigo Mateu continua a despejar anedotas reveladoras do caráter brasileiro e já começa a cansar *don* Adolfo.

Nota sobre os modos norte-americanos. Na porta giratória, afasto-me para dar passagem a umas senhoras. Os norte-americanos que conversam com elas fanhosamente — pelo corte dos ternos, ninguém duvida de que se trata de norte-americanos ou de russos, e a abertura posterior do paletó confirma que são norte-americanos — também passam, sem olhar para mim, sem agradecer, como reis de calças pregueadas, seguros dos seus direitos. Essa segurança não provém do poder do país, mas da estupidez do indivíduo. No aeroporto de Brasília, quando me dirigia ao avião, vi um oficial brasileiro confiscando livros e máquinas fotográficas da bagagem de um jovem norte-americano. "Por que está tomando tudo isso de mim?", pergunta o jovem. "Para o senhor viajar mais confortável." Num sussurro, o jovem explica com desdém a uma compatriota, em francês de boca aberta: *"C'est la politesse"*. Como quem diz: "É uma mania desses caras".

Sábado, 30 de julho. São Paulo. Acordo às oito. Já me resta pouco dinheiro. Vou ter que economizar até tomar o avião, às seis da tarde. O café da manhã que me trazem hoje está bom, mas com o chá forte demais. Caminho muito. Almoço bem, no Othon. Já sou amigo do maître d'hôtel, que se chama Fernández Rey. É amigo de Blanco Amor, inteligente e liberal. Ele me explica que, no Brasil, há discriminação — não por princípio, mas na prática — contra os negros. Os japoneses, árabes e judeus são recebidos de braços abertos. Quanto aos candidatos a presidente, acredita que "para o espírito liberal" seria melhor a vitória de Quadros que a improvável do almirante Lott. Volto ao hotel a pé. Há um recado da companhia aérea, comunicando que meu voo sofrerá um atraso e partirá às nove e meia. Tenho um longo dia pela frente, sem nada para fazer. Quero telefonar para casa, mas descubro que uma ligação para Buenos Aires custa no mínimo cinco mil cruzeiros. Resignado, telegrafo um lacônico "Duas manhã". Vejo — muito de passagem — a loira francesa. Escrevo este *Diário*. Tenho tempo de sobra — todas as lojas estão fechadas —, mas não o suficiente para jantar no restaurante do hotel e chegar às oito e meia ao aeroporto.

APONTAMENTOS:

O calor aperta, mas o porteiro diz que no fim de semana as pessoas fogem do frio de São Paulo e correm para Santos, onde faz calor.

Quanto à vestimenta, não chegam a um acordo. Há pessoas em mangas de camisa, pessoas de malha de lã, pessoas de malha e paletó. Nas vitrines vejo roupa de inverno. Quando se trata de grandes gastos, prevalece o bom senso. As casas não têm calefação.

Aqui, até o comércio sofre os estragos da arte moderna. Só porque no restaurante do hotel há um quadro de Portinari, chamaram o restaurante de Salão Portinari.

O cônsul italiano: "Segundo as últimas estatísticas, em São Paulo constroem um arranha-céu por minuto". Morra: "Tenho a impressão de que as últimas estatísticas mentem".

Sábado, 30 de julho. Em São Paulo e no voo. No aeroporto, anunciam que a partida do avião está marcada — não confirmada — para as dez. Converso com um rapaz chileno, extremamente rudimentar, que veio participar de competições de ciclismo. Não passou nem um mês no Rio e já fala espanhol com palavras brasileiras, que pensa que são espanholas. Ele me diz:

— *Todavía no se puede* ficar *en el asiento del avión.*

Guardei outra frase memorável desse chileno. Ele surpreendeu uma mulher casada na companhia de um desconhecido; e parece que, ao vê-lo, a mulher corou. Como meu interlocutor formulou esse fato?

— *La cabra se colocó colorada al verme.*

Achou muito engraçado que no Brasil *cuchara* seja *culiara.* "No Chile, *culear* é outra coisa", explica. Está levando uns guarda-chuvas horrorosos para revender no Chile e se ressarcir das despesas da viagem. "Mesmo com tudo pago, em um mês gastei mais de mil cruzeiros", explica. Segundo ele, uma *air hostess* lhe telefonou com insistência, até que foram para a cama. É ignorante, mas é jovem, digo a mim mesmo parafraseando não me lembro que poema. Você descobre que está velho quando aparecem manchas nas suas mãos e nota que se tornou invisível para as mulheres. Às nove e meia avisam que vamos jantar no restaurante do aeroporto. Subo, pensando: "Bela bodega deve ser". Já estou resignado aos frios sortidos. O restaurante se revela excelente. Às onze, com certa dificuldade para decolar, partimos. Como o avião está às escuras, não enjoo; mesmo quando leio, com a pouca luz da minha poltrona. Termino *A promessa*, de Dürrenmatt. De pé no corredor do avião, enquanto os outros passageiros dormem, converso sobre o Brasil e Brasília com um comissário de bordo. Avisam que estamos chegando a Porto Alegre, que devemos apertar os cintos. A descida é longa, inquietante, agitada, com tentativas malogradas, arremetidas bruscas, voltas que se estendem da meia-noite à uma. Suo frio. Enjoo um pouco. Há mulheres rezando e um gordo que choraminga. Tomo um comprimido contra enjoo; mas o que me recupera, embora não completamente, é a terra firme e o ar fresco de Porto Alegre. Em um barzinho do aeroporto, por via das dúvidas, tomo meu segundo comprimido contra enjoo, empurrado com água mineral. Converso com uns marinheiros (da Marinha Mercante Argentina), companheiros de viagem. Zombam dos brasileiros, arremedam suas maneiras e sua língua, sem se preocupar se são ouvidos pelas pessoas em volta. Espero que os brasileiros pensem que estamos tentando falar em português, não debochando deles. Retomamos a viagem. Agora durmo. Quando acordo, sinto frio. Anunciam que a temperatura em Buenos Aires é de três graus (ontem, em São Paulo, chegou a vinte e nove). Vista do alto, Buenos Aires à noite é menos imponente que São Paulo, menos bonita que o Rio. No Rio é como se houvesse uma pedraria azul, vermelha, amarela, branca, verde, espalhada por morros e vales. São cinco da manhã quando encontro Silvina em Ezeiza. Como Buenos Aires parece deserta! Chegando em casa, me deito.

Vocabulário: "briga", "brigar", em castelhano, *pelea*, *pelear*. Daí, *brigante*.

Pede-se aos senhores passageiros "*no* fazer barulho" depois das onze horas.

Pesquisar o que é o idioma "caipira".

Algumas pessoas me garantiram que a ilha da Bananária, a maior ilha fluvial do mundo, logo será a Brasília do turismo.

A melhor lembrança da viagem: sentir-me sozinho em Brasília, a muitos quilômetros de qualquer pessoa que soubesse quem eu sou. Provavelmente brinco com os riscos da aventura e da solidão, sem correr riscos.

A grande desilusão da viagem: não encontrar Ophelinha. Uma tristeza romântica. Tantas vezes imaginei que conversava com ela, que me acostumei à ideia de que a veria.

Sobre minha mesa de trabalho me espera um envelope, postado no Rio, dirigido a Adolpho B. Casares. Quando o abro, encontro um pedaço de papel onde não sem dificuldade leio uma frase e uma assinatura rabiscadas a lápis: *Velho safado, corruptor de menores, você não me terá. Ophelia.*

UM CAMPEÃO DESIGUAL (1993)

tradução de
SÉRGIO MOLINA

Pegaram o táxi na esquina da Tupungato com a Almafuerte. Morales achou que eram médicos do Hospital Penna; ou talvez um médico e um residente. Pensou: "Penna. Que nome para um hospital". Mais tarde explicaria: "Bobagens que vêm na cabeça da gente e que, mais tarde, ajudam a puxar da memória, porque o taxista não se lembra de todas as corridas". Um dos passageiros ordenou:

— Para a Callao com a Corrientes, por favor.

Reparou no "por favor". "As pessoas educadas às vezes são gentis", refletiu, e os observou pelo retrovisor. O velho, que era de baixa estatura, tinha a cabeça redonda como uma bocha. Uma bocha de cabelo muito branco, rapado, ou quase. Usava óculos de um modelo que ele nunca tinha visto: sem hastes nem aros, presos no nariz com uma pinça de metal. De vez em quando os tirava e esfregava com um lenço, que depois passava pelos lábios, provavelmente para enxugá-los. Tinha o rosto branco, com partes rosadas e assadas. O outro, o moço, era tão alto que batia a cabeça no teto. De tez pálida, cabelo preto, com mais de uma cicatriz no rosto, parecia um abutre encurvado. Falava com voz grave, que ressoava tristemente. Vestia um terno impecável, cruzado, "azul elétrico".

Ao entrar na rua Pavón, vindo pela Chiclana, sem dúvida em um descuido momentâneo, Morales quase bateu com o Rambler em um particular. O particular acelerou ruidosamente, emparelhou-se com ele, encarou-o de carro a carro e disparou um insulto. Morales respondeu:

— O senhor está com a razão.

O velho observou:

— Acredite: admiro seu sangue-frio. Um sujeito assim me revolta.

— E não é tão claro que ele esteja com a razão — comentou Morales —, porque eu estava à direita dele. Se fosse outro, acelerava, tomava distância, descia e o esperava de braços cruzados.

— Não é para menos — disse o velho. — Num sujeito desses, até eu bateria.

Morales concordou:

— Mesmo não gostando de briga, eu também.

— Então? — perguntou o moço, com voz muito triste.

— Então tenho que me segurar. Para não levar (não sei se me entendem), além do insulto, uma surra.

Quando entraram na avenida Entre Ríos, o velho observou:

— A violência é desagradável.

— Concordo cem por cento com o senhor — disse Morales —, mas que um valentão se dê ao direito de abusar e ter que ficar quieto é de matar. O problema é que, no meu caso, o físico não ajuda.

Na altura da rua Alsina, Morales pensou ouvir os passageiros sussurrarem umas palavras. Teve a impressão de que um deles perguntava: "Combinado?", e que o outro respondia: "Combinado".

Quando iam chegando, o mais moço disse:

— Por favor, entre na garagem do hotel.

O pedido o incomodou um pouco, mas, como não sabia por quê, obedeceu. Afinal, eles o apoiaram. Pensou, a título de conclusão: "Vale a pena a gente se entender com as pessoas". A entrada ficava à esquerda e a garagem, ou estacionamento, no subsolo. Com voz grave, espessa como xarope, o moço indicou:

— É ali. No fundo. Perto dos elevadores do bloco que dá para a Corrientes. Já pode estacionar. Não se preocupe, senhor. Vamos retribuir devidamente todo o incômodo que lhe causamos. Feche o carro. O professor teve uma vertigem. Não está muito bem. Peço que me dê uma mão para levá-lo até o quarto.

Morales pensou: "Não estou gostando nem um pouco disso", mas também pensou: "Como não dar uma mão a um semelhante que talvez precise?".

O avanço foi lento, porque deviam não apenas evitar que o professor cambaleasse, mas que tombasse. Era notável quanto pesava aquele homem tão baixinho. Teve que segurá-lo a caminho do elevador e quando chegaram ao andar. Entraram e o deitaram em um divã. Uma desordem de livros, frascos, retortas e uma balança eram o único indício de que alguém morava naquele apartamento mobiliado. O moço anunciou:

— Vou administrar ao professor algo para reanimá-lo. Peço que fique com ele um minuto, enquanto preparo o reconstituinte.

O moço foi até o outro aposento. Embora tivesse boa cor, o professor não abria os olhos e, de vez em quando, bufava. Morales olhava os móveis, estofados de veludo verde, com sincera admiração.

O moço voltou trazendo um copo quase cheio de um líquido escuro, de tom arroxeado. O professor o bebeu e recuperou sua vitalidade tão prodigiosamente que, ao vê-lo, ninguém acreditaria que estava doente, nem que pudesse estar.

Morales comentou:

— Um tônico de primeira.

— Sem dúvida — concordou o moço. — Porque é uma fórmula do professor. Esta beberagem, cuja eficácia salta aos olhos, não causa complicações e tem gosto de framboesa.

— Ouvi dizer que é uma fruta muito boa.

— Todo mundo gosta. Quer experimentar?

— Não, obrigado.

— Tem certeza?

— Tenho. Suponhamos que isso me tire o cansaço. Amanhã, que é que eu faço? Eu vivo cansado. Melhor me conformar do que passar a depender de um tônico.

— Tem toda a razão — disse o professor.

— Quantas horas por dia o senhor trabalha?

— Digo doze, como todos os taxistas, mas trabalho dez, como todos.

— Não estranha que esteja cansado — admitiu o professor.

— Mas o cansaço — observou Morales — não precisa das dez horas. Começa antes, depois de uma noite bem dormida. Eu já acordo cansado.

O velho perguntou:

— Então por que não experimenta o tônico?

— Não bebo álcool.

— O tônico não tem álcool. O senhor vai saber o que é viver sem cansaço. Uma experiência que recomendo.

— Talvez o senhor tenha razão — disse Morales. — Na confiança de que não tem álcool.

— Não tem. Meu assistente vai preparar-lhe uma dose.

O jovem desapareceu no outro cômodo. Não demorou a voltar. Trazia uma garrafa com um líquido arroxeado, um frasco de vidro com um pó prateado, um copo e uma colher. Jogou uma colherada do pó no copo e em seguida o líquido. Ordenou:

— Mexa bem.

— O líquido é o veículo; o pó, o agente — explicou o professor.

Morales mexeu, fez uma pausa para juntar coragem e, de um gole, bebeu o conteúdo. Tinha gosto de ameixa, mas o que mais se notava era o pó, muito áspero ao engolir, e até picante. "Como se engolisse limalha de ferro", pensou. Quando começou a tossir, o professor voltou a encher o copo. O segundo gole varreu, quase totalmente, as partículas de pó presas na garganta.

— Gostou? — perguntou o jovem.

— Foi como engolir um punhado de areia — observou Morales.

— Caramba! — exclamou o professor. — Achou muito desagradável.

— Não, por quê?

O professor deu-lhe umas palmadas no ombro e disse:

— Qualquer coisa, já sabe onde nos encontrar.

Nessa altura da conversa, Morales exclamou em um murmúrio:

— Que vergonha.

Perdeu os sentidos. A primeira coisa que sentiu depois foram tapas no rosto.

— O senhor teve uma vertigem — disse o moço.

— Como o professor — lembrou Morales.

— Agora está se sentindo bem? — perguntou o professor.

— Perfeitamente — respondeu Morales —, talvez só uma tremedeira, e uma coisa muito estranha nos olhos.

— O que é? — perguntou o professor.

— Como se eles estivessem dentro de umas conchas de metal. E chorando um pouco.

— Que incômodo — disse o professor. — Mais algum desconforto?

— Não, nenhum. A não ser aqui na boca, que estou sentindo, não sei como dizer, meio desnivelada.

— Quando o senhor teve essa vertigem — sugeriu o professor —, talvez tenha batido a mandíbula.

— Levou um *uppercut* e ficou fora de combate — disse o moço, como quem festeja uma tirada espirituosa.

— Sinto a boca exatamente como se voltasse do dentista com um dente postiço que ele acabou de implantar. Não sei se me entendem.

— Vai se acostumar — declarou o moço, que parecia imperturbável. — Faltam os dados para o arquivo. Endereço?

— Minha casa?

— Sua casa.

— Yerbal, 1.317. O último cortiço do bairro.

— Tudo que é bom acaba — disse o professor.

— Telefone? — perguntou o jovem.

— Não tenho. Podem me ligar no Estacionamento Fragata Sarmiento, onde guardo o carro, a um quarteirão e meio de casa. Não sei o que me deu, mas agora não estou me lembrando do número. Sei de cor. Os senhores encontram na lista telefônica. Só existe um estacionamento chamado Fragata Sarmiento.

— Seu nome?

— Fragata Sarmiento.

— Não. O do senhor.

— O meu? Morales. Luis Ángel Morales.

— Um anjo — disse o professor.

Pagaram regiamente. Animado com a gratificação, atreveu-se a brincar, dizendo:

— Agora só faltam os dados para o meu arquivo. Como os senhores se chamam?

O professor resmungou umas palavras, dentre as quais distinguiu "se quiser", e a seguir disse claramente:

— O professor Nemo e seu assistente Apes.

O assistente perguntou:

— E seu cansaço desapareceu por completo?

— Para ser bem sincero, não.

Apes insistiu:

— Pois eu acho que está enganado. Já deve ter desaparecido, sim.

— Nunca perca sua franqueza — elogiou o professor — e não deixe ninguém mandar no senhor.

Mesmo assim, porque não fica bem reclamar, não disse que também continuava sentindo o desconforto nos olhos e na boca.

Saiu pela Callao e, ao atravessar a Corrientes, viu a hora no relógio público. Pensou: "Não é possível. Não passei duas horas nesse apartamento. Até os relógios japoneses dão defeito em Buenos Aires". Quando chegou à rua Melo, teve que parar de novo. Perguntou a hora a um colega. Era a que acabara de ver na Corrientes.

II

Por volta das seis, Morales deixou o Rambler no estacionamento. Depois do trabalho, geralmente dava uma passada no Café Espinosa, para conversar com os amigos; mas naquela tarde foi direto para casa, porque estava ansioso para refletir sobre o acontecido. No trajeto, comentou consigo mesmo: "Uma aventura bastante estranha, sem nenhuma consequência além desse desconforto nos olhos. Talvez eu acabe me acostumando, como disse o assistente". Empurrou a porta e entrou. Passando o vestíbulo, abria-se o pátio, e ao fundo ele viu um grupo de senhoras lavando e passando roupa. Foi cumprimentá-las.

A que estava lavando era a senhora María Esther: miúda, loira, de expressão ansiosa e pálida. A brancura das suas pernas era tão extrema que às vezes Morales achava que ela estava de meias brancas. Belinda Carrillo passava a ferro. Era uma mulher presunçosa, de fundas olheiras, morena, que dizia ser professora e vivia do tarô, das linhas da mão, do horóscopo e da psicanálise. Completando o grupo, em animada conversa, *doña* Eladia Avendaño e Roberta Valdez. *Doña* Eladia, por quem Morales nutria simpatia e respeito, era uma bela mulher, de porte considerável, plácida, que lhe lembrava as estátuas da República ou da Liberdade; quanto a Roberta Valdez, trabalhava como diarista em Caballito, usava óculos, era bonita, sem dúvida inteligente ou pelo menos esperta. O grupo e Morales acabava de trocar algumas impressões sobre o tempo, que estava fechado e querendo chover, quando a expressão da senhora Eladia foi tomada de ansiedade. Morales adivinhou que o Palúrdio Avendaño se aproximava.

Como se os outros não existissem, o Palúrdio se dirigiu à mulher:

— Quero que alguém me diga — declarou com uma voz que parecia um zumbido —, quero que alguém me diga quando vou encontrar minha esposa entregue a tarefas de maior utilidade que a palestra com fofoqueiras da sua laia.

O bêbado ergueu uma mão. Antes que a baixasse, a mulher se esquivou e, com agilidade admirável, correu para seu quarto. Em um primeiro momento, ninguém se mexeu. Ninguém ignorava, aliás, que Avendaño, um ex-pugilista, havia granjeado, fora do ringue, um frondoso prontuário de surras e pancadarias. Morales pensou: "Dois valentões num dia só é demais". Perguntou:

— Que foi?

— Com você, nada. Não quis ofender, irmão.

Morales sentenciou:

— Todos nós aqui respeitamos *doña* Eladia.

— Eu também — disse o marido.

— Pois não parece.

— Deve ser porque exagerei na cana — reconheceu, para acrescentar: — Não foi por mal, irmão.

Com passo vacilante, Avendaño se dirigiu ao quarto. Quando sumiu atrás da porta, as mulheres rodearam Morales e, em um cochicho alvoroçado, o cobriram de elogios.

III

À noite, sonhou com Valentina. Quando a angústia o acordou, disse a si mesmo (mais uma vez) que aproveitaria o trabalho para procurá-la por Buenos Aires.

Os dois se amaram em 49, quando ele tinha treze anos. Valentina morava na rua Hortiguera, entre a Directorio e a José Bonifácio. Costumavam se encontrar a poucas quadras da casa dela, em frente à fábrica de cigarros Pour la Noblesse, na rua Puan. Desde então, ele associava aquela garota com o aroma de tabaco, que se sentia em todo o quarteirão e que ele adorava (teimava que não era cheiro de cigarro, mas de cachimbo, talvez). Mesmo quando se viam todos os dias, esse cheiro lhe dava saudade. Do amor que tiveram ele recordava muitos momentos, longos passeios pelo parque Chacabuco e sessões ocasionais no cinema da avenida Rivadavia (quando conseguia juntar uns trocados fazendo bicos).

Eram tão jovens, quase crianças, que costumavam se encontrar no parque, na área dos balanços, da gangorra, do gira-gira e do escorregador. Ao chegar lá uma tarde, ele divisou, com o que podia pareceu um mau presságio infundado, o Gordo Landeira, dirigindo-se a um balanço onde havia duas meninas. Morales viu, primeiro, a cara risonha de uma delas, depois a mão do Gordo levantando-se e esbofeteando a outra menina no balanço. O Gordo, com a mesma mão, arrumou cuidadosamente o cabelo e, ao dar um passo para trás, revelou o rosto de Valentina aos prantos.

Morales correu na direção deles.

— Vou quebrar sua cara — disse ao Gordo.

Trocaram socos que não atingiram o alvo e, quando se atracaram no corpo a corpo, Morales descarregou uma série de golpes curtos no estômago do rival. Este comentou em tom sarcástico:

— Nossa, que força.

Teve uma vacilação, e o Gordo aproveitou para agarrar suas mãos, dobrá-las para trás e obrigá-lo a se ajoelhar. Quando, por um instante, ele se viu livre, recebeu um chute na cara. Ficou no chão, de bruços, chorando de raiva.

Uma mão feminina o acariciou. Ergueu-se. Viu, ao seu lado, a outra garota.

— Cadê a Valentina?

— Quando viu que você levava a pior, fugiu.

— Por que o Landeira bateu nela?

— Porque ela estava caçoando dele.

— Qual é o seu nome?

— Ercilia.

No dia seguinte, Morales foi ao parque, na mesma hora. Encontrou, na gangorra, Valentina e o Gordo. Pensou que não tinham notado sua presença, até que pouco depois, como dois bonecos, no sobe e desce, começaram a virar o rosto na direção dele e, com iguais expressões de mofa e surpresa, alternadamente, quando chegavam ao topo da gangorra, lhe mostravam a língua.

Um dia ficou sabendo que Valentina se mudara do bairro. Deixou de vê-la... Naquela época Ercilia trabalhava na fábrica de biscoitos da rua Laferrère. Ele costumava esperá-la na saída. "Muito boa moça, mas não era a mesma coisa."

"A cada ano", refletiu, "nós, taxistas, percorremos Buenos Aires inteira, por maior que a cidade seja. Quem sabe um dia reencontro a Valentina. Não vai ser fácil." Para piorar, ele procurava o rosto de uma menina de onze anos, e Valentina, se estivesse viva, já passaria dos vinte.

IV

Saiu às sete da manhã. Ao entrar na Rivadavia, não viu um ônibus que vinha a toda a velocidade; por pouco não aconteceu uma desgraça. "Se eu não quiser ser barrado no exame de renovação da carteira", pensou, "tenho que passar na óptica. O problema é que, na mesma hora que botam uns óculos na gente, a vista já fica fraca. Todo mundo sabe disso."

Na Rivadavia com a Puan, pegou um casal. A mulher, quase uma menina, pareceu-lhe muito bonita, muito pobre, muito assustada. "Talvez me lembre a Valentina, porque sonhei com ela esta noite. Que bom seria se, achando garotas parecidas, eu fosse me aproximando até chegar nela", pensou, enquanto olhava a passageira pelo retrovisor. Os olhos grandes, escuros, um pouco fundos e a pele muito pálida talvez aumentassem seu ar de tristeza, e o que a fazia parecer tão pobre talvez fosse a golinha do casaco, de pele preta, puída. A roupa do homem era melhor. Um terno xadrez, bem justo, que sugeria prosperidade e segurança. Morales concluiu: "Uma mulher da vida e seu rufião. Uma mulher, não, uma pobre moleca". Tinha certeza de que o indivíduo a acusava de alguma coisa. Talvez de preguiçosa, de não trabalhar e ganhar o quanto devia e também de ter um preferido, de quem ela não cobrava. A essa altura, Morales já sentia raiva do homem e compaixão, misturada com certa ternura, pela moça. Não conseguia entender o que ela estava dizendo. Mal escutava um rumor de súplicas e explicações, que o sujeito interrompeu para anunciar:

— Cuidado, garota, que estou me segurando.

Morales pensou: "Está com vontade de descer o braço nela". A pobre moça, tentando se justificar, o irritava mais. O sujeito continuou:

— Trata de rezar para a gente chegar logo. Senão, não me responsabilizo. Você vai ver o que pode acontecer dentro de um carro. E trata de economizar saliva com explicações. Assim que a gente chegar, eu te quebro o pescoço.

Morales queria que o trânsito retardasse a chegada, para que desse tempo de o homem gastar sua fúria ou de acontecer um milagre que salvasse a infeliz. Como a essa hora as ruas estavam desertas, a corrida levou poucos minutos. Parou em frente a um prédio de apartamentos, na 25 de Mayo com a Viamonte. A moça abriu a porta, precipitou-se para fora do carro, entrou correndo pelo estreito saguão. Morales a viu apertar com insistência o botão do elevador e olhar para cima e para a rua. O homem se apressou em pagar. Morales o reteve enquanto procurava o troco e, disfarçadamente, olhava para a rua esperando descobrir um guarda ou alguém a quem pedir socorro. Pela Viamonte se afastava uma mulher encurvada. A outra pessoa à vista era o jornaleiro da esquina, mais velho que a mulher.

— É para hoje? — perguntou o homem.

Fez um gesto de ameaça, ou de fúria, e entrou correndo no prédio. Morales gritou:

— Seu troco!

Desceu do carro e o seguiu com a mão esquerda estendida, para lhe entregar as notas. O homem já agarrara a moça e sacudia a cabeça dela contra a porta pantográfica do elevador. As hastes metálicas da armação rangiam.

Morales lembrou-se da sua altercação com o Palúrdio Avendaño e disse:

— O senhor está maltratando uma mulher.

— Olhe só, nem percebi.

— Pare com isso.

O indivíduo se deteve e, sem olhar para ele, comentou:

— Quem vai parar com isso é você, garoto. Me dá aqui esse troco.

Morales lhe entregou o dinheiro. O homem enfiou as notas no bolso e voltou a sacudir a cabeça da pobre moça.

— Chega — disse Morales.

Sem parar, o homem respondeu:

— É só pedir, que eu te destripo.

Morales lhe deu um empurrão e disse:

— Solte a moça.

— Certo.

Soltou-a, deu meia-volta, postou-se de frente para ele. Às costas do homem ficou a escada, que era de mármore branco e empinadíssima. A moça fugiu por ali. O homem abrandou o gesto, como se fosse pedir desculpas ou, quem sabe, até rir da situação. No instante seguinte, avançou empunhando uma navalha. Com receio de ser retalhado, Morales atinou em lançar um soco. Acertou o outro na mandíbula e pensou vê-lo voar para trás, como um boneco. Não foi mais forte o murro com que Luis Ángel Firpo tirou Dempsey do ringue. Não tinha dúvidas, pelo menos, de que viu o rufiãozinho cair sentado na escada e ir descendo rijo, com sacudidas e pausas, degrau após degrau. Ao chegar ao último, não reagiu.

— Será que morreu? — perguntou a moça, no primeiro patamar da escada.

Morales respondeu:

— Ainda está respirando.

Subiu com a moça até o sétimo andar e entraram no apartamento. Na janela aberta, com a persiana de enrolar mal fechada, alternavam-se listras paralelas de sombra e de luz. A moça disse:

— Vou preparar um café.

— Agradecido, mas preciso ir.

— Vou abrir a persiana.

— Não faça nada, por favor. Preciso ir. Só quero lhe pedir uma coisa.

— O que quiser.

— Prometa que não vai continuar com esse homem.

— Prometo.

— Prometa, também, que não vai trabalhar para ninguém. Faça o que quiser, mas não para os outros. Para você.

— Prometo.

— Agora eu vou.

— Que é que eu faço se ele voltar?

— Não vai voltar. Ele vem comigo.

— E se voltar mais tarde, ou amanhã?

— Não abra.

— Vai esmurrar a porta como um louco.

— Até cansar.

— Não vai cansar. Para ele, qual o problema em armar um escândalo? Para mim é um problemão, porque de repente me despejam.

— Fique sossegada. Mesmo que seja só por instinto, o tipo vai manter distância. Não quer levar outra sova. Garanto. Pode ficar sossegada.

Morales reconheceu depois de ouvir, sem prestar atenção, o barulho da chave na fechadura. O fato é que, se a garota não o empurrasse para o lado, aquele que ia manter distância o teria furado com a navalha. Agora estava na frente dele, fintando. Morales pensou: "Que idiota, por que não o desarmei? Não vai acontecer de novo".

— Me dê aqui essa navalha — disse, em um tom deliberadamente calmo.

O homem respondeu:

— Venha pegar, se tiver coragem.

Então a moça empurrou o homem. Este a olhou de soslaio e murmurou com ódio:

— E você, seu lixo, vou te jogar pela janela.

Essas palavras exigiram um mínimo desvio de atenção, que Morales aproveitou para agarrá-lo pelos braços, erguê-lo no ar, pegar embalo com um balanço e atirá-lo de cabeça contra a persiana. Em seguida recolheu a navalha, sem que o homem opusesse resistência. Comentou:

— Desta vez foi mais o susto que outra coisa. Em todo caso, você vai perder a vontade de perturbar… Quanto à senhorita, faço questão de lhe dar meu endereço, para o que precisar.

A moça indicava com gestos que não o dissesse na presença do outro. Morales recitou:

— Yerbal, 1.317. Entre a Nicasio Oroño e a José Juan Biedma — precisou.

— Nem louco esse aí vai me aparecer em casa. Nem aqui, pode ter certeza. Sabe que, se eu o pegar, vai sair pela janela fazendo um peixinho.

— Como ele queria me jogar.

— É, como ele queria. Agora eu vou mesmo. E vou levar esse aí como passageiro no táxi. Vai ouvir poucas e boas, prometo.

Com certa surpresa, ouviu as palavras que a garota sussurrou, enquanto o abraçava:

— Por que não é bonzinho e me deixa trabalhar para o senhor? Aposto que vai ganhar mais comigo que com o táxi. Eu ficaria bem tranquila.

V

Ordenou: "Você vai aí. No banco dos amigos". Mal reprimiu um sorriso. Aquele indivíduo ocupar o banco dos amigos lhe pareceu uma boa piada. Sentir o sujeito a seu lado não o intimidava; seguro de si, dirigia resoluta e energicamente. Pensou: "Agora só falta o arremate. Umas poucas palavras, de praxe nesses casos, que vou inculcar na sua memória, para que ele perca qualquer vontade de encher a paciência, e aí o largo de uma vez". O problema era que, por mais que quisesse se livrar do acompanhante, não devia liberá-lo enquanto não estivessem bem longe da casa da moça. "Se ele teimar em voltar, que tenha tempo para pensar melhor." Quanto a ele mesmo, propunha-se a seguir a toda a velocidade, para chegar o quanto antes não sabia aonde. O parque Lezama lhe pareceu perto demais. Seguiu em frente e, ao passar pela praça Colombia, pensou que, para se garantir, era bom ir um pouco mais longe. "Na ponte

Pueyrredón, eu o largo." Formulou essa declaração no tom deliberadamente firme de quem faz uma promessa e quer que os outros acreditem. Então lhe surgiu uma dúvida: será que, antes de chegar à ponte, ele encontraria as palavras de praxe para encerrar o assunto? Para reagir, porque estava perdendo a segurança, disse a primeira coisa que lhe passou pela cabeça:

— Que foi? Por que não diz nada? Continua com raiva? Pois fique sabendo que a culpa foi toda sua. Não fui eu quem sacou a navalha.

O homem não respondeu. Continuava encolhido contra a porta, com o rosto roxo e encharcado, de olhos entrecerrados e com aquele cheiro desagradável, de perfume repugnante misturado com suor e talvez até com os eflúvios que dizem que o medo provoca.

Morales perguntou-se como agir. Descartou os murros, porque já lhe dera muitos. "Paro no primeiro bar e o obrigo a tomar umas canas." O indivíduo dava pena, mas refletiu: "Não posso baixar a guarda: a moça está envolvida. Obrigar o sujeito a beber até cair seria um jeito de impedir que ele voltasse para o centro, mas depois do que eu vivi, não posso embebedar ninguém, por mais malandro que seja". Novamente falou sem uma ideia clara do que ia dizer:

— Quando fico com raiva, tenho força. Você sabe disso melhor que eu. Para o seu bem, não volte a esbarrar comigo. E nem preciso lhe dizer que é melhor nunca mais ser visto rondando a Viamonte com a 25 de Mayo.

Afastou a mão direita do volante, apanhou o colarinho do homem, sacudiu-o e gritou:

— Até quando vai ficar de boca calada? Ou está querendo me dizer que ouviu o que eu disse e aceita minhas condições?

— Exato.

Tinham chegado à rampa da ponte Pueyrredón. Morales ordenou:

— Você desce aqui.

O homem o olhou surpreso e obedeceu. Morales percebeu que não tinha dito as palavras de praxe.

VI

Trabalhou bem, até muito tarde, e ia quase se esquecendo de que naquela noite os amigos se reuniriam em um churrasco que *don* Venancio Carrizales ia dar na sua gráfica na rua Lautaro, para comemorar seu aniversário e o do seu irmão gêmeo, *don* Lino, decano dos taxistas do bairro. Apesar de terem sido levados para a Argentina muito pequenos, os Carrizales conservavam uma ponta de sotaque espanhol.

Quando chegou à gráfica, Morales só encontrou um dos gêmeos. Devia ser *don* Venancio, porque estava cuidando da churrasqueira. Era um homem corpulento, de sessenta anos, por baixo, cuja cabeça lembrava uma abóbora vazia com buracos no lugar dos olhos, do nariz e da boca. Tinha lábios grossos e papada. Falava como quem está comendo amendoim e, de vez em quando, levava uma mão à boca para tirar uma pelinha ou para impedir que um amendoim escapasse. Nessa noite Morales o encontrou comendo amendoim. A verdade é que os gêmeos estavam sempre comendo amendoim.

Foram chegando os convidados: *don* Lino, idêntico ao irmão; Leiva, ex-colega de escola de Morales, amigo de sempre que morava no centro, com a mulher, Beatriz, e que era telefônico, ou técnico em telefonia, como ele dizia... Waltrosse, um jovem de nariz adunco, com grandes óculos de armação escura, que trabalhava na borracharia da esquina; e o primo de Leiva, que era propagandista médico. Leandro Pérez, que dirigia o táxi do pai, foi esperado até as dez, mas não apareceu. Comeram empanadas, o churrasco (sobre cuja feitura *don* Venancio dissertou longamente, como um verdadeiro especialista), que estava um pouco duro, e beberam mais de uma jarra de *clericó*,* com cravo-da-índia. De sobremesa, pasteizinhos de marmelada, preparados pela senhora Belinda.

Falaram do trabalho de cada um, e se admiraram com a coincidência de que, dos cinco amigos ali reunidos, três (quatro, contando Pérez) tivessem um ofício que os obrigava a viajar por Buenos Aires: um propagandista médico e os outros, choferes de táxi. *Don* Lino observou que não havia comparação entre os dois trabalhos, porque o propagandista médico circulava em esferas superiores, ligadas à ciência e à saúde. Modestamente, o primo de Leiva observou:

— Vocês rodam pelas ruas. Isso é como rodar pela vida. Nós, os propagandistas, vamos de sala de espera em sala de espera. Sempre entre doentes, sempre esperando. O que me salva é que às vezes levo comigo um romancezinho para me distrair. Quando a espera finalmente termina, nos toca fazer o papel de postulantes. Aposto que, depois de qualquer dia de trabalho, vocês voltam com alguma coisa para contar.

---

* Variante de sangria elaborada com vinho branco. (N. T.)

— Eu aqui — disse *don* Lino —, posso garantir que hoje não me aconteceu nada que mereça ser contado. E você, Ángel?

— Não sei — respondeu Morales.

— Como assim, não sei? — perguntou Waltrosse atrás dos seus grandes óculos. — Você perdeu a memória ou está insinuando que aconteceu algo de interessante?

Foi por não querer mentir, nem contar o incidente com o rufião, que Morales respondeu desse modo; mas sem intenção atiçou a curiosidade e logo se viu obrigado a contar tudo.

Depois, Leiva e o quatro-olhos pediram detalhes. Como os gêmeos não diziam nada, Morales perguntou:

— Vocês acham que eu agi mal?

— Absolutamente — respondeu *don* Lino. — Enquanto você contava o incidente, eu tinha é vontade de acertar uns bons pontapés nesse indivíduo. Quem dera eu tivesse no meu histórico uma proeza dessas. Não me cansaria de contar.

Morales disse:

— O senhor me tira um peso das costas. Nem sempre a gente sabe se agiu bem.

— Ou se exagerou — disse Leiva.

— Ou se fez pouco — disse o quatro-olhos.

— Vou ser bem franco, *don* Lino — afirmou Morales. — Pela sua cara, às vezes parece que o senhor está pensando: "Isso não me convence".

— De que você falou a verdade, não duvido, só que…

— Só que?

— Nem sei como dizer. É difícil te imaginar nesse papel.

— No de distribuir murros?

— No de distribuir murros também, mas principalmente no de falar como você falou com esses dois, o rufião e a moça.

— Falei mal? — perguntou Morales.

— Que nada! Falou como um juiz.

— Mais como um justiceiro — disse *don* Venancio.

Ninguém pensou que na observação de *don* Venancio houvesse uma censura. Ninguém, exceto *don* Lino, que replicou:

— E você, meu irmão, diga-me o que há de errado em que o nosso amigo trabalhe de justiceiro.

— Quem sou eu para corrigir a conduta de quem quer que seja — disse *don* Venancio —, mas lamentaria que este rapaz, para cada injustiça que descobrir, propine uma tunda. Lamentaria que se tornasse um fanfarrão. Ou pior: um mentecapto.

— Se dependesse de você, não existiam heróis — disse *don* Lino. — A história seria bem diferente.

— Melhor, sem dúvida.

— Deve ser perigoso ter um ex-campeão de boxe como patrono — refletiu Waltrosse.

— Que eu saiba, não tenho nenhum patrono — defendeu-se Morales.

— Vai me dizer que não te deram esse nome por causa do Firpo? Querendo ou não, teu modelo obrigatório é um boxeador que jogou outro por cima das cordas com um murro. Pode perguntar para qualquer psicólogo.

— Se a gente escutar esse aí — disse *don* Venancio —, vamos ter que chamar um exorcista para tirar a alma do Firpo do corpo de Morales.

— Eu, da minha parte — disse *don* Lino —, parabenizo o nosso Luis Ángel por sua atuação.

— Por um feito que o senhor mesmo acha meio surpreendente? — perguntou Waltrosse. — Se ninguém se opuser, proponho um teste simples. Para desanuviar o panorama, entendem?

— Um ordálio? — perguntou *don* Venancio. — Nunca sairemos da Idade Média.

— Uma queda de braço — explicou o quatro-olhos. — Não comigo, porque ele me derruba com um sopro. Com o amigo Leiva, que é bem um homem comum. Nem muito nem pouco. Não sei se me explico.

— Se for com o Luis Ángel, não quero — avisou Leiva.

— Se não quer, ninguém vai obrigá-lo — disse *don* Venancio.

— Quem falou em obrigar? — perguntou *don* Lino. — De velho você ficou pedante. O que é mais apropriado para os jovens.

— Por mim, fazemos a queda de braço — disse Morales. — Mas só se o Leiva concordar.

— Se é para te testar, não aceito.

— Eu não me importo — disse Morales.

Começaram. Por causa das risadas, perdiam força. Finalmente conseguiram se controlar e iniciaram a queda de braço. Leiva ganhou.

— Sinto muito — disse o quatro-olhos. — Agora a história do Morales fica pendurada no fio.

— Que história? Que fio? — perguntou *don* Lino.

— O fio da dúvida.

— Não para mim — replicou *don* Lino. — Para mim, o que Morales contou é verdade.

— E para você, Leiva?

— Eu sei que Morales não mente.

VII

Sentia o sono pesar como uma enorme pedra nas suas costas. Quando finalmente, quase sonâmbulo, tombou na cama, sem poder evitar pensou em Valentina, nos poucos anos que viveram juntos. Ele a encontrara no cinema Fénix de Flores. No Café Platense, a partir daquela tarde e ao longo de muitas outras, tentou convencê-la. Ela devia saber que era o amor da sua vida, porque acabou cedendo. Levou-a para casa: ele morava então na rua Neuquén, não longe da praça Irlanda. Recordava momentos felizes. Nesse ponto, não pôde deixar de refletir: dos maus, Valentina é que devia se lembrar, e com razão. Naquela época, ele bebia. Começou por causa dos resfriados; esperando que um trago de cana aquecesse por dentro aquele seu corpo tão suscetível ao frio e à gripe... Depois do trabalho, ao deixar o carro no estacionamento, costumava passar pelo Café e Bar Espinosa. Restavam recordações, iluminadas pela lembrança de Valentina, de situações realmente desagradáveis que então ocorriam. Mais de uma vez Valentina lhe avisou que não sabia até quando suportaria aquele trabalho de enfermeira que ele lhe arranjara. Ele sempre jurava que pararia de beber; ela, que uma noite não a encontraria mais. (Algo impensável, de tão horrível.) "Se eu for embora", Valentina lhe dissera, "não vai me encontrar facilmente; mas se você continuar bebendo, melhor que não me encontre." Uma noite, quase bêbado, ele teve o pressentimento e depois, penosamente sóbrio, a confirmação de que Valentina tinha ido embora. "Desde então, tive tempo de sobra", refletiu com irônica amargura. "Primeiro bebi mais, para suportar a dor, e depois parei de beber, para merecê-la."

VIII

No dia seguinte, quando percorria a avenida Entre Ríos em busca de passageiros, de repente se lembrou de sua derrota na queda de braço. Não lhe dera importância quando aconteceu, mas agora a recordava com certa contrariedade. Talvez os amigos, mais dia, menos dia, acabassem se perguntando se ele não era mentiroso.

Alguém uma vez lhe disse que, quando pensava "não vou conseguir", não conseguia. A desagradável lembrança daquela derrota não o faria perder a confiança, se por desgraça ele tivesse outro entrevero? Deduções, que considerou lógicas e que depois esqueceu, o levaram a concluir que ele perdera Valentina por falta de confiança em si mesmo. Nesse momento, na esquina da rua Rondeau, divisou algo que se movia como um minúsculo sinal de trem e que vinha a ser uma senhora magra, velha, de chapéu e guarda-chuva, que acenava tentando chamá-lo. Piscou os faróis para avisar que a vira, acelerou e encostou na calçada. Para a pobre mulher, entrar no táxi foi uma tarefa complicada. Morales disse:

— Desculpe não ter ajudado a senhora a subir.

— Ainda me viro sozinha.

— Claro. Mas eu me comportei como um grosso.

— Devia estar distraído, meu filho. As pessoas boas são distraídas.

A senhora começou a conversar com uma agilidade que, em comparação com a lerdeza e vacilação anterior, o surpreendeu. Como admirava as pessoas falantes, ele logo se sentiu à vontade. Ela lhe perguntou se as jornadas do taxista eram muito longas, se o trabalho no verão era mais cansativo que no inverno, se os passageiros faziam confidências. Quando já iam chegando, as perguntas foram mais pessoais.

— Você é casado, meu filho?

— Solteiro, senhora.

— Que judiação um moço como você não se casar.

— Até agora não encontrei a noiva.

— É questão de procurar bem. Pode ter certeza de que, em algum lugar desta cidade, há uma boa moça boa esperando por você.

Essa frase, sem dúvida, uma simples gentileza, bastou para convencê-lo de que aquela senhora não deixava escapar nada. Sentiu simpatia por ela, quase afeto, e ao terminar a viagem fez questão de estacionar o carro corretamente, junto à calçada, para que sua passageira pudesse desembarcar "como uma rainha". Tirou a mão e a agitou pausadamente. Como resposta, obteve uma buzinada. Persistiu na manobra, agitando a mão com firmeza. As buzinadas se redobraram. Quem as propinava, como Morales pôde ver pelo retrovisor, era o motorista de um ônibus altíssimo, que o seguia de perto. A velha senhora disse:

— Eu desço aqui. Não ligue para esse energúmeno.

Pagou a corrida, abriu a porta, começou a descer. Sem dúvida, ela aplicava sua melhor boa vontade em sair logo, mas demorou algum tempo. As buzinadas do motorista de ônibus persistiam. Com sinais, Morales apontou para a senhora, pensando que talvez o homem não tivesse reparado nela. Olhar pelo retrovisor, notar o imponente avanço do gigantesco veículo e saltar no banco impelido por uma batida no para-choque do táxi foi tudo uma coisa só. Morales chegou a ver a senhora cambalear. O ônibus deu uma segunda batida. A senhora voltou a cambalear, mas conseguiu evitar a queda. Morales desceu para ampará-la, e o motorista de ônibus, com uma barra de ferro, desceu para enfrentá-lo. Mal teve tempo de esquivar o corpo, agarrar a barra com a mão esquerda e arrancá-la do agressor. Enquanto este o olhava sem entender, Morales retorcia o ferro entre suas mãos. Prontamente o motorista entrou e se fechou no seu veículo. Morales gritou para ele:

— Parado aí.

Pediu desculpas à senhora e perguntou se estava bem. Com um olhar, constatou que o táxi também não tinha sofrido danos. Gritou para o homem:

— Circulando.

— Como é que você fez isso, meu filho? — perguntou a senhora. — Eu gostaria de levar esse cano, de lembrança.

Ao recebê-lo nas mãos, a mulher quase cai para a frente.

— É muito pesado — disse Morales —, como se fosse de chumbo.

— Mas não é de chumbo. Por isso que não solto. Quando eu contar o que você fez, se alguém pensar que o cano era de chumbo, levo a pessoa até em casa e lhe mostro isto aqui, para ela ver que que não é de chumbo, e sim de ferro.

IX

Deixou o Rambler no estacionamento e já estava indo para casa, quando o encarregado o chamou e disse:

— Ligou aqui um professor não sei das quantas. Quer que você ligue de volta. Deixou o telefone. Espera aí que vou pegar o papelzinho.

Era o número de telefone do velho e do assistente que ele tinha levado do Hospital Penna até a Callao com a Corrientes. Enquanto ligava, pensou: "Melhor não quererem me dar outro copo do tônico. Só de lembrar, me volta o formigueiro nos olhos". Quem atendeu foi o assistente Apes.

— O professor quer que o senhor passe por um oculista.

— O desconforto está passando — afirmou.

— Natural. É o hábito.

— Praticamente passou.

— Não é por isso que o professor quer mandar o senhor ao oculista. Ele quer que lhe receitem óculos, para que não aconteça um acidente.

— Não vai acontecer.

— Faça como eu digo. O professor quer que não o façam usar óculos muito fortes, que acabem prejudicando sua vista, já fraca. Ele faz questão de que o senhor passe pelo seu próprio oculista. Já falou com ele, portanto a consulta será de graça.

No verso do papelzinho anotou o nome e o endereço do oculista. Não tinha a intenção de visitá-lo.

No trajeto até sua casa, pensou: "Ninguém me dirige. Tem pessoas assim. Quando as tratamos com o devido respeito, acham que podem nos levar pelo nariz. Não nego que estou enxergando pior, mas…". Interrompeu essas reflexões, porque de repente se perguntou: "Como é que eles sabem? Quem pode ter contado? Eu ia sem passageiro quando entrei na Rivadavia e não vi aquele carro que quase me pegou". Depois se lembrou de uma situação quase idêntica, que lhe aconteceu ao entrar na rua Pavón, dois dias antes. "Quando saí da rua Chiclana. Que coincidência! Foi naquela viagem em que levei os dois, o professor e seu assistente. Será por isso que eles acham que eu preciso de óculos? Todo dia acontecem coisas parecidas com quem enxerga bem. São descuidos do momento."

Voltou a interromper suas reflexões. Chamou-lhe a atenção a luz em uma das duas varandinhas térreas do cortiço. A do quarto de Avendaño e sua mulher *doña* Eladia. Não foi exatamente o fato de o quarto estar iluminado o que chamou sua atenção. Foi mais a passagem de vultos fugazes naquele retângulo de luz, como se lá dentro houvesse uma reunião ou uma festa. Em seguida viu algo mais estranho ainda. *Doña* Eladia saiu para a varanda e pareceu se dispor — o que era surpreendente em uma senhora tão distinta e aprumada como ela — a passar uma perna por cima do parapeito e descer para a rua. Esse insólito propósito teve de ser descartado, porque de repente *doña* Eladia desapareceu como que sugada para dentro da casa.

Antes de se aproximar da varanda, Morales entendeu o que estava acontecendo. Lá não havia muita gente em uma festa, e sim duas pessoas, uma perseguida e um perseguidor: *doña* Eladia, de penhoar cor-de-rosa, com pompons, e seu marido, o Palúrdio Avendaño, em mangas de camiseta, que corria atrás dela e, quando a alcançava, lhe batia. Morales escalou a varanda, galgou o parapeito e, já no quarto, somou-se à perseguição. Por fim alcançou o homem. Houve uma troca de golpes, que se perderam no ar. Avendaño lançou-lhe um direito. Morales se esquivou, apanhou entre as mãos o corpanzil do Palúrdio e o jogou na rua, como se fosse um fardo, por cima do parapeito da varanda.

X

Do fundo do quarto, *doña* Eladia olhava para ele. Era uma dessas mulheres a quem o cabelo revolto e a roupa em desordem não diminuem a beleza. Caminhou até ele e exclamou:

— Ai, coitadinho.

Morales pensou: "Que bom que uma pessoa como *doña* Eladia me chame de coitadinho". A senhora insistiu:

— Coitadinho. Será que não quebrou um osso?

— Quem? Eu?

— Avendaño, o coitado do Avendaño.

— Se eu deixasse, ele matava a senhora.

— Ele fica ruim quando bebe, mas é louco por mim. Será que não quebrou um osso?

— Senhora, estamos no térreo. É como se seu marido tivesse levado um tombo.

— Ele saiu voando.

— A pouca altura.

— Jogue isso para ele — disse *doña* Eladia, estendendo-lhe um paletó do marido. — Não quero que pegue friagem.

O Palúrdio, que continuava no chão, devia estar bastante assustado, porque levantou uma das mãos para se proteger de um golpe. O paletó caiu em cima dele.

Antes de se virar, Morales pensou: "Estava moendo a mulher de pancada, e agora ela toma suas dores. Não tem jeito: o comedido sempre leva a pior". Como se tivesse adivinhado seu pensamento, *doña* Eladia disse:

— Sou uma ingrata. Você me salvou de uma surra, e eu nem agradeci.

— Fiquei com medo de que ele matasse a senhora.

— Quando bebe, não o reconheço. — Olhou para Morales, refletiu e disse: — Você se arriscou por mim.

— Qualquer um teria feito o mesmo.

— Com o tanto que ele pesa? Só você seria capaz de jogar meu marido desse jeito. Agora eu sei quem é o homem mais forte do mundo.

Essas palavras deram a Morales uma autêntica satisfação.

— Tenho força quando fico com raiva — explicou, procurando ser modesto e verdadeiro. — Se não, qualquer um ganha de mim. Ontem apostei uma queda de braço com o Leiva, e ele ganhou.

— Você tem generosidade na alma — observou a senhora. — É boa pessoa. Chega mais perto. Sou muito grata.

Estreitou-o entre os braços, apertou-o contra seu corpo. Depois o afastou um pouco, para lhe dar um beijo na testa.

Ao sair do quarto, por pouco Morales não trombou com Belinda Carrillo e Roberta Valdez, que estavam junto à porta. Carrillo lhe perguntou:

— E então, arrochou?

— Eu só entrei na briga porque achei que ele ia matar a mulher.

— Não estou falando do Avendaño. Eu vi como você o jogou pela janela.

— Então?

— Então não se faça de desentendido. Arrochou ou não arrochou?

Passado um instante, ele respondeu:

— Como pode pensar uma coisa dessas?

— Luis Ángel não é dos que tiram vantagem — disse Roberta, ajeitando os óculos.

— Se eu fosse ele, não deixava escapar — refletiu Belinda, em voz alta. — Um condenado à morte merece um último desejo. Esse sujeito, Avendaño, não perdoa.

XI

No sábado não aconteceu nada que valha a pena contar. Às sete da noite, deu o dia por encerrado, pois tinha trabalhado bem. Na esquina da Riobamba com a Sarmiento, foi parado por uma senhora. Morales avisou:

— Estou indo para casa.

— Eu vou para a Florencio Balcarce, em frente ao parque Rivadavia.

Pensou: "Pela Rivadavia direto". Não o tirava do caminho, portanto a levou. Era uma mulher morena, magra, de olhos brilhantes, não muito jovem.

Passado algum tempo, a passageira perguntou:

— O senhor sente a primavera?

Pensou: "Do quê que eu vou me espantar? No táxi passa um mostruário…". Respondeu:

— Sim. Talvez. Não sei.

— Sente ou não sente? — insistiu a mulher. — Sua resposta me interessa, porque estou fazendo uma pesquisa. Por pura curiosidade, sabe? A maioria dos jovens sente a primavera. Os velhos, não. Os da faixa intermediária respondem como o senhor. Mas o senhor é muito jovem para não sentir a primavera.

— E a senhorita?

— Eu sinto, mesmo sendo mais velha. Precisa ver como a sinto.

— Como?

— No ar. É mais intenso — a mulher baixou os vidros das duas portas e respirou aparatosamente. — A primavera é uma presença inegável. Abro os braços para recebê-la. Entra em mim uma força: é a própria vida. Não me diga que não sente.

— Não sei.

— Como assim, não sei? As folhas das árvores e a grama ficam mais verdes, porque tudo desperta, e o senhor não participa? É como uma música, um concerto, um hino da natureza. Não sente nada?

Sentiu a corrente de ar. Na pele, até por baixo da roupa. "Só falta eu ficar com dor de garganta", pensou. Ao longo dos anos, vinha mantendo contra a dor de garganta um duelo rico em vicissitudes, às quais dava importância no momento, depois esquecia e faziam parte da sua vida interior.

Ao deixar a mulher, quase pediu para ela fechar os vidros antes de descer. Não o fez temendo que o pedido pudesse parecer uma recriminação. Continuou com as janelas abertas. "Afinal", pensou, "o estacionamento não está longe." Um minuto mais tarde, completou: "Sou um idiota".

Guardou o carro e, em vez de passar pelo Café Espinosa, como de costume, seguiu até a marcenaria do Gordo Landeira, para ver se ele tinha o endereço de Valentina. "Ele, que um dia nos separou, quem sabe agora nos reúne."

Imaginou uma situação inverossímil. Que Landeira o recebesse mal, os dois se pegassem em uma longa discussão, fossem às vias de fato e o outro tentasse obrigá-lo a ajoelhar, como da outra vez. Teria uma boa surpresa quando o jogasse pelo ar. Perguntou-se se, por trás dessa ideia, não havia um desejo oculto de vingança.

A marcenaria ficava na rua Santander. Landeira parecia contente em revê--lo. Era um homem quase magro, alto, pálido, de pele clara, que transparecia veias azuis. Antes de pronunciar a primeira palavra de uma frase e depois da última, vacilava em tom lastimoso. Morales pensou: "Patina a *embriage*", e também: "No que foi dar o Gordo Landeira. Você deixa de ver um sujeito, e, dali a poucos anos, já é outro. Nem sombra do que foi". Depois de um cumprimento amistoso, ficaram olhado um para o outro por algum tempo, sem saber o que dizer. Por último, Morales perguntou:

— Você lembra da Valentina?

— Claro que lembro.

— Ando com vontade de me reencontrar com ela.

Landeira pareceu dar uns balidos, até que finalmente disse:

— Que bom.

— Mas não sei onde ela mora.

— Faz anos que perdi seu rastro. Capaz que aquela nossa outra amiguinha …

— A Ercilia?

— Isso, Ercilia. Uma boa pessoa.

— Excelente pessoa.

— Capaz que ela tenha o endereço. Acho que elas continuaram se vendo.

— E como é que eu acho a Ercilia?

— Espera aí. Eu anotei o endereço dela em algum lugar.

Encontrou-o. Ercilia morava na rua Alsina, em Avellaneda.

— Perto do campo do Racing — disse Morales.

— Espera, acho que é o do Independiente.

— Se fica perto de um, não fica longe do outro.

— Quem sabe… sabe — disse Landeira.

Antes de ir embora, Morales não pôde deixar de lhe perguntar:

— Você continua tendo muita força?

— Muita força? Por quê?

— Como? Você esqueceu que me botou de joelhos no parque Chacabuco?

— Fácil, porque virei tuas mãos para trás. Minha especialidade. Ninguém me ganha nisso.

Morales pensou: "Coitado do Gordo", e se envergonhou do que estava pensando. O Gordo agora falava em tom de súplica:

— Abre as mãos, desse jeito.

Obedeceu. Rindo bondosamente, Landeira colocou os dedos entre os dele, torceu suas mãos para trás, obrigou-o a se ajoelhar. Logo em seguida, pediu desculpas, dizendo:

— Não leva a mal. Qualquer um que te pegue pelas mãos desse jeito, te faz ajoelhar...

Morales pensou que a explicação era desnecessária.

XII

Em frente à casa de Ercilia não havia vaga para estacionar, portanto teve que deixar o carro no outro quarteirão. Um grupo de moleques estava jogando bola no meio da rua. Do estádio do Racing chegava o clamor dos espectadores da partida contra o Huracán. Antes de se afastar, olhou para seu Rambler e mentalmente lhe disse: "Se cuida". O que ameaçava o carro não eram apenas as boladas do futebol de rua; naquele tempo, não era raro que na saída de um jogo os torcedores destruíssem tudo o que encontravam pelo caminho. Como tantas vezes antes de começar uma visita, pensou: "Vai ser curta". No Racing, já deviam estar jogando o segundo tempo.

Foi recebido por uma mulher de cabelo grisalho, de vestido preto e chinelos. Morales a reconheceu, embora não restasse muito da garota de antes. Ela também o reconheceu.

— Que surpresa! — disse Ercilia. — Entra, senta aí. Agora mesmo vai começar um seriado que não queremos perder.

Uma senhora, que estava sentada diante do televisor, observou Morales com atenção. Sem responder ao seu cumprimento, virou-se para a tela e perguntou:

— Pode-se saber o que deu em vocês? É por causa da emoção?

— Como assim? — perguntou Ercilia. De repente exclamou: — Que distração! Não fechamos a porta.

— Deixa que eu fecho — disse Morales.

— Com tranca — indicou a mulher. — Se a gente não avisa, nem se lembra.

— Amanda está preocupada porque o jogo está para acabar — explicou Ercilia.

Embora a saleta estivesse na penumbra, Morales notou que, das duas, Amanda era a mais nova e a mais feia.

Começou o seriado. Uma linda mocinha costumava se encontrar em situações delicadas, entre foragidos dispostos a matar um velho ou uma criança e a torturá-la e matá-la, se pretendesse defender as vítimas. Quando tudo parecia perdido, a moça entrava em um transe que lhe infundia uma força milagrosa, punha o velho ou a criança a salvo e os vilões fora de combate. Terminado o episódio, acenderam a luz e Ercilia lhe perguntou:

— Gostou?

— Gostei, sim — disse Morales. — Distrai.

— Traduzindo: "É uma bobagem". A típica reação dos homens — observou Amanda. — É uma bobagem porque a protagonista é uma mulher. Os murros e a coragem são direitos exclusivos dos homens.

— De jeito nenhum, senhora. Isso nem me passou pela cabeça.

— Não discuto. Há sentimentos que é melhor nem examinar. Se não é isso, por que não gostou?

— Eu gostei, senhora, ou senhorita. E digo mais: se fosse um herói no lugar da heroína, não teria me interessado tanto.

— Por quê?

— Não sei. Acho que a história não teria me pegado, e aí, para ser sincero, seria indiferente.

— Aposto que o coitado não veio aqui para ver tevê.

— Evidente — disse Amanda.

— Primeiro a gente o força a assistir ao seriado, depois brigamos porque ele não gostou tanto quanto a gente.

Amanda franziu os lábios e declarou:

— Ninguém o proíbe de dizer ao que veio.

— Vim perguntar se vocês têm o endereço de uma moça amiga minha, chamada Valentina.

— Da Valentina? — perguntou Amanda. — Por que não disse logo?

— Porque vocês me falaram da série.

— Ercilia, que é quem sabe, vai lhe dar o endereço.

— Não sei de cor — disse Ercilia.

— Você não me engana — comentou Amanda, sorridente. — Ficou gelada porque ele não veio aqui por tua causa.

— Só estava pensando onde anotei o endereço.

— Claro, a casa é tão grande! Pode estar em tantos lugares! — comentou Amanda com ironia.

— Volto já — disse Ercilia.

A espera foi longa.

— Desculpe se fui antipática — disse Amanda. — Assim como existem fanáticos por um time, nós somos fanáticas por esse seriado. Gostamos dele com loucura.

— Estão no seu direito.

— Exageramos um pouco. Ficamos bravas quando alguém não o aprecia como deve.

— Mas eu disse que…

— Pare de se defender. Eu é que estou pedindo desculpas.

Ercilia reapareceu. Trazia uma tira de papel de jornal onde tinha anotado o endereço a lápis. Disse:

— Está morando em Temperley.

— Vou para lá agora mesmo — disse Morales. — Não quero chegar muito tarde.

Ercilia olhava para ele em silêncio. "Gelada, com os olhos molhados", pensou Morales. Amanda o acompanhou até a porta e comentou:

— Mora com aquele pai estranho que ela tem.

O pai de Valentina, *don* Pedro, ou melhor dizendo, o senhor Pedro, como Morales o chamava, era o primeiro jornaleiro que ele conheceu. A certas horas vendia jornais na rua e a outras, em uma minúscula banca que instalara na entrada da sua casa na rua Hortiguera. Era muito bom e o tratava como um filho. Quando o conheceu, pode ser que o tenha achado um pouco esquisito, por causa do rosto e da voz, mas depois esqueceu tudo isso, nem sequer o notava, porque se sentia à vontade com ele e porque era o pai de Valentina. Todos no bairro o chamavam de *O Sem Nariz*.

— Você chega lá num instantinho — afirmou Ercilia —, mas é melhor não perder tempo. Valentina precisa deitar cedo, porque madruga para ir trabalhar.

Apressado, cumprimentou e saiu.

"Parece que continua tudo igual", pensou. "No outro quarteirão, os moleques ainda estão jogando bola. Que estranho, de longe parecem maiores." Assim que formulou a observação, entendeu: os que estavam jogando, ou correndo, lá adiante, não eram moleques. Eram homens, quatro ou cinco homens e um menino. Não estavam jogando bola. Agora sacudiam o Rambler, como se quisessem virá-lo. Enquanto corria para lá, disse a si mesmo: "Calma. Nada de brigas", e também: "Aquele que parecia um moleque é um anão. Um anão e quatro marmanjos".

Os marmanjos se afastaram para deixá-lo passar. Só o anão perturbava um pouco: fazia reverências e atravessava seu caminho. Os demais o olhavam com ar inocente e um ou outro se virava para o lado, para soltar a risada. Examinou o Rambler: incrível, estava como o deixara. Abriu a porta para entrar. Um rapaz o tocou no ombro; enquanto isso, o anão enfiou uma mão e, por dentro, abriu a porta de trás. Morales se virou. O rapaz que o tocara recuou um passo e explicou:

— Queria perguntar se está livre.

Enquanto isso, o anão entrou no táxi por uma porta e saiu pela outra; rodopiou, voltou a entrar e a sair. Tropeçou então com Morales, fez uma reverência e cantarolou:

Forasteiro,
Cangalheiro.

Outro rapaz apontou para aquele que o tocara e disse:

— Ele é muito respeitoso. Não vai entrar no carro sem sua permissão.

— Mas eu vou, sim — disse o anão.

Entrou por uma porta, saiu pela outra e em seguida repetiu o percurso em sentido contrário. A modo de explicação, cantarolou:

Forasteiro,
Cangalheiro.

Morales o puxou de um braço e, afastando-o, disse:

— Chega de gracinha. Preciso ir.

— Você devia ter vergonha de perturbar este senhor — disse aquele que o tocara no ombro.

Sem demonstrar pressa, Morales se sentou ao volante e fechou a porta. Os rapazes o olhavam, imóveis, como à espera de alguma coisa. Na janela de uma casa ali ao lado, ele teve a impressão de ver uma pessoa espiando, semioculta atrás de uma cortina. Um instante depois, a janela ficou às escuras. "Que gente mais precavida", pensou Morales. "Se eu pedir socorro, estou lascado." Girou a chave, engatou a primeira, arrancou entre as gargalhadas dos rapazes.

Logo percebeu que estava com um pneu furado. "Pena eu não ter ficado com aquele ferro do motorista de ônibus", pensou. "Bastava eu mostrar o cano para evitar a briga." Quando desceu do carro, o anão se plantou diante dele. Já não tinha o mesmo ar burlesco. "Talvez seja o chefe da gangue", pensou Morales. A tarefa de dispersar os rapazes levou algum tempo. Depois teve que tirar a roda e pôr o estepe. Estava bem cansado, suado e sujo, com um rasgo na camisa. "Não vou aparecer em Temperley feito um esfarrapado. Além do mais, não são horas." Assim que deu a partida, ouviu sirenes, talvez de ambulâncias; pensando que podiam ser da polícia, acelerou e se dirigiu velozmente para a avenida Pavón; lá, em vez de virar à direita para voltar para casa, virou à esquerda, rumo a Temperley. Devia ter percorrido quinhentos metros, quando exclamou:

— Filhos de uma…

Outro pneu arriado, mas agora, para piorar, sem estepe. Deu sorte de encontrar uma borracharia na outra esquina.

— Furou o pneu — disse.

— Já fechamos — responderam.

Protestou:

— Não vão deixar na mão um trabalhador como vocês.

— Para todo mundo é tarde.

Acabaram concordando em lhe vender dois pneus. Como não tinha dinheiro suficiente, comprou duas câmaras. Colocou uma, que encheu com o extintor de incêndio, e guardou a outra no porta-malas.

Olhou o relógio. Tristemente, pensou: "Agora sim que é tarde". Como não havia guardas à vista, na primeira esquina manobrou de volta e pegou a avenida no sentido da ponte Victorino de la Plaza.

XIII

Quando desceu do carro, o pessoal do estacionamento lhe perguntou:

— Que foi isso? Uma guerra com os marcianos?

— Pior. Dois pneus furados.

Deu um pulo no Espinosa, para aliviar o nervosismo e o desgosto que a provocação dos rapazes lhe deixara. Na mesa de sempre estavam Leiva e Waltrosse. Conversavam e, de vez em quando, davam uma olhada na televisão, em que estava passando um longo noticiário.

— Como vai o super-homem da rua Yerbal, 1.300? — perguntou Waltrosse, que tinha fama de espirituoso.

Estavam falando de turfe. Debatiam se no domingo *Vadarquehablar* ganharia na Quinta de Palermo ou se era melhor apostar em *Malentendido*. A certa altura, Morales refletiu que, para se distrair, nada melhor que aquelas conversas de café. Pensava "estou um trapo", quando algo que escutou o fez olhar para o televisor. Um jornalista perguntava a uma mulher:

— A senhora mora em frente ao local dos eventos?

— Exatamente.

— Por que chamou a polícia?

— Bom, olhe, quando vi que era a gangue do anão, juro que fiquei com medo de que matassem o taxista.

— E então ligou para o Comando Radioelétrico?

— Liguei. No meu lugar, o senhor teria feito o mesmo.

— Para evitar um massacre?

— Exatamente.

— Danificaram o táxi?

— Ficaram balançando o carro, como se quisessem virar.

— E no taxista, bateram muito?

— Que nada. Não tiveram tempo. Não sabe o esparramo que ele fez. Parecia que jogava bonecos pelo ar.

— Os bonecos vinham a ser, basicamente, os integrantes da gangue?

— Exato. Para mim que esse homem estava usando um soco-inglês. E eu que liguei para que o salvassem. Não o dava por morto, mas como uma pobre vítima.

— E o anão?

— Berrava igualzinho a um porco no abate.

Quando na tela apareceu uma senhora explicando receitas de cozinha, os rapazes desviaram a vista.

— Parece que você tem concorrência — comentou Waltrosse.

— Vou precisar de pneus — respondeu Morales. — Se me fizerem um preço bom, compro de vocês. Se não, procuro em Pacífico.

Notou que Leiva murmurava alguma coisa. Muito baixo, lhe perguntava:

— Que é que você foi fazer em Avellaneda?

— Depois a gente fala disso — respondeu, e ergueu a voz para anunciar a Waltrosse: — Amanhã cedo, passo na borracharia. Posso comprar até dois pneus. Vê se me fazem um preço bom.

— Pode ir sossegado — disse Waltrosse.

Entrou o louco Cipriano, um velho destruído pela bebida, que em pleno inverno dormia ao relento no parque Chacabuco.

— E aí, louco? — gritou Waltrosse. — Veio cuidar da calibragem?

O dono avisou Morales:

— Não se meta com ele. Está provado que o homem louco é muito forte.

"Por que será que ele me disse isso?", Morales se perguntou. "Será que ando com fama de brigão no bairro?" Também pensou: "Eu sempre digo que sou muito forte quando fico com raiva. A raiva se parece com a loucura". Levantou-se e disse:

— Bom, senhores, vou indo.

— Vou com você — disse Leiva.

— Até amanhã, rapazes — disse Waltrosse. — E ai de você, Morales, se eu ficar sabendo que você foi pedir preço em outras borracharias.

Enquanto caminhavam para o cortiço, Leiva disse:

— Você não me respondeu.

— Não sei por que essa pergunta.

— Está ganhando tempo? Só falta você mentir para mim. O taxista era você.

— Fui obrigado.

— E pôs fora de combate meia dúzia de marmanjos.

— Eram quatro.

— Quatro e um anão.

— Nem toquei no anão.

— Mas nos outros você deu uma boa surra. Ou não?

— Em lutas individuais. Foi como se eu brigasse com um só. Dava um murro num e depois pegava outro.

— E bastava um murro para deixar os valentões fora de combate? Que gangue da pesada! Ou melhor: que murro da pesada!

— Já te expliquei mil vezes. Quando fico com raiva, tenho força. Como o louco Cipriano. O que me tirou do sério foi que sacudiram o Rambler.

— Vou investigar.

— Não entendi…

— Como assim, não entendi? Vou investigar esses passageiros que te deram o tônico. Um tônico de luxo, que para mim viria a calhar. Como você disse que era o nome deles?

— O professor Nemo e seu assistente Apes.

— Suspeito. Bem suspeito.

— Isso porque você não os conhece. São pessoas corretas. Principalmente o professor.

— Desconfio dos nomes. Você disse que eles moram na Callao com a Corrientes?

— Na torre que dá para a Corrientes. Não vai me dizer que está falando sério.

— Quero tirar a dúvida. Quero amadurecer um pouco uma coisa que tenho aqui — tocou a testa. — Depois eu te explico tudo. Porque o mais engraçado é que vou fazer essa investigação para te ajudar. Mas antes, isso sim, quero ter uma conversa com o professor e seu assistente. Desde que você não tenha nada contra.

— Contra o quê?

— De eu falar com eles.

— Para mim, tanto faz. Só que eu não vou perguntar nada. O que você fizer, é coisa sua.

— Mas não se importa de me dar o endereço deles? Mesmo que não desembuchem, só por falar com esses dois já vou saber se estou no bom caminho.

— Anotei o endereço numa caderneta que está no Rambler. Vamos até o estacionamento, para você copiar.

— Não se preocupe. Não vou submeter os dois a um interrogatório policial.

— Não me preocupo.

— Se pensarem que desconfio deles, não vão se surpreender demais.

— São pessoas sérias.

— De uma coisa eu tenho certeza: não te falaram a verdade.

XIV

Estava lavando roupa em um dos tanques no fundo do pátio, em frente aos banheiros. *Doña* Eladia se aproximou e comentou:

— Que milagre. Lavando sua roupa. Você sempre mandou lavar fora.

— O dinheiro anda curto, *doña* Eladia.

— Mas não é só isso. No sábado, você saiu para trabalhar. É muita novidade, e uma mulher repara nessas coisas. Que o dinheiro anda curto, não discuto, mas algo me diz que você está preparando uma bela surpresa para a gente.

— É coisa da sua cabeça, *doña* Eladia.

— Pelo jeito, você está com vergonha de contar a novidade.

— Não tem novidade nenhuma. Quem me dera.

Nesse momento apareceu o Palúrdio Avendaño, que disse para a mulher:

— Aqui estou eu, e é para ficar — olhou para Morales e acrescentou com ironia. — Se o mocinho não tiver nada contra.

Morales replicou:

— Melhor seria dizer se a senhora não tiver nada contra.

— Escuta aqui, Morales, já estou começando a me cansar das tuas lições de moral.

Pelo tom em que o Palúrdio falou, parecia mesmo muito cansado. Pesadamente, deu alguns passos até ficar bem diante de Morales. Com movimentos rápidos o apanhou pelos cotovelos, levou-o até os banheiros, derrubou-o em uma das latrinas. A pancada contra a pedra lhe doeu nos ossos. Também na cabeça repercutiu desagradavelmente. Estava um pouco desconcertado, não atinou em se erguer rapidamente e, da sua posição desconfortável, viu o Palúrdio se aproximar de *doña* Eladia. Já ia se levantando para defendê-la, mas uma cena inesperada o paralisou. O Palúrdio beijou a mulher respeitosamente, enquanto passava um braço pelas suas costas, para abraçá-la pelos ombros. Sem pressa o casal se dirigiu ao quarto, com as cabeças juntas.

Custou-lhe um bocado levantar-se daquela latrina onde mais parecia estar incrustado. Viveu momentos de amargura e desorientação, como se revivesse outro tempo: o de suportar injustiças e afrontas, por ser fraco. Disse a si mesmo: "Tempo que felizmente ficou para trás".

XV

"Sou louco", pensou. "Passei uma vida sem ver a Valentina e agora, porque estou a caminho da casa dela, me mordo de impaciência, com mais saudade do que nunca." Na realidade, sempre sentira saudade dela: quando eram garotos e ela o deixou para ficar com Landeira; anos depois, quando viveram juntos, e ela o deixou porque ele bebia.

"Por favor", pensou, "que ela não tenha mudado como a Ercilia. Uma mudança como essa, na Valentina, eu não aguento." Reconsiderou: "Deve ter mudado. Da última vez que a vi, era quase uma menina; mas aposto que não vou ter uma desilusão. Só peço que seja uma senhora que a gente pode olhar. O pior, com a Ercilia, foi o primeiro momento. Não conseguia olhar para ela. Em parte, por medo de dar na vista… Depois me acostumei. Com a Valentina, tudo vai ser diferente. Até vontade de ver o pai dela eu tenho. Ele também vai me dar uma surpresa. Deve parecer um velho. Uma vez, não me lembro quem me disse: 'Quando a gente gosta de uma mulher, dali a pouco está gostando da família inteira'". Agora se lembrava: "Quem me disse isso foi *don* Venancio. Andava com uma mulher casada e no fim sentia afeto até pelo marido. Não é o caso agora. Mas, pensando bem, como posso ter tanta certeza? Que é eu que sei da vida da Valentina em todos esses anos?".

Finalmente chegou. A casa o agradou logo de saída. Parecia um daqueles chalés antigos que os ingleses construíram para os ferroviários. De tijolo aparente e telhas. Lembrou-se de que o pai de Valentina a comprara fazia uns trinta ou quarenta anos, quando ganhou na loteria, o que provocou muitos comentários. De fato, *don* Pedro sempre afirmou que tinha metade do bilhete, mas talvez porque nunca se soube o nome do possuidor da outra metade, não faltou quem afirmasse que *don* Pedro embolsara o prêmio todo. O fato é que nunca viveu como um homem rico, mas como alguém com uma aposentadoria suficiente para levar uma vida razoavelmente tranquila.

Don Pedro saiu para recebê-lo. Tinha o cabelo branco, mas não estava encurvado e parecia mais robusto que antes.

— Luis Ángel — exclamou e abriu os braços.

Deram um longo abraço. Quando se separaram, Morales perguntou:

— E a Valentina?

Pensou notar algo, talvez uma momentânea crispação no rosto do senhor. Repetiu a pergunta.

— Está bem. Perfeitamente.

— Posso falar com ela?

— Não, não — depois de uma pausa, disse: — Agora não está em casa.

— Onde ela trabalha?

— Numa fábrica.

— Se eu for até a fábrica, será que me deixam trocar umas palavras com sua filha?

— Não. Acho que não. Hoje ela não foi trabalhar.

— Então volto outro dia.

— Só depois de um tempo de precaução. Temos muito o que fazer e não nos sobram horas livres para as visitas.

"Se eu não tomar cuidado", pensou, "discuto com *don* Pedro e brigamos. Uma briga absurda, que tenho tudo para perder." Disse:

— Vou indo, *don* Pedro.

— Acho bom.

— Mas — protestou Morales — em algum momento sua filha deve estar em casa.

— Evidentemente.

— Não quero ser chato, mas gostaria de ter uma ideia de quando eu poderia encontrar a Valentina.

— Não pretenderá que minha filha passe o dia inteiro esperando por você.

Caminhou até a porta. De novo considerou que não devia permitir que uma briga, sem nenhum motivo além de uma irritação momentânea, o afastasse de *don* Pedro. Com muita tristeza, disse:

— Não sei o que eu fiz de errado, mas o senhor já não me trata com o mesmo afeto de antigamente.

— Se você está dizendo… — reconheceu o velho.

XVI

Estava desconcertado. Não apenas pelo inesperado mau tratamento que acabara de receber. Também pelas dificuldades que de agora em diante teria para se encontrar com Valentina. A situação seria bem diferente se ela e o pai morassem em Buenos Aires. Poderia, então, passar pelo menos uma vez por dia em frente à casa deles. Mas não ia se abalar diariamente até Temperley só para dar "passadinhas" ou para estacionar ali perto e vigiar a porta. O trabalho não rendia o suficiente para ele ir tão longe e passar tantas horas sem fazer dinheiro. É verdade que não podia se queixar de falta de passageiros nessa segunda-feira. Começou com um que ele pegou em Temperley e levou até o pleno centro de Buenos Aires. Continuou o dia inteiro desse jeito. Deixava um passageiro e subia outro. Certos dias são assim. Talvez para compensar algo, porque, de vez em quando, ele sentia fisgadas de desgosto. O encontro com o pai de Valentina terminara de um modo bastante desagradável, que ele não conseguia entender. "Ele me deixou entalado", observou e, como se falasse com outra pessoa, apontou para o estômago. O desgosto ficara ali, "como um café com leite que cai mal". Mas isso não tinha importância. O pior era que o pai havia fechado o caminho para ir ao encontro de Valentina. "Será que ela se casou e *don* Pedro tem medo de que eu perturbe a harmonia do casal? É uma preocupação típica dos pais. Mais de uma mãe, na verdade. Ou será que ela se casou com alguém tão horrível que, para me proteger da desilusão, ou porque lhe dá vergonha, ele quer me manter longe? Melhor parar de pensar besteiras. Além disso, ela não se casou. Ele teria dado um jeito de me contar." De repente, sentenciou: "Depois de começar como começou hoje, nada pode consertar um dia". Deixou o carro no estacionamento. Embora não tivesse vontade de ver gente, foi até o Espinosa, para não continuar cismando.

XVII

Bastou-lhe uma espiada no Espinosa para saber que lá, naquela tarde, não ficaria à vontade. Resignado, tomou o rumo de casa. Já estava chegando, quando do saguão saiu uma sombra e nela um brilho ziguezagueando mecanicamente. Ao notar que o homem (porque era isso mesmo, um homem) avançava contra ele, esquivou o corpo. Viu o vulto passar ao largo, e com ele o brilho, decerto a folha de uma navalha, que lhe raspou um braço, na altura do ombro. Antes que se recuperasse da surpresa, o rufiãozinho da rua Viamonte, porque era esse o homem que o atacara, montou no parapeito da varanda e com agilidade de macaco, por uma folha da persiana, trepou para o terraço da casa. Com grande dificuldade, Morales seguiu o mesmo percurso. Quando alcançou o topo, chegou a ver o rufião sobre as chapas de zinco que cobriam os banheiros e, momentos depois, descendo no terreno ao lado. Correu no seu encalço e talvez pudesse alcançá-lo se o homem tivesse entrado na casa do vizinho com o propósito de ganhar a rua; mas o rufião era astuto e pelo cano da chuva subiu ao telhado da casa. Morales subiu também, mas com grande esforço e, comparado com o outro, com lentidão. Ainda estava subindo, mas tinha alcançado uma altura que lhe permitia ver o homem que, depois de percorrer o quarteirão todo de telhado em telhado, se preparava para descer, mas não do lado da rua, e sim em um terreno ou jardim interior, o que obrigava Morales a seguir o mesmo percurso para não perdê-lo de vista. Desceu em um jardinzinho muito bem cuidado e, por uma porta entreaberta, por onde certamente o homem acabava de passar, ele entrou na casa. Na sala de jantar, um pai de família e seus filhos rodeavam a mesa, enquanto a mulher lidava com travessas e panelas. O pai ficou imóvel, no instante em que ia disparar um jato de soda no copo de vinho, que inclinava com a outra mão. Evidentemente concentrou sua atenção em observar Morales, como se pensasse que assim desvendaria um mistério.

— Desculpem — disse Morales, porque sentiu que devia explicações. — Estou perseguindo um mau sujeito. Não quero que escape.

— Ele passou por aqui — disse uma das meninas. — É um ladrão?

— Está armado com uma sevilhana.

— Nossa — disse a menina. — Ele foi para a rua por essa porta.

— Não vou mais incomodar — disse Morales e esboçou uma saudação.

Antes de sair, ouviu a mulher comentar: "Assim espero", e também ouviu o sopro afônico e, em seguida, os borbotões do sifão. Na rua, que vinha a ser a José Juan Biedma, olhou à direita e à esquerda. Não viu o rufião. Correu até a avenida Rivadavia, onde a multidão de gente e o tráfego incessante o desanimaram. Balançou a cabeça com resignação. A caçada tinha terminado.

XVIII

— É você, Morales? Aqui estou, na tua própria peça, nem sei há quanto tempo.

Abriu a porta e, ao se deparar com Leiva sentado na sua cama, teve uma contrariedade que não procurou ocultar.

— Estou quebrado. Não vejo a hora de me deitar.

— Certo, mas vamos por partes. Primeiro, precisamos ter uma longa conversa. Trago notícias da maior importância.

— Amanhã você me conta. Agora faz o favor de ir embora e me deixar dormir.

— O que você tem?

Morales se sentou na beira da cama.

— Lembra de um rufiãozinho que comentei com você? Um que me atacou faz alguns dias, com uma sevilhana? Agora há pouco, com a mesma sevilhana, ele me atocaiou no saguão.

— E te machucou?

— Evitei o golpe, e ele mudou de ideia.

— A manga está cortada na altura do ombro e dá para ver um pouco de sangue. Deixa ver, me mostra.

— Não é nada. Só um arranhão. O sujeito subiu no telhado como um macaco.

— Você deixou escapar?

— Segui atrás dele. Cacei o desgraçado, mas não consegui alcançar.

— Ainda bem.

— Por que ainda bem?

— Pode ser que desta vez você não levasse a melhor.

— Você diz isso para me animar?

— Falei com Apes.

Morales apertou a cabeça entre as mãos: aprumou o corpo. Perguntou:

— O assistente do Nemo? Amanhã você me conta. Agora deixa eu dormir.

Tomou embalo e se jogou de costas na cama.

— Escuta. Posso dizer o que eu sinto? Você está dormindo ou fingindo que dorme? Por favor, escute bem: acabou-se a proteção. Não tem mais. *Finita*.

— Eu não procurei a proteção de ninguém.

— Não digo que você tenha procurado. Mas, por exemplo, em Avellaneda, a outra noite…

— Queriam virar o Rambler.

— Você pôs fora de combate meia dúzia de marmanjos.

— Quatro.

— Quatro e um anão. E se cansou como hoje? Em alguma das suas brigas, você se cansou como hoje?

— Acho que não, mas o que isso prova? Que nem sempre estamos igual? Todo mundo sabe disso.

— Apes me deu outra explicação. Aliás, um aviso: ele falou com meias palavras, porque não queria desembuchar, confirmando minhas suposições.

— Olha só, que bom.

— Não tão bom. Mas pelo menos você está avisado: acabou-se a proteção desses dois.

— Que proteção?

— Como? Você não desconfia? Não vai me dizer que nunca desconfiou. Não acredito.

— Olha: não sei se eu quero saber do que você está falando.

— Por que você não quer saber disso? Porque está cansado de saber?

— Porque estou morrendo de sono.

XIX

Na manhã seguinte, quando ligou para a casa de Valentina, *don* Pedro atendeu. A estranha situação que lhe tocara viver em Temperley se reproduziu ao telefone. O velho conversou afetuosamente até o momento em que ele perguntou por Valentina.

— Até quando os enxeridos vão me perseguir? — perguntou *don* Pedro e desligou.

Morales refletiu que havia uma diferença entre as duas situações: quando se falaram na casa, o pai de Valentina se mostrara aflito, porém seguro; pelo telefone, ao contrário, reclamara com uma voz lastimosa, que se embargou em um soluço. Achou isso estranho.

Foi um daqueles dias que às vezes abençoam o taxista. Onde você deixa um passageiro, já sobe outro. Da féria não podia se queixar, mas trabalhava com a mente em outra coisa. Ao deixar o Rambler, contou o dinheiro (nem para anotar as corridas na sua caderneta os passageiros lhe deram tempo), e a soma foi tão considerável que o surpreendeu. Já ia saindo, quando o dono do estacionamento gritou:

— Estava me esquecendo. Um tal de Pedro ligou para você.

XX

"Não vou pensar em nada", disse a si mesmo quando caiu na cama. "Acima de tudo, não vou pensar nessas coisas." Estava cansadíssimo e muito triste. Como à noite não podia se abalar até Temperley, a melhor coisa a fazer era dormir. Para que o pai de Valentina tinha telefonado? Para pedir desculpas? Para lhe dizer: "A Valentina está aqui. Quer falar com você"? Não devia se iludir: as ilusões dão azar. A possibilidade, contudo, não era tão desatinada assim. Talvez *don* Pedro tivesse contado para a filha como o tratara, e ela tivesse dito: "Ligue agora mesmo para lhe pedir desculpas", claro, e quem sabe ela pedia para falar com ele em seguida. Quanta ilusão. Não estaria enlouquecendo? Ele podia saber algo do que acontecia na casa de *don* Pedro? Circunstâncias para ele indecifráveis levaram o velho a lhe telefonar. O mais provável é que fosse mesmo para se desculpar, mas também era possível que, se ele voltasse a lhe perguntar por Valentina, o velho voltasse a se zangar e a desligar na sua cara. Talvez devesse começar convencendo-o de que tinha largado a bebida. "Muita gente não quer um bêbado como genro", sentenciou em seu íntimo. "E eu, no lugar dele, por acaso ia querer?" O quanto antes, devia assegurar a *don* Pedro que ele nunca mais se embriagara. "Só porque eu sei disso, acho que todo mundo deve saber? Amanhã de manhã vou a Temperley para passar tudo a limpo com *don* Pedro." Não dormiu a noite inteira.

XXI

Mais cedo que de costume, chegou ao estacionamento. Perguntou ao vigia se alguém tinha telefonado para ele. O homem respondeu:

— O senhor não vai acreditar, mas tem dias que o telefone toca não sei quantas vezes. Hoje está mudo… Agora, me desculpe: quem queria que lhe telefonasse tão cedo? A uma hora dessas, ninguém telefona para ninguém: está todo mundo dormindo!

Não achou graça na réplica do vigia; pensou que talvez fosse um sinal de que tudo daria errado nesse dia. Se fosse a Temperley, talvez só conseguisse que *don* Pedro se zangasse com ele para sempre. Por outro lado, se ficasse trabalhando, talvez ao voltar o aguardasse um recado de um tal de *don* Pedro e por que não de… "Melhor não pensar coisas boas".

Trabalhou mais horas que nunca. Estava chegando à esquina da Hidalgo com a Rivadavia, quando pensou: "Preciso esclarecer algumas coisas com *don* Pedro. Eu sei que nunca mais vou fazer mal à filha dele. Eu sei que nunca mais vou beber. Por que é que eu vou ficar calado quando ele se zanga? Sem faltar com a verdade…". Não soube como completar a frase. "Como posso saber se o velho não pensa que a pior coisa que poderia acontecer com sua filha é voltar comigo?" Para que negar, quando desceu do carro em frente à casa de *don* Pedro, estava intimidado.

XXII

Don Pedro não lhe pareceu nada bem: um lenço branco amarrado no pescoço, com o nó meio frouxo, os olhos congestionados e, como se não bastasse, por momentos, a expressão de estar distraído, ausente, longe do interlocutor.

Quanto à casa, sempre impecavelmente arrumada, agora podia se dizer que nela tudo estava fora de lugar.

— Tudo em ordem? — Morales exclamou, e em seguida se perguntou se a pergunta não era estúpida. Apressou-se a dizer: — Aconteceu algo de ruim, *don* Pedro?

Este levou algum tempo para responder: o necessário para fixar retrospectivamente a atenção.

— O que poderia acontecer? Nada, nada mesmo. — Fez uma pausa, olhou em redor, fechou os olhos e, como quem trabalhosamente chega a uma conclusão, anunciou: — Vou esquentar água para o mate.

— Por mim, não se incomode.

— Não vai me acompanhar em uns amargos?

Essa frase foi dita em tom de ansiedade. Quando o velho aproximou um fósforo da fornalha do fogão, o telefone tocou.

— Quer que eu atenda? — perguntou Morales.

Don Pedro o empurrou para um lado e se precipitou sobre o aparelho. Falou em voz baixa, virando as costas. Sem acender o fogo, tinha deixado a chave do gás aberta; Morales a fechou. O velho se voltou para ele e explicou com um sorriso tímido:

— Era engano.

Morales disse algo que começou como pergunta e terminou como afirmação:

— O senhor está esperando um telefonema importante.

Don Pedro desatou a chorar.

— Acontece — disse — que eu sou um velho estúpido. Não me leva a mal. Não posso perder um minuto. Você é meu último recurso. Preciso te contar tudo, mas tenho medo das consequências.

— Conte.

— Não posso.

Então *don* Pedro rompeu em soluços e seu rosto ficou mais vermelho ainda, e molhado. Morales teve um arranque de repulsa. "É o pai da Valentina", pensou, como se precisasse se lembrar disso. Nunca tinha pensado que o choro de um velho pudesse ser tão desagradável.

— Diga o que tem a dizer.

— Foi sequestrada, Morales, foi sequestrada.

Não entendeu. Perguntou com um fio de voz:

— Quem foi sequestrada?

— A Valentina.

— Tem certeza?

— É o sequestrador que me telefona.

— Já avisou a polícia?

— Ele diz que, se eu chamar a polícia, ele vai ficar sabendo na mesma hora, e aí vai ser como se eu a condenasse. Porque ele a mata sem dó. Minha própria filha, percebe?

— O que ele pede?

— Uma soma impensável. De onde é que eu vou tirar esse dinheiro?

XXIII

Desde que se casara, Leiva vivia em pleno centro. No primeiro andar de um velho prédio de muitos andares, na esquina da Suipacha com a Tucumán. Morales chegou lá às dez da noite. Quem lhe abriu a porta foi Beatriz, a mulher do seu amigo, que disse:

— Se você veio ver o Leiva, ele não está.

— Não me diga que ele está trabalhando a uma hora dessas — exclamou, e em seguida pensou que era um idiota, que devia pensar antes de falar, que talvez, por sua culpa, a mulher se zangasse com Leiva.

Beatriz lhe respondeu:

— É como se ele fosse um médico. Todo telefônico é um médico de telefones. Ligam para ele e explicam o problema. Choram que o telefone é uma questão de vida ou morte. Que estão com uma pessoa doente em casa e precisam ligar para o médico a qualquer hora.

— E o Leiva não tem coragem de dizer não…

— Aí que eu ia chegar. Ele não sabe dizer não. E me vem com a história de que prefere ir logo para amanhã ter o dia mais folgado. Você vai esperar por ele?

— Se não se incomodar.

— Que é isso? Entra, por favor.

Serviu-lhe um café.

Morales considerava inteligente toda pessoa falante. Pensou: "Inteligente a mulher". Enquanto fazia essa reflexão, lembrou-se sem saber por que de uns versinhos:

Ai, a mulher do amigo!
Até aí não o sigo!

Leiva chegou pouco antes das onze.

— Agora vamos jantar — anunciou Beatriz. — Não quero que os bifes à milanesa passem do ponto.

— O Morales precisa me dizer algo — alegou Leiva. — Se ele falar num minuto, nós o liberamos.

A mulher protestou:

— Nada disso. Ele vai é jantar conosco.

Morales se apressou a dizer:

— Obrigado, mas não quero incomodar. Eu volto outra hora…

— Se você jantar conosco, não incomoda, mas se ficar só olhando, aí sim.

"Como ela é desinibida", pensou com admiração. O café parecia ter cortado sua fome para sempre. Estava tão nervoso que, em um instante, comeu os bifes: o que Beatriz lhe serviu primeiro e o que lhe serviu depois. Começou a sentir dor de estômago "como se tivesse engolido placas de ferro".

Quando ela os deixou a sós, Morales disse:

— Sequestraram a Valentina.

Leiva olhou para ele espantado.

— Não acredito — disse. — Tem certeza? Está desaparecida, presa, não se sabe onde?

Morales lhe contou o que sabia da boca de *don* Pedro. Leiva exclamou:

— Deve haver um engano. Que eu saiba, *don* Pedro não é rico.

— Não mesmo. Além do mais, nunca acreditei nesse boato de que uma vez ele ganhou sozinho o grande prêmio.

— Ele fez a denúncia do sequestro? Ou você fez?

— *Don* Pedro não quer.

— É um primeiro passo indispensável. — A seguir falou lentamente, enfatizando cada palavra: — Na delegacia de Temperley que corresponda ao endereço dele.

— Eu não tenho o direito de passar por cima da vontade de *don* Pedro.

— Num caso desses, não se pode andar com escrúpulos. Você vai ficar de braços cruzados?

— Claro que não. Mas eu mentiria se dissesse que tenho um plano. Só pensei (desculpe) que você poderia me dar uma mão.

— Como?

— Interceptando a linha de *don* Pedro. Precisamos descobrir de onde estão ligando.

Leiva o olhou assustado. Depois perguntou em voz baixa:

— Você não estará planejando uma operação de resgate, não?

— Não sou suicida.

— Fico feliz. Grampear a linha é uma possibilidade…

— Se soubermos onde esconderam a Valentina, aí sim será hora de não andar com escrúpulos, como você bem disse, e fazer a denúncia na delegacia, para a polícia agir imediatamente.

— Me dá sua palavra…

— Está dada.

— Vamos falar claro. Se você está planejando uma loucura, lembra que nós dois teríamos mais chances. Mas primeiro você tem que falar para *don* Pedro dar um jeito de esticar as ligações, dissimulando ao máximo, isso sim.

XXIV

Aquele foi um dia interminável. Finalmente deixou o Rambler no estacionamento e enquanto caminhava até o cortiço pensou: "A noite vai ser mais difícil". Quando enfiou a chave na porta do quarto, ouviu um "psiu". Era *doña* Eladia, com o penhoar aberto e de camisola, que o chamava de seu quarto.

— Vem cá — disse.

— É tarde. Não quero incomodar.

— Vê se entende, de uma vez por todas, que você nunca incomoda a Eladia aqui.

— Então, deixe eu ajudar a senhora.

Sem responder, *doña* Eladia aproximou uma cadeira de uma mesinha, pediu para ele "tomar assento", trouxe uma bandeja minúscula, com um garrafão e duas taças, serviu, sentou-se na beira da cama e brindou:

— Por nós. Você gosta?

Demorou a entender a pergunta. Apressou-se a responder:

— Gosto, gosto. Claro.

— É Licor das Irmãs. Só tenho isso. O pouco que escapou do bêbado. Sabe, outro dia fiquei pensando.

— No quê, *doña* Eladia?

— Por favor não me chame de *doña*. Fiquei pensando que me comportei como uma ingrata. Você deve ter pensado que sou uma idiota.

— Nunca pensei uma coisa dessas.

— Podia ter pensado, mas fique sabendo que tudo isso acabou. Hoje ele apareceu feito uma cuba. Você não vai acreditar: fui até o bar e chamei o Tuquito. Isso mesmo.

— Quem é Tuquito?

— O doutor, meu cunhado. Chamei para que levasse o irmão. Isso mesmo que você ouviu. Acho que é hora de eles entenderem que se não quererem que eu me separe, melhor só me devolverem o Palúrdio depois que ele tiver largado a bebida. O Tuquito é médico e prometeu que vai curar o irmão. Vamos ver.

— Eu me curei sozinho.

— Por tudo o que eu tenho suportado, o Palúrdio tem uma dívida enorme comigo, não sei se me explico. As meninas, María Esther, Roberta, Belinda Carrillo, enfim, todas… me aconselham a dar o troco, para que de algum modo eu também tenha uma dívida com ele, e assim ficarmos mano a mano, não sei se me explico.

Morales se levantou e, sem olhar para ela, disse:

— Agradecido, senhora. Tenha uma ótima noite.

Com passo firme, deixou o quarto.

XXV

O dia seguinte, aliás, foi outra jornada de ansiedade, de andar sem saber por onde. Menos mal que, na hora de contar o troco, não se enganava e, se o passageiro queria ir à Triunvirato com a Pirán (suponhamos), ele o levava à Triunvirato com a Pirán; mas como se não fosse ele quem contava o troco e dirigia o carro, e sim seus reflexos de velho taxista.

Por volta das quatro da tarde, como estava no centro, deixou o carro em um estacionamento e foi à casa de Leiva. Beatriz abriu a porta.

— O que vocês dois andam tramando, uma conspiração? Sei que vão aprontar alguma. E para ser bem sincera, não gosto de segredos. Para que mentir? Me dão raiva, mas como eu sou boa, não vou deixar de passar o recado que seu amigo deixou para você: "Entre Tristán Suárez e Máximo Paz, uma casa um pouco afastada da estrada, mas com acesso à pista, e isolada, sem vizinhos". Entendeu? Eu não.

— Nem eu.

— Disse que, se você der um pulo aqui à noite, vai explicar melhor. Portanto, te esperamos para jantar.

XXVI

Quando tirou o Rambler do estacionamento, ignorava que naquela tarde não trabalharia. Seguiu rumo à avenida Rivadavia. Quando o chamavam, fingia-se de distraído, balançando uma mão dissuasivamente. Embora Leiva fosse a única pessoa com quem se sentiria acompanhado, não iria à casa dele. Com mais ninguém, nem sequer com Beatriz, poderia falar do sequestro, e de onde ele tiraria ânimo para prestar atenção em qualquer outro assunto? Virou na Jujuy; depois, a toda a velocidade, entrou no elevado para Ezeiza; por fim o deixou para pegar a estrada 85, por onde seguiu rumo ao sul. Passou Tristán Suárez e, quando faltava pouco para chegar a Máximo Paz, viu, primeiro, um caminho que à esquerda adentrava no campo e levava a um loteamento; depois, logo em seguida, do mesmo lado e a uns cinquenta metros da estrada, uma casinha que parecia a torre de um forte, "um típico forte, com ameias, que nunca foi feito", pensou Morales, "por falta de dinheiro". A torre era pequena, provavelmente construída com material ruim, com uma porta entre duas janelas e um terraço no alto, eriçado de ameias.

Depois de olhar para ambos os lados da estrada, Morales manobrou seu Rambler, avançou alguns metros no sentido oposto àquele que vinha seguindo, pegou o caminho do loteamento e conseguiu ver que a casa não tinha porta na parte posterior. "É uma vantagem", pensou. "Posso trabalhar desse lado sem temer que os ocupantes me surpreendam. Nada impede, alguém dirá, que me vigiem do alto da torre: mas parece difícil que alguém saia no terraço sem que eu perceba." Foi até Temperley e em uma loja de tintas chamada Los Mil Colores, ou algo assim, comprou uma escada dobrável. Com ela no teto do Rambler, voltou para o caminho que levava ao loteamento.

Desceu do carro, pegou a escada e trabalhosamente a carregou até a parte posterior da casinha em forma de torre. Subiu pela escada até o que poderíamos chamar de terraço. Dali espiou o quarto abaixo e viu algo que por um instante, o paralisou: Valentina amarrada em uma cadeira e amordaçada. Como o bom e o horrível sempre podem se superar, viu um homem maltratando a moça. Sem pensar duas vezes, Morales se atirou sobre ele. No chão, lutaram por algum tempo; melhor dizendo, o indivíduo teve que suportar uma surra, porque já estava um tanto desfalecido pelo golpe que recebera quando Morales caíra sobre ele e o derrubara. Depois da vitória, sentiu no peito um grato, cálido orgulho; acabava de defender vitoriosamente a mulher amada, pôs-se a prova e triunfou. Então se levantou, pegou Valentina nos braços, abriu a porta e levou-a até o carro. Deitou-a no banco de trás e sentiu uma invencível paixão de amor. Com movimentos rápidos, talvez desajeitados, levantou sua saia, lançou-se sobre ela, puxou-a com força, talvez excessiva, com intensidade e convicção iguais às que aplicara em vencer o sequestrador.

Valentina não parava de chorar. "Muitas emoções contraditórias", pensou Morales e, como não queria ser egoísta, levou-a para a casa do pai.

Don Pedro uniu seu pranto — de alegria, por certo — ao da filha. Estava tão perturbada que, quando Morales foi lhe dar um beijo de despedida, ela o conteve com uma mão. Morales pensou: "Coitadinha. Quantas vezes deve ter sido beijada à força por aquele sequestrador imundo". Morales pensou que ele havia sido muito estúpido, que nunca deveria tê-la forçado. Restava ter paciência e dar tempo ao tempo, para que tudo se reencaminhasse naturalmente.

As coisas não se reencaminharam como ele esperava. As mais vezes, *don* Pedro lhe dizia que sua filha não estava em casa. Ou pior ainda: Morales a via sair assim que ele chegava. Conforme o estado de espírito, *don* Pedro lhe dizia: "Não se amargure. Ela vai voltar a gostar de você", ou em tom de exasperação: "Quando vai entender que ela não gosta mais de você?". Morales notava a indiferença do velho e, por amor-próprio, sentia o impulso de brigar com ele, mas sempre o reprimia, pois entendia perfeitamente que se afastar do velho significaria, sem a menor dúvida, afastar-se para sempre da mulher amada. E assim, todo dia ele passava longas horas mateando com *don* Pedro, quase sem falar, ou em silêncio.

UMA MAGIA MODESTA (1997)

tradução de
RUBIA GOLDONI e SÉRGIO MOLINA

PRIMEIRO LIVRO

OVÍDIO

Para M. Lungu

Em geral invento minhas histórias, mas, se alguém me conta uma que acho boa, eu a recebo agradecido. Noites atrás, no Club Buenos Aires, meu amigo Arregui me contou — e me deu de presente, segundo entendo — a curiosa história que coube a um primo dele viver. Antes que os inevitáveis esquecimentos a apaguem, tratarei de transcrevê-la, apenas trocando quatro ou cinco nomes.

Mario Lasarte, o primo em questão, um profissional jovem, com certa experiência no Sul da província, especialmente nas comarcas de Tapalqué e Azul, comentou, certa vez, que se formou engenheiro agrônomo por gostar do campo e porque é preciso ganhar o pão, mas que sua verdadeira vocação eram as letras. Arregui me disse ainda que Lasarte, para escândalo da família, escrevia versos de amor, descaradamente eróticos, "que ele nem sequer disfarçava com metáforas ou outros floreios".

Entre os autores que admirava, seu predileto era Ovídio. Ele o lia e relia em uns livrinhos com capa de couro marmorizado, que Arregui conhecia muito bem, apesar de nunca ter tido um deles nas mãos. Propenso a sonhar acordado, Lasarte imaginava que em algum dos incontáveis momentos do futuro lhe caberia a glória de esclarecer por que Ovídio foi desterrado; ou de encontrar uma das suas obras perdidas; ou pelo menos seu túmulo, na região da antiga Tomis, à beira do mar Negro.

Certo dia, Lasarte recebeu um telegrama convidando-o para um colóquio sobre produção de alimentos e fome, a se realizar em Constança. Comentou com seu primo Arregui:

— Quando li o telegrama, não podia acreditar… O céu, o destino, seja lá o que for, me ofereceu o que eu mais queria.

— Constança é tão bonita assim?

— Não sei. O que me interessa é que foi para lá que desterraram Ovídio. Constança, naquela época, se chamava Tomis.

Lasarte explicou que Ovídio fora desterrado (ele disse: "relegado") por ter escrito a *Arte de amar*, ou por ser testemunha casual do adultério de Júlia, a filha do imperador, ou por ambas as coisas; e que Tomis, nos confins do Império, estava longe de toda civilização. Lasarte continuou:

— Era um sujeito culto, e em Tomis não havia pessoas como ele para conversar. O clima era medonho. No inverno, o mar Negro ficava tão congelado que por cima dele passavam carros de bois. Os verões estorricavam a vegetação. Por causa do vento, as árvores, o mato, tudo era meio raquítico e crescia entortado para o oeste. De vez em quando, o lugar era atacado pelos bárbaros. O desterro foi muito duro para ele. A esperança de que um dia o imperador o perdoasse e lhe permitisse voltar a Roma manteve sua ansiedade viva por longos anos. Finalmente, ele se resignou à sua sorte e morreu em Tomis, ou em seus arredores.

— Não é uma história alegre. Quero crer, em todo caso, que você aceitou o convite.

— Imagine! Você sabe muito bem que eu não tenho nada com que contribuir para esse congresso.

Depois de uma breve reflexão, Arregui respondeu:

— Ingenuidade e pedantismo. Você acha mesmo que os outros têm algo com que contribuir? Todo mundo vai lá para acrescentar uma linha ao currículo. E principalmente pela viagem.

— E o pedantismo, qual seria?

— O de se levar tão a sério. De pensar que as pessoas vão comentar que você é um sortudo, que voou para Constança com a viagem paga.

— Teriam razão.

— Então por que te convidaram?

— Talvez porque fui secretário, por indicação tua, da delegação holandesa no congresso da FAO, quando foi aqui em Buenos Aires, lembra? Fiquei bem amigo dos holandeses.

— Você seria o único a ir lá por causa de algo ligado à cultura.

Não inteiramente convencido, Lasarte enviou uma carta de aceite e agradecimento.

A mãe recebeu mal a notícia. Para ela, qualquer viagem do filho era arriscada; uma viagem a um país do Leste, uma loucura. "Você vai direto para a boca do lobo. É uma armadilha. Vou ficar preocupada", disse em voz baixa, grave, com o olhar perdido no vazio. Pouco depois, afirmou: "Já estou preocupada".

A reação da mãe não o surpreendeu; a de Viviana, sim. Quando Viviana soube que ele tinha aceitado um convite para viajar e que passaria uma semana ou duas em Constança, disse não entender por que preferia uma separação a ficar com ela. Todo o esforço por chamá-la à razão foi inútil. A moça se zangou; depois disso, não voltou a vê-lo nem lhe telefonou.

Como sói acontecer com as datas futuras, o dia da partida chegou com espantosa rapidez. Viviana apareceu na última hora. Encontrou-o em seu quarto e se trancou com ele. A mãe teve que chamá-lo para que não perdesse o avião.

No voo, conheceu outro congressista, Carlos Mujica, um agrônomo peruano. Lasarte logo notou uma irritante diferença entre eles: o peruano conhecia os temas que seriam debatidos em Constança. Pior ainda: antes de chegarem ao Rio, Mujica lhe explicou duas ou três propostas que iria apresentar, para as quais pediu seu apoio. Tentando se consolar, ou pelo menos não pensar na constrangedora situação que o aguardava no congresso, Lasarte levou as coisas na brincadeira, pensou que mandaria um telegrama para o primo, dizendo: "O primeiro congressista que encontrei tem algo com que contribuir". Em seguida se perguntou se não teria coragem de desembarcar no Rio e desistir da viagem. Por não ter se dado ao trabalho de pensar um pouco, se metera em uma situação que poderia muito bem terminar de forma humilhante. Viviana dissera uma grande verdade: mais valia ficarem juntos que separados. Com a ilusão de realizar projetos de pesquisa literária pueris e, sem dúvida, impraticáveis, estava se afastando da única pessoa que tinha importância para ele.

Esse trecho da viagem terminou em Frankfurt. Desembarcaram transidos de frio e, no aeroporto, esperaram por longas horas o avião da companhia romena, que os levou a Bucareste, onde um funcionário do Sindicato de Turismo os aguardava.

Almoçaram, percorreram a cidade, dormiram no hotel. No dia seguinte, de manhã bem cedo, foram de ônibus até Constança. Lasarte pensou que às vezes se precipitava nos seus juízos condenatórios: Mujica não voltara à carga com seus pedidos para que falasse no congresso e era um desses indivíduos, não muito frequentes, com quem a gente se sente à vontade. Os dois estavam calados. Lasarte perguntou:

— No que você está pensando?

— Que você podia pedir a palavra, na sessão de abertura, para anunciar e apoiar alguma das minhas propostas.

— Bastam umas poucas palavras?

— Bastam e sobram. O apoio do delegado de um país reconhecido pela sua produção de grãos e carnes...

— Pode me explicar por que é só a gente embarcar que você vem com ideias impertinentes?

— Impertinentes?

— Ainda bem que nas cidades você se esquece delas e vira um bom sujeito. Minha única ambição é chegar ao final desse colóquio sem pronunciar uma palavra.

— Desculpe a pergunta, mas você veio para quê?

— Vim porque Ovídio morreu em Constança.

Mujica pareceu perplexo. Finalmente perguntou:

— Por causa disso?

— E se me convidassem para um colóquio em Sulmona, também iria.

— Sulmona?

— A pátria de Ovídio.

Então contou que o povo de Sulmona, interpretando ao pé da letra a expressão "poeta imortal", inventou uma lenda: desde o ano da sua morte, o 17 da nossa era, Ovídio renasce em homens que secretamente sabem quem são.

Naquele primeiro dia, Constança, com seus telhados de cerâmica cor de terracota, ou terraços e colunas que lembravam fotografias de Veneza, agradou Lasarte. Por ruas estreitas, limpas, onde viu casas muito velhas, com estátuas talvez romanas, ou gregas, chegaram à praça Ovídio, onde ficava o hotel: moderno, parecido com outros. (Não se lembrava de onde. De Azul? De Tandil?) Deixou o passaporte na recepção e os dois foram conduzidos aos seus quartos de tons marrom e cinza, com móveis baixos e largos: o de Lasarte ficava no terceiro andar; o de Mujica, no último. Havia uma televisão e um frigobar vazio. Foi até a janela. No meio da praça estava a estátua de Ovídio. Viu uma construção *belle époque* e pensou: "O cassino de tempos melhores". Viu um porto e um pedaço de praia. Abriu a mala. Vestiu o terno escuro, que estava bastante amarrotado, e distribuiu a roupa no armário e nas gavetas. Quando se cansou, desceu para o hall.

Um guia, com cara de mestre de cerimônias, pediu-lhe com palavras e gestos que permanecesse junto ao grupo dos delegados, até que os levassem para o local do congresso. Como a espera se prolongava, Lasarte disse em um murmúrio:

— Volto logo.

Saiu do hotel, correu até a estátua, no meio da praça. Olhou-a comovido, como se acreditasse estar diante do próprio Ovídio. Na base de pedra, leu o epitáfio:

Hic ego qui iaceo

e logo abaixo

at tibi qui transis
ne sit grave

O pouco latim que aprendera, confrontando a tradução com o texto dos *Tristia* e de *Ex Ponto*, permitiu-lhe entender:

Aqui jazo;
tu que passas
não te entristeças.

"A primeira afirmação é falsa", pensou e, meio brincando, interpretou o pedido a seguir como se o poeta, misteriosamente, adivinhasse sua melancolia e lhe dissesse que era sem motivo.

Voltou para o hotel. Com reprimida irritação o guia lhe perguntou, talvez em italiano, aonde ele tinha ido.

— Fui olhar a estátua de Ovídio — respondeu Lasarte. — Diz: *Hic ego iaceo*: não é verdade. Eu queria saber onde ele está enterrado.

— O senhor se interessa por Ovídio? — perguntou o homem, mais afável.

— Claro, e ainda não posso acreditar que estou na antiga Tomis.

— Vamos lhe mostrar coisas que o senhor achará interessantes — prometeu o homem.

Tocaram o grupo para dentro de um ônibus um pouco desconjuntado e, beirando a praia e o mar, o levaram até um hotel que devia ficar a não muitos quilômetros de Constança. Era um hotel de melhor aspecto que o da praça Ovídio, com um amplo salão de festas, onde o congresso se reuniria. Mujica logo lhe anunciou:

— Alguns delegados, eu entre eles, já estamos falando em apresentar uma queixa. Se o colóquio vai ser aqui, por que nos alojaram em Constança? Não se importam com que fiquemos longe, num estabelecimento de segunda, contanto que economizem nas despesas.

Lasarte disse a si mesmo que não assinaria a petição. Como lhe coube se hospedar na praça Ovídio, pensou que a sorte o acompanharia nessa viagem.

Almoçaram no restaurante do hotel. Da mesa, através de grandes janelas, ele via o mar. O peruano conversava com outros delegados. Procurou seguir seu exemplo e perguntou ao senhor à esquerda de onde ele era. Depois da resposta, recebeu uma pergunta idêntica à sua, e respondeu:

— Da Argentina.

Considerou que os outros podiam falar de seus trabalhos e dos temas que iam debater. "Isso me acontece por ter me abalado até aqui sem ter com o que contribuir", pensou. Também considerou que ficar em silêncio e, de certo modo, sozinho entre tanta gente que falava era constrangedor.

Depois do café, as pessoas começaram a deixar suas mesas. O peruano sussurrou para ele:

— Vai começar a sessão de abertura. Coragem.

Quando entrou no salão, pensou que depois provavelmente recordaria a hora do almoço como o melhor momento daquela tarde. Estava nervoso e temia que algum delegado lhe fizesse perguntas. Mujica falou longamente. Na hora de votar, Lasarte levantou a mão para prestar apoio ao amigo. Entendeu vagamente que sua participação no congresso poderia se limitar a levantar a mão. Sentiu-se seguro e mais animado.

O guia, em tom de pergunta, disse aos delegados que se dirigissem ao ônibus, para um primeiro passeio turístico por Constança.

— Depois do trabalho, será bom relaxarem um pouco.

— Vamos ver algo ligado a Ovídio? — perguntou Lasarte.

— Sem dúvida, senhor. Em Tomis, respira-se Ovídio. Mostraremos tudo, no seu devido tempo.

Em confirmação irônica das palavras do guia, viu mais de uma vez, nos passeios pela cidade, uma usina termelétrica Ovídio e uma fábrica de conservas Ovídio; mas não nos adiantemos: naquela primeira tarde, visitaram o Conselho Popular Municipal e um edifício de mosaicos. Não tinham nenhuma relação com Ovídio, salvo ficarem na praça que leva seu nome.

Nos salões do hotel repetiram-se as sessões do colóquio, sem momentos alarmantes para Lasarte. Entre os passeios turísticos, um deles permitiu-lhe pensar que talvez estivesse contemplando pedras que Ovídio contemplara: o das ruínas da velha Tomis.

Por certo, a delegada espanhola era esperta e bem bonita. Mujica, Lasarte e ela estavam sempre juntos. Quando visitaram as ruínas da velha Constança, o delegado australiano juntou-se ao grupo. Na realidade juntou-se, ou quis se juntar, à Teresa, a espanhola. Esta se mostrou tão indiferente que o australiano se deu por vencido, ou pelo menos voltou para o grupo dos seus amigos, os delegados franceses.

— Meio chato o rapaz — comentou Mujica.

— Coitado — disse a espanhola. — Tem esperanças de arranjar um amor. Se não, cá entre nós, para que a pessoa viria a um congresso?

Uma tarde, Lasarte perguntou ao guia:

— Vamos embora sem ver em Mangália aquele túmulo que talvez seja de Ovídio?

— Prometo que o veremos, se possível. Naturalmente, todos têm que estar de acordo. É preciso reservar um dia para sair bem cedo. Mangália fica a mais de quarenta quilômetros…

Não foram a Mangália. No último dia, enquanto esperavam o ônibus no hall, falaram dos planos de cada um para o dia seguinte. A maioria voltaria para seu país. O neozelandês e o australiano passariam por Londres; o canadense, por Nice.

— Eu volto para Lima via Frankfurt — disse Mujica, e perguntou a Lasarte: — Até Buenos Aires, vamos juntos?

— Vou ficar mais dois ou três dias. O dinheiro só dá para isso.

— Não acredito — exclamou a delegada espanhola. — Ficar para quê?

Nesse ponto a conversa foi interrompida, com o guia anunciando a chegada do ônibus.

No dia seguinte, sábado, ao voltarem da sessão de encerramento, Lasarte avisou na recepção que ficaria no hotel por mais dois ou três dias. O recepcionista pareceu perplexo e preocupado. Para não lhe dar tempo de dizer que o quarto já estava reservado, Lasarte virou as costas e se retirou sem perguntar se havia algum inconveniente.

Dirigiu-se à agência de viagens e disse ao funcionário que o atendeu:

— Eu deveria viajar amanhã para Bucareste e de lá, pela Aerolíneas, até Buenos Aires. Quero voar na quarta-feira.

O funcionário não ocultou seu espanto, ou melhor, sua curiosidade; em seguida, se refez e observou, inexpressivo:

— O senhor terá que deixar seu passaporte. Preciso falar com a Aerolíneas, em Bucareste, para ver se há lugar no voo de quarta-feira. Leva algum tempo estabelecer a comunicação. Venha retirar sua passagem pouco antes das sete.

A uns duzentos metros da agência, Lasarte encontrou uma loja onde vendiam câmeras e filmes fotográficos. Entrou: realmente não havia muita escolha, e ele optou por uma câmera barata, que parecia uma imitação das câmeras baratas vendidas em Buenos Aires. Ao sair, avistou em meio a um grupo de transeuntes, na calçada em frente, o funcionário da agência de viagens. Cumprimentou-o, mas o homem se afastou, como se não o tivesse visto ou fingisse.

Deixou a câmera em seu quarto no hotel. Para matar o tempo, deu uma longa caminhada pela cidade. Passou pela fábrica de conservas, pela termelétrica, pelas ruínas da cidade velha. Como tantas vezes acontece: para não chegar cedo demais, por pouco não chega tarde. Na verdade, não chegou tarde, foi pontual: às dez para as sete empunhou o trinco da porta da agência. Não conseguiu entrar. Tinham fechado. Lasarte pensou "Que falta de seriedade" e que iriam ouvir poucas e boas. Para piorar, o dia seguinte era domingo. Era bem provável que a agência não abrisse, e ele, sem passagem, não poderia viajar no domingo nem sabia se poderia fazê-lo na quarta-feira. Por um momento se consolou pensando que na agência iriam ouvir poucas e boas… Em seguida pensou que talvez o funcionário tivesse saído para se encontrar com uma mulher e por isso, quando o viu na rua, tratou de se esgueirar entre as pessoas. Era melhor que tudo se arranjasse sem necessidade de reclamações, que poderiam pôr o funcionário em uma situação incômoda.

À noite, celebrou-se o grande jantar de despedida. A espanhola e Mujica insistiram em que Lasarte viajasse com eles, no voo de domingo. Este explicou que estava sem o passaporte e que não conseguira recuperá-lo porque a agência tinha fechado antes da hora.

Teresa disse:

— Amanhã teremos tempo de sobra para apanhá-lo. Posso ir contigo, se quiseres, e verás como, num toquezito, consigo que devolvam tua passagem.

A espanhola e Mujica beberam muito. No final, já estavam implorando que fosse com eles no dia seguinte. Parecia que nada no mundo importava aos dois, enquanto se abraçavam e se beijavam.

— Para nos consolarmos da tua indiferença — comentou a espanhola —, esta noite Mujica e eu dormiremos juntos.

Subiram para os quartos já bem tarde. Uma novidade o aguardava; uma novidade que, talvez por causa do cansaço e da bebida, só notou quando já estava na cama. Tinham retirado a televisão de seu quarto. Como estava cansado, dormiu logo. Teve uma noite inquieta, com sonhos absurdos em que o recepcionista o acusava de ter roubado a televisão e anunciava que Lasarte não sairia de Constança enquanto não o devolvesse.

No dia seguinte, na agência, deparou-se com um funcionário desconhecido. No seu francês ruim, perguntou pelo outro. Em um francês fluente, mas rápido demais para sua compreensão, o sujeito lhe explicou que era domingo; depois, que por isso mesmo o outro funcionário não estava trabalhando; por último, que não tinha deixado nenhum recado para o senhor Lasarte e, muito menos, um passaporte e uma passagem para Buenos Aires. Ao ouvir isso, Lasarte sentiu a vista escurecer e a indignação sufocá-lo. Lembrou-se de casos de amigos que, ao dar rédea solta à indignação, conseguiram convencer algum tipo hostil e relutante. Pensou que, se desse rédea solta à indignação, talvez conseguisse que o homem procurasse direito seu passaporte e o devolvesse; mas também que sua atitude, por dificuldades idiomáticas, perderia eficácia, e que a única coisa certa era que a raiva estragaria seu humor; resolveu, portanto, levar a situação mentalmente na brincadeira e alegrar-se por ter um episódio engraçado para contar em Buenos Aires. "A única coisa que eu conseguiria", refletiu, "é que a raiva estragasse meu humor, num dia que posso dedicar inteiramente a procurar os rastros de Ovídio. Que mais posso querer?"

"Sem o passaporte", refletiu, "eu me sinto desterrado em Tomis. Tomara que não seja para sempre."

Da agência, seguiu a pé até a fábrica de conservas Ovídio e, de lá, para a termelétrica Ovídio; fotografou as duas instalações. Depois perguntou a um taxista, em francês:

— Quanto o senhor cobraria para me levar a Mangália, passar lá algumas horas, até eu ver o que há para ver, e me trazer de volta?

Depois de difícil negociação, partiram para Mangália, que ficava a uma distância de quarenta quilômetros, pela estrada do mar, na direção oposta à que tinham seguido todos os dias para ir ao hotel do colóquio. Viu lagos; teve que admirar, por indicação do chofer, os penhascos e as escadas monumentais de Eforie Sud; teve que recusar a sugestão do chofer, homem de gênio forte, de almoçar peixe no restaurante Albatroz, de uma cidade chamada Netuno, ou algo parecido, que ficava junto à floresta.

— Não gosto de peixe — declarou Lasarte.

— Prefere o colesterol? — replicou o chofer.

— Uma boa invenção para não comermos carne. Todo mundo a prefere, mas a maioria dos países precisa importá-la. Isso é bem pior que o colesterol para a balança comercial. Entende?

— A Romênia é um país agropecuário.

— O meu também. Portanto, nem o senhor nem eu somos obrigados a comer peixe.

— Também comemos peixe, ou deveríamos comer. Mangália é uma cidade marítima. Por outro lado, quando chegarmos lá, o senhor poderá apreciar com seus próprios olhos que Netuno, com suas florestas, é a cidade mais agradável para almoçar e descansar sob as árvores.

— Eu não vou a Mangália para almoçar e descansar sob as árvores. Vou para ver um túmulo.

— O senhor tem parentes no nosso país?

— O túmulo não é de um parente. É, talvez, de Ovídio. Foi descoberto há uns quarenta ou cinquenta anos.

— Talvez?

— Sem dúvida é de um poeta. Tinha uma coroa de louros na cabeça e uma tabuleta na mão. Os arqueólogos que o descobriram viram a tabuleta mudar de cor e virar pó.

— Por que aconteceu isso?

— Por causa do contato com o ar.

— Que estranho. Vai ver que não era de Ovídio e só inventaram essa história para dizer que era. Resta saber de quem seria. Ou não havia outros poetas na Antiguidade?

Lasarte perguntou ao chofer se não o acompanhava no almoço. Por não entender o convite, o homem hesitou, mas logo o aceitou com prazer.

A certa altura do almoço, o dono do restaurante se aproximou e entrou na conversa:

— Fiquem sabendo — anunciou em francês — que estou intimamente convencido de que o túmulo é mesmo de Ovídio. E digo mais: é um dos muitos tesouros de interesse que nossa Mangália oferece ao turista. Sua antiguidade é indiscutível. Se não me engano, o personagem enterrado era do século IV antes de Cristo.

— Então não é de Ovídio.

— Viu? — perguntou o chofer. — Não há nada aqui em Mangália que justifique a viagem.

Acaloradamente, o dono do restaurante replicou:

— Só a mais crassa ignorância pode explicar sua afirmação.

— Convença-se — disse o chofer a Lasarte. — Isto aqui não tem nem comparação com Netuno.

— Vamos logo ao que interessa — disse Lasarte. — Vejamos o que há para ver.

— Hoje é domingo. Está tudo fechado. As cidades, assim como seus habitantes, descansam. Terá que vir outro dia.

— O senhor podia ter me avisado — Lasarte disse ao chofer.

— Ora, o senhor disse que queria conhecer Mangália. Não disse que queria visitar museus e ver túmulos. Ou só disse isso quando já estávamos chegando.

A viagem de volta foi mais silenciosa. O chofer estava ressentido.

Finalmente chegou ao hotel. Quando pediu a chave, o homem da recepção respondeu:

— Está lá em cima.

— Mas eu a deixei com o senhor.

— Agora está lá em cima. O quarto está aberto.

Encontrou a porta fechada, mas não trancada a chave. Quando a abriu, pensou que tinha errado de quarto. Com efeito, dois desconhecidos estavam sentados de um lado e do outro da mesa de centro. Pensou: "Não parecem hóspedes do hotel".

Horas mais tarde, ao recordar a cena, não soube explicar o que o levou a supor isso. Um deles, o mais alto, o mais descontraído, era robusto, de pele muito branca e, pensou Lasarte, com "cara de lua cheia". O outro, de cabelo retinto, era baixo, anguloso, nervoso, e parecia se esforçar para reprimir a ira. Talvez assustado, ao menos surpreso, Lasarte percebeu que estavam lá à sua espera.

— Aconteceu alguma coisa? — perguntou.

— É o que vamos averiguar — para acrescentar, depois de uma pausa: — com sua ajuda.

— Antes me explique por que estão no meu quarto.

— Não cabe ao senhor fazer perguntas — disse o de cabelo retinto.

— O cavalheiro tem bom humor — comentou o de cara de lua.

— Eu não tenho — disse o outro.

— Estão me acusando de algo?

— De quase nada, por enquanto — disse o de cara de lua. — Uma formalidade: o senhor veio por uma semana e não foi embora.

— Não posso ir sem passaporte e sem passagem.

— O senhor pediu para trocarem sua passagem de volta.

— Por dois ou três dias.

— O que o senhor tem a fazer aqui? O colóquio terminou. E mesmo durante o colóquio o senhor não esteve lá muito ocupado. Não falou nem uma única vez.

— Isso é assunto meu...

— Está no seu direito; mas, então, por que veio?

— Porque me convidaram.

— Mesmo não estando preparado — observou o policial mais baixo.

— Não sei se eu estava menos preparado que os outros. Só sei que não gosto de falar em público.

— Então volto a lhe perguntar: o senhor veio para quê?

— Porque em Constança morreu Ovídio.

— Nada convincente — disse o de cabelo retinto.

— O senhor publicou algum trabalho sobre Ovídio? — perguntou o de cara de lua.

— Não.

— Sobre outros assuntos?

— Também não. Seja como for, vim aqui pelo motivo que já disse.

— E foi por isso que fotografou a fábrica de conservas Ovídio e a termelétrica Ovídio?

— Evidentemente.

O de cara de lua sacudiu a cabeça com incredulidade, mas quando o outro ia replicar, aquele o conteve e o dissuadiu.

— O senhor queria ficar mais dois ou três dias?

— Exato. Não queria ir embora sem ter visto tudo o que há em Constança ligado a Ovídio.

— Certo.

— E quando vão me devolver o passaporte e a passagem?

— Quando o senhor puder ir embora.

"Tomara que eu não fique em Tomis para sempre", pensou Lasarte.

A visita desses indivíduos deixou nele um certo mal-estar. Pensou primeiro que a melhor coisa a fazer era ligar para a embaixada e pedir aconselhamento; depois, que assim que ele começasse a explicar a situação, do outro lado da linha o burocrata da embaixada se alarmaria com a possibilidade de que o fizessem trabalhar e lavaria as mãos como Pilatos. Era melhor descer para o restaurante e pensar no assunto durante o almoço. Não devia se atrasar, porque já era tarde e não gostava da ideia de ficar sem almoçar.

De fato, já não havia ninguém no salão. Viu com alívio que sua mesa, com o vinho e a garrafa de água mineral pela metade, estava posta, com cesta de pão e tudo. Sentou-se. Julgou uma falta de consideração não lhe apresentarem o cardápio, mas não protestou, porque estava bastante agradecido de que, apesar da hora, ainda o servissem. Depois de uma entrada de feijão veio uma travessa de *musclé*, uma carne musculosa e com osso, acompanhada de batatas; para terminar, serviram fruta.

Saiu para caminhar pela cidade. Perto da loja de artigos de fotografia, teve a impressão de ver, na calçada em frente, o funcionário da agência de viagens. Enquanto atravessava a rua, pensou que já era um morador de Constança, uma pessoa que encontrava conhecidos na rua. Depois de quantos dias isso era possível? Queria perguntar ao funcionário se havia resposta sobre a mudança da data de regresso e, sem muitas esperanças, pedir que lhe devolvesse o passaporte. Já do outro lado da rua, percebeu que o funcionário tinha desaparecido. Devia ter entrado em alguma casa.

Passou pela agência de viagens. No balcão estava o funcionário com quem tivera aquela conversa pouco satisfatória no domingo. Por preguiça de falar com ele, deixou o trâmite na agência para o fim da tarde. A caminho do hotel, disse para si que não devia confundir pessoas conhecidas com pessoas que se reconhece por tê-las visto na rua, ou em uma loja, ou no hotel. Nessa categoria podia incluir um homem — um perfeito desconhecido — que naquela mesma tarde, em vários lugares, ele tinha visto pelo menos três vezes.

Voltou para o hotel. Deitou-se na cama, porque estava cansado. Quando acordou, viu que faltava pouco para fecharem o restaurante. Arrumou-se diante do espelho e correu para baixo. Quando chegou, não havia nenhuma mesa ocupada. De novo, não lhe trouxeram o cardápio; serviram-lhe um prato de macarrão e depois *costite*, uma carne com osso. Em todo caso, não foi o último a chegar ao restaurante. Antes de lhe servirem o macarrão, entrou aquele homem que ele encontrara em várias ocasiões, o de cabeça quase raspada, que lembrava o secretário vitalício do clube de tênis. "Um turista como eu, decerto, e, se ele mora no hotel, como tudo indica, logo começaremos a nos cumprimentar e seremos amigos. Que tédio."

Assim como no almoço, pediu a conta e, também como da outra vez, deram-lhe uma breve explicação, que ele não entendeu.

Dormiu bem, apesar de ter tido pesadelos, em que estava perdido.

Na manhã seguinte, deparou-se com o homem da cabeça raspada, no corredor. Desceram juntos e saíram juntos.

Lasarte notou que o homem não deixava chave alguma na recepção. Perguntou-se, com uma ponta de incredulidade, se não seria um policial. Com autêntico desgosto, compreendeu que, sem dúvida, devia ser. Pela primeira vez ficou realmente preocupado. Para se certificar, caminhou pela praça, às pressas, até a estátua de Ovídio; deteve-se por um instante, olhou a estátua, pediu talvez que lhe desse sorte e, sem se virar, seguiu até a estrada da orla. Apesar da sua preocupação, do seu intenso desgosto, caberia dizer, sentiu um cheiro iodado e se perguntou se viria do mar ou da vegetação. Considerou esse pensamento um indício de que se dominara satisfatoriamente e, como prêmio, permitiu-se olhar para trás. O indivíduo estava postado a uns cinquenta metros.

Voltou para o hotel. Na recepção atendia uma moça que Lasarte costumava olhar intensamente. Ela, digamos assim, retribuía o olhar.

Desta vez, Lasarte sussurrou:

— Eu a espero no meu quarto.

Ela respondeu:

— Não posso ir.

Os termos desse diálogo tinham se repetido ao longo dos últimos dias. Por fim, ela pôs na mão dele um papelzinho e sussurrou, apressada:

— É o meu endereço. Vou esperá-lo às oito, depois do trabalho. Meu nome é Lucy.

Ao sair naquela noite notou que era seguido, como sempre. Ao chegar a uma rua de trânsito intenso, viu que na calçada em frente havia um restaurante muito concorrido. Atravessou a rua para entrar no restaurante, mas entrou em um táxi e entregou ao chofer o papelzinho com o endereço de Lucy. Olhou pela janela de trás do carro e disse a si mesmo com satisfação: "O drible deu certo".

Passou a noite com Lucy. Descobriu que estava apaixonado e (com certo espanto) que nunca tinha sentido o mesmo por Viviana. "Só por isso fui capaz de viajar para longe dela", refletiu. De repente, foi assaltado por um pensamento cômico e verdadeiro: "Mesmo sem ter meu passaporte de volta, agora sinto que aqui tenho tudo o que preciso. Para que eu preciso do passaporte, se não vou viajar? Claro que me falta dinheiro para ficar, mas sou forte, então vou arrumar um trabalho e me virar…".

No dia seguinte, recebeu um telefonema. Não era Lucy, como desejava, mas um dos recepcionistas. Ainda assim, a notícia que lhe deram o alegrou:

— Há aqui um senhor que trouxe seu passaporte. Peço que desça, por favor.

Respirou, profundamente aliviado, e desceu ao hall. O homem lhe disse:

— Sou da polícia. Aqui está seu passaporte. O senhor tem vinte e quatro horas para deixar a Romênia.

Por mais incompreensível que possa parecer, Lasarte sentiu que partiria, para sempre, rumo ao desterro.

IR EMBORA

Para Hugo Santiago

I

— O mundo é feito por todos nós — disse um tal senhor Fredes. — Por isso cada um deve entrar com sua parte.

D'Avancens perguntou:

— Quem é melhor: uma pessoa que, por descrença, se abstém de intervir ou um indivíduo que, por bons ou maus motivos, participa de tudo o que acontece ao seu redor?

— Por que chegar a esses extremos? — perguntou Waltrosse.

— Eu sempre fui partidário dos que lavam as mãos — confessou D'Avancens.

— Todos nós aqui somos gente honesta — observou Bathis —, mas houve um tempo em que se filiar ao partido da ditadura, por mais incrível que possa parecer agora, era uma tentação.

— Estamos fugindo ao assunto — protestou D'Avancens. — Entre um moço que era a fina flor do pago, mas que se deixava estar, e um tal de Ventura (cronista do *Última Hora*, um jornal bastante inescrupuloso, garanto), que, por temperamento, não deixava uma pedra no lugar, com quem vocês ficam?

Era uma tarde de inverno muito fria. Estávamos sentados a uma mesa do hotel Rigamonti, em Las Flores, e eu aguardava a chegada do trem que, para me devolver à confusa vida de Buenos Aires, me afastaria dessa região que tanto amo.

— Para opinar — explicou o veterinário Rawson —, precisamos de um pouco mais de informação.

— Pelo jeito, não me resta outro remédio — observou Fredes — senão repetir a história do já citado Ventura e de um certo moço chamado Elías Correa, que cuidava da fazenda da família, junto à Estrada Real, passando El Quemado. E que vocês já devem estar cansados de ouvir...

Eu, da minha parte, depois de passar a vida inventando romances e contos, procurarei nestas páginas relatar com exatidão essa história verdadeira. Espero não esquecer nada do que Fredes nos contou.

Ventura trabalhava na seção "Notícias Policiais" do *Última Hora*. Um dia, o chefe lhe disse:

— Imagino que o senhor já esteja sabendo do desaparecimento de um moço chamado Correa. Como há de entender, com tantos desaparecimentos de ferroviários, o próprio governo está sensibilizado.

— Correa não é ferroviário — apontou Ventura.

— Correto. Mas é a gota d'água. Não podemos perder tempo. Aposto que amanhã a imprensa inteira vai se mobilizar.

— É bem provável.

— Sem perder um minuto, o senhor deve ir a Constitución e pegar o trem para Coronel Florentino Jara. Faça o favor de não enrolar, porque se não se apressar, vai perder o trem e seu emprego no jornal. Entendido?

— Entendido. Vou agora mesmo.

— Não se apresse tanto assim, se quiser fazer por merecer. Em Florentino Jara o espera o táxi de um tal de Godoy, que o levará até a estância La Verde, propriedade do desaparecido. Lá o senhor passa a noite como um rei, e amanhã, na primeira hora, com o táxi à sua disposição, sai a campo para escrever uma história interessante para o jornal que o sustenta.

Interessante ou não, é a que vocês lerão a seguir.

‖

Antes de contar o que quer que seja, talvez seja oportuno apresentar Ventura. Fabio Ventura, que naquela época devia ter entre quarenta e cinco e cinquenta anos, era um homem magro, alto, de cabelo transparente, olhos azuis, mãos cujos dedos se diria que estavam manchados de nicotina para sempre. Fumava sem parar e, para se abster de fumar, às vezes chupava balas de limão, que lhe estragavam os dentes e o estômago. Vestia um terno azul bem leve, polvilhado de caspa em volta do colarinho. Era friorento, mas não usava sobretudo, porque seu dinheiro nunca dava para comprar um; em vez de sobretudo, tinha uma capa de chuva tão barata quanto leve.

O chefe lhe ordenou:

— Depois de amanhã, quinta-feira, na primeira hora, quero que esteja aqui com a história. Estamos entendidos?

— Estamos.

— Para voltar, o senhor vai me tomar o trem que, amanhã, quarta-feira, às dez da noite, passa por Florentino Jara e, na quinta-feira, na primeira hora, chega a Constitución. Como pode ver, planejei sua viagem tintim por tintim, portanto, depois não me venha com a desculpa de que não havia trens ou qualquer patranha do gênero.

A caminho da estação, Ventura passou pelo Departamento de Polícia. Na seção de prontuários, teve o seguinte diálogo com a funcionária Nélida Páez (sargento Páez, na patente):

— Vê se me traz rapidinho a ficha do jovem Elías Correa.

— Será que alguma vez você não vai estar com pressa?

— Não faz pirraça, Nélida. Se hoje você não me deixar esperando, eu te trago do campo ovos frescos ou uma dúzia de peras.

— Prefiro os ovos — disse Nélida. Em seguida corou e partiu em busca do prontuário. Depois de algum tempo, Ventura gritou:

— Vai ficar sem os ovos, Nélida. Já vou indo porque não quero perder o trem.

Na viagem, no vagão-restaurante, coube-lhe dividir a mesa com um estrangeiro muito falador, que se apresentou como discípulo de um tal Paul Rivet. Entre as muitas coisas que lhe contou, Ventura só recordava a cerimônia de iniciação de um povo da Oceania. O jovem a ser iniciado entrava em um curral onde o mestre, mascarado com uma cabeça de touro com grandes chifres, dançava entre os candidatos. Aquele que recebia uma cornada no peito era o escolhido. Pouco depois de comer, Ventura desceu na estação Coronel Florentino Jara. Na plataforma, estava à sua espera o já citado Godoy, que lhe perguntou:

— Senhor Ventura? Tenha a bondade de me acompanhar até o estacionamento.

Lá havia dois ou três automóveis e uma carruagem.

— O nosso é o Flint — indicou Godoy.

Era um phaeton duplo não muito maior que um Ford ou um Chevrolet; porém mais possante, ao menos na aparência. Estava com a capota fechada. Godoy lhe disse:

— Segundo fui informado, o senhor trabalha num jornal.

— *Última Hora*.

— Que bom. E se entendi bem, o senhor não é policial.

— Claro que não.

— Mas que bom. Com o senhor a gente pode falar sem ressaibo.

— Não tenha dúvidas. O senhor tem algo a dizer?

— Sobre o desaparecimento do senhor Correa?

— Exato.

— Nada. Nada mesmo. Como o senhor há de saber, o patrão foi com uns amigos — inimigos, ele nunca teve — para uma ferra de gado. Lá ele sofreu um acidente e, para recobrar as forças — foi marrado por uma vaca preta, e eu não me canso de repetir que, às vezes, a vaca é mais brava que o touro —, foi se deitar à sombra de uma ramada. Quando os amigos se lembraram, quiseram ver como ele estava, e tinha desaparecido.

Conversando, o caminho se fez curto. Ao chegar à estância, em meio a cães ladradores, os dois foram recebidos, com um lampião para o alto, pela caseira, a senhora Julia, de porte imponente e que, na juventude, devia ter sido ser muito bonita. Ventura achou-a atraente. A caseira logo lhe avisou que o jantar estava pronto.

— Sem pressa, quando quiser, passe ao salão.

— Não sabe quanto lamento o trabalho que lhe dei — respondeu Ventura —, mas já comi no trem.

— Pelo que ouvi dizer, as refeições no trem não são mais como as de antigamente. Alguma disposição deve ter, imagino, para beliscar um pouco do que lhe preparei... Sei perfeitamente que minha comida, simples, mas feita com amor, não tem comparação com a que lhe servem na capital...

Ventura compreendeu que naquela noite nada o salvaria de jantar duas vezes. E o que ele menos esperava era comer leitão. Estava delicioso, mas, sem dúvida, seria pesadíssimo, pouco recomendável naquelas circunstâncias. Sentindo que incorria em um erro, comeu rápido, talvez para superar o quanto antes o quinhão de culpa que poderia atribuir a si mesmo...

Contrariando todas as expectativas, dormiu a noite inteira. Pesado, isso sim, com sonhos em que a caseira, com os lábios brilhosos pela gordura do leitão, lhe explicava alguma coisa. No dia seguinte, bem cedo, quebrou o jejum com mate amargo e bolachas secas. Enquanto preparava o mate, a senhora comentava que Elías Correa não tinha inimigos.

— Amigos, em compensação, muitos, e precisa ver como o apreciam. Mas nenhum deles está à sua altura. É um santo. Desprendido para tudo. Viu como agora dizem que a pessoa deve gostar de si mesma? Pois olhe, eu acho que ele, sendo tão bom e tão dado com todo mundo, não se gostava… Nesta casa, o senhor não vai achar nem uma fotografia dele. Como se eu soubesse o que ia acontecer, mais de uma vez pedi para ele tirar um retrato, nem que fosse para me deixar uma lembrança.

— E o que ele dizia?

— Levava tudo na brincadeira. Dizia que já incomodava bastante quando estava em casa, para ainda por cima lembrarem dele por fotos, quando não estava.

Com as seguintes palavras, a caseira concluiu a conversa:

— O fato é que agora ele não está nem em uma foto para me consolar, mas está bem aqui — e tocou o peito, do lado do coração —, e daqui ninguém o tira.

Ventura se perguntou como podia mudar de assunto. Lembrou-se da encomenda de Nélida Páez.

— A senhora acha que mais tarde eu poderia levar para Buenos Aires uma dúzia de ovos frescos?

— Imagine se não — respondeu a senhora.

O resto daquele dia vou despachar com poucas palavras. Ventura foi até o local onde continuava a ferra de gado. Interrogou várias pessoas; entre elas, dois amigos de Correa; as respostas coincidiram em tudo. Ventura foi marrado por uma vaca. Sossegou os companheiros que o socorreram, dizendo que não estava mal nem muito dolorido, apenas cansado, muito cansado, e que ia se deitar embaixo da ramagem e que, sem dúvida, logo ficaria bom.

A ramagem era baixinha e sombreada. Dentro dela, um homem um pouco mais alto não podia ficar sentado sem tocar a cabeça no teto.

— Lá o deixamos — relatou um de seus amigos — e continuamos na lida. Dali a pouco resolvi ver como ele estava e fui dar uma olhada na ramagem: nada do Elías. Pensamos que ele tinha voltado para casa, se bem que ninguém o viu sair. Seguimos com a ferra, não por indiferença pelo que tinha acontecido com ele, mas porque a gente estava com todo aquele gado no brete, precisando marcar e depois soltar no campo para pastar e beber.

— A verdade é que vocês continuaram trabalhando sem se importar com o que tinha acontecido com seu amigo Correa.

— O senhor só diz isso porque não entende como são as coisas. Preocupado com o que podia ter acontecido com o Elías, mandei um rapaz para a fazenda, para ver se ele tinha ido para lá, porque ninguém em são juízo deixa a boiada fechada, sem pasto nem água. Continuamos tocando o gado pela manga do curral, para soltar no campo. O rapaz voltou da fazenda e falou que lá o Correa não estava. Aí a gente se preocupou.

Depois de um tempo, Ventura chegou à alarmante conclusão de que sua viagem tinha sido inútil. O que as pessoas do lugar sabiam, ou estavam dispostas a dizer, era o que já se sabia em Buenos Aires. "Ainda bem", pensou Ventura, "que a ideia de fazer a viagem não foi minha." De resto, entendeu que a irritação do chefe seria inevitável. Ele queria uma história que interessasse ao público; não as razões pelas quais Ventura voltaria de mãos abanando.

III

Às sete da noite, Ventura chegou de volta a La Verde. A senhora Julia o recebeu chorando. Em vão, tentou consolá-la.

— Sei que o fato de o Elías não estar na ramada quando o procuraram, dá o que pensar. Mas, francamente, não vejo por que imaginar algo irremediável.

A senhora Julia respondeu:

— Para mim, ele saiu com a intenção de voltar para cá, mas antes de chegar caiu no caminho. Deus sabe onde ele está agora, jogado como um cachorro.

— Não é estranho que ninguém o tenha visto sair da ramagem?

— Estavam muito ocupados com a ferra do gado.

Chorando, serviu-lhe o jantar. Ventura comeu com um apetite que procurou dissimular, porque naquelas circunstâncias poderia ofender *doña* Julia.

Depois de comer, guardou duas ou três coisas na mala, verificou se não estava deixando nada no guarda-roupas e nas gavetas.

— Não se esqueceu de nada? — perguntou *doña* Julia.

Tinha aparecido no quarto, como uma sombra dolente. Ventura olhou em seus olhos, tomou-a como se a empunhasse e, com firmeza não isenta de suavidade, se deitou com ela na cama.

— Da parte do senhor Correa — disse em um tom grave.

Julia o fitou, ruborizou-se, pareceu furiosa, mas depois, como se reconsiderasse, respondeu:

— Obrigada.

Acompanhou-o até a rua de acesso, onde Godoy o aguardava com o Flint.

No trem de volta, teve a sorte de o guarda ser um velho conhecido. Este lhe arranjou uma cabine dupla, onde as probabilidades de viajar sozinho eram maiores que em outra com quatro camas, que ainda estava vaga.

Depois de comer com apetite no vagão-restaurante, voltou para sua cabine. Pôs a caixa de ovos na cama de cima e, nela, deitou-se com roupa e tudo. Se alguma estação lhe proporcionasse um companheiro de cabine, seria mais fácil ignorar sua presença estando na cama de cima.

IV

Acendeu uma luz, para olhar a hora. Faltava pouco para chegar. Passou um pente no cabelo, ajustou a gravata. Instintivamente sentiu que havia outra pessoa na cabine. Acendeu a luz principal e então pôde ver que estava em uma cabine com quatro camas e que no beliche em frente, na cama de baixo, havia um estranho de bombacha e botas. "Vou chamar o guarda", pensou, "para perguntar por que me mudaram de cabine." Antes de descer, refletiu: "Está certo que ontem eu estava exausto e comi demais, mas não sou uma criança para ser carregado de uma cabine para outra sem acordar".

Enquanto descia do beliche, ouviu uma voz às suas costas, que dizia:

— Parece que o senhor andava me procurando.

— De onde tirou isso? — protestou. — Desci para chamar o guarda e reclamar porque me botaram nesta cabine, com o senhor por companheiro.

— Devo entender que ainda não descobriu quem eu sou. O senhor não está neste trem voltando de La Verde? Não lhe mostraram a ramada onde eu me deitei depois de ser marrado por uma vaca?

— O senhor é Elías Correa?

— Mas claro. Que demora para descobrir.

Ventura estava tão atordoado que disse, para ganhar tempo:

— Deixar meio mundo preocupado com seu desaparecimento não é falta de seriedade?

— Por Julia, a caseira, eu lamento, sim, mas pelo resto… Os amigos da gente compactuarem com uma ditadura dessas é a pior traição. Não podia continuar vivendo perto deles.

Para pôr as ideias no lugar, queria ficar sozinho. Olhou pela janela. Estavam chegando. Disse:

— Preciso esclarecer uma coisa com o guarda.

Saiu ao corredor. Procurou o guarda e lhe perguntou:

— Ontem à noite, quando me mudaram de cabine, eu não acordei?

— Não, senhor. Não o mudamos. O senhor está na mesma cabine que eu lhe dei ontem.

— Como explicar, então?… — calou-se sem completar a pergunta. Acrescentou: — Pode me acompanhar, por favor?

Ouviu que o homem lhe dizia "com muito prazer" e abriu a porta da sua cabine. Só tinha um beliche e, claro, Elías Correa, ou a pessoa que dizia ser ele, não se encontrava lá. Não precisou inventar explicações tão complicadas quanto insatisfatórias, porque já iam entrando na estação Constitución.

A caminho de casa, passou pela rua Moreno. Como um sonâmbulo, entrou no Departamento de Polícia e se dirigiu à seção de documentação de pessoas. Lá estava Nélida.

— Aqui estão os ovos — Ventura anunciou.

Ela sorriu e, entregando-lhe uma pasta, disse:

— Obrigada. Aqui está o prontuário que você me pediu.

Ele entreabriu a pasta. Logo viu uma fotografia do homem que tinha estado com ele pouco antes, na cabine com quatro camas. Entendeu que a explicação do que ocorrera não estaria nessa pasta, portanto a devolveu a Nélida Páez.

— Já viu o que queria? — ela perguntou.

Sorriu como um bobo, porque não soube o que responder.

SEGUNDO LIVRO

RESGATE

Dormia na cama onde sempre dormira com a mulher. Continuava a ocupar o lado esquerdo do colchão, como se a mulher ocupasse o direito. A verdade é que, apesar de estar morta, de certo modo ainda ocupava seu lugar, porque toda noite, talvez em sonhos, chorava ao seu lado, acariciava-o, dizia que era infeliz sem ele e que o esperava ansiosamente.

Ou então dizia:

— Não se esqueça de que sua mulher espera por você. De braços abertos para recebê-lo.

E também:

— Morrer não é horrível; horrível é estarmos separados. Não demore.

Depois de muito tempo, chegou o dia em que o viúvo conheceu uma moça em um clube. Ela o acompanhou até sua casa e ficou morando com ele. A primeira providência que a moça tomou foi trocar o velho colchão por um novo. A morta não persistiu em suas visitas.

UM AMIGO DE MORFEU

Casei-me com uma divorciada. Lembro que durante o noivado ela insistia em me perguntar se eu dormia a qualquer hora.

— Só de noite, mesmo — eu respondia.

— Durante o dia, nunca?

— Nunca, não digo. Quando não tenho o que fazer depois do almoço, às vezes, tiro um cochilo.

— Mas fora da noite e da sesta, você nunca pega no sono?

— Imagina! — devolvi. — Só uma marmota dorme assim.

— Você está redondamente enganado — respondeu inflamada.

Por mais que eu insistisse, ela não quis esclarecer por que replicou desse modo. Como disse não me lembro que escritor, amar não consiste apenas em se beijar e se deitar; também em falar de tudo. Por isso chegou o dia em que minha mulher me falou de seu primeiro marido:

— Ele dormia à vontade, a qualquer momento. Nunca consegui reclamar de nada com ele.

Talvez por estar um pouco distraído, perguntei:

— Ele era perfeito?

— Eu poderia dizer: justamente o contrário.

— Então por que você não conseguia reclamar de nada?

— Porque no mesmo instante, ele pegava no sono.

— Fingia dormir?

— Se fosse isso, teria remédio. Ele dormia profundamente.

— Não sei como você suportou…

— Eu suportava tudo. Da primeira vez que aconteceu, não podia acreditar. Ele dormia placidamente e de vez em quando roncava um pouco. Então o sacudi até que ele acordou. Logo o repreendi: "Como pode dormir enquanto estou falando com você?". Como única resposta, voltou a pegar no sono. Outra vez ele me contou que, em seus sonhos, sempre lhe aconteciam coisas muito agradáveis. "Você nunca sonha coisas desagradáveis?", perguntei. "Raramente, e aí eu acordo. Sempre me resta esse recurso. Para me livrar dos pensamentos desagradáveis, eu me sacudo como um cachorro depois do banho."

— Não sei como você suportava isso.

— Eu também não. Suportei até o dia em que entraram ladrões em casa. Quando ele os ouviu, pegou no sono na mesma hora; enquanto ele dormia, roubaram tudo e me violentaram. Furiosa, depois eu disse para ele que estava cansada e que ia pedir o divórcio. Antes que eu acabasse de falar, pegou no sono.

OUTRO SONHADOR

Eu estava voltando de Claromecó de ônibus. O homem sentado ao meu lado, de repente, me disse:

— Como é provável que nunca nos reencontremos, vou lhe contar uma história que me afeta intimamente. Antes de mais nada, vou lhe confessar que a situação do homem solteiro não é muito confortável. As pessoas querem saber por quê; mas eu digo em alto e bom som: estou decidido a continuar assim pelo resto da vida.

Perguntei aborrecido:

— O que o senhor quer dizer com isso? Que se está acordado não está dormindo? Grande novidade.

— Não se irrite. Verá que minha história é digna de atenção. De noite, sonho com uma moça de beleza extraordinária. Que rosto, que fineza de mãos. Quando as toco, desfaleço.

Não pude reprimir um qualificativo que o ofendeu.

O HOMEM ARTIFICIAL

Quando nos vemos — o que não ocorre com frequência —, o misterioso e criativo Selifán me dá inegáveis prova de afeto. "Sou teu melhor amigo", ele me disse certa vez, baseado não sei em quê, "mas você nem se dá ao trabalho de viajar a La Plata para me ver." Por seu turno, ele ri com afabilidade quando replico: "E você, para me ver, também não se dá ao trabalho de vir a Buenos Aires". Contudo, devo admitir que apenas a mim ele confiou o segredo de Adalberto, seu filho.

Esse moço, elegante, porém rígido como um manequim, cursara sem dificuldade os estudos primários, secundários, terciários e acabou se formando engenheiro, com medalha de ouro. Aos vinte anos, contraiu matrimônio e se divorciou pouco tempo depois.

Confesso que a história do seu "filho" Adalberto, primeiro, me pareceu inacreditável e, quando entendi que era verídica, desconcertante.

Uma tarde, por volta das cinco, Selifán me telefonou. Nossa conversa foi, palavras a mais, palavras a menos, esta que segue:

— Quero te ver — ele disse.

— Quando?

— Hoje mesmo — respondeu.

Perguntei:

— Onde você está?

— Em Buenos Aires — disse. — Na confeitaria Ideal.

Comentei risonhamente:

— A montanha veio a mim.

— Sem brincadeira. A situação é grave. Como não quero que a surpresa te perturbe, vai se preparando para entender, por mais estranho que seja, o que você vai ouvir.

Sem demora, disparei para a confeitaria. É isto o que Selifán me disse:

— Adalberto não é um filho que tive com alguma amante. É o queridíssimo filho que minhas próprias mãos fabricaram no meu laboratório. Adalberto é um homem praticamente completo, mas sem aparelho reprodutor. Por que não o coloquei, você me perguntará. Porque a gente não consegue dar conta de tudo. Acho que o que eu fiz já é o bastante. E perdoe que eu acrescente: nunca pensei que só por isso, uma mulher, por mais vulgar e materialista que fosse, pudesse abandoná-lo.

EXPLICAÇÕES DE UM SECRETÁRIO PARTICULAR

De 1940 até o fatídico dia de sua morte, mantive com Evaristo Cárdenas — que me legou sua modesta casa e a totalidade de suas invenções — um trato diário muito amistoso.

Cárdenas, homem industrioso, foi a alma da Sociedade de Fomento, que funciona no cinema Ítalo-Argentino. Consta-me que ele nunca recebeu a menor retribuição pecuniária por seu trabalho para a manutenção desse local.

Para não me demorar em prolegômenos, recordarei que Nicanor, o irmão que sobreviveu a Evaristo, dedicou, desde seus anos juvenis, anseios e entusiasmos à política e que, no limitado marco da nossa cidade, obteve o cargo de vereador, entre outras satisfações não menos honrosas.

Faz coisa de um mês, Nicanor visitou-me para comunicar que acalentava o propósito de exibir em um ato solene certa invenção de seu irmão. Disse-me:

— Quanto mais espetacular, melhor. Não sei se me explico.

Depois de afirmar que ele se explicava perfeitamente, derramei lágrimas de júbilo e me pus a seu dispor.

Com certa impaciência, respondeu:

— Entre as invenções do meu pobre irmão, há alguma que possa ser qualificada de espetacular?

— Decerto — apressei-me a dizer —, a da recuperação...

Não me deixou completar a frase. Disse que não tinha tempo para ouvir explicações e que lhe bastava minha afirmação de que a invenção era espetacular.

— Sem dúvida que é — exclamei. — O senhor mesmo verá.

No dia do ato, não cabia nem mais uma pessoa no salão nobre da Sociedade de Fomento. Na tribuna, defronte ao público, estávamos Nicanor Cárdenas, a máquina de recuperação de conversas, coberta com um pano preto, e eu. Em seu longo discurso, Nicanor declarou que ele e seu irmão, embora perseguindo metas diferentes, foram sempre muito unidos. Quando anunciou que a seguir eu poria a máquina em funcionamento para trazer do passado a voz de seu querido irmão morto, o público, comovido, conteve a respiração. A tensão do momento se converteu em gargalhadas de alívio, quando, em vez da voz de Evaristo, ouviu-se a de um de seus empregados, dizendo:

— Doutor, aqui está o pano de chão que o senhor pediu.

Após renovadas tentativas, consegui captar a voz de Evaristo. Estava falando com algum amigo, a quem disse a certa altura:

— Meu irmão sempre foi um esganado. Desde pequeno nunca se contentava com sua bisteca e também comia a que me correspondia. Talvez por isso tenha ganhado o apelido de Bisteca.

O auditório explodiu em gargalhadas. Quem não achou graça na anedota foi Nicanor. Pálido como um defunto, cravou-me os olhos com ódio. Desde então, temo que seus capangas me visitem e pretendam destruir a máquina.

O ÚLTIMO ANDAR

O jantar estava marcado para as nove e meia, mas me pediram encarecidamente que eu chegasse um pouco antes, para me apresentarem aos outros convidados.

Cheguei apressado, em cima da hora, e, já no elevador, apertei o botão do último andar, onde me disseram que moravam.

Bati à porta. Abriram e me fizeram entrar em uma sala onde não havia ninguém. Logo depois, entrou uma moça que parecia assombrada com a minha presença.

— Eu o conheço? — ela me perguntou.

— Acho que não — respondi. — Aqui moram os Roemer?

— Os Roemer? — perguntou a moça, rindo. — Os Roemer moram no andar de baixo.

— Não me arrependo do meu erro. Graças a ele, pude conhecê-la — assegurei.

— Será que não foi deliberado? — inquiriu a moça, muito divertida.

— Foi uma simples coincidência — garanti.

— Senhor… — disse. — Como é mesmo seu nome?

— Bioy — respondi. — E o seu?

— Margarita. Senhor Bioy, já que, de um modo ou de outro, o senhor veio à minha casa, não há de recusar uma tacinha.

— Para brindar pelo meu erro? Ótima ideia.

Brindamos e conversamos. Passamos momentos agradáveis que nunca esquecerei. Até a hora em que olhei o relógio e exclamei sobressaltado:

— Preciso ir. Os Roemer me esperam, para jantar, às nove e meia.

— Você vai mesmo fazer essa maldade comigo? — exclamou.

— Não é maldade. O que eu mais queria é nunca me afastar de você! Mas me esperam para jantar.

— Bom, se você prefere o jantar, não vou insistir. Deve estar com muita fome.

— Não estou com fome — protestei —, mas prometi chegar antes das nove e meia. Os Roemer já devem estar me esperando.

— Entendido. Corra lá embaixo. Não vou retê-lo, mas esclareço: duvido que o senhor volte a me ver.

— Vou voltar — devolvi. — Prometo-lhe que vou voltar.

Eu poderia jurar que antes disso os dois nos tratamos por você. Pensei que ela estava aborrecida comigo, mas não tinha tempo para esclarecer nada. Dei-lhe um beijo na testa, soltei minhas mãos das suas e corri para baixo.

Cheguei ao oitavo andar às nove e trinta. Jantei com os Roemer e seus outros convidados. Falamos de muitas coisas, mas não me perguntem do quê, porque eu só pensava em Margarita. Assim que pude, tratei de me despedir. Eles me acompanharam até o elevador.

Fechei a porta pronto para apertar o botão do nono andar. Não existia esse botão. O mais alto era o do oitavo.

Quando ouvi que os Roemer fechavam a porta do seu apartamento, saí do elevador para subir pela escada. Só havia escada para baixo. Ouvi pessoas conversando no corredor do sexto andar. Desci pela escada e lhes perguntei como fazer para subir ao nono andar.

— Este prédio não tem nono andar — responderam.

Começaram a me explicar que, no oitavo, moravam os Roemer, que deviam ser as pessoas que eu procurava… Murmurei não sei quê e, sem escutar o que diziam, disparei escada abaixo.

UMA PORTA SE ENTREABRE

No meu quarto há um armário de três portas. A central, que é a maior, tem um espelho enorme.

Durante o dia recebo a visita da minha sobrinha, que vem lavar, passar e cozinhar. Quando saio, vou aos hipódromos de Palermo ou San Isidro e sempre volto para casa com pressa, ansioso por me entregar aos estudos. As pessoas ignoram como a genealogia é absorvente. De noite, na cama, encontro o descanso reparador. Ou o encontrava, deveria dizer.

Não pretendo que esta vida seja exemplar, longe disso. Gosto dela e me convém. Não por acaso gosto de repetir o ditado: o boi solto bem se lambe.

Certa noite atroz, em que tudo mudou, fui acordado por um ruído cauteloso e, apavorado, pude ver, na penumbra do quarto, a porta central do armário se abrir lentamente. Alguém saiu. Eu estava paralisado de medo. Vi avançar um homem de boné, jaqueta e calças de montar, parecido, talvez por causa do corte da barba, com o rei Jorge V da Inglaterra. Foi até o meio do quarto, apoiou as duas mãos na barra de ferro aos pés da minha cama e se apresentou como um antepassado meu.

— Por parte de quem? — perguntei.

— Isso não importa — respondeu com impaciência. — O que importa é outra coisa. O senhor pensa que, com a vida que leva, justifica o lugar que ocupa neste mundo?

A aparição do pretenso antepassado foi se repetindo noite após noite. Eu demorava a dormir, mas, assim que pegava no sono, era acordado pelo rangido da porta do armário, que se entreabria lentamente. Quando a aparição não reprovava minha vida de jogador, perguntava se eu achava certo minha sobrinha trabalhar para mim sem receber um centavo ou se eu me sentia orgulhoso por não beber, como se isso fosse um mérito.

O que ele disse me levou a supor que devia gostar de bebida, e na noite seguinte o esperei com uma garrafa de vinho tinto.

Não estava enganado. Tive o desprazer de sua visita, mas não de suas recriminações. O homem não se lembrou de me passar seu sermão e, com autêntico empenho, esvaziou a garrafa. Pude então acreditar que encontrara um jeito de suportar a situação. Cedo demais chegou a noite em que o homem me disse:

— Não gosto de beber sozinho. O senhor vai beber comigo.

O vinho me desagrada, mas não tive outro remédio senão obedecer. Primeiro não aconteceu nada de mau; depois devo ter bebido demais, porque na manhã seguinte estava péssimo. Como a gente se acostuma a tudo, comecei a me embriagar todas as noites. Minha sobrinha não tardou em descobrir o que estava acontecendo, e, por indicação dela, fui internado em uma clínica.

Apesar de magro e muito debilitado, chegou o dia em que um médico me disse:

— Tenho uma boa notícia. O senhor está curado. Hoje mesmo volta para sua casa. Meus parabéns.

À tarde, estava de volta ao meu quarto. A primeira coisa que vi foi um vaso de rosas, mimo de minha sobrinha, e o armário com o enorme espelho na porta central.

O DONO DA BIBLIOTECA

Fui bem amigo do padre Bésero. Lembro que uma vez lhe perguntei se ao longo da vida ele tinha escutado alguma revelação curiosa nas confissões. Respondeu que sim, e que a relataria, atentando àquela máxima de que se conta o pecado, mas não o pecador. Um fiel de sua paróquia, homem tão orgulhoso quanto ignorante, ao longo dos anos reunira uma enorme biblioteca. Bésero lhe fez a clássica pergunta:

— O senhor lê muito?

— Não li nenhum destes livros — exclamou o homem. — Nenhum.

Surpreso, Bésero percebeu que os olhos do seu interlocutor estavam marejados de lágrimas.

— Por quê? — inquiriu.

— Não sei. O senhor perdoa meus pecados, mas algo ou alguém não me perdoa. Talvez me castigue por ser orgulhoso. Um castigo que me revolta. Olhe: eu pego ao acaso qualquer livro desta biblioteca.

Entreabriu-o. Mostrou-lhe as páginas.

— O que têm essas páginas? — perguntou Bésero. — São como as de qualquer livro.

— De fato. Cobertas de letras, não é?

— Isso mesmo, cobertas de letras.

— Agora veja o que acontece quando eu tento ler. É de enlouquecer qualquer um. Olhe o livro de novo.

O homem abriu o volume, como se fosse ler. Bésero olhou as páginas e viu que estavam em branco.

O BRUXO DOS TRILHOS

Fui bem amigo de um certo senhor Larrumbe, que, por volta de mil novecentos e trinta, era chefe da estação Pardo, da Ferrovia Sul. Lembro que um dia lhe perguntei se havia algo de errado com ele, porque fazia algum tempo que o notava preocupado e até triste. Tive a impressão de que hesitava; para que falasse de uma vez, eu disse a ele uma grande verdade:

— O melhor remédio para quem tem um peso na consciência é se abrir com um amigo.

As palavras surtiram efeito. Larrumbe respondeu:

— Eu carrego, caro senhor, uma culpa terrível. Como primeira medida, permita-me recordar que de Pardo até a remota Bariloche há uma linha única por onde vão e vêm os comboios ferroviários. Quando o comboio que vem de Bariloche está para chegar, o que vai em sentido contrário se detém na nossa estação, porque temos linha dupla, e aí espera o outro passar; mas quando o que vem de Constitución chega com atraso e, para não se retardar mais, segue em frente rumo ao Sul, eu, sem demora, empunho o volante do meu automóvel marca Maxwell e não paro até o longínquo rancho, perto do arroio, onde mora o velho Panizza, um *criollo* de lei (apesar do sobrenome), e autêntico bruxo especializado no único milagre de dois trens que correm em sentido contrário pela mesma linha e não colidem. Está claro?

"Agora me falta acrescentar que no dia 17 de agosto passado, o maquinista do comboio que vinha de Constitución não quis esperar e prosseguiu pela linha única, por onde estava para chegar o trem que vinha de Bariloche. Sem perder um segundo, a bordo do Maxwell e pisando fundo no acelerador, parti para o rancho de Panizza. Na pressa, não me lembrei de que, na véspera, o diafragma da bomba de gasolina tinha falhado. Cheguei sem o menor inconveniente, acredite, ao ponto no qual a estrada passa em frente à casa de Zudeida, mas aí o Maxwell parou e não houve jeito de fazê-lo funcionar enquanto o motor não esfriasse. Já era tarde para pedir a intervenção do bruxo, portanto, voltei para Pardo com o coração na mão. Pouco depois, pelo telégrafo, chegou a notícia que estávamos esperando. Os trens tinham batido a poucos quilômetros de Miramonte e houve incontáveis vítimas.

Com a melhor intenção de consolá-lo, pensando em voz alta, eu disse:

— Evidentemente, agora o senhor carrega na consciência um montão de mortos.

OSWALT HENRY, VIAJANTE

A viagem tinha sido exaustiva para o homem (Oswalt Henry) e para a máquina. Por uma falha mecânica ou por um erro do astronauta, entraram em uma órbita indevida, da qual não conseguiriam mais sair. Então o astronauta ouviu que o chamavam para o café da manhã, encontrou-se em sua casa, percebeu que a situação em que se vira era apenas um sonho angustiante. Refletiu: tinha sonhado com sua próxima viagem, para a qual estava se preparando. Devia livrar-se o quanto antes daquelas imagens que ainda voltavam a sua mente e da angústia em que o mergulharam, pois senão lhe dariam azar. Nessa manhã, talvez por causa da aterradora experiência do sonho, valorizou como se deve o calor de lar que sua casa lhe oferecia. Realmente sentiu que sua casa era o lar por antonomásia, o lar original, ou talvez a soma de tudo o que mais tinham de lar as casas em que ele viveu ao longo da vida. Sua velha babá lhe perguntou se estava preocupado com alguma coisa e o estreitou contra o regaço. Nesse instante de supremo bem-estar, Henry, o astronauta, entreviu uma dúvida especulativa que logo se converteu em uma lembrança desconcertante: sua velha babá, claro, estava morta. "Sendo assim", pensou, "estou sonhando." Acordou assustado. Viu-se na cápsula e percebeu que voava em uma órbita da qual não conseguiria mais sair.

A COLISÃO

Assim como todos, Villanueva só falava da colisão, mas passados poucos dias, por incrível que pareça, ele a esqueceu, ou quase. Parecia que esse pavoroso fenômeno já fizesse parte da ordem das coisas e que mencioná-lo era próprio de gente de mau gosto. Não faltaram, contudo, covardes que voaram para Lucio, um asteroide próximo, uma Terra em miniatura. Entre eles, alguns negavam que sua partida fosse uma fuga; explicavam que em Lucio tudo estava para ser feito e que havia trabalho para gente empreendedora.

Quando a borda do buraco provocado pela colisão chegou aos arredores do Rio de Janeiro, engoliu um grande número de habitantes das favelas. O assunto voltou à primeira página dos jornais e, claro, à atenção das pessoas. Não restava dúvida de que, contrariando as explicações das autoridades, o buraco aberto na crosta terrestre não se mantinha invariável, fixo: aumentava, se não rapidamente (como sustentavam alguns), de um modo gradual e acelerado dia após dia. Villanueva deu então uma prova de coragem: não fez nada para conseguir lugar nos engenhos que transportavam fugitivos para o asteroide. Um amigo, antes de partir, perguntou-lhe por que ficava. Respondeu: "No asteroide, dizem, nada se consegue facilmente. Falta até mesmo o ar necessário para respirar. As pessoas andam com máscaras pesadas, que transformam em ar a atmosfera lá de cima".

Quando as bordas do rombo chegaram ao Chaco, ninguém mais duvidou de que um dia próximo (se a Terra não fosse destruída antes) chegariam a Buenos Aires.

Assim como todos os retardatários, Villanueva decidiu partir e tomou seu assento na última viagem ao asteroide.

Uma moça com quem, em épocas remotas, ele tivera um namorico, chegou à aeronave quando já não restava um lugar vago. Ao vê-la chorar, Villanueva não titubeou: desceu da aeronave e cedeu-lhe seu assento. Dois dos viajantes comentaram durante o voo.

— Que corajoso — disse um deles. — Deve ter amado muito essa mulher para lhe ceder seu lugar.

— Será mesmo? — replicou o outro. — Vai saber se ele não temia partir para o desconhecido. Talvez prefira ficar em casa, esperando uma ameaça que pode não se cumprir. Eu o compreendo e, se você me apertar um pouco, até o invejo.

UMA INVASÃO
Investigações policiais

No café da esquina da rua Cevallos com a Moreno, o subdelegado Julio Bruno conversava com o subdelegado Horacio Ruzo Camba. Como sempre, ambos se queixavam da demora de sua promoção.

— Uma coisa é certa — disse Bruno.

Tinha os olhos de uma tonalidade clara, cerrava os dentes e sua expressão era de ódio.

— O quê? — perguntou, espreguiçando-se, Ruzo Camba, um homenzarrão de cara lisa e enorme, sempre propenso a esparramar o corpo nas cadeiras. Ao falar, exibia uma dentadura desigual e se via que mascava fumo.

— O egoísmo dos chefes — respondeu Bruno com frieza. — Depois do estouro da boca de fumo na quinta-feira passada, não tem um colega da nossa turma que não seja delegado. Tirando eu, claro.

— E eu — corrigiu Ruzo Camba.

— E você — reconheceu Bruno. — Mas convenhamos que, no meu caso, a injustiça é maior.

— Pode-se saber por quê? — perguntou Ruzo Camba.

— Eu não passei ridículo por causa de gêmeos — alegou Bruno.

— Mas se alguém vem e te fala em gêmeos, você pensa que são quantos? Dois, claro, pode confessar. Como eu ia imaginar que…?

— E como não imaginou, deteve um pobre inocente e o botou para fritar. O problema é que o país inteiro ficou sabendo — disse Bruno.

— Se é para lavar roupa suja, posso te lembrar daquele casalzinho de Cerro Catedral que desapareceu sem deixar rastros. Digamos que tua intervenção no caso não foi lá muito brilhante.

— Você mesmo acabou de dizer — replicou Bruno. — Os dois desapareceram sem deixar rastro.

— Um bom investigador o encontra. Você passou ridículo e, o que é mais grave, fez todo o corpo da Polícia Federal passar ridículo. Depois de um papelão desses, quem vai ter coragem de te dar a promoção?

— Quem, eu não sei, mas não me espantaria se a promoção saísse agora. Aposto que você não sabe quem eu vi outro dia.

— Eu lá sou adivinho? — devolveu Ruzo Camba.

— Se segura para não cair da cadeira: a garota de Cerro Catedral.

— Não acredito.

— Pode acreditar. Domingo passado cheguei à plataforma da estação Botánico do metrô bem na hora em que o trem estava partindo. Sentada junto a uma das janelas, estava a garota.

— Deve ser outra — opinou Ruzo Camba.

— Era ela mesma, bem sentadinha olhando para a frente — assegurou Bruno. — Eu conheço a cara dela perfeitamente.

— Por foto.

— Por foto, claro. Mas isso é mais do que suficiente.

— Certo: você deve ser o melhor policial da República; mas chega. Melhor a gente esquecer essa conversa.

— Se é por causa do que você disse, concordo — assentiu Bruno, agressivo.

— É por causa do que nós dois dissemos; cada um tentou provar que o outro não vale nada — disse Ruzo Camba, com ânimo pacificador.

— Não entendi — disse Bruno.

— Acho que é perfeitamente lógico — replicou Ruzo Camba. — Até mais.

Ruzo Camba saiu do bar com a satisfação de ter levado a melhor no arremate daquele breve duelo verbal, mas ainda um pouco perturbado pela desagradável lembrança dos gêmeos.

Quando chegou à esquina da avenida Belgrano, dirigiu-se à banca para comprar *El Alma que Canta*. O jornaleiro o fez esperar, porque estava explicando a um senhor como chegar ao Bajo. Durante a espera, teve tempo de observar o tal senhor: um indivíduo alto, magro, moreno. Por que o observava? Por costume e, segundo ele, para o "arquivo", quer dizer para guardá-lo na memória, caso um dia o sujeito tomasse parte em alguma ocorrência; ele, Ruzo Camba, saberia quem procurar. Em seguida, sorrindo, disse para si: "Até parece que vou me lembrar! Pois se ao entrar num quarto às vezes me pergunto: o que foi mesmo que eu vim fazer aqui?".

Já com *El Alma que Canta* embaixo do braço, caminhou até a avenida Entre Ríos, onde topou com o sujeito que perguntava como chegar ao Bajo. Perplexo, comentou consigo: "Acabei de ver o tipo se afastar no sentido contrário e agora o encontro aqui. Queria saber como ele fez para chegar antes de mim, que vim direto... Mistério".

Sentia mais enfado que assombro. O que ele não sabia é que ia entrando em um pesadelo. Um pesadelo incômodo, porque estava acordado. Não teria enlouquecido? Perguntou-se por que pensava semelhantes absurdos, já que ele sabia, assim como sabia que se chamava Ruzo Camba, que a ocorrência, um caso real, se passava em Buenos Aires, no nariz de muitos outros, ainda que ele, por faro profissional, talvez fosse o único a notá-lo. Para chegar a essa conclusão, a mente de Ruzo Camba teve que dar, por assim dizer, um grande salto (que o teria desestabilizado, se ele não fosse um homem tão seguro de si). O salto lhe proporcionou uma revelação: o território nacional estava sendo invadido, por incrível que pareça, por homens e mulheres artificiais. Com que finalidade? Isso ainda não se sabia, mas a prudência aconselhava supor que não devia ser benéfica. "Pelo visto", refletiu Ruzo Camba, "nas primeiras levas eram duplos de pessoas deste mundo." Ruzo Camba continuou a refletir: "Quando perceberam que por causa disso poderiam ser descobertos, passaram a produzir modelos originais. Agora, a única maneira de descobrir que são artificiais seria interrogando um por um. Não têm família".

Compenetrado na gravidade da situação, Ruzo Camba falou com Bruno. Em um primeiro momento, este não se deixou persuadir, mas depois tomou o assunto a peito e opinou que deviam levar a inquietação aos superiores.

Assim fizeram. Quando venceram a incredulidade inicial dos delegados, um deles, o delegado Palma, refletiu em voz alta:

— Só nos resta reprimir. Com a máxima decisão e prudência.

— De que forma? — perguntou Ruzo Camba.

— Matando todos eles — disse Palma. — Mas o caso não deve vir a público, para não entregar um escândalo de bandeja aos inimigos da corporação, que são muitos. Temos que cuidar da imagem.

Outro delegado, o doutor Bernárdez, observou:

— Não se esqueça de que não se trata de matar gente, e sim monstros que não nascem da união entre pai e mãe.

— Devem nascer num processo mais limpo — disse Palma sorrindo —, mas o fato é que se parecem com os humanos. Proponho que Ruzo Camba e Bruno se encarreguem da repressão.

— Quantos homens daremos aos dois para que cumpram a tarefa?

— Vinte para cada um. Sei que é pouco, mas não vejo outra maneira de manter a operação em segredo.

O resultado foi ótimo. Os citados subdelegados agiram com tanta eficácia que obtiveram a ansiada promoção a delegados.

É realmente espantoso que eles tenham levado a cabo semelhante carnificina sem o conhecimento do país. Os novos delegados receberam profusos elogios, mas também, inacreditavelmente, algumas críticas. Para citar um exemplo, o cabo Luna, do mesmo esquadrão de Ruzo Camba, comentou certa vez: "Que fique aqui entre nós, mas tenho a impressão de que a República se firmou e progrediu como nunca justo nos anos em que os homens artificiais nos visitaram".

O ROSTO DE UMA MULHER

Sou um especialista em cafés. Qualquer pretexto é bom para que eu esclareça, a quem quiser me ouvir, quais as cidades que têm cafés e quais as cidades que, para desgosto de pessoas como eu, não os têm. Portanto não é estranho que, encontrando-me na desolada localidade conhecida como Punta Blanca, eu tenha travado uma relação amistosa com o sujeito que cuida do café do lugar. Esse indivíduo, o próprio dono em pessoa, relatou-me a história que lhes contarei a seguir.

Punta Blanca, minúsculo casario ao pé de uma pista de esqui, consiste em um pequeno número de chalés de madeira: os dos quatro ou cinco habitantes do lugar; o café, onde o esquiador reaquece seu corpo; a base do teleférico, onde se chega ao descer do topo e de onde se parte ao subir até lá.

Uma tarde em que eu estava no café com meus dois melhores amigos, Joaquín Moreno pai e Joaquín Moreno filho, perguntei ao dono do café onde iria parar o esquiador que, em vez de se desviar para a esquerda, até Punta Blanca, continuasse descendo pela direita.

O dono, que é o mais velho habitante do lugar, disse:

— A confiar nos mapas, há uma série de ladeiras que por último desembocam num lago tão profundo como o de Los Horcones.

Joaquín Moreno pai exclamou:

— Meu filho, espero que você nunca se aventure por aí.

— Não se preocupe — respondeu o filho. — Seja como for, não entendo por que essa ladeira é tão mal-afamada.

Nesse caso, o amor paterno enxergou longe. Joaquín Moreno filho um dia se lançou com seus esquis pela ladeira perigosa. Praticamente desapareceu; foi dado como morto. Quando finalmente voltou a Punta Blanca, é isto o que ele teria contado:

Em cada uma das ladeiras, aumentava a velocidade da descida; na esperança de não se precipitar no lago que havia lá embaixo, tentou manter o viés para a direita. Chegou assim a uma planície e, depois, a uma inesperada cidade, onde foi capturado por guardas que falavam um idioma desconhecido. Sem ouvir seus protestos, que pareciam não entender, conduziram-no a um tribunal, onde um juiz o recebeu amavelmente. Logo em seguida, porém, com gestos furiosos ordenou que o levassem. Foi encarcerado. A cela que lhe coube ficava em um lugar fiscalizado por uma mulher policial, cujo nome lembrava Brunilda, ou algo assim. Desde os primeiros contatos, ele a considerou rigorosa, porém justa.

Não é comum, mas tampouco totalmente inusitado, que entre preso e carcereiro se estabeleça uma espécie de amizade. As dificuldades para se entenderem, as tentativas de cada um para ensinar ao outro o nome que as coisas tinham em seu idioma não irritavam a tal Brunilda nem Joaquín Moreno; tudo os divertia. Talvez a explicação de tudo isso é que estavam destinados a se amar. Tanto é assim que chegou o dia em que Brunilda urdiu um plano para Joaquín Moreno fugir da prisão e da cidade; portanto, em uma madrugada, o dono do café de Punta Blanca abriu a porta para Joaquín Moreno, que chegava exausto de tanto escalar e muito faminto.

Enquanto o recém-chegado quebrava seu jejum, o dono do café foi chamar Joaquín Moreno pai. O velho não demorou a chegar e a, enfim, abraçar seu filho, que estava tão emocionado quanto ele.

Durou pouco a felicidade. O filho, com os olhos fechados ou abertos, via o rosto de Brunilda. Logo se convenceu de que não queria viver sem ela. Para ir ao seu encontro, calçou os esquis e se lançou para baixo pela ladeira que o levaria à cidade onde tinha sido encarcerado.

O HOSPITAL DO REINO

Para garantir o bom atendimento no hospital do reino, Sua Majestade ordenou que, quando o paciente recebesse alta, todos aqueles que o atenderam deviam passar pelos mesmos males; se haviam realizado suas tarefas com eficácia e caridade, os males assumiriam sua forma benigna; mas, se haviam sido ineficazes e desatentos, os males adquiririam a maior virulência.

A SOCIEDADE DO GABÃO

Em meados do século XVII, a sociedade do Gabão atingiu um extremo refinamento. Tão refinados eram que ninguém se dignava a estudar medicina nem a trabalhar de enfermeiro. Decidiu-se então ensinar esses ofícios aos mandris, que já cuidavam de quase todas as tarefas domésticas, como cozinhar, lavar e passar a roupa e fazer a faxina da casa. Por um defeito estranho entre os homens — incapacidade de fixar a atenção por muito tempo em um ponto —, os mandris cometeram erros realmente lamentáveis. Foi preciso então reconhecer o fracasso do experimento. Quando os mandris foram substituídos, nos cuidados médicos, pelos homens, ficaram despeitados. A partir de então, a espécie desenvolveu uma agressividade que nunca se aplacou.

VAIVÉM FRENÉTICO

Nas narrações ligadas aos fatos da infância, há uma espécie de doce complacência que sempre me desagradou. Imaginem minha perplexidade: agora contarei uma dessas histórias. Eis aqui minhas razões: respondem a duas perguntas que sempre me fazem: qual foi sua primeira lembrança? Por que escreve histórias fantásticas?

Quando eu era pequeno, me levavam às praças chamadas (por nós, pelo menos) "Bicicletas" e "Balanços". A primeira era a praça que fica entre as avenidas Sarmiento e Casares; a outra lindava com o clube KDT. Nos "Balanços" havia (além de balanços) um escorregador e um trapézio; nas "Bicicletas", alugavam bicicletas.

Nos "Balanços", aconteceu um fato tão estranho que às vezes me pergunto se o sonhei. O zelador do lugar era um surdo muito sorridente e muito bondoso, por quem nos sentíamos protegidos. Eu teria na época quatro ou cinco anos, e uma amiga, que chamávamos Baby, a mesma idade.

Era um dia muito luminoso. Estávamos sentados, Baby diante de mim, em um balanço de vaivém, de tábuas impecavelmente brancas. Uma menina um pouco mais velha que nós, Margarita, com toques quase rítmicos, nos balançava. A certa altura, sem dúvida, ela se cansou de ser ajuizada; seja como for, apressou seus empurrões e nos balançou freneticamente. O vaivém foi tão feroz que deixamos de ver o lugar e as pessoas que nos rodeavam. Quando afinal o balanço se deteve, nossa satisfação durou pouco: a luminosidade tinha desaparecido; já parecia o entardecer; apavorados, vimos dois indivíduos mal-encarados, que ameaçadoramente (ou assim nos pareceu) vinham em nossa direção. Nesse momento, o surdo afastou Margarita do balanço e com mão firme voltou a colocá-lo em frenético vaivém. Por um instante nos assustamos, mas quando o surdo permitiu que o balanço parasse, a luz do dia brilhava de novo e os malfeitores tinham desaparecido.

UM TIGRE E SEU DOMADOR

Sou filha de uma prestidigitadora e de um acrobata. Nasci, e sempre vivi, no circo. Sou casada com um domador de feras.

Tenho um dom provavelmente excepcional. Basta que alguém se aproxime de mim para que eu leia seu pensamento. Resigno-me, porém, a que minha atuação no circo onde trabalho seja ainda mais modesta que a dos palhaços: eles, afinal, pretendem provocar o riso. Eu, por meu lado, de saia curta e longuíssimas meias brancas, no compasso da música, executo passos de dança perante a indiferença do público, enquanto ao meu redor cavaleiros, equilibristas ou domadores arriscam a vida.

Quando menina, eu era vaidosa. Para mim não havia lisonja comparável a ser admirada pelo meu dom. Depois, logo depois, suspeitei que, por causa desse mesmo dom, as pessoas me evitavam, como se tivessem medo de mim. Disse a mim mesma: "Se não o esquecerem, vou ficar sozinha". Ocultei meu dom; tornou-se um segredo que não revelei a ninguém, nem sequer a Gustav, meu marido.

De um tempo para cá, Gustav tem trabalhado com um único tigre. Recentemente ficamos sabendo que um velho domador, famoso entre a gente de circo por tratar as feras como se fossem humanos, estava para se aposentar e tinha posto um tigre à venda. Gustav foi vê-lo e, depois de muito regatear, conseguiu comprá-lo.

Na primeira tarde em que Gustav trabalhou com o tigre diante do público, eu dançava no meio do picadeiro. De repente, sem querer, comecei a ler pensamentos. Quando me aproximei do meu marido, a leitura se interrompeu; mas quando me aproximei do tigre, qual não foi minha surpresa, li facilmente seu pensamento, que se dirigia ao meu marido e ordenava: "Mande eu saltar", "Mande eu dar uma patada", "Mande eu rugir". Meu marido obedeceu e o tigre saltou, deu uma patada e rugiu com ferocidade.

MEU SÓCIO

Dizia que seu sobrenome era Rattigan, mas agora não tenho certeza de que se chamasse assim. Todos o considerávamos um anglo-portenho, sem nos perguntarmos de onde ele provinha, se da Inglaterra ou da Irlanda. Com um sorriso envolvente, convidava a não levar a vida muito a sério, mas é bem sabido que, ultimamente, deu irrefutáveis provas de dedicação a negócios que lhe rendiam milhões. Entre risos e piadas, conseguiu que eu participasse com ele de uma operação de importação de automóveis, promissora de polpudos ganhos, mas (como ele mesmo admitiu) "um pouco ilegal". Também conseguiu que eu contribuísse com uma soma em pesos, maior que a prevista, para subornar o funcionário que possibilitaria a operação. A partir desse momento, não foi mais visto nos lugares que costumava frequentar. Da minha parte, passei da perplexidade à fúria. Ninguém acha graça em ser feito de bobo. Um senhor que parecia conhecê-lo me disse: "É um grande canalha. Não conseguirá encontrá-lo. Ele driblou meio mundo… Quando descobrem seu jogo, desaparece. Ouvi dizer que se refugia numa misteriosa gruta à sua disposição".

Surpresas da vida. No devido tempo, desconfiei que a famosa gruta não passava da própria cama do indivíduo. Quando o procuravam, o tratante desaparecia enfiando-se na cama. Cedo ou tarde, os perseguidores se davam por vencidos. Eu não me dei por vencido. Fui até sua casa, abri caminho até o quarto dele e de fato encontrei o magano na cama. Assim que me viu, deu um grito, ignoro se lastimoso ou desafiante, e com estes meus olhos, eu o vi enfiar a cabeça entre os ombros, para afundar na cama e desaparecer. Muito perturbado, suspendi as cobertas, apalpei o colchão. Rattigan não estava ali dentro. Olhei embaixo da cama. Também não estava lá.

A REPÚBLICA DOS MACACOS

Quando fiquei sabendo que o doutor Johausen, reputado constitucionalista de Tres Arroyos, tinha chegado a Buenos Aires, fui visitá-lo. Deparei-me com um velho magro, muito trêmulo, queimado de sol. Vinha do coração da África, onde passara uma longa temporada junto a macacos dessa raça tão comentada ultimamente em algumas publicações, porque teria desenvolvido habilidades pouco menos que humanas. Como amigo dos animais e velho leitor da obra de Benjamin Rabier, eu estava interessado no que o doutor Johausen pudesse dizer sobre o intelecto dos macacos. Por certo, corroborou tudo o que eu tinha lido a respeito. Os macacos estavam informados, através dos jornais, do rádio e da televisão, das novas correntes do pensamento mundial e tinham montado uma República provida dos três poderes. Em conversas privadas, bem como em declarações públicas, mostravam-se abertos à mudança de ideias, contrários ao autoritarismo e, como regra geral, à violência. Perguntei a Johausen o que o levara a empreender uma excursão mais própria de um etnólogo, ou de um etologista, que de um constitucionalista.

— Provavelmente devo ter pensado no que o senhor me disse agora — respondeu —, mas foi pela minha condição de constitucionalista que me convidaram.

— Uma iniciativa que honra os macacos — apontei.

— Prefiro pensar que me honra e que honra Tres Arroyos. Chamaram-me para que eu fizesse um diagnóstico. Estavam empenhados em investigar por quê, ao amparo de instituições tão sabiamente planejadas (são um decalque das nossas), eles caíram na decadência e na miséria. A situação, por insólita, pareceu-me estimulante. Entreguei-me ao seu estudo. Depois de um ano e meio de trabalho, elucidei o enigma e tive que fugir, em plena noite, para que não me matassem.

— O senhor não disse que eles são contrários à violência?

— São, sim, de modo geral. Mas o senhor precisava ver como se aborreceram quando eu disse que haviam fracassado porque eram macacos.

ESCRAVO DO AMOR

O senhor sabe muito bem: ao longo de toda a vida tive uma forte predileção por Aurora Hertog. Não me importa que alguns digam que ela sempre me dominou. Sou o primeiro a admitir que aconselhado por Aurora vendi minha casa: mas tenho certeza de que, na ocasião, a decisão pareceu acertada. Obtive uma considerável soma de dinheiro, o que dá liberdade de ação, e posso afirmar que, então, não me faltou moradia, porque me mudei para a casa de Aurora.

O amor não me cega. Por mais dolorosa que seja, aceito a realidade. Resigno-me à ideia de que Aurora tenha um amigo que para ela não conta menos que eu. O sujeito se chama Paul Moreno. Se o senhor me perguntar por que Paul e não Pablo, não saberei responder.

No meu quarto, na casa de Aurora, tenho tudo de que preciso: uma cama, uma mesa, várias cadeiras, um guarda-roupa. Esse avultado móvel tem três portas; a do meio é um enorme espelho.

Há pouco tempo, ocorreu um fato tão angustiante quanto inesperado: Aurora desapareceu. Busquei-a incansavelmente, mas em vão. Fiquei muito triste e, não posso negar, perplexo. Eu não tinha casa. Sem Aurora, minha presença na sua casa era difícil de justificar. Parentes da minha amiga o insinuavam dos mais diversos modos, sempre ofensivos.

Fui ficando na casa de Aurora pelas razões que mencionei e porque não podia considerar que minha amiga tivesse morrido. Havia desaparecido, e, quando alguém desaparece, espera-se que volte.

Sentado diante do espelho, eu passava os dias pensando em Aurora. Em algum momento, pensei: "Tinha uma personalidade tão forte que custo a aceitar que morreu. Não nego que me dominasse, mas ao seu lado fui feliz".

Uma tarde em que eu estava, como de costume, sentado diante do espelho, ergui distraidamente os olhos e vi minha imagem refletida. De repente, muito surpreso, notei que outra imagem surgia atrás da minha. Era o queridíssimo rosto de Aurora. Com um sorriso triste, ela disse:

— Não basta amar. É preciso dar provas de amor.

— Eu te adoro — protestei.

— Se fosse assim, você viria aqui para ficar comigo.

— Dentro do espelho? — perguntei assustado.

— Dentro do espelho.

Lastimosamente, eu disse:

— Não sei como entrar.

— Isso é muito fácil — exclamou uma desagradável voz de falsete, que certamente não era a de Aurora; surgia sorridente o rosto de Paul Moreno, esse personagem ridículo que durante um tempo tive por rival.

— O que devo fazer? — perguntei com um fio de voz.

— Entre por aqui — Moreno indicou o centro do espelho. — De uma vez por todas, tenha coragem.

Aurora disse:

— Não me faça esperar.

Ao ouvir sua voz, constatei com angústia que o centro do espelho cedia à minha pressão e que não era impenetrável.

UM APARTAMENTO COMO QUALQUER OUTRO

Um dia depois de ser contratado pela Seguradora Internacional, Martelli teve de fazer um levantamento sobre o imóvel situado no décimo nono andar de um edifício na avenida Montes de Oca. Tratava-se de um enorme apartamento composto — conforme Martelli registrou enquanto o percorria — de hall de entrada, sala de estar, sala de jantar, cinco dormitórios e dependências. Por ser Martelli um funcionário novo (e por simples formalidade, segundo lhe informaram), a seguradora enviou um segundo funcionário, o senhor Bragadín, para confirmar a exatidão do levantamento. Quando Martelli soube da diligência do senhor Bragadín, esperou sem ansiedade o resultado, certo de que ratificaria suas informações. Estava enganado. Além de hall de entrada, sala de estar, sala de jantar e dependências, Bragadín contou seis dormitórios.

A empresa advertiu o senhor Martelli; mas este insistiu com tanta veemência na exatidão de seu levantamento que, abrindo uma exceção às suas práticas habituais, voltaram a enviá-lo para que examinasse o imóvel. Com profundo desconsolo e com a maior perplexidade, Martelli desta vez contou sete dormitórios. Talvez por vergonha de comunicar o resultado, em vez de voltar para a empresa, Martelli se refugiou em um café para ordenar seus pensamentos e encontrar uma resposta que não o expusesse ao ridículo diante dos patrões. Na sua imaginação, o apartamento da avenida Montes de Oca se transformava em um ser fantástico e hostil que o confundia para provocar sua demissão.

Antes de voltar para a empresa, passou pelo apartamento e com satisfação contou cinco dormitórios. Para recuperar forças, porque estava cansado, deixou-se cair ao chão e passou algum tempo encostado em uma parede.

Um escrúpulo de última hora levou-o a contar os dormitórios mais uma vez. Descobriu que eram quatro; descontente, tornou a contá-los: evidentemente eram oito. Um pouco assustado, procurou a saída. Não a encontrou. Havia apenas dormitórios que davam para outros dormitórios.

UM BOM PARTIDO

À memória de Anton Tchékhov

Em La Colorada, um casario no sul da província de Buenos Aires, o jovem Lorenzo García Gaona, um pouco surdo, mas transbordante de juventude, saiu da fresca penumbra do quarto onde dormira a sesta nos braços de Paula, uma criadinha. Sem notar o rigor do sol das três da tarde daquele verão implacável, exclamou: "Que bom!". Com essas palavras, expressava a vontade de viver que estava sentindo.

Seu pai, dono do armazém de secos e molhados de La Colorada, apareceu nesse momento e disse:

— Faz algum tempo que ando com vontade de ter uma conversa séria com você.

— Agora mesmo, se quiser — respondeu o moço.

O pai observou:

— Tenho pensado que já é hora de você se casar.

— Concordo — assentiu Lorenzo.

O pai sentenciosamente explicou:

— Para você ter filhos e o sobrenome não desaparecer.

Lorenzo afirmou de imediato:

— Faço minha a sua preocupação.

— Certo. Já pensou com quem vai se casar? Espero que não seja com essa moça Paula, muito boa, sem dúvida, mas…

— Imagine! Não, querido pai: para me casar, pensei na Dominga Souto.

— Eu aprovo. Perfeito, perfeito.

— Não escutei bem. Você disse que Dominga Souto é perfeita? Não compartilho dessa opinião, querido pai. Acho que Dominga é bem feia e um tanto boba, e ainda devemos acrescentar que, por um defeito nas cordas vocais ou por alguma outra causa, ela fala de um modo muito estranho. Mas, acima de tudo, eu diria que é uma grande senhora e que será uma esposa invejada pela vizinhança.

— Estou orgulhoso de você, meu filho — declarou o pai.

Lorenzo se casou com Dominga e, por mais estranho que pareça, não foi muito feliz na sua vida conjugal. O descontentamento de viver ao lado de uma mulher pouco agraciada e estupidamente altiva cresceu em Lorenzo quando o dono de uma prestigiosa fazenda da região reconheceu, ao morrer, que Paula era sua única filha e, portanto, sua herdeira.

O NOVO HOUDINI

O psiquiatra me perguntou:

— O senhor é o irmão dele?

— Meio-irmão — esclareci.

— Vocês se davam bem?

— Perfeitamente. Passei minha juventude sob seus cuidados. Na época, Jacinto era conhecido como o novo Houdini e foi famoso no circo. Sua especialidade era se livrar de qualquer amarra. Os tempos mudaram. Desde que Jacinto chegou à velhice, ele está sob meus cuidados. Acho muito justo. Para que ele viva confortavelmente, eu o instalei num hotel.

O psiquiatra ordenou:

— Diga o nome do hotel.

— Washington. Fica na rua Las Heras.

— A pouca distância do Jardim Zoológico — observou o psiquiatra. Repliquei:

— E da praça Italia. Em frente ao Botânico.

— Pelo que sei, foi nesse hotel que ocorreram os fatos.

— Sim. O pesadelo. Vou lhe contar um pouco da história. Instalado no hotel, Jacinto parecia satisfeito, mas pouco depois me disse que não se sentia à vontade em seu quarto. Falei com os recepcionistas e, sem nenhum inconveniente, logo o mudamos para outras acomodações. Não passou muito tempo ali. Tive queixas do novo quarto, que ficava no terceiro andar, e o mudamos para outro, no nono. Essa mania de achar defeitos nas acomodações me irritou bastante, não nego. Coisas da idade, pensei com resignação.

— E já instalado no nono, seu irmão...

— Meio-irmão.

— Seu meio-irmão se mostrou satisfeito?

— De modo algum. Queria mudar de hotel. Tentei então lhe explicar que em nenhum outro hotel encontraríamos recepcionistas tão complacentes como os do Washington. Disse a ele: "Sem a menor reclamação, eles te mudaram de quarto toda vez que, por mero capricho, você pediu". Ao ouvir a palavra "capricho", meu irmão reagiu como se tivesse recebido uma descarga elétrica. "Por mero capricho, não", protestou. "Então por quê?", perguntei. "Queria saber." Meu irmão me recriminou: "Alguma vez você se perguntou por que eu era o último a deixar o restaurante do hotel depois das refeições, só para não voltar para o meu quarto, e por que eu passava horas e horas no salão do térreo, de manhã, de tarde e de noite, ou saía para caminhar pelo Jardim Botânico, às vezes embaixo de chuva?".

Achei que, se eu continuasse a discutir, acabaríamos nos desentendendo, então lhe disse que faríamos como ele preferisse, mas completei: "Vamos só esperar até amanhã. Se você continuar querendo que eu procure outro hotel, prometo que procuro". Dito isso, suspirei satisfeito.

O psiquiatra perguntou:

— Qual foi a resposta do seu irmão?

— Disse que não lhe restava outra opção: teria que voltar para o quarto. Em seguida, me perguntou: "Você sabe o que tem naquele quarto?". Quando respondi que não, ele disse com a maior calma que naquele quarto...

O psiquiatra concluiu a frase:

— Havia um leão.

Acho que então comentei que, para mim, aceitar que meu irmão estava louco era uma grande tristeza. O psiquiatra me perguntou:

— Louco? O senhor sabe que um funcionário do hotel declarou ter ouvido um rugido naquele andar?

— O Jardim Zoológico não fica longe dali — repliquei.

Sem considerar o que eu disse, o psiquiatra formulou outra pergunta:

— E sabe que os ferimentos no corpo do seu irmão, segundo o especialista que o atende, são do tipo que um leão deixa no corpo da vítima? O que parece inexplicável é que o leão não tenha matado seu irmão, que ele tenha se desvencilhado das suas garras.

Eu disse:

— Não por acaso, quando ele trabalhava no circo, tinha fama de ser um novo Houdini.

A ESTADIA

Quando estive no Béarn, meus parentes me deram infinitas provas de generosa hospitalidade. Na quinta-feira passada, chegou da França, para passar alguns dias no país, meu primo Juan Pedro. Convidei-o para ir no fim de semana à estância da família, em Pardo. Saímos de Buenos Aires na sexta-feira à tarde: jantamos e dormimos na estância.

Um dos maiores prazeres do estancieiro é conduzir o hóspede no chamado giro do proprietário. Demora-se nesse passeio para que o hóspede tenha tempo de observar atentamente a bomba d'água, a mangueira de gado, o banheiro de ovelhas etc., para depois levá-lo ao povoado, onde se empreende um segundo giro, com paradas para contemplar sem pressa o armazém de secos e molhados, a padaria, o açougue, a venda...

No sábado, acordei às cinco da manhã e logo depois tirei Juan Pedro da cama. Enquanto quebrávamos o jejum com chá-mate em grandes canecas, acompanhado de torradas de biscoitos folhados, comuniquei ao meu hóspede o programa que tinha preparado *in mente*: eu lhe mostraria os touros no pasto 2, as vacas matrizes no 4, e no 15 um rodeio de gado geral em bom estado, porque passara um tempo na aveia. Para concluir, disse:

— Proponho que depois você me acompanhe a Pardo. Preciso passar pelo armazém de secos e molhados...

— De Juan P. Pees? — perguntou meu primo.

— De Juan P. Pees — respondi e, superando a perplexidade, prossegui: — Vamos também comprar um saco de biscoitos.

Meu primo disse:

— Se não me engano, na padaria do basco Arruti.

— E alguns quilos de carne...

— No açougue La Constancia, de *don* Isidro Constancio.

— E, por último, vamos pegar o jornal...

— Na banca do Lammaro.

Tive de reconhecer, quando mais não seja, que estava atônito. Perguntei:

— De onde você tirou essas informações tão precisas?

— Você não vai acreditar — respondeu. — Foi de um sonho. Esta noite sonhei que passava dez anos trabalhando na estância. Calcule se não tive tempo de me informar a respeito de tudo o que há no povoado de Pardo e na fazenda.

Era uma explicação inacreditável, mas o senhor sugere outra?

UMA MAGIA MODESTA

Meu irmão Pedro é mulherengo; eu milito nas Brigadas pró Moralidade e Família. Devo admitir que Pedro tem jogo de cintura: nunca guarda rancor pelas minhas constantes recriminações; confesso também que, da minha parte, julgo todas elas justificadas. Apesar do meu amor fraterno, acredito que sua pretensão é desmedida. Considera-se mago. Isso mesmo que ouviram: mago. Na minha opinião, não passa de um prestidigitador bastante medíocre.

Nós dois não nos parecemos em nada, mas nos damos bem. Dividimos um apartamento de dois dormitórios. No dia em que o compramos, tiramos na sorte em qual quarto cada um ficaria. Eu fiquei com o da frente; Pedro, com o dos fundos.

Um dia, Pedro apareceu com uma cabrinha branca. A ideia de ter um animal em casa não me agradou; mas o desgosto me tomou mesmo quando, naquela mesma tarde, fui ao quarto dos fundos e vi Pedro com a cabrinha nos braços. Observei:

— É preciso pôr um limite em toda relação com os animais.

Pedro garantiu que sua cabra não era um animal, e sim uma pessoa.

Lembro-me das suas palavras:

— Uma perfeita senhorita. Isso que ela é.

De volta ao meu quarto, reconheço que estava abatido. Uma depressão? Que vergonha! Como era inevitável, chegou o dia em que me recuperei. Ressuscitou o brigadista que há em mim para dizer que eu devia zelar pela saúde moral do meu irmão. Decidido a cumprir esse dever, voltei ao quarto dos fundos. Encontrei Pedro sentado à beira da cama, abraçando uma senhorita que, pelas feições do rosto, lembrava uma cabra. Meu irmão, sem desfazer seu abraço, exclamou:

— E agora, o que acha? Mereço alguma recriminação? Eu te disse: ela é uma verdadeira senhorita!

TRIPULANTES

Ao longo de numerosas travessias, os tripulantes do *Grampus* 2 travaram amizade. Lembrarei os nomes de alguns deles: Juan Istilart, Raimundo Gómez, Parker, Nicolás Barbolani, Arturo Leyden, Pujol, um tal Ernesto. Na noite em que o velho navio naufragou, todos ocuparam o bote de estibordo (talvez não abastecido de víveres suficientes, mas que tinha a indiscutível vantagem de não fazer água, como haviam constatado quando o usaram para socorrer um cargueiro panamenho, encalhado em algum ponto do litoral chileno).

Entre os citados tripulantes, Leyden destacava-se pela força dos seus músculos e, mais ainda, pela têmpera do seu caráter. Naquela noite fatídica,

Leyden pensou: "São meus amigos ou eu". A seguir, por meio de alianças e traições, dedicou-se a jogar todos no mar, um por um.

À tarde, sozinho em seu bote, chegou à costa de um país desconhecido. Contente com sua sorte, escalou penhascos, desceu a um vale, entrou em uma cidade rodeada por uma avenida: deteve-se ao ver um homem parecido com Pujol que a atravessava imprudentemente e se esquivou de um automóvel que por pouco não o atropelou.

Em uma praça procurou um banco, porque estava cansado. Deixou-se cair em um que era ocupado por um mendigo parecido com Barbolani. Este, ao vê-lo, levantou-se e se afastou.

Nessa noite, depois de jantar, Leyden procurou um hotel, onde lhe deram um quarto com duas camas; em uma delas dormia um homem virado para a parede. No dia seguinte, muito cedo, o homem se levantou. Visto entre sonhos, era Istilart. A reação de Leyden foi estranha: de fato, disse para si que não se arrependia de nada.

Na manhã seguinte voltou à praça, para respirar ar puro. Ao atravessar a rua, não teve a mesma sorte de Pujol: foi apanhado por um automóvel. Arrastando-se, chegou a um banco. Então uma pessoa, talvez um sósia do Raimundo Gómez, aproximou-se e disse sorrindo:

— Não se preocupe. Deixe que eu chamo uma ambulância.

Enquanto agonizava, Leyden viu um vigia desconhecido que chegou para render o que se parecia com *don* Ernesto; depois, um policial que disse a Parker:

— Pode ir. A partir de agora, todos vocês estão livres.

UMA COMPETIÇÃO

Como vocês sabem, eu sempre quis ter vida longa. Por isso, com o pretexto de que trabalho no *Última Hora*, visitei Eufemio Benach, por ocasião do seu centésimo quarto aniversário.

O famoso velho (famoso por enquanto, suponho) me recebeu em sua biblioteca, entre altíssimas estantes abarrotadas de livros. Não pude reprimir a pergunta mais óbvia:

— O senhor leu todos eles?

— Quase todos — reconheceu com um suspiro.

Arrebatado por uma súbita inspiração, falei em tom declamatório:

— Minha exaltação pode parecer ridícula… mas o senhor não negará que espremeu o suco da vida! Para mim, a pessoa que ler esse montão de livros do princípio ao fim terá praticamente viajado por uma infinidade de países, todos diferentes e todos maravilhosos.

O homem me olhou com uma expressão de picardia boba, um pouco infantil, e disse:

— Fico feliz de que pense assim. Pois bem, permita-me não ocultar minha suspeita: o senhor veio aqui com o intuito de obter de mim o segredo da minha longevidade. Não se inquiete. Longe de me ofender, ofereço minha biblioteca, para o senhor comprar.

Sem conseguir me conter, exclamei:

— Para que vou querer sua biblioteca?

— Nela o senhor encontrará o segredo que procura.

Superando um leve desconcerto, observei:

— Nem sei quanto o senhor pede por ela.

Respondeu de pronto:

— Exatamente o mesmo que eu paguei. Nem um centavo a mais, nem um centavo a menos.

Quando consegui que ele dissesse o valor, fiquei abismado. Com um fio de voz, inquiri:

— E o senhor impõe alguma condição?

— Apenas a que eu tive de aceitar. Creio que é o mais justo. Lembre-se de que num desses volumes, o senhor encontrará a revelação do segredo; eu não lhe direi em qual.

— Pode-se saber por quê? — exclamei desconcertado.

— Porque também não me disseram.

Compreendi que estava em suas mãos; mas, como a vida vale mais que o dinheiro, no dia seguinte resignei-me a lhe entregar pouco menos que a totalidade dos bens da minha modesta fortuna.

Uma sexta-feira 13, uma empresa de mudanças trouxe a imponente biblioteca ao meu velho casarão na rua Rondeau. A tarefa de instalá-la durou uma semana. Chegou enfim a hora de empreender a leitura. Separei ao acaso alguns volumes, empilhei-os sobre a mesa, acomodei-me na minha poltrona preferida, acendi o cachimbo, pus os óculos e, passando vertiginosamente da placidez ao horror, fui lendo esta sucessão de títulos:

Sermones y discursos, do padre Nicolás Sancho;
Esperando Godot, de Samuel Beckett;
Ser e tempo, de Heidegger;
La nueva tormenta, de Bioy Casares;
Cartas a um cético, de Balmes;
Ulysses, de James Joyce;
Museu do romance da Eterna, de Macedonio Fernández;
O homem sem qualidades, de Musil.

Apavorado, gritei lastimosamente:

— Será que são todos como estes? Nunca vou conseguir ler isso! Prefiro me suicidar!

Corri ao telefone e liguei para a casa de Benach. Disseram que o patrão estava na Europa.

Como um sonâmbulo, voltei sobre meus passos. Já um pouco reposto, disse a mim mesmo: "Para conseguir algo de bom é preciso pagar o preço. Hoje começa a grande competição. Veremos o que chega antes... a revelação do segredo ou minha morte".

A ESTIMA DOS OUTROS

Como estou um pouco doente, passo o dia sentado na sala de casa. Vez por outra pego no sono e talvez por isso não consiga dormir à noite. Farto de rolar na cama, angustiado, vou para a sala, que é o cômodo contíguo ao meu dormitório, e ligo a televisão. A tão altas horas, segundo minha experiência, passam um único programa: a vida atribulada de um típico herói de filmes de ação, protagonizada por um indivíduo fisicamente parecido com o que eu era aos trinta anos.

Descobri que as pessoas que ocasionalmente me visitam, me admiram por causa das aventuras e proezas do citado indivíduo. Não nego que essa comparação me lisonjeia.

OUTRO PONTO DE VISTA

Sonho que entro na sala de um cinematógrafo. Nas primeiras filas há espectadores de cabeças muito grandes; entendo que são deuses e que o filme que eles veem é a vida. Sentado no fundo da sala, de repente me vejo em um canto da tela; sou espectador da minha própria vida. Então, tenho uma revelação; sei por que um deus bom permite que coisas horríveis aconteçam conosco. Compreendo que não importa o que aconteça conosco, porque não somos reais, e sim um entretenimento para os deuses, do mesmo modo que os personagens dos filmes são para nós.

AMOR E ÓDIO

Minha relação com os irmãos Millán se estende ao longo de boa parte da minha vida. Recém-formado advogado, ganhei um processo contra eles. Sei que os Millán ficaram em má situação econômica.

Anos mais tarde, em um torneio interclubes de tênis, em uma partida contra um clube de Avellaneda, se não me engano, tocou-me jogar contra os Millán. Eles ganharam. Quando tomávamos o tradicional chá dos interclubes, para minha surpresa me pareceram simpáticos; mais estranho ainda: devem ter gostado de mim, já que pouco tempo depois me convidaram para o casamento de um deles. Naqueles anos, minha vida entrou em um período bastante monótono. Eu passava os dias na imobiliária, na praça de San Isidro, e as noites em casa, no Tigre. Em ambos os lugares, sempre me acompanhava um amigo: meu cachorro Don Tomás, um pastor belga tão inteligente que, segundo a opinião geral, "só faltava falar".

Um golpe de sorte alterou a rotina da minha vida. Em um sorteio, fui premiado com uma viagem à Europa.

Os Millán tinham me incumbido de procurar uma casa para eles comprarem. Nenhuma das que lhes ofereci estava de acordo com o que queriam. Tive então a ideia de sugerir que ocupassem a minha enquanto eu estivesse no estrangeiro. Eles aceitaram. "Só tem uma coisa", esclareci, "vou deixar Don Tomás em casa, porque é muito complicado levar um cachorro numa viagem." Prometeram cuidar dele como se fosse meu próprio filho. Pensei que não há nada mais honroso que a amizade nascida de uma disputa.

Ao voltar, telefonei, do meu escritório, para os Millán. Notei-os maldispostos a deixar a casa. Eu lhes disse: "Certo. Podem ficar até a semana que vem". Confesso que me esqueci de perguntar pelo meu cachorro.

No meu diminuto escritório eu não tinha cama nem sofá onde dormir. Comprei uma caminha de campanha. Estava pensando que ela poderia caber lá se encostasse a mesa contra uma das paredes, quando apareceu, em estado lastimável, o cachorro Don Tomás. Atirou-se aos meus pés. Olhou-me com olhos tristes, tombou para o lado, ergueu seu longo focinho na minha direção e com evidente esforço moveu a boca. Espantado, pensei que o cão estava tentando falar; já atônito, ouvi as palavras que ele articulou trabalhosamente: "Os Millán. Sua casa". Como se o esforço tivesse exaurido suas últimas forças, o cachorro deixou cair a cabeça no chão. Teve um estremecimento. Pouco depois, morreu. Passei alguns minutos ao lado do meu único amigo neste mundo; mas como considerei que o cão morrera devido ao esforço de me alertar sobre algo grave, ligado à minha casa, disparei para o Tigre. Quando cheguei, já era noite. Da plataforma da estação, vi no céu um brilho vermelho. Não me perguntem o que pensei: desatei a correr e encontrei a casa envolta em chamas.

UM AMIGO INSÓLITO

Nos anos da crise, eu era muito jovem, muito pobre e procurava emprego. Nunca me esquecerei da manhã em que li no jornal um anúncio pedindo um zelador para um imóvel desocupado. Os interessados deviam comparecer a um escritório no oitavo andar de um edifício na avenida de Mayo.

Lembro que minha visita a esse escritório durou menos de cinco minutos. Por incrível que pareça, sem ter que apresentar registros de empregos anteriores nem cartas de recomendação, fui contratado. Em seguida me acompanharam até o elevador. Enquanto o esperávamos, fui apresentado ao contínuo que, no dia seguinte, me conduziu ao imóvel em questão.

Bastou-me ver o edifício para saber por que eu havia sido contratado tão às pressas: era o Palácio das Águias, famoso por ser a única casa de Buenos Aires habitada por fantasmas. Considerei que a intenção dos senhores da avenida de Mayo era me fazer cair em uma armadilha; claro que eles não podiam saber que eu não acreditava em fantasmas e que, na minha pobreza, teria aceitado empregos realmente perigosos.

No casarão da avenida Vértiz eu me senti tão à vontade que minha única preocupação passou a ser que um dia aparecesse gente disposta a comprá-lo ou alugá-lo. Para espantar esses indesejáveis, concebi um plano bastante pueril. Com um lençol, que guardei expressamente no meu quarto, receberia os interessados disfarçado de fantasma.

Talvez deva aqui esclarecer que todas as manhãs, às onze, chama à minha porta um velho verdureiro que percorre o bairro em uma carroça puxada por um cavalo mais velho que o dono. Por isso, outro dia, quando a campainha tocou às onze, abri a porta desprevenido.

Melhor não o tivesse feito. Deparei-me com um casal de velhos babosos que vinha visitar a casa na intenção de comprá-la. Então aconteceu algo inesperado. Não sei o que me incitou a olhar para trás, mas o fato é que eu vi, atônito, avançando dos fundos da casa em direção aos recém-chegados, um branquíssimo fantasma. No mesmo instante os possíveis compradores fugiram e eu pensei, contrariado, que em algum cômodo do casarão se ocultava um desconhecido. Ouvi então uma gargalhada e uma voz abafada, que me disse:

— Nós dois estamos bem nesta casa. O senhor não me incomoda e eu não o incomodo. Confie em mim: farei todo o possível para não deixar ninguém entrar.

Enquanto meu interlocutor se afastava, fui até meu quarto. A primeira coisa que vi foi o lençol branco.

MODOS DE SER

O primeiro episódio revelador aconteceu no escritório onde eu trabalho, quando minha promoção — já decidida — vinha sendo adiada indefinidamente. Com o tempo, eu me vi envolvido em uma infinidade de situações desagradáveis. Gente misteriosamente ofendida se afastava de mim, o que me causava dissabores e, em alguns casos, prejuízos econômicos. Chegou aos meus ouvidos o rumor de que o responsável por tudo isso era um indivíduo citrino, magro, encurvado, muito ativo à noite e de temperamento rancoroso. Perguntei-me por que se encarniçava contra mim. A explicação que encontrei é bastante absurda, mas, na verdade, não vejo outra. Será que ele me odeia porque sou rubicundo, um tanto gordo e de temperamento benévolo? Saí à sua procura naquele momento que antecede o sono, em que já não estamos acordados nem, ainda, dormindo.

— Quero falar com o senhor — disse a ele. Ou talvez tenha dito. Pensei: "Que me importa o que queira me dizer esse outro, sendo eu tão manso quanto bobo? Eu o desprezo demais para me preocupar com ele. Não preciso matá-lo. Basta a presença do forte para que o fraco desapareça".

Então me vi no espelho. Já não estava lá o gordo de nariz arrebitado, de pele rubicunda e sorriso bonachão. Havia no seu lugar um homem magro, um tanto encurvado, de tez citrina e nariz adunco. Um homem que eu não queria ter como inimigo.

O BOM EM DEMASIA É RUIM

Ele costuma rondar, como um cão faminto, pela rua Roberto Ortiz. Sempre que o vejo, eu o convido para almoçar ou comer alguma coisa de graça no meu restaurante. Não me esqueço de que ele foi dono do restaurante onde melhor se comia no bairro da Recoleta. "O pelotão fiel", como ele afetuosamente chamava seus clientes de primeira hora, nunca o abandonou. Cada um deles sabia perfeitamente que em nenhum outro restaurante degustaria manjares tão deliciosos. Com o tempo, que não perdoa, os comensais habituais chegaram a um estado lamentável. E o pior: dia após dia, formavam um grupo cada vez mais reduzido, porque, mais cedo ou mais tarde, a todos ia chegando a hora de morrer. Os novos clientes viam esses poucos velhos pálidos, de fundas olheiras, desdentados e pensavam: "A comida daqui deve fazer mal à saúde. A prudência me aconselha a nunca mais pôr os pés neste lugar".

O CASO DOS VELHINHOS VOADORES

Um deputado, que nos últimos anos tem viajado ao estrangeiro com frequência, pediu para a câmara instaurar uma comissão de inquérito. O legislador percebera, primeiro sem alegria, por fim com sobressalto, que em aviões de diversas companhias cruzava o espaço em todas as direções, de modo quase contínuo, um punhado de homens muito velhos, pouco menos que moribundos. Um deles, que o deputado viu em um voo em maio, tornou a encontrar em outro, em junho. Segundo o deputado, reconheceu-o "porque o destino assim o quis". De fato, o aspecto do ancião tinha piorado tanto que parecia outro, mais pálido, mais fraco, mais decrépito. Essa circunstância levou o deputado a vislumbrar uma hipótese que respondia às suas perguntas. Por trás desse tráfego aéreo tão misterioso não haveria uma organização de roubo e venda de órgãos de velhos? Parece inacreditável, mas também é inacreditável que de fato exista uma organização dedicada ao roubo e à venda de órgãos de jovens. Os órgãos dos jovens são mais atraentes, mais adequados? Certo: mas as dificuldades para consegui-los devem ser bem maiores. No caso dos velhos, pode-se contar, em alguma medida, com a cumplicidade da família. Hoje todo velho implica duas opções: ou o estorvo, ou o asilo. Um convite para viajar granjeia, de modo geral, a aceitação imediata, sem maiores averiguações. A cavalo dado não se olha os dentes.

A comissão bicameral, infelizmente, revelou-se demasiado numerosa para agir com a necessária agilidade e eficácia. O deputado, que não dava o braço a torcer, conseguiu que a comissão delegasse sua incumbência a um investigador profissional. Foi assim que *O caso dos velhinhos voadores* chegou a este escritório.

A primeira coisa que fiz foi perguntar ao deputado por quais linhas aéreas ele viajara entre maio e junho. "Pelas Aerolíneas Argentinas e a Transportes Aéreos Portugueses", respondeu. Procurei em ambas as companhias, solicitei as listas de passageiros e não demorei a identificar o velho em questão. Devia ser uma das duas pessoas que constavam em ambas as listas; a outra era o deputado.

Prossegui nas investigações, com resultados iniciais pouco animadores (a resposta variava entre "não faço ideia" e "o nome não me é estranho"), até que um adolescente me disse: "É uma das glórias da nossa literatura". Não sei como a pessoa se mete a ser investigador: é tudo tão estranho. Bastou eu receber a resposta do menor para que todos os interrogados, como que rejeitando a carapuça de ignorantes, passassem a me responder: "O senhor não conhece? É uma das glórias da nossa literatura". Fui à Sociedade de Escritores, onde um sócio jovem confirmou a informação no principal. Na realidade, me perguntou:

— O senhor é arqueólogo?

— Não. Por quê?

— Não me diga que é escritor.

— Também não.

— Então não entendo. Para o comum dos mortais, esse velho tem um interesse puramente arqueológico. Para os escritores, ele e alguns outros como ele são muito reais e, acima de tudo, muito inconvenientes.

— Pelo jeito, o senhor não tem muita simpatia por ele.

— Como ter simpatia por um obstáculo? O velho em questão não passa de um obstáculo. Um obstáculo intransponível para todo escritor jovem. Se levamos um conto, um poema, um ensaio a qualquer jornal, a publicação é adiada indefinidamente, porque todos os espaços estão ocupados por colaborações desse indivíduo ou de indivíduos como ele. Nenhum jovem recebe prêmios ou dá entrevistas, porque todos os prêmios e todas as entrevistas são para o tal velho ou similares.

Resolvi visitar o sujeito. Não foi fácil. Quando telefonava para a casa dele, invariavelmente, diziam que não estava. Um dia me perguntaram por que desejava falar com ele. "Queria apenas fazer umas perguntas", respondi. "Ah, era isso", disseram, e me passaram com o velho. Ele repetiu a pergunta se eu era jornalista. Respondi que não. "Tem certeza?", perguntou. "Absoluta", confirmei. Concordou em me receber nesse mesmo dia na sua casa.

— Queria saber por que o senhor viaja tanto, se não for muita indiscrição minha.

— O senhor é médico? — devolveu. — Sim, eu viajo muito e sei o mal que isso me faz, doutor.

— Mas por quê? O senhor viaja porque lhe prometeram operações capazes de devolver a saúde?

— De que operações está falando?

— Operações cirúrgicas.

— Que ideia! Eu viajaria é para fugir dessas operações.

— Então, por que viaja?

— Porque me dão prêmios.

— Um jovem escritor me disse que o senhor fica com todos.

— É verdade. Uma prova da falta de originalidade das pessoas. Alguém resolve premiar a gente, e todos se sentem na obrigação de fazer o mesmo.

— O senhor não acha que é uma injustiça com os jovens?

— Se os prêmios fossem para quem escreve bem, seria uma injustiça premiar os jovens, porque eles não sabem escrever. Mas não me premiam porque escrevo bem, e sim porque outros me premiaram antes.

— A situação deve ser muito dolorosa para os jovens.

— Dolorosa por quê? Quando nos premiam, passamos alguns dias nos pavoneando feito bobos. Isso cansa. Durante um tempo considerável, não escrevemos. Se os jovens tivessem algum senso de oportunidade, aproveitariam nossa ausência para levar seus textos aos jornais e, por piores que eles sejam, teriam ao menos uma remota chance de que os aceitassem. Isso não é tudo. Esses prêmios atrasam nosso trabalho, e não entregamos nosso livro para o editor na data combinada. Outra brecha que o jovem esperto poderia aproveitar para encaixar seu catatau. E ainda guardo na manga outro presente para os jovens, mas melhor não dizer mais nada, para que não se mordam de impaciência.

— Para mim, o senhor pode dizer o que quiser.

— Bom, então digo: já ganhei cinco ou seis prêmios. Se continuarem nesse ritmo, o senhor acha que vou sobreviver? Pode ter certeza de que não. Nem queira saber como tiram o couro do premiado. Acho que não vou ter forças para aguentar mais um prêmio.

ESTADOS DE ESPÍRITO

Primeiro. Alvoroço, um tanto pueril, dos quatro amigos, na casa de aluguel de fantasias. Talvis escolhe a de Pierrô; Anita, a de Colombina; o manco Condulmer, a de Arlequim. Os três amigos mencionados convenceram o velho Mocenigo a se contentar com a de Polichinelo.

Segundo. Os amigos comparecem ao baile à fantasia do teatro Ópera. O velho Mocenigo pensa que estar lá é um erro para ele e para todas as pessoas da sua idade. Perdeu-se dos amigos que, levados pelo turbilhão da festa, o deixaram sozinho, junto à bilheteria deserta, no foyer. Dali vê um arlequim manco vindo do salão do teatro e entrando no banheiro dos homens. Depois Mocenigo observa, com ligeiro assombro e um sorriso, o mesmo arlequim saindo do banheiro dos homens e entrando no das mulheres.

Terceiro. Gritos, um tumulto, nas portas dos banheiros. Por não ter nada melhor para fazer, Mocenigo se aproxima para ver o que acontece. No banheiro dos homens, no chão, jaz morto um pierrô. Alguém tira sua máscara. Como Mocenigo pressentiu, o morto é Talvis. No banheiro das mulheres, estirada no chão está Anita, morta. Embora não consiga acreditar, Mocenigo suspeita que o arlequim assassino é Condulmer; mas, como eu disse, não consegue acreditar e prefere pensar que é outro arlequim, que mancou para culpar Condulmer. Muito triste e abatido, vai para casa.

Quarto. No enterro de Talvis e de Anita, Mocenigo vê Condulmer tão pesaroso que não duvida de sua inocência. Para não crer nela, teria de pensar que, ao se fantasiar de arlequim, Condulmer mudara de personalidade, transformara-se em um malvado.

Último. Na noite da Quarta-feira de Cinzas, Mocenigo sai para caminhar, com a intenção de cansar o corpo e ter sono na hora de ir para a cama. Sem pensar, chega perto do teatro Ópera; reconsidera e se afasta em direção ao Bairro Sul, onde a essa hora não há vivalma. Sem saber por quê, pergunta-se se está sendo seguido. Olha para trás. Está sendo seguido por um arlequim manco. Tanto quanto a idade lhe permite, Mocenigo aperta o passo. Volta a olhar para trás. O arlequim manco também aperta o passo.

UM SONHO EM CINCO ETAPAS

Avellaneda, 10 de janeiro. Inicio a redação deste diário para deixar registrado o período excepcional que estou prestes a viver. Depois de uma viagem sobre a qual não alimento grandes ilusões, terei meu prêmio: sete dias em Mar del Plata.

Moro em uma zona residencial de Avellaneda, a poucos metros da casa do meu tio Emérito, localizada nos fundos do barracão da sua propriedade. Nesse amplo terreno se amontoam desordenadamente materiais de construção e artigos rurais.

De todos os membros da minha família, eu sou o único a cumprir a obrigação, nem sempre agradável, de visitar meu tio Emérito. Basta eu estar sem dinheiro e disposto a comer como um rei, que compareço em sua casa na hora do almoço. Inútil negar: depois de alguns minutos de convívio com meu tio, inclino-me a pensar que a bondade e a tolice andam juntas.

Não acredito que a vida de Emérito seja interessante. Sem dúvida, aos domingos e feriados ele tem seus melhores momentos. Então é visto percorrendo muito lentamente a avenida Montes de Oca, na Capital Federal, ao volante do seu Hudson Super Six, modelo 1927.

Avellaneda, 5 de janeiro. Finalmente a viagem a Mar del Plata é coisa decidida. Expliquei a meu tio que eu poderia ser útil se algum pneu furasse. Não o convenci de imediato, mas depois de uma discussão em tom civilizado, ele concordou em me levar.

Avellaneda e Chascomús, 8 de janeiro. Para cumprir a ordem do meu tio, às quatro da madrugada, sonâmbulo, compareço em sua casa. Pouco antes da partida, meu tio põe no meu bolso uma nota de cinquenta pesos e esclarece, talvez sem necessidade: "Para as despesas menores da nossa temporada em Mar del Plata".

A viagem se revela penosa; muito pior do que eu previa. A cada três por dois, meu tio para o Hudson, me convida a descer e, acocorados sobre um poncho estendido no chão, mateamos interminavelmente e mordiscamos pães amanhecidos, por certo, duros. A máxima velocidade atingida, nesse primeiro trecho da viagem, é de vinte e cinco quilômetros por hora.

Depois de admirar a famosa lagoa, jantamos e dormimos em um hotel de Chascomús. Em meu sonho entrevejo uma mulher de cabelo preto e olhos grandes que me parece muito atraente. Devia ser mesmo, porque acordei com saudade de momentos maravilhosos.

Castelli, 9 de janeiro. À noite me aconteceu algo inacreditável. Voltei a sonhar com a mulher de cabelo preto. Acordei com a impressão de que ela me acompanhara durante boa parte da noite.

Dolores, 10 de janeiro. Meu tio e eu comemos opiparamente. Recolhi-me ao meu quarto para dormir e, em um sonho, vi um grosso cortinado vermelho; alguém atrás dele o entreabria e espiava: era ela. Não ocultarei que gostei dessa aparição; mas não se alarmem: sou o mesmo de sempre e juro que não há mulher, sonhada ou verdadeira, por quem eu perca o controle. Por outro lado, é evidente que nada nem ninguém merece minha obsessão: apreciei como se deve a excelente comida que nos deram no hotel daqui e uns pêssegos merecedores do mais alto elogio.

Maipú, 11 de janeiro. Mas não me queixo mais desta viagem em etapas que o tio Emérito impõe. Noite após noite sonho com ela e, além do mais… Ousarei dizer isso? Acho que a conquistei! Sonhei que a tinha em meus braços! Infelizmente, ela não me permitiu maiores liberdades, mas posso jurar que a vi sorrir satisfeita. Até me pergunto se não ela não terá resistido por causa da aparição, no meu sonho, de uma terceira pessoa, uma testemunha: meu tio Emérito, com a mesma pinta de sempre: boina de pano branco com viseira proeminente, camiseta sem mangas, da qual emergem braços magérrimos, calças que não chegam a cobrir seus tornozelos nus por falta de meias nos pés, folgadamente calçados em sapatos esportivos, em parte brancos e com biqueira preta.

Coronel Vidal, 12 de janeiro. Em algum sonho das etapas anteriores, acreditei que a mulher sorria para mim. Sorriu ao ver meu tio no seu traje ridículo. Eu, ao contrário, a última coisa que posso fazer é sorrir depois do sonho desta noite: meu tio, com força e agilidade juvenis, carregava a mulher nos braços e a acomodava no Hudson… Sem poder fazer nada, eu os vi partir… Despediram-se de mim agitando as mãos alegremente.

Só fui acordar quando os perdi de vista. Pensei: "Que sonho horrível", e refleti: "Ainda bem que foi apenas um sonho". Deixei a cama, me vesti e, fazendo força para não correr, fui ao quarto do meu tio. Não havia ninguém lá. Procurei então o dono do hotel, um velho achacoso que me deixou perplexo ao dizer: "Hoje de madrugada, cedinho, seu amigo foi embora naquele carro que ele tem". Vai saber o que o hoteleiro viu na minha cara, porque tratou logo de esclarecer: "Não se preocupe. O senhor não me deve nada. Seu amigo pagou os dois quartos. O que me deixou intrigado é que ele saiu com uma mulher que eu nunca tinha visto. E não era nada feia, acredite, lembrava uma atriz de cinema de que eu gostava muito — fui bem cinemeiro na minha mocidade —, uma tal de Evelyn Brent".

Tentei falar, mas não consegui. Levei a mão a um bolso e achei um papel amarrotado. Era a nota de cinquenta pesos que meu tio tinha me dado. "Ainda bem", murmurei. "Tenho dinheiro para pegar um ônibus e voltar para casa." Tinha superado o baque. Mas aquele hoteleiro idiota me disse: "O que houve? O senhor está com uma cara! Precisa de alguma coisa?".

CULPA

Naquela noite, no restaurante de sempre, estávamos os quatro amigos: Ricardo (irmão da minha namorada), Luis, Jacinto e eu. Da nossa mesa víamos, através de um painel de vidro, a folhagem de uns jacarandás floridos que se estendia profundamente até o muro do cemitério da Recoleta (já fora da visão de quem estava no restaurante).

Depois de esticar a conversa da sobremesa, deixamos a mesa e saímos. Fiquei alguns minutos com meus amigos na calçada, esperando um táxi. Como não passava nenhum, perdi a paciência e anunciei:

— Eu vou indo. Quero matar uma curiosidade. Vou entrar nesse arvoredo que víamos lá do restaurante. Provavelmente não há nada de mais para ver. Muito menos a esta hora da noite.

Enquanto avançava entre as árvores, o bosque me pareceu inesperadamente profundo. Ainda não tinha avistado o muro quando ouvi uns passos se afastando precipitadamente e uma voz que gritou:

— Aí vai um.

Enfim fora do bosque, a luz da iluminação pública me permitiu enxergar um dos portões do cemitério, rodeado de degraus onde estavam sentados alguns homens vestidos com macacão de mecânico. Assim que os vi, todos se levantaram, correram ao meu encontro, me seguraram, entraram comigo no cemitério e, à viva força, porque eu me debatia, me enfiaram em um caixão, cuja tampa estava apoiada no muro. Nesse instante se ouviu outro grito vindo do bosque. Ouvi claramente:

— Aí vão vários.

O homem que me segurava mais violentamente me disse ao ouvido:

— Se você nos ajudar, nós o liberamos.

Eu estava tão apavorado que teria aceitado qualquer condição, contanto que me soltassem. Superando o pânico, consegui articular uma palavra:

— Certo.

Trôpego, saí como pude do caixão e segui meus captores. Estes, ajudados por um cúmplice que vinha do bosque, lutavam com um grupo de pessoas e pareciam dominá-las. Aproveitei a oportunidade para fugir.

No dia seguinte, acordei na minha cama, no meu quarto. Não me perguntem como fui do cemitério para casa. Há um vazio na minha mente, sem nenhuma lembrança.

Tentei acreditar que tinha sido um sonho ruim; mas pouco depois, folheando o jornal, encontrei a nota de falecimento de Ricardo; nela não constava nada que de algum modo atribuísse sua morte a atos violentos. Logo em seguida, nos anúncios fúnebres, encontrei os correspondentes a Luis e a Jacinto. Fiquei arrasado.

Não tenho coragem de aparecer diante da minha namorada. Com o coração partido, eu a evito. O que não posso evitar é a convicção, justificada ou não, de ter participado do assassinato de três amigos.

O AMIGO DA ÁGUA

O senhor Algaroti morava sozinho. Passava seus dias entre pianos à venda (que, pelo visto, ninguém comprava) em uma loja na rua Bartolomé Mitre. À uma da tarde e às nove da noite, em um fogãozinho embutido na parede, ele preparava o almoço e o jantar que, no seu devido tempo, comia sem vontade. Às onze da noite, em um quarto sem janelas, nos fundos do local, deitava-se em um catre, onde dormia (ou não) até as sete. A essa hora quebrava o jejum com mate amargo e, pouco depois, limpava o local, tomava banho, fazia a barba, levantava a cortina metálica da vitrine e, sentado em uma poltrona, cujo espaldar anguloso se cravava dolorosamente em sua coluna vertebral, passava mais um dia à espera de improváveis clientes.

Talvez houvesse uma vantagem nessa vida desocupada; talvez desse tempo para o senhor Algaroti fixar a atenção em coisas que passam despercebidas aos demais; por exemplo, nos murmúrios da água ao jorrar da torneira. A ideia de que a água estivesse formulando palavras lhe parecia, sem dúvida, absurda; nem por isso deixou de prestar atenção e assim descobriu que a água lhe dizia: "Obrigada por me escutar". Sem poder acreditar no que estava ouvindo, ainda ouviu estas palavras: "Quero lhe dizer algo que será útil".

De quando em quando, apoiado na pia, ele abria a torneira. Aconselhado pela água, levou, como em um sonho, uma vida triunfal. Seus desejos mais descabelados foram se realizando; ganhou enormes quantidades de dinheiro. Foi um homem mimado pela sorte. Uma noite, em uma festa, uma moça perdidamente apaixonada o abraçou e cobriu de beijos. A água o alertou: "Sou ciumenta. Você deve escolher entre essa mulher e eu". Casou-se com a moça. A água não voltou a falar com ele.

Por causa de uma série de decisões equivocadas, perdeu tudo o que tinha ganhado. Afundou na miséria. A mulher o abandonou. Embora já estivesse cansado dela, o senhor Algaroti ficou muito abatido. Lembrou-se então da sua amiga e protetora, a água, e, repetidas vezes, escutou-a em vão enquanto jorrava da torneira da pia. Por fim chegou um dia em que, esperançoso, acreditou que a água lhe falava. Não estava enganado. Pôde ouvir que a água lhe dizia: "Nunca vou perdoar o que aconteceu com essa mulher. Eu avisei que sou ciumenta. Esta é a última vez que falo com você".

Como estava arruinado, tentou vender o local da rua Bartolomé Mitre. Não conseguiu. Retomou, portanto, a vida anterior. Passou os dias esperando clientes que nunca apareciam, sentado entre pianos, na poltrona cujo espaldar anguloso se cravava na sua coluna vertebral. Não nego que de vez em quando se levantasse, para ir até a pia e escutar, em vão, a água saindo da torneira aberta.

DE UM MUNDO A OUTRO (1998)

tradução de
SÉRGIO MOLINA

À memória de H. G. Wells

I

Depois de almoçarem em um restaurante da rua Guido, ele foi dormir a sesta com Margarita, sua namorada, na casa dela. Essa tarde, semelhante a tantas outras em que Margarita dormiu em seus braços, de certo modo foi excepcional: nunca antes Javier Almagro tivera a convicção de que Margarita se entregava a ele de modo tão completo. Não por acaso se diz que, neste mundo, tudo que é bom acaba. Às quatro e meia da tarde, em ponto, os dois se levantaram, se vestiram e cada um partiu para suas obrigações: ela, para prestar o último exame da carreira de astronauta; Almagro, para a redação do jornal onde trabalhava.

Certo de que Margarita tinha sido aprovada no exame, Almagro deixou passar algumas horas antes de lhe dar os parabéns. Por volta das onze da noite, telefonou para ela. Enquanto formulava mentalmente uma desculpa pela demora, ouvia o consabido, insistente, ruído da chamada… Teve que se resignar a uma desagradável conclusão: Margarita tinha saído. Para onde? Com quem? Por mais que ele repetisse: "Margarita me ama", "Margarita não me engana", "Margarita é fiel", entrou em desespero. Empreendeu obstinadas idas e vindas, levantou os braços e puxou seus poucos cabelos. Sem poder mais suportar a situação, pensou que um remédio provisório, mas remédio enfim, seria se entocar em um cinematógrafo. Viu no jornal que no Astral havia sessão coruja. Pensou: "Para mim, passando de uma sessão de cinema a outra, até o caminho para a morte seria agradável". Partiu, portanto, rumo ao Astral.

Enquanto olhava pela janela do táxi que o levava, ocorreu um fato estranho. Ao ver o comportamento normal das pessoas na rua, pensou que ele era o único transtornado e conseguiu reagir. Com certo esforço, raciocinou: o fato de Margarita não estar em casa não era prova de que estivesse com outro homem. As palavras "outro homem" reavivaram passageiramente sua ansiedade.

No saguão do Astral, teve de esperar por algum tempo, até a sessão anterior terminar. De repente, viu com alívio que os lanterninhas abriam as portas e, em seguida, começava a sair um rio de gente um pouco ofuscada com a luz do salão e certamente comentando o filme que acabara de ver. De súbito, a cena se animou. Surpreso, atônito, viu com desespero aquilo que imaginara: a dois passos dele, conversando animadamente com um desconhecido, passou Margarita.

‖

Tomaram o café da manhã no La Rambla, como todo dia. Em um tom que pretendia ser despreocupado, Javier comentou:

— Ontem à tarde, depois da sesta, achei que você ia prestar um exame (*nesse momento, sem perceber, ergueu a voz*), não que você fosse se encontrar com outro homem.

Sorridente, nada perturbada, Margarita pegou nas mãos dele e disse:

— Se o que te preocupa é que eu não te engane, pode parar de se envenenar. Nunca senti a menor vontade de te enganar. Se um dia me der alguma, eu te aviso.

Javier não recebeu muito bem a última frase, mas entendeu que devia deixá-la passar. Não conseguiu, porém, omitir a pergunta:

— Quem é o sujeito que te acompanhava?

— Um rapaz da faculdade. Não se preocupe. Não faz meu tipo.

Como em um rompante de inspiração, Javier arremeteu com uma arenga que sem dúvida ela devia estar cansada de ouvir: consistia essencialmente em assegurar que, se ela o amasse como ele a amava, seriam felizes.

— Já somos — assegurou Margarita e, olhando-o com ternura, explicou: — Eu acho que tive muita sorte de te encontrar, mas às vezes gostaria que você tivesse aparecido na minha vida um pouco depois. Sou muito jovem, a vida é uma só e eu não queria morrer sem vivê-la plenamente; mas não ligue para o que estou dizendo. Nunca me consolaria se te perdesse.

III

Nessa mesma tarde, Javier conseguiu ser recebido pelo diretor do jornal. O personagem é bem ridículo: tem uma barriga proeminente e com seus braços curtos, suas pernas compridas, lembra uma rã; é magro, parece contraído e com frequência se agita em contorções nervosas, que devem ser tentativas de relaxar. Segundo Javier, tudo é pretexto para o diretor se irritar; mas nada o irrita mais que uma reunião pedida por qualquer pessoa que trabalha no jornal. Quando Javier lhe explicou ter notícia de que o governo estava patrocinando um projeto para lançar uma nave em um voo interplanetário, tremendo de fúria, o homem exclamou:

— Este país não tem jeito mesmo. Quando há tanto a fazer, gastam milhões em semelhante palhaçada!

Javier teve de fazer um grande esforço para não desistir de sua proposta. Disse:

— Na minha humilde opinião, o jornal ganharia prestígio se um dos seus cronistas viajasse nessa nave e enviasse textos exclusivos...

— Pouco me importa sua humilde opinião — replicou o diretor. — Por nada deste mundo permitirei que meu jornal seja cúmplice de tão absurdo projeto.

IV

Passou-se uma semana sem que a situação se alterasse. Margarita estava cegamente convencida de que seria a escolhida para pilotar a nave interplanetária. Quanto às esperanças de Javier de ir com ela, continuavam sendo nulas.

Uma tarde, Javier chegou ao jornal depois da hora. Seu amigo, o cronista de cinema, lhe avisou:

— O velho está esperando por você. Não sei se eu te dou os parabéns ou os pêsames. Que você chegou atrasado, ele já está sabendo.

Quando Javier entrou no reduto do diretor, o homem ergueu os braços e disse:

— Estava impaciente para conversar com o senhor, porque nestes dias tenho pensado muito sobre um assunto do seu interesse. Nosso país resolveu mandar para o espaço uma pequena nave, algo totalmente inédito... Falei com as autoridades sobre o projeto e obtive a promessa de que um cronista do meu jornal poderá participar da viagem. Pense bem nisto: estou oferecendo ao senhor a oportunidade de ser protagonista de uma viagem histórica. Enfim, meu caro, prepare-se para partir a qualquer momento. Sei muito bem que os dias de espera serão duros. Seja homem e derrote o inevitável fantasma do medo. Recebi a garantia de que o senhor viajará nas melhores condições de segurança. A nave será pilotada por um dos vinte jovens astronautas que constituem o honroso plantel treinado pelo nosso país para encarar o desafio dessa grande façanha.

Javier o olhou com ódio; para não dramatizar as coisas, costumava compará-lo com animais. Agora o diretor, com seus braços curtos e suas pernas compridas, parecia um canguru. Já ia se retirando quando o diretor acrescentou:

— O senhor há de entender que não posso permitir que essa viagem histórica conte com a participação do cronista de outro jornal.

V

A mãe dele morrera em 1994; desde então, o pai continuava morando na velha casa na altura do número 500 da rua Hortiguera (uma casa onde antes funcionara uma famosa gráfica), a poucos passos do parque Chacabuco. Quando Javier foi se despedir dele, encontrou-o no escritório, mexendo com um lápis. Tinha boas cores no rosto; sua cabeça, que era grande, parecia calva porque estava rapada. Não usava óculos. Em uma gaiola havia um papagaio muito verde.

— Vim me despedir, pai. Estou saindo de viagem.

— Aonde você vai? — perguntou o pai.

— Vai? — repetiu o louro.

— Veja se me ajuda com essa — disse o pai. — "Cuida do campo": onze letras.

— *Agropecuário* — respondeu Javier.

— Obrigado, tenho orgulho de você, meu filho. Outra pergunta: "Curiosidade sexual. Nunca houve e sempre há". Doze letras. Termina com *a*.

— *Hermafrodita*.

— Esse é meu filho!

— Filho — disse o louro.

— Não se anime muito, pai. Estou saindo de viagem. Se você sentir minha falta tanto quanto eu sinto quando não o vejo…

— O que você vai fazer em Montevidéu? Antes de ir, podia me dar outra mãozinha. "Estranho." Começa com agá. Onze letras.

— Não sei o que pode ser, pai: mas vou indo, porque você está muito ocupado...

— Quando começo umas palavras cruzadas, não largo pela metade... enfim, quando posso. Acho que deve ser *heterogêneo*.

— Gênio — disse o louro.

Javier suspirou e disse:

— Bom, pai, agora vou mesmo. Preciso ajeitar tudo, porque a ausência pode ser longa...

O pai se levantou, abraçou-o e perguntou com voz trêmula:

— Você vai para longe? Por muito tempo? Lembre-se de que, sem suas visitas, não sei o que seria de mim!

— Que remédio? Não pense que parto contente. Temos que ser fortes... E você sempre tem suas palavras cruzadas e o louro.

— Não seja tão duro comigo.

— Não quero ser. Vim me despedir. Vou tentar mandar notícias minhas.

— Minhas — disse o louro.

— Eu sei que, assim que você sair — disse o pai —, vou me arrepender de não ter perguntado nada sobre essa viagem...

— Prometo — disse Javier, enquanto abraçava o pai — mantê-lo informado.

Quando saiu para a rua, respirou profundamente. A visita ao pai o entristecera. Já se sabe: a vida é implacável, e quando a velhice chega nos isola, nos tapa os ouvidos, nos tira a luz dos olhos; por tudo isso, durante algum tempo, mergulhamos na tristeza e, por último, o que é muito pior, caímos na indiferença. Sim, por um momento sentira que seu pai estava fora de seu alcance, mas, talvez felizmente, na hora da separação, ou pouco antes, demonstrou sua tristeza e também seu afeto.

Depois de caminhar algumas quadras, encontrou um telefone público, mas não conseguiu falar com Margarita, porque o aparelho estava quebrado.

Entrou no parque Chacabuco e, meio brincando, lamentou que não fosse de noite, porque teria mais chances de ser assaltado. Sim, um bom assalto, com os correspondentes maus-tratos, talvez lhe permitisse esquecer por um tempo a malfadada viagem que na manhã seguinte o afastaria — para sempre? — de Margarita.

Ao anoitecer, cansadíssimo, chegou à praça Irlanda. Comentou consigo que as praças de Buenos Aires eram lindas e também a circunstância curiosa, mas desprovida de interesse, de que as duas pessoas que ele queria abraçar antes de partir moravam perto de praças: seu pai e Castro, seu amigo de toda a vida. Disse a si mesmo: estou pensando nessas bobeiras para esquecer o que me espera. Virou na rua Neuquén e a poucos passos encontrou a casa do amigo. Era minúscula, de telhado vermelho e pontudo, como o de certos campanários, e precedida de um jardim exíguo, muito malcuidado. Castro o recebeu afetuosamente. Logo Javier, que não tinha segredos para o amigo, anunciou-lhe a viagem e explicou sua situação com Margarita. O amigo disse:

— Posso ser um tipo esquisito, mas resisto sistematicamente a que os outros me obriguem a fazer qualquer coisa que eu não queira. Por que você aceitou participar dessa viagem horrível? Só para não se separar da Margarita, e agora, que ela não vai, por que inexplicável razão você vai arriscar sua vida? Pois eu te digo com a mão no coração: o mais provável é que você não chegue a lugar nenhum e que se perca no espaço. Mas, se chegar a outro mundo, o que acho bem improvável, já pensou no que você vai encontrar lá? Talvez seres estranhíssimos, que vão atacar e matar todos vocês.

Javier evitara explicar que a tripulação se limitaria a ele e um astronauta incumbido de pilotar a nave.

VI

Depois da tirada para persuadir Javier a desistir da viagem, Castro passou a relatar com riqueza de detalhes a situação que estava vivendo: uma mulher, que ele não amava, parecia disposta a deixá-lo, atitude que o aborrecia, mesmo havendo outra mulher, por certo não mais atraente, que talvez estivesse disposta a se juntar com ele. Castro se animava visivelmente ao falar dessa intriga e dava a entender que tinha se esquecido por completo do fato de que seu amigo estava prestes a arriscar a vida em uma viagem que ele mesmo qualificara de suicida.

Como Castro não o convidou para jantar, Javier se perguntou aonde iria. Sem pensar duas vezes, dirigiu seus passos para o centro. Estava cansado, e isso o alegrava. Talvez, embotado pelo cansaço, parasse de cismar. De um telefone público tentou em vão se comunicar com Margarita. Pensou: "É melhor eu já começar a perdê-la, porque não vou estranhar se, durante minha ausência, ela me deixar por outro". Cansadíssimo chegou à esquina da Corrientes com Carlos Pellegrini. Encaminhou-se ao Teatro Porteño, onde na sessão coruja passavam um filme intitulado *El porteño de los años treinta y sus treinta caras bonitas.*

Escolheu uma poltrona na última fileira, para facilitar a saída se o filme fosse tedioso. Não era. Entre as coristas, as "caras bonitas" do título, identificou uma pela qual, anos atrás, ele chegara a se apaixonar. O que realmente o comoveu foi ver e ouvir Sofía Bozán, que no filme cantava com graça e desenvoltura "Flor de fango", "Haragán", "Mi noche triste", "Ivette", "El entrerriano", "Hotel Victoria". Saiu do Porteño e, ébrio de cansaço, encaminhou-se para a Costanera Sur. Perto do chafariz da Lola Mora, ficou algum tempo olhando o amanhecer nas águas leonadas do rio da Prata.

VII

Por volta das oito da manhã, como se não estivesse cansado, caminhou até a avenida Leandro Alem, onde tomou o táxi que o levou para casa. Antes de entrar, atravessou a rua e, no modesto supermercado do bairro, comprou seis caixas de biscoitos de trigo de não me lembro qual marca.

Já em casa, baixou uma mala do alto de um armário, abriu-a no chão e foi pondo nela dois ternos, um de inverno e outro de verão, um poncho de vicunha, três pijamas, três camisas e três das outras peças do vestuário masculino.

Estava tão cansado que cogitou a ideia de tirar uma soneca antes de partir rumo a Ezeiza. Prudentemente a descartou; na pia do banheiro molhou o rosto com água fria, apanhou a mala e, cambaleando, desceu para a rua e tomou o primeiro táxi que passou. Disse ao chofer:

— Para Ezeiza.

VIII

O taxista virou-se e perguntou:

— Não me diga que vai se despedir desse par de malucos…

— Que par de malucos?

— Esses que estão indo visitar planetas…

— Eu sou um deles.

— É isso mesmo que eu escutei? O senhor vai partir para o espaço? Não morre de medo? Quando eu contar para a minha esposa que o senhor viajou no meu táxi... Aposto o que quiser que ela não vai acreditar.

Já perto do aeroporto, um policial tentou barrá-los. O chofer protestou:

— Como não vai deixar este senhor passar? Ele é um dos que vai para além da *estratósfera*.

Quando Almagro quis pagar a corrida, o taxista lhe disse:

— Só por ter trazido o senhor, já me dou por bem pago.

Almagro perguntou:

— E vai contar para a patroa que fez questão de não cobrar?

— Não. Sou tonto, mas nem tanto. Ela nunca me perdoaria.

IX

Abrindo caminho por entre a multidão, chegou à aeronave. Lá estava Margarita à sua espera. Absorto e feliz, perguntou:

— Não me diga que você foi a escolhida...

— Claro. Cansei de dizer. Tinha certeza de que seria eu.

— Porque você fez um exame brilhante?

— Também por isso, mas por outra coisinha, que fique muito aqui entre nós. Cada um dos vinte astronautas treinados para este voo arrumou um pretexto para se desculpar. A verdade é que estavam assustados. E você, sem nenhuma obrigação, se apresentou... Estou orgulhosa do meu Javier, que bem merecia uma bronca, mas vai ganhar é um beijo.

Quando ela o beijou, o público aplaudiu freneticamente. Uma banda rompeu a tocar a Marcha de San Lorenzo e, em seguida, o Hino Nacional. Almagro sentiu lágrimas nos olhos.

A primeira coisa que lhe veio à imaginação quando viu, pela portinhola, o interior do habitáculo foi a casa de um amigo, colecionador apaixonado de trens em miniatura: o chão de sua casa era atravessado, em todas as direções, por uma rede de trilhos para seus trens de brinquedo. Logo notou uma diferença: os do habitáculo eram de bitola mais larga. No extremo da rede que terminava na portinhola havia dois pares de botinas brancas.

Margarita explicou:

— As menores são para mim. Com essas botinas, vamos poder nos movimentar dentro da aeronave sem flutuar como balões quando sairmos da zona de gravidade. Me disseram que o sistema é parecido com o das rodas do antigo trem transandino que ia de Mendoza ao Chile; se você tenta levantar essas botinas, não consegue, mas vai ver como deslizam admiravelmente pelos trilhos; com elas, vamos caminhar de um jeito parecido ao dos esquiadores na neve. No início dá trabalho, mas depois a gente avança bastante bem; só não é bom se apressar muito.

De início, Javier pensou que a aeronave era sabiamente planejada: tinha uma sala de estar sem janelas, mas com um olho de boi. Viu ali uma mesa, uma cadeira, uma poltrona, uma cama, um armário, um aparelho de rádio, que depois soube ser receptor e transmissor, e em um canto uma espécie de biombo fixo que ocultava um banheiro com todo o equipamento necessário. Em seguida, a impressão de Javier já não foi tão boa assim. Não sabia por que as paredes, pintadas de preto, davam ao habitáculo uma aparência de calabouço. Lamentava mais ainda que uma parede, munida de uma portinha automática, separasse o passageiro do piloto, ele de Margarita. Em uma longa viagem como a que eles empreenderiam, isso seria não apenas ingrato, mas também perigoso. Na parede oposta ao olho de boi havia, a um metro e pouco do chão, um retângulo branco.

Antes da partida, um maleiro de Ezeiza entregou a ele e a Margarita seus respectivos paraquedas. O mesmo indivíduo mostrou cerimoniosamente as portas por onde eles se lançariam no espaço em caso de acidente: a de Margarita ficava no compartimento de comando; a de Javier, na sala de estar. A disposição dessas portas o preocupou. "Se precisarmos nos jogar... que seja juntos; mas melhor não pensar coisas horríveis."

X

Passadas as primeiras catorze horas de voo, Almagro deve ter pegado no sono, porque acordou com o chamado de Margarita. Em seguida, com movimentos desmedidos, lançou-se trabalhosa e lentamente ao seu encontro. Margarita lhe disse:

— Chamei para que você me renda quando eu for vencida pelo sono. Pilotar este aparelho é mais fácil que dirigir um carro.

— Eu não teria tanta certeza — defendeu-se Javier. — Será que não há riscos nessa aparente facilidade? Digo isso com a mão no coração: não me parece prudente que eu dirija.

Margarita riu como se ele tivesse dito algo muito engraçado. Em seguida, explicou:

— Estou com sono, e o sono é invencível. Você vai ter que dirigir. Estamos avançando a toda velocidade por um espaço mais desconhecido que o previsto pelos astrônomos. Acho arriscado entregar o comando ao piloto automático.

Javier só se convenceu de que Margarita estava falando sério quando ela se levantou e pediu para ele ocupar seu lugar na poltrona.

— Não tenha medo. Meu sono é leve. Em caso de perigo, é só me acordar.

Depois de longas horas, que para Javier pareceram intermináveis, Margarita acordou. Comentou:

— Como é bom dormir. Foi muito assustador pilotar?

— Eu gostei. Meus amigos nem vão acreditar quando eu contar que dirigi este aparelho a uma velocidade que supera três vezes a da luz.

— Cuidado com a confusão — alertou Margarita. Enfatizando cada palavra, corrigiu: — Supera três vezes a velocidade do som.

— Tanto faz... Uma velocidade espantosa. Até me abriu o apetite.

XI

— Se você quiser, podemos almoçar — propôs Margarita.

O almoço foi um trâmite complicado, sobretudo para Javier. A louça, os talheres, a comida — tudo — escapava de suas mãos e flutuava no ar, enquanto Margarita, mais habilidosa, comia diligentemente. Contrariado, Javier observou:

— Comer assim não vale a pena.

— Vale, sim. Se um de nós se debilitar, será a pior coisa que poderia nos acontecer. Você tem inteligência de sobra: aposto que logo vai pegar o jeito dessas refeições além da estratosfera.

Javier replicou:

— Não mesmo. Imagina! Ver boa parte da comida voando pela sala, o que parece inevitável, só me desconcerta e enfurece.

Talvez pela falta de café, talvez por causa do nervosismo que passara durante as horas de pilotagem, Javier estava lutando contra o sono. Margarita percebeu e disse:

— Ver como teus olhos se fecham vai me dar vontade de dormir. O mais prudente é você voltar para a sala. Não sabe como te invejo.

Despertou-o com um beijo.

XII

A tristeza, a inquietação, o tédio de se encontrar de novo sozinho, sem nada para fazer naquele habitáculo, acabaram de espantar seu sono. Almagro pensou: "Talvez o grande remédio seja a leitura".

Trabalhosamente, tratando de que as coisas não escapassem voando, procurou na mala o *Martín Fierro*. Assim que o encontrou, pôs-se a ler os primeiros versos:

> *Aquí me pongo a cantar*
> *Al compás de la vigüela,*
> *Que al hombre que lo desvela*
> *Una pena estrordinaria,*
> *Como la ave solitaria*
> *Con el cantar se consuela.** *

Identificou-se por um segundo fugaz com o cantor desses versos; reconheceu, logo em seguida, que aquilo que o desvelava, felizmente, não era nenhuma pena extraordinária, cruz-credo, e sim a desolação de estar só, desocupado, a milhares de metros de altura e tão perto da mulher amada… de repente reagiu, superou o desalento. Percebeu que nada o impedia de dar início à tarefa que lhe fora confiada, graças à qual garantira um lugar nessa nave. Começou, então, a escrever para o jornal em que trabalhava a crônica da insólita viagem empreendida.

* "Aqui me ponho a cantar/ ao compasso da viola,/ que o homem que se desola/ numa dor extraordinária,/ como ave solitária/ cantando é que se consola", na tradução de Walmir Ayala (1988). (N. T.)

Escreveu com satisfação, imaginando que ao fazê-lo esqueceria temores e angústias. Começou seu escrito com uma elucidação e um dado fundamental. Disse: "Minha viagem é a mais ambiciosa exploração interplanetária jamais tentada pelo homem, e nossa meta é descer no planeta número 14". Esclareceu que o número 1 foi dado à Terra e que os demais planetas foram recebendo o número correspondente a sua descoberta, na ordem cronológica.

XIII

Transcorreram os dias e as noites; ele sabia que era dia quando não podia se aproximar do olho de boi sem que a luz do sol o queimasse.

A certa altura, seu ânimo fraquejou. Perguntou-se: "Se eu soubesse que ia passar a maior parte do tempo neste horrível habitáculo, sozinho, separado da Margarita, teria vindo?". Depois de uma breve reflexão, balançando a cabeça, murmurou: "Que remédio? Acho que sim".

Escreveu em seu diário: "O pior é a demora do tempo de não fazer nada. Depois de longas horas de espera, Margarita me chama. Depois de nove horas... depois de oito, com muita sorte". "Aqui passo a vida esperando", pensou, "mas depois da espera está Margarita. Devo me considerar privilegiado." Por não saber o que fazer consigo mesmo, abriu o armário, que estava vazio, e depois vasculhou as gavetas. Em uma delas encontrou um projetor cinematográfico, não maior que uma câmera comum. Procurou em vão uma tela, até perceber que aquele retângulo branco em uma das paredes podia servir. Apagou a luz. Ligou o projetor, que ele segurava com ambas as mãos, e no retângulo branco apareceu um filme cômico, para alegria de Javier. Tratava-se de uma daquelas conhecidas comédias em que há uma perseguição rica em peripécias. Nela os vilões, em um automóvel, perseguem os mocinhos, em outro automóvel, através das intermináveis curvas de uma estrada de montanha. De repente o automóvel dos mocinhos derrapa para fora da estrada e fica oculto dos perseguidores, equilibrando-se fragilmente nos galhos de uma árvore, à beira do abismo.

A situação angustiou Javier. Pensou que, por viajar em uma nave interplanetária, não convinha ter imagens como aquela na mente. Tentou esquecê-la; disse a si mesmo que recordar a cena provavelmente lhe daria azar.

XIV

Às vezes parece que a realidade faz questão de confirmar as superstições. Tudo aconteceu em menos tempo do que eu levo para contar: uma explosão pouco estridente, um solavanco da nave, um tranco nos pés, a abertura da portinhola do habitáculo, o irreprimível, apavorante passo no vazio e ver com alívio que o paraquedas se abria e que a velocidade da descida diminuía. Só então pensou em Margarita e a avistou ao longe, pendurada em seu paraquedas.

A seguir, pôde ver que do teto da nave surgia, abrindo-se, um gigantesco paraquedas. Javier se perguntou: "Por que fomos ejetados, se o paraquedas da nave garantia uma descida lenta?". Refletiu: "Porque nada neste mundo funciona direito; porque o mecanismo falhou; se o paraquedas da nave se abria, o nosso não deveria se abrir".

Javier caiu com certa suavidade em um gramado, na clareira de um bosque, perto de um lago. Muito surpreso, se perguntou: "Depois de tantos dias de viagem, cheguei a Palermo? Será que estou no bosque de Palermo?".

Encaminhou-se até onde devia estar a avenida Sarmiento e logo chegou, de fato, a uma avenida. Algo, não sabia o quê, o levava a pensar que essa não era a avenida Sarmiento de Buenos Aires. Olhou para a esquerda e, como não viu o Monumento dos Espanhóis, entendeu que estava em uma cidade desconhecida. Sentiu medo. Olhou a seu redor como se com isso pudesse descobrir onde estava e avistou ao longe uma multidão de seres, mais ou menos ocultos entre as árvores, que progressivamente o cercavam.

Assustado, disse a si mesmo que não eram homens, e sim pássaros muito altos e cobertos de penas. Quando o cerco se fechou, notou que todos tinham bico e que entre eles havia seres de duas espécies, uns muito altos, corpulentos, e outros que agora pareciam crianças, talvez por estarem ao lado dos maiores; em suma, todos eram mais altos que os homens e bem parecidos com pássaros. Em volta do bico tinham um rosto não muito diferente do nosso e embaixo das asas ocultavam braços curtos, providos de mãos. Agasalhados pelas penas, provavelmente nunca precisaram inventar a vestimenta.

XV

Logo o cercaram de muito perto. Não o agrediram; talvez evitassem tocá-lo; com movimentos da cabeça e das asas, pareciam indicar-lhe que avançasse em determinada direção: obedeceu, e assim a massa de pássaros, com um pequeno círculo vazio em cujo centro se encontrava Almagro, deslocou-se até as portas abertas de um veículo com reboque. Quando Javier entrou na carreta, fecharam a porta e logo em seguida o veículo arrancou. Depois de um percurso que não durou mais de dez minutos, o veículo se deteve, seus captores abriram as portas da carreta e com gestos das asas o mandaram descer. Estavam ao lado de um amplo edifício sem janelas e com um pórtico no meio da fachada. Sempre o rodeando, e com grandes precauções para não tocá-lo, os pássaros transpuseram o pórtico e adentraram com ele no edifício. Lá, outros pássaros, com luvas e uma espécie de máscara cirúrgica no bico, conduziram Almagro por corredores iluminados até um quartinho onde havia uma espécie de divã. Como estava cansado, deitou-se nele. Julgou notar que os pássaros aprovaram sua ação.

XVI

Acordou com frio e com fome. Olhou para o pássaro que o vigiava e tentou, por meio de uma mímica exagerada, arremedar o ato de comer. O pássaro pareceu indicar que esperasse e retirou-se às pressas.

Almagro se levantou. Procurando não fazer barulho, caminhou até a porta. Tentou abri-la. Não conseguiu.

Poucos minutos depois, o pássaro voltou trazendo uma bandeja com três bolinhas e um recipiente com água. "Se aqui existe água, poderei sobreviver", pensou e, por meio de gestos, perguntou o que fazer com as bolinhas; por meio de gestos, lhe responderam "comê-las". Obedeceu e depois da segunda bolinha sentiu que estava satisfeito; satisfeito até demais, talvez. Com grande prazer, bebeu a água. Não fosse o frio, até se daria por feliz.

Como o mantinham confinado e o tratavam com benevolência, Almagro conjeturou que devia estar de quarentena. Provavelmente não estava enganado.

Um pássaro alto e corpulento que às vezes lhe trazia a comida tinha a barriga proeminente e pontuda. Almagro primeiro deduziu que era uma fêmea, depois que estava grávida e que nesse mundo as fêmeas eram mais altas e mais corpulentas que os machos.

Passaram-se os dias. Agora uma fêmea sem barriga proeminente cuidava dele com afetuoso esmero. Almagro entendeu que era sua nova enfermeira e chegou a sentir por ela um carinho provindo da gratidão. Pensou que devia se alegrar: em seu desamparo, havia melhor sorte que a de ter como enfermeira uma fêmea que o olhava com bons olhos? Essa mesma circunstância, porém, foi motivo de pesar para Almagro. Pensou que não seria de estranhar que, surgindo a oportunidade, ele a usasse sem escrúpulos para pedir que o ajudasse a escapar. Esse pensamento o levou à ideia de que um dia poderia escapar. A ideia se transformou em obsessão, e um dia Almagro juntou coragem e pediu à fêmea que o ajudasse a cumprir seu propósito. Ela, sorridente, encarou-o e disse, ou pareceu dizer, que contasse os cinco dedos de uma mão e dois da outra. Pensando mais rápido que o habitual, Almagro contou seus dias de cativeiro: como eram trinta e três, faltavam sete para completar a quarentena. Provavelmente a mulher estava dizendo que não valia a pena que ele se arriscasse quando faltava tão pouco para ficar livre. Desse modo, Almagro confirmou que seu confinamento era mesmo uma quarentena.

XVII

Por certo, não era apenas porque estava preso que ele desejava fugir; não descansaria enquanto não encontrasse Margarita. Preferiu pensar que provavelmente ela também estaria cumprindo sua quarentena e que não estava perambulando pelas ruas da desconhecida cidade em que se encontravam, que ele imaginava cheia de perigos.

Como manteve a contagem dos dias, na manhã do quadragésimo foi acordado pela expectativa. Tentando controlar a ansiedade, reflexivamente disse para si: "Vamos ver o que acontece". De certo modo, foi-se confirmando o anúncio da mulher. Percebeu esperançoso que os pássaros que tinham contato com ele já não usavam luvas nem máscara; não evitavam tocá-lo; menos que todos, a fêmea. Em um momento no qual ele se encontrava de pé, no meio do aposento, a fêmea segurou em suas mãos, compulsivamente o puxou para junto de seu corpo, beijou-o com a boca aberta, e ele sentiu que por momentos recebia saliva e que por momentos bebiam a sua; ficaram assim (ele temendo cair) até que devem ter atingido o paroxismo, porque ela gemeu repetidamente, para por último afastá-lo e jogar-se em uma espécie de divã que havia no quarto.

Perplexo, Almagro olhava para ela e se perguntava qual seria o significado daquele ato do qual participara. Era assim que faziam amor naquele mundo?

Pouco depois a fêmea se levantou, olhou-o com ternura, acariciou seu rosto e se retirou. Ele teve uma sensação de alívio, seguida de arrependimento: envergonhou-se de pagar assim o amor da fêmea; mas, na verdade, tudo isso o preocupava pouco. Só pensava no momento em que viriam buscá-lo para levá-lo até a porta e devolver-lhe a liberdade.

XVIII

Serviram-lhe a comida de sempre, mas ele não perdeu as esperanças. Por fim, ao cair da tarde, vieram buscá-lo. Era uma dupla de pássaros que ele tinha entrevisto no dia da chegada: sem dúvida eram médicos, provavelmente altos funcionários, diretores do hospital onde ele cumprira a quarentena. Com mostras de consideração, conduziram-no por vários corredores em direção à entrada do edifício, para ali se desviarem através de um grande portal até uma sala em que a temperatura era muito baixa e onde havia uma infinidade de poltronas, algumas ocupadas por espectadores. Emoldurado por recolhidas cortinas vermelhas, ao fundo estava o palco e sobre ele uma mesa, umas poucas cadeiras, garrafas e copos. Três pássaros, que por sua corpulência deviam ser do sexo feminino, surgiram de uma lateral do palco, cumprimentaram Javier cerimoniosamente e começaram a despi-lo. Apesar da resistência que ele opôs, em poucos minutos se encontrou nu diante da plateia. Dois pássaros o seguravam pelos braços enquanto outro, com um ponteiro que parecia consistir em um raio de luz vermelha, indicava aos espectadores os pormenores de seu corpo. A sessão foi longa. Sem considerar que ele devia ser uma curiosidade para habitantes de outros mundos, sentiu-se humilhado. Além disso, estava com frio e perguntava-se com grande preocupação: "Será que não vou apanhar um resfriado?".

À noite, largou-se na cama cansadíssimo, como se tivesse vivido um dia extremamente atarefado. Não demorou a adormecer e passou por vívidos pesadelos.

Ao acordar, perguntou-se se em algum momento desse dia recuperaria a liberdade. Ao longo de toda a manhã, esperou em vão um sinal favorável. Não respirava bem, sentia o nariz entupido.

O sinal, ou o que ele pôde considerar como um sinal, enfim chegou. Serviram-lhe um esplêndido almoço. Uma hora depois, aquele mesmo par de pássaros que no dia anterior o conduzira ao salão de atos o levou até o hall de entrada; ali tiraram seus bracinhos de baixo das asas e lhe apertaram ambas as mãos; depois abriram o pesado portão de ferro e vidro e o deixaram em liberdade.

XIX

Por um momento se considerou feliz; em seguida, percebeu que estava desesperado. Perambulou sem rumo por aquela cidade desconhecida, edificada ao pé de uma montanha que lembrava o Pão de Açúcar do Rio de Janeiro. Alguns transeuntes o olhavam dissimuladamente; todos o olhavam.

Ao entardecer, encontrou o bosque onde dias atrás caíra de paraquedas. "Estou salvo", pensou com júbilo. Entrou em um coreto e se deitou no chão; de braços cruzados, para se defender do frio, conciliou o sono.

Já entrada a manhã, acordou. Tiritando, perguntou-se se havia sido acordado pelo frio ou pela fome. Levantou-se e, como não havia nenhum guarda por perto, saiu do coreto. Seus passos o levaram até um banco de madeira, verde, que estava em frente ao que ali poderia ser considerado uma padaria. Almagro deixou-se cair no banco e viu um empregado tirar uma alta cesta com rodas, repleta de uma espécie de pães redondos e pães alongados, um mais atraente que o outro. Quando o empregado voltou à padaria, Almagro pensou: "É agora ou nunca", atravessou a rua e arrebatou um pão redondo. Nesse exato instante, foi apanhado com força por um pássaro que parecia quase tão alto quanto as fêmeas desse mundo, talvez por vestir uma casaca muito justa e comprida. Enquanto alguns curiosos o rodeavam, sabe-se lá de onde surgiu um veículo azul como a casaca de seu captor. Foi enfiado na viatura.

Em um escritório, funcionários que pretendiam interrogá-lo não conseguiram se fazer entender nem entendê-lo. Em outro veículo azul, foi levado até um edifício que parecia um hospital, quase idêntico ao da quarentena, que logo se viu ser uma prisão. Ali o introduziram em um apartamento com sala, dois quartos e banheiro. E já com um ocupante.

XX

Antes de mais nada, registraremos que o ocupante foi o primeiro ruivo que Almagro viu entre todos os homens ou pássaros que povoavam aquela cidade. Tocou-lhes passar juntos uma longa temporada, e desde o primeiro momento o ruivo tratou de adquirir ao menos um mínimo vocabulário castelhano. O procedimento era simples. Apontava para um banquinho e olhava interrogativamente para Javier; este dizia: *banquito*; o ruivo tentava repetir a palavra e em seguida anotava uma série de letras que, lida em voz alta por ele, reproduzia aproximadamente o som da palavra *banquito*.

Recorrendo ao mesmo método e com extraordinária paciência, o ruivo tratou de ensinar os rudimentos de sua língua a Javier.

Desde o início, o ruivo se mostrou amigável e comunicativo. Almagro desconfiava. A certa altura, perguntou-se: "Será que ele não vai tentar arrancar de mim algo comprometedor?". Em seguida, reconsiderou: "Que segredos comprometedores eu poderia ter? Só muito assustado para cair em semelhantes cismas".

Com o tempo, Almagro soube que o ruivo se chamava Grum, que estava preso por motivos políticos e que odiava os atuais governantes de seu país. Grum assegurou:

— São malvados. Se um dia descobrirem nossa amizade, vão te perseguir implacavelmente.

Almagro ficou pensativo. Perguntou-se se conseguiria manter uma conduta atinada e sobreviver em um país cujas normas não entendia. Em muitos aspectos, eram as de qualquer país ocidental; em outros, não.

De uma coisa ele tinha certeza: de que Grum era boa pessoa. Logo soube também que, mesmo pertencendo a um partido da oposição, era tido naquele mundo como um pássaro influente e bondoso. De fato, não se limitou a tirar Almagro da prisão; ainda o levou para sua casa. Garantidos o teto e a comida, Almagro recuperou o ânimo. Por momentos, chegou a acreditar que estava feliz. Com algum empenho, encontraria Margarita.

Enquanto tomava o desjejum — os alimentos eram estranhos e saborosos —, Almagro disse ao amigo:

— Agora preciso encontrar Margarita.

— Precisamos — replicou Grum, que estava se equilibrando em um pé só, como uma cegonha. — Para começar, não terias um desenho do rosto dela? De preferência, bem fiel…

— Só tenho isto — disse Almagro, tirando de um dos bolsos uma fotografia do tamanho de um cartão-postal.

Grum ficou maravilhado. Provavelmente nunca tinha visto uma fotografia. Almagro acrescentou:

— Não me percas isso...

— Conseguiremos um bom desenhista para tirar cópias — afirmou Grum. — Imprimiremos cartazes que aparecerão em toda parte, com a legenda: *Procura-se*. Ao pé do retrato, poremos: *Qualquer informação séria será recompensada* e o endereço de casa.

—Acho bom. Fico muito grato, mas...

— Não é o bastante. Sei disso. Vou procurar alguém da polícia. Eles têm recursos que não estão ao alcance de um simples particular...

Por esses dias, na esperança de encontrar Margarita, Almagro percorreu aquela vasta cidade em todas as direções. Os habitantes o olhavam estranhados. Uns, dispostos a ajudá-lo (os do partido de Grum); outros, com notória hostilidade. À noite, cansado, abatido, com frio nos ossos, voltava à casa de Grum; mas o tempo passava e, apesar do afinco das buscas, não encontravam Margarita.

Grum se preocupou. Esse desaparecimento abalava o ânimo de Almagro. Ao anoitecer, Grum aguardava o amigo com comidas suculentas, que este recusava depois de provar um ou dois bocados. O serão, em que Almagro insistia em perguntar o que poderiam fazer para encontrar Margarita ou permanecia em silêncio, estendia-se até as primeiras horas da madrugada, quando cada um se recolhia a seu dormitório. Por volta das sete da manhã, ou pouco antes, Grum ouvia movimentos de Javier na cozinha, onde se afanava em preparar um desjejum que, pela ansiedade de retomar as buscas de Margarita, costumava deixar intacto.

Para quebrar essa rotina mórbida, e também para que seus amigos o conhecessem, uma tarde Grum conseguiu levar Javier a uma instituição que em nosso planeta chamaríamos Clube de Escritores. Era um tradicional clube social e esportivo frequentado por escritores de ambos os sexos. Grum, por seu lado, queria lhes falar de Margarita, para que, se acaso a encontrassem, procurassem retê-la até que ele ou Almagro fossem a seu encontro.

Sentados nas confortáveis poltronas da biblioteca, Grum e Almagro conversavam amistosamente com um grupo de sócios. Grum puxou o assunto de Margarita, de seu desaparecimento e dos planos para encontrá-la. Almagro escutava com ansiedade, quando uma sócia que ia passando por ali (ele soube que era do sexo feminino pelo tamanho e por uma bolsa que tinha na altura do ventre, semelhante à dos cangurus), com movimentos do dedo indicador, fez sinais para que Almagro se aproximasse; depois de um instante de hesitação, ele obedeceu. Ato contínuo, desenrolou-se uma cena complicada. A mulher pegou em suas mãos e, ao pretender aplicar um delicado beijo em seus lábios, conseguiu tão somente acertar-lhe uma cabeçada que o atordoou; os outros olhavam para eles em silêncio, com desconcerto e reprovação; alguns se retiraram. Javier voltou a sua poltrona. Alguém observou, aborrecido:

— Creio que já não temos mais nada a conversar.

XXI

Quando ficaram sozinhos, Javier perguntou a Grum o que tinha acontecido. Este respondeu:

— Não te preocupes.

Javier insistiu na pergunta. Grum explicou:

— Não é tua culpa. Eles se ofenderam ao ver como aquela sirigaita te pegava pelas mãos.

— O que há de errado nisso?

— Talvez nada, mas o ato do amor consiste em pegar nas mãos e beijar-se. Essas coisas não se fazem em público. Já te cansaste da vida de clube?

— Um pouco. A que vem essa pergunta?

— É que eu pensava em convidar-te para jantar num clube… Um clube de gente menos complicada.

— Vou aonde quiseres…

— Se vieres comigo a esse outro clube, eu te apresentarei à minha equipe.

Grum explicou que era dono (porque o comprara em leilão público) de um time de vinte jogadores, quinze titulares e cinco reservas, que participava dos campeonatos e torneios do esporte mais popular naquele país. Da explicação de Grum, Almagro deduziu que o esporte em questão seria uma espécie de rúgbi. Grum concluiu:

— Se teu time ganha o campeonato anual, tua situação política fica garantida por algum tempo.

Assim foi. Naquela noite, os dois amigos jantaram no restaurante de um clube atlético bem movimentado, com vinte ursos pardos com cara de pássaro (essas palavras procuram ser a fiel descrição dos membros do time que Grum havia comprado). A conversa não foi animada.

Ao longo do dia seguinte, os dois amigos quase não se falaram. Grum se entregou por inteiro a seus afazeres, um tanto negligenciados nos últimos tempos; Javier, até ser vencido pelo cansaço, percorreu as ruas da cidade em busca de Margarita. À noite, jantaram juntos. A certa altura, Javier inquiriu:

— O que houve? Pareces preocupado.

— Não, não. Tudo segue igual.

— Mesmo? Eu me pergunto se não terás notícia de que aconteceu algo de mau com Margarita e não sabes como dizê-lo.

— Para que não penses coisas horríveis, vou te contar que algum maldoso andou contando a cena de ontem à noite no clube...

— Que cena?

— A da mulher que te pegou pelas mãos.

— Não pensei que isso tivesse importância.

— Pois eu te diria que é bem grave. Estão contando a cena de um modo que pareces um pervertedor sexual. Espero que tudo seja esquecido rapidamente. Mas não é só isso. No Centro Nacionalista daqui estão preocupados com a presença de vocês dois neste planeta e, se não forem logo embora, maquinam todo tipo de planos para obrigá-los a partir, ou talvez coisa pior. Felizmente, conheço um rapaz que foi meu discípulo e que agora é membro do Centro. Ele me conta tudo o que lá se diz e até o que lá se planeja. Acho que se arrependeu de andar com essa gente.

XXII

Na manhã seguinte, Almagro saiu como sempre para percorrer a cidade em busca de Margarita. Ao meio-dia ocupou, também como sempre, uma das cadeiras com mesinhas que aquele restaurante e bar de nome para ele incompreensível tinha na passagem. O próprio dono o atendeu, porque a essa hora os garçons estavam almoçando. Almagro pediu um café com sanduíches de pão de miga. Para dizer alguma coisa, comentou:

— Ora, claro, imagino que não tomam café neste planeta e, quanto aos sanduíches de miga, aposto, com patriótico orgulho, que só existem no meu país.

— Pois aqui também temos disso — afirmou o dono. — Quanto ao tal café, confesso que não tenho a menor ideia do que seja.

Almagro explicou:

— É uma infusão preta que costuma ser tomada depois das refeições. Fui claro?

— Claríssimo. Servirei para o senhor uma bebida parecida, embora não seja preta, mas verde.

O dono entrou em seu local. Depois de atender os clientes do balcão, satisfez o pedido de Almagro. Curiosamente, a infusão verde era de erva-mate, ou algo muito parecido. Logo depois, Almagro o chamou para pagar a conta. O homem recebeu a importância e ficou olhando para ele sem dizer nada.

— O que houve? — perguntou Almagro.

— Nada, senhor, nada. Mas pelas coisas que me disse, ou pela forma como as disse, simpatizei com sua pessoa, sabe? E por puro acaso acabo de tomar conhecimento de algo que pode ser do seu interesse. Um cliente que bebeu além da conta disse a outro onde se encontra uma pessoa que o senhor procura. Está presa no topo dessa montanha.

O homem apontou para o topo da montanha parecida com o Pão de Açúcar.

Tão forte foi a emoção que Javier sentiu ao ouvir isso, que sua vista se enevoou. Repondo-se, disse:

— Obrigado, amigo, muito obrigado e adeus. Agora mesmo vou para lá.

— Lá no alto? Não vá sozinho. Seria uma imprudência.

Almagro refletiu que só veria Grum à noite e que certamente teria de esperar até o dia seguinte para escalar a montanha. Disse, resoluto:

— Vou agora mesmo. Apenas me diga se há uma rua que leva ao topo.

— Como hoje é sábado, fecho à uma. Se o senhor quiser, posso fechar um pouco antes para acompanhá-lo…

XXIII

Almagro não soube recusar a inesperada oferta. Enquanto o dono se apronta-va, primeiro pensou: "Hoje estou com muita sorte", e um pouco depois: "Será que esse pássaro não é um desses nacionalistas daqui, armando uma cilada?".

Escalar a montanha foi uma tarefa mais demorada do que ele supunha e, por momentos, a vertigem o obrigava a fechar os olhos. Ambos os escaladores se cansaram. Não faltou o episódio arrepiante. Em um trecho no qual a trilha se estreitava, Almagro pisou em falso e, se o dono do café, agarrado com a mão esquerda à saliência de uma rocha, não o tivesse segurado com a mão direita, provavelmente Almagro teria despencado no abismo; o transe serviu para dissipar sua desconfiança contra o dono do café.

No topo havia uma construção retangular, muito baixa, cor de areia, com orifícios que eram as portas e as janelas. Estavam se encaminhando para lá quando pela porta saíram três ou quatro pássaros de plumagem arrepiada, que o cercaram; tentou se defender, mas alguém segurou seus braços por trás; virou-se rapidamente: quem o segurava era o dono do café. Este lhe disse, em tom explicativo:

— Desculpe. Se o senhor não fosse um pássaro desse outro mundo, não o entregaria — e, dirigindo-se aos facínoras saídos da construção cor de areia, acrescentou: — Espero que não deixem o macho escapar como fizeram com a fêmea.

Um dos pássaros de plumagem arrepiada respondeu:

— Não se preocupe. Para tirá-lo daqui, só com um exército inteiro.

Almagro foi trancafiado em um cubículo sem janelas. O chão, as paredes, o teto, tudo era de pedra. Não havia ali nada que se assemelhasse a uma cama, a uma cadeira, a uma mesa.

Saber que Margarita tinha fugido dali dava a ele uma leve esperança; refletiu, contudo: "Margarita é mais esperta que eu. E, por outro lado, meus carcereiros agora se empenharão ao máximo em evitar uma segunda fuga".

Passou o dia sentado em um canto do cubículo, e à noite, quando se deitou no chão, sua nuca suportou mal a dura frieza da pedra. No dia seguinte, acordou com a convicção de não ter dormido um só instante; contudo, recordou um sonho atroz: ele perguntava a Margarita como fizera para fugir dali; mal segurando a risada, ela respondia: "Duvido que você dê a eles a mesma satisfação".

XXIV

No dia seguinte — e todos os dias depois —, os carcereiros o tiraram do cubículo de manhã cedo para trabalhar por duas horas em uma pequena horta que tinham nos fundos da casa e novamente ao cair da tarde, para comer com eles.

As bolinhas que serviam eram de qualidade inferior às do hospital onde ele cumprira a quarentena e, provavelmente, velhas. Os carcereiros comiam com voracidade e sem falar.

Mais tarde, Almagro contou que, durante a oitava ou nona refeição, um deles teve a impressão de ouvir um ruído suspeito. Com um gesto, pediu silêncio. Todos os carcereiros a um só tempo ficaram imóveis, em atitude de escutar, e depois a um só tempo, ruidosamente, afastaram as cadeiras, levantaram-se e saíram em tropel. Almagro de início hesitou, mas logo a curiosidade lhe infundiu forças para chegar até a porta que dava para fora. Absorto, com o coração aos pulos, viu que cerca de vinte pássaros de aparência mais juvenil e pouco menos feroz que a dos carcereiros espancavam estes últimos com cassetetes. De repente, ouviu-se um tiro. Almagro viu que Grum, com um braço para o alto, empunhava um revólver e que, gemendo no chão, mais de um carcereiro implorava que não o matassem.

XXV

— O senhor me salvou a vida — Javier disse a Grum e o abraçou.

Grum respondeu:

— Fiz o que devia, graças a estes jovens.

Emocionado, Javier apertou a mão de cada um dos integrantes do time de Grum.

Tão alegres e despreocupados desceram pela trilha da montanha, que mais de uma vez Javier escorregou perigosamente.

À noite, na cama, em seu quarto, na casa de Grum, pôde saborear por segundos o descanso e a segurança, mas a ideia de que Margarita estava sozinha, exposta a perigos implacáveis, atormentou-o; vencido pelo cansaço, teve um sono entrecortado; atribulados sonhos com Margarita o despertaram; o cansaço de novo o adormeceu, e a imagem de Margarita maltratada voltava a despertá-lo. Passou a noite inteira assim.

Desjejuou com Grum. Às nove se despediram. Javier caminhou sem rumo pela cidade na esperança de encontrar Margarita; Grum partiu para seus afazeres habituais, mas sempre atento à possibilidade de avistá-la em algum de seus percursos.

Almagro não apenas notou que os habitantes o olhavam, mas também que comentavam sua presença entre eles. Por volta das onze sentiu fome, entrou em um café e, como se estivesse em Buenos Aires, pediu um especial de queijo. O garçom que recebeu o pedido se recusou a atendê-lo e disse:

— É melhor o senhor se retirar, antes que eu o expulse à força.

Ao cair da tarde, chegou à casa de Grum, sem perder toda a esperança de que o amigo tivesse encontrado Margarita ou, pelo menos, trouxesse alguma notícia animadora a seu respeito.

XXVI

Enquanto tomava relutantemente o desjejum, Almagro disse a seu anfitrião:

— A aparência da Margarita, como certamente a minha também, deve ser muito extravagante aos olhos dos seres daqui. Não é incompreensível que ela não tenha sido vista por ninguém?

Grum, equilibrando-se em um pé só, balançando a cabeça observou:

— Concordo, é provável que ela tenha sido vista por mais de um. Isso me leva a confessar algo que tem me preocupado. Creio que entre os nacionalistas há muito ódio contra vocês dois. Nosso êxito em reprimir seus atentados os humilha e exacerba sua xenofobia.

— Deves ter razão — respondeu Javier. — Precisamos encontrar Margarita antes que lhe aconteça algo de mau…

— Conta comigo — afirmou Grum —, mas não sei até quando me respeitarão e permitirão que eu te defenda. A animosidade tem crescido… Pedi a uma equipe de engenheiros amigos que aprontassem seu veículo espacial para que, em caso de necessidade, tenhas como fugir para a Terra. Tomara que possamos esperar pela Margarita.

XXVII

Como todas as noites, de um tempo para cá, dormiu mal; não conciliou o sono até as primeiras horas da manhã. Para que acordasse, Grum teve que sacudi-lo; confusamente, Javier ouviu que lhe dizia:

— Temos novidades.

Já acordado, perguntou:

— Que novidades?

Grum lhe disse:

— Levanta. Quero que vejas com teus próprios olhos.

Levou-o até a janela. Em um primeiro momento, não notou nada de estranho, mas depois foi reparando em que havia um pássaro atrás de cada uma das árvores da calçada em frente. Grum lhe perguntou:

— E agora, que me dizes?

Atônito, balançou a cabeça e respondeu:

— Confesso que não consigo acreditar no que estou vendo.

— Eu te avisei, mas não acreditaste.

Olhando-o na cara, Javier replicou:

— Seja como for, volto a dizer que não partirei sem Margarita.

Grum respondeu com tristeza:

— Receio que agora a situação seja insustentável... Veremos. Tentarei falar com eles. Farei o possível.

Porque não apenas Grum mas também os fatos o forçavam a ir embora, Almagro se alterou e disse:

— Se minha presença na tua casa traz tantos problemas, vou dar um jeito de sair e procurar outro refúgio.

Magoado, Grum disse:

— Estás sendo injusto, e sabes disso... Ainda assim, ouso dar-te um conselho. Por ora, enquanto a situação não se alterar, nem tentes sair. Eu mesmo não sairia, se pudesse.

O estado anímico de Javier era um tanto absurdo. Estava contrariado por ter discutido com Grum e irritado por ter que seguir seu conselho. Sair com todos aqueles pássaros emboscados seria mesmo uma loucura.

Mas certamente seu principal motivo de irritação e tristeza era ter que adiar a busca de Margarita.

Desesperado, recorreu a táticas supersticiosas. Pensou que, se ele queria que aqueles pássaros fossem embora, não devia espiá-los; nem sequer devia pensar neles. Quem sabe assim, depois de um tempo, quando voltasse a olhar pela janela, os pássaros teriam desaparecido.

Não encontrava assunto em que pensar. Um assunto agradável podia ser sua amizade com Grum. Não tinha sido fácil para os dois chegarem a se tratar de tu. Durante um período bastante longo, oscilaram no tratamento, com involuntários retrocessos ao formal; mas finalmente o tu se tornara para eles natural, talvez por tudo o que havia acontecido: até o desentendimento por causa da insistência de Grum em aconselhá-lo a ir embora fortalecera a amizade entre eles.

Ao entardecer, Grum voltou para casa com dois amigos que apresentou a Javier. Eram os engenheiros que assumiram os reparos do veículo interplanetário. Um deles disse:

— Pensamos que a engenharia na sua terra deve estar bastante desenvolvida para terem construído um veículo como esse. Não sofreu muitas avarias, e pensamos que agora está pronto para o senhor regressar à Terra.

Almagro pensou: "Se Grum é cabeça-dura, eu também sou. Não vou sem Margarita".

Quando os engenheiros se retiraram, Grum comentou:

— Garanto que foi um alívio voltar para casa acompanhado de dois amigos. Quando volto sozinho, sempre me pergunto: será que vão me deixar passar, ou me atacarão?

XXVIII

Enquanto isso, o que foi feito de Margarita? Quando estava presa naquela casa amarela no topo da montanha parecida com o Pão de Açúcar, um dos carcereiros, chamado Mum, se apaixonou por ela. Margarita nunca alimentou suas esperanças; o pássaro insistia:

— Mais cedo ou mais tarde serás minha.

Os outros carcereiros não demoraram a perceber a situação e a se converterem, cada um, em rival de todos os demais. As brigas foram constantes e ferozes, até o dia em que Mum, para que ninguém pudesse arrebatá-la dele, fugiu com Margarita.

O pássaro estava tão orgulhoso de si mesmo, que por algum tempo foi bondoso com ela e não lhe exigiu nada.

Refugiaram-se na casa de um irmão de Mum que ficava em um bairro da cidade parecido com o de Palermo, em Buenos Aires.

A vida deles era monótona, com dias em que assistiam à passagem dos trens e noites de crescente ansiedade, em que a frágil mulher rechaçava as toscas investidas do macho. Angustiada, Margarita percebeu que não podia continuar naquela vida. Uma tarde em que estavam sentados em frente aos trilhos, Margarita viu aproximar-se um daqueles trens de muitos andares que circulavam por lá e, arriscando a vida, atravessou para o outro lado justamente quando o trem ia passar. Era um trem comprido de muitos vagões e, antes que Mum pudesse segui-la, Margarita penetrou no bosque, encontrou o coreto onde Javier um dia se escondera e entrou nele.

Horas depois, no exato instante em que, olhando para um lado e para o outro, ela se preparava para deixar seu esconderijo, saiu de trás de um matagal um pássaro muito alto, vestido com uma comprida e justa casaca azul. Segurou-a pelos braços e, apontando para o coreto, perguntou algo que Margarita não soube responder. Irritado, o pássaro algemou-a e em seguida a levou para uma prisão bem parecida com o hospital onde ela cumprira sua quarentena.

XXIX

Margarita soube que alguém, um habitante daquele país, tinha acusado as autoridades da prisão de manterem detido um ser, do sexo feminino, que não cometera crime algum. Carcereiros e presos informaram Margarita da situação e previram que ela logo recuperaria a liberdade.

De fato, poucos dias depois, dois indivíduos a acompanharam até o portão da penitenciária e o entreabriram para que Margarita pudesse sair. Do lado de fora a esperava o ex-carcereiro do topo da montanha parecida com o Pão de Açúcar.

Evidentemente, o indivíduo esperava que Margarita expressasse gratidão por ele. Como ela se mostrou aterrorizada, o sujeito se enfureceu. Apanhou-a de um braço e arrastou-a até sua casa. Ali, com certa calma, falou com ela assim:

— Eu te ofereço uma escolha. Ser minha e ter todos os luxos e as maiores mostras de respeito, ou viver trancada num cubículo, um verdadeiro calabouço, onde dormirás no chão e comerás os restos que de vez em quando te jogarmos.

XXX

Passou-se algum tempo. Até que um dia uma fêmea horrível entrou no cubículo e disse:

— Eu te odeio. Eu era a favorita até que apareceste. Também te odeio porque não sei como me vingar de todo o mal que me causaste, mas, como sou inteligente, só para me livrar de ti, agora te darei o que mais desejas: a liberdade. Vem comigo agora mesmo. Assim como abri a porta do quarto que ocupas, abrirei também a porta da rua. Meu consolo é que lá fora não te deixarão viver por muito tempo. Nosso povo despertou e abomina a ti e a teu companheiro; nem tu nem ele, por mais que um traidor os proteja, conseguirão sobreviver.

XXXI

Os amigos de Grum souberam que a polícia estava à procura de Margarita. Grum deu a notícia a Javier; este respondeu que sairia para procurá-la. Acrescentou:

— Como deves compreender, não posso ficar aqui de braços cruzados enquanto Margarita anda perdida pela cidade correndo perigo.

— Seria um suicídio saíres à sua procura — afirmou Grum. — Eles logo te apanhariam. E receio que nas suas mãos não sobreviverás por muito tempo.

Javier insistiu. Angustiado, Grum replicou:

— Permite então que eu a procure. Tenho mais chances de encontrá-la. Conheço a cidade e as pessoas daqui. Se eu perguntar se a viram, é possível que me digam a verdade. Tenho muitos partidários.

Javier não pôde rebater esses argumentos. Com lágrimas de afeto e gratidão, viu o amigo sair.

Não se passara nem uma hora desde a partida de Grum, quando Javier sentiu que não podia mais suportar o confinamento. Espiou por uma janela e viu que a casa já não estava cercada.

Depois de não poucas hesitações, arriscou-se a sair. As horas corriam, ele mal se aguentava de cansaço, quando se virou e percebeu que estava sendo seguido por um pássaro com o qual cruzara pouco antes. Atravessou sucessivas filas de pássaros que esperavam para entrar nos cinematógrafos, em uma espécie de rua Lavalle daquela cidade estranha; ao cruzar a terceira ou quarta fila, conseguiu despistar seu perseguidor e por sorte, seguindo uma das filas de pássaros, deu um jeito de entrar em um cinematógrafo que no idioma de lá se chamava Astral. Ao passar pela bilheteria, comprou um ingresso e se refugiou na sala.

Era tanto o suspense que o filme exercia, que, mesmo os personagens sendo pássaros, Almagro acompanhou as peripécias fascinado. Ao se levantar, esbarrou no ocupante da poltrona vizinha e, quando ia pedir desculpas, a luz da sala lhe ofereceu a mais feliz das revelações: a pessoa que ocupava a poltrona vizinha era Margarita. Estava tão feliz quanto ele.

Abraçados, os dois se encaminharam para a casa de Grum. Já estavam chegando quando um jovem pássaro os deteve. Javier pensou que seria um dos inimigos de Grum que cercaram a casa. O rapaz lhe disse:

— Por culpa de vocês dois, mataram nosso mestre Grum. Não perdoaram que ele os protegesse.

Ao ver que Almagro não podia conter as lágrimas, Margarita o abraçou. O rapaz disse:

— Como sei muito bem qual era o desejo de Grum, eu os ajudarei a partir. Venham comigo, que os levarei aonde temos escondida aquela sua nave interplanetária.

Felizes por empreender a fuga para Buenos Aires, tiveram que superar a angústia de seguirem separados: Margarita estava no comando da nave e Almagro, no habitáculo dos passageiros.

Quando chegaram a Ezeiza, as autoridades os receberam com todo tipo de atenções, mas tomando o máximo cuidado para não tocá-los. Explicaram que deviam ter paciência e resignar-se a que cada um fosse levado a um hospital onde deveria cumprir sua quarentena. Depois, nada os impediria de se reunirem.

DAS COISAS MARAVILHOSAS (1999)

tradução de
RUBIA GOLDONI e **SÉRGIO MOLINA**

DAS COISAS MARAVILHOSAS

No percurso da vida, o homem anseia por coisas maravilhosas e, quando acredita que estão ao seu alcance, procura obtê-las. Esse impulso e o de continuar vivendo são muito parecidos.

Nosso mundo é implacável, mas está repleto de coisas maravilhosas. Farei uma lista, ao acaso: um rosto de mulher; a liberdade, para quem está preso; a saúde, para quem está doente; algo que uma criança vê em uma loja de brinquedos; uma mudança de luz depois da chuva, que infunde intensidade às cores da tarde; uma música; um poema; um prêmio inesperado; para alguns, por incrível que pareça, a esperança de escrever uma boa história... São tantas as coisas maravilhosas, e tão variadas, que sua enumeração é sempre insatisfatória. Já que não se pode abranger todas, tentarei uma classificação.

Há coisas que são maravilhosas antes da sua posse; outras, durante; e outras, depois. Talvez essas três modalidades possam ser combinadas em mais quatro: coisas que são maravilhosas antes e durante sua posse; antes e depois; durante e depois; antes, durante e depois.

Das enumeradas no parágrafo anterior, as primeiras costumam não passar de ilusões, mas não cabe ignorá-las, porque promovem a maior parte da atividade humana e porque, antes da sua posse, são realmente maravilhosas. Darei alguns exemplos.

Alguém pensa que, se for aprovado em tal exame, ou se conseguir tal título ou tal cargo, já estará com a vida assegurada.

Um rapaz sonhava em abrir uma hospedaria à beira de uma estrada. Encontrou um sócio e conseguiu transformar seu sonho em realidade. O sócio o roubou, os funcionários o roubaram, ele se enredou em processos, acabou sendo assaltado e por pouco não o mataram.

Por muitos anos, o trailer foi para mim a solução universal em matéria de moradia e turismo, até o dia em que comprei um e fiz a viagem mais insuportável de que tenho lembrança.

Um consócio meu do clube de tênis viu chegar a hora de premiar sua longa vida de trabalho com uma viagem à Europa. Enfim ele se daria o prazer de conhecer o prestigioso mundo de que tanto ouvira falar... Mas bastou aquele homem de caráter alegre, descomplicado e resoluto desembarcar na França, em Cannes, para se entristecer. Armou-se de coragem e iniciou o trajeto planejado; depois de alguns quilômetros, em San Remo, deprimiu-se ainda mais e percebeu que só lhe restava um caminho: o de regresso a Buenos Aires. Quando me encontrei com ele, perguntei o que tinha acontecido.

— Vou te explicar — disse. — Não me achava.

Essas três palavras, repetidas em tom de lamúria, foram sua única explicação. Alguém que estava ouvindo comentou depois que provavelmente o mais difícil para nosso amigo foi não encontrar na Europa quem o cumprimentasse, como no clube, dizendo: *Buenas*, *don Carlos*.

Uma situação análoga, mas verdadeiramente dura, é a que costumam atravessar as pessoas que emigram. Antes da viagem, o país para onde se dirigem é a imagem acabada da felicidade e da prosperidade, onde é só a pessoa se deixar levar pela corrente para fazer fortuna. Parece provável que sofram mais de uma desilusão. Em todo país há xenófobos que pensam como o autor destes versinhos:

Que al pan lo llamen pen
y al vino, ven
está bien,
pero al sombrero chapó:
la p... que los p...*

Entre as coisas maravilhosas que se manifestam durante sua posse, algumas duram a vida inteira, outras, um instante. Duráveis: a leitura, o estudo, a pes-

---

* "Que chamem o pão de *pen*/ e o vinho de *ven*/ vá lá,/ mas o chapéu de *chapô*:/ vão pra p... que os p..." Em *chapó* há um jogo de palavras intraduzível: o verbo *chapar* é usado como sinônimo de "copular". (N. T.)

quisa científica, a composição literária, a composição e a execução musicais, a pintura, a escultura, a prática de jogos como o xadrez e os esportes. Fugazes: depois de uma longa ausência, no primeiro despertar no campo, a luz do dia nas frestas da janela; no meio da noite, acordar quando o trem para em uma estação e ouvir da cama da cabine a voz de pessoas conversando na plataforma; depois de alguns dias de navegação tormentosa, acordar uma manhã no navio imóvel, aproximar-se do olho de boi e ver o porto de uma cidade desconhecida; o cheiro de certas bolas de tênis; o cheiro do pão torrado na hora do chá; o cheiro da grama recém-cortada. Se eu recordar que a morte significará nunca mais passar por nenhum desses momentos, morrerei desconsolado.

Ocasionalmente, a nostalgia reforça a fascinação por essas coisas. Anos atrás, certa noite, em uma rua de Londres, vi um indivíduo de fraque e cartola dançando, tocando violão e cantando "Buttons and Bows"; quando escuto essa música, sinto um encanto especial. Que ninguém estranhe. Uma moça que me disse, entre soluços, ter perdido o pai, valorosamente se refez para acrescentar:

— Por sorte, conseguimos cumprir sua vontade. Como tínhamos o disco, meu pai morreu ouvindo "C'era una volta un piccolo navio".

Acho que a viagem é um bom exemplo de coisas maravilhosas antes e depois da sua posse. Deve haver, sem dúvida, algumas que são maravilhosas antes, durante e depois, mas a verdade é que a viagem propriamente dita conserva, através dos anos e apesar de tantas invenções extraordinárias, parte da sua primitiva dureza. Não por acaso viagens e trabalhos foram sinônimos (como em *Los trabajos de Persiles y Sigismunda*). É claro que na lembrança, a correria, o esgotamento, a ansiedade, as esperas e mais de um mau momento se transformam em risonhas aventuras das quais fomos protagonistas.

Nem todo mundo tem as mesmas coisas por maravilhosas. Há colecionadores para quem os selos, os automóveis antigos, as garrafinhas de amostra de bebidas alcoólicas são maravilhosos; as caixas de fósforos, os objetos de arte particularmente feios, os *huacos*, podem ser maravilhosos para pessoas refinadas. Quando eu era pequeno, acompanhei meu pai em uma visita a um vizinho que nos mostrou sua coleção de moedas e medalhas. Quase todas eram de bronze escuro ou de algum metal branco (não sei se prata) sem brilho. Espero que aquele senhor não tenha notado quão triste sua preciosa coleção me pareceu.

Existem indivíduos para quem os objetos mais díspares se tornam maravilhosos ao longo da vida. Conheci um que na infância teve por maravilhosas as aventuras de Dick Turpin e depois passou para os cartões-postais de navios; na adolescência, desenvolveu um apaixonado interesse pelos automóveis Auburn e, já homem, introduziu na série uma generosa meia dúzia de senhoras e senhoritas.

Gostaria de acreditar que esta reflexão sobre as coisas maravilhosas ajude a nos conhecermos melhor ou pelo menos nos lembre a que grupo humano pertencemos: ao daqueles que buscam o que deixa de ser maravilhoso quando o possuímos ou ao daqueles que buscam o que é maravilhoso quando o possuímos, e continua a sê-lo depois. O anseio dos primeiros pode construir ou destruir, mas acaba favorecendo a sociedade; o dos segundos também pode construir ou destruir, mas é acima de tudo uma fonte de felicidade para o indivíduo. É bom que isso não chegue ao conhecimento daqueles que formam o primeiro grupo, o dos homens de ação. Na sua corrida atrás da fascinante miragem das ilusões — comparável, pelo desenlace, ao voo do zangão —, erigiram, pedra sobre pedra, nossa civilização ocidental. Mesmo que não seja a melhor, suspeito que, por estar cifrada na atividade, ela é conveniente para muitos que, sem anseios e ocupações, talvez suportassem mal esta vida cujo sentido nem sempre parece claro.

REPERCUSSÕES DO AMOR

Em um momento de irritação com as ideias românticas, perguntei-me se o casal de apaixonados realmente merece o lugar que lhe é reservado em tantos romances, filmes e peças de teatro. Talvez devêssemos voltar um pouco nossa atenção às pessoas que rodeiam os apaixonados. Afinal de contas, os atores coadjuvantes costumam ser melhores que os protagonistas.

Na vida, o papel de coadjuvantes cabe aos amigos, aos pais e, não raro, aos filhos do casal.

Os amigos sempre foram vítimas em tais situações. Quando chega o amor, são postos de lado.

Os pais, que tradicionalmente se intrometiam nos amores dos filhos, neste século pagam as culpas de muitos anos de poder onímodo. Com uma frase em que a expressão popular reforça a expressão jurídica, Jean Cocteau observou: "O pai de família pode tudo". Hoje em dia, não; o pai não manda mais nos filhos: apenas lhes dá conselhos; funciona como um coro admonitório, que ninguém escuta.

Os descendentes quase nunca se alegram com a paixão de um pai ou de uma mãe. Eles a desaprovam em defesa própria, mas com a consciência tranquila, porque consideram essa paixão vergonhosa.

Parentes e amigos têm motivos de sobra para se queixar. O apaixonado não tem tempo para mais nada (nem para se dedicar como deveria ao trabalho ou aos estudos). Mais grave ainda: tirando a pessoa amada, para ele todo mundo é secundário.

O que não lhe perdoam facilmente é que ele perca a liberdade para tomar decisões. Por exemplo, quando lhe perguntam: "Vamos ao cinema amanhã?", ele diz: "Daqui a pouco eu respondo". O interlocutor logo pensa: "Depois de consultar", e também: "Eu pensei que nos entendíamos, mas vejam só o que ele levou para casa". Para piorar, não basta que a família aprove; ela deve aceitar a pessoa estranha que o apaixonado impõe. Ao ritmo dos divórcios e novos casamentos, a pessoa estranha muda sucessivamente de rosto.

A literatura é partidária do amor. A opinião pública costuma apoiar os apaixonados, mas considera o amor pouco menos que uma doença. A família o vê com maus olhos.

Cowley comparou o coração do apaixonado a uma granada. Espalha destruição. Reconheçamos, porém, que, passado o amor, passam os efeitos indesejados, e pode até surgir a possibilidade de recuperar a situação anterior, como no tango "Victoria":

> *¡Volver a ver los amigos!*
> *¡Vivir con mama otra vez!*

A resistência que o apaixonado encontra na família às vezes o atira nos braços da pessoa amada e sela seu destino. Walpole disse que o casamento é sempre um erro considerável, mas que o casamento por amor é o pior de todos. Será que por despeito é mais conveniente?

Para quem rodeia o apaixonado, a regra de ouro provavelmente seja não se intrometer. Nunca deveríamos nos intrometer na vida alheia; mas a de um filho é mesmo alheia? Devemos cruzar os braços e deixar que ele se jogue pela janela? Claro que não, mas diante de uma situação dessas teríamos de analisar até que ponto a decisão do apaixonado é comparável a um suicídio e nos perguntarmos em que medida nossa contrariedade porque ele não faz o que queremos influi na nossa apreciação das coisas.

Nem sempre as pessoas se detêm nessas considerações. Contarei três ou quatro casos ilustrativos.

Conheci uma espanhola, chamada Juana, que tinha um filho de vinte e poucos anos, a quem costumava avisar: "Lembre-se, Nicolás. Nada de trazer mulheres para casa". Um dia, a senhora conseguiu pagar uma viagem à Espanha e visitar sua aldeia natal. Nicolás, nesse ínterim, conheceu uma moça, o amor da sua vida, e se casou com ela. Quando Juana chegou de volta, perguntou: "Quem é essa?". "Minha mulher", afirmou Nicolás. Juana respondeu resolutamente: "Tire-a já daqui". Nicolás levou a esposa até o ponto do bonde e voltou para casa.

Por volta de 1870, um casal de apaixonados, uma garota de quinze anos e um garoto de dezessete, tiveram que vencer a dura oposição dos pais (do noivo, creio eu) ao seu casamento. Quando finalmente realizaram seu propósito, abriram um pequeno restaurante em um casario à beira da estrada real para Cañuelas. As pessoas se maravilhavam de que aquele casalzinho mantivesse o local sempre limpo e preparasse refeições tão fartas e variadas. Um dia, uma vizinha desconfiada se meteu na casa e subiu ao sótão, onde encontrou um par de velhos, em estado francamente lastimável: os pais que se opuseram ao casamento. À noite e na hora da sesta, quando o restaurante estava fechado, os velhos lavavam, limpavam, cozinhavam, sob o olhar vigilante do casalzinho.

Relatarei agora uma conversa que tive com uma amiga chamada Isabel. A moça morava no subúrbio, nos confins de um bairro que se prolongava em casebres precários.

— Minha sogra arrumou um namorado — ela me contou. — Você não imagina como isso aborreceu os filhos.

— Também seu marido? — perguntei.

— Também. Nesse ponto ele pensa como os irmãos. Para mim que é por causa dos tijolos.

— Que tijolos?

— Uns que minha sogra guarda empilhados no fundo do terreno. Se ela se casar, vai ser obrigada a ampliar o quarto. É muito pequeno para os dois. Acho que os filhos podem ir se despedindo daqueles tijolos.

Para encerrar, lembrarei uma história de família: minha avó era uma pessoa afável, que defendia, com a autoritária desenvoltura habitual daquela época, os bons costumes de quem trabalhava na sua fazenda em Pardo. Ela levou dois casais "juntados" à presença do padre, para que os casasse. Concluída a cerimônia, minha avó pediu que dessem graças a Deus porque a partir daquele momento poderiam viver com a consciência tranquila. O mais despachado do grupo respondeu: "Assim que há de ser, *doña* Luisa, se bem que a senhora nos casou trocados".

AS MULHERES NOS MEUS LIVROS E NA MINHA VIDA

Na hora do chá, no clube de tênis, sempre preferi o convívio com as mulheres. Naquela época, dei para classificar o próximo em dois grupos, históricos e filosóficos. Entre os homens do clube, pululavam os históricos, propensos a relatar, ponto por ponto, os cinco sets que tinham jogado à tarde; as mulheres, ao contrário, eram filosóficas: diziam por que tinham gostado ou não de um filme, de um romance ou do comportamento de uma amiga. Certamente, para gostar das mulheres não me faltaram melhores motivos.

Muito antes de ser escritor, comecei a escrever um romance para conquistar uma mulher. Não consegui nem uma coisa nem outra, mas suspeito que essa primeira tentativa deixou algo em mim que me encaminhou para este ofício de escrever, no qual trabalho há muito tempo e que considero o melhor de todos.

No início da minha vida, eu era aterrorizado por sonhos que confundia com realidades. Bastou uma mulher ocupar o centro da minha atenção para os terrores desaparecerem. E foi bem cedo que uma mulher ocupou o centro da minha atenção.

As mulheres me revelaram que certos lugares-comuns correntemente aceitos entre os homens são moeda falsa; elas me educaram, ampliaram minha compreensão, afinaram meu tino e me ajudaram a distinguir o que é autêntico do que não é.

Como sempre gostei delas, fiquei bem preocupado quando uma amiga, depois de ler um dos meus livros, reprovou a má opinião que eu tinha das mulheres. Fiquei preocupado e até me perguntei o que podia esperar de mim mesmo, como escritor, se não era capaz de manter uma coerência entre o que eu sentia e o que expressava. Fui salvo dessas perplexidades por uma romancista, a qual assegurou que nas minhas narrativas eu me manifestava como um firme partidário das mulheres. Essa gratificante auréola não durou muito, porque outra romancista, muito amiga, me explicou que as mulheres das minhas histórias são tolas ou "não existem", com exceção de uma das minhas heroínas, uma tal Clara, "que é adorável, mas não tem alma de mulher". Para me refazer um pouco, pensei, não muito convencido mas com a coragem necessária, que o escritor deve esperar tantas interpretações quantos forem seus leitores e que de nada serve aferrar-se à mais desfavorável. Pensei também que as pessoas não leem, nem têm por que ler, tudo que escrevemos.

Quando a amiga que mencionei em primeiro lugar me repreendeu, eu acabava de publicar uma miscelânea sobre o amor. Meu livro inclui alguns poemas, numerosos fragmentos e dez ou doze contos em que as mulheres são mais propensas à sensatez e os homens, à tolice. Pelo modo como minha amiga falou, deduzi que ela devia ter lido algum dos fragmentos, talvez um bem desagradável em que digo, de brincadeira, claro, que entre o amor e o ópio devemos escolher o ópio, porque não traz consigo uma mulher. Evidentemente, depois de ler isso, ninguém poderia acreditar que sou amigo das mulheres, salvo quem, por conhecer um pouco meus outros escritos, recorde que minha atitude para com elas é outra. Escrevi aquele parágrafo em um diário íntimo, depois de relatar uma situação do momento. Estava certa outra amiga quando me disse que fazemos do nosso diário um livro de reclamações.

Devo agora confessar que foi justamente por achar aquele parágrafo agressivo que resolvi transcrevê-lo na miscelânea. Eu queria compor um livrinho de tom ameno, desencantado e epigramático; mas, como disse C. S. Lewis, nunca estão longe do humor "a raiva, a exasperação e algo parecido à desesperança". Na realidade, aquelas linhas equivalem a um impropério e têm a mesma insignificância. No meu livro, esse fragmento não é o único do estilo; felizmente, os outros são mais afáveis. Em todo caso, encontrei algo muito mais engraçado em um romance de um tal senhor Gébler: "Não são apenas os homossexuais que detestam as mulheres; todo mundo as detesta". Frases como essa operam uma feliz metamorfose diante dos nossos olhos. O que era aversão se transforma em humor. Do saudável costume de rirmos uns dos outros flui uma comédia que torna a vida mais suportável.

Para concluir, citarei palavras de uma amiga feminista: "Quando ninguém mais interpretar os ataques contra as mulheres como nostalgia da sua servidão, terei certeza de que nossa luta chegou ao fim e que a liberação é plenamente real".

AS CARTAS

Entre os gêneros literários, o mais difundido é o das cartas. O número dos seus autores deve ser bem próximo ao de homens e mulheres que habitam o mundo, incluindo, por certo, os analfabetos, pois parece improvável que boa parte deles não tenha ditado pelo menos uma ao longo da vida. *Uma carta escrevei-me, senhor padre...*

Alguém observou que nunca foram boas as cartas que lisonjeiam o destinatário ou que dão informações. A primeira afirmação parece provável; não diria o mesmo da segunda. Li muitas (de Byron, por exemplo) informativas e excelentes.

Quase todos escrevemos com prazer quando discorremos sobre nós mesmos ou sobre coisas que nos dizem respeito, mas quando por deferência voltamos nossa atenção ao destinatário da carta, decaímos e recorremos a frases feitas, a lugares-comuns, a uma formalidade ostensiva. Isso deve ocorrer porque, em um caso, quem escreve fala daquilo que conhece e, no outro, daquilo que não conhece ou, pelo menos, não conhece tão bem. Pergunto-me se as melhores cartas não foram escritas por pessoas interessadas em si mesmas.

A experiência me ensinou algo que ninguém ignora: é mais fácil escrever por impulso íntimo que por obrigação. Eu escrevi por obrigação minha primeira carta. Era um aniversário, alguém me enviou dois livros que deveriam me maravilhar: *Ela* e *A ilha do tesouro*. O presente me pareceu duplamente decepcionante: não eram brinquedos e eram livros sem figuras. Meus pais me disseram que eu devia escrever uma carta de agradecimento. Não acredito que eles tenham me ajudado na tarefa; em todo caso, guardei daquele episódio uma lembrança indelével: a da minha contrariedade. Aparentemente, esse mau começo bastou para que, até hoje, eu continuasse a escrever cartas por obrigação. A preguiça me leva a adiá-las e, quando finalmente as escrevo, preciso me desculpar pela demora, pedindo ao meu destinatário que de modo algum a atribua ao menosprezo da sua pessoa, que, muito pelo contrário, sempre mereceu de mim a mais alta consideração etc., etc. Ninguém pode escrever cartas atraentes desse modo.

No meu tempo de colégio, embora eu não fosse exatamente um aluno brilhante, pude admirar a concisão da prosa latina. Li sucessivamente a *Vida de Aníbal*, de Cornélio Nepote, a crônica *De bello civili*, de Júlio César, o epistolário de Cícero (*Marcus Tullius Cicero, Terenciæ suæ salutem plurimam dicit*).

Todo erro, como um ímã, atrai outros. Nas cartas, tentei arremedar a concisão dos autores latinos. Em geral, quem as recebeu na época não intuiu que por trás do meu laconismo havia modelos clássicos; em vez disso, perguntaram-me por que eu estava zangado. Quando Carlos Frías, editor e velho amigo, devolveu-me uma carta, entendi que era hora de introduzir mudanças no meu estilo epistolar.

Em relação à literatura, na juventude revezei duas personalidades: a humilhada, de um escritor esforçado mas péssimo, e a soberba, de um recém-chegado à cultura. À imitação de Henríquez Ureña, mas com menos direito para tanto, eu lia textos alheios armado de lápis vermelho. Uma tarde, enquanto emendava a pontuação, a ortografia e a sintaxe da carta de uma amiga, fui descobrindo com estupor que, pela naturalidade, pela graça, era muito superior a todas as que eu tinha escrito ou poderia vir a escrever. Também me maravilharam algumas de Silvina Ocampo e algumas de Juan Rodolfo Wilcock.

Minhas desventuras de redator de cartas devem ter provocado minha indisposição contra o gênero: durante muitos anos, não li epistolários e imaginei que o romance epistolar só merecesse meu tédio. Borges opinava que os epistolários eram "um pouco desesperantes, por causa das incontáveis referências a coisas conhecidas pelos correspondentes que nós ignoramos". Endossei esse juízo até ler as cartas de Byron. Apesar dos pontos obscuros, não esclarecidos nas notas da edição de que disponho, pareceu-me que nessas páginas Byron estava mais vivo que na melhor das biografias; nessas páginas travei amizade com ele, aquela forma de amizade à qual Quevedo se refere em um soneto famoso.

Poderíamos dizer que ao longo da literatura há duas linhas de escritores: a dos que habitualmente atingem seu melhor nível nas cartas e a dos que nelas habitualmente não o alcançam. Na primeira estão Madame de Sévigné, Walpole, Voltaire, Chesterfield, Stendhal, Byron, Balzac, George Sand, Musset, Flaubert, Proust, Nabokov, Evelyn Waugh; na outra linha não quero incluir ninguém sem explicar o porquê... Hemingway — em quem admiro a limpidez da prosa — muitas vezes escreveu suas cartas com impaciência, depois de um dia cansativo, e em algumas deixou ver o fanfarrão que talvez fosse, mas que raramente aparece no melhor da sua obra trabalhada: *As verdes colinas de África*, *Na outra margem, entre as árvores*, *Paris é uma festa*. John Updike, em um artigo esplêndido, "Hem enfrenta a matilha: ganha, perde", conta-nos como Hemingway pediu às pessoas em que ele mais confiava, sua mulher, seu editor e Baker, seu biógrafo e amigo, que depois da sua morte não permitissem a publicação de nenhuma das suas cartas e como essas pessoas se mancomunaram para publicá-las. Não equiparo esse caso ao de Max Brod e a obra de Kafka. Tenho certeza de que Max Brod fez bem em desobedecer ao amigo.

Com resignação, incluirei nesta lista um dos autores que mais admiro e amo: Italo Svevo. Nas suas cartas, muitas vezes transparece uma ansiedade dissimulada entre piadas; podemos encontrá-las naquelas que ele escreveu para a mulher, ao longo de toda a vida, e nas dos seus últimos anos, a jornalistas e colegas.

Sem dúvida, Svevo recorre às piadas para que a ansiedade não seja amarga. Nas cartas a jornalistas e a colegas, ele se mostra interessado no destino da sua obra, no que se escreverá sobre ela, em receber recortes de jornal com críticas e resenhas. Motivos não lhe faltavam: durante muitos anos foi ignorado por críticos e leitores; sua consagração chegou tarde, quando sentia que a morte estava próxima. Uma observação: não entendo muito bem por quê, sua ansiedade, que nas cartas me desassossega um pouco, nas suas narrativas, atribuída a personagens, sempre me diverte e deleita.

As cartas de amor são um gênero difícil. Os apaixonados, escritores fecundos, raramente deixam epistolários de grata leitura. Quem escreve à pessoa amada sente que nunca é suficientemente expressivo: ao terceiro que depois lê essas frases, elas parecem exageradas e ocas; soam melosos os apelidos íntimos, a própria ternura, as saudações ao estilo de "minha adorada cabecinha louca"; evidentemente, o amor é um sentimento privado. Contrariando o que acabo de dizer, são famosas as *Cartas de uma freira portuguesa*.

Descubro em muitas pessoas um preconceito semelhante ao que tive contra o romance epistolar. Bastaria que elas lessem *As ligações perigosas*, de

Choderlos de Laclos, para se livrarem dele. Embora os preconceitos provavelmente não se desarraiguem com provas nem com argumentos, e sim com outros preconceitos, talvez impostos por uma mudança de moda... Assim como nos romances em que os fatos são relatados por diversos personagens — estou pensando em *A mulher de branco* e *A pedra da Lua*, de Wilkie Collins —, no romance epistolar, quando são vários os correspondentes, há diversos pontos de vista que tornam mais interessante a narração da história e propõem interpretações nuançadas, às vezes contraditórias, das situações e dos personagens. Como bons exemplos do gênero, citarei os romances *Aline et Valcour*, de Sade, e *A correspondência de Fradique Mendes*, de Eça de Queiroz, sem esquecer talvez o eficacíssimo conto cômico de Ring Lardner, "Some Like Them Cold".

As cartas persas, de Montesquieu, em que um suposto viajante persa comenta com satírica ingenuidade os hábitos da sociedade francesa, deram origem a não poucos livros similares. Houve assim cartas chinesas, siamesas, peruanas etc. Na minha juventude, li com agrado as *Cartas marruecas*, de Cadalso, e recentemente umas anônimas *Cartas de um marciano*, das quais recordo esta observação sobre os homens: "Quando envelhecem, perdem total ou parcialmente a capacidade de ouvir. Não imagines que então descartam as orelhas, como nós. Ao contrário, eles as aumentam. Essas orelhas grandes, inúteis, parecem-me um bom símbolo da imbecilidade humana".

MINHA AMIZADE COM AS LETRAS ITALIANAS

Creio não me enganar quando afirmo que, de um modo ou de outro, as letras italianas sempre estiveram ao meu lado. Na minha infância, Collodi e seu *Pinóquio* — e sobretudo suas continuações suspeitamente espúrias mas não menos apaixonantes, escritas por um espanhol e publicadas na coleção Calleja (*Pinocho en la Luna, Pinocho en el país de los hombres flacos* etc.) — alimentaram minha fantasia. Imagino que devo a ele, em certa medida, meu gosto pela literatura fantástica.

Depois, na minha juventude, li com fervor adolescente a obra do primeiro Papini, antes da sua dupla conversão ao fascismo e ao catolicismo; gostava do seu *Dizionario dell'omo salvatico* e, um pouco menos, de *Um homem acabado*, suas memórias precoces. Também, com esperançado entusiasmo, tentei admirar Marinetti: conhecer sua obra foi o rápido antídoto.

A primeira vez que li a *Divina comédia* foi em 1933, na tradução muito anotada de Manuel Aranda y San Juan; naquela época, eu estava convencido de que era impossível ler *Dom Quixote* sem as milhares de notas de Rodríguez Marín. À medida que lia, às notas do próprio Aranda eu ia acrescentando outras, da minha própria colheita.

Pirandello, de visita a Buenos Aires, em mais de uma ocasião jantou na casa dos meus pais; estava acompanhado de uma atriz, sua amante. Eu o recordo inteligente, moreno e não muito alto nem muito magro. Dos seus escritos, ainda aprecio seus contos e especialmente seu drama *Henrique IV*.

Além de Papini, Dante e Pirandello, Croce foi outra das leituras da minha adolescência. Quanto a Vico, o conselho de certo professor de filosofia me deu vontade de ler sua obra, mas com o tempo e já não sei muito bem por quê, fui adiando essa leitura.

Com o passar dos anos, fui me tornando amigo de escritores italianos. Em 1960, quando participei de uma reunião do PEN Clube, no Rio de Janeiro, senti muita afinidade com a delegação italiana: em mais de uma noite jantei no restaurante italiano de Copacabana com Moravia e Elsa Morante, Morra, Bassani e outros. Depois fiz amizade com Guido Piovene e, por meio de Silvina, com Italo Calvino.

Em Roma, visitei Moravia. Seu estilo oral era tão preciso quanto a prosa do seu melhor livro; por sua certeira perspicácia e por apontar o lado cômico das coisas, exercia um grato pessimismo. Generosamente, disse certa vez que ele era um escritor famoso e que Wilcock era um grande escritor.

O caso de Wilcock é realmente extraordinário. Na juventude foi um excelente escritor argentino e, na idade madura, um excelente escritor italiano.

Na minha relação com Bassani, aconteceu uma situação digna de um filme cômico, no qual me coube o papel desonroso. Nos dias do congresso do PEN Clube, travamos uma camaradagem amistosa; anos mais tarde, quando nos reencontramos em Roma, tive a impressão de que ele me tratava com certa distância, como se eu pretendesse fazer valer um mútuo sentimento de amizade que nunca tinha existido. E mais: em um evento público, tentou me embaraçar com perguntas hostis. Seja como for, eu me nego a acreditar que o simpaticíssimo Bassani do Rio e de São Paulo fosse invenção minha.

Seus colegas italianos o acusavam de uma suposta incapacidade para situar histórias fora da sua Ferrara natal; mas, como apontou um kantiano, o imperativo categórico funciona livremente em âmbitos fechados, o que equivale a dizer que, em Ferrara ou em qualquer outra localidade, cabe toda sorte de observações e verdades universais. A melhor prova disso é seu esplêndido romance *O jardim dos Finzi-Contini*.

Em 1981, uma editora húngara reuniu em um mesmo volume um livro de Calvino (*As cidades invisíveis*) e um meu (*A invenção de Morel*). Essa circunstância foi gratíssima para ambos e confirmada por outra, não menos agradável: em 1984, nós dois recebemos — ele como autor italiano, eu como autor estrangeiro — o Prêmio Mondello, da Sicília. Sempre achei que Calvino era um escritor prodigiosamente criativo e que o início de muitas das suas narrativas era excelente, mas que, como as de Stevenson, às vezes decaíam até se perderem em um final impreciso.

Quanto a Buzzati, não o conheci pessoalmente. Era, assim como eu, um dos autores da coleção Pavillions, da editora Laffont. Georges Belmont, que a dirigia, costumava me falar dele e certa vez me disse que via afinidades entre nós. Na época, de Buzzati eu só tinha lido o esplêndido romance *O deserto dos tártaros*, portanto não prestei maior atenção. Em 1973, em Paris, mais exatamente em um banco da Place des États-Unis, li na edição francesa *As noites difíceis* e *Il Colombre* (se for esse o livro que em francês se intitula *Le Rêve de l'escalier*), e comprovei que Buzzati e eu muitas vezes coincidimos na invenção de argumentos. Sem dúvida compartilhamos a obsessão por médicos, hospitais e doentes, e me agrada pensar que talvez haja influência dele no meu conto "Outra esperança". Se tivéssemos nos encontrado, provavelmente teríamos feito amizade; mas não há que atribuir minha admiração por ele à alegria de encontrar as mencionadas coincidências. Eu o admiro pelo seu estilo direto, pela sua imaginação tão inventiva e porque seus livros são para mim hospitaleiros.

No final dos anos 70, Italo Calvino me aconselhou a ler *A consciência de Zeno*. Pouco tempo depois, parti com o livro para uma cidade termal. Esse romance esplêndido me ensinou a não ser pretensioso. Eu, que acredito entender de livros e acredito no meu critério, achei as primeiras páginas de *A consciência de Zeno* insuportáveis. Irritava-me o fato de que o protagonista, para parar de fumar, resolvesse se internar em uma clínica e depois pensasse que tudo era um plano da mulher para ter amores com o médico... Mas como nas livrarias daquela cidade eu só encontrava livros pornográficos e guias de turismo gastronômico, retomei o romance e logo chegou o dia em que descobri seu fascínio. *A consciência de Zeno* é um livro que sempre releio, e sinto Svevo como um irmão.

Para felicidade dos leitores, a literatura é uma biblioteca inesgotável. Não sei se li muito ou pouco; o que sei com certeza é que nunca senti o tédio que implica a frase "já li todos os livros". De quando em quando, quase diria com regularidade infalível, descubro livros e autores que abrem novos horizontes na minha vida. Assim um dia descobri Sciascia. Desde então, leio todo livro dele que estiver ao alcance da minha mão.

Sciascia conta suas histórias em um tom muito agradável, em uma prosa descansada, livre da rigidez que o afã de concisão impõe a outros: tem riquíssimos romances de menos de cem páginas, como *Uma história simples*. Não gostaria que a menção desse livrinho admirável desse a entender que, na minha opinião, sejam inferiores *O Conselho do Egito*, *Portas abertas*, *A bruxa e o capitão*, *1912+1*, *Todo modo*, *O teatro da memória* e alguns outros que talvez neste momento eu não recorde.

Finalmente, não quero esquecer Casanova, cujas extraordinárias *Memórias* reli recentemente com grande prazer, e sobretudo Lampedusa, de quem tenho lido e relido o maravilhoso *O leopardo* e seus contos, em especial "A sereia e o professor".

O HUMOR NA LITERATURA E NA VIDA

A inteligência, com a ajuda do tempo, costuma transformar a ira, o rancor ou a angústia em humorismo. Embora hoje ninguém se declare carente de senso de humor, não são poucos os que veem o humorismo com maus olhos. No seu foro íntimo, boa parte da sociedade tem a convicção de que sobre certas coisas não se toleram piadas. Para muitos, o humorista, sobretudo o satírico, altera seu estado de espírito. "O mundo não é perfeito, mas prefiro que não me lembrem disso", afirma essa gente, e inveja os néscios "porque a eles é permitida a felicidade".

Certamente há humoristas que fomentam a irritação contra o humorismo. São os de fogo cerrado, de piada em cima de piada. As mulheres têm pouca paciência com eles; eu também.

Na minha aprendizagem — o que estou dizendo? a vida inteira é aprendizagem —, na minha juventude, arruinei alguns textos com a superposição de piadas. Uma amiga, douta em psicanálise, me avisou: "O humorismo esfria. Abre uma distância primeiro entre o autor e a situação, depois entre a situação e o leitor". Talvez haja alguma verdade nisso. Para piorar, a intensidade é uma das mais raras virtudes na literatura. Não muito importante, mas rara.

Italo Svevo, minutos antes de morrer, pediu um cigarro ao genro, que se recusou a atendê-lo. Svevo murmurou: "Seria o último". Não disse isso pateticamente, e sim como a continuação de uma velha piada; um convite a rir como sempre das suas repetidas promessas de largar o tabaco. Ao relatar o caso, o poeta Umberto Saba observou que o humorismo é a mais alta forma da cortesia.

Aceitei de imediato a explicação de Saba, mas, quando tentava explicá-la, não me mostrava muito seguro. Depois de algum tempo, eu a entendi. Um jornalista amigo me perguntara qual era o sentido da minha obra. Acusei o golpe, como dizem os cronistas de boxe, e argumentei que tais esclarecimentos não cabiam ao autor; que, se meus livros justificassem uma resposta, bem ou mal, haveria de ser dada pelos críticos. Não devo ter ficado totalmente satisfeito, porque naquela noite, antes de dormir, lembrei-me da pergunta do jornalista e pensei que um possível sentido para meus escritos seria o de transmitir ao leitor o encanto das coisas que me levam a amar a vida, a sentir muito desânimo e até tristeza de que possa chegar a hora de abandoná-la para sempre. Então considerei que eu talvez não conseguisse transmitir esse encanto, porque o afã de lucidez muitas vezes me leva a descobrir o lado absurdo das coisas, e o afã de veracidade me impede de escamoteá-lo. Enquanto analisava tudo isso, compreendi que o humorismo é cortês porque, ao apontar verdades, recorre à comicidade. Ao mostrar algo mau, provoca o riso, e quando alguém recorda a amarga verdade que dissemos, sorri porque também recorda que a levamos na brincadeira.

Um escritor, que em certa época frequentei assiduamente, era muito companheiro da mãe. Quando esta morreu, ele ficou muito triste e anos mais tarde ainda costumava comentar quanta falta sentia das conversas com ela. Contudo, no momento em que a mãe morreu, esse homem teve uma visão cômica. Ele me contou, com efeito, que ao lado da cama da mãe apareceram, de traje a rigor, seu pai e o médico da família, que era um velho amigo. A visão dos dois ali o comoveu, mas ele também achou graça em pensar como eles tinham feito para encontrar tão solenes paletós pretos e calças risca de giz e na rapidez com que teriam se vestido. Nesse instante, quando se abria para ele um abismo de tristeza, meu amigo não pôde menos que sorrir, porque essas duas pessoas tão queridas lhe lembravam um tal Fregoli, um artista de variedades dos anos 20, famoso unicamente pela velocidade com que trocava de roupa. O escritor estava preocupado por ter tido esses pensamentos naquela hora e me perguntou se o fato não indicava haver nele algo muito perverso. Respondi o que eu pensava: quando nos acostumamos a enxergar o lado cômico das coisas, acabamos por descobri-lo em qualquer ocasião, até nas mais trágicas.

Nesse sentido, se minhas fontes forem verídicas, Buster Keaton, o ator cômico, teve uma morte exemplar. Alguém junto ao seu leito de doente observou: "Já não vive". "Para confirmá-lo", respondeu outro, "é preciso tocar seus pés. As pessoas morrem com os pés gelados." "Joana d'Arc, não", disse Buster Keaton, e morreu.

Existe um ramo do humorismo, proficuamente renovado ano após ano, sobre o qual não estou informado tanto quanto gostaria: o dos contos cômicos, as piadas, o mais das vezes políticas ou pornográficas, de transmissão oral. Houve as de Franz e Fritz, há as de galegos, de judeus, de argentinos… O fenômeno ocorre em todos os países? Desde quando? Se começou em épocas remotas, como eram, digamos, as piadas no tempo das Cruzadas? Quem são seus autores? (Uma coisa é certa: não são vaidosos, pois não assinam seus trabalhos.) Como exemplo do gênero, lembrarei a famosa piada da receita. Alguém me disse que a versão uruguaia é assim: "Misture bem, em quantidades iguais, barro e bosta, e conseguirá um uruguaio; mas, atenção: se puser um pouco mais de bosta, sai um argentino". Na Argentina circula o mesmo conto, mas com radicais e peronistas.

Em uma prestigiosa revista literária, li a reflexão, apócrifa ou autêntica, de uma velha senhora ao tomar conhecimento da teoria de Darwin. "Quer dizer, então, que descendemos do macaco? Minha querida amiga, espero que isso não seja verdade, mas, se for, espero que não se espalhe." Mais engraçada ainda me parece a resposta que, como relata Baroja em suas *Memórias*, deu um andaluz quando alguém lhe perguntou se era Gómez ou Martínez: "Tanto faz. O que importa é se divertir".

Para concluir, citarei as palavras de um personagem de Jane Austen: "As pessoas cometem loucuras e tolices para nos divertir, e nós cometemos loucuras e tolices para divertir as pessoas". Um bom exemplo de humorismo e uma muito compassiva interpretação da História.

OBRA DO PERÍODO INÉDITA EM LIVRO

tradução de
RUBIA GOLDONI e SÉRGIO MOLINA

O BUENOS AIRES LAWN TENNIS CLUB*

Se tentarmos determinar a data da primeira partida de tênis, correremos o risco de nos perder nas profundezas do tempo e até de cair na tentação de acreditar em certos autores que pretendem que Nausícaa, a princesa da *Odisseia*, jogou tênis com suas damas de companhia. O *Oxford English Dictionary* afirma que o nome do esporte deriva da palavra francesa *tenez* ("tome!") — imperativo do verbo *tenei* —, que os jogadores gritavam na hora de sacar. Na *Cronaca di Firenze*, de Donato Velluti, lê-se que os cavalheiros franceses introduziram o tênis em Florença em 1525. Atualmente, em quase todos os países, a palavra "tênis" — ou *tennis* — é usada para designar o *lawn tennis*. Contudo, tênis e *lawn tennis* — embora o segundo derive do primeiro — são dois jogos diferentes. O antigo, provavelmente de origem francesa, "um dos esportes mais difíceis de aprender", segundo a *Encyclopædia Britannica*, é jogado, ou talvez devêssemos dizer era jogado, em quadra fechada; o novo é geralmente jogado em quadra aberta e segundo as regras, mais tarde modificadas, que o major Springfield patenteou na Inglaterra em 1874.

O Buenos Aires Lawn Tennis Club é quase tão antigo quanto o *lawn tennis* e se encontra entre os clubes mais antigos do mundo dedicados a esse esporte.

De início, o Buenos Aires foi um clube de cavalheiros ingleses residentes na nossa cidade. Em 1892, os senhores Arthur Herbert, W. H. Watson, Adrián Penard (o único argentino entre esses "promotores"), C. R. Thursby, H. M. Mills e F. L. Wallace convidaram um grupo de amigos a comparecer ao Consulado Britânico, em 8 de abril, para discutir a proposta de fundar um clube, que

---

* Em *Buenos Aires Lawn Tennis Club: 80 años*. Talleres Gráficos Continental, 1972, pp. 7-17.

a princípio se chamaria Alvear Lawn Tennis, pois funcionaria em um terreno situado na avenida Alvear (no lado par, entre as ruas Ayacucho e Callao). Em uma segunda reunião no mesmo consulado, celebrada em 19 de abril, sob a presidência do senhor Arthur Herbert, fundou-se, já com seu nome, nosso Buenos Aires Lawn Tennis Club. Os senhores Herbert, Knox e Boadle foram incumbidos de encontrar um terreno apropriado para a instalação das quadras e do que hoje chamamos sede social. O terreno da avenida Alvear, que por suas dimensões permitia apenas a construção de uma quadra regulamentar e outra menor, já havia sido descartado.

A companhia Ferrocarril Buenos Aires y Rosario ofereceu ao novo clube, gratuitamente, uma área adjacente à sua linha, em Palermo. A comissão agradeceu e recusou a oferta, para enfim optar por um terreno oferecido em aluguel, por cento e cinquenta pesos mensais, pelo senhor Federico Leloir. Localizava-se na esquina das ruas Ayacucho e Vicente López e media cinquenta e oito metros por trinta e cinco. Na sua escolha pesou favoravelmente o fato de que, nesse ponto da cidade, o clube se encontraria a apenas vinte e cinco minutos da Bolsa de Valores, no bonde da Recoleta (a vinte e seis no bonde das Cinco Esquinas e a vinte e dois da estação do Ferrocarril Central Argentino).

Na reunião de 6 de maio, a comissão fixou as joias — trezentos pesos para os sócios vitalícios, vinte e cinco para os demais —, determinou a construção de quatro quadras, confiada ao senhor George McHardy, e de uma casa de madeira que abrigaria um salão, dois vestiários e um banheiro de três metros por três; também decidiu encomendar na Inglaterra postes, redes e outros apetrechos para a prática do esporte e solicitou às sócias que tomassem as providências necessárias para servir o chá da tarde.

Naquela primeira temporada, o Buenos Aires Lawn Tennis Club organizou o Campeonato do Rio da Prata, o mais antigo do país e um dos poucos em todo o mundo que seria disputado durante oitenta anos sem interrupção. O primeiro campeão do Rio da Prata foi o senhor F. M. Still.

Em 1909, o clube obteve a concessão do terreno que ocupa atualmente. Antes de realizar a mudança, foi preciso tapar extensas e profundas valas que haviam sido abertas no lugar quando se extraiu a terra necessária para as pistas do hipódromo de Palermo. Ali se instalaram quatro quadras e, durante a construção da casa, os sócios usaram como vestiário um vagão de trem estacionado no desvio da estação Golf — hoje Lisandro de la Torre —, cedido pelo Ferrocarril Central Argentino.

Vale assinalarmos o dia 27 de agosto de 1918 como uma data importante na história do Buenos Aires Lawn Tennis Club, pois nesse dia a ata da Assembleia Geral foi redigida pela primeira vez em castelhano. A comissão eleita nessa assembleia representou um marco ilustrativo da amistosa evolução, exemplarmente livre de atritos e de amarguras, que foi transformando o velho clube de ingleses neste clube de argentinos que hoje nos congrega.

[...] Acrescentarei agora que as instituições esportivas exercem uma influência estabilizadora sobre a sociedade. Em clubes como o Buenos Aires, travam amizade centenas de pessoas de diversas origens e atividades. Quanto à influência do esporte sobre o indivíduo — não apenas o prepara para a vitória, mas, o que não é menos importante, ensina-o a perder com dignidade —, é conhecida demais para que a apontemos.

[...] Nas quadras do Buenos Aires, ano após ano, foram disputadas as provas mais importantes do tênis sul-americano, o Campeonato da República e o Campeonato do Rio da Prata, com a participação dos melhores tenistas do mundo. Em um apêndice, tentaremos uma contagem, na certeza de que os nomes ali incluídos evocarão, para muitos leitores, extraordinários momentos da história do tênis. Para o redator destas páginas, nenhum foi tão emocionante quanto o inesquecível match de Robson contra Manuel Alonso, ou talvez apenas o de Alejo Russell contra Segura Cano.

O tema do tênis como espetáculo enseja uma referência literária. Dizia o famoso romancista Arnold Bennett: "Convém não lermos maus autores, porque poderemos descobrir que escrevemos exatamente como eles. Convém lermos os melhores: teremos certeza de que poderemos escrever como eles, e essa fé nos alentará". A mesma verdade se aplica ao esporte e ressalta a importância do tênis que se vê no Club Buenos Aires.

Na esfera do esporte nacional, a atuação do nosso clube foi sempre destacada. Entre os vencedores do Campeonato da República — disputado desde 1928, com a organização da Associação Argentina de Tênis —, vários dos nossos sócios constam na lista de campeões, nas provas correspondentes à Copa *La Nación* (torneio individual de damas) e à Copa *La Prensa* (torneio individual de cavalheiros).

[...] Não será o caso, porém, de sermos invejados na suposição de que todos os nossos sócios jogam magistralmente. Por incrível que pareça, para não poucos de nós, o *lawn tennis* continua sendo tão difícil de aprender quanto o velho tênis francês; mas também não será o caso de se compadecerem de nós. Posso afirmar que até o mais ínfimo desses jogadores passou muitos dos melhores momentos da vida no Buenos Aires e que, para a posteridade, pede apenas um Céu em forma de quadra de tênis.

PREFÁCIO A *FOTOS POCO CONOCIDAS DE GENTE MUY CONOCIDA*, DE EDUARDO COMESAÑA*

Talvez eu seja como aquele pintor de tabuletas que era tão bom em pintar cães que, quando alguém lhe pedia homens ou leões, sempre entregava algo que mais lembrava cachorros. No meu caso, tudo me leva ao tema da imortalidade. Entendo a câmera fotográfica como um dispositivo para deter o tempo e, pensando no que direi neste prefácio, vejam vocês o parágrafo de um ensaio de Charles Lamb que me vem à mente: "As metáforas não bastam para adoçar o trago amargo da morte. Recuso-me a me deixar levar pela maré que suavemente conduz a vida humana rumo à eternidade e deploro o inevitável curso do destino. Estou enamorado desta verde terra; da face da cidade e da face do campo; das inefáveis solidões rurais e da doce segurança das ruas. Aqui ergueria meu tabernáculo. Gostaria de deter-me na idade que tenho agora; perpetuar-nos, eu e meus amigos...". Essas palavras que Lamb escreveu por ocasião do Ano-Novo de 1821 talvez cifrem, a par do impulso de criar beleza, os anseios e as realizações da atividade fotográfica. Por meio da sua câmera, o fotógrafo subtrai do rio do tempo o mundo que o rodeia. Pode-se afirmar que o fotógrafo é artista quando descobre os momentos mais expressivos da verdade desse mundo, seu modelo, e consegue perpetuá-lo belamente e tal como ele é, como se lhe roubasse a alma. Uma superstição, muito anterior a Niépce e Daguerre, interpreta o fato literalmente. "É com lápis e papel que o senhor vai fazer meu retrato ou com um desses aparelhos?", perguntou-me certa vez um domador. Suspeito que olhava com mais desconfiança a câmera que o potro bravo.

* Imprenta Anzilotti, 1972, s./n. Pasta com quatro páginas e doze lâminas reproduzindo fotografias tomadas por Eduardo Comesaña.

Aponto de passagem a circunstância de que, na mente do domador, a arte fotográfica aparecia estreitamente ligada à pintura e ao desenho. Muitos são da mesma opinião; até muitos fotógrafos.

Pelo modo como trabalha, o fotógrafo dá a ver em que grau considera sua arte uma extensão da pintura ou uma disciplina nova. Ou segue o caminho cauteloso do retratista, que busca detidamente a melhor luz, o melhor ângulo, como um apaixonado decidido a revelar para o mundo a beleza que só ele vê na sua amada; ou o das rápidas inspirações, através das quais surpreende os instantes reveladores da verdade do sujeito, como o caçador que dispara seu fuzil quando a caça levanta voo. Com o primeiro procedimento às vezes se obtêm coleções de imagens individualmente admiráveis, mas que tendem à monotonia, porque costumam expressar, mais que a verdade inata do assunto fotografado, as preferências, a maneira de ser, a personalidade do fotógrafo. O segundo procedimento é o dos aficionados mais humildes e o de alguns artistas genuínos, como o autor deste álbum, cujo talento se ajusta de modo prodigioso às possibilidades da câmera, que são tão delicadas e velozes quanto a própria inspiração.

Acredito que Eduardo Comesaña é um dos melhores fotógrafos da nossa época. Diante das suas obras, recordo uma verdade que não quero esquecer: o mundo é inesgotável e merece o esforço de aprender a olhá-lo. Nesta série de retratos extraordinários, meus preferidos são o de Aramburu e o de Borges.

EU E MEU ROSTO*

Por muitos anos, acreditei que o rosto é um dom do acaso. Cheguei até a pensar que não havia razão para que o rosto das pessoas inteligentes de algum modo refletisse sua inteligência (porque supus que esta funcionasse em silêncio, no fundo, sem alterar a superfície, como um redemoinho em águas mansas). Por outro lado, eu pensava, as pessoas que precisam de toda a sua atenção para entender as coisas mais evidentes sem dúvida imprimem ao rosto, através do prolongado esforço mental, uma expressão aguda ou, pelo menos, esperta. Com essa reflexão, eu reconhecia que a matéria de que é feito o rosto é dócil ao espírito — por assim chamá-lo — que a anima. Há tanto a aprender neste mundo que algo sempre nos escapa. Quero dizer que levei muito tempo para aprender o que ninguém ignora: que os loucos têm cara de loucos; os gênios, de gênios; os idiotas, de idiotas...

É verdade que um elemento do nosso rosto é casual; o ponto de partida, a base ou o fundamento, chega a nós por via hereditária; também é certo que recebemos por herança boa parte do restante da nossa pessoa e que não invocamos essa circunstância para nos furtarmos das responsabilidades.

Não me recordo em que ocasião um fotógrafo me disse: "O senhor não vai acreditar, mas há pessoas que não assumem a responsabilidade do próprio rosto". Imediatamente resolvi, por via das dúvidas, assumir a responsabilidade deste que eu tenho, não sem me perguntar o que a pomposa sentença teria de

---

* Em Sara Facio e Alicia d'Amico, *Retratos y autorretratos* (*Escritores de América Latina*). Ediciones de Crisis, 1973, pp. 11-12. Inclui cinco fotografias tomadas a Adolfo Bioy Casares nas páginas 13-17.

verdadeiro. Refleti: se influímos na evolução do nosso rosto, em certa medida somos responsáveis por ele. O problema é que também nessa evolução colabora a decrepitude. Talvez dependa de nós que a decrepitude se manifeste mais ou menos torpe, imbecil, crapulosa, mesquinha.

Segundo minha experiência, um observador não muito atento do próprio rosto identifica-se e por fim se conforma com a imagem frontal que o espelho lhe oferece. Os perfis, quando os divisa, costumam surpreendê-lo, muitas vezes ingratamente, como o timbre da sua própria voz quando reproduzida por artefatos mecânicos.

A certa altura, pensei que meu rosto não era o que eu teria escolhido. Então me perguntei qual teria escolhido e descobri que nenhum me convinha. O do jovem da luva, de Ticiano, admirável no quadro, não me pareceu adequado, por corresponder a um homem com um tipo de vida que eu não desejava para mim, pois intuía que nele a atividade física prevalecia em excesso. Os santos pecavam pelo defeito oposto: eram demasiado sedentários. Quanto a Deus Pai, achei-o solene. O rosto dos pensadores me pareceu pouco saudável e o dos pugilistas, pouco sutil. Os rostos que realmente me agradam são de mulher; não servem para ser trocados pelo meu.

Depois dessa indagação de preferências, resignei-me ao rosto herdado. Visto de frente, no espelho, até que era aceitável, com algo de leonino, o que, embora não garantisse uma vontade ou um poder efetivo, os prometia em vagas reservas.

No que diz respeito a essa promessa, tive uma desilusão. Os anos infundiram nos olhos uma debilitação que aparentemente os liquefez e tornou sua luz mais fosca e triste. A mímica, própria da minha índole nervosa, desenhou dos dois lados da boca rugas em forma de arcos, ou de parênteses, que converteram o leão jovem em cachorro velho. Nunca me dei bem com meus perfis. Acho que o esquerdo exprime certa recôndita fraqueza do meu espírito, que me repugna. No outro, o nariz cresce grosseiramente e, não sei por quê, encurva-se.

Enfim, este é o rosto que eu tenho. Procurarei não carregá-lo de ruindades, para um dia assumir, protegido ao menos pelo inevitável enrijecimento, a plena responsabilidade que de algum tempo para cá simulo diante dos meus amigos fotógrafos.

HOMENAGEM A BORGES*

Quando o conheci, foi como se eu tivesse me encontrado com a literatura viva. Também confesso ter então pensado que esta se manifestava com maior plenitude em Borges que nos seus livros. O estilo, que na primeira época vacilava entre o anseio de brevidade, de promover assombros, de evitar frases feitas e de conseguir um tom *criollo*, por vezes jocoso, despreocupado e, ao menos aparentemente, lento, atingiria sua esplêndida perfeição nos contos de *O jardim de veredas que se bifurcam* e *O Aleph*. Por volta de 1960, dando prova da sua vontade extraordinária, Borges voltou a se dedicar à composição em prosa, para conseguir, em *O fazedor, O congresso* e *O informe de Brodie*, um estilo fluido, íntimo, próprio da conversa: para mim, o mais grato, o melhor dos estilos possíveis.

---

* *La Nación*, 30 de dezembro de 1973, 3ª seção, p. 2. Suplemento "Homenaje a Borges", pelos cinquenta anos da publicação de *Fervor de Buenos Aires* (1923). Redigido entre 9 e 11 de dezembro de 1973.

LUGARES-COMUNS*

Um relógio em cujo quadrante leio a inscrição: "Há tempo".

O general Mansilla (pai) disse: "Depois dos sessenta, é melhor meter uma bala na cabeça".

Quando finalmente escrevo, acho que não vou parar de escrever, que sou um escritor fértil.

Meu tio Enrique me dizia: "Todas as mulheres do mundo são três ou quatro. Imaginamos que há muitas maneiras de ser porque há muitos rostos".

O médico sábio [é aquele que] alterna o prejudicial e o inútil.

Não acredito apenas nos embusteiros; acredito nos tolos e nas tolas.

Nesta manhã sou pessimista, porque dormi bem e meu cérebro funciona com lucidez.

A vida é uma casa com mais cômodos que os registrados na planta.

* *Crisis*, nº 9 (janeiro 1974), p. 45.

PREFÁCIO A *70 PASOS Y UN LATIDO*, DE AMÉRICO HÉCTOR CATTARUZZA*

Parece que foi ontem (e é melhor nem recordar a data) a primeira vez que entrei no Club Buenos Aires. Disputava-se algum campeonato, talvez a Copa Mitre, e ao cair da tarde os jogadores voltaram para o vestiário. Eu os observava com olhos admirados e atônitos, como se fossem heróis homéricos regressando do combate com os troianos. Lá estava Robson, um prudente Ulisses difícil de vencer; Boyd, um Aquiles que cruzava a quadra com saques violentos como o raio; Carlos Morea, que já tinha um pouco de Nestor, uma espécie de primitivo, firme na linha de fundo; e Cattaruzza, o mais argentino dos campeões, com um jogo inteligente e sutil que lembrava as peladas dos garotos portenhos. Quem diria então que eu passaria boa parte das tardes da minha vida jogando (e perdendo) partidas com dois desses tenistas.

Agora, ao mencionar minha vida, penso que é errôneo supor que uma dupla personalidade leva indefectivelmente ao consultório do psiquiatra e ao infortúnio. Eu sempre fui dois homens, um que à tarde joga tênis e outro que escreve de manhã. Acredito que os casos de dupla, tripla e quádrupla personalidade são frequentes e, em geral, prazerosos. Com agrado, alguns escritores recordamos que temos uma pátria secreta nas quadras de tênis e, no mundo do tênis, que somos escritores. Que ninguém suponha que este é um prazer presunçoso — o que há de Hércules no tenista? —, e um homem com meio século de vida literária em Buenos Aires não se deixa enganar pela superstição de que os escritores são inteligentes. Não, eu diria que o prazer dessas situações provém da nossa infância: brincamos de ser espiões, de pertencer a não

---

* Talleres del Instituto Olivares, 1978, s./n., [pp. 5-7]. Redigido entre 18 e 26 de outubro de 1960.

sei que íntimo serviço secreto. A verdade é que logo percebi que Cattaruzza e eu pertencíamos ao mesmo serviço secreto; descobri nele um colega, um irmão, um escritor. Por tudo isso, entendi imediatamente suas palavras de intenção enigmática, no domingo, quando, ao combinarmos a hora da nossa partida, ele acrescentou: "Vou te fazer uma surpresa. Não na quadra de tênis, mas em um terreno onde os papéis estão invertidos, onde Bioy é Cattaruzza e Cattaruzza é Bioy". Talvez para dilatar essa agradável ficção de que nas letras tenho alguma primazia, escrevo este prefácio.

A surpresa que meu amigo me proporcionou, *70 pasos y un latido*, foi, portanto, uma surpresa preparada: as únicas eficazes, como se sabe. Cattaruzza entra na literatura com um livro de pensamentos, gênero que os críticos só perdoam aos escritores famosos. Ninguém que o conheça se surpreenderá ao constatar que Américo Héctor Cattaruzza tem coragem, certo romantismo, agudeza, talento para formular as ideias de um modo nitidamente expressivo (méritos evidentes nas páginas a seguir); mas um primeiro livro é como uma janela que mostra um pouco disfarçado o autor que desponta: costuma haver uma transição entre o amigo com quem convivemos e sua obra, entre o homem do diálogo e o homem por escrito. Estranha, portanto, encontrar nos seus aforismos Cattaruzza tal como ele é; estranha sua sinceridade perfeita, já que a sinceridade não requer apenas um desejo de expressão verídica, mas também certas virtudes de estilo. Que na obra de um escritor novo campeie um estilo natural, livre de afetações, próprio de quem amadureceu no ofício, parece-me admirável.

Não me estenderei neste prefácio, sob pena de me somar à pródiga tradição daqueles que esmagam o volume do amigo sob um volume e meio de prefácio (outra variante: o orador que ao apresentar o conferencista procura um modo de escamotear sua conferência). Isso me leva a pensar nas várias gafes que posso ter cometido aqui — como é difícil escrever! Quantos perigos nos espreitam! — e a me perguntar se não incorri na pior de todas. Cattaruzza é um escritor, este livro é uma prova disso; mas talvez ele quisesse, por não ignorar as fraquezas humanas, que os outros escritores esquecessem que é tenista. A fama persegue o famoso. Cada um desejaria um deslocamento na ênfase da sua fama, grande ou pequena. Cabe aos amigos avivar a chama onde deveria ser apagada. De resto, falando sinceramente, eu diria a Cattaruzza que toda precaução é inútil. Por mais que ele e eu escrevamos livros maravilhosos, por mais que as histórias da literatura nos registrem, discutam e elogiem nossa obra, tenho para mim que a eternidade nos reserva uma quadra de tênis na qual disputaremos nossa interminável partidinha.

CARTA A MANUEL J. GURMENDI, AUTOR DE *LUCHA, AZAR Y FE (NARRACIONES DE AITONA)**

Buenos Aires, 19 de junho de 1978

Prezado senhor Gurmendi:

Obrigado por me dar a oportunidade de ler seu livro, ameno e memorável. Na noite de sexta-feira, até de madrugada, quando fui repreendido, porque já passava da hora de um recém-operado estar na cama, acompanhei passo a passo e com agrado o curso das suas lembranças. Uma luz muito vívida iluminava as páginas da infância e da adolescência no país natal. A viagem no *São Paulo*, a chegada a Buenos Aires "sem uma branca", o marinheiro caridoso, a água bebida na fonte: recordo tudo isso como um sonho meu. O encontro com a irmã, que vocês viam de longe sem que ela os visse, concentrada nos bronzes que limpava, é uma cena magistral, que não se esquece. Com certa vergonha, acrescentarei que nela o senhor consegue uma notável eficácia patética. Por que com certa vergonha? Basta dizer que não gosto de chorar e me encontrei com lágrimas... Os primeiros, longos e duros anos em Buenos Aires me interessaram muito, e em todas essas páginas estão o narrador habilidoso que sabe levar o leitor pela mão, o tema que apaixona e as cenas nítidas (as menções fugazes a alguns homens frios e desagradáveis são outros tantos toques seguros).

No sábado de manhã, terminei o livro. Não lhe escrevi até hoje porque a operação me deixou, apesar de surpreendentemente bem, um pouco fraco e cansado; por essas razões, peço que perdoe a mão que vacila nesta carta...

---

* Talleres Gráficos Carollo, 1978. A carta de Bioy Casares é incluída nas páginas preliminares 7-8.

Prossigo: na última parte, que narra fatos que vão de 1940 até o presente, em nenhum momento decai o interesse. Entendo que seu mérito nisso é grande. Para um leitor da minha idade, toda essa última parte corresponde à época atual (o ano de 1940, remoto para um jovem, para mim é ontem e, por que não, hoje): vale dizer que o leitor não colabora com sua nostalgia. Quanto ao senhor, como narrador, ao tratar de pessoas e fatos contemporâneos, poderia esbarrar em compreensíveis razões para se sentir menos livre, para se mostrar menos objetivo. Nada disso. Do começo ao fim, ouvimos a mesma voz de absoluta sinceridade. Nosso respeito e nosso sentimento de amizade pelo protagonista do livro aumentam sem cessar.

Um porém ao seu porém. Alegra-me imensamente que a narração esteja isenta de floreios. São sempre um defeito. Admito que são literatura, mas literatura ruim.

Meus parabéns.

Lembranças à sua senhora. Saudações cordiais,

Adolfo Bioy Casares

APRESENTAÇÃO DE *JORGE LUIS BORGES: SUR LE CINÉMA*, DE EDGARDO COZARINSKY*

Este livro admirável, tão ameno e tão útil, que Edgardo Cozarinsky nos oferece, me traz lembranças dos primeiros anos da minha amizade com Borges. Naquele tempo falávamos muito de livros e filmes (de preferência sobre as tramas: tramas de romances, de contos, de filmes e até de poemas, como os de Hugo e de Browning). O cinematógrafo sempre foi para ele uma arte importante. Ouso supor que, se nessa época Borges tivesse composto uma lista das obras que mais o comoveram, encontraríamos nela não poucas fitas. Contudo, uma vez ele me disse: "Em cinema, somos leitores de Madame Delly". Se a sentença acarretava uma prevenção, seu gosto pelo cinematógrafo aparentemente a ignorava; no máximo, caberia interpretá-la como um juízo sobre o cinema realizado até então, não sobre o cinema possível, mas entendo que é, na essência, expressiva da capacidade de Borges de prontamente ver as coisas de uma maneira nova, inesperada e verossímil, da sua possibilidade de se converter, a qualquer momento, em uma espécie de advogado do diabo. Aqui talvez coubesse citar a frase que ouvi de um rapaz em uma livraria do boulevard Saint Michel: "As opiniões de Borges me enervam duas vezes. A primeira, quando as acho arbitrárias. A segunda, quando as acho acertadas".

---

* Paris: Albatros ("Collection Ça/Cinéma"), 1979, p. 5. O original em espanhol, traduzido para esta edição francesa por Anabel Herbout, foi posteriormente publicado como "Prólogo" a Edgardo Cozarinsky, *Borges en / y / sobre cine*. Madri: Espiral ("Fundamentos"), 1981, p. 7. Redigido entre 11 de abril e 2 de maio de 1975.

O FOTÓGRAFO DE PRAÇAS E JARDINS PÚBLICOS*

Espontaneamente o agrupamos ao lado de outros personagens da cidade: o artesão de vime, o vendedor de amendoim ou de biju, o amolador, o vendedor de balões, o encarregado do carrossel, o dono do periquito que adivinha a sorte. Seu ofício, porém, requer mais prática e estudo que o de todos eles e, se em geral não é arte, nada impede, ao menos em teoria, que o seja. Descobri que um desses fotógrafos compilou, ao longo de cinquenta anos de trabalho, um casual porém valioso arquivo da nossa gente, das nossas modas e dos nossos usos. Em meio a muitos desconhecidos ali registrados, que sorriem esforçando-se, até pateticamente, para agradar e sem dúvida também para se mostrar em firme e jubilosa posse da vida, de quando em quando surgem, com estatura de próceres, alguns doutores, leiloeiros, atletas, deputados federais e até um menino com roupinha de marinheiro que, segundo o fotógrafo, em anos quase recentes chegou a uma fugaz vice-presidência da República; mas as imagens mais comuns são as de grupos de moças e de casais: como se as pessoas acreditassem que só se deve deixar testemunho da amizade e do amor.

Alguns dos personagens de rua que mencionei já desapareceram. Os lambe-lambes ainda resistem, ainda que não sejam muitos. É fácil distingui-los de longe por seu guarda-pó e sua câmera de tripé, munida de uma espécie de manga preta, em que o fotógrafo introduz a cabeça, para focar, e a mão, para revelar. Essa manga, idealizada por William Brown em 1851, significou uma

---

* Para um *Almanaque de Oficios*, 1980, com fotografias de Ignacio Corbalán. Em *Páginas de Adolfo Bioy Casares seleccionadas por el autor*. Celtia, 1985, pp. 263-264. Redigido entre 28 de outubro e 2 de novembro de 1979.

importante inovação, pois permitiu descartar as pesadas tendas do quarto escuro de campanha, que o fotógrafo carregava em mochilas descomunais. Desde aquele tempo, esse tipo de câmera passou a empregar o negativo de papel e conseguiu, como as prodigiosamente inventadas nos nossos dias, a fotografia de revelação imediata.

O homem de guarda-pó e sua câmera volumosa cobriram um longo trecho da história contemporânea. Por registrarem momentos de calma, na nossa apressada vida urbana, entre árvores, em jardins, vemos neles uma tradição feliz que deveria perdurar.

DIÁRIO E FANTASIA*

MEU TIO JOAQUÍN E A IMPRENSA ESPECIALIZADA

Sempre sustentei que nos anos vinte e poucos Buenos Aires era um empório riquíssimo, onde encontrávamos qualquer coisa, até a fantasia, na sua mais extraordinária profusão. Os verdadeiros excêntricos, do gênero do meu tio Joaquín, eram mais comuns naquele tempo que agora.

Meu tio se destacava por suas concepções originalíssimas. Claro que nunca uma grande ideia passou por sua mente. Contudo, como inventor, eu o poria ao lado de um Henry Ford ou de um Edison: gênios que amealharam uma invejável fortuna para os herdeiros. O que mais fama rendeu ao meu tio Joaquín foi seu jornal. Quando eu era jovem, o nome do jornal sugeria imediatamente o do meu tio, e vice-versa. Já nos tempos atuais... Devemos reconhecer que carecemos de memória? Uma rápida pesquisa entre amigos do clube parece indicar que hoje ninguém se lembra do pioneiro do jornalismo que tivemos na família.

Houve muitos fundadores de jornais, mas só meu tio Joaquín teve a ideia de fundar um jornal para macacos. Eu me lembro, como se fosse ontem, da noite em que ele nos contou seu projeto. A família em peso, reunida em torno de uma longa mesa, escutava suas palavras sem pestanejar. Meu tio Paco, o eterno cético e polemista, finalmente protestou:

— Um jornal para macacos? Você vai se arruinar. Nem que vivêssemos no meio da África. Responda de coração aberto: você acha que são uma infinidade os macacos estabelecidos em território nacional?

* *Vuelta*, México D.F., nº 65 (1982), pp. 4-5.

— Já pensei nisso — replicou Joaquín. — Sejam quantos forem, eles não têm um jornal. O que eu imaginei terá como subtítulo: "Tudo o que interessa aos macacos".

Quanto ao título propriamente dito, de início foi "Jornal exclusivamente para macacos", mas, depois dos três ou quatro primeiros números, meu tio suprimiu a palavra "exclusivamente", alegando que, por curiosidade malsã, podia atrair leitores humanos. Como bem prova o mencionado escrúpulo, Joaquín era uma pessoa de subida honestidade e raciocínio arguto, que às vezes se apoiava em bases pouco sólidas. O jornal, a despeito da sua grande tiragem, teve vida efêmera. De modo irrefutável meu tio Arturo, o mais atinado de todos nós, objetou:

— Um jornal para macacos! Em que macaco você está pensando? Porque o que interessa ao mico provoca indiferença no chimpanzé.

SONHOS

O cenógrafo do sonho logo se cansa e termina seu trabalho de qualquer jeito.

ROSTOS DEMAIS

Meu tio Enrique me dizia: "Todas as mulheres do mundo são três ou quatro". E acrescentava, à maneira de explicação: "Imaginamos que há muitas pessoas porque há muitos rostos". Embora implicitamente ele já me desse a resposta, eu perguntava: "Os homens também são alguns poucos?". Meu tio respondia: "Claro, sem dúvida; mas dos homens não sei nada, porque não penso neles".

UTOPIAS

Se urdires utopias, lembra que o sonho de um é o pesadelo de outro.

PREFÁCIO A *LA OCTAVA MARAVILLA*, DE VLADY KOCIANCICH*

Confesso que às vezes me pergunto se a prática do gênero fantástico é compatível com a convicção de que o mundo necessita mais prudência que irracionalidade. Meus escrúpulos afloram em raptos de puritanismo nos quais esqueço a vocação literária, a importância das letras para o homem, a primazia do relato fantástico sobre as demais formas narrativas: é o conto por excelência. De qualquer maneira, como não invejar a boa estrela, ou o talento, de Vlady Kociancich, que inventou uma história fantástica, estranhíssima e apaixonante, crível para leitores da nossa época? Poderíamos dizer: crível nesta época em que a visão do universo mudou.

No gênero fantástico, distinguimos três correntes principais: a de castelos, vampiros e cadáveres, que aspira ao terror, mas em geral se contenta com a fealdade; a de utopias, ilustre por seu repertório de autores, que se confunde com a precedente quando recorre à cenografia do medo; e a que se manifesta em construções lógicas, prodigiosas ou impossíveis, que costumam ser aventuras da imaginação filosófica. Nesta última corrente se inclui, *mutatis mutandis*, o romance de Vlady Kociancich: uma construção lógica, possível mas prodigiosa, uma aventura da imaginação filosófica, uma história de amor, de amizade, de traições, uma busca infinita. Há certo prazer e provavelmente alguma utilidade em estabelecer classificações; a realidade, felizmente, sempre as ultrapassa.

Desde o início deste livro alucinante, sentimos que somos guiados por mão segura. Em estilo sábio, simples, eficaz, em tom muito agradável, a autora

---

* Madri: Alianza ("Alianza Tres"), 1982, pp. 7-8. Redigido entre 14 e 29 de novembro de 1981.

nos conta as peripécias do herói — homem do nosso tempo, convencido como nós de que tudo é passageiro, mas capaz de sentimentos profundos e arraigados — ao longo de uma série de situações terríveis, cômicas, pungentes, estranhas, nunca arbitrárias, sempre críveis. A narração está imersa (pelo menos é assim que a vejo na memória) em uma receosa luz de sonhos, na qual vertiginosamente nos aproximamos do intangível sentido da vida. A vida, o destino do homem, são sem dúvida trágicos, mas a tristeza que pode haver em *La octava maravilla*, que os reflete com fidelidade, não aflige o leitor, pois a narração flui através de reflexões agudas e inteligentes. O trabalho de uma inteligência rica é talvez o melhor motivo para invocar a alegria de viver.

Os personagens, as cenas, os lugares deixam nítidas lembranças. Penso no herói, que perde seu mundo, o bairro conhecido e familiar, para recuperá-lo em paragens remotas; em Victoria; em Paco Stein; em um diálogo com um louco, em um jardinzinho interior; na jovem fazedora de lápides de Düsseldorf; no russo de Berlim; no turco Safet; na pensão de Frau Preutz e suas mulheres; na apresentação cinematográfica do poeta Francisco Uriaga, em que a fantasmagoria beira o delírio.

Alguns leitores talvez recordem uma época da sua vida em que, deslumbrados por sucessivas revelações, descobriram a literatura. É curioso: a experiência posterior de quem teve essa sorte prova que as revelações e os achados nunca se acabam. Para mim, o mais extraordinário achado dos últimos anos foi *La octava maravilla*, de Vlady Kociancich. Por isso eu quis escrever estas linhas de apresentação.

A PROPÓSITO DA COLEÇÃO "EL LIBRO DE BOLSILLO ALIANZA" E SEUS PRIMEIROS MIL VOLUMES*

Poucos objetos materiais hão de estar tão entranhadamente ligados à nossa vida quanto alguns livros. Nós os amamos por seus ensinamentos, porque nos deram prazer, porque estimularam nossa inteligência, ou nossa imaginação, ou nossa vontade de viver. Assim como na relação com os seres humanos, o sentimento se estende também à aparência física. Meu afeto pelas *Noites áticas*, de Aulo Gélio, dois volumezinhos da velha Biblioteca Clássica, inclui o formato e a encadernação em couro marmorizado.

Essas reflexões me levam a descobrir que boa parte dos meus livros prediletos e, sobretudo, dos que mais influíram na minha formação pessoal provêm de bibliotecas publicadas por uma dezena de casas editoriais. Sem renegar de nada nem de ninguém, ousaria dizer que esses livros são minha origem, minha pátria, meus interlocutores e meus guias nesta excursão pela existência. Estou prestes a exclamar "Bibliotecas eram as de antigamente!", quando reflito um segundo e percebo que o progresso nesse campo é evidente. A maravilhosa coleção da editora Alianza, "El Libro de Bolsillo", cujos primeiros mil volumes celebro com estas linhas que escrevo, constitui uma prova e um exemplo. Se alguém me pedisse (como às vezes acontece) uma lista de livros, sem me afastar dessa coleção e ao acaso das minhas lembranças, eu proporia: *Coração das trevas*, de Conrad; *Curta viagem sentimental*, de Svevo; *Pensées d'un biologiste* e *L'homme*, de Jean Rostand; *Cândido*, de Voltaire; *Fortunata y Jacinta*, a obra de Proust, de Ramón Gómez de la Serna, de Ortega y Gasset, de Baroja; *Variety*

---

* *Boletín Extraordinario III Alianza Editorial*. Madri: Alianza, 1984, pp. 4-5. Redigido entre 16 e 26 de janeiro de 1984.

of Men, de C. P. Snow; *Ensaios*, de Bertrand Russell; *Contos*, de Melville, de Borges, de Cortázar; *O deserto dos tártaros*, de Buzzati; *Eu, Claudius, imperador*, de Graves; *Knight's Gambit*, de Faulkner; *Manuscrito encontrado em Saragoça*, de Potocki; romances e contos de Stevenson, de Kafka; *O cinema segundo Hitchcock*, de Truffaut; *Primeiro ensaio sobre a população*, de Malthus; *Ensaio sobre o entendimento humano*, de Hume; romances de Stendhal, de Zola; *Martín Fierro, Facundo*, poemas de Góngora, de Quevedo, de Antonio Machado. Minha lista talvez peque por miscelânea. "El Libro de Bolsillo" é uma coleção enciclopédica e metódica. Inclui volumes de literatura (em muitas variedades e em todos os seus gêneros), filosofia, história, economia, sociologia, biologia, matemática, cosmologia, lógica, teoria e história da ciência. Acredite, leitor: exceto o diploma, esses livros lhe darão tudo de bom que você pode receber de uma universidade.

POR QUE ESCREVO*

Escrevo porque provavelmente me pareço com um barbeiro de *Tom Jones*: quando ele ficava sabendo de uma boa história, precisava contá-la. Eu as invento com facilidade e as conto com prazer. Acredito que, antes de conhecer a literatura, minha maneira de refletir sobre os fatos que me comoviam e comentá-los era imaginando histórias; escrevê-las ou não dependia das circunstâncias. Depois de descobrir a literatura, um deslumbramento que ocorreu aos doze ou treze anos, tentei contar uma história que provocasse no leitor o mesmo fascínio que me provocavam alguns romances: *Robinson Crusoé*, *A Cartuxa de Parma*, os primeiros capítulos de *Weir of Hermiston*, *A máquina do tempo*, *A ilustre casa de Ramires*, *Du Côté de chez Swann*. Esse anseio, talvez infantil, de produzir uma magia sempre me acompanha e me incita a inventar e a escrever o melhor que eu possa. Gosto do cinema das minhas tardes e gosto dos sonhos das minhas noites porque me contam histórias.

---

* "Pourquoi écrivez-vous? 400 écrivains répondent". *Libération* (Paris), número fora de série, março de 1985, p. 15. Enquete organizada por Jean-François Fogel e Daniel Rondeau. É tradução do original em espanhol, posteriormente publicado na revista *Babel,* nº 1 (abril 1988).

BORGES E O TANGO*

Antes de conhecer Borges, fiquei sabendo que ele não gostava de tango. A informação deve ter chegado a mim através de algum artigo de jornal ou revista. Desse momento incerto, só recordo meu espanto. Por outro lado, guardo nítidas lembranças de Borges escutando tangos com evidente aprovação. Embora eu nunca tenha perguntado a ele o porquê daquela declaração, nossas muitas conversas e a leitura da sua "História do tango" me deram a resposta. Ele reprovou os tangos por achá-los muitas vezes lamurientos, enquanto elogiou as milongas por seu tom de determinação e coragem.

Levei algum tempo para entender que, na verdade, Borges reprovava alguns tangos e elogiava outros. Elogiava os da Velha Guarda — para muitos argentinos, os tangos por antonomásia, todos, ou quase todos, tangos-milonga — e reprovava os que vieram depois. Eu me atrevo a dizer que, no nosso cancioneiro e na nossa música popular, nada o agradou tanto quanto os tangos "La morocha", "La viruta", "El choclo", "El pollito" e, sem dúvida, "Ivette", em cuja predileção sempre coincidimos. Repudiava, é verdade, alguns "clássicos" — "La cumparsita" e, o que eu custava a entender, "El porteño" e "Rodríguez Peña" —, mas gostava tanto dos seus preferidos que não perdoava facilmente quem os ouvia sem a devida atenção. Quando

---

* Em *Los poetas del tango*. Banco Ciudad de Buenos Aires, Sophia/Ediciones del Río de la Plata, 1986, s./n. Pasta com treze serigrafias e doze estudos de vários autores, editada por ocasião da "Semana de Buenos Aires em Nova York", de 14 a 18 de outubro de 1986. O texto de Bioy Casares é acompanhado da sua versão em inglês.

alguém mencionava com respeito certo crítico musical estrangeiro que, nos anos 1950, visitou Buenos Aires, Borges comentava: "Em vão o fizemos ouvir 'Hotel Victoria'".

O gosto compartilhado pelo tango foi um dos primeiros estímulos da nossa amizade. É claro que, para além dessa coincidência, divergíamos ocasionalmente. Borges não transigia com os tangos cômicos, satíricos ou malandros, que eu, transido de emoção, ouvira no Porteño na voz de Sofía Bozán. De nada valia eu apontar acertos literários nas letras de "Qué vachaché" (o título não ajudava), de "Mamá, yo quiero un novio", "Esta noche me emborracho". Ele decerto via suas asperezas como fealdades. A exceção era "Yira… yira". Com grave sentimento recordava os versos:

> *Cuando no tengas ni fe,*
> *ni yerba de ayer*
> *secándose al sol…*

> *Cuando manyés que a tu lado*
> *se prueban la ropa*
> *que vas a dejar…**

Se os tangos lamurientos o incomodavam, paradoxalmente o divertiam alguns que transbordavam de sentimentalismo. Ele e Silvina Ocampo costumavam cantarolar:

> *Rosa de Fuego los hombres la llamaban*
> *porque sus labios quemaban al besar***

e muitas vezes ouvi dele uma estrofe de "Zorro gris", que pronunciava com o regozijo de quem revela uma obra-prima, de estilo um tanto absurdo:

> *Cuántas noches fatídicas de vicio*

---

* "Quando você não tiver nem fé,/ nem erva-mate de ontem/ secando ao sol…// Quando notar que ao seu lado/ já provam a roupa/ que você vai deixar…" (N. T.)
** "Rosa de Fogo os homens a chamavam/ porque seus lábios queimavam ao beijar" (N. T.)

tus ilusiones dulces de mujer
como las rosas de una loca orgía
las deshojaste en el cabaret… *

Sobre tangos, assim como sobre qualquer assunto que lhe interessava, Borges dispunha de uma informação amena e vasta. Foi ele quem me ensinou versos apócrifos de "Entrada prohibida":

*Del Abbaye*** la espiantaron*
y la razón no le dieron,
pero después le dijeron
que era por falta de higiene… ***

e de "El apache argentino":

Yo quiero ser canfinflero
para tener una mina,
mandársela con bencina
y hacerle un hijo aviador
para que bata el record
de la aviación argentina. ****

Se algum leitor me pedisse uma lista dos tangos prediletos de Borges, eu lhe diria que acrescentasse aos que já mencionei acima: "Flor de fango", "Felicia", "Don Juan", "La Tablada", "Una noche de garufa", "Nueve de Julio", "A la gran muñeca", "Mi noche triste", "La payanca", "Unión Cívica", "El esquinazo", "El caburé" e, entre os de épocas mais recentes, "Corrientes y Esmeralda", "Puente

---

* "Quantas noites fatídicas de vício/ tuas doces ilusões de mulher/ como as rosas de uma louca orgia/ desfolhaste no cabaré…" (N. T.)

** Pronuncia-se "abeí". (N. A.).

*** "Do L'Abbaye a enxotaram/ sem lhe explicar o motivo,/ mas depois lhe disseram/ que foi por falta de higiene". L'Abbaye: cabaré de Buenos Aires dos princípios do século xx. (N. T.)

**** "Eu quero ser um rufião/ para ter uma mina,/ botar nela com gasolina/ e fazer um filho aviador/ para que bata o recorde/ da aviação argentina." (N. T.)

Alsina", "Sur". Não posso garantir que a lista esteja completa; creio, ao menos, que ele gostava de todos os mencionados. Por escrúpulo de prudência não incluo "El Marne" e dois dos meus favoritos, "Viborita" e "El entrerriano". Para concluir, recordarei uma frase que ouvi de Borges há muito tempo: "Como é estranha esta cidade em que vivemos. Seu modo natural de comentar o que acontece nela ou no mundo é um tango. Às vezes, um tango memorável".

PREFÁCIO A *DAIREAUX, SUS CREADORES,* DE LUIS R. BENUSSI, JORGE A. S. FERNÁNDEZ E G. CIOFFI*

Os protagonistas deste valioso livro, que devemos ao meu inteligente amigo, *don* Luis Rodolfo Benussi, são os povoadores da cidade e da comarca de Daireaux: os que lá vivem e, através da sua memória, os que lá viveram; os que foram chegando, de 1879 em diante, e os que nasceram lá; os que trabalham no campo, nas oficinas ou no comércio; os que exercem profissões liberais. Todos nos falam da sua vida, da sua família, da sua terra.

Nas páginas do livro, uma região do país nos conta sua história pela boca da sua gente.

Quanto ao modo de composição, *Daireaux y sus fundadores* pertence a um gênero bastante novo. Os primeiros espécimes de obras compostas de modo parecido dos quais tive notícia foram romances policiais. Dois livros já clássicos, *A pedra da Lua* e *A mulher de branco,* aparentam ser um conjunto de contos ou, melhor dizendo, de relatórios, supostamente escritos por pessoas mais ou menos ligadas à trama, o que permite ao leitor conhecê-la através de diversos e até contraditórios pontos de vista.

Fora das obras de ficção, há exemplos do gênero em coleções de reportagens e de enquetes.

Esta obra contribui para a história com preciosos materiais de um tipo que os historiadores, atentos aos grandes fatos e às pessoas que deles participaram, geralmente negligenciam e que o passar do tempo, com a mudança dos hábitos e dos usos, costuma relegar ao esquecimento. Na nossa rica literatura,

---

* Plus Ultra, 1987, pp. 9-10. Redigido entre 1º e 10 de março de 1987.

não são muitas as publicações dos memorialistas. A circunstância é mais um motivo para celebrar a publicação deste livro.

O destino de Daireaux se assemelha ao da pátria. Nasceu da esperança e do trabalho, com fé na prosperidade futura e na civilização. Suas terras, resgatadas pela Conquista do Deserto, foram hospitaleiras para todos os que a elas chegaram, vindos de diversas partes do país e do mundo. *Criollos*, franceses, italianos, espanhóis, bascos, sírio-libaneses, irlandeses radicaram-se em Daireaux, ali trabalharam e com firme vocação participaram do grande país que fomos e que algum dia voltaremos a ser.

A leitura do livro de Benussi prova claramente que esses habitantes estiveram sempre convencidos de que seu destino lhes pertencia e de que deviam lavrá-lo com suas mãos, com sua inteligência e com sua vontade.

Buenos Aires, março de 1987

PREFÁCIO A *BORGES: FOTOGRAFÍAS Y MANUSCRITOS*, DE MIGUEL DE TORRE BORGES*

Um dia de 1936, quando saíamos da gráfica Colombo com exemplares do primeiro número da revista *Destiempo* recém-impressos, Borges me disse, meio a sério, meio brincando: "Agora precisamos nos fotografar". Se não me engano, em um estúdio da rua Rivadavia, na altura de Primera Junta, fomos retratados na fotografia que deveria perpetuar aquele momento. Digo "se não me engano" porque não voltei a vê-la; melhor dizendo, não tenho o retrato nem na memória. Como Borges não se lembrava do episódio, às vezes me pergunto se tudo não terá sido invenção minha.

Anos mais tarde, talvez por ocasião de algum aniversário, fomos fotografados na revista *Sur*. Enquanto aguardávamos estáticos o clique da câmara, Borges me sussurrou: "Como é estranho que toda pessoa tenha pequenas cópias dela mesma. São como os sobressalentes de si que o faraó tinha na tumba".

Nossa realidade, embora precária, é tão vasta que nos permite celebrar acertos contraditórios. A observação de Borges, que zomba do nosso vaidoso afã de perdurar, sempre me pareceu tão engraçada quanto exata. O presente álbum, integrado em sua maior parte por fotografias — as pequenas cópias —, representa um triunfo destro desse afã impossível; um esplêndido triunfo que me agrada e me comove.

---

* Renglón, 1987, pp. vii-viii. Redigido entre 30 de agosto e 8 de setembro de 1987.

O SONHO DOS HERÓIS. CARTA ABERTA AOS LEITORES*

Buenos Aires, 9 de fevereiro de 1988

Meus caros leitores, desculpem que eu lhes faça uma confidência. Noite após noite me deito na cama com a agradável expectativa de quem entra no cinema. O modesto cinema dos meus sonhos, que funciona com pontualidade, sempre me deixa lembranças, nítidas ou vagas, e a nostalgia da minha participação em intensas peripécias. Entre os sonhos há um que se repete: estou procurando alguma coisa e, enquanto a procuro, esqueço o que é. Uma vertigem de extravios. Um dentro do outro.

Durante o Carnaval de 1927, Emilio Gauna, o protagonista deste romance, ao cabo de três dias e três noites caminhando pela cidade, dormindo pouco e bebendo muito, na clareira do pequeno bosque de um parque, enxerga a culminação da própria vida. No dia seguinte recorda que teve uma experiência extraordinária; não a experiência.

No Carnaval de 1930, Gauna volta a sair. Passará, na mesma ordem, pelos mesmos lugares, na esperança de no final do percurso recuperar a experiência, a revelação perdida. Intui que haverá perigos, não sabe até que ponto chega sua valentia e está decidido a averiguá-lo. Quanto a Clara, o amor de Gauna, há quem diga que é a mulher mais adorável das minhas narrativas. Cheguei a me apaixonar por ela.

---

* Barcelona: Círculo de Lectores ("Maestros de la narrativa hispánica"), 1988. Página avulsa, com fac-símile da carta e sua transcrição.

Com muita sorte, um dia serei um dos meus livros. Espero que seja *O sonho dos heróis*. Mas não quero me confortar com ilusões. A vida me ensinou que, a partir do momento em que é publicado, o livro se afasta do escritor. Na realidade, o livro é uma máquina prodigiosa, composta unicamente de papel impresso e de vocês, meus caros leitores.

PREFÁCIO A *EL CAMINO DE LA AVENTURA*, DE OSCAR PEYROU*

Em momentos de melancolia, chegamos a acreditar que só existem dois tipos de escritores: os jovens que falam de literatura e os velhos que a escrevem; os valorosos exploradores que, por deficiência de equipamento, não percorrem distâncias extraordinárias nem descobrem os portentos que anunciaram e os desiludidos bufões que, em troca de uma paga geralmente modesta, entretêm o público. Talvez coubesse admitir uma terceira possibilidade: a daqueles admiráveis veteranos que, para não perder a animação, como os retardatários de um baile de máscaras, insistem em promover tumultos.

A caricatura não esgota a realidade, e ninguém ignora que, para além das classificações, sempre restam alguns escritores autênticos, que trabalham com eficácia, como atesta o fato de que a literatura nunca deixa de se renovar, de descobrir matizes insuspeitados, e está sempre prestes a se confundir com a vida ou, pelo menos, a correr ao seu lado, a manter seu ritmo insustentável.

O autor de *El camino de la aventura* é um escritor autêntico. Maneja a frase com delicada sabedoria e tem bom ouvido para as palavras; os personagens e a ação, nas suas narrativas, aparecem objetivamente, como que impulsionados por uma energia própria, autônoma, talvez fantasmagórica. Quando Oscar Peyrou é, ocasionalmente, subjetivo, procede com uma espécie de desembaraço apressado, como se visse a si mesmo de fora.

Os narradores de ficções inventamos ou encontramos na consecutiva realidade os episódios que depois transformamos em romances ou em contos;

---

* Madri: Orígenes ("Las babas del Diablo"), 1988, pp. 7-8. Redigido entre 12 e 17 de agosto de 1969.

nesse processo, de modo geral, articulamos o tema nas três partes de praxe: início, onde o leitor trava contato com o ambiente e os personagens; meio, onde toma conhecimento do assunto e até, talvez, com esperança e temores, participa dele; fim, onde admira ou lamenta os prodígios que tiramos da nossa cartola e onde encerramos o ato com uma frase que serve de rubrica.

Na vida real, as coisas não ocorrem assim (não por acaso se costuma dizer que a vida continua); nela os acontecimentos não apresentam limites perceptíveis: prolongam-se em consequências e insensivelmente se transformam em outros. Do mesmo modo, em *El camino de la aventura*, o suceder flui, parece vir do capítulo anterior, como que do quarto ao lado, e por último não se detém formalmente em um parágrafo que assinala a conclusão e dá o episódio por encerrado. Nestas páginas, *la tranche de vie* procede com rápida cadência, envolta em uma luz clara. Acredito que Oscar Peyrou é um escritor muito estimulante e original.

PREFÁCIO A *DER ROTE MOND: PHANTASTISCHE ERZÄHLUNGEN VOM RÍO DE LA PLATA*, DE MICHI STRAUSFELD*

Muitos anos atrás, tivemos a ideia de organizar um clube de contistas. Acho que um de nós publicou uma nota no jornal onde trabalhava. Devia ser durante alguma ditadura, porque a polícia nos intimou a comparecer à Seção Especial para explicar nossos propósitos. Deixamos o projeto de lado, não sem nos perguntarmos quais os motivos por trás daquele desagradável convite. A vontade de aporrinhar, pensamos quase todos, mas alguém que não me lembro observou que, nos ambientes policiais, a palavra *conto* podia significar fraude. Naquela ocasião, a explicação pareceu demasiado objetiva e nada convincente.

Com soberba profissional, os escritores pensamos que as palavras têm para todo mundo o mesmo sentido que nós damos a elas. Contudo, em vastas zonas, às quais pelo visto nossa influência não chega, a palavra *novela* talvez esteja passando a significar "telenovela" e um *conto* ainda seja — como para nossos correspondentes da Seção Especial? —, mais que uma breve narração literária, o relato falaz de fatos inacreditáveis. A ideia de *ficção* inclui a de fantasia, que insufla em *história* e *conto* significados como *exagero, mentira, logro*. Diríamos até que o desengano da vida enfatiza o lado ruim dessas palavras.

Tão intimamente ligados estão os conceitos de *fato inacreditável* e de *conto* que, segundo Thomas Hardy, alguns contos de Tchékhov não se justifi-

---

* Frankfurt am Main: Suhrkamp ("Phantastische Bibliothek"), 1988, pp. 7-9. Trata-se da tradução de René Strien do original em espanhol posteriormente publicado como "El género fantástico", em Daniel Martino, *ABC de Adolfo Bioy Casares*, 2. ed. Madri: Ediciones de la Universidad de Alcalá de Henares, 1991, pp. 193-195. Redigido entre 26 de janeiro e 28 de fevereiro de 1987.

cam porque não narram nada fora do comum. Embora a regra implícita nessa assertiva seja debilitada por muitas exceções, ouso sustentar que a decisão de escrever um conto resulta quase invariavelmente da íntima convicção do autor de que precisa contar algo extraordinário.

Não parece inverossímil que essa convicção e o afã de encontrar explicações para nosso inexplicável universo tenham introduzido o elemento fantástico na literatura. O fato é que o encontramos, desde tempos remotos, em todas as línguas, nos mais diversos gêneros: em lendas, em parábolas religiosas, nas vidas de santos e de heróis, em baladas, em contos de fadas, em livros de cavalarias, em crônicas de viagens, em utopias, em distopias como *Erewhon*, *Admirável mundo novo*, *1984*, em sátiras como *As viagens de Gulliver* e, é claro, no que hoje chamamos literatura fantástica e ficção científica. Fatos, episódios ou relatos fantásticos há em Homero, em Virgílio, em Ovídio, em Plínio, o Jovem, nas *Mil e uma noites*, no *Conde Lucanor*, em Rabelais, em Perrault, em Tsao Hsue-Kin, em Walpole, em Hoffmann, em Merimée, em Poe, em Júlio Verne, em Villiers de l'Isle-Adam…

Até onde sei, o epíteto *fantástico*, para designar o gênero, só apareceu no início do século XIX. No prefácio à versão de Loève-Veimars (*c.* 1830) dos contos de Hoffmann, lemos que "são tão conhecidos na França como 'contos fantásticos' que, para não desorientar o leitor, mantivemos esse título, embora ele não conste em nenhuma obra original do autor".

Na Europa e em toda a América, a denominação "literatura fantástica" é agora corrente. Na Inglaterra, onde o gênero floresceu com particular fortuna, fala-se mais em "histórias de fantasmas" e "histórias do sobrenatural".

Os românticos trataram de destacar com muita ênfase o caráter extraordinário daquilo que narravam, como se temessem que o distraído leitor não o notasse. Depois houve uma reação, e hoje nos achamos muito astutos quando deixamos que o leitor adivinhe ou entreveja nossos achados fantásticos. Talvez nos deleite o delicado manejo desses efeitos, porque "entre quem cultiva o gênero, são muitos os realistas mais autênticos" (como aponta o agudo autor do verbete "Fantastique" no *Grand Dictionnaire Larousse* do século XIX).

A literatura fantástica flui em três correntes principais: a que descreve planetas felizes; a que pretende infundir medo, recorrendo a castelos, criptas e cadáveres; e a que se distingue por construções lógicas impossíveis, que costumam ser aventuras da imaginação filosófica.

A ideia central das histórias fantásticas geralmente corresponde a um destes dois tipos: aquelas em que o fato extraordinário requer a intervenção de máquinas ou operações cirúrgicas, e aquelas em que o fato pressupõe uma fissura na ordem das coisas. A ficção científica reúne as histórias do primeiro tipo.

Um prestigioso romancista se compadece da sorte daqueles que escrevem literatura fantástica, pois "padecem da inevitável limitação do gênero". Eu gostaria de saber que limitações ele detecta em Dante, ao narrar sua viagem pelo Inferno, pelo Purgatório e pelo Paraíso em busca de Beatriz. Opinará seriamente que a intervenção de fantasmas em *Hamlet* e do diabo em *Fausto* acarretou um penoso entrave para Shakespeare e Goethe?

Quando penso na riqueza da literatura fantástica em ambas as margens do Rio da Prata, costumo me perguntar: por que temos tanta sorte? Para em seguida exclamar: tomara que continue! Acredito que, dessa riqueza, a antologia de Michi Strausfeld é um testemunho persuasivo.

QUARTA CAPA DE *MÁS AMALIAS DE LAS QUE SE PUEDE TOLERAR*, DE FRANCIS KORN[*]

Este volume reúne oito esplêndidos contos de Francis Korn. Não sei de quais eu gosto mais: se dos de índole fantástica ou dos que tratam de questões de conduta. Os primeiros são prodigiosamente imaginativos; os últimos, limpidamente perspicazes. Em uns e outros há senso de humor; um senso de humor sem estridências e um estilo fluido, preciso, transparente.

Entendo que a história é o elemento primordial do gênero narrativo. Reconhecemos uma boa história porque permanece na memória e porque, quando é contada em uma conversa, provoca um agradável deslumbramento. As de *Más Amalias de las que se puede tolerar* são todas excelentes. Como já disse, não sei quais delas prefiro, mas cederei à tentação de mencionar, além da que dá título ao volume, "El banquete", "Los duelistas" e "La gloria de los otros".

[*] Grupo Editor Latinoamericano ("Escritura de Hoy"), 1989. Redigido em 28 de fevereiro de 1989.

INÉDITOS RECOLHIDOS EM DANIEL MARTINO, *ABC DE ADOLFO BIOY CASARES**

DIÁRIO DE BORDO LITERÁRIO

Comecei a escrever para conquistar uma garota que não gostava de mim. Compus, ou deveria dizer rabisquei, meus primeiros livros em Buenos Aires, na casa paterna da avenida Quintana, 174, e em San Martín, Vicente Casares, comarca de Cañuelas. Escrevi *Luis Greve, muerto* em Rincón Viejo, Pardo, comarca de Las Flores, e em La Réducción, Villa Allende, Córdoba. A maior parte da minha obra foi escrita em Pardo, em Buenos Aires e em Mar del Plata. Em Buenos Aires, onde morei por mais tempo, nem sempre escrevi; em Pardo, sempre; e em Mar del Plata, quase sempre. Vislumbrei em Pardo o argumento de *A invenção de Morel*. Trabalhei fervorosamente nesse romance, ao longo de muitas manhãs, em Pardo e na avenida Quintana, 174. No outono de 47 ou 48, depois de descobrir Proust, minha mão se soltou e, como que inspirado, escrevi em Punta del Este o conto "O ídolo"; em 1951, em Paris, escrevi o ensaio "Cécile o Las perplexidades de la conducta", que entristeceu Elena Garro, pois ela pensou que, ao descrever o caráter de Benjamin Constant, eu estava descrevendo a mim mesmo; em Buenos Aires, em 1952, para minha mãe, que acabava de morrer, escrevi o conto "Homenagem a Francisco Almeyra"; em Buenos Aires, em Pardo e em Mar del Plata, escrevi *O sonho dos heróis*: recordo que a notícia da sua publicação chegou a Pau em 54; naquela manhã, no *bèth cèu* da capital do Béarn, avistaram-se objetos voadores. Idealizei o *Diário da guerra do porco* em Mar del Plata e lá escrevi a *Memória sobre o pampa e*

* Emecé, 1989.

os gaúchos e a comédia *La cueva de vidrio*. O conto "Uma porta se abre" foi escrito, por encomenda peremptória, em Pau. Em Pardo, em Mar del Plata, em Buenos Aires e em Aix-les-Bains escrevi *Dormir ao sol*, e em Paris o conto "Outra esperança". Não recordo agora onde escrevi o resto da minha obra, mas imagino que ninguém lamentará que eu encerre aqui este catálogo absurdo.

A RUA SANTA FE

Com um acento supérfluo no letreiro, a rua nasce no Bajo, entre lojas de compra e venda, armazéns, hotéis e casas de comida com nome de países distantes, onde convergem marinheiros e gente que vem de terra adentro, em trens cobertos de poeira. Sobe em seguida a Santa Fe até a praça San Martín, para fulgurar na elegância dos edifícios e das mulheres. Prossegue rumo ao oeste — quando a evocamos, costumamos ver esse trecho na nossa mente — e, ao encontrar a Callao, proliferam nela as confeitarias monumentais e famosas, que assinalam, como depois, no cruzamento da Pueyrredón, lugares primordiais da cidade. Dobra para o norte, adoçando-se sob as árvores em frente ao Jardim Botânico, e ao chegar à praça Italia, cujo centro preside o romântico Garibaldi em vigoroso bronze, prorrompe em vida popular. Deixa atrás quartéis e a estátua de Falucho — expulsa, faz tempo, da esquina das ruas Florida e Charcas — e morre na esquina com a Dorrego.

No ano de 1822, recebeu o nome de Santa Fe. Antes se chamara San Gregorio, Pío Rodríguez e Calle Estrecha. Não quero recordar quando o município a condecorou com o título de avenida: quem teria a infeliz ideia de prestigiar assim a Rue de la Paix ou a Oxford Street? Para os portenhos, Belgrano, Callao, Las Heras, Pueyrredón, Santa Fe continuam sendo ruas. Até parece que não acreditamos em vaidades e pompas.

BREVE ANTOLOGIA DE SONHOS

Acordei e, ao vê-la dormindo, pensei em acordá-la para que visse o filme. Então percebi que, mesmo que a acordasse, ela não o veria, porque eu o estava vendo no meu sonho.

Sonhei que dormia em uma esteira, no chão do escritório, tal como estava dormindo. Aquele estranho sonho era um espelho que refletia fielmente a realidade, salvo que nele eu era negro e tinha bigodes brancos.

Junto ao automóvel, já carregada a bagagem, espero ao lado dos meus três filhos por minha mulher, morosa como sempre, pensando que a boa educação dos filhos há de merecer a aprovação geral. Ainda estou me congratulando quando percebo que o menor dos meus cachorros, o mais turbulento, está perseguindo as galinhas e provoca o pandemônio ao qual se somam os outros dois. Temo que as pessoas do lugar pensem mal de mim, por culpa dos meus cachorros. Nesses cachorros se transformaram meus filhos da primeira parte do sonho.

Sonho que estou em Paris. De repente descubro com prazer, com a nostalgia de quem está longe da sua terra, que caminho por casas e praças de Buenos Aires. "Você não está sabendo?", alguém me pergunta. "Até a próxima segunda, Buenos Aires está em Paris." Lembro-me então de ter visto cartazes anunciando a Semana de Buenos Aires em Paris. Estou orgulhoso da minha cidade, ansioso de que os amigos franceses a valorizem e a elogiem. Tenho uma desilusão. Ocupados em protestar contra os excessos da propaganda moderna, os franceses não veem, nem sequer olham, Buenos Aires.

ANOTAÇÕES INÉDITAS

O que exigem de mim não está no contrato... Quando comecei neste ofício, o escritor se dedicava a escrever, e seus livros cuidavam das relações públicas.

Em rompantes de mau humor contra escritores que escrevem para si mesmos, cheguei a afirmar que escrevo para o público. Contudo, tenho certeza de que na hora de escrever não me lembro do público nem de ninguém. Escrevo da melhor maneira que posso. Suspeito que não seja possível escrever de outro modo.

Nos anos em que vivemos, a busca da originalidade se tornou, entre os escritores, os artistas e seus satélites, um autêntico movimento de massa, ou, dito simplesmente, uma moda, que é a negação da originalidade. Esse anseio de originalidade produz um sem-número de livros que, por serem mais incômodos que meritórios, ninguém lê. Por certo, agradecemos uma originalidade como a de Italo Svevo ou de Kafka, que não resulta da decisão "vou ser original", mas é a fiel expressão de uma índole e uma inteligência extraordinárias.

O ponto fraco de *A invenção de Morel* é a máquina. As máquinas que os escritores inventam costumam ser confirmadas, e em certa medida invalidadas, por máquinas semelhantes, mas verdadeiras. Hoje me asseguram que já existe um projetor de imagens tridimensionais. Se assim for, para os leitores de amanhã ou depois, a história que conto no meu livro provavelmente será menos misteriosa do que para seus primeiros leitores. Algo parecido ocorre com as descobertas ("invenção" e "descoberta" são às vezes sinônimos). A circunstância de que a região do Amazonas pareça mais conhecida e até próxima que no início do século pode tornar menos críveis os animais antediluvianos que Conan Doyle pôs lá. Considero *Os primeiros homens na Lua* um romance admirável, divertido, rico em acertos. A Lua, sabemos hoje, não se parece com a descrição de Wells... Tomara que os leitores consigam esquecer sua incredulidade e que o romance conserve para eles seu encanto. O mistério de *O sonho dos heróis* talvez esteja a salvo das vicissitudes do tempo, porque é parte (ou, pelo menos, procurei que o leitor o sentisse como parte) do mistério permanente que nos envolve: na medida em que nos aproximamos, a sombra consegue escamotear-se.

Um Don Juan cansado ou Quanto há nelas de hospitaleiro. Ele me disse: Quando estou com uma, sempre me pergunto se a outra será mesmo tão desastrosa quanto eu supunha. O que acontece, evidentemente, é que uma me impele a buscar refúgio na outra. Que ideia absurda, porque uma mulher não se parece em nada com um refúgio. E, no entanto, são o único refúgio que temos.

Ele me disse que a variedade do mundo é um sonho da imaginação. Que há apenas fêmeas e machos e que o engenho humano limita-se a copiar a natureza. Copiamos os pássaros, os ninhos, os peixes, os olhos, os dedos. Tirando o livro, talvez a única invenção original seja a roda. Original se não a identificarmos com quatro pernas que giram em torno de um eixo.

Um gordo pálido, que sempre espiava as janelas de casas vizinhas com binóculos, afirmou: "As pessoas dedicam uma inacreditável quantidade de tempo a não copular".

Quem não pode dar carinho, dá provas de carinho.

Outro me disse: "Os namorados acreditam que se beijam e se acariciam porque se amam. Mas se amam para se beijar e se acariciar".

— Então — perguntei — por que você não larga dela?
Ele respondeu:
— São muitas dificuldades. Cito apenas uma, a título de exemplo: penso nas outras mulheres. Não me atraem, porque são as que tive antes, e por alguma razão nos afastamos. Você dirá que o mais provável é que eu procure uma desconhecida. Digamos que sim, só que em uma desconhecida não consigo pensar, porque não a conheço.

Casamento. Disse que antes discutiam ideias gerais e que agora discutiam porque ela se esquecia de apagar a luz.

Idílio. "Eu o admiro. O danado sempre leva a melhor. Olha só: está apaixonado, não pode viver sem mim, mas não consigo que faça nada contra sua vontade e passo as vinte e quatro horas do dia quebrando a cabeça para achar um jeito de infernar a vida dele."

O sarcasmo ingrato ou Qui scribit bis legit. Algumas dessas frases contra as mulheres ou contra o amor têm sua primeira versão nos meus diários inéditos. Escrevi cada uma delas para desabafar exasperações ocasionais ... Não por acaso uma escritora disse que "usamos nosso diário como livro de reclamações".

Quem diz "Penso isso porque sou otimista" alerta que há uma falha no seu raciocínio.

Há momentos de desejo puro, em que pensamos "Que bom seria se..." e não sabemos como continuar.

Conto a história para todo mundo. Então me deixo levar e logo solto o verbo sobre Berlim e sobre Jersey. Quem não se cansa de si mesmo está muito distraído.

A modesta aventura do sonho de cada noite é parte do encanto da vida.

Para suportar a história contemporânea, a melhor coisa é escrevê-la.

É difícil escrever frases que excluam toda possibilidade de interpretações imprevisíveis. A dificuldade é agravada pela propensão, difundida entre leitores e críticos, a não descobrir nos textos o que o autor disse, mas o que eles mesmos querem encontrar.

Oralmente, a exatidão é mais esquiva ainda. Nas reportagens, uma mínima deficiência auditiva do entrevistador ou elocutiva do entrevistado proporciona surpresas. Em uma entrevista gravada, contei que, enquanto Pedro Henríquez Ureña e Amado Alonso mantinham uma discussão recheada de precisões eruditas, Mastronardi comentava para si, mas audivelmente: "Dados, datas, datas, dados". Na transcrição, o comentário se transformou em "gados, latas, latas, gados", versão que o jornalista aceitou sem susto, pois, como se sabe, os escritores temos um senso de humor muito especial.

Em outra ocasião mencionei "Flor de fango", um dos meus tangos preferidos; na reportagem publicada me fizeram dizer "Flor de tango", o que não sei se era uma afirmação um tanto dialetal ou o título de um tango que não conheço. Em algum jornal encontrei uma declaração minha dizendo que na juventude li os romances *Petit Bob*, *Un Ménage dernier cri*, *L'Âge du toc*, de Gide. Claro que são de Gyp.

Descreveu sua viagem pela Europa como uma série ininterrupta de decisões sobre onde comer.

Ao tradutor. A língua mais rica é a língua da qual você traduz.

Hoje (1988), *high brows* e *low brows* coincidem espontaneamente na admiração por Pessoa. Todo interlocutor, quando o assunto é literatura portuguesa, proclama, como uma maravilhosa descoberta pessoal, Pessoa e mostra-se satisfeito por admirá-lo. Como dizia Borges, a admiração de uns implica a desqualificação de outros. Uma italiana, professora de literatura portuguesa, a quem falei de Eça de Queiroz, esperou com resignação que eu me calasse para, depois de um suspiro de alívio, revelar, no tom de quem diz "agora falando sério", sua admiração por Pessoa. Quarenta anos atrás, houve um veemente Pessoa: Lorca. Temos Pessoas domésticos: Quiroga, Arlt, Marechal. Há um Pessoa norte--americano: Scott Fitzgerald. Um Pessoa inglês: Malcolm Lowry. Um irlandês: Synge. Um galês: Dylan Thomas. Pálidos Pessoas franceses: Saint-John Perse, Claudel. Um irreprimível Pessoa polonês: Gombrowicz. Um Pessoa efêmero: Juan Ramón Jiménez. Um Pessoa açucarado: Hermann Hesse. Não desqualificar ninguém pelo fato de ser, ou ter sido, um Pessoa; talvez nem o próprio Pessoa (digo talvez porque ainda não o li).

Hernández e Ascasubi são escritores admiráveis. Em peças curtas, ou fragmentariamente, Ascasubi conseguiu alcançar extraordinária intensidade e limpidez, embora, sem dúvida, não nos tenha deixado um livro como *Martín Fierro*.

Devo a Silvina Ocampo minha dedicação à literatura. Escrevo desde sempre, mas ela me convenceu de que eu podia me dedicar por inteiro a escrever. Que deixar as outras coisas de lado não era um crime. Mostrou-me o mundo em que eu viveria com prazer e talvez com utilidade. Silvina Ocampo escreveu um dos mais admiráveis poemas argentinos: "Enumeración de la patria". É uma fertilíssima inventora de contos maravilhosos. Seus livros *A fúria* e *As convidadas* reúnem mais de quarenta contos cada um. São algo assim como as novas *Mil e uma noites*.

Finalmente li Pessoa. Os admiradores tinham razão: é um poeta extraordinário. Vocês me perguntarão como justifico, então, a petulante suficiência de algumas linhas transcritas acima. Respondo, meio brincando, que cada um tem, ou pensa ter, suas admirações bem distribuídas e se defende de toda novidade capaz de perturbar a ordem. Não é fortuito o dito *mega biblion, mega kakon*, grande livro, grande calamidade. Claro que, se o mérito da obra vence as defesas erguidas por via das dúvidas, com quanto júbilo celebraremos a existência de um escritor admirável que não conhecíamos. Uma prova de que as misteriosas fontes da realidade não se esgotaram.

Há no caráter de Pessoa traços que em outro homem seriam meramente penosos, ingratos ou triviais, mas que nele, um poeta, tornam-se irresistivelmente atraentes. Quer ser moderno e futurista. É, às vezes, místico. Busca e encontra Deus em toda parte. Não é insensível ao feitiço das ciências ocultas, chamem-se magia, horóscopo, espiritismo, teosofia ou Rosa-Cruz. Por outro lado, teme enlouquecer e analisa com interesse as neuroses que o afligem. "É um grande poeta e é como eu", exclamará o leitor. "Como não gostar dele? Se estivesse por perto, agora mesmo recomendaria para ele minha adivinha pessoal, minha consultora astrológica, meu psicanalista."

É certamente bom todo caminho que nos leve a conhecer um escritor extraordinário. Eu diria ao leitor que abra ao acaso qualquer livro de Pessoa. Onde puser os olhos, encontrará a prova irrefutável de estar diante de um escritor autêntico, sempre poético e inteligente.

É uma felicidade para nós que ele tenha escrito tanto. Ler Pessoa chega a ser um hábito difícil de largar. Há nos seus livros uma magia, mas não a que costumava atraí-lo, e sim uma verdadeira: cada releitura proporciona novos achados.

Permito-me um comentário subjetivo. Quando os personagens das histórias de Dürrenmatt, em meio às suas adversidades, comem porque estão com fome, se agasalham porque estão com frio, descansam porque estão cansados, participo das suas satisfações elementares. Ninguém como Dürrenmatt para comunicar esses modestos encantos, que de certo modo não valorizamos porque são cotidianos e muito comuns, mas que nos atam entranhadamente à vida.

Quando chego às últimas páginas dos seus contos, por vezes me surpreendem tiradas arbitrárias que impõem desfechos pouco menos que caricatos. Não posso acreditar que um escritor tão sábio de repente se lembre dos críticos e tente ser original a qualquer preço. Parece mais verossímil que na juventude, ou na própria infância, tenha admirado escritores vanguardistas e que provavelmente se deixe levar pela tentação de imitá-los e de provocar no leitor o fascínio que ele alguma vez sentiu.

A *Cartuxa de Parma* é o mais grato dos romances de aventuras, estou apaixonado por Sanseverina, e Stendhal, nos seus *Escritos íntimos*, é um interlocutor com o qual eu passaria a vida conversando.

CARTA A ADRIANA MICALE*

Buenos Aires, 20 de novembro de 1987

Prezada Adriana:

Obrigado por sua carta. Espero que minha resposta não chegue tarde.

Em 1917, meus pais e eu fomos a Cacheuta. Imagino que minha mãe deve ter convencido meu pai de que valia a pena provar as águas termais para o tratamento do seu lumbago. Se não me engano, fomos lá três vezes; a última provavelmente em 1920. Minhas lembranças são as de um menino nascido em 1914.

O hotel, o primeiro que eu conheci, tinha uma espécie de esplanada (de lajotas ou de cascalho), pela qual se descia até o torrentoso rio Mendoza. Do outro lado do rio erguia-se uma enorme montanha a pique, parda e nua, como todas as de Cacheuta, as primeiras que vi na vida e que na minha imaginação ficaram como paradigmas. As do Brasil, as serras de Córdoba, não me agradaram das primeiras vezes que as vi, por estarem cobertas de árvores; não me pareciam autênticas.

O hotel era grande. Tinha uma piscina interna, da qual recordo, acredito recordar, azulejos verdes (talvez invenção minha). No bar havia senhores de terno de linho branco, descansando em poltronas de vime entre palmeiras em vasos. Os afrescos do restaurante, com personagens e paisagens, estimulavam minha imaginação. Também a estimulavam dois bichos empalhados que havia em algum salão ou corredor do hotel: um imenso condor, de asas abertas, e um puma. Funcionários do hotel me garantiram que ambos os animais eram comuns

---

* Reproduzida em Adriana Micale, "Adolfo Bioy Casares en Cacheuta". *Primera Fila* (Mendoza), nº 12, (fevereiro 1991), p. 31.

no entorno. Eu sentia uma íntima satisfação ao ouvir isso. Desde então, a convivência de frívolos turistas com animais ferozes, que parecem sobreviventes de épocas mais bárbaras, atrai minha imaginação. Penso que a remota origem do meu conto "O herói das mulheres" está nessa Cacheuta que seria arrasada pelo rio Mendoza (frívola Cacheuta, arrasada pela antiga, feroz torrente).

Nas fotografias daquelas temporadas, vejo senhores de terno de rua, como se estivessem na cidade. Só um deles está de terno de linho branco, Marco Aurelio Avellaneda (agora penso que é ele quem eu recordo quando imagino os senhores de terno branco descansando nas poltronas do bar). Em algumas fotos, meu pai, Adolfo Bioy, e Lucio López aparecem de paletó modernamente esportivo e calças brancas. As mulheres usavam chapéu. Nas fotografias tiradas à noite, no restaurante do hotel, elas estão de decote e os homens de smoking. Nem digo que elas estavam de longo porque naquele tempo só existiam saias longas.

Acredito que nessas temporadas em Cacheuta nasceu em mim uma espécie de nostalgia das termas.

Receio que a maior parte do que eu contei aqui não sirva para nada. Peço que releve meu palavrório. Normalmente não sou disso, mas sua carta despertou muitas lembranças.

Desejo-lhe a melhor sorte e envio-lhe meus cordiais cumprimentos,

Adolfo Bioy Casares

Postscriptum. Caso seja útil, acrescentarei que, além das pessoas já citadas, nas fotografias de Cacheuta reconheço Horacio Sánchez Elía, dito o Francês; Jorge Lavalle Cobo e vários de seus filhos; Luis Elizalde, sua mulher Elena Sansinena; Esther Sansinena; Carlos Unzué e, com alguma incerteza, um senhor chamado Aldao, fundador do Club de Gimnasia y Esgrima de Buenos Aires: eu o reconheço pela barba — ou deveria dizer: acredito reconhecê-lo? Todos os outros eram amigos que costumavam nos visitar em casa. Tenho Lucio López e Marco Aurelio Avellaneda pelos mais conversadores de todos. Falavam com meus pais de personagens e fatos da nossa história, e eu os escutava com vivíssimo interesse. Horacio Sánchez Elía, assim como seus irmãos Ángel e Raúl, era muito amigo do meu pai. Horacio teve não poucas namoradas. Recordo que na praia de Mar del Plata ele me olhava com desafeto e desconfiança. Recordo que pensei: "O touro velho não deixa que os touros novos cheguem perto do rodeio". Jorge Lavalle Cobo, outro amigo muito próximo, acompanhou meu pai no Instituto da Universidade de Paris em Buenos Aires. *Vale*. Bioy.

ANOTAÇÕES INÉDITAS*

Quando eu estava escrevendo "Um leão no bosque de Palermo", mais de uma vez me perguntei se já não teria lido alguma história baseada na mesma ideia. Como a originalidade não me preocupa, segui em frente com o leão. Agora descubro que eu não somente tinha lido uma história parecida, como também a escrevera.

Entre essas duas versões da mesma ideia, a primeira, "Chave para um amor", é a mais bem conseguida. Uma surpresa para mim, que sempre pensei que as segundas versões são necessariamente melhores, porque são as revistas; uma surpresa e também uma advertência de que a realidade é complexa demais para fazermos generalizações.

---

* *Clave para un amor*. Losada ("Cuadernos del Aqueronte"), 1991, p. 10. Redigido entre 21 e 22 de setembro de 1990.

INÉDITOS RECOLHIDOS EM DANIEL MARTINO, *ABC DE ADOLFO BIOY CASARES*, 2ª ED.*

MÁQUINAS E POÉTICAS

Gelman propõe à minha consideração dois poemas, um asteca, intitulado "A Ayocuán", e outro, "El beso", composto por um engenhoso computador. Transcrevo os dois:

A Ayocuán

> *Entretéjanse flores azules y flores color de fuego*
> *tu corazón y tu palabra, oh príncipe chichimeca de Ayocuán.*
> *Por un breve instante hazlas tuyas aquí en la tierra.*
> *Lloro porque nuestra muerte las destruye,*
> *ay, destruye nuestras obras: los bellos cantares.*
> *Por un breve instante hazlos tuyos en la tierra.***

El beso

---

* Madri: Ediciones de la Universidad de Alcalá de Henares, 1991.

** "Entreteçam-se flores azuis e flores cor de fogo/ teu coração e tua palavra, oh, príncipe chichimeca de Ayocuán./ Por um breve instante faze-as tuas aqui na terra./ Choro porque nossa morte as destrói,/ ai, destrói nossas obras: os belos cânticos./ Por um breve instante faze-os teus na terra". (N. T.)

Mejillas, abrazos y angustias
después dulce, no siempre inerte
el calor te refleja
no atrevas los espirituales raptos
o preguntas
sensual y sublime por bajo los infiernos
ni bailes el rapto con los amores
*asombros adorarán tus perfumes.**

Como primeira observação, eu diria que, ao cotejá-los, é notável e valiosa a presença de sentimentos no poema asteca. Quanto ao da máquina, para abreviar o previsível, manifesto rapidamente minha deslumbrada admiração pela conquista científica alcançada etc., etc. Também, como precaução erudita, saúdo a memória de Raimundo Lúlio e sua máquina de pensar. Esquecida sua origem, "El beso" é mais um entre tantos poemas contemporâneos, não melhor que outros. Parece-me ouvir neste momento um protesto do computador: ele não é responsável pelas palavras, já que o "carregam", e sim pelos versos ou combinações; conseguir uma combinação decorosa com a palavra "galantes" requer, talvez, o prazo de alguns anos.

Os computadores também redigem romances e contos? A circunstância de que redijam peças geralmente reconhecidas como poemas prova: a) o caráter puramente convencional da terminologia em curso; b) o nível ínfimo de boa parte da produção poética deste século.

Todo homem é uma máquina, e certo tipo de poeta atual, rebaixado por uma arte que alterna o acaso e o oximoro ou a conjunção de opostos, uma máquina bem simples. A leitura das produções dos outros computadores talvez desalente esse tipo de escritor ou o induza a tentar uma poética mais complexa e sutil. Ambas as consequências constituirão, sem dúvida, uma valiosa contribuição das máquinas ao progresso das letras.

---

* "O beijo. Faces, abraços e angústias/ depois doce, nem sempre inerte/ o calor te reflete/ não atrevas os espirituais raptos/ ou perguntas/ sensual e sublime sob os infernos/ nem dances o rapto com os amores/ assombros adorarão teus perfumes.// Afastando brandamente/ suas sutis e galantes esperanças/ a carícia incita, inveja enfim/ de suas amigas/ uma vertigem invejada talvez/ quero afirmar e viver/ retornar as delícias / que aprazíveis amigos.// Surpreendem decerto/ abismos e mais abismos/ um intangível abismo acariciará/ os encantos, as lágrimas/ e enamorando entre as palavras/ surpreenderá tuas graças./ Não, palpitante glória,/ não permita o horizonte." (N. T.)

Acabo de reler o poema da máquina: meus comentários agora me lembram a afirmação do indivíduo que jogava xadrez com um cachorro: "Não pensem que é algo de muito extraordinário. Eu sempre ganho". Preocupado com os homens que escrevem como máquinas, não dei a devida atenção à máquina que escreve como um poeta. Arriscarei um presságio: na criação poética, na crítica literária e na história da literatura, as máquinas oferecerão amplas oportunidades para o exercício da tolice. Prevejo longos períodos em que o bom senso chegará a se desesperar (há de se refazer; está acostumado à situação). Essas afirmações não anulam minha convicção de que a cibernética conseguiu e conseguirá prodígios admiráveis. Onde quer a mente humana se aplique, ela os consegue. Como tema narrativo, a máquina é um elemento lícito, menos durável que a realidade e menos complexo que o tempo.

Não sou um místico das máquinas; considero-as preciosos instrumentos.

ANOTAÇÕES INÉDITAS

Lemos críticas e biografias e esquecemos as obras originais. Não apenas as esquecemos: também as julgamos através da interpretação de terceiros. (A superposição de juízos resulta em equívocos compartilhados por gente que não tem o consolo de saber que pensa erros curiosos.) Aquilo que se escreve sobre um livro o afasta. Todas as obras tendem a se transformar em pontos de partida de discussões. Questionar o humorismo de Molière pode ser indício do fervor ou do pedantismo de um literato; mais provavelmente, da sua juventude. (Os minuciosos antecedentes não negam a originalidade de cada uma das gastas piadas de Molière, mas o vinculam à tradição e o salvam.) Homero é uma vasta literatura de traduções, comentários, ensaios, notas, polêmicas, e Cervantes compreende seus admiradores e seus detratores. As obras populares se transformam, assim, em críticas e eruditas; provoca-se atenção especulativa, e aquilo mesmo que funcionará para enceguecer numerosos discernimentos melhorará outros.

A glória de uma única composição basta para os leitores, não para o autor.

Vejo duas formas possíveis de conto. Um cujo mérito consiste em algo que poderia ser comparado à *pointe* que os franceses mencionam quando falam de epigramas.

Exemplo: a última narração que O. Henry deixou inacabada. Os ingleses chamam esses contos de *trick stories*. Há outros que cifram seu mérito em algo menos mecânico. Por exemplo: "Coração das trevas", de Conrad; "The Outcasts of Poker Flat", de Bret Harte. Outros combinam sabiamente os dois valores: "Dayspring Mishandled" ou "Wireless", de Kipling; "The Abasement of the Northmores", de James; "The Man who Liked Dickens", de Evelyn Waugh; "L'Espoir", de Villiers de L'Isle-Adam.

Por reação aos fáceis mas pretensiosos contos sem argumento, ou aos igualmente fáceis e pretensiosos contos com argumento disparatado (super-realistas), escrevemos contos em que o argumento tinha primordial importância; dedicamo-nos a essa agradável relojoaria e tramamos lendas que deixam satisfatórios desenhos na mente do leitor e que são recomendáveis também por darem brilho ao diálogo. Agora percebo que esse tipo de conto não é o único; que os outros produzem um prazer, ou uma impressão, mais essencial; que estes são, para quem aprendeu a contornar suas dificuldades, relativamente fáceis, porque oferecem um critério mais seguro; os outros pertencem a uma ignorada, repugnante e ambiciosa geografia. É preciso inventá-la.

Queixas-te do casamento, e só o casamento te protege do casamento.

Ah, se as mulheres perdoassem o tempo e se contentassem com o sacrifício do coração!

Às vezes desejamos a velhice como um paraíso da contemplação, da composição e da leitura, onde vegetaremos sem dentes, sem cabelo, sem pressa, sem mulheres.

Os astronautas descobrem unicamente mundos de cinza e pedra-pomes, onde a atmosfera é irrespirável e as temperaturas mortíferas. Para chegar a tais infernos, os países gastam somas enormes e perde-se gente heroica. No meio de uma viagem, Deus aparece aos astronautas e lhes diz: "Homens sem fé. Eu os presenteei com a Terra, que é maravilhosa, mas sempre descontentes vocês partem em busca de outros mundos. Não há outros mundos. Há planetas mortos. Voltem". Impressionados, os astronautas comentam: "Então ele existia mesmo". Quando já estão se decidindo a voltar, pensam que deram sua palavra a seus chefes e que ninguém acreditará neles quando alegarem que Deus os dissuadiu. Seguem mais um pouco e descobrem mundos ricos e belíssimos.

DISCURSO DE RECEPÇÃO DO PRÊMIO CERVANTES*

Antes de ler *Dom Quixote*, em duas ocasiões peguei da pena para escrever literariamente. Na primeira, fiz isso para chamar a atenção de uma moça; na segunda, para imitar Conan Doyle e Gaston Leroux. Devo esclarecer que naquela época minhas ambições não eram literárias. O que eu realmente queria era correr cem metros em nove segundos e ser campeão de boxe e de tênis.

Quando li o inesquecível começo e todo aquele primeiro capítulo que nos conta como era Dom Quixote, onde e com quem ele vivia, senti uma emoção muito forte. Havia nela um acento de ansiedade, porque Dom Quixote abandonaria aquela vida sossegada para sair em busca de aventuras, e um fascínio que provavelmente o despreocupado tom da narração exacerbava.

Se mal não me lembro, antes de terminar o primeiro capítulo eu já sabia que queria ser escritor. Sem dúvida o quis para contar, em tom despreocupado, histórias de heróis que deixam a segurança da sua casa ou da sua pátria e o afeto da sua gente para se aventurarem por mundos desconhecidos. Certamente, não demorei a encetar a composição de um longuíssimo romance, em cujas páginas iniciais um jovem espanhol chegava a Buenos Aires para fazer a América.

Nosso futuro é inescrutável e os caminhos da vida traçam estranhos desenhos. Quem diria que, ao cabo de sessenta anos felizes ocupados em contar histórias, eu receberia o prêmio que leva o nome do querido escritor que me iniciou nas letras.

---

* Pronunciado em 23 de abril de 1991. Publicado oficialmente em *Premios Cervantes: Discursos*. Madri: Quinto Centenario/Universidad de Alcalá de Henares, 1992, pp. 239-243. Redigido entre 20 de dezembro de 1990 e 9 de abril de 1991.

Tenho por feliz coincidência a circunstância de que minha primeira ambição literária não tenha sido de glória, e sim de algum dia suscitar nos leitores um fascínio como o que em mim despertou um romance. Quem aspira à glória, pensa em si mesmo e vê seu livro como um instrumento para triunfar. Suspeito que, para escrever bem, devemos pensar no livro, não em nós.

Pouco tempo depois, em uma antologia escolar, encontrei as coplas de Jorge Manrique "A la muerte de su padre". Com emoção jubilosa, admirei o fluir dos versos e escutei a tranquila enunciação das inexoráveis verdades do nosso destino. Dir-se-ia que a conjunção de limpidez poética e de veracidade profunda não deixaram lugar para que a tristeza do tema me angustiasse. Vi no poema tudo o que parecia confirmar minha convicção de que a vida é uma só e que por isso devemos permanecer atentos enquanto a percorremos. Reparei também nos versos que podiam servir-me de talismãs contra a vaidade. Certamente os da primeira estrofe, mas também:

> *¿Qué se fizo el rey don Juan?*
> *Los infantes de Aragón*
> *¿Qué se fizieron?*
> *¿Qué fue de tanto galán,*
> *qué fue de tanta invención,*
> *como trujeron?**

Naqueles dias, meu plano de trabalho consistia em ler todos os livros e escrever outros tantos. Como o romance em preparação protelava as histórias que me vinham à mente, deixei-o de lado e, com alívio, logo me pus a escrever um livro de contos que não agradou a ninguém. Borges atribuiu meus erros à pressa; não me deixei enganar por sua generosa hipótese: compreendi que os erros provinham da imaturidade do meu critério. Para melhorá-lo, estudei manuais de técnica literária e, quando descobri *Agudeza y arte de ingenio*, de Gracián, projetei um livro similar. Logo houve uma mudança de planos. Eu publicaria uma arte de escrever, à imitação de uma de Valbuena, "em vinte lições", que meu tio Miguel Casares me emprestara. Estava convencido de que, na análise dos erros cometidos no meu livro de contos, encontraria leis

---

* "Que foi feito do rei Dom João?/ Dos infantes de Aragão,/ que foi feito?/ Que é daqueles galantes?/ Que é de todas as figuras/ que exibiram?" (N. T.)

valiosas. Devo ter pensado que eu não tinha nada melhor a fazer com minha experiência de fracasso como escritor que empregá-la para a composição de uma arte de escrever. Não me perguntei qual seria a opinião dos leitores.

Em uma tarde muito remota, meu pai me falou de Fray Luis de León; referiu-se, comovido, às famosas palavras "como dizíamos ontem" e recordou estrofes de "Vida retirada".

Creio não ter esquecido esses versos. Fray Luis não propunha tópicos retóricos; dizia as verdades que eu queria ouvir. Mostrava quão inconsistentes são os triunfos da vaidade e recomendava a vida retirada. Interpretei esta, primeiro, como uma ilha remota e deserta, aonde nunca cheguei, exceto nos meus romances; depois, como a casa de campo onde vivi durante cinco anos; por último, como a vida privada, que levo enquanto posso.

Dos poemas de Fray Luis, passei às suas belas traduções de Horácio. Uma leitura leva a outra: a sorte me deparou *Horacio en España*, o encantador livro de Marcelino Menéndez y Pelayo. Nas suas páginas, cotejam-se traduções de Horácio feitas por numerosos escritores espanhóis, portugueses e latino-americanos, de várias épocas. Esse cotejo, de que participei como leitor, pareceu-me um utilíssimo exercício literário. As traduções dos Argensola me agradaram particularmente, mas a maior revelação para mim foi a esplêndida "Epístola a Horacio" de Menéndez y Pelayo. É espantoso como, para a fama, um mérito oculta outro. Porque se admira em Menéndez y Pelayo o erudito, esquecendo-o como poeta. "Carta a unos amigos de Santander para agradecer-les el regalo de una biblioteca" é outro poema dele que sempre releio.

Desse modo, com acertos de leitor e erros de escritor, fui-me internando no vasto mar da literatura ou, para saudar mais uma vez *don* Marcelino, no "vasto mar de Píndaro e de Safo".

Agradeço às suas majestades os Reis, que honram este ato com sua presença; a quem me conferiu o prêmio e a quem agora me acompanha tão amigavelmente; aos colegas e aos jornalistas da Espanha, da nossa América e do meu país que, ao tomar conhecimento da decisão do júri, escreveram sobre mim e sobre meus livros com uma generosidade que jamais esquecerei; aos amigos que me fizeram sentir que se alegravam mais que eu mesmo; a tantas pessoas que, pelas ruas de Madri e, depois, pelas ruas de Buenos Aires, me pararam para me dar os parabéns. Quero também expressar minha gratidão a um escritor que não está aqui, mas que está presente: Cervantes, a quem devo a literatura, que deu sentido à minha vida.

APRESENTAÇÃO DE *PATAGONIA: UN LUGAR EN EL VIENTO*, DE MARCOS ZIMMERMANN*

Uma tarde, na estação Constitución, enquanto esperava a chegada de um trem, fui abordado por um homem que, depois de um breve cumprimento, me perguntou: "Posso lhe fazer uma pergunta?". Sem esperar minha resposta, declarou: "Sinto respeito pelos vagões da Ferrovia do Sul". Pensei: "Uma frase para chamar a atenção" e, provavelmente, não consegui esconder minha contrariedade. O homem explicou: "Esses vagões devem ter penetrado na Patagônia mais de uma vez; eu, nunca". "Nem eu, de fato", pensei.

A palavra "Patagônia" me sugere (acho que sugere a muitos) um vasto espaço deserto e remoto. As maravilhosas fotografias de Zimmermann nos proporcionam a revelação de que é variado e estranhamente belo.

---

* Marcos Zimmermann Ediciones, 1991, p. 7.

UM AMANTE DO TÊNIS*

Quando eu era moço, praticava vários esportes: futebol, rúgbi, boxe, natação, atletismo. Com Emilio Drago Mitre e os irmãos Julio e Charlie Menditeguy, comecei a jogar tênis no clube KDT (sempre me atraíra o tênis, por causa da cor do saibro, do desenho das linhas brancas e do formato das raquetes). Logo constatei que eu era melhor singlista que duplista. Com os amigos mencionados, passei um breve período no clube Gimnasia y Esgrima e depois entramos como sócios juniores no Buenos Aires. Se não me engano, isso foi em 1927, quando eu tinha treze anos.

Nessa primeira época, meu desenvolvimento no jogo foi tão rápido que me convenci de que, mais dia, menos dia, o futuro me depararia o topo do ranking mundial; mas o desenvolvimento se deteve, e atingi apenas o nível decoroso de um tenista medíocre. Suspeito que meu corpo espontaneamente jogava bem, mas minha mente previa e atraía os erros. Tinha um saque e um revés eficazes, mas meu drive muitas vezes definhava. Seja como for, podia jogar com bons tenistas sem matá-los de tédio. Joguei incontáveis partidas com Robson, com Cattaruzza, com Carlos Lynch. Acho que nunca ganhei um set. Com Felisa Piedrola, não raro fiz as vezes de treinador; também com Sonia Topalián.

Robson era um dos mais extraordinários e inteligentes tenistas da época. Tinha um jogo muito variado; sacava e corria para a rede, onde era capaz de resolver as situações mais complicadas. Não tinha muita resistência física, mas compensava essa limitação com recursos de técnica e esperteza. Eu o vi jogar

* *1892-1992 – Cien años del Buenos Aires Lawn Tennis Club.* Ediciones del BALT, 1992, p. 24.

contra o francês Borotra, que o superava em preparo físico, e não pude menos que vibrar cada vez que ele aproveitava uma chance para ganhar tempo (por exemplo, enxugando a mão com que empunhava a raquete) e recuperava as forças, para então prosseguir e executar de novo seu jogo magistral, perante aquele que era um dos três ou quatro melhores jogadores do mundo.

Até que parei de jogar, eu ia ao clube todas as tardes, de terça a domingo; só não ia às segundas porque estava fechado. Tive lá muitos e ótimos amigos. Não cito seus nomes para não estender demais estas linhas. Do pessoal do clube, quero pelo menos mencionar Jesús, o zelador das quadras, que não hesitava em torcer para mim e que eu vi sofrer no dia em que, pelo acaso do sorteio, tive de enfrentar seu filho em um campeonato.

Fui vice-presidente do clube quando meu amigo Arturo Cádiz ocupava a presidência, mas na realidade não tive atuação como dirigente. Suspeito que integrei a diretoria porque os sócios generosamente superestimaram minhas aptidões.

Minha vida transcorreu entre amigas e amigos, com a literatura e com o tênis. Considero-me um homem feliz. Sem dúvida, devo parte dessa felicidade ao Buenos Aires.

ENTENDENDO UM AMOR*

Não creio que seja apenas por causa do pão e da água que eu amo a França. Claro que gosto dos *petits pains*, dos *longuets* e das *baguettes*, e não há água como a Badoit, a não ser a de Évian; mas custo a acreditar que esses elementos essenciais bastem para explicar o bem-estar que a França me proporciona. Dou-me bem com o país, com sua gente e com sua literatura. Percorri o país e posso afirmar que me senti à vontade no Norte, no Centro e no Sul; mas se tivesse de escolher a região da minha preferência, com o coração apertado por renegar das demais e de Paris, que me deslumbra e que amo, eu murmuraria: Pau e o resto do Béarn.

---

* Mensagem à Associação Franco-Argentina de Bearneses. *Revista Asociación Franco-Argentina de Bearneses*, nº 1 (dezembro 1995), p. 8. Redigido em 18 de janeiro de 1995.

O DIÁRIO DE VIAGEM DE BIOY*

Manual de viagens, tudo que o viajante, o hoteleiro, o dono de restaurantes ou qualquer pessoa ligada ao turismo deve saber:

Quando a moda ditar camas baixas, cadeiras baixas, mesas baixas, em todos os quartos do hotel deve haver pelo menos uma cadeira normal, com encosto em ângulo reto. Em todos os quartos deve haver uma mesa de altura conveniente para nela escrever, tomar o café da manhã ou comer, se alguém assim o desejar.

No banheiro, deve haver uma cadeira móvel onde o viajante possa pôr a toalha para se enxugar ao sair do banho. Se quem toma banho precisar fazer piruetas e contorções para alcançar a toalha, poderá muito bem se transformar em aprendiz de patinador, escorregar, cair, quebrar os ossos, e depois mover uma ação. Alguém dirá que todo hoteleiro prudente cobre tais riscos com seguros; vá lá, mas a notícia de acidentes e processos não o beneficiará.

Na Espanha, os *caballeros* são senhores. Na Argentina, o *caballeros* fica no fundo à direita. É o que na Espanha chamam *aseos*.

Séculos atrás, na Itália chamavam os turistas de *inglesi*. Em uma nota à edição de Marchand das cartas de Byron, alguém recorda a conversa entre dois funcionários de hotel; um deles disse: "Chegaram uns ingleses que não falam inglês".

De país para país, os hábitos no tocante às refeições podem variar notavelmente. Na Alemanha e na Holanda, não servem pão, muito menos manteiga,

---

* *Viajes & Turismo por el mundo*, nº 1 (abril 1996), p. 31. Fragmento dos *Diários* do autor, redigido em 25 de dezembro de 1994.

a quem não os pede. Nesses países, o garçom ou a garçonete, ao recolher o primeiro prato ou a entrada, também recolhem o pão e a manteiga, se você não tomar cuidado. Se você pedir que não os levem, hesitam, um tanto desnorteados, entre levar ou deixar o prato e os talheres que você acaba de usar.

É muito frequente que, ao passar de um país para outro, o viajante esbarre em dificuldades com as chaves de luz e com as torneiras do banheiro. Conheço um turista que resolveu não tomar banho até sair do país em que ele não se entendia com as torneiras. Outro me confessou: "Por ignorar como fazer isso, nunca dei a descarga nos banheiros da Itália".

OS TANGOS*

É difícil para mim falar do tango sem falar de mim mesmo: desde minha infância, gostei tanto de tantos tangos que, inevitavelmente, ao escrever sobre eles devo evocar circunstâncias e momentos da minha vida.

Ouvi os primeiros tangos na minha infância. Não na minha casa — já que meus pais, como muitos senhores da época, viam no tango uma coisa canalhesca —, mas na fazenda da família em Vicente Casares. Lá escutava os que minhas amigas María Esther e Raquelita, as filhas do caseiro, punham na *victrola* enquanto limpavam o hall da sede; quase diria que elas executavam seu trabalho no compasso da música. Daquela época recordo com certa devoção o tango "Viborita".

Nos meus doze ou treze anos, conheci muitos outros tangos ao frequentar os teatros de revista, levado por Joaquín, o porteiro de casa. Em teatros como o Porteño, o Ópera, o Maipo, o Buenos Aires e o Nacional, eu escutava com veneração Sofía Bozán, Rosita Quiroga e também Azucena Maizani, Charlo e, de vez em quando, Gardel. De todos, meu preferido era Charlo; de Gardel eu gostava quando ele cantava tangos como "Ivette", mas, quando seu repertório incluía temas rurais e lamentava a perda de um cavalo mouro, não me satisfazia tanto.

Com meu espírito livresco, nesses anos sonhei em fazer uma antologia de letras de tango. Para tanto, naturalmente beberia de duas revistas semanais que, aliás, não eram outra coisa senão antologias de letras de tango: *El Alma*

---

* Encarte da coleção musical *Tango: Alma y Canción de Buenos Aires*. Reader's Digest Argentina, 1997, pp. 4-5.

que Canta — minha preferida — e *Cantaclaro*. O projeto foi sendo adiado e acabei por abandoná-lo, embora muitos dos livros que escrevi na época, e cujo nome não quero lembrar, recolham versos tirados dessas letras.

Com o passar dos anos, meu interesse pelo tango, longe de diminuir, foi-se tornando mais íntimo. Ocasionalmente, com a audácia que às vezes o entusiasmo nos infunde, escrevi algumas letras de tango que merecidamente não prosperaram.

Direi ainda que a compartilhada afeição pelos tangos foi um dos primeiros estímulos da minha amizade com Borges e com Peyrou: todos gostávamos dos tangos valorosos, como "La viruta" ou "Rodríguez Peña", que celebram a coragem e que nos brindam com um passado épico, sem dúvida ilusório. Acrescentarei, contudo, que Borges não tolerava os tangos cômicos, satíricos ou malandros que eu, transido de emoção, tinha ouvido nos teatros. Algo que nos assombrava e maravilhava era a fecundidade portenha expressa em tangos e letras de tango. Por muitos anos, tivemos a impressão de que nada acontecia sem que imediatamente surgisse um tango celebrando ou evocando o fato, e chegamos a pensar que não devia haver personagem de Buenos Aires mais ou menos conhecido que não tivesse inspirado algum tango.

À diferença de outras músicas populares, o tango proporciona prazeres igualmente intensos tanto ao dançar sua música como ao ouvir suas letras. Desses aspectos, não me deterei no musical, pois seria muita pretensão que eu, *imbecille musicale*, me pusesse a falar de música. Quanto às letras, apresso-me a ressaltar que considero muitas delas poemas excelentes e que, indiscutivelmente, entre os letristas de tango se descobrem verdadeiros poetas, como Celedonio Flores, Villoldo, Discépolo e Pascual Contursi. Acredito, e não por chauvinismo patrioteiro, que isso deve ser evidente até para quem não consegue entender as letras por completo. Penso agora que isso também deve acontecer com alguns blues, como "St. James Infirmary", e com algumas baladas francesas, como "La Mauvaise prière". Se eu tivesse que demonstrar o que estou dizendo ou iniciar alguém no gosto pelas letras de tango, recomendaria que escutasse, ou pelo menos lesse, as de "Flor de fango", "Ivette", "Mi noche triste", "Confesión", "Yira… yira" e "Don Juan".

Escuto tangos e me comovo, acho que sou valente e sinto que essa música de certo modo está nas minhas origens. É um mundo do qual sinto saudade e que eu queria ter habitado.

NOTAS AOS TEXTOS

DANIEL MARTINO

A presente edição não inclui os textos de Bioy Casares publicados em periódicos ou dispersos em outros volumes e posteriormente reunidos em livros editados em colaboração, tais como: *Memorias* (1994),* organizado por Marcelo Pichon Rivière e Cristina Castro Cranwell, ou *De jardines ajenos* (1997),** *Borges* (2006)*** e o póstumo *Descanso de caminantes* (2001),**** organizados por Daniel Martino. Por outro lado, traz os fragmentos inéditos incluídos nas duas edições (1989 e 1991) de *ABC de Adolfo Bioy Casares*, de Daniel Martino, que não constam em nenhuma das coletâneas mencionadas acima. Salvo indicação em contrário, Buenos Aires é o lugar de publicação

---

* "Chronology" [*Review* (Nova York), nº 15 (1975), p. 35-39]; "Aprendizaje" [*Páginas de Adolfo Bioy Casares seleccionadas por el autor*. Celtia (1985), pp. 277-283]; "Cómo empecé a escribir" [*El Día* (La Plata), 9 de março de 1986]; "Pretérito imperfecto" [*Somos*, nº 547 (1987), p. 29]; "Bioy (de memoria)" [*Plaza Mayor*, nº 4 (1990), pp. 53-56]; "Cómo escribí mi novela" [*Clarín*, 5 de novembro de 1990]; "Fragmento de *Memorias*" [*Revista de Occidente* (Madri), nº 115 (1990), pp. 104-124]; "La creación de una vida" [*Clarín*, 17 de novembro de 1991]; "Lecciones de vida" [*Clarín*, 20 de junho de 1993].

** Fragmento "Basta la salud" de "Sesudos consejos de una fantasía antojadiza" [*El Cronista Comercial*, 12 de abril de 1992].

*** "Apuntes de conversaciones entre Borges y Bioy" [*La Prensa*, 29 de março de 1987]; "Fragmentos de una larga conversación entre amigos" [CÓCARO, Nicolás (org.), *Borges*. Fundación Banco de Boston, 1987, pp. 19-22]; "Fragmentos de una larga conversación entre amigos" (2ª série) [*Tramas Literarias*, nº 1 (1989), pp. 8-9]; "Adolfo Bioy Casares" [MONTENEGRO, Néstor; BIANCO, Adriana (orgs.), *Borges y los otros*. Planeta (1990), pp. 17-20].

**** "Diario y fantasía" [*La Capital* (Rosario), 4 de maio de 1986]; um fragmento de "Lugares comunes" [*Crisis*, nº 9 (janeiro 1974), p. 45]; a maioria dos fragmentos de "Diario y fantasía" [*Vuelta* (México D. F.), nº 65 (1982), pp. 4-5] e de "Sesudos consejos de una fantasía antojadiza" [*El Cronista Comercial*, 12 de abril de 1992].

de todos os textos referenciados. Quando se tratar de alguma publicação póstuma, indicar-se-á a data com um "*p.*" anteposto.

Se até o final da década de 1980 Bioy Casares costumava revisar e até reescrever a maioria das entrevistas que concedia, às vezes várias de suas declarações orais foram reorganizadas e apresentadas, com ou sem o seu consentimento expresso, como textos de sua autoria, quando na verdade eram transcrições de entrevistas.* Nesta edição, são omitidos, bem como suas respostas a alguns questionários e enquetes.

Para o estabelecimento dos textos, deu-se preferência, como regra geral, à sua versão mais recente. Esta foi cotejada com a série de rascunhos conhecidos, o que permitiu eliminar muitos erros que corrompiam as edições disponíveis. Em alguns casos, os primeiros manuscritos permitiram emendar equívocos de transcrição acrescentados no original datilografado.

Nas notas, procurou-se registrar as principais variantes — de estilo e de conteúdo —, identificar as fontes das numerosas citações e, dentro do possível, elucidar as alusões, nem sempre literárias, cujo desconhecimento obscureceria o sentido de muitas passagens.

Dada sua recorrência, algumas fontes são apresentadas na seguinte forma abreviada:

BIOY (1958): BIOY, Adolfo, *Antes del Novecientos*. Compañía Impresora Argentina, 1958.

MARTINO (1989): MARTINO, Daniel, *ABC de Adolfo Bioy Casares*. Emecé, 1989.

MARTINO (1991): MARTINO, Daniel, *ABC de Adolfo Bioy Casares*. Madri: Ediciones de la Universidad de Alcalá de Henares, 1991.

BIOY CASARES (1994): *Memorias*. Barcelona: Tusquets, 1994.

BIOY CASARES (1997): *De jardines ajenos*. Barcelona: Tusquets, 1997.

BIOY CASARES (2001): *Descanso de caminantes*. Sudamericana, 2001.

BIOY CASARES (2006): *Borges*. Bogotá: Destino, 2006.

Conservados no arquivo do autor e ainda não publicados, os diários pessoais que Bioy Casares manteve desde 1947 são citados como *Diários*. Quando não há menção à fonte, a data de redação dos textos baseia-se na consulta desses diários.

---

* Por exemplo, "Así siento la Navidad" [*Para Ti*, 26 de dezembro de 1977]; "El tango según Adolfo Bioy Casares" [in *Tango: Un siglo de Historia*. Perfil, 1979, vol. III, p. 632]; "Adolfo Bioy, *Antes del Novecientos*" [*Status*, nº 36 (1980), pp. 28-29]; "Borges" [*ABC* (Madri), 15 de junho de 1986]; "Historia de una amistad" [*ABC* (Madri), 25 de setembro de 1988]; "Bustos Domecq en el campo" [*Clarín*, 13 de junho de 1996]; "La influencia de una buena cultura" [*La Nación*, 15 de março de 1997]; "Yo y mi chica" [*El Planeta Urbano*, nº 5 (1998), p. 119].

As referências correspondentes aos títulos assinalados com asterisco (*) constam na seção de bibliografia dos dois primeiros volumes destas *Obras completas*. As demais remissões a esses volumes seguem a fórmula "ver I" ou "ver II", com a respectiva indicação de página ou de nota.

Os números de linha são contados excluindo aquelas em que há apenas a numeração romana de capítulos.

DORMIR AO SOL

Uma das primeiras descrições de seu argumento ("conto de quem rejuvenesce o corpo transferindo a alma, por um tempo, para um cachorro", *Diários*, 23 de julho de 1971) dá como inspiração original "The Story of the Late Mr. Elvesham" (1897), de H. G. Wells. O argumento do romance corresponde a uma constante preocupação de Bioy Casares: a essência e os limites da personalidade. Redigido entre 27 de setembro de 1971 e 3 de junho de 1973, o romance reflete um desassossego pelo iminente retorno ao poder do Partido Justicialista: uma *animalização* do país, aos olhos do autor. Esse desassossego é posto em relevo no jogo paronomástico *perro/Perón*. Como lembra Bioy Casares, "Belmont, um escritor que dirige a editora Laffont [...], comentou comigo quando editou *Dormir ao sol*: 'É um livro aterrador, é como se você estivesse alertando a sociedade argentina do que está para lhe acontecer'" [In *Apertura*, nº 11 (1986), p. 59]. Alguns dos títulos alternativos desse romance foram: *Los desaparecidos de Villa Urquiza, Una cura de reposo, Fuera de sí, Refugio para una larga noche, Diana escondida, Detrás de la máscara, La desconocida, Dormir en otra parte, Ser otro, La misma y la otra.*

p.11,l.2   **Lucio.** Por efeito de um unguento mágico, Lúcio, protagonista de *O asno de ouro* ou *As metamorfoses*, romance do autor latino Apuleio de Madaura (*c*.125-180), transforma-se em asno, porém conservando sua consciência humana.

p.11,l.2   **Bordenave.** Em *Plano de fuga* (1945)*, o *libéré* Bordenave é um dos assistentes de Pierre Castel, governador da Ilha do Diabo. Em geral, como aponta Leonor F. Conzevoy-Cortés [*El tema de la soledad en la narrativa de Adolfo Bioy Casares*. Michigan: Michigan State University, 1977, pp. 124-125], além de semelhanças na estrutura narrativa, *Dormir ao sol* "apresenta uma concepção fantástico-científica parecida à de *Plano de fuga*", baseada na ideia de que certas cirurgias permitem libertar-nos da prisão dos sentidos ou do corpo. Tais experimentos cirúrgicos evocam aqueles que H. G. Wells apresenta em *The Island of Doctor Moreau* (1896): de Castel, afirma-se que "talvez [...] fosse uma espécie de doutor Moreau" [ver I, p. 128].

p. 11, l. 5   **portadora, de nome Paula**. Ver II, nota à p. 250, l. 11.

p. 11, l. 11   **Rivaroli**. Segundo Bioy Casares, "eu dou aos personagens imbecis o nome dos meus professores do colégio" [In VENTURA, Any, *Sin anestesia*. Editorial de Belgrano, 1982, p. 65]. Em seus *Diários* [28 de fevereiro de 1973], ele anota: "Constato que para os personagens [de *Dormir ao sol*] lanço mão, alusivamente, dos nomes dos professores que me atormentaram no Instituto Libre". Entre esses "professores do Instituto que foram os demônios do meu primeiro ano de abatimento e desolação" encontram-se "Rivarola (álgebra), Aldini (latim), [...] Campolongo (geografia), Sáenz de Samaniego (castelhano)" [BIOY CASARES (2001), p. 309]. Ver II, nota à p. 266, l. 8.

p. 12, l. 4   **Aldini**. (a) Ver nota à p. 11, l. 11. (b) As experiências do físico italiano Giovanni Aldini (1762-1834), estudioso do galvanismo, tiveram influência na criação de *Frankenstein* (1818), de Mary Shelley.

p. 12, l. 6   **Ceferina**. Ceferino Namuncurá (1886-1905), filho de um cacique mapuche, foi batizado e educado pelos salesianos. Suas últimas palavras teriam sido: "Basta que eu possa salvar minha alma". Objeto de profunda devoção popular, em 1944 iniciaram-se as gestões para sua beatificação; em 1972, foi declarado *venerável*.

p. 13, l. 1   **Diana**. Na mitologia romana, deusa da caça, geralmente representada na companhia de cães de presa. Segundo Ovídio (*Metamorfoses*, V, 321), quando os deuses se refugiaram no Egito da ira de Tifão, Diana metamorfoseou-se em gata.

p. 13, l. 22   **escolinha Basilio**. O presidente Perón, em meio a seu enfrentamento com a Igreja Católica, fomentou a partir de 1950 a expansão da Escuela Científica Basilio, religião de inspiração espírita, fundada em Buenos Aires em 1917.

p. 17, l. 23   **Standle**. (a) Nome de um dos professores de ginástica de Bioy Casares no Instituto Libre de Segunda Enseñanza. (b) O doutor Standle-Zanichelli é um dos personagens de "Um leão no bosque de Palermo" (1961)* [ver II, pp. 201-208].

p. 18, l. 24   **Adriana**. Segundo a tradição, o imperador Adriano (76-138), já moribundo, recitou estes versos de sua autoria: "*Animula vagula blandula/ Hospes comesque corporis/ Quae nunc abibis in loca/ Pallidula, rigida, nudula?/ Nec ut soles dabis iocos*" [*Alminha vagabunda blandiciosa,/ Do corpo a moradora e companheira,/ A que lugares tu te vais agora,/ Tão pálida, tão rígida, tão nua?/ Nem mais às graças te darás de outrora.* Trad. Jorge de Sena]".

p. 18, l. 32   **Irala**. Em rascunhos, "Solís". Cf. Bioy Casares (2001), p. 100: "Na primeira versão de *Dormir ao sol*, um personagem se chamava *Solís*, e acrescentei que era descendente daquele que nos tempos da colônia teve problemas com os índios. Era um aceno de eufemismo, porque Solís foi comido pelos índios [...]. Em alguma versão posterior, troquei o nome *Solís* por *Irala* [...]. Por negligência, abandonei a piada". Bioy se refere a Juan Díaz de Solís (1470-1516), descobridor do Rio da Prata, devorado pelos charrúas, e ao conquistador espanhol Domingo Martínez de Irala (1509-1566), governador do Rio da Prata e do Paraguai.

p. 23, l. 33   **os animais [...] pessoas castigadas com a maldição de não poderem fazer uso da palavra**. Cf. epístola de Descartes ao embaixador Hector Pierre Chanut (1604-1667), de 1ª de novembro de 1646: "*on dit qu'ils* [os selvagens] *s'imaginent que les singes pourraient parler s'ils voulaient, mais qu'ils s'imaginent qu'ils s'en abstiennent afin qu'on ne les contraigne point de travailler*" [dizem que eles (os selvagens) *imaginam que os macacos poderiam falar se quisessem, mas não o fazem de propósito, para não ser obrigados a trabalhar*].

p. 24, l. 12   **Eberfeld**. No início do século xx, foi famoso na Europa o cavalo Hans der Kluge, da cidade de Elberfeld. Adestrado por Wilhelm von Osten, seu primeiro proprietário, Hans parecia capaz de realizar operações aritméticas e até de ler. Em 1907, provou-se que o animal obedecia a sinais de seu treinador. Em maio de 1971, Bioy Casares leu o ensaio de Maurice Maeterlinck "Les Chevaux d'Elberfeld" (1917). Segundo Bioy Casares, o ensaio "*was the result of a disappointment he* [Maeterlinck] *suffered. He thought some Elberfeld horses could speak. He didn't discover that the trainer probably taught them to respond to certain stimuli and reflexes*" [resultou de uma decepção que ele (Maeterlinck) *sofreu. Ele pensava que alguns cavalos de Elberfeld podiam falar. Não sabia que o treinador provavelmente os ensinava a responder a certos estímulos e reflexos*] [In Gálvez, Raúl, *From the Ashen Land of the Virgin*. Oakville: Mosaic Press, 1989, p. 35. Cf. Cross, Esther *et al.* (orgs.), *Bioy Casares a la hora de escribir*. Barcelona: Tusquets, 1989, p. 43].

p. 28, l. 16   **Samaniego**. O nome do personagem, segundo declaração de Bioy Casares [In Scheines, Graciela, *El viaje y la otra realidad*. Felro, 1988, p. 125], alude a Agustín Sáenz de Samaniego, seu professor de castelhano no Instituto Libre, e ao fabulista Félix María Sánchez de Samaniego (1745-1801). Ver nota à p. 11, l. 11.

p. 28, l. 24   **Instituto Frenopático**. Alusão burlesca ao Instituto Libre de Segunda Enseñanza, onde Bioy Casares realizou seus estudos secundários (1926-1930). Ver nota à p. 11 l. 11.

p. 31, l. 26   **tango "Victoria"**. *"¡Victoria!/ ¡Saraca, victoria!/ Pianté de la noria:/ ¡Se fue mi mujer!* [*Vitória!/ Cuidado, vitória!/ Tirei a canga fora:/ minha mulher foi embora!*] [Discépolo, Enrique Santos, "Victoria" (1930)].

p. 35, l. 13   ***eslós***. O romance *O castelo* [*Das Schloß*] (1926), de Kafka, autor de *A metamorfose* (1915). Ver I, nota à p. 94, l. 10.

p. 37, l. 26   **em busca de um peito fraterno**. *"Cuando estén secas las pilas/ de todos los timbres/ que vos apretás/ buscando un pecho fraterno/ para morir abrazao…/ […] ¡Te acordarás de este otario/ que un día, cansado,/ se puso a ladrar!"* [*Quando estiverem gastas as pilhas/ de todas as campainhas/ que você tocar/ buscando um peito fraterno/ para morrer abraçado…/ (…) Vai se lembrar deste otário/ que um dia, cansado,/ pegou a latir!*] [Discépolo, Enrique Santos, "Yira… yira" (1929)].

p. 48, l. 12   **Campolongo**. Ver n. p. 11, l. 11.

p. 49, l. 12   **Acho que é um rei com sua mulher**. Em rascunhos: "Acho que ele me disse que o senhor que aparece aí é o rei de Troia e a senhora, a mulher dele". Segundo uma tradição grega, Helena nunca esteve em Troia: para lá foi levada uma cópia, ficando a original sob custódia do rei Proteu, no Egito.

p. 53, l. 8   **gravura de um general no desterro, fitando o mar**. Em rascunhos: "gravura do general San Martín no desterro". Banido em 1955, exilado na Espanha a partir de 1960, o general Juan D. Perón voltou à Argentina pela primeira vez em 1972.

p. 56, l. 7   **príncipe que vira bicho**. O conto tradicional da Bela e a Fera, entre cujas versões se destacam as de Charles Perrault (1697), Gabrielle-Suzanne Barbot (1740) e, muito especialmente, a de Jeanne-Marie Leprince de Beaumont (1757).

p. 61, p. 6   **os sonhos de uns são os pesadelos de outros**. Cf. "Diário e fantasia" [p. 778].

p. 62, l. 18   **o nome, que era estrangeiro, da égua**. Em rascunhos, o nome era *Lady Fox*, em alusão a *Lady into Fox* (1922), de David Garnett, novela que narra a inexplicável transformação de uma dama inglesa em raposa. Ver II, nota à p. 205, l. 3.

p. 63, l. 6   ***Borrasca ao amanhecer***. O argumento da telenovela é o assunto de "The Body Snatchers" (1884), de R. L. Stevenson. Segundo Bioy Casares, "o primeiro capítulo de […] 'The Body Snatchers' é para mim uma lição de como começar uma história" [In Ulla, Noemí, *Aventuras de la imaginación*. Corregidor, 1990, pp. 20-21].

p. 67, l. 20   **cadela policial**. No início de janeiro de 1972, "uma cadela policial, Diana, que vivia na rua e teimava em voltar para casa quando a enxotávamos, finalmente foi aceita" [*Diários*, 4 de fevereiro de 1972]. Como o próprio autor recorda, morreu em 7 de setembro de 1978: "Silvina me deu a notícia em voz baixa e sem me olhar, como se a frase não fosse dirigida a mim, para que doesse menos: *Diana died*" [Bioy Casares (2001), p. 71].

p. 88, l. 18   **Diana me pediu que a levasse à praça Irlanda**. Uma das amigas do autor, apresentada nos *Diários* como "Fulva" ou "Diana", costumava frequentar a praça Irlanda na década de 1950.

p. 89, l. 6   **as duas Dianas**. *Les Deux Diane* (1846-1847), romance de Paul Meurice, assinado por Alexandre Dumas *père*. Ver 1, nota à p. 300, l. 3.

p. 125, l. 36   **Félix Ramos**. (a) Nova alusão a Félix María Sáenz de Samaniego. (b) A primeira parte do romance policial *The Beast Must Die* (1938), de Nicholas Blake, é apresentada como "The Diary of Felix Lane".

p. 139, l. 8   **o Vieytes**. Nome pelo qual era popularmente conhecido o Hospicio de las Mercedes (Hospital Nacional de Alienados), situado na rua Vieytes, 555. Hoje é o Hospital Neuropsiquiátrico Borda.

p. 141, l. 32   **o senhor se lembra do que dizia Descartes?** (a) Descartes concebia a natureza como um mecanismo de relojoaria; Deus como um Grande Relojoeiro; os seres vivos, como *machines vivantes*. (b) Em um caderno da juventude (*c.* 1616), Descartes declara que "como o ator que usa uma máscara, assim entro mascarado [*larvatus prodeo*] ao teatro do mundo". Um dos títulos alternativos de *Dormir ao sol* era *Detrás de la máscara*. (c) Entre fevereiro de 1951 e setembro de 1952, Perón publicou, no jornal *Democracia*, cerca de setenta artigos sob o pseudônimo "Descartes". Como explica em uma carta de 20 de fevereiro de 1971, adotou-o ao saber que "Descartes costumava assinar com o pseudônimo de Perón". Durante sua estadia na Holanda, Descartes apresentava-se como "Seigneur du Perron" por causa de um pequeno feudo em Poitou, herdado de uma avó [CHÁVEZ, Fermín, "Cuando Descartes firmaba Perón". *Clarín*, 9 de março de 1989].

p. 141, l. 35   **parecido com *pineral***. Segundo Descartes, só o homem teria, além de corpo material (mecanismo de relojoaria, sujeito às leis da mecânica), uma alma livre e imaterial. Ele conciliava esse dualismo postulando que a glândula pineal (a hipófise), sede da alma, permitia que o cérebro recebesse as impressões dos sentidos (*De homine, p.* 1662).

p. 149, l. 5   **jovem inglês [...] encontrou [...] o testamento [de] Singer**. Em 1949, o norte-americano Jack Wurm achou no litoral de San Francisco uma garrafa com o testamento do inglês D. Singer Alexander, legando metade de sua fortuna a quem encontrasse essa garrafa, lançada às águas em Londres em 1937.

O HERÓI DAS MULHERES

"Da forma do mundo"

Redigido entre 2 de setembro de 1975 e 29 de junho de 1976. Segundo o autor, a ideia do conto surgiu "de uma brincadeira que fiz à minha filha (uma garotinha na época). Poucos meses antes tínhamos estado em Punta del Este e, enquanto visitávamos o parque Peralta Ramos, em Mar del Plata, de repente percebi que o parque lembrava o balneário do Uruguai e disse à minha filha que estávamos em Punta del Este e que por distração ela não tinha reparado no túnel que tínhamos atravessado para chegar lá" [Bioy Casares (1994), pp. 192-193]. Existem duas versões publicadas:

> FM1 "De la forma del mundo (a)". *La Opinión*, 4 de julho de 1976.
> FM2 "De la forma del mundo (b)". *El héroe de las mujeres*. Emecé ("Escritores argentinos"), 1978, pp. 11-48.

Teve como título alternativo "El geógrafo", que Bioy Casares alterou ao se lembrar do conto de Borges chamado "O etnógrafo" [*Elogio da sombra* (1969)].

p. 157, l. 2   **Correa**. Note-se alusão a túnel ou *corredor*.

p. 157, l. 4   **Mercader**. O sistema de projeção cartográfica ortogonal desenvolvido pelo flamenco Gerhardus Mercator (1512-1594) facilitou o traçado de rotas de navegação. Aplicado aos mapas-múndi, distorcia certas distâncias, e as imagens projetavam uma superfície maior que a real para as terras mais próximas dos polos.

p. 157, l. 11   **Guzmán**. O caixeiro-viajante Guzmán é o protagonista do conto "O atalho" (1967)* [ver II, pp. 373-391].

p. 158, l. 10   **Salgari**. O autor de *Duemila leghe sotto l'America* (1888), romance cujo argumento traz um grupo de expedicionários que, em busca do tesouro dos incas, explora um misterioso túnel ligando o Kentucky ao Peru.

p. 159, l. 32   **"*La Victoria* não sei das quantas"**. A nau *Victoria* foi a única das cinco embarcações da expedição de Fernão de Magalhães que conseguiu completar, sob o comando de Juan Sebastián Elcano, a primeira viagem de circum-navegação do globo (1519-1522).

p. 161, l. 20   **Correa**. Em FM1: "depois de pensar por alguns momentos, Correa".

p. 165, l. 19   **um sobrenome [...] como Viñas**. Aceno a Suzanne Jill Levine, que traduzira *Plano de fuga* ao inglês [*A Plan for Escape* (1975)].

p. 172, l. 19   **Economia política de Gide.** Os *Principes d'Économie politique* (1883), ou o *Cours d'Économie politique* (1909), de Charles Gide (1837-1932). No romance *Les Caves du Vatican* (1914), de seu sobrinho André, o muito católico Amédée Fleurissoire, convencido pela quadrilha dos Mille-Pattes de que um impostor está governando em lugar do papa e de que Leão XIII, prisioneiro dos maçons, vive nos subterrâneos secretos do Vaticano, resolve resgatá-lo e, para tanto, viaja da provinciana Pau até Roma.

p. 180, l. 8   **Não pedi tua opinião.** Em FM1: "Quem cala não erra".

p. 180, l. 27   **o governo proibiu as viagens ao Uruguai?** Depois do atentado fracassado contra Perón, em 15 de abril de 1953, as relações da Argentina com o Uruguai deterioraram-se seriamente, pois supunha-se que este dava asilo e apoio a opositores do peronismo. Entre outras medidas, foram proibidas viagens para esse país. Note-se que a ação do conto se passa em 1951.

"Outra esperança"

Redigido entre 8 e 23 de julho de 1973. Existem duas versões publicadas:

> OE1 "Un nuevo surco". *Crisis*, nº 9 (janeiro 1974), pp. 44-47.
> OE2 "Otra esperanza". *El héroe de las mujeres*. Emecé ("Escritores argentinos"), 1978, pp. 51-65.

Teve como título alternativo "El sanatorio del dolor".

p. 181, l. 1   **Outra esperança.** Na entrada do inferno, segundo a *Divina Commedia*, lê-se: "*Lasciate ogni speranza, voi ch'entrate*" [*Deixai toda esperança, vós que entrais*] [*Inferno*, III, v. 9].

p. 181, l. 4   **Puente Ezcurra.** Encarnación Ezcurra (1795-1838), esposa de Juan Manuel de Rosas, foi a inspiradora da Sociedad Popular Restauradora, mais conhecida como Mazorca, organização terrorista a serviço (1833-1846) do governo do marido.

p. 181, l. 18   **três pavilhões.** Ver nota à p. 797, l. 8.

p. 182, l. 27   **jornal à luz, ou penumbra, de uma lâmpada, como arriscava a vida ao comer algum alimento conservado na geladeira, que não gelava.** Em OE1: "jornal, como arriscava a vida quando comia algo da geladeira".

p. 183, l. 7   **Pablo De Martino.** (a) José Mario De Martino, morador de Las Flores, produtor de gado ovelhum. Segundo Bioy Casares, "quando ele fala do meu pai, sempre o chama de 'El Finadito'" [*Diários*, 12 de abril de 1964]. (b) Em suas epístolas, São Paulo descreve seus sofrimentos físicos padecidos por amor a Cristo [2 Corintios 11: 24-27] e afirma que "aquele que trabalha deve trabalhar com esperança e aquele que pisa o grão deve ter a esperança de receber a sua parte" [1 Coríntios 9:10].

p. 187, l. 21   **lucarna**. O delegado Leopoldo Lugones (filho) (1897-1971) foi o introdutor na polícia argentina do ferrão elétrico, cujo uso como instrumento de tortura se difundiu no governo peronista (1946-1955). Ver II, nota à p. 185, l. 29.

p. 188, l. 26   **Permita-me assinalar [...] o mais belo dos consolos?** Parágrafo acrescentado em OE2.

"Uma guerra perdida"

Redigido entre 17 de julho e 23 de agosto de 1971, como aponta o próprio Bioy Casares, "à imitação de Paulhan, em especial de *Les Causes célèbres* e do romance *Progrès en amour assez lents*" [In CURIA, Beatriz, *La concepción del cuento en Adolfo Bioy Casares*. Mendoza: Universidad de Cuyo, 1986, vol. I, p. 242]. Existem três versões publicadas:

GP1 "Una guerra perdida (a)". *Matías*, nº 2 (novembro 1971).
GP2 "Una guerra perdida (b)". *El héroe de las mujeres*. Emecé ("Escritores argentinos"), 1978, pp. 69-74.
GP3 *Una guerra perdida* (c). Talleres de Gabinete del Grabado, 1978, 24 pp.

Teve como título alternativo "Las dunas".

p. 191, l. 2   **[Dedicatória]**. Acrescentada em GP3, edição não comercial publicada por Juan Osvaldo Viviano e S. César Palui, com uma gravura de Eduardo Audivert.

p. 192, l. 16   **Brémontier**. O engenheiro civil Nicolas Brémontier (1738-1809), autor de *Mémoire sur les dunes* (1796), tentou deter o movimento das dunas plantando pinhais. Note-se o jogo *dune*/*donne* (mulheres, em italiano).

p. 186, l. 19   **tango**. "Pero yo sé" (1928), de Azucena Maizani: "*Pero yo sé* [...]/ *que querés hallar olvido/ cambiando tanta mujer*" [Mas eu sei (...)/ que você quer o esquecimento/ ao trocar tanto de mulher].

"O desconhecido atrai a juventude"

Redigido entre 16 de julho de 1976 e 5 de janeiro de 1977. Existem duas versões publicadas:

DJ1 "Lo desconocido atrae a la juventud (a)". *La Nación*, 23 de janeiro de 1977.
DJ2 "Lo desconocido atrae a la juventud (b)". *El héroe de las mujeres*. Emecé ("Escritores argentinos"), 1978, pp. 77-108.

Teve como título alternativo "La noche de Luisito Coria en el Rosario".

p. 195, l. 2 **Coria**. Homenagem a um peão da fazenda de seu pai: em criança, Bioy Casares "andava a cavalo bastante bem, e meu amigo Coria, um *gaucho* jovem, que me parecia velho, costumava me convidar a correr atrás de lebres, a saltar valas e mais o que aparecesse" [Bioy Casares (1994), p. 10. Cf. Villordo, Oscar H., *Genio y figura de Adolfo Bioy Casares*. Eudeba, 1983, p. 41].

p. 195, l. 15 **Medina**. Em 622, Maomé instalou-se em Medina; segundo a tradição, um ou dois anos antes fora elevado às céus numa viagem noturna [*Isrâ*]. Note-a profusão de motivos "arabescos" no relato.

p. 197, l. 18 **Galiffi**. Durante os anos 1920 e até 1933, Juan Galiffi (1892-1943), dito *Chicho Grande*, comandou uma rede mafiosa na cidade de Rosario.

p. 202, l. 27 **sexta-feira 27**. No Islã, a sexta-feira é o dia sagrado; segundo a tradição, a *Isrâ* aconteceu em um dia 27 do mês *Radjab*.

p. 202, l. 28 **número 2.797**. Em DJ1: "número 2.796". No romance de Jules Verne *Le Numéro 9672* (1886), um bilhete de loteria premiado realiza uma curiosa previsão.

p. 202, l. 35 **Puzo**. Em *The Godfather* (1969) e outros romances, Mario Puzo (1920-1999) descreve o mundo da máfia ítalo-americana.

p. 204, l. 15 **Regina**. Na juventude, *c.* 1901, Adolfo Bioy (1882-1962) foi enviado pelo pai em "uma viagem de mensageiro" de Las Flores a Tapalqué. Levava "uma carta lacrada" para o prefeito Máximo López, pai de Regino, "de destacada atuação política" na época [Bioy (1958), pp. 168-174].

p. 205, l. 14 **Saladino**. Segundo Curia, "remete ao famoso sultão [...] a quem se atribuíram legendários poderes mágicos" [*op. cit.*, vol. I, p. 195]. Segundo o autor, o personagem "chama-se assim [...] por causa de um fruteiro de Las Flores" [Bioy Casares (2001), p. 77].

p. 206, l. 18 **senhorita dormindo no meio do mato**. Segundo a lenda celta, uma fada seduziu o mago Merlin em um bosque e o aprisionou usando os conjuros que ele mesmo lhe revelou [ver II, nota à p. 199, l. 13].

p. 206, l. 19 **cachorro preto**. Em muitas tradições, os cães negros encarnam um demônio ou um feiticeiro.

p. 207, l. 24 **Depois tia Regina pediu para ele esperar um momentinho, porque precisava dar um telefonema; ao voltar, explicou**. Em DJ1: "Tia Regina explicou".

p. 209, l. 23 **Fibrol**. Tônico antigripal, produzido no início do século XX por certo "doutor Damián Maggi".

p. 209, l. 24 **Girolamo Pagliano**. O químico e barítono italiano Girolamo Pagliano (1801-1881), criador do xarope purgante *Pagliano, centerbe di lunga vita*, escreveu *Ciò che costituisce la forza di uno stato: ossia la Provvidenza degli uomini per vivere prosperi e felici* (1871).

p. 210, l. 34 **provavelmente**. Em DJ1: "certamente".

p. 212, l. 30 **Dormi três noites**. Segundo o *Corão*, II, 261, Alá fez um incréu dormir por cem anos, e este acordou convencido de ter dormido apenas um dia.

"A passageira da primeira classe"

Depois de um primeiro rascunho intitulado "La orgullosa", escrito entre 21 e 23 de janeiro, foi redigido entre 8 de junho e 16 de julho de 1969. Contemporâneo a *Diário da guerra do porco* (1969)* e do filme *Invasión* (1969), Bioy Casares o define como "um conto híbrido" [*Diários*, 18 de junho de 1969], com "um pouco de Conrad, quase tudo de Kafka, sobre uma ideia de Wells, sob uma epígrafe de Rega Molina" [*ibidem*, 21 de junho de 1969]. Para a ideia de Wells, cf. o argumento de *The Croquet Player* (1936) [ver I, nota à p. 35, l. 15], que Bioy Casares resume assim: "O jogador de croqué é um rapaz ocioso, incapaz de lutar na vida [...] e um dia vai passar as férias de verão em Le Touquet, enquanto uma terrível calamidade está a ponto de se abater sobre o mundo" [In LÓPEZ, Sergio, *Palabra de Bioy*. Emecé, 2000, p. 142]. Existem duas versões do conto publicadas, com numerosas variantes de estilo:

PP1 "La pasajera de primera clase (a)". *La Prensa*, 26 de outubro de 1969.
PP2 "La pasajera de primera clase (b)". *Historias fantásticas*. Emecé ("Novelistas argentinos contemporáneos"), 1972, pp. 337-339.

p. 215, l. 14 **turista — uma abonada senhora**. Em PP1: senhora de Eloy — uma abonada turista.

p. 216, l. 6 a cabeça se um moço entra em cena. As pessoas jovens — voltando àquela questão das classes — viajam. Em PP1: "o juízo se um moço entra em cena. O senhor há de saber que todos os jovens viajam".

p. 216, l. 23 algum passageiro. Em PP1: "ao viajante".

p. 216, l. 27 iluminada pela impassível lua, como disse um grande poeta, e povoada pelos aterradores monstros da nossa imaginação. Em PP1: "que a impassível lua ilumina, como disse nosso grande poeta e embaixador, com suas ambíguas populações de monstros imaginários". Cf. "A lula opta por sua tinta" (1962)*: "saímos em tropel para a noite, iluminada pela lua impassível" [ver II, p. 191].

p. 216, l. 34 todas as vantagens, inclusive as do esnobismo (que, à semelhança do ouro, conserva seu valor), mas eu, por algum defeito, talvez incurável em pessoas da minha idade, não consinto em. Em PP1: "suas vantagens, inclusive as do esnobismo, que, à semelhança do ouro, conserva seu valor, mas não sem trocar de beneficiários, já que hoje, diante da moça mais saliente, o último dos vagabundos aparece aureolado de um prestígio que desperta a inveja dos plutocratas — concluiu em uma confissão amarga: apesar de todas as razões alegadas, não consinto, provavelmente devido a algum defeito incurável em pessoas da minha idade, em".

"O jardim dos sonhos"

Redigido entre 17 de janeiro e 25 de maio de 1969. Existem duas versões publicadas:

JS1 "El jardín de sueños". *La Nación*, 29 de junho de 1969.
JS2 "El jardín de los sueños". *Historias de amor*. Emecé ("Novelistas argentinos contemporáneos"), 1972, pp. 231-243.

p. 217, l. 6 um dos dois vespertinos. Em 1969, os jornais *La Razón* e *Crónica* eram os dois vespertinos da cidade de Buenos Aires.

p. 221, l. 20 heroínas de Stendhal. Segundo Bioy Casares, "*A cartuxa de Parma* é o mais grato dos romances de aventuras, estou apaixonado por Sanseverina" [In MARTINO (1989), p. 209]. No romance, para fugir da torre Farnese, onde está preso, Fabrizio del Dongo recebe a ajuda de duas mulheres: Sanseverina, sua tia, e Clelia, filha do governador da fortaleza. Para escapar, intoxica com ópio o general que o vigia. No conto, menciona-se um "*dogue* de bronze".

p. 221, l. 31   **Quinze homens na arca do morto**. Versão de *"Fifteen men on the Dead Man's Chest—/ Yo-ho-ho, and a bottle of rum!/ Drink and the devil had done for the rest—/ Yo-ho-ho, and a bottle of rum!"*, a canção repetida pelo velho bucaneiro Billy Bones, fugindo de seus perseguidores, no início de *The Treasure Island* (1883), de R. L. Stevenson.

p. 224, l. 2   **estalagem [...] *El cazador verde***. (a) A versão incompleta de *Lucien Leuwen* (p. 1894) de Stendhal foi publicada com o título de *Le Chasseur vert* (p. 1855). (b) Da estalagem *Den gröne Jägaren* [*O caçador verde*] partiu o nobre que assassinou, disfarçado, durante uma noite de máscaras na Ópera de Estocolmo, o rei absolutista Gustavo III da Suécia (1746-1792): nesse episódio foi inspirado o libreto de *Un ballo in maschera*, de G. Verdi, em sua versão original (1858), censurada. O narrador do conto foge vestido "como [...] para um baile de máscaras".

p. 224, l. 14   **em forma de cisne**. Luís de Wittelsbach (1845-1886), príncipe da Baviera (1864-1886), conhecido como "o rei louco", mandou construir desde 1869 o excêntrico Neuschwanstein [*Novo Castelo do Cisne*] para que lhe servisse de *bewohnbare Theaterkulisse* [*cenografia teatral habitável*]. A arquitetura palaciana, inspirada em motivos pseudomedievais wagnerianos, especialmente na figura de Lohengrin, *o Cavaleiro do Cisne*, combina ecleticamente os mais variados estilos e objetos.

p. 224, l. 18   **pequena cascata [...] uma gruta**. O estúdio de Luís da Baviera no castelo de Neuschwanstein dava para uma gruta artificial, que imitava a de Venusberg da ópera *Tannhäuser*, de Wagner. A gruta contava também com uma cascata e uma lua artificial, iluminada com luz elétrica.

p. 224, l. 18   **no alto [...] a mulher [...] de perfil, com o rosto voltado para cima e a negra cabeleira pendente**. Alusão a uma das sibilas pintadas por Baldassare Franceschini, *Il Volterrano*, na basílica da Santa Croce; a visão dessa obra abalou Stendhal, como o próprio relata em seu *Rome, Naples et Florence en 1817* (1818). Esse transtorno psicossomático foi mais tarde batizado como *síndrome de Stendhal*. Também o narrador do conto de Bioy Casares se vê embargado pelo "desassossego que a beleza provoca".

p. 225, l. 16   **porta [...] que [...] só se abre para os sonhos reparadores**. Em "The Door in the Wall" (1911), de H. G. Wells, o jovem Lionel Wallace descobre uma porta em um muro que o leva a um jardim encantado.

p. 227, l. 13   **milionários que se curam pelo prazer de pagar uma fortuna**. O *consumo ostentador* [*conspicuous consumption*], próprio da *classe ociosa*, segundo Thorstein Veblen (1857-1929) em seu *The Theory of the Leisure Class* (1899) [ver II, nota à p. 137, l. 31].

898   OBRAS COMPLETAS DE ADOLFO BIOY CASARES

"Uma porta se abre"

Redigido entre 12 de outubro de 1969 e 4 de outubro de 1970. Existem duas versões publicadas:

> PA1 "Una puerta se abre (a)". *Revista de Occidente* (Madri), nº 100 (julho 1971), pp. 22-33.
> PA2 "Una puerta se abre (b)". *Historias de amor*. Emecé ("Novelistas argentinos contemporáneos"), 1972, pp. 247-257.

p. 229, l. 8   **xale de Tonquim.** No original, *mantón de Manila*. "JULIÁN: *"¿Dónde vas con mantón de Manila?/¿Dónde vas con vestido chiné?/* SUSANA: *A lucirme y a ver la verbena,/ y a meterme en la cama después*" [JULIÁN: *Aonde vais com xale de Tonquim?/ Aonde vais de vestido garrido?/* SUSANA: *Vou desfilar e ver o baile,/ e ir para a cama depois*] [VEGA, Ricardo de la, *La Verbena de la Paloma* (1894)]. Na primeira cena do sainete, o boticário Sebastián reflete: *"Hoy las ciencias adelantan/ que es una barbaridad"* [*Hoje as ciências progridem/ que é uma barbaridade*].

p. 230, l. 5   **urso polar.** O mamífero, famoso por seu letargo invernal.

p. 232, l. 11   **cinta elétrica.** Segundo Bioy Casares, "essas cintas [...] eram usadas no início do século. Tratava-se de uma espécie de bandagem de couro, recheada de não sei quê, e talvez tivessem pilhas. Dizia-se que eram rejuvenescedoras, antirreumáticas, estimulantes da capacidade sexual" [carta a Françoise Rosset, de 15 de julho de 1981].

p. 232, l. 28   **Edmundo Scotto.** R. Amundsen (1872-1928) e R. Scott (1868-1912) comandaram as duas primeiras expedições que chegaram ao polo Sul, em 1911 e 1912.

p. 236, l. 13   **13 de setembro.** Bioy Casares nasceu em 15 de setembro.

p. 236, l. 19   **a bela do bosque.** A Bela Adormecida do Bosque [*Belle au Bois Dormant*].

"O herói das mulheres"

Redigido, depois de várias tentativas entre 1973 e 1975, de 13 de janeiro a 18 de dezembro de 1977. Teve como títulos alternativos "El tigre", "El anacronismo" e "El amor de las mujeres".

p. 239, l. 2   ***Alas! The love of women! it is known.*** "*Alas! The love of women! it is known/ To be a lovely and a fearful thing;/ For all of theirs upon that die is thrown;/ And if* 'tis lost, life has no more to bring/ To them but mockeries of the past alone,/ And their revenge is as the tiger's spring" [Ah, o amor das mulheres! É sabido/ Ser coisa muito amável e temível;/ Pois morre-se por ele em persegui-lo,/ E a vida a quem o perde dá o risível/ eterno suspirar dos tempos idos,/ E qual salto de tigre é seu despique] [Byron, *Don Juan* (1819), II, 199]. Os versos são citados como epígrafe e aparecem no subtítulo do terceiro volume da edição de Leslie Marchand de *Byron's Letters and Journals, 1813-1814. 'Alas! The Love of Women'* [Cambridge (Massachusetts) e Londres: Harvard UP, 1974]. Segundo Eduardo Paz Leston, a citação de Bioy sugere que "o rancor de Laura [...] adquire aos olhos do marido a aparência de um tigre" ["Milagros no siempre adversos". *La Prensa*, 9 de julho de 1978].

p. 239, l. 4 **engenheiro Lartigue**. (a) Muitos traços do personagem, que, "embora pertencesse a uma antiga família local, formou-se na capital", são autobiográficos: entre 1935 e 1940, o jovem Bioy Casares tentou administrar a fazenda da família, Rincón Viejo, em Pardo [Bioy Casares (1994), pp. 66-67 e 70-74]. (b) O fotógrafo francês Jacques H. Lartigue (1894-1986), que, assim como Bioy Casares, dedicou-se a retratar em suas fotografias e seus diários a sociedade da época, tendo recebido reconhecimento público a partir da década de 1960. (c) Em rascunhos, o personagem teve como nomes alternativos Lacoste, Laporte, Bordenave e Berain.

p. 239, l. 23 **Vinha de Buenos Aires com malas cheias de livros**. Cf. as viagens da estação Constitución até uma fazenda semelhante a Rincón Viejo – com malas carregadas de livros – feitas por Luis Maidana em "O impostor" (1948), de Silvina Ocampo, e por Arturo em "O Noúmeno" (1984) [p. 423].

p. 240, l. 5 **O tempo não tem sempre a mesma duração. [...] um farmacêutico de sobrenome Coria**. Tema e protagonista de "O desconhecido atrai a juventude" (1977) [pp. 188-207].

p. 240, l. 8 **o presente pode se enlaçar com o passado e [...] com o futuro**. São as teorias do *engenheiro* J. W. Dunne (1875-1949), segundo as quais em nossos sonhos "confluem o passado imediato e o imediato futuro" [Borges, Jorge Luis, "O tempo e J. W. Dunne" (1940)]. Bioy Casares já havia apelado a esses postulados em "O Grão-Serafim" (1967) [ver II, nota à p. 278, l. 11].

p. 240, l. 11 **Panizza.** (a) Em seus *Diários* [2 de março de 1964], Bioy Casares recorda Panizza, "*gaucho* barbudo, da cozinha dos peões [da fazenda Rincón Viejo], espécie de patriarca". (b) No ensaio *Der Illusionismus und die Rettung der Persönlichkeit* (1895), o escritor alemão Oskar Panizza (1853-1921) propõe que a realidade é um constante estado alucinatório.

p. 241, l. 5   **as Ilhas do Diabo, a alquimia sensorial, a máquina do tempo e os má-gicos prodigiosos**. Alusão a *Plano de fuga* (1945)*; aos "jogos com o tempo" ["O perjúrio da neve" (1944)*, "O outro labirinto" (1945)* etc.] através de *The Time Machine* (1895), de Wells; e ao mito fáustico [*A invenção de Morel* (1940)*, "As vésperas de Fausto" (1949)* etc.] através de *El mágico prodigioso* (1637) de Calderón de la Barca.

p. 241, l. 16   **Nicolás Verona**. (a) O personagem é inspirado, segundo o autor, no arrenda-tário e administrador da fazenda Quemado de Anchorena, "um líder radical de sobrenome Carramasa, de mãos enormes e muito suaves, muito querido" [Bioy Casares (1994), p. 73]. (b) O consumo do barbitúrico Veronal, assim chamado porque um de seus descobridores constatou seus efeitos numa viagem à cidade de Verona, pode provocar alucinações.

p. 241, l. 20   **La Pacífica**. Fazenda em Pardo, "com matas imponentes" [Bioy (1958), p. 117].

p. 241, l. 28   **Quiroga**. O caudilho Facundo Quiroga (1788-1835), conhecido como *El Tigre de los Llanos* [*A Onça das Planícies*]. Em 1845, Domingo F. Sarmiento publicou sua biografía, intitulada *Civilización y barbarie; Vida de Juan Facundo Quiroga*.

p. 241, l. 29   **a imagem desse homem feliz**. O conto "The Short Happy Life of Francis Macomber" (1936), de E. Hemingway, relata a caçada de um leão empreendida pelo endinheirado Macomber, sua bela mulher Margaret e o caçador profissional Wilson. Bioy Casares elogia o conto [In Ulla, *op. cit.*, p. 50] e até sua adaptação cinematográfica, *The Macomber Affair* (1947), de Zoltan Korda: "pouco depois de chegar, dormem na selva numa tenda de campanha. E de repente, na noite, ouvem o rugido do leão. Então o homem começa a suspeitar que vai ter medo. Lá está a mulher querida diante da qual ele quer ficar bem; lá está o caçador profissional, quem ele olha com desconfiança em relação à mulher; e lá está o perigo do leão, que se faz ouvir à noite. Essa composição me parece excelente" [*La Nación*, 24 de fevereiro de 1980].

p. 242, l. 19   **leituras extravagantes**. "Em Rincón Viejo [...] li livros filosóficos de Russell, [...] obra sobre a relatividade e a quarta dimensão, livros de lógica e lógica sim-bólica" [Bioy Casares (1994), p. 73].

p. 242, l. 20   **um livrinho onde se dizia que os sonhos são em parte proféticos [...] e [...] é bom anotá-los ao acordar**. "O método para recordar os sonhos esque-cidos é muito simples. Ter uma caderneta e um lápis embaixo do travesseiro e, imediatamente depois de acordar, até antes de abrir os olhos, pôr-se a recordar o sonho, que tende a se desvanecer rapidamente" [Dunne, J. W., *An Experiment with Time* (1927), III, p. 10].

p. 242, l. 23   **caderno marca Bachiller**. Bioy Casares escreveu o primeiro rascunho do conto em um caderno marca Bachiller.

p. 242, l. 26   **para voltar [...] igualzinho porém canhoto**. Alusão a "The Plattner Story" (1897), de H. G. Wells. Devido a um acidente de laboratório, Gottfried Plattner viaja à Quarta Dimensão; depois de nove dias reaparece, invertido, como uma imagem especular [*as a reflection returns from a mirror*]. Durante sua ausência, muitos de seus vizinhos tiveram sonhos curiosamente uniformes: "em quase todos via-se Plattner [...], vagando através de uma fulgurante iridescência".

p. 243, l. 2   **o Cine Hindú**. O tigre indiano ou de Bengala é a variedade mais conhecida da espécie.

p. 243, l. 5   *No tempo das diligências*. Em *Stagecoach* (1939), de John Ford, entre os ocupantes da diligência viaja Ringo Kid, que se dirige a Lordsburg para vingar a morte do pai e do irmão.

p. 243, l. 31   **Basilio Jara**. O *gaucho* Basilio Jara "até mil novecentos e vinte e poucos morou em Pardo e depois se mudou para Sol de Mayo, não longe do Salado" [*Memória sobre o pampa e os gaúchos* (1970)*, ver II, p. 655].

p. 243, l. 31   **Chorén**. Chorén, apelido de *Anchorena*, morador de Pardo. Ver I, nota à p. 408, l. 2.

p. 243, l. 32   **Bruno**. (a) Segundo o autor, o personagem é inspirado em um senhor Colmeyro, famoso por seu "ânimo pleiteador", dono da fazenda La Andorra, que ele conheceu em suas visitas "a leilões, feiras e a estâncias do entorno" para comprar gado [BIOY CASARES (1994), p. 72]. (b) Em italiano, significa "pardo". (c) Com seu irmão Juan, *don* Bruno Ferreyra teve tropa de carros no final do século XIX, na zona de Pardo; depois serviu como peão até avançada idade na fazenda da família, no tempo do avô de Bioy Casares [BIOY (1958), pp. 25 e 30].

p. 243, l. 33   **Bathis**. Battis ou Batthis, médico de Pardo. Ver I, nota à p. 321, l. 29.

p. 244, l. 30   **o último tigre [...] foi morto em 1882**. Segundo Adolfo Bioy *père*, em 1882 apareceu em Olavarría, nos capinzais da fazenda da família em Las Casillas, "um tigre grande", certamente um jaguaretê; o peão Ángel Ramírez o matou com seu facão e depois "o obsequiou ao meu pai, que, por muitos anos, o conservou pendurado na parede do seu escritório, na estância, em Pardo" [BIOY (1958), pp. 128-129]. Para a pele no escritório de Juan Bautista Bioy, ver *Memória sobre o pampa e os gaúchos* (1970)* [II, p. 645].

p. 246, l. 28   **Osán**. Camilo Ozán [*sic*], carreiro em Pardo no final do século XIX [BIOY (1958), p. 90].

p. 248, l. 36   *O retorno de Frank James*. O filme [*The Return of Frank James* (1940)] de Fritz Lang que narra a volta e a vingança do irmão de Jesse James.

p. 250, l. 13   **uma raposa fugiu**. Alusão à "História de raposas", de Niu Chiao (século IX), conto recolhido por Borges, Bioy Casares e Silvina Ocampo em sua *Antologia da literatura fantástica* (1940)*. Tomada de *Chinese Prose Literature of the T'ang Period: AD. 618-906* (1938), de E. D. Edwards, que a reconta sob o título de "Wang Shêng", a historieta relata que uma raposa se transforma em homem para recuperar um manuscrito e em seguida escapa.

A AVENTURA DE UM FOTÓGRAFO EM LA PLATA

O romance foi redigido entre 21 de maio de 1982 e 16 de março de 1985, sobre argumento concebido em 1967. Teve como títulos alternativos *El diablo en La Plata*, *La expedición* e *El fotógrafo, el diablo, el amor y la profesión*.

p. 267, l. 2   **Nicolasito Almanza**. No final do século XIX, os Almanza eram proprietários da fazenda La Pacífica, na comarca de Las Flores, a cerca de quatro léguas da fazenda da família Bioy. [BIOY (1958), pp. 117-118]. O sobrenome pode ser desconstruído como *alma-mansa*.

p. 267, l. 11   **fotógrafo**. Segundo o autor, seu romance almejava ser a "modesta apologia de [uma] vocação" [BIOY CASARES (2001), p. 370] em nome da qual "sacrifica-se até o amor" [In *Napenay*, nº 3 (1987), p. 54]. Desde finais dos anos 1950 até meados dos 1970, Bioy Casares dedicou-se assiduamente à fotografia. Contudo, foi sem intenções autobiográficas que ele escolheu um fotógrafo como protagonista [In *Apertura*, nº 11 (1986), p. 57]: "não posso ficar pondo sempre escritores" [In *Puro Cuento*, nº 15 (1989), p. 3]. A escolha dessa arte também se mostrava conveniente de outros pontos de vista: "em literatura, é bom usar profissões que a gente conhece um pouco [...], para que o leitor realmente acredite que a pessoa se dedica à fotografia" [In *Apertura*, nº 11 (1986), p. 57]; além disso "os fotógrafos [...] têm problemas de criação parecidos com os dos escritores" [In *Puro Cuento*, nº 15 (1989), p. 3].

p. 267, l. 11   **grupo de família**. No filme *Gruppo di famiglia in un interno* (1974), de Luchino Visconti, um velho erudito, recluído no antigo palácio que herdou em Roma, vê sua tranquilidade ser alterada ao alugar uma ala para inquilinos que o forçam a formar com eles um novo e perturbador *grupo de família* — gênero clássico, primeiro da pintura, depois da fotografia.

p. 268, l. 19   **Juan**. Tradicional personagem teatral do Renascimento europeu, *don* Juan leva uma vida de mulherengo libertino e desafia as penas infernais, às quais acaba sendo condenado, na maioria das versões.

NOTAS AOS TEXTOS   903

p. 268, l. 19   **Lombardo**. Luchino Visconti nasceu em Milão.

p. 268, l. 27   **Papai Noel**. A figura do Papai Noel é inspirada na de são Nicolau, bispo de Mira no século IV.

p. 269, l. 6   ***don* Juan [...] de Etchebarne, na comarca de Magdalena**. Em 1954, Miguel D. Etchebarne (1915-1973) publicou *Juan Nadie*, "longo poema que narra a vida de um *malevo*", celebrado por Borges [Bioy Casares (2006), p. 247]. Criado no partido de Magdalena, Etchebarne sempre o evocou em sua poesia. Cf. "Al paisaje lejano" [*Lejanía* (1945)]: *"Quién sabe qué será de aquella estancia / en el partido de la Magdalena: / campo quebrado y mar a la distancia"* [*Quem sabe o que será daquela estância / no partido de Magdalena: / campo quebrado e o mar à distância*].

p. 269, l. 7   **Coronel Brandsen**. Depois das Guerras Napoleônicas, o militar francês Federico de Brandsen (1785-1827) exilou-se e combateu em favor da emancipação hispano-americana. Segundo Bioy Casares, Borges lhe contou que "para o exército uruguaio, o coronel Brandsen, morto heroicamente em [na batalha de] Ituzaingó, continua vivo. Quando passam em revista, e dizem: 'Coronel Brandsen', um soldado responde: 'Presente'" [Bioy Casares (2006), p. 1492].

p. 269, l. 8   **Julia**. Em *Don Juan* (1821-1822), de Byron, o protagonista é enviado para o exílio aos dezesseis anos, quando sua mãe descobre que ele seduziu *donna* Julia, uma mulher casada.

p. 269, l. 28   **Mascardi**. O jesuíta italiano Nicolás Mascardi (1625-1673) explorou e missionou a Patagônia entre 1651 e 1673.

p. 272, l. 31   **Ventura [...] faz [...] sete anos [...] sumiu**. Durante sete anos (1976-1983), as vítimas da ditadura militar argentina, autodenominada "Proceso de Reorganización", em geral acabavam *desaparecidas*, e sua ventura final era ignorada pela família. Embora Bioy Casares tenha declarado que "a questão dos desaparecimentos [...] não tem nada que ver com meu romance" [In *La Vanguardia* (Barcelona), 3 de junho de 1986], mais tarde admitiu que a figura de Ventura simboliza os *desaparecidos*: "É, de certo modo, simbólico do que aconteceu. Aquela realidade ao meu redor me obrigou a escrever essa história. É como uma metáfora, à minha maneira, do que estava acontecendo" [In *Puro Cuento*, nº 15 (1989), p. 3]. Cf. sua declaração em López, *op. cit.*, p. 175: "Reconheço que pode ter havido alguma intenção nesse livro. Não tenho certeza, mas me parece lógico, no sentido de que os desaparecidos estavam dentro de nós mesmos. Quero dizer, não era algo que nos contavam, mas que éramos obrigados a suportar".

p. 276, l. 28   **Viancarlos**. Miguel Alejandro Viancarlos, famoso policial (*fl. c.* 1904-*c.*1939), anticomunista feroz, que chegou a ser chefe da Divisão de Investigações da Polícia Federal em 1932.

p. 276, l. 29   **Meneses**. Evaristo Meneses (1907-1992), delegado-inspetor (1934-1963) da Polícia Federal, célebre por sua reputação de eficácia e incorruptibilidade. Publicou umas memórias [*Meneses contra el hampa* (1962, edições revistas e ampliadas em 1962, 1964 e 1969)].

p. 278, l. 1   **Elvira**. Em várias versões da história de *don* Juan, dona Elvira é seduzida e abandonada pelo protagonista, cujo regresso espera em vão.

p. 279, l. 26   **série de fotografias [...] para [...] a coleção *Ciudades de la Provincia de Buenos Aires***. Graças a uma encomenda de Osvaldo H. Dondo, diretor de Bibliotecas Públicas y Publicaciones Municipales, são de autoria do Bioy Casares "fotógrafo" as 21 fotografias, tiradas entre agosto e outubro de 1961, que ilustram a segunda edição de *El barrio de La Recoleta* [Municipalidad de Buenos Aires ("Cuadernos de Buenos Aires"), 1962], de Ricardo de Lafuente Machain.

p. 282, l. 17   **velhos lambe-lambes de praça**. Cf. "O fotógrafo de praças e jardins públicos" (1980) [pp. 773-774].

p. 283, l. 16   **Como se eu só enxergasse através da lente da câmera**. Segundo Bioy Casares, "o fotógrafo é aquele que sabe ver. E muitas vezes eu conseguia ver melhor através da câmera do que sem ela" [In *El Nuevo Periodista*, nº 197 (1988), p. 51], a tal ponto que "cheguei a ter a sensação de que nunca reconheceria um rosto se antes não o olhasse por uma lente" [In *Elle*, nº 11 (1995), p. 46].

p. 285, l. 13   **estatuetas de um chinês ou japonês [...] e de uma mulher [...] com muitos braços**. No escritório de sua casa em Frankfurt, o filósofo Arthur Schopenhauer tinha, por volta de 1850, somente dois adornos: um busto de Kant e uma estatueta de Buda, em bronze dourado, "que era como meu crucifixo", como explicou a Edward Grüger em 1856. A *mulher com muitos braços* alude a Lakshmi, deusa hindu da fortuna — o pensamento do filósofo alemão também bebia do hinduísmo.

p. 287, l. 5   **Lemonier**. Note-se o jogo com *Demônio*.

p. 287, l. 5   **dito o Velhinho**. No conto "Una semana de holgorio" (1922), de Arturo Cancela, o protagonista chama de "maximalista" o chofer, "um italiano velhinho" que se recusa a transportá-lo.

p. 290, l. 10   ***Demônio***. Na ópera (1875), com libreto baseado em um poema (1837) de Mikhail Lérmontov, o Demônio, apaixonado pela bela Tamara, procura em vão seduzi-la, chegando a assumir a aparência do prometido da jovem, já morto.

NOTAS AOS TEXTOS   905

p. 300, l. 26 **Lo Pietro**. Na história de *don* Juan, este é procurado pela estátua de pedra do comendador que assassinou, para levá-lo ao inferno.

p. 304, l. 7 **casa do poeta Almafuerte, na rua 66**. (a) *"Procede como Dios, que nunca llora;/ o como Lucifer, que nunca reza"* [*Procede como Deus, que nunca chora;/ ou como Lúcifer, que nunca reza*] [ALMAFUERTE, "Più avanti!". *Siete sonetos medicinales* (1907)]. (b) Segundo o Apocalipse 13:17 e 15:2, o número 666 corresponde ao Demônio.

p. 305, l. 2 **La Florida**. No romance de Benito Lynch *Los caranchos de La Florida* (1916), o patrão *don* Pancho domina despoticamente sua estância. É morto pelo filho Panchito, que disputa com ele os favores da filha de um *gaucho*.

p. 314, l. 8 **casal Kramer**. No filme de Robert Benton *Kramer vs. Kramer* (1979), uma mãe, depois de abandonar o filho, mais tarde reclama sua guarda em um processo judicial contra o marido.

p. 315, l. 1 **fotógrafo [...] sabe quando [...] apertar o disparador**. Segundo Bioy Casares, "a boa fotografia se dá com o primeiro clique, quando se aperta o disparador da câmera, e alterar isso mais tarde no laboratório é um bizantinismo" [In *El Nuevo Periodista*, nº 197 (1988), p. 51].

p. 339, l. 10 **O resto não passaria de [...] representação. [...] Tudo depende da sua vontade**. Ideias de Schopenhauer, expostas em *O mundo como vontade e representação* [*Die Welt as Wille und Vorstellung* (1819)] [ver I, nota a p. 159, l. 13]. O filósofo contrapõe a *vontade*, vocação interna que orienta a existência, à *representação*, o mundo fenomênico *criado* (*revelado*) pelos sentidos.

p. 341, l. 20 **Barrenechea [...] prepara admissão qualquer faculdade**". Alusão burlesca à professora universitária Ana María Barrenechea (1913-2010). Cf. BIOY CASARES (2001), p. 222.

p. 349, l. 1 **Ballester Molina**. Em 1630, foi publicado *O burlador de Sevilha e o Convidado de pedra*, de Tirso de Molina, primeira versão teatral importante do mito de *don* Juan.

p. 352, l. 27 **animais antediluvianos [...] na Patagônia**. Em 1922, ao ter notícias de que haveria um plesiossauro vivo no lago Epuyén, na província argentina de Chubut, o naturalista italiano Clemente Onelli (1864-1924), diretor (1904-1924) do Jardim Zoológico de Buenos Aires, organizou uma expedição que demonstrou que o ser em questão não passava de um enorme tronco de alerce.

p. 367, l. 5 **É um contra dois.** "Quanto ao significado do nome Bioy, conheço várias versões: segundo a que julgo melhor, *Bioy* significaria 'um contra dois'" [BIOY CASARES (1994), p. 147; cf. BIOY CASARES (2001), p. 268)].

906 OBRAS COMPLETAS DE ADOLFO BIOY CASARES

p. 370, l. 34   **a senhorita Elsa, ou a senhora Butterfly**. Ao terem seus planos contrariados, as protagonistas do romance *Fräulein Else* (1924), de Arthur Schnitzler, e da ópera *Madame Butterfly* (1904), de Giacomo Puccini, se suicidam.

HISTÓRIAS DESMESURADAS

"Planos para uma fuga ao Carmelo"

Até chegar à sua forma narrativa definitiva, com o título "Viaje al Oeste", a história teve várias versões, em diversos gêneros: conto, entre 18 e 30 de junho de 1974; comédia, entre 5 de julho e 14 de outubro de 1974; novamente conto, entre 30 de abril e 17 de julho de 1978; diário pessoal, entre 19 de março e 25 de abril de 1982. Depois de uma conversa com Alfredo Novelli, em julho de 1985, Bioy Casares decidiu trasladar a ação do futuro remoto ao próximo [In ULLA, *op. cit.*, p. 44] e finalmente optou pelo conto, que redigiu entre 12 de outubro e 19 de novembro de 1985. Existem duas versões publicadas:

> PF1 "Planes para una fuga al Carmelo (a)". *La Nación*, 29 de dezembro de 1985.
> PF2 "Planes para una fuga al Carmelo (b)". *Historias desaforadas*. Emecé ("Escritores argentinos"), 1986, pp. 11-23.

p. 383, l. 3   **Valeria**. Em latim, *sadia e forte*.

p. 383, l. 6   **Félix Hernández.** Felipe Fernández (1868-1938) foi professor de matemática (*c*.1928-1930) de Bioy Casares, sobre quem exerceu profunda influência. Inspirou também os personagens de Taboada [ver I, nota à p. 350, l. 23] e de Amenábar [ver nota à p. 433, l. 18].

p. 383, l. 21   **— Inacreditável ouvir isso da boca um professor.** Linha acrescentada em PF2.

p. 384, l. 7   ***Todo homem mata aquilo que ama…*** *"Yet each man kills the thing he loves"* [WILDE, Oscar, *The Ballad of Reading Gaol* (1898)]. Bioy Casares já citara esse verso no "Pós-escrito ao prólogo" (1965) da *Antologia da literatura fantástica** [ver II, p. 678].

p. 384, l. 34   **Calostro**. O conde italiano Alessandro di Cagliostro (1743-1795) praticou em diversas cortes europeias certa taumaturgia, ou *curandeirismo magnético*, e o ocultismo. Em 1874, fundou um Rito Egípcio, de inspiração maçônica, cujo propósito era a regeneração física e espiritual do ser humano.

p. 385, l. 16	**"De tudo te esqueces...".** "*De todo te olvidas, ¡cabeza de novia*". Último verso do poema "Tu secreto" (1908), de Evaristo Carriego.
p. 386, l. 7	**Confitería del Molino**. Inaugurada em 1916 no número 1.801 da avenida Rivadavia, em frente ao Congresso Nacional. Ali o autor teve "a primeira ideia" do argumento de *Diário da guerra do porco* (1969)* [Bioy Casares (1994), p. 182], romance cujo assunto se assemelha ao do conto.
p. 386, l. 24	**fugitivos.** Em PF1: "gente".
p. 388, l. 17	**como íamos dizendo ontem**. (a) Frase com que Fray Luis de León teria retomado sua cátedra em Salamanca depois de cinco anos nos cárceres da Inquisição; (b) Frase com que Miguel de Unamuno retomou sua cátedra em Salamanca, após seu exílio (1924-1930) imposto pelo ditador Primo de Rivera.
p. 389, l. 26	***Como os mortos ficam sós...*** [*Qué solos se quedan los muertos...*]. Bécquer, Gustavo Adolfo, *Rimas* (p. 1871), LXXIII.

"Máscaras venezianas"

Redigido entre 24 de dezembro de 1980 e 27 de abril de 1982. Existem três versões publicadas:

MV1 "Máscaras venecianas (a)". *La Nación*, 31 de outubro de 1982.
MV2 "Máscaras venecianas (b)". *Revista de la Universidad de México* (México D. F.), vol. XL, nº 41, (setembro 1984), pp. 2-8.
MV3 "Máscaras venecianas (c)". *Historias desmesuradas*. Emecé ("Escritores argentinos"), 1986, pp. 27-53.

p. 391, l. 7	**Daniela**. Durante suas breves temporadas em Veneza, em 1949 e 1967, Bioy Casares hospedou-se no Hotel Danieli. Cf. sua carta de 3 de novembro de 1967 a Silvina Ocampo e Marta Bioy [*En viaje (1967)*. Bogotá: Norma, 1996, p. 186].
p. 392, l. 26	**Jean Rostand**. O biólogo (1894-1977) que antecipou em *Peut-on modifier l'homme?* (1956) a clonagem a partir de células maduras.
p. 392, l. 24	**Leclerc**. O naturalista Georges-Louis Leclerc, conde de Buffon (1707-1788), adepto do epigenetismo, postulou a existência de *moléculas orgânicas* comuns a todos os seres, que se diferenciam somente depois, a partir de um *molde interior* próprio de cada embrião.

p. 393, l. 14   **Proux, ou Prioux**. O narrador de *À la Recherche du temps perdu* (1913-1927), de Marcel Proust, abandonado por Albertine, procura desesperadamente recuperá--la, em vão.

p. 394, l. 29   **meu emprego no jornal.** Até MV2: "o jornal".

p. 395, l. 18   **dificuldades e dúvidas**. Até MV1: "dificuldades".

p. 395, l. 23   **outra Daniela**. Até MV1: "a Daniela".

p. 398, l. 2   **O amanhecer refulgia [...] sombras a ponte do Rialto**. *"It is four, and the dawn gleans over the Grand Canal, and unshadows the Rialto"* [Byron, Carta a Thomas Moore, de 18 de junho de 1818]. É o "secreto aceno a Byron" que o autor menciona em suas memórias [Bioy Casares (1994), p. 196].

p. 398, l. 16   **Veneza [...] interminável série de cenários**. "A arquitetura veneziana [...] é uma arquitetura cenográfica [*stage architecture*], pouco interessada [...] nos princípios e preocupada com os 'efeitos'" [McCarthy, Mary, *Venice Observed* (1956), vi]. Bioy Casares tinha lido o livro de McCarthy no início de 1980.

p. 399, l. 14   **ficar conosco**. Até MV2: "viver conosco".

p. 399, l. 19   **La Fenice.** A mítica ave Fênix renascia de suas cinzas.

p. 400, l. 20   ***Vieni, deh, vieni***. Nessa ária do segundo ato, Loreley suplica a Walter: *"Vieni, deh vieni! un palpito/ solo d'amore invoco.../ o vuò tra le tue braccia/ morir di voluttà!"* [*Vem, oh, vem! uma palpitação/ só de amor invoco.../ ou quero entre teus braços/ morrer de êxtase!*]. No final da ópera, que o narrador do conto não chega a ver, quando Walter reencontra Loreley e pretende reconquistá-la, ela o abandona, recordando-lhe que é casada com o Reno.

p. 402, l. 36   **Como quem se joga de cabeça na água gelada**. Em *Loreley*, ao ser rejeitado, Walter se atira no Reno e morre afogado.

p. 402, l. 11   **Kurtz [...] no coração de Veneza**. Na novela *Coração das trevas* [*Heart of Darkness* (1899)], de Joseph Conrad, o capitão Marlow procura, por uma região pouco explorada da África equatorial, por Mr. Kurtz, agente de uma Companhia de marfim de que faz tempo não há notícias.

"História desmesurada"

Redigido entre 29 de abril e 3 de junho de 1986. Foi publicado no jornal *ABC*, de Madri, em 14 de junho de 1986. Teve como títulos alternativos "Historia alpina" e "Grabación encontrada en un chalet suizo".

p. 407, l. 1   **história desmesurada**. No conto "há um gigante. Um autor do século XVIII […] falava dos escritores de bárbaros romances, os livros de cavalaria espanhóis, que reanimavam o leitor com um miúdo ou um gigante" [In ULLA, *op. cit.*, p. 91]. A citação é de Samuel Johnson: *"The writers of barbarous romances invigorated the reader by a giant and a dwarf"* [Prefácio a *The Plays of William Shakespeare* (1765)].

p. 407, l. 4   **Haeckel**. O biólogo darwinista Ernst Haeckel (1834-1919), estudioso do desenvolvimento, tratou — em sua teoria da *heterocronia* — as mudanças no ritmo dos processos ontogenéticos, que dão lugar a transformações na forma e no tamanho dos organismos.

p. 407, l. 21   **os homens sábios do tango […] Pedi a eles alguns conselhos.** *"Salí a la calle desconcertado,/ […] a preguntar a los hombres sabios,/ a preguntarles qué debo hacer"* [Saí para a rua desconcertado,/ (…) para perguntar aos homens sábios,/ para perguntar-lhes o que devo fazer]. Versos do tango "La copa del olvido" (1921), com letra de Alberto *Vaccarezza*. Ver I, nota à p. 345, l. 25.

p. 408, l. 4   **Gabi**. O naturalista inglês Gavin de Beer (1899-1972), seguindo a doutrina da heterocronia de Haeckel, estudou a *pedomorfose*, isto é, a conservação de certas características juvenis no organismo adulto.

p. 410, l. 2   **impulso da imitação […] é o motor da sociedade**. Cf. TARDE, Gabriel, *Les Lois de l'imitation* (1890).

p. 410, l. 22   **nossas culpas nos perseguem**. Números 32:23: "sabei que vosso pecado vos achará".

p. 410, l. 29   **Em qualquer situação […] a inteligência encontra o buraquinho por onde podemos escapar**. Segundo Bioy Casares, "tive a ideia do conto […] ao recordar a frase de Bergson que diz que a inteligência é a arte de resolver situações difíceis [*L'Évolution créatrice* (1908): *"La fonction essentielle de l'intelligence sera donc de démêler, dans des circonstances quelconques, le moyen de se tirer d'affaire"*]. Eu pensava em uma situação difícil que me preocupa nos últimos anos: a velhice" [In *La Nación*, 25 de janeiro de 1987. Cf. CROSS, *op. cit.*, p. 30].

"O relojoeiro de Fausto"

Redigido entre 23 de fevereiro e 19 de dezembro de 1985. Existem duas versões publicadas:

RF1   "El relojero de Fausto (a)". *Vuelta Sudamericana*, nº 4 (novembro 1986), pp. 6-12.
RF2   "El relojero de Fausto (b)". *Historias desaforadas*. Emecé ("Escritores argentinos"), 1986, pp. 77-101.

p. 417, l. 2   **Um acordo.** Entretítulo acrescentado em RF2.

p. 417, l. 3   ***Os bandidos***. Na ópera *I Masnadieri* (1847), de G. Verdi, baseada na tragédia *Die Räuber* (1781), de Friedrich Schiller, o regente Massimiliano, ao receber a notícia falsa de que seu filho Carlo morreu, desmaia; é então tomado por morto e enterrado vivo.

p. 421, l. 18   **quadro, assinado Carrière, de uma mulher que parecia uma múmia.** (a) Talvez um dos retratos que Eugène Carrière (1849-1906) pintou de sua filha Marguerite. (b) Através da mumificação, os antigos egípcios aspiravam alcançar a imortalidade, na outra vida, mediante a reunião do espírito (*ka*) com o corpo preservado.

p. 421, l. 19   **Laocoonte.** O sacerdote que avisou os troianos, em vão, que o cavalo que os gregos enviavam como presente podia incluir um engano [*Eneida*, ii, v. 49].

p. 425, l. 32   **surpreendera: era talvez excessiva.** Em RF1: "surpreso".

p. 426, l. 26   **charlatão, como aquele que fazia chover em Villa Luro.** O engenheiro Juan Baigorri Velar (1891-1972). Ver i, nota à p. 305, l. 16.

p. 431, l. 4   **Explicava: "Somos peças raras, porque nos basta o conhecimento e a eficácia. Em todas as profissões há alguns como nós". Em relação a essa questão, costumava citar um célebre doutor Abreu, para quem havia dois tipos de médicos: os que sabiam das coisas e os que ganhavam prêmios.** Em RF1: "Também dizia que há dois tipos de médicos: os conhecidos que ganham prêmios e os que sabem das coisas. Entre os que sabem das coisas, segundo ele, havia também dois tipos: os que curam e os que não curam. Os que curam têm algumas qualidades menores: a perspicácia, o tino e a firmeza de um bom curandeiro". Para o doutor Abreu, ver "O caminho das Índias" [pp. 469-483].

"O Noúmeno"

Depois de várias tentativas a partir de 1973, foi redigido entre 24 de novembro de 1985 e 28 de fevereiro de 1986 [Bioy Casares (2001), p. 385; in Ulla, *op. cit.*, p. 39], sobre uma ideia inspirada em leituras da *Crítica da razão pura*, de Kant, em meados dos anos 1930 [In Cross, *op. cit.*, p. 101; in Ulla, *op. cit.*, p. 101]. Segundo Bioy Casares, "entusiasmou-me [...] a ideia de que as coisas não são conhecidas em si, mas que as conhecemos através da nossa cultura e dos nossos sentidos" [In *Plural* (México d. f.), nº 55 (1976), p. 52]. O conto é também uma homenagem ao escritor e jornalista Arturo Cancela (1892-1957), a quem Bioy Casares declara dever "a vontade de recolher na minha prosa o tom portenho e a descrição de longas caminhadas pela cidade, que o cansaço torna fantasmagórica" [In CROSS, *op. cit.*, pp. 101-102]. Aqui Bioy Casares se refere especialmente a "Una semana de holgorio" [*Tres relatos porteños* (1922)]: "Por isso […] 'O Noúmeno' é dedicado a [Cancela]" [In *Clarín*, 17 de novembro de 1988]. De fato, "nas duas narrativas repetem-se nomes, traços dos personagens e situações" [GRIECO Y BAVIO, Alfredo; VEDDA, Miguel, "Nueva refutación del coraje. La destrucción del 'mito criollo' en la obra de Adolfo Bioy Casares". TORO, A. de; REGAZZONI, S. (orgs.), *Homenaje a Bioy Casares*. Frankfurt am Main: Vervuert, 2002, p. 265]: Carlota, Perucho Salcedo, [Totó] Arribillaga, [Julio] Narciso Dillon [Dilón]. Em "O Noúmeno", o herói "chama-se Arturo […] e [a história] também transcorre na Semana Trágica" [In *Clarín*, 17 de novembro de 1988]. Existem duas versões publicadas:

N1 "El Noúmeno (a)". *Crisis*, nº 42 (maio 1986), pp. 35-39.
N2 "El Noúmeno (b)". *Historias desaforadas*. Emecé ("Escritores argentinos"), 1986, pp. 105-128.

p. 433, l. 1 **Noúmeno**. Etimologicamente, "o que é pensado", contraposto ao mundo sensível ou dos *fenômenos*. Segundo Kant [*Crítica da razão pura* (1781), I, 2, i], entendido como objeto de uma *intuição intelectual*, seu significado equivale ao de *coisa em si*: "ambos designam, em geral, o que se encontra fora do marco da experiência possível" [FERRATER MORA, José, *Diccionario de filosofía abreviado*. Sudamericana, 1970, *s.v.* "Noúmeno"].

p. 433, l. 4 **9 de janeiro […] 1919**. Entre 9 e 16 de janeiro de 1919 — a "Semana Trágica" —, o governo do presidente (1916-1922) Hipólito Yrigoyen reprimiu violentamente uma greve geral deflagrada em Buenos Aires.

p. 433, l. 6 **Parque Japonês**. Famoso parque de diversões que, de 1911 a 1933, funcionou no Paseo de Julio, entre a avenida Callao e o bairro de La Recoleta. Suas atrações incluíam dois lagos artificiais, uma réplica do monte Fuji, um Circo Romano, uma roda-gigante e um Disco da Risada.

p. 433, l. 14 **vestido branco […] ares de grega**. Carlota veste "um traje branco, muito solto, quase um peplo helênico" [CANCELA, Arturo, "Una semana de holgorio". *Tres relatos porteños*. M. Gleizer, 1922, p. 128].

p. 433, l. 18 **Amenábar**. O personagem é inspirado em Felipe Fernández, professor de matemática de Bioy Casares [ver nota à p. 388, l. 16], "mas […] um Fernández mais jovem" [In CROSS, *op. cit.*, p. 102] e também, no amigo Ricardo Resta [*Ibid.*]. Para Resta, ver I, nota à p. 212, l. 12.

p. 434, l. 15   **não tem domingo em que eu não aposte [...] nos cavalos**. Narciso Dilón descobre que há greve geral quando se dirige ao Hipódromo [CANCELA, *op. cit.*, pp. 121-123].

p. 435, l. 33   **"Cara sucia"**. In CANCELA, *op. cit.*, p. 159, escuta-se o tango "Cara sucia" (1884).

p. 436, l. 2   **M. Cánter**. Óbvia alusão ao filósofo Im[manuel] Kant.

p. 436, l. 8   **La Sin Bombo**. Um ano antes da revolução radical de 1905, a gráfica da fábrica
de cigarros La Sin Bombo, de Juan Cánter, publicou *La Estrella del Sur*, do espanhol Enrique Vera y González. O romance imagina uma viagem à Buenos Aires
do Bicentenário de 2010: no trânsito para o futuro, intervém um espelho.

p. 436, l. 17   **acredita na letra de imprensa**. Como apontam Grieco y Bavio e Vedda, "no
final de sua aventura, o protagonista de 'Una semana de holgorio' descobre que
suas experiências foram tergiversadas pelos jornais" [*op. cit.*, p. 265].

p. 437, l. 5   **"Mi noche triste"**. In CANCELA, *op. cit.*, p. 159, escuta-se o tango "Mi noche
triste" (1916).

p. 438, l. 7   **máquina de pensar de Raimundo Lúlio**. Em seu *Ars Magna Generalis* (1275),
Raimundo Lúlio apresenta uma *máquina de pensar*: "três discos, giratórios, con-
cêntricos e manuais, feitos de madeira ou de metal", que oferecem, conforme são
girados, diversas combinações de atributos, princípios e questões [BORGES, J. L.,
"A máquina de pensar de Raimundo Lúlio" (1937)].

p. 438, l. 29   **ruas desertas**. Quando Dilón saiu de casa, "via-se a rua quase deserta" [CANCE-
LA, *op. cit.*, p. 121].

p. 439, l. 7   **quarenta quadras**. No início da caminhada, Carlota diz que "ainda faltam mais
de quarenta quadras para andar" [CANCELA, *op. cit.*, p. 128].

p. 439, l. 9   *A cidade e as serras*. No romance (*p.* 1901) de Eça de Queiroz, Jacinto de
Tormes viaja de trem de sua residência em Paris até a fazenda da família em
Portugal, levando consigo uma importante bagagem que inclui uma grande caixa
repleta de livros.

p. 439, l. 23   **uma charrete de praça puxada por um zaino e um tordilho branco**. Dilón
toma uma charrete de praça: "um dos cavalos, o da esquerda, era branco" [CAN-
CELA, *op. cit.*, p. 123].

p. 440, l. 22   **viajou [...] no banco dos amigos**. Cf. o caso narrado por Adolfo Bioy *père*,
que, estando em Paris, em 1905, um cocheiro chamado Jeanin negou-se a cobrar
dele a corrida "porque eu tinha viajado na sua boleia por *amitié*" [BIOY, Adolfo,
Años de mocedad. Nuevo Cabildo, *p.* 1963, pp. 108-109].

p. 441, l. 30   **esse que temos [...] é da tua gente, não da minha**. Cancela era um opositor
ferrenho do governo radical: Bioy Casares recorda que "em *La Nación* começou a
escrever colunas terríveis contra Yrigoyen" [In *Clarín*, 17 de novembro de 1988].

p. 442, l. 10	**Basilio**. Alusão a Basilio Jara. Ver nota à p. 243, l. 31.
p. 442, l. 20	**malas cheias de livros**. Ver nota à p. 243, l. 31.
p. 443, l. 23	**Acharam o corpo na gruta das barrancas da Recoleta**. Construída em 1882 pelo prefeito Torcuato de Alvear, a gruta da Recoleta era "uma parquização completa, que incluía uma pequena gruta, um lago, um mirante e vários grupos de rocalhas e estalactites pendendo em torno dos caminhos" [SCHÁVELZON, Daniel; MAGÁZ, María del Carmen, "Arquitectura de grutescos y rocallas en Buenos Aires". *Todo es Historia*, nº 320 (1994), p. 68]. Foi ali que se suicidou Pedro Antonio Bioy, tio do autor [BIOY CASARES (1994), p. 151].
p. 445, l. 4	**Pierce Arrow**. Em N1: "Packard". Amenábar dirige "um soberbo Packard" [CANCELA, *op. cit.*, p. 178].

"Trio"

Redigido entre 11 de maio de 1985 e 12 de janeiro de 1986. Existem duas versões publicadas:

T1 "En busca de mujeres". *Hispamérica* (Maryland), nº 43 (abril 1986), pp. 91-105.
T2 "Trío". *Historias desaforadas*. Emecé ("Escritores argentinos"), 1986, pp. 131-157.

Teve como títulos alternativos "Hacia el Open Door", "Estrellas fugaces" e "Johanna en tres noches".

p. 447, l. 18	**Johanna Gluck […] casada com um velho senhor muito sério**. O episódio é baseado em um caso juvenil do autor, conservado em seus *Diários* de 1948: "Lembro-me de quando o doutor B. descobriu sua mulher comigo (ela: Ana Strauss de B.). Aconteceu algo estranho em uma conversa telefônica […]; ficamos de nos ver na Recoleta (ela me falou de um modo estranho); fui lá […] e apareceu B. e me falou paternalmente […]. Nos despedimos: fiquei com a impressão de ter recebido um pito do diretor do colégio".
p. 453, l. 4	**parar de chover**. Em T1: "parar".
p. 453, l. 35	**doutor Lucio Herrera**. Lucio López foi por muitos anos médico de cabeceira dos Bioy.
p. 456, l. 11	**Bellocq**. No romance *The Four Men* (1911), de Hilaire Belloc, cada um dos quatro personagens representa um aspecto da personalidade do autor.

p. 459, l. 36   **a de Salies, como disse [...] Reclus**. Reclus, Élisée, *La Terre* (1867-1868), vol. I, parte III, 37.

p. 461, l. 9   ***Yo busco a mi Titina***. "Tive um primeiro amor com uma garota que morava em frente de casa. [...] Ia com ela aos jardins da Recoleta [...] mas a garota se impacientou porque eu era tímido, e um dia desapareceu. Eu a procurava por Buenos Aires. Havia um tango que dizia 'Oh, mi Titina, la busco por Corrientes, la busco por Florida', e eu me sentia o protagonista disso" [In *Gente*, nº 511 (1975), p. 44]. A letra adapta um foxtrote, "Je cherche après Titine" (1917), de Bertal-Maubon e Henri Lemonnier.

"Uma viagem inesperada"

Redigido entre 22 de março e 25 de maio de 1980. Existem duas versões publicadas:

V1   "Un viaje inesperado (a)". *Clarín*, 19 de junho de 1980.
V2   "Un viaje inesperado (b)". *Historias desaforadas*. Emecé ("Escritores argentinos"), 1986, pp. 161-169.

Teve como título alternativo "El principio del calor".

p. 463, l. 7   **tenente-coronel (S. R.) Rossi.** Segundo o autor, um dos modelos do personagem "foi um *criollo* chamado Rossi, técnico, *avant la lettre*, do clube de garotos KDT, que nos chamava recrutas com seu furioso vozeirão..." [Bioy Casares (1994), p. 195]. Também se inspirou em Argentino Marambio Catán, "meu vizinho, com quem costumava conversar: um tenente-coronel aposentado, natural de Corrientes, muito *criollo*, muito robusto aos oitenta e poucos anos, parente de algum outro militar que emprestou seu nome a terras antárticas" [*ibidem*]. Em homenagem a seu filho, o vice-comodoro Gustavo Argentino Marambio, em 1956 a ilha Seymour foi rebatizada como Base Marambio. "S. R." é abreviatura de "Situación de Retiro", *i.e.*, que o tenente-coronel já estava aposentado.

p. 464, l. 8   **coronel da pátria.** Em V1: "coronel da Nação".

p. 464, l. 13   **rua Lugones**. (a) Em rascunhos, o personagem morava na rua Bonpland, a mesma em que Marambio Catán residia. A mudança foi para que "meu amigo [...] não vá pensar que o usei como modelo" [*Diários*, 25 de maio de 1980]. (b) Desde a década de 1910, o poeta nacional Leopoldo Lugones idealizou o *gaucho* como essência da argentinidade, pregando um chauvinismo autoritário.

p. 464, l. 19	**gadunhava a pitança.** [*bolsiqueaba la pitanza*]. Paródia da prosa de Lugones, sobretudo a de seu romance *La guerra gaucha* (1905).
p. 464, l. 28	**março de oitenta e [...] seu terrível calor**. "A ideia [do conto] me surgiu por causa de um longo período de calor que castigou Buenos Aires até o final de março de 1980. Quando a chuva caiu, as pessoas foram dançar na rua" [Bioy Casares (1994), pp. 195-196]. A onda de calor se estendeu entre 16 e 22 de março.
p. 464, l. 31	**dístico de mão anônima**. [*Hay algo cierto, y lo demás no cuenta: / el calor apretó en el año ochenta*]. Os *Diários*, com datas de final de março de 1980, conservam variantes desse dístico, composto pelo próprio Bioy Casares.
p. 466, l. 12	**trupe francesa**. Em VI: "trupe".
p. 466, l. 20	**último boletim.** Em VI: "boletim".

"O Caminho das Índias"

Redigido entre 27 de junho e 1º de dezembro de 1980. Em rascunhos, trazia a epígrafe: " 'Saiu Colombo a buscar o caminho das Índias' (*Crônica de viagens, Os descobridores*)". Existem duas versões publicadas:

C1 "El Camino de Indias (a)". *Vogue*, nº 9 (janeiro-fevereiro 1981), pp. 103-109.
C2 "El Camino de Indias (b)". *Historias desaforadas*. Emecé ("Escritores argentinos"), 1986, pp. 173-198.

p. 469, l. 3	**Abreu.** Os anúncios do "Compuesto Vegetal de Pinkham", publicados em 1918 na revista *Caras y Caretas*, iam acompanhados de uma "carta de agradecimento" de suas virtudes curativas, assinadas por certa "Concepción Prieto, viúva de Abreu".
p. 469, l. 18	**eminente terapeuta**. Em C1: "eminente terapeuta./ Por ter seguido sua trajetória de perto, dou fé que esse grande vencedor conheceu a adversidade".
p. 469, l. 19	**Fitz Roy**. Em C1: "Bonpland".
p. 469, l. 22	**Às vezes me pergunto se a expressão do rosto não era parte importante da autêntica graça de Abreu.** Acrescentado em C2.
p. 471, l. 30	*doña* **Salomé**. A tradição atribui à princesa Salomé (século I), filha de Herodes I e de Herodias, uma sensualidade extraordinária.
p. 476, l. 26	**Hotel Khayam.** O poeta e matemático Omar Khayam (1048-1131), filho de um herborista, exaltou em suas quadras, ou *Rubaiyat*, o gozo dos prazeres terrestres.
p. 481, l. 24	**Gaviatti.** Em C1: "Fedrigo".

p. 483, l. 26 **e tudo**. Em C1: "e tudo. Talvez o leitor recorde que, em um impulso de última hora, deixei para esse indivíduo um frasquinho do infalível tônico".

"O quarto sem janelas"

Redigido entre 20 de agosto e 16 de dezembro de 1985. Existem três versões publicadas:

CV1 "El cuarto sin ventanas (a)". *La Gaceta* (Tucumán), 26 de janeiro de 1986.

CV2 "El cuarto sin ventanas (b)". *Lucanor*, nº 2 (outubro 1986), pp. 2-5.

CV3 "El cuarto sin ventanas (c)". *Historias desaforadas*. Emecé ("Escritores argentinos"), 1986, pp. 201-211.

Teve como título alternativo "El límite del Universo".

p. 485, l. 2 **cinco ou seis dias em Berlim Ocidental**. Em 1964, entre 13 e 16 de agosto, Bioy Casares esteve em Berlim Oeste; no dia 14 visitou Berlim Oriental; muitos dos detalhes do conto provêm do diário dessa viagem.

p. 485, l. 9 **famosa estátua de Voltaire velho, que vi não sei onde**. No teatro parisiense da Comédie Française está o *Voltaire assis* (1781), mármore de Jean-Antoine Houdon. Em seu conto publicado em Berlim, "Micromégas" (1752), Voltaire compõe, por meio da narração das viagens de um gigante pela imensidão do espaço, uma alegoria da incapacidade humana de chegar ao conhecimento do infinito.

p. 485, l. 16 **um dia de verão**. Até CV2: "uma tarde de verão".

p. 486, l. 12 **Ricardo Brescia**. (a) Aceno a Ricardo Resta [ver 1, nota à p. 212, l. 12]. (b) A obra do desenhista e gravador holandês M. C. Escher (1898-1972) caracteriza-se pela representação de espaços que desafiam a perspectiva tradicional.

p. 486, l. 22 **como seria o limite do universo**. Na infância, Bioy Casares imaginava esse limite "como um quarto desabitado que havia na casa da minha avó, no campo, que tinha musgo, móveis velhos e persianas com a pintura descascada" [In *First*, nº 14 (1987), p. 67]. Ele se perguntava o que haveria além das suas paredes: "A impossibilidade de encontrar uma resposta racional me doía como uma falta de coerência [...] que frustrava os esforços humanos para estabelecer um sistema racional [...]. Agora encontrei uma solução, cuja coerência será talvez puramente verbal [...]: o universo é o maior dos objetos e é único, no sentido de que, apesar de conter uma infinidade de outros objetos, fora dele não há nenhum. Suas paredes exteriores são interiores. É, portanto, uma esfera absoluta, em que todas as direções, até as ascendentes e descendentes, levam ao ponto de partida" [BIOY CASARES (2001), p. 333].

p. 487, l. 13   **sinuosa**. Até CV2: "em declive".

p. 487, l. 31   **quatro cantos deste quarto**. Depois da queda de Berlim em maio de 1945, a cidade foi dividida em quatro setores, administrados respectivamente pela Inglaterra, pelos Estados Unidos, pela França e pela União Soviética.

"O rato ou Uma chave para a conduta"

Redigido entre 22 de setembro e 16 de novembro de 1984. Existem duas versões publicadas:

R1 "La rata o Una llave para la conducta (a)". *La Nación*, 9 de dezembro de 1984.
R2 "La rata o Una llave para la conducta (b)". *Historias desaforadas*. Emecé ("Escritores argentinos"), 1986, pp. 215-231.

Teve como título alternativo "Carta encontrada en el chalet de la costa".

p. 491, l. 3   **nunca sairia**. O protagonista do conto "Bartleby, the Scrivener" (1853), de Herman Melville, nega-se obsessivamente a abandonar seu escritório.

p. 491, l. 4   **Melville [...] o capitão.** Segundo J. de Navascués, "a exemplo do autor de *Moby Dick* e do capitão Acab [*sic*], o personagem de Bioy vive atormentado pela existência do Mal e da Morte no mundo. E, quando tenta conjurá-lo ou encontrar uma explicação para ela, morre violentamente. Assim como Moby Dick devorou Acab [*sic*]" [*El esperpento controlado: La narrativa de Adolfo Bioy Casares*. Pamplona: EUNSA, 1995, p. 69].

p. 491, l. 7   **perna ortopédica**. Ahab, capitão do *Pequod*, perdeu a perna direita, devorada pela baleia branca [*Moby Dick* (1851), XVI].

p. 491, l. 12   **Rugeroni**. Em 1274, Ugolino della Gherardesca, um nobre pisano, juntou-se aos guelfos, traindo os gibelinos locais; exilado, voltou em 1276 com a ajuda dos guelfos. Insatisfeitos com o tratado de paz que celebrou com Gênova (1288), os gibelinos buscaram vingança: o arcebispo Ruggieri degli Ubaldini o capturou traiçoeiramente e o trancou em uma torre com seus filhos e seus netos, em julho de 1288; em fevereiro de 1289, ele os deixou morrer de fome. Na *Comédia*, Dante destina Ugolino e Ruggieri ao círculo dos traidores: Ugolino traiu a sua pátria;

Ruggieri, a Ugolino. Em *Inferno*, XXXII, vv. 124-132, Ugolino roe incessantemente a nuca de Ruggieri; em XXXIII, vv. 1-75, Ugolino conta a Dante e Virgilio sobre sua prisão e como eles foram condenados a morrer de fome com seus filhos. Borges ["O pseudoproblema de Ugolino" (1948)] se pergunta se com o verso final ambíguo do episódio –*"poscia, piú che 'l dolor, poté 'l digiuno"* [XXXIII, v. 75], Dante sugere que Ugolino morreu de fome ou, antes, devorou seus filhos; conclui que "a incerteza faz parte do projeto [de Dante]".

p. 491, l. 18   **harmônio**. Para o harmônio como alusão ao professor Felipe Fernández, ver I, nota à p. 218, l. 14.

p. 495, l. 9   **arpoador.** Queequeg, o chefe dos arpoadores do *Pequod*, é canibal [*Moby Dick*, III].

p. 500, l. 23   **Morto o cão, acabou-se a raiva — disse o delegado**. Acrescentado em R2. À morte de Perón, em 1974, a frase tornou-se popular entre seus opositores, para indicar que com o líder morria o movimento.

UMA BONECA RUSSA

"Uma boneca russa"

Idealizado em junho de 1973, foi redigido, depois de várias tentativas, entre 14 de fevereiro e 24 de março de 1986 e entre 22 de outubro de 1989 e 2 de julho de 1990. Teve como títulos alternativos "El monstruo del lago" e "El secreto del lago". Existem duas versões publicadas:

MR1   "Una muñeca rusa (a)". *ABC* (Madri), 10 de novembro de 1990.
MR2   "Una muñeca rusa (b)". *Una muñeca rusa*. Barcelona: Tusquets ("Andanzas"), 1991, pp. 11-52.

p. 507, l. 4   **termas [...] de Aix-les-Bains.** Conforme lembra o autor, "aproveitei um interminável lumbago, em 71 e em 72, para provar as virtudes curativas das águas de Aix-les-Bains, na Savoia francesa. No meu isolamento por causa do lumbago, com suas longas tardes em consultórios e clínicas, imaginei que a frivolidade luxuosa de Aix-les-Bains me animaria. Deparei-me com uma cidade termal cujos visitantes eram velhos e velhas a quem a previdência social francesa pagava o tratamento" [BIOY CASARES (1994), pp. 33-34].

p. 509, l. 21   **Instituto Libre**. Ver nota à p. 28, l. 24.

p. 510, l. 22   **Cazalis.** O médico e poeta simbolista francês Henri Cazalis (1840-1909) criou em 1901 a Société pour la protection des paysages et de l'esthétique de la France.

p. 510, l. 23   **Chantal**. No conto "Além do bem e do mal" [*Novos contos de Bustos Domecq* (1977)*], ambientado nas termas de Aix-les-Bains, o narrador se apaixona por Chantal e por Jacqueline, netas do excêntrico barão Grandvilliers-Lagrange.

p. 511, l. 2   **provar o smoking do meu falecido marido**. Alusão à letra do tango "Yira… yira" (1929), de Enrique Santos Discépolo: *"Quando manyés que a tu lado/ se prueban la ropa que vas a dejar"* [quando notar que a seu lado/ já provam a roupa que você vai deixar].

p. 511, l. 16   **gravata-borboleta**. Em MR1: "gravata-borboleta fixa".

p. 517, l. 17   **Felicitas**. No conto de G. Flaubert "Un cœur simple" [*Trois contes* (1877)], a criada Félicité, pouco antes do aguardado casamento com seu prometido, fica sabendo que este a deixou para se casar com uma velha rica.

p. 519, l. 9   **Le Boeuf**. No conto "Historia desmesurada" (1986) [pp. 407-416], "o Boi" se submete como cobaia a um tratamento para rejuvenescer e é transformado em gigante.

p. 519, l. 12   **zoólogo Koren**. No romance *O duelo* (1891), do *russo* Anton Tchékhov, o naturalista Von Koren, de firmes crenças darwinianas quanto à sobrevivência do mais apto, censura o concubinato em que o funcionário Laiévski vive com Nadiéjda e o desafia a duelo. No mesmo dia em que o realizam, sem que nenhum dos dois saia ferido, Laiévski descobre que Nadiéjda o engana.

"Encontro em Rauch"

Redigido entre 9 de dezembro de 1986 e 25 de abril de 1987. Bioy Casares o define como "um informe do além, contado por um caixeiro-viajante" [*Diários*, 7 de dezembro de 1986]. Teve como títulos alternativos "Swedenborg vuelve al campo", "El espíritu de la Navidad" e "El señor pasajero". Existem duas versões publicadas:

> ER1 "Encuentro en Rauch (a)". *ABC* (Madri), 16 de maio de 1987.
> ER2 "Encuentro en Rauch (b)". *Una muñeca rusa*. Barcelona: Tusquets ("Andanzas"), 1991, pp. 55-66.

p. 531, l. 3   ***don** Juan Pees.* O bearnês Juan P. Pees foi capataz [Bioy Casares (2001), p. 487] e depois arrendatário da fazenda da família Bioy [*op. cit.*, p. 135]. Em fevereiro de 1932 apareceu assassinado perto de seu rancho. Em 1935, pouco depois que Bioy

Casares chegou a Pardo para assumir a administração da fazenda, vários vizinhos lhe pediram que esclarecesse essa morte [Bioy Casares (1994), pp. 138-139].

p. 531, l. 10   **quinta-feira**. O dia 25 de dezembro de 1929 caiu em uma quarta-feira.

p. 533, l. 8   **Swerberg**. O cientista, filósofo e teólogo sueco Emanuel Swedenborg (1688-1772) afirmou ter tido em 1745 uma revelação mística: depois de incumbi-lo de renovar a Igreja, o próprio Jesus teria permitido a ele "visitar as regiões ultra-terrenas e conversar com seus habitantes" [Borges, J. L., *O livro dos seres imaginários* (1967), "Os anjos de Swedenborg"]. *De Coelo et ejus mirabilibus, et de Inferno* (1758), relato dessa experiência, é "a obra de um viajante que percorreu terras desconhecidas e que as descreve tranquila e minuciosamente" [*Borges oral* (1979), "Emanuel Swedenborg"]. Borges e Bioy Casares, que o admiravam, transcrevem vários fragmentos de suas obras em seu *Livro do céu e do inferno* (1960)*. Bioy Casares assinou como "O falso Swedenborg" dois textos breves: "El mayor tormento" [*Cuentos breves y extraordinarios* (1955)*] e "Caminho de perfeição" [*Livro do céu e do inferno* (1960)*]. Ver II, p. 663.

p. 534, l. 19   **atoleiro interminável.** Swedenborg descreve os infernos como "regiões pantanosas", onde os demônios vivem felizes [*De Coelo* (1758), parágrafo 585, citado como "Infernos ruinosos" em *Livro do céu e do inferno* (1960)*].

p. 536, l. 10   **o céu [...] projeção da mente**. Segundo Swedenborg, "o céu e o inferno são estados que o homem procura com liberdade, não um estabelecimento penal e um estabelecimento piedoso" [Borges, J. L., "Pascal: *Pensées*" (1947)]. Depois de morrer, o indivíduo escolhe, segundo íntimas afinidades, unir-se a anjos ou a demônios: Deus dá assim ao homem "o livre-arbítrio, o terrível privilégio de condenar-se ao inferno ou de merecer o céu" [*Borges oral* (1979), "Emanuel Swedenborg"].

p. 536, l. 30   **deixe-me tentar**. Segundo R. W. Emerson [*Representative Men* (1850), III], entre as proezas da engenharia realizadas por Swedenborg a serviço de Carlos XII da Suécia está ter transportado "uns vinte quilômetros por terra duas galeras, cinco barcas e uma corveta".

"Catão"

Redigido entre 29 de março e 27 de setembro de 1987. A ideia de escrever o conto foi muito anterior: *"Dans les* Lives of the English Poets *de Johnson, j'avais lu la vie d'Addison, où il était dit que la première fois où le théâtre a eu une résonance politique, c'était avec le* Caton *d'Addison. En lisant cela, j'ai pensé que je tenais une histoire"* [*Em*

Lives of the English Poets, *de Johnson, li sobre a vida de Addison, e ali se diz que a primeira vez que o teatro teve repercussão política foi com o* Catão *de Addison. Ao ler isso, logo pensei que eu tinha uma história*] [In *Magazine Littéraire* (Paris), nº 291 (1991), p. 100]. Bioy Casares leu *The Lives of the English Poets* (1779-1781), de Samuel Johnson, entre 1939 e 1940. Do conto existem duas versões publicadas:

C1 "Catón (a)". *ABC* (Madri), 26 de dezembro de 1987.
C2 "Catón (b)". *La Nación*, 21 de fevereiro de 1988.

p. 539, l. 2   **Por muitos anos repeti**. Para os diferentes começos ensaiados pelo autor antes do definitivo, ver Cross, *op. cit.*, pp. 88-89.

p. 539, l. 2   **Davel**. Ameaçado pelo grupo da extrema direita peronista conhecido como Aliança Anticomunista Argentina ou "Triple A", o ator *David Stivel* (1930-1992) teve de se exilar na Colômbia em 1975. Entre 1969 e 1971 havia dirigido *Cosa juzgada*, bem-sucedida série televisiva de episódios unitários baseada em casos da justiça argentina. Em 1971, interessou-se em representar a comédia política *La cueva de vidrio o El general*, de Bioy Casares, projeto de que desistiu por fim, e por isso a obra permaneceu inédita.

p. 539, l. 3   **John Gilbert.** Ator (1897-1936) famoso por seus filmes mudos, especialmente *O grande desfile* [*The Big Parade* (1925)]. Com o advento do cinema falado, começou o declínio de sua carreira, agravada por um alcoolismo crescente.

p. 539, l. 7   **ator de Hollywood**. John Barrymore (1882-1942), célebre por seus filmes mudos e por suas interpretações teatrais de *Ricardo III* e *Hamlet*. Um de seus primeiros papéis foi no melodrama *The Dictator* (1904), de Richard H. Davis; depois participou da versão cinematográfica da peça (1915), dirigida por Oscar Eagle e Edwin S. Porter. O alcoolismo precipitou seu declínio, e em 1940 ele concordou em protagonizar *The Great Profile*, de Fritz Lang, sátira sobre sua própria decadência.

p. 539, l. 9   **Teatro Smart**. O Cine-Teatro Smart Palace, inaugurado em 1914 no número 1.283 da rua Corrientes. Em 17 de março de 1946, os apoiadores de Perón cometeram um atentado contra esse teatro, onde atuava Luisa Vehil (1912-1991), fizeram isto acusando-a de "judia e comunista".

p. 539, l. 9   **Paulina Singerman**. Atriz (1911-1984). Em novembro de 1945, sua companhia teatral foi atacada por apoiadores de Perón durante a apresentação de *Penelope* (1909) de Somerset Maugham, no Teatro Odeón, circunstância que motivou o repúdio dos setores democráticos e, em 17 de dezembro, uma importante greve de atores.

p. 539, l. 15   **no campo [...] poderia escrever um romance.** Durante seu retiro na fazenda da família (1935-1940), Bioy Casares redigiu, entre outros romances que não chegou a concluir, *A invenção de Morel* (1940)*.

p. 539, l. 19   **La Cubana**. Fazenda em Pardo, vizinha da dos Bioy [BIOY (1958), p. 217].

p. 539, l. 23   **García Velloso**. O dramaturgo Enrique García Velloso (1880-1938) dirigiu o filme *Amalia* (1914), baseado no romance (1855) de José Mármol, que apresenta Juan Manuel de Rosas (1793-1877) como tirano sanguinário.

p. 540, l. 6   **me convidaram para o júri**. Em 1957, Bioy Casares foi jurado do Instituto Nacional de Cinematografia, ao lado de Antonio Aita, Samuel Eichelbaum, Julio Ferrando, Antonio García Smith e Luisa Vehil. Nas reuniões do júri, travou amizade com Eichelbaum, autor do drama *Un guapo del 900* (1940).

p. 540, l. 9   **Alsina**. Depois da queda de Rosas em 1852, o político unitário Adolfo Alsina (1829-1877) conspirou na sociedade secreta Juan-Juan para matar o federal Justo José de Urquiza, à frente do governo de Buenos Aires.

p. 540, l. 9   **Bernardo de Irigoyen.** Em C1: "Carlos Pellegrini". A mesma variante na p. 543, l. 34 e p. 545, l. 4. O político Bernardo de Irigoyen (1822-1906) foi um dos líderes da chamada *Revolución del Parque* (1890) contra o presidente Miguel Juárez Celman, que renunciou em favor do vice-presidente Carlos Pellegrini.

p. 540, l. 20   **Quartucci**. O ator Pedro Quartucci (1905-1983) foi proscrito da mídia gráfica e radiofônica entre 1945 e 1952, sob o primeiro governo de Perón. Em 1945, integrou a companhia teatral de Paulina Singerman.

p. 540, l. 25   **Caviglia**. Quando o ator e diretor Orestes Caviglia (1893-1971) representou em 1934, no Teatro Cómico, a peça *Die Rassen* (1933), de Ferdinand Bruckner, na qual se satirizava o nazismo, as apresentações costumavam ser interrompidas por agitadores de extrema direita, que chegaram inclusive a tentar incendiar o teatro.

p. 540, l. 32   **Laferrère**. Gregorio de Laferrère (1867-1913), dramaturgo e político argentino.

p. 541, l. 30   *Catão*. A tragédia *Cato* (1712), de Joseph Addison, descreve os últimos dias de Catão de Útica (95-46 a.C.), apresentado como símbolo da resistência republicana contra o avanço da tirania de Júlio César. Segundo Bioy Casares, "esse drama trouxe, pela primeira vez na Inglaterra, a repercussão do teatro na política" [In BARRERA, Trinidad (org.), *Adolfo Bioy Casares. Semana de Autor*. Madri: Ediciones de Cultura Hispánica, 1991, pp. 59-60].

p. 541, l. 31   **Politeama**. O Teatro Argentino Politeama, inaugurado em 1879 no número 1.490 da rua Corrientes. Note-se a alusão à *Política*.

p. 541, l. 35 **empresário [...] Romano**. A obra do diretor de cinema, compositor, dramaturgo e empresário teatral argentino Manuel Romero (1891-1954) sempre desfrutou de enorme êxito popular.

p. 542, l. 35 **poder, que os deuses não tiveram, de alterar o passado**. Cf. o verso de Agatão ["Nem o próprio Zeus pode alterar o que já ocorreu"], citado por Aristóteles [*Ética a Nicômaco*, VI, 2]. Ver I, nota à p. 594, l. 32.

p. 543, l. 3 **Nosso pai luta**... *Cato* (1713), I, I, vv. 31-32.

p. 543, l. 9 **os espectadores unanimemente.** "Os *whigs* aplaudiam cada linha em que se mencionava a liberdade como uma sátira contra os *tories*; e os *tories* replicavam cada aplauso para mostrar que a sátira lhes era indiferente" [JOHNSON, Samuel, "Joseph Addison". *Lives of the English Poets* (1779-1781)].

p. 543, l. 16 **Roma não há mais**... *Cato*, IV, 4, vv. 94-95.

p. 543, l. 18 **sucesso [...] a cada noite mais estrondoso e agitado**. Segundo Johnson, *Cato* "foi o grande climatério [*grand climacteric*] da reputação de Addison. [...] A peça, assim respaldada pela emulação do elogio faccioso, foi representada noite após noite durante mais tempo [...] que qualquer outro drama anterior a essa data" [*ibidem*].

p. 544, l. 14 **Enquanto não vêm tempos melhores**... *Cato*, II, 4, vv. 2-3.

p. 547, l. 4 **"Meu bom amigo, cuidai bem dos atores..."**. *Hamlet*, II, 2, l. 545.

p. 547, l. 11 **Walter Pérez.** O capitão Santos Pérez (?-1837) comandava o grupo que assassinou o caudilho Facundo Quiroga (1788-1835) em Barranca Yaco. Essa morte favoreceria a consolidação de Juan Manuel de Rosas no poder.

"O navegante volta à sua pátria"

Redigido entre 3 e 4 de dezembro de 1990.

p. 551, l. 1 **navegante volta à sua pátria.** "*Here he lies where he longed to be;/ Home is the sailor, home from sea*" [*Aqui jaz onde queria jazer;/ voltou o navegante, voltou do mar*]. STEVENSON, R. L., "Requiem" [*Underwoods* (1887)].

"Nossa viagem (Diário)"

Idealizado desde julho de 1979, foi redigido entre 26 de abril e 11 de novembro de 1990. Teve como títulos alternativos "El gran viaje de la vida" e "El gran viaje del mundo".

p. 553, l. 4   **casa Jackson**. Na coleção dos "Clásicos Jackson", publicada entre 1948 e 1951, colaboraram com prefácios e traduções, entre outros, Bioy Casares, Borges e Silvina Ocampo.

p. 553, l. 4   **diários de viagem [...] de 1960 e 1964**. Em 1991, o autor publicou, em edição privada, seu breve diário da viagem ao Brasil em 1960 [pp. 565-583].

p. 553, l. 7   **Lucio Herrera**. O doutor Lucio Herrera é um personagem do conto "Trio" [pp. 428-443], cujo primeiro título foi "En busca de mujeres".

p. 553, l. 22   ***Pasteur***. Navio no qual Bioy Casares voltou com a filha e Silvina Ocampo de sua viagem pela França em 1970.

p. 554, l. 1   **Carmen**. Nos *Diários* de 1980, Bioy Casares esboça o argumento como uma viagem "com uma mulher, que muda de nome nas sucessivas 'entradas' [...]. A constante são as brigas". Cf. seu dístico: "*Con una mujer u otra / la vida es la misma potra*" [*Com uma mulher ou outra/ a vida é a mesma potra*] [Bioy Casares (2001), p. 80], publicado originariamente em *Vuelta* (México D. F.), nº 65 (1982), pp. 4-5.

p. 555, l. 31   ***O homem que fazia milagres***. Em *The Man who Could Work Miracles* (1936), filme de Lothar Mendes baseado no conto (1898) de H. G. Wells, o herói é capaz de conseguir tudo, exceto o coração da mulher amada.

p. 557, l. 34   **Paris Saint-Germain**. O conde de Saint Germain (*c*.1695-1784), aventureiro e ocultista de origem húngara, percorreu diversas cortes europeias mudando de identidade, adotando nomes como marquês de Montferrat, príncipe Rakoczy, conde de Surmont etc.

"Embaixo d'água"

Redigido entre 27 de maio e 29 de dezembro de 1989. Existem duas versões publicadas:

> BA1 "Bajo el agua (a)". *ABC* (Madri), 30 de junho de 1990.
> BA2 "Bajo el agua (b)". *Una muñeca rusa*. Barcelona: Tusquets ("Andanzas"), 1991, pp. 121-155.

p. 563, l. 2   **[Epígrafe]**. Omitida por engano em BA2. "*Ich wöllt' ich wär ein Fisch/ so hurtig und frisch;/ Und kämst du zu anglen,/ Ich würde nicht manglen/ [...] Doch bin ich, wie ich bin,/ und nimm mich nur hin!/ Willst du beßre besitzen,/ so laß dir sie schnitzen*" [*Queria ser um peixe,/ alegre e ligeiro;/ e se me pescasses,/ eu não escaparia/*

(...) *Mas eu sou como sou,/ então toma-me tal qual sou!/ Se quiseres algo melhor,/ deixa que o extraiam de ti*] [GOETHE, "Liebhaber in allen Gestalten" (Amante sob todas as formas), *c.* 1780]. Com essa letra, F. Schubert compôs seu *Lied* D. 558 (1817); ao número de catálogo D. 427 corresponde a canção "Trinklied im Mai".

p. 566, l. 22 **Flora Guibert**. Em "A serva alheia" (1956)*, o tabelião Urbina visita Flora Larquier e se apaixona por ela, ignorando sua relação com o vingativo homenzinho Rudolf.

p. 568, l. 12 **raia**. No conto "Las rayas" (1907), de Horacio Quiroga, dois empregados de escritório, tomados pela obsessão de riscar [*rayar*] tudo, desaparecem; um rastro de riscos leva até um lamaçal, onde "mal nadando na água barrenta, duas raias pretas [...] revolviam-se pesadamente".

p. 569, l. 23 **comentários**. Em BA1: "espontâneos comentários".

p. 572, l. 30 **dois dias de inatividade bastaram para eu perder**. Em BA1: "bastou-me uma interrupção de quarenta e oito horas para perder".

"Margarita ou O poder da farmacopeia"

Redigido no final de 1981 e revisado entre 24 e 25 de agosto de 1983. Foi publicado em *Feriado Nacional*, nº 1 (setembro 1983), p. 43. Teve como títulos alternativos: "Un tónico eficaz" e "El alimento de los dioses".

p. 583, l. 2 **Margarita**. A enfermiça Marguerite Gautier é a heroína de *A dama das camélias* (1848), de Alexandre Dumas, filho.

"A propósito de um cheiro"

Redigido entre 20 de setembro de 1987 e 25 de janeiro de 1988. Segundo o autor, "seria uma complicada variante" do conto "El Vals del Emperador" (1984) de Francis Korn [In CROSS, *op. cit.*, p. 47]. Existem duas versões publicadas:

AP1 "A propósito de un olor (a)". *ABC* (Madri), *Semanario Blanco y Negro*, nº 3592 (1º de maio de 1988), pp. 8-9.
AP2 "A propósito de un olor (b)". *Una muñeca rusa*. Barcelona: Tusquets ("Andanzas"), 1991, pp. 162-176.

p. 584, l. 31 **Ravenna**. No poema "The Raven" (1845), de E. A. Poe, abatido pela morte da amada, um estudante lê velhos livros noite adentro; de repente ouve golpes insistentes, que atribui a diversas causas; finalmente descobre que um corvo [*raven*] pretende entrar pela janela. Ravenna, ao ouvir os golpes na madrugada, está lendo monografias.

p. 585, l. 15 **Venancio.** (a) Em latim, *caçador*. (b) São Venâncio Fortunato (536-610), bispo de Poitiers, primeiro poeta medieval do reino franco, estudou em Ravena.

p. 585, l. 17 **Clotilde**. Em rascunhos, o nome era Leonor, aceno à "porteira de um casarão da rua Paraguay"; depois foi trocado por temor de que fosse entendido como alusão a Leonor Acevedo de Borges, mãe do escritor Jorge Luis [BIOY CASARES (2001), pp. 458-459]. A amada morta invocada em "The Raven" chama-se Leonora.

p. 590, l. 35 **Reiner**. Em alemão, "claro, limpo, puro". Em grego, ῥινός (*rhinós*), "nariz".

"Amor vencido"

Corresponde a um sonho, registrado em seus *Diários* em 18 de março de 1972, revisado em 10 de fevereiro de 1973. Teve como título alternativo "El más grande amor".

UNS DIAS NO BRASIL

Relato composto entre 28 de abril e 4 de setembro de 1989 a partir dos *Diários* do autor correspondentes a julho de 1960. Já em maio de 1963, Bioy Casares anotara que pensava em redigir *Un viaje sentimental a Río, Brasilia y San Pablo*.

p. 599, l. 1 ***Non recito…*** "Escrevo só para os amigos" [HORÁCIO, *Sátira I*, VI, 73].

p. 599, l. 4 **um navio**. O transatlântico *Alcantara*, no qual Bioy Casares e Silvina Ocampo viajaram à Europa em janeiro de 1951, na companhia de Marta Mosquera e J. R. Wilcock.

p. 599, l. 5 **um grupo**. Segundo os *Diários*, tratava-se de Aftab Rai, embaixador da Índia no Brasil; sua filha Shreela Rai, de dezesseis anos; e a secretária do embaixador, Janki Wadhwani.

p. 599, l. 9 **Ophelia**. Nos *Diários*, "Silvia". Se trata de Sylvia Laffond.

p. 601, l. 2 **diretor de […] coleção de livros**. Gregorio Weinberg (1919-2006), diretor de "El Pasado Argentino" na editora Hachette.

p. 603, l. 1	***bombina no vazio***. Alusão a uma famosa tirada de Rabelais: *Questio subtilissima, utrum Chimera in vacuo bombinans…* É um dos livros da biblioteca de S. Victor [*Pantagruel*, VII]. Jorge Luis Borges [*Manual de zoología fantástica* (1957)] traduz como "*si una quimera, bamboleándose en el vacío, puede comer segundas intenciones*" [*se uma quimera, bamboleando-se no vazio, pode comer segundas intenções*].
p. 603, l. 2	**Taberna Azur.** *Sic*: Taverna Azul. Restaurante de alto padrão que ficava nos fundos do Edifício Avenida, com saída para o largo da Carioca.
p. 603, l. 3	**Aristón de Dino.** *Sic*: o restaurante Ariston, na rua Santa Clara, então conduzido pelo restaurador italiano Nino.
p. 603, l. 25	**Melblas**. *Sic*: Mesbla. Bioy grafa "Melblas" por contaminação com "Copa Melba", uma sobremesa muito popular na Argentina.
p. 614, l. 17	***culiara***. *Sic*: colher. No espanhol falado na América Latina, *culear* é sinônimo vulgar de "copular".
p. 615, l. 15	**"*no fazer barulho*"**. *Sic*.
p. 615, l. 17	**ilha da Bananária**. *Sic*: ilha do Bananal. Provavelmente por aproximação com "ilha da Barataria", reino concedido a Sancho Pança em um episódio do *Dom Quixote*.

UM CAMPEÃO DESIGUAL

Idealizado desde 1983, a partir de um diálogo travado com um motorista de táxi em fevereiro de 1978, conforme registro nos *Diários*, foi redigido entre 30 de março de 1986 e 26 de maio de 1993. Teve como títulos alternativos *La serie del taxista*, *El folletín del taxista* e *Campeón de vez en cuando*. Uma antecipação dos capítulos II e III, com uma variante, foi publicada no jornal *Clarín* em 14 de outubro de 1993.

p. 621, l. 1	**Almafuerte**. "*No te des por vencido ni aun vencido,/* [...] *Trémulo de pavor piénsate bravo/ y arremete feroz, ya malherido*" [*Não te dês por vencido, nem se vencido,/ (…) Trêmulo de pavor, pensa que és bravo/ e arremete feroz, já malferido*] [ALMAFUERTE, "Più avanti!". *Siete Sonetos medicinales* (1907)].
p. 621, l. 19	**Chiclana**. Em sua milonga "Jacinto Chiclana" [*Para as seis cordas* (1965)], Borges celebra a coragem: "*Entre las cosas hay una/ de la que no se arrepiente/ nadie en la tierra. Esa cosa/ es haber sido valiente*" [*Em meio às coisas há uma/ da qual nunca se arrepende/ ninguém na terra. Essa coisa/ é ter sido valente*]. Segundo Borges, o faquista foi morto "*peleando con muchos*" [*lutando contra muitos*] [In CARRIZO, Antonio, *Borges el memorioso*. FCE, 1982, p. 62].

p. 622, l. 18   **no meu caso, o físico não ajuda**. Cf. BIOY CASARES (2001), p. 58.

p. 625, l. 19   **Luis Ángel Morales**. (a) O pugilista Luis Ángel Firpo (1894-1960), *El toro de las pampas*, chegou a ser Campeão Sul-americano de Pesos Pesados em 1920. O autor recordava quando, em 1923, ficou sabendo "com incredulidade e desolação que Luis Ángel Firpo havia sido derrotado por Jack Dempsey na disputa do título de campeão do mundo" [BIOY CASARES (1994), p. 29]. (b) Entre o fim da década de 1940 e o início da década de 1980, Bioy Casares foi cliente da oficina mecânica de José Morales, localizada na rua Peña, número 2.553.

p. 625, l. 27   **Nemo**. No romance de Jules Verne *Vingt mille lieues sous les mers* (1870), o capitão Nemo [*Ninguém*] põe suas invenções a serviço dos oprimidos.

p. 625, l. 27   **assistente Apes**. Tarzã dos Macacos é o protagonista do romance *Tarzan of the Apes* (1914), de Edgar R. Burroughs.

p. 626, l. 16   **Belinda**. Na epopeia burlesca *The Rape of the Lock* (1712), de Alexander Pope, o rapto de Helena de Troia da *Ilíada* homérica é degradado na disputa de duas famílias pelo rapto de uma madeixa da sílfide Belinda.

p. 626, l. 19   **Avendaño**. Em 1928, Ángel Avendaño (1907-1984) foi o primeiro argentino a ganhar uma medalha olímpica de boxe.

p. 627, l. 15   **Valentina**. Em latim, "*sã, saudável*".

UMA MAGIA MODESTA

PRIMEIRO LIVRO
"Ovídio"

Idealizado em 1984, foi redigido entre 17 de janeiro de 1988 e 14 de maio de 1989, e revisado entre 11 e 12 de julho de 1994.

p. 673, l. 3   **M. Lungu**. Agradecimento a Mihail Lungu, irmão de Mariana Vartic (1944-), tradutora de Bioy Casares ao romeno. Segundo o autor, "nunca estive em Constança [...] [e] meus amigos na Romênia aconselham que eu contate um familiar da minha tradutora de idioma romeno que reside em Hamburgo, pois [...] a censura romena retém por seis meses a correspondência que entra ou sai do país. [...] [Lungu] foi muito solícito na resposta" [In *Límites*, nº 2 (1988), p. 12. Cf. BARRERA, *op. cit.*, p. 36]. As cartas de Lungu foram enviadas no início de 1987, durante a ditadura de Nicolae Ceauşescu.

p. 673, l. 12   **engenheiro agrônomo [...] mas [...] sua [...] vocação eram as letras**. Ovídio narra [*Tristia*, IV, 10] que em sua juventude era recriminado pelo pai por descuidar dos estudos de retórica para se dedicar à poesia.

p. 673, l. 18   **livrinhos com capa de couro marmorizado**. A edição [Madri: Librería de los sucesores de Hernando, 1917-1925] da Biblioteca Clásica, em três volumes, das *Obras* de Ovídio, "traducidas y anotadas por don Germán Salinas".

p. 677, l. 11   ***Hic ego qui iaceo***. *Tristia*, III, 3. O narrador omite as linhas "*tenerorum lusor amorum/ ingenio perii Naso poeta meo*" [*eu, o poeta Naso, cantor de tenros amores,/ pereci vítima do meu próprio engenho*].

p. 677, l. 15   **confrontando a tradução com o texto dos *Tristia* e de *Ex Ponto***. Bioy Casares lera ambos os livros na edição da Loeb Classical Library, com texto latino e versão inglesa, de A. L. Wheeler (1924).

p. 686, l. 31   **Lucy**. O irmão mais velho de Ovídio chamava-se Lúcio; morreu aos vinte anos [*Tristia*, IV, 10].

"Ir embora"

Conforme explica Bioy Casares, "pensei que a história [de 'Ir embora'] daria para um romance [...], mas quando eu já tinha 180 páginas percebi que algo não estava funcionando e o abandonei. Assim o recomecei várias vezes [...] até que por fim aceitei que a ideia daria melhor para um tratamento breve e escrevi o conto" [In LÓPEZ, *op. cit.*, p. 96]. Os rascunhos revelam que, sob o título de *Irse*, o autor designa duas narrativas diferentes, com argumento parecido: variações sobre o mesmo tema dominante. A primeira versão, de ambientação rural, foi trabalhada por Bioy Casares a partir de 1953 até que, em 1974, iniciou a segunda, de ambientação urbana, que pensou intitular *En el sueño de otro* ou *Una cueva en el aire*. Depois de alternar a escritura de ambas, acabou chamando *Irse* a versão urbana, enquanto adiava a rural, rebatizada *El fondo del campo*. Abandonada definitivamente a urbana em 1982, restituiu o título de *Irse* à rural e a reescreveu entre 16 de maio de 1993 e 5 de maio de 1994, reduzida às dimensões de um conto. A urbana, por seu lado, muito mais complexa e mais rica em personagens e situações, ficou inacabada e inédita, exceto por alguns fragmentos, reconstruídos por Daniel Martino, publicados em *Ego*, nº 1 (março 2001), pp. 132-135. O conto foi publicado pela primeira vez, traduzido ao português por José Geraldo Couto, na *Folha de S. Paulo* (São Paulo), 30 de julho de 1995, com o título de "Ir-se".

p. 689, l. 2   **Hugo Santiago**. O diretor de cinema (1939-2018) que colaborou com Borges e Bioy Casares no roteiro de *Invasión* (1969) e *Les Autres* (1973). Em seus *Diários* [5 de novembro de 1993], Bioy Casares anota: "Se […] eu escrever o romance *Irse*, devo dedicá-lo ao Hugo. Acredita nele e sempre o pede".

p. 689, l. 3   **Fredes.** No final do século XIX, tinham terras, nas cercanias de Pardo, Francisca Fredes, *"gaucha* […] áspera" e seu filho Julián, que tinha "no rosto uma permanente expressão de quem vai chorar, mas nunca chorava" [BIOY (1958), pp. 46-47].

p. 689, l. 12   **Bathis.** Ver nota à p. 243, l. 33.

p. 689, l. 16   **Ventura**. Em *A aventura de um fotógrafo em La Plata* (1986), Ventura é o filho desaparecido de *don* Juan.

p. 690, l. 2   **Elías.** Segundo 2 Reis 2:11, o profeta Elias subiu aos céus em vida.

p. 690, l. 22   **La Verde**. Ao enviuvar, em 1920, Macedonio Fernández (1874-1952) abandonou tudo e iniciou um longo peregrinar por pensões e hotéis: muitos o deram por morto. Entre 1929 e 1946, isolou-se na chácara La Verde, da família Bosch, na região de Pilar.

p. 691, l. 23   **Paul Rivet**. O etnólogo francês (1870-1959), que em 1943, baseando-se em semelhanças culturais, linguísticas e antropológicas, expôs a hipótese de que os povos originários americanos eram de origem asiática e também polinésia.

p. 695, l. 31   **uma ditadura**. Bioy Casares explica que "a ação se passa 25 anos atrás no campo da província de Buenos Aires […] [Nessa] época tão terrível do outro peronismo, que me fez sofrer muito mais que o último [*i.e.*, de 1973 a 1976]" [In *La Nación*, 13 de junho de 1976].

SEGUNDO LIVRO

Com a exceção de cinco textos, anteriores a 1990, os contos do Segundo Livro foram redigidos entre 1992 e 1996: "Resgate", entre janeiro e julho de 1995; "Outro sonhador", em setembro de 1994; "O homem artificial", em 3 de outubro de 1994; "Explicações de um secretário particular", entre outubro de 1993 e fevereiro de 1994; "O último andar", em abril de 1995; "Uma porta se entreabre", em 20 de junho de 1994; "O dono da biblioteca", entre junho e julho de 1994; "O bruxo dos trilhos", *c.* 1996; "Uma invasão", entre meados de abril e 30 de junho de 1994; "O rosto de uma mulher", *c.* 1996; "O hospital do reino" e "A sociedade do Gabão", no início de 1994; "Vaivém frenético", *c.* 1996; "Um tigre e seu domador", em agosto de 1995; "Meu sócio", em novembro de 1995; "Escravo do amor", entre maio e junho de 1995; "Um apartamento como qualquer outro", entre final de junho e 24 de julho de 1994; "Um bom partido", em 16 de novembro de 1995; "O novo Houdini", em 8 de janeiro de 1996; "Uma magia modesta", em agosto de 1995; "Tripulantes", em setembro de 1995; "Uma competição", no início de dezembro de 1995; "A estima dos outros", em 4 de novembro de 1994; "Amor e ódio", *c.* 1996; "Um amigo insólito", em junho de 1995; "Modos de ser", em setembro de 1994; "Estados de espírito", em junho de 1994; "Um sonho em cinco etapas", entre 10 e 16 de novembro de 1995; "O amigo da água", entre março de 1992 e setembro de 1994. Alguns tiveram títulos alternativos: "Um amigo de Morfeu", o de "Un soñador"; "A colisão", o de "El fin de Fausto"; "Uma invasão", o de "Noticias de policía"; "O rosto de uma mulher", o de "Un desvío"; "A república dos macacos", o de "La verdad tiene cara de hereje"; "Escravo do amor", o de "La invitación"; "O novo Houdini", o de "Un león en el noveno piso"; "Modos de ser", o de "Transferencia".

"Um amigo de Morfeu"

Publicado em *Clarín*, 28 de dezembro de 1997.

p. 698, l. 7   **escritor**. O próprio Bioy Casares, em "Uma guerra perdida" [p. 184].

"O homem artificial"

Publicado em *Clarín*, 28 de dezembro de 1997.

p. 699, l. 18   **Selifán**. No romance de Gógol *Almas mortas* (1842), Selifan é chofer e servidor de Tchítchicov, o comprador de "almas mortas".

p. 699, l. 22   **Adalberto**. Segundo a tradição, Alberto Magno (1193-1280) fabricou com metal, madeira, cera, vidro e couro um autômato falante para destiná-lo às tarefas de servente em um mosteiro dominicano de Colônia.

"Explicações de um secretário particular"

Conforme recorda Bioy Casares [conversa com Isaac Wolberg, na Radio del Estado, 31 de dezembro de 1955], em 1951 ele havia lido em Roma que o cientista britânico George de la Warr (1904-1969) teria descoberto "uma máquina que pode fotografar eventos depois de eles ocorrerem, mesmo que tenham ocorrido nas épocas mais remotas. Tudo o que ocorreu, seja um pensamento ou um evento, deixa uma determinada radiação... Basta saber a data em que ocorreu; recuperamos a radiação e a fotografamos". Cf. "New Camera Takes Pictures of Events After They Occur" [*Rome Daily American*, 12 de abril de 1951]. Existem três versões publicadas:

ES1 "Explicaciones de un secretario particular (a)". *Ronda Iberia* (Madri), maio de 1994, pp. 66-68.
ES2 "Explicaciones de un secretario particular (b)". *Clarín*, 8 de setembro de 1994.
ES3 "Explicaciones de un secretario particular (c)". *Una magia modesta*. Temas Grupo Editorial ("Temas de Literatura"), 1997, pp. 55-57.

p. 700, l. 19   **De 1940**. *A invenção de Morel* foi publicado em 1940.

p. 700, l. 19   **Cárdenas — que me legou sua modesta casa e a totalidade de suas invenções — um trato diário muito amistoso**. Até ES1: "Cárdenas um trato diário. Esse homem generoso me legou sua casa, pequena porém bonita, e algumas das suas admiráveis invenções".

p. 700, l. 27   **limitado.** Até ES1: "estreito".

p. 700, l. 27   **o cargo de vereador, entre outras satisfações não menos honrosas**. Até ES1: "elevadas satisfações, como a prefeitura municipal, que nestes dias exerce".

p. 700, l. 29   **visitou-me**. Até ES1: "chamou-me".

p. 701, l. 7   **O senhor mesmo verá**. Acrescentado em ES2.

p. 701, l. 8   **não cabia nem mais uma pessoa no salão nobre da Sociedade de Fomento. Na tribuna, defronte ao público, estávamos**. Até ES1: "a sala da Sociedade de Fomento estava repleta. No palco, defronte ao público, alinhamo-nos".

p. 701, l. 18   **Após renovadas tentativas**. Até ES1: "Nicanor mal pôde conter sua contrariedade. Eu estava muito nervoso, mas me controlei e, após renovadas tentativas".

p. 701, l. 18   **Estava falando**. Até ES1: "A tensão do público era manifesta. Estava falando".

p. 701, l. 21   **comia a que me correspondia. Talvez por isso tenha ganhado o apelido de Bisteca**. Até ES1: "arrebatava a que me correspondia. Por isso é merecida a alcunha de 'Bisteca', pela qual alguns dos seus contemporâneos ainda o conhecem".

p. 701, l. 23   **Quem não achou graça na anedota foi Nicanor.** Acrescentado em ES2.

p. 701, l. 24   **cravou-me os olhos com ódio**. Até ES1: "Nicanor cravou os olhos em mim e murmurou: — Você e sua maquininha me expuseram ao ridículo perante a população desta cidade. Jamais o perdoarei".

p. 701, l. 25   **temo que seus capangas me visitem e pretendam destruir a**. Até ES1: "vivo no temor de que me visitem valentões dispostos a levar a vingança até a total destruição da nossa maravilhosa".

"O último andar"

Publicado em *Quaderni Ibero-americani* (Turim), nº 79 (junho 1996), pp. 6-7.

"Uma porta se entreabre"

Bioy Casares considerou acrescentar o subtítulo "*Sottise* o Juguete cómico" [*Sottise* ou Brinquedo cômico]. Existem duas versões publicadas:

PE1 "Una puerta se entreabre (a)". *Textos para pensar*. Perfil, 1996, pp. 141-142.
PE2 "Una puerta se entreabre (b)". *Una magia modesta*. Temas Grupo Editorial ("Temas de Literatura"), 1997, pp. 63-65.

p. 703, l. 8   **armário de três portas**. O autor recorda que, na infância, "no quarto de vestir de minha mãe havia um espelho veneziano, de três corpos [...]. Para mim, na época, era um objeto fascinante" [BIOY CASARES (1994), pp. 24-25].

"O dono da biblioteca"

p. 704, l. 23   **padre Bésero**. O padre Pedro Béssero [*sic*] foi amigo da família Bioy nos anos 1930.

"O bruxo dos trilhos"

p. 705, l. 29   **Maxwell.** A teoria do físico escocês James C. Maxwell (1831-1879) unificou como manifestações de um mesmo campo eletromagnético dinâmico a eletricidade, o magnetismo e a luz; a Teoria Especial da Relatividade, de Albert Einstein, é ao mesmo tempo extensão e crítica dessa teoria.

p. 705, l. 30   **Panizza**. Ver nota à p. 240, l. 11.

"Oswalt Henry, viajante"

Redigido entre 18 e 20 de janeiro de 1969. Publicado em MARTINO (1991), p. 260.

p. 706, l. 16   **Oswalt Henry**. No conto "The Dream", de O. Henry (1862-1910), o condenado Murray acreditar sonhar que é eletrocutado; acorda e se reúne com a família; essa felicidade é outro sonho: por fim acorda, e morre executado. Incluído por Borges e Bioy Casares em *Cuentos breves y extraordinarios* (1955)*, "*o sonho* foi interrompido pela morte de O. Henry".

"A colisão"

Depois de um esboço de abril de 1985 [BIOY CASARES (2001), pp. 354-355], foi redigido entre 19 e 23 de abril de 1986 e revisado entre 23 e 28 de agosto de 1987.

"O rosto de uma mulher"

p. 712, l. 7   **Brunilda**. A valquíria Brünhild, da *Canção dos nibelungos* (século XIII), aparece na *Volsunga Saga* como Sigrdrífa, condenada a permanecer adormecida até a chegada de seu salvador. Este é Sigurd: logo depois de despertá-la, parte prometendo voltar para buscá-la.

"A república dos macacos"

Redigido entre 6 e 11 de agosto de 1989. Existem duas versões publicadas:

RM1 "La república de los monos (a)". FERNÁNDEZ FERRER, Antonio A. (org.). *La mano de la hormiga*. Madri: Fugaz, 1990, p. 94.
RM2 "La república de los monos (b)". *Una magia modesta*. Temas Grupo Editorial ("Temas de Literatura"), 1997, pp. 95-96.

p. 715, l. 29   **Johausen**. Em RM1: "Crescenzo". No romance de Jules Verne *Le Village aérien* (1901), o doutor Johausen viaja à selva africana para redigir uma gramática da linguagem dos gorilas e dos chimpanzés.

p. 716, l. 3   **Benjamin Rabier**. O ilustrador francês (1864-1939), autor de *Les Animaux s'amusent* (1900).

p. 719, l. 24   **— São, sim, de modo geral. Mas o senhor precisava ver como se aborreceram quando eu disse que haviam fracassado porque eram**. Em RMI: "Respondeu: — Como regra geral; mas sem má intenção os ofendi profundamente quando procurei explicar que tinham fracassado porque são".

"Um apartamento como qualquer outro"

Publicado em *Clarín*, 28 de dezembro de 1997.

p. 718, l. 7   **edifício na avenida Montes de Oca**. Em junho de 1970, ocorreu o desabamento de um prédio de quinze andares, na avenida Montes de Oca, 680, provocando mais de trinta mortes.

p. 718, l. 14   **Estava enganado**. Cf. "Lugares-comuns" (1974): "A vida é uma casa com mais cômodos que os registrados na planta" [p. 767].

"Um bom partido"

p. 719, l. 2   **Tchékhov**. No conto de Tchékhov "A cigarra" (1892), Olga Ivánovna reconhece os méritos de seu marido, o médico Dímov, que ela arruinou, só depois que o perde.

p. 719, l. 3   **La Colorada**. Ver II, nota à p. 379, l. 25.

"A estadia"

p. 722, l. 15   **Juan P. Pees**. Ver nota à p. 531, l. 3.

"Tripulantes"

p. 723, l. 25   ***Grampus* 2**. No romance de E. A. Poe *The Narrative of Arthur Gordon Pym* (1838), depois de sufocado um motim no baleeiro *Grampus*, os amotinados são mortos e lançados no mar [ver I, nota à p. 121, l. 15].

p. 723, l. 27   **Parker**. Depois do naufrágio do *Grampus*, Arthur e outros três sobreviventes decidem na sorte que o marinheiro Parker servirá de alimento para os demais [*op. cit.*, XII].

"Uma competição"

p. 726, l. 1   ***Sermones y discursos*, do padre Nicolás Sancho**. *Sermones y discursos* (1876) do presbítero Nicolás Sancho Moreno (1801-1883).

"A estima dos outros"

Publicado em *Clarín*, 28 de dezembro de 1997.

"Outro ponto de vista"

Transcrição de um sonho do autor, anotado em seus *Diários* de agosto de 1980 [BIOY CASARES (2001), pp. 148-149]. Em novembro de 1981, declarou sua intenção de "escrever um conto sobre esse sonho" [In *Búsqueda* (Montevidéu), nº 6 (1981), p. 40]. Existem duas versões publicadas:

OP1 "Detrás de los sueños II". *La Nación*, 19 de abril de 1981.
OP2 "Otro punto de vista". *Una magia modesta*. Temas Grupo Editorial ("Temas de Literatura"), 1997, p. 121.

"Um amigo insólito"

Para um primeiro esboço argumental, cf. BIOY CASARES (2001), p. 341.

"O bom em demasia é ruim"

Publicado em *Clarín*, 8 de setembro de 1994.

"O caso dos velhinhos voadores"

Redigido em 24 de maio de 1988. Publicado em *La Nación*, 5 de janeiro de 1997.

"Estados de espírito"

p. 733, l. 14   **Talvis [...] Condulmer [...] Mocenigo.** O *Chevalier* de Talvis, o patrício Antonio Condulmer (1701-1779) e Sebastiano Mocenigo (1725-1795). Bioy Casares toma emprestados seus nomes dos capítulos dedicados a Veneza nas *Mémoires* de Casanova, que na época estava relendo.

"O amigo da água"

Existem duas versões publicadas:

> AA1 "El amigo del agua (a)". *La Nación*, 2 de outubro de 1994.
> AA2 "El amigo del agua (b)". *Una magia modesta*. Temas Grupo Editorial ("Temas de Literatura"), 1997, pp. 147-148.

p. 737, l. 32   **Algaroti**. O polígrafo italiano Francesco Algarotti (1712-1764), autor de *Newtonianismo per le dame* (1737). Bioy Casares toma seu nome das *Mémoires* de Casanova.

DE UM MUNDO A OUTRO

Redigido entre 16 de junho de 1996 e fevereiro de 1998. Teve como título alternativo *Encontrarse*.

p. 743   **[Título]**. No conto "De un mundo a otro" (1879), do argentino Carlos Monsalve (1859-1940), o professor Pánax, que sabe de cor "o *Dicionário da língua dos Corvos* e a *Tradução das canções do Rouxinol*, por Dupont de Nemours", possui um estranho manuscrito, que vem a ser o relato da chegada à terra dos viajantes espaciais Adima e Eva.

938   OBRAS COMPLETAS DE ADOLFO BIOY CASARES

p. 745, l. 1   **Wells**. O autor de *The First Men in the Moon* (1901). Bioy Casares diz que "achei muito engraçado ver que [Wells] mandava gente muito mesquinha para a Lua [...] e provavelmente o tenha imitado em algumas das minhas histórias" [In LÓPEZ, *op. cit.*, p. 64].

p. 748, l. 17   **famosa gráfica**. A oficina tipográfica de Francisco *Colombo* (1878-1953), na rua Hortiguera, 552. Ver II, nota à p. 40, l. 7.

p. 751, l. 12   **águas leonadas do Rio da Prata**. *"El gran río color de león"* [*O grande rio cor de leão*] [LUGONES, Leopoldo, "A Buenos Aires". *Odas seculares* (1910)]. Na seção "Alas" de *El libro de los paisajes* (1917), Lugones exalta diversos pássaros argentinos.

p. 751, l. 16   **biscoitos [...] de não me lembro qual marca**. As bolachas Tucán.

p. 757, l. 24   **pássaros muito altos e cobertos de penas**. Cf. STAPLEDON, Olaf, *Star Maker* (1937), III, a descrição da Outra Terra, habitada por seres descendentes das aves e a amizade do viajante terrestre com o filósofo Bvalltu. Em 1965, Borges prefaciara a primeira tradução do romance ao espanhol.

DAS COISAS MARAVILHOSAS

"Das coisas maravilhosas"

Redigido entre 19 de junho e 26 de agosto de 1990. Publicado pela Agência EFE nos jornais *ABC* (Madri), 16 de novembro de 1990; *La Nación*, 11 de janeiro de 1991 etc.

p. 782, l. 4   **viagem mais insuportável**. Para a viagem do autor com Silvina Ocampo e Enrique Drago Mitre a bordo do trailer *Puigper*, cf. VILLORDO, *op. cit.*, pp. 38-39.

p. 782, l. 24   *Que al pan lo llamen* **pen**. Cf. BIOY CASARES (1997), p. 94.

p. 783, l. 36   **um que na infância [...] senhoritas**. Referência autobiográfica.

"Repercussões do amor"

Redigido entre 19 de fevereiro e 17 de abril de 1990. Publicado pela Agência EFE nos jornais *La Voz de Galicia* (A Coruña), 11 de maio de 1990; *ABC* (Madri), 12 de maio de 1990; *La Nación*, 31 de maio de 1990 etc.

p. 785, l. 2   **perguntei-me se o casal de apaixonados**. "Caberia […] perguntar […] se a interpretação da realidade é menos grave que a […] dos desejos e das cacofonias de um casal de namorados" [Resenha (1942)* de *O jardim de veredas que se bifurcam*, ver I, p. 630].

p. 786, l. 9   **Cowley comparou o coração do apaixonado a uma granada**. Em seu poema "The Given Heart" [*The Mistress* (1647)], Abraham Cowley afirma que, se seu coração e o de sua amada se encontrassem em um mesmo recinto, o dele explodiria *"like a granado shot into a magazine"*. Samuel Johnson [*The Lives of the English Poets* (1779-1781), "Cowley"] cita os versos e julga como *"disgusting hyperbole"* a imagem de *"a lover's heart a hand grenado* [sic]".

p. 786, l. 16   **Walpole disse […] que o casamento por amor é o pior de todos.** *"It is bad enough to marry; but to marry where one loves, ten times worse"* [WALPOLE, Horace, Carta a Sir Horace Mann, de 26 de dezembro de 1743].

"As mulheres nos meus livros e na minha vida"

Redigido entre 10 e 29 de agosto de 1989. Publicado pela Agência EFE nos jornais *Alerta* (Santander), 24 de setembro de 1989; *La Nación*, 23 de outubro de 1989 etc.

p. 789, l. 3   **dois grupos, históricos e filosóficos**. Cf. "Filósofos e historiadores". *Grinalda com amores* (1959)* [ver II, pp. 32-33].

p. 789, l. 9   **romance para conquistar uma mulher**. *Iris e Margarita*, à maneira dos romances de Gyp que sua prima María Inés Casares admirava [BIOY CASARES (1994), pp. 50-52].

p. 790, l. 5   **Clara**. A protagonista de *O sonho dos heróis* (1954)*, inspirada em Elena Garro. Ver I, nota à p. 369, l. 30.

p. 790, l. 15   **entre o amor e o ópio**. Cf. "Paraísos artificiais". *Grinalda com amores* (1959)* [ver II, p. 78].

p. 790, l. 25   **a raiva, a exasperação e algo parecido à desesperança**. *"Addison has a sense of humour; the Tories have, in addition, a sense of fun. But they have no 'habit' of cheerfulness. Rage, exasperation, and something like despair are never far away"* [Addison tem senso de humor; os conservadores têm, além disso, senso de sarcasmo. Mas eles não têm o "hábito" da jovialidade. Sobre eles sempre paira a raiva, a exasperação e algo parecido à desesperança] ["Addison" (1945)].

p. 790, l. 29   **romance de um tal senhor Gébler**. GÉBLER, Ernest, *Shall I Eat You Now?* (1968). Cf. BIOY CASARES (1997), p. 171.

"As cartas"

Redigido entre 12 de outubro e 6 de novembro de 1990. Publicado pela Agência EFE nos jornais *El Comercio* (Astúrias), 14 de janeiro de 1991; *El Heraldo de Aragón* (Saragoça), 20 de janeiro de 1991; *El Diario Palentino* (Palencia), 22 de janeiro de 1991 etc.

p. 791, l. 5   ***Uma carta escrevei-me, senhor padre…*** [*Una carta escribidme, señor cura*]. CAMPOAMOR, Ramón de, "¡Quién supiera escribir!" [*Doloras* (1846)].

p. 791, l. 7   **nunca foram boas as cartas**… *"No good letter was ever written to convey information, or to please its recipient"* [STRACHEY, Lytton, "Walpole's Letters" (1919)].

p. 792, l. 31   **edição de que disponho**. A edição (1973-1982) de Leslie Marchand de *Byron's Letters and Journals*, em doze volumes.

p. 792, l. 33   **soneto famoso**. *"Retirado en la paz de estos desiertos, / con pocos, pero doctos, libros juntos, / vivo en conversación con los difuntos / y escucho con mis ojos a los muertos"* [*Recolhido na paz destes desertos,/ com poucos porém doutos livros juntos,/ eu vivo dialogando c'os defuntos/ e os mortos com meus olhos ouço ao perto*] ["A don José de Salas". *El Parnaso Español* (p. 1648), Musa II].

p. 793, l. 8   **Updike […] artigo**. "Hem Battles the Pack; Wins, Loses" [*The New Yorker* (Nova York), 13 de julho de 1981], resenha da edição (1981) de Carlos Baker das *Selected Letters, 1917-1961* de Hemingway.

p. 794, l. 16   **anônimas *Cartas de um marciano***. Cf. suas "Notas de viaje de un marciano" [BIOY CASARES (2001), p. 346].

"Minha amizade com as letras italianas"

Redigido entre finais de dezembro de 1995 e 3 de janeiro de 1996. Publicado em *La Nación*, 14 de janeiro de 1996.

p. 795, l. 5   **um espanhol**. Salvador Bartolozzi Rubio (1882-1950). Cf. BIOY CASARES (2001), p. 206.

p. 796, l. 10   **Wilcock**. Sobre o vínculo entre J. R. Wilcock e o autor, cf. BIOY CASARES, A., *Wilcock*. Emecé, 2021, *passim*.

p. 796, l. 27   **editora húngara reuniu em um mesmo volume**. A Kozmosz Könyvek, de Budapest, publicou em 1980 *Láthalatlan városok* e *Morel Találmánya*.

p. 796, l. 35   **Quanto a Buzzati, não o conheci**… Cf. MARTINO (1989), p. 206.

p. 797, l. 8 **influência [...] no meu conto "Outra esperança".** Ver o conto de Buzzati "Sette piani" [*I sette messaggeri* (1942)]. Em uma *casa di cura*, os doentes ocupam andares diferentes conforme a gravidade de seu mal: no sétimo, ficam os muito leves; no sexto, os leves; e assim até o primeiro, onde estão os terminais. Giuseppe Corte é internado por causa de um modesto mal-estar e fica no sétimo, mas vai sendo transferido, em um inexorável e inexplicável descenso, até o andar dos incuráveis, onde morre.

p. 797, l. 13 **Italo Calvino me aconselhou [...] *A consciência de Zeno*.** Cf. Cross, *op. cit.*, pp. 49-50.

p. 797, l. 24 **Para felicidade dos leitores.** Cf. Martino (1991), p. 269.

p. 797, l. 26 **já li todos os livros.** "*La chair est triste, hélas! et j'ai lu tous les livres*" [Mallarmé, Stéphane, "Brise marine" (1865)].

"O humor na literatura e na vida"

Redigido entre 17 de outubro e 18 de novembro de 1989. Publicado pela Agência EFE em *La Nación*, 4 de janeiro de 1990 etc.

p. 799, l. 17 **intensidade [...] na literatura.** "*The quality of heat [...] [is] the rarest of literary qualities*" [Moore, George, *Conversations in Ebury Street* (1918)].

p. 799, l. 23 **Saba observou que o humorismo.** "*Ho sempre pensato [...] che l'umorismo è la forma suprema della bontà*" [*sempre considerei (...) que o humorismo é a forma suprema da bondade*] ["Italo Svevo all'Ammiragliato britannico". *Prose* (*p.* 1944)].

p. 801, l. 16 **que não se espalhe.** Cf. Bioy Casares (1997), p. 61. A frase — "*Let us hope it is not true, but if it is, let us pray it doesn't become widely known*" [*esperemos que não seja verdade, mas, se for, oremos para que não se torne largamente conhecida*] — é de autoria incerta: a partir de 1893 foi atribuída a uma solteirona anônima; à esposa do bispo de Oxford; à do bispo de Worcester etc.

p. 801, l. 19 **O que importa é se divertir.** *El escritor, según él y según los críticos* (1944).

p. 801, l. 20 **palavras de [...] Jane Austen.** *Pride and Prejudice* (1813), LVII.

OBRA DO PERÍODO INÉDITA EM LIVRO

"O Buenos Aires Lawn Tennis Club"

Redigido entre 4 de abril e 4 de maio de 1972, a pedido da diretoria do clube, da qual o autor fazia parte. Primeiro planejou o texto como "uma sucessão de fatos banais, de casos insossos" [*Diários*, 14 de dezembro de 1971]; depois, informado de que devia assiná-lo, atenuou a aridez e o tom impessoal. Aqui se omitem passagens meramente informativas a respeito da história esportiva do Clube.

Prefácio a *Fotos poco conocidas de gente muy conocida*, de Eduardo Comesaña

Redigido entre 16 e 29 de maio de 1972. Bioy Casares havia conhecido E. Comesaña em outubro de 1969, por ocasião de uma sessão de fotos para a revista *Panorama*.

p. 811, l. 14 **Lamb escreveu**. "New Year's Eve" [*Essays of Elia* (1823)]. Ver I, nota à p. 57, l. 22.

"Eu e meu rosto"

Redigido entre outubro e dezembro de 1969. Uma antecipação de *Retratos y autorretratos* (1973), livro que o recolhe, publicada na revista *Panorama*, nº 190 (1970), pp. 38-41; entre as de outros autores, incluía uma fotografia de Bioy Casares e um fragmento de seu texto, na p. 39.

"Lugares-comuns"

Exclui-se um fragmento sobre Céline, recolhido em BIOY CASARES (2001).

"Diário e fantasia"

"Meu tio Joaquín e a imprensa especializada" foi redigido entre 2 e 6 de janeiro de 1979. Omitem-se "Ansia", "Humilde", "Tigres", "La línea diaria", "Inteligencia", "Noches", "Noticias para la edición escolar de cualquier libro mío", "Viajes [1]" "Diálogo en la peluquería", "Escribir", "Lector de Céline", "Puerta", "Visitas", "Viajes [2]", "Habla Enrique VIII", "También de Enrique VIII", "Líneas escritas después de leer un contrato leonino" e "Saber", recolhidos em BIOY CASARES (2001).

"Borges e o tango"

Redigido entre 26 de agosto e 18 de setembro de 1986.

p. 836, l. 21   **Rosa de Fuego los hombres la llamaban**. "Rosa de Fuego" (1920), tango *couplet* com letra de Antonio Martínez Viérgol e música de Manuel Jovés.

p. 837, l. 9   **por falta de higiene...** A paródia se completa com os versos: *"Pues la pobrecita tiene/ una costumbre espantosa/ de no lavarse la cosa/ por no gastar en jabón"* [pois a coitadinha tem/ uma mania horrorosa/ de nunca lavar a coisa/ para não gastar sabonete].

Inéditos recolhidos em Daniel Martino, *ABC de Adolfo Bioy Casares* (1989)

p. 853, l. 3   **Diário de bordo literário**. Redigido em 13 de janeiro de 1977.

p. 854, l. 6   **A rua Santa Fe**. Redigido entre 10 e 14 de maio de 1957 para *Llave de Buenos Aires*, guia da cidade, projeto de obra coletiva que ficou inédita.

p. 856, l. 23   **Quanto há nelas de hospitaleiro**. *"Amé cuanto ellas puedan tener de hospitalario"* [Amei quanto elas possam ter de hospitaleiro] [MACHADO, Antonio, "Retrato". *Campos de Castilla* (1917)].

p. 858, l. 15   **gados, latas**. Cf. *First*, nº 14 (1987), p. 70.

p. 858, l. 19   **"Flor de tango"**. Cf. *Paula* (Santiago do Chile), 29 de março de 1977, p. 48.

p. 859, l. 23   **Finalmente li Pessoa**. Redigido entre 27 e 28 de fevereiro de 1989.

p. 860, l. 16   **Permito-me um comentário**. Redigido em 10 de junho de 1989.

"Carta a Adriana Micale"

Publicado como apêndice do artigo de Adriana Micale, "El sobreviviente del tiempo", acerca do Balneário Termal Cacheuta. Micale escrevera a Bioy Casares em 28 de setembro de 1987 explicando-lhe que, na coluna social do jornal *Los Andes* (Mendoza), de 20 de abril de 1917, mencionava-se a estadia "do doutor Adolfo Bioy, sua esposa e filho" nas termas.

"Máquinas e poéticas"

Redigido em 19 de novembro de 1966.

BIBLIOGRAFIA*

I. OBRAS DE ADOLFO BIOY CASARES

1969 "El jardín de sueños". *La Nación*, 29 de junho.

"La pasajera de primera clase (a)". *La Prensa*, 26 de outubro.

1971 "Una puerta se abre (a)". *Revista de Occidente* (Madri), nº 100 (jul.), pp. 22-33. "Una guerra perdida (a)". *Matías*, nº 2 (nov.).

1972 "La pasajera de primera clase" (b). BIOY CASARES, A., *Historias fantásticas*. Emecé ("Novelistas argentinos contemporáneos"), pp. 337-339.

"El jardín de los sueños" [= "El jardín de sueños" (b)]. BIOY CASARES, A., *Historias de amor*. Emecé ("Novelistas argentinos contemporáneos"), pp. 231-243.

"Una puerta se abre (b)". BIOY CASARES, A., *Historias de amor*. Emecé ("Novelistas argentinos contemporáneos"), pp. 247-257.

"El Buenos Aires Lawn Tennis Club". *Buenos Aires Lawn Tennis Club; 80 años*. Talleres Gráficos Continental, pp. 7-17.

Prefácio a: COMESAÑA, Eduardo, *Fotos poco conocidas de gente muy conocida*. Imprenta Anzilotti, s./n.

1973 *Dormir al sol*. Emecé ("Novelistas contemporáneos"), 229 pp.

"Yo y mi cara". FACIO, Sara e D'AMICO, Alicia, *Retratos y autorretratos (Escritores de América Latina)*. Ediciones de Crisis, pp. 11-12.

"Homenaje a Borges". *La Nación*, 30 de dezembro.

1974 "Un nuevo surco". *Crisis*, nº 9 (jan.), pp. 44-47.

"Lugares comunes". *Crisis*, nº 9 (jan.), p. 45.

* Salvo indicação em contrário, assuma-se Buenos Aires como local de publicação.

1976 "De la forma del mundo (a)". *La Opinión*, 4 de julho.

1977 "Lo desconocido atrae a la juventud (a)". *La Nación*, 23 de janeiro.

1978 *Una guerra perdida* (c). Talleres de Gabinete del Grabado, 24 pp.

El héroe de las mujeres. Emecé ("Escritores argentinos"), 191 pp.

Prefácio a: CATTARUZZA, A. Héctor, *70 pasos y un latido*. Talleres del Instituto Olivares, s./n., [pp. 5-7].

"Carta de Adolfo Bioy Casares al autor". GURMENDI, Manuel J., *Lucha, azar y fe (Narraciones de Aitona)*. Talleres Gráficos Carollo, pp. 7-8.

1979 "Présentation" de COZARINSKY, Edgardo (org.), *Borges: Sur le Cinéma*. Paris: Albatros ("Ça/Cinéma"), p. 5.

1980 "El fotógrafo de plazas y jardines públicos". *Almanaque de Oficios, 1980*.

"Un viaje inesperado (a)". *Clarín*, 19 de junho.

1981 "El Camino de Indias (a)". *Vogue*, nº 9 (jan.-fev.), pp. 103-109.

"Detrás de los sueños II". *La Nación*, 19 de abril.

1982 "Diario y fantasía". *Vuelta* (México D. F.), nº 65 (abr.), pp. 4-5.

"Máscaras venecianas (a)". *La Nación*, 31 de outubro.

Prefácio a: KOCIANCICH, Vlady, *La octava maravilla*. Madri: Alianza ("Alianza Tres"), pp. 7-8.

1983 "Margarita o El poder de la farmacopea". *Feriado Nacional*, nº 1 (set.), p. 43.

1984 "A propósito de 'El Libro de Bolsillo Alianza' y sus primeros mil volúmenes". *Boletín Extraordinario III Alianza Editorial* (Madri), pp. 4-5.

"Máscaras venecianas (b)". *Revista de la Universidad de México* (México D. F.), vol. XL, nº 41 (set.), pp. 2-8.

"La rata o Una llave para la conducta (a)". *La Nación*, 9 de dezembro.

1985 *La aventura de un fotógrafo en La Plata*. Emecé ("Escritores argentinos"), 223 pp.

"Pourquoi écrivez-vous?". *Libération* (Paris), março, p. 15.

"Planes para una fuga al Carmelo (a)". *La Nación*, 29 de dezembro.

1986 "El cuarto sin ventanas (a)". *La Gaceta* (Tucumán), 26 de janeiro.

"En busca de mujeres". *Hispamérica* (Maryland), nº 43 (abr.), pp. 91-105.

"El Noúmeno (a)". *Crisis*, nº 42 (maio), pp. 35-39.

"Historia desaforada". *ABC* (Madri), 14 de junho.

"El cuarto sin ventanas (b)". *Lucanor*, nº 2 (out.), pp. 2-5.

"El relojero de Fausto (a)". *Vuelta Sudamericana*, nº 4 (nov.), pp. 6-12.

"Borges y el tango". *Los Poetas del tango*. Banco Ciudad de Buenos Aires, Sophia Ediciones del Río de la Plata.

Historias desaforadas. Emecé ("Escritores argentinos"), 231 pp.

1987 "Encuentro en Rauch (a)". *ABC* (Madri), 16 de maio.

Prefácio a: Benussi, Luis R. *et al.*, *Daireaux, sus creadores*. Plus Ultra, pp. 9-10.

Prefácio a: Torre Borges, Miguel de, *Borges; Fotografías y manuscritos*. Renglón, pp. VII-VIII.

"Catón (a)". *ABC* (Madri), 26 de dezembro.

1988 "Carta abierta a los lectores". Bioy Casares, A., *El sueño de los héroes*. Barcelona: Círculo de Lectores.

Prefácio a: Peyrou, Oscar, *El camino de la aventura*. Madri: Orígenes ("Las babas del Diablo"), pp. 7-8.

"Catón (b)". *La Nación*, 21 de fevereiro.

"A propósito de un olor (a)". *ABC* (Madri), Semanario *Blanco y Negro*, nº 3.592 (1º de maio), pp. 8-9.

"Vorwort" a: Strausfeld, Michi (org.), *Der rote Mond; Phantastische Erzählungen vom Río de la Plata*. Frankfurt am Main: Suhrkamp ("Phantastische Bibliothek"), pp. 7-9.

1989 "Las mujeres en mis libros y en mi vida" [Agencia EFE]. *Alerta* (Santander), 24 de setembro.

"Bitácora literaria". Martino (1989), pp. 198-199.

"La calle Santa Fe". Martino (1989), pp. 245-246.

Quarta capa de: Korn, Francis, *Más Amalias de las que se puede tolerar*. Grupo Editor Latinoamericano.

1990 "El humor en la literatura y en la vida" [Agencia EFE]. *La Nación*, 4 de janeiro.

"Repercusiones del amor" [Agencia EFE]. *ABC* (Madri), 12 de maio.

"Bajo el agua (a)". *ABC* (Madri), 30 de junho.

"Una muñeca rusa (a)". *ABC* (Madri), 10 de novembro.

"De las cosas maravillosas" [Agencia EFE]. *ABC* (Madri), 16 de novembro.

"La república de los monos (a)". Fernández Ferrer, Antonio A. (org.), *La mano de la hormiga*. Madri: Fugaz, p. 94.

1991 "Las cartas" [Agencia EFE]. *El Comercio* (Astúrias), 14 de janeiro.

"Adolfo Bioy Casares en Cacheuta". *Primera Fila* (Mendoza), nº 12 (fev.), p. 31.

Una muñeca rusa. Barcelona: Tusquets ("Andanzas"), 179 pp.

Unos días en el Brasil (Diario de viaje). Grupo Editor Latinoamericano ("Escritura de Hoy"), 64 pp.

"Máquinas y poéticas". Martino (1991), pp. 196-198.

"Oswalt Henry, viajero". Martino (1991), p. 260.

Una muñeca rusa. Barcelona: Tusquets ("Andanzas"), 179 pp.

"Discurso en la entrega del Premio Cervantes 1990".

"Apuntes inéditos". Bioy Casares, A., *Clave para un amor*. Losada ("Cuadernos del Aqueronte"), p. 10.

"Presentación" a: Zimmermann, Marcos, *Patagonia; Un lugar en el viento*. Marcos Zimmermann Ediciones, p. 7.

1992 "Un amante del tenis". *1892-1992; Cien años del Buenos Aires Lawn Tennis Club*. Edición del Buenos Aires Lawn Tennis Club, p. 24.

1993 *"Un campeón desparejo"*. *Clarín*, 14 de outubro.

Un campeón desparejo. Barcelona: Tusquets ("Andanzas"), 110 pp.

1994 *Memorias*. Barcelona: Tusquets ("Andanzas"), 197 pp.

"Explicaciones de un secretario particular (a)". *Ronda Iberia* (Madri), maio, pp. 66-68.

"Explicaciones de un secretario particular (b)". *Clarín*, 8 de setembro.

"Lo bueno, si mucho, es malo". *Clarín*, 8 de setembro.

"El amigo del agua (a)". *La Nación*, 2 de outubro.

1995 "Ir-se". *Folha de S. Paulo* (São Paulo), 30 de julho. Trad. José Geraldo Couto. "Razonando un amor". *Revista Asociación Franco-Argentina de Bearneses*, nº 1 (dez.), p. 8.

1996 "Mi amistad con las letras italianas". *La Nación*, 14 de janeiro.

En viaje (1967). Bogotá: Norma, 260 pp.

"El Diario de viaje de Bioy". *Viajes & Turismo por el mundo*, nº 1 (abr.), p. 31.

"El último piso". *Quaderni Ibero-americani* (Turim), nº 79 (jun.), pp. 6-7.

"Una puerta se entreabre (a)". *Textos para pensar*. Perfil, pp. 141-142.

1997 "Los tangos". *Booklet* de colección musical *Tango; Alma y Canción de Buenos Aires*. Reader's Digest Argentina, pp. 4-5.

"El caso de los viejitos voladores". *La Nación*, 5 de janeiro.

"Un amigo de Morfeo". *Clarín, Revista Viva*, 28 de dezembro, pp. 42-44.

"El hombre artificial". *Clarín, Revista Viva*, 28 de dezembro, p. 42.

"Un departamento como otros". *Clarín, Revista Viva*, 28 de dezembro, p. 40.

"La estima de los otros". *Clarín, Revista Viva*, 28 de dezembro, p. 46.

Una magia modesta. Temas Grupo Editorial ("Temas de Literatura"), 148 pp.

De jardines ajenos. Barcelona: Tusquets, 309 pp.

1998 *De un mundo a otro*. Temas Grupo Editorial ("Temas de Literatura"), 78 pp.

1999 *De las cosas maravillosas*. Temas Grupo Editorial ("Temas en el margen"), 85 pp.

2001 *Descanso de caminantes*. Sudamericana, 507 pp.

2006 *Borges*. Bogotá: Destino, 1.664 pp.

2021 *Wilcock*. Emecé, 2021, 239 pp.

II. REPORTAGENS CITADAS

1975 *Gente*, nº 511 (maio), pp. 42-47, com Helena Serrot.

1976 *Plural* (México D. F.), nº 55 (abr.), pp. 47-53, com Danubio Torres Fierro.

   La Nación, 13 de junio.

1977 *Paula* (Santiago de Chile), 29 de março, pp. 46-49, com Mª Teresa Diez e J. B. Rossetti.

1980 *La Nación*, 24 de fevereiro, com Martín Müller.

1981 *Búsqueda* (Montevidéu), nº 6 (nov.), pp. 36-40, com Amílcar Romero.

1982 VENTURA, Any. *Sin anestesia*. Editorial de Belgrano, pp. 57-66.

1986 *Apertura*, nº 11 (mar.-abr.), pp. 56-61, com Carlos Álvarez Insúa.

1987 *La Nación*, 25 de janeiro, com Mª Esther Vázquez.

   Napenay, nº 3 (jul.), pp. 52-55, com Ester de Izaguirre.

   First, nº 14 (nov.), pp. 64-70, com Mónica Sabbatiello.

1988 *Límites*, nº 2, pp. 7-12.

   El Nuevo Periodista, nº 197 (jul.), pp. 50-52, com Carlos D. Martínez.

   Clarín, 17 de novembro, com Matilde Sánchez.

1989 CROSS, Esther *et al.* (orgs.). *Bioy Casares a la hora de escribir*. Barcelona: Tusquets, 142 pp.

   GÁLVEZ, Raúl. *From the Ashen Land of the Virgin*. Oakville: Mosaic Press, pp. 13-50.

   Puro Cuento, nº 15 (mar.-abr.), pp. 1-6 e 37, com Mempo Giardinelli.

1990 ULLA, Noemí. *Aventuras de la imaginación*. Corregidor, 142 pp.

1991 BARRERA, Trinidad (org.). *Adolfo Bioy Casares. Semana de Autor*. Madri: Ediciones de Cultura Hispánica, 104 pp.

   Le Magazine Littéraire (Paris), nº 291 (set.), pp. 98-103, com Robert Louit.

1995 *Elle*, nº 11 (maio), pp. 44-47, com Christian Kupchik.

2000 LÓPEZ, Sergio. *Palabra de Bioy*. Emecé, 219 pp.

III. BIBLIOGRAFIA SECUNDÁRIA CITADA

1977 CONZEVOY-CORTÉS, Leonor F. *El tema de la soledad en la narrativa de Adolfo Bioy Casares*. Michigan: Michigan State University, 197 pp.

1978 PAZ LESTON, Eduardo. "Milagros no siempre adversos". *La Prensa*, 9 de julio.

1983 VILLORDO, Oscar H. *Genio y figura de Adolfo Bioy Casares*. Eudeba, 208 pp.

1986 CURIA, Beatriz. *La concepción del cuento en Adolfo Bioy Casares*. Mendoza: Universidad de Cuyo, 464 pp.

1988 SCHEINES, Graciela. *El viaje y la otra realidad*. Felro, 224 pp.

1989 MARTINO, Daniel. *ABC de Adolfo Bioy Casares*. Emecé, 365 pp.

1991 MARTINO, Daniel. *ABC de Adolfo Bioy Casares*. Madri: Ediciones de la Universidad de Alcalá de Henares, 312 pp.

1995 NAVASCUÉS, Javier de. *El esperpento controlado: La narrativa de Adolfo Bioy Casares*. Pamplona: EUNSA, 140 pp.

2002 GRIECO Y BAVIO, Alfredo; VEDDA, Miguel. "Nueva refutación del coraje. La destrucción del 'mito criollo' en la obra de Adolfo Bioy Casares". TORO, Alfonso de; REGAZZONI, Susanna (orgs.). *Homenaje a Bioy Casares*. Frankfurt am Main: Vervuert, pp. 251-268.

OBRAS COMPLETAS DE ADOLFO BIOY CASARES EM TRÊS VOLUMES

VOLUME A (1940-1958)

A invenção de Morel

Plano de fuga

A trama celeste

As vésperas de Fausto

O sonho dos heróis

História prodigiosa

Obra do período inédita em livro

Apêndices, notas e bibliografia

VOLUME B (1959-1971)

Grinalda de amores

O lado da sombra

O Grão-Serafim

A outra aventura

Diário da guerra do porco

Memória sobre o Pampa e os gaúchos

Obra do período inédita em livro

Apêndices, notas e bibliografia

VOLUME C (1972-1999)

Dormir ao sol

O herói das mulheres

A aventura de um fotógrafo em La Plata

Histórias desmesuradas

Uma boneca russa

Uns dias no Brasil (Diário de viagem)

Um campeão desigual

Uma magia modesta

De um mundo a outro

Das coisas maravilhosas

Obra do período inédita em livro

Notas e bibliografia

ESTE LIVRO, COMPOSTO NA FONTE FAIRFIELD, FOI IMPRESSO

EM PAPEL PÓLEN 70 G/M², NA

GRÁFICA BMF, SÃO PAULO, BRASIL, MARÇO DE 2022.